吉林文史出版社

国学普及文库

阴法鲁 审订

昭明文选译注

主编 陈宏天 赵福海 陈复兴

第一册

图书在版编目（CIP）数据

昭明文选译注 / 陈宏天，赵福海，陈复兴主编 .— 长春：吉林文史出版社，2020.1（2025.3 重印）

ISBN 978-7-5472-5823-1

Ⅰ . 昭… Ⅱ . ①陈 ... ②赵 ... ③陈 ... Ⅲ . ①古典文学－作品集－中国②文选－译文③文选－注释 Ⅳ . ① I212.01

中国版本图书馆 CIP 数据核字 (2018) 第 301207 号

ZHAOMING WENXUAN YIZHU
昭 明 文 选 译 注

主　　编　陈宏天　赵福海　陈复兴
责任编辑　程　明　任明雪
版式设计　张　娜
出版发行　吉林文史出版社
电　　话　0431-81629369
地　　址　长春市福祉大路出版集团A座
邮　　编　130118
印　　刷　吉林省优视印务有限公司
开　　本　140mm × 203mm　1/32
印　　张　132.5
字　　数　3668千字
印　　次　2020年1月第1版　2025年3月第3次印刷
书　　号　ISBN 978-7-5472-5823-1
定　　价　298.00元

目 录

纪行

游览

宫殿

江海

物色

鸟兽

陆序

《昭明文选》曾被誉为“总集之弁冕”、“文章之渊薮”，唐以后的文人，都把它当做学习文学的教科书，唐宋以及后代著名的诗文家，几乎无一不受到这部文学总集的影响。“选学”的产生和它的几度兴盛，说明了《文选》在中国文化史上的地位已被确认，它的价值已被发现。应当说，《文选》是在历史上曾被发掘过多次的文化矿藏。

《文选》的蕴藏量是极为丰富的。它为我们保存了先秦至齐梁时期具有文学价值的各类作品。其中魏晋南北朝的当代作品占有相当的比例，因而，它也为我们贮存了这一时期的文学语言。它在文学上兼有文学批评、文体论与风格论、文章学与修辞学等多方面的研究价值。从三十卷《文选》中，涌现出多种的分类或综合的研究课题。

《文选》在唐代以后得以广泛流传，是中国文化史上的一个重要转折，它意味着文学的独立和勃起。经过魏晋南北朝的一番动乱，统治着宫廷文化教育的经学不再是封建时代知识分子唯一的必修课了，“事出于沉思，义归乎翰藻”的文学作品，给中国的文化、教育等精神文明的建设注入了新的血液。这是一个值得重视的开端，也是一个令人关注的趋势。正是这样的背景，推出了唐初李善的《文选注》。李善注的价值不仅在于帮助《文选》广泛流传，而且，其中包含着很多文献语言学和文学语言学的资料和理论原理，在中国的训诂学史上,素有“考证之资粮”的美称。从李善注开始,“选学”除了具有以《文选》所录的作品为中心的文学研究内容外,还具有了以李善《文选注》为中心的文学语言学内容。这部分内容兼有文字声韵训诂学、考据学与注释学等多方面的研究价值，蕴藏量也极丰富。

《文选》和李善注都经过历代的开掘，但是，在漫长的封建社会里，由于种种局限，研究者都难以从文学和语言学方面找到新的角度，一般是停留在对资料本身的研讨上。20世纪以来，文学和美学理论的发展、语言科学的研究都出现了新局面；辩证唯物的方法论，推动了各门社会科学的更新与演进。但是，如同许多传统学科一样，“选学”并没有因此而获得新的生命。这既有旧的“选学”排斥科学方法论的一面，也有自称掌握新思想的人排斥“选学”的一面,责任就不去追究了吧！不过，死抱旧资料、旧方法而无心图进的人，固然无法代表现代“选学”的新潮流；而排斥民族文化、一味贬低和全盘否定传统科学的人，恐怕也不能算是有远见卓识的学者。不管怎么说,《文选》这个富矿，还仅仅开掘了表层，用新思想、新方法来重新认识它，选取新角度来继续挖掘它，这个工作应当说还刚刚开始。本书作者有志于“选学”的研究，我认为是很有眼光的。

继承和发展“选学”，首先要整理历史上遗留下来的为数极多的资料———搜集、辨析、取舍、整理皆非易事。不要说当时文人玄虚复杂的思想拿到今天来难以理解接受，也不要说文学的多种体裁，形形色色的表现方法和修辞手段以及每个作家的独特风格更难驾驭，专就《文选》的语言来说，书面语和口语夹杂，历史上的经典文献语言和作家的习惯语并存，全民习用语和文学专用语并出，这种语言状况，就会带给整理者很多困难。旧“小学”附庸于经学，而文学语言比先秦经典语言要丰富形象得多，熟悉文字声韵训诂之学的人对付这种文学语言，有时并不一定有办法；而连“小学”也不熟悉的人，对付这种文学语言就更缺乏基础。然而不解决语言问题，谈何研究《文选》？所以，准确解读《文选》的语言，又是发展新“选学”的基础。

说到这里，使我想起一件往事。我的老师黄季刚先生，被称为“知选学者”。1930年，季刚先生来到北京，我的一位同事戴明扬在注释《嵇康集》时遇到一个问题，央我带他去见先生。他向先生提出：嵇叔夜《养生论》中“心战于内，物诱于外，交赊相倾，如此复败者”一段话中，“交赊”二字当作何解？季刚先生当即告诉他：“这是六朝的习用语。交是近，引申为内；赊是远，引申为外。‘交赊相倾’就是远近相倾，也可说是内外相倾。与前两句‘心战于内，物诱于外’恰相应。”戴明扬茅塞顿开而去。我当时只知道季刚先生此说来源于《文选》，但翻开《文选·养生论》，李善于“交赊”处无注，吕向注说：“以情欲为交乐，以服食为赊应，二者相倾，复有败摄生之事者。”向注直接以“交赊”入注，不加置换，“习用语”之说可证。但“远近”之解未明。直至季刚先生指点我读阮嗣宗《咏怀诗》“李公悲东门，苏子狭三河，求仁自得仁，岂复叹咨嗟”数句，我才发现沈约于此处有注说：“云二子岂不知进趋之近祸败哉？常以交利货赊祸，故冒而行之，所谓求仁得仁也。”很明白，“交利”是眼前利益，“赊祸”是长远祸患，“远近”之训诂由此而得证。再仔细一想，“交”有“接合”义，引申为“近”，极易理解；“赊”通“奢”，有“张大”义，引申为“远”，又属必然，心中忽觉敞亮。由此，我体会到读通《文选》实非易事；又继而认识到只要把词义解读的基本功打好，便可化难为易，功夫不可缺，方法是更为重要的；而新时代的中青年同行自当有更科学的头脑和更得当的方法，加上十年浩劫后这两代人特有的勤奋与韧性，我对“选学”的继承和发展是十分有信心的。

《昭明文选译注》即将出版。译注是基础工作，我在前面已经说过，注不容易，译恐怕更难，千余年前的文学作者的思绪，细微之处不易捕捉，独特之处尤难表述。但要想把这部极有特色的文学总集重新介绍给当代读者，译注工作又是不可缺少的。译注者们的努力很值得赞扬。

长春师范学院已经成立了《昭明文选》研究室，《译注》是这个研究室的第一个成果，之后，他们还有编撰《昭明文选精华》、《昭明文选辞典》等计划，最后完成一部《新文选学》。为了完成以上工作，他们采取了可行的措施。我对他们开拓的气魄和实干的精神皆表钦佩，而且知道他们对《昭明文选》这部书在宏观上很有认识，在微观上又已有了初步的细致研究，因此，我衷心祝愿这些新“选学”的开路者旗开得胜，做出更大的成就！

陆宗达

1986年3月20日

前言

《昭明文选译注》一书是由北京大学、中国人民大学、中南海业余大学、解放军艺术学院、吉林社会科学院、长春师范学院、哈尔滨师范大学和哈尔滨师范专科学校部分教师和科研工作者协作完成的。

《昭明文选》是我国现存的第一部文学总集，共收录了周代至六朝梁代七八百年间一百三十位知名作者的七百余篇作品。这部总集内容宏富，风格多样，文体完备，辞采绚丽，自成体系。它不仅是一部文学作品选萃，而且也是通过选篇体现编选者文学理论观点的批评著作。它的出现标志着我国文学发展进入了一个自觉的时代，对后世文学的发展繁荣产生过广泛而深远的影响。

有唐以来，研读《文选》蔚然成风，家弦户诵，形成专门的文选学。至清代，《文选》研究达到高峰。校勘、笺证、评点、注释皆有新的发明。此后，除黄季刚、高步瀛、骆鸿凯等少数学者继续惨淡经营之外，“选学”则日趋冷落。最近几年，随着双百方针的贯彻执行，学术兴旺发达，“红学”、“龙学”勃然昌盛，而“选学”仍受冷落。很多古典名著都有现代的注本译本，为广大读者继承民族文化遗产提供方便；而《昭明文选》这部重要而难读的文学典籍，至今尚无一部今注今译本。我们撰写这部《昭明文选译注》就是想弥补这一空白，为振兴“选学”贡献绵薄之力。

《昭明文选译注》共分四部分：题解、原文、注释、今译。题解简要介绍作者生平中与本文有关的事迹，重点评论作品的思想内容和艺术特征。原文以胡克家本为底本加以整理，包括校勘、分段、标点、简化汉字、统一古今字和异体字等。注释以李善注为基础，以五臣注为参考，并尽力吸收清代和近代学者的研究成果。注文力求简明扼要，对各家之说不旁征博引，就我们的理解择善而从之。对那些众说纷纭或人所不云的疑难之点，我们不回避，就我们的体会做出解释。有的解释也可能是谬误的，但是能从谬误之中引来真理，也是一个进步。

至于译文问题就更复杂些。首先是能不能译的问题。我们感到任何古文都可以译成今文。语言有它的可对换性。这是由语言的交际性质决定的。因此中文著作可以译成外文，外文著作可以译成中文。据我们所知，《昭明文选》已经译成日文、英文、德文。中外是这样，古今也是这样。古代文可以译成现代文，古代诗可以译成现代诗，古代赋也可以译成现代赋。当然，译文不能代替原作。这正如文物复制品不能代替原件一样，但是人们还是需要复制品，因为通过复制品也可以领略原件的奥妙。其次是要不要译的问题。《昭明文选》多数篇章是赋和骈文。一般古文有注解就可以通晓，而赋和骈文，只靠注解，普通读者仍然难以贯通文意，往往是只见树木不见森林，能够理解个别词句，却难以贯通全篇。我们是要以译文作津梁，帮助读者全面地理解原作。译和注相比，更有它的难处。疑难之点，注释可以回避，译文却不可能越过。在今译过程中，不求古今文字上的机械对号，力求传达出原文的内蕴和风格，文类文，诗类诗，赋类赋。典故之类，朦胧之处无法直译，则囊括原意，另铸新辞。既要贴切原意，又要流利畅达。

北京大学阴法鲁教授在百忙中审阅了部分书稿，提出很多指导性的意见；北京师范大学陆宗达教授多次询问本书的撰写工作，并为本书作序，王宁教授给予许多具体指导与帮助；上海图书馆顾廷龙研究员为本书题写书名。他们都给本书译注者以热情的支持与鼓励，我们深致谢忱。

本书在撰写出版过程中，得到全国高等学校古籍整理研究工作委员会秘书处、吉林文史出版社、长春师范学院有关领导和同志的热情关怀与支持。这部书排版、印刷难度很大，无模待刻的冷僻字非常多，长春新华印刷厂的领导和工人师傅花费了很多心血，付出了辛勤的劳动。在本书即将出版之际，谨向给予我们多方帮助的领导和同志们致以衷心的谢意！

本书广泛利用了前人和今人的研究成果，不便一一注明。在此一并致谢。

本书译注者李晖、于非、吴穷三位同志参加了第一卷部分统稿工作，谨此说明。

本书译注者学力有限，资料不足，疏陋谬误之处定然有之，敬希专家读者不吝赐教。

1986年5月20日于北京

文选序

萧 统

题解

萧统(501—531),字德施,南兰陵(在今江苏常州西北)人,梁武帝萧衍长子。天监元年(502),他被立为皇太子。死后,谥曰昭明,世称昭明太子。著有文集二十卷,又撰写有《正序》十卷、《文章英华》二十卷和《文选》三十卷。

魏晋南北朝是我国古代文学理论发展的自觉时期。随着大一统的汉王朝的覆灭,儒家诗教也结束了它的绝对统治地位。人们突破儒家诗教的束缚,对文学理论的探讨不断深入。萧统在这场论争中,取折衷态度,既反对排斥形式美的“典”,又反对一味浮艳的“丽”,主张“丽而不浮,典而不野”。《昭明文选》就是按这个标准编选而成的。它不仅仅是一部文学选萃,在文学理论批评史上也具有划时代的意义。

《文选序》比较集中地表达了萧统的文学观。他首先提出文学作品和非文学作品的区别,认为“事出于沉思,义归乎翰藻”是文学的基本特征。从这一特征出发,把经、史、子从文学中划分出去,使文学不再依附于经史,而取得了独立地位。这在文学批评史上是个重大的理论贡献。在萧统的心目中,对“文学”的概念是非常明确的。他认为精心构思并富有文采的作品才算文学。因此,除史籍中一小部分“综辑辞采”的“赞论”和“错比文华”的“序述”入选外,其它的经、史、子一概不选。

刘勰的《文心雕龙》是一部体大思精的文学理论著作。刘勰比萧统大三十多岁，又做过萧统的东宫通事舍人。在《文选》之前，《文心雕龙》就已问世，萧统对刘勰又“深爱接之”，他受《文心雕龙》的影响是无疑的。而在对文学含义的认识上，萧统则青出于蓝而胜于蓝。刘勰把“史传”和“诸子”两类也列入文学之中，萧统则将其排除在文学之外，这说明他对文学概念的理解比刘勰更精严，更近科学，更符合文学的基本特征。

萧统坚持文学的发展观，他用“大辂”与“椎轮”和“增冰”与“积水”作比方说：“夫椎轮为大辂之始，大辂宁有椎轮之质？增冰为积水所成，积水曾微增冰之凛。何哉？盖踵其事而增华，变其本而加厉，物既有之，文亦宜然。”萧统认为文学同其他事物一样，经历着由初级到高级踵事增华，不断演进的过程。这符合事物的发展规律，也符合文学的发展规律。文学发展史完全证明了这一点。尽管萧统对文学标准的规定和文体的分类，还不够严密，对文体的分类失之繁琐，但他的文学观点，反映了当时人们对文学的自觉认识，有很高的理论价值。

全序骈散相间，句式参差错落，整齐而不呆板，流宕而不散乱。论述既有纵向的历史脉络，又有横向的文体比较，颇有思辨的特征。

原文

式观元始[1]，眇觌玄风[2]，冬穴夏巢之时[3]，茹毛饮血之世[4]，世质民淳[5]，斯文未作[6]。逮乎伏羲氏之王天下也[7]，始画八卦[8]，造书契[9]，以代结绳之政[10]，由是文籍生焉[11]。《易》曰：“观乎天文，以察时变；观乎人文，以化成天下[12]。”文之时义[13]，远矣哉！若夫椎轮为大辂之始[14]，大辂宁有椎轮之质[15]？增冰为积水所成[16]，积水曾微增冰之凛[17]，何哉？盖踵其事而增华[18]，变其本而加厉[19]；物既有之，文亦宜然[20]；随时变改，难可详悉[21]。

尝试论之曰[22]:《诗序》云[23]:“诗有六义焉,一曰风,二曰赋,三曰比,四曰兴,五曰雅,六曰颂[24]。”至于今之作者,异乎古昔[25],古诗之体[26],今则全取赋名[27]。荀、宋表之于前[28],贾、马继之于末。自兹以降[30],源流实繁[31]。述邑居则有“凭虚”“亡是”之作[32],戒畋游则有《长杨》《羽猎》之制[33]。若其纪一事[34],咏一物,风云草木之兴[35],鱼虫禽兽之流[36],推而广之,不可胜载矣。

又楚人屈原[37],含忠履洁[38],君匪从流[39],臣进逆耳[40],深思远虑,遂放湘南[41]。耿介之意既伤[42],壹郁之怀靡诉[43];临渊有“怀沙”之志[44]。吟泽有“憔悴”之容[45]。骚人之文[46],自兹而作。

诗者[47],盖志之所之也,情动于中而形于言[48]。《关雎》《麟趾》[49],正始之道著[50];桑间濮上[51],亡国之音表[52]。故风雅之道,粲然可观[53]。自炎汉中叶[54],厥途渐异[55]:退傅有“在邹”之作[56],降将著“河梁”之篇[57];四言五言,区以别矣。又少则三字,多则九言,各体互兴,分镳并驱[58]。颂者,所以游扬德业[59],褒赞成功[60]。吉甫有“穆若”之谈[61],季子有“至矣”之叹[62],舒布为诗[63],既言如彼[64];总成为颂,又以若此[65]。次则:箴兴于补阙[66],戒出于弼匡[67],论则析理精微[68],铭则序事清润[69],美终则诔发[70],图像则赞兴[71]。又诏诰教令之流[72],表奏笺记之列[73],书誓符檄之品[74],吊祭悲哀之作[75],答客指事之制[76],三言八字之文[77],篇辞引序[78],碑碣志状[79],众制锋起[80],源流间出。譬陶匏异器[81],并为入耳之娱;黼黻不同[82],俱为悦目之玩[83]。作者之致,盖云备矣[84]。

余监抚余闲[85],居多暇日[86]。历观文囿[87],泛览辞林，未尝不心游目想[88]，移晷忘倦[89]。自姬、汉以来[90]，眇焉悠邈[91]，时更七代[92]，数逾千祀[93]。词人才子[94]，则名溢于缥囊[95]；飞文染翰[96]，则卷盈乎缃帙[97]。自非略其芜秽[98]，集其清英[99]，盖欲兼功[100]，太半难矣。

若夫姬公之籍[101]，孔父之书[102]，与日月俱悬[103]，鬼神争奥[104]，孝敬之准式[105]，人伦之师友[106]，岂可重以芟夷[107]，加之剪截[108]？老、庄之作[109]，管、孟之流[110]，盖以立意为宗，不以能文为本[111]，今之所撰，又以略诸[112]。若贤人之美辞[113]，忠臣之抗直[114]，谋夫之话[115]，辨士之端，冰释泉涌[116]，金相玉振[117]。所谓坐狙丘[118]，议稷下[119]，仲连之却秦军[120]，食其之下齐国[121]，留侯之发八难[122]，曲逆之吐六奇[123]，盖乃事美一时，语流千载，概见坟籍[124]，旁出子史，若斯之流[125]，又亦繁博；虽传之简牍[126]，而事异篇章[127]，今之所集，亦所不取。至于记事之史，系年之书，所以褒贬是非，纪别异同[128]，方之篇翰[129]，亦已不同。若其赞论之综缉辞采[130]，序述之错比文华[131]，事出于沉思，义归乎翰藻[132]，故与夫篇什[133]，杂而集之。远自周室，迄于圣代[134]，都为三十卷[135]，名曰《文选》云耳。

凡次文之体，各以汇聚[136]。诗赋体既不一，又以类分；类分之中，各以时代相次。

注释

〔1〕式：语首助词。　元始：指宇宙未分、元气混沌一片之时。

〔2〕眇觌（miǎo dí 秒敌）：远观。觌，看。　玄风：远古之风俗。

〔3〕穴：穴居。　巢：构木为巢。

〔4〕茹:吃。

〔5〕质:质朴。　淳(chún 纯):忠厚朴实。

〔6〕文:文章典籍。《论语·子罕》:“天之将丧斯文也,后死者不得与于斯文也。”

〔7〕逮(dài 代):到。　伏羲氏:传说中的上古帝王。

〔8〕八卦:传说最早的象形文字。分乾、坤、坎、离、艮、震、兑、巽。

〔9〕书契(qì 气):指文字。《释文》:“书者,文字。契者,刻木而书其侧。”

〔10〕结绳:上古无文字,用绳子打结来记事。　政:政事。

〔11〕文籍:文章和典籍。

〔12〕易:《周易》。语见《周易·贲卦》。　天文:指日月星辰。　时变:四季的变化。　人文:指诗、书、礼、乐。　化成:教化人民而使有成就。

〔13〕时义:时代意义。

〔14〕椎(zhuī 追)轮:指古代无辐条无辋的车。是极原始的极简陋的车。大辂(lù 路):天子乘的车。

〔15〕宁:岂。

〔16〕增:层。增冰,厚冰。

〔17〕微:无。　凛(lǐn 檩):冷。

〔18〕踵(zhǒng 种):继。　华:文饰。

〔19〕本:原来的样子。　加厉:更甚。

〔20〕然:这样。

〔21〕悉:知道。

〔22〕尝试:试。

〔23〕诗序:指《毛诗序》。

〔24〕六义:赋、比、兴,风、雅、颂。

〔25〕昔:过去,与今相对。

〔26〕体:体裁。

〔27〕赋:班固云:“赋者,古诗之流也。”古时赋乃诗之一体。刘良注:“言今之述作者,诗赋殊体,不同古诗,随志立名者也。”赋此为文体的一种。

〔28〕荀、宋:指荀卿、宋玉。荀卿作《赋篇》后,文体中才有赋的名称。宋玉作有《风赋》等。这里所说的赋,是以体物为主的赋,以荀宋为宗;而屈原等人的以抒情为主的作品,《文选》另归入骚一类。

〔29〕贾、马：指贾谊和司马相如，二人都是汉赋的代表作家。《汉书·艺文志》著录贾谊赋七篇，司马相如赋二十九篇。

〔30〕以降：以下，以后。

〔31〕源流：指赋的发展流变。

〔32〕凭虚：指张衡的《西京赋》。 亡(wú无)是：指司马相如的《上林赋》。《西京赋》假托凭虚公子以述西京的繁盛；《上林赋》假托亡是公以述皇帝游猎，不属“邑居”，“亡是”或为张衡《东京赋》“安处”之误写。

〔33〕畋(tián田)：打猎。 《长杨》、《羽猎》：指扬雄的《长杨赋》、《羽猎赋》。

〔34〕若：像。 纪：通“记”。

〔35〕兴：兴起。

〔36〕流：活动。

〔37〕屈原：战国楚人，名平，别号灵均，为楚三闾大夫，怀王重其才，后因上官大夫进谗言而被疏远，忧愤作《离骚》。

〔38〕含：怀。 履：行。履洁，行为高洁。

〔39〕君：指楚王。 匪：同“非”。 从流：从善如流。

〔40〕臣：指屈原。 逆耳：不顺耳的话，指忠言。“良药苦口利于病，忠言逆耳利于行。”

〔41〕放：流放。 湘南：指屈原放逐所至的湘水西南一带。

〔42〕耿介：正直。

〔43〕壹郁：忧郁。壹，通“抑”。 靡(mǐ米)：无。

〔44〕怀沙：抱石自沉。“屈原至于江滨……乃作《怀沙》之赋。……于是怀石，遂自投汨罗以死。”(《史记·屈原贾生列传》)“临渊怀沙”即指此事。屈原有《怀沙》，为沉湘江之前绝命词。

〔45〕憔悴：指屈原面容憔悴。“屈原既放，游于江潭，行吟泽畔，颜色憔悴，形容枯槁。”(《楚辞·渔父》)“吟泽”一句，意本于此。

〔46〕骚人之文：骚体文章。屈原作《离骚》，故称屈原和《楚辞》作者为骚人。

〔47〕诗者句：见《毛诗序》：“诗者，志之所之也。在心为志，发言为诗。情动于中而形于言。”

〔48〕盖：原来。 志：思想感情。 形：表现。

〔49〕《关雎》、《麟趾》:《诗经》篇名。

〔50〕著:显明。

〔51〕桑间、濮上:本为地名,这里产生的歌曲,儒家称为亡国之音,所以“桑间”、“濮上”后来就成了乐调上靡靡之音的代称。

〔52〕表:标志。

〔53〕粲然:鲜明的样子。

〔54〕炎汉:指汉朝。

〔55〕厥:其,代词,指诗歌。

〔56〕退傅:指西汉韦孟。孟为楚元王、子夷王、孙王戊三代之傅(相)。“戊荒淫不遵道,孟作诗讽谏,后遂去位”,《汉书·韦贤传》故称退傅,即退位之傅。《在邹》:韦孟退位居邹,又作《在邹》诗。《讽谏》、《在邹》均为四言诗。

〔57〕降将:指李陵。李陵,汉武帝时拜骑都尉,后与匈奴作战,力竭而降。“河梁”之篇:相传李陵在桥上送别苏武作《与苏武诗》,有“携手上河梁”之句。此诗共三首,皆为五言。萧统认为是李陵所作,实际是后人伪托。

〔58〕镳(biāo 标):马嚼子,也用来称马。

〔59〕游扬:称扬。

〔60〕褒:嘉奖,称赞。

〔61〕吉甫:指尹吉甫,周宣王之臣。《诗经·大雅》中有《烝民》一诗,为尹吉甫所作,内有“穆如清风”的诗句。

〔62〕季子:春秋时吴公子季札。他到鲁国观乐,听到“颂”诗,赞叹道:“至矣哉!”

〔63〕舒:展示。 布:敷陈。舒布,引申为表现。

〔64〕言:助词,无义。 彼:代词,指国风,大雅,小雅,以及汉中叶以后的诗。 既:同“即”,就。

〔65〕总成:总括而成。 此:代词,指《诗经》中的颂和汉代以后的颂。

〔66〕次:其次,表顺序。 箴(zhēn 针):用以规戒劝告的文体。

〔67〕戒:用以警戒的一种文体。 弼(bì 毕):辅助。 匡:纠正。

〔68〕论:论述事理的一种文体。

〔69〕铭:用以赞扬功德或申明鉴戒的一种文体。 清润:清新圆润。

〔70〕美终:赞美有功业而死的人。 诔(lěi):用以罗列死者生前功业而加以赞扬的一种文体。

〔71〕图像:画像。吕延济说:“若有德者,后世图画其形,为文以赞美也。”(六臣注《文选》)萧统可能以为图像与赞有关,所以说“图像则赞兴”。

〔72〕诏:皇帝颁发的诏书。 诰:皇帝对臣下的一种训戒或勉励的文告。教:诸侯王公的文告。 令:命令。“诏诰教令”是古代帝王或朝廷所发的不同种类的公文。

〔73〕表:臣对君进言陈事的书信。 奏:上书皇帝言事的书信。 笺(jiān尖):下属给上级的书信。 记:下级给上级的书信,又叫“奏记”。“表奏笺记”是四种不同文体。

〔74〕书:书信。 誓:盟誓之辞。 符:用以传达命令或声讨的文书。檄(xí习):用以征召晓喻或声讨的文书。“书誓符檄”是四种不同的文体。

〔75〕吊:吊文。 祭:祭文。 哀:哀文。“吊、祭、哀”是三种文体,为凑成四字加一悲字。

〔76〕答客:借答人问难以抒发情怀的文体,如东方朔《答客难》之类。 指事:如杨雄《解朝》。它们都在设论类。

〔77〕三言八字:骆鸿凯注:“三言八字,疑即《文章缘起》所谓‘离合体’也。《古微书》引《孝经援神契》曰:‘宝文出,刘季握。卯金刀,在轸北,字禾子,天下服,是三言之文也。’《后汉书·曹娥传》注引《会稽典录》:邯郸淳作《曹娥碑》,操笔而成,无所点定,其后蔡邕又题八字曰:‘黄绢幼妇,外孙齑臼。’是八字文也。孔融‘四言离合体’实本于此。”(《文选学》)三言,黄侃《文心雕龙札记》注:古诗之三言者,‘振振鹭、鹭于飞’,之属是也。汉郊庙歌多用之。唐山夫人《安世房中歌》:‘安其所、丰草葽、雷震震’诸篇,皆三言。”黄侃说是。 八字:《汉书·东方朔传》:“八言、七言上下。”注引晋灼曰:“八言、七言诗,各有上下篇。”又指文,如《汉书·东方朔传》“耕田力作固不及人,临众处官不能治民”之类,非谓一文皆八言。

〔78〕篇:诗章之称,如《白马篇》、《名都篇》。 辞:辞赋的一种,如《秋风辞》、《归去来辞》。 引:歌曲的一种,如《箜篌引》。 序:用以陈述作者意旨的文章。“篇辞引序”是四种不同的文体。

〔79〕碑:指碑文,在石碑上刻记功德之文。 碣(jié洁):也是碑文之类。志:墓志,记死者年代行事之文。 状:叙述事实以上陈的文辞。“碑碣志状”是四种不同的文体。

〔80〕制:体制,即文体。 锋起:蜂拥而起。锋,通“蜂”。

〔81〕间出:杂出。　陶:指埙,乐器的一种,用土烧成。　匏(páo 袍):指笙,乐器的一种,以葫芦为座,上设簧管。

〔82〕黼黻(fǔ fú 斧扶):古礼服上绣饰的花纹。黑白相间的花纹叫黼,黑青相间的花纹叫黻。

〔83〕玩:供玩赏的东西。

〔84〕致:情致。　备:完备。

〔85〕监抚:监国抚军。《左传》:“里克曰:‘太子,君行则守,有守则从。从曰抚军,出曰监国,古之制也’”。

〔86〕暇:闲暇。

〔87〕文囿(yòu 又):文坛。囿,园。

〔88〕心游目想:心想目游,即阅读欣赏。

〔89〕晷(guǐ 鬼):日影。

〔90〕姬(jī 鸡):指周代,周为姬姓。

〔91〕眇(miǎo 秒)、悠、邈:三者近义,都是久远的意思。

〔92〕七代:指周、秦、汉、魏、晋、宋、齐七个朝代。

〔93〕逾:超过。　祀(sì 四):年。

〔94〕词人才子:指作者。

〔95〕缥(piāo 飘)囊:青白色帛做的书袋。缥,青白色的帛。

〔96〕染翰:用笔蘸墨,指写作品。

〔97〕盈:满。　缃(xiāng 湘):浅黄色的帛。　帙(zhì 治):书套。

〔98〕自非:若不。　芜秽:指不好的文章。

〔99〕清英:菁英,精华,指好文章。

〔100〕兼功:事半功倍。

〔101〕姬公:周公。周姬姓,故称姬公。

〔102〕孔父(fǔ 斧):指孔子。

〔103〕俱悬:并存。

〔104〕奥:深奥玄妙。

〔105〕准式:准则和法式。

〔106〕人伦:儒家所宣扬的人与人之间关系的准则,即伦理道德。

〔107〕芟(shān 山):割草。　夷(yí 移):削平。芟夷,即删改。

〔108〕翦截:裁剪。

〔109〕老庄:老子、庄子。

〔110〕管孟:管子、孟子。

〔111〕盖:原来。　宗:正宗。　本:根本。

〔112〕撰(xuǎn 选):同“选”。

〔113〕若:如。

〔114〕抗直:刚直之言。

〔115〕谋夫:谋士。

〔116〕端:舌尖,谓言论。《韩诗外传》:“君子避三端:避文士之笔端;避武士之锋端;避辩士之舌端。”　冰释:冰融化。

〔117〕相:质。　振:发声。金相玉振,即金质玉声,谓文质双美。

〔118〕狙(jū 居)丘:齐地名。

〔119〕稷:齐地名。稷下,即稷山之下。在今山东临淄县境。齐学宫所在。《鲁连子》:“齐之辩者曰田巴,辩于狙丘,而议于稷下。毁五帝,罪三王,一日而服千人。”(《文选》曹植《与杨德祖书》李善注引)

〔120〕仲连却秦军:《战国策·赵策》记载,赵孝成王时,秦兵围赵邯郸,魏安釐王使辛垣衍劝赵王尊秦为帝。鲁仲连驳斥了辛垣衍,使不敢复言帝秦。秦将闻此,退兵五十里。

〔121〕食其(yì jī 义鸡)下齐国:食其,姓郦。据《史记·郦生陆贾传》记载,楚汉相争时,食其说齐王田广归汉,下齐七十余城。

〔122〕留侯:张良封号,即指张良。　发八难(nàn):据《史记·留侯世家》记载,汉高祖用郦食其计,要再封六国之臣,张良发八难来阻拦方才作罢。

〔123〕曲逆:指陈平,平封曲逆侯。　吐六奇:《史记·陈丞相世家》:“凡出六奇计,奇计或颇秘,世莫能闻也。”

〔124〕概:梗概,大略。　坟籍:泛指典籍。

〔125〕若:像。　斯:这。

〔126〕简牍:泛指书籍。往竹片或木片上写字,竹片叫简,木片叫牍。

〔127〕事:指上述贤人、忠臣、谋士、辩士之辞。　篇章:指文学作品。

〔128〕纪别:区别。

〔129〕方:比。　篇翰:同篇章,指文学作品。

〔130〕赞论:指史论,即作者对某一史实的评论。　综缉:联缀。

〔131〕序述:指“史述赞”,是作者对历史人物加以扼要地叙述,并寓褒贬于

叙述之中。“赞论”和“序述”都是史书里的一部分。　错比:错杂联缀,即组织。　文华:华美的辞藻。

〔132〕事:指“史述赞”中的事实。沉思:深刻的构思。　义:指“史论”中的道理。　翰藻:指华美的辞藻。

〔133〕篇什:诗篇。

〔134〕圣代:指梁代。

〔135〕都:总共。

〔136〕次:编次。　汇:等于说“类”。

今译

追溯混沌时代,考察远古的风俗,在冬则营穴而居,夏则构木为巢,食则茹毛饮血的时代,世道纯朴,百姓敦厚,文籍还没产生。到了伏羲氏治理天下,开始画八卦,造文字,以此代替结绳记事,从此便产生了文章和典籍。《易经》上说:“观察天文,以知四季变化;观察人文,以教化治理天下。”文章产生的时代意义是极其深远的啊!大辂是从椎轮发展来的,但却不保留椎轮简陋的形式;冰块是由积水结成的,但积水没有冰那么凉。什么道理呢?因为创造大辂虽然继承了创造椎轮的方法,但加以文饰了;冰块虽然由积水结成,但它改变了积水原来的形态,使之更加寒冷了。既然器物有这种情况,文章也应该如此。至于文章如何随着时代的发展而不断变化,却很难说得详尽。

我们不妨论述一下:《毛诗序》说:“诗有六义:一叫风,二叫赋,三叫比,四叫兴,五叫雅,六叫颂。”到了现在,文章和古时不同了。古诗中敷陈其事的作品,今天都称为赋。荀子和宋玉首先作赋,贾谊和司马相如相继为之。从此以后,赋的源流实在繁多。描述都市的则有《西京赋》、《上林赋》之类的作品;劝戒游猎的则有《长杨》、《羽猎》那样的篇章。像那记叙一事,歌咏一物,表现风云草木的兴衰,鱼虫鸟兽的繁衍,推而广之,无法详细记载。

楚国人屈原,忠心耿耿,光明正大,而楚王并非从谏如流,屈原却进逆耳忠言，替国君深谋远虑，于是被流放到湘水之南。耿耿忠心受到伤害，抑郁心情无处倾诉，来到水边就产生了抱石自沉的想法。屈原行吟在云梦大泽，面容憔悴，骚体文章，由此产生。

诗，它是作者思想感情的体现，内心感情激动，就表现在语言上。《关雎》、《麟趾》明显地表现着教化之道，《桑间》、《濮上》鲜明地代表着亡国之音。因此，风雅之道，昭然可见。从汉代中叶始，诗歌发展的道路，逐渐与古代不同。从退职之相韦孟写《在邹》之篇，降将李陵作"河梁"之诗，四言体和五言体开始区别开了。又如字少的三言，字多的九言，各种诗体同时兴起，犹如分乘骏马，并驾齐驱。颂，是称扬功德、赞美成就的，尹吉甫作《烝民》有"穆如清风"之句，季札听鲁颂发"至矣哉"的赞叹。抒发感情为诗，就像韦孟、李陵写的那样，褒扬美德为颂，就像尹吉甫所作、季札所赞叹的那样。其次，箴，是为弥补缺点而写作的；戒，是为帮助晚辈和下属纠正错误而产生的。论，剖析事理精辟严密。铭，叙述事情清新圆润。赞美有功业而终的人就出现了诔，画像而称扬贤者便产生了赞。再如诏诰教令、表奏笺记、书誓符檄、吊祭悲哀、答客指事、三言八字、篇辞引序、碑碣志状，众多文体突起，源流夹杂而出，犹如几种不同乐器，几种不同刺绣，一齐入人耳目，供欢娱和欣赏。这样，作家们的种种情趣，都可以完美地表现出来。

我监国抚军的间隙，利用许多闲暇时间，普遍观看文坛佳作，广泛浏览艺苑名篇，未尝不心思目游，时间过去而忘记疲劳。周汉以来，年代久远，经历周、秦、汉、魏、晋、宋、齐七个朝代的更替，计算起来已超过千年。有才气的作家，名声随着著作的增多而四处传扬，蘸墨疾书，著作装满书套。若不删削糟粕，集中精华，而想做到事半功倍，那大半是很难的了。

至于周公的书籍，孔子的著作，与日月共存在，同神鬼争奥妙，它是行孝敬的准则，厚人伦的楷模，怎么能加以删削，加以节录呢？老庄的著作，管孟的文章，大底以立意为正宗，不以文采为根本，今天选文也略去了。贤人华美的辞章，忠臣刚直的言词，谋士的谈吐，辩士的言论，如冰消泉涌，滔滔不绝，似金质玉声，优美动听。所谓田巴辩论于狙丘，设讲堂于稷下，鲁仲连责辛垣衍而退秦兵，郦食其劝齐归汉，张良发“八难”阻止封侯，陈平出“六奇”兴业，这些都是风传一时的美谈，他们的言论流传千古，载于典籍。贤人、忠臣、谋士、辩士的言论也旁出诸子、史书，像这些东西，又太繁多，虽有著作流传，但不同于文学性的篇章，今天的选集也不纳取。至于记事编年的史书，褒贬是非，记录异同，与文学性作品相比，也有不同。但其中的“赞论”、“序述”都是经过深刻的艺术构思并用华美辞藻表现出来的，所以把它和文学性篇章杂在一起加以编辑。远自周代截至本朝，总共为三十卷，取名《文选》。

整个文选的编排体例，各部分同类放在一起。诗赋两种文体内容多，又划分若干类别；在同类作品中，以各篇时代先后为序。

（赵福海译注并修订　陈延嘉再修订）

两都赋二首

班孟坚

题解

班固(32—92),字孟坚,扶风安陵(今陕西咸阳东北)人。九岁即能作文章诵诗赋。稍长,博览群书,不拘章句之学,通晓大义而已。二十余岁,继承其父班彪的著述,撰写汉史。有人以其“私改作国史”告密,被捕入狱。其弟班超直接上书皇帝,得以无罪。拜兰台令史,迁为郎,典校秘书。潜精积思二十余年,完成史学杰作《汉书》,为后世所钦服,誉为“史家之圭臬”。大将军窦宪出征匈奴,任班固为中护军。后以窦宪谋反事,株连下狱而死。

《两都赋》是班固在文学上的代表作,是《文选》中京都赋的第一篇。班固继承了司马相如和扬雄的传统,造构文辞,托以讽谏,劝导统治者去奢侈而就朴素,居安思危而遵行礼乐文教。班固生活于由光武到和帝的时代,正是汉朝的中兴期。时东都洛阳,“修宫室,浚城隍,起苑囿,以备制度”。但是,“西土耆老,咸怀怨思,冀上之睠顾,而盛称长安旧制,有陋洛邑之议”。是此赋创作背景。主旨即在“以极众人之所眩曜,折以今之法度”。因此《两都赋》并进而具有讥讽保守倒退赞美变革进步的思想意义。

《西都赋》侧重于借西都宾之口渲染夸耀旧日西京的宫室苑囿和奢侈逸乐。明褒而暗讽。赋家描写宫殿楼台有形有制,有光有色,有明有暗,有平铺婉曲,有耸直高起,有因山就谷,有出云厉天。西京所处地势,广路通门,街衢市廛,未央之宫,昭阳之殿,神明之台,井干之楼,太液神岳,就是按照这样一种节奏,一种韵律,音乐化地映现于我们的心目的。

殿堂之内有窈窕的后妃,佐命的百僚,讲论的名儒,选举的孝廉,守门的阍竖,执戟的虎贲。而宫城之外,上林之苑,则是武士驰射,野兽奔突。昆明之池,则是龙舟泛浮,櫂女讴歌。再点缀以瑶石美玉,神木灵草,鱼跃鸟飞的小景。这些有生的动态的场景与楼台殿阁在本质上无生的静态的存在,相互映衬,相互补充,相互流转,于是整个西京又在我们的视觉之前呈现为一幅物象盎然,气韵生动,玄想妙得的宫廷风俗画。音乐是时间的,绘画是空间的。在《西都赋》里,时间与空间是彼此迭印,融合统一了。刘熙载说:"赋兼叙列二法:列者,一左一右,横义也;叙者,一先一后,竖义也。"其实,这里说的就是时空的迭印与融合。列,横义,就是空间的存在;叙,竖义,就是时间的推衍。

汉赋四大家(扬雄、司马相如、班固、张衡)描写宫宇建筑苑囿驰射的作品,都是我们民族空间意识的表征。《西都赋》则是其中有代表性的一例。未央宫是上象天、下法地的。宫殿是小宇宙,宇宙是大宫殿。"体象乎天地,经纬乎阴阳。据坤灵之正位,倣太紫之圆方"。赋家要把时人所理解的天体及其运动缩写到宫宇及其构架之中,以有限见无限,从无限归有限。目前的一切物象都是有限的,同时又是与天之高地之遥的无限连在一起。其宫寝台馆,是"焕若列宿,紫宫是环";其沟渠漕运,是"与海通波";其珍禽异兽,皆来自"殊方异类";其苑囿园林,皆"连乎蜀汉";人们的引水劳动,是"决渠降雨,荷插成云";太液池水,则能拍打到东海神山。这里的宫阙楼台,收日月于堂奥,纳云霓于梁栋。"上反宇以盖戴,激日景而纳光"。"轶云雨于太半,虹霓回带于棼楣"。这些当然都是夸张,是"赋者铺也"。可是,并不是像一些评论家认为那样的单纯词藻堆砌,而是与汉代人的空间意识，与泱泱大国的时代心理相表里的。

司马相如说："赋家之心，包括宇宙。"而西京正是连通宇宙，缩写宇宙；在赋家那里，宇宙皆备于我。要模写宇宙用工笔与白描是不行的，必须借助比喻象征之法。偌大的西京，赋家只写了未央宫、昭阳殿、神明台、井干楼、太液池，以此包容万有，而且"惟其有之，是以似之"。此所谓以大见小。再就是凭虚构象，以虚代实。武士驰逐是"震震爚爚"，"雷奔电激"。矢中飞禽是"飑飑纷纷"，"风毛雨血"。芳草香花是"晔晔猗猗"，"摛锦布绣"。宫中后妃是"红罗飒纚"，"绮组缤纷"。这都是只可神接而不可实征的。还有以内视外，以主体感觉表现客体的不可征服不可占有。例如在神明台上感到"愕眙而不能阶"，在井干楼中感到"魂怳怳以失度"。这是以主观感受模写这种人造的建筑美空间美的崇高雄伟。最后是以动制静，静中寓动。例如"虹梁"与"应龙"，"棼橑"与"布翼"，"栋桴"与"高骧"，"觚棱"与"金爵"，都是使静止的物象给人以高起、升腾、飞动的感觉。这是我们古代建筑艺术的民族风格，也是文学艺术写空间美的习用方法。

这是《西都赋》以及张衡、左思同类赋作的美学价值所在。

原文

两都赋序[1]

班孟坚

或曰[2]："赋者，古诗之流也[3]。"昔成康没而颂声寝[4]，王泽竭而诗不作[5]。大汉初定，日不暇给[6]。至于武宣之世[7]，乃崇礼官，考文章，内设金马石渠之署[8]，外兴乐府协律之事，以兴废继绝，润色鸿业[9]。是以众庶悦豫，福应尤盛[10]。白麟赤雁芝房宝鼎之歌，荐于郊庙[11]，神雀五凤甘露黄龙之瑞，以为年纪[12]。故言语侍从之臣，若司马相如、虞丘寿王、东方朔、枚皋、王褒、刘向之属[13]，朝夕论思，日月献纳[14]。而公卿大臣御史大夫倪宽、太常孔臧、太中大夫董仲舒、宗正刘德、太子太傅萧望之等，时时间作[15]。或以抒下情而通讽谕[16]，或以宣上德而尽忠孝，雍容揄扬，著于后嗣[17]，抑亦雅颂之亚也[18]。故孝成之世，论而录之[19]。盖奏御者千有余篇，而后大汉之文章，炳焉与三代同风[20]。

且夫道有夷隆，学有粗密，因时而建德者，不以远近易则[21]。故皋陶歌虞，奚斯颂鲁，同见采于孔氏，列于诗书，其义一也[22]。稽之上古则如彼[23]，考之汉室又如此[24]。斯事虽细，然先臣之旧式，国家之遗美，不可阙也[25]。臣窃见海内清平，朝廷无事，京师修宫室，浚城隍，起苑囿，以备制度[26]。西土耆老，咸怀怨思，冀上之眷顾，而盛称长安旧制，有陋雒邑之议[27]。故臣作《两都赋》，以极众人之所眩曜，折以今之法度[28]。其词曰：

西都赋一首

班孟坚

有西都宾问于东都主人曰[29]：盖闻皇汉之初经营也，尝有意乎都河洛矣[30]，辍而弗康，寔用西迁，作我上都[31]。

主人闻其故而睹其制乎[32]？主人曰:未也。愿宾摅怀旧之蓄念,发思古之幽情,博我以皇道,弘我以汉京[33]。宾曰:唯唯。

汉之西都,在于雍州,寔曰长安[34]。左据函谷二崤之阻,表以太华终南之山[35];右界褒斜陇首之险[36],带以洪河泾渭之川[37]。众流之隈,汧涌其西[38]。华实之毛,则九州之上腴焉[39];防御之阻,则天地之隩区焉[40]。是故横被六合,三成帝畿。周以龙兴,秦以虎视,及至大汉受命而都之也[41]。仰悟东井之精,俯协河图之灵,奉春建策,留侯演成[42]。天人合应,以发皇明,乃眷西顾,寔惟作京[43]。

于是睎秦岭,睋北阜,挟沣灞,据龙首[44]。图皇基于亿载,度宏规而大起[45]。肇自高而终平,世增饰以崇丽,历十二之延祚,故穷泰而极侈[46]。建金城而万雉,呀周池而成渊[47]。披三条之广路,立十二之通门[48]。内则街衢洞达,闾阎且千,九市开场,货别隧分[49]。人不得顾,车不得旋[50]。阗城溢郭,旁流百廛,红尘四合,烟云相连[51]。于是既庶且富,娱乐无疆[52]。都人士女,殊异乎五方[53]。游士拟于公侯,列肆侈于姬姜[54]。乡曲豪举,游侠之雄[55],节慕原尝,名亚春陵,连交合众,骋骛乎其中[56]。若乃观其四郊,浮游近县,则南望杜霸,北眺五陵[57]。名都对郭,邑居相承[58]。英俊之域,绂冕所兴,冠盖如云,七相五公[59],与乎州郡之豪杰,五都之货殖,三选七迁,充奉陵邑[60]。盖以强干弱枝,隆上都而观万国也[61]。

封畿之内,厥土千里,逴跞诸夏,兼其所有[62]。其阳则崇山隐天,幽林穹谷,陆海珍藏,蓝田美玉[63]。商洛缘其隈,鄠杜滨其足,源泉灌注,陂池交属[64]。竹林果园,芳草甘木,郊野之富,号为近蜀[65]。其阴则冠以九嵕,陪以甘泉,乃有灵宫,起乎其中[66]。秦汉之所极观,渊云之所颂叹,于是乎存焉[67]。下有郑白之沃,衣食之源[68]。提封五万,疆埸绮分[69]。沟塍刻镂,原隰龙鳞[70]。决渠降雨,荷插成云[71]。五谷垂颖,桑麻铺菜[72]。东郊则有通沟大漕,溃渭洞河,泛舟山东,控引淮湖,与海通波[73]。西郊则有上囿禁苑,林麓薮泽[74],陂池连乎蜀汉,缭以周墙,四百余里,离宫别馆,三十六所[75]。神池灵沼,往往而在[76]。其中乃有九真之麟,大宛之马,黄支之犀,条支之鸟[77]。逾昆仑,越巨海,殊方异类,至于三万里[78]。

其宫室也,体象乎天地,经纬乎阴阳[79]。据坤灵之正位,仿太紫之圆方[80]。树中天之华阙,丰冠山之朱堂[81]。因瑰材而究奇,抗应龙之虹梁[82]。列棼橑以布翼,荷栋桴而高骧[83]。雕玉瑱以居楹,裁金璧以饰珰[84]。发五色之渥采,光焰朗以景彰[85]。于是左墄右平,重轩三阶,闺房周通,门闼洞开[86]。列钟虡于中庭,立金人于端闱[87]。仍增崖而衡阈,临峻路而启扉[88]。徇以离宫别寝,承以崇台闲馆,焕若列宿,紫宫是环[89]。清凉宣温,神仙长年,金华玉堂,白虎麒麟,区宇若兹,不可殚论[90]。增盘崔嵬,登降炤烂[91]。殊形诡制,每各异观[92]。乘茵步辇,惟所息宴[93]。

后宫则有掖庭椒房,后妃之室,合欢增城,安处常宁,茝若椒风,披香发越,兰林蕙草,鸳鸾飞翔之列[94]。昭阳特盛,隆乎孝成[95]。屋不呈材,墙不露形[96]。裛以藻绣,络以纶连[97]。随侯明月,错落其间[98]。金釭衔璧,是为列钱[99]。翡翠火齐,流耀含英[100]。悬黎垂棘,夜光在焉[101]。于是玄墀钔砌,玉阶彤庭[102]。碝磩彩致,琳珉青荧[103]。

珊瑚碧树，周阿而生[104]。红罗飒𫄨，绮组缤纷[105]。精曜华烛，俯仰如神[106]。后宫之号，十有四位[107]。窈窕繁华，更盛迭贵[108]。处乎斯列者，盖以百数[109]。

左右庭中，朝堂百寮之位，萧曹魏邴，谋谟乎其上[110]。佐命则垂统，辅翼则成化[111]。流大汉之恺悌，荡亡秦之毒螫[112]。故令斯人扬乐和之声，作画一之歌[113]。功德著乎祖宗，膏泽洽乎黎庶[114]。又有天禄石渠，典籍之府[115]，命夫惇诲故老，名儒师傅，讲论乎六艺，稽合乎同异[116]。又有承明金马，著作之庭，大雅宏达，于兹为群[117]。元元本本，殚见洽闻[118]。启发篇章，校理秘文[119]。周以钩陈之位，卫以严更之署[120]，总礼官之甲科，群百郡之廉孝[121]。虎贲赘衣，阉尹阍寺，陛戟百重，各有典司[122]。

周庐千列，徼道绮错[123]。辇路经营，脩除飞阁[124]。自未央而连桂宫，北弥明光而亘长乐[125]。凌磴道而超西墉，掍建章而连外属[126]。设璧门之凤阙，上觚稜而栖金爵[127]。内则别风之嶕峣，眇丽巧而耸擢[128]。张千门而立万户，顺阴阳以开阖[129]。尔乃正殿崔嵬，层构厥高，临乎未央[130]。经骀荡而出馺娑，洞枍诣以与天梁[131]。上反宇以盖戴，激日景而纳光[132]。神明郁其特起，遂偃蹇而上跻[133]。轶云雨于太半，虹霓回带于棼楣[134]。虽轻迅与僄狡，犹愕眙而不能阶[135]。攀井干而未半，目眩转而意迷[136]。舍棂槛而却倚，若颠坠而复稽[137]。魂怳怳以失度，巡回途而下低[138]。既惩惧于登望，降周流以傍徨[139]。步甬道以萦纡，又窈窕而不见阳[140]。排飞闼而上出，若游目于天表，似无依而洋洋[141]。前唐中而后太液，览沧海之汤汤[142]。扬波涛于碣石，激神岳之嶈嶈[143]。滥瀛洲与方壶,蓬莱起乎中央[144]。于是灵草冬荣,神木丛生[145]。岩峻崷崒,金石峥嵘[146]。抗仙掌以承露,擢双立之金茎[147]。轶埃堨之混浊,鲜颢气之清英[148]。骋文成之丕诞,驰五利之所刑[149]。庶松乔之群类,时游从乎斯庭[150]。实列仙之攸馆,非吾人之所宁[151]。

而乃盛娱游之壮观,奋泰武乎上囿[152]。因兹以威戎夸狄,耀威灵而讲武事[153]。命荆州使起鸟,诏梁野而驱兽[154]。毛群内阗,飞羽上覆,接翼侧足,集禁林而屯聚[155]。水衡虞人,修其营表[156]。种别群分,部曲有署[157]。罘网连纮,笼山络野[158]。列卒周匝,星罗云布[159]。于是乘銮舆,备法驾,帅群臣,披飞廉,入苑门[160]。遂绕酆鄗,历上兰,六师发逐,百兽骇殚[161]。震震爚爚,雷奔电激[162]。草木涂地,山渊反覆[163]。蹂躏其十二三,乃拗怒而少息[164]。尔乃期门佽飞,列刃钻鍭,要趹追踪[165]。鸟惊触丝,兽骇值锋[166]。机不虚掎,弦不再控,矢不单杀,中必叠双[167]。飑飑纷纷,矰缴相缠[168]。风毛雨血,洒野蔽天[169]。平原赤,勇士厉[170]。猿狖失木,豺狼慑窜[171]。尔乃移师趋险,并蹈潜秽[172]。穷虎奔突,狂兕触蹷[173]。许少施巧,秦成力折[174]。掎僄狡,扼猛噬,脱角挫脰,徒搏独杀[175]。挟师豹,拖熊螭,曳犀犛,顿象罴[176]。超洞壑,越峻崖,蹷崭岩[177]。钜石隤,松柏仆,丛林摧[178]。草木无余,禽兽殄夷[179]。

于是天子乃登属玉之馆,历长杨之榭[180]。览山川之体势,观三军之杀获[181]。原野萧条,目极四裔,禽相镇压,兽相枕藉[182]。然后收禽会众,论功赐胙[183]。陈轻骑以行炰,腾酒车以斟酌[184]。割鲜野食,举烽命釂[185]。飨赐毕,劳逸齐，大路鸣銮，容与徘徊〔186〕。集乎豫章之宇，临乎昆明之池〔187〕。左牵牛而右织女，似云汉之无涯〔188〕。茂树荫蔚，芳草被堤〔189〕。兰茝发色，晔晔猗猗，若摛锦布绣，烛耀乎其陂〔190〕。鸟则玄鹤白鹭，黄鹄䴔鹳，鸧鸹鸨鶂，凫鹥鸿雁，朝发河海，夕宿江汉〔191〕，沉浮往来，云集雾散〔192〕。于是后宫乘辁辂，登龙舟，张凤盖，建华旗，祛黼帷，镜清流，靡微风，澹淡浮〔193〕。棹女讴，鼓吹震，声激越，謍厉天，鸟群翔，鱼窥渊〔194〕。招白鹇，下双鹄，揄文竿，出比目〔195〕。抚鸿罿，御缯缴，方舟并骛，俛仰极乐〔196〕。遂乃风举云摇，浮游溥览〔197〕。前乘秦岭，后越九嵕，东薄河华，西涉岐雍〔198〕。宫馆所历，百有余区〔199〕。行所朝夕，储不改供〔200〕。礼上下而接山川，究休祐之所用，采游童之讙谣，第从臣之嘉颂〔201〕。于斯之时，都都相望，邑邑相属〔202〕。国藉十世之基，家承百年之业〔203〕。士食旧德之名氏，农服先畴之畎亩〔204〕，商循族世之所鬻，工用高曾之规矩，粲乎隐隐，各得其所〔205〕。

若臣者，徒观迹于旧墟，闻之乎故老，十分而未得其一端，故不能遍举也〔206〕。

注释

〔1〕两都：指前汉都城长安和后汉都城洛阳。前者称西都，后者称东都。

〔2〕或：有的人。

〔3〕赋：广泛流行于汉代的一种文学体裁。形式上吸取荀卿《赋篇》的体制和《楚辞》修辞的某些特点。有小赋大赋之分。小赋篇幅较短，多以抒情为主。大赋篇幅较长，多以铺张的手法，描写都城、宫宇，苑囿，以及帝王的畋猎、游观、祭祀等。于篇末或寓讽谏之意，间有辨难说理之作。其后之发展，或趋于散文化，是为文赋；或走向骈骊，是为律赋。 古诗：指以《诗经》为代表的古代诗

歌。 流:支流,流变,发展。

〔4〕成康:指周代的极盛之世。成,周成王,武王子,名诵。康,周康王,成王子,名钊。相传成康之际,制礼作乐,刑措不用,达四十余年。 颂声:指盛世的颂扬赞美之声。颂,《诗经》的六义(风、雅、颂、赋、比、兴)之一,用以歌颂仁德之世,将成功告于神明的诗体。 寝:止息。

〔5〕王泽:王者的恩泽。王,指施行仁政的国君。 竭:止。 诗:指颂诗。作:创作。

〔6〕大汉初定:指汉高祖由汉王而登君主之位,汉朝刚刚奠定。 日不暇给:指来不及倡导礼乐文教。

〔7〕武宣:指汉武帝和汉宣帝。武帝刘彻,景帝子。承文景之业,对内实行经济政治改革,对外用兵,开拓疆土。尊儒术,倡仁义,而罢黜百家。建太学,置五经博士。在位五十四年,为前汉一代军事政治经济文化的极盛时期。宣帝刘询,武帝的曾孙。由于统治阶级内部的倾轧斗争,父母遇害,自幼养于民间,了解闾里疾苦。大将军霍光废昌邑王贺,乃迎立为帝。即位后,励精图治,任用贤能,又好刑名之术,重视吏治,减轻赋税徭役,所用宰相多以廉洁见称。

〔8〕礼官:掌礼仪之官。 文章:指礼乐法度。《论语·太伯》:"巍巍乎其有成功也,焕乎其有文章。"《礼·大传》:"考文章,改正朔。" 金马:指金马门。汉武帝得大宛马,乃命善相马者东门京铸铜像,立马于鲁班门外。遂改鲁班门为金马门。后沿用为官署的代称。东方朔、主父偃、严安、徐乐皆待诏于此。石渠:即石渠阁,汉宫中藏书之处,在未央宫殿北,汉初萧何造,以藏入关所得秦之图籍。成帝时又于此藏书。宣帝甘露三年与诸儒韦玄成梁丘贺等讲论于石渠。

〔9〕乐府:汉代主管音乐的官府。武帝定郊祀之礼,乃立乐府,掌管宫廷、巡行、祭祀所用的音乐,兼采民歌配以乐曲,以李延年为协律都尉。 协律:考校音乐之律吕。 兴废继绝:振兴继承成康之后已经废止的礼乐教化。废、绝,皆指成康之后被废止的礼乐文章。 润色:使有文采,有光彩。 鸿业:大业,指立国兴邦的事业。此句言汉武宣之世,上承成康时代的礼乐文教,并用以光赞治国兴邦的大业。

〔10〕众庶:人民,群众。 悦豫:高兴,快乐。 福应:福祥的征应,吉祥的予兆。 盛:多。

〔11〕白麟、赤雁、芝房、宝鼎:皆为汉武帝时代所得的福应,并令乐府作歌。

李善注引《汉书·武帝纪》:“行幸雍,获白麟,作白麟之歌”,“行幸东海,获赤雁,作朱雁之歌”,“甘泉宫内产芝,九茎连叶,作芝房歌”,得宝鼎后土祠旁,作宝鼎之歌”。 荐:进献。 郊庙:设于郊外的宗庙。距都城百里为郊。

〔12〕神雀、五凤、甘露、黄龙:皆为汉宣帝时代所得的祥瑞之征应。 瑞:瑞应,福祥的预兆。 年纪:年号之纪。纪,同“记”。以上数种瑞应出现之后,宣帝皆据以改变年号。李善注引《汉书·宣帝纪》并应劭语:“神雀元年”,应劭:“前年神雀集长乐宫,故改年也。”“五凤元年”,应劭:“先者凤凰五至,因以改元。”“甘露元年,诏曰:‘乃者凤凰至,甘露降,故以改元年。’”“黄龙元年”,应劭:“先是黄龙见新丰,因以改元焉。”

〔13〕言语:指文辞著作。 侍从:随从皇帝左右。 司马相如:汉成都人,字长卿。武帝时以献赋为郎。著有《子虚》、《上林》、《大人》等赋,铺张扬厉,托以讽谕。 虞丘寿王:字子贡,以善格五召待诏,迁为侍中中书。 东方朔:汉平原厌次人,字曼倩。武帝时待诏金马门,官至太中大夫。以奇计俳辞得亲近,为武帝弄臣。著有《答客难》、《非有先生论》、《七谏》等。 枚皋:汉淮阴人。字少孺,枚乘子。武帝时上书自陈,拜为郎。好诙谐,善辞赋,才思敏捷,讽刺不避权贵,时以比东方朔。有赋一百二十篇,多不传。 王褒:汉蜀资中人,字子渊。宣帝时征为郎,与张子侨等并待诏,擢为谏大夫。善诗赋。奉命往益州祀金马碧鸡之宝,卒于道。著有《圣主得贤臣颂》、《洞箫赋》。 刘向:汉宗室,字子政。宣帝招选名儒俊材置左右,向以能属文进。元帝时为中垒校尉。成帝求天下遗书,向以光禄大夫校经传诸子诗赋。所著有《新序》、《说苑》、《列女传》等。 属:辈。

〔14〕论思:议论思索正道。 献纳:进呈给皇帝。

〔15〕公卿:皆为古代官名。 御史大夫:官名,秦置,其位仅次于丞相。主管弹劾、纠察以及掌管图籍秘书。汉沿之。与丞相(大司徒)、太尉(大司马)合称三公。 倪宽:李善注引《汉书·倪宽传》:“倪宽修(当为“治”,善注避唐高宗讳改作修。用高步瀛说。)《尚书》,以郡选,诣博士孔安国,射策为掌故,迁侍御吏。” 太常:官名。秦置奉常,汉景帝中元六年更名太常,掌宗庙礼仪。 孔臧:李善注引《孔臧集》:“臧仲尼之后,少以才博知名,稍迁御史大夫。辞曰:‘臣代以经学为家,乞为太常,专修家业。’武帝遂用之。” 太中大夫:官名,秦置,掌议论。 董仲舒:汉广川人。少治《春秋公羊传》,景帝时为博士,下帷讲读,三年不窥园。武帝时,以贤良对策称旨见重,拜江都相。后因言灾异事下

狱,几死,不久赦免。生平讲学著书,抑黜百家,推尊儒术。　宗正:官名。掌管王室亲族的事务。　刘德:汉人,字路叔。少治黄老术,武帝谓之为千里驹,官至太中大夫,封阳城侯。　太子太傅:官名。　萧望之:汉东海兰陵人,字长倩。以射策甲科为郎。宣帝时累官至谏大夫、御史大夫。以忤宣帝意,左迁至太子太傅,授太子(元帝)经。宣帝病重,遗诏辅政。元帝即位,以师傅见重。后受宦官排挤,饮鸩自杀。　间作:指抽暇创作文章。间,乘间,抽空。上句言司马相如等身为言语侍从之臣,以文章辞赋为业,因而是"日月献纳"。这句言倪宽等公卿大臣,并非以文章辞赋为业,因而是"时时间作"。两句对言,以见武宣之世礼乐文章之盛。

〔16〕抒:表达,发泄。　下情:指臣民的情性。此谓在下者之意见。《管子·明法》:"下情求不上通,谓之塞。"　讽谕:用委婉的方法劝说君上。

〔17〕宣:宣扬,传达。　上德:君上的仁德,与"下情"相对。　雍容:融洽和缓,形容"抒下情而通讽谕"的情状。　揄(yú 于)扬:引发,宣扬,形容"宣上德而尽忠孝"的情状。　著:昭著,鲜明,显示。　后嗣:后代。

〔18〕抑:或,或许。　雅颂:《诗经》雅与颂的合称。《诗》之六义分风、赋、比、兴、雅、颂。后以称盛世之乐。　亚:次。此句言武宣之世的文章辞赋,或抒下情或宣上德,就其雍容揄扬著于后嗣而言,也属于雅颂一类的盛世之音。

〔19〕孝成:即汉成帝,刘骜,字太孙。元帝子。曾使谒者陈农求天下遗书。论:评论。　录:指编排目次。《汉书·艺文志》:"成帝时,……诏光禄大夫刘向校经传诸子诗赋。……每一书已,向辄条其篇目,撮其指意,录而奏之。"

〔20〕奏御者:指天下向朝廷进呈的遗书。　千有余篇:高步瀛认为,《汉书·艺文志》曰:"凡诗赋百六家千三百一十八篇。"何焯谓七十八家一千零四篇,则专计赋家,除去歌诗二十八家三百一十四篇,故云一千零四篇。　文章:此指汉代的礼乐与文辞。　炳:光辉灿烂。　三代:指夏商周。　风:教化,风化。

〔21〕道:道理,事理。此指一个时代的政治体制。　夷隆:衰落与兴盛。夷,陵夷,衰落。　学:学术。　粗密:粗疏与精密。　因时:适应时势。　建德者:指建立功德的君主。　远近:古今。　则:法则,基本规律。此两句言各个时代政治体制有兴衰之不同,学术文化也随之有粗精之别,而欲建立功业的君主古今皆无例外地重视礼乐文章的作用。

〔22〕皋陶(yáo 尧):也作"咎繇",传说舜之臣,掌刑狱之事。　虞:即有虞氏,古部落名,居于蒲坂(今山西永济县东南)。此指出于有虞氏的古帝舜,受

尧命摄政三十年,除四凶,举八元八恺,天下大治。李善注引《尚书》:“皋陶歌曰:‘元首明哉,股肱良哉,庶事康哉。’”即颂扬舜的事迹的。　奚斯:春秋鲁僖公臣,鲁公子鱼字。《诗·鲁颂·閟宫》:“新庙奕奕,奚斯所作。”　见采:被采纳。　孔氏:即孔子。名丘,字仲尼。春秋鲁国陬邑(今山东曲阜)人。鲁定公时曾做过中都宰、司寇。因不满于鲁国执政者,去而周游列国,亦不为所用。曾长期聚徒讲学,据说有弟子三千,通六艺者七十。并曾删《诗》、《书》,定《礼》、《乐》,赞《周易》,修《春秋》,于古代文化的整理与传播做出了重要贡献。　列于诗书:皋陶歌被编次于《尚书》之中,奚斯所做之鲁颂被编入《诗经》之中。列,排列,编次。诗书,《诗经》与《尚书》的合称。　义:道理,意义,原因。此句言皋陶之歌奚斯之颂虽时代远近不同,却都是赞美各自的君主与国家的,表现了其时其地的礼乐文章,孔子把它们采入诗书,其道理是与古之因时立德者重视礼乐的法则相一致的。

〔23〕稽:考查。　上古:指传说中虞舜的时代。　彼:指歌赞有虞氏的皋陶。

〔24〕此:指武宣之世的司马相如等。

〔25〕斯事:指做赋之事。　先臣:指司马相如等。　旧式:先代的榜样。指“抒下情”和“宣上德”而言。　遗美:由前代传留下来的美政。指由“武宣之世”至“孝成之世”的礼乐文章而言。　阙:同“缺”,缺少。以上两句言自己做赋之由,为全序之纲领。

〔26〕海内:指天下。　清平:清明太平。　京师:指东都洛阳。　浚(jùn 俊):加深河道。　城隍(huáng 皇):城池,护城河。隍,城池无水曰隍。　起:修建。　苑囿:植林木畜禽兽之所。　备:完备,完善。　制度:规定,法则。

〔27〕西土:指西京长安,以其在西,故名。　耆(qí 齐)老:老人。《国语·吴语》:“有父母耆老而无昆弟者以告。”注:“六十曰耆,七十曰老。”此特指年高有德之人。　咸:都。　怨思:哀怨思念。　冀:希望。　上:皇上,指汉和帝。　眷顾:怀念。　盛称:盛赞。　旧制:往日的体制。指过去的建筑规模以及礼仪制度等。　陋:简陋,鄙陋。此意动用法,以为简陋。　雒邑:即洛阳。　议:议论。

〔28〕极:尽,极言,尽言。　眩曜(xuàn yào 炫要):迷惑。　折:折服,以理说服。　今:当今。指东都洛阳。　法度:礼仪制度。此句承上特言做《两都赋》的缘由。

〔29〕西都宾、东都主人:皆为班固做赋虚拟的人物。光武中兴而都洛阳,故

以西都为宾，东都为主，假为宾主以相问答。（用李贤、吕延济说）

〔30〕皇汉：大汉。皇，大。　经营：建筑，营造。指汉初建都而言。　都：做动词用，建都。　河洛：黄河与洛水。指河洛之间的洛阳。

〔31〕辍：中止，停止。　弗康：不安。感到不安宁。　实用：即"是用"，因此。　作：建造。　上都：京师，首都。此指长安。李贤曰："高祖五年，娄敬说上都关中。上疑之。左右大臣皆山东人，多劝都洛阳。此为'有意都河洛矣'。张良曰：'洛阳其中小不过数百里，四面受敌，非用武之国。关中金城千里，天府之国也。'于是上即日西都关中。此为'辍而弗康'。"（《后汉书·班固传》注）

〔32〕其：指西都长安。　故：故事，旧事。　制：体制，规模。

〔33〕摅（shū 书）：舒布，表达，发泄，抒发。　蓄念：酝酿已久的念头。　幽情：高雅深沉的感情。　博：通达，见多识广。此为使动用法。　皇道：伟大的道理。指高帝定都之计。　弘：与"博"意义相近，扩大，开阔。　汉京：指西都长安。

〔34〕雍州：古九州之一。今陕西、甘肃、青海之额济纳一带。　实：是，此。

〔35〕据：靠，依靠。　函谷：即函谷关。在今河南省灵宝县南，为秦之东关。关城在谷中，深险如函，故名。东自崤山，西至潼津，通名函谷，号称天险。　二崤（yáo 摇）：即崤山。在今河南省洛宁县西北。因崤有二陵，故称二崤。　阻：险阻，险要。　表：标，标志。　太华：即西岳华山。在陕西省渭南县境内。　终南：即终南山。秦岭山峰之一。在陕西西安市南。又称南山。

〔36〕界：毗连，邻接。　褒斜：即褒斜谷，又称褒斜道。在陕西省西南。是沿褒水、斜水所形成的河谷。南口称褒谷，北口称斜谷，总长四百七十里。通道山势险峻，历代凿山架木，于中绝壁修成栈道，旧时为川陕交通要道。　陇首：即陇山，又称陇坻、陇坂。在今陕西陇县至甘肃平凉一带。山势险峻，为陕甘要隘。

〔37〕带：意动用法，以为带。像带子一样蜿蜒环绕。　洪河：大河。（用刘良说）　泾渭：泾水与渭水。泾水，有二源，俱出甘肃省境，至泾川县入陕西省境，至高陵县入于渭水。渭水，又称渭河，出甘肃省渭源县鸟鼠山，至清水县入陕西省境，绕经长安至高陵县会泾水。

〔38〕隈（wēi 微）：水流弯曲之处。　汧（qiān 千）涌：水流于河弯处停蓄聚集而后又奔涌而去。朱珔引孙志祖《文选李注补正》释"汧"说："考《尔雅注疏》：凡水为人所决陂障与出而停成污池者皆名为汧。合二句并上句读之，从此义为长。"甚是。又，《后汉书》无此二句，李善于此无注，许庆宗以为后人羼入

善本。朱珔亦主此说。

〔39〕华实:果木之实。　毛:指草木,其繁茂如毛之生于皮(用张铣说)。　九州:古分中国为九州。《书·禹贡》九州为:冀、兖、青、徐、扬、荆、豫、梁、雍。　上腴:最肥沃。上,最,第一等。

〔40〕隩(ào 奥)区:四方之土可定居之区。隩,四方之土可定居者。(用李善注引《说文》说)

〔41〕横被:广及。　六合:指四方上下。　三:指周、秦、汉三个朝代。　帝畿(jī 机):京城所在的地区。约为京城周围方圆千里之地。　龙兴:比喻周的仁德。　虎视:比喻秦的残暴。　命:天命。　都:定都,建都。

〔42〕悟:感悟,理解。　东井之精:指传说高祖入秦时出现的一种瑞应。李善注引《汉书》:"汉元年十月,五星聚于东井,沛公至灞上。"按古代的迷信说法,此为高祖受天命之符。东井,星名,即井宿,为秦的分野。精,指聚于东井的五星。　协:协合,符合。　河图之灵:按古代迷信的说法,为帝王出现的符应。河图,即河出图,图即八卦。汉郑玄以为帝王圣者受命的祥瑞。灵,灵瑞,祥瑞。此两句皆以谶纬之说证明大汉高祖为受天命而都于长安。　奉春:即奉春君娄敬。敬原为戍卒,闻高祖欲都洛阳而求见,以洛阳不便,不如据秦之险固而定都西安,被采纳而受封号。　建策:提出建议。　留侯:即张良,高祖的谋士,佐汉灭秦楚,因功封为留侯。　演成:引申推衍而使之成功。此指张良引申娄敬建都长安的意见,高祖决定西都长安。

〔43〕天人:天,天命,指五星聚于东井宿的符应;人,人意,指娄敬的建策。　合应:相互感应。　发:引发,启示。　皇明:指高祖的圣明。　眷:眷念。　实惟:是以,因此。　作京:指在长安建立京都。

〔44〕睎(xī 西):远望。　秦岭:即长安之南山,包括终南山、太一山等。　睋(é 俄):视。　北阜:长安北面诸山,包括九嵕山、嶻嶭山、甘泉山等。(用朱珔说)　挟:带,从旁绕过。　沣灞:沣水与灞水。沣水,源出陕西秦岭山中,北流至西安市西北,纳滈水,分流注入渭水。为关中八川之一。灞水,在陕西省中部,渭河支流。关中八川之一。

〔45〕图:图谋,规划。　皇基:帝王的基业。　度:李善注作"庆","庆"与"羌"同声通用,发语词。《后汉书·班固传》和五臣本皆为"度",当从五臣。"度"与"图",对文近义。　宏规:宏大的规模。

〔46〕肇(zhào 兆):始。　高:指汉高祖。　平:指汉平帝,刘衎,为元帝庶

孙。九岁立为嗣,太皇太后王氏临朝。大司马王莽秉政。后为王莽所弑。　增饰:不断修饰。　崇丽:与“增饰”对文近义。愈来愈华丽。　十二之延祚(zuò作):前后承接的十二帝,即自高祖,中经惠帝、高后、文、景、武、昭、宣、元、成、哀,至平帝。延祚,先后相承的帝位。　泰:骄纵,奢侈。

〔47〕金城:形容城之坚固,如金铸成。　雉(zhì至):计算城墙面积的单位。墙长三丈高一丈为一雉。　呀:形容大而空的样子。　周池:周遭环绕的护城河。

〔48〕披:开辟。　三条:李善注引《周礼》:“匠人营国方九里,旁三门。”每门为一大路,故为三条。(用李贤说)　十二之通门:王城十二门,以示通十二子(子、丑、寅、卯、辰、巳、午、未、申、酉、戌、亥,十二个时辰为十二子)。即日夜通达无阻之意。(据李善注引郑玄《周礼》注)

〔49〕街衢(qú瞿):四通八达的道路。　洞达:通达。　闾阎:闾,里门;阎,里中门。　九市:李善注引《汉宫阙疏》:“长安立九市,其六市在道西,三市在道东。”　货别:商品种类有别。　隧(suì碎)分:市中的通道划分出不同商品的出售处所。隧,市场中间的通道。李善注引薛综《西京赋》注:“隧,列肆道也。”此句言货物不同,出售的处所亦有别,售同类商品皆集中于一条街道,所以为“货别隧分”。

〔50〕顾:回头。　旋:旋转。此句形容车马行人拥挤不堪,熙熙攘攘,没有回头与旋转的余地。

〔51〕阗:与“填”同,充满。　溢:与“阗”义近,充满,外溢。　郭:外城。三里为城,七里为郭。　旁流:遍布。　百廛(chán禅):各式各样的商店。廛,店铺,作坊。李善注引郑玄《礼记》注:“廛,市物邸舍也。”《周礼·地官·戴师》:“以廛里任国中之地。”孙诒让谓廛里皆居宅之称,分言之,则庶人、农、工、商等所居谓之廛;士大夫等所居谓之里。　红尘:繁华市区飞扬的尘土。　四合:四面围拢,笼罩。

〔52〕庶:众多。

〔53〕都人:都城之人。　士女:男女。　五方:东西南北中。此指各地。

〔54〕游士:游人。　拟:类似。　公侯:公爵与侯爵。指贵族。　列肆:各类店铺。此指商人妇,店铺中的妇女。肆,陈物出售之所。　侈:奢侈。　姬姜:姬,周姓;姜,相传炎帝之后,后稷之母为姜嫄。姬姜二姓常通婚,因以之代贵妇人。此两句为互文见义,因而“列肆”当代列肆中之商人妇,并与“姬姜”先

后映称。

〔55〕乡曲:乡下。　豪举:《后汉书·班固传》:“举”作“俊”,才智过人者。　游侠:轻死重义之人。与“豪举”皆谓朱家、郭解、原涉之辈(用李贤说)　雄:杰出者。

〔56〕节:品格。　慕:羡慕,向往。此有比拟,类似之意。　原:指平原君,战国时赵国贵族赵胜。赵武灵王子,惠文王弟。三任赵相,传有食客三千人。　尝:指孟尝君,战国时齐国贵族田文。继其父田婴的封号,为薛公。以好客著称,门下食客至数千人。　名:名望,声誉。　亚:仅次。　春:指春申君,战国时楚国贵族黄歇。考烈王立,以歇为相,赐淮北地十二县,后改封于江东。相楚二十五年,有食客三千余人。　陵:指信陵君,战国时魏国贵族无忌。魏安釐王异母弟。曾窃符救赵,解秦军之围。又率五国兵大破秦军。好养士,亦有食客三千。　连交:联合交结。　合众:集合徒众。　骋骛:驰逐往来。　其中:指西都长安。此数句承上文意,言豪俊游侠之辈,广为交结,联络徒众,其名望风貌几等于战国时代的四公子。

〔57〕四郊:四方郊外。　浮游:漫游。　近县:京师附近的县区。　杜霸:指杜陵与霸陵。杜陵,古地名,在今陕西西安市东南。原为秦置杜县,宣帝于此筑陵,故改为杜陵。霸陵,地名,汉文帝陵墓所在,在陕西长安县东。　五陵:指葬高帝的长陵,葬惠帝的安陵,葬景帝的阳陵,葬武帝的茂陵,葬昭帝的平陵。皆在长安之北。

〔58〕名都:著名都城,此指西都长安。　对郭:城郭相对。　邑居:城邑中的宅第,指富贵之家的居处。　相承:彼此连接。

〔59〕英俊:指杰出超群的人物。　绂冕(fú miǎn 服免):古时的礼服。同“黻冕”。《淮南子·俶真》:“繁登降之礼,饰绂冕之服。”此喻高官显位。　兴:兴建。　冠盖:冠,礼帽。盖,车盖。此指官宦。　七相:西汉时实行迁徙官宦富贾大族于先帝陵墓所在之地,以充供奉,兼有加强中央抑制地方势力之作用。其中有七位丞相。即韦贤,西汉邹人,字长孺。本始间为丞相,封扶阳侯。家徙居于平陵。车千秋,汉人,曾为被陷害的人进行辩护。武帝感悟,拜为大鸿胪。数月后迁为丞相,封富民侯。徙于长陵。黄霸,汉淮阳阳夏人,字次公。曾为御史大夫、丞相,封建成侯。家徙居于平陵。平当,汉平陵人,字子思。曾主持治河工程,哀帝时为丞相。家徙居于平陵。魏相,汉济阴定陶人,字弱翁,曾为河南太守。宣帝时为丞相,封高平侯。家徙居于平陵。此为五相。李善注云:“其

余不在七相之数者,并以罪国除故也。”吕向注则补以王商、王嘉。　五公:指迁徙于汉先帝陵所在地之五个公侯。公,御史大夫将军之通称。其中:张汤,汉杜陵人。武帝时拜太中大夫,与赵禹共定律令。为廷尉,迁御史大夫,治狱严峻。家徙杜陵。杜周,汉杜衍人,为张汤之廷史,后至御史大夫。家徙于茂陵。萧望之,汉东海兰陵人。射策为郎,宣帝时累官至谏大夫、御史大夫。宣帝疾笃,遗诏辅政。家徙居于杜陵。冯奉世,汉上党人,字子明。武帝末以良家子选为郎,曾出使大宛,并曾击莎车(西域国名)。宣帝以之为光禄大夫,水衡都尉。元帝时为执金吾。家徙居于杜陵。史丹,汉人,字君仲。官驸马都尉侍中,封关内侯。丹为人知足,剀剃谨密,尤见信任,曾做将军十六年。徙杜陵。

〔60〕五都:汉以洛阳、邯郸、临淄、宛、成都为五都。　货殖:经商。聚积财货,经营生利。此指商人。　三选:即选三等之人。三等之人指七相五公、州郡豪杰和五都货殖。　七迁:即迁上述三等人于七陵。七陵,南杜陵、霸陵、北长陵、安陵、阳陵、茂陵、平陵。　充奉:担当供奉、祭祀的任务。　陵邑:帝王陵墓所在之地。

〔61〕强本弱枝:比喻汉代所实行的加强皇室削弱诸侯功臣势力的措施。本,比喻中央和皇室;枝,比喻诸侯与地方豪强势力。李善注引《汉书》:“徙吏二千石高訾富人及豪杰兼并之家于诸陵,盖亦以强本弱枝,非独为奉山园也。”隆:尊崇。　上都:指西京长安。　观:显示。　万国:整个天下。

〔62〕封畿(jī 基):京都一带地域。畿,帝王所领之地。　逴跞(chuō luò 戳落):超绝。　诸夏:周代分封的诸侯国。此指京畿以外的各个侯国。

〔63〕其阳:指西京之阳。阳,南面。　崇山:指长安之南山。　隐天:隐没于天。形容山之高。　幽林:深而暗的树林。　穹谷:深谷。　陆海:物产丰饶的高原。指关中一带。《汉书·东方朔传》:“汉兴……都泾渭之南,此所谓天下陆海之地。”注:“高平曰陆,关中地高故称陆耳。海者,万物所出,言关中山川物产饶富,是以谓之陆海也。”　蓝田:山名。在陕西蓝田县东,骊山之南阜。山出美玉,故又名玉山。江淹《丽色赋》:“帐必兰田之宝,席必蒲陶之文。”

〔64〕商洛:商,商县,在陕西省兰田县东南。洛,即上洛县,春秋时晋邑。汉置县。地在今陕西省商县境。　缘:围绕。　隈(wēi 微):水弯曲之处。　鄠(hù 户)杜:鄠,鄠县,汉初所置,在陕西省。杜,杜阳县,汉置,属扶风郡。今陕西麟游县西北。　滨:临近,依傍。　足:山脚。　陂(bēi 卑):池塘。　交属:彼此相连。

〔65〕甘木:果实甜美之木。　近蜀:与蜀地相近似。此言关中富饶与天府之国的蜀地相近。

〔66〕其阴:指西京长安的北面。　冠:冠冕,此做动词用,以之为冠冕。　九嵕(zōng 宗):山名。在陕西省醴泉县东北。有九峰耸峻,山之南麓,即咸阳北坂。　陪:陪同,伴随。　甘泉:山名。在陕西淳化县西北。　灵宫:指汉代于甘泉山所建之宫,即甘泉宫。　起:建造。

〔67〕极观:观览之极点。秦始皇于甘泉山造林光宫,汉又起甘泉宫,又于宫城之内建延寿馆、通天台。秦汉两代的帝王于此游观避暑。此所谓"极观"。　渊:即王褒,字子渊。汉辞赋家,著有《甘泉颂》。　云:即扬雄,字子云。汉文学家,著有《甘泉赋》。

〔68〕郑白:指郑渠与白渠。郑渠,战国时韩国水工名郑国者为秦所凿。分泾水东流,经三原、富平、蒲城诸县界,入沮洛。溉地四万余顷,关中为沃野。今已废。白渠,汉代关中平原的人工灌溉渠道。在陕西三原县西北。汉武帝太始二年,赵中大夫名白公者奏穿渠。引泾水,起谷口,入栎阳,注渭中。渠长二百里,溉田四千五百余顷。　沃:肥沃的田野。

〔69〕提封:谓通共,总共。　《汉书·东方朔传》:"举籍阿城以南,周至以东,宜春以西,提封顷亩。"颜师古注:"提封,亦谓提举四封之内。总计其数也。"　五万:指郑渠与白渠灌溉的土地面积有五万井。井,古代授田之区划。相传古代田制,以地方一里,画为九区。其中为公田,八家均私田百亩,同养公田。以形如"井"字,故名。　疆场:田界。　绮分:纵横交错如罗绮一般。绮,一种细密的丝织品。分,五臣作纷,纷繁。

〔70〕沟塍(shéng 绳):沟渠和田埂。　刻镂:形容沟塍纵横,好比刻镂出的图案,密致而匀整。　原隰(xí 习):高平之地为原,低湿之地为隰。龙鳞:形容平原与低地成方成片,好似龙鳞。

〔71〕降雨:比喻水渠灌溉田苗,如雨水普降。　插:通"锸"、"臿",开渠的工具,似锹。　成云:形容荷插者之多。

〔72〕五谷:指黍、稷、菽、麦、稻。(用韦昭说)　垂颖:下垂的禾穗。颖,禾穗。　铺棻:散发香气。铺,敷,布,散发。棻,本作"芬",像香气上升。(用朱珔说)

〔73〕通沟:指畅行无阻的古运河,与上文田间的沟渠意义有别。　大漕:巨大的运输水道。　溃渭:决渭引水,以利漕运。溃,旁决。渭,渭水。洞河:通达

黄河。洞,通达。据朱珔以《史记·河渠书》考证,武帝元光中,大司农郑当时曾命水工徐伯表开凿由长安直达黄河的运河,引渭水以便漕运,至唐以后始废。(见《文选集释》卷一) 山东:即关东,此指秦汉时殽山或华山以东。 控引:控驭,控制。 淮湖:水名。淮,淮水,古四渎之一。源出河南桐柏山,东经安徽江苏入洪泽湖。其下游本流经淮阴涟山入海。湖,似指洪泽湖。李善注此数句:"言通沟大漕既达河渭,又可以泛舟山东,控引淮湖之流,而与海通其波澜。"

〔74〕上囿禁苑:指上林苑。(用余萧客《文选纪闻》说)囿、苑,为植林木养鸟兽之所。 林麓:树木丛生的山麓。 薮泽:湖沼。有水为泽,无水为薮。

〔75〕陂池(pō tuó 坡陀):或作"陂陁",倾斜险峻的样子。 蜀汉:二郡名。蜀郡,秦置,汉因之,地属今成都及温江地区一带。汉中郡,秦置,汉因之,地属今陕西南郑县。 缭:围绕。 周墙:围墙。 离宫别馆:古代帝王于正式宫殿之外另筑的宫殿馆舍,以随时游处。 三十六所:孙志祖《文选李注补正》引《后汉书》注:"《三辅黄图》曰:上林有建章、承光等宫一十一,平乐、茧观二十五,凡三十六所。"

〔76〕神池:李善注引《三秦记》:"昆明池中有神池。"昆明池,汉武帝元狩三年于长安近郊穿地而造。池模仿昆明滇池。 灵沼:灵异之池沼。此言凡建离宫别馆之处皆有美池。因而才有"往往"云。神、灵,以状其美。

〔77〕九真之麟:九真郡所献之奇兽。九真,秦象郡地,后属南越。汉武帝于元鼎六年间,置九真郡。麟,即大牡鹿。李善注引晋灼《汉书)注:"驹形,麟色,牛角。" 大宛之马:大宛国所产的名马。大宛,古国名,为西域三十六国之一,北通康居,南及西南,与大月氏接壤,产名马。李善注引《汉书·武帝纪》:"贰师将军广利斩大宛王首,获汗血马。" 黄支之犀:黄支国所献的犀牛。黄支,古国名。《汉书·平帝纪》注引应劭:"黄支在日南之南,去京师三万里。" 条支之鸟:条支国所献的大鸟。条支,西域国名,即阿拉伯,(用王先谦说)在安息以西,临西海。鸟,即鸵鸟。

〔78〕逾:超过。 昆仑:山名。在新疆西藏之间,西接帕米尔高原,东延入青海省境内。 巨海:李善注以为条支国所临之西海。王先谦以为西海即今之红海。 殊方:远方,异域。 异类:指珍禽异兽。类,物类。 三万里:形容以上珍禽异兽所来之地距汉朝的遥远。

〔79〕体:体制。 象:取象,象征。天地:指宫室上圆下方。圆象天,方象地

(用李贤说)。 经纬:南北为经,东西为纬。 阴阳:指日月运转的规律。此言宫室建筑的结构考虑到四季变化及明暗冷暖。

〔80〕据:占据。 坤灵:地灵。坤,地。 正位:中正之地。 仿:模仿,仿效。 太紫:二星宿名,太微与紫微。太微,三垣之一,位于北斗之南,轸、翼之北,诸星以五帝座为中心,作屏藩状。紫微,亦三垣之一。李善注引《春秋合诚图》曰:“太微,其星十二,四方。”又曰:“紫宫,大帝室也。”

〔81〕树:建立。 中天:天半,形容高。 华阙:宫殿门前所立的双柱。汉未央宫北有玄武阙,东有苍龙阙。(据高步瀛《文选李注义疏》引《水经注》)华,形容壮丽。 丰:广,大。与“树”对文,意为使之宏大堂皇。冠山:指萧何于龙首山上建未央宫。李善注引潘岳《关中记》:“未央宫殿皆疏龙首山土作之。”殿筑于山上。如戴冠冕,故曰“冠”。 朱堂:指未央宫殿。

〔82〕瑰(guī 归)材:珍奇的梁材。 究奇:穷尽瑰奇之处。究,穷尽,发挥尽。 抗:举,竖起。 应龙:古代神话中有翼的龙。龙五百年为角龙,又千年为应龙。此以比喻栋梁的形状。 虹梁:曲如长虹之栋梁。

〔83〕列:布列。 棼橑(fén liáo 坟辽):楼阁上的梁和椽。(用王念孙、胡绍煐说) 布:与“列”同义。 翼:屋檐两端翘起的部分,似鸟翼的样子。 荷:承受,负荷。 栋桴(fú 浮):屋梁。栋,正梁。桴,二梁。 高骧(xiāng 香):高举。此两句互文见义。上言楼阁的梁椽之状态,下言正堂的梁栋之状态。

〔84〕雕:雕刻。 玉瑱(tián 填):玉制的柱脚石。瑱,通“磌”,柱脚石。居楹(yíng 盈):使楹柱居其上。楹,柱。 裁:裁制。 饰珰(dāng 当):以金璧来装饰椽头。珰,椽头的装饰。

〔85〕渥(wò 握)采:润泽的色彩。 光焰:指金璧于椽头映日发出的光辉。朗:明亮,灿烂。 景彰:阴影清明。景,同“影”。彰,明。

〔86〕左墄(qì 气):左侧为阶级。墄,也作“碱”。 右平:右侧为平阶。左以上人故为阶级。右以上车故为平阶。 重轩:两重的楼版。轩,楼版,槛版。三阶:多屋的阶级。三与重,皆为约数,不必过泥,以言殿阁之高。 闺房:小室,内室。 周通:遍通,四通。 门闼(tà 踏):宫门。

〔87〕列:陈列。 钟虡(jù 具):悬挂编钟的木架。 金人:铜人。据《三辅黄图》卷一载:“始皇收天下兵器,聚之咸阳,销以为钟鐻,高三丈。钟小者皆千石也。销锋镝以为金人十二,立于宫门,坐高三丈。” 端闱(wéi 围):王宫西北方的门。此指宫门。

〔88〕仍:因,就。　增崖:高耸的山崖。增,通“层”,重重高耸。　衡阈(yù玉):指界限。　临:面对。　峻路:大路。　启:开。　扉:门扉。

〔89〕徇:环绕。　离宫别寝:古帝王于正式宫殿之外所筑的宫室,以随时游处。　承:连接。　崇台:高台。　闲馆:闲居之馆。　焕:光辉闪烁。　列宿:众星。　紫宫是环:即环绕紫宫。此比喻离宫别寝与崇台闲馆环绕未央馆的太极殿。紫宫,即紫微之宫,天帝的居室。

〔90〕清凉、宣(宣室)温(温室)、神仙、长年、金华、玉堂、白虎、麒麟:除神仙殿,以上皆未央宫中殿名。长乐宫有神仙殿。(据李善注)　区宇:疆土境域。邦域为区。四方上下为宇。此指京畿之内的形胜。　殚(dān丹):尽。

〔91〕增盘:增,通“层”,层层高起的样子。盘,盘盘曲曲,形容殿阁高耸重叠的状态。　崔嵬(wéi围):高耸的样子。　登降:上下,高低。炤(zhào照)烂:光辉灿烂。

〔92〕殊形:不同的形状。　诡制:奇特的体制。　异观:奇异的景象。

〔93〕茵:辇轿一类的交通工具。由四人抬其四角而行,乘者坐其上(用李贤、颜师古说)。　步辇(niǎn碾):以辇代步,乘辇。辇,以人驾的车。乘辇与乘茵,有等次之差。因而李善注引应劭《汉官仪》:“皇后婕妤乘辇,余皆以茵,四人舆以行。”　息宴:安息。

〔94〕掖(yē椰)庭:宫名。在天子左右,为宫人所居。　椒房:殿名。以椒涂壁,取其温暖祛恶气,故名。为后妃所居。　合欢、增城、安处、常宁、茝若、椒风、披香、发越、兰林、蕙草、鸳鸾、飞翔:皆为宫殿名。

〔95〕昭阳:殿名,汉成帝后赵飞燕所居。　特盛:指昭阳殿内部装饰特别豪华。《汉书·赵皇后传》:“壁带往往为黄金釭(gāng刚),函蓝田璧,明珠翠羽饰之。”注:“壁带,壁之横木露出如带者也。於壁带之中,往往以金为釭,若车釭之形也。”　隆:繁盛,盛多。指昭阳殿豪华的程度。　孝成:指汉成帝。

〔96〕屋不呈材,墙不露形:皆形容栋梁墙壁皆以金璧文绣所装饰,珍贵的饰物把梁材与墙壁的原形皆掩盖了。呈,露。

〔97〕裛(yì意):缠绕。　藻绣:华丽的文绣,指宫室之内五彩缤纷的饰物。络:与“裛”对文,缠绕,构成网状物。　纶连:结扎成的彩饰。李善注引《说文》:“纶,纠青丝绶也。”

〔98〕随侯明月:宝珠名。李善注引《淮南子》:“随侯之珠和氏之璧,得之而富失之而贫。”高诱注:“随侯,汉东国姬姓诸侯也。随侯见大蛇伤断,以药傅而

涂之。后蛇于夜中衔大珠以报之。因曰随侯之珠,盖明月珠也。” 错落:错杂缤纷。

〔99〕金釭(gāng 刚):宫室墙壁横木上的金属环形饰物。 衔璧:衔着璧玉。 列钱:李善注:“言金釭衔璧,行列似钱也。”

〔100〕翡翠:吕向释为鸟羽以饰宫室。揆之上下文,此似指翡翠色(碧绿而透明的颜色)的珠玉。 火齐:类似玫瑰的珠玉。 流:流光。放射光辉。 含英:含蓄光明。英,明。

〔101〕悬黎、垂棘、夜光:皆珠璧名。

〔102〕玄墀(chí 迟):宫殿之地。因以髹漆所涂,故曰玄。 釦(kòu 叩)砌:以金涂门限,即在门限上镀金。釦,以金饰物。砌,门限。(用朱骏声、王念孙说) 玉阶:白玉所砌之阶。 彤庭:以朱漆涂的中庭。

〔103〕碝磩(ruǎn qí 软奇):似玉之石。 彩致:彩色密致。 琳珉(lín mín 林民):似玉之石。 青荧:美石与玉所发出的青光。

〔104〕珊瑚(shān hú 山胡):热带海中的腔肠动物,骨骼相连,形如树枝。故又名珊瑚树。 碧树:指以青石所雕制之树。(用高步瀛说) 周阿:四周的殿曲。阿,宫殿的曲处。

〔105〕红罗:红色轻软的丝织品。多用制妇女的衣裙。 飒纚(sà xǐ 萨洗):衣袖飘动的样子。 绮组:细绫的带子。组,绶,带子。 缤纷:繁盛的样子。

〔106〕精曜:精彩照耀。 华烛:华美的饰物光辉夺目。 俯仰:指一举一动。

〔107〕后宫:指嫔妃。 号:爵号,称号。 十有四位:十四等。位,等次。汉宫中嫔妃因秦制,称号分十四等,即:昭仪、婕妤、娙娥、容华、美人、八子、充衣、七子、良人、长使、少使、五官、顺常,以及无涓等。昭仪官阶俸禄皆比丞相,婕妤官阶俸禄比上卿。

〔108〕窈窕(yǎo tiǎo 咬挑):美好的样子。 繁华:华丽。 更:代。 盛:盛美,壮美。 贵:高贵,华贵。

〔109〕处:居次。 斯列:指十四等爵号。

〔110〕左右庭中:指庭中的位次,左为上位,右为下位。非指朝廷有左右之分。 朝堂:汉代正朝左右百官治事之所。 百寮:百官。寮,通“僚”。萧曹魏邴(bǐng 丙):萧,萧何,汉沛人。曾为沛吏。佐刘邦建立汉王朝。高祖为汉王

时,何为丞相。楚汉战争中,何留守关中,补兵馈饷,军得不匮。天下既定,论功第一,封酂侯。曹,曹参,汉沛人,秦末为沛狱吏。佐刘邦灭项羽,封平阳侯。惠帝时,继萧何为相,以无为而治,一遵何之所规。魏,魏相,汉济阴定陶人。初为茂陵令,后为河南太守。宣帝时为丞相。总领众职,与邴吉同心辅政,皆为帝所重,封高平侯。邴,邴吉,汉鲁国人。曾为廷尉监。救过皇曾孙(宣帝)。后任大将军霍光长史。建议立宣帝。封博阳侯,任丞相。　谋谟(mó 魔):谋划。

〔111〕佐命:辅佐君主之臣。命,代帝王。古代帝王自称受天命而治。　垂统:把统治权传给后代子孙。　辅翼:与"佐命"互文见义。辅助君主之意。　成化:完成教化。

〔112〕流:传播,传布。　恺悌(kǎi tì 凯替):和乐简易。此指汉代所行的仁德和对人民的宽和政策。　荡:荡涤,清除。　毒螫(shì 是):毒害。螫,毒虫刺人。此指秦王朝所行的残暴政策和影响。

〔113〕斯人:指萧何、曹参、魏相、邴吉等佐命辅翼之臣。　扬:发扬,传播。　乐和之声:即和乐之声。和,中和,政治和平。乐,乐职,百官各尽其职。(用郑玄、姚鼐说)《汉书·王褒传》:"益州刺吏王襄欲宣风化于众庶。闻王褒有俊才,请与相见,使褒作中和乐职宣布诗。选好事者令依《鹿鸣》之声习而歌之。"　画一之歌:指百姓赞扬萧何曹参之歌。李善注引《汉书》:"萧何薨,曹参代之。百姓歌之曰:'萧何为法,较若画一。曹参代之,守而勿失。载其清净,人以宁一。'"画一,整齐,明白。

〔114〕著:显露,显示。　祖宗:指汉王朝的先君。　膏泽:恩泽,恩惠。　洽:沾润。　黎庶:百姓。

〔115〕天禄:汉阁名,收藏秘书典籍之所。萧何建。刘向扬雄曾先后校书于此。　石渠:汉宫阁名,收藏图籍秘书之所。萧何建。宣帝甘露三年与诸儒韦玄成梁丘贺等讲论于此。

〔116〕命:使令。　惇(dūn 敦)诲:殷勤教诲。　故老:指元老旧臣。　名儒:著名的儒者。儒,研究儒家学说的学者。　师傅:太师太傅的合称。太师、太傅与太保为汉平帝所置三公。太师,予天子以"师道之教训";太傅,对天子"傅之德义"。(汉贾谊《新书·保傅》)　六艺:指六经,即《诗》、《书》、《礼》、《乐》、《易》、《春秋》。　稽合:考校。

〔117〕承明:承明庐,汉承明殿的旁屋,侍臣值宿所居之室。李善注引《汉书·严助传》:"武帝赐书曰:君厌承明之庐,劳侍从之事,怀故土,出为郡吏。"

张晏曰:“承明庐在石渠阁外。” 金马:金马门。汉武帝得大宛马,乃命东门京(人名,善相马者)以铜铸像,立马于鲁班门外,因称金马门。东方朔、主父偃、严安、徐乐皆待诏于此。 著作之庭:金马与承明皆为汉代帝王处文士之所并词臣待诏之地,因而言著作之庭。著作,著述。 大雅:有大才者。 宏达:才识博通之士。李善注引《汉书·武帝纪》:“司马相如之伦,皆辨智闳达。” 兹:指承明庐金马门。 群:众多。上言辅政大臣校书儒臣,此言才识宏达的词臣群集于承明之庐与金马之门。

〔118〕元元本本:得典籍的根本。 殚:尽。 洽:遍,博。

〔119〕篇章:指文章著述。 校(jiào 教)理:校勘整理。 秘文:秘藏的典籍。

〔120〕周:环绕。 钩陈:星名。指后宫。《晋书·天文志》:“北极五星,钩陈六星,皆在紫宫中……钩陈,后宫也,大帝之正妃也,大帝之常居也。” 卫:保卫,护卫。 严更之署:督行夜鼓的郎署。汉宫周卫,盖郎一层在内,卫卒一层在外,郎所居为署。(据姚鼐说)

〔121〕总:聚集。 礼官:掌礼仪之官。 甲科:汉代考试科目名。《汉书·萧望之传》:“望之以射策甲科为郎。”注:“射策者,谓为难问疑义书之于策,量其大小署为甲乙之科,列而置之,不使彰显。有欲射者,随其所取得而释之,以知优劣。” 群:群集,聚集。 百郡:各个州郡。 孝廉:汉代选举官吏的两种科目。孝,指孝子;廉,指廉洁之士。汉武帝元朔元年初,令郡国举孝廉各一人。此两句言郎署的人事构成。既集中了经礼官考取的博士弟子,又汇聚了各州郡地方官所推荐的孝廉。

〔122〕虎贲(bēn 奔):武士。 赘衣:即缀衣,官名。掌管宫中服御诸物宝货珍膳之类,位比少府侍中。 阉(yān 淹)尹:宦官头领。男人去势为阉。阍(hūn 昏)寺:掌管早晚开闭宫门的宦官。 陛戟:执戟于陛。陛,宫殿的台阶。 百重:形容保卫者的队列之多。 典司:主管的职责。以上言未央宫的侍卫之臣,内有郎署外有卫卒。

〔123〕周庐:为宫庭宿卫而于四周所设的庐舍。 千列:千行。 徼(jiào 教)道:巡行警戒之路。徼,巡逻,巡察。 绮错:纵横交错。

〔124)辇(niǎn 碾)路:亦称辇道。宫中大道。 经营:周旋往来,环绕曲折。 脩除:长途。《后汉书》此句作“脩涂”。“涂”“除”同韵形亦近。(用朱珔、高步瀛说) 飞阁:陡峭的栈道。阁,如蜀地的栈道,施版为之。(用朱珔说)

〔125〕未央:未央宫。故址在今陕西省西安市西北长安故城内西南角。高祖七年,萧何主持营造。　桂宫:宫名。在未央宫北,武帝所造,周回十余里。　弥:终。　明光:宫名,在长安之北。(用朱珔说)　亘(gèn):连接,贯通。　长乐:宫名。在长安之北。本秦兴乐宫,汉予增饰,改名长乐。周围二十里。内有长信、长秋诸殿。

〔126〕磴道:阁道,栈道。　西墉(yōng 拥):西城墙。　掍(hùn 诨):混同。通达。　建章:汉宫名。武帝太初元年建,位于未央宫西。故址在今陕西长安县西。　连:为后人所加,既言外属,则不当用"连"字。(用王念孙说)　外属(zhǔ 主):与外相连。

〔127〕璧门:汉建章宫之正门。门以玉所饰,故名。　之:与。　凤阙:阙名。在建章宫东,高二十余丈。上有铜铸凤凰,故名。　觚棱(gū líng 孤零):宫殿檐角瓦脊之隆起处。朱珔曰:"殿制四阿,重屋则八觚,每转角处必峭上,则最高上必作飞鸟形。故下言'栖金爵'也。"(《文选集释》卷一)　金爵:金雀。爵为"雀"之通假字。此指凤阙屋脊上面的铜凤凰。

〔128〕别风:阙名。在建章宫正门(即阊阖门)以内。高五十丈。以其高出宫墙可以辨识风向,故名。　嶕峣(jiāo yáo 焦尧):高耸的样子。　眇(miǎo 渺):高远。　丽巧:壮丽而精巧。　耸擢(zhuó 卓):高高耸立。

〔129〕顺:随。　阴阳:阴为夕,阳为朝。　阖:与"开"相对,闭。

〔130〕正殿:指建章宫之正殿。　崔嵬:高耸的样子。　层构:重重构筑,形容宫殿的层次。　临:居高视下。　未央:未央宫。

〔131〕骀(dài 殆)荡:宫殿名。在建章宫内。以春日景物骀荡满宫中而得名。　馺娑(sà suō 飒梭):宫殿名。在建章宫内。馺娑,形容马行之速,一日之间始能遍宫中,以言宫之大,故名。　洞:穿。　枍(yì 意)诣:宫殿名。在建章宫中。枍诣,美木名,宫中美木茂盛。故名。　以:"与"和"以"不当连用,为后人所加。(用王念孙、许巽行说)　天梁:宫殿名。在建章宫中。宫梁木高于天,故名。

〔132〕反(fān 番)宇:殿堂檐边仰起的瓦头。　盖戴:覆盖。　激日景:指殿堂光色反射日光。日景,日光。　纳光:指日光下射,宫殿又收纳于中。李善注,"言宫殿光辉外激于日,日景下照而反纳其光也。"

〔133〕神明:汉台名。在建章宫内。高五十余丈,有阁道通于上。台上立铜仙人,有承露盘。　郁:茂盛,壮观的样子。　特起:崛起,突起。　偃蹇(yǎn jiǎn 眼俭）:高耸的样子。　上跻（jī 基）:上升。

〔134〕轶（yì 义）:超越。　太半:大半。形容云雨皆处于台大半之下，以言其高。　虹霓（ní 尼）:彩虹，阳光与水气相映，现于天空的彩晕。　回带:盘绕。　棼（fēn 分）楣:殿堂的栋梁。楣，李善注引《尔雅》:“楣，谓之梁。”此言虹霓盘绕于宫殿中的栋梁，以形容其高。

〔135〕轻迅:轻快。　僄（piào 票）狡:灵活勇猛。　愕眙（chì 赤）:惊视。阶:升，登。

〔136〕井幹（hán 寒）:楼名。在建章宫中。高五十余丈，同神明台以辇道相连接。似一种木结构的建筑。《史记·孝武本纪·索隐》:言筑累万木，转相交架，如井幹。”　未半:未及楼的半腰。　眩转:眼目眩乱。　意迷:神志迷惘。

〔137〕舍:舍弃，离开。　棂槛:楼阁上的栏杆。　却倚:退下而倚靠住。颠坠:头朝下坠落下来。　稽:留，止。

〔138〕怳怳（huǎng huǎng 谎谎）:失意的样子。心神不定的样子。　失度:失其常度。此指身体失掉平衡。　巡:察看，寻找。　回途:回路。　下低:下到低处。

〔139〕惩惧:感到苦恼惧怕。惩，苦，以为苦。　登望:登高而望远。降:下降。　周流:周行。与“徬徨”互文，于四周漫步。

〔140〕徬徨（páng huáng 旁皇）:徘徊而不忍去。　甬道:即复道。在楼阁之间架设的通道。　萦纡（yū 淤）:曲折回旋。　窈窕（yǎo tiǎo 咬挑）:幽暗而深邃。　阳:阳光。

〔141〕排:推开。　飞闼（tà 踏）:楼阁上面的门。飞，临空如飞，形容门闼之高。　上出:从楼上外望。　游目:随意眺望。　天表:天外。　洋洋:失掉寄托无所归依的样子。

〔142〕唐中:即中唐，中庭。（用朱珔，胡绍煐说）　太液:池名。汉武帝于建章宫北治大池，周回十顷，以其所及甚广，故名。中起三山，以象东海瀛洲、方丈（亦作方壶）、蓬莱三神山，刻金石为鱼龙奇禽异兽之属。　沧海:指太液池。汤汤（shāng 伤）:波涛汹涌的样子。

〔143〕碣（jié 节）石:海畔之山。此太液池岸之山。　激:冲激。　神岳:指碣石。　嶈嶈（qiāng qiāng 枪枪）:水激山之声。

〔144〕滥:泛滥。此有激荡义。　瀛洲:与方壶和下句的蓬莱，皆为东海神山名。此指太液池中像东海三神山而铸的山。　中央:指蓬莱山处于瀛洲、方

壶山之中央。

〔145〕灵草：仙草，不死之药。　荣：花，开花。　神木，指松柏之类四季长青寿命极长的树木。古人以为常服其籽实可以长生。此两句言太液池中三仙山上所生长的不死之药物。

〔146〕岩峻：险要。　崷崒（qiú zú 求卒）：高峻。　金石：指三仙山之所有的金与石。　峥嵘：高峻。此两句言三仙山的性状。

〔147〕抗：举。　仙掌：指神明台上铜仙人的手掌。　承露：承接甘露。汉武帝于神明台上造承露盘，高二十丈，大七围，以铜为之。立铜仙人舒掌承云表之甘露，和玉屑服之，以求仙道。　擢：拔起，矗立。　双立：指神明台与柏梁台相对而立。柏梁台，武帝元鼎二年建，在长安城中北阙内。其上也有桐柱、承露仙人掌之类。　金茎：汉宫中的铜柱，用以擎承露盘。

〔148〕轶（yì 义）：超越。　埃壒（ài 爱）：尘埃。　鲜：洁，清洁。此做动词用，使动用法。　颢（hào 浩）气：洁白清鲜之气。颢，白的样子。　精英：精华，精粹。指颢气所化的甘露。此两句言承露盘越出混浊的大气层，承受清鲜之气所化成的甘露。

〔149〕骋：驰骋，施展，发挥。　文成：即文成将军。武帝时方士李少翁以其方术被封为文成将军。其言帝欲与神通，就须布置宫室，不象神则神物不至。于是在甘泉宫为台，于室内画天地太一诸神鬼，并布置祭具以降天神。　丕诞：荒诞之事。指李少翁的方术。丕，大。诞，虚妄，荒诞。　驰：与"聘"义同。五利：即五利将军。武帝时方士栾大以其方术被封为五利将军。帝欲求黄金和不死之药，奕大诡称"黄金可成，河决可塞，不死之药可得，仙人可致"。后妄言败露被杀。　刑：法，法术。指方术。

〔150〕庶：几乎，差不多。　松乔：二仙人名。赤松子，神农时为雨师，服水玉以教神农，能入火而不烧。至昆仑山，常入西王母石室，随风雨上下。王乔，亦作王子乔，周灵王太子晋。道士浮丘公接上嵩山。　群类：群辈。　时：时常，经常。　游从：相随游览。　斯庭：指建章宫。

〔151〕列仙：众仙人。　攸（yōu 优）：所。　馆：驻宿，寓居。　宁：安，安居。以上叙离宫苑囿及武帝求仙事。

〔152〕盛：盛大，盛多。使达到极点。　奋：奋力。　泰武：大陈武事，大规模地夸耀武力。泰，通"太"；"太"即"大"（用李贤，王念孙说）　上囿：指上林苑。

〔153〕因兹：借此机会。　威戎：示威于戎。戎，古代西方的少数民族。

夸狄:夸耀于狄。狄,北方的少数民族。　耀威灵:当作“耀威”,《汉书·班固传》无“灵”字(用朱珔说),显示威力。　讲武事:当作“讲事”,《汉书·班固传》无“武”字,(用朱珔说)演习军事。

〔154〕荆州:古九州之一。周汉以后皆置荆州,但疆域治所屡有变迁。后汉治所汉寿,故城在今湖南常德县东北。刘表为荆州牧,治所在今湖北襄阳。关羽督荆州,治江陵。此指荆州之人。　起鸟:使鸟儿起飞。　诏:与“命”义同。梁野:梁州之野。　梁州:古九州之一。东界华山,南至于长江,北为雍州,西无可考。此指梁州之人。古称荆梁多鸟兽。张云璈曰:“按《禹贡》,荆州之贡,羽毛齿革;梁州之贡,熊罴狐狸织皮。而《周礼·职方》亦云:荆州其畜宜鸟兽。”

〔155〕毛群:兽类。　内阗(tián 田):充满苑囿。内,对荆梁二州而言,指京畿苑囿之内。　飞羽:鸟类。　上覆:掩盖云天。上,指天。　接羽:形容鸟之多。侧足:形容兽之多。　禁林:指帝王的苑囿。禁,禽兽之圈。　屯聚:聚集。

〔156〕水衡:官名。汉武帝元鼎二年,置水衡都尉、水衡丞,掌上林苑。　虞人:掌山泽之官。《孟子·滕文公下》,赵岐注:“虞人,守苑囿之吏也。”　修:治,整治。　营表:古时大规模田猎,虞人于所田之野,除草立标,以端正狩猎士卒的行列。(据《周礼》和郑玄注)营,军营。表,标,标志。

〔157〕种别群分:指车、骑、步卒分工明晰。　部曲:古时军队的编制单位。《续汉书·百官志》:“将军领军,皆有部曲,大将军营五部,部校尉一人。部下有曲,曲有军侯一人。”　有署:指部曲各有专责。署,布置,部署。

〔158〕罘(fú 伏)网:捕禽兽的罗网。　连纮(hóng 洪):绳索相连。纮,绳索,网纲。　络:环绕。

〔159〕列卒:士卒遍布。　周匝(zā 扎):周围。　星罗云布:形容士卒之众多,武器旗帜之盛。

〔160〕乘銮(luán 銮)舆:当为“乘舆”,指代天子。李善注引蔡雍《独断》:“天子至尊,不敢渫渎言之,故托于乘舆也。”　法驾:皇帝的车驾。也称法车。驾六马。《三辅黄图》六《杂录》:“法驾,京兆尹奉引,侍中参乘,奉车郎御,属车三十六乘。”　帅:同“率”,带领。　披:开。　飞廉:馆名。在上林苑中。武帝元封二年筑。飞廉头如爵,身似鹿,有角而蛇尾,豹文。馆上铸飞廉铜像,故名。

〔161〕酆鄗(fēng hào 丰浩):皆古地名。酆,古丰邑,周文王所都,在今陕西户县(古鄠县)东。鄗,也做“镐”,周武王所都,在上林苑中,在今陕西西安市西南。　历:经过。　上兰:观名。在上林苑中。诸帝每校猎于此。在今陕西长

安县西。　六师：同六军。周制天子六军，诸侯大国三军。后来作为军队的统称。　发逐：奋发争逐。　骇殚：惊惧。殚，通"惮"。

〔162〕震震：形容雷声。　爚爚（yuè yuè 月月）：形容电光。

〔163〕涂地：涂于地上。此形容草木皆为士卒所踏，倒伏于地。　反覆：倾动。此形容山摇撼，水激荡。

〔164〕蹂躏：践踏。　十二三：十分之二三。　拗（yù 玉）怒：抑制愤怒。拗，抑制。

〔165〕期门：官名。汉武帝建元三年置，掌执兵出入护卫。汉武帝好微行。《汉书·东方朔传》："建元三年微行始出，……八、九月中与侍中常侍、武骑及待诏陇西北地良家子能骑射者，期诸殿门。"因之以期门为官名。　佽（cì 次）飞：官名。汉少府属官，主管弋射。原为古勇士名，武帝以之取代秦官左弋。　列刃：陈列兵刃。刃，兵刃，兵器。　攒镞（cuán zú 攒族）：聚集箭头。镞，箭头。　要趹（jué 决）：截杀疾奔的野兽。要，拦截，阻击。趹，通"赽"，疾，奔。此指狂奔的野兽。　追踪：跟踪追击。踪，指野兽的踪迹。此两句分别由两个动宾结构所组成，又两两相对，描写勇士猎取禽兽的行动。

〔166〕触丝：触进罗网。丝，网。　值锋：撞到兵刃上。值，与"触"义同。

〔167〕机：弩机，弓上发箭的装置。此指弓。　掎（jǐ 挤）：发射。　两：两次。　控：拉弓，开弓。　单：单个，一个。　中（zhòng 重）：打中，射中。　叠双：成双成对。

〔168〕飑飑（biāo 标）：众多的样子。李善注引《说文》："飑，古飙字也。"　矰缴（zēng zhuó 增浊）：系有丝绳用以射鸟的短箭。矰，短箭。缴，生丝线。　相缠：相互盘绕，以言其多。

〔169〕风毛：毛如风，满天皆是。　雨血：血如雨，遍洒山野。因而下句始言"洒野蔽天"。风、雨，皆做动词用。此言杀获禽兽之多。

〔170〕赤：形容禽兽洒血之多。　厉：振奋，斗志旺盛。

〔171〕猿狖（yòu 又）：泛指猿猴。　失木：失于木，从树上消失而隐匿起来，形容惊惧。　慑（shè 射）窜：惊惧逃窜。

〔172〕移师：转移军队。　趋险：赴险，直奔险峻之处。　蹈：踏入。　潜秽：深密的林莽。潜，深。秽，草木丛生之处。

〔173〕穷虎：无处逃遁的虎。　奔突：狂奔乱撞。　狂兕（sì 四）：惊狂的兕。兕，一种似牛的兽，常与犀对称，犀似猪。　触蹶（jué 决）：自相撞倒。蹶，

仆,倒。

〔174〕许少:古代轻捷之人。 施巧:使用技巧。 秦成:古代壮士。力折:以力制止。折,制。

〔175〕掎:拖住。 僄(piào 票)狡:指轻捷凶猛的野兽。 扼:捉住。 猛噬(shì 世):凶猛食人的野兽。 脱角:把兽角捉掉。 挫脰(dòu 豆):把兽颈折断。脰,颈。挫,折断。 徒搏:空手捕获。 独杀:单独一个人杀死野兽。

〔176〕挟:拖曳。 师:通“狮”。 螭(chī 吃):一种猛兽。(用朱珔说)曳:拖曳。 犀犛(xī lí 西离):犀牛和长髦牛。犀,体大于牛,鼻上有一、二或三角。无毛而皮厚。犛,旄牛类,色黑,产于西南边远地区。 顿:捉住。 罴:似熊而黄色,长头高脚,猛憨多力,能拔树木。

〔177〕超:越过。 洞壑:深壑。 峻崖:险峻的山崖。 崭(zhǎn 斩)岩:高峻的山石。

〔178〕钜石:巨石。钜,通“巨”。 隤(tuí 颓):降下,下落,仆倒。 摧:毁坏。

〔179〕殄(tiǎn 忝)夷:灭尽。

〔180〕属玉之馆:即属玉馆。属玉,水鸟名。馆上铸有属玉,故名。长杨:宫名。因内有长杨树而得名。故址在陕西省周至县东南。 榭(xiè 谢):在高台上盖的屋。《国语·楚语》:“故先王之为台榭也,榭不过讲军实,台不过望气祥。” 《注》:“积土曰台,无室曰榭。”

〔181〕体势:体制形势。 三军:指步、车、骑三军。军队的统称。

〔182〕萧条:凋零,冷落。 目极:尽目力望至极远之处。 四裔(yī 衣):四方边远之地。 镇压:一个压着一个,层层积压。 枕藉:与“镇压”对文,互为枕藉,纵横倒卧。枕,枕头;藉,草垫子。

〔183〕收禽:收集猎获的禽兽。 会众:集合部属。 赐胙(zuò 作):赐祭后之肉。胙,祭肉。

〔184〕陈:陈列。行炰(páo 刨):传送烤肉。 腾:奔驰。 酒车:载酒之车。 斟酌:斟酒。筛酒不满为斟,筛满叫酌。此两句言天子猎后于野外论功行赏,行酒庆贺的场面。张云璈曰:“古人多有车骑行酒食之事。《啸堂集古录》载:‘周叔邦父簠云:叔邦父作簠,用征用行,用从君王。又叔夜鼎云:叔夜鬻其馈鼎,以征以行,用馈用羹。’皆以备车骑之用。”这里引用的簠鼎之用,皆以证古人以车骑传送酒食,于野外征行时宴饮的习俗。

〔185〕割鲜:切割鲜肉。李善注引孔安国《尚书传》:“新杀曰鲜。” 野食:

在野外进食。　举烽:高燃起烽火,以为号令。　釂(jué 爵):饮酒而尽。

〔186〕飨赐:犒赏。　劳逸齐:吕延济注曰:"劳者厚之,逸者薄之,故言齐。""齐",读 jì,后作"剂",分量。马融《长笛赋》"各得其齐";李善注:"齐,分限也,在细切。"此赋前文"收禽会众,论功赐胙"。《西京赋》:"数课众寡……犒勤赏功。"都说明赏赐因功不同而不同,各有各的分量,而不是有劳有逸,劳逸均等。　大路:天子之车。路,与"辂"通。　銮:车上的铜铃,装于轭首或车衡上。铃内有弹丸,车行摇动作响,声似鸾鸟,故也写做"鸾"。　容与:安逸自得的样子。

〔187〕豫章:观名。在上林苑中。　宇:宇下。屋宇之下。　昆明之池:汉武帝元狩三年所造,仿昆明滇池。在长安近郊。池周围四十里,广三百三十二顷。

〔188〕牵牛、织女:昆明池中的牵牛和织女石像。　云汉:天河。

〔189〕茵蔚:草木茂盛。　被堤:芳草茂盛的样子。王念孙曰:"被堤者,芳草之貌,非谓芳草覆堤也。茵蔚,双声也;被堤,叠韵也。皆形容草木之盛。若上言堤下言陂则复矣。"

〔190〕兰茝(chǎi):兰草与茝草,皆为香草。　发色:色泽焕发。　晔晔(yè yè 业业):茂盛的样子(用朱珔、高步瀛说)。　猗猗(yī yī 衣衣):美盛的样子。摛(chī 吃)锦:舒展锦绣。摛,舒展。锦,用彩色经纬丝织出各种花纹图案的丝织品。　布绣:散布出华美的刺绣。　烛耀:照耀。　陂(bēi 卑):池塘。此指昆明池。

〔191〕玄鹤:黑鹤,传说鹤千年化为苍,又千年变为黑,谓之玄鹤。　白鹭:一种水鸟,全身洁白,嘴及脚黑色。　黄鹄:即天鹅。形如鹤,色苍黄,一举千里。䴔鹳(jiāo guàn 交贯):二水鸟名。　《山海经·北山经》:"(蔓联山)有鸟焉,群居而朋飞,其毛如雌雉,名曰䴔。"　鹳,羽毛灰白,嘴长而直,住于湖江之畔,捕食鱼虾。　鸧鸹(cāng guā 仓刮):鸟名,大如鹤,青苍色,亦有灰色者。鸨鶂(bǎo yì 保义):二鸟名。鸨,似雁而大,无后趾。鶂,或作"鹢",形如鹭而大,羽色苍白,善翔。　凫鹥(fú yī 服衣):二鸟名。凫,野鸭。鹥,即鸥,似鸽鹏而小,随潮而翔,迎浪蔽日。　鸿雁:鸟名,即雁。古书上认为大者曰鸿,小者曰雁。

〔192〕云集雾散:形容鸟类众多。

〔193〕后宫:借指跟随天子的嫔妃姬妾。　輚辂(zhàn lù 站路):輚,人拉有帷而可卧之车;辂,大车,天子之车。此为一物,即卧车,而与"龙舟"、"凤盖"等

相对称。　龙舟:龙首船。　凤盖:饰凤的车盖。盖,车盖,遮阳御雨之具。建:树。　华旗:有华彩的旗帜。　袪(qū 区):举起。黼(fǔ 腹)帷:带黑白相间花纹的车帷。　镜:照。《墨子·非攻》:"君子不镜于水而镜于人。镜于水,见面之容;镜于人,则知吉凶。"　靡(mǐ 米):随。(用吕向说)　澹淡:飘浮的样子。

〔194〕棹(zhào 照)女:船女。棹,划船拨水的用具。状如桨,短的叫楫,长的叫棹。此代船。　讴:歌唱。　鼓吹:乐名。主要乐器有鼓钲箫笳。出自北方民族,本为军中之乐。汉有《朱路》等十八曲,列于殿庭,宴群臣及上食用之。大驾出游用短箫铙歌,军中行部用横吹,泛言之,统称鼓吹。　震:震响。　訇(yíng 营):形容声音之大。　厉:至。

〔195〕招:举,引。　白鹇(xián 闲):弓弩名。鹇,也作"闲"。与"文竿"对称,一为射猎之具,一为垂钓之具。(用何义门、梁章钜、高步瀛说)　下:落。揄(yú 于):引。　比目:鱼名。即鲽。旧谓比目鱼一目,须两两相并始能游行。

〔196〕抚:按,执,持。　鸿罿(chōng 冲):大网。　御:掌握。　方舟:并船。　并骛:一同进发。骛,奔驰。　俛(fǔ 府)仰:俯仰,俯仰之间,形容时间短暂。

〔197〕风举云摇:形容舟船航行之速,似飙风之高举,行云的飘浮。　溥(pǔ 普)览:遍览。溥,普遍,广泛。

〔198〕乘:登,升。秦岭:即南山,终南山,亦称太一山。在陕西西安市南。九嵕(zōng 宗):山名。在陕西醴泉县东北。有九峰高耸,山的南麓,即咸阳北坂。　薄:至。　河华:黄河华山。华山,即太华山,世称西岳。在陕西华阴县南。　涉:到达。　岐雍:岐山雍水。岐山,山名,在陕西岐山县东北。山状如柱,故又称天柱山。雍水,水名,源出陕西省凤翔县治西北,雍山东南。经岐山为沣水,又东经扶风、武功,入于渭。

〔199〕所历:所经历的宫馆。　百有余区:百余所。

〔200〕行所:即行在,行在所,指帝王所至之地。意谓帝王虽身居京师,但行止无所不在。　储:储蓄,积贮备用。　不改:不变换。　供:供具,摆设酒食的器具。此指酒食。此言游览所历百余所宫馆,各有酒宴储备与设施,帝王无需自带,可以随时开宴畅饮。

〔201〕礼:祭奠。　上下:指天地。　接:与"礼"相对,接近、祭祀。　山川:指山川之神。　究:穷尽。　休祐:美善福祐。　所用:所需。采:采集。游童:游乐之童。　谨谣:童谣。游童所谨唱之歌谣,故为"谨"。　第:次第,等

差。　从臣:侍从之臣。此指汉宣帝游幸所带之文学侍臣,如王褒、张子侨等。嘉颂:赞美的颂辞。

〔202〕都:指大城市。　邑:小城市。　相属(zhǔ 主):相互连接。

〔203〕国:指分封的诸侯之国。　藉:凭借,依靠。　十世:十代。　基:基业。　家:指大夫之家,卿大夫的采地食邑。

〔204〕旧德:先代的功德。　名氏:名位,名号地位。汉时居官者或其长子长孙以其所居之官为氏。仓氏库氏即为仓库吏之后,因之其姓氏就标志其地位。　服:从事,做。　先畴:先人。　畎(quǎn 犬)亩:指田野,田地。

〔205〕循:依照,遵守。　族世:家族世代。　所鬻(yù 育):所出卖的货物。高曾:高祖和曾祖。此指祖先。　规矩:规用以画圆,矩用以画方。此泛指工匠所用的工具。　灿乎:光明的样子。　隐隐:昌盛,盛多。

〔206〕臣:西都宾自称。　旧墟:旧城。指长安。　遍举:全面说明。

今译

两都赋序

有人认为,赋是古诗的一种流变。往昔成康之盛世已去,而颂扬之声随之废止。先王之恩泽已尽,而颂诗也随之消亡。大汉天下刚刚平定,政务繁忙,无暇顾及。直至武帝宣帝时代,才崇尚礼乐,考核文章。宫内设置金马宦者之署,石渠藏书之阁,宫外则兴建乐府,掌管音乐之事;以振兴礼乐文章,继承盛世的传统,宣扬大汉建国的伟业。因此黎民百姓心情愉悦,各种祥瑞尤其盛多。白麟赤雁,芝房宝鼎,相继出现,以之作歌敬献于祖先;神雀五凤,甘露黄龙,不断降临,以此瑞应改变纪年。所以辞赋侍从之臣,如司马相如、虞丘寿王、东方朔、枚乘、王褒、刘向之徒,朝朝夕夕,议论构思,日日月月,进献辞赋。而公卿大臣,御史大夫倪宽、太常孔臧、太中大夫董仲舒、宗正刘德、太子太傅萧望之等,则经常抽暇创作赋篇。有的是抒发臣下的内心之情而表达讽谕之意,有的是宣扬君上的仁义之德而竭尽忠孝之道,温和融洽,引发宣扬,显示于后代。这些辞赋稍逊于雅颂之类，所以在成帝时代加以评论和集录，天下进献的就千有余篇。而大汉之文章，光辉灿烂，与夏商周三代的文风先后相同。

社会思想有高下之分，学术文章有精粗之别，但是适应时势而建立功德的君主都普遍以礼乐文章光耀王业，这个法则是不以时代之远近而有所改变的。所以皋陶歌赞虞舜，奚斯颂扬鲁公，其作品同被孔子所采录，编次于《诗》《书》，那道理是古今上下完全一致的。检验上古则如皋陶歌赞虞舜那样，考察汉室又如司马相如颂扬武帝这样。创作辞赋之事虽然细小，但是先代言语侍从之臣所树立的楷模，国家代代相传的美政，是不可或缺的。我目睹天下清明平和，朝廷安然无事，京师修建宫室，疏浚城池，筑起苑囿，以完善制度。西京故老，心怀怨思，希望主上留恋旧都，而且盛赞长安原来的体制规模，有鄙薄洛阳之议。因此，我作《两都赋》，尽言众人所感到眼花缭乱的事物，并以当今法度使之折服。其词如下：

西都赋

有西都宾问于东都主人说，我听说大汉初年营造京师，曾经有意建都于黄河洛水之间，但是又中止了，因为感到那里不够安全。因此便西迁，建设西京。主人听说过它的故事，目睹过它的体制吗？主人说，没有。希望宾客抒怀旧之心绪，发思古之幽情，以高祖定都之计增长我的见识，以西都豪华的观览开阔我的眼界。西都宾说，是，是。

汉代之西都，位于雍州，名曰长安。左据函谷关与崤山之险阻，以华山终南山为标志。右邻褒斜谷龙首山之险要，以大河泾渭之水为带。众川弯曲之处，流水聚集停蓄，又奔涌而出，直向西方。果木结实累累，是九州中的最富庶之地；防御顽敌有险可守，是天地间的可居之区。因此连通四面八方，周秦汉三代皆成帝京。周以仁义立国，秦以暴虐统一，及至大汉则是受天命而于此建都。仰观上天，有五星相聚于东井，那是感悟高祖入秦的祥瑞；俯察大地，有灵图出现于河滨，那是协合帝王受命的符应。奉春君提出西都长安的建议，留侯引申证明促进实现。天人互相感应，而启发我皇的神明。高祖眷念下民，西入长安，以此建造京师。

于是眺望秦岭，遥视北阜。挟带沣灞二水，凭靠龙首之山。希冀帝王的根基垂于亿载，规划宏伟的蓝图而大兴土木。始于高祖而终于平帝，代代修饰而日益崇丽。经历前后一十二帝的福禄相承，因之穷奢而极侈。筑起金城而城高万雉，疏浚城池而池水成渊。开拓三条广阔大路，筑起十二座通门。门内街衢通达，里门近千。九市开场，人群熙熙攘攘，货物品种有别，街道划分鲜明。行人不得转身，车马不得回旋。人流车马，充满城内郭外，作坊店铺，四处遍布。红尘笼罩，烟云相连。人口众多，家家殷富，寻欢作乐，漫无节制。都城男女，殊异于外地他方。游人衣著可比公侯，商女服饰胜过宫妃。外乡豪门大族，游侠之首，气节近乎平原君孟尝君，名望稍逊春申君信陵君，广泛交游，会合徒众，奔走于京城之中。若观察京郊四野，漫游附近州县，则南望杜霸，北眺五陵。京城城郭相对，宅第相连。那是英雄才俊所居之域，达官显贵所建之区。高冠华盖，往来如云。七相五公，连同州郡豪杰，五都富商，选此三等，迁于汉家七陵，担当供奉先帝陵邑。大概以此加强中央，削弱地方，壮大京都，显威于万国。

京畿之内，土地千里，面积超越诸侯，物产应有尽有。其南则崇山接天，林密谷深，陆海藏珍宝，蓝田出美玉。商县洛县傍依水湾，鄠县杜县居处山脚。清泉汩汩奔流，池塘纵横相连。竹林果园，芳草美木，郊野之富，号为近蜀。其北九嵕山直入云端，甘泉山可为陪衬，乃有灵宫耸立其中。秦汉两代最好的宫殿，王褒扬雄赋颂的甘泉，都存在其间。下有郑渠白渠所灌溉之沃野，那是百姓的衣食之源，总共五万余顷。田界纵横交错，好似罗绮；沟塍南北贯通，有如图案。平原低地，鳞次栉比，开渠灌溉，如降喜雨；荷锸治水，连接成云。五谷繁茂，禾穗下垂；桑麻开花，散发芳香。东郊则有运河水道，开决渭水，沟通黄河，舟船可驶于华山之东。控引淮泗湖泊之水，波澜直与大海连通。西郊则有上林禁苑，山麓林木丛生，沼泽一望无际，倾斜曲折直与蜀汉相连。围墙环绕，漫漫四百余里。苑中离宫别馆，三十六座。神池灵沼，到处皆是。其中乃有九真之麟，大宛之马，黄支之犀，条支之鸟。这些珍禽异兽都是越昆仑，渡巨海，从远方异域而来之物类，至大汉经过三万里的山山水水。

其宫室，体制象征天地，方位契合日月运行规律，占有地灵之正位，模仿太微紫微星座之形体。竖立高入中天的华阙，筑起冠于山巅的殿堂。梁材瑰异而又巧施技艺，使之更为神奇。殿梁高举，形似应龙而曲如长虹，楼阁栋椽布列，屋檐恰如鸟翼飞翔。梁栋负重，梁头好比马首高昂。雕玉柱石而楹柱居上，裁制金璧而装饰椽头。发散温润的色彩，光焰朗然耀眼，屋宇的阴影愈益鲜明。左为台阶，右为平阶。多重槛版，多重陛阶。闺房遍通，门闼洞开。陈列钟架于庭中，竖立金人于宫门之内。就高崖而设界限，对大路而开宫扉。离宫别寝循环往复，高台闲馆彼此连接。像群星闪耀，环绕紫宫星座。清凉宣温，神仙长年，金华玉堂，白虎麒麟，都是富丽豪华宫殿。京畿之内于此可见一斑，殿阁之奇伟简直不可尽论。重重叠叠，险峻高耸。楼阁高低，一片灿烂。形式超凡，体制诡异。楼台殿阁，各显奇观。皇后宫妃，乘茵坐辇，所到之所，皆可歇息。

后宫则有掖庭椒房，后妃之室，合欢增成，安处常宁，茝若椒风，披香发越，兰林蕙草，鸳鸾飞翔等等，这些殿阁都住着嫔妃女官。而昭阳一殿特别豪奢，汉成帝之时，则倍加彩饰。屋宇不露梁栋，墙壁不见原形。锦绣缠绕，采饰联结。随侯宝珠，光如明月，错错落落，闪烁其间。门扉之上，金环衔玉饰，成行成列，恰似成串金钱。翡翠宝珠，火齐璧玉，含光吐辉。悬黎垂棘，夜光之璧，炫耀于此。殿堂之地，涂以髹漆。殿堂门限，镀以黄金。白玉砌台阶，朱漆涂庭院。碝碱琳珉，众多美石，纹理密致，焕发青光。采自沧海的珊瑚树，人工雕制的青石树,植于中庭曲处,栩栩如生。宫娥嫔妃,身著红罗衣裙。长袖飘洒,饰带缤纷。珠光宝气,仙姿照人。俯仰举止,如神下凡。后宫爵号,十有四等。各级女官,姣好华丽,健美高贵。身有爵号者,数以百计。

朝廷位次有左有右,议事朝堂百官之位,则萧何曹参,魏相邴吉,出谋献策于上。辅佐君主则使国统永传,协助德政则使教化完成。传扬大汉的仁义,荡涤亡秦的遗毒。因此,辅佐之臣传播中和之声,百姓作"画一之歌"。其功德可炫耀于历代祖宗,其恩惠广施于黎民百姓。又天禄石渠之阁,珍藏历代典籍之府。让那些殷勤教诲的旧臣元老,名儒师傅,讲论六经,考核经传异同。又有承明庐和金马门,构思著作之庭。学问博雅之士,才识宏达之人,尽皆荟萃于此,追本溯源,广见博闻,阐发篇章,校勘秘文,周围是护卫的岗位,安全有值夜的官署。聚集礼官考核的甲科举子,会合州郡选出的孝廉。武士总管,宦官门卫,陛阶执戟,前后数重,各有职责,坚守岗位。

值勤的庐舍,四周环列;巡逻的通道,纵横交错。宫中辇道,循环往复,长长的大路和飞架的阁道,从未央宫通达桂宫,北止明光宫,又连通长乐宫,越过栈道,跨过西城,再通建章宫,直向京畿之外。建章宫则设有壁门与凤阙。殿堂檐角高高翘起,其上金凤安然栖息。宫内别风阙高高耸立,远望显得华美精巧,似在拔地而起。设千门而立万户,顺阴阳而可开可闭。正殿峻峭奇伟,层层结构而矗立,巍然高临于未央之上。经骀荡,而出驱娑,穿枍诣,以及天梁。反宇笼盖,晶莹闪亮,反激日光,交相辉映,殿堂之内充满朝阳。神明台巍峨崛起,惊险而壮观,愈上而愈高。云雨飘落其下半,虹霓缭绕于梁栋之间。即使轻捷矫壮之士,也感头晕目眩而不敢攀援。登井干之楼而未及半,则双目眩乱而心神迷惘。放开栏槛而退步依倚,好似自高险之处坠落,而又中途停止。神魂恍惚而失平衡,寻归途而降到低处。既恐惧于登高望远,只好在低处周遭漫步而徘徊。

走上复道而盘旋曲折，又幽暗而不见阳光。推开楼阁轩窗而从上眺望，若游目于天外，失掉依托而飘忽无定。前为建章之中庭，后为太液之巨池。览池水似沧海之汤汤，扬波涛拍石山，浪击神山而声嶈嶈。水荡瀛洲与方壶，蓬莱起于两山之中央。于是仙草冬日开花，神木茂密丛生。三山严峻险要，金石奇绝峭拔。神明台铜人舒掌而承接甘露，柏梁台铜柱屹立与之遥遥相对。冲出云天超脱尘埃的混浊，直入九霄领受清鲜之气的精英。听信文成将军的荒诞，依从五利将军的法术。仙人赤松王乔之辈，时而漫游于此庭。实为众仙之馆舍，并非凡人之居处。

于是盛大展示游乐之壮观，奋然炫耀武力于上林。借此示威于戎狄，显神威而习武事。命荆州逐起禽鸟，令梁州驱赶野兽。群兽充满苑囿，飞禽覆翳上天。翅膀相接，足趾相连。集于上苑而聚于林莽。水衡主管上林，虞人看守山泽。修整营垒，竖立标志。军种队列，分别清楚。一部一曲，各有专责。罗网连接，笼罩山野。四周布列士卒，武器似星斗闪亮，旗帜像云霓飘扬。于是天子乘六马专车，统率群臣，驰出飞廉馆，进入上林苑。包围鄠鄗之间的山野，通过上兰之观。军队驰驱，百兽恐惧。战车奔驰，似雷声隆隆；兵器雪亮，似闪电发光。草木涂地，山岳倾覆，潭水翻腾。禽兽十分之二三已被捕获，控制士卒的盛怒，使其稍事休息。于是武士期门佽飞之辈，又大显身手，陈列兵刃，聚集箭镞。阻击奔窜之禽，追踪隐匿之兽。鸟惊飞而自投罗网，兽骇惧而正触锋端。弓不虚引，弦不虚拉，矢不单杀，中必成双。飞鸟中箭而杂然落地，困兽饮刃而纷纷栽倒。箭镞齐发，彼此交错。毛落成风，血洒成雨。铺天盖地，横无涯际。平原血染红，勇士气更猛。猿猴隐匿，豺狼逃窜。于是挥师赴险，直蹈深山密林。虎豹无处逃，狂奔乱闯，犀牛惊慌极，自相撞倒。捷人许少显示灵巧，壮士秦成施展力量。智捉轻捷狡壮之禽，力扼凶猛食人之兽。揪掉角，拧断颈。徒手搏斗，独自杀倒。挟住狮豹，拖住熊螭，拽住犀犛，捉住象罴。跨过深壑，越过峻崖。巉岩倒塌，巨石崩落，松柏倒伏，丛林摧毁。草木无存，禽兽杀尽。

于是天子乃登属玉之馆，经长杨之榭，观览山川之形胜，视察三军之猎获。原野萧条而冷落，鸟无音而兽绝迹。目极远方，禽鸟满地积压，野兽纵横倒卧。然后收集猎物，会合将士，论功行赏。排列轻骑传送烤肉，驰骋酒车斟满杯勺。切割鲜肉，野外进食。高举烽火以为号令，命全体将士举杯畅饮。犒赏完毕，各有不同。天子之车，銮铃鸣响，优闲自得而缓步行进。集合于豫章之观，面对昆明之池。池上玉石雕像，左牵牛而右织女。池水浩瀚，似天河之无涯。茂树荫浓，芳草吐艳。兰草茝草，色泽焕发，美丽而繁茂，好像舒展锦绣，倒映池水之中。鸟有黑鹤白鹭，黄鹄鵁鶄，鸧鸹鸨鵖，凫鹥鸿雁。朝发于河海，夕宿于江汉。沉浮往来，嬉戏水面。起飞降落，云集雾散。于是后宫嫔妃，乘卧车，登龙舟，张凤盖，举彩旗，挂绣帷，映清流，随微风，逍遥游。船女歌，鼓吹响，声激越，上冲天，鸟群翔，鱼窥渊。控白鹇之弓，射双鹄之鸟，举文采之竿，钓比目之鱼。持巨网，掌丝箭。并舟齐发，纵情欢乐。于是风飘云摇，浮游遍览。前登终南，后越九嵕。东临黄河华山，西近岐山雍水。所经宫馆，百有余所。行在朝夕，酒食备具。祭天地而祀山川，竭尽祈求福祜之所需。采集天下纯朴之童谣，评定侍从词臣之赋颂。于此之时，都城相望，封邑相连。诸侯之国奠定十世之基，卿大夫之家承续百年之业，士人享有先辈功德之名位，农夫劳作于先人开垦之土地，商人经营世代销售之货物，工匠使用祖先遗留之规矩。等级分明，各得其所。

我所亲见的只是西京之旧迹；闻于故老之盛事，十分而未得其一，因而不能遍举。

（陈复兴译注并修订　陈延嘉再修订）

东都赋一首

班孟坚

题解

《西都赋》极力夸示西都的奢侈，“以极众人之所眩曜”；《东都赋》则庄重叙述东都的仁德礼仪，“折以今之法度”。前者赞叹形势之胜，宫阙之丽，田猎之壮，礼仪法度尽泯；后者则颂扬礼仪法度之行，仁义威德之广，前者赞叹过的，后者则一概皆略。前者主讽刺，后者主颂扬。前者是形象的摹写，诉诸人的直觉；后者是驳难，促人思索。赋家班固的社会观是主张仁德重视法度的。《两都赋》相反而又相成地表现出这种观念。而其立意的重点，则是直接以东都主人之口论述出来的。

《东都赋》通篇所述，都是以东汉开国之君光武帝和守成之君汉明帝为楷模所体现的仁德礼仪。与古帝先君相比较，则光武“仁圣之事既该，而帝王之道备矣”。明帝则恢宏前德，光而大之，“重熙而累洽，盛三雍之上仪”。其巡狩是“考声教之所被”；其皇城宫室则“奢不可逾，俭不能侈”，无不合于礼；其田猎“必临之以王制，考之以风雅”，出之以“三驱”之法。于是，“目中夏而布德，瞰四裔而抗棱”，“内抚诸夏，外绥百蛮”，普天之下达成大一统。进而引导百姓弃末反本，背伪归真，灭嗜欲之源，生廉耻之心，文教大兴，德化大成。在赋家看来，这是东都的精神美，远胜于西都的物华美。

在班固所处的时代，确是经济繁荣，政教振兴的时代。此时东汉的国势和世界影响，与西汉全盛期相比有过之无不及。同时社会上也隐藏一股复古倒退逆流。正如王充在《论衡》中所说，他们“好褒古而毁今”,盛“称五帝三王”。班固在此赋篇首盛赞光武“勋兼乎在昔,事勤乎三五”,篇末又斥责论者只知诵读古人诗书,而“罕能精古今之清浊,究汉德之所由”,并在两都的比较中颂扬东都代表礼乐与仁德,代表兴旺与进步。班固的思想是属于进步潮流的。

《西都赋》与《东都赋》,其实是一赋。上篇铺采摛文,盛夸奢侈,以为下篇之铺垫;下篇庄重严谨,直陈法度,以为上篇讽谏之引发。因而刘勰在《文心雕龙·诠赋》中说:“孟坚《两都》,明绚以雅瞻。”说的正是两者的特点和联系。

原文

东都主人喟然而叹曰:痛乎风俗之移人也[1]。子实秦人,矜夸馆室,保界河山[2],信识昭襄,而知始皇矣[3],乌睹大汉之云为乎[4]?夫大汉之开元也,奋布衣以登皇位[5],由数期而创万代,盖六籍所不能谈,前圣靡得言焉[6]。当此之时,功有横而当天,讨有逆而顺民[7]。故娄敬度势而献其说[8];萧公权宜而拓其制[9]。时岂泰而安之哉?计不得以已也[10]。吾子曾不是睹[11],顾曜后嗣之末造,不亦暗乎[12]?今将语子以建武之治[13],永平之事[14],监于太清,以变子之惑志[15]。

往者,王莽作逆[16],汉祚中缺,天人致诛,六合相灭[17]。于时之乱,生人几亡,鬼神泯绝[18],壑无完柩,郛罔遗室[19],原野厌人之肉,川谷流人之血[20]。秦项之灾[21],犹不克半[22],书契以来,未之或纪[23]。故下人号而上诉[24],上帝怀而降监[25],乃致命乎圣皇[26]。于是圣皇乃握乾符[27],阐坤珍,披皇图,稽帝文[28],赫然发愤,应若兴云[29],霆击昆阳,凭怒雷震[30]。遂超大河,跨北岳[31],立号高邑,建都河洛[32]。绍百王之荒屯[33],因造化之荡涤[34]。体元立制,继天而作[35]。系唐统,接汉绪[36],茂育群生,恢复疆宇[37]。勋兼乎在昔[38],事勤乎三五[39]。岂特方轨并迹,纷纶后辟[40],治近古之所务,蹈一圣之险易云尔哉[41]?

且夫建武之元,天地革命[42];四海之内,更造夫妇[43],肇有父子,君臣初建[44],人伦寔始,斯乃伏羲氏之所以基皇德也[45]。分州土,立市朝[46],作舟舆,造器械[47],斯乃轩辕氏之所以开帝功也[48]。龚行天罚,应天顺人[49],斯乃汤武之所以昭王业也[50]。迁都改邑,有殷宗中兴之则焉[51];即土之中,有周成隆平之制焉[52]。不阶尺土一人之柄[53],同符乎高祖[54];克己复礼[55],以奉终始,允恭乎孝文[56];宪章稽古,封岱勒成[57],仪炳乎世宗[58]。案六经而校德[59],眇古昔而论功[60]。仁圣之事既该,而帝王之道备矣[61]。

至乎永平之际[62],重熙而累洽[63],盛三雍之上仪,脩衮龙之法服[64]。铺鸿藻,信景铄[65],扬世庙,正雅乐[66],人神之和允洽[67],群臣之序既肃[68]。乃动大辂,遵皇衢[69],省方巡狩,躬览万国之有无[70],考声教之所被,散皇明以烛幽[71]。然后增周旧,脩洛邑[72],扇巍巍、显翼翼[73],光汉京于诸夏[74],总八方而为之极[75]。于是皇城之内,宫室光明,阙庭神丽[76],奢不可逾,俭不能侈[77]。外则因原野以作苑[78],填流泉而为沼[79],发蘋藻以潜鱼[80],丰圃草以毓兽[81],制同乎梁邹[82],谊合乎灵囿[83]。

若乃顺时节而搜狩[84],简车徒以讲武[85],则必临之以王制[86],考之以风雅[87]。历驺虞,览驷铁[88],嘉车攻,采吉日[89],礼官整仪,乘舆乃出[90]。于是发鲸鱼,铿华钟[91],登玉辂,乘时龙[92],凤盖棽丽,和銮玲珑[93],天官景从,寝威盛容[94]。山灵护野[95],属御方神[96],雨师泛洒,风伯清尘[97]。千乘雷起,万骑纷纭[98],元戎竟野,戈铤彗云[99],羽旄扫霓,旌旗拂天[100]。焱焱炎炎,扬光飞文[101],吐焰生风,欱野歕山[102]。日月为之夺明,丘陵为之摇震[103]。遂集乎中囿,陈师按屯[104]。骈部曲,列校队[105],勒三军,誓将帅[106],然后举烽伐鼓[107],申令三驱[108],辖车霆激,骁骑电骛[109]。由基发射,范氏施御[110],弦不睼禽,辔不诡遇[111]。飞者未及翔,走者未及去[112]。指顾倏忽,获车已实[113],乐不极盘,杀不尽物[114]。马踠余足,士怒未渫[115]。先驱复路,属车案节[116]。于是荐三牺[117],效五牲[118],礼神祇,怀百灵[119]。

觐明堂,临辟雍[120],扬缉熙,宣皇风[121],登灵台,考休征[122]。俯仰乎乾坤,参象乎圣躬[123]。目中夏而布德,瞰四裔而抗棱[124]。西荡河源,东澹海漘[125],北动幽崖,南耀朱垠[126]。殊方别区,界绝而不邻[127],自孝武之所不征[128],孝宣之所未臣[129],莫不陆詟水栗,奔走而来宾[130]。遂绥哀牢,开永昌[131]。春王三朝,会同汉京[132]。是日也,天子受四海之图籍,膺万国之贡珍[133],内抚诸夏,外绥百蛮[134]。尔乃盛礼兴乐,供帐置乎云龙之庭[135],陈百寮而赞群后,究皇仪而展帝容[136]。于是庭实千品,旨酒万钟[137],列金罍,班玉觞,嘉珍御,太牢飨[138]。尔乃食举雍彻,太师奏乐[139]。陈金石,布丝竹[140],钟鼓铿锵,管弦烨煜[141]。抗五声,极六律[142],歌九功,舞八佾[143],韶武备,太古毕[144]。四夷间奏,德广所及[145],僸佅兜离,罔不具集[146]。万乐备,百礼暨,皇欢浃[147],群臣醉,降烟煴,调元气[148]。然后撞钟告罢,百寮遂退[149]。

于是圣上睹万方之欢娱，又沐浴于膏泽[150]，惧其侈心之将萌，而怠于东作也[151]。乃申旧章，下明诏[152]，命有司，班宪度[153]，昭节俭，示太素[154]。去后宫之丽饰，损乘舆之服御[155]，抑工商之淫业，兴农桑之盛务[156]。遂令海内弃末而反本，背伪而归真[157]。女脩织纴，男务耕耘[158]，器用陶匏，服尚素玄[159]。耻纤靡而不服，贱奇丽而弗珍[160]，捐金于山，沉珠于渊[161]。于是百姓涤瑕荡秽，而镜至清[162]，形神寂漠，耳目弗营[163]，嗜欲之源灭，廉耻之心生[164]。莫不优游而自得，玉润而金声[165]。是以四海之内，学校如林，庠序盈门[166]，献酬交错，俎豆莘莘[167]，下舞上歌，蹈德咏仁[168]。登降饫宴之礼既毕[169]，因相与嗟叹玄德[170]。谠言弘说，咸含和而吐气[171]，颂曰，盛哉乎斯世[172]。

今论者但知诵虞夏之书[173]，咏殷周之诗[174]，讲羲文之易[175]，论孔氏之春秋[176]，罕能精古今之清浊[177]，究汉德之所由[178]。唯子颇识旧典，又徒驰骋乎末流[179]。温故知新已难[180]，而知德者鲜矣[181]。且夫僻界西戎，险阻四塞[182]，脩其防御，孰与处乎土中[183]，平夷洞达，万方辐凑[184]？秦岭九嵕[185]，泾渭之川[186]，曷若四渎五岳[187]，带河溯洛[188]，图书之渊[189]？建章甘泉，馆御列仙[190]，孰与灵台明堂，统和天人[191]？太液昆明，鸟兽之囿[192]，曷若辟雍海流，道德之富[193]？游侠逾侈，犯义侵礼[194]，孰与同履法度，翼翼济济也[195]？子徒习秦阿房之造天[196]，而不知京洛之有制也[197]；识函谷之可关，而不知王者之无外也[198]。

主人之辞未终，西都宾矍然失容[199]，逡巡降阶，慄然意下[200],捧手欲辞[201]。主人曰:复位。今将授子以五篇之诗[202]。宾既卒业[203],乃称曰:美哉乎斯诗[204]!义正乎扬雄[205],事实乎相如[206],匪唯主人之好学,盖乃遭遇乎斯时也[207]。小子狂简,不知所裁[208],既闻正道,请终身而诵之[209]。其诗曰:

明堂诗

於昭明堂,明堂孔阳[210]。圣皇宗祀,穆穆煌煌[211]。上帝宴飨,五位时序[212]。谁其配之?世祖光武[213]。普天率土,各以其职[214]。猗欤缉熙,允怀多福。[215]

辟雍诗

乃流辟雍,辟雍汤汤[216]。圣皇莅止,造舟为梁[217]。皤皤国老,乃父乃兄[218]。抑抑威仪,孝友光明[219]。於赫太上,示我汉行[220],洪化惟神,永观厥成[221]。

灵台诗

乃经灵台,灵台既崇[222]。帝勤时登,爰考休征[223]。三光宣精,五行布序[224]。习习祥风,祁祁甘雨[225]。百谷蓁蓁,庶草蕃庑[226]。屡惟丰年,於皇乐胥[227]。

宝鼎诗

岳脩贡兮川效珍,吐金景兮歊浮云[228]。宝鼎见兮色纷缊,焕其炳兮被龙文[229]。登祖庙兮享圣神,昭灵德兮弥亿年[230]。

白雉诗

启灵篇兮披瑞图，获白雉兮效素乌[231]。嘉祥阜兮集皇都，发皓羽兮奋翘英[232]。容絜朗兮于纯精[233]。彰皇德兮侔周成，永延长兮膺天庆[234]。

注释

〔1〕喟(kuì 愧)然:叹息的样子。　痛:甚,极。　移人:改变人,影响人。

〔2〕子:对西都宾的尊称。相当于“您”。　秦人:秦地之人。　矜夸:骄傲夸耀。　保界:仗恃,依仗。界,同“介”。保、介,皆为仗恃之意。(用王念孙说)

〔3〕昭襄:秦昭襄王。战国时秦王,名稷。先后用魏冉范雎等为相,对诸侯国实行远交近攻的策略。以白起为将,大破诸侯之师,并取周鼎,秦益强盛。在位五十六年。　始皇:秦始皇。历史上首创统一封建帝国之君主。名政。先后灭六国。称皇帝,自为始皇帝。废封建,置三十六郡。收天下兵器,聚之咸阳,铸金人十二。统一法度,车同轨,书同文。筑长城,治驰道。用李斯议,焚书坑儒。是古非今者诛,令民以吏为师。信方士,求神仙。数巡幸,广修宫室,以供游览。卒于沙丘。在位二十六年。

〔4〕乌:怎么。　云为:言论行为。此指成就。

〔5〕开元:开创,创始。　奋:奋然而起。　布衣:布制之衣。代平民。

〔6〕数期(jī 基):数年。期,一周年。　创:开创。　万代:万代之业。此言汉高祖刘邦由起义到称帝的过程。秦二世元年,刘邦响应陈涉吴广的起义,亦起兵于沛,称沛公。与项羽分兵破秦。先入咸阳,与父老约法三章,废秦苛法,定三秦。又与项羽战于荥阳成皋间,历五年羽败称帝,国号汉。　六籍:六经。《诗》、《书》、《礼》、《乐》、《易》、《春秋》。　前圣:古代圣贤。　靡:没有。

〔7〕功:当作“攻”。(据五臣本及朱珔说)　有横:横行,强横。指刘邦的反秦起义。有,加于名词或形容词之前的语助词。　当天:适应天意。当,应,适应,符合。　讨:讨伐,与“攻”互文见义。　有逆:造反,作乱。所指与“有横”同。有,语助词,无义。　顺民:顺应人心。传说高祖入秦,有五星聚于东井(星名,秦之分野),为其称帝的瑞应。此所谓“当天”。又,高祖入关,秦人争献牛酒。此所谓“顺民”。(用李贤说)

〔8〕娄敬:汉齐人。以戍陇西过洛阳,说汉高祖都长安,赐姓刘氏,拜为郎中,号奉春君。　度势:估计形势。　说:指娄敬劝高祖西都长安之策。

〔9〕萧公:萧何,汉沛人。佐高祖建汉朝。高祖入咸阳,何收秦律令图籍,掌握山川险要、郡县户口。高祖为汉王,何为丞相。楚汉战争中,何留守关中,补兵馈饷,军得不匮。天下既定,功第一,封酂侯。何曾主持修建未央宫,以为天子以四海为家,非壮丽无以重威,且无使后代能以超过。　权宜:随形势而采取的适宜措施。　拓:开拓,建造。　其制:指未央宫的规模体制。

〔10〕时:通"是",此。　泰:奢侈。　安:安逸,逸乐。　计:计谋,策略。不得以已:不得已。不得不如此。谓形势需要。此言汉天下初定,是出于形势需要而建都于西京的,其宫馆的豪华并非出于奢侈和逸乐,而在于示威于天下诸侯。

〔11〕吾子:对谈话对象的美称。相当于"我的先生"。子,男子美称。　曾:竟,竟然。　不是睹:不睹是。是,指上文所言"不得以已",即都西京的本意。

〔12〕顾:反,反而。　曜:炫耀。　后嗣:后代,子孙。　末造:末代之建造。指《西都赋》中所炫耀的楼台殿阁以及奢靡之事。末,也可理解为本的对立方面。本为礼仪文教,末为宫宇苑囿奢侈。　暗:愚昧,愚妄,无知。

〔13〕语:告诉。　子:您。　建武:东汉光武帝(刘秀)的年号。公元 25 年至 56 年。　治:指治理很好的政治局面。

〔14〕永平:东汉孝明帝(刘庄)的年号。公元五十八年至七十五年。事:指政治业绩。

〔15〕监:视,认识。　太清:本指大自然的元气。此指适应天道自然无为的德化,主张和顺寂寞,质直朴素,与奢靡逸乐相对立。李善注引《淮南子》曰:"太清之化也,和顺以寂漠,质直以素朴。"高诱曰:"太清,无为之化。"　惑志:糊涂观念。惑,迷惑,糊涂。志,心志,思想观念。

〔16〕王莽:汉元城人,字巨君。元帝皇后之侄。平帝立,年九岁,以莽为大司马。元后以太皇太后临朝,委政于莽,号安国公。平帝死,立孺子婴为帝,莽自称摄皇帝,三年登皇帝位,改国号曰新。曾实行过一系列改革;又行苛法,战争频仍,劳役繁重,为农民起义军所杀。　作逆:作乱。指王莽篡位自立为帝。

〔17〕汉祚(zuò 作):大汉的帝位。祚,福祚。指帝位。　中缺:中间空缺。指王莽篡汉帝位,则于汉为缺。　天人:天意人事。　致诛:实行诛戮。　六合:四方上下为六合。指普天之下。　相灭:共同夷灭。此言王莽作逆,天意人

事所不容,因而共相诛灭之。亦为下文圣皇光武上受天命下体人意张本。

〔18〕生人:活人。　几亡:几无。几乎不存在。　泯绝:灭绝。李贤注此句曰:“人者,神之主。生人既亡,故鬼神亦绝也。”

〔19〕壑:沟壑。　完柩(jiù 就):完整的棺柩。柩,已装有尸体的棺材。此言人皆遇害而死,暴尸沟壑,没有完柩。　郛(fú 孚):城郭。外城。罔:无。遗室:遗留下的屋室。此言房屋皆被烧毁崩摧。

〔20〕厌:满,堆积。　人之肉:人的尸体。

〔21〕秦项之灾:秦王项籍所造成的灾难。秦昭王时,白起率秦军攻赵,长平之战中,坑赵降卒四十万人。秦始皇多次对六国用兵,杀伤无数。项籍,字羽,秦亡后自立为西楚霸王,与刘邦争天下,伤人惨重。

〔22〕不克半:不能半。言王莽作逆给天下人造成的灾难之巨大,连秦王项籍所杀的人还赶不上他的一半。

〔23〕书契:指文字。《尚书·书序》:“古者伏羲氏之王天下也,始画八卦,造书契,以代结绳之政,由是文籍生焉。”《释文》:“书者,文字。契者,刻木而书其侧。”　未之或纪:未或纪之。从无记载过。

〔24〕下人:下民,普通老百姓。　号:号叫,哭泣。　上诉:向上天哀诉。

〔25〕怀:怜悯,同情。　降监:指上帝从上做监视。

〔26〕致命:传达命令。　圣皇:指光武帝刘秀。秀为高祖九世孙,王莽地皇三年,从其兄縯起兵舂陵,受命于更始帝刘玄,大破莽军于昆阳。玄即杀縯,秀以行大司马定河北。更始三年即帝位。定都洛阳,是为东汉。在位期间兴利除弊,使封建经济得到恢复与发展。

〔27〕握:持。　乾符:天降的符瑞,即指河图。(用高步瀛说)

〔28〕阐:开。　坤珍:地之符瑞,即指洛书。(用李贤、高步瀛说)汉儒认为,河图即八卦,洛书即《洪范》,为帝王圣者受天命之符瑞。　披:翻开。　皇图:与下句之帝文,皆图纬(起于前汉末盛于后汉的占验术数之书)之文。(用李贤说)　稽:考察。

〔29〕赫然:盛怒的样子。　发愤:发泄愤怒。　应:响应。　兴云:云雾集拢。比喻响应者之多。此言王莽末年,光武帝刘秀率舂陵子弟起义事。

〔30〕霆:疾雷。　昆阳:地名。汉置昆阳县,属颍川郡。有昆水经城西南。光武帝以兵三千大破王莽军十万于昆阳。此为历史上以寡胜众的著名战役之一。　凭怒:愤怒。　雷震:雷击。此言光武帝于昆阳之战中大破王莽军的形势。

〔31〕超:越过。　大河:黄河。　跨:据,占有。　北岳:即五岳中的北岳恒山。汉时为避文帝刘恒讳,亦名常山。主峰在今河北省曲阳县西北。

〔32〕立号:建立皇帝的尊号。　高邑:地名。今河北省柏乡村北。原为鄗,春秋晋邑。战国入赵,汉为侯国。光武帝即位于此,因避讳,改名高邑。　河洛:黄河洛水。此指洛阳。上句言光武即位之地,下句言光武奠都之地。

〔33〕绍:继,继续。　百王:历代帝王。　荒屯:荒废艰难。指历代帝王被荒废了的艰难的事业。

〔34〕因:遵循。　造化:天地。指大自然。　荡涤:清除。指应该予以消除的恶法。

〔35〕体元:以天地之元气为法式。体,法式,规矩,此为意动用法。元,天地间的元气,为万物之始。《春秋》:"隐公元年。"《公羊传》曰:"元年者何?君之始年也。"何注曰:"变一为元,元者气也。无形以起,有形以分,造起天地,天地之始也。"　立制:建立制度。　继天:继承天命。　作:兴起。

〔36〕系:继承。　唐统:唐尧的传统。唐,古尧帝,初封于陶,又封于唐,号曰陶唐氏。其在位时为传说中之太平盛世。　汉绪:大汉的统治。光武帝为高祖之九世孙。

〔37〕茂育:繁茂滋长。　群生:众生。指一切有生之物。　疆宇:国土。

〔38〕勋:功绩。功勋。　兼:包括。　在昔:指先人。当指前汉诸帝。

〔39〕勤:劳苦。　三五:三皇五帝。三皇,传说中远古部落酋长。一说以为伏羲、神农、黄帝。五帝,亦为传说中古代部落酋长。一说以为黄帝、颛顼、帝喾、尧、舜。

〔40〕岂特:岂只。　方轨:并驾齐驱。方,并。轨,辙,此代车。　并迹:与"方轨"互文见义。　纷纶:杂糅。混杂一起。　后辟:君主。

〔41〕治:治理。　所务:全力以赴的事务。　蹈:经历。　一圣:个别的圣明之君。　险易:原指道路的险阻与平坦。此引申为治乱之法。此言光武帝的伟业,不当与一般君主等量齐观,所实施的不是个别圣君而是从远古及近世一切明主的治世之法。

〔42〕且夫:表进一步发议论的语助词。　元:元年。　革命:实施变革,以应天命。此言光武即位,天地皆为之变革。

〔43〕四海:指普天之下。李善注引《尔雅》:"九夷八蛮六戎五狄谓之四海。"　更造:再造。重新创造。　夫妇:与下之"父子"、"君臣",皆指社会伦理

关系。

〔44〕肇(zhào 照):开始。　建:确立。

〔45〕人伦:人们之间的等级关系。　寔始:始于是。寔,是,此。　斯乃:这是。　伏羲氏:古代传说中的部落酋长,始画八卦。　所以:用以。　基:奠定。皇德:皇帝之功德。伟大的功德。此言建武元年所确立的人伦关系,正是古帝伏羲氏所用以作为其皇德基础的东西。

〔46〕分:划分。　市朝:市集。交易买卖的场所。

〔47〕作:制造。　舟舆:船和车。　器械:器,指礼乐之器;械,兵戈之类。

〔48〕轩辕氏:即黄帝。传说姓公孙。居于轩辕之丘,故名。他战胜炎帝于阪泉,战胜蚩尤于涿鹿,诸侯尊为天子。　开:开创。　帝功:帝王之功勋。李善注引《周易》:"黄帝尧舜氏,刳木为舟,剡木为楫。"此言光武建元之后所从事的分州立市等等,正是黄帝造福于人民建立帝功的措施。

〔49〕龚行:恭敬地奉行。龚,通"恭"。　天罚:上天的惩罚。此指光武帝讨伐王莽的起义。　应天:适应天命。　顺人:顺应人心。

〔50〕汤武:指商汤王和周武王。商汤王,名履,子姓,又称天乙。为商朝开国之君。夏桀无道,汤伐之,遂有天下。国号商,都于亳(今河南商丘一带)。周武王,文王子,名发。商纣暴虐,武王东征,败纣于牧野,灭殷,都镐。　昭:显示,光耀,发扬。　王业:帝王之业。此言光武帝攻讨王莽,应天顺人,其功绩与武王讨伐殷纣相同。

〔51〕迁都改邑:指光武帝建都于洛阳,从旧都长安来说即为"迁"与"改"。殷宗:殷人之祖先。指殷商君主盘庚。其为汤之九世孙祖丁之子。其时王室衰乱,盘庚率众自奄(今山东曲阜)迁于殷(今河南安阳)。商复兴。宗,宗神,指祖先。朱珔以为,《史记·殷本纪》称太甲为太宗,太戊为中宗,武丁为高宗,而盘庚未闻。但又以《说文》所言《周礼》为据,言古无庙号称宗不称宗之异,文或亦可通言之。(《文选集释》卷二)　中兴:指盘庚迁殷之后,殷商之复兴。则:准则,榜样,范例。此言光武都洛为汉之中兴,此亦以盘庚迁殷为准则。

〔52〕即:就。　土之中:地势之中,大地之中。指洛阳。　周成:周成王,武王子,名诵,即位年幼。周公摄政,制礼作乐,营东都洛邑。　隆平:升平,盛平。

〔53〕阶:因,依靠,凭借。　尺土:尺寸之封土。　一人之柄:使任何一个人皆为其臣的权柄。

〔54〕同符:古以符契为信,因称事之相同者为同符。符,符契,古代朝廷用

做凭证的信物,以竹木或金玉为之。剖分为二,各存其一。用时相合,以为信。此句言光武帝没有封地与特权,以布衣而登天子位,而与汉高祖之得天下相同,二帝若符契之相合。

〔55〕克己复礼:克制自己的欲念以恢复周礼。周礼,指传说周公所制定的礼仪制度,实为封建社会的等级制。此指光武帝俭省朴素的德风。

〔56〕奉:奉行。　终始:始终。　允:诚信,确实。　恭:恭敬。　孝文:汉文帝刘恒,高祖子,封为代王。周勃陈平等平诸吕之后,迎立为帝。在位期间,重农耕,免租税十二年。主张清静无为,生活节俭朴素。此言光武帝克己复礼,生活节俭,严肃认真,与孝文帝相同。

〔57〕宪章:效法先代的典章制度。　稽古:考察古代的礼仪。　封岱(dài代):在泰山之上筑土为坛,祭祀上天,以报天之功。封,封土为坛,指祭天。岱,指泰山。　勒成:把记录成功之铭文雕刻在石碑上。勒,雕刻。

〔58〕仪:礼仪。　炳:光辉闪耀。　世宗:汉武帝的庙号。武帝刘彻,承文景之业,对内实行经济政治改革,对外用兵,开拓疆土。尊儒术,倡仁义,罢黜百家,建太学,置五经博士。并于元封元年封泰山,勒石而归。此言光武帝讲究礼仪,与汉武帝相同。

〔59〕案:遵照,依据。　六经:儒家的六种经典,即《诗》、《书》、《礼》、《乐》、《易》、《春秋》。　校(jiào教)德:校于德。与古帝之仁德相比较。校,较量,比较。

〔60〕眇:视,细看,细察。与"按"互文。　古昔:指从伏羲氏至世宗等古圣先贤而言。　论功:论于功。与古帝之功业相论次。

〔61〕仁圣:仁爱圣明。　事:事业,功业。　该:与下句"备"互文,完备。道:道理,事理。此为总括"建武之元"至"宪章稽古"句之意,与古帝相比较之中赞扬光武帝之仁德与功业远胜于往昔之君。

〔62〕永平:汉明帝年号(58年—75年)。明帝刘庄,光武帝子。在位时,法令分明,又重儒学,亲临辟雍讲学。传曾遣使往天竺求佛经像,立白马寺于洛阳,是为佛教传入中国之始。

〔63〕重熙:愈益光明。光武光明,明帝继之,因而"重熙"。　累洽:愈益融洽。明帝继光武之业,故曰"累洽"。洽,融洽,融和。

〔64〕盛:盛举。　三雍:三雍宫,即辟雍、明堂、灵台。为古代帝王宣明政教讲究礼仪之所。凡朝会、祭祀、庆赏、选士、养老、教学等大典,均在此举行。

上仪:隆重之礼仪。　脩:整治。　衮(gǔn 滚)龙:古时帝王祭祀时所用的饰龙礼服。此指衣上的装饰。　法服:指礼法所规定的天子标准服。《孝经·卿大夫》:"非先王之法服不敢服。"《注》:"先王制五服,各有等差,言卿大夫遵守礼法,不敢僭上逼下。"

〔65〕铺:铺陈。　鸿藻:宏大的文章。鸿,大。藻,文藻,文章。　信:申,申明。　景铄(shuò 硕):大美。景,大。铄,美。

〔66〕扬:彰明。　世庙:世祖庙,汉明帝为光武帝起庙号,因而曰"扬"。　正:整饬,端正。　雅乐:正乐,用于郊庙朝会。

〔67〕神人之和:指所祭祀之庙神与生人之和谐的关系。　允:诚信,确实。　洽:和洽,融洽。

〔68〕序:次序,等级。　肃:敬肃,严肃。以上言明帝继承光武的功业遗风,崇尚礼乐,使君臣上下关系融洽和谐。

〔69〕大辂(lù 路):天子之车。　遵:循,沿。　皇衢:驰道。天子驰走车马之正道。

〔70〕省(xǐng 醒)方:视察四方,以观民风,设教化。　巡狩:古代帝王有巡狩之礼,以尊天重民。天子巡视境内,以了解四方之士,诸侯之政。　躬览:亲览。　万国:各诸侯之国。　有无:指风俗善恶的情况。

〔71〕考:考察。　声教:声威和教化。　所被:所及。　散:传播。　皇明:帝王的神明。　烛:照。　幽:幽远之处。

〔72〕增:增建。　周旧:周王的京城之旧制。指洛邑。周成王都洛邑。

〔73〕扇巍巍:炽盛巍峨的样子。　显翼翼:雄伟显赫的样子。此言洛邑之规模气势,皆合乎法度。

〔74〕光:使发出光彩。　汉京:指洛邑。　诸夏:指所有的诸侯国。

〔75〕总:统领,统管。　八方:四方与四隅。指普天之下。　极:中,中正,准则。此言洛邑之建筑体制皆合于法度,为天下之中正准则。

〔76〕皇城:皇帝之城。指洛邑。　阙庭:城楼与中庭。与"宫室"互文。　神丽:神奇华丽。

〔77〕侈:与"逾"互文,超过。此言宫室阙庭皆合礼法,奢俭适度。

〔78〕外:指皇城之外。　因:就。　作:建筑。　苑:苑囿,养禽兽林木之所。

〔79〕填:当为"慎",慎与顺,古字通。(用王引之说)顺,疏通,不更穿之。

沼:池。李善注:“顺流泉而为沼,不更穿之也。昭明讳顺,故改为填。”

〔80〕发:发荣滋长。　蘋藻:两种水草名。古人取以祭祀。　潜鱼:藏鱼。

〔81〕丰:使繁茂。　毓(yù 育):养育。　圃草:博大茂草。圃,博。

〔82〕制:指外苑之规模体制。　梁邹:天子田猎之所。

〔83〕谊:通“义”,意义。　灵囿:即灵圃,养禽兽之所。《诗·大雅·灵台》:“王在灵囿,麀鹿攸伏。”《传》:“囿所以域养禽兽也。天子百里,诸侯四十里。”灵,形容其神圣。

〔84〕顺时节:顺应季节;顺,顺应,适应。　搜狩:皆为田猎名称。春猎为搜,即搜索择取不孕之兽;夏为苗,即为苗除害;秋为狝。狝,杀,以适应深秋肃杀之气;冬为狩,即围守。(用《左传·隐五年注》及《尔雅·释天》说)

〔85〕简:检阅,检查。　车徒:兵车与步卒。　讲武:讲习武事。

〔86〕临:治理,处置。　王制:指《礼记·王制》篇。其中说:“天子诸侯,无事则岁三田。田不以礼曰暴天物。”三田,指古代天子以农隙而猎,一为祭祀,二为宾客,三为庖厨。

〔87〕考:考核。　风雅:国风与小雅。风指《驺虞》、《驷铁》。雅指《车攻》、《吉日》。此言顺时而田必合乎古代之法度礼仪。

〔88〕历:览,视。与“览”互文。　驺虞:《诗·国风》之篇名。李善注引《毛诗序》:“《驺虞》,搜田以时,仁如驺虞也。驺虞,义兽名,白虎黑文,不食生物,有至信之德则应之。”　驷铁:《诗·国风》之篇名。李善注引《毛诗序》:“《驷铁》,美襄公也。始命,有田狩之事。”

〔89〕嘉:美,善。　车攻:《诗·小雅》篇名。周宣王会诸侯于东都,因田猎而选车徒,诗人作此赞美其事。　采:选择。　吉日:《诗·小雅》篇名。李善注引《毛诗序》:“《吉日》,美宣王也,能慎微接下,无不自尽,以奉其上焉。”此言天子田猎讲武皆依古代礼俗。

〔90〕礼官:掌礼之官。　整仪:整理威仪。　乘舆:指天子。

〔91〕发:举。　鲸鱼:撞钟之杵。因刻作鲸鱼形,故名。李善注引薛综《西京赋》注:“海中有大鱼曰鲸,海边又有兽名蒲牢。蒲牢素畏鲸,鲸鱼击,蒲牢辄大鸣。凡钟欲令声大者,故作蒲牢于其上。所以撞之者为鲸鱼。”　铿(kēng 坑):击。　华钟:刻有篆文之钟。

〔92〕玉辂(lù 路):玉饰的天子之车。　时龙:骏马。马之美者曰龙,毛色随四时变化,故谓“时”。

〔93〕凤盖:饰有凤凰形的伞盖,帝王仪仗所用。　棽丽(lín lí 林离):车盖羽饰飘动的样子。　和銮:皇帝之车铃。　玲珑:铃声。

〔94〕天官:天神。　景从:如影之随形。景,通“影”。　寖威:壮盛的威仪。寖,盛,壮。　盛容:壮盛的礼容。

〔95〕山灵:山神。　护野:护于野。在山野护卫天子车驾。

〔96〕属御:属车之御。属车,天子的侍从之车。御,驾御车马的人。　方神:四方之神。

〔97〕雨师:司雨之神。　泛洒:遍洒。　风伯:风神。　清尘:清除尘埃。

〔98〕千乘:形容兵车之多。　雷起:比喻车声隆隆如雷之声。　万骑:形容骑卒之多。　纷纭:众多。

〔99〕元戎:大型兵车。《诗·小雅·六月》:“元戎十乘。”《传》:“元,大也。夏后氏曰钩车,……殷曰寅车,……周曰元戎。”　竟:满,遍。　戈鋋(chán 蝉):两种武器名。鋋,铁把短矛。　彗:扫。

〔100〕羽旄:雉羽和旄牛尾。此两物着于旗竿之首,以为装饰。

〔101〕焱焱(yàn yàn 燕燕):火花。此言光之盛如火之花。　炎炎:火之光。　扬光飞文:形容武器旌旗发出的光辉和跃动的文采。

〔102〕吐焰生风:形容武器旌旗挥舞跃动,如吐光而生风。　欱(hē 喝)野:吮吸山野之气。　歕(pēn 喷)山:喷吐山野之气。

〔103〕夺明:失去光辉。　摇震:摇动。

〔104〕中囿:苑囿之中。　陈师:陈列军队。　按屯:止兵驻守。

〔105〕骈:并列。　部曲:古代军队的编制单位。《汉书·李广传》:“及出击胡,而广行无部曲行陈。”《注》:“《续汉书·百官志》云:‘将军领军,皆有部曲。大将军营五部,部校尉一人。部下有曲,曲有军候一人。’今广尚于简易,故行道之中而不立部曲也。”　校队:校,本指营垒,此指军之一部,约五百人为一校。一百人为一队。

〔106〕勒:统领,统率。　三军:步、车、骑为三军。　誓将帅:告诫将帅。

〔107〕举烽:高燃起烽火,以为号令。　伐鼓:击鼓为号。

〔108〕申令:发布命令。　三驱:古之田猎,一为祭祀祖先,二为进御宾客,三为充君庖厨。(用郑玄、马融说)

〔109〕輶(yóu 由)车:轻车。　霆激:如迅雷之激发。比喻輶车之快。　骁(xiāo 肖)骑:勇猛的骑兵。　电骛:驰骋如电速。比喻骁骑之快。

〔110〕由基:即养由基,古之善射者。春秋楚人。披甲而射,可以射穿七个箭靶;又去柳叶百步而射,百发百中。 范氏:古之善御者。李善注引《括地图》:"夏德盛,二龙降之,禹使范氏御之以行,经南方。" 施御:驾车。

〔111〕弦:控弦。指射箭,射猎。 不睼(dì 弟)禽:不迎面射杀飞禽。睼,通"题",前额。此承"由基发射"句。 辔:揽辔,驾车。 不诡遇:不出禽兽之旁而射杀。李善注引刘熙曰:"横而射之曰诡遇。"此承"范氏施御"句。"睼禽"与"诡遇",古人以为非正礼,即所谓"诛降",其猎获之禽兽皆不得献于宗庙与庖厨,禽兽离去从后射杀之,方为合乎礼。(据胡绍煐、孙志祖、王念孙说)

〔112〕飞者:指禽鸟。 走者:指野兽。 去:离开。

〔113〕指顾:一指一瞥之间,形容时间短暂。 倏(shū 抒)忽:谓时间短促。获车:载猎物之车。 实:满。

〔114〕极盘:尽乐。极,尽;盘,乐。 尽物:禽兽杀尽。

〔115〕踠:屈曲,未发挥开,力量未完全用出来。 余足:剩余的足力。怒:怒气,勇力。 未渫(xiè 谢):未发泄出来。渫,亦作"泄",发泄,消散。

〔116〕先驱:前驱,为天子清路之车马。 复路:就归路。 属(shǔ 署)车:皇帝的侍从之车。秦汉以来,皇帝大驾属车八十一乘。 案节:顿辔徐行。

〔117〕荐:进献。 三牺:祭天地宗庙三者之牺。(用李善注引《左传》杜预说)牺,祭祀所用纯色牲畜。

〔118〕效:报答,呈献。 五牲:指祭祀所用的麋、鹿、麏、狼、兔。(李善注引《左传》杜预说)

〔119〕礼:祭祀。 神祇(qí 其):指天神与地神。 怀柔:招来安抚。 百灵:百神。

〔120〕觐(jìn 劲):诸侯秋朝天子之礼。 明堂:与下句之辟雍,皆为古代帝王宣明政教之所。凡朝会、祭祀、庆贺、选士、养老、教学等大典,均在此举行。此言皇帝在此接见群臣。 临:至,及。李善注引《东观汉记》:"永平二年正月上宗祀光武皇帝于明堂。礼毕升灵台。三月上初临辟雍,行大射礼。"

〔121〕扬:宣扬。 缉熙:光明,指光明正大之德。 皇风:天子之风范。

〔122〕灵台:为汉光武帝所建,在洛阳故城之南。登此台以望气,考察祥瑞之征兆。 休:美善,祥瑞。 征:征兆,征验。

〔123〕俯仰:谓观天地之象。俯,察法于地;仰,观象于天。 乾坤:天地。参:参比。 象:天地之象。 圣躬:皇帝自身,指自身之德。此言皇帝观天地

之象，思己之德与天地参合统一。

〔124〕中夏：中国。　布德：传布仁德。　瞰：望。　四裔（yì 衣）：即四夷。四方边远之地的其他民族。　抗：与“布”互文，高举，传布。　棱：神威，威望。

〔125〕荡：动。　河源：黄河之源。　澹：动。与“荡”互文。　海漘（chún 唇）：海边。

〔126〕幽崖：即幽都，极北之地。传日没于此，万象阴暗，故名幽都。朱垠（yín 银）：南方。此言皇帝之仁德威灵影响于四面八方。以上四句皆承“目中夏”句。

〔127〕殊方：异域远方。　别区：与“殊方”对文同义。　界绝：边界不相连接。　邻：毗连。

〔128〕孝武：汉武帝。其在位期间曾多次派遣卫青、霍去病、赵破奴、公孙贺等出击匈奴。李善注：“孝武耀威，匈奴远慑。”　所不征：尚未被武帝的威力所征服者。

〔129〕孝宣：汉宣帝。其在位期间对内实行吏治，任用贤臣。匈奴内乱，分南北，郅支、呼韩邪两单于皆遣子入侍，以示臣服。李善注：“孝宣修德，呼韩入臣。举前代之盛，尤不如今。”　所未臣：尚未被宣帝之威德所臣服者。以上言东汉明帝之仁德声威远超于西汉武宣之世。

〔130〕陆詟（zhé 折）水栗：詟于陆，栗于水。言武宣所不征所未臣之四夷之人，迫于明帝之威德，跋山涉水，恐惧畏怯，来汉臣服。　来宾：招来而使之宾服。

〔131〕绥：安抚。　哀牢：古代西南少数民族名。永平十二年哀牢王柳貌遣子率种人臣服于汉。　永昌：汉郡名。汉以哀牢王之地置哀牢博南二县，合益州郡西南都尉所领六县置永昌郡。今云南保山县北一带地。

〔132〕三朝（zhāo 招）：正月初一，为岁、月、日之始，故曰三朝。　会同：古代诸侯以事朝见帝王曰会，众见曰同。　汉京：指洛阳。

〔133〕图籍：地图与户籍。　膺：接受。　万国：指各诸侯国。　贡珍：向天子进献的贡物和珍宝。

〔134〕抚：安抚。　诸夏：指各个诸侯国。　绥：与“抚”同义。　百蛮：边远之地的蛮夷。蛮，蛮夷，指少数民族。

〔135〕盛礼：盛施礼仪。　兴乐：作乐。　供帐：供设帷帐。　云龙之庭：云龙门的门庭。洛阳有云龙门，以云龙为饰，故名。

〔136〕陈:陈列。 百寮:百官。寮,通僚。 赞:赞引,引导。 群后:各个诸侯国之王。 究:尽。 皇仪:皇帝之仪表。 展:展示。帝容:皇帝的容止。

〔137〕庭实:天子宴请诸侯之食物充满于帝庭。 千品:言其多。 旨酒:美酒。 万钟:言酒之多。钟,酒器。此言天子设宴招待进献贡珍的诸侯。

〔138〕金罍(léi 雷):酒器。 班:列,等次。 玉觞(shāng 伤):玉制的酒杯。嘉珍:嘉肴美味。 御:进用。 太牢:指牛。 飨(xiǎng 响):赏赐,犒劳。

〔139〕食举:进食的时候举乐。(用李贤说) 雍彻:乐名。 太师:古代乐官之长。

〔140〕陈:陈设。 金石:指钟磬之类的乐器。 布:与"陈"同义。 丝竹:琴瑟管箫之类的乐器。

〔141〕铿锵(kēng hōng 坑轰):钟鼓之声。 烨煜(yè yù 叶玉):形容乐声的盛大热烈。

〔142〕抗:举。 五声:宫商角徵羽为五声。 极:尽。 六律:指古乐黄钟、太蔟、姑洗、蕤宾、夷则、无射。阳为律,阴为吕。阴则为大吕、应钟、南吕、林钟、小吕、夹钟。

〔143〕九功:六府三事之功。《尚书·大禹谟》:"九功惟叙。"《疏》:"养民者使水、火、金、木、土、谷此六事惟当修治之;正身之德,利民之用,厚民之生,此三事惟当谐和之。"九功之德皆可歌。 八佾(yì 义):古代天子之乐。佾,舞列。八人一列,八八六十四人。

〔144〕韶武:韶,传说舜所作乐曲名。武,颂武王克殷乐曲名。 太古:指上古之乐。 毕:尽。此言古今之乐皆奏于此。

〔145〕四夷:指四方夷人之乐。 间奏:交替而奏。 德广所及:指明帝仁德影响所及的夷人之乐。

〔146〕僸佅(jìn mài 禁卖)兜离:皆四夷之乐名。 罔:无。 具集:指四夷之乐皆集于洛邑。

〔147〕暨:至,尽。 皇欢:天子的欢乐。 浃(jiā 加):沾润,影响。

〔148〕烟煴(yīn yūn 因晕):天地间的蒸气。 元气:指人的精神。此言万乐百礼皆备,君臣和乐,感动上天降下烟煴元气,又使人间的精神得到调和。

〔149〕撞钟:敲击钟鼓,以为号令。

〔150〕圣上:指汉明帝。 万方:指普天之下,既包括各诸侯国,也包括德泽所及之四夷。 沐浴:受惠,享受恩泽。 膏泽:恩惠。

〔151〕侈心:奢侈之心。 萌:萌生,发生。 怠:怠慢,不自强不进取。 东作:指农耕。《尚书·尧典》:"寅宾日出,平秩东作。"《传》:"岁起于东,而始就耕,谓之东作。"

〔152〕申:申明,说明。 旧章:旧时的典章制度。 明诏:圣明的诏书。指劝农之诏。

〔153〕有司:主管官吏。 班:遍及,颁布。 宪度:法度。

〔154〕昭:昭示,显示。 太素:朴素。

〔155〕去:除去。 后宫:皇后嫔妃所居之宫。 丽饰:奢华的饰物。 损:减损。 乘舆:车马。 服御:指车服和所装饰的器用。

〔156〕抑:贬抑,压抑。 淫业:指末业,工商业。 兴:振兴,重视。 盛务:指农桑之务。

〔157〕末:指工商业而言。 本:指农业生产。 伪:指奢华。 真:指纯朴。

〔158〕脩:治,从事。 织纴:纺织。纴,织机。 务:从事。 耕耘:耕种。耘,除草。

〔159〕陶匏(páo 庖):陶,瓦器;匏,葫芦。 服:衣裳。 尚:崇尚。 素玄:白和黑的颜色。指朴素的衣服。

〔160〕耻:以之为耻。 纤靡(mǐ 米):指精细美好的衣饰。 服:服用。 贱:以之为低贱,鄙视。 奇丽:奇巧而华丽的饰物。 弗珍:不珍惜,不稀罕。

〔161〕捐:抛弃。以上言不崇尚难得之货,杜绝淫邪之欲,使人归于朴素自然。

〔162〕涤瑕(xiá 匣):清除污点。瑕,玉的斑点,喻过失。 荡秽:与"涤瑕"对文同义。秽,污秽。 镜:照,借鉴,警戒。 至清:即太清,指天地间的无形无穷的元气,比喻天道自然。李善注引《淮南子》:"镜太清者,视大明。"

〔163〕形神:肉体和精神。 寂漠:指涤除尘虑,解脱嗜欲,一种虚静的心理状态。 弗营:不迷惑。

〔164〕嗜欲:指奢侈之欲。

〔165〕优游:闲适自得的样子。 玉润:润泽似玉。 金声:金属乐器之声。金声与玉润皆喻君子之德。此形容百姓涤瑕荡秽,祛除嗜欲之后皆有玉润金声的君子之德。

〔166〕庠序:地方所设的学校。李善注引《汉书·平帝纪》:"平帝立学官,郡国曰学,县道侯国曰校,乡曰庠,聚曰序。" 盈门:挤满门庭。形容学生之多。

盈,满。

〔167〕献酬:饮酒时的进献与酬答。　交错:互相往来,连续不断。　俎(zǔ组)豆:两种礼器。俎,切肉之几;豆,盛脯之具。　莘莘(shēn 申):众多的样子。

〔168〕下舞:在下列者舞蹈。　上歌:在上座者讴歌。李善注引《礼记》:"歌者在上,匏竹在下,贵人声也。"　蹈德:以舞蹈赞美仁德。　咏仁:歌咏仁义。以上言庠序中的饮酒之礼,汉明帝时代的文教之盛况。

〔169〕登降:揖让。　饫(yù 玉)宴:指饮酒之礼。不脱鞋升堂谓之饫,脱鞋而上坐者谓之宴。

〔170〕相与:一起,共同。　嗟叹:赞叹。　玄德:自然而无为之品德。玄,玄远,自然无为之道。

〔171〕谠(dǎng)言:美言。　弘说:宏论,宏大的道理。　含和:内心怀有中和之德。　吐气:吐纳天地之元气。此言在明帝去奢就俭,背伪归真言行的感召下,教化已盛,百姓质朴,身心已达优游自得之境。

〔172〕盛:盛大,兴旺。　斯世:这个时代。指永平之世。

〔173〕但:只。　诵:诵读。　虞夏之书:指《尚书》。其中包括《虞书》和《夏书》。《虞书》有《尧典》、《皋陶谟》。《古文尚书》又增《舜典》、《大禹谟》、《益稷》,合为五篇。《夏书》有《禹贡》、《甘誓》、《五子之歌》和《胤征》等四篇。

〔174〕殷周之诗:指《诗经》。其中包括周诗和商颂。

〔175〕羲文之易:指《易经》。相传伏羲氏始画八卦。周文王为殷纣王囚羑里而演《易》。《易》为古代卜筮之书。后为儒家主要经典之一,用以测定吉凶祸福。

〔176〕孔氏:孔子。传说孔子曾据鲁史修订《春秋》。　春秋:古代的史书名。为编年体。起自鲁隐公元年,迄于鲁哀公十四年西狩获麟之时。至此东都礼乐教化之事已述完。

〔177〕罕:少。　精:通晓,精研。　古今:古,指赋开头所谓"唐统",即唐尧的传统;今,指"汉绪",即汉光武和汉明帝的典章制度和礼乐教化。　清浊:谓演变。

〔178〕究:探究,研讨。　汉德:指光武和明帝的礼乐教化。　所由:由来,渊源。

〔179〕子:指西都宾。　旧典:先代的典章制度,指西都的体制与风俗。

徒:只,仅仅。　驰骋:沉浸,迷恋,夸耀。　末流:本源的反面。指奢侈。

〔180〕温故:温习故事。　知新:认识新事物。此言认识新旧事物之间的相互联系是很难的。

〔181〕知德者:在知新之中能够重于知仁德的人。　鲜:少。

〔182〕僻:偏僻。指秦地而言。　界:连接。　西戎:古代西北少数民族的总称。　四塞:四方的关塞。指秦地四面有山关之固。

〔183〕脩:整治,构筑。　孰与:哪赶得上。　土中:大地的中心。指东都洛阳。

〔184〕平夷:平坦。　洞达:通达,四通八达。　万方:万国,一切诸侯之国。辐凑:如车辐之凑集于车毂。

〔185〕秦岭:即终南山。在今陕西省境南。　九嵕(zōng 宗):山名。在今陕西省醴泉县东北。有九峰耸峻。山之南麓,即咸阳北坂。

〔186〕泾渭:泾水和渭水。泾上游发源于平凉与华亭,至泾川汇合,东南流至陕西彬县,再折而东南至高陵南入渭水。渭为黄河主要支流之一。发源于甘肃渭源县鸟鼠山,东南流至清水县,入陕西省境,横贯渭河平原,东流至潼关,入黄河。

〔187〕曷若:何如。　四渎(dú 读):指长江、黄河、淮河、济水。古代以其各自单独入海,故曰"渎"。　五岳:指中岳嵩山,东岳泰山,西岳华山,南岳衡山,北岳恒山。

〔188〕带河:夹带黄河。　溯(sù 素)洛:上溯洛水。"溯",逆水而上。洛,洛河,源出陕西洛南县西北部。东入河南,经洛阳,至巩县的洛口,流入黄河。

〔189〕图书:指河图洛书。河图,即八卦,汉儒以为帝王圣者受命之瑞。传说出于黄河。洛书,即《洪范》九畴。传说为天赐夏禹之书,出于洛水。　渊:渊薮,来源。

〔190〕建章:指建章宫,汉武帝太初元年建,位于未央宫西,今陕西长安县西。　甘泉:甘泉宫,秦始皇廿七年建甘泉前殿。武帝建元中增广之,建通天、高光、迎风诸殿。　馆御:住宿,招待。　列仙:众仙。

〔191〕灵台:汉台名。在长安西北,为观测天象之所。　明堂:古代帝王宣明政教的地方。凡朝会、祭祀、庆贺、选士、养老、教学等大典,皆于此举行。天人:指天意人事的关系。

〔192〕太液:汉池名。在今陕西省长安县西。汉武帝于建章宫北治大池。

周围十顷，以其所及甚广，故名。　昆明：汉池名。汉武帝元狩三年象昆明滇池，于长安近郊穿地建之。池周围四十里，广三百三十二顷。以此习水战，打通往身毒之路。　鸟兽之囿：畜养鸟兽的苑囿。当指上林苑。

〔193〕辟雍：汉宣扬政教之所。　海流：指辟雍周围有水环流，象征教化广布四方。

〔194〕游侠：好交游、勇于急人之难的人。　逾侈：过度奢侈。

〔195〕同履：共同履行。　法度：法令制度。　翼翼：恭敬的样子。　济济：形容威仪之盛。

〔196〕阿房：秦宫名。秦惠文王始建，始皇增广之。周围三百余里。离宫别馆，弥山跨谷，辇道相属，阁道通骊山八百余里。　造天：至天。极言其高。

〔197〕京洛：即东都洛阳。东周、后汉皆建都洛阳，故为京洛。　制：制度。

〔198〕函谷：函谷关。在今河南省灵宝县南，为秦之东关。关城在谷中，深险如函，故名。　关：关口，关门。　王者：以仁义治理天下的君主。　无外：指仁德教化的影响深广而无限制。以上将东西都做出比较，西重奢侈，东重礼义。

〔199〕矍（jué 决）然：惶恐的样子。　失容：变色。

〔200〕逡（qūn囷）巡：退开，退去。　降阶：下阶。　惵（dié 迭）然：畏惧的样子。　意下：情绪不振的样子。

〔201〕捧手：拱手，以示敬意。　辞：告别。

〔202〕复位：回到席位。　授：授予，教给。

〔203〕卒业：诵读完毕。

〔204〕斯诗：这些诗。这是倒装句，谓语前置，强调赞叹的语气。

〔205〕义：意义，思想。　正：雅正，正确。　扬雄：西汉辞赋家。蜀郡成都人。成帝时献《甘泉》、《河东》、《长杨》、《羽猎》四赋，拜为郎。王莽时为大夫，校书天禄阁，以事被株连，投阁自杀，几死。博通群籍，多识古文奇字。

〔206〕事：记叙的事物。　实：真实。　相如：司马相如，西汉辞赋家。蜀郡成都人。武帝时以献赋为郎。其代表作为《子虚》、《上林》、《大人》、《长门》诸赋。文字藻丽，想象丰富，托以讽喻，成为后世赋家模仿的对象。

〔207〕匪唯：不只是。　主人：指东都主人。　遭遇：逢到，遇到。　斯时：指明帝时的太平盛世。此言主人之诗不只表现出主人于礼乐教化的研究崇尚，文辞华美，也是所处的太平盛世有礼文可述的证明。

〔208〕小子：西都宾自称。　狂简：谓志大而于事疏略。　裁：裁制，节制。

此谓西都宾为夸耀西都的宫室田猎而感到自愧。

〔209〕正道:指主人所授之诗。这些诗赞美光武和明帝时代的礼仪与祥瑞,故谓之“正道”。 诵:诵读。

〔210〕於(wū 乌):於乎,感叹词。 昭:光明。 孔:很,甚。 阳:光明。

〔211〕圣皇:指汉明帝。 宗祀:祭祀祖先。此指祭祀光武帝于明堂。穆穆:庄严盛美的样子。 煌煌:光辉灿烂的样子。

〔212〕上帝:指天帝太一。 宴飨:神灵享用祭祀的酒食。飨,同“享”。五位:五方之神,天帝太一的辅佐之神五帝,即苍帝灵威仰,赤帝赤熛怒,黄帝含枢纽,白帝白招拒,黑帝汁光纪。 时序:各得其位次。时,通“是”。

〔213〕配:配享。 世祖:汉光武帝的庙号。

〔214〕普天:全部天下。 率土:疆域以内。 职:职守。此言普天之下各尽职守,皆来助祭。

〔215〕猗(yī 衣)欤:感叹词。 缉熙:光明。 允:诚信,确实。 怀:来,致。

〔216〕流:指环绕辟雍的流水,象征汉之教化流布四方。 汤汤(shāng 商):水波激荡的样子。

〔217〕圣皇:指天子。 莅止:临止。 造舟为梁:编舟船为桥梁。造,编,连接。梁,桥梁。

〔218〕皤皤(pó 婆):老人头发斑白的样子。 国老:辞官归居的卿大夫。 乃:语助词。

〔219〕抑抑:谦谨的样子。 威仪:威容仪止。 孝友:敬顺父母为孝,热爱兄弟为友。

〔220〕赫:显赫盛大。 太上:天子。示:显示。 汉行:大汉的德行。

〔221〕洪化:宏大的教化。 神:神圣,神明。 厥:其。 成:完成,成功。

〔222〕经:经营,营造。 崇:高耸,崇高。

〔223〕帝:指明帝。 勤:辛勤,尽力。 爰:语助词。 考:考察,验证。休征:吉祥的征兆。休,美善,吉祥。

〔224〕三光:指日、月、星。 宣精:散发光辉。宣,疏通,散发。精,精曜,光辉。 五行:指金木水火土。古代以为构成物质的五种元素。 布:广布,遍布。 序:次序。

〔225〕习习:和煦的样子。 祥风:和风。 祁祁:和顺的样子。 甘雨:及时雨。

〔226〕蓁蓁（zhēn zhēn 真真）：繁茂的样子。　庶草：众草，百草。　蕃庑（wǔ 武）：滋长茂盛。

〔227〕屡：数次。多次。　皇：君主。　乐胥：喜乐。胥，语助词。

〔228〕岳：高大的山。　脩：通"羞"，进献。　贡：贡物，进献的方物。　效：献出。　珍：珍宝。　吐：吐露，喷吐。　金景：金色的光辉。景，光辉。　歊（xiāo 消）：气上升，升腾。

〔229〕见：同"现"。　纷缊（yùn 运）：纷繁，繁盛。　焕：焕然。光彩。　炳：光辉灿烂。　被：遍布，布满。　龙文：宝鼎上的龙形彩饰。

〔230〕登：升。　祖庙：世祖（光武）之庙。　享：进享。　圣神：指天地之神。　昭：显示。　灵德：神灵之德。　弥：终。

〔231〕启：开。　灵篇：即瑞图。　披：披览。　瑞图：祥瑞之图。祥瑞，古代迷信以为天降祥瑞之物以应人君之德。《史记。孝武本纪》："天子苑有白鹿，以其皮为币，以发瑞应，造白金焉。"　白雉：古代迷信以为祥瑞之物。光武帝时日南献白雉。（据吕延济注）　效：呈献。　素乌：即白乌，祥瑞之物。明帝时获素乌。（据吕延济注）

〔232〕嘉祥：美祥。指白雉素乌。　阜：盛多。　皇都：指京都洛阳。　皓羽：白色翅膀。　奋：振动。　翘英：白如玉色的尾巴。翘英，英翘，主从倒置以协韵。英，玉英。

〔233〕容：指鸟的仪容。　絜（jié 洁）朗：清洁明朗。　纯精：形容鸟的羽毛毫无杂色。

〔234〕彰：明，宣扬。　皇德：明帝之仁德。皇，指汉明帝。　侔（móu 谋）：相等。　周成：周成王，武王子，名诵。即位年幼，周公摄政，制礼作乐，营东都洛邑。传成王时越裳献白雉。因谓之"侔"。　膺：受。　天庆：天降之福。

今译

东都主人喟然叹息说：社会风俗给予人的影响真是太大了。先生确实是秦地之人，夸耀宫馆以为骄傲，仗恃河山以为险固，您很了解昭襄王的权谋诈术，知道秦始皇的暴虐奢侈，怎么能看见我大汉的成就呢？大汉天下的创始，是高祖以布衣之士奋然而起，登上皇位，由数年的战斗而创立万代的王业。这大概是六经所未曾记载

过，圣贤也没有论及的吧。当此之时，高祖攻击秦王而起义，上符天意，讨伐暴君而造反，下合民心。因此，娄敬估计形势而提出西都长安的建议，萧何采取适宜措施而拓展西京的体制。当时难道是希图奢侈和逸乐吗？那是由于形势需要策略不得不如此罢了。先生非但认识不到这一点，反而炫耀后代的奢侈逸乐，不是太糊涂了吗？现在我要告诉您建武年间的治世之道和永平年间的礼乐之事，使您认识天道自然之理，而改变自己的糊涂观念。

往昔，王莽作乱篡位，大汉皇统中断，天命人意皆行诛讨，普天之下共同夷灭。当时的祸乱，活人几无，鬼神灭绝。暴尸沟壑而无完椁，城池荒废而不见屋室。原野堆满人肉，川谷遍流人血。秦王项羽之灾，与此相较，犹不及半，有史以来，从无记载。因此，下民号哭而上诉于天，上帝悲悯而下临监视，乃传天命于圣皇光武。于是光武手持天降的符命，开启地现的珍祥，披览皇图，考察帝文，愤然发难，应者如云。昆阳之战，声势浩大，如同雷震。横渡大河，跨过北岳。尊帝号于高邑，建都城于河洛。继承历代圣君，重振被荒废的艰难王业，适应自然，清除应该荡涤的暴政恶法。以天地元气为法式而创立制度，继承天命而付诸行动。远承唐尧的正统，近接大汉中断的帝业，使一切生灵繁衍滋长，让四方疆域复归一统。功勋盖过往昔圣君，事迹超乎三皇五帝。光武帝岂只是与历代君主并驾齐驱浑然无别，仅仅治理近古所专注的事务，蹈袭个别圣君治国安邦之法吗？

光武之创始，天地之间，一切为之变革。四海之内，重结夫妇之缘，始有父子之情，初建君臣之义，人伦从此开始：这乃是伏羲氏所以奠定伟大功德的根基。划分州土，建立市集，创作舟车，制造器械：这乃是轩辕氏所以开创王业的措施。恭敬地代上天惩罚叛逆，适应天意，顺从人心：这乃是商汤周武发扬帝王大业的举动。迁都改邑，有殷王盘庚中兴的准则。就大地中央而建都洛阳，有周成隆盛的楷式。光武不凭分封之土与世袭之权，则与高祖同受上天的符命。克己复礼，俭约朴素，奉行始终，光武则与汉文同样严肃恭谨。效法先人的典章，考察古代的礼仪，祭天于泰岱，刻石以告成，礼仪与汉武同其光辉。按六经而与古帝比较仁德，视往昔而与先贤论列事功，仁圣之事既周全，帝王之道亦兼备。

至于永平之际，则愈益光明并愈益融洽，于三雍之宫盛举隆重的礼仪，整治绣龙的礼服。铺陈宏大的文章，发扬光辉的美德，传扬世祖之庙号，端正雅颂之正乐。生人与祖先和谐而融洽，群臣位次庄重而敬肃。于是天子车驾出动，沿皇家大道驰行，省察四方，巡视守牧，亲自观览各个侯国礼俗状况，考察仁德教化普及程度，散播帝王的神明，照耀于幽远的区域。然后扩展周王京城之旧制，建筑洛阳之宫室，辉煌巍峨，雄伟显赫。让京洛显光彩于诸夏，统领四面八方而为普天下之准则。于是皇城之内，宫室光明。城阙皇庭，神奇壮丽。豪奢而不越法度，俭约而不失礼仪。皇城之外，就原野而建苑囿，疏流泉而为池沼，蘋藻繁茂而藏鱼，圃草丰盛而育兽。体制同于梁邹，意义合于灵囿。

若顺时节而狩猎，检阅车卒而习武，则必按《礼记·王制》实施，依《诗》之《风》《雅》加以考核。观《驺虞》，览《驷铁》，赞《车攻》，择《吉日》。礼官整饬威仪，天子车驾乃出。于是举鲸鱼之杵，击华饰之钟，登玉雕之车，驾狡壮之马。饰凤伞盖飘曳，銮铃鸣响叮咚。天神影从，威容壮盛。山神在野外护卫，四方之神驾车跟随。雨师遍洒前路，风伯清除尘埃。千乘兵车起动如雷，上万骑卒纷纷驰逐。巨型兵车满山遍野，长戈短矛遮蔽云天。羽旄上扫霓虹，旌旗飘拂苍穹。炎炎光华，武器挥动；文采飞扬，旗帜飘荡；喷吐光焰，掀起长风；山岳平野，清气波动。日月为之暗淡，丘陵为之震撼。于是会集苑囿之中，陈师屯驻。部曲相并，校队成列。统领三军，告诫将帅。然后高举烽火，击响战鼓，发令田猎开始。轻车似迅雷激发，骁骑如闪电划过。由基引弓发射，范氏扬鞭驾车。控弦而不射飞禽的前额，揽辔而不射飞禽的羽翼。飞鸟未及翔而坠落，走兽未及逃而仆倒。指手顾盼之间,获车猎物已满。欢乐而不极乐,猎杀而不灭绝。骏马尚有余力,士卒锐气未减。先驱已就归路,属车缓缓徐行。于是把纯色牺牲进呈天地祖先,献上五牲麋鹿麞狼兔。祭奠天神地祇,招来众多神灵。

接见诸侯于明堂,宣明政教于辟雍,发扬光明之德,显出仁君之风。登上高耸入云的灵台,考察天降福祥的征象。仰观于天,俯察于地,思索自身之德是否与天地参合。面向中国而传布仁德,遥望边陲而高扬神威。威德西荡黄河之源,东临大海之滨,北动幽暗之崖,南至朱红之疆,直至殊方异域,边界隔绝而不相邻接之地。自汉武所不曾征讨,汉宣所不曾使之臣服之族,无不水陆兼行,战战兢兢,奔走而来,称臣于洛京。于是哀牢归服,开辟永昌。春日诸侯朝见天子,会同于洛京。此日,天子接受四海之图籍,收纳万国之贡品珍宝。在内安抚诸侯之王,在外绥靖百蛮之长。继而盛行礼仪,大兴雅乐。供具帷帐置于云龙之庭,百官引导诸侯之王,尽显皇帝之威仪,展示君主之尊容。于是宫庭充满佳肴千种,美酒万钟。金罍成列,玉杯成行,美味进用,太牢犒赏。继而进餐则举《雍彻》之乐,乐官太师指挥演奏。排列编钟编磬,布置琴瑟箫笙。钟鼓之声庄严肃穆,管弦之音激越热烈。高奏五声,尽弹六律,歌九功之德,跳八佾之舞。韶乐武乐,太古之乐,依次演奏,直至完毕。四夷之乐,穿插演奏。汉德影响所及,僸佅兜离之乐,无不具集。万乐齐备,百礼普及。皇帝欢颜,感染群臣,群臣沉醉,君臣融洽感动上天,上天普降吉祥之气,人之精神得以调和。然后撞钟告罢,百官遂退。

于是圣上见万方之欢娱,享受上天之恩泽,唯恐奢侈之心由此萌生,而怠慢于劳作。乃申明固有章法,下达圣明诏书,命令有司,颁布法令,宣扬节俭,表彰朴素。摈除后宫的奢侈饰物,减损乘舆的车服器用。贬抑工商之末业,鼓励农桑之盛务。于是使天下百姓弃工商而返于农耕,背伪饰而归于纯真。女精于织纴,男务于耕耘。器具采用陶瓷葫芦,衣服崇尚颜色素朴。贱视精细美好的衣物而不穿用,鄙薄奇异华丽的装饰而不珍惜。弃金于山,沉珠于渊。于是百姓涤除自身的污秽,而鉴戒于天道自然。形神保持虚静,耳目不为外物所乱。嗜欲之源灭,廉耻之心生。无不悠悠然而自得,养成如玉之润如金之声的君子之德。因此,四海之内学校如林,青年学子众多盈门。讲习饮酒之礼,进献酬答,往来交错,礼器俎豆,排列众多。下列起舞,上座讴歌。舞蹈以现功德,歌咏以赞仁义。揖让饫宴之礼已毕,就共同赞叹明帝的玄远之德,发表美言高论。于内心饱含中和之德,于身外吐纳天地元气。并颂扬说:何其伟大啊,当今之圣代。

当今论者只知诵读虞夏之《书》,歌咏殷周之《诗》,讲习羲文之《易》,讨论孔氏之《春秋》,很少能通晓古今之演变,探究汉德之渊源。唯先生颇识先代的典章制度,又只迷恋于往昔奢侈逸乐之末流。温故而知新已属不易,而知当今之德者就更其罕见。况且西都地势偏僻,邻接西戎,险要阻塞,四面关山,借此防御,怎能比得上东都地处中央,平旷通达,万方辐凑而归服呢?西都依凭秦岭九嵕之山,夹带泾渭之川,怎能比得上东都四河贯通,五岳巍峨,呈现图书的河洛呢?西都豪奢的建章甘泉之宫,驻御众神列仙,怎能比得上东都灵台明堂宣扬教化之宫,统和天人之德呢?西都有太液昆明之池,鸟兽之囿,怎能比得上东都辟雍环海周流,象征传布四方的道德之富呢?西都游侠奢侈逾越法度,侵害礼义,怎能比得上东都的同履法度,众人恭谨,威仪昌盛呢?先生只熟悉秦国阿房宫的冲天之高,并不知大汉京洛之法度体制;只识函谷可为防御之关口,并不知以王道治世的君主威德是无往而不胜的。

主人之言辞未终,西都宾就惶恐变色,退避下阶,表情畏怯,情绪低落,拱手告辞。主人说:“请坐。我想教您五篇颂诗。”西都宾诵读完毕,就赞叹说:“多美的诗篇啊!其大义比扬雄更雅正,其叙事比相如更真实。不仅主人好学不厌,文辞华美,而且也是遭逢明时,礼乐昌盛的表征啊!小子愚鲁鄙陋,不知深浅。既然领受了表现礼乐正道的颂诗,愿意终生诵读不忘。”其诗曰:

明堂诗

光辉明堂，满堂骄阳。圣皇祭祖，庄严肃穆。天神宴享，五帝就位。谁可媲美？世祖光武。天下诸侯，各尽其职。光明盛德，必致多福。

辟雍诗

辟雍环水，波浪涛涛。圣皇莅临，编舟做桥。德高国老，如父如兄。威仪恭谨，孝敬友爱。至上天子，汉德楷式。教化神明，永世实行。

灵台诗

营造灵台，台高且崇。明帝时登，考察瑞应。三光争辉，五行有序。祥风习习，好雨祁祁。百谷繁茂，众草滋长。屡遇丰年，圣皇欢颜。

宝鼎诗

山岳贡献奇珍啊，河川献出珍宝。山川放射金光啊，升起祥云笼罩。宝鼎闪闪出现啊，虹彩斑斓照耀。焕然发光眩目啊，饰满龙文美妙。呈进祖庙殿堂啊，圣神眼福大饱。显扬祖先灵德啊，亿年皇位可保。

白雉诗

开灵篇啊览瑞图，获白雉呵献素乌。祥瑞盛啊集京洛，展白羽啊奋玉翅。容朗洁啊又晶莹，显皇德啊配周成。永延长啊受天庆。

（陈复兴译注并修订）

西京赋一首

张平子

题解

张衡(78—139),字平子,汉南阳西鄂(今河南南阳)人。他少时即善属文,通五经、天文、历算、机械制作。安帝时拜为郎中,再迁太史令。永和初为河间相,拜尚书。他人格高尚,学识渊博,反迷信,倡科学,不仅是一位思想家、科学家,同时又是一位著名的文学家,在中国文学史上占有重要地位。他的《同声歌》、《四愁诗》成为五、七言诗创始期中重要的作品。他又是汉赋四大家(司马相如、扬雄、班固、张衡)之一,其代表作就是著名的《二京赋》。

本篇为《二京赋》的上篇。大约开始写于永元十二年他做南阳主簿之时。据《后汉书》本传说,这是他早年游学三辅时因感于"天下承平日久,自王侯以下莫不逾侈"而写的。这篇赋从酝酿准备到正式写成,持续了十年之久。所谓"精思傅会,十年乃成"。

此赋内容主要是假借凭虚公子之口,先由西京地理形势之优越,高祖之定都写起,然后再从各个方面极力铺陈西京的豪华奢靡的盛况。首先陈述宫殿的建筑规模如何宏伟,其中后宫如何精巧华丽,天子的离宫别馆如何高大雄奇等。接着写到城郭宅第的宽阔整齐,市场的繁荣热闹,商贾的欺诈牟利,游侠辩士的行为,郊畿的殷实富足,以及上林禁苑,昆明池沼,游猎场面,水上游玩,杂技百戏,微行淫乐等等。作者不愿完全抄袭前人,有意同他们竞胜,务求"出于其上",因此就不能不"逐句琢磨,逐节锻炼"。张衡《二京赋》与班固《两都赋》虽同以东、西两都为描写对象,但铺陈、夸张的手法运用得更多。又因其极力追求完备，篇幅不得不加长，（班固《两都赋》4702字，已较司马相如《子虚赋》长一千余字，而张衡《二京赋》更较《两都赋》长近三千字，竟达7696字），成为京都大赋"长篇之极轨"。既是汉代最后一篇京苑大赋，也是前人赋宫殿游猎山川京城的集大成之作。

此赋意在讽谏。对于西京天子骄奢淫逸生活的暴露，对当时某些社会现象的真实反映，都直接间接地具有讽谏的意义。甚至有的描写是可以作为今日研究东汉社会的史料来读的。如"角觝"戏："乌获扛鼎，都卢寻橦，冲狭燕濯，胸突铦锋，跳丸剑之挥霍，走索上而相逢。……总会仙倡，戏豹舞罴、白虎鼓瑟，苍龙吹篪，……巨兽百寻，是为曼延；神仙崔巍，欻从背见。……吞刀吐火，云雾杳冥；画地成川，流渭通泾。东海黄公，赤刀粤祝，冀厌白虎，卒不能救挟邪作蛊，于是不售。……"这些都是在任何其他文献中难以找到的社会文化史的宝贵资料。在艺术描写方面，在对于宫殿山川田猎等铺叙的过程中，时有精彩之处。如写通天台、井干楼之高，读了令人如临其境，惊心动魄。更为可喜者，赋中描写了许多具有时代特征的东西，如都士商贾、游侠、辩士的活动及杂技和角抵百戏的演出情形。特别是对于杂技百戏那丰富多彩的内容，精湛神奇的演技的描写，非常生动形象。当然，本篇也难以摆脱大赋那种过于铺张、呆板、堆砌、雕琢的通病。

原文

有凭虚公子者[1]，心奓体忲[2]，雅好博古[3]，学乎旧史氏[4]，是以多识前代之载[5]。言于安处先生曰[6]：夫人在阳时则舒[7]，在阴时则惨[8]，此牵乎天者也[9]；处沃土则逸[10]，处瘠土则劳，此系乎地者也[11]。惨则鲜于欢[12]，劳则褊于惠[13]，能违之者寡矣[14]。小必有之[15]，大亦宜然[16]。故帝者因天地以致化[17]，兆人承上教以成俗[18]。

化俗之本[19]，有与推移[20]。何以核诸[21]？秦据雍而强[22]，周即豫而弱[23]，高祖都西而泰[24]，光武处东而约[25]。政之兴衰，恒由此作[26]。先生独不见西京之事欤？请为吾子陈之：

汉氏初都，在渭之涘[27]。秦里其朔[28]，实为咸阳[29]。左有崤、函重险[30]、桃林之塞[31]，缀以二华[32]。巨灵赑屃[33]，高掌远蹠[34]，以流河曲，厥迹犹存。右有陇坻之隘[35]，隔阂华、戎[36]，岐、梁、汧、雍[37]，陈宝、鸣鸡在焉[38]。于前则终南、太一[39]，隆崛崔崒[40]，隐辚郁律[41]，连冈乎嶓冢[42]，抱杜含鄠[43]，欱沣吐镐[44]，爰有蓝田珍玉[45]，是之自出。于后则高陵平原[46]，据渭踞泾[47]，澶漫靡迤[48]，作镇于近[49]。其远则九嵕、甘泉[50]，涸阴沍寒[51]，日北至而含冻[52]，此焉清暑[53]。尔乃广衍沃野[54]，厥田上上[55]，实惟地之奥区神皋[56]。昔者大帝悦秦穆公而觐之[57]，飨以钧天广乐[58]，帝有醉焉。乃为金策[59]，锡用此土[60]，而翦诸鹑首[61]。是时也，并为强国者有六，然而四海同宅西秦[62]，岂不诡哉[63]！

自我高祖之始入也，五纬相汁[64]，以旅于东井[65]。娄敬委辂[66]，干非其议[67]。天启其心[68]，人惎之谋[69]。及帝图时[70]，意亦有虑乎神祇[71]，宜其可定[72]，以为天邑[73]。岂伊不虔思于天衢[74]？岂伊不怀归于枌榆[75]？天命不滔[76]，畴敢以渝[77]？于是量径轮[78]，考广袤[79]；经城洫[80]，营郭郛[81]。取殊裁于八都[82]，岂启度于往旧[83]！乃览秦制[84]，跨周法[85]。狭百堵之侧陋[86]，增九筵之迫胁[87]。正紫宫于未央[88]，表峣阙于阊阖[89]。疏龙首以抗殿[90]，状巍峨以岌嶪[91]。亘雄虹之长梁[92]，结棼橑以相接[93]。蒂倒茄于藻井[94]，披红葩之狎猎[95]。饰华榱与璧珰[96]，流景曜之韡晔[97]。雕楹玉碣[98]，绣栭云楣[99]。三阶重轩[100]，镂槛文梍[101]。右平左墄[102]，青琐丹墀[103]。刊层平堂[104]，设切厓隒[105]。坻崿鳞眴[106]，栈齴巉崄[107]。襄岸夷涂[108]，修路峻险[109]。重门袭固[110]，奸宄是防[111]。仰福帝居[112]，阳曜阴藏[113]。洪钟万钧[114]，猛虡趪趪[115]。负笋业而余怒[116]，乃奋翅而腾骧[117]。朝堂承东[118]，温调延北[119]。西有玉台[120]，联以昆德[121]。嵯峨崨嶫[122]，罔识所则[123]。若夫长年神仙[124]，宣室玉堂[125]；麒麟朱鸟[126]，龙兴含章[127]。譬众星之环极[128]，叛赫戏以辉煌[129]。正殿路寝[130]，用朝群辟[131]。大夏耽耽[132]，九户开辟[133]。嘉木树庭[134]，芳草如积[135]。高门有闶[136]，列坐金狄[137]。

内有常侍谒者[138]，奉命当御[139]。兰台金马[140]，递宿迭居[141]。次有天禄石渠[142]，校文之处[143]。重以虎威章沟[144]，严更之署[145]。徼道外周[146]。千庐内附[147]。卫尉八屯[148]，警夜巡昼。植铩悬瞂[149]，用戒不虞[150]。

后宫则昭阳飞翔[151]，增成合欢[152]；兰林披香[153]，凤皇鸳鸾[154]。群窈窕之华丽[155]，嗟内顾之所观[156]。故其馆室次舍[157]，采饰纤缛[158]。裛以藻绣[159]，文以朱绿[160]。翡翠火齐[161]，络以美玉[162]。流悬黎之夜光[163]，缀随珠以为烛[164]。金戺玉阶[165]，彤庭辉辉[166]。珊瑚琳碧[167]，瓀珉璘彬[168]。珍物罗生[169]，焕若昆仑[170]。虽厥裁之不广，侈靡逾乎至尊[171]。于是钩陈之外[172]，阁道穹隆[173]。属长乐与明光[174]，径北通乎桂宫[175]。命般尔之巧匠[176]，尽变态乎其中[177]。后宫不移[178]，乐不徙悬[179]。门卫供帐[180],官以物辨[181]。恣意所幸[182],下辇成燕[183]。穷年忘归[184],犹弗能遍[185]。瑰异日新[186],殚所未见[187]。

惟帝王之神丽[188],惧尊卑之不殊[189]。虽斯宇之既坦[190],心犹凭而未摅[191]。思比象于紫微[192],恨阿房之不可庐[193]。觎往昔之遗馆[194],获林光于秦余[195]。处甘泉之爽垲[196],乃隆崇而弘敷[197]。既新作于迎风[198],增露寒与储胥[199]。托乔基于山冈[200],直墆霓以高居[201]。通天訬以竦峙[202],径百常而茎擢[203]。上辮华以交纷[204],下刻峭其若削[205]。翔鹍仰而不逮[206],况青鸟与黄雀[207]!伏櫺槛而頫听[208],闻雷霆之相激[209]。柏梁既灾[210],越巫陈方[211]。建章是经[212],用厌火祥[213],营宇之制[214],事兼未央[215]。圆阙竦以造天[216],若双碣之相望[217]。凤骞翥于甍标[218],咸遡风而欲翔[219]。阊阖之内,别风嶕峣[220]。何工巧之瑰玮[221],交绮豁以疏寮[222]。干云雾而上达[223],状亭亭以苕苕[224]。神明崛其特起[225],井干叠而百增[226]跱游极于浮柱[227],结重栾以相承[228]。累层构而遂跻[229],望北辰而高兴[230]。消雰埃于中宸[231]集重阳之清澄[232]。瞰宛虹之长鬐[233],察云师之所凭[234]。上飞闼而仰眺[235],正睹瑶光与玉绳[236]。将乍往而未半[237],怵悼慄而怂竞[238]。非都庐之轻趫[239],孰能超而究升[240]?驺娑骀荡[241],焘昦桔桀[242]。枍诣承光[243],睽罛庨豁[244]。棔桴重棼[245],锷锷列列[246]。反宇业业[247],飞檐辙辙[248]。流景内照[249],引曜日月[250]。天梁之宫[251],实开高闱[252]旗不脱扃[253],结驷方蕲[254]。轹辐轻骛[255],容于一扉[256]。长廊广庑[257],连阁云蔓[258]。闬庭诡异[259],门千户万。重闺幽闼[260],转相逾延[261]。望窊窱以径廷[262],眇不知其所返[263]。既乃珍台蹇产以极壮[264]，墱道逦倚以正东[265]。似阆风之遐坂[266]，横西洫而绝金墉[267]。城尉不弛柝[268]，而内外潜通[269]。前开唐中[270]，弥望广潒[271]。顾临太液[272]，沧池漭沆[273]。渐台立于中央[274]，赫昈昈以弘敞[275]。清渊洋洋[276]，神山峨峨[277]。列瀛洲与方丈，夹蓬莱而骈罗[278]。上林岑以垒嵬[279]，下嶄岩以嵒龉[280]。长风激于别隝[281]，起洪涛而扬波。浸石菌于重涯[282]，濯灵芝以朱柯[283]。海若游于玄渚[284]，鲸鱼失流而蹉跎[285]。于是采少君之端信[286]，庶栾大之贞固[287]。立修茎之仙掌[288]，承云表之清露[289]。屑琼蕊以朝飧[290]，必性命之可度[291]。美往昔之松乔[292]，要羡门乎天路[293]。想升龙于鼎湖[294]，岂时俗之足慕[295]！若历世而长存[296]，何遽营乎陵墓[297]？

徒观其城郭之制，则旁开三门[298]，参涂夷庭[299]。方轨十二[300]，街衢相经[301]。廛里端直[302]，甍宇齐平[303]。北阙甲第[304]，当道直启[305]。程巧致功[306]，期不陁陊[307]。木衣绨锦[308]，土被朱紫[309]。武库禁兵[310]，设在兰锜[311]。匪石匪董[312]，畴能宅此？

尔乃廓开九市[313]，通阛带阓[314]。旗亭五重[315]，俯察百隧[316]。周制大胥[317]，今也惟尉[318]。瑰货方至[319]，鸟集鳞萃[320]。鬻者兼赢[321]，求者不匮[322]。尔乃商贾百族[323]，裨贩夫妇[324]。鬻良杂苦[325]，蚩眩边鄙[326]。何必昏于作劳[327]？邪赢优而足恃[328]。彼肆人之男女[329]，丽美奢乎许史[330]。

若夫翁伯浊、质[331]，张里之家[332]；击钟鼎食[333]，连骑相过[334]。东京公侯[335]，壮何能加[336]！都邑游侠[337]，张赵之伦[338];齐志无忌[339],拟迹田文[340]。轻死重气[341],结党连群。实蕃有徒[342],其从如云[343]。茂陵之原[344],阳陵之朱[345]。趆悍虓豁[346],如虎如貙[347]。睚眦虿芥[348],尸僵路隅[349]。丞相欲以赎子罪,阳石污而公孙诛[350]。若其五县游丽辩论之士[351],街谈巷议[352],弹射臧否[353];剖析毫厘[354],擘肌分理[355]。所好生毛羽[356],所恶成创痏[357]。

郊甸之内[358],乡邑殷赈[359]。五都货殖[360],既迁既引[361]。商旅联槅[362],隐隐展展[363],冠带交错[364],方辕接轸[365]。封畿千里[366],统以京尹[367]。郡国宫馆[368],百四十五。右极盩厔[369],并卷丰鄠[370]。左暨河华[371],遂至虢土[372]。上林禁苑[373],跨谷弥阜[374]。东至鼎湖[375],邪界细柳[376]。掩长杨而联五柞[377],绕黄山而款牛首[378]。缭垣绵联[379],四百余里。植物斯生,动物斯止[380]。众鸟翩翻[381],群兽駓騃[382]。散似惊波,聚以京峙[383]。伯益不能名[384],隶首不能纪[385]。林麓之饶[386],于何不有。木则枞栝棕楠[387],梓棫楩枫[388]。嘉卉灌丛[389],蔚若邓林[390]。郁蓊薆薱[391],橚爽櫹槮[392]。吐葩扬荣[393],布叶垂阴[394]。草则葴莎菅蒯[395],薇蕨荔苀[396];王刍、莔台[397],戎葵怀羊[398],苯䔿蓬茸[399],弥皋被冈[400]。筿簜敷衍[401],编町成篁[402]。山谷原隰[403],泱漭无疆[404]。

乃有昆明灵沼[405],黑水玄阯[406]。周以金堤[407],树以柳杞[408]。豫章珍馆[409],揭焉中峙[410]。牵牛立其左[411],织女处其右。日月于是乎出入,象扶桑与濛汜[412]。其中则有鼋鼍巨鳖[413],鳣鲤鱮鲖[414];鲔鲵鲿鲨[415],修额短项[416];大口折鼻[417],诡类殊种[418]。鸟则鹔鷞鸹鸨[419],驾鹅鸿鹍[420];上春候来[421],季秋就温[422]。南翔衡阳[423],北栖雁门[424]。奋隼归凫[425]，沸卉軿訇[426]。众形殊声，不可胜论[427]。

于是孟冬作阴[428]，寒风肃杀[429]。雨雪飘飘[430]，冰霜惨烈[431]。百卉具零[432]，刚虫搏挚[433]，尔乃振天维[434]，衍地络[435]；荡川渎[436]，簸林薄[437]；鸟毕骇[438]，兽咸作[439]。草伏木栖，寓居穴托[440]。起彼集此，霍绎纷泊[441]，在彼灵囿之中[442]，前后无有垠锷[443]。虞人掌焉[444]，为之营域[445]。焚莱平场[446]，柞木剪棘[447]。结罝百里[448]，迒杜蹊塞[449]。麀鹿麌麌[450]，骈田逼仄[451]。天子乃驾雕轸[452]，六骏驳[453]；戴翠帽[454]，倚金较[455]。璇弁玉缨[456]，遗光倏爚[457]。建玄弋[458]，树招摇[459]；栖鸣鸢[460]，曳云梢[461]。弧旌枉矢[462]。虹旃蜺旄[463]。华盖承辰[464]，天毕前驱[465]。千乘雷动[466]，万骑龙趋[467]。属车之簉[468]，载猃猲獢[469]。匪唯玩好[470]，乃有秘书[471]。小说九百[472]，本自虞初[473]。从容之求[474]，实俟实储[475]。于是蚩尤秉钺[476]，奋鬣被般[477]。禁御不若[478]，以知神奸[479]。螭魅魍魉[480]，莫能逢旃。陈虎旅于飞廉[481]，正垒壁乎上兰[482]。结部曲[483]，整行伍[484]；燎京薪[485]，駴雷鼓[486]；纵猎徒[487]，赴长莽[488]。迾卒清候[489]，武士赫怒[490]。缇衣韎韐[491]，睢盱拔扈[492]。光炎烛天庭[493]，嚣声震海浦[494]。河渭为之波荡[495]，吴岳为之陁堵[496]。百禽㥄遽[497]，騤瞿奔触[498]；丧精忘魂[499]失归忘趋[500]。投轮关辐[501]，不邀自遇[502]。飞罕潚箾[503]，流镝擂㩸[504]。矢不虚舍[505]鋋不苟跃[506]。当足见蹍[507]，值轮被轹[508]。僵禽毙兽，烂若碛砾[509]。但观罝罗之所羂结[510]，竿殳之所揘毕[511]，叉蔟之所搀捔[512]，徒搏之所撞挌[513]。白日未及移其晷[514]，已狝其什七八[515]。若夫游鷮高翚[516]，绝阬逾斥[517]。毚兔联猭[518]，陵峦超壑[519]。比诸东郭[520]，莫之能获。乃有迅羽轻足[521]，寻景追括[522]。鸟不暇举[523]，兽不得发[524]。青骹挚于韝下[525]，韩卢噬于绦末[526]。及其猛毅髬髵[527]，隅目高眶[528]。威慑兕虎[529]，莫之敢伉[530]。乃使中黄之士[531]，育获之俦[532]。朱鬘鬅髽[533]，植发如竿[534]；袒裼戟手[535]，奎踽盘桓[536]。鼻赤象[537]，圈巨狿[538]；摣狒猬[539]。批窳狻[540]。揩枳落[541]，突棘藩[542]。梗林为之靡拉[543]，朴丛为之摧残[544]。轻锐僄狡趫捷之徒[545]，赴洞穴[546]，探封狐[547]；陵重巘[548]，猎昆駼[549]；杪木末[550]，擭狝猢[551]；超殊榛[552]，摕飞鼯[553]。是时后宫嬖人昭仪之伦[554]，常亚于乘舆[555]，慕贾氏之如皋[556]，乐《北风》之"同车"[557]。盘于游畋[558]，其乐只且。

于是鸟兽殚，目观穷[559]。迁延邪睨[560]，集乎长杨之宫。息行夫[561]，展车马[562]。收禽举胔[563]，数课众寡[564]。置互摆牲[565]，颁赐获卤[566]。割鲜野飨[567]，犒勤赏功[568]。五军六师[569]，千列百重。酒车酌醴[570]，方驾授饔[571]。升觞举燧[572]，既釂鸣钟[573]。膳夫驰骑[574]，察贰廉空[575]。炙炰夥[576]，清酤敍[577]；皇恩溥[578]，洪德施[579]；徒御悦[580]，士忘罢[581]。

巾车命驾[582]，迴旆右移[583]。相羊乎五柞之馆[584]，旋憩乎昆明之池[585]。登豫章，简矰红[586]；蒲且发[587]，弋高鸿[588]；挂白鹄[589]，联飞龙[590]。磻不特绁[591]，往必加双[592]。于是命舟牧[593]，为水嬉[594]。浮鹢首[595]，翳云芝[596]；垂翟葆[597]，建羽旗[598]；齐栧女[599]，纵棹歌[600]；发引和[601]，校鸣葭[602]；奏《淮南》[603]，度《阳阿》[604]；感河冯[605],怀湘娥[606];惊蜩蛃[607],惮蛟蛇[608]。然后钓鲂鳢[609],纚鰋鲉[610];摭紫贝[611],搏耆龟[612];搤水豹[613],馽潜牛[614]。泽虞是滥[615],何有春秋!擿漻澥[616],搜川渎;布九罭[617],设罜麗[618];摷昆鲕[619],殄水族[620];蘧藕拔[621],蜃蛤剥[622]。逞欲畋魰[623],效获麑麇[624]。摎蓼浶浪[625],干池涤薮[626]。上无逸飞[627],下无遗走[628]。擭胎拾卵,蚳蝝尽取[629]。取乐今日,遑恤我后[630]!

既定且宁[631],焉知倾阤[632]。大驾幸乎平乐[633]张甲乙而袭翠被[634]。攒珍宝之玩好[635],纷瑰丽以奓靡[636]。临迥望之广场[637],程角抵之妙戏[638]。乌获扛鼎[639],都卢寻橦[640]。冲狭燕濯[641],胸突铦锋[642]。跳丸剑之挥霍[643],走索上而相逢[644]。华岳峨峨[645],冈峦参差[646]。神木灵草[647],朱实离离[648]。总会仙倡[649],戏豹舞罴[650]。白虎鼓瑟[651],苍龙吹篪[652]。女娥坐而长歌[653],声清畅而蝼蛇[654]。洪涯立而指麾[655],被毛羽之襳褷[656]。度曲未终[657],云起雪飞。初若飘飘,后遂霏霏[658]。复陆重阁[659],转石成雷[660]。礔砺激而增响[661],磅磕象乎天威[662]。巨兽百寻,是为曼延[663]。神山崔巍,欻从背见[664]。熊虎升而拿攫[665],猿狖超而高援[666]。怪兽陆梁[667],大雀踆踆[668]。白象行孕[669],垂鼻辚囷[670]。海鳞变而成龙[671],状蜿蜿以蝹蝹[672]。含利颬颬[673]。化为仙车[674]。骊驾四鹿[675],芝盖九葩[676]。蟾蜍与龟[677],水人弄蛇[678]。奇幻倏忽[679],易貌分形[680]。吞刀吐火,云雾杳冥[681]。画地成川[682],流渭通泾。东海黄公[683],赤刀粤祝[684]。冀厌白虎[685],卒不能救[686]。挟邪作蛊[687],于是不售[688]。尔乃建戏车[689],树修旃[690]。侲僮程材[691],上下翩翻。突倒投而跟絓[692]，譬陨绝而复联[693]。百马同辔[694]，骋足并驰[695]。橦末之伎[696]，态不可弥[697]。弯弓射乎西羌[698]，又顾发乎鲜卑[699]。

于是众变尽[700]，心酲醉[701]；盘乐极[702]，怅怀萃[703]。阴戒期门[704]，微行要屈[705]。降尊就卑，怀玺藏绂[706]。便旋闾阎[707]。周观郊遂[708]。若神龙之变化[709]，章后皇之为贵[710]。然后历掖庭[711]，适欢馆[712]，捐衰色[713]，从嬿婉[714]。促中堂之狭坐[715]，羽觞行而无筭[716]。秘舞更奏[717]，妙材骋伎[718]。妖蛊艳夫夏姬[719]，美声畅于虞氏[720]。始徐进而羸形[721]，似不任乎罗绮[722]。嚼清商而却转[723]，增婵娟以此豸[724]。纷纵体而迅赴[725]，若惊鹤之群罢[726]。振朱屣于盘樽[727]，奋长袖之飒缅[728]。要绍修态[729]，丽服扬菁[730]。眳藐流眄[731]，一顾倾城[732]。展季桑门[733]，谁能不营[734]？列爵十四[735]，竞媚取荣[736]。盛衰无常，唯爱所丁[737]。卫后兴于鬒发[738]，飞燕宠于体轻[739]。尔乃逞志究欲[740]，穷身极娱[741]。鉴戒《唐》诗[742]："他人是媮"[743]。自君作故[744]，何礼之拘[745]？增昭仪于婕妤[746]，贤既公而又侯[747]。许赵氏以无上[748]，思致董于有虞[749]。王闳争于坐侧[750]，汉载安而不渝[751]。

高祖创业，继体承基[752]。暂劳永逸[753]，无为而治[754]。耽乐是从[755]，何虑何思。多历年所[756]，二百余朞[757]。徒以地沃野丰[758]，百物殷阜[759]。岩险周固[760]，衿带易守[761]。得之者强，据之者久。流长则难竭，柢深则难朽[762]。故奢泰肆情[763]，馨烈弥茂[764]。

鄙生生乎三百之外[765]，传闻于未闻之者[766]。曾仿佛其若梦，未一隅之能睹[767]。此何与于殷人屡迁[768]？前八而后五[769]。居相圮耿[770],不常厥土。盘庚作诰[771],帅人以苦[772]。方今圣上[773],同天号于帝皇[774],掩四海而为家[775]。富有之业,莫我大也。徒恨不能以靡丽为国华[776],独俭啬以龌龊[777],忘《蟋蟀》之谓何[778]。岂欲之而不能[779],将能之而不欲欤[780]?蒙窃惑焉[781],愿闻所以辩之之说也[782]。

注释

〔1〕凭虚公子:赋中假设的人物。

〔2〕心奓(chǐ 侈):欲望过大。奓,通"侈"。　体忕(tài 太):奢侈过度。薛综注:"心志奓溢,体安骄泰也。"

〔3〕雅好:素来喜好。雅:素。

〔4〕旧史氏:即太史,掌管文书、典籍、图谱等历史文献的史官。

〔5〕识(zhì 志):记住。　载:指书籍。

〔6〕安处先生:赋中假设的人物。

〔7〕阳时:指春夏之时。　舒:舒畅,愉快。

〔8〕阴时:指秋冬之时。　惨:忧郁,悲伤。

〔9〕牵:关系。

〔10〕逸:安闲,逸乐。

〔11〕系:关系。

〔12〕鲜:少。

〔13〕褊:少。惠:施恩,给人以好处。

〔14〕违:背离,违背。

〔15〕小:指庶民。小必有之,是说作为庶民必然存在着上文所说的因土地沃瘠不同而劳逸不同的情形。

〔16〕大:指帝王。

〔17〕致化:施行教化。

〔18〕兆人:众人,指百姓。兆,旧以百亿为"兆",极言其多。　承:顺承,接受。

〔19〕本:根本,关键。

〔20〕推移:变化。

〔21〕核:检验。

〔22〕雍:州名。古九州之一。包括今陕西中部、北部,甘肃(除去东南部)、青海东南部和宁夏回族自治区一带地方。雍州四面有河山之阻,为形势险要的四塞之地。

〔23〕即:往就。　豫:州名。古九州之一。其地包括今河南及湖北北部。周即豫,指周平王迁都洛邑。

〔24〕高祖:指汉高祖刘邦。　西:指西京长安。　泰:奢侈。

〔25〕光武:汉光武帝刘秀。　东:指东都洛阳。　约:节俭。

〔26〕作:起。

〔27〕渭:水名。黄河主要支流之一。源出甘肃渭源县西北鸟鼠山,东南流至清水县,入陕西省境,横贯渭河平原,东流至潼关县,入黄河。　涘(sì 伺):河岸。

〔28〕里:居。　朔:北。

〔29〕实:是。　咸阳:古都邑名。在今陕西咸阳市东北二十里。公元前350 年秦孝公自栎阳迁都于此。

〔30〕左:东。　崤(yáo 摇):山名。在今河南洛宁西北六十里。山势险要。函:指函谷关。在今河南灵宝县东北。因关在谷中,深险如函而得名。

〔31〕桃林:又名桃林塞、桃原或桃园;其地约相当于今河南灵宝县以西、陕西潼关县以东地区。　塞:边界险要之处。

〔32〕缀:连接。　二华:指太华山与少华山。都位于陕西东部。

〔33〕巨灵:河神。　赑屃(bì xì 币戏):用力的样子。

〔34〕高掌远蹠(zhí 直):据薛综注;神话传说,太华、少华本为一山,因其挡住河水,河神巨灵用手擘开其上方,用脚踹开其下方,中分为二,于是河水不再绕道而流。掌,用手掌打击,蹠,践,踩。

〔35〕右:西。　陇坻(dǐ 底):陇山之别称。又名陇坂。在六盘山南段,今陕西陇县至甘肃平凉一带。山势险峻,为陕甘要隘。坻,山的斜坡。　隘:险要狭窄之地。

〔36〕隔阂(hé 核):阻绝,不相通。　华:华夏,中国古称。　戎:古代我国西部少数民族的泛称。

〔37〕岐:山名。在陕西岐山县东北。　梁:山名。在陕西韩城县境,接邻阳县界。　汧(qiān 牵):山名,即岍山。在陕西陇县西南。　雍:山名。在陕西。

〔38〕陈宝、鸣鸡：事见《史记·封禅书》：秦文公获若石，于陈仓北阪上城中祭之。其神来时常在夜晚，光辉如流星。集于所祠之城，如雄雉。其声殷殷，野鸡夜鸣。于是用一太牢祭之，名曰"陈宝"。

〔39〕终南：山名。秦岭山峰之一，在陕西西安市南，又称南山。　太一：也写作太乙、太壹。终南山之主峰，在陕西武功县境。

〔40〕隆崛：高起、突出的样子。　崔崒（zú 族）：高大而险峻的样子。

〔41〕隐辚：高峻。　郁律：深远。

〔42〕冈：山脊。　嶓（bō 波）冢：山名。在陕西强宁县北。

〔43〕抱、含：都是围裹、包含的意思。　杜：指杜陵。在今陕西西安市东南。秦时置杜县。汉宣帝在此筑陵，改名杜陵。　鄠（hù 户）：县名。在今陕西中部。

〔44〕欱（hē 呵）：吮吸。此指流入。　沣（fēng 丰）：水名。源出陕西秦岭山中，北流至西安市西北，纳潏水，分流注入渭水。　吐：流出。　镐（hào 耗）：通"滈"，池名。在今陕西西安市丰镐村西北。

〔45〕蓝田：县名。在陕西渭河平原南缘、秦岭北麓，县东有蓝田山，产美玉，故又称玉山。

〔46〕高陵：高的山丘。

〔47〕据：靠，依托。　踞：凭倚。　泾：水名。渭河支流，在陕西中部。源出宁夏回族自治区南部六盘山东麓，东南流经甘肃省，到陕西高陵县境入渭河。

〔48〕澶（dàn 但）漫：平坦宽广。　靡迤（yǐ 以）：绵延不绝的样子。

〔49〕镇：镇守。

〔50〕九嵕（zōng 宗）：山名。在陕西醴泉县东北。有九峰高耸。　甘泉：山名。在陕西淳化县西北，山上建有秦、汉皇帝的离宫，谓之甘泉宫。

〔51〕涸阴：犹如"穷阴"，指极北之地。　沍（hù 互）寒：严寒封冻的景象。沍，藏闭。

〔52〕北至：即夏至。

〔53〕清暑：避暑。

〔54〕广衍：宽广绵长。

〔55〕上上：《尚书·禹贡》言雍州"厥田惟上上"。指土地为最上等。

〔56〕奥区：内地，腹地。言秦地险固，为天下深奥之区域。奥，深。　神皋：神灵之地。皋，水边高地。此泛指关中山川土地。

〔57〕大帝:天帝。 秦穆公:(?—前621)春秋时秦国君。名任好。公在位期间,用百里奚,蹇叔等,励精图治,国势日强。为春秋五霸之一。觐(jìn近):会见。

〔58〕飨(xiǎng响):赏赐。 钧天广乐:神话中天上的音乐。钧天,上帝所居;广乐,广大之乐。《史记·赵世家》:"居二日半,简子寤。语大夫曰:'我之帝所甚乐,与百神游于钧天,广乐九奏万舞,不类三代之乐,其声动人心。'"

〔59〕金策:金书,策,策书,古时命官、授爵、赐土,用以为符信。

〔60〕锡:赐给。

〔61〕翦:尽,全。 鹑(chún淳)首:星次名。指朱雀七宿中的井、鬼二宿。古代根据天上星宿的位置划分地面上相应的区域,称为分野。鹑首为秦的分野,指秦地。薛综注引《汉书》云:"自井至柳,谓之鹑首之次,秦之分也。尽取鹑首之分为秦之境也。"

〔62〕宅:居。

〔63〕诡:怪,异。

〔64〕五纬:金、木、水、火、土五大行星的总名。贾公彦在《周礼·春官·大宗伯》中释"五纬"云:"五纬,即五星:东方岁星,南方荧惑,西方大(太)白,北方辰星,中央镇星。言纬者,二十八宿随天右转为经,五星左转为纬。" 汁(xié协):通"协",协和,和谐。

〔65〕旅:排列。 东井:星名。即井宿。因在银河之东,故名"东井"。

〔66〕娄敬委辂:事见《汉书·郦陆朱刘叔孙传》:娄敬,齐人,以戍陇西过雒阳,高祖在此,时娄敬正在挽车。于是,他放下车,执意要见高祖,劝说他建都长安。高祖被他所说服,赐姓刘氏,拜为郎中,号奉春君。委,放弃;辂,绑在车辕上以备人牵挽的横木。此指车。

〔67〕干(gān):纠正。 非:批驳,否定。 议:指劝汉高祖建都洛阳的议论。

〔68〕天启:上天的启示。指五星聚于东井。

〔69〕惎(jì忌):启发,教导。人惎之谋,指娄敬之谋。

〔70〕帝:指高祖刘邦。 图:计议,谋划。

〔71〕虑:考虑。 神祇(qí其):天地之神。这里指上天的启示、征兆。

〔72〕宜:适合。

〔73〕天邑:帝都。

〔74〕虔:恭敬。 天衢(qú渠):天路。比喻通显之地,此指洛阳。衢,四通

八达的大路。

〔75〕枌(fén 坟)榆:汉高祖为丰邑枌榆乡人,初起兵时祷于枌榆神社。后因以枌榆为故乡的代称。

〔76〕滔:通“谄”,疑惑。

〔77〕畴:谁。　渝:变更,违背。

〔78〕量:度量。　径轮:指直径和圆周。

〔79〕广袤(mào 冒):宽广。东西为广,南北为袤。

〔80〕洫:护城河。

〔81〕郭郛:(fú 孚),外城。郛,即“郭”。

〔82〕裁:体制,格局。　八都:八方的都邑。

〔83〕启:开。　度:制度、规格。

〔84〕览:观看。这里有参考的意思。

〔85〕跨:超过。

〔86〕百堵:相传周宣王中兴,修复宫室,筑墙百堵。堵,《左传》说,一堵之墙长高各一丈。　侧陋:偏僻简陋。

〔87〕九筵:《周礼·考工记》谓,周代明堂九筵。筵,长宽各九尺。

〔88〕紫宫:紫微宫。天帝的居室。　迫胁:狭窄。薛综注:“天有紫微宫,王者象之。”　未央:宫名。

〔89〕表:外立。　峣(yáo 尧):高。　阙:宫殿前的高建筑物,通常左右各一,建成高台,台上起楼观。　阊阖(chāng hé 昌合):宫的正门。

〔90〕疏:平整,清理。　龙首:山名。在陕西长安县北。　抗:高举。

〔91〕岌嶪(jí yè 及业):高耸的样子。

〔92〕亘:从此端直达彼端,横贯。　雄虹:即彩虹。相传虹有雄雌之别,色鲜艳者为雄虹。

〔93〕棼(fén 坟):屋栋。　橑(lǎo 老):屋椽。

〔94〕蒂:花或瓜果跟枝茎相连的部分。　茄(jiā 加):荷梗。　藻井:我国传统建筑中顶棚上的一种装饰处理。一般做成方井形、多边形或圆形的凹面,上面绘有荷菱等各种彩饰图案或雕刻。薛综注:“藻井,当栋中交木方为之,如井干也。”

〔95〕披:散。　葩(pā 趴):花。　狎猎:重接层叠。

〔96〕华榱(cuī 催):彩椽。榱,椽子。　璧珰(dāng 当):屋椽上的装饰。

珰，即瓦当，椽头的装饰。《史记·司马相如列传》："华榱璧珰。"司马贞引司马彪注："以璧为瓦当。"

〔97〕景：光亮。 曜：闪耀。 韡（wěi 伟）晔：光明美盛的样子。

〔98〕楹（yíng 盈）：厅堂前的柱子。 舄（xì 戏）：柱脚石。

〔99〕绣：华丽、精美。 栭（ér 而）：柱顶上支持屋梁的方木，即斗拱。 云楣：绘有云形图案的横梁。楣，房屋的横梁，即二梁。

〔100〕重轩：重叠的平台，指殿宇的高。轩，殿堂前檐下的平台。

〔101〕镂：雕刻。 槛（jiàn 鉴）：栏杆。 文：彩色交错。 梍（pí 皮）：屋檐前板。

〔102〕墄（cè 侧）：台阶的齿磴。

〔103〕青琐（suǒ 锁）：宫门上镂刻的青色图纹。此指宫门。琐，门窗上所雕刻或绘画的连环形花纹。 丹墀（chí 迟）：宫殿前的石阶，漆成红色，故称丹墀。

〔104〕刊：削除。 层：累起。 堂：高。此指山上的殿基。

〔105〕设切：安置、镶嵌石头。切通"砌"。 厓隒（yá yǎn 牙眼）：都是山边。这里指堂基的边缘。

〔106〕坻崿（è 愕）：宫殿的地基或台阶。 鳞眴（xún 旬）：高的样子。

〔107〕栈齴（yǎn 眼）：高峻貌。 巉崄（chán yán 馋岩）：高峭险峻的样子。

〔108〕襄：高。 岸：殿阶。 夷：平坦。 涂：通"途"，道路。

〔109〕修：长。

〔110〕袭：重叠。

〔111〕奸宄（guǐ 轨）：为非作歹的人。宄，盗窃或作乱的人。

〔112〕福：通"副"，相称。 帝居：天帝所居。指天宫。

〔113〕阳：阳光照耀。指晴天。 曜：炫耀。这里有"闪现"之意。

〔114〕洪：大。 钧：三十斤为钧。

〔115〕猛虡（jù 据）：指悬钟架下所刻饰的兽形。（用刘良说）虡，悬挂钟磬的木架。 趪趪（huáng 黄）：负重用力的样子。

〔116〕笋业：悬钟磬的木架。 怒：形容气势强盛、猛烈。

〔117〕奋：张开。 腾骧（xiāng 襄）：奔跃，超越。骧，奔驰。

〔118〕朝堂：殿名。正殿左右百官治事之所。国家有大事，皆于朝堂会议。承：接受。这里是面向的意思。

〔119〕温调：殿名，即温室。在未央殿北。 延：引申。

〔120〕玉台:台观名。

〔121〕联:连接。　昆德:殿名。

〔122〕嵯峨:山高峻貌。　崨嶫(jié yè 捷业):山势高峻的样子。

〔123〕识:知。　则:仿效,取法。

〔124〕长年、神仙:皆殿名。

〔125〕宣室、玉堂:也都是殿名。

〔126〕麒麟、朱鸟:宫阙名。

〔127〕龙兴、含章:殿名。

〔128〕譬:如。　环:环绕。　极:指北极星。指正殿。

〔129〕叛:焕发。　赫戏:光明炎盛的样子。

〔130〕路寝:天子、诸侯常居治事的正室。

〔131〕辟:指诸侯。

〔132〕大厦:殿名。　耽耽:深邃的样子。

〔133〕九户:九门。古制天子所居有九室,每室一户,共为九户。　辟:开。

〔134〕嘉木:美好的树木。　树:植立。

〔135〕积:丛集。形容繁密茂盛。

〔136〕阆(kāng 康):门高大的样子。

〔137〕金狄:金人。秦始皇统一中国后曾收天下兵器,铸金人十二,汉武帝列于甘泉宫。

〔138〕常侍:官名。秦置散骑,又置中常侍散骑,随侍皇帝,汉沿置。东汉改用宦官、从入内宫,侍从左右,掌管文书、诏令。　谒者:宫廷内的近侍。

〔139〕当御:当值,听用。

〔140〕兰台:宫观名。宫内藏图书之处。此以官府名代官名。　金马:宫门名。因门前铸有铜马,故名。此以官府名代官名。

〔141〕递、迭:交替,轮流。

〔142〕天禄:殿阁名。宫中藏书处,在未央宫内,收藏各地所献的秘书。刘向、扬雄曾先后校书于此。　石渠:阁名。宫中藏书之处,在未央宫殿北,以藏入关所得秦之图籍。其下磨石为渠以导水,故名。成帝时,又于此藏秘书。

〔143〕文:文字。此处泛指书籍。

〔144〕虎威、章沟:巡更的官署名。

〔145〕严更:警夜行的更鼓。　署:官署。

〔146〕徼(jiào 叫)道:巡行警戒的道路。徼,巡察。 外:宫外。 周:环绕。

〔147〕庐:卫兵值夜巡警所住的小屋。 内:宫内。 附:附着,靠近。

〔148〕卫尉:官名。掌管宫门警卫。 八屯:指宫廷的警卫部队。屯,聚兵驻守的营地。

〔149〕植:立。 铩(shā 杀):兵器名。即长矛。 猷(fá 伐,当作"瞂"):盾。

〔150〕不虞:没有意料到的事。虞,意料。

〔151〕后宫:后庭,内宫,为妃嫔所居。 昭阳、飞翔:宫殿名。

〔152〕增成、合欢:宫殿名。

〔153〕兰林、披香:宫殿名。

〔154〕凤皇、鸳鸾:宫殿名。皇同"凰"。

〔155〕群:指后宫众妃嫔。 窈窕(yǎo tiǎo 咬挑):美好的样子。

〔156〕顾:回首,回视。

〔157〕馆室:宫室。 次舍:内舍,指居息之处。

〔158〕纤缛(rù 褥):精细华丽。纤,细;缛,繁密的彩饰。

〔159〕裛(yì 意):缠绕。 藻绣:花纹彩绣。

〔160〕文(wèn 问):修饰。 朱绿:大红大绿。

〔161〕翡翠:美石。也称硬玉。以全为碧绿而透明者最为珍贵。 火齐(jì 计):玫瑰珠石。

〔162〕络:缠绕,连缀。

〔163〕悬黎:美玉名。

〔164〕随珠:传说中的宝珠。《淮南子》注云:"随侯见大蛇伤断,以药敷之,后蛇于江中衔大珠以报之,故名曰随珠。"

〔165〕戺(shì 士):阶旁所砌的斜石。

〔166〕彤:朱红色。 辉辉:光辉闪烁的样子。

〔167〕珊瑚:热带海中的腔肠动物,骨骼相连,形如树枝,故又名珊瑚树。 琳碧:青绿色的玉石。

〔168〕瓀珉(ruǎn mín 软民):都是似玉的美石。 璘(lín 林)彬:玉光色彩缤纷的样子。

〔169〕罗生:分布,排列。

〔170〕焕:光彩四射。 昆仑:古神话传说中西方的仙山,上有珠树、文玉树。

〔171〕侈靡:奢侈糜烂。 逾:超过。 至尊:皇帝。

〔172〕钩陈:本为星宿名,因居于紫微垣中,古人附会为天帝的后宫正妃。所以也用来指称后宫。李善注引《乐汁图》云:“钩陈,后宫也。”又服虔《甘泉赋》注云:“钩陈,星也,然王者亦法之。”

〔173〕阁道:复道。楼阁之间以木架空的通道。　穹隆:长而曲折的样子。

〔174〕属(zhǔ 主):连接。　长乐:宫名。　明光:殿名。

〔175〕径:直。　桂宫:宫名。

〔176〕般、尔:鲁般、王尔,古代传说中的能工巧匠。般通“班”。

〔177〕变态:形态变化。

〔178〕后宫不移:是说皇帝无论游幸到哪里,都有他的寝息下榻之处,而不必携带、迁移后宫妃嫔侍从及所需之物。

〔179〕乐不徙悬:是说宫中到处都有乐伎,皇帝无论到了哪里,都不必随带乐人。徙,移;悬,指悬挂钟磬等乐器的木架。

〔180〕门卫:警卫人员。　供帐:供设帷帐。

〔181〕辨:区别。官以物辨,是说皇帝所需各物,都有相应之官为之供应。

〔182〕恣意:随意。　幸:古称皇帝亲临为幸。

〔183〕辇(niǎn 捻):特指帝、后所乘的车。　燕:宴饮。

〔184〕穷年:终年。

〔185〕遍:周遍,穷尽。

〔186〕瑰异:奇异。

〔187〕殚(dān 丹):尽,全。

〔188〕神丽:指宫室的神奇瑰丽。

〔189〕惧:唯恐。　尊:指帝王。　卑:指人臣。　殊:区别,不同。

〔190〕宇:指宫室。坦:平坦宽阔。

〔191〕凭:满,指愤郁不通之气。　摅(shū 书):发抒,舒散。

〔192〕比象:比拟象征,仿效。　紫微:即“紫宫”。

〔193〕阿房:秦时宫殿名。规模极为宏大。据载:东西五里,南北千步;前殿东西五百步,南北五十丈,上可以坐万人,下可以建五丈旗。惠文王造宫未成而亡。秦始皇广其宫规,恢三百余里。离宫别馆,弥山跨谷,辇道相属,阁道通骊山八百余里。　庐:居。

〔194〕觇(mì 觅):同“觅”,寻觅。　遗馆:遗存下来的宫馆。

〔195〕林光:秦时离宫名。　余:残存,遗留。

〔196〕爽垲(kǎi 凯):高朗干燥。爽,明,垲,燥。

〔197〕隆崇:高耸的样子。这里做动词用,增高的意思。 弘:扩大。 敷:扩展。

〔198〕作:建造。 迎风:馆名。武帝元封二年造。

〔199〕露寒、储胥(xū 虚):皆馆名。于元封二年增建。

〔200〕托:依托。 乔:高。

〔201〕墆(dié 迭)霓:高耸的样子。

〔202〕通天:台名。元封二年造于甘泉宫中。台高三十丈,可以望见长安城。 訬(miǎo 眇):高。 竦峙:耸立。

〔203〕径:高度。 常:古长度单位。一般说八尺为“寻”,倍寻为“常”。即一丈六尺。 茎擢(zhuó 浊):挺拔矗立。薛综注:“茎,特也;擢,独出貌。”

〔204〕辩(bān 班)华:色彩斑斓华美。辩通“斑”,驳杂,不纯。

〔205〕刻峭:陡险的样子。

〔206〕鹍(kūn 昆):大鸟名,即鹍鸡。能高飞。李善注引《穆天子传》云:“鹍鸡飞八百里。” 仰:向上。 逮:及,到。

〔207〕青鸟、黄雀:皆小鸟。

〔208〕伏:凭。 櫺(líng 灵)槛:指栏杆。櫺,窗或栏杆上雕有花纹的木格。 頫:同“俯”,低头。

〔209〕雷霆:疾雷。霆,霹雳。 激:声音高亢。

〔210〕柏梁:台名。汉武帝时建,以香柏为梁,香闻数十里,故名。 灾:太初元年十一月柏梁台遭火灾。

〔211〕越巫陈方:事见《汉书·郊祀志》:柏梁台灾后,粤人勇之向武帝献言说:“粤俗:有火灾,复起屋,必以大,用胜服之。”于是武帝又造建章宫。越通“粤”,古时民族名。江浙粤闽之地为越族所居,谓之“百越”。 巫:从事通鬼神的迷信职业者。 陈:进献。

〔212〕建章:宫名。武帝太初元年建。 经:营造。

〔213〕厌(yā 压):厌胜,制服。古代的一种迷信做法。 火祥:指火灾。

〔214〕营:营建。 制:规模。

〔215〕事:工程。 兼:两倍。

〔216〕圜阙(yuán quē 园缺):宫殿前的圆柱。圜,同“圆”。 造:至。

〔217〕双碣:即指圆阙。阙必有二,故云“若双碣”。碣,圆形石碑。

〔218〕凤:指檐脊上所造的铁凤凰。　骞翥(qiān zhù 牵住):展翅欲飞的样子。　甍(méng 萌):屋脊。　标:末梢,顶端。

〔219〕遡(sù 溯):向,面临。

〔220〕别风:宫阙名。在建章宫东,一名凤阙,又名折风。　嶕(jiāo 焦)峣:高耸的样子。

〔221〕工巧:精致,巧妙。　瑰玮(wěi 伟):奇丽美好。玮,美好。

〔222〕交:连结。　绮:有花纹的丝织物。　豁:空虚透明的样子。　疏寮(liáo 辽):透明的小窗。寮,小窗。

〔223〕干:触,冲犯。

〔224〕亭亭:高高耸立的样子。　苕苕(tiáo 条):高峻的样子。

〔225〕神明:台名。在建章宫内,台上立铜仙人,有承露盘。　崛:高起。特:独。

〔226〕井干(hán 寒):楼名。高五十余丈,辇道相连。　叠:重叠。增(céng 层):通"层",重。

〔227〕跱(zhì 峙):安置。　游极:游梁,即屋脊上的栋。极,梁。浮柱:承托栋梁的木柱。

〔228〕栾:柱首承梁的曲木。在斗栱之上。

〔229〕构:屋宇。　隮(鸡):上升。

〔230〕北辰:北极星。　高兴:兴建高楼。

〔231〕消:散,除。　雰(fēn 纷)埃:尘雾。　中宸(chén 辰):天地相接之处。

〔232〕集:止。　重阳:指天。

〔233〕瞰(kàn 看):视,远望。　宛虹:弧形的虹。宛,屈曲。　鬐(qí 其):鱼脊形。

〔234〕云师:指云神丰隆。　凭:依。

〔235〕飞阘(tà 榻):楼上的小门,指屋。阘,小门。

〔236〕瑶光:星名。　玉绳:星名。

〔237〕乍:刚刚。　往:指升楼。

〔238〕怵:恐惧。　悼慄(lì 栗):害怕战栗。　怂兢:惊恐的样子。

〔239〕都卢:指善爬高的人。李善注引《太康地志》云:"都庐国其人善缘高。"　轻趫(qiáo 乔):指轻捷矫健,善于登攀的人。趫,行动轻捷,善于缘木升高。

〔240〕超:腾跃。　究升:升到极顶。究,穷,极。

〔241〕驳娑骀(sà suō tái 飒蓑台)荡:皆宫殿名。

〔242〕奡(ào 奥):高峻深邃的样子。 桔(jié 洁)桀:高峻深远的样子。

〔243〕枍(yì 义)诣、承光:皆殿台名。

〔244〕睽罛(kuí gū 葵孤):高峻深邃的样子。 庨(xiāo 嚣)豁:义同"睽罛"。

〔245〕橧(zēng 增):通"增",重叠。 桴(fú 扶):房屋的次栋,即二梁。

〔246〕锷(è 扼)锷烈烈:高耸的样子。

〔247〕反宇:屋沿上仰起的瓦头。 业业:高大的样子。

〔248〕飞檐:屋檐上翘如飞举之势。 辙辙(niè 聂):上翘的样子。

〔249〕流景:闪动的光辉。

〔250〕引:接引,辉映。

〔251〕天梁:宫名。

〔252〕闱(wéi 围):宫之中门。

〔253〕旗:指绣有熊虎图案的旗帜。 扃(jiōng):插旗的环扣,以使旗不动摇。

〔254〕结驷:用四马并辔驾一车。驷,古代一车套四马,因以称四马之车或车之四马。 方:并。 蕲(qí 其):马衔。此指马。

〔255〕轹(lì 力):敲打使作声。 辐(fú 扶):车轮中连接轴心和轮圈的直木条。 骛(wù 务):奔驰。

〔256〕扉:门扇。

〔257〕庑(wǔ 武):堂下周围的廊屋。

〔258〕连阁:指阁道。 云蔓:像云气相蔓延一般。

〔259〕闬(hàn 旱):墙垣。 诡异:奇异多变。

〔260〕闺:内室。 幽:深邃。 闼:宫中小门。

〔261〕逾延:周通相连。

〔262〕窅窱(yǎo tiǎo 咬挑):同"窈窕"。幽远深邃的样子。 径廷:度越,穿行。

〔263〕眇:迷茫不清。

〔264〕珍台:台名。在长安城东。 蹇(jiǎn 简)产:高大雄伟。

〔265〕墱(dèng 凳)道:指阁道。墱,石级。 逦(lǐ 里)倚:曲折伸展的样子。

〔266〕阆(làng 浪)风:山名。相传为仙人所居。在昆仑山之巅。 遐:长,远。 坂:斜坡。

〔267〕横:横渡。 绝:度,越。 金墉(yōng 庸):代指西城。金,五行之

一。于位指西;墉,城墙。

〔268〕城尉:城门校尉,守城官。 驰:免除,废弃。 柝(tuò 唾):巡夜所敲的木梆。

〔269〕潜通:默通,暗自相通。

〔270〕唐中:池名。在建章宫中,其广数十里。

〔271〕弥(mí 迷)望:视野所及之处,谓阔远。 广潒(dàng 宕):水宽阔荡漾的样子。潒,同“荡”,荡漾。

〔272〕顾临:回看。 太液:池名。在建章宫北。

〔273〕沧:水青色。 漭沆(mǎng hàng):水广大的样子。

〔274〕渐台:台名。在太液池中,高二十余丈。

〔275〕赫:赤色鲜明的样子。 昈昈(hù 户):光彩。 弘敞:高大宽敞。

〔276〕清渊:青渊海,池名。在建章宫北。 洋洋:水盛大。

〔277〕神山:指太液池中所造三山,以象征海中瀛洲、蓬莱、方丈三神山,并用金石刻成鱼龙奇禽异兽之类。 峩峩:高峻。峩同“峨”。

〔278〕夹:在两者之间。 骈罗:并列分布。

〔279〕林岑、垒嶵(zuì 罪):皆险峻参差的样子。

〔280〕嶄(chán 馋)岩、嵒齬(yán yǔ 言语):皆高峻不齐的样子。嶄通“巉”。

〔281〕长风:大风。 激:猛吹。 隯(dǎo 岛):同“岛”。指所造的水中假山。

〔282〕浸:淹没。浸泡。 石菌:仙草名。古人认为生于海中神山。 重涯:池边。

〔283〕濯(zhuó 浊):洗。 灵芝:一种菌类植物。古人以为仙草。 朱柯:灵芝的赤色茎。柯,草木的枝茎。

〔284〕海若:传说中的海神。 玄渚(zhǔ 主):池水的幽深之处。

〔285〕鲸鱼:石刻大鱼。李善注引《三辅三代旧事》云:“清渊北有鲸鱼,刻石为之,长三丈。” 失流:无水。 蹉跎(cuō tuó 搓驼):失足;颠蹶。

〔286〕少君:人名,方士,姓李。《史记·封禅书》上说:李少君以祭祀灶神、不食五谷、退老之术见汉武帝,武帝非常尊信他。于是,亲祀灶神,派遣方士入海寻求蓬莱仙人。 端信:正直诚实。此是微词。

〔287〕栾大:人名,方士。《史记·封禅书》上说:汉武帝欲求黄金及不死之药,栾大诡称:“黄金可成,河决可塞,不死之药可得,仙人可致。”于是,封为五利将军。其后,整装东行入海,求其师。武帝派人检验,实无所见。栾大妄言见

其师，其不死之药亦无效验。武帝怒，乃杀栾大。　贞固：言行可信，固守正道。贞，言行一致。此是微词。

〔288〕修茎：高高的铜柱。《三辅黄图》上说：汉武帝造神明台，上有承露盘、有铜仙人舒掌捧铜盘、玉杯，以承接云表之露。　又《三辅故事》：汉武帝以铜做承露盘，高二十丈，大十围，上有仙人掌承露，和玉屑饮之，以求长生。　仙掌：指铜盘。

〔289〕承：接受。　云表：指天上。

〔290〕屑：碎末。这里用做动词，研磨成屑的意思。　琼蕊（ruǐ）：古代传说中琼树的花蕊，似玉屑。　飧（sūn 孙）：晚餐。

〔291〕度：超越人世而不死。

〔292〕美：赞美，羡慕。　松、乔：赤松子与王子乔，传说中的古代仙人。

〔293〕要（yāo 腰）：相约。　羡门：传说中的古仙人。

〔294〕升龙鼎湖：事见《史记·封禅书》：齐人公孙卿对汉武帝说："黄帝采首山铜，铸鼎于荆山下。鼎既成，有龙垂胡髯，下迎黄帝。黄帝骑龙乃上去。后世因名其处曰鼎湖。"武帝听了，慨叹说："嗟乎！诚得如黄帝，吾视去妻子如脱屣耳。"

〔295〕时俗：世俗人间。

〔296〕历世：世世代代。

〔297〕遽（jù 据）：急，匆忙。

〔298〕旁：侧。

〔299〕参（sān 三）涂：三条道路。参同"三"；涂同"途"。　夷庭：平坦笔直。夷，平；庭，挺伸，笔直。

〔300〕方轨：两车并行。方，并；轨，车轮间的距离。指车。　十二：一面三门，路三条，每条路可并行四车，则可并行十二车。

〔301〕经：过，历。指交会。

〔302〕廛（chán 馋）里：住宅、市肆区域。

〔303〕甍宇：屋脊。宇，屋檐。

〔304〕北阙：指宫殿北门楼。　甲第：第一等住宅。

〔305〕直启：正门对着大道。

〔306〕程：考核，选择。　巧：指能工巧匠。　致：尽。　功：功夫，本领。

〔307〕期：长久。　阤（zhì 志）：塌下，崩颓。　陊（duò 剁）：坠落，破败。

〔308〕衣(yì 意):穿著。这里是加著的意思。　绨(tí 题)锦:色彩绚烂的丝织品。这里指色彩华丽如锦绣。绨,质粗厚,平滑而有光泽的丝织品名。

〔309〕被:义同“衣”,加著。

〔310〕武库:储藏武器的仓库。　禁兵:皇帝武库中的兵器。

〔311〕设:排列。　兰锜(yǐ 椅):兵器架。李善注引刘逵《魏都赋》注云:“受他兵曰兰,受弩曰锜。”

〔312〕匪:通“非”。　石:指石显。据《汉书·佞幸传》:宣帝时,石显以中书官为仆射。元帝时为中书令。为人外巧惠而内阴险,常持诡辩以中伤人。元帝患病,不能亲政,事无大小,皆由石显之口决定。贵幸倾朝,结党营私,天子赏赐及臣下贿赂的资财达一万万。　董:指董贤。据《汉书·佞幸传》:哀帝时,董贤以貌美、便嬖善柔而得宠幸,迁为光禄大夫。又诏将作监为董贤大起宅第于北阙下。土木之功,穷极技巧,柱槛皆衣以绨锦,武库禁兵,尽在董家。

〔313〕廓:大。　九市:宫中买卖货物的场所。李善注引《汉宫阙疏》云:“长安立九市,其六市在道西,三市在道东。”

〔314〕阛(huán 环):环绕市区的垣墙。　带:连。　阓(huì 会):市区的门。

〔315〕旗亭:市楼。古时建于集市之中,上立旗为观察指挥集市之所。

〔316〕隧:市内道路。

〔317〕大胥:官名,即胥师。“大”是尊称。周制,二十肆有胥师一人,为掌管市场物价的小官吏。

〔318〕尉:官名,管理市场的长丞。

〔319〕瑰:珍奇。　方:四方。

〔320〕鳞萃(cuì 粹):鱼群聚集。鳞,指鱼;萃,聚集。

〔321〕鬻(yù 育):卖。　兼赢:加倍获利。兼,倍;赢,利。

〔322〕匮:乏,少。

〔323〕商贾(gǔ 古):商人。行为“商”,坐为“贾”。　族:类。

〔324〕裨(pí 皮)贩:小贩。薛综注云:“裨贩,买贱卖贵,以自裨益。”裨,小。

〔325〕鬻良杂苦(gǔ 古):使人先见好物,待价钱讲定成交后,再搀杂进坏东西以骗人。良,好东西;杂,搀和,混杂;苦,通“盬”,粗劣。

〔326〕蚩(chī 痴):欺骗。　眩:迷惑。　边鄙:指边远之人。鄙,边邑。

〔327〕昏(mǐn 敏):通“暋”,勉力,强力。　作劳:辛勤劳作。

〔328〕邪:欺诈作伪。　优:丰厚。　恃:依赖、凭借。

〔329〕肆人:商贩等市井之人。

〔330〕许:指汉宣帝的许皇后家。许皇后为元帝生母,其父广汉被封为平恩侯,后又封广汉的两个弟弟为博望侯,乐成侯。 史:指汉宣帝祖母史良娣家。其兄恭,当宣帝即位时已死。于是,封恭之长子为乐陵侯,次子为将陵侯,三子为平台侯。

〔331〕翁伯:人名。汉时富商。 浊、质:浊氏和质氏,皆为汉代的富豪家族。

〔332〕张里:人名。汉代富豪。

〔333〕击钟鼎食:义同"钟鸣鼎食"。古代富贵之家,列鼎而食,吃饭时击钟奏乐。

〔334〕连骑:车马接连成队。 过:访,探望。

〔335〕东京:指东汉京都洛阳。

〔336〕壮:盛大。 加:超过。

〔337〕都邑:城市。此指长安。 游侠:好交游、轻生重义,敢于反抗,不顾社会秩序、勇于救人急难的人。

〔338〕张、赵:张禁、赵放。汉代长安著名的游侠。 伦:同"类"。

〔339〕齐,等,同。 无忌:人名。即魏无忌。战国时魏贵族。魏安釐王之弟,号信陵君。战国"四公子"之一。礼贤下士,广蓄食客,侠士门客多至三千人。

〔340〕拟:摹拟,仿效。 迹:行为,做事。 田文:人名,号孟尝君。亦为战国"四公子"之一。齐国贵族。以好养士出名,门下食客至数千人。

〔341〕气:指义气。即《史记·游侠列传》所谓"其言必信,其行必果,已诺必诚,不爱其躯,赴士之厄困"的精神气概。

〔342〕蕃:众多。 徒:同"党"、同类之人。

〔343〕从:随从者。 云:比喻盛多。

〔344〕茂陵:古陵墓名,西汉五陵之一。在今陕西兴平县东北。武帝死后葬于此。 原:指原涉。汉代著名侠士。李善注引《汉书》云:"涉外温仁,内隐忍好杀。睚眦于尘中,触死者甚众。"

〔345〕阳陵:古县名。西汉五陵之一。在今陕西高陵西南。景帝死后葬此。朱:指朱安世。也是长安有名的大侠。

〔346〕趫悍:矫捷勇猛。 虓(xiāo 器)豁:震怒威猛。虓,虎怒吼。

〔347〕貙(shū 枢):别名貙虎。大如狗,纹如貍。

〔348〕睚眦(yá zì 牙自):瞪眼睛,怒目而视。 虿(chài)芥:梗塞的东西,

指积于心中的不快。

〔349〕僵:仆倒。　隅:旁边。

〔350〕丞相欲以赎子罪,阳石污而公孙诛:事见《汉书·公孙贺传》:“武帝时,公孙贺为丞相。其子敬声为太仆,因擅用北军钱千九百万,事发下狱。当时正诏捕阳陵大侠朱安世,急不能得。公孙贺自请逐捕朱安世以赎子敬声之罪。上许之。后果得安世。安世闻贺欲以赎子罪,遂从狱中上书。告敬声与武帝女阳石公主私通,并使人巫祭祠诅祝皇上。于是,公孙贺父子俱死于狱中。丞相,指公孙贺。子,指公孙敬声。阳石,指阳石公主。污,名声污秽。

〔351〕五县:指五陵。高帝葬长陵,惠帝葬安陵,景帝葬阳陵,武帝葬茂陵。昭帝葬平陵,皆置县。　游丽:闲暇游荡。

〔352〕街谈巷议:街坊群众的谈说议论。

〔353〕弹(tán 谈)射:用言语指责。　臧否(zāng pǐ 脏癖):褒贬,批评。

〔354〕剖析:辨别,分析。　毫厘:比喻细微差别。

〔355〕擘(bò)肌分理:比喻剖析精细。擘,部分;肌、理,皮肤上的纹理。

〔356〕好(hào 耗):喜爱。　毛羽:此以毛羽的飞扬比喻对所喜爱的人的吹捧。

〔357〕恶(wù 误):憎恨,讨厌。　创痏(chuāng wěi 疮委):创伤留下的痕迹;瘢痕。这里比喻对所憎厌的人的中伤贬抑。

〔358〕郊甸:京城附近的郊野。距都城百里为“郊”,郊外二百里之内为“甸”。

〔359〕乡邑:泛指村镇。乡,县以下行政区域单位;邑,城镇。　殷赈(zhèn 震):繁盛富裕。

〔360〕五都:指洛阳、邯郸、临淄、宛、成都五大城市。　货殖:经商之人。

〔361〕迁:出,转卖。　引:入,纳进。

〔362〕商旅:行商。　联槅(gé 格):车辆互相交错相触。槅,大车之轭(è 扼)。车上部件,形状略作人字形,驾车时套在牛马的颈部。

〔363〕隐隐、展展:皆为象声词,像重车声。

〔364〕冠带:帽子和腰带。借指士族、官吏。

〔365〕辕:车前驾牲畜的直木或曲木,压在车轴上,伸出车箱前端。此指车。轸(zhěn 诊):车箱底部后面的横木。车箱底部四周横木也称为轸。此指车。

〔366〕封畿(jī 机):京都一带地域。封,疆界;畿,京都所管辖的地区。

〔367〕统:总领,综理。　京尹:即京兆尹。京都所在地区的行政长官。

〔368〕郡国:秦代的郡县,至汉初又分为郡与国,同为地方高级行政区划。郡直辖于朝廷,国分封于诸侯王。 官馆:指皇帝建于郡国、以便随时游处的离宫别馆。

〔369〕盩厔(zhōu zhì 周至):县名。在陕西中部。今作“周至”。并连:连接着。

〔370〕并卷:并连,相接。 丰:县名。在今陕西户县东。 鄠:县名,在今陕西户县北。

〔371〕暨(jì 既):及,到。 河、华:指黄河、华山。

〔372〕虢(guó 国):古国名。有东虢、西虢、北虢之分。此指东虢,在今河南荥阳一带。

〔373〕上林:即上林苑。周围至二百多里,苑内放养禽兽,供皇帝春秋射猎。并建离宫、观、馆数十处。 禁苑:皇帝苑囿,禁止他人妄入。

〔374〕跨:越。 弥(mí 迷):遍,满。 阜:丘陵,土山。

〔375〕鼎湖:在华阴东。

〔376〕邪:通“斜”。 细柳:地名,在长安西北。

〔377〕掩:藏蔽。 长杨:行宫名,因宫有长杨树而名。故址在今陕西周至县东南。 五柞(zuò 作):离宫名,因有五株柞树而名。故址在今陕西周至县东南。

〔378〕绕:围裹,包环。 黄山:也叫黄麓山,在陕西兴平县北。 款:至,留止。 牛首:山名。在陕西鄠县西南。

〔379〕缭垣绵联:缭绕连绵。垣应作“亘”。(用胡克家说)

〔380〕止:居。

〔381〕翩翻:飞翔的样子。

〔382〕駓騃(pī sì 丕四):野兽疾走的样子。李善注“薛君《韩诗章句》曰:‘趋曰駓,行曰騃。’”

〔383〕京峙:高丘。京,高;峙,应作“洔”。(用高步瀛说)水中小块陆地。

〔384〕伯益:舜时掌山林之官。相传善于畜牧和狩猎,通鸟语。 名:叫出名字。

〔385〕隶首:相传为黄帝之臣,发明算数。 纪:计算。

〔386〕林麓:山林。麓,山脚。 饶:多,丰足。

〔387〕枞(cōng 匆)、栝(guā 瓜)、棕、楠(nán 南):皆为树木名。

〔388〕梓、棫(yù 玉)、楩(pián 骈)、枫:皆树木名。

〔389〕嘉:美。 卉:此指树木。 灌丛:树木丛生。灌,丛生。

〔390〕蔚:茂盛的样子。 邓林:神话中的树林。《山海经·海外北经》上说:夸父与日竞走,入日,渴饮河、渭。河、渭不足,北饮大泽,未至,道渴而死,弃其杖,化为邓林。这里用以形容树木的高大茂盛。

〔391〕郁蓊(wěng):草木茂盛的样子。 菱苭(ài duì 爱对):义同"郁蓊"。

〔392〕橚(sù 肃)爽、橚槮(xiāo sēn 箫森):皆草木茂盛的样子。

〔393〕葩(pā 趴):花。 荣:草木植物花,也作花的通称。

〔394〕布:密布。 垂:下布。

〔395〕葴(zhēn 针)、莎、菅、蒯(kuǎi):皆草名。

〔396〕薇蕨(jué 决)、荔芃(háng 杭):皆草名。

〔397〕王刍(chú 锄)、莔(méng 萌)台:皆草名。

〔398〕戎葵怀羊:皆草名。

〔399〕苯蓴(běn zǔn 本撙)蓬茸:草丛盛的样子。

〔400〕皋(gāo 高):水边高地。 被:覆盖。

〔401〕篠(xiǎo 小):小竹,可为箭。 簜(dàng 荡):大竹。 敷衍:分布蔓延。

〔402〕编:连。 町(tīng 厅):田地。 篁(huáng 皇):竹林。

〔403〕原隰(xí 席):广平低湿之地。隰,低下的洼地。

〔404〕泱(yāng 央)漭:广大无涯际的样子。

〔405〕昆明灵沼(zhǎo 找):指昆明池。武帝元狩三年于长安近郊穿地作昆明池,象征昆明滇池。池周围四十里,广三百三十二顷。灵,神灵;沼,水池。

〔406〕玄阯(zhǐ 址):水中黑色的小块陆地。玄,黑色;阯,通"沚",小渚。即水中小块陆地。

〔407〕周:四围。 金堤:如金坚之堤。吕延济注:"金堤,言坚如金。"

〔408〕树:栽种。 柳杞(qǐ 起):树名。指杞柳。

〔409〕豫章:台观名。在昆明池中,皆用豫章木建造。

〔410〕揭:高举。 峙:耸立。

〔411〕牵牛:昆明池之东西各立牵牛、织女二石人,以象征天河。

〔412〕扶桑:神话中树木名,传说日出其下。 濛汜(sì 四):神话中水池名,传说日没之处。

〔413〕黿、鼉(yuán tuó 元驼)巨鳖(biē 憋):皆动物名,爬行类。

〔414〕鳣(zhān 毡)鲤鱮鲖(xù tóng 序同):皆鱼名。

〔415〕鲔鲵鲿鲨(wěi ní cháng shā 委倪尝沙):皆鱼名。

〔416〕项:颈的后部。

〔417〕折:曲,弯下。

〔418〕诡:奇异。 殊:不同。

〔419〕鹔鷞鸹鸨(sù shuāng guā bǎo 肃双瓜保):皆鸟名。

〔420〕駕(jiā 家)鹅鸿鹍:皆鸟名。

〔421〕上春:农历正月。 候:季节,时令。

〔422〕季秋:秋季的第三个月,即农历九月。 就:趋向,接近。

〔423〕衡阳:今湖南市名。旧城南有回雁峰,相传雁至此不再南飞。

〔424〕雁门:指雁门山。在今山西代县西北。古时以两山对峙,雁度其间而得名。

〔425〕奋隼(sǔn 笋):应作"集隼"。(见胡克家《文选考异》)集,栖止。隼,鹰类鸟,凶猛善飞。 凫(fú 扶):泛指野鸭。

〔426〕沸卉、軿訇(píng hōng 平轰):鸟奋飞之声。

〔427〕论:述,说。

〔428〕孟冬:冬季的第一个月,即农历十月。 作:开始,兴起。 阴:阴气,寒气。

〔429〕肃杀:酷烈萧索的样子。

〔430〕雨(yù 玉)雪:下雪。雨,由空中散落。

〔431〕惨烈:气候严寒,景象凄厉。

〔432〕零:凋落。

〔433〕刚虫:凶猛的鸟兽。此指鹰犬。吕延济注:"刚虫,鹰犲也。"搏挚(zhì 至):猛击。

〔434〕振:整理,张设。 维:网。

〔435〕衍:展延,舒布。 络:网罗。

〔436〕荡:震动。 川渎:河川。渎:沟渠。

〔437〕簸(bǒ 跛):摇动。 林薄:草木丛杂之处。

〔438〕毕:尽,全。 骇:惊散。

〔439〕咸:皆,都。 作:惊起,奔走。

〔440〕寓居:暂寄。 托:托身。

〔441〕霍绎:飞走的样子。霍,涣散、迅疾。 纷泊:繁多杂乱的样子。

〔442〕灵:美好。 囿(yòu 又):皇帝畜养禽兽的园林。

〔443〕垠锷:边际。

〔444〕虞人:掌管山泽、苑囿、田猎的官。

〔445〕营域:指猎场。

〔446〕莱(lái 来):草。

〔447〕柞(zé 责):砍削树木。 剪棘:斩除荆棘。剪,斩断。

〔448〕结罝(jū 居):布网。罝,捕兽的网。

〔449〕迒(háng 杭):道路。 杜:堵塞。此指以网堵塞。 蹊:小径。

〔450〕麀(yōu 优),母鹿。 麌麌(yǔ 雨):鹿群聚的样子。

〔451〕骈田:布集,连属。 逼仄:密集拥挤的样子。

〔452〕雕轸:雕饰华丽的车。雕,以彩画装饰。轸,指车。

〔453〕骏:良马。 驳:毛色青白相杂的马。

〔454〕翠帽:以翠羽装饰的伞盖。

〔455〕倚:依靠。 金较(jué 觉):黄金装饰的车较。较,车箱两旁板上的横木,供人扶靠着的,上面饰以曲钩。

〔456〕璇(xuán 玄):美玉。 弁(biàn 辨):冠。此指马笼头。 缨:套在马颈上的革带。

〔457〕遗光:光彩照人。 倏爚(shū yuè 书跃):光辉闪烁的样子。爚,火光。

〔458〕建:立。 玄弋(yì 亦):星名。此指画有此星之旗。薛综注:"玄弋,北斗第八星名,为矛头……今卤簿中画之于旗,建树之以前驱。"

〔459〕招摇:星名。在北斗杓端。这里指画在此星的旗。李善注引(礼记》郑玄注:"画招摇星于其上,以起军坚劲。军之威怒,象天师也。"

〔460〕栖:止息。这里是画其形于旗上的意思。 鸢(yuān 冤):即老鹰。

〔461〕曳(yè 夜):摇曳,飘荡。 云梢:指绘有云彩图案的旗帜。梢,旗旒,即旌旗下边悬垂的饰物。

〔462〕弧旌:绘有弧星图形的军旗,以象征天讨。弧,星名。因形似弓箭,故名。 枉矢:星名。这里指绘有此星图形的旗帜。吕延济注:"弧旌枉矢皆星名,画以饰帜也。"

〔463〕虹旃(zhān 毡):绘有彩虹的旗。旃,赤色曲柄的旗。 霓(ní 泥)旄:绘有霓虹的旗。霓,虹的一种,即雌虹。旄,杆头用旄牛尾为装饰的旗。

〔464〕华盖:星名。如盖状,在紫微宫中,以荫庇帝座。这里指皇帝车上的

伞盖。　辰:北极星。

〔465〕天毕:指高张的网。毕,长柄网。又为星宿名,因形状似毕网而得名。这里取星宿以象征田猎所用的网。

〔466〕乘(shèng 胜):车辆。　雷动:如雷声震动,比喻声势雄壮,声音宏大。

〔467〕龙趋:像龙一样疾行前进。比喻队伍的蜿蜒绵长。

〔468〕属车:皇帝的侍从车子。　䈤(zào 造):副车。

〔469〕猃(xiǎn 险)、猲獢(xié xiāo 协嚣):皆猎犬名。长嘴者为猃,短嘴者为猲獢。

〔470〕玩好:供玩赏的东西。

〔471〕秘书:指一些谶纬图箓、神仙方术等书。

〔472〕小说:指那些不为封建统治者所重视,不登大雅之堂的、宣扬封建礼教以外的丛杂著作。薛综注:"小说,医巫厌祝之术。"

〔473〕虞初:汉河南洛阳人,小说家。曾根据《周书》改写成《周说》九百四十三篇,已佚。上文言"九百",取其大数。

〔474〕求:问。

〔475〕俟(sì 四):等待。　储:储备。

〔476〕蚩(chī 痴)尤:神话中东方九黎族首领。有兄弟八十一人,相传以金属做兵器,并能呼云唤雨,后与黄帝战于涿鹿,失败被杀。此指勇猛的武士。秉:持。　钺(yuè 阅):斧一类的兵器。

〔477〕奋:振,张。　鬣(liè 猎):指须发。　般:通"斑"。斑纹,指虎豹等兽皮。李善注:"般,虎皮也。"

〔478〕禁御:禁止防备。　不若:不祥,不吉利。指下文所说魑魅魍魉等害人之物。若,顺。

〔479〕神奸:鬼神作怪为害之情。奸,邪恶不正。

〔480〕魑魅魍魉(chī mèi wǎng liǎng 痴妹网两):指各种各样的鬼怪。魑,山神;魅,鬼怪;魍魉,水鬼。

〔481〕陈:排列。　虎旅:指护卫皇帝的禁军。　飞廉:馆名。馆上铸神禽风廉铜像,故名飞廉馆。

〔482〕正:端正,整饬。　垒壁:本为星名。古人认为是天师的营垒。此指禁军营垒。　上兰:宫观名。汉代皇帝多在此打猎。

〔483〕结:聚合。　部曲:军队的编制单位。代指军队。李善注引《续汉

书》:“大将军营五部,部有校尉一人。部下有曲,曲有军侯一人。”

〔484〕行(háng 杭)伍:军队编制,为军队的代称。五人为伍,二十五人为行。

〔485〕燎(liǎo 了):燃烧。　京薪:高大的柴草堆。京,高大。

〔486〕虓(xiè 谢):擂,击。

〔487〕纵:发,放。　猎徒:指士卒。

〔488〕长莽:辽远深密的草丛。莽,草木丛生。

〔489〕迾(liè 列):天子车驾出时,清道禁止行人。　清候:清戒道路,守候车驾。

〔490〕赫怒:勃然震怒的样子。

〔491〕缇(tí 题)衣、韎韐(mèi gé 妹格):皆为武士服装。缇,丹黄色、浅绛色。韎韐,用茜草染成红色的皮制蔽膝。

〔492〕睢盱(suī xū 虽虚):张目仰视。睢,仰目视;盱,张目。　拔扈(bá hù 拔户):同“跋扈”,骄横、威武的样子。

〔493〕烛:照耀。

〔494〕嚣:喧闹声。　海浦:通海的河口。薛综注:“海浦,四渎之口。”

〔495〕波荡:摇动,震荡。

〔496〕吴岳:吴山。又名岳山。在陕西陇县西南。　陁(duò 堕)堵:崩塌,倒落。

〔497〕禽:兼指鸟兽。李善注引《白虎通》:“禽,鸟兽之总名。”　倰(líng 灵)遽:惊惶失措的样子。

〔498〕骙(kuí 葵)瞿:急遽奔走的样子。　奔触:奔驰冲撞。

〔499〕精:精神。　魂:灵魂。

〔500〕归、趋:指道路,方向。

〔501〕投轮:自触车轮。　关:碰撞。

〔502〕邀:阻截,遮拦。

〔503〕罕:捕鸟网。　潚箾(sù shuò 肃朔):鸟着网挣扎冲撞的样子。一说是鸟网的形状。

〔504〕镝(dí 敌):箭。　揺㩧(pò bó 破帛):箭中物声。

〔505〕舍:放。

〔506〕铤(chán 蝉):小矛。　跃:投刺。

〔507〕当:遇到。　蹍(niǎn 碾):踩,踹。

〔508〕值：逢，遇。　轹（lì 历）：车轮辗过。

〔509〕烂：散乱堆积的样子。　碛砾（qì lì 戚历）：河滩上的碎石。

〔510〕罝（jū 居）罗：捕鸟兽的网。罝，捕兔网。　罥（juàn 倦）：用绳索绊取野兽。　结：缚。

〔511〕竿：竹竿。　殳（shū 书）：古代兵器，形如竿，以竹或木为之，一端有棱，长一丈二尺。　揘（huáng 皇）毕：撞击。

〔512〕叉蔟（cù 促）：刺击之物。蔟，通"簇"。　㩳捔（zhuó 浊）：刺取。

〔513〕徒搏：空手搏斗。　撞挻（bì 必）：撞倒。挻，推击。

〔514〕晷（guǐ 鬼）：日影。

〔515〕狝（xiǎn 显）：杀伤禽兽。　什（shí 十）七八：十分之七八。什，通"十"。

〔516〕游：飘荡。　鹓（jiāo 骄）：鸟名，雉的一种。　翚（huī 挥）：鼓翼疾飞。

〔517〕阬（gāng 刚）：大土山。　斥：沼泽地。

〔518〕毚（chān 馋）兔：狡兔。　联猭（chuān 穿）：野兽走的样子。

〔519〕陵：登上。　峦：小山。　壑：山谷。

〔520〕东郭：东郭魏，古代传说善跑的兔。《战国策》上说，韩国卢是天下骏狗，东郭魏是海内狡兔。它环山三，腾冈五，韩国卢不能追及。这是说禽兽轻狡难以猎获。

〔521〕迅羽：指鹰。　轻足：指猎犬。

〔522〕景：同"影"。　括：箭的末端。此指箭。

〔523〕不暇：来不及。　举：起飞。

〔524〕发：起跑。

〔525〕青骹（qiāo 敲）：青腿鹰。骹，胫部近足处的较细部分。　挚：提取。　韝（gōu 勾）：革制臂套，打猎时用以停立猎鹰。

〔526〕韩卢：即韩国卢。良犬名。　噬（shì 逝）：咬。　绁（xiè 谢）：同"緤"，牵犬的绳索。

〔527〕毅：强悍。　髬髵（pī ér 披而）：鬃毛竖起的样子。

〔528〕隅目：斜眼怒视。　高眶：指眼眶突出。薛综注："隅目，角眼视也；高眶，深瞳子也。皆谓猛兽作怒可畏者。"

〔529〕威慑（shè 摄）：以声势、威力相慑服。　兕（sì 四）：古代犀牛一类兽名。

〔530〕伉（kàng 抗）：通"抗"。抵挡。

〔531〕中黄：古勇士名。李善注引《尸子》："中黄伯曰：'余左执泰行之猱而右搏雕虎。'"

〔532〕育、获：夏育和乌获，古著名勇者与力士。 俦（chóu 愁）：同辈，同类人物。

〔533〕朱鬕（mà 骂）：用红带饰发。此指用红带束额。鬕，以带饰发。 鬠（jì 计）：露髻。 髽（zhuā 抓）：以麻杂为发髻。薛综注："绛帕额，露头髻，植发如竿，以击猛兽，能服之。"

〔534〕植发：把头发扎束使之直立。

〔535〕袒裼（tǎn xī 坦西）：脱衣露体。 戟手：用食指、中指指点，其形如戟。此形容勇武之状。

〔536〕奎踽（jǔ 举）：迈步的样子。 盘桓：回旋周转。李周翰注："奎踽盘桓，搏物之貌。"

〔537〕鼻：执鼻。李周翰注："鼻，谓执鼻牵之。" 赤象：大象。（用李周翰说）

〔538〕圈：转圈。 狿（yán 延）：兽名。即獌狿。传说此兽身长百寻。

〔539〕摣（zā 匝）：揪抓。 狒（fèi 费）、猬：皆野兽名。薛综注："狒，兽身人面，身有毛，被发迅走，食人。猬，其毛如刺。"

〔540〕批（zǐ 紫）：捉取。 窳（yǔ 禹）、狻（suān 酸）：皆兽名。窳同"貐"，即"猰貐"。狻，狻猊，即狮子。

〔541〕揩（kāi 开）：摩擦，冲撞。 枳（zhǐ 纸）落：指枳木丛。枳，树名。似桔树而小，叶多刺。

〔542〕突：触。 棘藩：棘大篱笆。棘，带刺的树木。藩：篱笆。

〔543〕梗：有刺的草木。 靡拉：毁坏。

〔544〕朴：丛生的树木。 摧残：损害，破坏。

〔545〕轻锐：轻捷迅速。 僄（piào 票）狡：轻疾勇猛。僄，矫捷，敏疾。 趫捷：矫捷。

〔546〕洞穴：深穴。

〔547〕封狐：大狐。封，大。

〔548〕巘（yǎn 演）：山峰。

〔549〕昆骕（tú 途）：马的一种。蹄平而小趾歧出，善登高。

〔550〕杪（miǎo 秒）：树梢。这里是于树梢捉取的意思。高步瀛《文选李注义疏》引胡绍煐疏："杪……此谓于木末而遮取之。" 木末：树梢。

〔551〕擭(huò 霍):捕取。　猭(chán 馋)猢:猿类兽。

〔552〕殊榛:大榛。榛,树名。

〔553〕摕(dì 帝):掠取。　飞鼯(wú 吾):即鼯鼠。鼠类,俗称飞鼠。因其前后肢之间有飞膜,能在树林中滑翔,古人误以为鸟类。

〔554〕嬖(bì 闭):宠爱。　昭仪:后宫女官名。为妃嫔的第一级。

〔555〕亚:次于,仅次一等的。　乘舆:皇帝乘坐的车子。

〔556〕贾氏之如皋:事见《左传·昭公二十八年》。魏献子说:从前贾大夫貌丑,娶妻很美,三年不言不笑。贾大夫便为她驾车到如皋射雉,获之,贾氏始笑而言。这里是说后宫嬖人、昭仪等随皇帝打猎的逸乐。如皋,地名。在今江苏省境。

〔557〕同车:语出《诗经·邶风·北风》:"惠而好我,携手同车。"这里取"同车"之义,是说与皇帝同车出猎的欢乐。

〔558〕盘:乐。游畋(tián 田):出游打猎。畋,打猎。

〔559〕目观:眼目的观赏。　穷:极,尽。

〔560〕迁延:退却的样子。　睨(nì 腻):斜视。

〔561〕息:休息,停止。　行夫:指士卒。

〔562〕展:排列,休整。

〔563〕举:积,集。　胔(zì 自):本为腐肉,此指死的禽兽。李善注:"胔,取肉名,不论腐败也。"

〔564〕数(shǔ 属):查点,计算。　课:考查。

〔565〕互:挂肉的架子。　摆:分开,排除。　牲:指猎获的死兽。

〔566〕颁赐:分赏。　获卤:出猎所得的活禽。卤,通"虏",活捉。

〔567〕鲜:指禽兽。　野飨:在野外宴饮。

〔568〕犒:慰劳。　勤:劳苦。

〔569〕五军:五营。李善注:"《汉官仪》:汉有五营,五军即五营也。"六师:六军。李善注:"《周礼》:天子六军,六师即六军也。"

〔570〕酒车:载酒肴之车。　酌醴(zhuó lǐ 浊礼):指送酒肴。酌,斟酒;醴,甜酒。

〔571〕驾:车。　授:分给。　饔(yōng 拥):熟肉。

〔572〕升:进。　觞(shāng 伤):古代盛酒器。　燧(suì 遂):火。薛综注:"燧,火也。谓行酒举烽火以告众也。"

〔573〕釂(jiào 叫):喝干杯中酒。

〔574〕膳(shàn 善)夫:官名。掌皇帝及后妃等的饮食。

〔575〕察、廉:皆检察、巡视之义。 贰:指重复的菜肴。 空:指缺少,没有的菜肴。

〔576〕炙(zhì 志):烧烤食物。 炰(páo 袍):烹煮食物。 夥(huǒ 火):多。

〔577〕清酤(gū 姑):清酒,美酒。 皴(zhī 支):多。

〔578〕溥(pǔ 普):普遍,博施。

〔579〕洪德:盛大的恩德。 施:给予。

〔580〕徒御:挽车者与驾车者。李善注引《毛诗》注:"徒,辇者也;御,御马也。"

〔581〕罢(pí 皮):通"疲"。

〔582〕巾车:掌管巾车的官。巾,指车衣。 命驾:命令御者驾驶车马。即起驾出发。

〔583〕回:回转。 旆(pèi 配):旌旗。 移:转。

〔584〕相(xiāng 乡)羊:同"徜徉",留连徘徊的样子。

〔585〕旋:回返。 憩(qì 气):休息。

〔586〕简:察看,挑选。 矰(zēng 曾)红:系生丝以射鸟的短箭。红,指红色丝绳。

〔587〕蒲且(jū 居):人名,古时楚国的善射者。 发:开弓发箭。

〔588〕弋(yì 亦):射。

〔589〕挂:箭丝着于鸟上。 白鹄:天鹅。

〔590〕联:义同"挂"。 飞龙:鸟名。

〔591〕磻(bō 波):结于箭身丝绳上的石块。薛综注:"沙石胶丝为磻。"特:单独,一个。 絓(guà 挂):挂,附着。指射中。

〔592〕往:指箭飞去。

〔593〕舟牧:掌船官。

〔594〕水嬉:水上游戏,如赛舟之类。

〔595〕鹢(yì 益)首:船头,也指船。古时画鹢首于船头,故名。鹢,水鸟名。薛综注:"船头像鹢鸟,厌水神。"

〔596〕翳(yì 亦):覆盖,遮掩。这里是绘饰的意思。 云芝:云气和芝草的图案。

〔597〕翟葆:仪仗名,集雉尾做成的车盖。翟,雉羽;葆,车盖。

〔598〕羽旗:以鸟羽装饰的旌旗。

〔599〕齐:整齐,协调。 栧(yì 亦):短桨。

〔600〕棹(zhào 兆)歌:鼓棹而歌,即船歌。棹,划船拨水的用具。状如桨,短的叫栧,长的叫棹。

〔601〕发:唱起。 引:乐曲体裁之一。即序曲。 和(hè 贺):应和,随唱。薛综注:"发引和,言一人唱,余人和也。"

〔602〕校(jiào 较):调音,吹奏。 葭(jiā 家):通"笳"。一种管吹乐器。

〔603〕淮南:乐曲名。

〔604〕度(duó 夺):按曲歌唱。 阳阿:乐曲名。

〔605〕河冯(píng 平):即河伯。传说中的水神冯夷。

〔606〕湘娥:指舜的二妃娥皇、女英。传说舜死于苍梧,娥皇、女英寻至洞庭湖,投湘水而死,为湘水神。

〔607〕蝄蜽(wǎng liǎng 网两):古代传说水中的精怪。

〔608〕惮(dàn 但):怕,畏惧。 蛟:古代传说似龙的一种水中动物。

〔609〕鲂鳢(fáng lǐ 房礼):皆鱼名。

〔610〕纚(shǎi):网。薛综注:"纚,网,如箕形,狭后广前。" 鰋(yǎn 偃)、鲉(yóu 由):皆鱼名。

〔611〕摭(zhí 直):拾取。 紫贝:蚌蛤类软体动物名。白质如玉,壳有紫点纹。

〔612〕搏:拾取。 耆(qí 奇)龟:老龟。薛综注:"龟之老者神。"

〔613〕搤(è 扼),通"扼"。掐住,捉住。 水豹:一种水兽,状似豹。

〔614〕馽(zhí 执):绊马。此指绊缚。 潜牛:即水犀。形似牛,生活于水中。

〔615〕泽虞:管理沼泽的官。 滥:长期潜网于水中捕鱼。薛综注:"滥,施罛网也。言不顺时节,常设之也。"

〔616〕擿(zhì 志):探寻,搜索。 漻澥(liáo xiè 辽械):小水沟。

〔617〕九罭(yù 域):一种带有囊袋以捕捉小鱼小虾的细眼网。九,虚数,言其眼多。罭,细眼网。

〔618〕罜麗(zhǔ lù 主鹿):小鱼网。

〔619〕摷(zhāo 招):抄取。 鲲:鱼子。 鲕(ér 而):小鱼。

〔620〕殄(tiǎn 腆):尽取,灭绝。 水族:水中动物的统称。

〔621〕蘧(qú 渠)藕:荷花的地下茎。蘧通“蕖”,芙蕖,荷花。

〔622〕蜃蛤(shèn gé 慎格):即河蚌。大的为蜃,小的为蛤。 剥:去壳取肉。

〔623〕逞欲:力图满足其欲望以求快意。 逞:尽,极。 魰(yú 鱼):捕鱼。

〔624〕效获:功绩,收效。 麑(ní 尼):幼鹿。 麌(yǎo 咬):幼麋,俗称“四不像”,也是鹿的一种。

〔625〕摎蓼(jiǎo liǎo 皎了):搜索竭尽。 浶浪(láo láng 牢郎):惊扰不安。

〔626〕干:空竭。 涤:扫荡干净。 薮(sǒu 叟):大泽。

〔627〕逸飞:指逃亡飞走的禽鸟。逸,逃。

〔628〕遗走:指遗漏跑掉的虫鱼。走,逃跑。

〔629〕蚳蝝(chí yuán 迟元):极微小的生物。蚳,蚁卵。古时用以为酱,供食用。蝝,未生翅的蝗子。

〔630〕遑:暇。哪里来得及的意思。 恤(xù 序):担忧,顾虑到。 后:将来,以后。

〔631〕定:平定。 宁:安宁。

〔632〕倾阤:倾复崩溃。

〔633〕大驾:皇帝的车乘。 平乐:宫馆名。薛综注:“平乐馆,大作乐处也。”

〔634〕张:设。 甲乙:甲帐、乙帐。汉武帝造帐幕,以甲乙编次。 袭:掩藏,遮盖。 翠被:饰以翠羽的被子。

〔635〕攒(cuán):聚集。

〔636〕纷:多杂。 瑰丽:珍奇,华丽。 奓(shē 奢)靡:奢侈淫靡。奓通“奢”。

〔637〕迥(jiǒng 窘)望:视野开阔广远。迥,远。

〔638〕程:考核,衡量。此是欣赏的意思。 角抵:相互角力的一种技艺。李善注引文颖注:“两两相当角力,技艺射御,故名角抵也。”

〔639〕扛(gāng 刚)鼎:百戏节目之一。举鼎或举重。

〔640〕寻橦(chuáng 床):百戏杂技之一。据现存汉画,表演时一人以头顶长竿,另一至三人缘竿而上,进行表演。橦,木竿。

〔641〕冲狭:百戏杂技的一种。类似今天的穿刀圈杂技。薛综注:“卷簟席,以矛插其中,伎儿以身投,从中过。”又张铣注:“狭,以草为环,插刀四边,使人跃入其中,胸突刀上,如烟(燕)之飞跃水也。” 燕濯:百戏杂技的一种。即“飞燕点水”。薛综注:“以盘水置前,坐其后,踊身张手跳前,以足偶节逾水,复

却坐,如燕之浴也。”

〔642〕突:冲撞。 铦(xiān 先):锐利。

〔643〕跳丸剑:杂技名。表演抛弄丸剑。表演者两手快速地连续抛接若干弹丸或短剑。亦称“弄丸”或“弄剑”。张铣注:“跳,弄也,丸,铃也。” 挥霍:轻捷迅疾地上下抛弄。张铣注:“挥霍,铃剑上下貌。”

〔644〕走索:杂技之一。即今杂技中的踩软索。薛综注:“索上,长绳系两头于梁,举其中央,两人各从一头上,交相度,所谓舞絙者也。”

〔645〕华岳:本指西岳华山。此指做成假山形状以为戏。

〔646〕冈峦:山冈峰峦。

〔647〕神木:指松柏之类四季长青、寿命极长的树木。古人以为常服其籽实可以长生。 灵草:指灵芝之类。古人认为灵芝是仙草,服之可以长生,故称“灵草”。

〔648〕朱实:红色果实。 离离:繁茂下垂的样子。

〔649〕总会:聚合。 仙倡:扮成神仙的杂技艺人。

〔650〕豹罴(pí 皮):皆假扮豹罴之形。薛综注:“皆为假头也。”罴,熊的一种。

〔651〕鼓:弹奏。 瑟:类似琴的一种拨弦乐器。通常为二十弦,每弦有一柱。

〔652〕苍龙:青龙,假扮。苍,青色。 篪(chí 池):古代一种管乐器,用竹制成,单管横吹。

〔653〕女、娥:指娥皇、女英。

〔654〕清畅:清亮奔放。 蜲蛇(wēi yí 威夷):同“委蛇”。回旋曲折。

〔655〕洪涯:相传是三皇时的乐工。此是艺人假扮者。 指麾(huī 挥):同“指挥”。

〔656〕襳褷(shēn shī 深尸):形容羽毛很盛。

〔657〕度(duó 夺)曲:按曲谱歌唱。

〔658〕霏霏(fēi 非):纷飞貌。

〔659〕复陆:即复道。楼阁间有上下两重通道而架空者。俗称天桥。

〔660〕转石成雷:是说于复道重阁之上转石以拟雷声。

〔661〕礔砺(pī lì 霹雳):同“霹雳”。迅猛的雷声。 激:迅疾,猛烈。 增响:重响,连声。

〔662〕磅磕(kē 科);雷霆声。磕同“磕”。象声词。

〔663〕曼延:亦作“漫衍”、“曼衍”或“蔓延”。百戏杂技之一。薛综注:“作

大兽长八十丈,所谓鱼龙曼延也。”

〔664〕欻(xū 虚):忽然。 背:指巨兽之背。薛综注:“兽从东来,当观楼前,背上忽然出神山崔巍也。” 见(xiàn 现):通“现”。

〔665〕拿攫(jué 决):张牙舞爪相、搏斗之状。

〔666〕猿狖(yòu 又):泛指猿猴。 援:攀附。

〔667〕陆梁:跳跃的样子。

〔668〕大雀:大鸟,指驼鸟。假扮而成。 踆踆(qūn 逡):行步迟重的样子。

〔669〕孕:哺乳。

〔670〕辚囷(qūn):下垂的样子。

〔671〕海鳞:指假扮的大鱼。

〔672〕蜿蜿(wǎn 宛):屈曲。 蝹蝹(yūn 晕):龙蛇行走的样子。

〔673〕含利:传说中的神兽。薛综注:“性吐金,故曰含利。” 颬颬(xiā 虾):开口吐气的样子。

〔674〕仙车:仙人所乘的车。

〔675〕骊(lí 离)驾:并驾。骊,并列。

〔676〕芝盖:车盖。薛综注:“以芝为盖。” 九葩:形容绚丽多彩。九,多;葩,华彩。

〔677〕蟾蜍(chán chú 禅除):俗称癞蛤蟆。古人认为是长寿灵物。 与(yù 玉):对付,戏弄。

〔678〕水人:水乡的人。

〔679〕倏(shū 书)忽:迅疾。

〔680〕易貌:变换相貌。 分形:分身。形,形体。吕延济注:“谓幻人能分一身作数人。”

〔681〕云雾:兴云作雾。 杳冥:幽暗。

〔682〕画:划。

〔683〕东海黄公:百戏节目。表演东海人黄公,少时为术,能制蛇御虎,佩赤金刀,以绛缯束发,立兴云雾,坐成山河。及衰老,气力羸惫,饮酒过度,不能复行其术。秦末,有白虎见于东海,黄公乃以赤刀往厌之,术既不行,遂为虎所杀。事见《西京杂记》三。

〔684〕赤刀:赤金刀。宝刀。 粤祝(zhòu 咒):粤地人的一种以咒法驱神降怪的迷信活动。祝,通“咒”。

〔685〕冀:希望。

〔686〕卒:终于。

〔687〕挟:倚仗,自恃。 邪:不正道。指妖异怪诞的邪术。 蛊(gǔ 古):惑。指巫术。

〔688〕不售:行不通。售,行。

〔689〕戏车:供表演杂技的车。

〔690〕旃:旗杆。

〔691〕侲(zhèn 振)僮:童子。 程:显示。 材:技艺。

〔692〕倒投:倒身下坠的样子。 跟:踵。即脚后跟。 絓:悬挂。

〔693〕陨绝:坠落。

〔694〕百马同辔(pèi 配):指童子们在高杆上作出百马同辔奔驰的姿式。百,多;辔,马缰绳。

〔695〕骋足:尽力奔走。

〔696〕伎(jì 技):同"技"。技巧,技艺。

〔697〕态:情状。 弥:极,尽。

〔698〕弯弓:拉弓。 西羌:我国少数民族羌族,居地在我国之西境,汉代泛称为西羌。此指假作羌人以射之。

〔699〕顾:回头,回视。 发:射。 鲜卑:古代少数民族。东胡的一支。汉初居于辽东,后汉时移于匈奴故地,势力渐盛。

〔700〕众变:指杂技百戏。

〔701〕酲(chéng 呈)醉:这里是陶醉、满足的意思。薛综注:"酲,饱也……心饱于悦乐。"

〔702〕极:穷尽,终了。

〔703〕怅怀:怅然思恋。 萃(cuì 粹):至,来。薛综注:"萃,犹至也……怅然思念,所当复至也。"

〔704〕阴戒:暗地警戒。 期门:官名。掌执兵出入护卫。《汉书·东方朔传》上说:武帝好微行,与侍中常侍武骑及待诏陇西北地良家子能骑射者期之于殿门,故有期门之号。期,邀约,会合。

〔705〕微行:不使人知其尊贵的身份,便装出行。 要(yāo 夭)、屈:降低、损抑自己的身份。吕延济注:"行出不法驾谓之'要',自上杂下谓之'屈'。"要,"夭"的借字。

〔706〕玺(xǐ 徙):皇帝印。　绂(fú 弗):系印的绶带,也代指印。

〔707〕便(pián)旋:回转。　闾阎(lǘ yán 驴盐):泛指民间。闾,里门;阎,里中门,也指里巷。

〔708〕周:遍。　郊遂:泛指郊区之地。遂,郊外百里为遂。

〔709〕神龙:古代以龙为神物,称龙为神龙。此指皇帝。　变化:是指皇帝或化作微贱之人,或恢复尊贵之位,变化犹如神龙。

〔710〕彰:显示,表明。　后皇:皇帝。

〔711〕历:过。　掖庭:宫中旁舍,妃嫔居住的地方。

〔712〕适:往,至。　欢馆:皇帝宠幸的妃嫔所居之处。

〔713〕捐:抛弃。　衰色:衰老的容颜。

〔714〕嬿(yàn 燕)婉:美好,代指美女。

〔715〕促:迫,近。　中堂:堂的正中。　狭坐:拥挤地坐在一起。狭,狭窄。

〔716〕羽觞:酒器。作鸟雀状,左右形如两翼。　筭(suàn 算):数。

〔717〕秘舞:希奇的舞。薛综注:"秘,言希见为奇也。"　更:递,轮流更替。奏:进。

〔718〕妙材:才艺出众的人。　骋:尽力发挥,表现。

〔719〕妖蛊:媚惑。　艳:艳丽。这里是胜过的意思。　夏姬:春秋时郑穆公的女儿,陈大夫御叔的妻子。有美色。

〔720〕畅:嘹亮,流畅。这里是超过的意思。　虞氏:汉代善歌者。李善注引《七略》:"汉兴,善歌者鲁人虞公,发声动梁上尘。"

〔721〕徐进:缓缓向前。　羸(léi 雷)形:瘦弱的形体。此指舞女的纤细柔弱。羸,瘦弱。

〔722〕任:堪,胜。　罗绮:指以轻软的丝织品裁制成的舞衣。

〔723〕嚼(jué 决):吐。　清商:乐曲名。　却转:后退转身。

〔724〕婵娟:形态美好。　此豸(zhì 至):姿态艳冶妖媚。

〔725〕纵体:舞容。体态轻举的样子。　迅赴:舞容。迅疾地依节奏互相穿越。薛综注:"迅疾赴节相越也。"

〔726〕罢:这里是归的意思。(用王念孙说)

〔727〕振:起。这里指翘起足跟、只以足尖着鞋的姿式。薛综注:"振,犹掉也。"　屣(xǐ 徙):鞋子。　盘樽(zūn 尊):杯盘。樽,酒杯。

〔728〕奋:挥动。　飒缅(xǐ 洗):长袖舞动的样子。

〔729〕要(yāo)绍:妖娆。形容姿态美丽。薛综注:“要绍,谓娟婵作姿容也。”修态:美好的恣态。

〔730〕扬菁(jīng 精):扬起华彩。菁,华彩。

〔731〕眳(míng 名):眉睫之间。 藐:扫视的样子,薛综注:“藐,好视容也。” 流眄(miǎn 免):流转目光观看。眄,斜视。

〔732〕顾:视。 倾城:《汉书·外戚传》李延年歌:“北方有佳人,绝世而独立;一顾倾人城,再顾倾人国。宁不知倾城与倾国,佳人难再得。”后因而用倾城倾国来形容绝色的女子。

〔733〕展季:即春秋鲁大夫展禽,字季。鲁僖公时人。因食邑柳下,谥惠,故又称柳下惠。以行为端正、品行高尚为人所称。 桑门:即沙门,佛门。此指出家的僧徒等。

〔734〕营:惑乱。

〔735〕列爵:分颁爵位。 十四:后宫官爵,从皇后以下,共分十四等。

〔736〕媚:媚惑,以美色迷惑人。 荣:荣爱恩宠。

〔737〕丁:当,逢。

〔738〕卫后兴于鬒(zhěn 诊)发:据《汉武故事》一书记载:卫子夫得幸,头解,武帝见其美发,悦之。卫后,字子夫。初为平阳公主歌女,武帝纳之,生太子据,立为皇后。 鬒:发黑而稠美。

〔739〕飞燕宠于体轻:据《汉纪》载:赵氏善舞,号曰“飞燕”,成帝悦之。事由体轻,而封皇后。又据《赵飞燕外传》:“飞燕体轻,能为掌上舞。”

〔740〕逞志:极力满足心愿。逞,满足。 究欲:穷尽情欲。究,穷,极。

〔741〕穷身:终身。 极娱:尽情欢乐。

〔742〕鉴戒:引他事以为警戒。 《唐》诗:指《诗经·唐风·山有枢》。此诗讥刺嘲笑一个吝啬者虽什么都有,却舍不得享用的行为。

〔743〕他人是媮:这句即是《唐风·山有枢》中的成句。诗中说道:“子有衣裳,弗曳弗娄;子有车马,弗驰弗驱。宛其死矣,他人是媮。”意思是说:你有衣裳舍不得穿,你有车马舍不得乘。如果死了,就会被别人享用。这里借以劝人及时享乐。媮,通“愉”,快乐,享受。

〔744〕自君作故:是说不拘泥于前例,由君所创始,君之所行,就是制度。故,成例,旧日的典章制度。

〔745〕礼:规定社会行为的法则、规范、仪式的总称。

〔746〕增昭仪于婕妤(jié yú 捷鱼):据《汉书·外戚传》载,汉成帝宠赵飞燕姊妹,俱封为婕妤。后飞燕立为皇后,而其妹升为昭仪。又元帝宠幸付婕妤,乃更号曰昭仪,赐以印绶,在婕妤上。增,加封。婕妤,妃嫔的称号,地位次于昭仪。

〔747〕贤:指董贤,以男色而得宠。　公、侯:爵位名。哀帝封董贤为高安侯,后又授以大司马,即三公之职。

〔748〕许赵氏以无上:事见《汉书·外戚传》:成帝先宠许美人。后赵氏姊妹擅宠,妒恨许美人,要挟成帝不得立许美人为皇后。成帝与赵氏相约道:"约以赵氏,故不立许氏。使天下无出赵氏上者,毋忧也!"赵氏,指赵飞燕姊妹。

〔749〕思致董于有虞:事见《汉书·佞幸传》:成帝宠幸董贤。一日,置酒于麒麟殿,董贤父子亲属,王闳兄弟侍中中常侍皆在侧。成帝视董贤而笑道:"我想效法尧禅位于舜,如何?"意为禅让于董贤。致,给与,让位。董,指董贤。有虞,即舜。其部落名有虞氏,又称虞舜。此是成帝将董贤比为舜。

〔750〕王闳争(zhèng 正)于坐侧:参见上注。成帝欲效法尧禅舜的故事,让位于董贤。王闳道:"天下乃是高皇帝的天下,非陛下所有。陛下嗣承宗庙,应当传子孙于无穷。统业至重,天子无戏言!"争,通"诤"。规谏。

〔751〕载:年代。此指世运。　渝:改变,移易。

〔752〕继体:继位。　基:基业。

〔753〕暂劳永逸:犹如"一劳永逸"。暂劳,指高祖创业的艰劳。永逸,指子孙世代继体承基以享安逸。

〔754〕无为而治:不求有所作为,从容安逸地来治理天下。

〔755〕耽:玩乐,沉溺。　从:追求。

〔756〕所:通"数"。

〔757〕二百:指从高祖至于王莽的西汉王朝。　朞(jī 基):一周年。

〔758〕丰:富饶。

〔759〕殷阜:富实。阜,多。

〔760〕岩:高峻的山。此泛指关中地理形势。　周:四围。

〔761〕衿带:如衿似带,比喻形势回互环绕的险要之地。

〔762〕柢(dǐ 底):树根。比喻基础。

〔763〕奢泰:奢侈无度。　肆情:任意,毫无顾忌。

〔764〕馨(xīn 欣)烈:流芳的事业。　茂:繁盛。

〔765〕鄙生:等于说"鄙人"。自谦之词。鄙,鄙陋。　三百:自汉朝建立至

作者作此赋时,已三百余年。

〔766〕未闻:指未曾听说的盛事。

〔767〕一隅:一个角落。比喻见识狭小。

〔768〕此:指东汉定都洛阳。 与(yǔ):如,似。 殷:此指整个殷商王朝。迁:指迁都。

〔769〕前八:据载,殷商自始祖契至汤凡八迁国都。 后五:据载,自汤至盘庚凡五迁国都。

〔770〕相:古地名。在今河南内黄东南。商王河亶(dǎn 胆)甲从隞迁都于此。圮(pǐ 痞):毁坏。 耿:古都邑名。在今河南温县东。商王祖乙迁都于此。

〔771〕盘庚:殷商君主。继兄阳甲即位。时王室衰乱,盘庚率众自奄迁都于殷,商复兴。 诰(gào 告):古代一种用于上对下进行训诫勉励的文告。盘庚准备率臣民迁于殷。臣民安土重迁,群相咨怨。于是盘庚作书告谕,即《尚书·盘庚》三篇。

〔772〕帅:带领。 苦:指迁徙之苦。

〔773〕圣上:对皇帝的尊称。此指东汉和帝刘肇。

〔774〕同天号:与天同名。薛综注:"天称皇天、帝。今汉天子号皇帝,兼同之。"号,名称。

〔775〕掩:囊括,遍及。

〔776〕靡丽:奢华。 国华:国家的光荣。

〔777〕俭啬:节俭吝啬。 龌龊(wò chuò 握绰):器量局狭,拘牵于小节。

〔778〕《蟋蟀》:指《诗经·唐风·蟋蟀》。其中有"今我不乐,日月其迈"的句子。意思是:今天如不及时享乐,光阴一去不复回。前人认为此诗是刺俭的。

〔779〕之:往。此指往就西京之奢华。

〔780〕不欲:不想离开东都。

〔781〕蒙:自称的谦词。

〔782〕辩:辨明。 说:解释,解说。

今译

有一位凭虚公子,奢侈无度,四体骄逸,雅好古典文化,读了许多史书,因此有丰富的历史知识。他对安处先生说道:人在明媚的春夏时节心情舒畅，在阴晦的秋冬之季就抑郁感伤，这与上天的变化密切相关；处于肥沃的土地就安闲逸乐，处于贫瘠的土地就辛劳勤苦，这与地理条件的不同紧密相联。一个人抑郁感伤就少有欢乐，勤苦辛劳就吝于施舍，能违背这种情形的人很少。庶民百姓如此，帝王天子亦然。因此作为帝王必须顺应自然条件施行教化，百姓接受天子教化而形成良好风俗。转变风俗的根本，是顺应自然条件的变化，用什么来检验它呢？秦占据雍州而强盛，周迁往豫州而衰落；高祖建都长安而豪奢，光武建都洛阳而俭朴。国家政治的兴衰，总是起因于此。先生恐怕没见过西京的盛况吧？请让我为您一一陈说：

汉朝开始建都，是在渭水岸边。秦都居于它的北面，是为咸阳。左有崤山函谷关的重险，桃林要塞，又连接着太华少华二山。据说是河神奋臂用力，掌劈足踏，二华中分，河水流通，而今旧迹犹存。右有陇山的险隘要冲，阻绝华夏与西戎。岐梁汧雍诸山，“陈宝”“鸣鸡”之处，正在陈仓北阪。前边则有终南太一，突兀高耸，绵延深远，山脊与嶓冢相连。怀抱杜陵，口含鄠县，吸入沣水，吐出滈川。又有蓝田美玉，就产在这里。后边有丘陵平原，依靠渭水而凭倚泾川，平坦宽广伸展连绵，镇卫在近边。远处则有九嵕甘泉，地处极北而气候酷寒。日已夏至仍含冰冻，正好在此清暑消炎。那里有辽阔肥沃的原野，其土地为上等，实在是天下的腹地，神灵的山川。从前天帝喜欢秦穆公而会见他，为他演奏起天上的音乐。天帝情欢酒酣，于是降下金书天诏，赏赐给他这块土地，使他完全据有与鹑首星相对应的河山。在当时，并列为强国的共有六个，然而四海终于为西秦所统一，岂不怪异！

自从我高祖皇帝初入关中，五星和协，排列于银河以东。娄敬放弃挽车，否定众人建都洛阳的议论。上天开启高祖之心，人臣为之谋划。待到高祖裁决之时，心里也考虑到天地神灵，认为关中可定大业，于是以此作为帝京。哪里是不想定都于四通八达的洛阳？

哪里是不思归那枌榆故乡？天命不可怀疑，谁敢违背？于是，度量四周长短，考察广狭方圆；开掘护城河，营筑新城郭。采取不同于八方的格局，岂只遵循过去那陈旧的规格！于是参照秦京的体制，超过周都的规模。以周宣王的百堵之墙为狭僻简陋，嫌周代九筵之堂狭窄而增扩。仿照紫微天宫，建起未央殿，高高的双阙，竖立在阊阖门前。平整龙首山，建起高高的殿宇，巍峨而又雄壮。横架起彩虹般的长梁，栋椽聚结相互承接。枝蒂茎叶倒垂于藻井，红花披拂纷繁重重。装饰起彩椽与壁珰，流光闪耀明丽辉煌。雕绘的楹柱，壁玉般的基石，华彩的斗栱，云花的屋梁。三层楼阁，双重平台，雕镂栏杆，彩饰檐板。殿前堂基右侧平坦，左起台级。青花宫门，红漆阶梯。削平山地而垒起高台，四周嵌石而砌成边沿。殿阶参差而高高耸起，如山崖峻峭而又巉岩。高阶平路，修长而峻险。宫门重重固而又固，为防奸人行窃作乱。上可比于天帝之宫，天晴显象而天阴藏形。洪钟万钧之重，悬挂于刻有猛兽的支架上。猛兽背负着钟架气势猛烈，好像张开双翅飞驰腾翔。朝堂殿面向正东，温调殿横陈在北。西有玉台，连接昆德，嵯峨峥嵘，不知何所取法。至于长年殿神仙殿，宣室殿玉堂殿，麒麟殿朱鸟殿，龙兴殿含章殿，犹如群星环绕北斗，光彩焕发绚丽辉煌。路寝正殿，用以会见诸侯。大夏深深，九门洞开。嘉木生于庭中，芳草繁茂丛生。高门巍然挺立，列坐十二金人。

内有常侍谒者，奉命听用。外有兰台金马，轮替当值。次有天禄石渠，校勘书籍之地。又有虎威章沟，警夜巡更之署。巡警之路周环宫外，无数哨所设于宫内。卫尉掌管八营卫兵，黑夜警戒白昼巡行。植立戈矛悬挂盾牌，用以防备事出意外。

后宫则有昭阳殿飞翔殿，增成殿合欢殿，兰林殿披香殿，凤凰殿鸳鸾殿。成群的嫔妃美貌鲜丽，向内观看令人嗟叹。那馆室内舍，彩饰精细繁丽。缠绕着花纹彩绣，绘饰成朱红翠绿。装饰翡翠火齐，镶嵌宝石美玉。悬黎在夜晚流泻着光辉，联缀起随珠作为明烛。

金梯玉阶,彤庭辉煌。珊瑚琳碧,瓀珉璀璨。奇珍异宝罗列宫中,光彩焕发如昆仑仙山。它们的格局虽然不大,奢侈华丽却超过天子居室。钩陈宫外,阁道长而曲折。连接着长乐宫明光殿,往北一直通向桂宫。命令鲁班王尔那样的能工巧匠,使其形态各异变化无穷。后宫不必移动,乐器不必随带,门庭守卫与供设帷帐,官职以供应物品相区别。天子尽可随意游幸,下得车辇即成宴饮。纵使终年忘归,仍不能穷尽周遍。瑰丽奇异日有新变,完全是见所未见。

帝王宫室神奇瑰丽,唯恐抹煞尊卑界限。虽然殿宇已是高大宽敞,然而君心仍悒怏而未得舒展。想要仿效那紫微天宫,阿房宫那样的宫殿都不值得居住。寻觅昔日遗留的宫馆,得到秦代残存的林光离宫。它座落在高爽的甘泉山上,于是又加以增高扩充,既新筑起迎风高馆,又增建成露寒、储胥二馆。高大的殿基依托于山冈,宏伟的馆阁高高矗立。通天台当空竦峙,高达百常挺拔而起。上面华彩斑斓纷纭交错,下面陡峭险峻犹如切削。高翔的鹍鸡尚难飞过,何况小小的青鸟与黄雀!凭倚窗栏低头俯听,可闻激荡的雷霆之声。自从柏梁台遭受火灾,有越地的巫祝来献闭火之方。营造建章宫殿,用以镇服火殃。建造殿宇的规模,工程两倍于未央。宫前圆柱高耸接天,犹如两座石碣相望。檐脊上雕塑的凤凰展开双翅,好似迎风飞翔。阊阖门内,别风宫阙高高耸立,工程多么巧妙而奇丽!雕镂着花纹透明的小窗交织成绮。楼台直冲云霄而一直向上,那样子亭亭而又昂扬。神明台崛起而特立,井干楼重叠达百层。游梁架在浮柱之上,又结构起层层栾木以相托承。架起重重屋宇节节上升,建筑高耸与北斗齐平。楼阁屹立冲破尘埃,插入澄澈的晴空。观赏彩虹那弯弯的长脊,察看云师所依凭的苍穹。登上高楼开门仰望,恰见瑶光与玉绳。刚要登楼而未到一半,便恐惧战栗而心惊。倘非都卢国的轻捷矫健之士,谁能超升而登上极顶?又有驭娑殿骀荡殿,高峻而深邃;枍诣殿承光殿,宏伟而深广。重梁叠栋,层层耸起。飞檐高大,瓦头翘举。闪动的光影照耀殿内,接引日月的光辉。

天梁宫殿,洞开高大的门闱。车上的旌旗不必从环扣上解下,驷马可以并辔齐行。敲击轮辐催马轻快奔跑,只须一个门扉即可通行。长廊连着广庑,阁道如云气蔓延伸展。垣墙庭院奇异多变,真是千门万户。深闺重重小门幽幽,回环曲折周通相连。望着幽深的宫室绕转穿行,竟迷惑而不知所返。珍台雄伟而壮观,阁道高低曲直伸向正东。有如昆仑阆风那长长的斜坡,横跨西池而飞越西城。城门校尉不废巡更击柝,城内外有隧道相通。前开唐中水池,极目望去广阔浩荡。回看太液池,池水青苍而茫茫。渐台屹立于中央,丹彩辉煌宏大宽敞。清渊海水势汪洋,三神山巍峨雄壮。瀛洲与方丈座落于两边,蓬莱夹中而并列。上参差而险峻,下高低而不齐。长风激荡着水中洲岛,掀起巨大的波涛。浸没池边的石菌仙草,洗涤灵芝的红色茎苗。海神在幽深的水中浮游,鲸鱼脱离池水而颠蹶困厄。于是,天子以李少君的荒诞之言为端正可信,把栾大的欺骗当成忠贞诚恳。立起高高的铜柱擎举着仙盘,承接天上降下的清露。说是和以研成粉末的玉屑朝餐晚食,必可使性命超世而长生。赞美往昔的仙人赤松子和王乔,与羡门约会在云间天路。想到黄帝在鼎湖乘龙升天,这尘世又有什么值得羡慕?倘若世世代代可以长生不死,又何必匆匆忙忙地营建陵墓?

只见那城郭的格制,每一面开有三门,三条大路平坦直伸。十二辆车可以并进齐行,街道交会四处相通。城区住宅端正整齐,屋脊檐宇高低齐平。城北那些头等宅第,面临着大街门开户启。都是选择巧匠极尽功夫,坚固长存永不倾覆。彩画的梁木犹如穿上锦绣,染色的土石好像披上朱衣紫服。国家武库中贮藏的兵器,竟插列在王侯门前的兵架。倘非石显董贤之辈,谁能居住在这里!

城中大开九处集市,市墙相通市门相连。市楼五重上插旗帜,俯视察看各路集市。周代管理市场之官称为大胥,如今通呼叫丞尉。珍奇的货物从四方而至,禽鸟鱼类汇集于市。卖者加倍赢利,买者仍见稀少。又有各种行商坐贾,夫妻小贩,叫卖好货搀杂坏物,欺瞒边远之人。何必费力辛勤劳作？依靠欺诈作伪牟取厚利便足可赖以生存。那市井商贩男男女女，华丽奢侈可比于许史之门。

至于翁伯浊质各家，张里之门，鸣钟列鼎而食，车马连队相互过访，东都的公侯，富贵豪华又怎能超出他们之上！还有那都市中的游侠刺客，张禁赵放之流，他们志向比同于魏国无忌，行为模仿于齐国田文。轻死重义，结党连群；广有徒众，随从如云。有茂陵的原涉，阳陵的朱安世，矫勇威猛，如虎如豗。心中稍有不快便怒目圆睁，立即有死尸仆倒于路旁。公孙丞相本想追捕朱安世来赎儿子的罪过，结果落得阳石公主声名狼藉而公孙父子双双被诛。又有那五陵的游荡论辩之士，街谈巷议，批评褒贬，剖辨事物细到毫厘，分析问题精入肌理。所爱者仿佛长羽毛被吹上了天，所恶者遭中伤浑身上下成了创瘢。

京都的郊野以内，乡镇殷实富足。五大都市的商贩，彼此输出纳入。商旅往来车辆并接，辗路的车轮发出沉訇訇的声音。人头攒动，车辆相接。京都所辖千里之地，统由京兆尹管理。地方郡国的离宫别馆，多至一百四十五处。右边直到盩厔，接着丰县鄠县。左边达到河华，延伸到东虢的疆土。那放养禽兽的上林禁苑，跨越深谷遍布高阜。东边到达鼎湖，细柳在西北划出一条斜界。里边掩藏着长杨宫，连接着五柞馆，环绕着黄山而终止于牛首。缭绕连绵，四百余里。植物在这里生长，动物在这里息居。众鸟上下翻飞，群兽四处奔走。散去时似水惊风而扬波，聚集时如水中耸起的高丘。伯益叫不出它们的名字，隶首算不清它们的数目。山林的丰饶，何所不有！树木有枞栝棕楠，梓棫楩枫。嘉木灌丛，茂如邓林。葱茏繁盛，郁郁森森。吐葩扬花，布叶垂荫。草则有葴莎菅蒯，薇蕨荔芄；王刍莔台，戎葵怀羊。蓬茸丛生，遍布高丘复盖山冈。大小翠竹，蔓延分布，连成竹田汇成林篁。布满山谷原野，一片莽莽无疆。

又有神灵的昆明池沼，黑水中露出玄色的洲渚。周围筑起金坚的高堤，堤旁栽种成行的杞柳。奇丽的豫章台馆，峙立于池中犹如高高举起。石刻的牵牛立在它的左侧,织女处于它的右边。日月从这里出没,象征着扶桑和濛汜。其中有鼋鼍巨鳖,鳣鲤鲔鲖;鲔鲵鲿鲨,长额短颈;大口曲鼻,奇类异种。鸟则有鹔鹴鸹鸨,鴐鹅鸿鹗;开春按时北来,深秋南归而就温。南飞止于衡阳,北翔栖于雁门。栖集的鹰隼,归飞的野鸭,肃肃訇訇。形貌繁多而声音不同,实在是不可述尽。

初冬来临,阴气始生,寒风萧瑟酷烈;大雪纷纷扬扬,冰霜寒冷凄厉;草木枯萎凋零,正是鹰犬搏击之季。于是整设天罗,张布地网;震动河山,摇撼林莽。众鸟惊慌,群兽奔跑。匿伏草中隐藏树下,寻找洞穴躲避起来。彼处惊起而此处群集,四散飞走窜乱纷纷。在那美好的林苑之中,前后顾视没有边际。虞人掌管,为天子辟出田猎的区域。焚烧荒草,平整场地,砍削杂树,斩除荆棘。百里之内布下罗网,封闭大路堵塞小径。群鹿密密麻麻,聚集拥挤在一起。天子驾起雕绘华美的车乘,六匹骏马毛色青白相杂。头上撑立翠羽美饰的伞盖,身体凭倚黄金装点的车箱。联缀着美玉的弁缨,光辉闪烁晶莹。车上树立着玄弋旗招摇旗。有的旗上画着鸣鸢,云旗垂旒在空中飘摇。还有弧星旗枉矢旗,雄虹旗雌霓旗。伞盖承托北辰,天毕网,拉在前面。千车飞驰如雷声滚动,万马奔腾似云龙蜿蜒疾行。侍从副车之上,载着猎犬猃与猲獢。并非只有欣赏玩好之物,还携带着神仙方术之类的图书。小说九百篇,这些最早源自虞初。为闲暇时翻阅查询,总是把它们备在身边以待君顾。武士如蚩尤手执斧钺,须发奋张披着斑斓的兽衣。禁防抵御不祥之物,辨识鬼祟作怪行奸。魑魅魍魉山精水怪,望风逃避莫敢上前。虎旅禁军排列于飞廉馆外,营垒整饬严待于上兰宫前。集合部队,整顿行伍。点燃高大的柴堆,击起雷鸣般猎鼓。驱纵猎卒,奔赴辽阔的草莽。卫兵戒严道路守候着天子车驾,武士们个个含威带怒。身穿丹黄浅绛的戎装围着红色的蔽膝,张目昂首骄横跋扈。猎火的光焰照亮天庭,喧嚣的呼声震撼海浦。河渭为之摇动,吴山为之崩仆。鸟兽惊惶失措，匆匆四窜奔突。个个丧魂落魄，不知何去何从。纷纷投撞于车轮之下，不必围截而自触。飞鸟着网而冲撞挣扎，流箭中兽而噗噜作响。箭不虚发，矛不空投。碰到脚下就被践踏，触到车轮即遭辗轧。僵禽死兽，散乱如堆积碎石。只见罗网之所绊缚，竿杖之所击扑，叉矛之所刺取，徒手之所搏打；太阳未及移动光影，已杀伤禽兽十之七八。而那飘游的野鸡奋翼高飞，横绝高冈而越过沼泽。狡猾的兔子腾空奔走，登上山岭而跨越沟壑，可比善跑的东郭㕙，简直无法猎获。然而有迅疾的飞鹰轻快的猎犬，可以觅影追箭。飞鸟不及举翼，走兽未得起足，便被那青腿的疾鹰扑执于臂套之下，为韩卢快犬咬噬于牵索之端。对那凶猛强悍、鬃毛竖立、怒目斜视、深眼高眶、威慑兕虎、无人敢当者，乃使中黄夏育乌获之类的勇士，以红带束额，露出粗麻扎束的发髻，头发高束植立如竿；脱衣露体五指成戟，移动脚步回转盘旋，手牵大象的长鼻，使巨猊团团旋转，揪抓狒狒刺猬，活捉猰貐狻猊。撞乱丛生的枳林，触破荆棘的篱障。多刺的草木为之毁坏，丛生的树林为之摧残。那轻捷勇猛矫健之士，深入洞穴，探捉大狐，登上重峦，猎取昆駼，爬上树梢，捉拿獑猢，跃上大榛，掠扑飞鼠。此时后宫那些嬖女昭仪之流，常乘着仅次于天子的车乘，羡慕当年贾氏观猎于如皋，享受《北风》诗中所说的“同车”之乐。盘桓游猎，何等快乐！

于是鸟兽空尽，观赏穷遍。于是边退却边搜索，停集于长杨宫前。休息士卒，展列车马。集中活禽死兽，清查计算多寡。立起木架悬挂死物，猎获的活禽分赏众人。宰割野味举行野宴，犒劳辛苦赏赐有功。五军六师的将士，排成千列百行。酒车往来送酒，车驾并列分授熟肉。高举酒杯燃起烽火，对天干杯击鼓鸣钟。膳夫骑马来回奔跑，巡视检查重菜缺肴。烹烤丰盛，美酒盈多；皇恩普及，洪德遍施；车夫欢悦，士卒忘疲。

掌车之官命令起驾出发，掉转旌旗向右移行。逍遥留连于五柞宫馆，回返休息于昆明池边。于是登临豫章高台，选择红丝短箭。

箭术可比蒲且，仰射高飞鸿鹄。丝绳挂住天鹅，勾住飞龙。丝上的胶石不独中，箭去必定成双。又命掌船之官，准备水上游戏。于是，绘有鹢鸟的船头高浮于水上，云气芝草的图案复掩船的四周。船上垂悬着雉尾做成的伞盖，树立着鸟羽装饰的旌旗。划船的女子动作齐整，鼓棹而进纵情放歌。一人引唱众人应和，又吹起嘹亮的笳声。奏起《淮南》之曲，唱起《阳阿》之歌。感动了河伯冯夷，使湘水女神触动思念之情。蜩蛎为之吃惊，蛟蛇为之心恐。然后又垂钓鲂鳢，网收鰋鲉；拾取紫贝，捕捉老龟；扼杀水豹，捆绊水牛。湖沼之官滥施潜网，哪分冬夏春秋！探遍沟渠，搜尽川流。布置多眼细网，张设密孔筛罗。抄及细鱼小虾，灭绝水中族类。拔取荷枝莲藕，剥开蚌壳取肉。尽情渔猎以满足快欲，功效见于幼麋小鹿。极尽搜索搅扰，网尽池沼涤荡薮泽。上无飞逃的禽鸟，下无遗漏的虫鱼。竟至夺胎灭卵，乳幼尽取。只图取乐于今日，哪顾未来长久！

天下既已平定安宁，怎知后日倾危崩颓。大驾幸临于平乐宫观，张设起甲乙帷帐而掩藏着翠被。聚集珍宝玩好之物，缤纷瑰丽奢侈华靡。面临开阔的广场，欣赏角力斗艺的妙戏。有乌获举鼎，都卢爬竿；有钻刀圈、飞燕点水，胸膛冲触锐利的刀锋。抛接弹丸短剑此上彼下，踩走软索狭路相逢。又造起巍峨的西岳华山，峰峦起伏参差。山上植以松柏神木与灵芝仙草，朱红的果实累累下垂。神仙们纷纷聚会，戏耍猛豹舞弄熊罴。白虎鼓弹着琴瑟，青龙吹奏起篪笛。娥皇女英坐而长歌，歌声清畅而婉曲。洪涯站立指挥，披着浓密的羽衣。歌曲尚未终止，忽然云起雪飞。开始时稀疏飘落，后来浓密纷飞。在那复道重楼之上，转石生响隆隆成雷。霹雳迅激而发出连响，雷霆轰鸣象征着天威。又做成巨兽长达百寻，蜿蜒起伏名为蔓延。崔嵬高大的神山，忽从巨兽背上突现。于是，熊虎登山而搏斗，猿猴腾跃而高攀。怪兽往来跳跃，大鸟步履蹒跚。白象且行且乳，鼻子长长而垂悬。大鱼忽而变成长龙，样子曲曲婉婉。又有含利神兽张口吐金，转而化作仙人的车骑。并驾起四匹仙鹿，灵芝做成的车盖华彩绚丽。蟾蜍笨拙地耍弄乌龟,水乡之人善于玩蛇。变幻奇异迅速,改换相貌分化形体。又有吞刀吐火,云雾冥冥;划地成河,流渭通泾。还有东海黄公,手持赤金宝刀默默祷祝,希图制伏白虎,终于不能自救。倚恃邪法而玩弄巫术,到底未能行售。又搭起戏车,车上树立高高的旗竿。童子施展技艺,上下起落翩翻。突然倒头直下而足跟盘挂,犹如从竿上坠落而身体相联。忽而如百马同辔,并力驰骋。竿头上的技巧,情状不可尽穷。忽弯弓瞄射西羌,又返身回射鲜卑。

各种变幻表演完毕,天子心中满足陶醉。盘桓逸乐已经结束,怅然留恋思念再来。于是,护卫暗中警戒,便装出游自相贬抑。降低尊贵的身份以屈就卑贱,怀中暗藏着天子的印玺。巡行出入于民间闾巷,周览遍观于郊野之地。忽尊忽卑,有如神龙一样夭矫变化,正显示出天子的高贵。然后经过后宫,来到欢馆;抛弃衰色,亲近美艳。众人紧相依靠在堂的中央拥挤而坐,飞雀形的酒杯频举而不可计算。稀罕的舞蹈更替呈进,才艺高妙的舞女极尽其技。个个妖媚迷人胜于夏姬,美妙的歌声超过虞氏。初时缓缓向前是那样柔弱纤细,仿佛禁不起轻薄的罗衣。口吐清商妙曲又转身向后,更显出体态的苗条与妩媚的姿容。忽然,纷纷纵身轻举迅速地依节相越,宛如惊起的群鹤匆匆归集。又翘起红色的鞋履在盘中旋舞,挥动长长的衣袖上下翻飞。妖娆美态,丽服焕彩;美目流盼,一顾倾城。即使是高洁的展季与佛门的僧人,谁能不为之迷惑而动心?后宫的官爵分列十四等,人人争相比美以求宠幸。盛衰荣辱本没有什么永恒不变,只看天子的宠爱为谁所逢。卫皇后的隆盛是因为有一头美丽的黑发,赵飞燕的得宠是由于体态的轻盈。她们拼命地追求满足个人的私欲,终身尽情欢娱。拿《唐风》中的诗句作为鉴戒,说什么"一旦你死后,就被他人享受去"。君主所行就是制度,又有什么礼法值得拘守?像飞燕姊妹都由婕妤而加封为昭仪,那董贤竟因男色封公而又封侯。成帝还许下了天下不得出赵氏之上,又把董贤比为虞舜要以帝位相让。幸亏有王闳在坐从旁极力谏诤，汉室的运祚才安然而不至易姓覆亡。

自从高祖创建帝业，儿孙们继位承基。可谓一劳而永逸，后世虽无所作为而天下却得到治理。因此只管恣意欢乐，有什么可思可虑？大汉的天下经历了许多年代，连绵相承二百余载。只是凭着关中土地肥沃四野丰饶，百物繁荣殷实富足。山势险要四周坚固，如同衿带环绕易于固守。得到它的就强盛，占有它的就长久。势同水流长远则难以枯竭，树木根深则难以腐朽。故此可以肆意奢侈享乐，而流芳的事业只能更加繁荣昌盛。

鄙人生于开国三百年之后，传闻之中都是未曾听说的繁盛。使我竟仿佛如在梦中，连一个角落也未能亲眼目睹。如今离开长安，定都于洛阳，这与殷人屡次迁都相比有什么不同？他们前有八迁而后有五徙。曾经迁居于相地又毁过耿都，总未能经常守在那里。盘庚王作文诰劝勉臣民，率领殷人饱尝了迁徙之苦。当今圣上，与上天同名号共称为帝皇，囊括四海之地以为自己的家邦。富有的基业，没有哪一代比我汉家更大。只恨不能以奢侈华丽作为国家的光荣，为什么偏偏节俭吝啬拘谨小气？竟忘记了《蟋蟀》诗说的是何意。难道是想去依就西京的豪华而不能吗？还是能去而不愿离开这里呢？我私下感到迷惑不解，希望听到您明辨所以的解释啊。

（周奇文译注并修订　陈延嘉再修订）

东京赋一首

张平子

题解

本篇与《西京赋》虽然都意在讽谏，告诫上层统治者不可荒淫无度，穷奢极欲，但侧重点却有所不同，笔法也不尽相同。

此赋开篇追溯历史，从周姬之末“政用多僻”，写到西秦“思专其侈”终于破灭，再历数两汉各代帝王。对汉高祖、文帝、武帝、光武帝、明帝自然不免溢美夸饰，歌功颂德。但其主旨却在陈述自己的政治理想和宏伟抱负。张衡自幼通“五经”，贯“六艺”，深受儒家仁政与民本思想影响，因此主张宽厚待民。他斥责秦朝统治者暴虐无道，对百姓“若薙氏之芟草，既蕴崇之，又火行焉”。他认为作为一国君主应该“克己复礼”，与民同乐，规矩悉遵先王法度，行动尽合礼义要求。君主住上华丽的宫殿，要时刻想着古代圣王茅屋草棚、低室陋房。当然也不必一味节俭，有一定的排场是必要的。总的原则是“奢而不侈，俭而不陋”。应该把百姓的辛劳痛苦放在心中，只要有一人没得到适当的安置，便视同是自己把他推入沟壑里。他赞美帝王礼贤下士的精神，“降至尊以训恭”，亲执銮刀为三老割肉，捧起觞豆为国叟祝寿。他提倡奖励贤德，擢拔异才，选用年轻有为的后生，屏退年迈昏聩的老朽，经常征询百官臣僚对国政得失的意见。他颂扬和边睦邻的国策，主张北与丁服国友善，南与越裳人和睦。张衡的这些主张虽近于空想，但我们也可以从中看出大汉帝国一个有所作为的青年士子执着追求的政治理想。据《后汉书》本传说，张衡于永元中始作《两京赋》，“精思傅会，十年乃成”，“安帝雅闻善术学，公车特征拜郎中，再迁为太史令”，此时可能正是完成这篇赋不久。

在创作《两京赋》的十年当中，张衡思想自然有变化和发展。可以说《东京赋》表现出的思想更加深沉、成熟。它着意说明“民怨”“下判”，可忧可惧，覆舟之鉴不可不省，当权者应切切注意，以免重蹈覆辙。

本篇对洛阳的建都、东汉皇室祭礼、田猎、驱鬼、乡射的描述，都极尽铺张扬厉之能事，从中可以了解汉代的礼仪、风俗。文笔随描绘事物的不同而不断变化。写芳林苑、濯龙池，九谷八溪，荷花秋兰，游鱼飞禽，笔调轻松，富有诗意；写祭祀、藉田等活动，文辞典雅古奥，采用雅颂之体。

《两京赋》在形式上模拟班固《两都赋》，对礼仪的叙述仍离不开陈词滥调，语言也有许多呆板、枯涩的地方。后代某些学人厌弃汉代大赋，有一定道理。但如果认为这些作品只是一味歌功颂德，辞藻堆砌，也不符合实际。

原文

安处先生于是似不能言[1]，怃然有间[2]，乃莞尔而笑曰[3]：若客所谓末学肤受[4]，贵耳而贱目者也！苟有胸而无心，不能节之以礼，宜其陋今而荣古矣。由余以西戎孤臣而悝缪公于宫室[5]，如之何其以温故知新，研核是非，近于此惑。

周姬之末[6]，不能厥政，政用多僻。始于宫邻[7]，卒于金虎[8]。嬴氏搏翼[9]，择肉西邑[10]。是时也，七雄并争，竞相高以奢丽[11]。楚筑章华于前，赵建丛台于后[12]。秦政利觜长距[13]，终得擅场[14]。思专其侈，以莫己若。乃构阿房，起甘泉，结云阁，冠南山[15]。征税尽，人力殚，然后收以太半之赋，威以参夷之刑[16]。其遇民也，若薙氏之芟草[17]，既蕴崇之[18],又行火焉。悇悇黔首[19],岂徒跼高天蹐厚地而已哉[20]?乃救死于其颈。驱以就役,唯力是视。百姓弗能忍,是用息肩于大汉,而欣戴高祖。

高祖膺籙受图[21],顺天行诛,杖朱旗而建大号。所推必亡,所存必固。扫项军于垓下[22],绁子婴于轵涂。因秦宫室,据其府库[23]。作洛之制,我则未暇[24]。是以西匠营宫[25],目玩阿房[26],规摹逾溢,不度不臧[27]。损之又损之,然尚过于周堂。观者狭而谓之陋,帝已讥其泰而弗康[28]。且高既受命建家[29],造我区夏矣[30]。文又躬自菲薄[31],治致升平之德。武有大启土宇[32],纪禅肃然之功[33]。宣重威以抚和戎狄[34],呼韩来享[35]。咸用纪宗存主[36],飨祀不辍,铭勋彝器[37],历世弥光。今舍纯懿而论爽德[38],以《春秋》所讳而为美谈,宜无嫌于往初[39],故蔽善而扬恶,祇吾子之不知言也[40]。

必以肆奢为贤,则是黄帝合宫[41],有虞总期[42],固不如夏癸之瑶台[43],殷辛之琼室也[44]。汤武谁革而用师哉[45]?盍亦览东京之事以自寤[46]乎?且天子有道,守在海外。守位以仁,不恃隘害[47]。苟民志之不谅[48],何云岩险与襟带[49]。秦负阻于二关[50],卒开项而受沛[51]。彼偏据而规小,岂如宅中而图大。

昔先王之经邑也,掩观九隩[52],靡地不营。土圭测景[53],不缩不盈,总风雨之所交,然后以建王城。审曲面势,泝洛背河[54],左伊右瀍[55]。西阻九阿[56],东门于旋。盟津达其后[57],太谷通其前[58]。回行道乎伊阙[59],邪径捷乎轘辕[60]。大室作镇[61],揭以熊耳[62]。底柱辍流[63],镡以大岯[64]。温液汤泉[65],黑丹石缁[66]。王鲔岫居[67],能鳖三趾[68]。宓妃攸馆[69]，神用挺纪。龙图授羲[70]，龟书畀姒[71]。召伯相宅，卜惟洛食。周公初基，其绳则直[72]。苌弘魏舒[73]，是廓是极。经途九轨[74]，城隅九雉[75]。度堂以筵[76]，度室以几。京邑翼翼[77]，四方所视。汉初弗之宅，故宗绪中圮。巨猾间亹[78]，窃弄神器[79]。历载三六[80]，偷安天位，于时蒸民[81]，罔敢或贰。其取威也重矣！

我世祖忿之[82]，乃龙飞白水[83]，凤翔参墟[84]。授钺四七[85]，共工是除[86]。欃枪旬始[87]，群凶靡余。区宇乂宁[88]，思和求中。睿哲玄览[89]，都兹洛宫。曰止曰时[90]，昭明有融[91]，既光厥武[92]，仁洽道丰。登岱勒封[93]，与黄比崇[94]。

逮至显宗[95]，六合殷昌[96]。乃新崇德，遂作德阳[97]。启南端之特闱[98]，立应门之将将[99]。昭仁惠于崇贤[100]，抗义声于金商[100]。飞云龙于春路[102]，屯神虎于秋方[103]。建象魏之两观[104]，旌六典之旧章[105]。其内则含德章台[106]，天禄宣明，温饬迎春，寿安永宁。飞阁神行[107]，莫我能形。濯龙芳林[108]，九谷八溪[109]。芙蓉覆水[110]，秋兰被涯。渚戏跃鱼[111]，渊游龟蠵[112]，永安离宫，脩竹冬青。阴池幽流[113]，玄泉洌清。鹎鶋秋栖[114]，鹘鸼春鸣[115]。鴡鸠丽黄[116]，关关嘤嘤[117]。于南则前殿灵台，龢龢安福[118]。謻门曲榭[119]，邪阻城洫[120]。奇树珍果，钩盾所职[121]。西登少华[122]，亭候修敕[123]。九龙之内[124]，寔曰嘉德。西南其户，匪雕匪刻。我后好约[125]，乃宴斯息[126]。于东则洪池清蘌[127]，渌水澹澹[128]，内阜川禽[129]，外丰葭菼[130]，献鳖蜃与龟鱼[131]，供蜗蠯与菱芡[132]。其西则有平乐都场，示远之观[133]。龙雀蟠蜿[134]，天马半汉[135]。瑰异谲诡[136]，灿烂炳焕[137]。奢未及侈，俭而不陋。规遵王度[138]，动中得趣。于是观礼，礼举仪具。经始勿亟[139]，成之不日[140]。犹谓为之者劳，居之者逸。慕唐虞之茅茨[141]，思夏后之卑室[142]。乃营三宫[143]，布教颁常。复庙重屋[144]，八达九房[145]。规天矩地[146]，授时顺乡[147]。造舟清池[148]，惟水泱泱。左制辟雍[149]，右立灵台[150]。因进距衰，表贤简能[151]。冯相观祲[152]，祈禠禳灾[153]。于是孟春元日，群后旁戾[154]，百僚师师[155]，于斯胥洎[156]。藩国奉聘[157]，要荒来质[158]，具惟帝臣，献琛执贽[159]。当觐乎殿下者[160]，盖数万以二[161]。尔乃九宾重[162]，胪人列[163]。崇牙张[164]，镛鼓设[165]。郎将司阶[166]，虎戟交铩[167]。龙辂充庭[168]，云旗拂霓。

夏正三朝[169]，庭燎晢晢[170]。撞洪钟，伐灵鼓[171]，旁震八鄙，軯礚隐訇[172]，若疾霆转雷而激迅风也。是时称警跸已[173]，下雕辇于东厢[174]。冠通天[175]，佩玉玺，纡皇组[176]，要干将[177]，负斧扆[178]，次席纷纯[179]，左右玉几，而南面以听矣。然后百辟乃入[180]，司仪辨等[181]，尊卑以班，璧羔皮帛之贽既奠[182]，天子乃以三揖之礼礼之[183]。穆穆焉[184]，皇皇焉[185]，济济焉[186]，将将焉[187]，信天下之壮观也。乃羡公侯卿士[188]，登自东除[189]，访万机[190]，询朝政，勤恤民隐而除其眚[191]。人或不得其所，若已纳之于隍[192]。荷天下之重任，匪怠皇以宁静[193]。发京仓[194]，散禁财，赉皇寮[195]，逮舆台[196]。命膳夫以大飨[197]，饔饩浃乎家陪[198]。春醴惟醇[199]，燔炙芬芬[200]。君臣欢康，具醉熏熏[201]。千品万官[202]，已事而踆[203]。勤屡省，懋乾乾[204]。清风协于玄德[205]，淳化通于自然[206]。宪先灵而齐轨[207],必三思以顾愆。招有道于侧陋[208],开敢谏之直言。聘丘园之耿絜[209],旅束帛之戋戋[210]。上下通情,式宴且盘[211]。

及将祀天郊,报地功[212],祈福乎上玄[213],思所以为虔。肃肃之仪尽,穆穆之礼殚。然后以献精诚,奉禋祀[214],曰允矣天子者也[215]!乃整法服,正冕带,珩纮纮綖[216],玉笄綦会[217]。火龙黼黻,藻䌰鞶厉[218]。结飞云之袷辂[219],树翠羽之高盖。建辰旒之太常[220],纷焱悠以容裔[221]。六玄虬之弈弈[222],齐腾骧而沛艾[223]。龙辀华轙[224],金鋄镂钖[225]。方釳左纛[226],钩膺玉瓌[227]。銮声哕哕[228],和铃鉠鉠[229]。重轮贰辖[230],疏毂飞軨[231]。羽盖威蕤[232],葩瑵曲茎[233]。顺时服而设副,咸龙旂而繁缨。

立戈迤戛[234],农舆辂木[235]。属车九九[236],乘轩并毂。斑弩重旃,朱旄青屋[237]。奉引既毕,先辂乃发。鸾旗皮轩,通帛绩旆,云罕九斿,闟戟轇輵[238]。髶髦被绣[239],虎夫戴鹖[240],驸承华之蒲梢[241],飞流苏之骚杀[242]。总轻武于后陈[243],奏严鼓之嘈囋[244]。戎士介而扬挥[245],戴金钲而建黄钺[246]。清道案列[247],天行星陈[248]。肃肃习习[249],隐隐辚辚[250]。殿未出乎城阙,旆已反乎郊畛[251]。

盛夏后之致美[252],爰敬恭于明神。尔乃孤竹之管[253],云和之瑟[254],雷鼓鼝鼝[255],六变既毕,冠华秉翟[256],列舞八佾[257]。元祀惟称[258],群望咸秩[259]。飏槱燎之炎炀[260],致高烟乎太一[261]。神歆馨而顾德[262],祚灵主以元吉[263]。然后宗上帝于明堂[264],推光武以作配[265]。辩方位而正则[266],五精帅而来摧[267]。尊赤氏之朱光[268],四灵懋而允怀[269]。于是春秋改节,四时迭代,蒸蒸之心[270],感物曾思,躬追养于庙祧[271],奉蒸尝与禴祠[272]。物牲辩省[273],设其楅衡[274]。毛炰豚胉[275],亦有和羹。涤濯静嘉[276],礼仪孔明[277]。万舞奕奕[278],钟鼓喤喤[279]。灵祖皇考[280],来顾来飨。神具醉止,降福穰穰[281]。

及至农祥晨正[282],土膏脉起[283]。乘銮辂而驾苍龙[284],介御间以剡耜[285]。躬三推于天田[286],修帝籍之千亩[287]。供禘郊之粢盛[288],必致思乎勤己。兆民劝于疆埸[289],感懋力以耘耔[290]。

春日载阳[291],合射辟雍[292]。设业设虡[293],宫悬金镛[294],鼖鼓路鼗[295],树羽幢幢[296]。于是备物,物有其容。伯夷起而相仪[297],后夔坐而为工[298]。张大侯[299],制五正[300]。设三乏,厞司旌[301]。并夹既设[302],储乎广庭[303]。于是皇舆夙驾摮于东阶[304],以须消启明[305],扫朝霞,登天光于扶桑[306],天子乃抚玉辂,时乘六龙。发鲸鱼[307],铿华钟。大丙弭节[308],风后陪乘[309]。摄提运衡[310],徐至于射宫。礼事展,乐物具,《王夏》阕,《驺虞》奏[311]。决拾既次[312],彫弓斯彀[313]。达余萌于暮春[314],昭诚心以远喻。进明德而崇业,涤饕餮之贪欲[315]。仁风衍而外流[316],谊方激而遐骛[317]。

日月会于龙豻[318],恤民事之劳疚[319]。因休力以息勤[320],致欢忻于春酒。执銮刀以袒割[321],奉觞豆于国叟[322]。降至尊以训恭,送迎拜乎三寿[323]。敬慎威仪,示民不偷[324]。我有嘉宾[325],其乐愉愉。声教布濩,盈溢天区[326]。

文德既昭,武节是宣。三农之隙[327],耀威中原,岁惟仲冬,大阅西园[328]。虞人掌焉[329],先期戒事[330]。悉率百禽，鸠诸灵囿[331]。兽之所同，是谓告备。乃御小戎[332]，抚轻轩[333]。中畋四牡[334]，既佶且闲[335]。戈矛若林，牙旗缤纷[336]。迄上林，结徒营[337]。次和树表[338]，司铎授钲[339]。坐作进退，节以军声。三令五申，示戮斩牲[340]。陈师鞠旅[341]，教达禁成。火列具举[342]，武士星敷。鹅鹳鱼丽[343]，箕张翼舒[344]。轨尘掩迒[345]，匪疾匪徐[346]。驭不诡遇[347]，射不翦毛[348]。升献六禽，时膳四膏[349]。马足未极，舆徒不劳[350]。成礼三殴[351]，解罘放麟[352]。不穷乐以训俭，不殚物以昭仁[353]。慕天乙之弛罟[354]，因教祝以怀民。仪姬伯之渭阳[355]，失熊罴而获人[356]。泽浸昆虫，威振八寓[357]。好乐无荒，允文允武。薄狩于敖，既璅璅焉[358]。岐阳之蒐[359]，又何足数。

尔乃卒岁大傩[360]，殴除群厉[361]。方相秉钺[362]，巫觋操茢[363]。侲子万童[364]，丹首玄制[365]。桃弧棘矢[366]，所发无臬[367]。飞砾雨散，刚瘅必毙[368]。煌火弛而星流[369]，逐赤疫于四裔[370]。然后凌天池，绝飞梁[371]。捎魑魅[372]，斮獝狂[373]。斩蝼蛇[374]，脑方良[375]。囚耕父于清泠[376]，溺女魃于神潢[377]，残夔魖与罔像[378]，殪野仲而歼游光[379]。八灵为之震慑，况魃蜮与毕方[380]。度朔作梗[381]，守以郁垒[382]，神荼副焉，对操索苇[383]，目察区陬[384]，司执遗鬼。京室密清[385]，罔有不韪[386]。

于是阴阳交和，庶物时育。卜征考祥[387]。终然允淑[388]。乘舆巡乎岱岳[389]，劝稼穑于原陆。同衡律而壹轨量[390]，齐急舒于寒燠[391]。省幽明以黜陟[392]，乃反旆而回复[393]。望先帝之旧墟，慨长思而怀古。俟阊风而西遐[394]，致恭祀乎高祖[395]。既春游以发生，启诸蛰于潜户[396]。度秋豫以收成[397]，观丰年之多稌[398]。嘉田畯之匪懈[399]，行致赉于九扈[400]。左瞰旸谷，右睨玄圃[401]。眇天末以远期[402]，规万世而大摹。

且归来以释劳[403]，膺多福以安悆[404]。总集瑞命[405]，备致嘉祥。圉林氏之驺虞[406]，扰泽马与腾黄[407]。鸣女床之鸾鸟[408]，舞丹穴之凤皇[409]。植华平于春圃[410]，丰朱草于中唐[411]。惠风广被，泽洎幽荒[412]。北燮丁令[413]，南谐越裳[414]。西包大秦[415]，东过乐浪[416]。重舌之人九译[417]，佥稽首而来王[418]。是以论其迁邑易京，则同规乎殷盘[419]。改奢即俭，则合美乎《斯干》[420]。登封降禅，则齐德乎黄轩[421]。为无为，事无事，永有民，以孔安[422]。遵节俭，尚素朴，思仲尼之克己[423]，履老氏之常足[424]。将使心不乱其所在，目不见其可欲。贱犀象，简珠玉，藏金于山，抵璧于谷[425]。翡翠不裂[426]，瑇瑁不蔟[427]。所贵惟贤，所宝惟谷。民去末而反本，咸怀忠而抱悫[428]。于斯之时，海内同悦，曰：吁，汉帝之德，侯其祎而[429]！盖蓂荚为难莳也[430]，故旷世而不觌[431]，惟我后能殖之[432]，以至和平，方将数诸朝阶[433]。然则道胡不怀[434]，化胡不柔。声与风翔，泽从云游。万物我赖[435]，亦又何求。德寓天覆，辉烈光烛。狭三王之趢趗[436]，轶五帝之长驱[437]。踵二皇之遐武[438]，谁谓驾迟而不能属？东京之懿未罄[439]，值余有犬马之疾[440]，不能究其精详，故粗为宾言其梗概如此。

若乃流遁忘反[441]，放心不觉，乐而无节，后离其戚[442]。一言几于丧国[443]，我未之学也。且夫挈瓶之智[444]，守不假器，况纂帝业而轻天位[445]。瞻仰二祖[446]，厥庸孔肆[447]。常翘翘以危惧，若乘奔而无辔。白龙鱼服[448],见困豫且。虽万乘之无惧[449],犹怵惕于一夫。终日不离其辎重[450],独微行其焉如[451]?

夫君人者,黈纩塞耳[452],车中不内顾。佩以制容[453],銮以节途。行不变玉,驾不乱步。却走马以粪车[454],何惜骒袅与飞兔[455]。方其用财取物,常畏生类之殄也[456]。赋政任役,常畏人力之尽也。取之以道,用之以时。山无槎枿[457],畋不麑胎[458],草木蕃庑,鸟兽阜滋。民忘其劳,乐输其财。百姓同于饶衍[459],上下共其雍熙[460]。洪恩素蓄,民心固结。执谊顾主,夫怀贞节[461]。忿奸慝之干命[462],怨皇统之见替[463]。玄谋设而阴行[464],合二九而成谲[465]。登圣皇于天阶[466],章汉祚之有秩。若此,故王业可乐焉。

今公子苟好勦民以媮乐[467],忘民怨之为仇也;好殚物以穷宠[468],忽下叛而生忧也[469]。夫水所以载舟,亦所以覆舟。坚冰作于履霜[470],寻木起于蘖栽[471]。

昧旦丕显[472],后世犹怠。况初制于甚泰[473],服者焉能改裁?故相如壮上林之观[474],扬雄骋羽猎之辞,虽系以"隤墙填堑"[475],乱以"收罝解罘"[476],卒无补于风规[477],衹以昭其愆尤[478]。臣济侈以陵君,忘经国之长基。故函谷击柝于东[479],西朝颠覆而莫持。凡人心是所学,体安所习。鲍肆不知其臭[480],玩其所以先入[481]。《咸池》不齐度于《䵷咬》[482],而众听惑疑。能不惑者,其唯子野乎[483]?

客既醉于大道,饱于文义,劝德畏戒,喜惧交争,罔然若酲[484],朝罢夕倦,夺气褫魄之为者[485],忘其所以为谈,失其所以为夸。良久乃言曰:鄙哉,予乎!习非而遂迷也。幸见指南于吾子。若仆所闻,华而不实。先生之言,信而有征。鄙夫寡识，而今而后，乃知大汉之德馨咸在于此[486]。昔常恨《三坟》《五典》既泯[487]，仰不睹炎帝帝魁之美[488]。得闻先生之余论，则大庭氏何以尚兹[489]。走虽不敏[490]，庶斯达矣[491]。

注释

〔1〕安处先生：假设的人名。安处先生听人介绍西京的豪华认为是违礼的，所以沉默不言。

〔2〕怃然：失意的样子。

〔3〕莧（xiàn 现）尔：微笑的样子。胡刻本作“莧”，依胡绍煐说改。

〔4〕末学：学无根本。　肤受：浅尝。

〔5〕由余：春秋时西戎贤臣。其先本为晋人，后流亡于戎。戎王派遣他观察秦国。秦缪公请他参观宫室、积聚。他不以为然，并进而说出西戎治理天下的办法。使缪公既佩服又畏惧。事见《史记·秦本纪》。　孤臣：孤陋之臣。　悝（kuī 亏）：嘲谑。　缪公：秦穆公。

〔6〕姬：周朝的姓。　末：指周幽王、厉王，周末世之王。

〔7〕宫邻：指周幽王近于宫室，惑于褒姒。

〔8〕金虎：指秦国。《淮南子·天文》：“西方，金也……其神为太白，其兽白虎。”秦在西方，故称白虎，又刘良注云：“小人在位，与君子为邻，坚若金，恶若虎。”

〔9〕嬴氏：指秦国，秦王嬴姓。　搏（fù 通傅）翼：添加羽翼。

〔10〕择肉：横行的意思。

〔11〕七雄：指战国时韩魏燕赵齐楚秦七国。　奢丽：奢侈华丽。

〔12〕章华、丛台：均为台名。

〔13〕觜（zuǐ 嘴）：鸟嘴，亦指人嘴。　距：鸡爪。

〔14〕擅场：以斗鸡为喻，战胜弱者，专擅一场。

〔15〕阿房、甘泉：宫名。　结：连接。　云阁：阁名。　南山：终南山，秦岭主峰之一。

〔16〕参夷之刑：灭三族的刑罚。

〔17〕薙（tì 剃）氏：主管山泽等地除草的官。　芟（shān 山）：除。

〔18〕蕴崇：积聚。

〔19〕慄慄(dié 碟):恐惧的样子。 黔首:百姓。黔,黑。

〔20〕跼:曲身、弯腰。 蹐(jí 急):小步行路。

〔21〕膺箓受图:指接受"天命"。 大号:号令。

〔22〕项军:指项羽的军队。 垓(gāi 该)下:地名。在今安徽灵璧县东南。汉刘邦围困项羽于此。

〔23〕绁(xiè 谢):捆绑。 子婴:秦始皇长子扶苏之子。赵高杀二世,立子婴,去帝号,称王六十四日,刘邦兵至霸上,子婴素车白马降于轵道。 轵:亭名在今陕西西安市东北。 因:仍。 据:就。 府:官府。库:仓库。

〔24〕作洛:指周公营建洛邑。 我:指汉高祖。

〔25〕西匠:指秦国旧工匠。

〔26〕玩:习惯于……。

〔27〕逾:越。 溢:过。 度:法度。 臧:完善。

〔28〕泰:过于奢华。 康:安。

〔29〕高:汉高祖。

〔30〕区夏:中国。区,区域。夏,华夏。

〔31〕文:汉文帝。 菲薄:俭约。文帝欲作露台,召匠计值,知需百金,便说:"我住先帝宫室常恐太豪华,怎能再建宫室?"

〔32〕武:汉武帝。 大启土宇:开拓边疆。汉武帝定越地为南海七郡,北置朔方等五郡,故曰"大启土宇"。

〔33〕纪禅:举行封禅典礼。 肃:敬。汉武帝登泰山祭天。

〔34〕宣:汉宣帝。

〔35〕呼韩:匈奴呼韩邪单于。曾表示臣服汉朝。

〔36〕纪宗存主:汉代尊文帝为太宗,武帝为世宗,宣帝为中宗。称"宗"的帝王,其神主长期保存。

〔37〕铭:勒。 彝器:宗庙常用的祭器的总称。

〔38〕纯:大。 懿:美。 爽德:过去。

〔39〕宜:义。 往初:指西汉。

〔40〕祇:应作"祗",只是。 知言:立言。

〔41〕合宫:黄帝的宫室。合宫与虞舜的总期,都是以茅草盖成的,很俭朴。

〔42〕总期:舜的宫室。

〔43〕夏癸:夏桀。 瑶台:夏桀的宫室。

〔44〕殷辛：商纣。 琼室：商纣的宫室。

〔45〕汤：商汤。 武：周武王。 革：革命。

〔46〕自寤：觉悟。

〔47〕隘害：险要的地形。

〔48〕谅：信。

〔49〕襟带：指地形险要可以固守。

〔50〕二关：指函谷关和武关。

〔51〕项：项羽。 沛：沛公，刘邦。当年汉高祖从武关进入咸阳，项羽从函谷关进入咸阳。

〔52〕九隩（ào 奥）：九州以内。隩，可居住人的地方。

〔53〕土圭：测量日影的仪器。

〔54〕洛：洛水，在今河南境内。 河：黄河。

〔55〕伊：伊水，流经今河南等省。 瀍（chán 蝉）：瀍水。源出河南洛阳市西北谷城山，南流经洛阳城东，入于洛水。

〔56〕九阿（ē 婀）：山阪名，在洛阳西。

〔57〕盟津：古代黄河渡口名，在洛阳北。

〔58〕太谷：山谷名，在洛阳南。

〔59〕伊阙：山名，在洛阳南，即春秋时周阙塞。

〔60〕轘（huán 环）辕：山阪名。在河南偃师县东南。山路险阻，凡十二曲，循环往还，故称轘辕。

〔61〕大室：即嵩山，在河南登封县北。

〔62〕揭：标识。 熊耳：熊耳山，在河南洛水与伊水之间。

〔63〕底柱：山名，即砥柱，亦名三门山，原在三门峡市东北的黄河中。河水至此分流，包山而过。今因修水库，此山已不见。

〔64〕镡（xín）：剑口，剑身与剑把之间的部分。 大岯（pí 皮）：一作"大伾"，山名，在河南浚县西南。

〔65〕温液：温泉流出的水。 汤泉：温泉。

〔66〕石缁（zī 资）：即缁石，一种黑石，因押韵而倒置。

〔67〕王鲔：鱼名。 岫：山洞。

〔68〕能鳖：传说中的一种三脚的鳖。一说"能"是一种似熊的兽。

〔69〕宓（fú 伏）妃：神女。伊水和洛水的水神。

〔70〕龙图:即河图。传说上古帝王受"天命"时所得。　羲:伏羲。

〔71〕龟书:即洛书。　畀:给予。　姒:指禹,禹姓姒。

〔72〕绳:指建筑的法度。

〔73〕苌弘、魏舒:都是春秋时人,曾一起主持扩建周的王城。苌弘,周大夫。魏舒,晋大夫。

〔74〕经:南北为经。　九轨:指大路宽度可容九辆车并列通行。

〔75〕雉:计算城墙的单位。长三丈,高一丈为一雉。

〔76〕筵:席,长九尺。　几:俎,又义为几案。

〔77〕京邑:大邑,指洛阳。

〔78〕巨:指王莽。王莽字巨君。　猾:狡猾。　间釁(xìn 信):找空子。釁,隙。

〔79〕窃弄神器:指王奔篡位。神器,原指天子玺符,引申为帝位。

〔80〕三六:十八年。

〔81〕蒸民:众民。

〔82〕世祖:东汉光武帝。

〔83〕白水:县名,汉代属南阳郡。光武兴起之地。

〔84〕参(shēn 申)墟:指河北,光武在这里打败王郎。

〔85〕钺:兵器名,象征权力。　四七:指辅助光武的二十八将。

〔86〕共(gōng 公)工:古代传说中的天神,与颛顼争为帝,有头触不周山的故事。此外比喻王莽。

〔87〕欃(chán 蝉)枪:彗星。　旬始:天上的妖气。

〔88〕区宇:天下。　乂(yì 义)宁:安宁。

〔89〕玄览:深刻的观察。

〔90〕曰止曰时:见《诗经·大雅·緜》:"曰止曰时,筑室于兹"。时,是。

〔91〕融:长。

〔92〕光:发扬。　武:武功。

〔93〕登岱勒封:上泰山举行祭天礼仪。岱,即泰山。

〔94〕黄:黄帝。

〔95〕显宗:汉明帝。

〔96〕六合:天下。四方加上下,共六方面。

〔97〕崇德、德阳:都是洛阳宫中殿名。

〔98〕闱(wéi 围):宫中的门。

〔99〕应门:王宫正门。　将将:严正的样子。

〔100〕崇贤:洛阳宫中东门名。

〔101〕金商:洛阳宫中西门名。

〔102〕云龙:德阳殿东门名。　春路:东方的路。

〔103〕神虎:德阳殿西门名。　秋方:西方。

〔104〕象魏之两观:宫门前的双阙,上古在其上悬法令示民。

〔105〕旌:表明。　六典:指太宰所掌建邦的六典。按《周礼》的说法,包括治、教、礼、政、刑、事六方面。

〔106〕含德:及以下章台、天禄、宣明、温饬、迎春、寿安、永宁都是殿名。

〔107〕飞阁:悬空的阁道。

〔108〕濯龙:池名。　芳林:苑名。

〔109〕九谷、八溪:均是养鱼池。

〔110〕芙蓉:荷花。

〔111〕渚:小洲。

〔112〕蠵(xī 西):一种大龟。

〔113〕幽流:在地下流通。

〔114〕鹎鶋(bēi jū 卑居):鸟名,乌鸦一类。

〔115〕鹘鸼(gǔ zhōu 古舟):似山鹊而小,短尾,青黑色,多声。又名鹛鸠、鹘鸠。一说即班鸠。

〔116〕鹍鸠:即雎鸠,水鸟。又名王鸠,俗名鱼鹰。　丽黄:即黄鹂。

〔117〕关关嘤嘤:形容鸟鸣声和谐。

〔118〕灵台:及下文鳐䲶、安福都是殿名。

〔119〕謻(yí 移)门:即宣阳门,门内有冰室。　榭:台上的屋子。

〔120〕城洫:城下水沟。

〔121〕钩盾:掌管苑囿的官吏。

〔122〕少华:指西园的小山。

〔123〕候:候楼,或称"堠楼",用以瞭望敌情。

〔124〕九龙:周朝宫殿名。门上有三铜柱,柱上有三龙相绕,故名九龙殿。

〔125〕我后:指东汉明帝。后,指君主。

〔126〕宴:安。　息:止。

〔127〕洪池：池名。　蘌（yǔ 雨）：鸟室。在池水上作室，可以栖鸟。

〔128〕澮澮：水流动的样子。

〔129〕阜：多。

〔130〕葭菼：芦荻。

〔131〕蜃（shèn 甚）：蛤蜊。

〔132〕蠯（pí 皮）：一种蚌。　菱：菱角。　芡：水生植物，又名鸡头。

〔133〕平乐：台观名。　都场：大场地。　示远：向远方人炫耀。

〔134〕龙雀：这里指铜铸的龙雀。龙雀是传说中的神鸟，即"飞廉"。据华峤《后汉书》记载，汉明帝至长安，迎取飞廉并铜马，置上西门平乐观。

〔135〕天马：指大铜马。天马是传说中的神马。　半汉：神武的样子。

〔136〕瑰异：奇异。　谲诡：怪诞，变幻。

〔137〕灿烂炳焕：洁白鲜明的样子。

〔138〕王度：先王的法度。

〔139〕经始：营筑宫室。　亟：急。

〔140〕不日：不用几日，形容快。

〔141〕唐虞：尧唐、虞舜。　茅茨：茅草盖屋。

〔142〕夏后：夏禹。　卑：低。

〔143〕三宫：指明堂、辟雍和灵台。

〔144〕复庙重屋：指明堂的栋梁屋椽和屋顶都有两重。

〔145〕八达：八个窗。

〔146〕规天矩地：指明堂上象征天，下象征地。

〔147〕授时顺乡：随着时节依次使用明堂中不同方向的屋子发布政令，乡，通"向"。

〔148〕造舟：用船造浮桥。

〔149〕辟雍：学宫。

〔150〕灵台：观察天象的台。

〔151〕简：选。

〔152〕冯（píng 平）相：掌天文的官。郑玄曰："冯，乘也；相，视也。"　祲（jìn 浸）：不祥之气。

〔153〕褫（sī 丝）：福。　禳：除。

〔154〕群后：指诸侯。　旁：四方。　戾：至。

〔155〕师师:相互以对方为师。

〔156〕胥洎:相连及。胥,相。洎,及。

〔157〕奉聘:指来朝见。

〔158〕要荒:边远地区。 质:送人质表示臣服。

〔159〕琛:珍宝。 贽:见面礼。

〔160〕觐(jìn 晋):朝见君主或朝拜圣地。

〔161〕数万以二:数万人列成两队。

〔162〕九宾:指公侯伯子男等九类官员。

〔163〕胪人:传令的人。

〔164〕崇牙:悬钟架子上的装饰。

〔165〕镛:大钟。

〔166〕郎将:侍卫官。

〔167〕戟:古兵器名,长杆头上附有月牙状的利刃。 鎩(shā 杀):古兵器名,长矛,即铍。

〔168〕龙辂(lù 路):帝王乘坐的马车。马八尺称"龙"。辂,车。

〔169〕夏正三朝:夏历正月元旦早晨。

〔170〕庭燎:庭中所设的大火把。 晢晢(zhé 折):光亮。

〔171〕伐:击。 灵鼓:六面鼓,

〔172〕八鄙:八方。 軯(pēng 烹)磕隐訇(hōng 烘):形容钟鼓声。

〔173〕警跸:天子出行时清道。

〔174〕雕辇:皇帝出行时乘的人力车。

〔175〕通天:冠名。

〔176〕纡:盘绕。 皇:大。 组:一种带子。

〔177〕要:通"腰",此处作"腰挂"解。 干将:宝剑名。传说春秋时吴人干将造宝剑一双,其中之一名"干将"。

〔178〕负:背向。 斧扆(yǐ 倚):有特殊花纹的一种屏风。

〔179〕次席:指竹席。 纷纯:用编织物做的边儿。

〔180〕百辟:王侯大臣。

〔181〕司仪:主管礼仪的官。

〔182〕奠:放置。

〔183〕三揖之礼:指天揖、地揖、时揖。拱手在胸上为天揖,在胸下为地揖,

向前推为时揖。《周礼·秋官·司仪》:"土揖庶姓,时揖异姓,天揖同姓。"

〔184〕穆穆:威仪很盛的样子。

〔185〕皇皇:庄重宏大的样子。

〔186〕济济:徐行而有节奏的样子。

〔187〕将将:容貌舒扬的样子。

〔188〕羡:引进。 卿士:最高级的官。

〔189〕除:台阶。

〔190〕万机:政事极为繁多。

〔191〕隐:痛苦。 眚(shěng省):病苦。

〔192〕隍:城墙下无水的坑。

〔193〕怠皇:懈怠空闲。

〔194〕京:大。 禁财:禁库的钱财。禁,藏。

〔195〕赉(lài赖):赐。 皇寮:百官。

〔196〕逮:及。 舆台:差役。

〔197〕膳夫:管膳食的官。 飨(xiǎng享):宴。

〔198〕饔(yōng拥)饩(xì细):生熟食物。 浃(jiā家):遍及。 家陪:王侯大臣的家臣。

〔199〕醇:味道很浓厚。

〔200〕燔炙:烤肉。 芬芬:香气很盛。

〔201〕具:通"俱"。

〔202〕千品万官:众多官员。

〔203〕踆(qūn逡):退。

〔204〕屡:数。 省:察。 懋:努力。 乾乾:努力不息的样子。

〔205〕清风:指皇帝对天下风化的影响,是溢美之词。 玄德:天德。

〔206〕淳化:使天下风气朴实忠厚,也是溢美之词。

〔207〕宪:取法。 先灵:古代圣贤,常指尧舜。 轨:迹。与先圣同轨迹。

〔208〕侧陋:没有地位的人。

〔209〕丘园之耿洁:指隐士。 旅:陈。

〔210〕束帛:古代招纳贤士用素帛作为聘礼。 戋戋:堆积的样子。

〔211〕式:语助词。 宴:安。 盘:乐。

〔212〕祀天郊,报地功:祭祀天地。

〔213〕上玄:天。

〔214〕禋祀:对天神的一种祭祀。

〔215〕允:诚信。

〔216〕珩(héng 横)紞(dǎn 胆)纮(hóng 红)綖(yán 延):都是冠冕上的装饰。

〔217〕笄:簪。　綦(qí 其)会:皮弁(一种帽子)上的装饰。

〔218〕火龙黼黻(fǔ fú 俯匐):指衣服上的花纹。　藻綷(lù 律):用来垫玉制礼器的东西。　鞶(pán 盘)厉:一种衣带。

〔219〕袷辂(jiá lù 夹路):皇帝出行时的副车。

〔220〕辰旒(liú 流)之太常:一种旗。辰,指日、月、星,画在旌旗上。旗上垂十二旒(旗上飘带),名为"太常"。

〔221〕焱悠:随风吹动的样子。　容裔(yì 意):动摇的样子。

〔222〕六玄虬(qiú 求):六匹黑马。古时天子出行驾六马。　奕奕:高大的样子。

〔223〕腾骧:马疾行。　沛艾:摇摆作姿的样子。

〔224〕輈(zhōu 舟):车辕。　轙(yǐ 乙):缰绳穿过的环。

〔225〕金錽镂钖(wàn lòu yáng 万漏羊):都是马头饰物。

〔226〕方釳(xì 细)、左纛(dào 盗):车辕饰物。

〔227〕钩膺:当胸马带。　玉瓖(xiāng 乡):马带上的玉饰。

〔228〕銮:车衡上的铃。　哕哕(huì 会):有节奏的车铃声。

〔229〕和:车轼上的铃。　鉠鉠(yāng 央):也是车铃发出的声音,但比较小。

〔230〕重轮贰辖,双重车毂和车键。

〔231〕疏毂:指刻有花纹的车毂。　飞軨:系在车轴头上的带子。

〔232〕羽盖:用翠绿色羽毛罩于车盖上,作为装饰。　威蕤(ruí绥):羽饰下垂的样子。

〔233〕葩瑵(pā zhǎo 啪爪)、曲茎:车上的伞盖的骨是曲的,骨端的瑵作花形。

〔234〕戈、戛:都是古代兵器名。戈,横刃长柄。戛,长矛。

〔235〕辂木:即木辂,因押韵两字相倒,皇帝"亲耕"时坐的车。

〔236〕九九:指八十一辆车。

〔237〕珶(fú 伏):车栏间藏物用的箱箧。　旃(zhān 沾):旗名。　朱旄(máo 毛):赤色的旄牛尾。　青屋:青色里子的车盖。

〔238〕鸾旗：天子车上的旗，赤色，编上羽毛，上绣鸾凤。这种旗载于车上，天子出行时，作为前导。　皮轩：虎皮车。　通帛：旗帜。载于天子车上作为前导。　綪旆（qiàn pèi 欠配）：旗帜。　云罕、九斿（liú 流）：都是旌旗的别名。九斿，赤色。　阘戟（xì jǐ 细己）：长戟。　轇輵（jiāo gé 交革）：参差不齐的样子。

〔239〕髶髦（èr máo 二毛）：披发前驱的骑兵。

〔240〕戴鶡（hé 合）：把鶡鸟尾插在冠上。

〔241〕驸：副马。　承华：皇帝的马厩名。　蒲梢：一种骏马。

〔242〕流苏：五种颜色的毛参杂在一起的马面饰物。　骚杀：下垂的样子。

〔243〕轻武：轻车、武车。　陈：陈列。

〔244〕严鼓：急击而发出的鼓声。　嘈囐（cáo zá 槽杂）：杂乱的鼓声。

〔245〕介：甲。　挥：通"徽"，扛在肩上的旗帜，如燕尾。

〔246〕钲：军中用的一种乐器。　黄钺：以黄金装饰成的斧钺。

〔247〕案列：定行列。

〔248〕天行星陈：以日月运行，星罗棋布比喻天子出行的景象。

〔249〕肃肃：恭敬庄重。　习习：行走的样子。

〔250〕隐隐：众多的样子。　辚辚：车声。

〔251〕旆（pèi 配）：指前驱的旗帜。　郊畛：郊界。

〔252〕夏后：指夏禹。

〔253〕孤竹：国名，产竹有名。

〔254〕云和：山名。盛产美木，用来制瑟，声音清亮。

〔255〕雷鼓：八面鼓。　鼝鼝（yuān 渊）：鼓声。

〔256〕六变：音乐一成为六变。相传每一变都有不同的神仙出现，一变川泽之神现，二变山林之神现，三变丘陵之神现，四变坟衍之神现，五变地神现，六变天神现。　冠华：舞人戴华冠。　秉翟（dí 狄）：舞人执野鸡尾。

〔257〕八佾（yì 逸）：古代天子专用的舞乐，有八列。佾，舞列。

〔258〕元祀（sì 似）：大的祭祀，指祭天地。　称：举行。

〔259〕群望：指山川之神的祭祀。

〔260〕槱（yǒu 有）燎：祭神时烧的柴火。槱，聚集（木柴以备燃烧）。

〔261〕太一：天神中最尊贵者。

〔262〕歆馨：接受祭祀。

〔263〕祚：指降福。　灵：明。　元：大。

〔264〕宗:尊。

〔265〕光武:指东汉光武帝。

〔266〕方位:四方。　则:法。

〔267〕五精:五方星的神,五方星即五帝的标识。　摧:至。

〔268〕赤氏:指传说中的五帝(苍帝、赤帝、黄帝、白帝、黑帝)之赤帝。

〔269〕四灵:指赤帝以外的其余四帝。　怀:安。

〔270〕蒸蒸之心:孝心。

〔271〕祧(tiāo 挑):远祖庙。

〔272〕蒸尝与禴(yuè 月)祠:四时之祭的名称。

〔273〕物牲:祭祀时用的牲畜。　辩:通"徧"、"遍"。　省:视。

〔274〕楅(bī 逼)衡:绑在牛角上的使它不能触人的横木。

〔275〕毛炰(páo 袍):一种烤肉的方法。　豚胉(tún pò 屯破):猪肋肉。

〔276〕涤濯(dí zhuó 敌浊):指洗祭器。　静:洁。　嘉:善。

〔277〕孔:甚。

〔278〕万舞:一种手执武器的舞蹈。　奕奕:舞蹈的形态。

〔279〕喤喤:鼓声。

〔280〕灵、皇:神名,指先帝的神灵。　考:父亲。

〔281〕穰穰:形容众多的样子。

〔282〕农祥晨正:预告农时的房星,立春之日早晨见于正中的位置。

〔283〕土膏脉起:指地气动。膏,土润。脉,理。

〔284〕銮辂:皇帝乘的车。　苍龙:青色马。

〔285〕介:指与皇帝同车的甲士。甲士与君主在一辆车上,君主居左,御手居中,甲士居右。　剡(yǎn 衍):锋利、锐利。　耜(sì 似):农具名。君主表面上劝农,暗中还以甲士保卫。

〔286〕三推:天子亲耕之礼。天子掌犁推行三周,以示劝农。　天田:指皇帝亲耕的田。

〔287〕帝籍、千亩:指皇帝亲耕的田。

〔288〕禘(dì 帝)郊:祭天。　粢(zī 兹)盛:祭祀的谷类。

〔289〕疆埸(yì 易):田界,在此指农田。

〔290〕懋(mào 贸):勉。　耔(zǐ 子):给作物培土。

〔291〕阳:暖和。阳春三月天子与诸侯合射于辟雍。

〔292〕合射:在一起射箭。　辟雍:学宫。据说古时阳春三月,天子与诸侯合射于学宫。

〔293〕业:悬钟架子上的一种设备。　虡(jù 巨):悬钟的架子。

〔294〕宫悬:四面悬乐器。　镛:大钟。

〔295〕鼖(fén 坟)鼓:指大鼓。《周礼·考工记》注:"大鼓谓之鼖。鼖鼓,长八尺。"　路鼗(táo 逃):一种小鼓,犹今之拨浪鼓。

〔296〕幢:盛多的样子。

〔297〕伯夷:尧舜时礼官。

〔298〕后夔(kuí 葵):尧舜时乐官。　工:奏乐的人。

〔299〕侯:箭靶。

〔300〕制:准度,摆正。《素问·六节藏象论》:"天度者所以制日月之行也。"　五正:指画有五种正色的侯。

〔301〕三乏:指三个御矢的器具,均是以革制成。乏,掩护报靶人的设备。　厞(fěi 匪):遮蔽。　司旌(jīng 经):用举旌的方法报靶的人。

〔302〕并夹:将靶上的箭钳取下来的工具。

〔303〕储:待。指张设于广大的庭院,等待君主降临。

〔304〕皇舆:天子用的车。　夙(sù 速):早。　輂(chái 柴):停车,指天子尚未乘坐。

〔305〕须:俟。　消:不见。　启明:启明星。

〔306〕扶桑:太阳升起的地方。

〔307〕鲸鱼:鲸鱼形的打钟槌。　铿:使钟发声。

〔308〕大丙:古代善驾车的人。　弭节:缓行。

〔309〕风后:黄帝的臣。

〔310〕摄提运衡:摄提星随着北斗星的柄(玉衡)转。皇帝的车上画着摄提星。

〔311〕王夏驺虞:都是乐曲名。　阕:曲终。

〔312〕决:射箭时戴在手指上的环。拾,套袖,革制。

〔313〕彀(gòu 够):张弓。

〔314〕达余萌:使余下的萌芽都能生长起来。古人认为天子的行为能影响自然界。达,生。

〔315〕涤:除去。　饕餮(tāo tiè 滔帖):指贪婪的人。

〔316〕衍:遍布。

〔317〕谊方:道义。　遐骛:往远处奔走。

〔318〕龙豮(dòu 豆):指二十八宿中的尾宿。日月会于龙豮指上古十月的天象。

〔319〕疢:病。

〔320〕息勤:使辛勤劳作的人休息。

〔321〕銮刀:柄端有小铃的刀。　袒割:天子袒衣,亲自切割牲口。为古代敬老养老之礼。

〔322〕觞(shāng 伤):盛有酒的器物。　豆:盛肉等食物的器物。

〔323〕三寿:三老。传说古代设三老五更之位,以养老人,汉代蔡邕说,三老为三人,五更为五人。

〔324〕偷:苟且,怠惰。

〔325〕嘉宾:指三老五更。

〔326〕布濩(hù 护):遍布。　天区:上下四方。

〔327〕三农:指春夏秋有农事的三季。

〔328〕西园:指洛阳城西的上林苑。

〔329〕虞人:主管山泽的官。

〔330〕先期戒事:指到了冬天,让吏役们准备好田猎的工具。

〔331〕鸠(jiū 究):聚。灵囿:指天子打猎的地方。

〔332〕小戎:指轻车。

〔333〕抚:抚御,指驾驭。　轻轩:也指轻车。

〔334〕中畋:一种田猎车。　牡(mǔ 母):指雄马。

〔335〕佶:壮健。　闲:熟练。

〔336〕牙旗:将军的旌旗。天子出行,建牙旗。因旗竿上有象牙饰物,所以称"牙旗"。

〔337〕上林:洛阳城西上林苑。　徒:众。　营:营域,宿营地。

〔338〕和:一作"叙"。军营的正门。　表:门表。

〔339〕司:掌管。　钲:古乐器名,形似钟而有长柄,用时口朝上,以槌敲击,行军时用以节止步伐。

〔340〕示戮斩牲:在士兵前斩杀牲畜示众,表示对不服众命令的人,同样处理。

〔341〕鞠:告。

〔342〕火列具举:一起举火,指焚草木田猎。

［343］鹅鹳、鱼丽：两种阵势的名称。

［344］箕张翼舒：形容阵形或如箕张口，或如鸟展两翼。

［345］轨尘掩远（háng 杭）：车轮扬起的尘土正好盖在车辙上。远，迹。

［346］匪：不。

［347］诡遇：田猎时驾车有一定规矩。据汉刘熙说横射叫“诡遇”。

［348］射不翦毛：田猎时驾车射鸟兽都按一定规矩。《诗传》毛苌说：“面伤不献，翦毛不献”，意思是射得不好的禽兽不能进献。

［349］六禽：雁、鹑、鹄、雉、鸠、鸽。　四膏：牛、羊、犬、鸡的脂膏。

［350］舆：众。

［351］三殴：古礼。有二说。一说三面驱禽，让开一面，以此表示对生物的爱惜。一说君主田猎一年不超过三次。

［352］罘（fú 浮）：网。　麟：大鹿。

［353］殚：尽。

［354］天乙：商汤。　弛罟（gǔ 古）：商汤曾让田猎者网开三面，不要捕尽鸟兽。因而后人说商汤的恩德达到禽兽身上。

［355］仪：则。　姬伯：周文王。

［356］失熊罴：文王姬伯猎于渭阳，没有获得野兽，但找到了贤臣姜太公。

［357］八寓：八方。

［358］薄狩于敖：见《诗经·小雅·车攻》，诗中记述周宣王在敖地狩猎事。璅（suǒ 所）璅：细小不足道。

［359］岐阳之蒐（sōu 搜）：指周成王在岐阳田猎之地。《左传·昭公四年》：“成有岐阳之蒐。”杜预注：“周成王归自奄，大蒐于岐山之阳。”岐阳，即今陕西岐山县治。

［360］大傩（nuó 挪）：年终驱鬼的一种仪式。

［361］厉：恶鬼。

［362］方相：驱鬼的人。

［363］觋（xí 席）：为人祷祝鬼神的男巫。　茢（liè 列）：苕帚。

［364］侲（zhèn 震）：指逐疫的童子。　万童：跳舞的童子。

［365］玄制：黑衣。指黑斗篷。

［366］弧：弓。　矢：箭。

［367］臬（niè 聂）：目标。

〔368〕刚瘅(dàn 但):指带来疾病祸殃的鬼。

〔369〕煌火:指驱疫的火把。

〔370〕四裔:四面边远之地。

〔371〕飞梁:天桥。

〔372〕捎:击。　魑魅:传说中的山神、鬼怪。

〔373〕斮(zhuó 浊):斩。　獝(xù 绪)狂:恶鬼名。

〔374〕蝼蛇(yí 移):李善注引《庄子》:"其大如毂,其长如辕,紫衣而朱冠也。"(今本《庄子·达生》作"委蛇")也是一种妖怪。

〔375〕脑:将其头陷进去,也是杀死的意思。　方良:草泽中的妖怪。

〔376〕耕父:游于山水中的神怪。

〔377〕女魃(bá 拔):鬼怪名。

〔378〕夔(kuí 葵):传说为木石妖怪,如龙有角,鳞甲放光,它一出现便会大旱。　魖(xū 虚):传说为使人耗财的鬼。　罔像:木石之怪。

〔379〕殪(yì 益):杀死。　野仲、游光:都是恶鬼名。兄弟八人,故下文称"八灵"。

〔380〕魃(qí 其):小儿鬼。蜮,即"魊",水中鬼怪,含沙射人。　毕方:老父鬼。

〔381〕度朔:神山名,上有桃树和捉鬼的神。　梗:作梗,犹言作祟害人。古人认为以桃木做人形,可避鬼。《战国策·齐三》:"今者臣来,过于淄上,有土偶人与桃梗相与语。"

〔382〕郁垒、神荼:传说为专门捉鬼的两个神,后人奉为门神。

〔383〕索苇:用以缚鬼的苇做绳索。

〔384〕区陬(zōu 邹):角落。

〔385〕京室:指京都。　密:静。

〔386〕韪:善。

〔387〕卜征:占卜出行是否吉祥。

〔388〕淑:善。

〔389〕乘舆:指皇帝。　岱岳:泰山。

〔390〕衡:衡器,如天平、称等。

〔391〕燠(yù 欲):暖。

〔392〕黜陟:黜退或升级。

〔393〕反旆(pèi 配):回还。

〔394〕阊(chāng 昌)风:秋风。　西遐(xiá 霞):远去西方(指长安)。

〔395〕高祖:汉高祖。

〔396〕蛰(zhé 哲):冬眠的虫。

〔397〕秋豫:指帝王秋天的出游。

〔398〕稌(tú 涂):稻。

〔399〕田畯:田官。主持农事的官吏。

〔400〕赉(lài 赖):赏赐。　九扈(hù 户):农官。

〔401〕旸(yáng 阳)谷:日出的地方。　玄圃:在西方的昆仑山。

〔402〕眇:远看。

〔403〕释:解脱。

〔404〕膺:受。　安悆(yù 预):安宁。

〔405〕瑞:吉兆。

〔406〕圉(yǔ 宇):本指养马的地方,此指豢养。　林氏之驺虞:传说的一种奇兽。《山海经·海内北经》:"林氏国有珍兽,大若虎,五采毕具,尾长于身,名曰驺吾,乘之日行千里。"

〔407〕扰:驯养。　泽马:神马。　腾黄:一名吉光。神马。

〔408〕女床:山名。相传在陕西华阴西六百里。《山海经》:"女床之山有鸟焉,其状如鹤,五色文,名曰鸾鸟,见即天下安宁。"

〔409〕丹穴:山名。《山海经·南山经》:"丹穴之山……有鸟焉,其状如鸡,五采而文,名曰凤凰。……是鸟也,饮食自然,自歌自舞,见则天下安宁。"

〔410〕华平:即花平。传说是表示吉祥的树木。天下太平,其花便呈现平正的样子;什么地方不太平,它便向那个方向倾斜。

〔411〕朱草:瑞草。《抱朴子·金丹篇》:朱草长三尺,枝叶皆赤,茎似珊瑚。中唐:中庭。

〔412〕洎(jì 既):到。

〔413〕燮(xiè 谢):和。　丁令:北边的种族。

〔414〕越裳:南边的种族。

〔415〕大秦:西方国名。

〔416〕乐浪:东北地名。

〔417〕重舌之人:翻译。　九译:经多次辗转翻译。

〔418〕佥(qiān 千):都。　来王:来朝见,表示臣服。

〔419〕殷盘:殷商君主盘庚王室衰乱,盘庚率众自奄(今山东曲阜)迁都于殷(今河南安阳)。使商复兴。

〔420〕斯干:《诗经·小雅》篇名。其中有“秩秩斯干“句。《传》:“干,涧也。”《笺》:“宣王之德,如涧水之源。”

〔421)黄轩:黄帝轩辕。

〔422〕孔:甚。

〔423〕仲尼:孔子。孔子说过:“克己复礼。”

〔424)老氏:老子。老子说过:“知足常足。”《老子》第三章:“不见可欲,使民心不乱。”

〔425〕扺(zhǐ 纸):一说当作“抵”,丢掉。

〔426〕翡翠:美玉。

〔427〕瑇瑁(dài mào 代冒):又作玳瑁,形状如龟的一种爬行动物,产于热带海中,甲壳可以做装饰品。　蔟:通“籍”,用鱼叉捕取。

〔428)悫(què 却):谨慎。

〔429〕俟:惟。虚词。　祎(yī 依):美。　而:语助词。

〔430〕蓂荚(míng jiá 明夹):传说中能报时的吉祥之草。君王圣明、天下太平时方生。生于阶下,月初一日生一荚,月半生十五荚,十六日开始每日落一荚,月末落尽。　莳(shì 是):栽培。

〔431〕觌(dí 敌):相见。

〔432〕后:指皇帝。

〔433〕数:指计算蓂荚的荚数以知时日。

〔434〕胡:何。　怀:来。

〔435〕我赖:依靠我。指万物皆依赖于帝王恩惠。我,我大汉皇帝。

〔436〕三王:夏禹、商汤和周朝文王、武王。　趢趗:(lù cù 录促):局面很小的样子。

〔437〕轶(yì 逸):超过。　五帝:传说中上古时五个皇帝:伏羲(太皞)神农(炎帝)、黄帝、尧、舜。其说不一,此据《周易》说。

〔438〕二皇:伏羲和神农。遐武:遥远的事迹。

〔439〕懿:美。　罄:尽。

〔440〕犬马之疾:谦辞。指自己身体有病。

〔441〕流遁:指沉迷于游乐之事。

〔442〕离:通"罹",遭受。

〔443〕一言:指《西京赋》中凭虚公子所说的只管目前享乐的话。《论语·子路》有"一言而丧邦"的话。

〔444〕挈瓶之智:见于《左传·昭公七年》:"虽有挈瓶之知,尚不假器,礼也。"人虽有垂瓶汲水的小智,也要保守之而不告诉别人。

〔445〕纂:继承。

〔446〕二祖:指汉高祖刘邦、世祖刘秀(即光武帝)。

〔447〕庸:功劳。　孔肆:非常大。

〔448〕白龙鱼服:见《说苑·正谏篇》:"吴王欲从民饮。伍子胥曰:"昔白龙下清泠之渊,化为鱼。渔者豫且射中其目。白龙不化,豫且不射。君今弃万乘之位,而从布衣之士饮酒,臣恐有豫且之患。"

〔449〕万乘:指帝王。　怵(chù 触)惕:恐惧警惕。

〔450〕不离其辎重:此句为老子《道德经》上的话,这里比喻帝王时刻要把权力握在手中。辎重,指军用物资。

〔451〕微行:帝王秘密出行民间。　如:往,去。

〔452〕黈纩(tǒu kuàng):皇帝冠冕上塞耳的棉球。垂于冠下两侧,车中不内顾,表示眼睛注意天下大事,不视臣下的私事。引申为不听信谗言。

〔453〕珮:身上的玉佩。　制容:节制步行时的容仪。

〔454〕粪车:指把战马用在农事上。

〔455〕騕褭(yǎo niǎo 咬鸟)、飞兔:都是骏马名。

〔456〕生类:天下万物,　殄(tiǎn 忝):灭。

〔457〕槎:斜砍的树茬。　枿(niè 聂):在树茬上长出来的枝条。

〔458〕畋不麇(yǎo 咬)胎:不伤野兽的幼子和胎儿。

〔459〕饶衍:富足。

〔460〕雍熙:和乐。

〔461〕夫:人人。

〔462〕奸慝(tè 特):奸诈、邪恶。　干命:干犯天命。

〔463〕皇统:指汉朝的帝位。　替:废。

〔464〕玄谋:阴谋。

〔465〕合二九:指王莽篡位共二十八年。

〔466〕圣皇:指汉光武。

〔467〕勦(jiǎo 狡):劳。　偷(tōu 偷)乐:苟且取乐。

〔468〕殚(dān 单):用尽。

〔469〕忽:忽略。

〔470〕履霜:语出《周易·坤》:“履霜坚冰至。”意思是在地上踩着霜,是天将寒冷结坚冰的征兆。

〔471〕寻木:大树。　蘖(niè 聂)栽:幼草。

〔472〕昧:早。　丕:大。　显:明。

〔473〕甚泰:过分奢华。

〔474〕相如:司马相如著有《上林赋》。

〔475〕陨堑(tuí qiàn 颓欠):指开放园地。《上林赋》结尾有“乃命有司,陨墙填堑,使山泽之人得至焉”的语句。

〔476〕收罝(jū 居)解罘(fú 浮):指行止田猎。《羽猎赋》结尾有“放雉兔,收罝罘”的语句。

〔477〕风规:讽刺、规劝。

〔478〕祇:本作“祗”,只。

〔479〕柝(tuò 唾):打更用的梆子。

〔480〕鲍肆:咸鱼铺。

〔481〕玩:习惯于。

〔482〕咸池:上古帝王的乐曲。　掘(wā 哇)咬:不合礼俗乐声。掘,通“蛙”。

〔483〕子野:即师旷。古代著名的乐师。

〔484〕罔然:恍惚的样子。　酲:醉后昏迷。

〔485〕褫(chǐ 齿):夺。

〔486〕馨(xīn 心):香气。

〔487〕三坟五典:相传为三皇五帝之书。　泯(mǐn 敏):灭绝。

〔488〕炎帝、帝魁:上古帝王名。

〔489〕大庭氏:传说中的上古国名。　尚兹:高于此。

〔490〕走:奴仆,用做自谦之词。

〔491〕庶:差不多。　达:了解。

今译

安处先生此刻似乎不会说话了，表现出一种失望的样子，沉默片刻，微笑着说：你讲的这番话都是些十分肤浅的见解，是重视道听途说，看轻切身体验。其实只凭心中所想而不能用礼义的标准加以审度，也必然会鄙薄现实而过分崇尚往古。春秋时期的由余作为西戎的一个孤陋的臣子，尚且知道嘲讽秦穆公修建宫室。您作为一位博雅好古的公子，本应温故知新，明断是非，却为何不明白这层事理呢？

周王朝的末代，出现了昏庸残暴的幽王和厉王。他们不用心治理天下，使得邪僻的风气日益增长。开始沉溺于女色，接着宠信小人，最后被西秦所灭亡。秦国渐渐强盛，如虎添翼，吞下周围侯国郡邑。此刻七雄并立争斗，纷纷建造豪华宫殿，相互攀比，看谁更奢侈华丽。楚国首先建造章华高台，赵国继而筑起阔气的丛台。秦王嬴政好似善斗的公鸡，利嘴长爪，独占角斗场地。他想独享富贵荣华，不让天下任何人超过自己。于是建阿房宫，修甘泉殿，连接高高的云阁，冠盖整个南山，屹立于天地。他征尽天下税收，耗竭所有人力，还收取过半赋税，并采用灭夷三族的酷刑加以威逼。他对待平民百姓，好似掌管山泽的小吏芟除野草，将它堆积一起，又一把火烧掉。小心翼翼的平民百姓，尽管天高地广，却没有挺胸阔步的自由，还时时刻刻提防被杀头。驱赶他们担负沉重的劳役，只把他们看做马牛一般的苦力。百姓已无法忍耐，因此在大汉天下才有息肩之快，真心实意拥戴汉高帝。

高祖承受上天的使命，按着天意进行诛伐。他举着赤色的旗帜，发出威严的号令，攻击的必然让它灭亡，保护的一定使它更加坚固。在垓下扫荡项羽承继的残军，在轵亭道旁降服秦王子婴。汉初，秦国宫室，占据那时官府仓库，至于建设东都洛阳，我大汉还无暇顾及。西秦工匠营造宫室，他们熟悉的是阿房宫式的豪华，所以咸阳的宫阙都超过规模不合法度，不合礼义。虽然高祖对旧宫庭体制一减再减，总还是超过周朝庙堂的规格。旁观者以为狭小而简陋，高祖仍嫌过于奢华而不安居。

想我高祖皇帝，接受天意缔造国家，统一整个华夏；文帝俭约勤勉，升平景象遍及天下；武帝致力于开辟疆域，封禅泰山，把武功向后世矜夸；宣帝对戎狄恩威并用，呼韩单于献宝贡纳。高文武宣四代帝王连续称宗，神主永远享用庙祀。功勋铭刻在彝器之上，世代愈久，愈放光芒。公子今日不顾四朝皇帝纯正的美德，抓住他们小小的过失，便大发议论，把《春秋》所忌讳的事情作为美谈。正确的态度是不否定历史，而您对古人却是蔽善扬恶，这正说明您根本不懂得怎样立言。

如果一定以豪奢为善美，那么黄帝的合宫、虞舜的总期，就不如夏桀的瑶台、商纣的琼室。那么商汤周武又为何要革命而动用武力？何不看看东京的形势，心里有所觉悟呢！天子能够实行仁义，便可以巡狩于四海之外。守住君位，靠的是实行仁义，而不是险关要隘。如果民心不服，便谈不上什么“岩险周固，襟带易守”。秦国依靠着函谷关和武关的险阻，最后还是让刘邦、项羽打了进来。当初那秦国所建的西京，偏据一方，规模狭小，哪里比得上东京位居中原，可以图谋天下一统四海。

昔日周成王经营洛邑，巡视九州，无地不去察看。他用土圭测定日影，此处正是天下的中心，不缩不盈。四时风雨交会于此，于是决定在此建立王城。他审察了地形曲直高低，发现这里面向洛水，背靠黄河，左有伊水，右有瀍河，西有九阿阪，东有旋门坡，盟津居处其后，太谷通达于前。弯曲的大道到达伊阙山，横斜的小径通向轘辕坂。嵩高的太室山，可以成为一国之重镇，外面又围上了熊耳山。黄河中的底柱山遏止住水流，大坯山正如一把宝剑横插其间。这里有温池的热泉，黑丹缁石，王鲔居于岩洞间，能鳖长着三只脚。神女宓妃居住于此，建都，可传七百年。龙马负图送伏羲，神龟驮书交夏禹。召公相看建城地，只有洛邑最吉祥。周公来到初建地，以绳量度也说最合礼制，苌弘魏舒扩建成一座宽阔极至的王城。南北大路可以并行九车，城角长宽各有九雉。度量明堂用九尺竹席，度量宫室用七尺几俎。广大的城邑，雄壮威严，天下四方都加注目。汉初未曾以此为都，宗庙法统几乎中途断绝。奸滑的王莽乘隙而入，窃取了帝位，前后经历十八年，苟安于天位。百姓不敢有反抗之心，因为他窃取的威权确实太大。

世祖光武忿然而起，正是神龙穿过白水，凤凰飞越参墟。将斧钺授予二十八将，共工之类的凶顽才被铲除。灾星妖气都被扫荡，群凶全被翦灭。天下太平，阴阳协调，天子应在天地正中居住。经过明哲深邃的观察，决定在洛阳城建立首都。在吉祥的城中定都，王朝定会有光明而长久的前途。既能平定各地叛乱；又可使仁义道德四海流布。登上泰山，封禅勒碑，可与黄帝的尊号比高低。

待到君位传到明帝，天下四方更加兴旺，从此走上鼎盛时期。于是翻修崇德殿，新建德阳宫。打开南端的正门，新立的中门堂堂正正。天子的仁惠昭示在东端的崇贤门，君王的德义充盈于西端的金商门。云龙门飞架在通向东方的道路上，神虎门把守在西方。宫门前巍然立起双阙，将六章法典悬示在两观上。宫墙之内宫殿林立，有含德章台，天禄宣明，温饰迎春，寿安永宁八座宫殿。阁道架设半空中，君王往来如神行，谁也难见他的身影。濯龙池在芳林苑，九谷八溪点缀园中美景。芙蓉覆盖碧水，秋兰铺满了池周围。小溪里鱼儿在翻跳，深渊中漫游着鳖和龟。永安是座秀美的离宫，修长的竹林冬季显得更青翠。泉水洑流，清幽洁静。秋天鹎鶋栖居，春日鹘鸼和鸣。鴡鸠丽黄，发出关关嘤嘤的叫声。座落在南面的有前殿灵台，以及和欢宫安福殿，谻门之内设有冰室，曲折回环的水榭，环绕着四周的城池。奇异的树，珍美的果，全由小吏钩盾管理。西登少华山，凉亭候楼已经翻修整饬。打开庄严的九龙门，迎面有嘉德殿巍然屹立。西南的门户不雕不刻，正体现古朴的礼制。我朝明帝崇尚节俭，就在这里安居止息。城东洪池上筑鸟室，渌水澹澹，清沏见底。水禽在园内繁衍，芦荻长得如此茂密。进献上龟虾鱼鳖，供奉出蛤蚌鸡头菱芰。西边有宽阔的平乐台，展示出来自远方的奇观。铜铸神鸟要飞翔，铜马似乎在奔驰。奇光异彩，灿烂辉煌。豪华而不侈靡，俭约而不粗陋。规矩悉遵先王法度，行动尽合礼义要求。众人在此观赏典礼，礼法具备礼义皆周全。开始营建宫室，不忙不急，未定期限，很快建成。如此尚以为营造者实在劳苦，居住者过于安逸。仰慕尧舜的茅棚草屋，思念着夏禹低矮的陋室。于是营建明堂辟雍灵台三宫，施以教化，颁布常典。庙宇宫室，重檐叠梁，明堂九房，每房八窗，上圆似天，下方仿地。随着四时季节，发布历法政令。清水池上，船造浮桥，碧水缓缓而流。左边是教授弟子的辟雍，右边立着观察天象的灵台。鼓励年轻有为的后生，屏退年迈衰朽的老者，奖励贤德，选拔人才。天官察出不祥的征兆及时预防，祈求福禄，消除祸灾。正值元月元旦，公卿纷纷前来。百官相互敬重，一起向君主朝拜。四方藩国携带礼品前来觐见，远地的领主带着人质表示臣服。他们自称是陛下的臣子，进献宝物，捧持着珍珠。入见者多至数万，分成两排列在阙下。赞礼之官排成行，鸿胪将羌胡之人列成一伍。钟架上崇牙已经张设，殿堂上摆好了洪钟巨鼓。侍卫郎将士夹阶而立，虎贲之士将兵器交加，车轿占满了庭院，高高的旌旗将云气轻拂。

夏历正月元旦晨，庭中火把白光闪烁。撞起洪钟，擂起大鼓。轰轰咚咚，声震八方。如同滚滚的霹雳，好像呼啸的疾风。道路已经清理，皇帝在东厢步下御辇。君主戴着通天冠，佩着天子玉玺，身上垂下宽大的绶带，腰中挂着干将铸就的宝剑。背靠着黑白相间的屏风，落坐在名贵考究的竹席上。左右陈设着玉制的几案，天子面南听取大臣恭敬拜见。此后诸侯步入朝廷，司仪为他们分列等级。按照尊卑的身份分班站立，璧玉羔羊皮帛已摆放妥当，天子上前作三揖之礼。多么肃穆，多么堂皇，多么众多，多么盛大，实在是天下之壮观。引导公侯卿士从东阶徐徐走进，天子向臣僚询问天下大事，商讨朝政得失。诚心体恤百姓痛苦，解除他们的灾难。一个人百姓若得不到适当安置，便如同自己把他们推到沟壑里。肩负着天下的重任，怎敢稍微懈怠，贪图安逸。一旦饥荒来到，便要开启粮仓，发放库藏，恩赐百官，施惠到下层差役。命令膳夫大张宴席，将各种生熟食品送到公卿大夫家里。春酒醇美，烤肉喷香。君臣欢乐，上下融和。千品万官，均已完成例行公事。规劝他们经常省察自身，勉励各级官吏奋进不已。皇帝倡导的清惠之风已与天德相合，风俗的淳厚与教化完全一致。取法于古代圣王，同他们走一条路，每行一事必须三思。从寻常人家选拔人才，广开言路，招纳贤士。请出丘园中的隐居者，赠送的礼品有如山积。君臣上下实情通达，相安无事，融和安逸。

等到上祭天德，下报地功，向上天祈求赐福的时刻，思念如何尽其忠敬。肃然的仪式一一做到，恭谨的礼节已经完成。敬献忠心，祭祀天神，名实相符。于是天帝之子整理祭服，端正冠冕衣带。冠上缀满华丽的饰物，衣服上绣着彩色花纹，穿着绣有各种花纹的礼服，系着饰有玉佩的革带。天子的副车竖着高高的伞盖，插着翠绿的羽毛指向云层。树起绘有日月星的太常旗，十二条飘带迎着和风轻轻飘动。六匹黑马雄壮威武，步子堂堂奔向前程。车上马上饰物华贵，铃銮奏出了悦耳的音声。双重车毂和车键，雕镂着奇异的花纹。羽盖葳蕤，伞把曲折，装饰着雕花之玉。随着季节变幻更替车服，旌旂饰有龙纹，马具缀着华贵的饰缨。

立着戈，插着戛，皇帝乘坐农舆木辂来到农田亲耕。随同车驾八十一辆，车马并行如同出征。弓弩藏于车中箱箧，旃旗林立，用朱色的旄牛尾做旗饰，以青色绢帛为伞盖衬里。引道车排列已定，先行车这才出发。树起鸾旗的虎皮车做先导，通帛缟斾之旗迎风飘荡，云罕九斿之旗高高举起，各种剑戟参差林立。披发的武士做前驱，头上戴着鹖鸟毛羽头盔的兵士守卫。乘着皇厩里豢养的骏马蒲梢，骏马身上饰物飞扬飘荡。轻车武车殿于后，急击战鼓咚咚响，战士穿甲扛旗，携带金钲，举起斧钺，肃清道路，安排行列。战士庄严肃穆，兵车辚辚作响。后车还未走出城阙，前导已经曲折地到达郊外。

崇敬夏禹的美政，奉祀神明请求赐福。孤竹国的良竹制成箫，云和山的美木做出瑟，八面鼓敲得震天响，乐奏六变群神相继出现。舞者头戴建华冠，手持野鸡尾，列成八行队伍，表演古代天子乐舞。祭祀天地的大典已经举行，群神依次受到祭祀。祭祀的烟云飘向太空，一直达到最威严的天府。神明享用纯洁的礼品，才将最大的幸福赐给人间贤明之主。明堂里尊祭天帝，光武帝也列入作为匹配。辨别天下四方正中而定法则，五帝会集来到明堂。尊奉赤帝的荣光，四灵同时感到喜悦愉快。天有春夏秋冬不同的节气，岁月总是四季不断交替。恭敬祖先有真诚的孝心，见到田里丰收便思念新年祭祀。天子亲到宗庙追念祖先养育之恩，按季节不同分别祭祀。仔细检验祭祀用的牲畜，将福衡紧紧地拴在牛角。采用毛炰法烤炙小猪，加上羹汤更鲜美无比。祭器要洗涤洁净，礼仪要处处明确步步有条理。手持兵器表演万舞多么雄壮，钟声鼓声震天动地。先帝之灵顾悯子孙，来到人间享用祭祀。神仙既已满意而沉醉，降下的福禄多得无法比拟。

待到房星见于正中位置，也就是地气浮动可以耕作之时。皇皇天子乘坐銮舆，驾起了苍龙骏马，将锋利的农具放在车右和御者之间。来到天田举行亲耕之礼，是为了 祭天和祭祖时献上丰盛的谷物，心中想到更要勤俭克己。万民在农田中得到鼓励，表示更加勤勉地为天子效力。

春日里，暖洋洋，天子与诸侯在学宫举行大射之礼，设置钟架，四面悬起大钟。大鼓小鼓齐震响，鼓架上插着羽毛为装饰。礼物齐备，礼品件件都有装饰。伯夷站立做司仪，后夔跪坐为乐工。张设巨大的箭靶，将靶心制成五色。陈设皮革的屏障，作为报靶的掩体。

钳取箭矢的并夹已经放好，在广大的庭院里等待天子。皇舆清晨起驾，车辇早已停于东阶。待到启明消失，朝霞散去，太阳从东方升起，天子登上玉辂，乘上六马皇舆。操起鲸鱼槌，敲响大华钟。车夫大丙驾车缓缓行进，守护的臣子陪伴在一起。车上饰着摄提星随着北斗柄转动，徐徐来到举行射礼的学宫。礼仪开始进行，乐器按规矩摆好。《王夏》之曲刚结束，《驺虞》之歌又奏起。决拾既已戴好，拉满雕弓准备射靶。萌芽复生在暮春时，天子的诚心感化了万物。振兴射礼，既可以进用明德之士，又能够涤除贪婪好财之徒。仁德流布于四方，道义传遍到各地。

十月初一，日月会合于龙虢星座，抚恤百姓的辛劳。一年忙完总要养息，以饮春酒而助欢乐之情。天子亲操銮刀袒臂宰割，捧起酒杯敬献国之三老五更。至尊而谦恭的天子，屈身迎送三老五更。恭敬而庄重的威仪，在百姓面前一丝不苟。拥有众多真诚的嘉宾，相会一处总是乐融融。天子的教化传遍各地，充斥着上下四方。

文德得到表现，武功得到发扬。农事空闲的冬季，练兵扬威于中原。岁月到了仲冬，检阅兵马到达西园。虞人掌管着山泽，告诫群吏及时修缮猎具。将禽兽驱赶在一处，然后牧放到灵囿里。野兽三五成群走到一起，打猎的器具件件修理完毕。驾驭着疾飞的小戎车，抚御着轻便的打猎车，在猎场上纵横奔驰。调理好驾车的四匹雄马，使得它们壮健而娴熟。戈矛多得如树林，军旗飘扬遮天日。到达上林苑，建造临时宿营地。虞人安排军营门表，司铎掌管鼓乐礼仪。行止进退，击钟鼓为节奏。军前反复申明律令，宰杀牲畜向不服从军令者昭示。列好阵容，遍告军旅，教令传达，禁令已立。举起成列的火把，武士星罗棋布。鹅鹳阵，鱼丽阵，如同簸箕张大口，如同飞鸟展双翼。车轮卷起尘埃，掩盖车辙。马儿奔驰，不快不慢。乘马而不横射，射中而不伤毛。进献上六种飞禽，按节令供应牛羊犬鸡。骑兵不疲倦，车卒未劳苦。田猎完成三驱之礼，撤掉罗网放掉祥瑞之兽。崇尚节俭不欢乐无度，爱惜财物用以昭示仁义。仰慕商汤仁及禽兽,教导祭礼官网开三面;敬佩周文王来到渭水,未猎到鸟兽,却得到了贤臣。圣王恩德泽及昆虫,贤君的威望感动八方。爱好娱乐而不荒淫,功德与文王武王等同。忆昔周宣王狩礼在敖地,鄙陋狭小哪能同这里相比。周成王狩礼的岐阳,也难以和现在相匹敌。

年终举行大傩,驱除各种恶鬼。方相手持斧钺,巫觋操起笤帚。侲子万童,戴着红色头巾,身上穿着黑斗篷。桃弓棘箭,向四面八方射起。如同飞砾雨点散落,恶鬼瘟神都被击毙。驱疫的火把奔驰如同流星飞过,妖魔全被驱赶到四海之外。然后还要飞越天池,跨过天桥,追击魑魅,砍杀獝狂,斩掉蝼蛇,弄死方良,将耕父囚禁在深渊清冷水中,把女魃沉到神潢水里。残杀夔魖罔象,殪刃野仲,歼灭游光。八种灵怪都为之震慑,何况那小儿鬼老父鬼,更让它们坐立不宁意乱心慌。度朔山上有众多鬼怪作祟害人,在此有郁垒神荼把守。二神手里拿着缚鬼的绳索,眼睛细心观察各个角落,要将那漏网的鬼怪全部捉走。高屋巨厦一片寂静,再也没有害人的恶魔厉鬼。

阴阳相配融合,万物以时令得到养育。占卜出行是否吉祥,最终还是善有善报。天子巡幸泰山,到田野里劝勉农事。统一度量衡车轨,使天下之人贫富苦乐得以做到均衡。审察昏庸与明智分别予以黜降提升,反复审核,做到公平。远望先帝旧都城,怀念古人长叹息。待到秋风从西方吹来,怀着虔诚之心奉祀高祖。仲春时节万物复萌,蛰虫纷纷爬出屋外。看庄稼长势可知年底收成,见稻麦生长繁茂想见丰收在望。嘉奖田畯切勿松懈,赏赐农官爱护农夫。向左望着日出的旸谷,向右看到日落的玄圃。想象着遥远的未来,制定了万世沿用的法度。

天子巡幸回到朝廷,解除疲劳,享受安宁。总汇了神灵的符命,聚集着天赐的吉祥。豢养着林氏山的义兽驺虞,驾驭着泽马腾黄。鸾鸟在女床山上鸣叫,凤凰到丹穴岭起舞。在春圃种植瑞木华平,在中庭使朱草丰茂。仁爱之风吹遍各地,恩德之泉流向边陲。在北方同丁令国友善,在南方与越裳人和睦。西方包容大秦国,东方超过乐浪郡。语言不通,辗转翻译,各地君主纷纷前来朝服。说起迁移京城之事,应与殷王盘庚同法度。改革奢靡提倡节俭,就与周宣王缩减宫室的美德正相合。上登泰山而祭天,下至梁父而祭地,功德与黄帝相同。以无为为功,以无事为业,永远获得民心,而享有安宁。尊重节俭,崇尚素朴。想仲尼克己复礼,学老子知足常乐。若想不乱其心志,不闻淫声,不见美色。将犀角象牙看得很轻贱,把珍珠宝玉看得分文不值。将黄金藏到深山,把璧玉埋入峡谷。不损害翡翠鸟的羽毛作装饰,不猎取瑇瑁甲以为玩物。看重的是教化百姓的贤德,宝贵的是养育万民的五谷。百姓若去末返本,定会心怀忠信,小心谨慎。此时此刻,天下和乐,同声欢呼:“啊,大汉帝国的仁德,真是美得很!”蓂荚草可以用来报时,然而已有多年未见到。当今的皇帝却能使它繁殖,让它生长在宫殿的台阶上,用它来辨别月份的大小。既然如此,王道怎能不使人归服?教化怎能不使人和顺?仁声随风而远行,恩泽从云而传播。万物依赖皇帝的恩惠,又有什么要求?帝王恩德如苍天覆地,如火光放射辉煌光焰。三王仁德的影响显得狭小,五帝的声誉也被远远超过。追忆二皇遥远的事迹,谁说今日圣驾比不上过去?东京的盛美未能说尽,因我身患疾病而不能详加描述,只好粗略地向宾客讲个大概。

至于说沉迷于游乐,放纵个人欲望毫不节制,今后必将遇到灾祸。有人主张今朝有酒今朝醉,这句话是足以使国家灭亡,这是我决不敢苟同的。人有提瓶打水小本领,还要保守不轻易示人,何况关系继承帝王大业,怎么可以轻易让人知道底细?仰望我汉朝高祖世祖皇帝,功劳可与天比高,却总是小心翼翼,总像乘坐奔驰的马车而没有加上辔头一样。过去传说白龙化成游鱼,所以被豫且射中眼睛。万乘之君本是无所畏惧,但还要警惕一夫作难。整日不离车驾,独自微行,经常外出,如何保证安全?

作为统治天下的君主，黈纩垂于耳畔，以示不听谗言，车中不内顾，以示不纠缠臣下私事，身上带着佩玉，用以节制步行容仪，车上装着銮铃，使得车马跑得有节奏。行走不能改变佩玉的节奏，驾车不要使步伐混乱。把战马用在耕田运粪的农事上，即使是騕褭飞兔一类的良马也在所不惜。将要用财取物的时候，常考虑会不会使各种生物灭绝；收取赋税，征发民夫的时候，常常考虑会不会把百姓的力量用尽。所以古代圣王总是取之以道，用之以时。在山上伐木，不能连根带梢全砍掉；在陆地打猎，不能射死幼小或怀胎的禽兽。这样草木才能茂盛，鸟兽才能繁殖。百姓忘记劳苦，就能高兴地把财物供奉给官府。朝廷与百姓共同富庶起来，才能上下融和，欢欢乐乐。君主不断施以恩惠，民心才能始终如一，忠于汉室，感激明君，怀抱忠贞节义的志向。他们忿恨奸人干犯天命，痛惜汉家皇统被改变。王莽靠阴谋篡夺了皇权，统治天下总共十八年。圣明的光武帝，登上君主的宝座，使汉家的君位得以继承和发展。既然如此，王朝大业便很有希望。

现在如果公子主张刮尽民财，恣意挥霍，就是忘记百姓会由怨气变成仇恨，把自己当成仇人。喜欢穷奢极欲，骄逸淫乐，就是忘记下属会背叛，最后酿成变故。水可以把船托起，也可以把船吞没。坚冰是从脚下的初霜累积起来的，高大的树木是从幼苗生长起来的。即使开国的祖先十分辛劳，后世子孙也会懈怠，何况最初订立的制度往往失之过宽，后世更会大肆铺张。衣服如果做成，改裁起来又谈何容易。所以司马相如述说了上林苑之观，扬雄用华丽的词藻写出羽猎之赋。二赋虽在末尾写了“隤墙填堑”“收罝解罘”之类的话，但对于世上风化的改变，却并无裨益，反而遭到一些人的怨恨。作为臣子如果奢靡过度，威势超出人君，就会忘记经国济世的根本大计。那么东边在函谷关开始报警，西边的朝廷便有被颠覆的可能。人的本性在于模仿，身体的特点在于适于习俗。在咸鱼铺子呆久了，会嗅不出鱼的腥臭，人类总是习惯于久居的环境。上古帝王的雅乐《咸池》与民间俗声《哇咬》音律有所不同，而众人对高雅之曲总要持怀疑态度。也许有不疑惑的人，那大概只有乐师师旷一类人。

客人听完这番话，如同沉醉于大道理，饱尝了文教之义，受到文德的勉励，敬畏他的教诲，既高兴，又畏惧，茫茫然如同喝醉了酒，又好似被夺走精气，摄走魂魄，忘记还要说什么话，再也不敢随意夸饰，停了好久才说道："我这个人多么浅薄呀。习惯于非礼风俗，所以受到这般迷惑，今日非常荣幸，得到您的指教。我过去听到见到的，都是些华而不实的东西。而先生的话却实实在在，有根有据。我确实庸俗浅陋，今日方知大汉的神德尽在这里。过去人们都认为《三坟》《五典》已经泯灭，无法得知炎帝帝魁的美德，实在遗憾。如今听了先生这番高论，那么大庭国也算不得高明。我虽然愚笨，现在几乎全明白了。"

（陈宏天　吕桂珍译注　陈复兴修订　陈延嘉再修订）

南都赋一首

张平子

题解

南都，即南阳。李善注："南阳郡治宛，在京（指东汉京都洛阳）之南，故曰南都。"南阳自古以来就是南北交通要道和兵家必争的战略要地。可谓地灵人杰。光武帝刘秀就是南阳一带的人。他是汉高祖刘邦的九世玄孙。王莽篡汉，立国号为新。公元二十二年，刘秀与李通、李轶等人起兵南阳，次年在宛县东北的昆阳，以八九千人击败王莽四十万大军，取得决定性胜利。继而推翻新莽王朝，建立东汉，刘秀做了皇帝，即光武帝。帮助刘秀复兴汉室的二十八位功臣（即民间传说的二十八宿），就有八人出生在南阳一带。刘秀称帝后，置南阳为别都，并在那里建立了宗庙。

《南都赋》大肆铺陈，极力描写南阳自然地理与人文地理的重要，是南都地灵人杰的颂辞，光武丰功伟业的赞歌。它把现实描写、历史追溯与神话穿插结合起来，铺排而不显累赘，着实而略带飘忽，四六排联，骈散相间，一气呵成，势如贯珠，在汉代铺排大赋中，是颇有生气的佳作。

李周翰说："南都在南阳光武旧里，以置都焉。桓帝议欲废之，故衡作是赋，盛称此都是光武所起处，又有上代宗庙，以讽之。"此说非是。据《后汉书·张衡传》记载，张衡卒于永和四年，系顺帝之时，不可能在桓帝时作《南都赋》。高步瀛在《文选李注义疏》中已明确指出了这一点。

原文

於显乐都[1]，既丽且康[2]。陪京之南[3]，居汉之阳[4]。割周楚之丰壤[5]，跨荆豫而为疆[6]。体爽垲以闲敞[7]，纷郁郁其难详[8]。

尔其地势则武阙关其西[9]，桐栢揭其东[10]。流沧浪而为隍[11]，廓方城而为墉[12]。汤谷涌其后[13]，淯水荡其胸[14]。推淮引湍[15]，三方是通[16]。

其宝利珍怪[17]，则金彩玉璞，随珠夜光[18]，铜锡铅错[19]，赭垩流黄[20]，绿碧紫英[21]，青臒丹粟[22]，太一余粮[23]，中黄瑴玉[24]。松子神陂[25]，赤灵解角[26]。耕父扬光于清泠之渊[27]，游女弄珠于汉皋之曲[28]。

其山则崆岘嶱嵑[29]，嵣㟐嶚刺[30]，岝崿嵬嵬[31]，嶮巇屹𡾲[32]。幽谷嶜岑[33]，夏含霜雪。或岩嶙而缅连[34]，或豁尔而中绝[35]。鞠巍巍其隐天[36]，俯而观乎云霓[37]。若夫天封大狐[38]，列仙之陬[39]，上平衍而旷荡[40]，下蒙笼而崎岖[41]，坂坻巀嶭而成甗[42]，溪壑错缪而盘纡[43]。芝房菌蠢生其隈[44]，玉膏滵溢流其隅[45]。昆仑无以奓，阆风不能逾[46]。

其木则柽松楔㮨[47]，槾栢杻橿[48]，枫柙栌枥[49]，帝女之桑[50]，楈枒栟榈[51]，柍柘檍檀[52]，结根竦本[53]，垂条婵媛[54]。布绿叶之萋萋[55]，敷华蕊之蓑蓑[56]，玄云合而重阴，谷风起而增哀。攒立丛骈[57]，青冥盰瞑[58]。杳蔼蓊郁于谷底[59]，森蓴蓴而刺天[60]。虎豹黄熊游其下，瑴玃猱狿戏其巅[61]。鸾鷟鹓鸰翔其上[62]，腾猿飞蠝栖其间[63]。其竹则䉢笼篁篾[64]，篆簳箛箠[65]，缘延坻阪[66]，澶漫陆离[67]，阿那蓊茸[68]，风靡云披[69]。

尔其川渎，则滢澧瀿潀[70]，发源岩穴[71]，潜匽洞出[72]，没滑瀎潏[73]。布濩漫汗[74]，漭沆洋溢[75]。总括趋歙[76]，箭驰风疾。流湍投濈[77]，砏汃輣轧[78]。长输远逝，漻泪淢汩[79]。其水虫则有蠳龟鸣蛇[80]，潜龙伏螭[81]，鱏鳠鲷鳙[82]，鼋鼍鲛鲬[83]。巨蜯函珠[84]，驳瑕委蛇[85]。于其陂泽[86]，则有钳卢玉池[87]，赭阳东陂[88]。贮水停洿[89]，亘望无涯[90]。其草则藨苎薠莞[91]，蒋蒲蒹葭[92]，藻茆菱芡[93]，芙蓉含华，从风发荣[94]，斐披芬葩[95]。其鸟则有鸳鸯鹄鹭[96]，鸿鸨驾鹅[97]，鶟鶋鹔鹴[98]，鹔鹴鵾鸬[99]，嘤嘤和鸣[100]，澹淡随波[101]。其水则开窦洒流[102]，浸彼稻田[103]。沟浍脉连[104]，堤塍相辖[105]。朝云不兴，而潢潦独臻[106]。决渫则暵[107]，为溉为陆[108]。冬稌夏穱[109]，随时代熟[110]。

其原野，则有桑漆麻苎，菽麦稷黍[111]。百谷蕃庑[112]，翼翼与与[113]。若其园圃则有蓼蕺蘘荷[114]，藷蔗姜蟠[115]，菥蓂芋瓜[116]。乃有樱梅山柿[117]，侯桃梨栗[118]，梬枣若留[119]，穰橙邓橘[120]。其香草则有薜荔蕙若[121]，薇芜荪苌[122]，晻暖蓊蔚[123]，含芬吐芳。

若其厨膳[124]，则有华芗重秬[125]，滍皋香杭[126]，归雁鸣鵽[127]，黄稻鲜鱼，以为芍药[128]。酸甜滋味，百种千名。春卵夏笋[129]，秋韭冬菁[130]。苏菜紫姜[131]，拂徹膻腥[132]。酒则九酝甘醴[133]，十旬兼清[134]，醪敷径寸[135]，浮蚁若萍[136]，其甘不爽[137]，醉而不酲[138]。及其纠宗绥族[139]，禴祠蒸尝[140]，以速远朋[141]，嘉宾是将[142]，揖让而升[143]，宴于兰堂[144]，珍羞琅玕[145]，充溢圆方[146]。琢琱狎猎[147]，金银琳琅[148]。侍者蛊媚[149]，巾幭鲜明[150]，被服杂错[151]，履蹑华英[152]，儇才齐敏[153]，受爵传觞[154]。献酬既交[155]，率礼无违[156]。弹琴擫籥[157]，流风徘徊[158]。清角发徵[159]，听者增哀。客赋醉言归，主称露未晞[160]。接欢宴于日夜，终恺乐之令仪[161]。

于是暮春之禊[162]，元巳之辰[163]，方轨齐轸[164]，祓于阳濒[165]。朱帷连网，曜野映云[166]。男女姣服[167]，骆驿缤纷[168]。致饰程蛊[169]，偠绍便娟[170]。微眺流睇[171]，蛾眉连卷[172]。于是齐僮唱兮列赵女[173]，坐南歌兮起郑儛[174]。白鹤飞兮茧曳绪[175]，修袖缭绕而满庭[176]，罗袜蹑蹀而容与[177]。翩绵绵其若绝[178]，眩将坠而复举[179]。翘遥迁延[180]，蹴蹸蹁跹[181]。结九秋之增伤[182]，怨西荆之折盘[183]。弹筝吹笙，更为新声。寡妇悲吟，鹍鸡哀鸣[184]。坐者凄欷[185]，荡魂伤情[186]。

于是群士放逐[187]，驰乎沙场[188]。騄骥齐镳[189]，黄间机张[190]。足逸惊飙[191]，镞析毫芒[192]。俯贯鲂鱮[193]，仰落双鸧[194]。鱼不及窜，鸟不暇翔。尔乃抚轻舟兮浮清池，乱北渚兮揭南涯[195]。汰瀺灂兮船容裔[196]，阳侯浇兮掩凫鹥[197]。追水豹兮鞭蝄蜽[198]，惮夔龙兮怖蛟螭[199]。于是日将逮昏[200]，乐者未荒[201]。收驩命驾[202]，分背回塘[203]。车雷震而风厉[204]，马鹿超而龙骧[205]。夕暮言归，其乐难忘。此乃游观之好[206]，耳目之娱，未睹其美者，焉足称举[207]。

夫南阳者，真所谓汉之旧都者也。远世则刘后甘厥龙醢[208]，视鲁县而来迁。奉先帝而追孝[209]，立唐祀乎尧山[210]。固灵根于夏叶[211]，终三代而始蕃[212]。非纯德之宏图[213]，孰能揆而处旃[214]？

近则考侯思故[215]，匪居匪宁[216]。秽长沙之无乐[217]，历江湘而北征。曜朱光于白水[218]，会九世而飞荣[219]。察兹邦之神伟[220]，启天心而寤灵[221]。

于其宫室则有园庐旧宅[222]，隆崇崔嵬[223]。御房穆以华丽[224]，连阁焕其相徽[225]。圣皇之所逍遥[226]，灵祇之所保绥[227]。章陵郁以青葱[228]，清庙肃以微微[229]。皇祖歆而降福[230]，弥万祀而无衰[231]。帝王臧其擅美[232]，咏南音以顾怀[233]。且其君子，弘懿明睿[234]，允恭温良[235]，容止可则[236]，出言有章[237]，进退屈伸，与时抑扬[238]。方今天地之睢刺[239]，帝乱其政[240]，豺虎肆虐[241]，真人革命之秋也[242]。尔其则有谋臣武将，皆能攫戾执猛[243]，破坚摧刚[244]。排揵陷扃[245]，躐蹈咸阳[246]。高祖阶其途[247]，光武揽其英[248]。是以关门反距[249]，汉德久长。

及其去危乘安[250]，视人用迁[251]。周召之俦[252]，据鼎足焉[253]，以庀王职[254]。缙绅之伦[255]，经纶训典[256]，赋纳以言[257]。是以朝无阙政[258]，风烈昭宣也[259]。于是乎鲵齿眉寿鲐背之叟[260]，皤皤然披黄发者[261]，喟然相与歌曰："望翠华兮葳蕤[262]，建太常兮裶裶[263]。驷飞龙兮騤騤[264]，振和鸾兮京师[265]。总万乘兮徘徊[266]，按平路兮来归[267]。"岂不思天子南巡之辞者哉？遂作颂曰："皇祖止焉[268]，光武起焉[260]。据彼河洛[270]，统四海焉。本枝百世[271]，位天子焉。永世克孝[272]，怀桑梓焉[273]。真人南巡，睹旧里焉[274]。"

注释

〔1〕於（wū 乌）：赞叹词。《书·尧典》："於！鲧哉！" 显：著名。乐都指南

都。

〔2〕康:安。

〔3〕陪京:指东京洛阳。

〔4〕汉:汉水。阳:山的南面或水的北面曰阳。

〔5〕周楚:指今陕西、湖北一带。周,古部落名,先后定居在陕西武功、彬县、岐山、沣水一带。周,此指陕西。楚,古国名,曾建都于郢(今湖北江陵)。此指湖北。南都在今河南南阳,正好将陕西、湖北分开,故曰"割周楚"。 丰壤:沃土。

〔6〕荆豫:指湖北、河南。湖北,古为荆州。河南,古为豫州。南阳当时地处荆豫交界,故曰"跨荆豫"。

〔7〕爽垲(kǎi 凯):地势高而土质干燥。 闲敞:广阔。

〔8〕纷:多。 郁郁:美盛的样子。

〔9〕武阙:武阙山。 关西:成为西面的关隘。

〔10〕桐栢:桐栢山。 揭:表,屏障。

〔11〕沧浪:水名。 隍(huáng 黄):没有水的护城河。

〔12〕廓(kuò 扩):扩张。 方城:山名。 墉(yōng 拥):城墙。

〔13〕汤谷:水名。

〔14〕淯(yù 育)水:水名。 胸:"胸,谓前也。"(刘良注)

〔15〕推淮引湍:淮、湍,皆水名;李善注:"淮水自此而去,故曰推。湍水自彼而来,故曰引。"

〔16〕三方是通:张铣注:"三方,谓南有淯水,西有沧浪,北有汤谷,通水东流。"

〔17〕珍怪:贵重而少见的物产。

〔18〕随珠:同"隋珠",宝珠名。据《淮南子》载:随侯见大蛇伤断,为它上药包扎。蛇愈,夜间衔大珠来报,因此称此珠为随侯之珠。也叫月明珠。

〔19〕锴(kǎi 楷):好铁。

〔20〕赭垩(zhě è 者饿):红土白土。 流黄:即硫黄。李善注引《博物志》:"雄黄似硫黄。"

〔21〕绿碧紫英:玉石一类的矿物。

〔22〕青雘(huò 获):一种石性矿物,可做颜料。 丹粟:红色细沙。

〔23〕太一、余粮:皆石性矿物,可做药。

〔24〕中黄：石中子黄，即石脂。　瑴（jué 决）玉：白玉。

〔25〕松子：亭名。　神陂（bēi 悲）：神奇的水池。一说奇异之堤。

〔26〕赤灵：赤龙。　解角：脱角。

〔27〕耕父：神名。《山海经·中山经》："东南三百里曰丰山，……耕父处之，常游清泠之渊，出入有光。"

〔28〕游女：汉水的女神。　汉皋（gāo 高）：汉水岸边。　曲：河曲，即河之曲折隐秘的地方。李善注引《韩诗外传》："郑交甫将南适楚，遵彼汉皋台下，乃遇二女佩两珠，大如荆鸡之卵。"

〔29〕崆峣（kōng yáng 空羊）：形容山势高大而险峻。　嶱嵑（gé hé 格合）：形容山势高峻。

〔30〕嵣岾（dàng mǎng 荡莽）：山石广大。　嶚剌（liáo là 辽腊）：山高而险峻。

〔31〕岝崿（zuó é 昨鹅）：山势不齐之状。　嶵嵬（zuì wéi 罪维）：山高峻。

〔32〕嶔巇（（qīn xī 钦西）：山峰对峙而险峻。　屹嶭（（yì niè 义聂）：悬崖绝壁。

〔33〕嶜岑（qín cén 琴涔）：高峻峭拔的样子。

〔34〕峮嶙（qūn lín）：山山相连。　缅（（lí 离）连：连绵不断。

〔35〕豁尔：截然断开的样子。

〔36〕鞠：高高的样子。　隐天：遮天。指山高入云层。

〔37〕云霓：高空的云雾。

〔38〕天封、大狐：皆山名。

〔39〕陬（zōu 邹）：角落。

〔40〕平衍旷荡：平坦宽广。

〔41〕蒙笼：草木茂盛。　崎岖：倾侧。

〔42〕坂坻（bǎn chí 板迟）：坡岸。　巀嶭（（jié niè 杰聂）：高峻的样子。嶭同"嵲"。　甗（yǎn 眼）：古炊器，上可蒸下可煮。郭璞注《尔雅·释畜》："甗，山形似甑，上大下小。"

〔43〕错缪（miù 谬）：杂乱的样子。　盘纡（yū 愚）：屈曲。

〔44〕芝房：灵芝。灵芝头部有些小隔。如同分开的房间，故曰芝房。菌蠢：灵芝生长的样子。　隈（wēi 威）：角落。

〔45〕玉膏：山中多玉，形容泉水如玉膏。　滵（mì 密）溢：流动的样子。

〔46〕昆仑、阆（láng 郎）风：皆山名。　奓（chǐ 尺）：大。奓，通"侈"。

〔47〕柽(chēng 称):木名,即河柳。 楔(xiē 些):木名,似松而有刺。 樱(jì 纪):木名,即水松。

〔48〕槾(wàn 万):木名。 杻(niǔ 纽):木名,多弯曲,可为弓弩。 橿(jiāng 江):木名,质坚硬,古时用做车轮的外周。

〔49〕枫:木名,即枫香树。 柙(jiǎ 甲):木名。 栌(lú 芦):木名,一名黄栌。 枥(lì 力):同"栎",木名。

〔50〕帝女之桑:桑树。李善注引《山海经》:"宣山有桑焉。其枝四衢,名帝女之桑。"

〔51〕楈枒(xū yá 须牙):木名,即椰子树。 栟榈(bīng lǚ 兵吕):木名。

〔52〕柍、柘、檍、檀(yǎng zhè yì tán 养这义谈):皆木名。

〔53〕结根:盘根错节。 竦本:树干向上。

〔54〕婵媛:形容树枝互相牵引。

〔55〕萋萋(qī qī 凄凄):茂盛的样子。

〔56〕敷:布。 蓑蓑(suī suī 虽虽):下垂的样子。

〔57〕攒(cuán)立丛骈:形容树木长得密集的样子。

〔58〕青冥盰瞑(qiān mián 千眠):形容浓荫昏暗的样子。

〔59〕杳蔼(yǎo ǎi 咬矮):深远的样子。 蓊郁(wěng yù):茂盛的样子。

〔60〕森:树木丛生茂密。 蓴蓴(zǔn zǔn):树木茂盛的样子。张铣注:"皆茂盛上指于天。"

〔61〕縠(hù 户):兽名。即白狐幼子。 玃(jué 决):大猴。 猱(náo 铙):兽名,猿类。 猨(tíng 亭):兽名。猿类。

〔62〕鸾鷟(luán yuè 峦月):皆鸟名,凤属。 鹓鸲(yuān chú 冤除):鸟名,鸾凤之属。

〔63〕飞蠝(lěi 垒):飞鼠。 间:同"间"。

〔64〕籦笼(zhōng lóng 中龙):竹子的一种。 箽(jīn 金):竹子的一种,白皮如霜,大者可为篙。 篾(miè 灭):桃枝竹。

〔65〕筿(xiǎo 小):小竹,可为箭。 簳(gǎn 敢):小竹。 箛(gū 姑):竹子的一种。 箠(chuí 垂):竹名。

〔66〕缘延:布散的样子。 坻(chí 迟):水中小洲或高地。 阪(bǎn 板):山坡。

〔67〕澶(dàn 淡)漫:布散的样子。 陆离:参差不齐。

〔68〕阿那：同“婀娜”，柔美的样子。娜，胡刻本作“郍”，依六臣本改。　蓊茸（róng 荣）：密盛的样子。

〔69〕风靡云披：形容竹子随风摆动的样子。

〔70〕川渎（dú 独）：河川。　湽（zhì 至）：水名。古称泜水，也称湽川。即今河南鲁山叶县境内的沙河。　澧（lǐ 礼）水名。即澧水，在河南省境内。　瀹（yào 药）：水名，在河南省境内。　濜（jìn 尽）：水名。

〔71〕岩穴：山洞。

〔72〕潜屆（ké 咳）：水从山旁洞穴中流出。屆，山旁洞穴。

〔73〕没滑潏潏（miè yù 灭玉）：水流很急的样子。

〔74〕布濩（hù 户）：散布。　漫汗：广大。

〔75〕漭沆（mǎng hàng）：宽广的样子。　洋溢：广泛传布。

〔76〕总括趋歙（hē 喝）：水注入江海之势。吕延济注：“言江海欲受诸水，故总括而趋。”

〔77〕湍（tuān）：水流很急。　濈（jí 吉）：水外流。

〔78〕砏汃輣轧（pān pà péng yà 潘怕朋亚）：波浪相激的声音。

〔79〕漻淚（liáo lì 辽历）：水急流的样子。　淢汩（yù gǔ 玉古）：水急流。

〔80〕蠳（yīng 英）龟：龟的一种。　鸣蛇：传说中的动物名。《山海经·中山经》：“（鲜山）其中多鸣蛇，其状如蛇而四翼，其音如磬。见则其邑大旱。”

〔81〕螭（chī 吃）：传说中无角的龙。

〔82〕鱏（xún 寻）：鱼名。即鲟鱼。　鳣（zhān 毡）：鱼名。即鲤鱼。　鰅（yú 鱼）：鱼名。　鳙（yōng 拥）：鱼名。即胖头鱼。

〔83〕鼋（yuán 元）：动物名。也称绿团鱼，生在河中。　鼍（tuó 驼）：动物名。也称扬子鳄。　鲛（jiāo 交）：海鲨。《山海经·中山经》：“（荆山）漳水出焉而东南流注于睢，其中多黄金，多鲛鱼。”　鑴（xī 西）：大龟。

〔84〕蜯：同“蚌”。　函：含。

〔85〕瑕：同“虾”。　委蛇：很长。郭璞注《尔雅》：“暇，大者长一二丈。委蛇，长貌。”

〔86〕陂（pēi 悲）泽：池塘。

〔87〕钳卢、玉池：陂泽名。

〔88〕赭（zhě 者）阳、东陂（pí 皮）：陂泽名。

〔89〕渟涔（tíng wū 亭屋）：水停滞不流的样子。

〔90〕亘望:极目远望。

〔91〕藨(piǎo 漂):草名。可制席。 苎(zhù 住):植物名。麻属。 薠(fán 烦):草名。 莞(guǎn 管):草名,即蒲草。

〔92〕蒋(jiāng 江):植物名,即茭白。 蒲:草名,即香蒲。 蒹(jiān 尖):荻。与芦同属异种。 葭(jiā 加):芦苇。

〔93〕藻:水草的总称。 茆(mǎo 卯):草名。 菱(líng 灵):俗称菱角。一年水生草本植物。 芡(qiàn 欠):水生植物名。

〔94〕从风发荣:花迎风开放。荣,花。

〔95〕斐(fěi 匪)披:各种颜色交错。 芬葩(pā 啪):香气。

〔96〕鹄(hú 胡):天鹅。 鹥(yī 衣):水鸟。即鸥。

〔97〕鸿:大雁。 鸨(bǎo 保):鸟名。 驾鹅(jiā é 加俄):鸟名。野鹅。

〔98〕鹣(jié 洁):鸟名。 鹮(huān 欢):鸟名。 鷿(pì 僻):鸟名,野凫。鹈(tí 提):鸟名,鹞鹰。

〔99〕鹔鹴(sù shuāng 诉双):水鸟,雁的一种。 鹍(kūn 昆):鸟名,鹚鸡。鸬(lú 卢):鸬鹚,鸟名,俗称老鸦。

〔100〕嘤嘤(yīng yīng 英英):鸟和鸣声。

〔101〕澹(dàn 淡)淡:漂浮的样子。

〔102〕窦(dòu 豆)孔穴。 洒流:分流。

〔103〕浸:灌溉。

〔104〕沟浍(kuài 快):田间排水的渠道。 脉连:互相勾通。

〔105〕隄塍(dī chéng 低成):堤坝和田间界路。 辑(qún 群):相连的样子。

〔106〕潢(huáng 黄):积水池。 潦(liǎo 了):积水很多。

〔107〕决渫(xiè 谢):同"决泄",排水。 暵(hàn 汉):干枯。

〔108〕为溉为陆:指种水田种旱田。

〔109〕稌(tú 途):稻。 穱(zhuō 桌):早收的麦稻等谷物。

〔110〕随时代熟:随着季节而交替成熟。代,交替。

〔111〕菽(shū 书):豆类。 稷黍(jì shǔ 记鼠):谷物。

〔112〕蕃庑(fán wú 烦吴):茂盛。

〔113〕翼翼与与:茂盛的样子。

〔114〕蓼(liǎo 了):草本植物,古人用做调味品,可入药。 蕺(jí 吉):菜名。也叫鱼腥草,可吃。 蘘(ráng 瓤):多年生草本植物,嫩芽供食用,根可入

药。　荷:荷花,果实叫莲,地下茎叫藕,皆可吃。

〔115〕藷蔗(zhū zhè 朱这):甘蔗。　蹯(fán 烦):小蒜。

〔116〕菥蓂(xī mì 西密):草名。　芋(yù 玉):植物名。

〔117〕柿(shì 市):柿子。

〔118〕偯桃:山桃。

〔119〕梬(yǐng 影)枣:水果名,类似柿子。　若留:水果名。即石榴。

〔120〕穰(rǎng 嚷):县名。汉属南阳郡。　邓:县名,汉属南阳郡。

〔121〕薜荔(bì lì 必力):香草名,缘木而生。　蕙若:蕙草与杜若,皆香草名。

〔122〕薇芜(wēi wú 威吴):香草名,即蘼芜。　荪(sūn 孙):香草名,即荃。苌(cháng 长):植物名,即羊桃。

〔123〕晻暧(yǎn ài 眼爱):"草木阇阇而茂盛。"　蓊蔚:浓郁繁茂。

〔124〕厨膳(shàn 善):饮食。

〔125〕华芗(xiāng 乡):乡名。　重秬(chóng jù 虫巨):黑黍,黍去皮为米,皮与米合称,故曰重。

〔126〕滍皋(zhì gāo 稚高):滍水之泽。滍水,古水名,在今河南省境内。皋,沼泽。　秔(jīng 精):不粘的稻子,也称粳子。

〔127〕鷄(duò 垛):鸟名,大如鸽子,出北方沙漠,肉味美。高步瀛《文选李注义疏》:"此鸟肉甚美,故归雁鸣鷄,以标珍味。"

〔128〕芍药:调和五味。高步瀛《文选李注义疏》:"以芍药为调和之解为得。"又说:"五味之和,总谓之芍药。"

〔129〕卵:卵蒜,俗称小蒜。生山泽间,根如鸟卵,十二月及正月掘取食之。笋:竹笋。

〔130〕韭(jiǔ 九):韭菜。　菁(jīng 精):蔬菜名,即蔓菁,又名芜菁。

〔131〕苏:草名,即紫苏,又名桂荏。　荼(shā 杀):植物名,即茱萸。有浓烈香味,可入药。

〔132〕拂徹:除掉。　羶腥(shān xīng 山星):一种难闻的气味。吕向注:"言苏荼紫姜香辛,能拂除羶腥之气也。"

〔133〕九酝(yùn 运):酒名,以酿法为名。李善注引《魏武集》:"上九酝酒奏曰:'三日一酿,满九斛米止。'"高步瀛《文选李注义疏》:"上九酝酒奏,魏武帝集作奏上九酝酒法。"酝,酿酒。　醴(lǐ 礼):甜酒。

〔134〕十旬:酒名,以酿法为名。十旬清酒,酿百日而成。

〔135〕醪(láo 劳)敷径寸:浊酒表面布上一层泡沫。醪,浊酒。敷,布。

〔136〕浮蚁:浮于酒面上的泡沫。 蓱(píng 平):同"萍",即水上浮萍。

〔137〕爽:伤。

〔138〕酲(chéng 呈):酒醉而复醒之后神志不清的状态。

〔139〕纠宗绥族:使宗族安定团结。《左传·僖二十四年》:"召穆公思周德之不类,故纠合宗族于成周而作诗。"纠,集合。绥,安。

〔140〕禴(yuè 月)、祠、蒸、尝:古代宗庙四时的祭祀。《诗·小雅·天保》:"禴祠蒸尝。"毛传:"春曰祠,夏曰禴,秋曰尝,冬曰蒸。"应诗谐韵之便,故未按顺序排列。

〔141〕速:召。 远朋:远方的朋友。《论语·学而》:"有朋自远方来。"

〔142〕嘉宾:佳宾,贵宾。 将:进。

〔143〕揖(yī 壹)让:古代宾主相见的礼节。揖,拱手为礼。 升:登堂。

〔144〕兰堂:古代宫室,前为堂,后为室。"兰者,取其芬芳也"。(吕延济注)

〔145〕珍羞:珍贵的食物。 琅玕(láng gān 狼甘):美玉。

〔146〕圆方:指美器,器有圆有方。

〔147〕琢琱(zhuó diāo 酌雕):彫饰,刻镂。琱,通"彫"。 狎(xiá 霞)猎:妆饰之状。

〔148〕琳(lín 林)琅:玉石名。吕向注:"彫琢金银琳琅以为器。"

〔149〕蛊(gǔ 古)媚:妩媚。

〔150〕巾構(gōu 沟):衣服。構,上衣。

〔151〕被服:穿的衣服。 错杂:不一,指非一种服装。

〔152〕履蹑(niè 聂):脚步。履,鞋。蹑,踩。 英华:光辉。

〔153〕儇(xuān 宣):轻捷灵便的样子。 齐敏:迅速敏捷。

〔154〕受爵传觞(shāng 伤):传杯递盏。受同"授"。爵,酒器。觞,同"觴",古代酒器。

〔155〕献酬:饮酒时宾主互相劝酒。《诗·小雅·楚茨》:"为宾为客,献酧交错。"酧同"酬"。

〔156〕率礼无违:不违于礼。率,遵循。

〔157〕擫籥(yè yuè 叶月):以指按籥。籥,乐器。

〔158〕流风:指乐声随风而流响。 徘徊:指乐声回荡。

〔159〕清角:古代五音之一。《韩非子·十过》:"(晋平公)反而问曰:'音

莫悲于清徵乎?'师旷曰:'不如清角。'" 徵(zhǐ 纸):古代五音之一。

〔160〕醉言归、露未晞(xī 西):吕延济注:"皆诗也,所以尽主客之情。晞,干也。"《诗·有駜》:"鼓咽咽,醉言归。"《诗·湛露》:"湛湛露斯,匪阳不晞。"

〔161〕恺(kǎi 慨)乐:欢乐。 令仪:朱熹《诗集传》:"令仪,言醉而不丧其威仪也。"

〔162〕禊(xì 细):古代民俗,于三月上旬巳日于水滨洗濯,祓去不祥,清除宿垢。

〔163〕元巳:农历三月第一个巳日,也叫上巳,后来专指三月初三日。 辰:辰时,上午七点至九点为辰时。

〔164〕方轨齐轸(zhěn 诊):车驾并行。方,并排。轸,车的代称。

〔165〕祓(fú 扶):古除灾祈福的仪式。 阳濒:水之北岸。

〔166〕曜(yào 耀):照耀。

〔167〕姣服:漂亮的服装。

〔168〕骆驿缤纷:往来众多的样子。骆驿,同"络绎"。

〔169〕程蛊(gǔ 古):显示媚态。程,示。蛊,媚。

〔170〕偠(yǎo 咬)绍:形容姿态美丽。偠,一作"要"。 便(pián 骈)娟:回旋飞舞的样子。

〔171〕流睇(dì 弟):转目斜视。

〔172〕蛾眉:女子长而美的眉毛。 连卷:弯曲的样子。

〔173〕齐僮:齐国的奴婢,此为奴婢之代称。 赵女:赵国之女,此为舞女之代称。

〔174〕南歌:南方音乐,指楚地歌曲。 郑儛(wǔ 午):郑国的舞蹈。儛,同"舞"。

〔175〕白鹤飞:形容舞姿翩翩。 茧曳绪:形容歌声如蚕茧抽丝,缭绕不断。

〔176〕修:长。 缭绕:回环旋转。

〔177〕蹑蹀(niè dié 聂叠):小步往来的样子。 容与:缓缓而动的样子。

〔178〕绵绵:长而不绝。

〔179〕眩(xuàn 绚):眼花。

〔180〕翘遥:轻举。 迁延:后退。

〔181〕蹩躠(bié sà 别萨):盘旋起舞的样子。蹩,同"蹩"。 蹁跹(pián xiān):旋转的舞态。

〔182〕九秋:即《历九秋》,古乐府歌名。

〔183〕西荆:楚舞。　折盘:跳舞转侧盘旋的样子。

〔184〕寡妇、鹍(kūn 昆)鸡:古曲名。一说非指曲名。高步瀛《文选李注义疏》:"胡绍煐曰:'此非曲名,乃形容新声耳。寡妇闻而悲吟,鹍鸡听而哀鸣。'"

〔185〕凄欷(xī 西):凄怆。

〔186〕情:胡刻本作"精"。据六臣注本改。

〔187〕放逐:放纵驰逐。

〔188〕沙场:平沙旷野。

〔189〕騄骥(lù jì 路记):骏马名。　齐镳(biāo 标):并驾齐驱。镳,马嚼子。

〔190〕黄闲:弩名。也作黄肩。闲,同"间"。　机:机牙,古代弩箭上的发动机关。

〔191〕足逸惊飙(biāo 标):形容马蹄飞快。足逸,捷足。飙,疾风。

〔192〕镞(zú 族)析毫芒:形容射术高妙。镞,箭头。

〔193〕贯:穿通。　鲂、鲊(fáng xù 房序):皆鱼名。鲂,淡水经济鱼类之一,其近缘种有武昌鱼。鲊,淡水鱼,即白鲢。

〔194〕鸧(cāng 仓):鸟名。即鸧鹒,也叫黄莺。

〔195〕乱:横渡。《诗·大雅·公列》:"涉渭为乱。"《疏》:"水以流为顺,横渡则绝其流,故为乱。"　渚(zhǔ 主):水边。　揭:息。(用王念孙说)

〔196〕汰(tài 太):水波。　瀺灂(chán zhuó 馋灼):小水声。　容裔(yì 义):船起伏行进的样子。

〔197〕阳侯:能兴风作浪的水神。阳侯,阳国侯,被水淹死,传说其神能为大波。　浇:水回旋的样子。　凫鹥(fú yī 扶壹):皆水鸟名。凫,野鸭子。鹥,鸥鸟。

〔198〕水豹:水兽名。状似豹。　鞭:鞭挞。　蝄蜽(wǎng liǎng 往两):古代传说中的精怪名。

〔199〕惮(dàn 旦):惊。　夔(kuí 奎)龙、蛟螭(chī 吃):皆水兽名。

〔200〕逮:到。

〔201〕荒:迷乱,享乐过度。《逸周书·谥法》:"外内从乱曰荒,好乐怠政曰荒。"

〔202〕驩:通"欢"。　命驾:命人驾车,即动身之意。

〔203〕分背回塘:背堤而归。塘,堤。

〔204〕雷震、风厉:形容驱车之声。

〔205〕鹿超、龙骧(xiāng 香);形容车马之快。

〔206〕游观:游览观赏。

〔207〕称举:称道。刘良注:“言未观南都之美,何足为称游观耳目之事。”

〔208〕远世:指汉之远祖。　龙醢(hǎi 海):龙肉酱。《左传·昭公二十九年》载:刘累向豢龙氏学习养龙,以此本领事奉夏之孔甲。夏后奖励他,赐氏叫做御龙。后来一条雌龙死了,刘累偷偷把它剁成肉酱给夏后吃,夏后吃完了,又让刘累找龙肉酱吃,刘累害怕,就迁移到鲁县。《汉书》说,南阳郡鲁阳县郡御龙氏所迁。张平子认为,刘累为刘汉王朝之先祖。

〔209〕先帝:指尧。　追孝:追行前人之孝道于前人。

〔210〕立唐祀于尧山:《水经注》:“鲁县立尧祠于西山,谓之尧山也。”唐祀,即尧祠。张铣注:“汉承尧之后,故追孝而立。”

〔211〕灵根:本根。　夏叶:夏代。

〔212〕三代:指夏、商、周。

〔213〕纯德:大德。纯,大。

〔214〕揆(kuí 奎):度。　旃(zhān 毡):之。

〔215〕考侯:刘仁,戴侯之子。因舂陵地势低洼潮湿,不安于此,上书愿徙南阳守祖坟。元帝允之,于是自湘江北行。　思故:指思南阳故地。

〔216〕匪居匪宁:指不安居舂陵。

〔217〕秽:荒芜。

〔218〕朱光:火德。古代方士有“五德”之说。以帝王受命正值五行的火运,称为火德。汉自称以火德王。白水:白水乡。考侯徙封南阳白水乡。

〔219〕九世飞荣:光武帝刘秀为汉高祖九代孙,故云九世飞荣。此指刘秀中兴汉室。

〔220〕邦:五臣本作都,指南都。　神伟:神奇。伟,奇。

〔221〕天心:上天之心。　灵:神灵。李善注:“言考既察此都之神伟,且启上天之心,又寤先灵之意,使之而王也。”　寤(wù 误):通“悟”。

〔222〕园庐:田园与房屋。

〔223〕隆崇:高大。崔嵬(wéi 围):高耸的样子。

〔224〕御房:指皇帝的旧房。　穆:壮美。

〔225〕连阁:相连的台阁。　焕:光亮。　相徽:(御房、连阁)俱美。徽,美。

〔226〕圣皇:指光武帝刘秀。　逍遥:安闲自得的样子。

〔227〕灵祇(qí 奇):天地之神。　保绥:保安。

〔228〕章陵:陵墓名,汉光武帝(刘秀)祖考陵。　青葱:林木茂盛的样子。

〔229〕清庙：指章陵祠园庙。 微微：幽静的样子。

〔230〕皇祖：指汉高祖刘邦。歆（xīn 新）：古谓祭祀时鬼神来享祭物的气味。

〔231〕弥：终。 祀（sì 四）：年。

〔232〕帝王：指光武帝刘秀。 臧：善。 擅美：特有之美。

〔233〕南音：南方音乐。南都在南方，咏南音，有怀念南都之意。顾怀：指光武帝来过章陵。

〔234〕弘懿（yì 义）：大德。明睿（ruì 瑞）：通达明智。

〔235〕允恭温良：温良恭俭让。

〔236〕容止可则：举止可为榜样。

〔237〕出言有章：说话就是法规。

〔238〕与时抑扬：随着形势变化。

〔239〕方今：当时，指汉高祖之时。方，从前。李善注引《汉书音义》："方，向也。" 天地：天下。 睢剌（suī là 虽蜡）：喻祸乱，指秦二世时。

〔240〕帝：指汉高祖刘邦。 乱：治理。李善注引马融《论语注》："乱，理也。"

〔241〕豺虎：喻王莽。 肆虐：猖狂作乱。

〔242〕真人：指光武帝刘秀。赋家认为刘秀得天地之道称帝，故称真人。革命：实行变革以应天命。古代认为帝王受命于天，故称朝代更替为革命。

〔243〕攫戾（jué lì 决力）：与凶暴的敌人搏斗。攫，搏。戾，暴戾。 执猛：捉住凶猛的敌人。

〔244〕破坚摧刚：攻破坚固的堡垒，摧垮顽敌。

〔245〕排揵（jiàn 见）陷扃（jiōng）：破关陷城。揵，关闭之门。扃，外闭之关。

〔246〕蹵（cù 醋）蹈咸阳：指当年汉高祖刘邦攻占秦都咸阳。蹵蹈，践踏，此为占领之意。

〔247〕高祖阶其途：指高祖开创汉业。

〔248〕光武揽其英：指光武中兴汉室。

〔249〕关门反距：西汉建都长安，靠函谷关控制关东；东汉建都洛阳，靠函谷关控制关西，故曰反距，距，同"拒"，拒守，控制之意。

〔250〕去危乘安：太平。

〔251〕视人用迁：高步瀛《文选李注义疏》："谓定都洛阳耳。"《尚书·盘庚》："视民利用迁。"视民，避唐讳改民为"人"。（用孙志祖说）

〔252〕周召（shào 绍）：周成王时，周公（旦）、召公（奭）共同辅政，简称周召。

〔253〕鼎(dǐng 顶)足:辅佐。周成王时,召公为三公(辅助国君掌握最高军政大权的官员,周称太师、太傅、太保为三公,汉称大司马、大司徒、大司空为三公。)《汉书》曰:“夫三公,鼎足之辅也。”

〔254〕庀(pǐ 匹):治理。

〔255〕缙绅(jìn shēn 进申):士大夫。

〔256〕经纶(lún 轮)训典:整理编篡经典著作和先王之书。

〔257〕赋纳以言:贡献意见。

〔258〕朝无阙政:朝政没有过失。阙,过失。

〔259〕风烈:遗风,指先辈留下的好的传统和风尚。 昭宣:发扬光大。

〔260〕鲵(ní 泥)齿:更生之齿。谓老寿之人。 眉寿:年寿高的人,旧说眉长为年寿高者之寿征。 鲐(tái 台)背:指老人。

〔261〕皤皤(pó pó 婆婆):头发斑白的样子。 黄发:指老人。

〔262〕翠华:皇帝仪仗队中一种用翠鸟羽毛做装饰的旗。 葳蕤(wēi ruí):鲜艳美丽的样子。

〔263〕太常:旗名。帝王画有日月的旌旗叫太常。 祎祎(fēi 非):旗很长的样子。

〔264〕驷(sì 四):四马之车。 飞龙:形容车马疾驰。 骙骙(kuí 奎):马强壮的样子。

〔265〕鸾(1uán 峦):车上铃。 京师:京都,此指洛阳。

〔266〕万乘:极言车马之多。乘一车四马。

〔267〕来归:南阳乃光武旧居,故称其来南阳为来归。

〔268〕皇祖:指汉高祖刘邦。 止:终止。一说“谓略南阳也”。

〔269〕起:指光武起兵南阳,中兴汉室。

〔270〕河洛:指东汉京都洛阳。

〔271〕本枝:子孙。

〔272〕克孝:指能行孝思旧。克,能。

〔273〕桑梓:故乡,此指南都。

〔274〕旧里:故地,此指南阳。

今译

嚇！著名的南都！壮丽而又安康。它位于东京之南，汉水之阳。跨鄂、陕之沃土，分鄂、豫之界疆。地处干爽广阔的高原，繁荣昌盛，很难说详。

南都地理位置非常重要：武阙山是西面的关隘，桐栢山是东面的屏障，沧浪水是天然的护城河，方城山是牢固的围城墙。城北汤谷，汹涌澎湃；城南淯水，浩浩汤汤。淮水离城北去，湍水流进南阳。南有淯水，西有沧浪，北有汤谷，三水交淌，波涛滚滚，流向东方。

南都物产，珍奇罕见。黄金美玉放异彩。隋侯宝珠夜发光。铜锡铅铁，赭垩硫磺，绿碧紫英皆宝石，青雘丹砂好矿藏。不一余粮可入药，中黄瑴玉石脂香。松子亭，神水塘，赤龙蜕角在池旁。神仙耕父有灵光，清泠之渊常来往。汉水之神曰游女，弄珠就在河曲上。

这里，山势险峻，陡峭相戾，参差不齐，险峰对峙，悬崖绝壁。谷深更显云崖陡，盛夏犹见雪和霜。或者峰峰相连，或者截然而断。峻岭拔地而起，险峰高插云天。凌峰鸟瞰，云雾弥漫。天封大狐皆名山，山隅之中有众仙。高处辽远地平旷，低处倾斜草如烟。陡坡悬崖，又高又险，其形如甑，下窄上宽，参差错落，纡曲盘桓。崖岸角落长灵芝，流水潺潺有玉泉。莽莽昆仑无它大，巍巍阆风没它险。

各种珍木，尤堪称扬。柽松楔樱，櫻栢杻橿。枫柙栌枥，养蚕之桑。楈枒栟榈，柍柘檍檀。盘根错节，粗干向天，柔条下垂，枝枝相牵。绿叶繁茂，芳蕊垂悬。乌云凝聚黑幢幢，峡谷风起增哀情。林木茂密，挤挤拥拥，浓阴昏暗，幽幽冥冥。百树郁郁涧底生，挺拔向上刺苍穹。虎豹黄熊游谷底，瑴玃猱猴戏山巅。鸾鹫鹓鸲翔其上，腾猿飞猵栖其间。各种竹子，多得无穷。篚笼筀篾，篆箨箛篁。水洲山坡，到处皆是。四处分布，参差不齐。柔美秀丽，枝叶茂密。随风摆动，婀娜多姿。

南都河川，纵横交错。溢澧藻濜，发源岩穴。流出山洞，汹涌奔

泻。然后逐渐漫延，水面宽阔。最后众流汇合入江海，快如疾风和箭射。波浪相激声震响，水流争湍生漩涡。一泻千里东流去，浪涛相逐如穿梭。河中水族，百怪千奇。蠳龟鸣蛇，水下龙螭。鲟鳣鰅鳙，鼋鼍蛟鳙。巨蚌含珍珠，大虾长数尺。南都池塘，其多无比。钳卢玉池，赭阳东陂。塘中蓄水水不流，极目望水水无际。塘中花草，目接不暇。藨苎蘋莞，蒋蒲蒹葭。藻茆菱芡，芙蓉开花。花儿迎风开放，艳丽随风飘香。塘中水鸟，更是珍奇。鸳鸯鹄鹭，鸿鸨驾鹅。鹚鸱鹔鹴，鹈鹕鸥鸬。水鸟嘤嘤相和鸣，飘飘荡荡水上浮。清清塘中水，水利说不完。开沟分流，灌溉稻田。田间小渠，互相通连。堤坝田埂，接续不断。天不下雨，池水独满。排除渠水见陆地，水田旱田两相兼。早稻晚谷，交相成熟。

南都沃野，物产丰富。桑漆麻苎，菽麦稷黍。百谷茂盛，葱葱郁郁。南都园圃，瓜果繁多。蓼蕺蘘荷，藷蔗姜䔲。菥蓂芋瓜，味道更鲜。樱梅山柿，侯桃梨栗。楟枣之果，好像柘榴。穰县甘橙，邓县蜜桔。圃中香草，多种多样。薜荔蕙若，薇芜荪苌。长得繁茂，含芬吐芳。

说到饮食，尤其美妙。华芗的黑黍，滍水的粳稻，肥美的大雁，肉嫩的鹍鸟，米饭鲜鱼，调味佳肴。酸甜滋味，百种千名。春天的小蒜，夏天的竹笋，秋天的韭菜，冬天的芜菁，调料苏菜紫姜，能够除去膻腥。至于美酒，更是出名。九酝甘美，十旬纯清。米酒混浊，浮皮若萍。甜不伤人，醉而不病。团结宗族，四时祭祖。邀请远方朋友，佳宾纷纷而至。宾主拱手施礼，赴宴登上兰堂。佳肴美味，珍贵如玉，无比丰盛，充满餐具。美器雕饰花纹，满目金银琳琅。侍女妩媚，华服艳妆。每人穿戴，各不一样。小脚作细步，绣鞋生彩光。机灵敏捷，递盏传觞。互相劝酒，彼此谦让，恪守礼节，分寸相当。弹琴吹籥乐声起，乐声起处音回荡。角音徵音多凄清，使人听了增哀伤。客人赋诗“醉言归”，主人和诗“露未晞”。宴饮通宵达旦，狂欢不失尊严。

三月三日上巳节，水边洗濯求吉祥。车马并行，消灾祈福，祈祷仪式，在水之阳。嫣红车帷连成片，照亮原野映红天。男男女女，穿着一新，来来往往，五色缤纷。修饰条扮逞媚态，移动金莲舞翩翩。转盼送秋波，秀眉细弯弯。歌女放喉，舞女翩跹。唱南音，跳郑舞，舞似白鹤展翅飞翔，歌如蚕丝缭绕不断。长袖挥舞满堂前，舞姿轻缓左右旋。长长舞袖，若断若连，时上时下，眼花缭乱。广袖轻轻举，步退舞回环。《九秋》之歌使人哀伤，《西荆》怨曲婉转缠绵。弹筝吹笙，再唱新曲。寡妇悲吟，鹍鸡哀啼。闻者凄怆，魂魄若失。

于是，男儿放纵驰逐。沙场之上，骏马齐驱，搭弓射箭，马蹄生风，射术高超，百发百中。俯身射穿水中鱼，仰身射落双黄鹂。鱼儿想逃逃不了，黄鹂想飞来不及。然后驾轻舟，泛清池，横渡北渚，到南岸休息，水声潺潺，船儿徐徐。忽然，阳侯兴风作浪，平静水面狂涛顿起，野鸭鸥鸟，淹没水里。追逐水豹，鞭挞蝈蛃，夔龙恐怖，蛟螭惊慌。这时已快黄昏，虽然尽情欢乐，但是并不荒淫。游乐完毕，命驾回城。车声如雷快如风，马蹄翻飞似龙腾。天黑归家，其乐难忘。游乐之美，耳目之娱。不临其境，岂能称颂？

南阳，的确可以称作汉的故都。汉的远祖刘累，因“龙醢事件”迁居南阳。他继承尧的美德，在西山为尧建立了祠堂。大汉夏朝在此扎下了根基，历经“三代”更加发达兴旺。若无宏图大德，谁能发现南阳地灵，据此创立大业。

近祖刘仁思念故乡，嫌长沙荒僻低洼，缺少欢乐，于是沿江北上南阳，元帝把他封在白水乡。高祖九世玄孙光武帝出世，更为南阳增辉光。刘仁察知南阳的神奇，便顺应上天之意，领悟先祖之心，在此为王。

南都的宫室，有光武旧居，巍峨高大，雄伟壮丽，台阁相连，双美无比。光武曾在此安然自得，天地神灵保佑他安定太平。章陵草木葱茏，清庙肃穆幽静。先祖享受祭祀，汉室千秋昌盛。光武喜欢南阳特有之美，常咏南音怀念故土。他素有君子之风，德高通达，温良俭让,举止可法,言为宪章进退屈伸,应时变化。当年,秦二世暴政,天下大乱,高祖兴兵,天下太平;王莽作乱,灾祸横生,光武中兴,顺应天命。高祖有许多文臣武将,人人皆可制胜顽敌,个个都能破坚摧刚,于是夺关陷城,立破咸阳,高祖知人善任开创汉业;光武招揽英豪中兴汉邦。他东据洛阳,西控关中,使得汉室久长。

削平王莽,天下太平,顺应民心,建都洛阳。有周公召公那样的贤臣辅佐朝政,协助皇上治国安邦。士大夫之流,编纂典籍,贡献意见,使朝中政事无缺漏,祖宗遗风大发扬。于是老人们相与作歌赞颂:"光武仪仗队辉辉煌煌,画着日月的旌旗又宽又长,四马车子快如飞龙,车上銮铃在京都震响。皇上率万乘出京师安然行驶,沿着平坦的大路来故乡南阳。"怎能忘记天子南巡的颂辞,我于是作歌颂扬:"高祖业欲废,光武乃中兴。定都在洛阳,天下大一统。子孙传百代,代代为天子。永世能尽孝,心中怀桑梓。光武来南巡,南阳看故里。"

(赵福海译注并修订)

三都赋序一首

左太冲

题解

左思，字太冲，临淄（今山东淄博市）人，晋代的诗人和辞赋家。《晋书》有传。其妹左芬自言“生蓬户之陋侧”，可见左思出身寒门，并非“豪门望族”。太冲少年勤奋学习，涉猎极广。《左思传》说他“貌寝，口讷，而辞藻壮丽”。虽然其貌不扬，却颇有内秀。刘勰称赞“左思奇才，业深覃思，尽锐于《三都》，拔萃于《咏史》”。

左思一生，并未任过重要官职，晋初官居秘书郎。自曹魏建立“九品中正”制以后，门阀根深蒂固，“上品无寒门，下品无世族”。他出身寒门，难居要津，对此常怀不满，曾写诗揭露道：“郁郁涧底松，离离山上苗，以彼径寸茎，荫此百尺条。”怀着无法抑制的愤懑情绪，抨击“世胄蹑高位，英俊沉下僚”的不合理现实。

左思留下来的作品不多，只有《齐都赋》、《白发赋》、《三都赋》和四十首诗。而《齐都赋》全文已佚，仅据类书辑得佚文数句。《隋书·经籍志》载，原有《左思集》三卷，大约宋代亡佚。丁福保编的《左太冲集》，是靠《文选》、《玉台新咏》和其他类书辑成的。左思的《三都赋》，包括《蜀都赋》、《吴都赋》、《魏都赋》，长达一万多字。他写三都赋下过一番苦功。据《晋书·文苑传》载：“欲赋三都，令妹芬入宫，移家京师，乃诣著作郎张载，访岷邛之事。遂构思十年，门庭藩溷，皆著笔纸，偶得一句，即便疏之。自以所见不博，求为秘书郎。”赋成，刘渊林为《蜀都斌》、《吴都赋》作注，张载为《魏都赋》作注，皇甫谧为《三都斌》作序，称赞：“至若此赋，拟议数家，博辞令议，抑多精致,非夫研覈者不能练其旨,非夫博物者不能统其异。”(引自姜亮夫《历代人物年里碑传综表》)由于名人弘扬,使《三都赋》轰动一时。“豪贵之家,竞相传写,洛阳为之纸贵”。(《晋书·左思传》)

《蜀都赋》、《吴都赋》、《魏都赋》,乃是一个整体。所赋三都,各有侧重。作者运用顿折之笔,矜蜀之险阻,夸吴之富饶,赞魏之典章,最后道出治国安邦不在自然条件,而在政治措施的主旨。全赋继承汉大赋铺张扬厉、以大为美的艺术传统,大开大合,澔澔涆涆,虽成于晋,亦可视之为“汉赋”。

《三都赋序》阐发了左思的文学见解。他赞同扬雄“诗人之赋丽以则”的观点,不满意某些汉赋取材无据、肆意夸张、追求辞藻的倾向,强调赋的内容要处处征实,班班可考。主张“美物者贵依其本,赞事者宜本其实”。他说自己的《三都赋》,“其山川城邑,则稽之地图,其鸟兽草木,则验之方志,风谣歌舞各附其俗”。要求文学反映现实,强调文学的认识作用,在文学批评史上有其进步意义。然而他不懂得“酌奇而不失其真,玩华而不坠其实”的意义所在,强调生活“实录”,排斥艺术“真实”,否定虚构和夸张,这是很大的片面性。

文学作品不等于科学著作,因此不能用圆规和直尺来规范文学艺术。用科学之真来排斥艺术之真,就等于取消了艺术。虚构与夸张对于文学艺术是不可缺少的,借助于它才更能阐示艺术上的真。刘勰在《文心雕龙·夸饰》中说得好:“神道难摹,精言不能追其极;形器易写,壮辞可得喻其真。……故自天地以降,豫人声貌,文辞所披,夸饰恒存,虽《诗》、《书》雅言,风俗训世,事必宜广,文亦过焉。是以言‘峻’,则崇高极天;论‘狭’,则河不容舠;说‘多’,则子孙千亿;称‘少’,则民靡孑遗。襄陵举滔天之目,倒戈立漂杵之论,辞虽已甚,其义无害也。”左思说他的《三都赋》班班可考,处处征实,这是不可能的,原因就在于这种说法违反艺术规律。只要写的是文学作品而不是科学著作,就不能没有夸张和虚构,就不能处处征实,班班可考。如《蜀都赋》描写林木:擢修干,竦长条,扇飞云,拂轻霄,羲和假道于峻岐，阳乌回翼乎高标。”极尽夸张之能事，无法处处征实。又如《吴都赋》描写荒远边陲事物的奇异怪诡：“则有龙穴内蒸，云雨所储。陵鲤若兽，浮石若桴。双则比目，片则王余。穷陆饮木，极沈水居。泉石潜织而卷绡，渊客慷慨而泣珠。开北户以向日，齐南冥于幽都。”这纯属作者的虚构和想象，因而也不可能班班可考。

因此，皇甫谧在为左思《三都赋》写的序文中，虽盛赞其赋的成就，却不完全同意他对赋的看法。他认为铺张描写与华丽辞藻，正是“近代辞赋之伟也。”他肯定“赋也者，所以因物造端，敷弘体理，欲人不能加也。引而申之，故文必极美，触类而长之，故辞必尽丽。然则美丽之文，赋之作也”。

原文

盖诗有六义焉[1]，其二曰赋。扬雄曰：“诗人之赋丽以则[2]。”班固曰：“赋者，古诗之流也[3]。”先王采焉[4]，以观土风[5]。见“绿竹猗猗”，则知卫地淇澳之产[6]；见“在其版屋”[7]，则知秦野西戎之宅[8]。故能居然而辨八方[9]。

然相如赋上林，而引“卢橘夏熟”[10]；扬雄赋甘泉，而陈“玉树青葱”[11]；班固赋西都，而叹以出比目[12]；张衡赋西京，而述以游海若[13]。假称珍怪，以为润色。若斯之类，匪啻于兹[14]。考之果木，则生非其壤。校之神物，则出非其所。于辞则易为藻饰[15]，于义则虚而无征[16]。且夫玉卮无当[17]，虽宝非用；侈言无验[18]，虽丽非经[19]。而论者莫不诋讦其研精[20]，作者大氐举为宪章[21]。积习生常[22]，有自来矣[23]。

余既思摹二京而赋三都[24]。其山川城邑，则稽之地图[25]；其鸟兽草木，则验之方志[26]；风谣歌舞[27]，各附其俗[28]；魁梧长者[29]，莫非其旧。何则？发言为诗者，咏其所志也[30];升高能赋者[31],颂其所见也。美物者,贵依其本;赞事者,宜本其实。匪本匪实[32],览者奚信?且夫任土作贡[33],虞书所著[34];辨物居方[35],周易所慎[36]。聊举其一隅,摄其体统[37],归诸诂训焉[38]。

注释

〔1〕六义:风、雅、颂、赋、比、兴。前三者为诗的体裁,后三者为诗的表现方法。《毛诗序》:"故诗有六义焉:一曰风,二曰赋,三曰比,四曰兴,五曰雅,六曰颂。"后来将"赋"作为一种文体。

〔2〕扬雄:字子云,汉代辞赋家。他在《法言·吾子》中说:"诗人之赋丽以则,辞人之赋丽以淫。"丽,指语言华美富丽。则,合乎《诗》的准则。淫,过分。

〔3〕班固:字孟坚,东汉著名的史学家、文学家。他在《两都赋序》中说:"赋者,古诗之流也。"古诗,指以《诗经》为代表的古诗。

〔4〕先王:古代的君王。

〔5〕土风:风土人情。

〔6〕绿竹:绿色之竹。　猗猗(yī 壹):茂美的样子。《诗·卫风·淇奥》:"瞻彼淇澳,绿竹猗猗。"　淇:淇水。　澳:水湾。

〔7〕版屋:用土打墙盖房子。版,筑墙的一种方法,两板相夹,置土其中,然后夯实。

〔8〕西戎:羌族。羌族用版筑之法盖房子。

〔9〕八方:指各地。

〔10〕相如:司马相如,汉代辞赋家。　《上林》:即《上林赋》,司马相如所作。赋中有"卢橘夏熟"之句。

〔11〕甘泉:即《甘泉赋》,扬雄所作。赋中有"玉树青葱"之句。

〔12〕西都:即《西都赋》,班固所作。赋中有"揄文竿,出比目"之句。

〔13〕张衡:汉代的科学家、文学家。　西京:即《西京赋》,张衡所作。　海若:海神。

〔14〕匪啻(chì 翅):不止。

〔15〕藻饰:用华丽词句装点。

〔16〕虚而无征:不真实,没根据。征,证据。

〔17〕玉卮(zhī 之):玉制酒杯。　无当:无底。当,底。

〔18〕侈言:夸大之辞。

〔19〕非经:不合常理。

〔20〕论者莫不诋讦(dǐ jié 底结)其研精:姚鼐认为“不”字为衍文。高步瀛案:“二句对文,疑本作‘莫敢诋其研精’。‘讦’字衍文。”(《文选李注义疏》)诋,指摘、批评。

〔21〕宪章:典范。

〔22〕积习生常:习惯成自然。

〔23〕有自来矣:由来已久,不是一天两天了。

〔24〕二京:张衡作《西京赋》、《东京赋》,合称《二京赋》。　三都:指《三都赋》,即左思的《蜀都赋》、《吴都赋》、《魏都赋》。

〔25〕城邑:大小城市。　稽:考核。

〔26〕方志:地方志。

〔27〕风谣:民间歌谣。

〔28〕各附其俗:各与本地风俗相符。

〔29〕魁梧长者:指杰出的大人物。

〔30〕所志:志向。《毛诗序》:“在心为志,发言为诗。”

〔31〕升高能赋:登高远望,能将所见的事物描述出来。《毛诗传》:“升高能赋,可以为大夫。”

〔32〕匪:非。

〔33〕任土作贡:随其土地所产而定贡赋的品种和数量。

〔34〕《虞书》:《尚书》的一部分,包括《尧典》、《皋陶谟》。《古文尚书》又增《舜典》、《大禹谟》、《益稷》,合为五篇。

〔35〕辨物居方:令物各得其所。胡刻本“辨”作“辩”,据《文选李注义疏》改。

〔36〕《周易》:即《易经》。我国古代的占卜书,含有丰富的哲学思想,是儒学的重要经典。《易经》:“君子以慎辨物居方。”

〔37〕摄:抓住。　体统:纲要。

〔38〕诂训:故训,即古人的言语。

今译

《诗经》有六义，第二义叫《赋》。扬雄说："古代诗人作赋，讲究辞采华美富丽，但合乎《诗经》的准则。"班固说："赋，乃是《诗经》的流变。"古代君王采集地方歌谣，从中考察各地的风土人情。见了"绿竹猗猗"的诗句，就知道卫国盛产绿竹。见了"在其版屋"的诗句，就知道秦国西部羌族用土打墙盖房的习俗。因此坐在屋里就能靠诗辨明各地的不同情况。

然而，司马相如作《上林赋》，说"卢橘夏熟"；扬雄作《甘泉赋》，说"玉树青葱"；班固作《西都赋》，为钓出比目鱼而惊叹；张衡作《西京赋》，陈述与海神交游。假借珍怪，进行夸饰，凡此种种，不一而足。考察枇杷之类的果树，并非那里的土质所生；考究海神，也不会生活在内陆。讲究辞采，容易用华美的辞藻来修饰，考究内容，那种说法则是荒诞无稽的。没底的玉杯虽然宝贵，但是无用。浮夸之辞，虽然华美，却不合乎常理。但是评论者不批评他们极力追求藻饰和荒诞，辞赋作者大都把这作为典范。习惯成自然，这也是由来已久的了。

我想模仿《二京赋》作《三都赋》。赋中写的山川城市，都用地图来核对，赋中写的鸟兽草木，都以地方志为根据。民谣歌舞，都与其地风俗相符。赋中写的著名人物，无一不是当地名流。为什么呢？因为诗是歌咏志向的。登高能赋诗的人，赞美的是他亲眼所见。赞美万物，贵在遵照它的本来面目；赞美人事，应该符合它的实际。不符合事实，并非事物的本来面目，看的人怎能相信呢？况且按照土地出产缴纳贡赋，是《虞书》载明；根据地区辨别物类，这是《易经》所讲。聊举个别事例，可见过去作赋的毛病。赋不能任意藻饰，虚而无征，应以古人的训典为依凭。

（赵福海译注并修订）

蜀都赋一首

左太冲

题解

《蜀都赋》是三都赋的第一篇。汉赋开辟两条蹊径:一条是铺排大赋之路;一条是抒情小赋之路。《蜀都赋》学《两都》,袭《二京》,走的是铺排大赋之路。

大赋,是汉赋的主流。它为一代之文范、文体之创格。“大”是其基本特点。规模大,气魄大,口气大,以“大”取胜,以“大”为美。其他特点都是由“大”派生的,为“大”服务的。铺张扬厉的手法,华丽繁缛的辞藻,骈偶对称的句式,夸张比喻的修辞,以及由此造成的流注贯珠的气势,都是为了表现这个“大”字。赋,凡具有“大”的特点,无论出自何人之手,皆可视之为“汉赋”。《蜀都赋》亦当如是观之。

左思为了表现蜀都之大,构思从时、空着眼,以空间为主。时间是无限的,空间也是无限的。把要表现的内容,置于无限的时空之中,就造成一种时间的悠久感和空间的广漠感。朱光潜先生在《诗论》中说:“一般抒情诗较近于音乐,赋则较近于图画,用在时间上绵延的语言,表现在空间上并存的物态。诗本是‘时间艺术’,赋则有几分是‘空间艺术’。”《蜀都赋》正是这样的“空间艺术”。作者从上下左右,东西南北,四面八方,去再现“并存的物态”。描绘蜀都的周疆,则曰:“于前则跨蹑犍牂,枕倚交趾”;“于后则却背华容,北指昆仑”;“于东则左绵巴中,百濮所充”;“于西则右挟岷山,涌渎发川”。以蜀之都城为中心,向四面作放射形描绘,见其始而不知其终。再加上跨躡、枕倚、却背、北指、左绵、右挟这些以动写静的词语的巧用，造成一种“含绵邈于尺素，吐滂沛乎寸心”的艺术效果。

为了显示蜀都之“大”，作者不断移动目光，变换角度，仰观俯察，左环右顾，做立体描写。描绘山川，则曰：“山阜相属，含溪怀谷，岗峦纠纷，触石吐云”；描绘江河则曰：“龙池瀥瀑渍其隈，漏江伏流溃其阿”；描绘林木，则曰：“楩楠幽蔼于谷底，松柏蓊郁于山峰”；描绘禽兽，则曰：“穴宅奇兽，窠宿异禽，熊罴咆其阳，鵰鹗鴪其阴”；描绘宫室，则曰：“结阳城之延阁，飞观榭乎云中，开高轩以临山，列绮窗而瞰江。”上下左右，构成多层次，多面体，在磅礴的气势中展示着几何美。

《蜀都赋》处处着眼于“大”的艺术形式，与歌颂祖国山河壮丽、地大物博的内容是和谐一致的。巴山蜀水之险阻，天府之国之富饶，只有借助广阔的艺术空间，才能充分地表现出来。这篇气势磅礴的大赋，对后来描写山河壮美的诗文，有着深远的影响。我们从李白的《蜀道难》中，就可以看到《蜀都赋》的影子。

原文

有西蜀公子者，言于东吴王孙[1]，曰：盖闻天以日月为纲[2]，地以四海为纪[3]。九土星分[4]，万国错跱[5]。崤函有帝皇之宅[6]，河洛为王者之里[7]。吾子岂亦曾闻蜀都之事欤[8]？请为左右扬搉而陈之[9]。

夫蜀都者[10]，盖兆基于上世[11]，开国于中古[12]。廓灵关以为门[13]，包玉垒而为宇[14]。带二江之双流[15]，抗峨眉之重阻[16]。水陆所凑[17]，兼六合而交会焉[18]。丰蔚所盛[19]，茂八区而菴蔼焉[20]。

于前则跨躡犍牂[21]，枕輢交趾[22]，经途所亘[23]，五千余里。山阜相属[24]，含溪怀谷[25]，岗峦纠纷[26]，触石吐云[27]。郁葐蒀以翠微[28]，崛巍巍以峨峨[29]。干青霄而秀出[30]，舒丹气而为霞[31]。龙池瀥瀑濆其隈[32]，漏江伏流溃其阿[33]。汨若汤谷之扬涛[34]，沛若濛汜之涌波[35]。于是乎邛竹缘岭[36]，菌桂临崖[37]，旁挺龙目[38]，侧生荔枝。布绿叶之萋萋[39]，结朱实之离离[40]。迎隆冬而不凋[41]，常晔晔以猗猗[42]。孔翠群翔[43]，犀象竞驰，白雉朝雊[44]，猩猩夜啼，金马骋光而绝景[45]，碧鸡儵忽而曜仪[46]。火井沉荧于幽泉[47]，高焰飞煽于天垂[48]。其间则有虎珀丹青[49]，江珠瑕英[50]，金沙银砾[51]，符采彪炳[52]，晖丽灼烁[53]。

于后则却背华容[54]，北指昆仑[55]，缘以剑阁，阻以石门[56]，流汉汤汤[57]，惊浪雷奔，望之天回[58]，即之云昏[59]。水物殊品[60]，鳞介异族[61]。或藏蛟螭[62]，或隐碧玉[63]。嘉鱼出于丙穴[64]，良木攒于褒谷[65]。其树则有木兰梫桂[66]，杞櫹椅桐[67]，椶枒楔枞[68]。楩楠幽蔼于谷底[69]，松柏蓊郁于山峰[70]。擢修干[71]，竦长条[72]，扇飞云，拂轻霄。羲和假道于峻岐[73]，阳乌回翼乎高标[74]。巢居栖翔[75]，聿兼邓林[76]，穴宅奇兽，窠宿异禽。熊罴咆其阳[77]，雕鹏鶚其阴[78]。猨狖腾希而竞捷[79]，虎豹长啸而永吟[80]。

于东则左绵巴中[81]，百濮所充[82]。外负铜梁于宕渠[83]，内函要害于膏腴[84]。其中则有巴菽巴戟[85]，灵寿桃枝[86]，樊以葙圃[87]，滨以盐池。蜲蛦山栖[88]，鼋龟水处[89]。潜龙蟠于沮泽[90]，应鸣鼓而兴雨[91]。丹沙赩炽出其坂[92]，蜜房郁毓被其阜[93]。山图采而得道，赤斧服而不朽[94]。若乃刚悍生其方[95]，风谣尚其武[96]，奋之则賨旅[97]，玩之则渝舞[98]。锐气剽于中叶[99]，跻容世于乐府[100]。

于西则右挟岷山[101]，涌渎发川[102]，陪以白狼，夷歌成章[103]。坰野草昧[104]，林麓黝儵[105]，交让所植[106]，蹲鸱所伏[107]。百药灌丛[108]，寒卉冬馥[109]。异类众伙[110]，于何不育？其中则有青珠黄环，碧砮芒消[111]。或丰绿荑[112]，或蕃丹椒[113]。麋芜布濩于中阿[114]，风连莚蔓于兰皋[115]。红葩紫饰[116]，柯叶渐苞[117]，敷蕊葳蕤[118]，落英飘飖[119]。神农是尝[120]，卢跗是料[121]，芳追气邪[122]，味蠲疠痟[123]。

其封域之内[124]，则有原隰坟衍[125]，通望弥博[126]，演以潜沫[127]，浸以绵雒[128]，沟洫脉散[129]，疆里绮错[130]，黍稷油油，粳稻莫莫[131]。指渠口以为云门[132]，洒滮池而为陆泽[133]。虽星毕之滂沲[134]，尚未齐其膏液[135]。尔乃邑居隐赈[136]，夹江傍山，栋宇相望，桑梓接连[137]。家有盐泉之井[138]，户有橘柚之园。其园则有林檎枇杷[139]，橙柿梬楟[140]。榹桃函列[141]。梅李罗生[142]。百果甲宅[143]，异色同荣[144]。朱樱春熟，素柰夏成[145]。若乃大火流[146]，凉风厉[147]，白露凝，微霜结，紫梨津润[148]，樼栗罅发[149]，蒲陶乱溃[150]，若榴竞裂[151]，甘至自零[152]，芬芬酷烈[153]。其园则有蒟蒻茱萸[154]，瓜畴芋区[155]，甘蔗辛姜，阳苾阴敷[156]。日往菲微[157]，月来扶疏[158]，任土所丽[159]，众献而储[160]。其沃瀛[161]，则有攒蒋丛蒲，绿菱红莲，杂以蕴藻，糅以蘋蘩[162]。总茎柅柅[163]，裛叶蓁蓁[164]，蓇实时味[165]，王公羞焉[166]。其中则有鸿俦鹄侣[167]，鷖鹭鹈鹕[168]，晨凫旦至[169]，候雁衔芦[170]。木落南翔[171]，冰泮北徂[172]，云飞水宿[173]，哢吭清渠[174]。其深则有白鼋命鳖[175]，玄獭上祭[176]。鳣鲔鳟鲂，鮷鳢鲨鲿[177]。差鳞次色[178]，锦质报章[179]，跃涛戏濑[180]，中流相忘[181]。

于是乎金城石郭[182]，兼帀中区[183]，既丽且崇[184]，实号成都。辟二九之通门[185]，画方轨之广涂[186]，营新宫于爽垲[187]，拟承明而起庐[188]。结阳城之延阁[189]，飞观榭乎云中[190]。开高轩以临山[191]，列绮窗而瞰江[192]。内则议殿爵堂[193]，武义虎威，宣化之闼，崇礼之闱[194]。华阙双邈[195]，重门洞开[196]，金铺交映[197]，玉题相晖[198]。外则轨躅八达[199]，里闬对出[200]，比屋连甍[201]，千庑万室[202]。亦有甲第[203]，当衢向術[204]，坛宇显敞[205]，高门纳驷[206]。庭扣钟磬[207]，堂抚琴瑟[208]，匪葛匪姜[209]，畴能是恤[210]？

亚以少城[211]，接乎其西。市廛所会[212]，万商之渊[213]。列隧百重[214]，罗肆巨千[215]。贿货山积[216]，纤丽星繁[217]。都人士女[218]，袨服靓妆[219]。贾贸墆鬻[220]，舛错纵横[221]。异物崛诡[222]，奇于八方[223]。布有橦华[224]，麪有桄榔[225]。邛杖传节于大夏之邑[226]，蒟酱流味于番禺之乡[227]。舆辇杂沓[228]，冠带混并[229]。累毂叠迹[230]，叛衍相倾[231]。諠哗鼎沸，则哤聒宇宙[232]。嚣尘张天[233]，则埃壒曜灵[234]。阛阓之里[235]，伎巧之家[236]，百室离房，机杼相和[237]。贝锦斐成[238]，濯色江波[239]，黄润比筒[240]，籝金所过[241]。侈侈隆富[242]，卓郑埒名[243]，公擅山川[244]，货殖私庭[245]，藏镪巨万[246]，铄摫兼呈[247]，亦以财雄[248]，翕习边城[249]。三蜀之豪[250]，时来时往，养交都邑[251]，结俦附党[252]。剧谈戏论[253]，扼腕抵掌[254]，出则连骑，归从百两[255]。若其旧俗，终冬始春[256]，吉日良辰[257]，置酒高堂，以御嘉宾[258]。金罍中坐[259]，肴槅四陈[260]，觞以清醥[261]，鲜以紫鳞[262]。羽爵执竞[263]，丝竹乃发[264]，巴姬弹弦，汉女击节[265]。起《西音》于促柱[266]，歌《江上》之飙厉[267]。

纡长袖而屡舞，翩跹跹以裔裔[268]。合樽促席[269]，引满相罚[270]，乐饮今夕[271]，一醉累月[272]。

若夫王孙之属[273]，郤公之伦[274]，纵禽于外[275]，巷无居人[276]，并乘骥子[277]，俱服鱼文[278]，玄黄异校[279]，结驷缤纷[280]。西逾金堤，东越玉津[281]，朔别期晦[282]，匪日匪旬[283]。蹴蹈蒙笼[284]，涉蹻寥廓[285]，鹰犬倏眒[286]，罻罗络幕[287]。毛群陆离[288]，羽族纷泊[289]，翕响挥霍[290]，中网林薄[291]。屠麖麋[292]，剪旄麈[293]，带文蛇[294]，跨彫虎[295]。志未骋[296]，时欲晚，追轻翼[297]，赴绝远[298]，出彭门之阙[299]，驰九折之坂[300]，经三峡之峥嵘[301]，蹑五屼之蹇浐[302]。戟食铁之兽[303]，射噬毒之鹿[304]，皛貙氓于葽草[305]，弹言鸟于森木[306]。拔象齿，戾犀角[307]，鸟铩翮[308]，兽废足。

殆而朅来[309]，相与第如滇池[310]，集于江洲[311]。试水客[312]，舣轻舟[313]，娉江婓[314]，与神游。罨翡翠[315]，钓鰋鲉[316]，下高鹄[317]，出潜虬[318]，吹洞箫，发棹讴[319]，感鱏鱼[320]，动阳侯[321]。腾波沸涌，珠贝氾浮，若云汉含星，而光耀洪流[322]。将飨獠者[323]，张帟幕[324]，会平原，酌清酤[325]，割芳鲜[326]，饮御酣[327]，宾旅旋[328]。车马雷骇[329]，轰轰阗阗[330]，若风流雨散[331]，漫乎数百里间[332]。斯盖宅土之所安乐[333]，观听之所踊跃也[334]。焉独三川[335]，为世朝市[336]？

若乃卓荦奇谲[337]，倜傥罔已[338]，一经神怪，一纬人理[339]。远则岷山之精，上为井络[340]，天帝运期而会昌[341]，景福肸飨而兴作[342]。碧出苌弘之血[343]，鸟生杜宇之魄[344]，妄变化而非常[345]，羌见伟于畴昔[346]。近则江汉炳灵[347]，世载其英[348]。蔚若相如[349]，皭若君平[350]，王褒韡晔而秀发[351]，扬雄含章而挺生[352]，幽思绚道德[353]，摛藻掞天庭[354]。考四海而为俦[355]。当中叶而擅名[356]。是故，游谈者以为誉[357]，造作者以为程也[358]。

至乎临谷为塞[359]，因山为障[360]，峻岨塍埒长城，豁险吞若巨防[361]。一人守隘，万夫莫向[362]。公孙跃马而称帝[363]，刘宗下辇而自王[364]。由此言之，天下孰尚[365]？故虽兼诸夏之富有[366]，犹未若兹都之无量也[367]。

注释

〔1〕西蜀公子、东吴王孙：皆假托人物。

〔2〕纲：纲纪，准则。

〔3〕纪：与“纲”互文同义。

〔4〕九土：九州。夏禹分中国为冀、兖、青、徐、扬、荆、豫、梁、雍九州。

〔5〕错跱（zhì 志）：杂列。

〔6〕崤、函：崤山和函谷关。崤函以西为关中地方，西周、秦、汉皆在这里建都邑，故曰“帝皇之宅”。

〔7〕河、洛：指黄河和洛水流域，东周、东汉建都的地方，故曰“王者之里”。里，居。

〔8〕吾子：对东吴王孙的尊称。

〔9〕左右：对于对方的敬称。旧时不直称其人，仅称他的左右，以表示尊敬。扬搉（què 却）：举其大概。

〔10〕蜀都：指成都。

〔11〕兆基：开始奠基。兆，始。　上世：上古时代。　蚕从、鱼凫、开明，皆蜀王之先祖。从开明上至蚕从，积三万四千年，故曰“兆基于上代”。

〔12〕开国：建都。秦惠王讨灭蜀王，封公子通为蜀侯。惠王二十七年，使张若与张仪筑成都城。其后置蜀郡，治所在成都。开国即指此。　中古：此指战国秦惠王时。

〔13〕廓：广大。　灵关：灵关山，在成都西南。

〔14〕包:包围。　玉垒:玉垒山,在成都西北。　宇:屋边,引申为墙。

〔15〕二江:指岷江。江山岷山分为二水,经成都南东流。

〔16〕抗:高举。　峨眉:峨眉山。　重阻:山高谷深,险阻重重,故曰重阻。

〔17〕凑:四面八方会集。

〔18〕兼六合而交会:形容水陆交通四通八达。六合,四方上下。

〔19〕丰蔚:指丰富的物产。

〔20〕八区:八方。　菴蔼:茂盛的样子。

〔21〕蹑(niè 聂):追踪。　犍、牂(qián zāng 前脏):犍为、牂柯,蜀地的两个郡。

〔22〕輢(yǐ 椅):依靠。　交趾:汉代郡名,当时为西南边疆地区。

〔23〕亘(gèn):延伸连绵。

〔24〕阜:大山。　相属:相连。

〔25〕含溪怀谷:山中藏着溪谷。

〔26〕纠纷:错杂。

〔27〕触石吐云:山中水气触石而生云。

〔28〕葐蒀(fēn yūn 分晕):烟气郁积的样子。　翠微:山气轻轻飘荡。

〔29〕崛(jué 决):突起。　巍巍峨峨:形容山势高峻。

〔30〕青霄:青天。

〔31〕舒:布散。　丹气:红色的雾气。

〔32〕龙池:池名。在四川宜宾县西南。　瀥(xuè 血)瀑:水沸之声。高步瀛《文选李注义疏》:"因有瘴气,故水沸而不静也。"　濆(fén 坟):水激流的样子。　隈(wēi 威):山弯曲之处。

〔33〕漏江:江名。在今云南通海县境。刘渊林注:"漏江在建宁,有水道,伏流数里复出。"　伏流:潜流。　溃:冲决。　阿:山弯曲之处。

〔34〕汩(gǔ 古):水急涌的样子。　汤谷:神话中日出之处。

〔35〕沛:水流急湍的样子。　濛汜(sì 四):神话中日落之处。

〔36〕邛(qióng 穷)竹:邛崃山出产的竹子,节长实心,可做手杖,叫邛竹。

〔37〕菌桂:一种药用植物。

〔38〕龙目:即龙眼,桂圆之别名。

〔39〕萋萋:形容叶子茂密。

〔40〕离离:形容果实繁多错落。

〔41〕隆冬:极冷的冬季。

〔42〕晔晔(yè 叶):光彩焕发的样子。　猗猗(yī 衣):美盛的样子。

〔43〕孔、翠:孔雀和翡翠鸟。

〔44〕雉(zhì 志):野鸡。　雊(gòu 够):野鸡的叫声。

〔45〕金马骋光:金马驰骋,快如光速。金马,西南地方传说中的神物。　绝景:不留影子。景,影。

〔46〕碧鸡:西南地方传说中的神物。　儵(shū 书)忽:飞快。儵,同"倏"。曜仪:显出形貌。

〔47〕火井:盐井。　沉荧:沉浸着火光。荧,小火光。

〔48〕焖(yàn 艳):火焰。焖,同"焰"。　煽:炽。　天垂:天的四边。李善注:"蜀郡有火井,在临邛县西南。火井,盐井也。欲出其火,先以家火投之,须臾许,隆隆如雷声,焖出通天,光辉十里,以筩笛盛之,接其光而无炭也。"

〔49〕虎珀:即琥珀。　丹、青:朱砂和石青,均为颜料。

〔50〕江珠:琥珀之别名。　瑕英:一种美玉。

〔51〕金沙银砾(lì 力):金银杂于沙砾之中,淘洗可得,故称金沙银砾。砾,粗砂。

〔52〕符采:珠宝的光彩。　彪炳:闪烁光辉。

〔53〕晖丽灼烁:光辉灿烂的样子。

〔54〕却背:背靠。　华容:水名,在四川江由之北。

〔55〕昆仑:山名。

〔56〕剑阁:栈道名,在今四川剑阁县东北的大剑山、小剑山之间。　石门:山名,在今陕西勉县东北。

〔57〕汉:汉水。　汤汤(shāng shāng 商商):水势浩大。

〔58〕望之天回:远望天旋地转。

〔59〕即之云昏:近看雾气蒙蒙。

〔60〕水物:水中物产。　殊品:品类不同。

〔61〕鳞:指鱼类。　介:指龟、蚌等带贝壳的水族。

〔62〕蛟:古代传说中的动物,民间相传蛟能发洪水。　螭(chī 吃):古代传说中一种动物,蛟龙之类。

〔63〕碧玉:水中所产的宝玉。

〔64〕嘉鱼:状似鳟鱼,当地特产。　丙穴:水名。胡绍煐曰:"《御览》卷五十四引《周地图》:顺政郡丙穴,以其口何丙,因以为名。沮水经穴间而过,或谓

之大丙水。每春三月上旬,复有鱼长八九寸,或二三日联绵从穴出跃,相传名为嘉鱼,即左太冲《蜀都赋》所谓‘嘉鱼出于丙穴是也。’”(引自《文选李注义疏》)

〔65〕攒:聚集。　褒谷:川陕交界的山谷,谷中出产优质木材。

〔66〕木兰:一种常青树。　梫(jīn 今)桂:木桂。

〔67〕杞(qǐ 起):杞柳。　橚(xiāo 肖):一种落叶乔木。　椅(yǐ 衣):木名,材质细,可做小家具。　桐:梧桐。

〔68〕椶(zōng 宗):棕榈。　楔(xiē 些):有刺的松。　枞(cōng 葱):松树。

〔69〕楩(pián 骈):黄楩木。　楠(nán 南):楠木。　幽蔼:深密的样子。

〔70〕蓊(wěng)郁:茂盛的样子。

〔71〕擢(zhuó 浊):耸起。　修:长。

〔72〕竦(sòng 耸):高耸。

〔73〕羲和:神话中为太阳驾车的人。此指太阳。　峻歧:指高树的枝杈。

〔74〕阳乌:神话中住在太阳里的三足乌。　高标:高枝。

〔75〕巢居栖翔:指禽鸟或飞或停。

〔76〕聿(yù 育)兼邓林:指禽鸟飞栖皆在林中。聿,语首助词,无义。邓林,神话中的树林。

〔77〕咆:兽的嗥叫。　阳:山之南。

〔78〕雕、鹗(è 饿):皆为鹰类。　鸡(yù 玉):鸟疾飞的样子。阴:山之北。

〔79〕猨狖(yòu 右):猿。猨,同“猿”。狖,黑猿。　腾希:在空处腾跳。

〔80〕永吟:长声叫。

〔81〕东:指蜀东地带。　左:指东边。　绵:连。“左绵”与下文“右挟”对文。

〔82〕百濮:多种少数民族。刘渊林注:“濮,夷也。”　所充:到处都有。扬子云《蜀都赋》:“东有巴中,绵亘百濮。”上二句盖本此。

〔83〕铜梁:山名,在今四川合川南。　宕(dàng 荡)渠:汉代郡名,即今四川省合川、南充等地。

〔84〕要害:险要之地。　膏腴(yú 于):肥沃富饶之地。

〔85〕巴菽:中药名,即巴豆。　巴戟:草名,即巴戟天。

〔86〕灵寿:木名。　桃枝:竹类。

〔87〕樊:同“藩”,藩篱。　葅(zǔ 祖)圃:葅草之圃。

〔88〕蟕蠵(biē tí 憋提):鸟名,即山鸡。

〔89〕鼋(yuán 元):动物名,也叫绿团鱼,生活在水中。

〔90〕潜龙:不飞的龙。　沮(jū 居)泽:沼泽。

〔91〕应鸣鼓而兴雨:传说巴东沼泽中有神龙,听到鼓声便行雨。

〔92〕丹沙:朱砂。　赩(xì 细)炽:深红色。　坂(bǎn 板):山坡。

〔93〕蜜房:蜜蜂的窠。　郁毓:盛多的样子。　阜:山地。

〔94〕山图、赤斧:皆传说中蜀地仙人。　不朽:长生不老。

〔95〕刚悍:刚勇强悍。

〔96〕风谣:歌谣。

〔97〕賨(cóng 从)旅:巴人的军队。《晋书·李特载记》:"巴人呼赋为賨,因谓之賨人焉。"汉高祖平定三秦,曾得巴人之力,嘉其功,免其赋,更名其地为巴郡。

〔98〕玩:娱乐。　渝舞:渝地的舞蹈。渝,河川名,在賨人所居的地区。

〔99〕剽(piào 票):平分。　中叶:指西汉极盛的时代。

〔100〕蹻(jiǎo 绞)容:刚健的舞姿。

〔101〕西:指蜀西地带。　右:指西边。　岷山:在蜀地的西部,岷江发源于此山。

〔102〕渎(dú 读):河川。　发川:指岷江发源于此。

〔103〕白狼:蜀西的一种少数民族。汉明帝时,他们用自己的语言写成三首诗歌,颂扬汉的功德。

〔104〕坰(jiōng)野:郊野。　草昧:草木幽深茂密。

〔105〕林麓(lù 路):长满林木的山脚。麓,山脚。　黝儵(yǒu shù 有束):幽暗。

〔106〕交让:木名。两树对生,一树生,另一树枯,每年交替一次,既不同时生,又不同时枯,故名"交让"。

〔107〕蹲鸱(chī 吃):大芋,岷山之特产。

〔108〕百药:各种药材。　灌丛:灌木丛生。

〔109〕寒卉:耐寒的植物。　冬馥(fù 富):冬天散发香气。

〔110〕众伙:繁多。

〔111〕青珠、黄环、碧砮(nǔ 努)、芒消:皆中药。

〔112〕丰:与下文之"蕃"皆谓长得茂盛。　绿荑(tí 提):即辛夷,俗称木笔。

〔113〕丹椒:花椒。

〔114〕蘪(mí 迷)芜:香草。　布濩:分布。　中阿:山坳。

〔115〕风连：中草药，即黄连。 莚蔓：藤蔓相牵。 兰皋（gāo 高）：生兰草的近水之地。

〔116〕红葩（pā 啪）：红花。葩，花。 紫饰：紫色的果实。指蜀椒。“蜀椒木高四五尺，似茱萸而小，有针刺叶，坚滑，实可煮饮食。四月结子，无花，生于枝叶间，颗如小豆而圆，皮紫赤色。”（《文选李注义疏》引《本草纲目》）

〔117〕柯叶渐苞：枝叶茂盛。柯，草木的枝茎。渐（jiān 尖）苞，不断滋长而丛生。

〔118〕蕊：花心。 葳蕤（wēi ruí）：草木茂盛枝叶下垂的样子。

〔119〕落英：落花。 飘飖：飞扬。

〔120〕神农：传说中的古帝王，曾尝百草、辨药性。

〔121〕卢、跗（fū 夫）：即扁鹊、俞跗，皆传说中的古代名医；扁鹊，卢人。料：做动词用，制药剂。

〔122〕追：驱除。 气邪：中医学上指一切致病因素为邪。

〔123〕蠲（juān 捐）：免除。 疠（lì 力）：传染病。 痟（xiāo 消）：糖尿病。

〔124〕封域：全境。

〔125〕原：平原。 隰（xí 席）：低洼潮湿的土地。 坟：水边的高地。 衍（yǎn 演）：低而平坦之地。

〔126〕通望弥博：一望无际。

〔127〕演：水在地下潜流。 潜、沫（mò）：二水名，皆流经蜀郡，并有一段伏流，故曰“演以潜沫”。

〔128〕绵、雒（luò 洛）：二水名。绵水在绵竹县，出紫岩山；雒水在上雒县，出桐柏山。二水皆流经蜀郡。

〔129〕沟洫（xù 序）：沟渠。 脉散：像人体血管那样四处布散。

〔130〕疆里：田畴。 绮（qǐ 起）错：像锦绣上的花纹一般交错排列。

〔131〕黍稷（jì 季）：此泛指旱田。 粳（jīng 精）稻：此泛指水田。油油、莫莫：形容庄稼长得茂盛。

〔132〕渠口：指秦代李冰所修的都江堰。 云门：比喻都江堰如兴云作雨之门。《文选李注义疏》：“李冰作大堰于此，雍江作堋，堋有左右口，谓之湔堋。”

〔133〕滮（biāo 标）池：蓄水池。 陆泽：“陆泽者，蓄水以灌田，使饶沃。”（《文选李注义疏》）

〔134〕星毕：毕星。 滂沲（tuò 唾）：滂沱，形容大雨。沲同“沱”。古代传

说月亮运行靠近毕星,就降大雨。

〔135〕齐:等同。　膏液:指水利灌溉。

〔136〕邑居:指蜀都城乡居民。　隐赈(zhèn 振):繁盛富裕。

〔137〕桑梓(zǐ 子):家乡,此指村落。

〔138〕盐泉:盐井。

〔139〕林檎(qín 琴):即沙果,也叫花红。　枇杷(pí pá 皮爬):常绿树,果可吃。

〔140〕�(shì 市):柿子。　梬(yǐng 影):水果名,即丁香柿。　楟(tíng 停):山梨。

〔141〕榹(sī 私)桃:即桃,又名毛桃。　函列:一排排,一行行。

〔142〕罗生:排列而生。

〔143〕甲宅:同“甲坼”。指花开。

〔144〕异色同荣:百花盛开。

〔145〕朱樱:深红色的樱桃。古代视为珍果。　柰(nài 耐):林檎的一种,也称沙果、花红。

〔146〕大火:心星。　流:指星向下移动。夏历五月黄昏,心星见于正南方,方向最正,位置最高。夏历七月黄昏,心星的位置由中天逐渐西降,暑渐退而秋将至。

〔147〕厉:凛烈。

〔148〕津润:滋润。

〔149〕榛(zhēn 真):同“榛”。　罅(xià 下)发:指果皮因成熟而裂开。罅,裂缝。

〔150〕蒲陶:即葡萄。　溃:熟烂。

〔151〕若榴:即石榴。

〔152〕甘至:指水果熟透。　自零:自己陆续掉下来。零,零落。

〔153〕酷烈:极浓厚。

〔154〕蒟蒻(jǔ ruò 举弱):四川特产的一种芋类植物,又名鬼芋。　茱萸(zhū yú 朱鱼):植物名,有浓烈的香味。

〔155〕瓜畴芋区:瓜、芋之类的菜,连畦成片。

〔156〕茈(xū 虚):温暖。茈,通“煦”。　阴敷:布满荫凉。蔗喜阳,姜喜荫。

〔157〕菲微:形容缓缓生长。

〔158〕扶疏：枝条分布的样子。

〔159〕任土所丽：因地而生。丽，附着，此指生长。

〔160〕众献：献出的果品种类多，数量多。

〔161〕沃瀛：肥沃的沼泽。瀛，池泽中。

〔162〕蒋、蒲、菱、莲、蕴、藻、蘋、蘩（fán 烦）：皆沼泽中的水生植物。　攒（cuán）：聚集。　糅（róu 柔）：掺杂。

〔163〕总：丛。　柅柅（ní 泥）：草木茂盛的样子。

〔164〕裛（yì 义）叶：叶片重重。裛，缠裹。　蓁蓁（zhēn 真）：草茂盛的样子。

〔165〕蕡（fén 坟）实：繁盛的果实。　时味：时鲜。

〔166〕羞：食物。此做动词，进食物。

〔167〕鸿、鹄：大雁和天鹅。李善注："鸿鹄多群飞，故言侣俦也。"

〔168〕鷏（zhēn 真）鹭、鹈鹕（tí hú 题胡）：刘渊林注："鷏鹭、鹈鹕，二鸟名也。"《文选李注义疏》："朱珔曰：案《诗·振鹭》，《毛传》："振，群飞貌。《正义》云：'此鸟名鹭而已，则是非振鹭连文也。'后人因振加鸟，《玉篇》乃有'鷏'字，以为鹭鸟别名，而此处刘注亦谓振路为鸟名矣。然李注引《诗》不言鷏与'振'通，或李本不作'鷏'与？"胡绍煐曰："振鹭，赋文从鸟作鷏，则竟以振鹭为鸟名矣。《玉篇》因之出鷏，云音真，鹭鸟别名。此如嘤为鸟声，而以为莺。"鸒斯（《诗·小雅·小弁》："弁彼鸒斯，归飞提提。"），斯，语助词，而名鸒为鸒斯，螽斯，别作蜇，皆出于文人好奇之病。

〔169〕晨凫（fú 浮）：野鸭子。因其常早晨飞，故曰"晨凫"。

〔170〕候雁：大雁。因其南来北往有节候，故曰"候雁"。　衔芦：雁飞的时候，口中衔一根芦苇，防止遇到罗网。

〔171〕木落：指深秋。

〔172〕冰泮（pàn 判）：冰化，指春天。泮，融解。　北徂（cú）：北往。徂，往。

〔173〕云飞水宿：飞在高空，宿在水边。

〔174〕弄吭（háng 杭）：鸣叫。吭，喉咙。

〔175〕白鼋命鳖：传说鼋鸣则鳖应。命，呼应。

〔176〕玄獭上祭：传说水獭吃鱼时献祭。獭为黑色，故曰玄獭。

〔177〕鳣（zhān 毡）、鲔（wěi 伟）、鳟（zūn 尊）、鲂（fáng 房）、鳀（tí 提）、鳢（lǐ 礼）、鲨（shā 沙）、鲿（cháng 常）：皆是味道鲜美的大鱼。

〔178〕差鳞次色：形容各种颜色的鱼错杂在一起。

〔179〕锦质报章:形容鱼的形色美观。

〔180〕戏濑(lài 赖):在急流中戏游。濑,湍急之水。

〔181〕中流相忘:形容鱼在水中悠然自得。《庄子》:"鱼相忘于江湖。"

〔182〕金城石郭:形容城非常之坚固。郭,外城。

〔183〕兼帀(zā 扎)中区:城墙环绕着市区。帀,同"匝",环绕一周。

〔184〕丽:壮丽。　崇:高峻。

〔185〕二九:十八。《文选李注义疏》:"梁章钜曰:扬雄《蜀都赋》曰:其都门二九,四百余间。又《成都志》曰:大城九门,少城九门,唯咸门、朔门秦汉旧名也。"是在当时十八门已不可考。

〔186〕方轨:两车并行。　塗:通"途"。

〔187〕爽垲(kǎi 慨):敞亮而高爽。爽,明。垲,高而干燥。

〔188〕承明:西汉长安宫内文人学士待诏的地方。　起庐:指建筑宫室。

〔189〕阳城:成都城门之一。　延阁:附属于主体的接连不断的建筑物。《文选李注义疏》引李膺《益州记》曰:"少城有九门,南面三门,最东曰阳城门,次西曰宣明门,蜀时张仪楼,即宣明门楼也。重阁复道跨阳城门,故左思赋云'结阳城之结(延)阁,飞观榭乎云中'。"

〔190〕观、榭(guàn xiè 贯谢):皆为古代的高建筑物。

〔191〕高轩:眺台。　临山:面对着山。

〔192〕绮窗:雕刻花纹的窗。　瞰(kàn 看):俯视。

〔193〕议殿、爵堂:皆殿堂名。议殿,议事之所。爵堂,封官之所。

〔194〕武义、虎威、宣化、崇礼:皆门名。　闼、闱(tà wéi 踏围):皆为宫内之门。

〔195〕华阙:华美的城楼。　邈:此谓高耸之意。

〔196〕重(chóng 虫)门:一层层的门。门随山势而多,故曰重门。洞开:敞开。

〔197〕金铺:古代镶门环的衬片,铜制,故曰金铺。

〔198〕玉题:门楣上的装饰。

〔199〕轨躅(zhuó 浊):车马的印迹,此指道路。躅,足迹。

〔200〕里闬(hàn 汗):里巷的门。　对出:相对而开。里闬对出,形容居民稠密。

〔201〕比屋连甍(méng 盟):房连房,屋连屋。比,邻。甍,栋梁,屋脊。

〔202〕庑:走廊,廊屋。

〔203〕甲第:高级住宅。第,上等房屋。

〔204〕当衢(qú 渠)向術:对着大街。衢、術,大街。

〔205〕坛:堂。　宇:院。

〔206〕驷(sì 四):四匹马驾的车。

〔207〕扣:敲击。　钟、磬:用金属和石质做的打击乐器。

〔208〕抚:弹。

〔209〕葛:指诸葛亮。　姜:指姜维。　匪:非。

〔210〕畴:谁。　恤(xù 序):居。

〔211〕亚:其次。　少城:成都市内的小城。为商业区,在西区。

〔212〕市廛:店铺集中之所。

〔213〕万商之渊:各种商品集中的地方。渊,人或物集聚之处。

〔214〕隧:市中街道。　百重:形容街道一条条,多得数不清。

〔215〕肆:店铺。　巨千:极言其多。

〔216〕贿货:商品。

〔217〕纤丽:精巧漂亮的商品。

〔218〕都人士女:都城里的男男女女。士女,男女。

〔219〕袨(xuán 悬):服:盛装。　靓(jìng 静)妆:美丽的妆饰。

〔220〕贾(gǔ 古)贸:买卖交易。　墆(dié 迭)鬻:囤积货物,待高价出售。

〔221〕舛(chuǎn 喘)错纵横:指有买有卖,交互夹杂。舛错,交互夹杂。

〔222〕崛诡(jué guǐ 决鬼):奇特。

〔223〕奇于八方:四面八方的珍奇之物聚集于此。

〔224〕橦华(tóng huā 同花):木绵。华同"花"。

〔225〕麪(miàn 面):面粉。麪,同"麵"。　桄榔(guāng láng 光郎):热带树。树干中有红色粉末,可吃。

〔226〕邛(qióng 穷)杖:邛竹手杖。用邛山实心竹所制。　大夏:古代西域的国名。《汉书·张骞传》载,骞在大夏时见邛竹杖和蜀布。邛竹杖以节为奇,故曰:"传节于大夏之邑。"

〔227〕蒟(jǔ 举)酱:以蒟子所做之酱。蒟,植物名,其果实如桑椹,可制酱。番禺:今广东的番禺。

〔228〕舆辇(niǎn 碾):车轿。辇,专指皇帝乘的车。　杂沓:纷纷而来。

〔229〕冠带:帽子和腰带,此借指士族和官吏。

〔230〕累毂(gǔ 古)叠迹:车辆相并相接。毂,车轮中间车轴贯入处的圆木。

〔231〕叛衍:稠密。相倾:拥挤。

〔232〕鼎沸:鼎中水开之声,此比喻人声嘈杂的样子。 咙聒(páng guā 旁刮):杂乱之声。

〔233〕嚣尘:喧闹扬起的尘埃。 张天:漫天。

〔234〕壒(ài 爱):灰尘。此做动词,灰尘遮住。 曜灵:太阳。

〔235〕阛阓(huán huì 环会):街市上的商店。

〔236〕伎巧:才艺,工巧。伎巧之家指织锦作坊。

〔237〕百室离房,机杼(zhù 柱)相和:各种房室虽然不同,但机杼之声相和。离,异。机杼,织布机。

〔238〕贝锦:织有花纹的锦。 裴(fěi 匪)成:五色交错的花纹。《诗·小雅·巷伯》:"萋兮斐兮,成是贝锦。"

〔239〕濯(zhuó 浊)色江波:据说,成都江水最宜洗锦。锦织成,放江水中洗,色彩格外鲜艳。《华阳国志·蜀志》:"锦江织锦,濯其中则鲜明,他江则不好,故命曰锦里也。"

〔240〕黄润:指筒中细布。

〔241〕籝(yíng 营)金所过:筒布价值昂贵。胡刻本作"籯",据《文选李注义疏》:"籯字《说文》所无,当作籝。《汉书·韦贤传》及诸书引《蜀都赋》皆作籝。应改。"籝,盛金之器。

〔242〕侈侈(chǐ 尺):盛多的样子。 隆富:巨富。

〔243〕卓、郑:汉初蜀地两大富豪,家资万贯,拥有矿山和千百奴隶。卓,卓氏。郑,程郑。 埒(liè 列)名:齐名。埒,等同。

〔244〕公擅山川:公然占有山川。擅,占有。

〔245〕货殖:居积财货,经营生利。

〔246〕镪(qiǎng 抢):钱贯,引申为钱。

〔247〕釽(pì 僻):裁木为器。釽,也作"鈲"。 摫(guī 规):裁布为衣。《方言》:"釽、摫,裁也。梁、益之间,裁木为器曰鈲,裂帛为衣曰摫。"釽、摫,此指木材和布帛。 兼呈:同时定量征收。呈通"程",定额。

〔248〕财雄:以财称雄,即大财主。

〔249〕翕(xī 西)习:极盛的样子。

〔250〕三蜀:指蜀郡、广汉、犍为三郡。广汉略靠近北部,犍为略靠近南部。豪:地主豪绅。

〔251〕养交:酒肉朋友。养,贮存食物。　都邑:都城,指成都。

〔252〕结俦附党:结成党羽。

〔253〕剧谈戏论:嬉笑阔论。

〔254〕扼腕抵掌:形容谈论得十分兴奋,得意忘形。抵掌,拍手。

〔255〕两:古“辆”字。

〔256〕终冬始春:岁末年初。

〔257〕吉日良辰:好日子。

〔258〕御:款待。

〔259〕罍(léi 雷):大的盛酒器。古时饮酒,用大酒器盛满酒放在桌子中央,然后用杯杓舀着喝。

〔260〕肴(yáo 姚)槅(hé 合)四陈:菜肴果品摆满一桌。槅,通“核”,有核的果实。

〔261〕觞:酒杯。此为动词,敬酒。　清醥(piǎo):清冽的酒。

〔262〕鲜:尝鲜。　紫鳞:指鱼。

〔263〕羽爵:刻有禽鸟花纹的酒杯。　执竞,举杯争相痛饮。

〔264〕丝竹:管弦乐器。

〔265〕巴姬、汉女:指蜀地的美女。

〔266〕西音:乐曲名。　促柱:急弦。

〔267〕江上:乐曲名。　飙(liáo 辽)厉:嘹亮。

〔268〕纡:回环。　翩:轻捷的样子。　跹跹(xiān 仙):旋转起舞的样子。裔裔(yì 义):舞姿轻盈的样子。

〔269〕合樽(zūn 尊)促席:大家围坐共饮,不拘礼节。促席,坐得很近。

〔270〕引满:斟满杯。

〔271〕乐饮今夕:今晚开怀畅饮。

〔272〕一醉累月:一醉方休。累月,数月。

〔273〕王孙:卓王孙,卓文君的父亲。

〔274〕郤(xì 细)公:蜀地的一个富豪。

〔275〕纵禽:追纵禽兽,指打猎。

〔276〕巷无居人:言皆去观猎,巷内空无一人。

〔277〕骥子:骏马。

〔278〕服:佩带。　鱼文:盛箭之器。

〔279〕玄黄异校:黑马和黄马的队伍分开。校,队伍。

〔280〕结驷:用四马并辔驾一车。　缤纷:众多的样子。

〔281〕金堤、玉津:皆游猎之地。金堤在成都之西,玉津在成都之东。

〔282〕朔别期晦:月初出猎,月末方归。朔,阴历每月初一。晦,每月的月底。

〔283〕匪日匪旬:言狩猎一次,非一日十日。

〔284〕蹴(cù 醋)蹈:践踏。　蒙笼:草木茂盛的样子。

〔285〕涉躐(gě 葛):跨过。躐,足迹所经。　寥廓(liáo kuò 辽阔):指幽远的山谷。

〔286〕倏胂(shū shēn 书申):迅疾的样子。倏,同"倏"。

〔287〕罻(wèi 魏)罗:捕捉鸟兽的网。　络幕:网张开的样子。

〔288〕毛群:指野兽。　陆离:分散,此指野兽奔逃。

〔289〕羽族:指飞禽。　纷泊:飞扬。

〔290〕翕响挥霍:顷刻之间。挥霍,迅疾。

〔291〕林薄:林木草丛。薄,野草丛生的地方。

〔292〕麖麋(jīng mí 京迷):皆为鹿类动物。

〔293〕旄(máo 毛):旄牛。　麈(zhǔ 主):鹿类动物。头像鹿,蹄像牛,尾像驴,颈背像骆驼,俗称四不像。

〔294〕文蛇:有花纹的蛇。

〔295〕彪虎:花纹斑斓的虎。

〔296〕骋:发挥,此作满足、尽兴解。

〔297〕轻翼:指飞鸟。

〔298〕绝远:极远的地方。

〔299〕彭门:地名。在岷山下,有两峰对峙如门,故得名。　阙:山口。

〔300〕九折之坂:即九折坂,地名,在今四川省荣经县西邛崃山。

〔301〕峥嵘(zhēng róng 争荣):山势险峻的样子。

〔302〕五屼(wù 务):山名,在今四川峨眉县西南。　蹇浐(jiǎn chǎn 简产):曲折崎岖的样子。

〔303〕戟(jǐ 挤):古代的一种兵器。此做动词,刺。　食铁之兽:刘渊林注:"貊兽,毛黑,白臆,似熊而小。以舌舔铁,须臾便数十斤。出建宁郡。"

〔304〕噬(shì 是)毒之鹿:吃毒草的鹿。刘渊林注:"有神鹿两头,主食毒草,名之食毒鹿,出云南郡。"

〔305〕畠(pāi 拍):击杀。 貙(chū 出)氓:又称貙人。古代氏族名,居江汉之间。传说能够变老虎。 葽(yāo 腰)草:茂密的草。葽,草茂盛的样子。

〔306〕言鸟:一种能发人声的怪鸟。

〔307〕戾(lì 力):拔,截断。

〔308〕铩翮(shā hé 杀河):毁掉羽茎。

〔309〕殆而:倦殆,疲乏。 朅(jiē 接)来:即去来,此偏在来义。

〔310〕第:且。 如:赴。 滇池:在今云南昆明。古时云南属蜀。

〔311〕江州:即今四川重庆。

〔312〕试水客:试做水上之客。

〔313〕艤(yǐ 已):船拢岸。

〔314〕娉(pìn 聘):访求。 江斐(fēi 非):神女。刘渊林注引《列仙传》:“江妃二女,游于江滨,逢郑交甫,挑之,不知其神女也。遂解佩与之,交甫悦,受佩而去。数十步,空怀无佩,女亦不见。”江斐即江妃。

〔315〕罨(yǎn 眼):掩捕。 翡翠:鸟名,也叫翠雀。

〔316〕鰋(yǎn 眼):鲇鱼。 鲉(yóu 由):小鱼,一说笠子鱼。

〔317〕下高鹄:射下高空中的天鹅。

〔318〕出潜虬(qiú 求):捉出水底的小龙。虬,传说中有角的小龙。

〔319〕棹(zhào 赵)讴:渔歌。

〔320〕感鱏(xún 寻)鱼:《说文》:“《传》曰:伯牙鼓琴,鱏鱼出听。”

〔321〕阳侯:水神。

〔322〕“腾波”四句:刘向注:“言阳侯腾涌,珠贝浮出,若天汉之星照于水中。”汜,应作“氾(fàn 犯)”,漂浮的样子。古书“汜”与“氾”常混用。云汉,天河。

〔323〕飨(xiǎng 响):犒赏。 獠(liáo 辽)者:猎人。

〔324〕帟(yì 义):小帐幕。

〔325〕酤(gū 姑):酒。

〔326〕芳鲜:美味新鲜的鱼肉。

〔327〕御:进用。

〔328〕宾旅:宾客。旅,客。 旋:回。

〔329〕雷骇:形容车马之声犹如惊雷。

〔330〕轰轰阗阗(tián 田):象声词,车马之声。

〔331〕风流雨散:形容车马之声像风那样流动,像雨那样飘散。

〔332〕漫:布散。

〔333〕宅土之所安乐:身心感到享乐的居处之土。宅土,居处之土。

〔334〕观听之所踊跃:耳目感到欢欣愉悦。踊跃,欢欣的样子。刘向《雅琴赋》:"观听之所至,乃知其美也。"

〔335〕三川:指东都洛阳。秦置三川郡,因系黄河、洛水、伊水三川相交之地,故称三川。汉高祖更名河南郡,郡治所为洛阳。

〔336〕朝市:争名夺利的地方。即所谓名利场。刘渊林注:"张仪曰:争名者于朝,争利者于市。今三川周室,天下之朝市也。"

〔337〕卓荦(luò 洛):特异。　奇谲(jué 决):奇异。

〔338〕倜傥(tì tǎng 替淌):放荡不羁。此指异乎寻常。　罔已:无限。

〔339〕一经神怪,一纬人理:或者与神怪相连,或者与人理相通。经、纬,关联,相通。

〔340〕井络:井星。传说天上的井星是岷山的精灵所变。

〔341〕天帝运期而会昌:天帝定期在此举行盛会。

〔342〕景福:大福。　肸蚃(xī xiǎng 西响):指声响或气体的传播,此比喻神灵感应。

〔343〕碧出苌(cháng 常)弘之血:刘渊林注:"苌弘死于蜀,藏其血,三年化为碧。"苌弘,人名,周敬王大夫。碧,美似宝玉的青石。

〔344〕杜宇之魄:据《蜀记》载,从前有个人姓杜,名宇,在蜀为王,号曰望帝。杜宇死后化作子规鸟。魄,精魂。

〔345〕妄:虚幻。

〔346〕羌(qiāng 枪):语首助词,无义。　伟:美。　畴昔:往昔。从前。

〔347〕江汉:指蜀地。　炳灵:天赋以灵气。炳,同"秉"。

〔348〕世载其英:世世代代生英杰。载,生。以上数句言地灵人杰。

〔349〕蔚(wèi 魏):文采繁盛的样子。　相如:指汉辞赋家司马相如。

〔350〕皭(jiào 叫):洁净。此指清高。　君平:指严遵,字君平,在成都市卖卦,得百钱,足自养,便收摊下帘,研读《老子》。著《道德指归论》。

〔351〕王褒(bāo 包):汉代文学家,著有《九怀》、《洞箫赋》等。　韡晔(wěi yè 伟业):明盛。此指文采焕发。　秀发:出类拔萃。

〔352〕含章:富有文采。　挺生:超群。

〔353〕幽思:玄妙的思维。　绚(xuàn 眩):灿烂,照耀。　道德:指老子《道

德经》。扬雄效仿《老子》而作《太玄》,可与《道德经》相辉映。

〔354〕摛藻掞(chī zǎo shàn 吃早善)天庭:华美的辞赋受到皇帝的激赏。汉武帝读了司马相如的赋,极为欣赏,恨自己不与相如同时代。以后知道相如不仅与自己同时代,而且就在成都,便立刻召见了他。扬雄、王褒也都受到宫庭的重视。摛藻,铺张辞藻。掞,舒展,此指感动。

〔355〕四海:指全国。　隽(jùn 俊):杰出的人物。

〔356〕中叶:指汉朝鼎盛时期。　擅名:大有名望。

〔357〕游谈者:谈论的人。　誉:荣耀。

〔358〕造作者:写作的人。　程:典范。

〔359〕塞:关隘。

〔360〕障:屏障。

〔361〕峻岨塍埒(jùn zǔ chéng liè 俊祖成列)长城,险豁吞若巨防:《文选李注义疏》引胡绍煐曰:"'塍埒长城'与'吞若巨防'相对为文,则埒不当训为田埒。埒,等也;塍,界也。言峻岨界等长城也。上曰'埒',下曰'若',意并同。"巨防,长城。

〔362〕一人守隘,万夫莫向:一夫当关,万夫莫近。隘,关隘。向,近。

〔363〕公孙:指公孙述,王莽时在蜀自立为帝。

〔364〕刘宗:指刘备。刘备为汉之宗室,故称刘宗。

〔365〕孰尚:何处能比过它。

〔366〕诸夏:指周代分封的诸侯国,此指全国。

〔367〕无量:无法计算,言数量极多。

今译

有位西蜀公子,对东吴王孙说:据我所闻,天以日月为纲,地以四海为纪。大地按星宿分野划为九州,万国错杂并立。崤函曾有君王之都,河洛昔有皇帝宫室。您听说过蜀都的情况吗?请让我给您大略讲一讲。

蜀都,在上古就奠定了基础。秦代开始设立蜀郡,修筑城池。城前以高大的灵关山为门,城后以环抱的玉垒山为墙。滔滔岷江城南流淌,巍巍峨眉重峦叠障。水陆交通发达,联系四面八方。物产极其丰富，集中天下万物。

蜀都之南，近连犍牂，远接交趾，延展连绵，五千余里。山峰相连，藏溪怀谷。冈峦互相交错，水气触石生云。凝聚的云气轻轻飘荡，高耸的山峰昂然向上。险峰直插云霄，秀丽挺拔，丹气升腾，形成彩霞。龙池若沸，水声哗哗，漏江潜流，激荡山崖。水流急湍，如同汤谷掀巨浪；喷泉汩汩，好似濛汜扬洪波。邛竹菌桂缘山岭，龙眼荔枝挂满坡。绿叶披散滴滴翠，红果满枝累累垂。迎着寒风不凋谢，常年奕奕闪光辉。孔雀翠鸟成群飞，犀牛大象争奔驰。早晨野鸡叫，夜晚猩猩啼。金马狂奔，快如光速不见影；碧鸡疾飞，稍纵即逝闪身躯。盐井之盐在深井中闪闪发光，投火入井烈焰熊熊照天际。出产琥珀樠砂石青，还有珍珠美玉。金矿砂，银矿石，放异彩，多绚丽。

蜀都之北，背靠华容水，遥指昆仑山。剑阁环抱，石门阻隔。汉水奔流湍急，浪涛奔腾如雷。遥望天旋地转，近观云雾濛濛。水族种类繁多，生长鱼鳖虾蟹。蛟螭潜水底，碧玉水中没。丙穴盛产嘉鱼，褒谷良木丛生。其树有木兰梫桂，杞樠椅桐，棕榈刺松。谷底楩楠森森，绝顶松柏葱葱。高高树干向上挺拔，长长枝条向上高耸。枝条摇动扇云飞，插入轻霄颤微微。日遇高树绕道行，鸟见长枝改路飞。禽鸟或翔或栖，不出高山密林。岩穴居奇兽，窝巢宿异禽。熊罴在山南咆啸，雕鹗在山北疾飞。猿猴争相跳跃攀援，虎豹彼此放声长吟。

蜀都之东，与巴中连成一片，许多少数民族住满山川。外靠宕渠郡的铜梁山，内有沃野上的险关。这里生长巴菽巴戟，还有灵寿桃枝。周围园圃当藩篱，靠近水边是盐池。蝴蝶栖山上，鼋龟水中居。龙盘沼泽中，闻鼓便行雨。朱砂火红出山坡，蜂房繁多布满山，山图采食成仙得道，赤斧饮服长生不老。居民性格刚强勇猛，尚武精神充满歌谣。高祖征战靠賨族劲旅，娱乐有渝州舞蹈。勇武锐气兴于盛汉，歌谣舞姿采入乐府。

蜀都之西，右靠岷山，岷江就从这里发源。白狼族臣服汉室，献诗颂德用自己的语言。郊野花草茂盛，山坡林木森然。交让树双双挺立，大芋头地下生长。百药丛生，寒花冬香。种类繁多，无所不长。有青珠黄环，碧砮芒消，茂密的绿荑，繁盛的花椒。麋芜丛生，遍布山坳。黄连蔓生，长在平川，红花紫实，枝叶纷繁，花蕊绽开，疏密相间，落英缤纷，随风飘散。神农在此尝百草，扁鹊俞跗制良药。芳香开窍逐邪气，各种疾病能治疗。

蜀都境内，平原盆地，一望无际。潜水沫水地下暗流，绵水洛水滋润绿洲。沟渠好像血管遍布人体，禾稻如同锦绣铺满田畴。高粱谷子绿油油，粳子稻子雄赳赳。把都江堰作为行云播雨的龙门，引来池水灌溉良田。即使月近毕星天下滂沱大雨，也赶不上蜀都水利灌溉充足。城乡繁荣富裕，居民临水傍山。屋宇相望，村村相连。家家有盐井，户户有桔园。花红枇杷，橙柿樗楟，山桃成行，梅李并生，百果开花，斗艳争荣。鲜红樱桃春早熟，白色果子夏长成。若到三秋季节，凉风凛烈，露珠凝聚，结成薄霜。紫红的梨子有光泽，熟透的栗子皮绽裂。圆圆的葡萄熟烂，大大的石榴开壳。水果熟透果自落，芳香气味极浓烈。菜园种植蒟蒻茱萸，瓜芋分片成畦。辣姜喜阴，甘蔗喜阳。逐日慢慢长，累月枝条长。万物皆因地利生，多产果实供储藏。沼泽肥沃，出产丰盛。茭白香蒲成片，菱角莲花丛生。其间掺杂水草，白蒿长在草中。茎儿根根长得茂密，叶儿重重生得繁盛。时鲜蔬菜和果实，供给王公贵族食用。沙滩鸿鹄成群，还有鹭鸶鱼鹰。野鸭天天早晨飞至，大雁口衔芦苇时时机警。草木凋零雁南翔，天暖冰消回北方。云中高飞水中宿，清渠之中叫声长。沼泽深处有鼋鳖，水獭吃鱼先祭神。鳣鲔鳟鲂，鮷鳢鲨鲿，鱼类繁多，五颜六色，腾涛戏浪，悠然自得。

坚固城郭，环绕市区，壮丽高崇，取名成都。开辟十八座城门，铺上两车并行的大路。在高而宽敞的地方营造新宫，按承明庐的格局修建宫室。长廊栈道连结阳城之门，楼台翘檐好像在空中飞舞。

一道道高高的长廊面对青山，一排排雕花的窗户俯视长江。宫中有议事厅封官堂，武义虎威宣化崇礼四座宫门朝前方。殿前一对华青高高耸立，重重宫门大敞四开。门扉金铺光彩夺目，门楣玉题交相映晖。门外街道四通八达，里巷门户相对而开。房连房，屋连屋，廊屋居室无重数。还有高级住宅，都是临街建筑。屋堂庭院宽敞豁亮，大门可容四马车子通行。庭中敲钟击磬，堂上鼓瑟弹琴。除非孔明姜维那样的权贵，谁有资格住这豪华的大宅？

其次，城内小城，位于西区。布面繁华，是各种商品集散之地。条条街道布满店铺，商行挨家数以千计。商品堆积如山，精巧细致的货色多如繁星一般。街上男男女女，装束漂亮鲜艳。行商坐贾，囤积居奇，买卖交易，忙碌无比。各种货物怪怪奇，从四面八方集中到这里。布是木棉所织，面为桄榔碾细。邛州竹制手杖从这里传入大夏之城，蜀地蒟酱从这里贩进番禹之乡。马车轿子络绎不绝，达官贵人来来往往。他们的车辆一辆接着一辆，你拥我挤彼此互不相让。喧哗之声鼎沸，嘈嘈杂杂震得屋宇山响。灰土飞满天空，尘埃遮住太阳。里弄之中，到处有织锦作坊。各家厂房互不相同，机杼札札彼此共鸣。锦上织满花纹，经过江水洗涤色泽更美。一筒细布，价值千金。许多富豪，可与卓、郑齐名。他们公然霸占山川，为自己聚敛财富。家里存钱亿万，布帛木材同时搜刮，仰仗财大称雄，一时轰动边疆。三蜀豪绅，互相来往，交游成都，营私结党，高谈阔论，捋袖拍掌，出门前呼后拥，归来随车百辆。按着旧俗，岁末年初，吉日良辰，高堂设宴，金樽美酒，款待佳宾。金罍满酒桌中放，佳肴果品摆四方。敬上清香美酒，鱼肉新鲜好尝。席间传杯递盏，管弦随之响起。美人奏乐侍宴，歌女击节唱曲。奏《西音》曲调激越，唱《江上》歌声嘹亮。挥动长袖翩翩起舞，左旋右转舞姿婆娑。团团围坐不拘礼节，酒杯斟满你罚我喝。乐得今宵痛饮，拼个一醉数月。

王孙之辈，郤公之流，出外打猎，倾城观看。猎手人人骑骏马，个个挎弓箭。黑马黄马分两队，四马车子多如云。向西过金隄，往东越玉津。月初离家月底归，一去一回要几旬。马蹄翻飞践青草，幽远山谷骏骑奔。鹰飞犬驰，罗网森森。野兽逃命，惊走飞禽。顷刻之间，在那草木丛生的地方禽兽落网，杀麋鹿，斩旄牛，捉花蛇，缚斑虎。兴未尽，天将晚，追飞禽，赴远程。跨出彭门双峰口，驰向远方邛崃山。经过险峻的三峡，踏越崎岖的五屼。刺吃钢铁的怪兽，射吞毒草的奇鹿，毙能变虎的貙人，杀会说话的异鸟。拔象牙，截犀角，毁鸟翎，断兽脚。

王孙郤公皆疲惫，同赴滇池，共会江州。试做水上客，命人弄轻舟。拜访江妃，与神女交游。撒网捕翡翠，下钩钓鰋鲉。高空射天鹅，水底捉龙虬。吹洞箫，唱渔歌，引诱鲟鱼出水听，感动阳侯掀洪波。波起浪涌，珠贝浮游，好像银河含星斗，闪闪发光在洪流。犒劳猎手，张起帐幕，设宴平畴。喝着清香的美酒，吃着新鲜的鱼肉。痛饮兴尽，宾客回还，车马奔驰如雷惊，轰轰隆隆声不断，像风那样流动，像雨那样飘散，弥弥漫漫百里之间。这里是安居的乐土，也是赏心的乐园。争名夺利之地不独三川，蜀都也同三川一般。

至于特异传说，更是倜傥不拘。有的说神仙鬼怪，有的讲人情物理。古代传说，天上的井星，化作岷山的精灵。上帝在蜀都做起盛会，降临大福天地感应。碧石出自苌弘的热血，子规生于望帝的精灵。虚幻变化，虽非常理，但在过去视为神奇。蜀都可谓地灵人杰，世世代代出豪英。文采繁盛如相如，人品高洁若君平。王褒才华横溢，扬雄文才出众。思维玄妙可与《老子》争辉，词采华美受宠于宫廷。四海之内堪为杰，盛汉之中扬才名。因此谈论者把他们当做荣誉，写作者把他们奉为文宗。

蜀都以深谷为关隘，以高山为屏障。高山峡谷奇险，如同长城一样。一夫当关，万夫莫开。公孙述凭此自立为帝，刘皇叔靠它割据为王。由此言之，全国无处能超过它，即使汇聚天下财富，也不如蜀都无可限量！

（赵福海译注并修订）

吴都赋一首

左太冲

题解

《吴都赋》是左思著名的《三都赋》中的第二篇，上承《蜀都赋》，下启《魏都赋》，叙述三国时代东吴都城建业（今江苏省南京市）及其周围地区的地理形势、风土物产、宫室建筑、历史事迹等，为下篇《魏都赋》题旨（立国之本在于政治措施，不在于自然条件）张本。

作者占有资料详尽，写作态度严谨，对江南景物作了多侧面的描写，同《蜀都赋》、《魏都赋》相比，具有更浓厚的地方色彩。从花果园林到鱼米水乡，从巍巍衡山到茫茫南海，展开了长长的南国画卷。特别是对古代南京城的描写，以朦胧之笔构勒出传神场景：那市街轻车、水巷楼船、行商坐贾、士女翩翩，等等，宛如一幅吴都风俗画，那样亲切可感，却又令人可望而不可及。它虽然不能为人们提供可靠的南京地方史料，却生动地展示出三国时代吴都的繁华风貌。

作者采用由远及近、由宏大至细微、层层收缩的手法描写吴都。先概述吴国的开国历史、地理形势，把吴都置于整个东吴的大环境中，然后再层层深入描写建业城区。作者笔下的名胜古城，不是一下子跃然纸上，而是先将读者的视觉引向渺茫的荒陬，领略一番“泉室潜织”、“南冥北户”的殊荒奇传；然后远临城外的肥田沃野，浏览乡间富庶景象；接着近观郊野城郭，瞻仰虎踞龙盘的霸王基业，再涉足城内，深入街巷，欣赏华丽的宫殿、巍峨的楼台；最后将视线收缩于吴都的人物活动上，数不尽的高门显贵，四方商贾，熙熙攘攘，如潮水一般。

这篇赋规模宏大，叙述错落有致，继承了汉代大赋的艺术传统，直接受到东汉班固《两都赋》、张衡《二京赋》等专写京都的作品的影响。作者力图克服汉赋中专尚华丽、任意夸张、虚而无征的流弊，但没有完全成功，难以摆脱因袭旧辙、模仿前人的固有范式。

原文

东吴王孙辴然而咍曰[1]：夫上图景宿[2]，辨于天文者也[3]；下料物土[4]，析于地理者也[5]。古先帝代[6]，曾览八纮之洪绪[7]，一六合而光宅[8]，翔集遐宇[9]，鸟策篆素，玉牒石记[10]，乌闻梁岷有陟方之馆[11]，行宫之基欤[12]？而吾子言蜀都之富[13]，禺同之有[14]；玮其区域[15]，美其林薮[16]；矜巴汉之阻[17]，则以为袭险之右[18]；徇蹲鸱之沃[19]，则以为世济阳九[20]。龌龊而筭[21]，顾亦曲士之所叹也[22]。旁魄而论都[23]，抑非大人之壮观也[24]。何则[25]？土壤不足以摄生[26]，山川不足以周卫[27]，公孙国之而破[28]，诸葛家之而灭[29]。兹乃丧乱之丘墟[30]，颠复之轨辙[31]，安可以俪王公而著风烈也[32]。玩其碛砾而不窥玉渊者[33]，未知骊龙之所蟠也[34]；习其敝邑而不睹上邦者[35]，未知英雄之所躔也[36]。

子独未闻大吴之巨丽乎[37]？且有吴之开国也[38]，造自太伯[39]，宣于延陵[40]。盖端委之所彰[41]，高节之所兴[42]。建至德以创洪业[43]，世无得而显称[44]，由克让以立风俗[45]，轻脱蹝于千乘[46]。若率土而论都，则非列国之所觖望也[47]。

故其经略[48]，上当星纪[49]，拓土画疆[50]，卓荦兼并[51]，包括干越[52]，跨蹑蛮荆[53]。婺女寄其曜[54]，翼轸寓其精[55]，指衡岳以镇野[56]，目龙川而带坰[57]。

尔其山泽[58]，则嵬嶷峣屼[59]，巊冥郁岪[60]，溃渱泮汗[61]，滇瀰淼漫[62]。或涌川而开渎[63]，或吞江而纳汉[64]，磈磈磈磈[65]，滮滮淠淠[66]，磁硂乎数州之间[67]，灌注乎天下之半[68]。

百川派别[69]，归海而会，控清引浊[70]，混涛并濑[71]。濆薄沸腾[72]，寂寥长迈[73]；濞焉汹汹[74]，隐焉礚礚[75]。出乎大荒之中[76]，行乎东极之外[77]，经扶桑之中林[78]，包汤谷之滂沛[79]。潮波汨起[80]，回复万里，歊雾漨浡[81]，云蒸昏昧[82]。泓澄奫潫[83]，澒溶沆瀁[84]，莫测其深，莫究其广。澶湉漠而无涯[85]，惚有流而为长[86]。瑰异之所丛育[87]，鳞甲之所集往[88]。

于是乎长鲸吞航[89]，修鲵吐浪[90]，跃龙腾蛇，鲛鲻琵琶[91]，王鲔鯸鲐[92]，鲫龟鳝鲭[93]，乌贼拥剑[94]，鼋鼍鲭鳄[95]，涵泳乎其中[96]。葺鳞镂甲[97]，诡类舛错[98]，溯洄顺流[99]，唫喁沉浮[100]。

鸟则鹍鸡鸀鳿[101]，鹴鹄鹭鸿[102]，鶢鹛避风[103]，候雁造江[104]，鸂鶒鷛鶝[105]，鹈鹤鹈鸧[106]，鹳鸥鹢鸬[107]，泛滥乎其上[108]。湛淡羽仪[109]，随波参差[110]，理翮整翰[111]，容与自玩[112]，彫啄蔓藻[113]，刷荡漪澜[114]。

鱼鸟聱耴[115]，万物蠢生[116]。芒芒黖黖[117]，慌罔奄欻[118]，神化翕忽[119]，函幽育明[120]，穷性极形[121]，盈虚自然[122]。蚌蛤珠胎[123]，与月亏全[124]。巨鳌赑屃[125]，首冠灵山[126]。大鹏缤翻[127]，翼若垂天[128]。振荡汪流[129]，雷抃重渊[130]。殷动宇宙[131]，胡可胜原[132]？

岛屿绵邈[133]，洲渚冯隆[134]，旷瞻迢递[135]，迥眺冥蒙[136]。珍怪丽[137]，奇隙充[138]，径路绝，风云通。洪桃屈盘[139]，丹桂灌丛[140]。琼枝抗茎而敷蕊[141]，珊瑚幽茂而玲珑[142]。增冈重阻[143]，列真之宇[144]。玉堂对霤[145]，石室相距[146]。蔼蔼翠幄[147]，嫋嫋素女[148]。江妃于是往来[149]，海童于是宴语[150]。斯实神妙之响象[151]，嗟难得而觏缕[152]。

尔乃地势坱圠[153]，卉木镺蔓[154]。遭薮为圃[155]，值林为苑[156]。异荂蓲蘛[157]，夏晔冬蒨[158]，方志所辨[159]，中州所羡[160]。草则藿蒳豆蔻[161]，姜汇非一[162]。江蓠之属[163]，海苔之类[164]，纶组紫绛[165]，食葛香茅[166]，石帆水松[167]，东风扶留[168]，布濩皋泽[169]，蝉联陵丘[170]，夤缘山岳之岊[171]，幂历江海之流[172]。扤白蔕[173]，衔朱蕤[174]，郁兮茷茂[175]，晔兮菲菲[176]。光色炫晃[177]，芬馥肸蚃[178]。职贡纳其包匦[179]，《离骚》咏其宿莽[180]。

木则枫柙櫲樟[181]，栟榈枸椖[182]，绵杬杶栌[183]，文欀桢橿[184]，平仲桾櫏[185]，松梓古度[186]，楠榴之木[187]，相思之树[188]。宗生高冈[189]，族茂幽阜[190]，擢本千寻[191]，垂荫万亩[192]。攒柯挐茎[193]，重葩殗叶[194]。轮囷虬蟠[195]，埾堁鳞接[196]。荣色杂糅[197]，绸缪缛绣[198]，宵露霮䨴[199]，旭日晻時[200]。与风飔飗[201]，飚浏飕飀[202]。鸣条律畅[203]，飞音响亮。盖象琴筑并奏[204]，笙竽俱唱[205]。

其上则猿父哀吟[206]，猈子长啸[207]。狖鼯猓然[208]，腾趠飞超[209]。争接悬垂[210]，竞游远枝[211]，惊透沸乱[212]，牢落翚散[213]。其下则有枭羊麢狼[214]，猰貐貙象[215]，乌菟之族[216]，犀兕之党[217]。钩爪锯牙[218]，自成锋颖[219]。精若耀星[220]，声若震霆。名载于山经[221]，形镂于夏鼎[222]。

其竹则篔筜箖箊[223],桂箭射筒[224]。柚梧有篁[225],篻簩有丛[226]。苞笋抽节[227],往往萦结[228],绿叶翠茎,冒霜停雪[229]。槺𥳯森萃[230],蓊茸萧瑟[231]。檀栾蝉娟[232],玉润碧鲜[233]。梢云无以逾[234],嶰谷弗能连[235],鸑鷟食其实[236],鹓鸰扰其间[237]。

其果则丹橘余甘[238],荔枝之林,槟榔无柯[239],椰叶无阴[240]。龙眼橄榄[241],棎榴御霜[242]。结根比景之阳[243],列挺衡山之阳[244]。素华斐[245],丹秀芳[246]。临青壁[247],系紫房[248]。鹧鸪南翥而中留[249],孔雀綷羽以翱翔[250]。山鸡归飞而来栖,翡翠列巢以重行[251]。

其琛赂则琨瑶之阜[252],铜锴之垠[253],火齐之宝[254],骇鸡之珍[255],赪丹明玑[256],金华银朴[257],紫贝流黄[258],缥碧素玉[259],隐赈崴䃶[260],杂插幽屏[261]。精曜潜颖[262],硩陊山谷[263]。碕岸为之不枯[264],林木为之润黩[265]。隋侯于是鄙其夜光[266],宋王于是陋其结绿[267]。

其荒陬谲诡[268],则有龙穴内蒸[269],云雨所储。陵鲤若兽[270],浮石若桴[271]。双则比目[272],片则王余[273]。穷陆饮木[274],极沉水居[275]。泉室潜织而卷绡[276],渊客慷慨而泣珠[277]。开北户以向日[278],齐南冥于幽都[279]。

其四野则畛畷无数[280],膏腴兼倍[281]。原隰殊品[282],窊隆异等[283]。象耕鸟耘[284],此之自与[285];穱秀菰穗,于是乎在[286]。煮海为盐,采山铸钱。国税再熟之稻,乡贡八蚕之绵[287]。

徒观其郊隧之内奥[288],都邑之纲纪[289],霸王之所根柢[290],开国之所基趾[291]。郛郭周匝[292],重城结隅[293]。通门二八[294],水道陆衢[295]。所以经始,用累千祀[296]。宪紫宫以营室[297],廓广庭之漫漫[298]。寒暑隔阂于邃宇[299],虹霓回带于云馆[300]。所以跨跱焕炳万里也[301]。造姑苏之高台[302],临四远而特建[303]。带朝夕之濬池[304],佩长洲之茂苑[305]。窥东山之府[306],则瑰宝溢目[307];䁖海陵之仓[308],则红粟流衍[309]。起寝庙于武昌[310],作离宫于建业[311]。阐阖闾之所营[312],采夫差之遗法[313]。抗神龙之华殿[314],施荣楯而捷猎[315]。崇临海之崔巍[316],饰赤乌之韡晔[317]。东西胶葛[318],南北峥嵘[319]。房栊对栊[320],连阁相经[321]。阍闼谲诡[322],异出奇名[323]。左称弯碕,右号临硎[324]。雕栾镂楶[325],青琐丹楹[326]。图以云气,画以仙灵。虽兹宅之夸丽[327],曾未足以少宁[328]。思比屋于倾宫[329],毕结瑶而构琼[330]。高闱有闶[331],洞门方轨[332]。朱阙双立[333],驰道如砥[334]。树以青槐,亘以绿水[335]。玄荫耽耽[336],清流亹亹[337]。列寺七里[338],侠栋阳路[339]。屯营栉比[340],解署棋布[341]。横塘查下[342],邑屋隆夸[343]。长干延属[344],飞甍舛互[345]。

其居则高门鼎贵[346],魁岸豪杰[347],虞魏之昆,顾陆之裔[348]。歧嶷继体[349],老成弈世[350]。跃马叠迹[351],朱轮累辙[352]。陈兵而归[353],兰锜内设[354]。冠盖云荫[355],闾阎阗噎[356]。其邻则有任侠之靡[357],轻沙之客[358]。缔交翩翩[359],傧从弈弈[360]。出蹑珠履[361],动以千百[362]。里宴巷饮,飞觞举白[363]。翘关扛鼎[364],拚射壶博[365]。鄱阳暴谑[366],中酒而作[367]。于是乐只衎而欢饫无匮[368],都辇殷而四奥来暨[369]。水浮陆行[370],方舟结驷[371]。唱棹转毂[372],昧旦永日[373]。

开市朝而并纳[374],横阛阓而流溢[375]。混品物而同廛[376]，并都鄙而为一[377]。士女伫眙[378]，商贾骈坒[379]。纻衣絺服[380]，杂沓傱萃[381]。轻舆按辔以经隧[382]，楼船举帆而过肆[383]。果布辐凑而常然[384]，致远流离与珂珬[385]。缫贿纷纭[386]，器用万端[387]。金镒磊砢[388]，珠琲阑干[389]。桃笙象簟[390]，韬于筒中[391]；蕉葛升越[392]，弱于罗纨[393]。儸譶澩漻[394]，交贸相竞[395]。喧哗喤呷[396]，芬葩荫映[397]。挥袖风飘而红尘昼昏[398]，流汗霡霂而中逵泥泞[399]。富中之氓[400]，货殖之选[401]。乘时射利[402]，财丰巨万[403]，竞其区宇[404]，则并疆兼巷[405]；矜其宴居[406]，则珠服玉馔[407]。

趫材悍壮[408]，此焉比庐[409]。捷若庆忌[410]，勇若专诸[411]。危冠而出[412]，竦剑而趋[413]。扈带鲛函[414]，扶揄属镂[415]。藏鏦于人[416]，去戫自闾[417]，家有鹤膝[418]，户有犀渠[419]。军容蓄用[420]，器械兼储[421]。吴钩越棘[422]，纯钧湛卢[423]。戎车盈于石城[424]，戈船掩乎江湖[425]。

露往霜来[426]，日月其除[427]。草木节解[428]，鸟兽腯肤[429]。观鹰隼[430]，诫征夫[431]。坐组甲[432]，建祀姑[433]。命官帅而拥铎[434]，将校猎乎具区[435]。乌浒狼𥰭，夫南西屠，儋耳黑齿之酋[436]，金邻象郡之渠[437]。骉駥飍矞[438]。靸霅警捷[439]，先驱前途[440]。俞骑骋路[441]，指南司方[442]。出车槛槛[443]，被练锵锵[444]。吴王乃巾玉辂[445]，轺骕骦[446]，旗鱼须[447]，常重光[448]，摄乌号[449]，佩干将[450]。羽旄扬蕤[451]，雄戟耀铓[452]。贝胄象弭[453]，织文鸟章[454]。六军袀服[455]，四骐龙骧[456]。峭格周施[457]，罿罻普张[458]。罼罕琐结[459]，罠蹄连纲[460]。陆以九疑[461]，御以沅湘[462]。辖轩蓼扰[463]，彀骑炜煌[464]。袒裼徒搏[465]、拔距投石之部[466]，猿臂骿胁[467]，狂趭犷猤[468]，鹰瞵鹗视[469]，趁趠翋罧[470]，若离若合者，相与腾跃乎莽罠之野[471]。干卤殳铤[472]、旸夷勃卢之旅[473]，长殺短兵[474]，直发驰骋[475]，儇佻坌并[476]，衔枚无声[477]，悠悠旆旌者[478]，相与聊浪乎昧莫之坰[479]。钲鼓叠山[480]，火烈熛林[481]，飞焗浮烟[482]，载霞载阴[483]。菈擸雷硠[484]，崩峦弛岑[485]。鸟不择木[486]，兽不择音[487]，虤虪[488]，缜麇麖[489]，蓦六驳[490]，追飞生[491]，弹鸾鹓[492]，射猱狿[493]。白雉落[494]，黑鸩零[495]。陵绝嶛嶕[496]，聿越巉险[497]。跙逾竹柏[498]，獵狳杞楠[499]。封狶蕹[500]，神螭掩[501]。刚镞润[502]，霜刃染[503]。

于是弭节顿辔[504]，齐镳驻跸[505]。徘徊倘佯[506]，寓目幽蔚[507]。览将帅之拳勇[508]，与士卒之抑扬[509]。羽族以觜距为刀铍[510]，毛群以齿角为矛铗[511]，皆体著而应卒[512]，所以挂扢而为创痏[513]，冲踤而断筋骨[514]，莫不衄锐挫芒[515]，拉捭摧藏[516]。虽有石林之岞崿[517]，请攘臂而靡之[518]；虽有雄虺之九首[519]，将抗足以跐之[520]。颠复巢居[521]，剖破窟宅[522]。仰攀鵕鸃[523]，俯蹴豺獏[524]。劫剞熊罴之室[525]，剽掠虎豹之落[526]。猩猩啼而就禽，萬萬笑而被格[527]。屠巴蛇，出象骼[528]，斩鹏翼，掩广泽[529]。轻禽狡兽[530]，周章夷犹[531]，狼跋乎纮中[532]，忘其所以睒睗[533]，失其所以去就[534]。魂褫气慑而自踢趹者[535]，应弦饮羽[536]；形偾景僵者[537]，累积而增益[538]，杂袭错缪[539]。倾薮薄，倒岬岫[540]，岩穴无貑貐[541]，翳荟无麢鹨[542]。思假道于丰隆[543]，披重霄而高狩[544]。笼乌兔于日月[545]，穷飞走之栖宿[546]。

嶰涧阒[547]，冈岵童[548]，罾罘满[549]，效获众[550]。回靶乎行睆[551]，观鱼乎三江[552]。泛舟航于彭蠡[553]，浑万艘而既同[554]。弘舸连舳[555],巨槛接舻[556],飞云盖海[557],制非常模[558]。叠华楼而岛跱[559],时仿佛于方壶[560]。比鹢首而有裕[561],迈余皇于往初[562]。张组帏[563],构流苏[564],开轩幌[565],镜水区[566]。篙工楫师[567],选自闽禺[568],习御长风[569],狎玩灵胥[570]。责千里于寸阴[571],聊先期而须臾[572]。棹讴唱[573],箫籁鸣[574]。洪流响,渚禽惊[575]。弋磻放[576],稽鷁鹏[577]。虞机发[578],留鸡鹋[579]。钩饵纵横[580],网罟接绪[581]。术兼詹公[582],巧倾任父[583]。筌鲉鳣[584],鲡鲿鲨[585],罩两鲂[586],罺鰝虾[587]。乘鲎鼋鼍[588],同罛共罗[589]。沉虎潜鹿[590],鼍龖僒束[591]。徽鲸辈中于群犗[592],搀抢暴出而相属[593]。虽复临河而钓鲤,无异射鲋于井谷[594]。结轻舟而竞逐[595],迎潮水而振缗[596]。想萍实之复形[597],访灵夔于鲛人[598]。精卫衔石而遇缴[599],文鳐夜飞而触纶[600]。北山亡其翔翼[601],西海失其游鳞[602]。雕题之士,镂身之卒[603],比饰虬龙,蛟螭与对[604]。简其华质[605],则亄费锦缋[606]。料其虓勇[607],则雕悍狼戾[608]。相与昧潜险[609],搜瑰奇[610]。摸玳瑁[611],扪觜蠵[612]。剖巨蚌于回渊[613],濯明月于涟漪[614]。毕天下之至异[615],讫无索而不臻[616]。谿壑为之一罄,川渎为之中贫[617]。哂澹台之见谋[618],聊袭海而徇珍[619]。载汉女于后舟[620],追晋贾而同尘[621]。汨乘流以砰宕[622],翼飓风之飗飗[623]。直冲涛而上濑[624],常沛沛以悠悠[625]。汔可休而凯归[626],揖天吴与阳侯[627]。

指包山而为期[628],集洞庭而淹留[629]。数军实乎桂林之苑[630],飨戎旅乎落星之楼[631]。置酒若淮泗[632],积肴若山丘[633]。飞轻轩而酌绿酃[634],方双辔而赋珍羞[635]。饮烽起[636]，醽鼓震[637]。士遗倦[638]，众怀欣[639]。幸乎馆娃之宫[640]，张女乐而娱群臣[641]。罗金石与丝竹[642]，若钧天之下陈[643]。发东歌，操南音[644]，胤阳阿[645]，咏韎任[646]。荆艳楚舞[647]，吴愉越吟[648]。翕习容裔[649]，靡靡愔愔[650]。若此者[651]，与夫唱和之隆响[652]，动钟鼓之铿耾[653]。有殷坻颓于前[654]，曲度难胜[655]，皆与谣俗汁协[656]，律吕相应[657]。其奏乐也，则木石润色；其吐哀也，则凄风暴兴。或超延露而驾辩[658]，或逾绿水而采菱[659]。军马弭髦而仰秣[660]，渊鱼竦鳞而上升[661]。酣湑半[662]，八音并[663]。欢情留[664]，良辰征[665]。鲁阳挥戈而高麾[666]，回曜灵于太清[667]。将转西日而再中[668]，齐既往之精诚[669]。

昔者夏后氏朝群臣于兹土[670]，而执玉帛者以万国[671]。盖亦先王之所高会[672]，而四方之所轨则[673]。春秋之际，要盟之主[674]，阖闾信其威[675]，夫差穷其武[676]。内果伍员之谋[677]，外骋孙子之奇[678]。胜强楚于柏举[679]，栖劲越于会稽[680]。阙沟乎商鲁[681]，争长于黄池[682]。徒以江湖崄陂，物产殷充[683]，绕霤未足言其固，郑白未足语其丰[684]。士有陷坚之锐[685]，俗有节概之风[686]，睚眦则挺剑[687]，喑呜则弯弓[688]。拥之者龙腾，据之者虎视[689]。麾城若振槁[690]，搴旗若顾指[691]。虽带甲一朝[692]，而元功远致[693]；虽累叶百叠[694]，而富强相继。乐湑衎其方域[695]，列仙集其土地。桂父练形而易色[696]，赤须蝉蜕而附丽[697]。中夏比焉[698]，毕世而罕见[699]。丹青图其珍玮[700]，贵其宝利也[701]。舜禹游焉，没齿而忘归[702]。精灵留其山阿[703]，玩其奇丽也[704]。

剖判庶土[705]，商榷万俗[706]，国有郁鞅而显敞[707]，邦有湫阨而蜷局[708]。伊兹都之函弘[709]，倾神州而韫椟[710]。仰南斗以斟酌[711]，兼二仪之优渥[712]。繇此而揆之[713]，西蜀之于东吴，小大之相绝也[714]，亦犹棘林萤耀，而与夫桾木龙烛也[715]；否泰之相背也[716]，亦犹帝之悬解，而与夫桎梏疏属也[717]：庸可共世而论巨细[718]，同年而议丰确乎[719]？暨其幽遐独邃[720]，寥廓闲奥[721]，耳目之所不该[722]，足趾之所不蹈[723]，倜傥之极异[724]，谲诡之殊事[725]，藏理于终古[726]，而未寤于前觉也。若吾子之所传[728]，孟浪之遗言[729]，略举其梗概[730]，而未得其要妙也[731]。

注释

〔1〕东吴王孙：作者虚构的人名。　辴（chǎn 产）然：笑的样子。　咍（hāi 嗨）：讥笑。

〔2〕上图景宿（xiù 秀）：观测天上的星象。景宿，星象。

〔3〕辨于天文：辨别天文。

〔4〕下料物土：计数下界的土地物产。

〔5〕析于地理：分析地理。

〔6〕古先帝代：远古圣帝的时代。此指虞舜之世。

〔7〕览：通“揽”，经营。　八纮（hóng 宏）：古人以为维系天地的八条纽带，此处指天地之间。　洪绪：伟业。

〔8〕一六合：统一天下。六合，四方上下。　光宅：占有，统御。李善注引《尚书序》：“光宅天下。”

〔9〕翔集遐宇：游历远方。

〔10〕鸟策：用鸟篆将古代帝王的事迹记在竹简上。鸟，鸟篆，如鸟迹一样的古文字。　篆素：用篆文记在白绢上。　牒：谱记。

〔11〕乌：何，哪里。　梁岷：梁州和岷山，都在蜀地，此处指代蜀国。　陟方之馆：古代帝王巡行各地所建立的馆舍。《尚书·舜典》：“五十载陟方乃死。”舜在位五十年，巡行南方，死在苍梧之野，并埋葬在那里。陟，升。方，道。（依孔安国说）

〔12〕行宫之基:前代天子行宫的遗址。行宫,古代京城以外供帝王出行时居住的宫室。 以上两句说史册上没有记载蜀地有什么古代帝王的遗迹,不能与吴地的名胜古迹相比。

〔13〕吾子:您。

〔14〕禺(yú 于)同之有:禺同二山的富有。禺、同,二山名,其址不详。

〔15〕玮(wěi 伟)其区域:赞赏蜀都所在的地区。玮,珍视,赞赏。

〔16〕美其林薮(sǒu 叟):赞美蜀地的林木和川泽。薮,湖泽。

〔17〕矜:矜夸。 巴汉:巴东和汉中。 阻:险阻。

〔18〕袭险:重重险阻。 右:首位。

〔19〕徇:显示。 蹲鸱(chī 吃)之沃:长满芋头的沃野。语出《史记·货殖列传》:"吾闻汶山之下,沃野,下有蹲鸱,至死不饥。"蹲鸱,芋头,其形如蹲在地上的鸱鹰。

〔20〕世济阳九:世世代代都可以靠沃野中的芋头度过荒年。阳九,指灾难之年或厄运。语出《汉书·律历志上》。

〔21〕龌龊(wò chuò 握绰):气量局挟,拘牵于小节。 筭(suàn 算):计量。据王念孙《读书杂志》考证,"筭"下当有"地"字,与下文"论都"相对。

〔22〕曲士:见识短浅的人。

〔23〕旁魄:或做"磅礴",混同无别。

〔24〕壮观:远见。

〔25〕何则:为什么。

〔26〕摄生:养生。

〔27〕周卫:四周的防卫。

〔28〕公孙:指公孙述。他于新莽末年割据蜀中,后来被东汉光武帝刘秀攻破。 国之:以之为国。之,代蜀。

〔29〕诸葛:指诸葛亮。他辅佐刘备建立蜀国,死后不久,蜀国即被魏将邓艾、钟会等平灭。 家之:以之为家,古代臣子的领地称家。

〔30〕丘墟:废墟。

〔31〕轨辙:车轮压过的痕迹。此外泛指前代遗迹。

〔32〕俪:比美。 著:昭著。 风烈:功业。

〔33〕玩:玩赏。 碛砾(qì lì 气力):浅水中的沙石。此代浅水,与"玉渊"相对为文。 玉渊:出玉石的深渊。

〔34〕骊(lí 离)龙:黑色的龙。 所蟠:盘居的地方。

〔35〕敝邑:偏僻的地方。 上邦:繁华地区的大国。

〔36〕所躔(chán 缠):居处的地方,暗指吴都。躔,居处。(依王念孙说)

〔37〕大吴:吴国的美称。 巨丽:壮丽。

〔38〕有吴:即吴国。有,名词词头。

〔39〕造自太伯:吴国始创于太伯。造,开始。太伯,周太王的长子,为了把王位让给他的小弟弟王季,而同二弟虞仲一起出走,到达南方蛮夷之地,自号句吴,开创吴国。

〔40〕宜:显示。 延陵:即吴季札,春秋时吴国的贤明公子,封于延陵,故称延陵季子。吴王寿梦欲立季札为太子,季札把王位让给诸樊。

〔41〕端委:古代礼服,此处指太伯带来的礼仪。据《左传·哀公七年》载,太伯初到吴地身穿礼服,推行周礼。

〔42〕高节:高尚的节操,此处指季札的礼让之风。

〔43〕至德:最高尚的功德。 洪业:宏伟的基业。

〔44〕显称:称颂。

〔45〕克让:克己让人。

〔46〕脱躧(xǐ 喜):脱鞋,此处比喻舍弃王位。 千乘:指王位。古时一车四马为一乘,较大的诸侯国依礼制拥有兵车千乘。

〔47〕率土:"率土之滨"的省语,语出《诗经·小雅》,意谓四海之内。 觖(jué 决)望:企望。此处指同吴都比美。

〔48〕经略:规划疆土。

〔49〕上当星纪:吴地以天上的星纪为分野。古人划分星空区域和地理区域时,把天上的星宿与地上的州国对应相配,称为分野。吴越地区的分野是斗、牛、女三宿。古人又把黄道附近一周天分为十二次,每个位次都有二十八宿中的某些星宿作为标志。星纪是十二次之一,以斗、牛、女三宿为标志,所以吴越的分野又是星纪。

〔50〕拓(tuò 唾)土:开拓土地。 画疆:确定疆界。

〔51〕卓荦(luò 落):特出,超过一般。

〔52〕干:春秋时邻近吴越的一个小国,为吴国所灭。

〔53〕跨蹑:占有。 蛮荆:指楚地。春秋时中原华夏各国认为楚国是落后蛮夷,称之为荆蛮或蛮荆。三国时,东吴占有楚地。

〔54〕婺(wù 务)女寄其曜:女宿之光寄寓在吴。女宿本是越国的分野,三国时,越地属东吴,故称寄其曜。婺女,即女宿,曜,光耀。

〔55〕翼轸(zhěn 枕)寓其精:翼轸二宿的光华寄寓在吴。翼轸,二十八宿中的两宿,本是楚国的分野,三国时楚地属吴,故称寓其精。

〔56〕衡岳:南岳衡山。 镇野:安定吴都的郊野。

〔57〕龙川:地名,在今广东省。 带:像带子一样围绕。 坰(jiōng 扃):遥远的郊野。

〔58〕尔其:句首语气助词,用来表示另提一事。

〔59〕嵬嶷(yí 疑)峣屼(yáo wù 尧误):山势高峻。

〔60〕嵤(yǐng 影)冥郁岪(fú 扶):山气昏暗的样子。

〔61〕溃渱(hóng 洪)泮汗:水流广大无边的样子。

〔62〕滇濔(diān miàn 颠面)淼(miǎo 渺)漫:水势广远的样子。

〔63〕涌川:川流涌出。 开渎(dú 毒):水道开通。渎,沟渠。

〔64〕江:指长江。 汉:指汉水。

〔65〕硊硊(kuǐ 跬)磥磥(lěi 垒):山石堆积的样子。

〔66〕滮滮(biāo 彪)涆涆(hàn 汗):江河奔流的样子。

〔67〕磁硷(qīn yín 亲银):山势深险绵延。

〔68〕灌注乎天下之半:吴地江河流经的区域占天下土地的一半。

〔69〕派别:分流。

〔70〕控清引浊:引入清水和浊水。

〔71〕混涛并濑(lài 赖):大浪急流混在一起,同归大海。濑,从沙石上流过的急水。

〔72〕渍(pēn 喷)薄:汹涌激荡。

〔73〕寂寥长迈:水流入海远行,寂寥无声。

〔74〕濞(pì 譬):大水暴发的声音。 汹汹:波涛声。

〔75〕隐焉:水声远逝。 磕磕(kē 科):水石相击之声。

〔76〕大荒:最荒远的地方。

〔77〕东极:东方的尽头。

〔78〕扶桑:传说中日出之处的仙树,这里借指遥远的东方。

〔79〕汤(yáng 阳)谷:传说中的日出之处。 滂沛:波澜壮阔的样子。

〔80〕汩(yù 玉):水流迅疾的样子。

〔81〕歊(xiāo 肖)雾:江水蒸发出雾气。　浲浡(péng bó 蓬勃):浓厚。

〔82〕云蒸:水雾蒸发为云。　昏昧:昏暗不明。

〔83〕泓(hóng 洪):水深。　澄:澄清。　奫潫(yūn wān 晕弯):水流回旋的样子。

〔84〕澒(hòng 讧)溶沆瀁(hàng yǎng):水势深广的样子。

〔85〕澶湉(chán tián 馋甜):水势平稳的样子。　漠:宽广的样子。

〔86〕惣(zǒng 总)有流而为长:总汇百川而成为长远的流水。惣,亦作“缌”,同“总”。

〔87〕瑰异:珍奇之物。　丛育:聚居水中,生长繁衍。

〔88〕鳞甲:指水生动物。　集往:聚集活动。

〔89〕长鲸:巨大的鲸鱼。　航:船。

〔90〕修:长。　鲵(ní 泥):雌鲸,这里泛指大型鱼类。

〔91〕鲛(jiāo 交):鲨鱼。　鲻(zī 资):鱼名。　琵琶:一种形体似琵琶的鱼。

〔92〕王鲔(wěi 伟):鱼名。　鯸鲐(hóu tái 侯台):河豚。

〔93〕鲫(yìn 印)、鳍(fān 番)、鳝(cuò 错):皆为鱼名。

〔94〕乌贼:墨鱼。　拥剑:指蟹类动物。

〔95〕鼅鼊(gōu bì 勾必):龟类动物。　鲭(qīng 青):鱼名。

〔96〕涵泳乎其中:上述水族潜入水中游泳。涵,沉浸。

〔97〕葺(qì 气)鳞镂甲:水中动物叠积鳞片,雕饰甲壳。葺,重叠累积。镂,雕刻。

〔98〕诡类:怪异的水族。　舛(chuǎn 喘)错:相互错杂。

〔99〕溯洄:逆流而上。

〔100〕噞喁(yǎn yóng 眼容):鱼类在水中群出吸气。

〔101〕鹍(kūn 昆)鸡、鸀鳿(zhú yù 烛玉):皆为鸟名。

〔102〕鹴(shuāng 霜):即鹔鹴,雁的一种。　鹄(hú 胡):天鹅。　鹭(lù 路):鸟名。　鸿:鸟名,属雁类。

〔103〕鶢鶋(yuán jū 元居):亦作“爰居”,海鸟名。

〔104〕候雁造江:雁属于候鸟,等候季节到来,便飞至吴江。造,到。

〔105〕㶉鶒(xī chì 西斥)、鷛鶏(yōng qú 拥渠):皆为水鸟名。

〔106〕鶄(jīng 精):即䴔鶄,水鸟名。　鹙(qiū 秋):水鸟名。　鸧(cāng

仓):鸟名。

〔107〕鹳(guàn 贯)、鸥、鹢(yì 益)、鸬(lú 卢):皆为鸟名。

〔108〕泛滥乎其上:上述鸟类在水上沉浮出没。

〔109〕湛(zhàn 占)淡:摇荡的样子。 羽仪:羽毛仪容。

〔110〕随波参差:鸟羽随波漂动,长短不齐。

〔111〕理翮(hé 合)整翰:整理羽毛。翮、翰,皆指鸟羽。

〔112〕容与自玩:自由自在地游玩。容与,悠闲自得的样子。

〔113〕彫啄:啄食。 蔓藻:水草。

〔114〕刷荡:冲刷羽毛。 漪(yī 衣)澜:水波。

〔115〕聱耴(yóu yì 由义):众声杂作的样子。

〔116〕万物蠢生:万物出生蠢蠢而动。蠢,蠕动的样子。

〔117〕芒芒黖黖(xì 细):昏暗不明的样子。

〔118〕慌罔:模糊不清。 奄欻(xū 虚):来去不定。

〔119〕神化:变化神奇。 翕(xī 西)忽:变化迅速的样子。

〔120〕函幽育明:藏于黑暗,产生光明。

〔121〕穷性极形:性情和形体都得到充分的发展。

〔122〕盈虚自然:盈虚变化任其自然。

〔123〕蚌(bàng 磅)蛤(gé 格)珠胎:蚌蛤体内的珍珠。蛤,生有贝壳的软体动物。

〔124〕与月亏全:月满珠胎全,月亏珠胎缺。

〔125〕巨鳌(áo 敖):传说中的海中大龟。 赑屃(bì xì 币戏):用力的样子。

〔126〕首冠灵山:巨鳌头顶仙山。

〔127〕缤翻:飞动的样子。

〔128〕翼若垂天:翅膀好像挂在天边的云彩。

〔129〕汪流:水势浩大。

〔130〕抃(biàn 便):击。 重渊:深渊。

〔131〕殷动:震动。

〔132〕胡可胜原:哪里能完全探明它的本源。

〔133〕绵邈(miǎo 秒):遥远。

〔134〕洲:水中的陆地。 渚(zhǔ 主):水中的小洲。 冯(píng 平)隆:高大的样子。

〔135〕旷瞻:远望。　迢递:遥远的样子。

〔136〕迥(jiǒng 窘)眺:远望。　冥蒙:模糊不清。

〔137〕珍怪丽:珍异之物附着在那些岛屿洲渚之上。丽,附着。

〔138〕奇隙充:充满了奇异的东西。隙,异。(依张铣说)

〔139〕洪桃:巨大的桃树。　屈盘:盘曲而生。

〔140〕丹桂:一种桂树。　灌丛:丛生。

〔141〕琼枝:玉树。　抗茎:枝干高举。　敷蕊:花蕊张开。

〔142〕幽茂:隐蔽而繁茂。　玲珑:透明的样子。

〔143〕增(céng 层)冈:层层山冈。增,通"层"。　重阻:重重险阻。

〔144〕列真:诸仙。道家称神仙为真人。

〔145〕霤(liù 六):屋檐下接水的长槽。

〔146〕相距:相邻近。

〔147〕蔼蔼:众多。　翠幄(wò 握):绿色的帐幕。

〔148〕袅袅(niǎo 鸟):纤长柔美的样子。　素女:仙女。

〔149〕江妃:传说中的女神。妃,胡克家本作"斐",今据宋陈八郎本改。

〔150〕海童:传说中的海上神人。　宴语:宴饮交谈。

〔151〕斯实神妙之响象:这些神仙之事实在是神奇莫测。斯,这些。响象,隐约。

〔152〕嗟难得而觏缕(luó lǚ 罗吕):感叹这些神仙之事,难以搞清楚详尽条理。嗟,感叹。觏缕,委曲详尽而有条理。

〔153〕尔乃:至于。　坱圠(yǎng yà 养亚):高低不平的样子。

〔154〕卉(huì 会):草的总称。　镺(ǎo 袄)蔓:草木生长旺盛。

〔155〕遭薮(sǒu 叟)为圃:遇到长草的地方,就有园圃。薮,野草。圃,种菜的园子。

〔156〕值林为苑:遇到有树的地方,就有园林。值,遇。苑,园林。

〔157〕荂(fū 夫):花。　荗蘛(fū yù 敷育):花朵开放的样子。

〔158〕夏晔(yè 叶):夏季光华灿烂。　蒨(qiàn 欠):繁茂昌盛。

〔159〕方志所辨:吴地草木繁多,方志记载时要详加辨析。方志,记载某一地方的地理、风俗、物产、人物等情况的书籍。

〔160〕中州所羡:吴地的特产是中原所羡慕的。中州,中原。

〔161〕藿(huò 获)、蒳(nà 纳)、豆蔻(kòu 扣):皆为植物名。

〔162〕姜汇非一:姜类并非一种。汇,类。

〔163〕江蓠:一种香草。

〔164〕海苔:生于海中的一种藻草。

〔165〕纶(lún 伦):古代系印用的青丝带,这里指一种形似纶的海草。 组:用丝织的阔带子,这里指形似组的海草。 紫:紫菜。 绛:绛草,一种海草。

〔166〕食葛:一种类似芋头的野生植物,可食用。 香茅:一种茅草。

〔167〕石帆:一种海草。 水松:一种水草。

〔168〕东风:一种野菜,可食用。 扶留:一种绕树而生的野藤。

〔169〕布濩:遍布。 皋(gāo 高)泽:沼泽地。

〔170〕蝉联:连绵不断。

〔171〕夤(yín 寅)缘:攀附而上升。 岊(jié 节):山间弯曲之处。

〔172〕幂(mì 密)历:草木覆盖的样子。

〔173〕扤(wù 误):摇动。 白蒂:白色的花蒂。

〔174〕朱蕤(ruí):下垂的红花。

〔175〕郁(yù 玉):草木茂盛。 蔿(ruì 锐):草木初生的样子。

〔176〕菲菲:花朵美丽。

〔177〕炫晃:光彩闪耀。

〔178〕芬馥(fù 复):馥郁芬芳。 肸蚃(xī xiǎng 希响):香气四布。

〔179〕职贡:古代藩属国按时向宗主国纳贡。 包匦(guǐ 轨):包裹缠结,此处指成捆的菁茅。菁茅是楚国的特产,周朝强盛时,楚国曾向周天子贡献菁茅。

〔180〕宿莽:一种遇冬不枯的草。屈原在《离骚》中写过它:“夕揽洲之宿莽。”

〔181〕枫、柙(jiǎ 甲)、櫲(yù 玉)、樟(zhāng 章):皆为树名。

〔182〕栟榈(bīng lǘ 兵驴):即棕榈树。 枸桹(gǒu láng 狗郎):树名。

〔183〕绵:木绵树。 杬(yuán 元)、杶(chūn 春)、栌(lú 卢):皆为树名。

〔184〕文、欀(xiāng 襄)桢(zhēn 贞)、橿(jiāng 姜):皆为树名。

〔185〕平仲、桾櫏(jūn qiān 君迁):皆为树名。

〔186〕梓(zǐ 子)、古度:皆为树名。

〔187〕楠榴(liú 留):树名。

〔188〕相思:树名。

〔189〕宗生:类聚而生。

〔190〕族茂:种类繁茂。 幽阜:幽僻的土山。

〔191〕擢(zhuó 浊)本:树干高耸。 寻:古代长度单位,八尺为一寻。

〔192〕垂荫万亩:枝叶投下树荫,遮蔽万亩土地。

〔193〕攒(cuán)柯:树枝聚拢。 拏(ná 拿):通"拏",牵引。

〔194〕重葩(pā 趴):花朵重叠。葩,花。 殗((yè 叶):枝叶重叠的样子。

〔195〕轮囷(qūn):屈曲的样子。 蚪蟠:如龙蛇一样盘曲。

〔196〕�堪(qì zhí 气直):枝条重叠。 鳞接:像鱼鳞一样相接。

〔197〕荣色杂糅:花色混合。

〔198〕绸缪(chóu móu 愁牟):繁密。 缛(rù 褥)绣:色彩繁密如锦绣。

〔199〕霮䨴(dàn duì 淡对):露珠下垂的样子。

〔200〕晻㫲(bèi 贝):昏暗的样子。

〔201〕飖飏(yáo yáng 摇阳):飘荡。

〔202〕颲浏(yǒu liú 有流)飕飗(sōu liú 搜留):风声。

〔203〕鸣条律畅:风吹枝条发出的声音像音乐一样流畅。

〔204〕筑:古代的一种乐器。

〔205〕俱唱:合奏。

〔206〕猿父:老猿。

〔207〕猑(huī 挥):传说中的怪兽。

〔208〕狖(yòu 又):黑色的长尾猿。 鼯(wú 无):即鼯鼠,一种能飞的兽。猓(guǒ 果)然:长尾猿。

〔209〕腾趠(tiào 跳):腾跃。

〔210〕争接悬垂:活动在树上的动物争着交接悬挂。

〔211〕竞游远枝:彼此竞争着向远处的枝头跳跃游荡。

〔212〕透(shū 叔):通"踧",惊慌。 沸乱:乱如水沸。

〔213〕牢落:稀疏零落。 翚(huī 挥)散:像野鸡一样逃散。翚,一种有五彩羽毛的野鸡。

〔214〕枭(xiāo 消)羊:即狒狒。 麡(qí 齐)狼:兽名。

〔215〕猰貐(yà yǔ 亚雨):传说中的一种凶兽。 貙(chū 初):兽名。

〔216〕乌菟(tú 徒):楚地方言,虎。

〔217〕兕(sì 似):古代犀牛类的动物。　党:族类。

〔218〕钩爪锯牙:爪如钩,牙如锯。

〔219〕锋颖(yǐng 影):锋利尖锐。

〔220〕精:目光。

〔221〕山经:《山海经》。

〔222〕形镂于夏鼎:夏鼎上雕刻着它们的形态。据《左传》记载:夏代有九鼎,上面铸着各地物产的图像。

〔223〕筼筜(yún dāng 云当):大竹名。　箖箊(lín yū 林迂):竹名。

〔224〕桂:桂竹,竹名。　箭:箭竹,竹名,细小强劲,可以做箭。　射筒:竹名。

〔225〕柚梧(yóu wú 由无):竹名。　有篁(huáng 皇):竹丛。有,词头。

〔226〕篻簩(piǎo láo 瞟劳):竹名。　有丛:竹丛。

〔227〕苞笋(sǔn 损):冬笋,味鲜,可食用。　抽节:拔节。

〔228〕往往萦结:处处盘绕丛生。

〔229〕冒霜停雪:迎着霜雪生长。

〔230〕檚矗(sù chù 肃处):又长又直的样子。　森萃:繁茂丛聚。

〔231〕蓊茸(wěng róng 荣):茂盛的样子。　萧瑟:风吹林木发出的声音。

〔232〕檀栾(tán luán 谈峦):美丽的样子。　蝉蜎(chán juān 缠捐):即婵娟,姿态美好。

〔233〕玉润碧鲜:鲜润如碧玉。

〔234〕梢云:山名。　逾:超过。

〔235〕嶰(xiè 械)谷:传说中出产美竹的山。

〔236〕鸑鷟(yuè zhuó 岳浊):古代传说中的神鸟。　实:竹子的果实。

〔237〕鹓鹐(yuān chú 冤除):古代传说中和凤凰同类的神鸟。　扰其间:在竹林中乱飞。扰,乱,乱飞。

〔238〕丹橘、余甘:皆为水果名。

〔239〕槟榔无柯:槟榔树没有枝条,树干顶端直接长叶。

〔240〕椰叶无阴:椰子树干极高,无枝条,叶生于树干顶端,故不成荫。

〔241〕龙眼:水果名。

〔242〕棎(chán 蝉)、榴(liú 留):皆为果树名。　御霜:指冬熟。

〔243〕比景之阴:比景的北面。比景,古地名,在衡山之南。

〔244〕列挺:排列挺立。　衡山之阳:衡山的南面。

〔245〕素华:白花。　斐(fěi 匪):美丽的样子。

〔246〕丹秀:红花。

〔247〕青壁:山间青色的石壁。

〔248〕紫房:紫色的果实。

〔249〕鹧鸪(zhè gū 这姑):鸟名。　南翥(zhù 住):向南飞。

〔250〕䘹(cuì 粹)羽:五彩斑驳的羽毛。

〔251〕翡翠(fěi cuì 匪粹):鸟名。

〔252〕琛(chēn 瞋)赂:珍宝财物。　琨(kūn 坤)瑶之阜:出产美玉的山。琨、瑶,皆美玉。

〔253〕铜锴(kǎi 楷)之垠(yín 银):出产铜铁的边野。锴,好铁。垠,边际。

〔254〕火齐(jì 剂):宝石名。

〔255〕骇鸡:指犀牛角。古人传说有一种珍贵的犀牛角,有光泽,能使鸡惊骇。

〔256〕赪(chēng 称)丹:赤色的丹砂。　玑(jī 机):不圆的珠。

〔257〕金华:有华光的金子。　银朴:银矿石。

〔258〕流黄:即硫磺,一种非金属矿石。

〔259〕缥(piǎo 瞟)碧:淡青色的玉石。

〔260〕隐赈(zhèn 振):充实,富庶。　嵬褢(wēi huái 威怀):地势高低不平。

〔261〕杂插幽屏:杂生于幽僻之处。

〔262〕精曜潜颖:珍宝深藏仍然放射光芒。颖,光辉。

〔263〕硩陊(chè duò 彻堕):投掷坠落。

〔264〕碕(qí 奇)岸为之不枯:长长的岸崖因为藏有珠玉,而草木不枯。碕岸,长岸。

〔265〕润黩(dú 读):林木颜色深而有光泽,形容生长旺盛。

〔266〕隋侯于是鄙其夜光:在吴地的奇珍异宝面前,隋侯会看不起自己的明珠。夜光,指隋侯之珠。古代传说隋侯救蛇,蛇送明珠以报恩。

〔267〕宋王于是陋其结绿:宋王在吴地的珍宝面前,感到自己的宝玉逊色。结绿,古代宋国的宝玉。

〔268〕荒陬(zōu 邹):荒远的边陲。　谲(jué 决)诡:怪异,多变化。

〔269〕龙穴内蒸:古代传说湘东有龙穴,内有水汽蒸腾,天旱则化为云雨。

〔270〕陵鲤:亦作“鲮鲤”,即穿山甲,四足而有鳞甲。

〔271〕浮石:亦称“浮岩”,比重小,能浮出水面。　桴(fú 浮):小筏子。

〔272〕双则比目:双目同侧的是比目鱼。

〔273〕片则王余:只有半身的是王余鱼。片,半身。王余,鱼名。传说越王吃鱼,剩一半弃水中化为鱼,故称王余。

〔274〕穷陆:极其荒远的高地。　饮木:以树汁为饮料。

〔275〕极沉水居:在最深沉的水下有人居住。

〔276〕泉室潜织而卷绡(xiāo 消):水居者在水下织绡。古代传说南海之外有鲛人居水下织绡。绡,一种丝织品。

〔277〕渊客:指鲛人。　泣珠:传说鲛人曾出水寄居人家卖绡,临别时流泪成珠送给主人。

〔278〕开北户以向日:古代传说居住在太阳之南的人向北开门以接受阳光。

〔279〕齐南冥于幽都:日南之人把南海和幽都等同起来。南冥,南海。幽都,指北方,语出《尚书·尧典》:“宅朔方曰幽都。”

〔280〕畛畷(zhěn zhuì 诊缀):阡陌,道路。

〔281〕膏腴(yú 余):肥沃的土地。

〔282〕隰(xí 席):低湿之地。　殊品:品类不同。

〔283〕窊(wā 洼)隆异等:地势有高有低,等类各不相同。窊,低洼。隆,隆起。

〔284〕象耕:传说舜葬于苍梧,象为他耕地。　鸟耘:传说禹葬会稽,鸟为他耘田。

〔285〕此之自与:象耕鸟耘是从这里发生的吧。

〔286〕穱(zhuō 捉)秀菰(gū 孤)穗:穱菰之类植物开花吐穗。穱,古代麦类农作物。菰,草名,其籽可食。

〔287〕国税再熟之稻,乡贡八蚕之绵:乡里向郡国交纳的贡税有一年两熟的稻米和一年八熟的蚕丝。绵,指蚕丝。

〔288〕徒:只,仅仅。　隧:通“遂”,指郊外的地方。　内奥:内部,里面。

〔289〕都邑之纲纪:吴都城区的规模。

〔290〕霸王之所根柢(dǐ 底):建立霸业王业的根基。柢,根。

〔291〕开国之所基趾:开创国家的基础。

〔292〕郛(fú 孚)郭:外城。　周匝:环绕。

〔293〕重城结隅:城墙重叠,城角相对。

〔294〕通门二八:城内有十六座门相通。

〔295〕水道陆衢(qú 渠):水路旱路兼通。衢,四通八达的道路。

〔296〕所以经始,用累千祀:吴都在开始经营建造的时候,就有千年规划。

〔297〕宪紫宫以营室:郊法紫微星垣而营建宫室。紫宫,即紫微垣。古人把星空划分三个星区,称为三垣:紫微垣、太微垣、天市垣,以紫微垣比喻皇帝的居处。

〔298〕廓(kuò 阔)广庭:开拓宽大的庭院。　漫漫:宽大的样子。

〔299〕寒暑隔阂(hé 核)于邃宇:在深邃的宫殿里冬夏恒温,寒气和暑气都被阻隔在外。隔阂,阻隔。

〔300〕回带:环绕。云馆:高耸入云的馆舍。

〔301〕跨跱(zhì 志):屹立的样子。　焕炳(bǐng 丙):光芒闪耀。

〔302〕造姑苏之高台:春秋时吴王曾在姑苏山上建造姑苏台,遗址在今苏州市西南。

〔303〕临四远:居高临下,远望四方。　特建:独立。

〔304〕带朝夕之浚池:以朝夕深池为带。带,水流如带。朝夕,池名,吴国有朝夕池。浚,深。

〔305〕佩长洲之茂苑:以长洲茂苑为服饰。据《太平御览》记载,吴地有长洲在太湖北岸。茂苑,繁茂的林苑。

〔306〕东山:地名。　府:贮存财物的库府。

〔307〕瑰宝溢目:珍宝满目。

〔308〕觇(lì 丽):探视。　海陵:地名。

〔309〕红粟:仓中谷物经久腐烂而变红。　流衍:多得装不下。

〔310〕起寝庙于武昌:在武昌起造宗庙,指东吴曾建都于武昌。寝庙,古代帝王贵族的宗庙。

〔311〕作离宫于建业:指东吴迁都建业。离宫,皇帝临时居住的宫室。建业,在今南京市。

〔312〕阐阖闾之所营:扩大阖闾营建吴都的规模。阖闾,春秋时的吴王。

〔313〕采夫差之遗法:采用夫差遗留下来的营建宫室的法度。夫差,春秋时的吴王。

〔314〕抗神龙之华殿:华丽的神龙殿高高耸起。抗,高举。神龙,三国时吴

都的宫殿名。

〔315〕施荣楯(shǔn 吮)而捷猎:宫殿装有华丽的荣楯,高耸而显明。荣,屋翼,即屋檐两头翘起的部分。楯,栏杆。捷猎,高耸而显明的样子。据《越绝书》,越王勾践为了麻痹吴王夫差,而送给吴国饰有金玉的荣楯。夫差用这些东西装饰宫殿。

〔316〕崇:高大。临海:吴都宫殿名。　崔巍:高峻的样子。

〔317〕赤乌:双关语,既指宫殿饰有赤乌图案,又指宫殿名称,三国时吴主孙皓因发现赤乌而将此殿命名为赤乌殿。　韡晔(wěi yè 伟叶):光明的样子。

〔318〕胶葛:广远的样子。

〔319〕峥嵘:深邃的样子。

〔320〕栊(lóng 龙):窗上雕花的木格。　櫎(huǎng 幌):遮窗子的帷幔。

〔321〕连阁相经:楼阁连接而相通。

〔322〕阍闼(hūn tà 昏踏):宫室门户。

〔323〕异出奇名:宫室门户都有奇异的名称。

〔324〕弯碕(qí 其)、临硎(xíng 刑):皆为宫门名。

〔325〕栾(luán 峦):柱端承接斗栱的曲木。　楶(jié 节):柱头斗栱。

〔326〕青琐:刻在宫门上的青色连环纹,此处借指宫门。　楹(yíng 盈):厅堂前部的柱子。

〔327〕夸丽:美丽。

〔328〕曾未足以少宁:竟没有一点满足。

〔329〕思比屋于倾宫:打算比照倾宫建筑宫室。倾宫,传说是夏桀所建的宫殿,金雕玉饰,华丽无比。

〔330〕毕结瑶而构琼:完全用美玉建造楼台。

〔331〕闱(wéi 围):宫室的侧门,此处泛指宫门。　闶(kàng 抗):门限。

〔332〕洞门方轨:门内可并车通过。洞,通过。

〔333〕阙(què 却):古代宫殿门前或城门前的楼台,左右各一座。

〔334〕驰道:秦汉时代天子专用的道路。　如砥(dǐ 底):像磨刀石一样平。

〔335〕亘(gèn):连绵不断。　渌(lù 录)水:清水。

〔336〕玄荫:浓荫。　耽耽(dān 丹):树荫浓密的样子。

〔337〕亹亹(wěi 伟):水流淌的样子。

〔338〕列寺七里:官署分布七里之广。寺,古代的官署。

〔339〕侠栋:房屋多而相夹。侠,通“夹”。　阳路:即路阳,路的南边。(依李善说)

〔340〕屯营:兵营。　栉(zhì 至)比:像梳子齿那样密密排列。

〔341〕解(xiè 械)署:官吏办公的官署。解,通“廨”。　棋布:分布如棋。

〔342〕横塘、查下:古代建业的里巷名。

〔343〕邑屋:市区的房屋。　隆夸:盛多。

〔344〕长干:古代地名,属建业。　延属(zhǔ 主):房屋相连。

〔345〕飞甍(méng 盟):屋脊高耸欲飞。　舛(chuǎn 喘)互:互相交错。

〔346〕居:居宅。　鼎贵:显贵。

〔347〕魁岸:形容气魄浩大。

〔348〕虞、魏、顾、陆:东吴四大旧姓,曾经都是显贵家族。　昆、裔:皆指后代子孙。

〔349〕歧嶷(nì 逆):幼年聪慧。　继体:继承祖业。

〔350〕老成:见识广博,成熟干练。　弈(yì 义)世:世代相因袭。

〔351〕叠迹:马的蹄迹相重叠,形容马多。

〔352〕朱轮:古时显贵者乘朱轮之车。　累辙:车辙相重叠,形容车多。

〔353〕陈兵:陈列兵器。

〔354〕兰锜(yǐ 椅):兵器架。

〔355〕冠盖云荫:礼帽和车盖多得像云彩遮蔽了天日。

〔356〕闾阎(yán 盐):里巷之门。　阗噎(tián yē 田耶):人多拥挤的样子。

〔357〕邻:邻舍。　任侠:专行侠义之人。侠,旧时指重义轻生的人。　靡:美。

〔358〕轻沙(chāo 抄):轻捷。

〔359〕缔交:结下交情。　翩翩:往来不绝。

〔360〕傧(bìn 殡):迎接客人的人。　从(zòng 纵):侍从。　弈弈:亦作“奕奕”,精神焕发的样子。

〔361〕出蹑珠履:出门时脚穿饰有珍珠的鞋。

〔362〕动以千百:常常多达千百人。

〔363〕觞(shāng 伤):古代的酒器。　白:罚酒用的酒杯。

〔364〕翘关扛鼎:举起门闩和大鼎。

〔365〕拚(pàn 判):徒手搏斗。　射:射箭。　壶:投壶,古人饮酒时一种助兴游戏,方法是向壶口投箭,以投中多少决胜负,负者必须饮酒。　博:古代的

一种掷采赌输赢的游戏。

〔366〕鄱(pó 婆)阳暴谑(xuè 血):相传鄱阳郡人好恶作剧。

〔367〕中酒而作:饮酒至半酣而发作。

〔368〕只:语气助词。　衎(kàn 看):和乐。　饫(yù 玉):酒足饭饱。　匮(kuì 愧):缺乏。

〔369〕都辇(niǎn 捻):指京都。　殷:殷盛。　四奥:此指四方边远之地的人。　来暨(jì 记):来到。

〔370〕水浮:在水上乘船而来。

〔371〕方舟:并船。　结驷:车马相连。驷,一车套四马,这里泛指车马。

〔372〕唱棹(zhào 赵):边唱歌边划船。棹,划船的工具。　转毂(gǔ 谷):乘车。毂,车轮中央汇集辐条安插车轴的圆孔,这里借指车轮。

〔373〕昧旦永日:从早到晚终日不断。

〔374〕开市朝而并纳:集市开放,容纳各种货物。

〔375〕横阛阓(huán huì 环会)而流溢:货物涌入市区如水流横溢,到处都是。阛阓,市区的墙和门,这里借指市区。

〔376〕混品物而同廛(chán 蝉):物品混杂同入市场。廛,市中空地。(依李周翰说)

〔377〕并都鄙而为一:都市和边远地区同来一处进行贸易。

〔378〕士女伫(zhù 注)眙(chì 斥):市上男男女女久立而视。

〔379〕商贾(gǔ 古):商贩。　骈坒(bì 必):排列相连。

〔380〕纻(zhù 住)衣:纻麻布做的衣服。　絺(chī 吃)服:细葛布做的衣服。

〔381〕杂沓(tà 踏):众多杂乱的样子。　俶(sǒng 耸)萃:行走的样子。

〔382〕轻舆:轻车。　按辔(pèi 佩):缓行。　经隧:经过集市中的道路。

〔383〕过肆:经过集市中的店铺。市中有水路,故船可通过。

〔384〕果布辐凑而常然:果品和布料聚集一处是常事。辐凑,像车轮的辐条汇集于毂一样。

〔385〕致远:从远方运来。　流离:亦作“琉璃”,一种有颜色半透明的美石。　珂(kē 科):一种似玉的美石。　珬(xù 恤):珂一类的美石。

〔386〕缣(jié 捷)赙:货物汇集。(依朱珔说)

〔387〕器用万端:器物多种多样。

〔388〕镒(yì 义):古代重量单位,一说二十两,一说二十四两。　磊砢(luǒ

裸）:众多的样子。

〔389〕琲（bèi 倍）:量度单位，十贯珠子为一琲。　阑干:纵横散乱的样子，此处形容珠子极多，到处都是。

〔390〕桃笙:竹名，这里指用桃笙竹片编成的席子。　象簟（diàn 垫）:象牙装饰的竹席。

〔391〕韬:弓袋，此处指收藏。

〔392〕蕉葛:用甘蕉茎中提取的丝纺织而成的细布。　升越（huó 活）:古代的一种细布。

〔393〕弱于罗纨:比罗纨还要细薄。

〔394〕僁䛗（sè zhí 色直）:言语不止。　岕猡（xiào nǎo 笑脑）:往来不止的样子。

〔395〕交贸相竞:互相贸易，竞争逐利。

〔396〕喤呷（huáng xiā 皇虾）:众声。

〔397〕芬葩:指市场上穿戴华美的人多。　荫映:市上人物极多，相互掩映。

〔398〕挥袖风飘而红尘昼昏:人们挥袖成风，掀起尘土使白昼变得昏暗。极言集市人多。

〔399〕流汗霡霂（mài mù 脉木）而中逵泥泞:流汗成雨使大路泥泞。霡霂，小雨。中逵，纵横交错的道路的中心。

〔400〕富中:肥沃的田地。　氓（méng 萌）:村民。

〔401〕货殖之选:选择经商的时机。

〔402〕乘时射利:利用时机，获取利益。

〔403〕财丰巨万:财富多得数以万计。

〔404〕竞其区宇:在他们居住的区域内相互竞争。

〔405〕并疆兼巷:兼并土地。

〔406〕矜:自夸。　宴居:闲居。

〔407〕珠服:用珠宝装饰衣服。　玉馔（zhuàn 赚）:食物精美如玉。

〔408〕趫（qiáo 乔）材悍壮:矫捷勇壮之士。

〔409〕此焉比庐:这里家家都有。

〔410〕庆忌:春秋时吴王僚之子，以行动敏捷，奔跑迅速著称。

〔411〕专诸:春秋时吴国勇士，曾用藏在鱼腹中的短剑刺杀吴王僚。

〔412〕危冠:高高的帽子。

〔413〕竦剑而趋:挺剑疾行。

〔414〕扈(hù 户)带:披带。　鲛(jiāo 交)函:鲨鱼皮制的铠甲。

〔415〕扶揄(yú 于):高举。　属镂:剑名。

〔416〕鍦(shī 施):矛。

〔417〕去戢(fá 伐)自闾:里巷中藏有盾。去,离去,谓离家远游。戢,亦作"瞂",盾。吕向注:"言其兵仗不须出自武库,人皆有之,如藏之于人。又游去之时,戢楯之器亦自闾里取之。"

〔418〕鹤膝:矛,形如鹤膝。

〔419〕犀渠:犀牛皮制做的盾。

〔420〕军容:军队的武器装备。　蓄用:蓄积备用。

〔421〕兼储:全部储备。

〔422〕吴钩:古代吴国制造的一种弯刀。　越棘:越国制造的戟。

〔423〕纯钧、湛卢:皆为剑名。

〔424〕戎(róng 容)车盈于石城:兵车布满石城。石城,即石头城,本名金陵城,孙权迁都建业时重筑此城而改名,故址在今南京市清凉山。

〔425〕戈船:备有戈矛和盾牌的战船。　掩:遮蔽。

〔426〕露往霜来:秋露消失,冬霜降临。

〔427〕除:时光流逝。

〔428〕节解:凋谢。

〔429〕腯(tú 图)肤:肌肤肥壮。

〔430〕隼(sǔn 损):一种凶猛的鸟。

〔431〕诫征夫:整饬部队。

〔432〕坐组甲:身披组甲。组甲,用绳子联缀皮革或金属片而制成的铠甲。

〔433〕建:举起。　祀姑:春秋时吴国军队使用的一种旗帜。

〔434〕官帅:军官。　铎(duó 夺):用来传达命令的大铃。

〔435〕校(jiào 教)猎:用木栏遮阻,猎取禽兽。　具区:古代泽名,在吴越之间。

〔436〕乌浒、狼𦝫(hāng 夯)、夫南、西屠、儋(dān 单)耳、黑齿:中国古代西南部的六个少数民族部落。　酋:酋长。

〔437〕金邻:古代国名。　象郡:古郡名。　渠:首领。

〔438〕驫駥(biāo róng 标容)飍矞(xiū yù 休玉):众马狂奔的样子。

〔439〕靸霅(sǎ shà 洒厦)警捷:马奔驰的样子。

〔440〕先驱前途:蛮夷酋长在前面路上为吴王作先驱。

〔441〕俞骑(jì 记):先导之骑。　骋路:在路上飞奔。

〔442〕指南:指南车。　司方:掌握方向。

〔443〕槛槛(kǎn 坎):车声。

〔444〕被练:身披练甲的士兵。练,指用帛联缀的铠甲。　锵(qiāng 枪)锵:"跄跄"的借用字,队伍行进有节奏的样子。

〔445〕巾:车衣,此做动词。　玉辂(lù 路):用玉装饰的车。

〔446〕轺(yáo 尧):轻便马车。此做动词用。　骕骦(sù shuāng 肃霜):此指良马名。

〔447〕鱼须:这里指用鲨鱼的鬐须装饰的旗杆。

〔448〕常:旗帜名。　重光:旗上画的日月之形。

〔449〕乌号:古代良弓名。

〔450〕干将:古代传说中的宝剑。

〔451〕羽旄(máo 毛):一种旗帜。　扬蕤(ruí):旗上下垂的装饰物飘扬起来。

〔452〕雄戟:三刃戟。　耀铓:闪耀光芒。

〔453〕贝胄:用贝壳装饰的头盔。　象弭(mǐ 米):弓末的弯曲处,饰有象牙或象骨。

〔454〕织文鸟章:旗帜上织着鸟形图案。

〔455〕六军:春秋时天子拥有六军。　袀(jūn 均)服:服装一色。

〔456〕骐(qí 骑):青黑色而有棋盘格似的花纹的马。　龙骧(xiāng 襄):马头高昂如龙。

〔457〕峭格:一种用竹木制做的捕兽器具。　周施:布置周遍。

〔458〕罿(tóng 童):捕鸟网。　罻(wèi 尉):小网。　普张:全部张设出来。

〔459〕罼(bì 毕):同"毕",长柄网。　罕:捕鸟用的长柄小网。　琐结:连结如锁链。琐,通"锁"。

〔460〕罠(mín 民):捕兽网。　蹄:捕兔的器具。　连纲:网上的纲绳相连不断,形容网多。

〔461〕阹(qū 区)以九疑:以九疑山为狩猎的包围圈。阹,围猎的圈子。九疑,山名,在今湖南省。

〔462〕御以沅湘:利用沅江和湘江阻止禽兽逃窜。沅、湘,沅江和湘江,在今湖南省。

〔463〕輶(yóu 犹)轩:古代的一种轻便车。　蓼(liǎo 了)扰:散乱的样子。

〔464〕彀(gòu 够)骑:弯弓欲射的骑兵。彀,张满弓弩。　炜(wěi 伟)煌:骑兵疾驰而发出闪亮的光辉。

〔465〕袒裼(tǎn xī 坦西):脱衣露体。　徒搏:徒手搏斗。

〔466〕拔距:即超距,指跳得高远。　部:队伍。

〔467〕猿臂:臂长如猿,善于射箭。　骿(pián 便)胁:亦作"骈胁",肋骨紧密相连成为一片,这里指强壮之士。

〔468〕狂趭(jiào 叫):狂奔。　犷猤(guì 贵):粗犷勇壮。

〔469〕鹰瞵(lín 邻)鹗(è 恶)视:勇士的眼睛像鹰鹗一样炯炯注视。瞵,目光闪闪地看。鹗,鱼鹰。

〔470〕趁趩(cān tán 参谈):亦作"参谭",连续不断的样子。　翋𦐇(lā tà 拉踏):亦作"翋𦑣",相随而飞奔的样子。

〔471〕相与:共同。　莽罠(làng 浪):广大空旷的原野。

〔472〕干:盾。　卤(lǔ 鲁):通"橹",大盾。　殳(shū 书):古代竹制的兵器。　鋋(chán 蝉):铁柄短矛。

〔473〕旸(yáng 阳)夷:铠甲名。　勃卢:矛名。

〔474〕长殺(xù 绪):长矛。

〔475〕直发:头发向上竖起。

〔476〕儇佻(xuān tiāo 宣挑):疾行的样子。　坌(bèn 笨)并:聚集。

〔477〕衔枚:古代军队为防止喧哗,而令士兵口中衔枚。枚,形如筷子,两端有带,可系于颈上。

〔478〕悠悠:旗帜飘动的样子。　旆(pèi 沛):杂色镶边的旗。　旌(jīng 京):用羽毛装饰的旗。

〔479〕聊浪:放荡,这里指尽情游猎。　昧莫之垧:广阔辽远的郊野。

〔480〕钲(zhēng 征)鼓:古代行军时用的两种乐器。　叠山:震撼山岳。

〔481〕火烈熛(biāo 标)林:放火围猎,烈焰在林中迸飞。熛,迸飞的火焰。

〔482〕焰(yàn 焰):火苗。

〔483〕载霞载阴:烈火如彩霞,浓烟如阴云。载,语气助词。

〔484〕菈擸(lā liè 拉猎)雷硠(láng 郎):崩摧之声。

〔485〕崩峦弛岑(cén):山峦崩塌。岑,小而高的山。

〔486〕鸟不择木:鸟类顾不上选择栖身的树木。

〔487〕兽不择音：野兽处于困境，发不出正常的声音，只能狂吼乱叫。

〔488〕虣(bào 暴)：通“暴”，徒手搏虎。　甝(hán 含)：白虎。　虪(shù 树)：黑虎。

〔489〕绢猭(xǔ 许)：绊住野兽的两只前足。　麋(mí 迷)：麋鹿。　麖(jīng 京)：兽名。

〔490〕驀(mò 莫)：骑。　六驳(bó 博)：兽名。

〔491〕飞生：兽名。

〔492〕鸾鶁(jīng 京)：两种鸟名。

〔493〕猱(náo 挠)猩(tíng 庭)：两种猿类动物。

〔494〕白雉：白色的野鸡。

〔495〕黑鸩(zhèn 阵)：鸟名。　零：落下。

〔496〕陵绝：跨越。　嶚嶕(liáo jiāo 辽焦)：山峰高耸的样子。

〔497〕聿(yù 玉)越：疾越。　巉(chán 馋)险：山势险峻。

〔498〕跇(yì 易)逾：穿越。

〔499〕獵猭(lián chuán 连椽)：奔走的样子。　杞(qǐ 起)、楠：皆为树名。

〔500〕封狶(xī 希)：大野猪。　䝞(hè 贺)：猪叫声。

〔501〕神螭(chī 吃)：古代传说中的动物。　掩：隐蔽。

〔502〕刚镞(zú 族)润：坚硬的箭头被禽兽的血浸润。

〔503〕霜刃染：白如霜雪的兵刃被禽兽的血染红。

〔504〕弭(mǐ 米)节顿辔：车马缓行。

〔505〕齐镳(biāo 标)：车马调齐。镳，马具。　驻跸(bì 毕)：帝王出行，中途暂停。

〔506〕徘徊倘佯：来回走动的样子。

〔507〕寓目：看到。　幽蔚：草木茂密之处。

〔508〕拳勇：有勇力。

〔509〕与：称誉，赞赏。　抑扬：进退伸屈。

〔510〕羽族：禽类。　觜(zuǐ 嘴)：鸟嘴。　距：雄鸡、野鸡等禽类长在靠近爪的地方的硬刺。　铍(pī 披)：短剑。

〔511〕毛群：兽类。　铗(jiá 夹)：剑。

〔512〕体著：长在身上。　应卒(cù 促)：对付紧急情况。

〔513〕所以挂扢(gǔ 古)而为创痏(wěi 委)：上述禽兽用它们的武器钩挂刮

磨,给人造成创伤。扢,磨。痏,受伤后留下的瘢痕。

〔514〕冲踤(zú 卒):冲撞。

〔515〕衄(nù)锐挫芒:挫折锋芒。衄,损伤。

〔516〕拉捭(bǎi 摆):摧毁。 摧藏:挫伤。

〔517〕石林:地名,详址不可考。 岝崿(zuò è 坐恶):山势深险的样子。

〔518〕攘臂:捋起袖子,伸出胳膊。 靡之:战胜它。

〔519〕雄虺(huǐ 毁):凶猛的毒蛇。

〔520〕抗足:举足。 跐(cǐ 此):踏。

〔521〕巢居:鸟巢。

〔522〕窟宅:野兽的洞穴。

〔523〕鵔鸃(jùn yí 俊仪):古代鸟名。

〔524〕蹴(cù 促):踏。 貘(mò 莫):白豹。

〔525〕劫剞(jī 基):劫夺。

〔526〕剽(piāo 漂)掠:劫掠。 落:居住的地方。

〔527〕䴠(fèi 狒):兽名,即狒狒。 格:杀。

〔528〕屠巴蛇,出象骼:杀掉吞象的大蛇,取出象骨。

〔529〕掩广泽:大鹏的翅膀巨大无比,被斩掉,可以遮盖广阔的沼泽地。

〔530〕轻禽:轻捷的飞禽。 狡兽:健壮的走兽。

〔531〕周章夷犹:恐惧而不知所措的样子。

〔532〕狼跋(bá 拔):亦作"狼狈",困顿窘迫的样子。 纮(hóng 宏):罗网。

〔533〕睒睗(shǎn shì 闪释):疾视。

〔534〕失其所以去就:不知道何去何从。

〔535〕魂褫(chǐ 齿):吓得魂不附体。褫,夺去。 气慑:气色惊恐。 踼跌(fú 伏):倒伏。

〔536〕饮羽:箭深入而没羽,形容发箭的力量极强。饮,隐没。羽,箭尾上的羽毛。

〔537〕形偾(fèn 奋):身体仆倒。 景僵:身影僵直。景,通"影"。

〔538〕增益:增多。

〔539〕杂袭错缪(miù 谬):杂乱众多,重叠交错。

〔540〕倾薮薄,倒岬(jiǎ 甲)岫(xiù 袖):将薮薄岬岫中的禽兽全部翻倒出来。薄,草木茂密的地方。岬,两山之间。岫,山洞。

〔541〕豜(jiān 肩):大猪。　豵(zōng 宗):小猪。

〔542〕)翳荟(yì huì 义会):草木繁茂的地方。　麢(rú 儒):鹿子。　鹨(liù 馏):鸟名。

〔543〕假道:借路。　丰隆:古代传说中的雷神。

〔544〕披重霄:冲开重重云霄。　高狩(shòu 兽):到高高的天上去打猎。

〔545〕笼乌兔:把乌兔装进笼子。乌,指传说中住在太阳里的三足神乌。兔,指传说中住在月宫里的玉兔。

〔546〕穷:搜遍。　飞走之栖宿:飞禽走兽栖息的地方。

〔547〕嶰(xiè 械):山谷。　阒(qù 去):空寂。尤本袁本作"閴",今据茶陵本、毛本改。

〔548〕岵(hù 户):有草木的山。　童:山无草木。

〔549〕罾(zēng 增)、罘(fú 浮):两种罗网。

〔550〕效获众:收效甚多。

〔551〕回靶:调转马头。靶,缰绳。　行睨(nì 腻):一边行走一边斜视两旁。睨,斜视。尤本"行"下有"邪"字,今依袁本、茶陵本删。

〔552〕三江:泛指吴地江河。

〔553〕航:船。　彭蠡(lǐ 礼):鄱阳湖的古名。

〔554〕浑万艘而既同:万船混杂,同行水上。

〔555〕弘舸(gě 革):大船。　连舳(zhú 逐):船只相连接。舳,船后持舵处。

〔556〕巨槛:大船。　接舻(lú 卢):船只相连接。舻,船头。

〔557〕飞云:古代楼船名。　盖海:遮盖海面,形容船多。

〔558〕制非常模:船只的形制不是一般的模式。

〔559〕叠华楼:华丽的船楼重重叠叠。　岛跱(zhì 志):像岛屿一样耸立。

〔560〕时仿佛于方壶:时常像方壶山一样隐约可见。方壶,传说中的仙山。

〔561〕比:并列,紧靠。　鹢(yì 益)首:画着鹢鸟的船头,这里泛指装饰华美的船。　有裕:多。

〔562〕迈余皇于往初:余皇超过往昔。迈,超过。余皇,亦作"艅艎",大舰名。

〔563〕张组帏:张设彩色丝绸制成的帷幕。

〔564〕构流苏:缀着五色羽毛制成的穗子。

〔565〕开轩幌:敞开门窗和帐幔。

〔566〕镜水区:水面如镜。

〔567〕篙工楫师:划船的水手。篙,撑船的长竿,尤本作"槁",今据袁本、茶陵本改。楫,划船的用具。

〔568〕闽(mǐn 敏):地名,在今福建省。　禺(yú 鱼):地名,在今广东省。

〔569〕习御长风:善于在大风中行船。

〔570〕狎(xiá 匣):亲近而不庄重。　玩:戏弄。　灵胥:指伍子胥变成的水神。伍于胥被吴王杀死,弃尸江中,人们传说他变成了水神,因此渡江的人都敬畏子胥之灵。

〔571〕责千里于寸阴:力求在短时间内远行千里。责,求。

〔572〕聊:姑且。　先期:在预定的时间之前到达目的地。　须臾(yú 于):片刻,指行船用了很短的时间。

〔573〕棹(zhào 罩)讴:划船时唱的歌。

〔574〕箫、籁(lài 赖):皆为管乐名称,此处泛指乐器。

〔575〕渚(zhǔ 主)禽:水中小岛上的鸟。

〔576〕弋(yì 义)磻(bō 波):弋射的箭。射猎时将绳索系于箭上,以便收回,称为弋。

〔577〕稽:留住。　鹪鹏(jiāo míng 焦明):鸟名。

〔578〕虞:主管畋猎场地的人。　机:弩弓上控制发箭的机关。

〔579〕鵁鶄(jiāo jīng 交精):鸟名。

〔580〕钩饵:鱼钩和钓饵。饵,尤本作"铒",今依袁本、茶陵本、毛本。

〔581〕网罟(gǔ 古):鱼网。　接绪:鱼网相接,形容网多。

〔582〕术兼詹公:捕鱼的手段胜过詹公。詹公,即詹何,传说中的善钓者,《列子·汤问》说他能用独丝芒针钓盈车之鱼。

〔583〕巧倾任父:技巧超过任父。任父,即任公子,《庄子·外物》中虚构的人物,说他以牛为饵,在东海中钓大鱼。

〔584〕筌(quán 全):捕鱼器具,这里指用筌捕鱼。　鲠鳙(gèng mèng 更孟):鱼名。

〔585〕䱸(lǐ 里):据《胡氏考异》,当作"缅",一种箕形网。　鲿(cháng 尝):鱼名。

〔586〕罩:捕鱼器具。　两魪(jiè 介):即比目鱼。

〔587〕罺(cháo 巢):捕鱼器具。　鰝(hào 号):一种特大的虾。

〔588〕乘鲎(hòu 后):即双鲎,一种水生节肢动物。　鼋(yuán 元):一种背

有甲壳的爬行动物。 鼍(tuó 驼):即扬子鳄。

〔589〕同罛(gū 孤)共罗:同入罗网。罛,大鱼网。

〔590〕沉虎潜鹿:深藏水中的虎鱼鹿鱼。虎,虎鱼,形似虎。鹿,鹿鱼,形似鹿。

〔591〕馽(zhí 直),䡣(lǒng 垄)僒(jǔn)束:陷入罗网,被囚拘束缚。馽,绊马索,此处指羁绊。䡣,牵制。僒,困窘。束,束缚。

〔592〕徽(huī 徽)鲸辈中于群犗(jiè 介):强大有力的鲸鱼一批接一批地吞食成群的钓饵而被钩住。徽,强大有力的鱼。犗,阉割过的牛,这里指用阉过的牛作钓饵。《庄子·外物》:"任公子为大钩巨缁,五十犗以为饵。"

〔593〕搀抢暴出而相属:彗星疾出而相互连接。古代传说鲸死彗星出。搀抢,彗星。

〔594〕虽复临河而钓鲤,无异射鲋(fù 付)于井谷:在江海捕钓大鱼之后,即使再到河边钓鲤鱼,也会觉得像用箭射井谷中的小鱼一样微不足道。鲋,小鱼。井谷,井中积水之处。

〔595〕竞逐:比赛。

〔596〕缗(mín 民):钓鱼用的丝线。

〔597〕想萍实之复形:希望再遇到楚昭王得萍实那样的美事。典出《孔子家语》,楚昭王渡江得物如斗,使人问孔子,孔子告诉他那是萍实,味道甜美,只有完成统一大业的人才能得到它。

〔598〕夔(kuí 葵):古代传说中的一种异兽,形如牛而无角,一足。

〔599〕精卫:古代神话中的鸟。传说炎帝女儿游东海淹死,化为精卫鸟,常衔西山木石去填东海。 缴(zhuó 酌):系在箭上的丝绳,用来射鸟。

〔600〕文鳐(yáo 摇):一种胸鳍发达如鸟翼一样的鱼,能跃出水面在空中滑翔。 纶(lún 伦):钓鱼用的丝绳。

〔601〕翔翼:飞鸟。

〔602〕游鳞:游鱼。

〔603〕雕题之士,镂身之卒:额头和身子饰有彩色花纹或图形的士卒。古代南方有文身之俗。题,额。

〔604〕比饰虬(qiú 求)龙,蛟螭(chī 吃)与对:彩饰可与虬龙蛟螭相对比。虬、蛟、螭,都是传说中的龙。

〔605〕简其华质:简阅他们的彩饰身躯。

〔606〕䖃(yì 意)费:有文采的样子。 锦缋(huì 会):锦绣。

〔607〕料:估量。　虓(xiāo 消)勇:勇猛。

〔608〕雕悍狼戾(lì 厉):像雕和狼一样凶悍暴戾。

〔609〕昧潜险:冒险潜入深险的水下。

〔610〕瑰奇:珍奇之物。

〔611〕玳瑁(dài mào 代冒):海中动物,形似龟,甲壳光滑可制装饰品。

〔612〕扪(mén 门):执,持。　觜蠵(zuǐ xī 嘴西):一种大龟。

〔613〕剖巨蚌:部取大蚌体内的珍珠。　回渊:水流回旋的深渊。

〔614〕明月:明月珠。此珠光色如月。　涟漪(yī 衣):水波。

〔615〕毕天下之至异:天下所有最珍奇的东西。

〔616〕汔无索而不臻:终于没有寻找不到的。讫,竟,终。臻,到。

〔617〕谿壑为之一罄(qìng 庆),川渎为之中贫:溪壑川渎中的珍奇之物都被搜索干净。罄,尽。

〔618〕哂(shěn 审)澹台之见谋:笑澹台的财宝被河神谋夺。典出《博物志》:一个叫澹台子羽的人带着财宝过河,遭到河神的抢劫。

〔619〕袭海:入海。　徇珍:寻求珍宝。

〔620〕汉女:指传说中拥有特大珍珠的汉水神女。典出《韩诗外传》:一个叫郑交甫的人将到楚国去,途经汉水,遇见两个神女佩带像鸡卵一样大的珍珠。

〔621〕晋贾:贾大夫。《左传·昭公二十八年》:贾大夫貌丑而取美妻,他的妻子因丈夫貌丑而三年不言不笑。贾大夫带着她去沼泽地打猎,射中野鸡,她才开始说笑。　同尘:同蒙尘垢。意谓带着汉女入海求宝如同贾大夫带着美妻去射野鸡。

〔622〕砰宕(pēng dàng 烹荡):船行击水的声响。

〔623〕翼飔(sī 思)风:以疾风为翼,飞速前进。飔风,疾风。　飗飗(liú 刘):风声。

〔624〕直冲涛而上濑(lài 赖):迎着大浪急流一直向前。濑,急流。

〔625〕沛沛悠悠:远行的样子。

〔626〕汔可休:差不多可以休息了。　凯:欢乐。

〔627〕揖:告别。　天吴:传说中的水神。　阳侯:传说陵阳国侯溺水而死,化为波涛之神。

〔628〕指包山而为期:指定包山作为约会的地点。包山,山名,在太湖中。

〔629〕洞庭:这里指太湖。　淹留:停留。

〔630〕数（shǔ 属）军实：清点军队游猎的收获。　桂林之苑：三国时吴有桂林苑。

〔631〕飨戎旅：用酒食慰劳军队。　落星之楼：三国时吴有落星楼，建在落星山上。

〔632〕酒若淮泗：酒多如淮水和泗水。

〔633〕肴（yáo 摇）：筵席上的鱼肉。

〔634〕轻轩：这里指送酒的轻便车。　绿醽（líng 灵）：古代酒名。

〔635〕方双辔：两匹马拉的车并列而行，这里指传送菜肴的车。　赋珍羞：分布精美的菜肴。

〔636〕饮烽起：饮酒时举火示众。烽，火把。

〔637〕釂（jiào 叫）鼓震：击鼓表示将杯中酒喝干。釂，饮尽杯中酒。

〔638〕士遗倦：士卒忘掉了疲倦。

〔639〕众怀欣：众人都满怀欣喜。

〔640〕幸：帝王驾临。　馆娃：春秋时吴国宫殿名。

〔641〕张：安排。　女乐：美女表演的歌舞。

〔642〕罗：罗列。　金石：金属制的乐器和石制的乐器。　丝竹：丝弦乐器和竹管乐器。

〔643〕钧天：即钧天广乐，神话传说中天上的音乐。　下陈：陈设于下界。

〔644〕发东歌，操南音：演奏东方的歌曲和南方的音乐。发，胡刻本作"登"，今据宋陈八郎本改。

〔645〕胤（yìn 印）：继续表演。　阳阿：古代乐曲名。

〔646〕韎（mèi 妹）：古代东方的乐曲名。　任：古代南方的乐曲名。

〔647〕荆艳：楚歌。

〔648〕吴愉：亦作"吴歈"，吴歌。　越吟：越歌。

〔649〕翕（xī 希）习：节奏舒缓。　容裔：悠闲自得。

〔650〕靡靡：柔美。　愔愔（yīn 音）：和悦。

〔651〕若此者：这些歌舞。

〔652〕与夫：据王念孙《读书杂志》考证，当是"举"字之误，与下文"动"字相对，都有进行的意思。　隆响：高亢。

〔653〕铿鍧（kēng hōng 坑轰）：钟鼓齐响，声音宏大。

〔654〕有殷坻（dǐ 底）颓于前：盛大如山丘崩塌。据王念孙《读书杂志》考

证,“于前”二字当是衍文。删掉“于前”,则成四字句,与下文相对。

〔655〕曲度:婉转变化。 难胜(shēng 生):不可穷尽。

〔656〕谣俗:通俗歌谣。 汁协:协合。

〔657〕律吕相应:与六律六吕相适应。古人用十二个长度不同的律管确定十二个高度不同的标准音,其中六个奇数音阶称为六律,六个偶数音阶称为六吕,合称十二律。

〔658〕超延露而驾辩:超过延露和驾辩。延露、驾辩,皆为古曲名。而,通“与”。

〔659〕逾:超过。 绿水、采菱:皆为古曲名。

〔660〕弭(mǐ 米)髦(máo 毛):战马听到音乐而鬃毛顺合。 仰秣(mò 末):马仰头含草以倾听音乐。形容音乐美妙,感动了战马。秣,牲口的饲料,这里指马在吃草料。

〔661〕渊鱼竦鳞而上升:深水中的鱼听到音乐耸身向上升到水面。

〔662〕酣湑(xǔ 许)半:饮酒至半酣。酣,饮酒尽量。湑,过滤的酒。

〔663〕八音并:八音齐奏。八音,指八种乐器。

〔664〕欢情留:欢悦的情绪久留不去。

〔665〕良辰征:美好的时光正在逝去。

〔666〕鲁阳挥戈而高麾(huī 挥):典出《淮南子》:楚将鲁阳文子与韩人酣战,黄昏时战斗仍未结束,文子挥戈阻止太阳西沉以延长作战时间,太阳果然为之返回。鲁阳,即鲁阳文子。高麾,指挥天上的太阳。

〔667〕曜灵:太阳。 太清:天空。

〔668〕再中:一日之内两次到中天。

〔669〕齐既往之精诚:像古人一样心志精诚以使良辰不逝。

〔670〕夏后氏朝群臣于兹土:夏禹曾在这里召见群臣。据《左传·哀公七年》,夏禹在涂山会诸侯。涂山在吴地。

〔671〕执玉帛者以万国:上万个国家的诸侯拿着玉帛来朝见夏禹。

〔672〕高会:盛会。

〔673〕轨则:效法。

〔674〕要盟之主:春秋时吴国一度为诸侯盟主。要盟,盟约。

〔675〕信其威:伸张他的威力。信,“伸”的假借字。

〔676〕穷其武:用尽武力。

〔677〕内果伍员之谋：治理国内，采用伍员的计谋。伍员，即伍子胥，本是楚国人。后来流亡到吴国，成为吴王阖闾的重要谋臣。

〔678〕外骋孙子之奇：在对外战争中发挥孙子的奇计。孙子，即兵法家孙武，本是齐人，入吴后教阖闾兵法奇计。

〔679〕胜强楚于柏举：春秋时吴王阖闾之弟夫槩王率吴军在柏举大败楚军。柏举，古地名。

〔680〕栖劲越于会（kuài 快）稽：春秋末年吴王夫差攻破越国，把越王勾践及其残余军队围困在会稽山上。劲越，强大的越军。会稽，古地名，在今浙江省。

〔681〕阙沟乎商鲁：吴王夫差为了向北扩张势力而在宋鲁之间挖掘深沟以通水路。阙，挖掘。商，宋国。

〔682〕争长于黄池：据《左传·哀公十三年》，夫差在黄池与诸侯盟会，吴晋两国争为盟主，最后吴国取胜。争长，争当盟主。黄池，古地名，在今河南省。

〔683〕徒以江湖崄（xiǎn 险）陂（bēi 卑），物产殷充：吴国只凭江湖险阻、丰足物产，就可以同其他地区比较优劣。崄陂，险阻。殷充，富足。

〔684〕绕雷未足言其固，郑白未足语其丰：同吴地相比，绕雷的险固地形、郑白的丰富物产都不足以称道。绕雷，古地名，在今陕西省，以地形险固著称。郑、白，指郑渠和白渠，此指郑渠、白渠所灌溉的地区，在今陕西省，以物产丰富著称。

〔685〕陷坚之锐：攻克强敌的锐气。

〔686〕节概：节操、气概。

〔687〕睚（yá 涯）眦（zì 自）则挺剑：稍有怒气就挺剑欲斗。

〔688〕喑（yīn 因）呜则弯弓：含怒未发就拉弓欲射。

〔689〕拥之者龙腾，据之者虎视：占据吴地的人会有龙腾虎视之势。

〔690〕麾城若振槁：指挥攻城就像摧毁朽木一样容易。

〔691〕搴（qiān 谦）旗：夺取敌人的战旗。　顾指：像观看手指一样轻而易举。

〔692〕带甲：披甲从军。

〔693〕元功：大功。　远致：功垂远代。

〔694〕累叶百叠：百代相传。

〔695〕乐湑：即乐胥，本意是君子的快乐，此处借指君子。语出《诗经·桑扈》："君子乐胥。"胥，语气助词。　衎（kàn 看）：喜欢。　其方域：指吴地。

〔696〕桂父：传说中的仙人。《列仙传》说桂父是象林人，象林在三国时属于吴国。　练形易色：训练形态，改变颜色。

〔697〕赤须：传说中的仙人。　蝉蜕：像蝉一样脱去躯壳。　附丽：依附。赤须本不是吴人，寄居吴地，故称附丽。

〔698〕中夏比焉：中原各国同吴都相比。

〔699〕毕世：永世。

〔700〕丹青图其珍玮（wěi 伟）：图画上画着吴地的珍宝。

〔701〕贵其宝利也：看重吴地财宝带来的利益。

〔702〕没齿而忘归：虞舜夏禹都埋葬在吴地而没有返回故乡。传说舜葬于苍梧之野，禹葬会稽之山。三国时苍梧、会稽都属于吴国。没齿，寿命已尽。

〔703〕阿（ē）：山的转弯处。

〔704〕玩：玩赏。

〔705〕剖判庶士：分析各种人物。

〔706〕商榷（què 确）万俗：研究各地风俗。

〔707〕郁鞅：繁盛。　显敞：高显宽广。

〔708〕湫阨（jiǎo ài 角爱）：低下狭隘。　踡（quán 拳）局：屈曲不伸。

〔709〕伊：语气助词。　函弘：广大。

〔710〕倾神州：使中国倾斜。吴国地势向东南倾斜。神州，指中国。　韫（yùn 酝）椟（dú 读）：藏在柜子里，极言吴都之大，能包藏中国。

〔711〕仰南斗以斟酌：仰取斗宿，当作勺子舀酒。南斗，星名，即斗宿，同北斗星相比，位置在南方，所以俗称南斗。南斗共六星，连起来像勺子形状。

〔712〕二仪：指天地。　优渥（wò 握）：优厚。

〔713〕繇（yóu 尤）：通“由”。　揆（kuí 葵）：衡量。

〔714〕相绝：相差悬殊。

〔715〕亦犹棘林萤耀，而与夫樳（xún 寻）木龙烛也：西蜀不过像枝干生刺的灌木林和萤火虫发出的微光，而东吴则如千里之长的樳木和神龙衔烛放射出的巨大光芒。樳，传说中的神树，长千里。龙烛，烛龙所衔的巨烛。古代神话中有一神兽名为烛龙，人面龙身，居于西北无日之处，口衔巨烛以照幽阴。夫，那。

〔716〕否（pǐ 匹）、泰：《周易》中的卦名，天地不相交，而世道衰败，称做否，泛指情况不良。天地相交，世道昌盛，称做泰，泛指情况良好。　相背：相背离。

〔717〕亦犹帝之悬解，而与夫桎（zhì 至）梏（gù 固）疏属：东吴如同得到上帝

的放纵，而西蜀如同披枷带锁关押在疏属山上。帝之悬解，语出《庄子·大宗师》，意谓解除上帝的束缚，无拘无束，逍遥自在。桎梏疏属，典出《山海经》：二负杀猰貐，上帝给二负带上枷锁，关押在疏属之山。夫，尤本无此字，今据袁本、茶陵本增。桎梏，脚镣手铐之类的刑具。疏属，山名。

〔718〕庸可共世而论巨细：东吴和西蜀比较大小，岂能同日而语。

〔719〕确：瘠薄。

〔720〕暨：至于。　幽遐独邃：深远偏僻的地方。

〔721〕寥廓闲奥：空旷寂寥。

〔722〕耳目之所不该：听觉视觉所不能包括的地方。

〔723〕足趾之所不蹈：脚踏不到的地方。

〔724〕倜傥（tì tǎng 替淌）：卓越。

〔725〕诎（qū 屈）诡之殊事：诡异的特殊事物。

〔726〕理：据孙志祖校勘，当作“埋”。　终古：永世。

〔727〕未寤于前觉：没有被先觉者察觉。寤，醒悟，察觉。

〔728〕若吾子之所传：如我所讲的这些。吾，东吴王孙自称。据王念孙《读书杂志》考证，“吾”下不当有“子”字，是后人误增。

〔729〕孟浪：僻野。

〔730〕梗概：吴都的大概情况。

〔731〕要（yāo 夭）妙：美妙。

今译

东吴王孙讥笑道：上观星象，研究天文；下测物土，分析地理。远古先帝，经营大业，统一天下安顿百姓，巡行各地游历远方。所过之处，有鸟文简册流传，篆字帛书问世，玉器铭刻典故，石碑谱写遗迹。谁曾听说，巴蜀有陟方之馆，行宫遗址！而您大讲蜀都丰足，禺同富有；称颂它的地理位置，赞美它的草木川流；矜夸巴山蜀水的险要，誉为天下重险之首；炫耀长满芋头的沃野，灾荒之年靠它补救。衡量地域拘泥小节，不过是陋儒的慨叹。评价都城一概而论，算不上是名家的远见。道理何在？土壤不足以养生，山川不足以防卫。公孙述在蜀建国而国破，诸葛亮在蜀立家而家毁。您所言之事，都是世道衰乱的废墟，国家颠覆的陈迹，岂能与我大吴王侯的功业相比美！只玩赏沙石浅滩而未见藏玉深渊的人，不知黑龙栖身之处，只熟习穷乡僻壤而未见富饶大邦的人，不知英雄立业之所。

您难道没听说过吴国的伟大壮丽吗？吴国历史久远，太伯奠定基业，季札倡导谦让。彰明礼仪何等隆重，振兴节操无限高尚。建树至德开创大业，世人无法把它颂扬。凭礼让而立风俗，弃君位如同脱鞋。若论天下都城，列国不能与吴相比。

先帝规划疆土，上有星纪配吴。开拓国土确定边界，多方兼并地域最广。包容干越，囊括蛮荆。婺女光芒照耀吴地，翼轸华彩笼罩吴境。手指衡山坐镇郊野，眼望龙川环绕边疆。

提起吴国的山水，真是地势高峻，气象雄浑，水流浩荡，广远无垠。川流喷涌，渠道畅通；收容汉水，吞纳长江。山峦重叠，江河并列。山势深险绵延数州之间，水域辽阔流经天下之半。

百川分流，同归大海，清波浊浪兼收并蓄，狂涛急流一起奔来。初入海域汹涌激荡，远行重洋销声匿迹。大水暴涨气势汹汹，细浪深藏响声微微。来自荒远天边，流向东方尽头。扶桑林中经过，包容汤谷洪流。潮波迅起，万里往返。水雾浓厚，云气昏暗。清流回旋，壮阔汪洋。无限深远，无限宽广。永无际涯，浩浩荡荡；百川汇总，源远流长。珍奇之物聚会繁衍，鱼鳖之类汇集来往。

于是巨鲸吞航船，长鲵吐波浪；海龙水蛇腾跃，鲛鲻琵琶游荡；王鲔鯸鲐徘徊，鲫龟鳝鳍徜徉；乌贼螃蟹出没，鼋鼍鲭鳄升降。无数水族在此活动。叠积鳞片雕饰甲壳，异族奇类交错杂处。逆流顺水，出没沉浮。

更有鸟类：鹍鸡鶗鴂，鸘鹄鹭鸿；鹓鹄在此避风，候雁飞到吴江；鸂鶒鷫鸘，鹄鹤鹙鸧，鹳鸥鹢鸬，遨游水上。羽饰仪容摇荡，随波参差不齐；抖翅整理羽衣，自由自在游戏；啄食水草海藻，身入水波刷洗。

鱼鸟众声杂作，万物蠕动而生；昏昏暗暗，恍惚迷茫；变化神奇迅速，黑暗孕育光明；性情形体极度发展，盈虚变化任其自然。蚌蛤珠胎随月变化，月亏珠缺月满珠全。巨龟用力，头顶仙山。大鹏奋飞，两翼垂天。振荡汪洋，雷击深渊。震撼宇宙，无法求源。

岛屿遥远，洲渚突起。极目远望，渺渺茫茫。附着珍怪，充满奇异。路径断绝，风云相通。洪桃盘曲，丹桂丛生。玉树举茎花蕊张开，珊瑚繁茂剔透玲珑。重重山冈结成险阻，仙人在此建造房屋。檐霤相连庭院多，玉堂石屋不胜数。层层叠叠绿帏帐，亭亭袅袅众仙女。江妃聚会往来频繁，海童饮宴欢歌笑语。实在神奇微妙，可叹难知头绪。

东吴地势，高高低低。草木茂密，遇草滩开园圃，逢树木辟林苑。异花开放，终年不断。夏日光彩夺目，冬季茂盛鲜艳。方志分类详记，中原羡慕称赞。

草类有藿蒳豆蔻，姜类非一，江蓠之属，海苔之类，纶组紫绛，食葛香茅，石帆水松，东风扶留，遍布沼泽，绵延山丘，攀上岗弯，覆盖河流。摇动白色花托，垂下朱红花朵。葱茏丰茂，光华辉映，色彩艳丽，香气盛发。还有诸侯纳贡的菁茅，《离骚》歌咏的宿莽。

树木有枫柙橡樟，棕榈枸桹，绵杬杶栌，文欀桢橿，平仲桾櫏，松梓古度，楠榴之木，相思之树。同类相聚，生长在高峻的山冈；分种分族，繁衍在幽僻的山阜。主干挺拔高千寻，枝叶垂荫遮万亩。旁枝聚拢牵引茎干，花朵重叠掩映绿叶。屈曲如龙蛇盘绕，重叠似鱼鳞连接。花色混合，繁密如绣。夜露重而下垂，晨光微而难透。随风飘荡，其声嗖嗖。枝条鸣而合乎音律，声音飞而分外嘹亮，好像琴筑并奏，恰似笙竽齐响。

树上老猿哀吟，小狸长啸。狖鼯猓然，腾跃蹦跳。争先悬挂树梢，竞相游荡远枝；忽然惊慌乱似水沸，四处逃散纷如雉飞。树下有狒狒麙狼，猰㺄貙象。老虎犀牛之族，钩爪锯牙毕露锋芒。目光闪耀如群星，吼声震荡如雷霆。名称载于《山海经》，形象雕镂于夏鼎。

竹有篔筜箖箊，桂竹箭竹射筒。柚梧成林，篻簩聚丛。冬笋拔节，遍地盘结。茎叶青青，傲霜斗雪。修竹荟萃，瑟瑟风吹。亭亭玉立，鲜润如碧。梢云之竹超不过，嶰谷之竹难相比。鸑鷟品尝果实，䴔鸧林间栖息。

水果有丹橘余甘，荔枝成林，槟榔笔直，椰树无荫。龙眼橄榄，探榴冬熟。扎根于比景之北，挺立在衡山之南。白花美丽，红花芳香，紫色果实挂在青壁之上。南飞鹧鸪中途休憩，五彩孔雀在此翱翔。山鸡飞归常住宿，翡翠筑巢一行行。

财宝有琨瑶之山，铜铁之矿，火齐宝石，犀角闪光，丹砂玑珠，银白金黄，青碧素玉，紫贝硫磺。地势起伏蕴藏财富，深山荒野杂生宝物。光辉闪烁于深藏之处，珍宝坠落于幽静山谷。崖岸为之草不枯，林木为之生光泽。于是隋侯明珠自叹不如，宋王宝玉黯然失色。

荒远边陲，奇异诡怪，龙穴之内，藏去储雨。鲮鲤四足如兽，浮石出水似舟。双目同侧叫比目，只有半身称王余。荒远高地斩木取汁而饮，极深水域有人定居。鲛人水里织绡，渊客落泪成珠。开北门而向阳，视南海为北方。

四郊阡陌数不尽，肥田沃野加倍增。土质优良品类多，高平低湿不同等。象耕鸟耘从这里开始，麦子菰米在这里生长。煮海制盐，采矿铸钱。郡国征两熟之稻，乡里索八熟丝绵。

只要看到城郊的面貌，了解城内的规模，便知王霸之业的基础，开创国家的根底。外城周匝环绕，内城重叠对角，城门十六，水陆兼通。开始经营，规划千年。建宫室效法紫微星，开拓宽广宏大庭院。深宫恒温冬暖夏凉，高馆入云环绕虹霓，光芒闪耀连绵万里。建造姑苏高台，突兀而起远望四方。朝夕池如带缭绕，长洲苑装饰城垣。窥视东山府库，琳琅满目。探测海陵仓廪，积压红粟。初居武昌建立宗庙，迁都建业起造离宫。阖闾常规有所扩大，夫差旧法依然采用。神龙华殿拔地而起，飞檐雕栏金碧辉煌。临海殿巍然屹立，赤乌殿彩绘闪光。东西宽广长远，南北深邃幽冥。窗格帷幔相对，楼阁连接相通。门户怪异多变，一一采用奇名。左侧宫门称穹碕，右侧宫门号临硎。雕梁画柱衬斗拱，连环青纹配丹楹。图案微妙飘云气，画面神奇飞仙灵。

虽此宅无比华美，还不觉丝毫满足，准备参照倾宫，建成玉宇琼楼。宫门高大宽阔，车马并行通畅。朱阙双双对峙，驰道条条坦荡。青槐行行并立，绿水绵绵流淌。浓荫郁郁覆盖，清流淙淙作响。官衙罗列达七里之广，馆舍相夹于大路之南。兵营密集如梳齿，公署分布如棋子。横塘查浦，房屋众多，长干飞甍，绵延交错。

居民尽是高门显贵，伟岸豪杰，虞魏氏的儿孙，顾陆家的子弟，幼年聪慧能继祖业，成熟干练世代袭爵。朱轮飞转车辙交错，骏马腾跃蹄迹重叠。回家路上陈列兵器，门庭之内摆设兰锜。冠冕车盖如云密布，大街小巷喧哗拥挤。邻舍多有侠义之客，轻捷之士。朋友往来不绝，傧从神采奕奕。出门穿珠饰之鞋，常常是人山人海。里巷中摆酒设宴，行酒令痛饮开怀。高举门闩扛起大鼎，角力射箭投壶掷色。鄱阳人好恶作剧，酒至半酣闹起来。宾客欢宴络绎不绝，京都繁华四方来会。水路并舟而进，陆路车马相随。车船行歌声伴，从黎明直到天黑。

开放市集百货流通，遍布市区如水横溢。物品混杂同入商场，城市乡村一处贸易。士女久立观望，商贩排列相连。身着麻裳葛衣，东奔西走忙乱。市中街道轻车缓行，门前水巷楼船举帆。果品布料经常汇聚，远方运来琉璃珂珹。货色繁多，器物万种。黄金如山，珍珠遍地。桃笙象簟，藏在竹筒。蕉葛升越之布，胜过精细罗纨。喋喋不休交错杂乱，竞争逐利交易频繁。人声喧闹沸沸扬扬，各类人等相互掩映。挥袖成风灰尘蔽日，流汗化雨大路泥泞。富裕之民，经商买卖。乘时取利，钱财万亿。竞争乡里，兼并土地。闲居自夸，甘食美衣。

矫健之人，家家皆有。敏捷如庆忌，勇敢似专诸。出门头戴高冠，疾走手持利刃。披挂鲛函之甲，高举属镂之剑。居民平时收藏戈矛，远游自带刀剑，人人贮存鹤膝之矛，家家皆有犀渠之盾。军需物资蓄积备用，各种器械兼收并存。吴钩越戟，纯钧湛卢。兵车密布石头城，战船如云遮江湖。

秋去冬来,时光流逝。草木凋零,鸟兽肥壮。观望猛禽,整饬军旅。组甲披身,袘姑高举。命将校摇铎传令,将围猎于具区。夫南西屠,乌浒狼䐎,儋耳黑齿酋长,金邻象郡首领,各部族做先驱,千军万马奔腾。先导之骑在前引路,指南之车确定方向。兵车出动响声隆隆,甲士列队步伐锵锵。于是吴王乘坐华美之车,驾驭骕骦之马。旌旗饰鲨鱼之须,常旗绣日月之形。手提乌号良弓,腰挂干将宝剑。羽旄旗飘扬缨穗,三刃戟闪耀光芒。贝壳饰盔象牙饰弓,鸟形图案画在旗上。六军服装清一色,四骐如龙头高昂。捕兽器布置周遍,捕鸟网全部开张。层层毕罕如锁链,处处罠蹄连网纲。以沅湘水阻拦禽兽,用九疑山构筑围墙。轻车纵横驰骋,铁骑张弓闪亮。将士英勇,赤膊徒手搏击猛兽,高蹦远跳投掷飞石。长臂骈胁善于骑射,粗犷矫捷行动迅疾。目光炯炯好似鹰鹞,你追我赶川流不息。时而分离时而合,一道腾跃在旷野。部队精悍,拥有干卤、殳铤、旸夷、勃卢。长短兵器随手使用,疾驰狂奔怒发上冲。汇聚急行,衔枚无声。无数旗帜悠悠飘,一道游猎在远郊。钲鼓咚咚震撼山岳,烈焰腾空焚烧森林。火苗上蹿如同彩霞,浓烟覆盖好像阴云。轰轰隆隆,山峦崩塌高陵下沉。鸟类顾不上择木而栖,兽类发不出本来声音。手搏䰠䰡,绊住麋麖。骑上六驳,追赶飞生。弹射鸾䴔,箭射猱狿。白雉坠落,黑鸩凋零。跨越高峰,闯过天险。在竹柏林中穿行,在杞楠林中奔走。野猪吼叫,神螭遮掩。利箭中禽兽,白刃被血染。此时车马缓行,队伍调齐暂停。自由自在走动,凝视草木葱葱。检阅将帅勇力,赞赏士卒抑扬。飞禽以觜距为兵刃,走兽以齿角为刀枪。生就爪牙应付紧急,被它钩挂造成伤残,被它冲撞筋骨裂断。压倒一切禽兽,摧折爪牙锋芒。石林山势虽险,挺胸捋袖向前;纵有毒蛇九首,举足将它踏住。倾覆飞鸟巢窝,捣毁野兽窟宅。仰首捕捉鸼䲹,俯身践踏貘豻。扫荡熊罴石窟,洗劫虎豹居处。猩猩哀啼而被困,狒狒傻笑而就擒。杀死吞象巨蛇,取出大象骨骼。斩断大鹏翅膀,覆盖广阔沼泽。轻捷飞禽强壮走兽,惊恐万状不知所措,困顿窘迫陷入网罗,心神离散目光无着落,茫茫然找不到巢窝。弓弦一响箭没尾羽,猎物倒伏魂不附体。死亡禽兽形影僵直,尸首增多不断堆积,杂乱众多,重叠交错。将林泽倾斜,把岬岫翻倒,岩洞不见貙貀,丛林不见麢鹨。欲向雷神暂借大道,上天狩猎踏破重霄。攀上日月捕捉神乌玉兔,搜遍天地之间禽兽穴巢。

涧谷空寂,山冈光秃。罗网装满,猎获丰足。回马而走斜视两旁,将捕鱼类游历三江。鄱阳湖中行舟,万船汇聚水上。弘舸衔接,巨槛相连。楼船如云遮盖大海,船体形制非同一般。华楼重叠如岛屿耸立,时隐时现似方壶仙山。无数画舫并列,艅艎超过从前。张设彩绸帷幕,悬挂流苏羽穗。敞开门窗帐幔,水面如镜生辉。船工水手,选自闽禺,不怕狂风巨浪,敢于戏弄灵胥。力争分秒之内远行千里,姑且片刻之间抢先而至。船歌对唱,管乐齐鸣。洪流轰响,渚禽受惊。施放弋磻,击落鶢鹏。虞人发弩,命中鸡鹊。水中布满钓饵,处处连结网罟。手段胜过詹公,技巧压倒任父。用筌捉鲉鳟,用缅捕鲿鲨,用罩困比目,用罾捞鳊虾。双鲎鼋鼍,同陷网罗。虎鱼鹿鱼,全被囚拘。成群巨鲸吞牛中钩,彗星疾出相互连属。与此情此景相比较,即使临河钓鲤鱼,亦如井谷射微鲋。轻舟连接相互追逐,面对潮水甩出钓钩。希望重现萍实之美,且向鲛人询问灵夔。精卫衔石而中弋箭,文鳐夜飞而触钓竿。北山飞鸟终于绝迹,西海游鱼彻底消失。画额军卒,文身兵士,花纹如虬龙,图案似蛟螭。观看他们的彩饰身体,锦绣一般华丽;估量他们的悍勇,雕狼一样凶猛。冒险潜入水下,搜寻珍奇,捉到玳瑁,抓住觜蠵。深渊中将巨蚌剖开,水波里把明珠洗涤。天下一切奇异至宝,竟然没有一样找不到。溪涧早已搜索干净,川渎宝物荡然无存。笑澹台财物被河神谋夺,姑且驶入大海另觅奇珍。后船带上汉女,步贾大夫后尘,驾驭急流涛声如雷,疾风为翼船行如飞。一直冲向惊涛骇浪,悠悠远去风帆飘忽。渔猎结束凯旋而归,拱手告别阳侯天吴。

约定包山相会,同往太湖暂留。清点猎物于桂林苑,犒劳士卒于落星楼。美酒流淌如江河，佳肴堆积如山丘。轻车飞奔传送绿酃，双辔并行分布珍羞。举火助酒兴，击鼓促干杯。将士忘掉疲倦，众人欣喜满怀。馆娃宫里吴王下榻，安排女乐招待群臣。罗列金石丝竹各种乐器，好似钧天广乐降临凡尘。唱东歌，奏南音，歌阳阿，咏韎任，表演荆艳楚舞，发出吴歈越吟。舒缓悠闲，柔美欢欣。如此美妙的歌舞！唱和互答高亢，钟鼓齐鸣铿锵。响亮如山崩塌，婉转变化无穷，与通俗歌谣相协和，与六律六吕相适应。奏喜乐可润饰木石，发哀音能激起凄风。胜于《延露》《驾辩》，超过《绿水》《采菱》。感动战马垂鬃仰首，引逗渊鱼耸身上升。酒至半酣，八音齐奏。欢悦情绪久留未去，美好时光不肯稍停。学文子阻拦夕阳，让红日返回太清，心志精诚如同古人，感化落日再到空中、

夏禹曾在这里召见群臣，万国诸侯执玉帛来朝见。吴国正是先王盛会之胜地，四方效法之模范。春秋时期，吴为盟主，阖闾耀武扬威，夫差穷兵黩武。治理国内用伍员谋略，对外战争用孙武奇计。击败强楚于柏举，围困劲越于会稽。开掘深沟通宋鲁，争得盟主于黄池。江湖险阻，物产富足，绕霤之固实在逊色，郑白之丰相形见绌。士气锐不可当，民俗气概高昂，稍有怨气则挺剑欲斗，含怒未发即扣箭弯弓。占据吴地，则如龙腾虎视。攻城如摧毁朽木，夺旗如顾盼五指。即使从军一天，也会功垂后世；即使延续百代，也能富强相继。君子爱此区域，众仙到此会集。桂父练形改变颜色，赤须蝉蜕客居此地。中原同吴相比，永世罕见吴都珍异，只能描画宝物形状，渴望它们带来利益。舜禹游吴，终生不返，神灵永留山野，玩赏瑰宝丽艳。

评判各种人物，研讨各地风俗，或者繁盛而宽广，或者狭窄而局促。吴都竟如此广大，可使神州倾斜，足以包藏中原，仰取南斗以舀酒，兼得天地之厚遇。由此衡量，西蜀比于东吴，小大相差悬殊。西蜀如同灌丛棘林萤虫微光，东吴好像千里桿木神龙巨烛，优劣相反，一目了然，天帝独予东吴自由，偏偏禁闭西蜀，岂能同日而论巨细，不可一并比较贫富。至于东吴深远偏僻之所，空旷寂寥之地，视听

接触不到之区，足履践踏不到之址，卓绝不凡之物，离奇古怪之事，永远深深埋藏，不为先觉者察知。如我上述所言，不过是边野流传，只略举东吴概况，未道出精妙大观。

（吴穷译注　陈复兴修订　陈延嘉再修订）

魏都赋一首

左太冲

题解

《魏都赋》承袭司马相如《上林赋》亡是公驳抑子虚、乌有的体式，以魏国先生驳抑西蜀公子和东吴王孙在《蜀都赋》与《吴都赋》中对蜀都、吴都的夸赞，批评他们之间的辩论，重点歌颂了魏都的宏伟壮丽和魏国的地大物博，肯定了魏国的统治顺天应人，居于正统地位。客观上反映出中国古代人民的创造能力和祖国的富饶美好。当然，其中贯穿着封建正统思想，但同时也交织着反对分裂割据，要求祖国统一的精神。

如果说《蜀都赋》侧重写险阻，《吴都赋》侧重写繁华，那么《魏都赋》则突出写宏伟壮丽，而这种宏伟壮丽又镕铸着中原地区古朴的文化传统。

“赋者，铺也。”一般地说，诗美在情，文美在理，赋美则在铺张扬厉。尽管作者在序中曾强调“依其本”、“本其实”，但既要写赋，要在赋中“美物”、“赞事”，就不能违背赋的规律和特点，就要铺张扬厉。不过，作者的艺术匠心，恰恰在于既能铺张扬厉，又做到了质朴和征实。这篇赋就总体讲是铺张扬厉的，而就它所铺排的每个细节讲又是真实动人的。这样结构起来，铺张扬厉的艺术效应则是更真实、也更完美地表现出魏都的宏伟壮丽，魏国的地大物博，中原地区的淳厚风情。这也正是构成这篇赋既气势阔大而又庄重朴实风格的重要因素。

这篇赋虽然模拟《两都》、《二京》，但并无一般汉赋的板滞凝重，而代之以变化多端，起伏有致。全赋夹叙夹议，在铺叙过程中又有轻有重，有粗有细，有的地方不惜笔墨，畅酣淋漓，有的地方几笔带过，恰到好处，让人读来，既有规模宏伟之感，又觉参差错落之妙。

原文

魏国先生[1]，有睟其容[2]，乃盱衡而诰曰[3]：异乎交益之士[4]！盖音有楚夏者[5]，土风之乖也[6]；情有险易者[7]，习俗之殊也。虽则生常[8]，固非自得之谓也[9]。昔市南宜僚弄丸，而两家之难解[10]。聊为吾子复玩德音[11]，以释二客竞于辩囿者也[12]。

夫太极剖判[13]，造化权舆[14]。体兼昼夜[15]，理包清浊[16]。流而为江海，结而为山岳。列宿分其野[17]，荒裔带其隅[18]。岩冈潭渊，限蛮隔夷[19]，峻危之窍也[20]。蛮陬夷落[21]，译导而通[22]，鸟兽之氓也[23]。正位居体者[24]，以中夏为喉[25]，不以边垂为襟也[26]。长世字甿者[27]，以道德为藩[28]，不以袭险为屏也[29]。而子大夫之贤者[30]，尚弗曾庶翼等威[31]，附丽皇极[32]，思禀正朔[33]，乐率贡职[34]；而徒务于诡随匪人[35]，宴安于绝域[36]，荣其文身[37]，骄其险棘[38]。缪默语之常伦[39]，牵膠言而踰侈[40]。饰华离以矜然[41]，假倔强而攘臂[42]。非醇粹之方壮[43]，谋踳驳于王义[44]，孰愈寻靡蓱于中逵[45]，造沐猴于棘刺[46]。剑阁虽嶛[47]，凭之者蹶，非所以深根固蒂也[48]；洞庭虽濬[49]，负之者北[50]，非所以爱人治国也。彼桑榆之末光[51]，踰长庚之初辉[52]。况河冀之爽垲[53]，与江介之湫湄[54]。故将语子以神州之略[55]，赤县之畿[56]，魏都之卓荦[57]，六合之枢机[58]。

于时运距阳九[59],汉网绝维[60],奸回内赑[61],兵缠紫微[62]。翼翼京室[63],眈眈帝宇[64],巢焚原燎[65],变为煨烬[66],故荆棘旅庭也[67]。殷殷寰内[68],绳绳八区[69],锋镝纵横[70],化为战场,故麋鹿寓城也。伊洛榛旷[71],崤函荒芜[72]。临菑牢落[73],鄢郢丘墟[74]。而是有魏开国之日,缔构之初,万邑譬焉[75],亦独犨麋之与子都[76],培塿之与方壶也[77]。且魏地者,毕昴之所应[78],虞夏之余人[79],先王之桑梓[80],列圣之遗尘[81]。考之四隈[82],则八埏之中[83];测之寒暑,则霜露所均。卜偃前识而赏其隆[84],吴札听歌而美其风[85]。虽则衰世,而盛德形于管弦。虽逾千祀[86],而怀旧蕴于遐年[87]。

尔其疆域,则旁极齐秦,结凑冀道[88],开胸殷卫[89],跨蹑燕赵。山林幽峡[90],川泽回缭,恒碣碪砮于青霄[91],河汾浩涆而皓漾[92]。南瞻淇澳[93],则绿竹纯茂[94];北临漳滏[95],则冬夏异沼[96]。神钲迢递于高峦[97],灵响时惊于四表[98]。温泉毖涌而自浪[99],华清荡邪而难老[100]。墨井盐池[101],玄滋素液[102],厥田惟中[103],厥壤惟白[104],原隰畇畇[105],坟衍斥斥[106],或嵬罍而复陆[107],或黋朗而拓落[108]。乾坤交泰而絪缊[109],嘉祥徽显而豫作[110]。是以兆朕振古[111],萌柢畴昔[112],藏气谶纬[113],闷象竹帛[114]。迥时世而渊默[115],应期运而光赫[116]。暨圣武之龙飞[117],肇受命而光宅[118]。爰初自臻[119],言占其良[120]。谋龟谋筮[121],亦既允臧[122]。修其郛郭[123],缮其城隍[124]。经始之制[125],牢笼百王[126]。画雍豫之居[127],写八都之宇[128]。鉴茅茨于陶唐[129],察卑宫于夏禹[130]。古公草创而高门有闶[131],宣王中兴而筑室百堵[132]。兼圣哲之轨[133],并文质之状。商丰约而折中[134],准当年而为量。思重爻[135],摹大壮[136],览荀卿[137],采萧相[138]。侪拱木于林衡[139],授全模于梓匠[140]。遐迩悦豫而子来[141],工徒拟议而骋巧[142]。阐钩绳之筌绪[143],承二分之正要[144]。揆日晷[145],考星耀,建社稷,作清庙[146]。筑曾宫以回匝[147],比冏陳而无陂[148]。造文昌之广殿[149],极栋宇之弘规[150]。崣若崇山崫起以崔嵬[151],髣若玄云舒蜺以高垂[152]。瑰材巨世[153],埔堨参差[154]。枌橑复结[155],栾栌叠施[156]。丹梁虹申以并亘[157],朱桷森布而支离[158],绮井列疏以悬蒂[159],华莲重葩而倒披。齐龙首而涌霤[160],时梗概于滮池[161]。旅楹闲列[162],晖鉴抰振[163]。榱题黮䨴[164],阶陏嶙峋[165],长庭砥平,钟簴夹陈[166],风无纤埃,雨无微津[167]。岩岩北阙[168],南端逌遵[169],竦峭双碣[170],方驾比轮。西阐延秋[171],东启长春。用觐群后[172],观享颐宾[173]。

左则中朝有赩[174],听政作寝[175],匪樸匪斫[176],去泰去甚[177]。木无彫锼[178],土无绨锦[179]。玄化所甄[180],国风所禀[181]。于前则宣明显阳[182],顺德崇礼,重闱洞出[183],锵锵济济[184]。珍树猗猗[185],奇卉萋萋[186]。蕙风如薰[187],甘露如醴[188]。禁台省中[189],连闼对廊[190]。直事所繇[191],典刑所藏[192]。蔼蔼列侍[193],金蜩齐光[194]。诘朝陪幄[195],纳言有章[196]。亚以柱后[197],执法内侍[198],符节谒者[199],典玺储吏[200]。膳夫有官,药剂有司。肴醳顺时[201],腠理则治[202]。于后则椒鹤文石[203],永巷壶术[204]。楸梓木兰[205],次舍甲乙[206]。西南其户[207],成之匪日。丹青焕炳,特有温室[208]。仪形宇宙,历像贤圣,图以百瑞,綷以藻咏[209]。芒芒终古[210],此焉则镜[211]。有虞作绘[212],兹亦等竞。右则踈圃曲池[213],下畹高堂[214]。兰渚莓莓[215],石濑汤汤[216]。弱蔓系实[217],轻叶振芳。奔龟跃鱼,有瞭吕梁[218]。驰道周屈于果下[219]。延阁胤宇以经营[220]。飞陛方辇而径西[221],三台列峙以峥嵘[222]。亢阳台于阴基[223],拟华山之削成。上累栋而重霤,下冰室而沍冥[224]。周轩中天[225],丹墀临猋[226],增搆峩峩[227],清尘彯彯[228],云雀踶甍而矫首[229],壮翼摛镂于青霄[230]。雷雨窈冥而未半,皦日笼光于绮寮[231]。习步顿以升降[232],御春服而逍遥。八极可围于寸眸,万物可齐于一朝。长涂牟首[233],豪徼互经[234]。晷漏肃唱[235],明宵有程[236]。附以兰锜[237],宿以禁兵[238],司卫闲邪[239],钩陈罔惊[240]。于是崇墉濬洫[241],婴堞带涘[242],四门辙辙[243],隆厦重起,凭太清以混成[244],越埃壒而资始[245]。藐藐标危[246],亭亭峻趾[247]。临焦原而不怳[248],谁劲捷而无猥[249]?与冈岑而永固,非有期乎世祀。阳灵停曜于其表[250],阴祇濛雾于其里[251]。菀以玄武[252],陪以幽林。缭垣开囿[253],观宇相临。硕果灌丛[254],围木竦寻[255]。篁篠怀风[256],蒲陶结阴[257]。回渊漼[258],积水深。蒹葭赟[259],雚蒻森[260]。丹藕凌波而的皪[261],绿芰泛涛而浸潭[262]。羽翮颉颃[263],鳞介浮沉[264]。栖者择木,雏者择音[265]。若咆渤澥与姑余[266],常鸣鹤而在阴。表清籞[267],勒虞箴[268],思国邮[269],忘从禽[270]。樵苏往而无忌[271],即鹿纵而匪禁。腜腜坰野[272],奕奕菑亩[273]。甘荼伊蠢[274],芒种斯阜[275]。西门溉其前[276],史起灌其后[277]。墱流十二[278],同源异口[279],畜为屯云[280],泄为行雨。水澍粳稌[281],陆莳稷黍[282]。黝黝桑柘[283],油油麻纻[284]。均田画畴[285],蕃庐错列[286]。姜芋充茂，桃李荫翳。家安其所，而服美自悦；邑屋相望，而隔踰奕世[287]。

内则街冲辐辏[288]，朱阙结隅。石杠飞梁[289]，出控漳渠[290]，疏通沟以滨路[291]，罗青槐以荫涂。比沧浪而可濯[292]，方步櫩而有踰[293]。习习冠盖[294]，莘莘蒸徒[295]，斑白不提[296]，行旅让衢[297]。设官分职，营处署居。夹之以府寺[298]，班之以里闾[299]。其府寺则位副三事[300]，官踰六卿[301]，奉常之号[302]，大理之名[303]。厦屋一揆[304]，华屏齐荣[305]。肃肃阶阔[306]，重门再扃。师尹爰止[307]，毗代作桢[308]。其闾阎则长寿吉阳[309]，永平思忠。亦有戚里[310]，置宫之东。闬出长者[311]，巷苞诸公[312]。都护之堂[313]，殿居绮窗。舆骑朝猥[314]，蹀敒其中[315]。营客馆以周坊[316]，饬宾侣之所集，玮丰楼之闬闳[317]，起建安而首立[318]。葺墙幂室[319]，房庑杂袭[320]。剞劂罔掇[321]，匠斫积习[322]。广成之传无以畴[323]，槀街之邸不能及[324]。廓三市而开廛[325]，籍平逵而九达[326]。班列肆以兼罗[327]，设阛阓以襟带[328]。济有无之常偏，距日中而毕会[329]。抗旗亭之峣嶭[330]，侈所觌之博大[331]。百隧毂击[332]，连轸万贯[333]。凭轼捶马[334]，袖幕纷半[335]。壹八方而混同，极风采之异观。质剂平而交易[336]，刀布贸而无筭[337]。财以工化[338]，贿以商通[339]。难得之货[340]，此则弗容。器周用而长务[341]，物背窳而就攻[342]。不鬻邪而豫贾[343]，著驯风之醇醲[344]。白藏之藏[345]，富有无隄[346]。同赈大内[347]，控引世资。赍幏积墆[348]，琛币充牣[349]。关石之所和钧[350]，财赋之所底慎[351]。燕弧盈库而委劲[352]，冀马填厩而驵骏[353]。

至乎勍敌纠纷[354],庶土罔宁[355]。圣武兴言,将曜威灵。介胄重袭[356],旍旗跃茎[357]。弓珧解檠[358],矛铤飘英[359]。三属之甲[360],缦胡之缨[361]。控絃简发[362],妙拟更羸[363]。齐被练而铦戈[364],袭偏裻以谟列[365]。毕出征而中律[366],执奇正以四伐[367]。硕画精通[368],目无匪制[369]。推锋积纪[370],铓气弥锐[371]。三接三捷,既昼亦月[372]。克翦方命[373],吞灭咆烋[374]。云撤叛换[375],席卷虔刘[376]。祲威八纮[377],荒阻率由[378]。洗兵海岛,刷马江洲。振旅軥軥[379],反旆悠悠[380]。凯归同饮,疏爵普畴[381]。朝无刓印[382],国无费留[383]。丧乱既弭而能宴,武人归兽而去战。萧斧戢柯以枏刃[384],虹旍摄麾以就卷[385]。斟洪范[386],酌典宪,观所恒[387],通其变。上垂拱而司契[388],下缘督而自劝[389]。道来斯贵,利往则贱。囹圄寂寥,京庾流衍[390]。于时东鳀即序[391],西倾顺轨[392]。荆南怀憓[393],朔北思韪[394]。绵绵迥塗,骤山骤水[395]。襁负赉贽[396],重译贡篚[397]。髽首之豪[398],鐻耳之杰[399],服其荒服,敛衽魏阙。置酒文昌,高张宿设[400]。其夜未遽[401],庭燎晣晣[402],有客祁祁[403],载华载裔[404]。岌岌冠縰[405],累累辫发。清酤如济[406],浊醪如河[407]。冻醴流澌[408],温酎跃波[409]。丰肴衍衍[410],行庖皤皤[411]。愔愔醧谦[412],酣湑无哗[413]。延广乐[414],奏九成[415],冠韶夏[416],冒六茎[417]。僸响起[418],疑震霆,天宇骇,地庐惊,亿若大帝之所兴作[419],二嬴之所曾聆[420]。金石丝竹之恒韵[421],匏土革木之常调。干戚羽旄之饰好[422],清讴微吟之要妙。世业之所日用,耳目之所闻觉。杂糅纷错,兼该泛博[423]。鞮鞻所掌之音[424],韎昧任禁之曲[425]。以娱四夷之君，以睦八荒之俗。

既苗既狩[426]，爰游爰豫[427]。藉田以礼动[428]，大阅以义举[429]。备法驾[430]，理秋御[431]。显文武之壮观[432]，迈梁驺之所著[433]。林不槎枿[434]，泽不伐夭[435]。斧斨以时[436]，罾罛以道[437]，德连木理，仁挺芝草[438]。皓兽为之育薮[439]，丹鱼为之生沼。矞云翔龙[440]，泽马亍阜[441]。山图其石[442]，川形其宝。莫黑匪乌[443]，三趾而来仪[444]；莫赤匪狐[445]，九尾而自扰[446]。嘉颖离合以蓴蓴[447]，醴泉涌流而浩浩[448]。显祯祥以曲成[449]，固触物而兼造[450]。盖亦明灵之所酬酢[451]，休征之所伟兆[452]。旼旼率土[453]，迁善罔匮。沐浴福应[454]，宅心醰粹[455]。余粮栖畝而弗收，颂声载路而洋溢。河洛开奥[456]，符命用出。翩翩黄鸟[457]，衔书来讯。人谋所尊[458]，鬼谋所秩[459]。刘宗委驭[460]，巽其神器[461]，阈玉策于金縢[462]，案图籙于石室[463]。考历数之所在[464]，察五德之所莅[465]。量寸旬[466]，涓吉日[467]，陟中坛[468]，即帝位。改正朔[469]，易服色，继绝世[470]，修废职。徽帜以变，器械以革。显仁翌明[471]，藏用玄默[472]。菲言厚行[473]，陶化染学。雠校篆籀[474]，篇章毕觌[475]。优贤著于扬历[476]，匪孽形于亲戚[477]。本枝别干，蕃屏皇家，勇若任城[478]，才若东阿[479]。抗旍则威噏秋霜[480]，摛翰则华纵春葩。英喆雄豪[481]，佐命帝室。相兼二八[482]，将猛四七[483]。赫赫震震[484]，开务有谧[485]。故令斯民睹泰阶之平[486]，可比屋而为一[487]。筭祀有纪[488]，天禄有终。传业禅祚，高谢万邦。皇恩绰矣[489]，帝德冲矣[490]。让其天下，臣至公矣[491]。荣操行之独得[492]，超百王之庸庸。追亘卷领与结绳[493]，睠留重华而比踪[494]。尊卢赫胥[495],羲农有熊[496],虽自以为道[497],洪化以为隆[498],世笃玄同[499],奚遽不能与之踵武而齐其风[500]?是故料其建国[501],析其法度,谘其考室[502],议其举厝[503]。复之而无斁[504],申之而有裕[505]。非疏粝之士所能精[506],非鄙俚之言所能具。

至于山川之倬诡[507],物产之魁殊,或名奇而见称,或实异而可书,生生之所常厚[508],洵美之所不渝[509]。其中则有鸳鸯交谷[510],虎涧龙山[511],掘鲤之淀[512],盖节之渊[513]。狐狐精卫[514],衔木偿怨。常山平干[515],钜鹿河间[516],列真非一[517],往往出焉。昌容练色[518],犊配眉连[519],玄俗无影[520],木羽偶仙[521]。琴高沉水而不濡[522],时乘赤鲤而周旋。师门使火以验术[523],故将去而林燔。易阳壮容[524],卫之稚质[525],邯郸躧步[526],赵之鸣瑟[527]。真定之梨[528],故安之栗[529]。醇酎中山[530],流湎千日[531]。淇洹之笥[532],信都之枣[533],雍丘之粱[534],清流之稻[535]。绵绣襄邑[536],罗绮朝歌[537],绵纩房子[538],缣緫清河[539]。若此之属,繁富夥够[540],非可单究[541],是以抑而未罄也[542]。盖比物以错辞,述清都之闲丽[543]。虽选言以简章,徒九复而遗旨。览大《易》与《春秋》,判殊隐而一致[544]。末《上林》之隤墙[545],本前修以作系[546]。其军容弗犯,信其果毅[547],纠华绥戎[548],以戴公室,元勋配管敬之绩[549],歌钟析邦君之肆[550],则魏绛之贤有令闻也[551]。闲居隘巷,室迩心遐,富仁宠义[552],职竞弗罗[553],千乘为之轼庐[554],诸侯为之止戈,则干木之德自解纷也。贵非吾尊[555],重士踰山,亲御监门[556],嗛嗛同轩[557],搦秦起赵[558],威振八蕃,则信陵之名若兰芬也。英辩荣枯[559],能济其厄，位加将相，窒隙之策[560]，四海齐锋，一口所敌，张仪张禄亦足云也[561]。

摧惟庸蜀与鸲鹊同窠[562]，句吴与蛙黾同穴[563]。一自以为禽鸟，一自以为鱼鳖。山阜猥积而踦跂[564]，泉流迸集而咉咽[565]。隰壤瀸漏而沮洳[566]，林薮石留而芜秽[567]。穷岫泄云，日月恒翳，宅土熇暑[568]，封疆障疠[569]，蔡莽螫刺[570]，昆虫毒噬。汉罪流禦[571]，秦余徙帑[572]。宵貌蕞陋[573]，禀质遳脆[574]，巷无杼首[575]，里罕耆耋[576]。或魋髻而左言[577]，或镂肤而钻发[578]；或明发而嫮歌[579]，或浮泳而卒岁。风俗以韰果为婳[580]，人物以戕害为艺。威仪所不摄[581]，宪章所不缀[582]。由重山之束阨[583]，因长川之裾势[584]，距远关以阒阓[585]，时高樔而陛制[586]。薄戍绵幂[587]，无异蛛蝥之网[588]；弱卒琐甲，无异螳螅之卫[589]。与先世而常然[590]，虽信险而剿绝。揆既往之前迹[591]，即将来之后辙。成都迄已倾覆[592]，建邺则亦颠沛[593]。顾非累卵于叠棋[594]，焉至观形而怀怛[595]。权假日以余荣[596]，比朝华而菴蔼[597]。览麦秀与黍离[598]，可作谣于吴会。

先生之言未卒，吴蜀二客矍焉相顾[599]，矆焉失所[600]。有靦瞢容[601]，神憃形茹[602]，弛气离坐，怏墨而谢[603]。曰：仆党清狂[604]，怵迫闽濮[605]。习蓼虫之忘辛[606]，玩进退之惟谷。非常寐而无觉，不睹皇舆之轨躅[607]。过以伋剽之单慧[608]，历执古之醇听[609]。兼重性以贶缪[610]，偭辰光而罔定[611]。先生玄识，深颂靡测[612]。得闻上德之至盛，匪同忧于有圣？抑若春霆发响，而惊蛰飞竞；潜龙浮景[613]，而幽泉高镜[614]。虽星有风雨之好[615]，人有异同之性，庶觌蔀家与剥庐[616]，非苏世而居正[617]？且夫寒谷丰黍[618]，吹律暖之也;昏情爽曙[619],箴规显之也。虽明珠兼寸[620],尺璧有盈[621],曜车二六,三倾五城,未若申锡典章之为远也[622]。

亮曰[623]:日不双丽,世不两帝。天经地纬[624],理有大归[625],安得齐给[626],守其小辩也哉?

注释

〔1〕魏国先生:赋中假设的人物。

〔2〕睟(suì 碎):温润的样子。

〔3〕盱(xū 虚)衡:举目扬眉。盱,张目。衡,眼眉之上的部位。　诰:告诫。

〔4〕交:交州,地名,三国时属吴国,在今广东。　益:益州,地名,三国时属蜀国,在今四川。　士:人。

〔5〕音:语音。　楚:楚地。　夏:中原地区。

〔6〕土:土壤。　风:风俗。　乖:违,不同。

〔7〕情:性情。　险:奸险。

〔8〕生常:性情之常。生,本性。

〔9〕自得:指先天而来,天生。

〔10〕市南宜僚:姓熊,字宜僚,楚国勇士,居于市南,号市南子,善作弄丸杂技,能使八丸在空,一丸在手。《庄子·徐无鬼》:“市南宜僚弄丸而两家之难解。”据成玄英疏:楚白公胜欲作乱杀令尹子西,有人向白公推荐宜僚,说他是个勇士,可敌五百人。白公派人去请宜僚,宜僚正上下弄丸,不同使者说话。使者用剑威胁他,他也不怕,既不从命,也不说什么。白公不得宜僚,便没有作乱,所以说:“两家之难解”。

〔11〕玩:品味,展玩。　德音:善言。

〔12〕辩囿(yòu 又):辩者多词如苑囿中之草木,指多词的论辩。

〔13〕太极:原始混沌之气。　剖判:分。

〔14〕造化:大自然。　权舆:开始。

〔15〕体:体式。

〔16〕理:纹理。　清:指天。　浊:指地。

〔17〕列宿:星宿。　分其野:古代把天上十二星宿的位置与地上各地区相

对应,就天文说称分星,就地理说称分野,如参宿七星(今之猎户星座)为蜀地的分野,井宿(今之双子星座)为秦地的分野等。

〔18〕荒裔:边远地区。　带:衣带。此指如衣带一样连结。　隅:角落。

〔19〕岩冈:指山岳。　潭渊:指江湖。　限:阻隔。　蛮:泛指南方少数民族。　夷:泛指东方少数民族。

〔20〕峻危之窍:山岭的洞穴。危,高。窍,穴。

〔21〕陬(zōu 邹):指陬落,村落。

〔22〕译:翻译语言。　导:引导。

〔23〕鸟兽之氓:指不开化的居民。氓,民。

〔24〕正位居体:处天子之位,居国君之体。

〔25〕中夏:中国,中原地区。喉:指咽喉要地。

〔26〕垂:同"陲"。　襟:通"衿",衣之交领,此喻护咽喉要地之屏障。

〔27〕长世:为社会之长,统治社会。　字甿(méng 萌):养民。字,养。甿,民。

〔28〕藩:屏障。

〔29〕袭险:指重叠险阻的高山。袭,重叠。

〔30〕子大夫之贤者:指西蜀公子与东吴王孙。刘良注:"(魏国)先生谓客为'子大夫之贤者',主客之义也。"

〔31〕庶翼:与众庶一起拥戴。翼,佐,拥戴。　等威:与众庶一同钦服其威仪。威,威仪。

〔32〕附丽:附着。丽,著。　皇极:大中之道。皇,大。极,中。

〔33〕禀:受。　正朔:一年的第一天。正,一年的开始。朔,一月的开始。古时改朝换代,必重定正朔,故亦指帝王新颁之历法。

〔34〕乐:乐于。率,指率百姓。　贡职:按身份职务进献方物于朝廷。

〔35〕徒:只。　务:专门从事。　诡:曲。　匪人:此指蛮夷之人。

〔36〕宴:安。　绝域:最边远的地域。

〔37〕荣其文身:以文身断发为荣。古代南方少数民族在身体上刺有图案花纹,截短头发,称文身断发。

〔38〕骄其险棘:以险阻为骄。险棘犹"险阻"。

〔39〕缪:昧,不明。　默语:或默或语,不说话或说话。　常伦:常理。伦,道理,次序。

〔40〕牵:引。　膠言:谬论,诡辩不实之辞。　踰(yú 于)侈:过分言词。

踰,通"逾",超越。侈,指侈言,夸张。

〔41〕华离:国与国间疆界犬牙交错之处,此指狭小地形。 矜:自负。

〔42〕假:借。 倔强:指少数民族性情。 攘臂:捋衣出臂,表示振奋。

〔43〕醇(chún 纯)粹:精纯不杂。 方壮:比于大道。方,并比。壮,大。

〔44〕谋:想法。 踳(chǔn 蠢)驳(bó 驳):杂乱。 王义:王者之义。

〔45〕孰愈:哪个更甚。愈,有比较的意思。 靡:蔓衍。 蓱:同"萍"。浮萍。 中逵:路中。

〔46〕造沐猴于棘刺:事见《韩非子·外储左上》:战国燕王好机巧,宋国有人请为燕王在棘刺尖上雕刻沐猴,因而受到燕王的优待。后燕王发觉棘刺沐猴乃虚妄之谈,自己受骗了,于是杀宋人。此指欺诈诞妄之谈。沐猴,猕猴。棘刺,棘木之刺。棘,丛生的小枣树。

〔47〕剑阁:栈道名,在今四川剑阁县北,大剑山和小剑山之间,又名剑门关。 嶚(liáo 辽):高的样子。

〔48〕深根固蒂(dì 的):比喻巩固。蒂,花及瓜果与茎枝相连的部分。

〔49〕濬(jùn 俊):深。

〔50〕负:恃。 北:败。

〔51〕桑榆:指日暮。 末光:指日暮之余光。

〔52〕长庚:傍晚出现在西方的金星。

〔53〕河冀:指黄河流域。冀,古九州之一,包括今山西、河北西北部、河南北部、辽宁西部。 爽垲(kǎi 凯):敞亮而高爽。爽,明。垲,高而干燥。

〔54〕江介:江岸,指沿江一带。介,犹"界"。 湫(qiū 秋)湄:小水。

〔55〕神州:指中原地区。 略:界。

〔56〕赤县:指中原地区。 畿(jī 鸡):天子所领之地,后指京城及其附近的地区。

〔57〕卓荦(luò 落):超然特异。

〔58〕六合:指天下。 枢机:喻关键。

〔59〕运:时运,气数。 距:至。 阳九:厄运。

〔60〕汉网:汉王朝的纲纪。网,纲纪。 绝维:统系断绝。维,系物的大绳。

〔61〕奸回:邪恶之人,指汉末祸乱朝廷的宦官外戚。 内赑(bì 毕):指内部奋起作乱。赑,猛壮的样子。

〔62〕缠:绕,围。 紫微:指皇宫。

〔63〕翼翼:美。

〔64〕眈眈:通“沈沈”,屋室深邃的样子。　宇:屋宇,指宫室。

〔65〕巢焚原燎:如鸟巢之焚,原野之燎,举火烧掉。此指汉末袁术等火烧尚书阁,董卓挟汉帝迁都长安夜烧洛阳。

〔66〕煨(wēi 威)烬:灰烬。煨,热灰。

〔67〕旅:通穞(lǚ 吕),不种而自生者。

〔68〕殷殷:众多的样子。　寰内:天下。

〔69〕绳绳:众多的样子。　八区:八方。

〔70〕锋镝(dí 敌):泛指兵器。锋,兵器之刃。镝,箭。

〔71〕伊洛:伊水和洛水,均在今河南,此指洛阳。　榛旷:荒芜空旷。榛,木丛生。

〔72〕崤函:崤山和函谷关,均在今陕西,此指长安。

〔73〕临菑(zī):齐之故都,在今山东淄博东北。此指齐地。　牢落:暗寂。

〔74〕鄢郢(yǐng 影):此指楚地。鄢,鄢陵,曾为楚之国都,在今河南鄢陵。郢,楚之故都,在今湖北江陵。

〔75〕缔构:缔造。指建国奠都。　譬:比。

〔76〕犨(chōu 抽)麋:人名,相传相貌极丑,事见《吕氏春秋·遇合》。　子都:人名,相传相貌极美,见《诗·郑风·山有扶苏》毛传。

〔77〕培塿(lǒu 搂):小土丘。　方壶:传说中的东海仙山,即方丈。

〔78〕毕昴(mǎo 卯)之所应:地应毕昴,即毕昴星宿分野之地。毕昴,星宿名。

〔79〕虞夏之余人:舜、禹的后代。古传舜建都平阳(在今山西临汾),禹都安邑(在今山西夏县),俱属冀州;故称魏人为舜、禹的后代。

〔80〕桑梓:古代住宅旁常栽种桑木梓木,故以喻故乡。

〔81〕列圣:历代圣明之人。　遗尘:遗土。

〔82〕隈(wēi 威):隅,角落。

〔83〕八埏(yán 延):八方。埏,大地的边际。

〔84〕卜偃前识而赏其隆:事见《国语·晋语》。卜偃,春秋时晋人,善卜筮。晋献公封毕万于魏地,卜偃说:“毕万之后必大!”前识,预见。赏其隆,指称赏毕万的后代一定会隆盛起来。

〔85〕吴札听歌而美其风:事见《左传·襄公二十九年》。吴札,指吴公子季

札,他到鲁国观乐,乐工为他歌唱诸国风歌,他多称赞"美哉",歌魏风时,他更称赞为"大而婉,险而易行,以德辅此,则明主也"。

〔86〕千祀:千年。

〔87〕怀旧:指怀有旧日遗风。　蕴:积。　遐年:悠远的年代。

〔88〕凑:聚。　冀道:据李善注,为二古国名,冀国在两河(即古黄河上游的北南流向与下游的南北流向)之间,道国在汝水之南。

〔89〕开胸:前边开出。胸,前,人体胸在前。　殷:指殷旧都河内(黄河以北,约相当于今河南)地区。

〔90〕岟(yǎng 养):深邃。

〔91〕恒:恒山。　碣:碣石山,应指《汉书·地理志》所载右北平郡骊成县(今河北乐亭西南)之大碣石山。　碪碍(zhēn è 针扼):高峻的样子。

〔92〕汾:汾水,黄河支流,源出山西宁武管涔山。　浩汗(hàn 汗):水大的样子。　皓溔(yǎo 咬):水无边际的样子。

〔93〕淇:淇水,在今河南省北部,古为黄河支流,源出淇山。　澳:水边之地。

〔94〕纯:美。

〔95〕漳:漳水,在今河北、河南两省边境,入卫河。　滏(fǔ 斧):滏水,即今滏阳河,源出河北磁县西北滏山。《山海经·地山经》注:"滏水……入于漳,其水热。"

〔96〕冬夏异沼:指滏水热,与漳水相比有冬夏寒热之异。沼,水的通称。

〔97〕神钲(zhēng 征):石受水漱而发出如钲的声音,人们以为由神而发,故称神钲。李周翰注:"邺西北有鼓山,上有石鼓之形,俗云时时自鸣,故称灵响惊警也。"钲,铜锣。　迢递:形容高远。

〔98〕表:外。

〔99〕毖:通"泌",涓涓狭流。　自浪:自成波浪。

〔100〕华清:指华美而清澈的水。　荡邪:涤荡疾病。　难老:指洗浴温泉可以使人延年益寿。

〔101〕墨井:指煤矿。李周翰注:"墨井,井中有石如墨。"张载注:"邺西高陵西伯阳城(在今河南安阳西北)西有墨井,井深,深八丈。"　盐池:刘渊林注:"河东猗氏(在今山西临猗)南有盐池,东西六十四里,南北七十里。"

〔102〕玄滋:指墨井中的黑液,即煤油。　素液:指盐池中白色的盐水。

〔103〕厥田唯中:《尚书·禹贡》言冀州"厥田惟中中"。孔安国传:"田之高

下肥瘠九州之中为第五(次于上上、上中、上下、中上)。”

〔104〕厥壤惟白:《尚书·禹贡》言冀州“厥土惟白壤”。孔安国传:“无块曰壤,水去,土复其性,色白而壤。”

〔105〕原:平地。 隰(xí 习):低湿之地。 畇畇(yún 云):垦地平整的样子。

〔106〕坟:高地。 衍:低平之地。 斥斥:广大的样子。斥,胡刻本作“厈”,据尤刻本改。

〔107〕嵬罍(wéi lěi 维垒):高低不平的样子。 复陆:重叠。

〔108〕爌(kuàng 况)朗:光明。 拓落:宽广。

〔109〕乾坤:《易》八卦中的二卦名。《易·说卦》:“乾,天也,故称乎父;坤,地也,故称乎母。”此指天地。 交泰:《易·泰》:“天地交,泰。”意谓天地之气融合贯通,生养万物,万物得以通顺地生长。 絪缊(yīn yūn 阴晕):《易·系辞下》:“天地絪缊,万物化醇。”意谓万物由阴阳之气互相作用而变化生长。

〔110〕嘉:美。 祥:祥瑞。 徽:标志。豫作:事先发生。李周翰注:“谓汉桓之时,有黄龙星现于楚宋之间。识者云:后五十年当有真人起于梁沛,其锋不可当。至时,果太祖应焉,故云嘉祥豫作也。”

〔111〕兆朕:指能预见事机的微小迹象。兆,龟甲坼裂的纹。 振古:从古,往昔。

〔112〕萌:始。 柢(dǐ 底):本。 畴昔:往古。吕向注:“言魏都兆迹之本自于往古,谓卜偃、吴札之赏美者。”

〔113〕气:气数,时运。 谶纬:汉代流行的迷信书籍。谶是巫师或方士制作的一种隐语和预言,其中有王者兴亡的符验或征兆;纬是对经而言,是方士化的儒生编集起来附会儒家经典的各种著作。

〔114〕闷(bì 必):闭,指密藏。 象:指预兆。 竹帛:古人书写用的竹简帛隶,指书籍。

〔115〕迥(jiǒng 炯):旷远。 渊默:沉静。

〔116〕期运:运数,气数。 赫:盛大的样子。

〔117〕暨:至。 圣武:指魏武帝曹操。 龙飞:神龙起飞,比喻皇帝即位。

〔118〕肇:始。 受命:指受天命而为帝。 光宅:充满,覆被,引申为占据之义。

〔119〕臻(zhēn 真):至。

〔120〕占:占卜。 良:指吉祥。

〔121〕谋:求。 龟:指卜。古人以龟为灵物,灼龟甲以卜。 筮:用蓍草占吉凶。

〔122〕允:信,诚。 臧:善。

〔123〕郛(fú 浮)郭:外城。

〔124〕缮:理,修。 城隍:城壕,有水为池,无水为隍。

〔125〕经始:经营之始。 制:法度。

〔126〕牢笼:包括。 百王:指历代帝王之法。

〔127〕画:模写,指仿照,下文"写"同义。 雍:指西京长安。 豫:指东都洛阳。

〔128〕八都:八方之都。

〔129〕鉴:指明察而以为则,下文"察"同义。 茅茨:茅草屋顶,传说尧为君长时"茅茨不翦"。 陶唐:尧,尧初居于陶,后封于唐,为唐侯。

〔130〕卑宫:低下的宫室。传说禹为君长时"卑宫室"。

〔131〕古公:周之祖先古公亶父。 草创:指古公亶父率周人迁居岐山之下,草创都邑,修建住室。 闶(kàng 炕):门高的样子。

〔132〕筑室百堵:吕延济注:"宣王中兴,复修宫室,俭约而筑室百堵也。"堵,土墙长高各一丈为一堵。

〔133〕轨:法度。

〔134〕商:商度。 丰约:指富丽和简约。

〔135〕重爻:指《易》。《易·系辞下》:"上古穴居野处,而圣人易之以宫室,上栋下宇以待风雨,盖取诸大壮。"《注》:"宫室壮大于穴居,故制为宫室,取诸大壮也。"

〔136〕摹:模仿,取法。 大壮:《易》卦名。

〔137〕览荀卿:阅读《荀子》,指不忘荀子的话。《荀子·富国》:"为之宫室台榭,使足以避燥湿、养德、辨轻重而已,不求其外。"

〔138〕采萧相:指采取汉丞相萧何修建未央宫的做法。

〔139〕僝(zhàn 站):同"僎",具备。 拱木:两手合围之木。 林衡:主山林之官。

〔140〕模:规范,法。 梓匠:木工。

〔141〕悦豫:愉快安乐。 子来:言如子之来成父事。

〔142〕工徒:工匠之徒。 拟议:指设计。

〔143〕阐:说明。 钩:曲尺。 绳:木工量直的工具。 筌:通“铨”,次。 绪:遗绪。吕延济注:“言述此钩绳将次古之良工遗绪。”

〔144〕二分:春分秋分之日。 正要:指以日影正方位的要领。

〔145〕揆(kuí 魁):测度,度量。 日晷(guǐ 鬼):日影。

〔146〕清庙:祖庙。

〔147〕曾:高。 回匝:回环。

〔148〕隒(yǎn 眼):崖,岸。 陂(bēi 卑):险。

〔149〕文昌:正殿名。

〔150〕弘规:宏大规模。

〔151〕嶵(duì 对):高峻。 崫(jué 决):高起,突出。 崔嵬(wéi 围):高峻。

〔152〕髧(dàn 旦):幼童发下垂的样子,此形容下垂之状。玄云舒蜺:指宫殿之鲜丽颜色如黑云之中舒展的虹蜺。

〔153〕瑰:美。 巨世:世之巨者。

〔154〕墒墀(qì zhí 气直):连接。

〔155〕枌(fēn 分):重叠的梁。 橑(lǎo 老):屋椽。

〔156〕栾:柱首承梁的曲木,在栌之上。 栌(lú 炉):大柱柱头承梁的方木,即薄栌、斗拱。 施:摆放。

〔157〕虹申:如蜺虹之伸展。 亘:横。

〔158〕桷(jué 决):方形椽子。 森:盛多的样子。 支离:分散。

〔159〕绮井:藻井,天花板上凸出为覆井形,饰以花纹图案。 列疏:行列疏布。

〔160〕齐龙首:吕延济注:“殿屋上四角皆作龙形于椽头,雨水注入于龙口中,写之于地。” 霤(liù 六):屋檐水。

〔161〕梗概:犹“仿佛”。 滮(biāo 彪)池:蓄水池。《诗经·小雅·白华》:“滮池北流,浸波稻田。”

〔162〕楹(yíng 赢):厅堂的前柱。 闲:间,通“间”。

〔163〕抰振:即央宸。央,中央。宸,屋檐。日月才经于半檐,极言台之高。

〔164〕榱(cuí 锤):椽。 题:头。 黮黵(dǎn duì 胆对):深黑。

〔165〕楯(shǔn 吮):阶。 嶙峋:层叠高耸的样子。

〔166〕簴(jù 据):悬钟木架的支柱。 夹陈:相对陈列。

〔167〕津:润,湿。

〔168〕岩岩:高耸的样子。 阙:城楼。

〔169〕南端:指正南门。 逌(yōu 优):同“攸”,所。 遵:遵法,效法。

〔170〕碣:立。

〔171〕辟:开。 延秋:门名。下文“长春”亦门名。

〔172〕覲(jìn 近):诸侯朝见天子。 群后:诸侯。

〔173〕享:享宴。 颐:养。

〔174〕中朝:内朝。 赩(xì 细):赤色。

〔175〕寝:正殿。

〔176〕朴:质朴,无文采。 斫(zhuó 浊):雕饰。

〔177〕泰:过甚。

〔178〕彫:同“雕”。 镂(sōu 搜):雕刻。

〔179〕土:指土工,如墙壁等。 绨(tí 提)锦:指文饰。绨,粗厚平滑而有光泽的丝织品。

〔180〕玄化:至德的教化。 甄:成。

〔181〕国风:国家传统风俗。

〔182〕宣明、显阳:二门名。下文“顺德”、“崇礼”均为门名。

〔183〕闱:宫中之门。 洞:通,贯通。

〔184〕锵锵:高高的样子。 济济:众多的样子。

〔185〕猗(yǐ 倚)猗:树木茂盛的样子。

〔186〕萋萋:草盛的样子。

〔187〕蕙风:夹带花草芳香之风。 薰:香气。

〔188〕醴(lǐ 礼):甜酒。

〔189〕禁:皇宫。 台:尚书台、御史台等官署。 省:汉制总群臣而听政为省,尚书、中书、门下各官署均设于禁中,故称为省,后以为官署名称,此泛指官署各部门。

〔190〕闼(tà 踏):门。

〔191〕直事:当值、当班。 繇:由,此指出入。

〔192〕典:典籍。 刑:刑法。

〔193〕蔼蔼:多而盛的样子。 列侍:诸多侍从皇帝之官。

〔194〕金蜩(tiáo 条):金蝉,汉制侍中常侍帽上都以金蝉为饰。蜩,蝉。

〔195〕诘朝:平旦,清早,此指早朝。 陪幄:指陪侍皇帝于帷幄之中。

〔196〕纳言:出纳言论。　章:文采。

〔197〕亚:次。　柱后:御史官所戴的一种帽子,又称惠文冠,此指御史官。

〔198〕内侍:在宫廷供皇帝使唤的官员。

〔199〕符节:朝廷用做凭证的信物。符以竹、木或金属制成,上有文字,剖分为二,各执其一,使用时以两片相合为验。　谒者:通接宾客的近侍之官。

〔200〕典玺:掌皇帝印。　储吏:指宫廷近侍之官。

〔201〕肴:鱼肉之类的荤菜。　醳(yì 义):醇酒。

〔202〕腠(còu 凑)理:皮肤下肌肉之间的空隙和皮肤的纹理。

〔203〕椒:椒房,指后宫。　鹤:鸣鹤堂,皇宫建筑之一,在听政殿后。　文石:文石室,后妃所在之处。

〔204〕永巷:皇宫中嫔妃住地,即后宫。　壸(kǔn 捆)术:皇宫中的巷道。

〔205〕楸梓、木兰:二坊名,均为皇宫建筑。

〔206〕次舍甲乙:宫舍按甲乙顺序排列。

〔207〕西南其户:谓宫内之门或西向或南向。

〔208〕温室:温室殿,皇宫建筑之一,画像其中。

〔209〕綷(cuì 粹):错杂。　藻:辞藻。

〔210〕芒芒:形容邈远。五臣本作“茫茫”。

〔211〕镜:照视。

〔212〕有虞作绘:相传舜曾作绘画彝器,以为鉴戒。

〔213〕踈:即“疎”,同“疏”。

〔214〕畹(wǎn 晚):十二亩,此指花圃。　堂:指园中亭。

〔215〕莓莓(méi 梅):草美盛的样子。

〔216〕石濑:有石而浅流。　汤汤(shāng 商):水急流的样子。

〔217〕葼(zōng 宗):树木的细枝。

〔218〕䀀(qì 气):视,察。　吕梁:吕梁洪,在吕梁山,相传此洪悬水三十仞,流沫四十里,鼋鼍不上游。

〔219〕驰道:皇帝车马所行之道。　周屈:环曲。　果下:矮小的马。《汉书·霍光传》注引张晏:“汉厩有果下马,高三尺,以驾辇。”

〔220〕延阁胤宇:谓阁道栋宇相连引。延,连延。　胤:即“引”。　经营:周旋往来。

〔221〕飞:形容高。　陛:殿坛的台阶。　方辇:指可以并辇而行。　径西:

径直向西。

〔222〕三台:指魏宫之铜雀台、冰井台、金凤台。

〔223〕亢:高。　阳台:传说中巫山神女所在之台。　阴基:地基,张铣注:“基下曰阴。”

〔224〕冰室:藏冰之所。冱(hù 户):寒冷凝结。

〔225〕周轩:回环的长廊。轩,有窗的长廊。

〔226〕丹墀(chí 迟):宫殿前漆成红色的台阶。　飚(biāo 标):旋风,暴风。

〔227〕增:通“层”,高。　搆:通“构”,结。　峩峩:即“峨峨”,高耸的样子。

〔228〕飘飘(piāo 飘):通“飘”,飘卷。

〔229〕云雀:即凤。　踶(dì 地):踏。　甍(méng 濛):屋脊。

〔230〕摛(chī 吃)镂:展翼飞翔的样子。摛,舒展。

〔231〕皦(jiǎo 脚)日:白日。　绮寮(liáo 僚):雕花之窗。寮,窗。

〔232〕习:多次反复的动作。　步顿:李周翰注:“谓台高行步上下顿足。”

〔233〕塗:通“途”。　牟首:有室的阁道。

〔234〕豪徼(jiào 叫):巡行警戒之路。　互经:互相经过。

〔235〕晷(guǐ 鬼)漏:日晷和漏壶,皆为测时的仪器。　肃唱:严格按时报唱。

〔236〕程:节,次。

〔237〕兰锜:兵器架。

〔238〕宿:住所。　禁兵:保卫皇宫的军队。

〔239〕闲邪:防恶。

〔240〕钩陈:星名,在紫微垣内,此指后宫。　罔:无。

〔241〕墉(yōng 拥):城墙,墙壁。　洫:沟。

〔242〕婴:绕。　堞(dié 迭):城上女墙。　涘(sì 四):水涯。

〔243〕巘巘(niè 聂):高壮的样子。

〔244〕太清:天。　混成:混然自成。

〔245〕埃壒(ài 爱):尘埃。　资始:指凭借某物而开始形成。

〔246〕藐藐:远的样子。　标:尖端部分。　危:高。

〔247〕亭亭:高的样子。　趾:通“址”,基础部分。

〔248〕焦原:传说莒国有巨石名焦原,其广寻、长五十步,临万仞之溪。　怳(huǎng 恍):犹“恍惚”,心神不安的样子。

〔249〕劲捷:强劲敏捷。　猥(sī 思):同“偲”,心神不安的样子。

〔250〕阳灵:日光。

〔251〕阴祇:云雨之神。

〔252〕菀:通“苑”,苑囿。 玄武:苑名。

〔253〕缭垣:以墙垣围绕。 囿:苑囿。

〔254〕灌:草木杂生。

〔255〕围木:两手合围的树。 寻:寻木,大木。

〔256〕篁篠:丛生之竹。

〔257〕蒲陶:即葡萄。

〔258〕回:曲。 渊:深水。 漼(cuǐ 璀):澄清。

〔259〕赞(xuàn 绚):分别。

〔260〕雚(huán 环):芦类植物。 蒻(ruò 若):嫩的香蒲。

〔261〕丹藕:莲。 的皪(lì 立):光亮,鲜明。

〔262〕芰(jì 记):菱角。 浸潭:漂浮的样子。

〔263〕羽翮(hé 合):指鸟。 颉颃(xié háng 协杭):鸟飞上下的样子。

〔264〕鳞:鱼。 介:甲,指龟。

〔265〕雊(gòu 够):野鸡鸣叫。

〔266〕咆:指鸣叫。 渤澥(bó xiè 勃谢)姑余:均为海名。

〔267〕表:标志,此谓仅做标志而不设禁。 清籞(yù 玉):指围绕苑圃的池沼与墙垣。

〔268〕勒:戒勒。 虞箴:虞人之箴。周武王时,辛甲命百官各作箴辞,虞人因以戒田猎箴之。虞,掌山泽苑囿之官。箴,规谏的言辞。

〔269〕邮:忧。

〔270〕忘从禽:谓不纵猎禽兽。

〔271〕樵:取薪。 苏:取草。

〔272〕腜腜(méi 眉):肥美。 坰(jiōng 扃):郊野。

〔273〕奕奕:茂盛的样子。 菑:一岁之田。

〔274〕荼:苦菜。 蠢:生长。

〔275〕秔种:稻麦。 阜:多。

〔276〕西门:西门豹,战国魏人,为邺令,曾开水渠十二条,引漳水以灌邺地之田。

〔277〕史起:战国魏人,也为邺令,曾引漳水灌邺地之田,以富河内,民歌颂之。

〔278〕墱(dèng 邓)流十二:指灌田泄水之处分十二墱。墱,引水渠。

〔279〕异口:指分渠口而流。

〔280〕畜:同“蓄”,指蓄水。　屯云:如云聚。

〔281〕澍(shù 树):沾,润。　粳(jīng 精):稻类作物。　稌(tú 途):稻。

〔282〕陆:指高地。　莳(shì 是):栽种。

〔283〕黝黝:黑色。

〔284〕油油:光润之色。　纻:苧麻。

〔285〕均田:指按等级赐田。　画畴:画定田界。畴,界。

〔286〕蕃:屏障,栅栏。　庐:室。

〔287〕隔踰:阻隔断绝。　踰:绝。　奕世:累世,一代接一代。

〔288〕冲:四通八达之道。　辐辏(fú còu 伏凑):车辐集中于轴心,喻向中心集中。

〔289〕石杠:石桥。

〔290〕控:引。　漳渠:漳水所引之渠。

〔291〕疏:通。　滨路:水边傍路。

〔292〕沧浪:水青色。《孟子·离娄上》:“沧浪之水清兮,可以濯吾缨;沧浪之水浊兮,可以濯吾足。”

〔293〕方:比。　步檐(yán 阎):长廊。

〔294〕习习:盛壮的样子。　冠盖:冠冕车盖,指高官。

〔295〕莘莘:众多的样子。　蒸:众人。

〔296〕斑白:指老人。　不提:不提携器物。

〔297〕让衢:让路。衢,大路。

〔298〕寺:官署名。

〔299〕班:次,分布。

〔300〕副:辅佐。　三事:李周翰注:“三事,正德、利用、厚生也。正德以率下,利用以阜财,厚生以养人。”

〔301〕六卿:周代有六官,即冢宰、司徒、宗伯、司马、司寇、司空。

〔302〕奉常:秦官名,即后来的太常,主宗庙事。

〔303〕大理:官名,主断刑狱之事。

〔304〕揆(kuí 魁):尺度。

〔305〕华屏:雕花的门墙。　齐:相等,相同。　荣:光彩鲜明。

〔306〕闬(xiàng 向):两阶之间。

〔307〕师尹:众官之长。　爰止:于此行止。

〔308〕毗:辅佐。　桢:筑墙时竖立在两边的木柱,引申为主干,支柱。

〔309〕闾阎:平民居住之所,闾,里门,阎,里中门。　长寿、吉阳:里坊名,下文"永平、思忠"亦里坊名。

〔310〕戚里:外戚所居之街巷。

〔311〕闬(hàn 汗):里门。　长者:指显贵者。

〔312〕巷苞诸公:指巷中居住各公侯。

〔313〕都护:官名。

〔314〕舆骑朝猥:朝贡的车马众多。猥,众。

〔315〕蹀(dié 迭)攲(qī 妻):指累积。

〔316〕营:构筑。　周坊:圆周之坊。

〔317〕饬(shì 是):同"饰"。　玮:美。　丰:大。　闳(hóng 红):门。

〔318〕建安:馆名,建安年间所建。　首立:最早建立。

〔319〕葺:修葺,补治。　幂(mì 密):涂抹。

〔320〕庑:屋檐。　袭:加,指重叠。

〔321〕剞劂(jī jué 鸡决):刻镂用的曲刀、曲凿。　掇:通"辍",止。

〔322〕积习:指重复积累。

〔323〕广成之传:广成传舍,战国时秦之客馆。蔺相如奉璧西入秦,秦曾让蔺相如住于广成传舍。传,驿舍。

〔324〕槀(gǎo 稿)街:汉时长安街名,各属国使者邸第皆在此街。

〔325〕廓:开。　三市:谓大市、朝市、夕市。《周礼·地官》:"大市,日昃而市,百族为主;朝市,朝时而市,商贾为主;夕市,夕时而市,贩夫贩妇为主。"　廛(chán 馋):市中道。

〔326〕籍:通"藉",铺垫。　九达:到处可通。

〔327〕肆:陈列。

〔328〕阛阓(huán huì 环会):市之墙垣。

〔329〕距日中而毕会:古日中为市,人货齐集。

〔330〕抗:高。　旗亭:市楼名。　嶢嶭(yáo è 尧饿):高峻的样子。

〔331〕覜:同"眺",远望。

〔332〕隧:路。　毂击:车轴相撞击,言车多。毂,车轴外出部分。

〔333〕轸(zhěn 枕):车箱底部后边的横木。　万贯:相连者以万数计。贯,连。

〔334〕轼:车前人所凭横木。　捶:杖,鞭。

〔335〕袖幕纷半:指其中一半人即可举袖成幕。

〔336〕质剂:买卖用的按手印的契券。

〔337〕刀、布:均为古钱名。　无筭:不可胜计。筭,通“算”。

〔338〕财:通“材”,指物之成其材用。　工化:谓由人之工作而化成。

〔339〕贿:财货。

〔340〕难得之货:指远方异物、珠宝玉器等奢侈之物。

〔341〕周用:广泛用途。　长务:经常从事,指常用。

〔342〕背窳(yǔ 雨):不粗劣。　就攻:可以攻治,指坚固。

〔343〕鬻(yù 玉):出卖。　邪:指恶滥之物。　豫贾(jià 架):虚定高价而欺骗买者。豫,欺骗。贾,通“价”。

〔344〕著:彰明。　驯:顺。　醇醲(nóng 农):甜美醇厚之酒,喻风俗醇厚。

〔345〕白藏:仓库名。

〔346〕隄:限。

〔347〕赈:丰富。　大内:宫内宝库。

〔348〕賨(cóng 从):南方少数民族之贡赋。　幏(jià 嫁):西南少数民族所织的布名。　墆(dié 迭):堆积。

〔349〕琛:珠玉。　币:布帛。　牣(rèn 刃):满。

〔350〕关石之所和钧:意谓贡赋均和而不失常。收在库中。关石,衡器和量器。钧,衡量轻重。《国语·周书》:“《夏书》有之曰:关石和钧,王府则有。”《注》:“关,门关之征也。石,今之斛也。言征赋调钧,则王之府藏常有也。一曰:关,衡也。”

〔351〕底慎:至为谨慎。

〔352〕燕弧:燕地之弓。　委:委积,堆放。　劲:指弓之劲硬者。

〔353〕冀马:冀北之马。　驵(zǎng):壮马。

〔354〕勍(qíng 情):强有力。　纠纷:纷乱,形容多。

〔355〕庶土:天下。

〔356〕介:甲。　胄:头盔。　袭:加衣。

〔357〕旍(jīng 京):同“旌”。　茎:指旗竿。

〔358〕珧(yáo 姚):以小蚌殻为饰之弓。　檠(qíng 情):调整弓的器具。

〔359〕铤(chán 馋):铁把短矛。 英:矛上的羽饰。

〔360〕三属:三重相连。

〔361〕缦胡:武士冠上缨带名。

〔362〕简发:指选择目标而发。简,择。

〔363〕更赢:古善射者。

〔364〕练:白色熟绢。 铦(xiān 先):锐利。

〔365〕偏裻(dū 督):古战服名。 谓(huì 会)列:或止或列。谓,中止。

〔366〕中律:合于音律,此指合于制胜之法。

〔367〕奇正:古时用兵,以对阵交锋为正,设计邀截袭击为奇。

〔368〕硕画:大的谋略。

〔369〕匪制:不合制宜。

〔370〕推锋:举锋刃,指作战。推,举。 纪:十二年为一纪。

〔371〕铓(máng 芒)气:锋芒之气。铓,刃端。

〔372〕三接三捷,既昼亦月:谓一日三接战,一月三获捷。指战斗频繁,屡获胜利。

〔373〕克:取胜。 翦:剪除。 方命:不遵王命者。方,放,放弃。

〔374〕咆烋(xiāo 消):咆哮,指猖獗不臣服者。

〔375〕云撤:如云之消散。撤,去。 叛换:反易常道者。

〔376〕虔刘:劫掠杀戮者。

〔377〕祲(jīn 今):盛。 八纮(hóng 红):八方极远的地方。

〔378〕由:指顺从。

〔379〕振旅:提旅,指还军。 輷輷(tián 田):众车声。

〔380〕反旆(pèi 沛):返军的旌旗。

〔381〕蹠爵:分赏爵邑。蹠,"疏"的讹字,分。 普畴:指普遍量军功之大小。畴,度,量。

〔382〕刓(wán 玩)印:棱角磨损之印,指有功不赏。事见《史记·淮阴侯列传》:项羽对有功者往往不愿封赏,以至印在自己手中把印角磨损,也不肯赏赐给有功者。

〔383〕费留:有功不赏。

〔384〕萧斧:刚利之斧。 戢:收,敛。 柯:斧柄。 柙(xiá 匣)刃:将利刃收入匣中。柙,通"匣",指剑匣。

〔385〕虹旍:画虹的旌旗。旍,同“旌”。　摄:收。　麾:旗。

〔386〕斟:斟酌,参考。　洪范:《尚书》篇名。相传为箕子所作,以此向周武王述治天下之大法。

〔387〕恒:常,此指人之常理。

〔388〕垂拱:垂衣拱手,指无为而治。　司契:掌握法契。

〔389〕缘督:顺守中道。缘,顺。督,中。

〔390〕京:大。　庾:仓。　流衍:堆积多。

〔391〕东鳀(tí 提):东鳀人所在的海外之国。相传会稽海外有鳀人,分为二十余国。　即序:就序,指归顺。

〔392〕西倾:国名。　顺轨:归顺正道。

〔393〕憓(huì 惠):归顺。

〔394〕韪(wěi 伟):善。

〔395〕骤:奔驰。

〔396〕襁:以背带系物。　赆(jìn 尽):送行时所赠礼品。　贽:初见时所赠礼品。

〔397〕重译:翻译,指通言。　篚(fěi 匪):竹筐。

〔398〕髽(zhuā 抓)首:以麻束发,古代南方少数民族的装束。

〔399〕镰(jù 巨)耳:穿耳而带金银饰器,古代一种少数民族的装饰。

〔400〕高张:指大张音乐。　宿设:指至晚间既已张设。

〔401〕遽:急。此指急速过去。

〔402〕庭燎:庭中举火。　晰晰(zhé 折):火光明亮的样子。

〔403〕祁祁:众多的样子。

〔404〕华:华夏,指中原地区之人。　裔:四裔,指边远地区的少数民族。

〔405〕岌岌:高的样子。　縰(shǐ 史):束发的黑帛。

〔406〕酤(gū 姑):酒。　济:济水。

〔407〕醪(láo 劳):浊酒。

〔408〕冻醴(lǐ 礼):冷酒。　澌(sī 思):解冻时流动的水。

〔409〕温酎(zhòu 纣):暖酒。酎,醇酒。

〔410〕衎衎:繁多的样子。

〔411〕行庖:主行食之厨工。　皤皤:众多的样子。

〔412〕愔愔(yīn 音):和悦安闲的样子。　酝(yù 玉):私宴。　謀:通

“宴”。

〔413〕湑(xǔ 许):欢乐。

〔414〕延:陈。广乐:乐曲名,相传为天帝之乐。

〔415〕奏九成:演奏九遍。

〔416〕冠:首,指首先演奏。　韶:乐曲名,相传为舜时的音乐。　夏:《大厦》,乐曲名,相传为禹时的音乐。

〔417〕冒:犹“笼”,包括。　六茎:指《六英》与《五茎》,相传《六英》为帝喾时的乐曲,《五茎》为颛顼时的乐曲。

〔418〕傮(zāo 糟):通“曹”,众。

〔419〕亿:远。　大帝:天帝,相传天帝作《钧天广乐》。

〔420〕二嬴:指秦穆公与赵简子,二者皆嬴姓。相传秦穆公与赵简子都曾梦见天帝为其奏《钧天广乐》。

〔421〕金石丝竹:与下文之“匏土革木”为上古的八种乐器,称八音。其中金指钟镈,石指磬,丝指琴瑟,竹指管箫,匏指笙,土指埙,革指鼓鼗,木指柷敔。

〔422〕干戚羽旄:起舞所执之器。干,盾。戚,斧。羽,雉羽。旄,旄牛尾。

〔423〕该:同,包容。　泛博:广大。

〔424〕鞮鞻(dī lóu 低楼):鞮鞻氏,周乐官名,掌四方少数民族音乐。

〔425〕韎(mò 末)昧:古代东方少数民族之乐。　任:古代南方少数民族之乐。　禁:古代北方少数民族之乐。

〔426〕苗:夏猎。　狩:冬猎。

〔427〕游:皇帝春日出行。　豫:皇帝秋日出行。

〔428〕藉田:古代帝王于春耕前,亲自率人耕田,举行仪式,以奉祀宗庙,并有劝农之意。

〔429〕大阅:阅兵进武。　义:指应遵从的礼法。

〔430〕法驾:天子所乘的驾六马的大车。

〔431〕理:调理,掌握。　秋御:驾车之法。

〔432〕文:指礼乐。　武:指田猎。

〔433〕迈:超过。　梁驺(zōu 邹):古代天子田猎的场所。　著:指古书所记载注明。

〔434〕槎(chá 查):斩截。　枿(niè 聂):树木砍伐后重新生长的枝条。

〔435〕夭:幼小的禽兽。

〔436〕斨(qiāng 枪):方孔的斧。此指砍伐。

〔437〕罾(zēng 增):鱼网,此指以网捕鱼。 罔:古“罔”字,同“网”。

〔438〕挺:引拔而出。

〔439〕皓兽:与下文之“丹鱼”皆相传为祥瑞之物。

〔440〕矞(yù 玉)云:彩云。

〔441〕泽马:出于大泽的神马,祥瑞之物。 亍(chù 处):小步而行。

〔442〕图:绘,现出,与下文之“形”互文见义。 石:指美石,宝物。

〔443〕莫黑匪乌:黑者即为三足神乌。乌,指三足乌,古代神话说太阳中有神乌,三足。

〔444〕来仪:向往而来,此指神鸟。

〔445〕狐:指九尾狐,传说中的神兽,相传周文王应九尾狐的出现而统一东方。

〔446〕扰:驯扰,驯服而来。

〔447〕颖:带芒的谷穗。 蓴蓴(zǔn):茂盛的样子。

〔448〕醴泉:甘美的泉水。

〔449〕祯祥:吉祥之兆。 曲成:多方设法以使成功。

〔450〕触物:谓触类相通。 兼造:谓万物皆成。

〔451〕明灵:神明。 酬酢(zuò 作):主客互相敬酒,此指回报。

〔452〕休征:吉利征兆。休,旧指吉庆,福祭。

〔453〕旼旼(mín 民):和乐的样子。 率土:所有土地。

〔454〕福应:指吉利的征兆。

〔455〕宅心:居于人心。宅,居。 醰(tán 谈)粹:纯美。醰,酒味长,醇厚。

〔456〕河洛开奥:黄河、洛水献出奥秘,指河出图,洛出书。传说《易》出黄河,《书》出洛水,是帝王圣者受天命的吉兆。

〔457〕黄鸟:传说魏将立国,有黄鸟衔书出现于黄河。

〔458〕人谋:指百姓事先以歌谣称颂。

〔459〕鬼谋:指吉祥之兆。 秩:序,指安排。

〔460〕刘宗:刘家的汉王朝。 委:放弃。 驭:驾驭,掌握。

〔461〕巽(xùn 训):谦让。 神器:指帝位。

〔462〕阙(kuī 亏):视。 玉策:指秘籍,罕见之书。 金縢(téng 滕):以金属制成的藏书箱匮,即金匮,帝王藏书之处。

〔463〕案:查。　图箓:即图谶,符命占验之书。　石室:收藏秘籍之所。

〔464〕历数:天道,指朝代更替的次序。

〔465〕五德:五行。古代方士以金、木、水、火、土五行附会于各王朝(如汉为火德,自称炎汉),并以其间相生相克之说来说明各王朝更替的命运。　莅:临。

〔466〕寸旬:暂短的时间。　旬:时。

〔467〕涓:选择。

〔468〕陟:登。　中坛:宫中之祭坛。

〔469〕正朔:一年的第一天,岁首。古时改朝换代,新王朝为表示奉天承运,须重定正朔。

〔470〕绝世:指断绝的圣明之世。

〔471〕翌:明,表现出。　明:明智。

〔472〕藏用:潜藏功用。　玄默:沉静无为。

〔473〕菲:薄。

〔474〕雠校:校对文字。　篆籀:指以篆籀文字所写的经史书籍。　篆,小篆。籀,大篆。

〔475〕觌(dí 敌):相见。

〔476〕扬历:表扬其所经历,指居官的政绩。

〔477〕匪:非。　孽:私,指私情。　形:现。

〔478〕任城:指任城王曹彰,魏文帝曹丕之兄,以勇武著名。

〔479〕东阿:指东阿王曹植,魏文帝曹丕之弟,以文才著名。

〔480〕抗:立。　崄(yǎn 眼):猛。

〔481〕英喆:英明之人。喆,同“哲”。

〔482〕二八:指八元八凯。八元是舜时的八个才子;八凯是高阳氏的八个才子。

〔483〕四七:指东汉光武帝刘秀之二十八将。

〔484〕震震:壮大的样子。

〔485〕开务:开发事物以成天下之务。　谧:静,指安定。

〔486〕泰阶:星名,即三台,有上台、中台、下台共六星,相传三台平而天下太平。

〔487〕比屋:每家,此指每家都有受封赏的。《尚书大传》:“周人可比屋而

封。”

〔488〕筭祀:计算所传年代。筭,数。祀,年。　纪:法度准则,此指期限。

〔489〕绰:宽。

〔490〕冲:深。

〔491〕臣:指让君位而为臣。

〔492〕荣:美。

〔493〕亘:过。　卷领:衣领翻于外,相传为远古人的服饰,此指远古时代。

〔494〕睠(juàn 倦):反顾。　留:指留心。　重华:虞舜之名。

〔495〕尊卢、赫胥:均为传说中远古时期的帝王名。

〔496〕羲农:伏羲和神农。　有熊:黄帝号。

〔497〕虽自:指推己及人。　虽:推。《国语·吴语》:“吾虽之不能,去之不忍。”

〔498〕洪化:宏大的教化。

〔499〕笃:厚。　玄同:犹言大同。

〔500〕踵武:脚跟脚,喻继承前人事业。

〔501〕料:计。　国:都城。

〔502〕谘:询问谋划。　考室:宫室落成时所行的祭礼。

〔503〕举厝(cuò 错):举直措枉,擢用和废置。厝,通“措”、“错”。

〔504〕斁(yì 义):厌。

〔505〕申:犹“用”。

〔506〕疏粝之士:指低贱之人。疏粝,粗食。

〔507〕倬:卓绝。　诡:奇异。

〔508〕生生:孳息不绝,进化不已,此指大自然。

〔509〕洵:诚然,实在。　渝:变更,违背。

〔510〕鸳鸯:水名,在今河北南河县。　交谷:水名,当在今河北临漳县南。

〔511〕虎涧:山涧名,当在今河北临漳县西。　龙山:山名,在今河南涉县。

〔512〕掘鲤淀:水淀名,约在今河北河间县。

〔513〕盖节渊:湖名,约在今山东德县。

〔514〕翍翍(chì 翅):鸟飞的样子。　精卫:《山海经·北山经》载:炎帝女女娃溺死于东海,化为精卫鸟,不断衔西山之木石填于东海。此鸟出于发鸠之山。旧说发鸠山在今山西长治县。

〔515〕常山:即恒山,传说中的仙人昌容号常山道人。　平干:汉武帝时曾

以广平郡为平干国，在今河北邯郸一带。传说中的仙人啸父在曲州市上，曲州属广平郡，而善使火的师门是啸父的弟子，所以此指师门出于平干。

〔516〕钜鹿：在今河北钜鹿县，传说中的仙人木羽为钜鹿人。　河间：在今河北河间县，传说中的仙人玄俗自称河间人。

〔517〕列真：列仙。

〔518〕昌容练色：事载《列仙传》：昌容自称殷王女，食蓬虆根二百余年，而人如二十岁，称练色。

〔519〕犊配眉连：事载《列仙传》：鄄地人犊子，有时年壮有时年老，有时很美有时很丑，人知其为仙。另有阳都女，两眉相连而细长，人也以为仙人。后二人相遇，遂相匹配。出门时二人共牵牛犊耳而行，人莫能追。

〔520〕玄俗无影：事载《列仙传》：玄俗自称河间人，食巴豆云英，卖药于市，七丸一钱，治百病，日在正午而行，无影。

〔521〕木羽偶仙：《列仙传》：木羽，钜鹿人，曾助产妇。一产妇生儿受惊，夜间梦一戴大帽扎红色头巾的人守其儿旁，言此儿乃司命君，将来可使其与木羽一起为仙。妇告诉木羽母，母记住。其后，母生子，名木羽。此子十五岁，一夜，有车马来迎，并呼“木羽木羽，为我驾车！”于是，此儿与木羽俱去。

〔522〕琴高：事载《列仙传》：琴高，战国赵人，能鼓琴，为宋康王舍人，学修炼长生之术，游于冀州二百余年，后入涿水中取龙子，与弟子约某日返，至时，琴高果乘赤鲤而出，留一月余，复入水而去。　濡：浸渍，湿润。

〔523〕师门：事载《列仙传》：师门为啸父弟子，能使火，后为孔甲所杀，埋之外野，一日，一场风雨过后，周围山林皆为火所烧。

〔524〕易阳：易水之阳。　壮容：少年美丽之容，指美女。

〔525〕稚质：童颜，指少女容颜美丽。

〔526〕蹁(xǐ 喜)步：轻快的步伐，形容走路好看。

〔527〕鸣瑟：弹琴。

〔528〕真定：地名，在今河北正定县，战国赵地。

〔529〕故安：地名，在今河北固安县。

〔530〕中山：中山郡，地名，在今河北唐县、定县一带。相传中山出好酒。

〔531〕流湎千日：相传有一个叫玄石的人，从中山酒家沽得千日之酒，百里之外饮之，归家而醉，家人不知，以为死，棺葬之三年，酒家来问时开棺，玄石醉醒，从棺中起。其时俗语有云：玄石饮酒，一醉千日。流湎，饮酒而醉。

〔532〕淇:淇园,地名,古时以产竹著名,在今河南淇县。　洹(huán 还):洹水,即今安阳河。

〔533〕信都:地名,在今河北枣强县。

〔534〕雍丘:地名,在今河南杞县。　粱:粟,谷子。

〔535〕清流:地名,当在今河北临漳县西。

〔536〕襄邑:地名,在今河南睢县西。

〔537〕朝歌:殷都城,在今河南淇县。

〔538〕绵纩(kuàng 旷):丝绵絮。　房子:地名,在今河北高邑县西。

〔539〕缣(jiān 尖):双丝织成的微带黄色的细绢。　緫(cōng 葱):绢的一种。　清河:郡国名,即甘陵,在今河北清河县。

〔540〕夥:多。　够:多,聚。

〔541〕单究:一一而究。单,一。

〔542〕抑:指抑止感情。　罄:尽。

〔543〕清都:指魏都。　闲:大的样子。

〔544〕判殊隐:指《易》与《春秋》的旨意有显和隐的区别。判,分。殊,特异,指显。　一致:指《易》与《春秋》的旨意都符合善德大义。

〔545〕末:以之为末事,指不足取法。　上林之隤(tuí 颓)墙:司马相如《上林赋》前极写汉天子在上林苑校猎的壮观景象,后虽有"隤墙填堑,使山泽之人得至焉"之语,加以规劝讽谏,但后人认为是"劝百讽一",无济于事。

〔546〕前修:前贤。　作系:为圣贤之道作系辞,加以阐释。

〔547〕信:申。　果:果敢。

〔548〕纠:纠查。　绥:安抚。

〔549〕元:大。　配:相比。　管敬:管仲,相齐桓公,九合诸侯,一匡天下,使齐桓公成为春秋五霸之一。

〔550〕歌钟析邦君之肆:事见《国语·晋语》:春秋时魏绛辅晋悼公七合诸侯,内政外交功劳很大。郑伯向晋献女乐十六人,歌钟二肆,晋悼公赐给魏绛一半。歌钟,乐器名。即编钟。析,分。邦君,指晋悼公。肆,钟磬等乐器悬列的数目。

〔551〕令闻:好名声。令,美。

〔552〕富仁:富于仁德。　宠:尊崇。

〔553〕职竞弗罗:意谓心中不列仕途竞争之事。职,指职掌事物。

〔554〕千乘为之轼庐:事见《吕氏春秋·期贤》:段干木是战国时代魏国的隐者,魏文侯乘车过其住处,凭轼表示敬意。仆人不解,魏文侯说:"段干木不随从流俗,怀君子之道,虽身居穷巷,但声驰千里之外,我虽有势。他却富于义,势不如德可贵,财不如义高尚。我不能不凭轼而敬。"后秦欲攻魏,司马康向秦王建议,说魏国很尊重贤者段干木,天下皆知,出兵攻魏是不妥当的,说服了秦王,遂止兵。千乘,古制诸侯国有兵车千乘,此指魏文侯,轼庐,乘车经过某人住处,凭轼表示敬意。

〔555〕贵非吾尊:不以贵自尊。

〔556〕亲御监门:事见《史记·魏公子列传》:战国时魏公子无忌礼贤下士,曾亲自为大梁夷门的看门人侯嬴驾车,请其赴宴。后秦攻赵,赵求救于魏,侯嬴为无忌设计夺晋鄙军权以救赵,退秦军。监门,看门人,指侯嬴。

〔557〕嗛嗛(xián 贤):谦逊的样子,嗛,古"谦"字。

〔558〕搦:按抑。

〔559〕英辩荣枯:凭雄辩之才,荣枯在于一朝,指战国魏人范睢和张仪,他们都出身贫贱,困厄一时,但凭雄辩才能,先后在秦国为相。范睢助秦王消除内部危险势力,张仪游说诸侯,破坏合纵,都大有功于秦。

〔560〕窒隙:堵塞空隙,谓无漏洞。

〔561〕张禄:范睢入秦后更名张禄。

〔562〕推(què 确):犹"实"。　庸蜀:指蜀汉地区。庸,古地名,在长江汉水之南。　与鸲(qú 渠)鹊同窠:指地域狭小且多山林,人如与八哥等鸟同住。

〔563〕句(gōu 钩)吴:指东吴地区。句,古地名,吴太伯始所居之地。　与蛙黾(měng 猛)同穴:指地域狭小且多水,人如与蛙同穴。黾,金线蛙。

〔564〕猥:曲。　踦跂(qí qū 奇区):同"崎岖"。

〔565〕映(yāng 秧)咽:水流堵塞不通。

〔566〕瀸(jiān 尖):浸润。　漏:渗。　沮洳(jù rù 巨入):地低湿。

〔567〕石留:指土地多石。

〔568〕熇(kǎo 考)暑:酷热。熇,用火烘烤。

〔569〕封疆:边界。障即"瘴",瘴气,相传为南方暑热地区山水间的一种毒气。　疠:剧烈的疫病。

〔570〕蔡莽:毒草。

〔571〕汉罪流禦:指汉时流放罪人到蜀地以御魑魅。

〔572〕秦余徙剞(lì 力):指秦时流放者余下的后裔。剞,剩余,残余。

〔573〕宵:小。　蕞(zuì 最):小的样子。

〔574〕蓙(cuó 矬)脆:软弱。蓙,脆弱短小。

〔575〕杼首:长头,传说为长寿之相。

〔576〕耆耋(dié 迭):老年人。耋,六十以上之人。

〔577〕魋(zhuī 椎)髻:发形如椎。魋,通"椎"。　左言:与中原语言不同。

〔578〕镂肤:指文身,在身上刺有图案花纹。　钻发:指束发一撮于项后。钻,通"攒"。

〔579〕明发:黎明,平明。《诗经·小雅·小宛》:"明发不寐,有怀二人。"宋朱熹《诗集传》:"明发,谓将旦而光明开发也。"　嬥(tiǎo 挑)歌:古代巴蜀地区的一种民歌,歌时牵手相连而跳。

〔580〕蟹(xiè 谢)果:狭劣果敢。　婳:美好。

〔581〕威仪:礼仪。　摄:统摄。

〔582〕缀:指约束。

〔583〕束阨:群山相聚而形成的要隘。

〔584〕裾势:指依据地理形势。裾,通"据"。

〔585〕距:通"据"。　阙阘(yú 鱼):同"窥觎",偷看,喻伺机而动。

〔586〕时高橾(cháo 巢)而陛制:意谓居鸟巢而设阶陛之制。橾,鸟窝。陛制,指建立宫殿阶陛。

〔587〕绵幂:覆盖东西的巾,犹言细微。

〔588〕蝥(máo 矛):虫名。

〔589〕螳螂之卫:事见《韩诗外传》八:齐庄公出猎,有一螳螂举足搏击齐庄公的车轮。庄公问御者说:"这是什么虫?"御者说:"它叫螳螂,这种虫知进而不知退,自不量力,轻易与别人为敌。"

〔590〕与:举,凡。

〔591〕前迹:指春秋吴王夫差据吴地而败;东汉公孙述割据蜀地而亡。

〔592〕成都:三国蜀都。　迄:竟。

〔593〕建邺:即建业,三国吴都。

〔594〕累卵于叠棋:比喻形势危险。事见《说苑》:春秋晋灵公造九层之台,孙息求见晋灵公,并说:"我能把十二只棋子累起来,上边再累上九只鸡蛋。"于是累棋子在下,再以九只鸡蛋加其上。晋灵公说;"危险啊!"孙息说:"这并不

算危险,还有比这更危险的呢!”灵公解其意,把台子拆掉了。

〔595〕怛(dá):惧。

〔596〕权:犹苟且。　余荣:余晖,余光。

〔597〕比朝花而菴蔼:意谓如早晨开花晚上凋谢的木槿一样,很快就会衰落。朝花,早晨开花,指木槿。菴蔼,繁盛的样子。

〔598〕麦秀:事见《史记·微子世家》:殷亡后,箕子朝周,过故殷墟,感于宫室毁坏荒凉,遍生禾黍,而作歌,歌中有“麦秀渐渐兮,禾黍油油”之句,被称为《麦秀歌》。麦秀,麦吐穗。　黍离:《诗经·王风》有《黍离》篇,毛诗序谓西周亡后,周大夫过故宗庙宫室,尽为禾黍,徘徊不忍去,乃作此诗,诗中有“彼黍离离”之句。

〔599〕矆(huò 货):惊视的样子。

〔600〕瞲(踢):失意而视的样子。

〔601〕瞢(méng 盟):羞惭。

〔602〕惢(ruǐ 蕊):心情沮丧的样子。　茹:瘫软。

〔603〕忝(tiǎn 舔)墨:因羞愧而面色变黑。

〔604〕仆党:我们这类人。　清狂:无疾而狂。

〔605〕怵(xù 续)追:被利诱和驱迫。　闽:越地,秦曾以其地为闽中郡,约在今浙江、福建一带,此指吴。　濮:古国名,在今汉水之南,此指蜀。

〔606〕蓼虫:食蓼草之虫。蓼,草名,其叶有辣味。

〔607〕轨躅:犹“轨迹”。

〔608〕过:失误。　仉(fán 凡)剽:轻薄。　单慧:小聪明。

〔609〕历:逢。　执古:指秉承古道。　醇听:指以醇厚之义使之听。

〔610〕秕(pī 批):错误。　駞(yì 义):重复。　缪:通“谬”。

〔611〕偭(miǎn 勉):面向。　辰光:日,喻指魏国先生。　罔定:指因敬惧而心情不定。

〔612〕深颂:指颂扬魏德之深。

〔613〕潜龙浮景:潜于水底之龙升天而浮于日影。景,通“影”。

〔614〕幽泉高镜:深泉中高悬明镜。

〔615〕星有风雨之好:《尚书·洪范》有“庶人惟星,星有好风,星有好雨”之句,喻人心之不同。

〔616〕庶:幸。　蔀(pǒu)家:以席棚覆盖的家屋,此指阴暗之处。蔀,院中

架木,上覆以席,所覆之席为蔀。 剥庐:卑贱之人穷困的居所。

〔617〕苏世:指醒悟世情。苏,悟。 居正:居于正道。

〔618〕寒谷丰黍:事见刘向《别录》:燕地有寒谷,不生五谷。邹衍吹律,暖气至,遂生黍,且丰茂。律,古代用金属制成定音或候气的仪器。

〔619〕爽:明。 曙:亮。

〔620〕明珠兼寸:指径寸之珠,事见《韩诗外传》:有一次魏惠王问齐威王有什么珠宝,齐威王说没有。魏惠王说:"我虽是个小国的君主,还有可以光照前后十二辆车的径寸之珠十枚,怎么你以万乘的君主竟没有珠宝呢?"下文"二六"即指十二辆车。

〔621〕尺璧有盈:指和氏璧,事见《史记·廉颇蔺相如列传》:赵惠文王得楚和氏璧,秦昭王闻之,表示以十五城相换。下文"三五"即指十五城。

〔622〕申:申明。 锡:赐。

〔623〕亮:即"谅",信。

〔624〕天经地纬:指天地之道。

〔625〕大归:总的归宿。

〔626〕齐给:辩说。

今译

魏国先生容颜温润,举目扬眉,告诫西蜀公子和东吴王孙说:你们吴蜀两国的人不同啊!其实,正如语音有南方和中原的差别,是因为水土和风俗不同;人的性情有险怪和平易的差别,也是由于习俗相异所形成。人虽然都有自己固定的性格,但都不能说本来是由于天生。古代有位市南宜僚善于弄丸之戏,而使楚白公与令尹子西两家的仇怨和解。现在我就帮助你们再品味一下善言德音,以解开你们二位竞不相让的辩论。

当原始混沌之气分解,育化万物的大自然就已经开始。于是其体式兼有昼夜,其纹理包括天地。它融流而为江海,聚结则成山岳。星宿布列是大地的分野,大地像衣带一样连接着荒远的角落。山冈江湖把蛮夷之地与内地阻隔,那里到处是险峻的洞穴。村村落落住着蛮夷,靠语言翻译相引导才能与中原相通,人们与鸟兽无异。处天子之位者，以中原为咽喉要冲，不靠边陲保护内地；统治社会抚育百姓者，以道德为屏障，不以重叠险阻的山河为依据。而你们二位贤者，尚未曾与众庶一起拥戴大魏，接受威仪，也未依附于大魏皇帝的大中之道，愿意接受大魏的历法，乐于率百姓向朝廷进贡述职。只是专门曲随蛮夷之人，安于最边远的地域。以断发文身为荣，骄傲于险阻的地理形势。不明白该说什么或不该说什么的常理，一味过分地大讲诡辩不实之辞。以语言美化那狭小的地盘又感到自负，凭借蛮夷之人有倔强性情而振奋不已。这些言辞并非精纯不杂，不能与大道理并比；这些想法杂乱无章，更不合于王者之义。其虚妄岂不等于在大路上寻找浮萍？也无异于雕沐猴于棘刺。剑阁虽高，但仅仅依靠它只能失败，不是根深蒂固的办法；洞庭虽深，仗恃它也只能遭到败迹——都不能作为爱民治国的根基。即使是落日的余光，也超过长庚星初升的光辉。况且我大魏居于明亮高敞的黄河流域、冀州地区，那长江沿岸小有水流之地怎能与之相比。所以我将对你们说说中原大地的区界，魏国的京畿，和天下之枢纽——魏都的卓然特异。

当初，汉王朝厄运已至，法纪废弛，纲纪断绝，奸邪之人在宫廷内部崛起，乱兵围住皇宫，加害王室。美丽的京都宫室，深邃的帝王屋宇，如鸟巢之焚，原野之燎，一火焚之，化为灰烬，使宫宇庭院长满了荆棘。人口众多的天下，物产丰富的八方，兵刃纵横，化为战场，使得麋鹿在空城游荡。东都空旷，西都荒芜，齐地萧条静寂，楚地一片丘墟。当此之时，有大魏立基。开国之日，缔造之始，列邦万国与之相比，也不过如奇丑的犨麋面对极美的子都，小小的土丘与海外仙山对立。况且大魏之地，毕昴之星为其分野，又生活着舜禹的后裔。这里是先王的故乡，又有历代圣贤的遗迹。考察它的四边，则居八方之中；测量它的气候寒暑，则天赐霜露均衡。古代卜偃远见卓识，称赞魏地必将隆盛；吴国季札听赏歌曲，赞美魏地的国情民风。当时虽是衰世，但盛德却见于乐曲歌声。历史虽越过千年，仍然怀有悠远年代积蕴的遗风。

魏国的疆域,两旁尽有齐、秦之地,腹地凑聚古代冀、道二国,前面占有殷、宋故土,后边控带燕、赵山河。幽深的山林,回绕的川泽,恒山、碣石高耸于青霄,黄河、汾水波涛广阔。南望淇水岸边,绿竹美丽丰茂;北临漳水、滏水,如冬夏各异,不同凉热。神钲在高山上鸣响,灵异的声音震惊四方。温泉的涓涓流水自成波浪,洗浴这华美清澈的泉水可以使人身强体壮。这里有煤矿盐池,渗流着黑液白浆。这里田地适中,白色土壤。平直之地和低湿之地都平平整整,高处与低处均一片宽广。也有的地方高低重叠,也有的地方开阔明朗。这里天地之气融汇贯通,万物平和顺畅。嘉美祥瑞之象早有显现,事先预告吉祥。所以从古就有卜偃、季札的预言,魏都之兆原来始自古往。气数本存于谶纬之中,预兆早在古籍里密藏。经过久远世代的沉默,终于应时运而大放光芒。至魏武帝,君临天下的大业果然兴起,开始受天命而据有四方。最初就亲自占卜美善之地以为都城,求诸龟筮已确实吉祥。于是修建外城,又整治城壕。经营之始,规模制度一如历代帝王。仿照长安和洛阳的宫室殿阁,模拟八方之都的屋宇庭堂。学习唐尧的茅茨不剪,以夏禹的卑宫低室作为榜样。还有古公亶父修建简陋的高门住屋,把都邑草创;宣王中兴修复宫宇,简约而不堂皇。魏都兼有圣明帝王的法度,具备质朴与文采相兼之状。商度富丽与简约而取其中,按照先圣当年的标准以为衡量。想着《周易》修建宫室之言:大于穴居,取诸大壮。读《荀子》不忘俭朴之语,效法萧何修建未央。于是取合围之木于山林,授雕削之法与木匠。远近之人愉悦而来如子之事父,工匠之徒精心设计,个个使巧逞强。发扬古代良工使用钩尺绳墨的余绪,继承在春分秋分以阳光正定方位的技巧,测度日影,考察星曜,建造土谷之祠,修起祖宗清庙。筑起高宫,曲折回环,有如山崖,但不奇险。文昌大殿,广阔壮观,栋宇宏大,规模空前。高峻者,崔嵬而立,如高山突起;下垂的装饰,颜色鲜艳,如黑云中舒展的虹蜺。构筑材料之精美，世上无双；楼阁互相连接，错落参差。屋梁屋椽错综交结，栾木斗拱重重叠叠。红色大梁如虹蜺伸展并排横亘，红色方椽无以计数而分散布列。天花板上的藻井行列间疏，有如花蒂悬空，藻井上所画莲花，鲜明浓重而倒披枝叶。殿堂檐头所雕的龙首齐吐水溜，流在地上成为池水灌入田野。成行的厅堂前柱间隔而列，日月才运行于高高楼堂之半。椽头深黑，台阶层叠高耸，长庭平如砥石，钟架夹列其中，风吹而无尘，雨淋而不润。北门城楼高高耸立，南门的式样一如北门。南北城门双双对峙，城门之宽可以并车前进。西门名延秋，东门名长春。诸侯于此朝见天子，天子于此招待嘉宾。

左边是内朝的红色宫室，建起天子听政的大殿，既不过分质朴，也不华饰雕琢，没有过甚之处，并不超乎自然。木工无雕刻，土工不华艳，体现出至德的教化，国家风俗的节俭。前边有宣明门、显阳门、顺德门、崇礼门，层层宫门贯穿相通，重重叠叠，挺拔高耸。珍贵的树木生长茂密，奇异的花卉鲜艳繁荣。风里夹带着花草芳香之气，露水甘甜有如美酒醇浓。宫中的诸多官署，门相连，廊对应，当值者由此出入，古籍法典收藏其中。众多侍从之官，冠上的金蝉齐放光明，早朝陪侍皇帝于帷幄，出言纳论文采动听。其次是御史之官，还有内侍执掌法令，储吏为皇帝操持印玺，谒者为皇帝管理符命。有膳食之官，医药之官，使佳肴醇酒顺时合味，治疗疾病气血顺通。后边则有椒房、鸣鹤堂、文石室、永巷、壶术，后妃居住其中。又有楸梓坊、木兰坊，宫舍按甲乙顺序排列重重。宫内之门或向西或向南，都修建迅速，不日而成。温室殿里，光彩丹青，画历代圣贤之像，图天地宇宙之形，绘各种祥瑞景象，铺排辞藻加以赞颂，远至茫茫终古，于此都可以照视察明。大舜曾作绘画彝器以为戒鉴，此处正可与之比并。右边是稀疏的园圃和弯曲的池水，下是田畴，上有园亭。水边的兰草一片繁盛，浅水漱石，急流淙淙。细弱的树枝结着丰硕的果实，轻柔的树叶香气飘动。前奔的龟，跃起的鱼，看着犹如游上悬水三十仞的吕梁洪。宫中的果下矮马，于环曲的驰道上急奔，延展连接的阁道栋宇回旋纵横。径直向西是可以并车而行的高高台阶，铜雀、冰井、金凤三台并峙峥嵘。像巫山阳台一样高立于台基之上，又如刀削的华山挺立当空。其上栋梁累累，檐霤重重。其下如藏冰之室，寒意凝重。四周的长廊回旋于中天，红色的台阶腾起旋风。层层构筑，巍巍峨峨，轻细的尘埃在风中飘动。屋脊上凤形风向标翘首而立，其矫健的翅膀舒展于晴空。雷雨的阴暗不能遮其一半，白日的辉光聚笼于雕花的窗棂。一步步登上高台，穿上春服而逍遥尽兴。八方最远之处笼于视线之内，世上万物一刹那间齐集于眼中。带有屋室的阁道连绵不断，巡行警戒之路交叉相通。严格按计时仪器报唱，白日夜晚界限分明。设有摆放兵器的架子，住有护卫皇宫的禁兵，防止奸恶，免使后宫受惊。在此有高城深沟，女墙与水涯围绕，大厦重叠而起，四门高耸，依凭九天而混成一气，超乎尘世，以此而接太空。顶部高高而起，基础竦立亭亭。即使强健敏捷之人临万仞焦原可以心神安定，但在这里谁也不能不惧怕惊悚。与山冈一起永远坚固，不能以多少年代把它的时间说明。日光照耀其外，云雾迷漫其中。玄武苑里，衬以幽深的树林，垣墙缭绕而成苑囿，台榭相望而殿宇比邻。硕果结于灌木丛中，大树高竦千寻。丛生之竹散发清风，葡萄浓叶结成绿荫。曲池澄清，积水幽深，萑蒻茂密，蒹葭区分。莲花浮于水上鲜艳美好，菱角绿叶随波涛流滚。鸟儿上下翻飞，鱼鳖在水中浮沉。禽鸟在此选择树木栖息，野鸡在此发出最美的声音。它们任情自得如鸣叫于大海之上，又如仙鹤在河畔常吟。围绕苑囿的池沼墙垣也只是标志，任人入猎；戒勒君主不好田猎，犹如周武王时虞人之箴：思念国家之忧患，忘记享乐而不猎禽。樵夫可以砍柴取草而不忌，猎人往猎麋鹿而不禁。郊野肥美，田亩繁盛，苦菜生长，稻麦丰盈。曾有西门豹治水于前，史起灌溉于后。灌田泄水之处，分十二墱而流。水源来自一道，泻向不同渠口。蓄水如乌云屯聚，排水如雨落急骤。渠水润粳稻，高地种稷黍。桑柘黑黝黝，麻苧绿油油。按等级赐田划定田界，错杂排列着藩篱和房屋。生姜白芋充实茂密，桃树李树浓荫密布。家家和乐安居其所，人人愉悦甘食美服。虽然邑屋相望，却是累代隔阻。都城里边则街道纵横，如车辐一样向中心聚集，红色楼台构筑于城隅。石桥飞架，漳水引渠，沿路长沟相通，青槐的浓荫把道路笼罩。沟渠如沧浪之水可以濯足，林荫路比长廊有过之而无不及。来往有华贵的高官，也有众人攘攘熙熙。鬓发斑白者不必提取重物，行路之人互相让路。设立官位分担职务，经营于官署所居之处。各部门夹在其中，里闾错杂分布。官署辅佐皇帝以三事：正德、利用、厚生，官职超过周代的六卿：有奉常之号，大理之名。各处的大厦屋室都是一个尺度，雕花的屏墙也一样光彩鲜明。重门双锁，台阶严整。众官之长于此行止，辅佐代理朝务起主干作用。平民所居里坊，则有长寿、吉阳、永平、思忠。也有外戚居住的里坊，设在皇宫之东。里门有显贵者出入，巷中所住尽为诸公。都护宫的殿堂，有雕花之窗，众多朝贡的车马，累积其中。构筑客馆为圆周之坊，修饰宾客所集之地。美化高楼，美化里门，高楼里门中建安馆最早建立。修葺墙壁，涂抹居室，房舍屋檐，重叠而起。斤斧刀凿，未曾停息，工匠斲削，重复不止。秦代广成传舍不能与之相比，汉代槀街之邸亦不可及。一日三市而正常开放，借着平道货物可运到各个集市。按次序罗列所有的货物，设置墙垣如衣带绕市。调解通融常见的有无，时至正午人货齐集。市楼高峻各为旗亭，登楼而眺，则市中博大景象尽收眼底。百条路上车轮互撞，前后相连数以万计。有的以鞭策马，有的凭着车轼：衣袖相连而成帐幕，车马行人纷然而拥挤。八方之人混同归一，奇风异事于此汇集。凭契券公平交易，以钱币买卖不可胜计。材料以人工化成物品，财货交换靠商业沟通。买卖奢侈之物，此处则所不容。物件避免粗劣，要求坚固，器皿要有广泛用途而可常用。不出卖恶滥之物而虚定高价，以彰明和顺醇厚之民风。白藏大库之收藏无限富有，丰富的宫内宝库收引天下资财无穷。南蛮的贡赋堆积，珠玉布帛充满库中。这里贡赋钧和而不失常，是掌握财赋最谨慎的地方。燕地的硬弓满库积放，冀北之马满圈而骏壮。

至于强劲之敌纷然骚扰，造成天下动荡不宁。魏武帝发檄起兵，光曜其威仪圣灵。将士披戴起甲胄，旌旗在长竿上飘动。调整好蚌壳为饰的强弓，长短铁矛上飘着羽饰。身上有三重相连之甲，冠上有缦胡长缨。引弦选择目标而发箭，射艺之妙可比古代善射之更羸。一律身披白绢，手持锐利的长戈，穿着战服，排列成整齐的阵容。所有的征战皆合于制胜之法，讨伐四方掌握用兵的奇正。眼中没有不合制宜的战术，重大的谋略无不精通。举兵积一纪之久，锋芒之气愈加锐盛。一日三接战，一月三获胜。剪除不遵王命之徒，吞灭猖獗不臣服之人。反易常道者如乌云消散，把劫掠杀戮者席卷而尽。盛威达于八方极远之地，虽荒远阻隔也都来归顺。在海边之岛净洗兵器，到江中之洲刷马去尘。车声輷輷，归旗悠悠，凯旋而归，同饮庆功之酒；分赏爵邑，遍量功勋。朝廷无项羽刓印之事，国家无戴功不赏之臣。丧乱止息，四海安闲，武人放还战马，离开征战。收起锋利之斧，利刃藏入匣间，把画着虹蜺的旌旗掩卷。斟酌述天下大法的《洪范》，参考历代的法典文献。了解人间之常理，通晓古今之权变。在上者垂衣拱手而掌握法契，在下者顺乎中道而自励自勉，以自守道德为贵，以追逐财利为贱。狱房空空，仓庾满满。此时海外东鳀前来归顺，西倾之国也听命不叛，荆南地区一心归附，朔北远域也心思大魏之善。迢迢远路，奔驰于山水之间，背负礼物，为进贡而翻译通言。以麻束发的首领，耳带金银饰器的酋长，都穿着荒远地区的衣服，敛起衣襟，礼拜于大魏的宫殿。在文昌殿中置酒相待，安排夜宴，音乐高张。长夜未明，庭火辉煌。宾客众多，有华有夷，有的高冠束发，有的发辫累累。清酒如济水之清澈，浊酒如河水之浊黄，冷酒甜美如解冻时的流水，暖酒醇厚跃起波浪。丰盛的菜肴多种多样，主持行食的厨工成列成行。饮宴和悦而安闲，饮酒至酣也无喧嚷。陈设天帝之《广乐》，演奏九遍而未停。为首的是舜之《韶》乐和禹之《大厦》，还包括帝喾的《六英》和颛顼的《五茎》。

众乐迭起，疑是雷霆，苍天骇惧，大地震惊。正像天帝当时奏起《钧天广乐》，秦穆公与赵简子在梦中得到聆听。有钟镈、石磬、琴瑟、箫管的常韵，还有笙、埙、鼓鼗和柷敔所发之声。起舞所执的干戚羽旄装饰美好，清歌微吟美妙动听。这是王者世代之业所常用，又可满足耳目之视听。各种乐舞错杂而纷乱，兼同博大而无不包容。又有周代乐官鞮鞻氏所掌四夷之乐：东方之韎昧、南方之任、北方之禁，以娱四夷之君，以睦八方之民。

帝王夏猎冬狩，春日出游，秋日出行，按礼制亲耕而举行藉田仪式，遵礼法而举行讲武阅兵。备好天子所乘的六马之车，掌握为天子驾车的技能。显出盛世田猎的壮观，超过古书著明的天子田猎之场景。不斩截林木新生的枝条，不使大泽中幼小的禽兽丧生。砍伐树木合于时节，网捕鱼虾按养育之理而行。有德与林木生长之理相通，怀仁则使芝草挺拔而生。祥瑞的皓兽为之育于林薮之内，吉兆的丹鱼为之生于沼泽之中，神龙在彩云里飞翔，生于大泽的神马在山丘上小步而行。山献美石，川出珍宝。黑者为三足神乌向往而来；赤者为九尾神狐自动驯服。嘉美的谷穗忽离忽合生长茂盛，甘美的泉水浩浩而来涌流不停。此皆显现吉祥之兆而曲成大魏天下，自来触类相通使万物长成。这是美好征兆的伟大预示，神灵的酬报回应。王土之上和美安乐，人们去恶从善又无匮乏亏空，沐浴着吉祥预兆的福分，纯美醇厚之德居于人心之中。余粮放在田亩里而无须收回，道路上洋溢着歌颂之声，黄河洛水打开奥秘，图书里出现帝王受禅的符命。黄鸟翩翩飞来，衔来大魏立国的书告，事先已为百姓所歌颂，吉祥之兆也早安排预定。刘家王朝委弃天下，禅让帝位于曹姓。视秘籍于金匮之所，查图谶于石室之中。考朝代更替的次序所在，察五行所临该如何变更。度量时间，选择吉日，登上宫中祭坛，魏文帝即位登基。改定岁首，服色变易；圣世断绝而使之接续；职务废止而使之复起。变更旗帜，改革兵器。彰仁德，显明智，不急功近利，沉静而治。少言语，厚行迹，陶冶教化，染学风习。雠校篆籀经史之文，尽览篇章古籍。表彰优者贤人居官的治绩，不以私情形见于亲戚。分封皇家的本枝别干，立藩国以屏卫皇室。有勇者如任城王曹彰，有才者如东阿王曹植。勇者树战旗其威武猛于秋霜，才者发文辞其华美如春花茂密。英才豪杰，辅佐皇室。文臣兼有八元八凯那样的才子，武将勇于汉光武的二十八将。文臣盛多，武将勇壮，开发事物以成天下之务，人事沉静而各得安详。所以使百姓见到太平天下，每家每户都受封赏。但气数所传年代终有限定，天赐皇禄必有始终。于是又传业让位于大晋，魏帝辞谢于万邦。实属皇恩宽，帝德深，让天下，自为臣，最为公允。独具谦让之美德，超越历代百王之平庸。追忆卷领结绳时代的君主，回顾大舜让位正可与之比踪。远古的尊庐氏与赫胥氏，伏羲、神农与有熊，都以推己及人为大道，把宏大的教化尊崇，世风笃厚，宇内大同。魏帝岂不是继承古圣的事业，与他们的风范相同？所以，计量他们所建的国都，考析建都的法度规程，咨询宫室的奢俭，评议他们的废置与擢用，重复而无厌倦，用之而有余盈。此非低贱之人所能精晓，鄙俚之言所能说明。

至于山川之卓绝奇异，物产之与众不同，有的因名号奇特而受到称誉，有的因实体特殊而被书写传颂。这是大自然的厚赐，实在美好而不能变更。这里有鸳鸯、交谷二水，还有虎涧、龙山，有掘鲤淀，有盖节渊。那展翅而飞的精卫鸟，衔木填海以报溺于东海的旧怨。常山有仙人昌容，师门出于平干，钜鹿有仙人木羽，玄俗家住河间。列仙不止一个，往往出于此地而成仙：昌容二百岁如二十岁而称“练色”，邺地人犊子与两眉相连的仙女结成姻缘。玄俗行于日当正午而无影，木羽偕小儿一起成仙。赵人琴高入水而不湿润，有时乘赤鲤来往于水底与人间。师门善于使火而显现灵术，所以离开人间而将山林点燃。易水之阳多美女，卫地少女美容颜，邯郸之人步伐优美，赵地之人善将琴弹。真定产梨，固安产栗，中山美酒，一醉三年。淇园洹水之笋，信都之枣，雍丘之粟，清流之稻，襄邑之锦绣，朝歌之罗绮，房子之丝绵，清河之细绢，诸如此类，繁富多聚，不能一一而究,因此只好抑制感情而不能细谈。如果铺排事物而措置文辞,以描述魏都的壮丽,即使挑选言辞,简约文采,反复多次也不能把魏都之美尽述无遗。阅览大《易》与《春秋》,其意旨的显与隐虽有区别,但其善德大义却相一致。因此我不重视《上林赋》所谓"隤墙填堑"之类的劝百讽一,只以前贤为本,为圣贤之道而作阐释。这里曾有魏绛,其军容严整,伸张果敢刚毅,纠查华夏而安抚四夷,以奉戴王室。其大功可与管仲之业相配,君主分赐其歌钟一肆,那么魏绛之贤自然有好的声誉。又曾有段干木在狭巷闲居,住室虽近世俗而心却远离尘世,他富于仁爱,尊崇道义,心中不存仕途竞奔之意。魏文侯经其居处凭轼致敬,秦国也因他而停止对魏国以兵相逼。这则是段干木之德使纷争自息。这里还曾有魏公子无忌不以贵自尊,视士之重有逾高山,亲自为看门人驾车,谦恭而与侯嬴同轩。抑制强秦解救赵国,声威振于八方。这则使信陵君之名芳如春兰。至于凭雄辩而荣枯于一朝,靠才能而改变厄运,以解救危机的策略,使将相之位加身,以一张善辩之口,敌住全天下的锋刃,乃是此地的张仪、张禄,也是值得一说之人。

比较起来,其实蜀汉地区狭小且多山林,人如与雉鹊同巢;东吴地区狭小且多水泽,人如与蛙黾同穴。二者一是把自己形同禽鸟,一是把自己形同鱼鳖;一是山冈委曲叠积而崎岖,一是泉水迸流聚集而堵塞哽咽;一是土壤浸润渗水而地势低湿,一是遍山林薮土地多石而荒芜污秽。深山吐云雾,日月常被遮蔽;宅土酷热,边界多瘴气疠疫。毒草生螫人之刺,咬人的毒虫到处皆是。曾是汉代流放罪犯之处,还有秦代流放者余下的后裔。人多相貌丑陋矮小,秉性脆弱乏力。巷中无人有长寿之相,里中少见六七十岁老人。有的发形如椎又说的鸟语,有的身刺花纹,一撮束发在项后攒起;有的每日黎明边跳边歌,有的终年以浮泳水上为事。其风俗以狭劣果敢为美好,人物以残忍杀害为技艺。没有礼仪统摄,没有典章制度约束。就着群山相聚而形成的要隘,凭据长川而形成的地理形势,占据遥远的关塞而窥伺内地,暂时高居鸟巢以为宫殿而实行统治。其戍守单薄微弱,与蛛蝥之网无异;其兵卒弱小武器低劣,犹如挡车之螳臂。历数前代总是如此,虽然地势险要而终将被剿灭。揆度以往夫差在吴、公孙述在蜀被灭亡的前事,正是吴蜀二国的后车之迹。成都即刻倾覆,建邺也颠倒崩析。看来如不是把鸡蛋累于叠起的棋子之上,吴蜀怎能至于观察危险现象而心怀恐惧?所以暂借时日苟延残喘,如同早晨开花晚上凋谢的木槿,很快就会落去。如果看看商代箕子作《麦秀》之歌,周大夫吟《黍离》之诗,也可作亡国的歌谣于吴蜀的都会了。

魏国先生之言未毕,吴蜀二客瞪着惊惧失意的眼睛,彼此相看;茫然若失,面容羞惭;精神沮丧,形体瘫软;离座而起,气度弛散;因羞愧而面色变黑,表示致歉。他们说:我们简直无疾而狂,受吴蜀二国的利诱驱使,如食蓼草之虫忘记蓼草的辛辣,如处于山谷中进退无所凭据,明明不对却总是昏昧而不觉醒,看不见天子的圣迹。错误在于轻薄不实耍小聪明,自己兼有过失和谬论,在此逢听秉承古道的醇厚之义,面对魏国先生如见日光而心神敬惧。先生知识玄深,颂扬魏德深沉莫测,使我们得闻上皇之盛德,其忧天下之心岂非同于圣人?先生之言如春雷发响,惊蛰飞竞;又如潜水之龙升天而浮于日影,深泉中高悬明镜。虽然人心各异,人的个性也各有不同,但我们庶几看到了自己由于居于幽暗之处和穷困之所,不能处于正道而省悟世情。况且燕地山谷寒冷而五谷丰盛,是由于邹衍吹律使之变暖,我们的昏昧之情变得明爽豁达,是先生箴戒规劝效果的显现。可见即使战国时魏王的光照前后十二辆车的径寸珍珠,秦国以十五城相换的和氏之璧,其价值都不如阐扬典章礼仪为大为远。

吴蜀二客确信地说:天上不会有两个太阳一同明丽,天下不会有两个皇帝同时并立。这是天地的大义,事物总的道理。我们怎能一味辩说,而守害义破道之辞呢?

(李晖译注并修订　陈延嘉再修订)

甘泉赋一首并序

扬子云

题解

《甘泉赋》为扬雄四大赋(余则《羽猎》、《长杨》、《河东》三赋)之冠。赋家初至京师,首献该篇。桓谭《新论》说到扬雄做《甘泉赋》,“始成,梦肠出,收而内之,明日遂卒”。事虽属夸张,不可确信,但也可见他创作该篇的披肝沥胆,用心之苦。

甘泉本为秦之离宫,汉武帝增广之。宫观殿阁,绵延不绝,“非木摩而不彫,墙涂而不画”。此本非成帝所造。赋家“欲谏非时,欲默则不能已”,于是该篇就用“推而隆之”的手法,把人间天上浑而为一。成帝忧虑无嗣,郊祀甘泉,八方之神前呼后拥,充任警跸;燎禋皇天,特请神巫唤来天神赞礼。其间写通天台、洪台、大厦、前殿等等,是鬼斧神工,连人间传说的能工巧匠都望而却步。甘泉与天上的帝居紫微难辨彼此。赋家面对汉家宫阙如此奢丽,想到夏桀修琁室殷纣筑倾宫,以至亡国灭家的教训,则不寒而栗。这是《甘泉赋》的题旨所在。他并不杞忧于成帝无嗣,而是顾念国家的命运。这正是《甘泉赋》比其余三赋较为深刻之处。

甘泉宫观,豪华奇伟,无从实写。赋家则是发挥了赋体的特性,以虚概实,夸张变形,选择几种特征性的物象,挥洒笔墨,尽力夸张,予人以不即不离,似是而非的感觉。此是后世绘画的写意手法,而最初运用当推赋家。赋中描摩回猋之响与桂椒之香，浑然合一；响声与香气拍打梁柱，拂动罗帷，暗中音律，则真属奇妙之笔。这里风声则可嗅到香气，香气则可闻到响动。听觉与嗅觉彼此沟通。这正是艺术心理学上的通感在扬雄那里起了作用。以此看来，扬雄绝非单纯模仿，其实则是运用前辈的框架熔铸个人的创作。

原文

孝成帝时[1]，客有荐雄文似相如者[2]。上方郊祀甘泉泰畤，汾阴后土，以求继嗣[3]，召雄待诏承明之庭[4]。正月，从上甘泉还，奏《甘泉赋》以风[5]。其辞曰[6]：

惟汉十世，将郊上玄[7]，定泰畤，雍神休，尊明号[8]。同符三皇，录功五帝[9]。郇胤锡羡，拓迹开统[10]。于是乃命群僚，历吉日，协灵辰[11]，星陈而天行[12]。诏招摇与太阴兮[13]，伏钩陈使当兵[14]。属堪舆以壁垒兮[15]，捎夔魖而抶獝狂[16]。八神奔而警跸兮，振殷辚而军装[17]。蚩尤之伦，带干将而秉玉戚兮[18]，飞蒙茸而走陆梁[19]。齐总总以撙撙[20]，其相胶輵兮[21]，猋骇云迅，奋以方攘[22]。骈罗列布，鳞以杂沓兮[23]，柴虒参差，鱼颉而鸟䀢[24]。翕赫曶霍，雾集而蒙合兮[25]，半散昭烂，粲以成章[26]。

于是乘舆乃登夫凤皇兮而翳华芝[27]。驷苍螭兮六素虬[28]，蠖略蕤绥，漓虖襂纚[29]。帅尔阴闭，霅然阳开[30]，腾清霄而轶浮景兮[31]，夫何旟旐郅偈之旖旎也[32]？流星旄以电烛兮，咸翠盖而鸾旗[33]。敦万骑于中营兮，方玉车之千乘[34]。声骈隐以陆离兮[35]，轻先疾雷而驳遗风[36]。凌高衍之嵱嵷兮，超纡谲之清澄[37]。登椽栾而狃天门兮[38]，驰阊阖而入凌兢[39]。

是时未臻夫甘泉也，乃望通天之绎绎[40]。下阴潜以惨廪兮，上洪纷而相错[41]。直峣峣以造天兮，厥高庆而不可乎弥度[42]。平原唐其坛曼兮，列新雉于林薄[43]。攒并闾与茇葀兮，纷被丽其亡鄂[44]。崇丘陵之駊騀兮，深沟嵚岩而为谷[45]，往往离宫般以相烛兮[46]，封峦石关施靡乎延属[47]。

于是大厦云谲波诡，摧嗺而成观[48]。仰挢首以高视兮，目冥眴而亡见[49]。正浏滥以弘惝兮，指东西之漫漫[50]。徒徊徊以徨徨兮，魂眇眇而昏乱[51]。据軨轩而周流兮，忽坱圠而亡垠[52]。翠玉树之青葱兮，璧马犀之瞵瑞[53]。金人仡仡其承钟虡兮[54]，嵌岩岩其龙鳞[55]。扬光曜之燎烛兮，垂景炎之炘炘[56]。配帝居之县圃兮，象泰壹之威神[57]。

洪台崛其独出兮，㯓北极之嶟嶟[58]。列宿乃施于上荣兮，日月才经于柍桭[59]。雷郁律于岩窔兮，电倏忽于墙藩[60]。鬼魅不能自逮兮，半长途而下颠[61]。历倒景而绝飞梁兮，浮蠛蠓而撇天[62]。左欃枪而右玄冥兮[63]，前熛阙而后应门[64]。荫西海与幽都兮，涌醴汩以生川[65]。蛟龙连蜷于东厓兮，白虎敦圉乎昆仑[66]。览樛流于高光兮，溶方皇于西清[67]。前殿崔巍兮，和氏玲珑[68]。抗浮柱之飞榱兮，神莫莫而扶倾[69]。闶阆阆其寥廓兮，似紫宫之峥嵘[70]。骈交错而曼衍兮，崴嵔隗乎其相婴[71]。乘云阁而上下兮，纷蒙笼以棍成[72]。曳红采之流离兮，飏翠气之宛延[73]。袭琁室与倾宫兮，若登高眇远[74]，亡国肃乎临渊[75]。

回猋肆其砀骇兮[76]，披桂椒而郁移杨[77]。香芬茀以穹隆兮，击薄栌而将荣[78]。薌呹肸以棍批兮[79]，声駍隐而历钟[80]。排玉户而飏金铺兮，发兰蕙与芎䓖[81]。帷弸彋其拂汩兮,稍暗暗而靓深[82]。阴阳清浊穆羽相和兮[83],若夔牙之调琴[84]。般倕弃其剞劂兮[85],王尔投其钩绳[86]。虽方征侨与偓佺兮,犹彷佛其若梦[87]。

于是事变物化,目骇耳回[88]。盖天子穆然,珍台闲馆[89],琁题玉英,蜵蜎蠖濩之中[90]。惟夫所以澄心清魂,储精垂恩[91],感动天地,逆釐三神者[92],乃搜逑索偶,皋伊之徒,冠伦魁能[93],函甘棠之惠[94],挟东征之意[95],相与齐乎阳灵之宫[96]。靡薜荔而为席兮,折琼枝以为芳[97]。吸清云之流霞兮,饮若木之露英[98]。集乎礼神之囿,登乎颂祇之堂[99]。建光耀之长旓兮,昭华覆之威威[100]。攀琁玑而下视兮,行游目乎三危[101]。陈众车于东阬兮,肆玉轪而下驰[102]。漂龙渊而还九垠兮,窥地底而上回[103]。风泶泶而扶辖兮,鸾凤纷其衔蕤[104]。梁弱水之濎濴兮,蹑不周之逶蛇[105]。想西王母欣然而上寿兮[106],屏玉女而却宓妃[107]。玉女亡所眺其清胪兮[108],宓妃曾不得施其蛾眉[109]。方揽道德之精刚兮,侔神明与之为资[110]。

于是钦柴宗祈,燎薰皇天,皋摇泰壹[111]。举洪颐,树灵旗,樵蒸昆上,配藜四施[112]。东烛沧海,西耀流沙,北熿幽都,南炀丹厓[113]。玄瓒觩髎,秬鬯泔淡[114]。肸蚃丰融,懿懿芬芬[115]。炎感黄龙兮,熛讹硕麟[116]。选巫咸兮叫帝阍,开天庭兮延群神[117]。傧暗蔼兮降清坛,瑞穰穰兮委如山[118]。于是事毕功弘,回车而归[119],度三峦兮偈棠黎[120]。天阃决兮地垠开,八荒协兮万国谐[121]。登长平兮雷鼓磕,天声起兮勇士厉[122]。云飞扬兮雨滂沛,于胥德兮丽万世[123]。

乱曰[124]:崇崇圜丘,隆隐天兮[125];登降峛崺,单埢垣兮[126];增宫参差,骈嵯峨兮[127];岭巆嶙峋,洞无厓兮[128];上天之縡,杳旭卉兮[129];圣皇穆穆,信厥对兮[130];来祇郊禋,神所依兮[131];徘徊招摇,灵栖迟兮[132];光辉眩耀,降厥福兮[133];子子孙孙,长无极兮[134]。

注释

〔1〕孝成帝:汉成帝。

〔2〕客:宾客。　荐雄文似相如者:历来说法纷纭。班固以为大司马王音。李善据《答刘歆书》以为杨庄。张云璈以为别一人。高步瀛则主班说。其实,此荐雄文之客,当出于赋家虚拟,难以指实,以为王音、杨庄或别一人,皆无不可,亦司马相如笔下的子虚乌有之类。

〔3〕上:指汉成帝。　方:将。　郊祀:祭祀天地。郊,祭天;祀,祭地。　甘泉:宫名,一名云阳宫,在陕西淳化县西北。秦始皇二十七年建甘泉前殿,汉武帝建元中增广之,建通天、高光、迎风诸殿。　泰畤(zhì 至):祭祀天神泰一的祠坛,汉武帝时命祠官宽舒建于甘泉宫南。　汾阴:地名。战国魏邑,汉置县,属河东郡,以在汾水之南而名。　后土:古时对地神或土神的称呼。此指后土祠,汉武帝时继甘泉泰畤立于汾阴脽上。　继嗣(sì 四):嗣续,子孙。此指子。

〔4〕待诏:等候皇帝的诏命。诏,诏书,诏命。汉代以才技被征召而没有任职者,皆使之待诏。　承明:殿名,在未央宫中。以才技被征召者,皆于承明殿待诏。

〔5〕正月:指汉成帝永始四年正月。　从:随从。　奏:献上。　风:讽喻。

〔6〕辞:赋辞,赋的正文。此句以上为序。

〔7〕惟汉:即有汉。惟、有,皆虚词,无义。　十世:十代,由高祖、惠帝、吕后、文帝、景帝、武帝、昭帝、宣帝、元帝,至成帝,为十代。　上玄:上天。《易·坤》:"天玄而地黄。"后因称天为玄。

〔8〕定泰畤:决定祭于泰畤。汉成帝建始元年十二月在长安南北举行郊祀,废止甘泉泰畤和汾阴脽上之后土祠。其后以成帝无子,奉皇太后命恢复,甘泉泰畤祠和汾阴后土祠。　雍神休:希望神灵保佑赐以福祥。雍,保佑,此使动用法,使神保佑。休,美善,福祥。　尊明号:以皇帝的名义尊崇祈祷。颜师古说:"明号谓总三皇五帝之号而称皇帝也。"

〔9〕同符三皇:符契同于三皇。符契,符命,上天赐给君主的祥瑞,以为受命的凭证。三皇,指伏羲、神农、黄帝。 录功五帝:总括了五帝的功勋。录,总领,总括。功,功勋。五帝,指伏羲、神农、黄帝、尧、舜。

〔10〕邺胤(xù yìn 续印):忧虑继嗣,谓成帝忧虑无子。邺,忧虑。胤,后代。锡羡(cì xiàn 次现):祈求神灵赐与福祥。锡,通"赐",赐与。羡,丰饶,福祥。拓迹:扩大法度。拓,广,扩大。 开统:发展王家的统绪。开,延续,发展。统,统绪。

〔11〕群僚:百官。 历:选择。 吉日:吉祥的日子。 协:相合。灵辰:美好的时辰。灵,善,美好。

〔12〕星陈:谓群臣如天星一样排列。下文就此以星为喻。 天行:像天体运行。(用王先谦说)《易·乾》:"天行健,君子以自强不息。"此形容天子命群臣举行祭祀的情景。

〔13〕招摇:星名,在北斗杓端,《释文》:"北斗第七星。" 泰阴:即太阴,古代天文学中假设的星名。

〔14〕伏:通"服"。降状,使服从。 钩陈:星名,在紫微垣内,最近北极。 使当兵:即使之(钩陈)当兵,使钩陈掌管兵事。当,主,掌管。兵,兵事。

〔15〕属:嘱托,委托。 堪舆:天地的总名,即天地之神。(用李善注引张晏说) 壁垒:军垒,作战的工事。

〔16〕捎:杀。 夔魖(kuí xū 魁虚):两种鬼怪名。夔,山林中的精怪。魖,使人耗财之鬼。 抶(chì 斥):打击。 獝(xù 续)狂:恶鬼名。

〔17〕八神:八方之神。 警跸(bì 必):戒止行人。古时帝王出行,左右侍卫为警,止人清道为跸。 振:奋勇行动。 殷辚:众多的样子。 军装:八方之神皆著军戎之装。

〔18〕蚩(chī 吃)尤:黄帝之臣。 伦:辈,类。 带:佩带。 干将:古时利剑名,传为春秋时吴人干将所铸。 秉:持,拿。 玉戚:玉斧,以玉为柄之斧。

〔19〕飞:飞跃。 蒙茸(róng 荣):紊乱。 走:奔跑。 陆梁:跳跃的样子。此两句皆形容蚩尤之辈。

〔20〕齐:整齐,副词,为"总总"的状语。 总总:众多聚合的样子。 撙撙(zǔn):与"缌缌"同义。

〔21〕其:指代蚩尤之辈。 相:相与,一同。 胶轕(gě 葛):纷然错杂的样子。

〔22〕猋(biāo 标)骇云迅:风暴起动飞云疾驰,形容蚩尤之辈行动的迅速。

骇,起。 奋:奋然,疾速的样子。 方攘:分散而奔离。由“总总”至“方攘”,由聚合到分散,皆写蚩尤之辈的行动。

〔23〕骈罗列布:成行列队。骈,併。罗,罗列。列,行列。布,罗布。“骈罗”与“列布”为对文,意义相同。 鳞:像鱼鳞一样,形容交错而众多。杂沓(tà 踏):纷杂众多。

〔24〕柴虒(cī chí):参差不齐。 鱼颉(xié 邪):像鱼一样上下遨游。颉,颉颃,鸟飞上下的样子。此以“颉”形容鱼,下句以“䀏”形容鸟。“鱼颉”与“鸟䀏”,皆用以描写蚩尤之辈的行动。

〔25〕翕(xī 西)赫:聚集而盛多。曶(hū 忽)霍:疾速。 雾集:形容由八方之神组成的侍卫集合的状态,众神皆带有云雾,亦以雾状其盛多。 蒙合:与“雾集”,相对为文,意义相同。天气为雾,地气为蒙。

〔26〕半(pàn 判)散:泮散,涣散,分散开来。 昭烂:光辉灿烂。 粲:光彩耀眼。 章:彩色鲜明。此形容八方之神组成的侍卫分散开来的状态,与“雾集蒙合”相对。

〔27〕乘舆:皇帝的车驾,此代皇帝。 登:乘。 凤皇:车上的装饰,此指车驾。 翳(yì 义):隐蔽。 华芝:华盖。

〔28〕驷(sì 四):一车所套的四马,此以代四。 苍螭(chī 吃):苍龙。 素虬(qiú 求):白龙,有角为龙,无角为虬。螭与虬,皆为马之美称。

〔29〕蠖(huò 货)略:行步进止的样子。形容龙行的姿态。 蕤(ruí)绥:与“蠖略”义同。(用李善说)。 漓虖襂纚(lí hū shēn shǐ 离乎深史):龙的鬃毛下垂,连累不断的样子。

〔30〕帅尔:率尔,倏尔,疾速的样子。(用王先谦说) 阴闭:形容众神侍卫的聚合,像阴云闭合,目不可辨。 霅(shà 煞)然:急速的样子,用以形容散开的状态。 阳开:形容众神侍卫的散开,好似阳光一样豁然开朗。

〔31〕腾青霄:飞腾于青天。青霄,高空。霄,天空。 轶(yì 义):越过。浮景:流景,流过的景物,指空中的云雾。形容乘舆在八神的侍卫之下飞升之高而速。

〔32〕夫何:多么,何其,赞叹之词。 旟旐(yú zhào 于兆):旗幡。旟,绘有鸟隼图象的旗;旐,绘有龟蛇图象的旗。 郅偈(zhì jié 至截):旗竿矗立的样子。 旖旎(yǐ nǐ 以你):旗幡随风飘扬,轻盈柔顺的样子。

〔33〕流:流动,飞驰。 星旄(máo 矛):星旗,饰以星文的旗子。旄,旄牛

尾,装饰于旗首,古时为大夫之旗。旄以代旗。 电烛:电光照耀。形容星旄飞驰好比电光烛照。 咸:皆,都。 翠盖:以翠羽所装饰之华盖。鸾旗:绘有鸾鸟图象的旗,天子出行,为前驱之旗。

〔34〕敦:通"屯"。陈列。(李善注引王逸《楚辞注》说) 万骑:千万骑卒,形容骑卒之多。 中营:天子营。 方:并,与"屯"为对文,排列。 玉车:以玉装饰之车。 千乘(shèng 胜):千辆。

〔35〕駍(pēng 抨)隐:车骑驰驱之声。 陆离:车骑奔驰起来前后参差的状态。

〔36〕轻:轻快,迅速。 先:超过,先于。 疾雷:迅雷。 驳(sà 飒):马行疾速,迅速。 遗风:疾风,急风。

〔37〕凌:凌越。 高衍:高平之地。 嵱嵷(yǒng sǒng 永竦):山峰众多,峻峭。 超:与"凌"相对,凌越。 纡谲(yū jué 迂决):曲折多变。

〔38〕椽栾(chuán luán 船峦):山名,甘泉南山。(用李善注引服虔说)羾(gòng 共):到达。

〔39〕驰:驰过。 阊阖:天门。 凌兢:上苍高寒之境。此以上描述车骑侍卫之盛。

〔40〕未臻(zhēn 真):未达。臻,同"臻"。 夫:语中助词。 通天:台名,言台高可通于天,在甘泉宫中,建于武帝元封二年。 绎绎:高耸的样子。

〔41〕下:指台下。 阴潜:阴暗不明。 惨廪(lǐn):寒凉之感。 上:台上。 洪纷:宏大纷杂。 相错:光彩鲜明,互相交错。

〔42〕峣峣(yáo yáo 尧尧):高耸的样子。 造:至,达到。 厥(jué 决):其,那个。 庆(qiāng 枪):通"羌",感叹词。 弥度(duó 夺):测度到终极的程度,测度到底。弥,终,极。度,测度。测量。

〔43〕唐:广阔,形容平原,并与"坛漫"并列连绵,此赋家常用的修辞法。坛曼:平坦广阔。 列:遍布。 新雉(zhì 至):即辛夷,香草。 林薄:丛林与草木丛生之处。屈原《九章》:"露申辛夷,死林薄兮。"《注》:"丛木为林,草木交错为薄。"

〔44〕攒(cuán):聚在一起。 并闾(bīng lǘ 兵驴):即椶榈。 茇葀(bá kuò 拔括):草名,即薄荷。 纷:纷繁,众多。 被(pī 批)丽:分散的样子。亡鄂:无边无际。鄂,垠,边际。

〔45〕崇:高崇。 駊騀(pǒ ě):高大的样子。 嵚(qīn 钦)岩:深而险的样子。

〔46〕往往:处处,到处。　离宫:古时帝王于正式宫殿之外,另筑的宫殿,以随时游处。　般:同“班”,遍布。　相烛:相互光彩映照。

〔47〕封峦石关:二观名,皆在甘泉宫内。　施(yì 义)靡:连绵不断的样子。　连属(zhǔ 主):接连不断。

〔48〕云谲波诡:像云雾水波一样变幻莫测,形容大厦的屋宇变幻奇巧。谲诡,怪异莫测。　摧嶉:即“崔巍”,同声变字,(用王先谦说)高峻的样子。　成观:成形可观,形容大厦的谲诡奇巧。

〔49〕仰:向高处望。　挢(jiǎo 狡)首:举头。挢,同“矫”,举。　目冥眴(xuàn 绚):眼睛昏乱。　亡见:因目冥眴,什么事物也看不清楚。极言大厦之高。

〔50〕浏滥(líu làn 刘烂):即“浏览”,四周回观。(用王先谦说)　弘惝(hóng chǎng 洪厂):即“弘敞”,宽广豁亮。(用王先谦说)　漫漫:广阔无际。

〔51〕徒:只。　徊徊:徘徊忧思的样子。　徨徨:与“徊徊”义同。　魂眇眇:心魂惊惧的样子。　昏乱:心神迷惑。此句描绘仰观大厦与浏览其四周时所产生的主观感受。

〔52〕據:凭。　軨(líng 灵)轩:有窗櫺的栏杆。軨,同“櫺”。轩,有窗的长廊,此指长廊上的栏杆,可以凭依远眺。　周流:周围,四周。　坱圠(yǎng yà 仰压):广大而不平。　亡垠(yín 银):即无垠,漫无边际。

〔53〕翠:青绿色的玉,与下句“璧”相对。　玉树:以翠玉所造的树。　青葱:形容玉树的颜色。　璧:璧玉。　马犀:指以璧玉所刻的马和犀。(用程大昌、高步瀛说)　瞵瑞(lín bīn 林滨):玉的光彩缤纷。瞵,通“璘”。

〔54〕金人:即铜人,武帝时代霍去病征匈奴得其祭天金人,武帝以为神,列于甘泉宫。　仡仡(yì yì 义义):勇壮的样子。　承:承受。　钟虡(jù 巨):钟架。虡,悬挂编钟编磬的木架。

〔55〕嵌(qiàn 欠):开张的样子。　岩岩:高大威武的样子。皆形容金人。龙鳞:形容金人的光彩,有似龙的鳞甲开张。

〔56〕扬:放射。　光耀:光辉。　燎烛:火光照耀。谓金人发出的光辉,如火光一般照耀。　垂:下垂,下射,指日光。　景炎:太阳的光焰。景,日光。炎,通“焰”。　炘炘(xīn xīn 新新):火焰炽盛。此描写金人发出的光辉与太阳下射的火焰交互作用放射的炽盛光焰。

〔57〕配:匹配,媲美。　帝居:天帝的居处。　县圃:指仙境,在昆仑山顶,

泰壹天神所居。县,通“悬”。　象:相像,取像。　泰壹:天神。　威神:威严的神灵。此描写甘泉宫观的奇妙超凡。

〔58〕洪台:高大之台。　崛(yù 玉):特出的样子。　檄(zhǐ 止):至。　北极:北辰,北极星。　嶟嶟(zūn zūn 尊尊):高台峭立的样子。

〔59〕列宿:列星,众星。宿,天星各宿于一定的位置。　施:延及。　上荣:最上端的屋檐。荣,屋檐两头翘起的部分。　经:过。　栱桭(yāng zhēn 央真):屋檐。(用王念孙说)

〔60〕郁律:低微的雷声。李善注:“郁律,小声也。”　岩窔(yào 要):险峻幽深之处,指宫观中的洞房。　倏(shū 抒)忽:疾速。　墙藩:墙垣。

〔61〕鬼魅(mèi 妹):鬼怪。　逮(dài 代):及,到。　半长途:长途的一半。　下颠:下落,掉下。此形容宫观屋宇之高,连鬼神也上不去,即使上到半途也坠落下来。

〔62〕历:经过,超越。　倒景(yǐng 影):道家所指天上最高的地方,处于日月之上,日月反从下照,因而出倒影。(用李善注引张揖、如淳说)　绝:超越。　飞梁:浮道之桥。浮道,腾空架设的阁道。　浮:高出于其上。　蠛蠓(miè méng 蔑蒙):高扬于青空的细小尘气。(用胡绍煐说)　撇(piē 瞥)天:上拂于天。撇,拂。

〔63〕欃枪(chán chēng 蝉撑):彗星。　玄冥:北方水神名。

〔64〕熛阙(biāo quē 标缺):赤色的宫阙。南方之帝叫赤熛怒,亦为南方的赤色之阙(用李善注引晋灼说)。　应门:正门,在熛阙之中。

〔65〕荫:荫蔽,遮蔽。　西海:西方之海。　幽都:山名,在北海之内,黑水由此山流出。(用李善注引《山海经》说)　涌醴:醴泉奔涌。醴,甘美的泉水。　汩(yù 玉):水流疾速的样子。　生川:成川。

〔66〕连蜷(quán 全):弯曲。　东厓(yá 牙):东边,指甘泉宫之东面。厓,山边或水边。　白虎:与“蛟龙”相对,指甘泉宫中有这两种物象,不是真蛟龙与白虎,而是人工做成的。(用五臣注吕延济说)　敦圉(tún yǔ 屯与):盛怒的样子。　昆仑:与“东厓”相对,指甘泉宫的西面。东厓与昆仑皆非实指,实词虚用,不可过泥。

〔67〕览:游观。　樛(jiū 纠)流:周流,缭绕,环绕。　高光:宫殿名,在甘泉宫中。　溶:安闲。　方皇:彷徨,往来徘徊。　西清:与“高光”相对,西厢清净之处。

〔68〕前殿:正殿。　崔巍:高耸的样子。　和氏:璧玉名,为春秋楚人卞和所获之玉。　玲珑:璧玉光彩闪烁的样子。

〔69〕抗:举,高举。　浮柱:梁上之柱。　飞榱(cuī 崔):飞椽,指檐前翘起的椽子。　神:神灵,众神。　莫莫:勉力的样子。(用高步瀛说)　扶倾:谓扶持浮柱与飞榱,使之免于倾倒。

〔70〕闶(kàng 抗):门高。　阆阆:高大的样子。　寥廓(liáo kuò 辽阔):广远。　紫宫:天帝的居室。　峥嵘:深邃的样子。

〔71〕骈:并列。　交错:杂然错综。　曼衍:连绵不断。　嶞(tuǒ 妥):漫长的样子。原形容山,此形容宫观。　嶵隗(zuì wěi 最伪):崔巍,高檐雄伟。(用颜师古说)　婴:绕,环绕。以上皆描写甘泉前殿。

〔72〕乘:登上。　云阁:高耸入云的楼阁。　上下:谓楼阁与山岭相上下,连成一片。　纷:纷繁,盛多的样子。　蒙笼:错杂众多。　棍成:棍,同"混",自然生成。混成与"上下"相对。李善注引《老子》曰:"有物混成。"此谓楼阁随山岭高下蜿蜒,非人工所造就,而自然所生成。

〔73〕曳(yè 夜):飘扬。　红采:由于宫观之高,在阳光下反射出的一种虹一样的色彩。(用李善说)　流离:彩色缤纷的样子。　飏:飘扬。　翠气:由于宫观本身之高,在阳光下反射出的一种翠绿色彩,与"红采"相对。　宛延:与"流离"相对,连绵曲折的样子。

〔74〕袭:承袭,延续。　琁(xuán 悬)室:以琁玉装饰的宫室。据说夏桀王筑琁室,以奢侈衰亡。　倾宫:巍峨的宫殿。倾,形容其高耸欲倾坠。传说殷纣王筑倾宫,以奢侈亡国。李善注引《晏子春秋》:"夏之衰也,其王桀,做为琁室。殷之衰也,其王纣,做为倾宫。"　眇(miǎo 渺)远:向远处凝视。此两句以桀纣筑琁室倾宫事,暗讽甘泉宫的奢丽,必将招致的后果。

〔75〕亡国:高步瀛说:盖因应劭注中有此二字,传写既久,混入正文。王念孙、孙志祖、胡克家、梁章钜、胡绍煐、许巽文诸家皆主此说。甚是。赋家之作皆以讽喻出之,不可能如此直截了当道出。　肃乎:严肃的样子,做"临渊"的状语。　临渊:面对深渊。此两句意谓想到桀纣琁室倾宫的教训,感到面临深渊一样的危险可怕。以上描述宫室的奢丽。

〔76〕回猋(biāo 标):旋风。　肆:猛刮,疾吹。　砀(dàng 荡)骇:振荡,动荡。碭,过。骇,动。

〔77〕披:分散,散乱。　桂椒:二木名,肉桂树和椒树。　郁:树木丛生。

"郁"与"披"相对,皆使动用法。　移(yí 移)杨:二木名,唐棣和杨树。

〔78〕香:指桂椒散发出的芳香之气。　芬茀(fú 浮):形容香气馥郁,浓郁。穹隆:形容高,谓香气升腾而上飘。　击:拍击,谓香气上升。　薄栌(lú 卢):柱上的横木。　将:飘送。　荣:屋檐。

〔79〕薌:同"响",回猋之响。　呹肸(yì xī 义西):散播,四布。棍批:谓回猋之响与桂椒之香混成一片而拍击。棍,同"混"。批,击。在此,听觉(回猋之响)与嗅觉(桂椒之香)发生通感作用。

〔80〕駍(pēng 烹)隐:风与香混合一起发出的声音。　历钟:谐和音律。钟,指十二钟,即六阳声和六阴声,共十二律,亦即十二钟。此代音乐之声。(用王先谦说)上两句写桂椒之香,下两句写回猋之响。

〔81〕排:排开,打开。　玉户:饰玉之门。　飏:风吹动。　金铺:门上衔门环的关钮,一般做兽及龙蛇之形。金,即今之铜。　发:散发,使动用法,谓使众花发出芳香。　兰蕙:兰草与蕙草,皆香草。　芎䓖:(xiōng qióng 兄穷):香草名。茎叶细嫩时为蘼芜,叶大时曰江蓠。

〔82〕帷:帷帐。　弸彋(pēng hóng 烹宏):风吹动帷帐而发出的声音。拂汩(gǔ 古):风吹动帷帐的样子。　稍:渐渐地。　暗暗:幽隐,低微。　靓(jìng 静)深:即深静。靓,同"静"。

〔83〕阴阳:古代音乐中的阴声与阳声。阳声为黄钟、大蔟、姑洗、蕤宾、夷则、无射。阴声为大吕、应钟、南吕、林钟、中吕、夹钟。是谓十二律。　清濁:指声调而言。

穆羽:指古代音律中的变音与正音。正音为宫商角徵羽,羽为正音之末,故代正音。穆在变音,即变宫变徵之末,以代变音。　和(hè 赫):正音与变音相和,即穆羽和。(用王引之说)

〔84〕夔(kuí 魁)牙:夔,舜时的乐官,精于音乐。牙即伯牙,古代善鼓琴者。调(tiáo 条)琴:奏琴。

〔85〕般倕(chuí 锤):鲁般、倕,皆古时的能工巧匠。　剞劂(jī jué 基决):古时工匠使用的刀子和凿子。

〔86〕王尔:古代的巧匠名。　钩(gōu 沟)绳:正曲直的工具。钩,圆规;绳,绳墨。此句与前句皆形容甘泉宫观的工巧奇绝,使能工巧匠们望而兴叹,自愧不能。

〔87〕虽:虽然,即使。　方:且。　征侨、偓佺:皆古仙人名。　犹:尚,还。

仿佛:相似,看不真切。

〔88〕目骇耳回:谓感觉惊异迷惑。骇:惊异。回,回皇。犹疑不定。

〔89〕穆然:即默然,沉默深思的样子。 珍台:珍贵之台。 闲馆:闲静之馆。

〔90〕琁题:以玉装饰的椽头。琁,美玉。题,椽头, 玉英:玉的光华之色,此代玉饰的椽头,交辉生色。 蜵蜎(yuān yuān 冤冤):屈曲委婉的样子,形容台馆之上的雕饰之形。(用李善注引张晏说) 蠖濩(huò huò 货货):与"蜵蜎"义同。

〔91〕惟:思,想。 夫:语中助词。 所以:用以。 澄心清魂:使心神得以清静,谓从内心排除奢丽的欲念。 储精:储蓄精神。 垂恩:祈求神灵赐予福祥。恩,恩惠,福祥。

〔92〕逆釐(xī 西):迎接福祥。逆,迎接;釐,禧,福。 三神:指天、地、人之神。(用李善说)三神为逆釐的对象,即逆釐于三神。所以……者:表天子所思的内容。

〔93〕乃:就,紧承"惟……者",而强调下文所叙的行动。 搜逑(qiú 求):寻求配偶。谓选择志同道合者。 索偶:与"搜逑"义同。 皋伊:皋繇,尧的贤臣;伊尹,汤的贤臣。此泛指贤明之士。 冠伦魁能:指才能超群出众之人。冠伦,冠于群伦;魁能,能力超于人。魁,首,与"冠"同义。(用郑玄说)

〔94〕函:包含,含有。 甘棠:《诗·召南》篇名,内容是颂扬召伯的美德的,后借以形容官吏的政绩。 惠:仁爱的感情。

〔95〕挟:持,带有。 东征:谓周公东征管叔蔡叔,成就周王之业。旧说《诗·豳风·东山》就是写此事的。

〔96〕相与:共同,谓天子与皋伊之辈冠伦魁能之士一起。 齐(zhāi 斋):同"斋",斋戒,古人祭祀前沐浴更衣,不饮酒,不食荤,不与妻妾同寝,整洁身心,以示虔诚。 阳灵:宫名,祭天之所。

〔97〕靡(mǐ 米):偃靡,压倒于地。 薜荔(bì lì 必立):植物名,一名木莲,茎蔓生,花小,隐于花托中,实形似莲房,入药。 琼枝:玉树之枝。 以:与"而"相对,作用相同。 芳:花草,在此以为衣服上的装饰。

〔98〕吸:吮吸。 流霞:飘飞的云霞。 若木:神木,传说长在日入处。露英:含露的英华,英即花,指若木之花。上有"饮",指若木花上之露。

〔99〕集:汇集。 礼神之囿:即祭天之囿。囿,苑囿,此比喻祭天处所。颂祇(qí 奇):歌颂地祇。地祇,地神。 堂:殿堂。

〔100〕建:立,竖起。　光耀:光辉闪耀。　长旓(xiāo 消):长长的旗饰。旓,旗上的飘带。　华覆:即华盖,车上的伞盖。　威威:即“葳蕤”,鲜艳的样子。

〔101〕攀:攀登。　琁玑:北斗星的第二、三星。　行:将,且。　游目:目光转动,随意瞻望。　三危:山名。此两句皆形容殿堂之高,上可攀援而登琁玑,下可视三危之山。

〔102〕陈:陈列。　众车:众多的车骑。　东阬(gāng 冈):东方的高丘。阬,与“冈”同,丘陵,高地。(用颜师古说)　肆:恣意,放纵,任随。玉軑(tài 太):指玉饰的车轩。(用吕延济说)軑,车辖,插于车毂与车轴间的挡铁,以固定两者的位置,车轮始能正常转动,此以代车轩。

〔103〕漂:漂浮。　龙渊:相传为神马出水之处,即陇西神马山上的渊池。(用朱珔说)此赋家假设言之,不宜过泥。　还(xuán 旋):往来回旋。九垠(yín 银):九重。指众车漂浮于龙渊,而又潜入于渊底九重之下,因而才能“窥地底而上回”。

〔104〕洶洶(sǒng sǒng 耸耸):疾速。　扶辖(xiá 霞):即扶车,风吹车使之前进。　鸾凤:鸾鸟(凤凰一类的神鸟)和凤凰。　纷:纷繁众多。衔蕤(xián ruí 咸绥):用嘴衔着车上的缨饰。衔,用嘴叼着;蕤,车上的缨饰。

〔105〕梁:桥梁,此做动词用,渡水而过。　弱水:水名,传说在昆仑之东。(用服虔说)　濎濙(dǐng yíng 顶营):细水流动的样子。　蹑(niè 聂):走过。　不周:山名,传说在西海之外,有峰巅不能合拢之山,是为不周山。　逶蛇(wēi yí 危移):平坦的样子。李善注:“欲平貌”。

〔106〕想:想的主语为天子。　西王母:古神话中的人物,传说其状如人,豹尾,虎齿,善啸,蓬发戴胜。此以西王母为西方仙女。李善注:“言既臻西极,故想王母而上寿,乃悟好色之败德。故屏除玉女而及宓妃,亦以此微谏也。”　欣然:喜悦的样子。　上寿:祝寿。

〔107〕屏(bǐng 秉):排除,使离开。　玉女:神女。　却:义同“屏”。　宓(fú 服)妃:洛水女神。传说伏羲女,溺死于洛水,遂为洛水之神。此宓妃与玉女皆指美色。

〔108〕亡:同“无”。　眺:远视。　清胪(lú 卢):清彻的瞳子。指秀美诱人的眼波。

〔109〕曾:竟,终。　施:施展,显示。　蛾眉:蚕蛾的触须,弯曲而细长,如

人的眉毛,用以比喻女子娇好的眉毛,亦以喻美色。

〔110〕方:且。 揽(lǎn 览):掌握。 精刚:指精微刚健之理。 侔(móu):取法。 神明:神灵。 与之:以之(代神明)。 资:咨问,咨询。既以神灵为咨询,正所以祭祀之由。资为“咨”之借字。(用高步瀛说)

〔111〕钦柴:恭敬地焚柴。柴,做动词用,烧柴。宗祈(qǐ 起),尊敬地求福。宗,尊崇。祈,祈祷,祈求。 燎(liáo 疗)薰:古代祭天的一种仪式,将玉与牲置于柴薪之上而焚之,升起烟气。燎,烧柴祭天;薰,烟气,香气。 皇天:上天。皇,表尊崇。 皋摇泰壹:遥对泰壹神竖起挈皋,以焚柴祭天。皋,挈皋,悬空竖起的便于焚柴的架子。(用李善注引如淳说)摇,通“遥”,遥遥相对。泰壹,天神。

〔112〕举:高举。 洪颐:旗名。 树:立。 灵旗:旗名。李善注引李奇曰:“欲伐南越,告祷泰壹,画旗树泰壹坛上,名灵旗,以指所伐之国也。” 樵蒸:以柴薪烧起的火光。樵,柴薪;蒸,细小的木柴。 昆上:一同上升于天。 配藜:即“披离”,指火星四溅而言。 四施:向四方散去。

〔113〕烛:照耀。 沧海:东海的别称。 流沙:沙漠。沙被风吹而转移流动,故名。此指甘肃嘉峪关外敦煌县西境,(用朱骏声说)但不可过泥。 爌(huǎng 晃):闪耀。爌,同“晃”,晃耀。 幽都:指北方极远之地。旧称日没于此,万象阴暗,故名。 炀(yáng 阳):烧,烤。 丹厓(yá 牙):丹水之涯。厓,通“涯”,水边。

〔114〕玄瓒(zàn 赞):以玄玉装饰的酒器,以做祭祀之用。有鼻口,鬯酒从中流出。 觓𫜶(qiú liú 求流):形容瓒的柄像弯曲的角。 秬鬯(jù chàng 巨倡):以黑黍合郁金香合酿的香酒,以为祭祀之用。秬,黑黍;鬯,一种香草,即郁金香。 泔(hàn 汗)淡:盛满。

〔115〕肸蚃(xī xiǎng 西响):传播,弥漫。 丰融:丰富,浓厚。 懿懿:形容芳香。 芬芬:与“懿懿”同义。此两句皆形容祭祀的酒香气四溢,芬芳浓郁。

〔116〕炎:火焰,炎与“焰”通,指樵蒸之火焰。 黄龙:一种神物。 熛(biāo 标):与“炎”同义。 讹(é 鹅):行动,移动。 硕(shí 石)麟:与黄龙相对,亦为神物,象征祥瑞。

〔117〕选:使令。 巫咸:古代神巫。 帝阍(hūn 昏):天门。 天庭:天帝之庭。 延:延引,引导。 群神:众神。

〔118〕傧(bīn 宾):迎接嘉宾。此指巫咸迎来的众神。 暗蔼:众多的样

子。 清坛:清静的祭坛。 瑞:祥瑞之物。 穰(ráng)穰:形容丰盛,众多。 委:委积,堆积。以上描写祭天的盛况。

〔119〕事毕:祭天之事完毕。 功弘(hóng 洪):功绩宏伟。 回车:返回车驾。

〔120〕度:经过。 三峦:即封峦观。在甘泉宫中。 偈(qì 气):休憩。 棠黎:棠黎馆,在甘泉宫中。

〔121〕天阃(kǔn 捆):天门。阃,门槛,此代门。 决:开。 地垠(yín 银):大地的界限。垠,边际,界限。 开:开放,沟通。 八荒:八方极远之地。 协:和谐,融洽。 谐:与“协”义同。

〔122〕长平:坂名。(用李善注引如淳说)由长安至甘泉必经长平坂。雷鼓:六面鼓,以为祭祀之用。 磕(kē 科):鼓声。 天声:指雷声,比喻鼓声的宏亮。 勇士:指随天子祭祀的士卒。 厉:勇猛。

〔123〕滂沛(pāng pèi 乓配):形容雨水盛大。此两句以云雨之盛大形容天帝给予君臣的恩泽之多。(用李善说) 于:于是。 胥德:君臣皆以德相辅佑。胥,互相。 丽:光华,此指君臣的光辉业绩。

〔124〕乱:辞赋结尾归纳全篇的题旨谓之乱。

〔125〕崇崇:高耸的样子。 圜丘:即圆丘,指祭天的高坛。圜,圆。 隆隐天:高耸而隐没于天。

〔126〕登降:上下。 峛崺(lǐ yǐ 里以):通祭坛之山的路径。 单(chán 蝉):盘曲。 埢(quán 拳)垣:浑圆的样子。

〔127〕增宫:重重相连的宫观。增,层。 参差(cēn cī):高低不齐的样子。 骈(pián):并列。 嵯峨:高峻的样子。

〔128〕岭嵤(líng yíng 零营):深邃的样子。 嶙峋(lín xún 林旬):与“岭嵤”义同。 洞无厓:深邃而无涯际,形容宫室。厓,同“涯”。

〔129〕绰(zǎi 宰):事情。 杳(yǎo 咬):深远,深不可测。 旭卉:幽暗,分辨不清。

〔130〕圣皇:皇帝。圣,圣明。 穆穆,庄严雄伟的样子。 信:信实,实在。 厥:其,语助词。 对:匹配。

〔131〕祇(zhī 之):恭敬。 郊禋(yīn 因):郊祀,指升起烟火祭天的仪式。 神:指众神。 依:依附。

〔132〕徘徊:往来行走。 彷徨(páng huáng 旁皇):与“徘徊”义同。 灵:

神灵。 栖(qī七)迟:栖息,止息。

〔133〕光辉:指郊禋之火的光辉。 降厥福:使神降福。厥,其。

〔134〕长无极:永无穷尽。指成帝祭于甘泉以求子孙永续不断。

今译

孝成帝时代,有位宾客以我的文章近似司马相如,而把我举荐给朝廷。皇上将要到甘泉宫南的泰壹祠和汾阴睢上的后土祠,举行祭祀天地的仪式,以求有子继承皇位。我当时正奉召在承明殿等候皇帝的任职诏命。永始四年正月,跟随皇帝从甘泉宫归来,就献上了这篇《甘泉赋》,加以讽喻。那赋辞说:

有汉十世,将祭祀上天,恢复泰壹神祠,祈求天神赐福,以皇帝的名号尊崇地祈祷于天神。上天赐予的符契同于三皇,树立的功勋囊括五帝。忧虑无子,望天神赐福,以扩大伟业,使皇统延续。于是命令百官,选吉日,合良辰。百官排列如群星,运行像天体。命令北斗招摇与太阴啊,让钩陈星从命去掌管兵事。把军垒嘱托给神灵堪舆啊,让他们去消灭那罪孽多端的精怪恶鬼。八方之神奔驰而来清道护卫啊,个个奋然而行,接踵而上,身著严整的军装。那些蚩尤一样勇武的壮士,佩带干将利剑,手持玉柄大斧啊,跳跃起来乱乱纷纷,奔跑起来脚底生风。部伍集中,密密层层,行列严整啊,队形散开,错综交杂,风起云涌,奋然前行。整队布阵,鱼鳞错杂啊,参参差差,鱼跃鸟飞。集合靠拢,迅疾异常,行阵密布,如云似雾啊,突然散开,盔甲弓箭,光辉闪烁,灿烂多彩。

于是天子登上凤凰之车啊,上覆华芝伞盖。车驾骏马有黄有白啊,龙腾虎跃,鬃毛飘洒。众神侍卫紧随乘舆奔驰,忽而如乌云聚拢,忽而若阳光四散。乘舆升腾清霄越过浮云啊,那图像装饰的旗幡随风飘扬,何其轻盈柔顺!饰有星文的旗子在上空飞扬,有如闪电划过啊,电光之下翠羽之盖鸾鸟之旗,全然清晰可见。上万的骑卒驻扎于中营啊,玉饰的兵车有千辆并列。车声隆隆,前后相接啊,轻快奔驰超过迅雷，胜过疾风。凌越高原与群峰啊，跨过弯路与坦程。登上椽峦山就可到达天门啊，驰过阊阖就进入上苍的高寒之境。

这时，还未达甘泉之宫，眺望于高耸云霄的通天之台。台下阴阴森林，顿生寒冷之感啊，台上宏伟错综，光辉灿烂。直立高耸以达天穹啊，那高度最终无法测量得清。平原广阔无垠啊，辛夷遍生林莽之间。棕榈薄荷丛聚而生啊，繁茂分披，无边无际。高高的丘陵险而且陡啊，深深沟堑化为峡谷。离宫别馆遍布四方，交相辉映啊，封峦观石英观彼此相连，蜿蜒不断。

于是大厦云谲波诡，变幻莫测，巍峨奇巧，叹为奇观。高高举首而仰望啊，令人眼花缭乱，不见顶端。正四周浏览而感到宽敞豁亮啊，指东划西而漫漫无边。只是徘徊忧思啊，心魂恍惚而且昏乱。凭栏而远眺啊，突然呈现一片山野，崎岖不平而广大无边。甘泉宫内，翡翠玉树青葱碧绿啊，璧玉雕塑的马犀光彩璘璘。雄伟的金人肩负着编钟木架啊，浑身金光闪闪，好似龙鳞开张。放出光辉恰如火炬照耀啊，日光辐射更显出火焰炽热。甘泉宫观可与天神居处的悬圃比美啊，同泰壹的威严神明恰好相像。

洪台拔地而出啊，冲天峭立，直抵北斗。列星触到它翘起的檐头啊，日月也正经过它的屋宇。雷声于宫殿深处低沉轰响啊，电光猝然于墙垣之上闪亮。鬼魅无法攀登啊，爬到半途就得坠落。楼台高出于日月上方的倒影，超越于悬空架起的飞梁啊，上浮于腾空的尘气，直拂于无际的天穹。左彗星，右水神啊，前赤宫，后正门。蛟龙蜷曲于东啊，白虎雄踞于西。在高光宫观览周游啊，在清净的西厢悠闲徘徊。前殿巍然高耸，璧玉雕饰殿堂何其玲珑。梁柱把飞椽高高支撑啊，好似神灵奋力扶持而免于倾颓。高门空阔啊，好似紫微宫那样深邃。楼台交错而连绵不断啊，巍然屹立而相互环绕。登上凌云高阁，楼阁与山岭高下相随啊，纷然交错，浑然天成。楼阁高耸，光彩辉映，飘起红彩连绵啊，扬起翠气漫漫。夏桀修琁室，殷纣筑倾宫啊，甘泉宫阙先后承袭，若登高远眺啊，想到亡国危机，如临深渊。

旋风劲吹，激荡草木啊，桂树椒树散乱分披，唐棣白杨阴阴郁郁。香气浓郁而升腾啊，拍击梁柱而飘向檐头。旋风声响与桂椒芬香浑然合一啊，风声树香砰然鸣响，和谐入耳暗合音律。吹开玉户而飘动金铺啊，催发兰蕙与江蓠，吐露醉人香气。罗帷鼓动窸窣做响啊，又由低微而沉静。风声树香激荡殿阁，阴阳清浊音律谐和啊，好似夔牙抚琴弹奏。楼台殿阁巧夺天工啊，羞得般倕抛弃斧凿，王尔扔掉钩绳。即使仙人征侨与偓佺啊，置身甘泉也朦朦胧胧，似在梦中。

于是事变物化，耳疑目惊。天子处身珍台闲馆，雕梁玉柱，委委曲曲，光彩眩目之中，大概在默然思索。他想到那用以净化心灵，储聚精神，祈求垂恩，感天动地，迎福于三神的举措，就去寻求志同道合的皋繇伊尹之徒，超群多能之辈；他要怀着《诗·甘棠》所颂扬的召伯那样的仁爱之心，抱着《诗·东山》所歌赞的周公建立勋业之意，与贤能之臣共同斋戒于阳灵之宫。偃压薜荔以为席啊，折下琼枝以为饰。吮吸清云与流霞啊，畅饮神木上的英露。汇集于祭祀天神的苑囿，登入歌颂地神的殿堂。高举起旗幡迎风招展啊，支撑起华盖鲜艳耀眼。攀援北斗而俯瞰大地啊，目力所及看到了三危之山。陈列众车于东方的高丘啊，任随玉车往下奔驰。漂浮龙渊而回旋于九重之下啊，窥探了大地的底蕴而返回。风飒飒来推车啊，鸾凤纷飞来衔车饰。横渡弱水如同小溪啊，踏过不周山好比走曲径。他想到美丽的西王母而欣然祝寿啊，又回避玉女离却宓妃。玉女无从送其秋波啊，宓妃不得舒展蛾眉。将掌握道德的精髓宏旨啊，取法神灵而以为咨询。

于是恭敬地焚柴，尊崇地求福，牲玉在柴上焚烧，香烟升腾于皇天，悬柴的契皋遥对着泰壹天神。高举洪颐之旌，树起神灵之旗，薪柴细木火焰同升，霹雳作响，火光四射。东照沧海，西耀流沙，北映幽都,南热丹涯。玉制的礼器曲柄如角,倾注美酒,一片芬芳,香气弥漫,浓郁不散。火焰感召黄龙,炽热触动硕麟。使令神巫啊,叫开天帝之门。天庭敞开啊,延请众神。众神嘉宾纷然而至啊,降临清净祠坛。祥瑞累累啊,委积如山。于是事毕功成,回车而归,经过封峦观啊,休憩于棠黎馆。天门敞开啊,地垠泯灭。八方和谐啊,万国融洽。登上长平坂啊,六面鼓声震。如同雷声起啊,激励勇士奋。云飞扬啊,雨滂沛。君臣皆仁德啊,皇业光万代。

结尾说:高高圆坛,直入云天啊;登降路径,盘盘旋旋啊;宫观参差,遍布高耸啊;殿阁嶙峋,深邃无涯啊;上天之事,深奥莫测啊;圣皇威严,确无伦比啊;虔诚禋祀,众神来归啊;徘徊往来,神灵栖息啊;光辉照耀,福祉来临啊;子子孙孙,永无穷尽啊。

(陈复兴译注并修订　陈延嘉再修订)

藉田赋一首

潘安仁

题解

潘岳(247—300),字安仁,荥阳中牟(今河南中牟)人,西晋前期著名作家,诗、文、赋俱佳,与其侄潘尼并称“二潘”。他天资聪颖,早年即有才名,曾被乡里誉为“奇童”。但仕途并不得意,举秀才十年后方任为县令。以后又做过著作郎、给事黄门侍郎等,但“八徙官而一进阶,再免,一除名,一不拜,迁者三”。(《闲居赋序》)他为了在政治上有所作为,曾依附太傅杨骏,杨为贾后所杀,他受到株连,险遭不测。后又干谒权臣贾谧。以此,后人多非议其“性轻躁,趋市利”。贾失势伏诛后,他终于遭孙秀诬陷,为赵王司马伦所杀。有《潘黄门集》。

藉田,又作“籍田”,是古代帝王于春耕前,亲自率人耕田,举行仪式,以奉祀宗庙,并寓有劝农之意。西晋泰始四年(268)正月,晋武帝藉田,此赋是为歌颂这次藉田活动而写的。赋中表现了他早年从儒家的政治理想出发,拥戴晋王朝,希望晋王朝“固本”、“致孝”,即发展农业生产,使百姓丰衣足食;以孝治国,教化臣民,使国家统一安定。其中虽不乏溢美之词,但能委婉地告诫统治者:要吸取历史上兴亡的教训,只有使百姓安居乐业,才能巩固王朝的统治,表现出鲜明的民本思想。

写帝王活动是大赋的传统题材，而本篇却以小赋出之，改变了一味铺张扬厉的作风，描写简洁，以近二分之一的篇幅进行议论，主旨明确。赋的语言也较为质朴，与作者在以后的赋中所表现出来的词采华艳的风格不同。

原文

伊晋之四年正月丁未[1]，皇帝亲率群后藉于千亩之甸[2]，礼也[3]。于是乃使甸帅清畿[4]，野庐扫路[5]，封人壝宫[6]，掌舍设枑[7]。青坛蔚其岳立兮[8]，翠幕黕以云布[9]。结崇基之灵趾兮[10]，启四涂之广阼[11]。沃野坟腴[12]，膏壤平砥[13]。清洛浊渠[14]，引流激水。遐阡绳直[15]，迩陌如矢[16]。緫犗服于缥轭兮[17]，绀辕缀于黛耜[18]。俨储驾于廛左兮[19]，俟万乘之躬履[20]。百僚先置[21]，位以职分。自上下下[22]，具惟命臣[23]，袭春服之萋萋兮[24]，接游车之辚辚[25]。微风生于轻幰[26]，纤埃起于朱轮。森奉璋以阶列[27]，望皇轩而肃震[28]。若湛露之晞朝阳[29]，似众星之拱北辰也。于是前驱鱼丽[30]，属车鳞萃[31]。阊阖洞启[32]，参涂方驷[33]。常伯陪乘[34]，太仆秉辔[35]。后妃献穜稑之种[36]，司农撰播殖之器[37]。挈壶掌升降之节[38]，宫正设门闾之跸[39]。天子乃御玉辇[40]，荫华盖[41]，冲牙铮铓[42]，绡纨綷縩[43]。金根照耀以炯晃兮[44]，龙骥腾骧而沛艾[45]。表朱玄于离坎[46]，飞青缟于震兑[47]。中黄晔以发挥[48]，方綵纷其繁会[49]。五辂鸣銮[50]，九旗扬旆[51]，琼钑入蘂[52]，云罕晻蔼[53]。箫管嘲哳以啾嘈兮[54]，鼓鞞硡隐以砰磕[55]。筍簴嶷以轩翥兮[56]，洪钟越乎区外[57]。震震填填[58]，尘鹜连天[59]，以幸乎藉田[60]。蝉冕颎以灼灼兮[61]，碧色肃其千千[62]。似夜光之剖荆璞兮[63],若茂松之依山巅也。于是我皇乃降灵坛[64],抚御耦[65],坻场染屦[66],洪縻在手[67]。三推而舍[68],庶人终亩[69]。贵贱以班[70],或五或九[71]。于斯时也,居靡都鄙[72],民无华裔[73],长幼杂遝以交集[74],士女颁斌而咸戾[75]。被褐振裾[76],垂髫总发[77],蹑踵侧肩[78],掎裳连袵[79]。黄尘为之四合兮,阳光为之潜翳[80]。动容发音而观者,莫不抃儛乎康衢[81],讴吟乎圣世。情欣乐于昏作兮[82],虑尽力乎树艺[83]。靡谁督而常勤兮,莫之课而自厉[84]。躬先劳以说使兮[85],岂严刑而猛制之哉[86]?

有邑老田父,或进而称曰:盖损益随时[87],理有常然。高以下为基,民以食为天[88]。正其末者端其本[89],善其后者慎其先[90]。夫九土之宜弗任[91],四人之务不壹[92]。野有菜蔬之色[93],朝靡代耕之秩[94]。无储穑以虞灾[95],徒望岁以自必[96]。三季之衰[97],皆此物也。今圣上昧旦丕显[98],夕惕若栗[99],图匮于丰[100],防俭于逸[101],钦哉钦哉!惟谷之邺[102]。展三时之弘务[103],致仓廪于盈溢。固尧汤之用心,而存救之要术也[104]。若乃庙祧有事[105],祝宗诹日[106],簠簋普淖[107],则此之自实。缩鬯萧茅[108],又于是乎出。黍稷馨香,旨酒嘉栗[109]。宜其民和年登,而神降之吉也。古人有言曰[110]:"圣人之德,无以加于孝乎!"夫孝,天地之性,人之所由灵也。昔者明王以孝治天下,其或继之者鲜哉希矣[111]!逮我皇晋[112],实光斯道[113],仪刑孚于万国[114],爱敬尽于祖考[115]。故躬稼以供粢盛[116],所以致孝也。劝穑以足百姓,所以固本也[117]。能本而孝,盛德大业至矣哉!此一役也[118],而二美具焉[119]。不亦远乎[120],不亦重乎!敢作颂曰[121]:

思乐甸畿[122]，薄采其茅[123]，大君戾止[124]，言藉其农[125]。其农三推，万方以祗[126]。耨我公田[127]，实及我私[128]。我簠斯盛[129]，我簋斯齐[130]。我仓如陵，我庾如坻[131]。念兹在兹[132]，永言孝思[133]。人力普存[134]，祝史正辞[135]。神祇攸歆[136]，逸豫无期[137]。一人有庆[138]，兆民赖之[139]。

注释

〔1〕晋之四年:指西晋建国的第四年,即晋武帝泰始四年,公元268年。丁未:当为"丁亥"的误记。李善注:"《晋书》曰:'丁亥藉田,戊子大赦。'今为丁未,误也。"

〔2〕群后:诸侯。　藉:藉田。《汉书·文帝纪》前二年诏:"夫农,天下之本也,其开藉田,朕亲率耕,以给宗庙粢盛。"《注》:"韦昭曰:藉,借也,借民力以治之,以奉宗庙,且以劝率天下,使务农也。"　千亩:按古礼制,天子藉田之数。《国语·周语》:"宣王即位,不藉千亩。"　甸:都城郊外的地方。

〔3〕礼:指古代礼制。

〔4〕甸帅:即甸师,古代掌田事职责之官。　清畿(jī 鸡):清理京城所管辖的地区。畿,天子的领地,后指京城所管辖的地区。

〔5〕野庐:野庐氏,古官名,《周礼》属秋官,掌通达都城道路之职。

〔6〕封人:古官名,《周礼》属地官,掌守护帝王社坛及京畿的疆界之职。壝(wéi 围)宫:相传周制,天子出行,在平地住宿时,筑坛,在坛周围筑起土墙为宫,称壝宫。壝,在祭坛周围筑起的矮土墙。

〔7〕掌舍:周代官名,掌王室行道及馆舍之职。　枑(hù 户):古时官府门前所设的障碍物,也称行马,用木头交插而成,用以阻碍行人。

〔8〕青坛:青色的祭坛。　蔚:形容色彩浓郁。　岳立:如高山之立,形容高。

〔9〕黕(dǎn 胆):黑乎乎。　云布:如云之广布,形容广。

〔10〕结:构。　崇基:高台,指坛。　趾:基,指坛之基。

〔11〕启:开。　四涂:四路,指坛的四方。　阼(zuò 坐):台阶。

〔12〕坟(fèn 愤):土质肥沃。《尚书·禹贡》:"厥土黑坟。"《释文》引马融注:"有膏肥也。"　腴:肥。

〔13〕砥:平。

〔14〕清洛,指洛水,因洛水清,故称。　浊渠:指黄河,因黄河水浊,故称。

〔15〕遐:远。　阡:南北向的田间小路。　绳直:如绳之直。

〔16〕迩:近。　陌:东西向的田间小路。　如矢:像射出的箭一样直。矢,箭头。

〔17〕缌(zǒng 总)犗(jiè 介):指皇帝耕地的牛。缌,帛青色。犗,阉过的牛。　服:驾。　缥(piǎo 殍)轭(è 饿):淡青色的车。缥,淡青色。轭,车的部件,轭首系在车辕前的横木上,轭脚架于马头。

〔18〕绀(gān 甘):天青色。黛,青色。　缀:连结。　耜(sì 四):农具,装在犁上用以翻土,形状如锹。以上"缌"、"缥"、"绀"、"黛"皆青色,古代青色象征东方和春天,故藉田器物皆取青色。

〔19〕俨:俨然。　储驾:等待驾牛。储,等待。驾,指耕牛。　廛(chán 蝉)左:在耕田之左。廛,田一百亩。

〔20〕俟:等待。　万乘:指天子。周制,天子地方千里,出兵车万乘。躬履:亲临。躬,亲身。履,踏。

〔21〕僚:官。　置:排列。

〔22〕自上下下:从最高的官下至最低的官。

〔23〕命臣:受皇帝封赏之臣。命,帝王按官职等级赐给臣下的仪物,如玉圭、服饰等。

〔24〕袭:穿衣。　萋萋:色青而繁盛的样子。

〔25〕游车:指皇帝的从车。　辚辚:车行所发的声。

〔26〕幰(xiǎn 险):车前的帷幔,与车顶平而稍仰,用以御热。

〔27〕森:盛多的样子。　奉璋:指臣下手持圭璧而见天子。　阶列:列于阶庭。

〔28〕皇轩:皇帝的车。　肃震:肃然惊惧。

〔29〕湛(zhàn 占):露浓重的样子。　晞(xī 西):干。《诗经·小雅·湛露》:"湛湛露斯,匪阳不晞。"

〔30〕鱼丽:古代军阵名。

〔31〕属(zhǔ 主):连接,跟随。　鳞萃:群集。

〔32〕阊阖(chāng hé 昌何):宫之正门,又晋时洛阳城西门名。　洞启:敞开。

〔33〕参涂:三条大道。《西京赋》吕延济注:"西京城面三门,门三道,皆平正,可齐列十二车其中。"　方:并列。　驷:四马所驾之车。

〔34〕常伯:周代官名,天子出行担任车上侍卫。 陪乘:参乘,担任车上侍卫。

〔35〕太仆:官名,秦、汉时为九卿之一,掌宫廷车马及牧畜之职。秉辔(pèi佩):指驾车。秉,执。辔,马缰绳。

〔36〕穜(tóng同):一种先种后熟的谷物。 稑(lù路),一种后种先熟的谷物。

〔37〕司农:汉代官名,掌钱粮农事。 撰:具,备。 播殖:播种。

〔38〕挈壶:挈壶氏,官名,《周礼》属夏官,掌计时。古代以壶水滴漏为计时器具,故名。 升降之节:指掌握时间的长短。升降,指计时器中水之升降。节,节制。

〔39〕宫正:宫中之长,掌维持王宫纪律,《周礼》属天官。 闾:里门。跸(bì闭):帝王出行时禁止人行以清道。

〔40〕御:驾,乘。 玉辇:天子所乘之车。

〔41〕华盖:帝王或贵官所用的伞盖,有的置车上。

〔42〕冲牙:佩玉的一个部件,悬在中央,动时触及前后之玉而发出声响,形似牙,故名。 锵铨(qiāng枪):玉石碰撞之声。

〔43〕绡(xiāo消):薄纱薄绢。 纨:白色细绢。 綷縩(cuì cài粹菜):衣动之声。

〔44〕金根:皇帝所乘的瑞车。 炯(jiǒng窘)晃:光彩明亮。

〔45〕龙骧:指高头大马。 腾骧(xiāng香):腾越奔驰。 沛艾:马行的样子。

〔46〕表:标。做动词用。 朱玄:红色和黑色,此指随从皇帝的仪仗队中红色和黑色的车马旌旗。 离坎:八卦中的离卦和坎卦,《周易》以离卦为南方之卦,坎卦为北方之卦,此指南和北。古代以五色与五方相配,东方谓之青,南方谓之赤,西方谓之白,北方谓之黑,地谓之黄。

〔47〕飞:指飞动。 青缟(gǎo稿):青色和白色,此指随从皇帝的仪仗队中青色和白色的车马旌旗。缟,白色。 震兑(duì对):八卦中的震卦和兑卦,《周易》以震为东方之卦,兑为西方之卦,此指东和西。兑,胡刻本作"允",据六臣本改。

〔48〕中:指中间。 黄:指黄色的车马旌旗。 晔:光辉灿烂。 发挥:散发。

〔49〕綵纷:色彩缤纷。綵,彩色的丝织物。 繁会:繁盛。

〔50〕五辂(lù路):帝王所用的五种车子,有玉辂(玉饰)、金辂(金饰)、象辂(象牙饰)、革辂(皮革制)、木辂(木制)。 銮:装于车上之铃。

〔51〕九旗:有不同图像表示不同等级的九种旗帜,即常(日月图像)、旂(蛟

龙图像)、旃(赤色曲柄)、物(帛素饰旗侧)、旗(熊虎图像)、旟(鸟隼图像)、旐(龟蛇图像)、旞(五色鸟羽装饰)、旌(旄牛尾和彩色鸟羽饰旗竿)。 旆(pèi 佩):旗末形如燕尾的垂旒。

〔52〕琼铩(sè 色):以玉饰的铁把短矛。指仪仗中的兵器。铩,铁把短矛。 入蘂:丛聚。蘂,同"蕊",草木丛生的样子。

〔53〕云罕:旗幡。 晻(yǎn 掩)蔼:繁盛。

〔54〕嘲哳(cháo zhā 潮渣):杂乱的声音。 啾嘈:细碎的声音。

〔55〕鞞(pí 皮):同"鼙",小鼓。 硡(hōng 轰)隐:大的声音。硡,同"訇"。 砰磕(pēng kē 抨科):大的声音。

〔56〕筍簴(jù 据):悬钟的木架。悬钟的横木为筍,支撑筍的两根立柱为簴。 嶷:高峻。 轩翥:飞举。

〔57〕洪钟:大钟。洪,大。古天子出行击黄钟。

〔58〕震震:众多车马的声音。 填填:众多车马的样子。

〔59〕尘骛(wù 物):尘土飞扬。骛,奔驰。

〔60〕幸:指帝王亲临。

〔61〕蝉冕:侍中官所戴的礼帽,帽上插有金蝉。 颎(jiǒng 炯):光亮。 灼灼:光彩夺目的样子。

〔62〕碧:玉,指群臣所执玉版。 肃:庄重。 千千:同"芊芊",浓绿色。

〔63〕夜光:夜明珠。 剖荆璞:从荆璞中剖出。荆璞,春秋时楚人卞和从荆山得一璞玉,后剖琢而为宝玉。

〔64〕降灵坛:从祭坛上下来。

〔65〕抚:执。 耦:双耜为耦。

〔66〕坻(zhǐ 止):浮土。 场:壤。 染屦(jù 巨):沾上鞋印。屦,鞋子。

〔67〕縻:牵牛的缰绳。

〔68〕三推:按古礼制,天子藉田时掌犁推行三周。《礼记·月令》:"躬耕帝藉,天子三推。" 舍:指放下犁而停止。

〔69〕终亩:耕完千亩之田。

〔70〕班:班次,指等级。

〔71〕或五或九:据《礼记·月令》,天子藉田掌犁推行三周之后,公推行五周,卿、诸侯推行九周。

〔72〕靡:无,此有不分之意。 都:都城。 鄙:边境。

〔73〕华:华夏。　裔:边裔,指少数民族。

〔74〕杂遝(tà 踏):众多的样子。

〔75〕士女:男男女女。　颁斌:相杂的样子。　咸:全部。　戾:至,到。

〔76〕被:同“披”。　褐:粗布短袄。　振:整理。　裾(jū 居):衣服的前襟。

〔77〕垂髫:小孩下垂的头发,此指小孩。　总发:结发,即总角之意,指青年。

〔78〕蹑踵(niè zhǒng 聂肿):脚挨脚,形容人多。蹑,追。踵,脚跟。　侧肩:插肩,肩挨肩,也形容人多。

〔79〕掎(jǐ 挤)裳:衣裳相牵扯。掎,扯住。　连袘(yì 义):衣袖相连。袘,衣袖。

〔80〕潜:伏,藏。　翳(yì 义):遮蔽。

〔81〕抃(biàn 变):鼓掌,表示欢欣。　儛(wǔ 午):同“舞”。　康衢:大道。

〔82〕昏(mǐn 闵)作:勉力劳作。昏,勉力。

〔83〕树艺:种植。

〔84〕课:考查,考核。　厉:通“励”。

〔85〕先劳:指天子率先劳作。　说使:指百姓乐于被役使。说,通“悦”。

〔86〕猛:严。　制:法制。

〔87〕损益随时:指按季节耕种。吕向注:“言耕则益,不耕则损,故云随时。”

〔88〕天:此指生存条件。

〔89〕正:整饬。　末:指商贾之事,古代重农而轻商,以农为本,以商为末。端:义同“正”。　本:指农田之事。

〔90〕后:指货。　先:指食。

〔91〕九土:九州之土。　宜:指地宜,即不同的土质适宜于不同作物的生长。　弗任:指不凭地宜耕种。《管子·八观》:“其耕之不深,芸之不谨,地宜不任,草田多秽,……饥国之野也。”

〔92〕四人:即四民,指士农工商。　不壹:不专一,不单修其一业。

〔93〕野:指山野的百姓。　菜蔬之色:人的饥馑之色。《汉书·元帝纪注》:“五谷不收,人但食菜,故其颜色变恶。”

〔94〕代耕:指官吏的俸禄。《孟子·万章下》:“下士与庶人在官者同禄,禄足以代其耕也。”　秩:俸禄。

〔95〕稸(xù 絮):积畜。　虞:揣度。考虑。

〔96〕徒:空。　岁:一年的收成。　自必:指势所必然。

〔97〕三季:三季王,即三代的末代帝王夏桀、商纣、周幽。

〔98〕昧旦:天未全亮。丕显,天大明。丕,大。

〔99〕惕:小心谨慎。　栗(lì 力):恐惧。

〔100〕图:谋划。　匮:缺乏。　丰:指丰年。

〔101〕俭:缺少。　逸:奢逸。

〔102〕"钦哉"二句:《书·舜典》有"钦哉钦哉,惟刑之恤哉"之语。钦哉,诫告之辞。邺,同"恤",忧虑。

〔103〕三时:指春、夏、秋三季。　弘务:大事。指农事。弘,同"宏",大。

〔104〕存:抚慰。

〔105〕庙祧(tiāo 挑):祭祀宗庙。祧,祀远祖、始祖之庙。

〔106〕祝:男巫,接神者。　宗:宗人,官名,掌宗祀之礼。　诹(zōu 邹)日:选择吉日。诹,谋。

〔107〕簠(fǔ 甫):祭祀宴享以盛稻粱的器皿。　簋(guǐ 鬼):祭祀宴享以盛黍稷的器皿。　普淖(nào 闹):指黍稷。《仪礼·士虞礼注》:"普淖,黍稷也。普,大也;淖,和也;德能大和,乃有黍稷,故以为号云。"

〔108〕缩鬯(chàng 唱):缩酒。立茅祭前,浇酒其上,酒渗入,如神饮。鬯,祭祀用的以香草合黍所酿的香酒。　萧:香蒿名。　茅:草名,用以缩酒。《左传·僖公四年》:"尔贡包茅不入,王祭不共,无以缩酒,寡人是征。"

〔109〕旨酒:美酒。　嘉栗:美善谨敬。栗,谨敬。

〔110〕古人:指曾子。《孝经·圣治章》:"曾子曰:'敢问圣人之德无以加于孝乎?'子曰:'天地之性,人为贵;人之行,莫大于孝。'"

〔111〕鲜:少。　希:同"稀"。

〔112〕逮:至。　皇晋:大晋王朝。皇,大。

〔113〕光:光大。　斯道:指孝道。

〔114〕仪型:法式,作为模范。　孚:信。

〔115〕祖考:祖先。考,父死后称"考"。

〔116〕躬稼:躬耕,亲自从事农事。稼,种植庄稼,与下文"穑"为互文,指农事。穑,收获庄嫁。　粢(zī 滋)盛:祭品,指盛在祭器内的黍稷。粢,谷类总称。

〔117〕固本:使国家的根基得到巩固。本,事物的根基或主体。《尚书·五子之歌》:"民惟邦本,本固邦宁。"

〔118〕一役:指藉田。役,事。

〔119〕二美:指“固本”和“致孝”。

〔120〕远:指意义深远。

〔121〕敢:自言冒昧之词。

〔122〕思:语助词,无实义。　甸畿:即甸服,古制在王畿外围,每五百里为一区划,按距离远近分侯服、甸服、绥服、要服、荒服为五服。此泛指京城周围地区。

〔123〕薄:语助词,无实义。

〔124〕大君:天子。　戾止:来到。

〔125〕言:语助词,无实义。

〔126〕祗(zhī 支):恭敬。

〔127〕耨(nòu):除草。　公田:指天子所藉千亩之田。

〔128〕实:果实,指黍稷等。　我私:指百姓私田。

〔129〕盛:装在祭器里。

〔130〕齐:装满祭器。

〔131〕庾(yǔ 雨):露天的仓库。　坻(chí 池):水中高地。

〔132〕兹:此,代指藉田。

〔133〕永言孝思:长久不忘尽孝敬之思。

〔134〕人力:民力,指人民的人力、物力、财力。　普存:普遍保全。存,保全。

〔135〕祝史:巫祝和史官。　正辞:笃实的言辞,公正的议论。

〔136〕神祇(qí 齐):天地之神。　攸:祈。　歆(xīn 新):享。

〔137〕逸豫:安乐。

〔138〕一人:指皇帝。　庆:善,指“固本”、“致孝”。

〔139〕赖:蒙受。

今译

晋建国的第四年正月丁亥日,皇帝亲率诸侯到都城郊外的千亩皇田里耕地,这是按礼制举行藉田仪式。于是派管田事之官清理京城郊区,使掌通达道路之官把道路打扫完毕。命守护帝王社坛之官筑起皇帝出行时所住的壝宫,让掌皇室行道之官设下路障禁止行人来去。那青色的祭坛像大山一样高高耸立啊，苍翠的大幕像乌云一样遮蔽大地。构筑起祭坛下威严的坛基啊，在它的四方开出广阔的台级。这里原野肥沃，土地平坦，洛水清澈，黄河浑急，引来流水，灌溉田地。阡陌纵横，远近交织，条条笔直，如绳如矢。青色的耕牛驾着青色的车子啊，青色的车辕连结着青色的耕具。备好的耕牛俨然立于耕田之左啊，等候皇帝亲临此地。百官已先列队而待，位次按职务高下区分。官位从上到下，都是皇帝的命臣。他们身着春服，一片青青的颜色啊，辆辆游车其声辚辚。车前挂着轻细的帷幔带起微风，红色的车轮掀起细尘。众多的臣下手持圭璧列于阶下，望着皇帝的车驾肃然惊震。他们畏敬皇帝如浓重的露水见到日光，他们拥戴皇帝似众星环绕北辰。皇帝车驾以鱼丽军阵为前驱，后边跟随的车子如游鱼群集。都城的城门大开，那三条大道上四马之车并排驰驱。皇帝车上有随行的侍卫高官，掌宫廷车马之官亲为之驾驭。后妃们献上谷物的良种，钱粮农事之官准备好播种的农具。计时之官掌握时间的长短，维持皇宫纪律之官搞好出行戒严事宜。于是皇帝乘着玉辇，上有华丽的伞盖遮阳御风。衣带佩玉铿锵作响，绢纱轻衣沙沙而鸣。皇帝的瑞车金光闪耀色彩明亮啊，那高头大马腾越奔驰飞速前行。以红黑色的车马旌旗标志南北，白色的在西青色的在东，中间一片黄色光辉灿烂，五彩缤纷绚丽繁盛。五种金镶玉饰的皇帝车舆銮铃齐响，九样不同图像的旗帜飘扬于当空。仪仗中的兵器如草木丛聚，旗幡飞扬繁多掩映。箫管齐鸣杂乱而细碎啊，大鼓小鼓发出宏大的响声。钟架高高矗立啊，钟声响彻长空。车马众多声辚辚，扬起尘埃连苍穹，天子亲临藉田而躬耕。高官戴着插有金蝉的礼帽光彩夺目，手执浓绿玉版格外庄重。像从璞玉中剖出的明珠啊，像茂密的松树依靠山岭，于是我大晋皇帝从祭坛上走下，手执御耦，脚踏田地，牵牛在手，掌犁推行三周而止，再由百姓耕完这千亩田畴。官员们按地位高低，或推五周，或推九周。这时，居住不分都市和边陲，民族不论华夏或胡夷，长幼纷纷会集，男女相杂齐至。有的身穿粗布短袄,有的衣着整齐,有的是刚刚结发的青年,有的是黄发下垂的孩提。脚挨脚肩挤肩,衣襟相牵扯,衣袖紧相连。践起的黄尘弥漫四方啊,阳光也为之遮掩。观看的人们放声歌唱,喜笑开颜,莫不鼓掌起舞于大道,讴歌于这清明圣世之间,百姓们心情欢愉乐于勉力劳作啊,都想着尽力于耕田。无人督促而常勤劳啊,无人考核也能自勉。皇帝率先劳作百姓愿听役使啊,难道还用严刑峻法去强制他们的心愿?

于是城乡父老中有人进言称颂说:不违农时,按季节耕田,这是事之常理,物之自然。正如高必以低为基础,民也须以食为生存条件。整饬商业必须以农业为本,要搞好商业而农业必须优先发展。如果全国不因地制宜耕种土地,士农工商对其各业不专,百姓就会挨饿,朝廷也没有俸禄供给官员。国家无粮食储存防备灾荒,人们势必白白地盼望着丰年。夏桀、商纣、周幽三个末代帝王的衰灭,都是舍本逐末使然。当今皇帝不管黑天白日,清晨傍晚,时时小心谨慎不肯心安。在丰年时考虑匮乏,于奢逸中防备缺欠。不断告诫自己注意啊!所忧虑者只是粮食的增减。全力开展春夏秋三季的农业大事,使所有储存米谷的仓库充盈丰满。这正与唐尧、商汤治理天下的用心相同,也是抚慰救济百姓的关键。至于有祭祀宗庙之事,祝者和宗人选择吉日,祭器中的黍稷,必然由此得到充实。祭祀缩酒所用的香蒿束茅,也出自努力耕种田地。馨香的黍稷,芬芳的美酒,恭谨地献给先帝。这就必然使百姓和顺,年景丰收,神灵降给各种吉利。古人曾经说:"圣人的美德没有比孝道更高的吧?"孝道,是天地不移之本性,人有孝道才成为万物之灵。古代圣明的君王以孝治天下,这种美德却很少有人继承。到了我大晋王朝,使孝道光大恢宏。以此做典范取信万国,对祖先也尽了孝敬忠诚。所以皇帝亲耕而供给祭祀的黍稷,是用以尽孝;劝农而使百姓丰足,是用以巩固国家的根基。能够使国家的根基得到巩固,又能够孝敬祖先,这是最盛大的美德和最宏伟的业绩。由藉田一举而完成固本致孝两件美盛大事，其意义多么深远，多么重大啊！这里不揣冒昧而作颂辞：

京都郊野乐般般，采茅而贡俱欢欣。天子大驾到此处，藉田劝农亲耕耘。掌犁推行三周止，万方百姓敬至尊。除草千亩皇田里，私田亦获黍稷存。宴享祭器皆充溢，粮谷如山满仓廪。所想所为全在此，长久尽孝孝思深。保全百姓财物力，巫史评议言辞真。天地之神享祭品，永远安逸乐无垠。一人有善及万民，万民受恩仰一人。

（李晖译注并修订）

子虚赋一首

司马长卿

题解

司马相如(前179—前117),字长卿,蜀郡成都(今属四川)人,汉代辞赋代表作家。少好读书击剑,双亲名之曰“犬子”。因慕战国蔺相如之为人,乃更名相如。早年事孝景帝,为武骑常侍。景帝不好辞赋。会梁孝王率同游说之士邹阳、枚乘、庄忌等来朝,相如悦而归之。武帝时,为中郎将,建节往使西南少数民族地区,以和平友好的政策说服这些民族君长来归,对于开发西南和国家统一做出相当的贡献。相如热心政治,有见解,有建树,但是也由此遭到嫉恨诽谤。有人上书诬他出使时收受贿赂,因而失官。后虽复召为郎,却不愿参与朝政,称病闲居,不慕官爵。晚年居茂陵,病死。

相如在汉赋创作上为前承贾谊(《鹏鸟赋》)、枚乘(《七发》),后启班固(《两都赋》)、张衡(《二京赋》)的集大成者。他以自己的创作实践为汉赋铸出模式,完成定型。后世作者皆以他的作品为依归和准的,追随模拟,不越藩篱。扬雄说:“长卿赋不似从人间来,其神化所至耶?”可见推崇之至。《子虚》、《上林》为其代表之作。据《汉书·艺文志》著录,相如作赋二十九篇。现存者除《子虚》、《上林》,尚有《大人》、《长门》、《美人》、《哀二世》诸篇,其余皆散佚。

《子虚赋》为游梁时所作。以子虚和乌有先生设问设答的手法,描述云梦泽的山川土石、珍禽异兽、奇花瑶草，天地间的诸多奇观，人事中的各种盛举。色彩艳丽浓烈，情调昂扬犷放，极铺张扬厉富丽堂皇之能事，尽宇宙万物惊魂夺魄之变态。其中描绘楚王统率壮士武夫阴林猎兽，伴同郑女曼姬蕙圃弋鸟和清池泛舟，画面绚烂，形象飞动，显示出作家的想象宏阔，辞采勃发。虽用词造语刻意堆砌，仍不能掩盖透出纸背的美的光华。作家表面上迎合最高统治者好大喜功，不可一世，追求奇幻的心理，内心里则是“以推天子诸侯之苑囿，其卒章归之于节俭，因以讽谏”。在这一点上，《子虚赋》是为后世赋作开其端的。

原文

楚使子虚使于齐[1]。王悉发车骑与使者出畋[2]。畋罢，子虚过诧乌有先生[3]。亡是公存焉[4]。坐定，乌有先生问曰：今日畋，乐乎？子虚曰：乐。获多乎[5]？曰：少。然则何乐？对曰：仆乐齐王之欲夸仆以车骑之众[6]，而仆对以云梦之事也[7]。曰：可得闻乎？

子虚曰：可。王车驾千乘[8]，选徒万骑[9]，畋于海滨。列卒满泽，罘网弥山[10]。掩兔辚鹿[11]，射麋脚麟[12]。鹜于盐浦[13]，割鲜染轮[14]。射中获多[15]，矜而自功[16]。顾谓仆曰[17]：楚亦有平原广泽，游猎之地，饶乐若此者乎[18]？楚王之猎，孰与寡人乎[19]？仆下车对曰[20]：臣，楚国之鄙人也[21]。幸得宿卫[22]，十有余年[23]，时从出游[24]，游于后园，览于有无[25]，然犹未能遍睹也[26]。又焉足以言其外泽乎[27]？齐王曰：虽然，略以子之所闻见而言之[28]。仆对曰：唯唯[29]。臣闻楚有七泽，曾见其一，未睹其余也。臣之所见，盖特其小小者耳[30]，名曰云梦。云梦者，方九百里[31]，其中有山焉。其山则盘纡岪郁[32]，隆崇嵂崒[33]。岑崟参差[34],日月蔽亏[35]。交错纠纷[36],上干青云[37]。罢池陂陀[38],下属江河[39]。其土则丹青赭垩[40],雌黄白坿[41],锡碧金银[42]。众色炫耀[43],照烂龙鳞[44]。其石则赤玉玫瑰[45],琳瑉昆吾[46],瑊玏玄厉[47],碝石碔砆[48]。其东则有蕙圃[49]:衡兰芷若[50],芎䓖菖蒲[51],茳蓠蘪芜[52],诸柘巴苴[53]。其南则有平原广泽,登降陁靡[54],案衍坛曼[55],缘以大江[56],限以巫山[57]。其高燥则生葴菥苞荔[58],薛莎青薠[59]。其埤湿则生藏莨蒹葭[60],东蘠彫胡[61],莲藕觚卢[62],菴闾轩于[63]。众物居之[64],不可胜图[65]。其西则有涌泉清池[66],激水推移[67],外发芙蓉菱华[68],内隐钜石白沙[69]。其中则有神龟蛟鼍[70],玳瑁鳖鼋[71]。其北则有阴林[72]:其树楩楠豫章[73],桂椒木兰[74],檗离朱杨[75],樝梨梬栗[76],橘柚芬芳[77]。其上则有鹓鸰孔鸾[78],腾远射干[79]。其下则有白虎玄豹[80],蟃蜒貙犴[81]。

于是乎乃使剸诸之伦[82],手格此兽[83]。楚王乃驾驯驳之驷[84],乘雕玉之舆[85],靡鱼须之桡旃[86],曳明月之珠旗[87],建干将之雄戟[88]。左乌号之雕弓[89],右夏服之劲箭[90]。阳子骖乘[91],孅阿为御[92]。案节未舒[93],即陵狡兽[94]。蹴蛩蛩[95],辚距虚[96],轶野马[97],䡾陶駼[98],乘遗风[99],射游骐[100]。儵眒倩浰[101],雷动猋至[102],星流霆击[103],弓不虚发,中必决眦[104]。洞胸达掖[105],绝乎心系[106]。获若雨兽[107],掩草蔽地[108]。于是楚王乃弭节徘徊[109],翱翔容与[110]。览乎阴林[111],观壮士之暴怒,与猛兽之恐惧[112],徼𠜱受诎[113],殚睹众物之变态[114]。

于是郑女曼姬[115],被阿緆[116],揄纻缟[117],杂纤罗[118],垂雾縠[119]。襞积褰绉[120],纡徐委曲[121],郁桡谿谷[122]。衯衯裶裶[123],扬袘戌削[124]。蜚襳垂髾[125],扶舆猗靡[126],翕呷萃蔡[127]。下靡兰蕙[128],上拂羽盖[129]。错翡翠之威蕤[130],缪绕玉绥[131]。眇眇忽忽[132],若神仙之仿佛[133]。

于是乃相与獠于蕙圃[134],媻姗勃窣[135],上乎金堤[136]。掩翡翠[137],射鵔鸃[138]。微矰出[139],纤缴施[140]。弋白鹄[141],连驾鹅[142]。双鸧下[143],玄鹤加[144]。怠而后发[145],游于清池[146]。浮文鹢[147],扬旌枻[148],张翠帷[149],建羽盖[150],网玳瑁[151],钩紫贝[152]。摐金鼓[153],吹鸣籁[154],榜人歌[155],声流喝[156]。水虫骇[157],波鸿沸[158]。涌泉起[159],奔扬会[160];礧石相击[161]。硠硠礚礚[162],若雷霆之声,闻乎数百里之外。将息獠者[163],击灵鼓[164],起烽燧[165]。车按行[166],骑就队[167]。纚乎淫淫[168],般乎裔裔[169]。

于是楚王乃登云阳之台[170],怕乎无为[171],澹乎自持[172]。勺药之和具[173],而后御之[174]。不若大王终日驰骋[175],曾不下舆[176],脟割轮焠[177],自以为娱[178]。臣窃观之,齐殆不如[179]。于是齐王无以应仆也。

乌有生先曰:是何言之过也!足下不远千里,来贶齐国[180]。王悉发境内之士,备车骑之众,与使者出畋,乃欲戮力致获[181],以娱左右[182]。何名为夸哉?问楚地之有无者,愿闻大国之风烈[183],先生之余论也[184]。今足下不称楚王之德厚,而盛推云梦以为高[185],奢言淫乐而显侈靡[186],窃为足下不取也。必若所言,固非楚国之美也。无而言之,是害足下之信也[187]。彰君恶,伤私义[188]。二者无一可[189],而先生行之,必且轻于齐而累于楚矣[190]。且齐东渚钜海[191]，南有琅邪[192]，观乎成山[193]，射乎之罘[194]。浮渤澥[195]，游孟诸[196]。邪与肃慎为邻[197]，右以汤谷为界[198]，秋田乎青丘[199]，彷徨乎海外[200]。吞若云梦者八九于其胸中，曾不蒂芥[201]。若乃俶傥瑰玮[202]，异方殊类，珍怪鸟兽，万端鳞崪[203]，充物其中[204]，不可胜记。禹不能名[205]，契不能计[206]。然在诸侯之位，不敢言游戏之乐，苑囿之大[207]，先生又见客[208]，是以王辞不复[209]。何为无以应哉[210]？

注释

〔1〕使：第一个是派遣，第二个是出使的意思。　子虚：虚构的人物。

〔2〕畋（tián 田）：打猎。

〔3〕过：拜访。　诧：惊诧，夸耀。　乌有先生：虚构的人物。

〔4〕亡是公：虚构的人物。　存：在，在场。　焉：于此。

〔5〕获：猎得的禽兽。

〔6〕夸：夸耀。

〔7〕云梦：楚国著名的大沼泽地，跨长江。相传在今湖北安陆县南。本为二泽，长江北为云，南为梦，方圆八九百里，后世淤为平地。

〔8〕乘（shèng 胜）：古时一车四马叫一乘。

〔9〕徒：士卒。

〔10〕罘（fú 浮）网弥山：罗网布满山野。罘，捕兔的网；弥，布满，覆盖。

〔11〕掩兔辚鹿：用网捕捉野兔，车轮辗死麋鹿。

〔12〕脚：野兽的小腿，此做动词用，捉住小腿。　麟：一种大鹿，不是指祥瑞之兽麒麟而言。陆玑《毛诗草木鸟兽虫鱼疏》："今并世界有麟，大小如鹿，非瑞应麟也。"

〔13〕骛：纵横奔驰。　盐浦：海滨的盐滩。

〔14〕割鲜染轮：宰杀的鸟兽很多，流下的血染红了车轮。胡绍煐说："此谓割生血流汙于车轮，盛言中获之多。"鲜，指鸟兽的生肉。前句写辚鹿，这句写染轮，正是前后照应，以表割鲜之多。

〔15〕中(zhòng 重):命中目标。

〔16〕矜:骄傲,夸耀。　自功:自以为有功,自我夸耀。

〔17〕顾:回头看。

〔18〕饶乐:富有乐趣。

〔19〕孰与寡人:与寡人比较起来谁的游猎更为壮观?孰与,于比较中表疑问;寡人,君主的自谦之词。

〔20〕下车:表谦虚的动作。

〔21〕鄙人:见闻浅陋的人,自谦之词。

〔22〕宿卫:在宫中值宿守卫。

〔23〕有:又。

〔24〕时:有时,间或。　出游:跟从君王出去游猎。

〔25〕览于有无:有的看见过,指游于后园所见;有的还没有看见过,指游后园尚未遍观的事物,以及没有出游外泽而言。

〔26〕睹:看过。

〔27〕焉:怎么。　外泽:距都城很远的大泽地。

〔28〕略:大致。　以:就。

〔29〕唯唯:应答的声音。

〔30〕盖:大概。　特:仅,只。

〔31〕方:方圆。

〔32〕盘纡(yū 淤):迂回曲折。　岪(fú 伏)郁:山势曲折的样子。

〔33〕隆崇:山势高耸的样子。　嵂崒(lù zú 律卒):高峻而险要的样子。

〔34〕岑崟(cén yín):山势高峻的样子。　参差(cēn cī):山势高低不齐。

〔35〕蔽亏:蔽,全隐;亏,半缺。因山势高峻,遮蔽日月;又因其参差不齐,日月或全部遮蔽,或亏缺半见。

〔36〕纠纷:错综而杂乱的样子。

〔37〕干:接触,冒犯。

〔38〕罢池(pí tuó 皮驼):山势倾危的样子。　陂陀(pó tuó 婆驼):山势宽广的样子。

〔39〕属(zhǔ 主):连接。

〔40〕丹:朱砂。　青:石青,可制颜料。　赭(zhě 者):赤土。　垩(è 饿):白土。

〔41〕雌黄:矿物名,与雄黄同类而小有别,可制颜料。 白坿(fú 伏):石灰。

〔42〕碧:青色的玉石。

〔43〕众色炫耀:五光十色,光辉夺目。

〔44〕照烂龙鳞:光辉灿烂,好像龙鳞闪耀。

〔45〕赤玉:赤色的玉石。 玫瑰:一种紫色的宝石。

〔46〕琳:美玉。 瑉(mín 民):一种仅次于玉的石。 昆吾:本山名,出美石,用以代美石名。

〔47〕瑊玏(jiān lè 坚勒):次于玉的石名。 玄厉:一种黑色的石,可用以磨刀。

〔48〕碝(ruǎn 软)石:一种次于玉的石,白如冰,半带赤色。 碔砆(wǔ fū 武夫):一种次于玉的石,赤地白纹。

〔49〕蕙圃:香草的园圃。

〔50〕衡:杜衡,状如葵,味如蘼芜。 兰:兰草。 芷:白芷。 若:杜若。

〔51〕芎藭(xiōng qióng 兄穷):一种香草,根可入药。 菖蒲:多年生草,生在水边,根可入药。

〔52〕茳蓠(jiāng lí 江离):香草。 蘼芜(mí wú 迷无):水草名。

〔53〕诸柘(zhè 这):甘蔗。 巴苴(jū 居):芭蕉。

〔54〕登降:指地势高低。 陁(yǐ 以)靡:指斜坡连延的样子。

〔55〕案衍:地势低下的样子。 坛曼:地势平坦的样子。

〔56〕缘:沿着。

〔57〕巫山:山名,在云梦泽中,一名阳台山,当在今湖北汉阳境内。或以为指四川的巫山县,非是。

〔58〕葴(zhēn 针):马兰。 菥(xī 西):麦的一种,似燕麦。 苞:草名,与茅相似,可用以织席和制草鞋。 荔:草名,似蒲而小,根可制刷子。

〔59〕薛:蒿之一种。 莎(suō 梭):也是蒿之一种。 青薠(fán 烦):青色的薠草。以上诸草皆生于高地干燥之处。

〔60〕埤(bēi 卑)湿:地势低洼潮湿之处。 藏莨(zāng láng 臧郎):狼尾草,俗名狗尾巴草。 蒹葭(jiān jiā 坚加):泛指芦苇。

〔61〕东蘠(qiáng 墙):草名,似蓬草,子如葵实,可食。 雕胡:菰米,茭白尖头的圆颗,可煮食。

〔62〕觚(gū 姑)卢:葫芦。(用李善注引张晏说)

〔63〕菴闾(ān lǘ 安吕):青蒿,子可医病。(《史记索引》引郭璞说)又名覆

闾。《政和证类本草·菴闾》:"菴,草屋也;闾,里门也。此草,乃蒿属,老茎可以盖覆菴闾,故以名之。" 轩于:即莸草,一种臭草。

〔64〕众物:草木众多。 居:生长。

〔65〕图:计算。

〔66〕涌泉:奔涌的流泉。 清池:清澈的池水。

〔67〕推移:波涛鼓动。

〔68〕外:指清池的表面。 发:开放。 芙蓉:荷花。 菱华:菱花,形小色白,每朵四瓣。

〔69〕内:指清池之水中。 隐:藏。 钜石:大石。

〔70〕蛟:龙一类的动物,居水中。 鼍(tuó 驼):鼍龙,又名猪婆龙,或称扬子鳄。

〔71〕玳瑁(dài mào 代冒):龟一类的动物,甲上有花纹,可用以装饰器物。鳖:甲鱼。 鼋(yuán 元):大鳖。

〔72〕阴林:山北面的森林。

〔73〕楩(pián 骈):黄楩木。 楠:楠木。 豫章:即樟木。

〔74〕桂椒:树木名。 木兰:树木名。

〔75〕檗(bò 簸):通称黄蘖,高数丈,叶似茱萸,经冬不凋,树皮呈白色,里深黄色,根如松。 离:樆之假借字,即山梨。郝懿行《尔雅义疏》:"梨生人家者即名梨,生山中者别名樆也。" 朱杨:赤茎柳。李善注:"盖山之国,东有树,赤皮干,名曰朱木杨柳也。"

〔76〕楂:山楂。 梬(yǐng 影)栗:一名梬枣,今称黑枣,似柿而小。罗愿《尔雅翼》:"梬……结实似柿而极小,其蒂四出,枝叶皮核,皆似柿,秋晚而红,干之则紫黑如葡萄,其大小亦然。"

〔77〕柚(yòu 右):柚子。

〔78〕鹓鶵(yuān chú 冤除):传说中凤凰一类的鸟。 孔:孔雀。 鸾(luán 峦):鸾鸟。

〔79〕腾远:即腾猿,"远"为"猿"的误字,兽名,善于跳跃超腾的猿类。(用梁章钜、胡绍煐、王先谦说) 射(yè 夜)干:兽名,似狐而小,能缘木,青黄如狗,喜群行,夜鸣如狼。

〔80〕玄豹:黑豹。

〔81〕蟃蜒(wàn yán 万延):应做"獌狿",大兽名,狼属而似狸。 貙犴(shū

àn 枢按):猛兽名,似狸而大。(用王先谦说)

〔82〕剸(zhuān 专)诸:吴国的勇士,曾为吴公子光(即吴王阖庐)刺死吴王僚。 伦:类。

〔83〕格:杀。

〔84〕狡(bó 驳):一种猛兽,似马白身黑尾,长一角,牙齿如锯,食虎豹,驯服之以为驾车的驷马。(用李善注引张揖说) 驷(sì 四):古代四马合驾一车。

〔85〕雕玉之舆:用雕刻的玉装饰的车。

〔86〕靡(huī 挥):同"麾"(huī 挥),挥动。(用胡绍煐说) 鱼须:出于东海的一种大鱼的须子。(师古注) 桡旃(náo zhān 挠沾):曲柄的旗。

〔87〕曳:摇动。 明月:珍珠名,用以装饰旗帜。

〔88〕建:高举。 干将:利刃。大而无刃的戟叫莫邪,大而有刃的戟叫干将。(用胡绍煐说) 雄戟:三刃戟。

〔89〕乌号:良弓名。黄帝乘龙上天,小臣不得上,挽持龙须,须拔,堕黄帝弓,臣下抱弓而号。以此名良弓为乌号。(李善注引张揖说) 雕:雕刻。

〔90〕夏服:盛箭器。夏后氏有良弓,名繁弱,其矢亦良,夏服即盛繁弱之箭器。(李善注引服虔说)

〔91〕阳子:即孙阳,字伯乐,秦缪公臣,善于相马。 骖乘:陪乘的人。古时乘车,尊者居左,驾车的人居中,右边有一人乘坐,以防车子倾倒,为骖乘。

〔92〕孅(xiān 先)阿:古时善于驾车的人。(李善注引郭璞说)

〔93〕案节:谓马行缓慢而有节奏。 未舒:谓马足尚未驰骋起来。

〔94〕陵:践踏。 狡:矫捷,矫健。

〔95〕蹴(cù 促):践踏。 蛩蛩(qióng qióng 穷穷):青兽,状如马。

〔96〕距虚:一种野兽,与蛩蛩皆善走。(用胡绍煐说)

〔97〕轶(yì 义):突击,侵犯。 野马:似马而小的野兽。

〔98〕轊(wèi 卫):践踏。 陶駼(tú 途):北方的野马,与上句野马相对为文。(用王念孙说)

〔99〕遗风:千里马。

〔100〕游骐:游荡的骐马。骐,一种野兽。李善注引《尔雅》:"嶲,如马,一角,不角者骐。"

〔101〕倏眒(shū shùn 书顺):动作迅疾的样子,眒为"瞬"的异文。倩浰(qiàn liàn 欠练):意思与"倏眒"同。

〔102〕雷动:比喻楚王车马的气势威猛。动,震。 猋(biāo 标)至:比喻楚王车骑奔驰之迅疾。猋,暴风。

〔103〕星流:流星的陨坠。 霆:闪电。

〔104〕中(zhòng 仲):射中。 决:裂。 眦(zì 字):眼眶。

〔105〕洞:洞穿,贯穿。 掖:同"腋",腋下。

〔106〕绝:断。 心系:连着心脏的血管脉络。

〔107〕获:收获。 雨(yù 玉):做动词用,像降雨一样纷然而落。

〔108〕蔽:掩蔽。

〔109〕弭(mǐ 米)节:按节。谓缓行。弭,按,止。节,行军进退之符节。徘徊:缓辔徐行。

〔110〕翱翔:悠然自得的样子。 容与:与"翱翔"义同。

〔111〕览:观看。

〔112〕暴怒:奋勇。

〔113〕徼(yāo 要):截挡。 𠛪(jù 剧):疲倦已极。 受:接受,收拾。 诎(qū 区):同"屈",筋疲力尽。

〔114〕殚(dān 单):尽。 变态:富有各种变化的姿态。

〔115〕郑女:郑国的女子。相传古代郑国出美女。 曼姬:美女。颜师古《汉书注》引文颖说:"郑国出好女;曼者,言其色理曼泽也。"闵齐华说:"郑女曼姬,泛言郑国之女与曼泽之色也。"曼泽之色,娇好的女色。

〔116〕被:披。 阿:细缯。 緆(xī 西):细布。

〔117〕揄(yù 玉):牵引。 纻(zhù 住):麻布。 缟(gǎo 高):白色的丝织品。

〔118〕杂:饰。 纤罗:细薄的丝织品。

〔119〕雾縠(hú 胡):如雾一般轻柔的细纱,妇女用以蒙头。(用《史记集解》引郭璞说)

〔120〕襞(bì 必)积:形容女子腰间裙幅的折叠很多。 褰(qiān 千)绉:形容衣服的纹理很多。褰,缩;绉,蹙。

〔121〕纡徐:衣服的线条婉曲多姿。 委曲:与"纡徐"意义相近。

〔122〕郁桡谿谷:女子衣服褶绉深曲的样子好似谿谷。吕向说:"谓文理苐郁然,有似谿古之状。"郭嵩焘说:"緆缟罗縠之属,轻软多蹙纹,故以'郁桡谿谷'为言,言表里之深邃也。"

〔123〕衯衯裶裶(fēn fēn fēi fēi 分分非非):衣长的样子。

〔124〕扬：抬起，掀动。　袘（yì 易）：裳裙下端的边缘。（用王先谦说）　戌（xū 须）削，形容行走时裳裙边缘显得很整齐。（用王先谦说）

〔125〕蜚襳（fēi xiān 飞先）：飘动着的衣带。蜚同“飞”。襳，衣上圭形的长带。　垂髾（shāo 梢）：原指燕尾形的发髻，此指衣尾。李善注：“襳与燕尾，皆妇人袿衣之饰也。”郭嵩焘说：“袿，妇人之上服也。……此所云襳者，袿衣之正幅，下垂为饰者也。《释名》：‘妇人上服曰袿。’其下垂者，上广下狭，如刀圭，正所谓襳也。《广韵》：‘髾，发尾。’颜注释此为燕尾，正合今上带交股歧分。”

〔126〕扶舆：或作“扶于”。“舆”“于”同音通用。形容衣服飘洒而体态婀娜的样子。　猗靡（yǐ mí 以迷）：与“扶舆”意义相近。

〔127〕翕呷（xī xiá 西匣）：衣裙飘起的样子。　萃蔡：人走路时衣服所发出的摩擦声。

〔128〕靡：《史记》、《汉书》及五臣本皆作“摩”。　兰蕙：指地上的花草。

〔129〕拂：与上句“摩”相对为文。　羽盖：用羽毛装饰的车盖。李善注：“垂髾飞襳，飘扬上下，故或摩兰蕙，或拂羽盖。”

〔130〕错：交相夹杂。　翡：羽毛呈红色的鸟。　翠：羽毛呈绿色的鸟。威蕤（ruí）：以羽毛所做首饰的样子。李善注引张揖说：“错其羽毛，以为首饰也。”高步瀛说：“威蕤本形容羽毛饰物之状。以羽毛饰旗谓之威蕤，以羽毛为首饰，亦谓之威蕤。”这句的意思说女人以各种颜色的羽毛做头上的装饰。

〔131〕缪（liáo 辽）绕：环绕，缠绕。缪同“缭”。　玉绥：用玉装饰的帽带。（用沈钦韩说）

〔132〕眇眇：缥缥缈缈的样子。　忽忽：与“眇眇”意义相近。两个词都是形容行踪飘忽不定的样子。

〔133〕若神仙：比喻女人头饰的高贵华美非人间所当有。李善注引郭璞说：“言其容饰奇艳，非世所见也。”

〔134〕獠（liáo 辽）：夜间打猎。

〔135〕媻姗（pán shān 盘山）：形容走路缓慢的样子。　勃窣：意义与“媻姗”相近。（用胡绍煐说）

〔136〕金堤（dī 低）：堤的美称。

〔137〕掩：覆盖，罩住，以网捕捉禽鸟。

〔138〕鵔鸃（jùn yí 俊仪）：雉一类的鸟，毛呈五彩，有花纹。

〔139〕微：小。　矰（zēng 增）：一种用丝绳系住以射鸟的短箭。

〔140〕纤缴(zhuó 茁):拴在箭上的纤细的生丝绳。　施:放射。

〔141〕弋(yì 义):用带绳的箭射鸟。　白鹄(hú 壶):一种似鹤的水鸟。《汉书》颜《注》及张守节《史记正义》皆释为水鸟。陆玑说:"鸿鹄羽毛光泽,纯白,似鹤而大,长颈,肉味如雁。又有小鸿,大小如凫,色亦白,今人直谓鸿也。"高步瀛说:"据颜及《正义》,此白鹄似非天鹅,而似陆疏之小鸿。"

〔142〕驾鹅:野鹅。

〔143〕鸧(cāng 仓):鸧鸹,似雁而黑。

〔144〕玄鹤:黑鹤。　加:谓被箭射中。

〔145〕怠:倦怠。　发:指发船,泛舟。

〔146〕清池:姚鼐说:"此即西之涌泉清池。"

〔147〕浮:指泛舟。　文鹢(yì 义):指画有文采鹢首的船。古代天子所乘龙舟,在船头画有鹢首,后乃以鹢作为船的代称。

〔148〕扬:高举。　旌:旗子。　枻(yì 义):船舷。李善注引郭璞说:"枻,船舷,树旌于上。"

〔149〕翠帷:绿色的船帷。帷,帷幕。

〔150〕建:建立,竖立;与"浮"、"扬"、"张"相对为文。　羽盖:以翠鸟之羽所装饰的船盖。

〔151〕网:以网捕捉。

〔152〕钩:钩取。　紫贝:贝壳呈紫色而带黑色花纹的介类动物。

〔153〕摐(chuāng 窗):敲击。　金鼓:今大锣或铙钹一类的乐器。

〔154〕籁(lài 赖):即排箫。箫一类带孔的管乐器。

〔155〕榜(bàng 棒)人:船夫。

〔156〕流喝:指歌声悦耳而有悲凉之音。李善注引郭璞说:"言悲嘶也。"王先谦说:"喝,读若暖,所谓暖迺之声。即棹歌也。暖迺,与欸乃同。参诸郭说,若今歌之尾声羡字(衬字),激楚含哀矣。"

〔157〕水虫:指水中鱼鳖之类。

〔158〕鸿沸:波涛大作。鸿,大。

〔159〕起:谓掀动波浪。

〔160〕奔扬:波涛。　会:会合。波涛鼓涌,相互撞击。

〔161〕礧(lěi 累)石:众石。礧同"磊"。

〔162〕硠硠礚礚(láng láng kē kē 郎郎科科):水石相击之声。

〔163〕息獠:停止宵猎。

〔164〕灵鼓:六面鼓。

〔165〕烽燧(suì 岁):告警的烽火。

〔166〕按行(háng 航):按照行列。

〔167〕就队:各归队伍,按部就班。

〔168〕纚(xǐ 洗):接连不断的样子。　泾泾:队列整齐缓步行进的样子。

〔169〕般(pán 盘):依次相连的样子。　裔裔(yì yì 易易):不断行进的样子。(用王先谦说)

〔170〕云阳之台:台名,又名阳台,即在巫山之下。五臣本作阳云之台。吴汝纶说:"姚姬传谓:'云阳台在巫山下,即至其南也。'概至彼已息獠矣。"

〔171〕怕:同"泊",安静无事的样子。　无为:指心地泰然无事。

〔172〕澹:与"泊"相对为文,意义相近。　自持:指保持宁静的心情。

〔173〕勺药:即芍药,古人以为有"和五脏,辟毒气"的作用,因而用它做调料。　和:调和好的食品。　具:备。

〔174〕御:进食。张铣说:"谓具五味而后食之。"

〔175〕大王:指齐王。　驰骋:驾着车马奔驰。

〔176〕曾:竟。　下舆:下车。意谓离开车驾。

〔177〕脟(luán 峦)割:把肉切成一块块。脟,同"脔"。　轮焠(cuì 粹):谓在兵车间烤肉。轮,指兵车;焠,灼,烤炙。

〔178〕娱:乐趣。

〔179〕齐:齐王。　殆:大概。

〔180〕贶(kuàng 况):赠赐,赐教。

〔181〕戮(lù 路)力:同心合力。　致获:获得禽兽。获,做名词用。

〔182〕左右:指使者的左右,不直指使者,以表尊敬。

〔183〕风:美好的风俗习尚。　烈:光辉的业绩。

〔184〕余论:指先贤遗留下来的高雅的言论。李善注引张晏说:"愿闻先贤之遗谈美论也。"

〔185〕盛推:毫无顾忌地夸耀。　高:高谈。

〔186〕奢言:侈谈。　显:显示,夸耀。

〔187〕害:损害。　信:信誉,声望。

〔188〕彰:宣扬。　伤:伤害。　私义:个人的品德。

〔189〕二者:指“彰君恶,伤私义”而言。 可:可行。

〔190〕且:将要。 轻:被轻视。 累:牵累。

〔191〕渚:水边,这句做动词用,即面临。

〔192〕琅邪(yá 牙):邪同“琊”,山名,在今山东诸城县东南一百五十里。其山三面皆海,西南通于陆地。

〔193〕观:游观。 成山:山名,在山东荣城县东。

〔194〕之罘(fú 浮):山名,在今山东福山县东北三十五里,与文登县界相连,即今之烟台。

〔195〕渤澥(xiè 谢):即渤海。《初学记六·海》:“按东海之别有渤澥,故东海共称渤海,又通谓之沧海。”

〔196〕孟诸:古代的大泽名,在今河南商丘东北,虞城西北。今已淤塞。

〔197〕邪:同“斜”。 肃慎:古国名,在今辽宁、吉林、黑龙江一带。 邻:邻接。

〔198〕右:当为左之误。李善注说:“言为东界;则右当为左字之误。”汤(yáng 阳)谷:即旸谷,日所出处。

〔199〕田:同“畋”,畋猎。 青丘:海外国名,当指辽东、高丽一带地方。(用胡绍煐、高步瀛说)

〔200〕彷徨:徘徊,往来漫步。

〔201〕蒂芥(dì jiè 帝介):比喻微末不足道的事物。在此句中做动词用,意动用法,“不蒂芥”就是不以为蒂芥。

〔202〕俶傥(tì tǎng 惕淌):同“倜傥”,卓越不凡。 瑰玮(guī wěi 规伟):奇伟,卓异,指奇珍异产种种可贵之物。

〔203〕万端:指上述各地的奇珍异产和珍贵鸟兽。 鳞崪(cuì 萃):鱼鳞般地聚集一起。崪,与“萃”同。

〔204〕充牣(rèn 刃):充满。

〔205〕禹:夏禹。李善注引张揖说:“禹为尧司空,辩九州名山,别草木。”名:做动词用,叫出名字。

〔206〕契:传为尧司图。李善注引应劭说:“契善计也。”

〔207〕苑囿:植树木养禽兽的地方,指古代帝王游乐打猎的场所。

〔208〕见客:受到优待的贵宾。王先谦说:“犹言见礼于王耳。”客,做动词用,意动用法;见,被。见客,被作为贵客优待。

〔209〕辞:语言。　复:回答。

〔210〕何为:为何。

今译

楚国派遣子虚出使齐国。齐王调动了全部的兵车和骑手,同使者出去打猎。打猎完毕,子虚去拜访乌有先生,向他做了一番自我夸耀。当时亡是公也在座。坐好以后,乌有先生问他道:今天打猎很有乐趣吗?子虚说:有乐趣。猎获的野味多吗?回答说:很少。那还有什么乐趣呢?回答说,我感到有趣的是,齐王想要向我炫耀他的兵车骑手之多,而我却拿楚王在云梦泽狩猎的奇观回答他。说:我可以听听当时的情景吗?

子虚说:可以呀。齐王调动了上千辆的兵车,精选出上万名骑手,在东海之滨摆开了狩猎的阵势。排列的士卒,布满大泽;布下的罗网,笼盖山谷。罗网罩住了山兔,车轮辗死大鹿,射中了小麋,又紧紧系住麟的腿。兵车骑手奔驰于东海的盐滩,宰杀禽兽流出的血把车轮染得鲜红。每发必中,猎获很多,齐王骄矜得意而自以为功勋卓著,他回头对我说:楚国也有这样的平原广泽、游猎之地,这样地饶有乐趣吗?楚王狩猎,和我比较起来谁更为壮观呢?我赶紧下车回答说:小臣不过是楚国的一个鄙人,有幸在王宫里当了十几年值宿守卫的差使。有的时候跟从大王出游,仅止到王宫附近的苑囿打过猎,有些场面见识过,但是所见远远不够全面;又怎么能够妄谈远离王都大泽的游猎场面呢?齐王说,尽管如此,也请您仅就自己的见闻谈谈吧。我回答说:好吧。我听说楚国有七个大泽,亲眼见过的只是其中之一,其余的都没有见过。我所见到的那个,大概仅仅是其中一个小小的而已,名叫云梦。云梦泽,方圆九百里,其中有高险的大山。那些山,盘盘旋旋,迂回曲折;高耸入云,陡峭奇险;山势峭拔,参差不齐;日月经天,或蔽或亏。山峰林立,彼此错杂,高出云天;又倾危偏斜,下连江河。那里的土,乃是朱砂石青,赤土白垩,雌黄白灰，锡玉金银；种种色彩，光辉绚丽，照耀灿烂，有如龙鳞。那里的石，乃是赤玉紫玉，各种美石；有近似玉的石，可以磨刀的黑石；还有半白半红的石，红地白文的石。那东面，有一个蕙圃：杜衡兰草，白芷杜若；芎穷菖蒲，根可入药；茳蓠蘪芜，吐露芬芳；甘蔗芭蕉，香甜适口。那南面，则是平原广泽：地势忽高忽低，倾斜偏颇，愈下愈低，广阔平坦；沿着大江延伸辽远，直达巫山。那峻高干燥之地，则生长着马兰燕麦，苞茅荔草，还有青蒿青薠。那低洼潮湿之地，则生长着狗尾草，可以编席的芦苇，颗粒可食的蓬草菰米，莲花河藕和葫芦，可以覆盖屋宇的蒿类和气味难闻的莸草。种种植物，杂处丛生，简直不可胜计。那西面，则有喷涌的流泉和清澈的池水，波涛激荡，彼此推移：水上面开放着荷花菱花，水下面隐藏着巨石白沙；水深处则有神龟蛟鼍，玳瑁鳖鼋。那北面，则有一个阴林，其树是楩木楠木樟木，桂椒与木兰，黄蘗山梨朱杨，山楂与黑枣，桔子柚子，洋溢芳香。那些树上，则有凤凰孔雀鸾鸟，腾猿射干，攀缘跳跃；树下则有白虎黑豹，獌狿貙犴。

于是就派勇士专诸之辈，亲手格杀此兽。楚王这才驾御起被驯服的四只猛狡，乘坐上雕玉所装饰的銮舆，挥动着鱼须旒穗的曲柄之幡，飘荡着明月珠所缀饰之旗，高擎着锋锐的三刃雄戟，左边佩着雕饰的乌号名弓，右边挎着夏服所盛的名贵劲箭。孙阳为骖乘，孅阿当御者；队伍有节奏地徐缓而行，马蹄尚未放开驰骋，就踏倒了矫捷的野兽。践踏蛩蛩，辚轧距虚，突击野马，踢死陶骖。乘上千里之马，射中游荡之骐。楚王的车马迅猛异常，如惊雷疾风，如流星闪电；弓不虚发，中必决眦；劲箭穿透禽兽胸口，直达腋下，切断连接心脏的血管脉络。猎获的野兽，降雨一般纷纷而落，掩盖了草木，遮盖了大地。于是，楚王就按辔缓行，自由自在；游览于阴林，观察壮士之暴怒，与猛兽之恐惧，把那疲惫不堪的阻截住，把那筋疲力尽的拿到手，饱看了众多禽兽的各种变态。

于是美女艳色，身著细缯细布之衣，麻布素绢之裳，装饰着纤细的罗绮,佩带着轻雾一般的柔纱。衣与裙裳,褶绉重叠,婉婉曲曲,幽深别致,好似谿谷。宽衣长袖,飘飘洒洒;裙幅掀动,整整齐齐;衣裳的飘带,随风飞舞。款式考究,婀娜多姿;举手投足,窸窣有声;衣裙饰带,飘飘悠悠,下摩兰花香草,上拂羽饰华盖;头上装饰翡翠羽毛,光彩照人,颔下缠结着缀玉的帽缨。缥缥缈缈,恍恍忽忽,好比神仙临凡。

于是,楚王又与郑女美姬一起,宵猎于蕙圃:从容缓行,登上金堤;捕捉翡翠之鸟,射猎毛呈五彩的锦鸡。射出短箭,带出丝线。射下来白鹄,牵连来野鹅;鸧鸹双双下落,黑鹤也中矰缴。射猎疲倦,而后又划动了游船,畅游于清池。泛起绘有五彩鹢首的舟船,竖立旌旗于船舷,张起翡翠的帷幕,撑起羽饰的伞盖;捕捉玳瑁,钓取紫贝;敲击铙钹,吹奏笙箫;船夫放歌,声含凄楚,鱼蛟惊骇,洪涛鼎沸;流泉涌起,浪涛拍击;众石相撞,轰轰隆隆;好比雷霆之声,闻于数百里之外。即将停止宵猎的时候,击起灵鼓,燃起烽火。兵车按部就班,骑手各就各位。队伍先后相连,缓步前行;士卒依次排列,步伐严整。

于是,楚王就登上云阳之台,表情恬淡,心境超脱;用芍药调好美肴,从容进食。楚王可不像大王这样整天紧张驰骋,竟然不离车驾,只能在兵车间切割肉块烤炙而食,还自以为快乐呢。依小臣看来,齐国怕是赶不上楚国吧?于是,齐王就没法回答我了。

乌有先生说:这话未免说得太过分了吧?足下不远千里,来赐教齐国;齐王调集了境内的全部士卒,准备了大量的兵车和骑手,陪同使者出猎;他的用意是在与您同心合力,多多获取禽兽,让您的左右感到开心尽兴,怎么能叫做夸耀呢!问楚地有无这么壮观的狩猎场面,那是希望听到泱泱大国的高雅风尚光辉业绩,听您讲述先贤传下来的美言高论。现在足下不是颂扬楚王的德行敦厚,却是恣意地畅谈云梦泽的珍奇和楚王的游猎,并自以为高论;毫无顾忌地侈谈淫乐,而炫耀奢靡。愚以为这是足下不应取的态度。如果真像您所说那样，那原本就不是楚国的美事；如果并无此等奢侈的事情，那倒是有损于足下的信誉呀！暴露国君的缺点，损害个人的品德，这两者是无一可行的；但是先生却是实行了。这就一定要受到齐国的轻视，而影响到楚国的声誉呀！况且齐国东临大海，南有琅琊；游观于成山，射猎于之罘；泛舟渤海，游猎孟诸。横向与肃慎毗邻，右以汤谷为界；秋季狩猎于青丘，自由漫步于海外；吞下八九个像云梦这样的大泽于胸中，那也终不过是草芥一般。至于超绝可贵的事物，异域殊类，珍怪鸟兽，万端汇萃，好比鱼鳞凑集闪动，充满其中，不可胜记，那真是渊博的禹也分辨不清它们的名字，擅长计算的契也说不清它们的数量。但是，齐王在诸侯之位，不能贸然地议论游戏之乐，苑囿之大；先生又是受到优礼接待的贵宾，因此齐王就不能以话语回答。怎么能说他无言以对呢？

（陈复兴译注并修订　陈延嘉再修订）

上林赋一首

司马长卿

题解

在两汉的文学家中，奇思异想，文采宏丽，确以司马相如为冠。当世就有许多关于他的美谈逸闻，脍炙人口，被司马迁、班固采入本传，关于《上林赋》的创作过程，则说武帝读了《子虚赋》感动不已，叹道："朕独不得与此人同时哉！"相如的同乡杨得意在宫中做狗监，回答说："臣邑人司马相如自言为此赋。"武帝就召问相如，相如证实说："有是。然此乃诸侯之事，未足观也。请为天子游猎赋，赋成奏之。"就是这篇《上林赋》，武帝大悦，拜相如为郎。

《史记》、《汉书》本传中，《子虚》、《上林》皆做一篇，至《昭明文选》始分为两篇。后世学者吴汝纶、高步瀛据史家之言，断为一篇。自然精当可信。但是，作为文艺批评家的昭明太子，析之为二，也自是选家的高超之见。若作一篇读，则云梦与上林的奇景胜状必致前后重复拖沓，令人乏味。若作两篇读，则重出之弊可免，而华美词采不遗。这正是选家的眼力。

《上林赋》是以亡是公的话，撇开齐楚之事，铺张上林的山水土石、草木虫鱼、珍禽怪兽，诸多奇幻；夸耀天子校猎，士卒的英武，车骑的凌厉，极写人间的奢侈荒淫。结尾归于天子酒醉乐酣之中的翻然自省，去奢靡重节俭，走上仁义之途。写游猎，与《子虚赋》相较无多新意，而词采尤其艳丽。写女乐，音声悦耳，舞姿动人，与《子虚赋》也相一致，但更有传神之笔。所以刘勰说："相如《上林》，繁类以成艳。"评得确然是中肯的。

作家在末尾写天子的悔悟，斥诸侯的“务在独乐，不顾众庶”，正在于批评当政者的不悟，武帝本人的“独乐”，已经突破了文学侍臣讽谕的框子，颇显出某种揭露时弊的锐气，并且鲜明地表现出相如的仁政理想。

原文

亡是公听然而笑[1]，曰：楚则失矣，而齐亦未为得也[2]。夫使诸侯纳贡者，非为财币，所以述职也[3]。封疆画界者，非为守御，所以禁淫也[4]。今齐列为东藩，而外私肃慎[5]。捐国逾限，越海而田[6]，其于义固未可也[7]。且二君之论，不务明君臣之义，正诸侯之礼，徒事争于游戏之乐，苑囿之大，欲以奢侈相胜，荒淫相越[8]。此不可以扬名发誉，而适足以贬君自损也[9]。且夫齐楚之事，又乌足道乎[10]？君未睹夫巨丽也，独不闻天子之上林乎[11]？左苍梧，右西极[12]。丹水更其南，紫渊径其北[13]。终始灞浐，出入泾渭[14]；酆镐潦潏[15]，纡余委蛇，经营乎其内[16]；荡荡乎八川分流，相背而异态[17]。东西南北，驰骛往来[18]：出乎椒丘之阙，行乎洲淤之浦[19]；经乎桂林之中，过乎泱漭之野[20]；汩乎混流，顺阿而下，赴隘陿之口[21]。触穹石，激堆埼[22]，沸乎暴怒，汹涌澎湃。滭弗宓汩，逼侧泌瀄[23]，横流逆折，转腾潎洌，滂濞沆溉[24]；穹隆云桡，宛潬胶戾[25]；逾波趋浥，涖涖下濑[26]；批岩冲拥，奔扬滞沛[27]；临坻注壑，瀺灂賈坠[28]；沉沉隐隐，砰磅訇礚[29]；潏潏淈淈，湁潗鼎沸[30]；驰波跳沫，汩漂疾[31]。悠远长怀，寂漻无声，肆乎永归[32]。然后灏溔潢漾，安翔徐回[33]；翯乎滈滈，东注太湖，衍溢陂池[34]。于是乎蛟龙赤螭，䱭䲛渐离，鰅鰫鰬魠，禺禺鱋鳎[35]，揵鳍掉尾,振鳞奋翼,潜处乎深岩[36]。鱼鳖讙声,万物众夥[37]。明月珠子,的皪江靡[38];蜀石黄碝,水玉磊砢,磷磷烂烂,采色澔汗,藂积乎其中[39]。鸿鹔鹄鸨,驾鹅属玉[40],交精旋目,烦鹜庸渠,箴疵鵁卢[41],群浮乎其上;泛淫泛滥,随风澹淡,与波摇荡,奄薄水渚[42];唼喋菁藻,咀嚼菱藕[43]。

于是乎崇山矗矗,巃嵸崔巍[44];深林巨木,崭岩参差[45]。九嵕巀嶭,南山峩峩[46];岩陁甗锜,摧崣崛崎[47]。振溪通谷,蹇产沟渎[48]。谽呀豁閜,阜陵别隝[49]。崴磈嵔廆,丘虚堀礨[50]。隐辚郁壘,登降施靡[51]。陂池貏豸,沇溶淫鬻[52];散涣夷陆,亭皋千里,靡不被筑[53]。掩以绿蕙,被以江蓠[54];糅以蘼芜,杂以留夷[55];布结缕,攒戾莎[56];揭车衡兰,稾本射干[57],茈姜蘘荷,葴持若荪[58],鲜支黄砾,蒋苎青薠[59],布濩闳泽,延曼太原[60]。离靡广衍,应风披靡,吐芳扬烈[61];郁郁菲菲,众香发越[62];肸蠁布写,晻薆咇茀[63]。

于是乎周览泛观,缜纷轧芴,芒芒恍忽[64]。视之无端,察之无涯[65]。日出东沼,入乎西陂[66]。其南则隆冬生长,涌水跃波[67]。其兽则獑旄貘犛,沉牛麈麋[68],赤首圜题,穷奇象犀[69]。其北则盛夏含冻裂地,涉冰揭河[70]。其兽则麒麟角端,騊駼橐驼[71],蛩蛩驒騱,駃騠驴骡[72]。

于是乎离宫别馆,弥山跨谷[73];高廊四注,重坐曲阁[74];华榱璧珰,辇道纚属[75];步櫩周流,长途中宿[76]。夷嵕筑堂,累台增成[77],岩窔洞房[78]。頫杳眇而无见,仰攀橑而扪天[79]。奔星更于闺闼,宛虹拕于楯轩[80]。青龙蚴蟉于东厢,象舆婉僤于西清[81]。灵圄燕于闲馆,偓佺之伦暴于南荣[82]。醴泉涌于清室,通川过于中庭[83]。盘石振崖,嵚岩倚倾[84]，嵯峨嶕嶫，刻削峥嵘[85]。玫瑰碧琳，珊瑚丛生[86]。瑉玉旁唐，玢豳文鳞[87]。赤瑕驳荦，杂臿其间[88]；朝采琬琰，和氏出焉[89]。

于是乎卢橘夏熟，黄甘橙楱[90]，枇杷橪柿，亭奈厚朴[91]，梬枣杨梅，樱桃蒲陶[92]，隐夫薁棣，答遝离支[93]，罗乎后宫，列乎北园。貤丘陵，下平原[94]，扬翠叶，扤紫茎，发红华，垂朱荣[95]；煌煌扈扈，照耀钜野[96]。沙棠栎槠，华枫枰栌[97]，留落胥邪，仁频并闾[98]，欃檀木兰，豫章女贞[99]，长千仞，大连抱[100]；夸条直畅，实叶葰楙[101]。攒立丛倚，连卷欐佹[102]；崔错癹委，坑衡閜砢[103]；垂条扶疏，落英幡细[104]；纷溶箾蔘，猗狔从风[105]；蔨莅卉歙，盖象金石之声，管籥之音[106]。偨池茈虒，旋还乎后宫[107]。杂袭累辑，被山缘谷，循坂下隰[108]。视之无端，究之无穷[109]。

于是乎玄猿素雌，蜼玃飞蠝[110]，蛭蜩蠼猱，獑胡豰蛫[111]，栖息乎其间，长啸哀鸣，翩幡互经[112]；夭蟜枝格，偃蹇杪颠[113]；逾绝梁，腾殊榛[114]；捷垂条，掉希间[115]。牢落陆离，烂漫远迁[116]。若此者数百千处。娱游往来，宫宿馆舍。庖厨不徙，后宫不移，百官备具[117]。

于是乎背秋涉冬，天子校猎[118]。乘镂象，六玉虬[119]；拖霓旌，靡云旗[120]；前皮轩，后道游[121]。孙叔奉辔，卫公参乘[122]。扈从横行，出乎四校之中[123]。鼓严簿，纵猎者[124]，河江为陆，泰山为橹[125]。车骑雷起，殷天动地[126]。先后陆离，离散别追[127]。淫淫裔裔，缘陵流泽，云布雨施[128]。生貔豹，搏豺狼，手熊罴，足野羊[129]。蒙鹖苏，绔白虎，被班文，跨野马[130]。凌三嵕之危，下碛历之坻[131]，径峻赴险，越壑厉水[132]。椎飞廉，弄獬豸，格虾蛤，铤猛氏[133],罥腰褭,射封豕[134]。箭不苟害,解脰陷脑[135];弓不虚发,应声而倒。

于是乘舆弭节徘徊[136],翱翔往来。睨部曲之进退,览将帅之变态[137]。然后侵淫促节,儵夐远去[138]。流离轻禽,蹴履狡兽[139]。轊白鹿,捷狡兔[140];轶赤电,遗光耀[141];追怪物,出宇宙[142];弯蕃弱,满白羽,射游枭,栎飞遽[143]。择肉而后发,先中而命处。弦矢分,艺殪仆[144]。然后扬节而上浮,凌惊风,历骇猋,乘虚无,与神俱[145]。躏玄鹤,乱昆鸡,遒孔鸾,促鵕䴊[146],拂翳鸟,捎凤凰,捷鹓鸰,掩焦明[147]。道尽途殚,回车而还。消摇乎襄羊,降集乎北纮[148]。率乎直指,晻乎反乡[149]。蹶石阙,历封峦,过鳷鹊,望露寒。下棠梨,息宜春[150]。西驰宣曲,濯鹢牛首[151]。登龙台,掩细柳[152]。观士大夫之勤略,均猎者之所得获[153]。徒车之所辚轹,步骑之所蹂若[154],人臣之所蹈籍,与其穷极倦𠜱,惊惮詟伏[155],不被创刃而死者[156],他他籍籍,填阬满谷,掩平弥泽[157]。

于是乎游戏懈怠,置酒乎颢天之台,张乐乎胶葛之寓[158];撞千石之钟,立万石之虡[159];建翠华之旗,树灵鼍之鼓[160]。奏陶唐氏之舞,听葛天氏之歌[161];千人唱,万人和;山陵为之震动,川谷为之荡波。巴渝宋蔡,淮南干遮,文成颠歌[162],族居递奏,金鼓迭起[163],铿铃闛鞈,洞心骇耳[164]。荆吴郑卫之声[165],韶濩武象之乐,阴淫案衍之音[166],鄢郢缤纷,激楚结风[167],俳优侏儒,狄鞮之倡[168],所以娱耳目,乐心意者,丽靡烂漫于前[169]。靡曼美色,若夫青琴宓妃之徒[170],绝殊离俗,妖冶娴都[171];靓粧刻饰,便嬛绰约[172],柔桡嫚嫚,妩媚孅弱[173]。曳独茧之褕绁,眇阎易以邮削[174];便姗嫳屑,与俗殊服[175]。芬芳沤郁,酷烈淑郁[176]。皓齿灿烂,宜笑的皪[177];长眉连娟,微睇绵藐[178],色授魂与,心愉于侧[179]。

于是酒中乐酣,天子芒然而思;似若有亡[180],曰:嗟乎,此大奢侈。朕以览听余闲,无事弃日,顺天道以杀伐,时休息于此[181]。恐后叶靡丽,遂往而不返[182],非所以为继嗣创业垂统也[183]。于是乎乃解酒罢猎,而命有司[184],曰:地可垦辟,悉为农郊,以赡萌隶[185]。隤墙填堑,使山泽之人得至焉[186]。实陂池而勿禁,虚宫馆而勿仞[187]。发仓廪以救贫穷,补不足,恤鳏寡,存孤独[188]。出德号,省刑罚,改制度,易服色[189],革正朔,与天下为更始[190]。

于是历吉日以斋戒,袭朝服,乘法驾,建华旗,鸣玉鸾[191]。游于六艺之囿,驰骛乎仁义之涂,览观《春秋》之林[192]。射《貍首》,兼《驺虞》,弋玄鹤,舞干戚,载云罕,掩群雅[193]。悲《伐檀》,乐乐胥[194],修容乎《礼》园,翱翔乎《书》圃,述《易》道,放怪兽[195]。登明堂,坐清庙[196]。次群臣,奏得失[197]。四海之内,靡不受获[198]。于斯之时,天下大悦,乡风而听,随流而化[199];卉然兴道而迁义,刑错而不用[200]。德隆于三王,而功羡于五帝[201]:若此,故猎乃可喜也[202]。若夫终日驰骋,劳神苦形;罢车马之用,抗士卒之精,费府库之财,而无德厚之恩;务在独乐,不顾众庶[203],忘国家之政,贪雉兔之获,则仁者不繇也[204]。从此观之,齐楚之事,岂不哀哉!地方不过千里,而囿居九百。是草木不得垦辟,而人无所食也。夫以诸侯之细,而乐万乘之侈[205],仆恐百姓被其尤也[206]。

于是二子愀然改容,超若自失,逡巡避席[207],曰:鄙人固陋，不知忌讳。乃今日见教，谨受命矣[208]。

注释

〔1〕听(yǐn 隐)然:笑的样子。听,与“哂”通,微笑或大笑。

〔2〕失:错误。 得:对,正确。

〔3〕纳贡:诸侯或藩属向天子贡献自己统治区域的物品。 财币:财物。述职:古代诸侯五年朝见天子一次,陈述政事方面的情况。述,陈述;职,诸侯的职权、职责。

〔4〕封疆:划定诸侯封地的疆界。 禁淫:防止诸侯越轨放纵的行为。

〔5〕东藩:东面的藩属,指齐国。藩,封建王朝分给诸侯王的封国。私:私通。 肃慎:我国古代东北的少数民族,满族的祖先。

〔6〕捐国:离开本土。捐,弃,离开。 逾限:越过国境。逾,越。田:同“畋”,狩猎。

〔7〕义:道德,道理。

〔8〕二君:指子虚和乌有先生。 君臣之义:君王与臣下之间的正确关系与合宜的行为。 相胜:互争胜负。 相越:互争高下。

〔9〕贬君:贬低国君的威望。 自损:损害自己的信誉。

〔10〕且夫:且,况且,夫,语助词。 乌:怎么,什么。 道:称道,炫耀。

〔11〕睹:亲眼看见。 巨丽:巨大壮丽。 上林:苑名,在长安之西,本为秦时所辟之旧苑,至汉武帝时重新扩建,南傍终南山而北濒渭水,周围广三百里,内有七十座离宫,能容千乘万骑。

〔12〕左:指东方。 苍梧:汉代郡名,在今广西苍梧县。此非实指,代上林苑的东面。(用高步瀛引吴汝纶说) 右,指西方。 西极:指代上林西面之水。高步瀛说:“《说文》曰:汃,西极之水也。”引《尔雅》作‘汃’。段《注》:‘汃之作豳,声之误也。’步瀛按,西极之水,自非太王所居之邠。此亦假上林苑中之水,以象西极汃水也。”汃,与“邠”同。

〔13〕丹水:水名,发源于陕西商县西北之冢岭山,东流入河南境。 更:经过。 紫渊:即紫泉,上林北之水名,唐人避高祖讳,以泉为渊。(用高步瀛说)径:经过。

〔14〕终始:终始皆在上林苑中,不流出苑外。 灞:水名,源出陕西兰田县,经长安过灞桥,西北合流浐水而北注于渭水。 浐(chǎn 产):水名,源出兰田

县西南谷中,西北经长安会合灞水,流入渭水。　出入:从苑外流入,又向苑外流去。　泾:水名,发源于甘肃,流入陕西与渭水相合。　渭:水名,源出甘肃渭源县西北鸟鼠山,东南流至清水县,入陕西省境,横贯渭河平源,入黄河。

〔15〕酆(fēng 风):水名,源出陕西宁陕县东北之秦岭,西北流经长安,纳潏水,又西北分流,并注入渭水。　镐:水名,流于长安县南,其下游则由镐池北注于潏水。今镐池为西周都城故址,后瀹为池,久已湮废无存,故今之镐水仅存上游,北流入渭水,早已不通渭水了。　潦(lǎo 老):水名,源出陕西鄠县南。东北入咸阳西南境,注于渭水。　潏(jué 决):水名,又名沉水,源出秦岭,西北流歧为二支:一支北流为阜水,注于渭水;一支西南流,合镐水注于潏水。

〔16〕纡(yū 迂)余:山水曲折的样子。　委蛇(yí 夷):意义与"纡余"近。经营:盘绕回旋。

〔17〕八川:又称关中八川,指上文的灞浐泾渭酆镐潦潏八水。　异态:变态多端。

〔18〕驰骛:形容水势纵横奔流的样子。

〔19〕椒丘:尖削的高丘。　屈原《离骚》:"步余马于兰皋兮,驰椒丘且焉止息。"　阙:一名门观,谓建二台于两旁,上有楼观,中央有缺口以为通道,故名为阙。此句指椒丘两峰对峰,有若双阙。　洲淤:水中的沙洲。淤义同"洲",李善注引《方言》说:"水中可居者曰洲,三辅谓之淤也。"淤,三辅一带的方言。三辅即长安附近的三个地区,京兆(长安)、左冯翊、右扶风。　浦:水崖。

〔20〕桂林:桂树之林。(《汉书》如淳《注》)　泱漭:广大无垠的样子。

〔21〕汩(yù 玉):水流迅疾的样子。　混:同"浑"。混流即丰流,形容水势浩大丰盛。(用王先谦说)　阿:高耸的丘陵。(李善《注》引郭璞说)　隘陿:即狭隘。《汉书》颜《注》:"两岸间相近者也。"

〔22〕穹石:大石。　堆埼(qí 奇):沙石壅塞而形成的曲岸。(用王先谦说)

〔23〕滭(bì 必)弗:泉水涌出的样子。(用吕锦文、王先谦说)　宓汩(mì yù 密欲):水流迅疾的样子。(用李善《注》引司马彪说)　逼侧(zè 仄):水流相击,汩汩有声。　泌㳅:音义与"逼侧"同。胡绍煐说:"本书《洞箫赋》善《注》:'咇㘉,声出貌。'泌㳅犹咇㘉。声急出谓之咇㘉,故水急出谓之泌㳅。"

〔24〕转腾:波浪汹涌沸腾的样子。　潎洌(piē liè 撇列):水流相击发出的声音。　滂濞(páng bì 乓必):水流至不平处,轰然作声。　沆(háng 杭)溉:意义与"滂濞"相近。(皆用胡绍煐、王先谦说)

〔25〕穹隆：水势高耸的样子。 云桡：水势如云低徊曲折的样子。 宛潬(shàn 善)：水流蜿蜒盘曲的样子。 胶戾(lì 立)：水流缠绕的样子。

〔26〕逾波：后浪逐前浪。逾，超越。 趋浥(yì 义)：奔流而入深渊。(用李善《注》引司马彪说) 涖涖(lì lì 利利)：水急流声。 下濑(lài 赖)：水流下注，在沙滩石碛之上形成急湍。濑，湍急之水。屈原《九歌·湘君》："石濑兮浅浅，飞龙兮翩翩。"《注》："濑，湍也。"

〔27〕拥：同"壅"，防水的堤。(用胡绍煐说) 奔扬：谓水流奔泻飞扬。滞沛：水珠浪花四溅的样子。《史记索隐》："郭璞云：'水洒散皃。'"

〔28〕坻(chí 迟)：水中小洲或高地。 壑(hè 贺)：沟。 潺灂(chán zhuó 馋浊)：小水声。 霣(yǔn 允)坠：陨落。霣同"陨"。指水流下坠于壑。

〔29〕沉沉：水深的样子。 隐隐：水盛的样子。 砰磅(pīng pāng 乒乓)：水流激荡之声。 訇磕(kē 科)：与"砰磅"意义相近。

〔30〕潏潏(yù yù 玉玉)：水涌出的样子。 淈淈(gǔ gǔ 骨骨)：意义与"潏潏"相近。 湁潗(chì jí 赤急)：水流涌起，波浪翻腾的样子。

〔31〕汩濦(yù xì 玉细)：水势急转的样子。 漂疾：指水势猛悍迅疾的样子。

〔32〕长怀：长归，谓水流长归于湖中。 寂漻(liáo 辽)：即寂寥，形容无声的状态。(用吕锦文说) 肆乎：奔放的样子，形容水势永归的状态。(用李善《注》引杜预《左氏传注》说) 永归：长归于江海。

〔33〕灏溔(yǎo 咬)：大水漫漫。横无涯际的样子。 潢漾：与"灏溔"意义相近。(李善《注》引郭璞说) 安翔：安然回翔，形容水势迂缓流动的状态。徐回：与"安翔"意义相近。

〔34〕翯(hè 鹤)乎：水波泛起白光的样子。 滈滈(hào hào 浩浩)：水势盛大的样子。 太湖：指昆明池，位于上林苑的东南方。(用吴汝纶、高步瀛说) 衍溢：水涨满溢流于外。 陂池：指太湖之外的小湖泊。

〔35〕赤螭(chī 吃)：雌龙。(用李善《注》引张揖说) 鰅鰽(gèng méng 更萌)：鱼名，似鳝，长鼻软骨，口在颔下。 渐离：旧说以为鱼名，而不详其状。胡绍煐疑是蚌蟹一类的介类水族动物。 鰅(yóng 喁)：鱼名，皮上有纹，相传出于朝鲜海内。(用《说文》说) 鳙(yóng 喁)：鱼名，似鲢鱼，呈黑色。(用郭璞说) 鰬(qián 前)：即大鲇鱼。(用王先谦说) 魠(tuō 托)：一名黄颊鱼，颊黄口大，能食小鱼。(用王念孙说) 禺禺：鱼名，皮有毛，黄地黑纹。(用李善《注》引郭璞说) 魼鳎(qū tà 区踏)：鱼名，比目鱼一类。

〔36〕揵(qián 前):扬起。

〔37〕讙声:声音欢闹。 夥:多。

〔38〕明月:大珠。 珠子:生于蚌胎内的小珠。 的皪(lì 立):光彩照耀的样子。 江靡:江边。

〔39〕蜀石:一种仅次于玉的石。 黄碝(ruǎn 软):黄色的碝石。 水玉:水晶石。 磊砢(luǒ 裸):玉石累积的样子。 磷磷:玉与石色泽灿烂的样子。 烂烂:与"磷磷"意义相近。 澔(hào 浩)汗:彩色互相辉映的样子。

〔40〕鸿:大雁。 鹔(sù 肃):即鹔鷞。雁属,头高而颈长,羽毛呈绿色。 鸨(bǎo 保):比雁略大的一种鸟。 驾(jiā 加)鹅:野鹅。 属(zhǔ 主)玉:鸟名,似鸭而大,长颈赤目,羽毛呈紫绀色,性善斗。

〔41〕交精:鸟名,大如凫,高脚长喙,头上有红毛冠,羽毛呈翠绿色。 旋目:鸟名,大于鹭而短尾,目旁毛长而呈回旋之状。 烦鹜:鸟名,似鸭而小。 庸渠:鸟名,俗名水鸡,似鸭而灰色,鸡足。 箴疵(zhēn cī):小鸟名。 䴔(jiāo 交)卢:水鸟名,即鸬鹚,可以捕食鱼类。

〔42〕泛淫:浮游不定的样子。 泛滥:水漫溢横流。 澹淡:意义与"泛淫"相近,都是漂浮不定的样子。 奄薄:群集休息。 水渚(zhǔ 主):水中沙洲。

〔43〕唼喋(shà zhá 煞扎):水鸟咬咂食物的声音。 青藻:两种水草的名称。

〔44〕矗矗(chù chù 处处):高耸的样子。 巃嵸(lóng zōng 龙宗):高峻的样子。 崔巍:意义与"巃嵸"相近。

〔45〕崭岩:同"巉岩",高山险峻的样子。 嵾嵳:《汉书》作参差,高下不齐的样子。

〔46〕九嵕(zōng 宗):山名,在陕西醴泉县东北。 巀嶭(jié niè 截孽):高峻的样子。 南山:即终南山,属秦岭山脉,此指长安南面终南山的主峰。 峨峨:高峻的样子。

〔47〕岩陁(yǐ 以):险峻倾斜。 甗(yán 研):即甑,古炊器,上大下小,比喻险峻的状态。 锜(qí 奇):釜之有足者,与甗为相类之物。锜与甗,相对为文,彼此尽义。(用王先谦说)四字意思为:险峻者有如甗,倾斜者有如锜,都是比喻山岭高峻不平而险峻惊人。 摧崣(wěi 委):即崔巍,形容山势高而险。 崛(jué 决)崎:崎岖。王先谦说:"《玉篇》:'崎岖,山路不平也。''崛'、'崎'一声之转,是'崛崎'即'崎岖'矣。"

〔48〕振溪:收歛溪水,振,收的意思。 通:流动。 蹇(jiǎn 简)产:曲折的

样子。东方朔《七谏》《哀命》:“戏疾濑之素水兮,望高山之蹇产。” 沟渎(dú读):沟渠。

〔49〕谽呀(hán yā 寒压):大而空的样子。(用王先谦说) 豁閕(xiǎ):空虚的样子。 阜:丘。 陵:大丘。 隝:即岛。

〔50〕崴磈(wēi kuǐ):高而险的样子。 嵔廆(wěi wěi 伟伟):与“崴磈”意义相同。 丘虚:堆积不平的样子。 堀礨(kū lěi 窟累):意义与“丘虚”同。

〔51〕隐辚:山不平的样子。 郁㠥(lěi 累):堆积不平的样子。(用郭璞说) 登降:谓高低不平。 施靡(yì mǐ 义米):倾斜。

〔52〕陂池(pō tuó 坡驼):山势倾斜。 貏豸(bǐ zhì 笔至):渐渐平坦的样子。 沇溶(yǎn róng 掩容):形容水流徐缓的样子。 淫鬻(yù 育):意义与“沇溶”同。两词皆形容水流入谿谷之间的状态。(用李善《注》引张揖说)

〔53〕散涣:涣散。 夷陆:广大的平原。王先谦说:“言将至平地,水则沇溶而淫鬻,山则散涣而夷陆也。” 亭皋:平坦的水旁地。(用王先谦说) 被筑:筑地令平。(用李善《注》引郭璞说)

〔54〕掩:覆盖。 绿(lù 路):草名,即荩草,同“菉”。《诗·小雅·采绿》:“终朝采绿,不盈一匊。”笺:“绿,王刍也,易得之菜也。” 蕙:香草。 被:覆盖。 江蓠:香草。

〔55〕糅:参杂,间杂而有。 蘼芜(mǐ wú 米无):香草名。 杂:与“糅”同义。 留夷:香草名。

〔56〕布:布满。 结缕:草名,多年蔓生,茎细长,著地之处,皆生细根,叶如茅。 攒(cuán):丛聚而生。 戾莎(lì suō 利梭):绿色的莎草。戾同“莀”,深绿色。莎,草名,根可染紫色。(用王先谦说)

〔57〕揭车:香草名。 衡:杜衡。 兰:兰草。 槀本:一年生草,茎叶有细毛,叶呈羽状,夏开白花,根可入药。 射(yè 夜)干:香草,根可入药。

〔58〕茈姜:茈同“紫”,紫姜,初生的嫩姜。 蘘(ráng)荷:草名,多年生草,叶尖长类姜。夏月开淡黄色花,由地下茎而生,嫩芽供食用,根可入药。 葴(zhēn 真)持:即葴蘵,一名寒浆,又名酸浆草,花小而白,茎中心呈黄色,叶苦可食。(用李慈铭说) 若:杜若。 荪:香草名。

〔59〕鲜支:香草名,可染红色,一名�支,又名焉支或燕支。(参用胡绍煐、沈钦韩、李慈铭、王先谦诸家之说) 黄砾:即黄药,茎高三三尺,柔而有节,似篠叶,大如拳,其根外褐内黄,人皆捋其根,入染蓝缸中,云易变色。(用李慈铭引

《本草》说） 蒋：即孤蒲草，俗呼为茭，其所结之实即菰米。 苧：是“芧”字之误，，即橡实。 青薠（fán 烦）：草名。

〔60〕布濩：普遍布满。 闳泽：广阔的沼泽地。 延曼：蔓延。 太原：广大的田野。

〔61〕离靡：相连不绝的样子。 广衍：广泛分布。 烈：浓烈的香气。

〔62〕郁郁：形容香气四溢的状态。 菲菲：与“郁郁”意义相同。 发越：发散。

〔63〕肸蠁（xī xiǎng 吸响）：香气四溢，沁人心脾。 布写：传播吐露。 晻薆（yǎn ài 奄爱）：香气散发。 咇茀（bié bó 别勃）：香气浓郁。

〔64〕缤纷：众多纷繁的样子。 轧芴：（wù 勿）：分辨不清。 芒芒：谓眼花缭乱。 恍忽：与“芒芒”意义相近。

〔65〕无端：无边无际。 无涯：与“无端”意义相同。

〔66〕东沼：指长安之东陂池。 西陂：指长安之西陂池。

〔67〕隆冬：严冬。 生长：指草木生长。 涌水：指波涛起伏。跃波：与“涌水”意义相同。

〔68〕犝（yōng 庸）：牛类，一名封牛，颈上有肉堆，有力而善走。 旄（máo 毛）：即旄牛，四肢有毛，体上之毛杂黑白二色。 貘（mò 莫）：似熊，毛呈黄黑色，也有白色者，齿锐利，具说能食铜铁。 犛（lí 梨）：牛名。生西南边境，毛黑色，可为拂尘。 沉牛：即水牛，因可沉没于水中，故名。 麈（zhǔ 主）：似鹿而尾大，头有一角，谈说者饰其尾，以手持之，示有礼貌。 麋：似鹿而大，冬至则解甲，目上有眉。

〔69〕赤首：古兽名。 圜题：圜同“圆”，题为踶之误字，即蹄，圆蹄，鹿的一种。 穷奇：怪兽，状如牛而蝟毛，其叫声如嗥狗，能食人。

〔70〕涉：渡。 揭（qì 器）：摄衣涉水。

〔71〕角端：兽名，牛类，角生在头顶正中，其角可以制弓。 橐驼：即骆驼。以其能负囊橐而驼物，故名。

〔72〕弹骡（diān xī 颠奚）：野马之一种，毛呈青黑色，上有白鳞，文如鼍鱼。 駃騠（jué tí 决提）：骏马名。

〔73〕弥山：谓离宫别馆，布满山野。弥，满。 跨谷：指宫馆横跨谿谷。王先谦说：“谿谷低处，以浮梁（即飞桥之类）承柱而越之，有若跨然。”

〔74〕高廊：行廓，供行走的长廊。 四注：围绕四周。注，即匝，周，遍。环

绕一周叫一匝。《庄子·秋水》:"孔子游于匡,宋人围之数匝。"《汉书·高帝纪》:"围汉王三匝。" 重坐:指廊庑上下两层,皆可坐。 曲阁:阁道曲折相连。

〔75〕华榱(cuī 崔):彩绘的房椽。华,雕绘的花纹,榱,房椽。 璧珰:璧玉镶饰的瓦珰。璧,玉;珰。宫殿屋顶所用的筒瓦的前端。 辇(niǎn 碾)道:可以乘辇而行的阁道。辇,原指人力拉的车,汉以后特指帝王乘坐的车。 缅属(lǐ zhǔ 里主):连续不断的样子。缅,王先谦说:"《说文》:'冠织也。'阁道回环如织丝相连属。"

〔76〕步榈(yán 言):可以步行的长廊。榈,古"檐"字。 周流:周遍。 中宿:中道而宿。形容廊道之长,非中途而宿不能到达台阁。

〔77〕夷嵕:削平高耸的山峦。夷,平。嵕,高高的山峦。 筑堂:构筑殿堂。累台:高台。累,重叠,一层层高起的样子。 增成:一层层累积而成。

〔78〕岩窔(yào 要):山崖底下。窔,岩底。 洞房:从山崖底下潜通于累台之上的房间。(用郭璞说)

〔79〕杳眇(yǎo miǎo 咬渺):遥远无垠。 橑(liáo 辽):屋椽。 扪:摸。

〔80〕奔星:流星。 更:经过。 闺闼(tà 踏):指门窗。 宛虹:弯曲的虹。 拖(tuō 拖):拖,越过。 楯(shǔn 笋)轩:栏轩。

〔81〕青龙:为神仙驾车的兽。 蚴蟉(yōu liú 优流):曲折而行的样子。东厢:正堂东面的侧室。 象舆:象驾的銮舆,指神仙所乘之车。 婉僤(chán 蝉):蜿蜒而行的样子,与"蚴蟉"相对为文。 西清:西厢清静之处。

〔82〕灵圄(yǔ 与):众仙的称号。 燕:闲居。 闲馆:清静的馆舍。 偓佺(wò quán 卧全):古仙人名,相传以松子为食而体生毛。(见《列仙传》) 伦:一辈,一类。 暴(pù 铺):同"曝",晒太阳。 南荣:南檐。荣,屋檐两头翘起的部分。《汉书·扬雄传》:"列宿乃施于上荣兮。"

〔83〕醴泉:灵泉,祥瑞之水。 清室:清净之室。通川,灵泉涌出,通流而为川。 中庭:庭中。

〔84〕盘石:巨石。 振崖:整顿池水之涯岸。振,整理;振与整,古义通用。嵚(qīn 钦)岩:高险的样子。 倚倾:参差不齐的样子。

〔85〕嵯峨(cuó é):山势高峻的样子。 嶕嶫(jié yè 截叶):意义与"嵯峨"相近。 刻削:形容石头纹理深刻,轮廓有棱锋,好似人工刻削一般。 峥嵘:高峻的样子。王先谦说:"随水之高下,以石砌之,故其低处则"嵚岩倚倾",其

高处则‘嵯峨嶕嶫’也。”

〔86〕玫瑰(méi guī 梅规):美玉。　碧琳:两种玉名。碧为青绿色的玉,琳为青碧色的玉。　珊瑚:珊瑚树。

〔87〕瑉(mín 民)玉:美石宝玉,瑉,似玉的美石。　旁唐:即“磅礴”,广大的样子。　玢豳(fēn bīn 分彬):纹理鲜明的样子。　文鳞:意义与“玢豳”相近。

〔88〕赤瑕:赤玉。　驳荦(bó luò 驳洛):色彩斑斓。　杂臿(chā 插):错综夹杂。

〔89〕晁(cháo 朝)采:美玉名。每晨有白虹之气,光彩上腾,故名。　琬琰(wǎn yǎn 晚眼):美玉名。　和氏:美玉名。春秋时卞和所得之玉。

〔90〕卢橘:橘之一种。卢,黑色,此橘成熟后,核即变黑,故名。　黄甘:即黄柑。　楱(còu 凑):橘之一种,皮有皱纹,即柚子。

〔91〕枇杷(pí pa):枇杷果。　橪(rǎn 染):酸小枣。　亭奈:即棠梨。(用郝懿行《尔雅义疏》说)　厚朴:木名,因其皮甚厚,一名重皮,叶四季不凋,红花而青实,其实甘美可食,其皮可入药。

〔92〕梬(yǐng 影)枣:即羊枣。(用段玉裁《说文解字注》说)　蒲陶:即葡萄。

〔93〕隐夫:即棠棣,果实名山樱桃。(用高步瀛说)　薁(yù 郁)棣:一名郁李,落叶灌木,花五瓣而色白,果实呈紫赤色,味酸。　荅遝(dá tà 达踏):木名,果似李。　离支:即荔枝。

〔94〕貤(yì 义):与“迆”通,绵延而生的意思。

〔95〕扤(wù 务):动摇不定。　华:花。　荣:花。《尔雅·释草》:“木谓之荣,草谓之华。”

〔96〕煌煌:光彩焕发。扈扈:与“煌煌”意义相近。

〔97〕沙棠:果名,北方俗名沙果。　栎(lì 立):橡实。　槠(zhū 诸):木名,其实小于橡实。　华:木名,即桦,皮厚而轻柔,可衬鞋里。　枫:枫树。　枰(píng 平):平仲木,即银杏树。　栌(lú 卢):黄栌,落叶乔木,实扁圆而小,可采蜡。

〔98〕留落:石榴。　胥邪:椰子树。(用《史记索隐》引司马彪说)　仁频:槟榔树。　并闾:即棕树,皮可为索。

〔99〕欃(chán 馋)檀:檀木之别种,无香气。　木兰:木名,又名杜兰,林兰。状如楠树,质似柏而微疏,可造船,皮辛香似桂,厚者似厚朴。叶大。晚春,先叶开花。皮与花皆可入药。　豫章:樟树,常绿乔木,木质细腻,制家具良材。

女真:冬青树,冬夏常青,未尝凋落,故名。

〔100〕大连抱:非一个人能抱得过来。须几个人抱。

〔101〕夸:即"荂"的简写。荂,华,花。　条:枝条。　直畅:形容花朵与枝条生长直上舒展。　蓡:"俊"或"峻"的假借字,硕大的意思。　楙:古"茂"字,茂盛。

〔102〕攒(cuán)立:丛聚地立在一起。　丛倚:聚集一起,相互依倚。都是形容树木生长的状态。　连卷:卷同"蜷",枝柯连接蜷曲。　欐佹(lì guǐ 立鬼):形容树木枝柯相互交叉依附而又傍逸斜出。欐,同"丽",附着;佹,背离。

〔103〕崔错:茂盛交杂。　癹(bá 拔)委:盘纡纠结的样子。　坑衡:即抗衡,形容枝干曲直抗衡高举横出的样子。　问砢(kě luǒ 可裸):相互扶持相倚的样子。

〔104〕扶疏:枝条四布的样子。　落英:落花。　幡纚(fān sǎ 番洒):飞扬的样子。

〔105〕纷溶:繁茂硕大的样子。　箾蔘:萧森,草木茂盛。　猗柅(yǐ nǐ 以你):婀娜多姿的样子。

〔106〕蔨莅(liú lì 留立):风吹草木所发凄清的声音。　卉歙(huì xī 会西):意义与"蔨莅"相同,皆风吹草木所发出的声音。　金石:指钟磬。　籥(yuè 月):管乐器,三孔。

〔107〕偨(cī 疵)池:参差不齐。　茈虒(cǐ zhì 此至):意义与"偨池"相近。旋还:环绕。

〔108〕杂袭:互相因依。　累辑:累积。辑同"集"。　被山:谓满山遍野。缘谷:沿着山谷。　循坂:顺着山坡。　下隰(xí 习):下至低湿之地。

〔109〕究:探求。

〔110〕玄猿:黑猿,雄者色黑。　素雌:白猿,雌者色白。　蜼玃(wèi jué 胃决):蜼,长尾猴。《尔雅·释兽》:"蜼,蜼鼻而长尾。"注:"蜼似猕猴而大,黄黑色,尾长数尺。"玃,大猴。《吕氏春秋·察传》:"数传而白为黑,黑为白,故狗似玃,玃似母猴,母猴似人。"　飞蠝(lěi 垒):即能飞的鼯鼠。

〔111〕蛭(zhì 至):一种能飞的兽,据说身生四翼。　蜩(tiáo 条):即猸,兽名,大如驴,状如猴,善于爬树。　蠼猱(jué náo 决挠):猕猴。　獑(cán 惭)胡:似猿而足短,腾跃如迅鸟之飞。胡又作"猢"。　豰(hù 户):犬属,腰以上呈黄色。腰以下呈黑色,以猴类为食物。(用钱大昭说,见《汉书辨疑》)　蛫(guǐ

鬼):一种猿类。

〔112〕翩幡(piān fān 偏翻):即翩翻。鸟振翅疾飞的样子,此形容猿猴攀附轻捷灵巧。　互经:交互往来。

〔113〕夭蟜(jiǎo 矫):猿猴在树上共戏姿态。　枝格:即枝柯。　偃蹇(yǎn jiǎn 眼简):形容猿猴在树上跳跃灵活。《九歌 · 东皇太一》:"灵偃蹇兮姣服。"形容舞姿的回翔灵活。此形容猿猴的跳跃灵活。　杪(miǎo 秒)颠:树梢顶端。

〔114〕逾:越过。　绝梁:断桥。《汉书》颜《注》:"言超渡无梁之水。"　腾:跳跃。　殊榛:奇异的丛木。榛,丛生之木。

〔115〕捷:与"接"通,接续。此句谓由这个枝条接续过到那个枝条。　垂条:悬垂的枝条。　掉:悬挂,投掷。　希间:枝条稀疏的空隙。(用郭璞、王先谦说)

〔116〕牢落:零星,散漫的意思。　陆离:参差不齐的样子。　烂漫:奔腾跳跃,没有次序的样子,以形容猿猴远跳的状态。

〔117〕娱游:即戏游。李善《注》引《说文》:"娱,戏也。"　宫宿:即宿于宫,宾语前置,住宿于离宫。　舍馆:即止宿于别馆,宾语前置,语法结构与"宫宿"同。　庖(páo 刨)厨:厨房,供给饮食之所。此指司膳人员。　后宫:指后宫的嫔妃侍女。　百宫:为天子服务的各种杂役小吏。吕向注:"庖厨,后宫、百宫之属,皆当自具,无所移徙。"

〔118〕背:去。　涉:入。　校猎:设置栅栏圈围野兽,然后猎取。

〔119〕镂象:以象牙镶镂车辂的车。　虬(qiú 求):传说中的无角龙。《楚辞 · 离骚》:"驷玉虬以乘鷖兮。溘埃风余上征。"《注》:有角曰龙,无角曰虬。"

〔120〕拖:曳。　霓旌:云旗。李善注引张揖说:"析羽毛染以五采,缀以缕,为旌;有似虹霓之气也。画熊虎于旒,为旗,似云气也。"　靡:挥动。

〔121〕皮轩:蒙饰虎皮的车。　道游:指天子出游时前导的车。

〔122〕孙叔:古之善御者。　奉辔(pèi 配):执缰,驾车。辔,缰绳。　卫公:亦古之善御者。　参乘:指在车右为卫者。

〔123〕扈从:即护从,天子的侍卫。　横行:即纵横行进。　四校:栅栏的四周。出乎……中,即在栅栏之外纵横护卫,以防野兽冲出校栏之外。

〔124〕鼓:击鼓。　严簿:森严的卤簿。严,形容天子出行仪卫森严。卤簿,帝王出行时扈从车驾的仪仗队。汉应劭《汉宫仪》下:"天子车驾次第谓之卤簿。"　纵:放纵。鼓舞。

〔125〕阹(qū 区):围猎禽兽的圈。　泰山:泛指,即太山,大山。　橹:望楼。(用李善注引郭璞说)

〔126〕殷(yǐn 引):震。

〔127〕陆离:分散的样子。形容车骑卒徒分散开,先后去追逐野兽。　别追:分别追逐。

〔128〕淫淫裔裔:行进的样子,与"淫淫"、"淫裔"同义。　缘陵:沿着山陵。　流泽:顺着大沼泽。　云布雨施:像乌云密布大雨降落,比喻车骑卒徒满山遍野追逐禽兽的情景。

〔129〕生:活捉。　貔(pí 皮):猛兽名,与豹同类。　搏:搏击。　手:以手杀。　足:以足踏。　野羊:羚羊。(用李善注引张揖说)

〔130〕蒙:冒,戴。　鹖(hé 何)苏:鹖鸟的尾巴,古代用以为冠饰,此指有这种装饰的冠。鹖,鸟名,似雉,好斗,至死不却。苏,尾巴。　绔:同"袴",做动词用。　白虎:指着有白虎纹的裤子。(用张揖说)姚鼐说:"《续汉书舆服志》云:'武冠:环缨无蕤,以青丝为绲,加双鹖尾。五官、左右虎贲、羽林中郎将、羽林左右监,皆冠袴冠。虎贲将虎文绔。襄邑岁献,织成虎文。'此乃所云'蒙鹖苏,绔白虎也'。"高步瀛说:"此言猎者之冠与袴,下言服与骑,亦有次第。"　被:披,穿着。　斑文:指虎豹之皮。司马彪《续汉书》曰:"虎贲骑,皆虎文单衣。"　跨:乘,骑。　野马:即駒駼。

〔131〕凌:凌越,登上。　三嵕:即三成,成即重,三层,重重叠叠,形容其高峻。　危:指山的至高点。(据《汉书集解》引《汉书音义》)　碛(qì 气)历:崎岖不平的样子。　坻:山坡,坂道。(据张揖说)

〔132〕径:经过。　越:跨越。　壑(hè 贺):深沟。　厉:涉。

〔133〕椎:锤,击杀。　飞廉:龙鸟,鸟身鹿头。(李善注引郭璞说)　弄:玩弄,用手摆弄。　獬豸(xiè zhì 谢志):兽名,似鹿而一角。相传此兽能辨人曲直善恶,见不直之恶人,则用角触之。　格:搏斗而杀之。　虾蛤(gé 格):猛兽名。　鋋(chán 蝉):铁柄短矛,此做动词用,以短矛刺杀。　猛氏:兽名,产于蜀中,状如熊而小,毛浅而有光泽。(李善注引郭璞说)

〔134〕羂(juàn 倦):张罗网而捕之。　騕褭(yāo niǎo 腰鸟):神马名,相传能日行万里。　封豕:大猪。

〔135〕苟:任意,随便。　害:伤害。　解:分,破。　脰(dòu 豆):颈项。

〔136〕弭(mǐ 米)节:按节。弭,按。节,行军进退之符节。　徘徊:缓步徐

行。翱翔,自由自在地来回行走。

〔137〕睨(nì 腻):注视。 部曲:队伍。 变态:各种姿态。

〔138〕侵淫:缓步而进的样子。 促节:加快步伐,由徐而疾。 儵敻(xiòng):忽然远去的样子。

〔139〕流离:使之困苦,指用网捕捉禽鸟,使之困苦而无所逃遁。(用颜师古说) 轻禽:飞禽。 蹴履(cù lǚ 猝缕):践踏。

〔140〕辖(wèi 魏):车轴头,做动词用,辗轧的意思。 捷:快速猎取。

〔141〕轶(yì 义):超车。《说文》:"车相出也。"谓超越。赤电:赤色的电光。遗:遗留。 光耀:发出的光芒。

〔142〕怪物:指奇兽,即下文的游枭、飞遽。(用《史记正义》说) 宇宙:上下四方为宇,就空间言;往古今来为宙,就时间言。此仅就空间言,所谓"出宇宙"是夸张写法。

〔143〕弯:牵引,拉弓。 蕃弱:即繁弱,古代的良弓名。 满:将弓拉满。白羽:箭之代称。文颖说:"以白羽为箭,故言白羽也。" 游枭:各处游走的枭羊。枭羊,似人,长唇,反踵披发,食人。枭羊,即今非洲尚有的狒狒。(用王先谦说) 栎(lì 立):击。 飞遽(jù 具):传说中的神兽,鹿头而龙身(用李善注引张揖说)。

〔144〕择肉:选择肉肥的禽兽加以射猎。 先中(zhòng 重):射中预先想要射的目标。 命处:指明的地方。命,名,指出名字。王先谦说:"先命其射处,乃从而中之,言矢不苟发,发必奇中。" 弦分:箭离弦。 艺:射箭的准的,箭靶子。此指要射的禽兽。 殪(yì 义):一箭射死。 仆:倒毙。

〔145〕扬节:高扬起旌节。 上浮:上游于天。谓天子乘车疾驰,宛如上游于天。 凌:凌驾。 惊风:疾风。 历:经。 骇飙(biāo 标):疾风。 乘:驾,升。 虚无:虚无之境,指天空。 神:上天的神灵。这几句皆夸张地形容天子车驾的神速,凌风翔空而远逝。

〔146〕躏:践踏。 玄鹤:黑鹤。古代传说鹤千年化为苍,又千年变为黑,谓之玄鹤。 乱:惊散。 昆鸡:即鹍鸡,鸟名,似鹤,黄白色。 遒(qiú 求):迫近,一下捕获。 孔鸾:孔雀与鸾鸟。 促:与"遒"同义。 鵔鸃(jùn yì 俊义):有文彩的赤雉,似山鸡而小冠,背毛黄,腹下赤,项绿色,其尾毛红赤,光采鲜明。

〔147〕拂:击。 翳(yì 义)鸟:有彩色羽毛的鸟。《山海经·海内经》:"(蛇

山)有五彩之鸟,飞蔽一乡,名曰翳鸟。" 捎:"箾"之假借字,《说文》:"箾,以竿击人也。"此谓以竿击鸟。(用高步瀛说) 掩:捕捉。 焦明:南方鸟名,亦凤凰一类。

〔148〕殚(dān 单):尽。 消摇:即逍遥。 襄羊:即"徜徉",自由自在地往来行走。 降集:降落而停止,对上文的"扬节而上浮"而言。 北纮(hóng 宏):指上林苑的极北之地。古代以八方为八纮。

〔149〕率乎:照直而往的样子。(用李善注引郭璞说) 直指:一直向着所来的方向。 晻(yǎn 演)乎:忽然疾速的样子。 反乡:反于帝乡。(用五臣注吕向说)

〔150〕蹶(jué 决):踏上。 石阙:与下文的"封峦"、"鳷鹊"、"露寒"皆为汉代的观名,武帝建元年间所建,在甘泉宫(在陕西淳化县西北甘泉山上)外。(用李善注引张揖说) 历:经过。 过:与"历"同义。 望:眺望。 棠梨:宫名,在甘泉宫东南三十里。 息:止息。 宜春:宫名,在陕西杜县东。此六句描述天子"降集乎北纮"之后的一个进程。

〔151〕宣曲:宫名,在昆明池西。 濯鹢(zhào yì 照义):持棹行船。濯,通"棹",船桨。鹢,鹢鸟,古画鹢首于船头,故也称船为鹢或鹢首。 牛首:池名,在上林苑西头。

〔152〕龙台:观名,在陕西鄠县东北,靠近渭水。 掩:息。 细柳:观名,在长安县西南,昆明池的南面。

〔153〕勤略:辛勤与收获。 均:衡量多少。 所得获:指猎获的禽兽。

〔154〕徒车:卒徒车辆。 辚轹(lìn lì 吝立):辗轧。 步骑,步卒骑兵。蹂若:践踏。

〔155〕蹈籍:与"蹂若"同义。 穷极:走投无路。 倦𠜂(jí 剧):疲惫不堪。 惊惮(dàn 旦):恐惧。 讋(zhé 折)伏:即"慴伏",匍匐不动。

〔156〕不被创刃:没有受到兵刃的伤害。

〔157〕他他籍籍:形容禽兽的尸体纵横交错的样子。 阬:同"坑"。掩:盖满。 平:广阔的原野。 弥:充满。 泽:大沼泽。

〔158〕颢(hào 浩)天:上接苍天,形容台之高。颢,也作"昊",谓太空之间,元气博大。 张乐:陈设音乐。 胶葛:寥廓。(用王先谦说) 寓:古"宇"字。

〔159〕撞:撞击,敲打。(用五臣注吕向说) 千石:古十二万斤,夸张地形容钟之大。 虡(jù 具):悬挂编钟编磬的木架。把千石之钟悬于万石之虡上,

以便于撞击。

〔160〕建:举。　翠华:以翠羽为旗上的装饰。华,葆。《后汉书·光武本纪》李贤注:“合聚五采羽,名为葆。”　灵鼍(tuó 驼)之鼓:以鼍皮所蒙之鼓。

〔161〕奏:演奏。　陶唐氏之舞:即尧时的舞乐。帝尧初居于陶,后封于唐,为唐侯,故称陶唐氏。　葛天氏之歌:即葛天氏之乐。“昔葛天氏之乐,三人操牛尾,投足以歌八阙。”(《吕氏春秋·仲夏纪·古乐》)葛天氏,传说中远古的帝号,在伏羲之前。其治不言而自信,不化而自行,古人认为理想中的自然淳朴之世。

〔162〕巴渝:舞名。巴渝本蜀地,其地之人皆刚勇好舞,汉高祖曾募取当地壮丁以平三秦,后使乐府习其舞,因名“巴渝舞”。　宋蔡:皆为国名,此指该地之音乐。　淮南:亦国名,指该地之乐。　干遮:曲名。　文成:县名,其县人善歌(李善注引文颖说)。　颠:即滇,今之云南,这里指该地的歌曲。

〔163〕族居:聚居,聚于一起。族,聚集。(用李善注引张揖说)　递奏:轮番奏乐。　金鼓:军中用的乐器。金,金钲,用以止众;鼓,用以进众。　迭起:与“递奏”意义相近。

〔164〕铿铊(kēng qiāng 坑枪):象声词,钟声。铊,也写作“锵”。　闛鞈(táng tà 堂踏):象声词,鼓声。　洞心:响彻内心,震撼心灵。　骇耳:震耳。

〔165〕荆,吴、郑、卫之声:指荆、吴、郑,卫地方的民间音乐。李善注引郭璞说:“皆淫哇也。”淫哇,即淫声,指浮靡放荡的歌曲,实即民间俗乐,与庙堂的雅乐相对。

〔166〕韶、濩、武、象之乐:泛指古代的音乐,也指庙堂音乐,与荆、吴、郑、卫之声相对。韶,舜乐;濩,湯乐;武,颂武王克殷的武功之乐;象,周公之乐。　阴淫案衍:淫靡放纵。淫,放滥;衍,溢,过分。(用王先谦说)

〔167〕鄢郢(yān yǐng 焉影):皆楚地名,代楚地的乐舞。　缤纷:形容飘飘洒洒,舞姿婆娑。　激楚:激越高亢的楚地舞乐。　结风:形容楚地歌舞急切激昂,可以掀起回风。(据李善注引李奇,张揖说及五臣吕向说)

〔168〕俳(pái 排)优:表演杂戏的人。　侏儒:杂技艺人,其身材短小,可以戏弄。　狄鞮(dī 低):西方种族名,即西戎。　倡:同“娼”,古代歌唱的女乐工。

〔169〕丽靡烂漫:形容声音美妙,悦耳动听。刘良注:“美音声也。”

〔170〕靡曼:细嫩润泽,形容女人的颜色。　美色:美丽的女色。李善说:

"言作乐于前者皆是靡漫女色也。" 青琴、宓妃:古神女名。

〔171〕绝殊:与众绝然不同。 离俗:超俗。 妖冶:美艳。 娴都:雅丽。

〔172〕靓(jìng 净)妆:以白粉墨黛画妆。 刻饰:用胶刷鬓发,使之熨帖整齐。(用王先谦说) 便嬛(pián xuān 骈宣):形容女人的姿态轻快优美。 绰(chuò)约:柔美的样子。

〔173〕柔桡(náo 挠):指女人身材苗条柔弱。 嫚嫚(yuān yuān 渊渊):美好多姿的样子。 妩(wǔ 武)媚:美丽动人。 孅(xiān 先)弱:容体轻柔细弱。

〔174〕曳(yè 叶):拖,拉。 独茧:一茧所抽之丝,形容丝色之纯。 褕(yú 于):襜褕,罩在外面的直襟单衣。 绁(yì 易):衣裙的边缘。 眇:微细的样子,在此句做状语。 阎易:衣服长大的样子。 邺削:即戌削,形容整齐的样子。

〔175〕便姗(pián xiān 骈先):女人走路轻盈安详的样子。 嫳(piè)屑:步履轻盈衣服婆娑的样子。

〔176〕沤(òu)郁:形容香气浓郁。 酷烈:香气强烈,与"沤郁"意义相近。 淑郁:香气清美。

〔177〕灿烂:形容皓齿光洁闪耀。 宜笑:露齿而笑,与"皓齿"互文见义。(用闻一多《楚辞校补》说) 的皪(lì 立):与"灿烂"意义相近。

〔178〕连娟:眉毛弯曲细长。 微睇(dì 的):眼睛微视。 绵藐;远视的样子。

〔179〕色授:美色流露。色,指上文描写的女色。授,授予,引申为以表情眼神流露于人。 魂与:令人心荡神怡。李善注引张揖说:"彼色来授,我魂往与接也。"甚是。 心愉:内心愉悦。《汉书》颜注:"乐也。"此句"色授"主语为女倡,承接上文的女色。"魂与"主语为天子,于是才引起下文的"酒中乐酣","芒然而思"。"心愉"主语也是女倡,感到天子"魂与"而受恩宠,心愉于君侧。

〔180〕酒中(zhòng 重):饮酒半酣。 乐酣:乐舞正酣畅。 芒然:茫然,恍恍惚惚的样子。 亡:失。

〔181〕朕(zhèn 镇):天子自称。 览听:处理政事。 余闲:余暇。 弃日:虚度时日。 顺天道:顺应大自然的季节变化。古代执政者根据自然季节的变化行事。秋天为万物肃杀的季节,应从事杀伐。

〔182〕后叶:后代。 靡(mí 迷)丽:奢侈。 遂往:这样地奢侈享乐下去。 不返:不知回头,谓不愿过纯朴的生活。

〔183〕继嗣:后代,继承人,将来。 垂统:继承传统。垂,维系,延续,继承。统,传统。

〔184〕解酒:撤除酒乐。　罢猎:停止狩猎。　有司:官吏,此指主管苑囿的官吏。

〔185〕垦辟:芟除草木,辟为耕田。　农郊:城邑之外的农田。　赡(shàn善):赡养。　萌隶:下层百姓。萌,通"氓"。

〔186〕陨(tuí)墙:推倒围墙。陨同"颓",使倒塌。　堑(qiàn欠):壕沟。山泽之人:指住在乡野的劳动人民。　焉:于此。此,指上林苑。

〔187〕虚宫馆:使离宫别馆空起来,宫廷上下不去住用,即废弃的意思。勿仞:不满。不住进。

〔188〕发仓廪(lǐn凛):打开国家的粮仓。廪,粮库。　补:帮助。不足:衣食不足者,指贫穷人。　恤(xù绪):救济。　鳏(guān官):老而无妻的人。寡:老而无夫的人。　存:养活。　孤:幼而丧父的。　独:老而无子的。

〔189〕德号:有恩德于民的号令。　省刑罚:减轻刑罚。　改制度:谓改变宫室奢侈的制度。　易服色:谓改变宫室衣服的美丽之色。

〔190〕正朔:指历法。正,指岁首正月。朔,指每月初一。　天下:指天下百姓。　更始:重新开始。

〔191〕历:选择。　吉日:好日子。　斋戒:古人祭祀前沐浴更衣,不饮酒,不吃荤,不与妻妾同寝,整洁身心,以示虔诚。　袭:穿。　朝服:君臣朝会所穿的礼服。《论语·乡党》:"吉月,必朝服而朝。"　法驾:指天子的车驾。天子的仪仗队分大驾、法驾、小驾三种,其仪卫之繁简各有不同。法驾六马,京兆尹奉引,侍中参乘,奉车郎御,属车三十六乘。　华旗:有文采的旗。　玉鸾(luán峦):天子车驾上所装饰的玉制的鸾铃。《楚辞》曰:"鸣玉鸾之啾啾。"

〔192〕六艺:即六经,指诗、书、礼、乐、易、春秋。　囿:苑囿。驰骛(wù务):驰骋。　涂:途,道。　览:游观。　春秋:六艺之一,记古代兴亡得失,寓寄褒贬之义。此表明天子欲以《春秋》观成败明善恶,以古为鉴。　林:林薮。李善注引如淳说:"《春秋》义理繁茂,故比之于林薮也。"王先谦说:"'游其囿','驰其途','览其林',皆以射猎之地借喻也。"实则指修文教,兴礼乐之事。

〔193〕狸首:古佚诗篇名。天子行射礼时奏《狸首》乐章以为节。此字面上以射狸为喻。狸,猫属,头圆尾大,毛色有斑纹,能食小动物。　兼:同时,连带。驺(zōu邹)虞:《诗经·召南》中之一篇。天子行射礼时奏《驺虞》乐章以为节。此字面上也以射驺虞为喻。驺虞,兽名,白质黑文,尾长于躯,其性仁悲,不食生物,不践生草。　弋(yì义):以带丝线的箭射取。　玄鹤:黑鹤。此句亦比喻奏

古乐。李善注:“言古者舞玄鹤以为瑞。令弋取之而舞干戚也。”又引《尚书大传》:“舜乐歌曰和伯之乐,舞玄鹤。”则知玄鹤与下文干戚皆舞具。　舞:挥动。干戚:两种兵器,干,盾牌;戚,斧。　载:以车载运。　云罕(hǎn 罕):张于云天的捕鸟的罗网,也指天子出行时所执的旗帜。　掩:掩捕。　群雅:即群鸦。古鸦作“雅”。此指才俊之士。此比喻天子亲自出行以访求天下的贤俊之士。

〔194〕悲:悲悯,同情。　伐檀:《诗经·魏风》篇名,旧说以为“刺贤俊不遇明主”之诗。比喻天子悲悯贤俊不遇之士。　乐:感到快乐。　乐胥:《诗经·小雅·桑扈篇》:“君子乐胥,受天之祜。”郑玄说:“胥,有才智之名也。祜,福也。王者乐臣下有才智、知文章,则贤人在位,庶官不旷,政和而民安,天予之以福禄。”此句与上句相对为文,言天子以得才智之士为乐。

〔195〕修容:修饰容仪。　礼园:谓以遵循古代礼制为游乐之园地。李善注引郭璞说:“礼所以整威仪,自修饰也。”　翱翔:自由遨游观赏。　书圃:天子以(尚书》为园圃进行观赏钻研。李善注引郭璞说:“《尚书,所以疏通知远者,故游涉之。”“疏通,通达于政事。知远,远知帝王之事也”。(孙希旦《礼记集解》)　述:讲述。　易道:指《易经》所包含的阴阳之道。《史记正义》说:“《易》所以絜静微妙,上辨二仪阴阳,中知人事,下明地理也。言田猎乃射讫,又历涉六经之要也。”颜师古说:“此以上皆取经典之嘉辞,以代游猎之娱乐。”放:放出。　怪兽:奇兽。高步瀛说:“以上言游猎六艺之中,故苑中怪兽不复猎而放之。以此句总结上意。”

〔196〕明堂:天子接见诸侯之处。　清庙:即太庙。此非祭祖先的太庙,而为明堂中之太室,所以才能说“坐”。李善注引《礼记月令》说:“天子居太庙太室。”又引郑玄说:“太庙太室,中央室也。”可知太庙为明堂之正室。

〔197〕次:次第,依次。(用高步瀛说)　奏:进奏。　得失:指政事的成功与失误。

〔198〕靡(mǐ 米):不,无不。　获:猎获的禽兽,此喻天下百姓所承受的恩泽。颜师古说:“天下之人皆受恩惠,岂直如畋猎得兽而已。”

〔199〕乡(xiàng 向)风:顺应国家的教风。乡,向,向往,顺应。风,风尚,风教。　听:听从,服从。　随流:随乎时世的潮流。　化:受到感化,德化。五臣注吕向说:“言此时天下悦我王化,向我国风;如随流焉。”

〔200〕卉然:勃然,兴起的样子。　兴道:振兴仁义之道。　迁义:归化于礼义之境。　刑错:刑罚废置不用。错,措,废置。

〔201〕德隆:仁德崇高。德,指天子之德;隆,高。　三王:夏商周三代之王,指夏禹、商汤、周文、周武。为儒家理想中的盛世之王。　羡:超过。李善注引司马彪说:“羡,溢也。”　五帝:传说中五个贤君,一般指伏羲、神农、黄帝、尧、舜。

〔202〕若此:如此,指“德隆于三王,功羡于五帝”。

〔203〕若夫:像那样,指齐楚以畋猎争胜而言。　罢:同“疲”,耗损。　用:用度,功能。　抏(wán 玩):耗损。　精:精力锐气。　务:专心一意。　独乐:天子个人享乐,不体恤人民疾苦。　众庶:下层百姓。

〔204〕雉(zhì 至):野鸡。　仁者:指仁义之君。　繇:用,做。

〔205〕居:占有。　细:谓诸侯跟天子相比地位低贱。　万乘:指天子。

〔206〕被其尤:受到祸害。

〔207〕愀(qiǎo 巧)然:变色的样子。　改容:变颜色。　超若:怅然。超,通“惆”,即“惆”之假借字,惆,惆怅之意。若,然。　逡(qūn)巡:向后退步。避席:离开座位。表示惭愧的样子。

〔208〕固陋:鄙陋无知。　忌讳:避忌,谓不该说的话和不该有的行为。受命:即受教。

今译

无是公微笑着说:“楚国是错了,而齐国也未必对。若论到让诸侯向天子交纳贡品,朝廷并非为了财物,而是让他们来朝陈述自己的职务。封疆划界,也并非为了守卫边境,而是用以防止诸侯放肆越轨的举动。而今齐国被封为东藩,却外通肃慎,远离国土,超出疆界,跨越东海而到青丘去游猎,那于道理原是通不过的。况且两位先生的言论,都不注重阐明君臣间的正确关系,端正诸侯的礼仪,只是互争高下于游戏之乐,苑囿之大,彼此都想以奢侈相胜,以荒淫相越。这不可能使你们各自的国家扬名发誉,而适足以贬低你们国君的威望而有损你们自身的信誉。若说齐楚两国的游猎之事,又有什么可以炫耀的呢?先生们没有目睹过那真正浩大壮丽的场面,还没耳闻过天子的上林吗?上林左为苍梧,右为西极。丹水流经其南,紫渊直通其北。灞水浐水,源头与尽头都在苑中,泾水渭水,流进来又流出去，酆水镐水，潦水潏水，曲曲弯弯，萦回盘旋于苑内。那八川分流，真是浩浩荡荡，流向各异而又诸多变态。东西南北，纵横奔流；冲出有若双阙对峙的椒丘，穿过沙石淤积的水洲；流经桂树之林，通过莽然无垠之原。水势迅猛，浑然奔流，顺着高耸的山丘下注，直赴狭隘的山口。触巨石，激沙岸，沸腾暴怒，汹涌澎湃。泉水暴涌，流势迅疾，波浪拍击，汩汩有声，横流回旋，转折腾跃，涛声哗哗，急流冲至河湾，怒涛轰鸣；水柱陡然直立，卷起浪花如云，波涛跌落，鼓动水流盘盘曲曲，缠绕不绝；后浪逐前浪，奔涌向深渊，哗哗啦啦，下泻沙石之上，形成一股急湍；拍打石礁，冲击堤坝，泡沫飞扬，水珠四溅；急流碰撞水中小洲，倾入沟壑，声响淙淙，陨落深潭；潭水沉沉隐隐，轰轰隆隆；水势滚滚，波浪翻腾；波涛驰骋，飞沫跳跃，又急转而去，迅猛异常，越是悠远，波声越是舒缓，直至寂然无声，那是自由奔放，永归湖泊。然后是洪水漫漫，横无际涯，徐缓荡漾，安适回翔，水面宏阔，银白一片，东注太湖，又溢入大小池塘。

于是蛟龙赤螭，䱭鳍渐离，鰅鰫鰬魠，禺禺鱋鳎，扬鳍摇尾，振鳞奋翼，潜藏于深岩。鱼鳖声喧，万物众多。明月珠子，闪烁江边；蜀石、黄碝石、水精石，层层堆积，光辉灿烂，交相辉映，丛聚于其中。大雁鹔鹴，天鹅鸨雁，野鹅属玉，交精旋目，烦鹜唐渠，箴疵䴔䴖，成群结队，浮游水上；任凭水势泛滥而悠然浮游，随着轻风吹拂而自在飘流，乘着波浪摇摇荡荡，偎依休息于沙洲之旁；啄食菁藻，咀嚼菱藕。

于是崇山矗立，巍峨雄奇，深林巨木，参差峭拔。九嵕高峻，南山巍峨；有的像甑，上大下小，高险可畏，有的像锜，三足直立，森然惊人，越高越险，崎岖陡峭。溪水汇拢，流过山谷，曲曲弯弯，泻入沟渎。荒芜空旷，丘陵孤岛。山高岭峻，陡峭不平。层层叠叠，高下倾斜。山势由高险而入平缓，水流由迅猛而渐迂徐；山势渐低，延伸而为平原，开阔平坦，一望千里，尽经修整，开拓辽远。覆盖着绿蕙，丛生着江离；间杂着蘼芜和留夷；结缕满布，戾莎簇簇，还有那些揭车衡兰，稾本射干，紫姜蘘荷，葴持若孙，鲜支黄砾，蒋苧青薠，长满广阔的大泽，蔓延无际的平原。奇花瑶草，绵延不断，广泛繁衍，应风披靡，吐露芳香；浓烈醉人，众香发散，香气四溢，沁人心脾。

于是周览泛观，花草纷繁，难以分辨，迷迷惘惘，茫然恍忽。视之无端，察之无涯。朝日出于东沼，夕阳落于西陂。上林之南，隆冬季节，鲜花香草，繁茂生长，河水汹涌，波涛欢跃。那里的兽，则有獑旄貘犛，沉牛麈麋，赤首圜题，穷奇象犀。上林之北，盛夏季节，冰冻裂地，踏冰过河。那里的兽，则有麒麟角端，騊駼骆驼，青兽野马，骏马驴骡。

于是离宫别馆，满山跨谷，可供漫步的长廊，环绕四周，廊庑层层，阁道弯弯；房椽绘彩，瓦珰嵌玉，供乘辇而行的阁道，绵延相连；步行长廊，四周蜿蜒，廊长路远，中途住宿。削平高山，构筑殿堂；高台重重，层层高起，山崖之底，开凿洞房，直达台上。俯瞰台下，浩浩渺渺，杳无可见，仰望上苍，攀椽可以摸天。流星闪现于门窗之外，长虹高悬于栏杆之上。神兽青龙在东厢委曲而行，像驾的銮舆于西厢蜿蜒而动。灵圄安居于闲馆，偓佺之辈日浴于南荣。灵泉涌出清室，溪流绕过中庭。以巨石修整水涯，高低不平，巨石峭立，巍峨险峻，真好似巧匠刻削一般，显出纹理棱锋。岸上有美玉宝石，玫瑰碧琳，珊瑚宝树，丛生于庭。瑉玉庞大，纹理鲜明，彩色闪耀。赤玉斑烂，杂插其间；朝采琬琰，和氏之璧，也于此出现。

于是乎卢桔夏熟，黄柑桔柚，枇杷酸枣，棠梨厚朴，羊枣杨梅，樱桃葡萄，山樱郁李，答遝荔枝，罗布于后宫，陈列于北园。繁茂果林，延至丘陵，直下平原，扬翠叶，摇紫茎，发红华，垂朱荣；色彩绚烂，照耀巨野。还有沙棠栎槠，桦树枫树，银杏黄栌，石榴椰树，槟榔椶树，檀树木兰，樟木冬青，高千仞，大连抱；树花枝条，伸直舒展，果实大而肥，叶子茂而密；一丛丛，一簇簇，或者比肩直立，或者彼此相依；枝柯连接蜷曲，彼此交义依附而又旁逸斜出；茂密盘结，高举横出，争相滋长，又相倚相扶，枝条扶疏，落英飘飘；茂盛萧森，随风飘荡，婀娜多姿；风吹树梢，凄清作响，好像金石之声，管籥之音。树大林深，参差不齐，环绕后宫。错杂因依，重重累积，布满山谷，沿着高坡，直下低湿之地。视之无端，究之无穷。

于是黑猿白猿，似人母猴，能飞的鼯鼠，身生四翼的蛭，善于爬树的猬和巨大的猕猴，还有那腾跃如飞的獑胡，其状似犬的豰和赤身白首的蛫，都栖息于林间，或长啸或哀鸣，或上下攀附，或交互往来，好似鸟儿振翅疾飞，轻捷灵巧，穿梭枝柯，相互嬉戏，直上梢颠，跳跃灵活；跨过断桥，越过树丛；过渡于垂条之间，悬挂在枝叶稀疏的空隙，是那样自然悠闲。稀稀落落，散散漫漫，欢蹦乱跳，往远方迁移。像这样的游猎之处，竟至数百千个。娱游往来，歇宿于离宫别馆。庖厨不必迁徙，后宫无须跟随，百官随处具备。

于是秋去冬来，天子亲自围猎。乘着象牙雕镂之车，驾着好似蛟龙的骏马；摇动五彩的霓旌，挥舞画有熊虎的云旗；前头是蒙饰虎皮之车，后头是导游之乘。孙叔奉辔，卫公参乘。天子的侍卫纵横行进，警卫于围校四周。在森严的卤簿之中敲击战鼓，鼓舞猎手勇猛进击；江河可为校猎的围栅，大山可为望楼。车骑疾驰好比迅雷乍起，震天动地。猎手们争先恐后，各自散开，各自为战，追逐野兽。队伍前后相继，沿着山陵顺着沼泽，无所不在，好像浓云密布，大雨滂沱，盖满山野。活捉貔豹，击倒豺狼，杀死熊罴，踏倒野羊。猎者头戴鹖尾冠，穿着饰有虎文的衣裤，骑着北海的駒駼。凌越高峻的山巅，驰下崎岖的坂道，越高山，跨险谷，腾沟壑，涉深水。击杀龙鸟，玩弄獬豸，搏杀虾蛤，刺死猛氏，捕获神马，射住大猪。箭不随意发射，射必断颈穿脑；弓不虚发，猎物应声而倒。

于是天子按节徘徊，翱翔往来。观队伍的进退，览将帅的变态。然后车驾由缓行而加快，倏忽之间驰向远方。捕捉飞禽，践踏狡兽。辗轧白鹿，速取狡兔；超越闪电，留下光焰；追逐怪物，逸出宇宙；拉满繁弱之弓，弦上白羽之箭，射中游枭，击倒飞遽。瞄准肉肥的而后发射,命中的正是事先预想的目标。箭离弦,猎物倒。然后天子高扬符节而浮游上苍,驾御疾风,驱遣狂飙,飞升于虚无之境,与天神共同居处。践踏黑鹤,惊散昆鸡,捕获孔雀鸾鸟,捉住文采鲜艳的赤雉,打中羽毛丰美的翳鸟,竿打凤凰,猝取鹓鸲,掩捕焦明。直达道途的尽头,方回车而还。悠然逍遥而自由徜徉,降落于上林之北方。率然直指,倏然返于帝乡。登石阙,经封峦,过鳷鹊,望露寒,下棠棃,息宜春。再驰往昆明池西的宣曲宫,泛舟于牛首池。登龙台,息细柳。观察士大夫的辛勤收获,衡量猎者的猎物多少。至于卒徒车驾所践踏辗轧,步卒骑手所踏死,各种随从人员所踩死,以及那些无所逃遁疲惫不堪、惊惧伏地不会动弹、没有受到兵刃的伤害就死掉的禽兽,更是遍地狼藉,填坑满谷,覆盖了田野,弥漫了沼泽,无从计数了。

于是乎游戏倦怠,摆设酒宴于上接苍天的高台,张乐于寥廓无垠的寰宇;撞击千石之重的洪钟,竖起万石之大的钟架;高举翠华之旗,设置灵鼍之鼓。演奏陶唐氏之舞,聆听葛天氏之歌;千人唱,万人和;山陵为之震动,川谷为之荡波。巴渝宋蔡,淮南干遮,文成滇歌,各地名曲,乐工聚集,轮番演奏,与金鼓之声相互应和,此起彼伏,铿锵阛鞈,动心震耳。荆吴郑卫的民间俗乐,韶濩武象的庙堂雅乐,淫靡放纵之曲,飘然婀娜的鄢郢之舞,激越高亢掀动回风的楚地之声,俳优侏儒的有趣表演,来自西域的女乐,一切用以赏心悦目给人快感的事物,全都美妙烂漫地呈现于君前。从事演奏的女乐尽是青春丽质的美色,就好比神女青琴宓妃之徒一样,超群脱俗,美艳优雅,略施粉黛,鬓发熨贴,举止轻快柔美,身段颀长苗条,妩媚柔弱;身披纯净丝织的罩衣,裙幅长大而又齐整,步态轻盈安详,服饰婆娑多姿,与众不同;散出芬芳,清新浓郁;皓齿灿烂,光洁闪烁;蛾眉细长弯弯,明眸远视,美色诱人,令人心驰神移,难以自已,女乐以此宠幸于君侧。

于是酒兴正浓,乐舞方酣。天子茫然有感,似若有失,说:唉,这

是太奢侈了！我由于政务之余，无事度日，顺应天道而进行杀伐，时而休息于此。惟恐后代奢侈淫靡，照此延续而不知休止，这就不是替后代创造勋业发扬传统的办法了。于是乎就罢酒停猎，而命令主管官吏说：土地凡能开垦耕种的，都要变为农田，用来赡养下层群众。推倒围墙，填平沟壑，让乡野的劳动者能够来到这里。陂池里养满鱼鳖而不禁捕捞，宫馆要关闭而不要去住。打开粮库而救济贫穷，补助不足，体贴鳏寡，抚养孤独。发布施恩于民的号令，减轻刑罚，改变固有的制度，变换车服的颜色，重定历法，与天下百姓一切重新做起。

于是选择吉日，举行斋戒，穿朝服，乘法驾，高举翠华之旗，响起玉饰的鸾铃。游观于六艺之囿，驰骋于仁义之途；观览《春秋》之林，以知往古兴亡得失，演奏《狸首》和《驺虞》之章，以行射礼；舞动玄鹤与干戚之器，以奏古乐；载运可布于云天的大网，像捕禽鸟一样访求天下的贤人雅士，像《伐檀》所喻那样，悲悯未遇明主的才俊之士，像诗句“乐胥”所表现那样，为得才智之士而快乐；以《礼》为规范而整饬威仪；翱翔于《书》的苑囿，以通晓往昔预知未来；阐发《易》的道理，以明阴阳变化；放出上林的各种奇禽怪兽。天子登上明堂，坐于正室。命群臣各依位次，进奏国家方针大计的得失。四海之内，无不受益。当此之时，天下大悦，顺应天子的风教而听从政令，随着时世的潮流而受到感化；圣道勃然振兴而百姓归附于仁义，刑罚废止而不用。恩德高于三王，功勋超出五帝；如果这样，游猎才能成为乐事。如果终日驰骋于苑囿，精疲力尽；用光了车马的能力，消耗了士卒的锐气，浪费了府库的钱财，而对天下百姓并无德厚之恩；专心一意于独乐，不体恤百姓的疾苦，忘掉国家的政务，贪得鸡兔的猎物，那却是仁义之君所不能采取的。从此观之，齐楚两国的游猎之事，难道不是可悲的吗？土地方圆不过千里，而苑囿却占去了九百。这就是草木之野不能够开垦耕种，而人民就无有所食。凭着诸侯的微贱地位，却要享受天子的奢侈，我担心百姓就要遭到灾难了。

于是子虚乌有这两位先生脸色都变了，自己感到怅然有失，立刻离席退步，说：鄙人浅陋无知，不知顾忌，时至今日方得领教，受益太深了。

（陈复兴译注并修订）

羽猎赋一首

扬子云

题解

扬雄(前53—18),字子云,西汉文学家和思想家。蜀郡成都(今属四川)人。少而好学,“不为章句,训诂通而已”,知识广博,作风“简易佚荡”。口吃不善言谈,“默而好深湛之思”。家境清寒,而“自有大度”。年四十余游京师,受到大司马车骑将军王音的赏识,举荐给汉成帝。奏《羽猎赋》,拜为郎,给事黄门。时与王莽刘歆地位不相上下,但是成、哀、平三世,莽等“皆为三公,权倾人主”,雄从无擢升。王莽篡位,很多“谈说之士,用符命称功德”,得到封爵。雄则“以耆老久次,转为大夫”。后校书天禄阁,从事著述,于清贫冷落之中死去。年七十一。

在辞赋创作上,扬雄崇拜司马相如。《汉志》载,扬雄做赋十二篇。但是有名的则为《羽猎》、《长杨》、《甘泉》和《河东》四赋。《文选》录前三篇。皆为对司马相如的《子虚》、《上林》的模仿之作。他也很景仰屈原,感慨于屈原的遭遇。曾作《反离骚》,“往往摭《离骚》文而反之,自岷山投诸江流,以吊屈原”。模仿《离骚》做《广骚》,模拟《惜诵》以至《怀沙》做《畔牢愁》。到晚年则意识到汉赋的形式主义弊害,厌弃其无益于人心世道,目为“雕虫小技”,因而专门从事学术著作。著有《法言》、《太玄》、《方言》等,在哲学史和语言学史上都是有地位的著作。

《羽猎赋》为扬雄接受王音举荐待诏时所奏的赋作。全赋基本上是傍依《上林》的仿制品,从修辞、结构到主旨,都可以明显地看到

《上林》的微痕末迹。先是颂扬往昔二帝三王田猎不出“三驱之意”，向往传说中那种朴素与和洽的政治局面，而对于武帝时代放纵田猎，夸诩游观已显出批评之意，为结尾的主旨留下伏笔。再假借论者之口提出往古“羲农”与后世“帝王”的朴素与奢丽，都是“并时而得宜”，不必“同条而共贯”的主张，似乎是在为穷奢极侈的帝王们做辩护。其间铺张艳丽地描绘成帝时代羽猎的宏阔场面，师旅的盛多，驰射的惊险，猎获的丰盛，不只调遣了地上的人力物力，而且召来了云师风神施威助战，则恰是成帝时代“复修”武帝的奢丽，“不折中以泉台”的实证。赋家的讽喻自然含蓄其中。后写天子不接受“群公”们的颂扬，以二帝三王自况，去泰山梁父举行封禅仪式，而归于文德，反于朴素，正在反驳论者的主张，突出恢复朴素，抑止奢丽，发扬仁德的主旨。

《羽猎》傍依《上林》但并不重复《上林》，主旨与其一致，而想象、构架、修辞法并不蹈袭，自可以见出扬雄于模仿中的创造。

原文

孝成帝时羽猎，雄从[1]。以为昔在二帝三王[2]，宫馆台榭，沼池苑囿，林麓薮泽，财足以奉郊庙，御宾客，充庖厨而已[3]，不夺百姓膏腴谷土桑柘之地，女有余布，男有余粟，国家殷富，上下交足[4]。故甘露零其庭，醴泉流其唐[5]，凤凰巢其树，黄龙游其沼，麒麟臻其囿，神雀栖其林[6]。昔者禹任益虞，而上下和，草木茂[7]。成汤好田，而天下用足[8]。文王囿百里，民以为尚小[9]；齐宣王囿四十里，民以为大[10]：裕民之与夺民也[11]。武帝广开上林，东南至宜春鼎湖，御宿昆吾，旁南山[12]，西至长杨五柞[13]，北绕黄山，滨渭而东[14]，周袤数百里[15]。穿昆明池，象滇河[16]。营建章凤阙，神明驭娑，渐台太液[17]，象海水周流方丈、瀛洲、蓬莱[18]。游观侈靡,穷妙极丽[19]。虽颇割其三垂,以赡齐民[20],然至羽猎,甲车戎马,器械储偫,禁御所营,尚泰奢丽夸诩[21],非尧舜成汤文王三驱之意也[22]。又恐后世复修前好,不折中以泉台[23],故聊因校猎,赋以风之[24]。其辞曰:

或称羲农,岂或帝王之弥文哉[25]?论者云:否[26]。各以并时而得宜,奚必同条而共贯[27]?则泰山之封,焉得七十而有二仪[28]?是以创业垂统者俱不见其爽[29],遐迩五三,孰知其是非[30]?

遂作颂曰[31]:丽哉神圣,处于玄宫[32]。富既与地乎侔訾,贵正与天乎比崇[33]。齐桓曾不足使扶毂,楚严未足以为骖乘[34],狭三王之厄僻,峤高举而大兴[35]。历五帝之寥廓,涉三皇之登闳[36]。建道德以为师,友仁义与之为朋[37]。于是玄冬季月,天地隆烈[38]。万物权舆于内,徂落于外[39]。帝将惟田于灵之囿,开北垠,受不周之制[40],以奉终始颛顼玄冥之统[41],乃诏虞人典泽,东延昆邻,西驰闾阖[42]。储积共偫,戍卒夹道[43]。斩丛棘,夷野草[44]。御自汧渭,经营酆镐[45]。章皇周流,出入日月,天与地沓[46]。尔乃虎路三嵕,以为司马[47],围经百里,而为殿门[48]。外则正南极海,邪界虞渊[49]。鸿濛沆茫,揭以崇山[50]。营合围会,然后先置乎白杨之南,昆明灵沼之东[51]。贲育之伦,蒙盾负羽,杖镆邪而罗者以万计[52]。其余荷垂天之毕,张竟野之罘[53]。靡日月之朱竿,曳彗星之飞旗[54]。青云为纷,红霓为缳,属之乎昆仑之虚[55]。涣若天星之罗,浩如涛水之波[56]。淫淫与与,前后要遮[57]。欃枪为闉,明月为候[58]。荧惑司命,天弧发射[59]。鲜扁陆离,骈衍佖路[60]。徽车轻武,鸿絧緁猎[61],殷殷轸轸,被陵缘坂[62],穷夐极远者,相与列乎高原之上[63],羽骑营营,昈分殊事[64]。缤纷往来,轠轳不绝,若光若灭者,布乎青林之下[65]。

于是天子乃以阳晁,始出乎玄宫[66]。撞鸿钟,建九旒[67]。六白虎,载灵舆[68]。蚩尤并毂,蒙公先驱[69]。立历天之旗,曳捎星之旃[70]。霹雳烈缺,吐火施鞭[71]。萃傱沇溶,淋离廓落,戏八镇而开关[72]。飞廉云师,吸嗼潚率[73]。鳞罗布烈,攒以龙翰[74]。啾啾跄跄,入西园,切神光[75],望平乐,径竹林,蹂蕙圃,践兰唐[76]。举烽烈火,辔者施技[77],方驰千驷,狡骑万帅[78]。虓虎之陈,纵横胶輵[79]。猋拉雷厉,驞駍駖磕[80]。汹汹旭旭,天动地岋[81]。羡漫半散,萧条数千里外[82]。若夫壮士慷慨,殊乡别趣[83]。东西南北,骋耆奔欲[84]。拖苍豨,跋犀犛,蹶浮麋,斮巨狿,搏玄猿,腾空虚,距连卷,踔夭蟜,娭涧间[85]。莫莫纷纷,山谷为之风猋,林丛为之生尘[86]。及至获夷之徒,蹶松柏,掌蒺藜,猎蒙茏,辚轻飞,履般首,带修蛇,钩赤豹,牵象犀,跇峦阬,超唐陂[87]。车骑云会,登降暗蔼[88]。泰华为旒,熊耳为缀[89]。木仆山还,漫若天外[90]。储与乎大浦,聊浪乎宇内[91]。

于是天清日晏[92]。逢蒙列眦,羿氏控弦[93]。皇车幽輵,光纯天地[94]。望舒弥辔,翼乎徐至于上兰[95]。移围徙阵,浸淫蹴部[96]。曲队坚重,各按行伍[97]。壁垒天旋,神抶电击[98]。逢之则碎,近之则破。鸟不及飞,兽不得过。军惊师骇,刮野扫地[99]。及至罕车飞扬,武骑聿皇[100]。蹈飞豹,羂嘄阳[101]。追天宝,出一方,应牵声,击流光;野尽山穷,囊括其雌雄[102]。沇沇溶溶,遥噱乎纮中[103],三军芒然,穷尢阏与[104]。但观夫剽禽之绁逾,犀兕之抵触,熊罴之挐玃,虎豹之凌遽[105]。徒角枪题注,蹙竦詟怖[106],魂亡魄失,触辐关脰[107]。妄发期中,进退履获[108]。创淫轮夷,丘累陵聚[109]。

于是禽殚中衰[110]。相与集于靖冥之馆,以临珍池[111]。灌以岐梁,溢以江河[112]。东瞰目尽,西畅无崖[113]。随珠和氏,焯烁其陂[114],玉石嶜崟,眩耀青荧[115]。汉女水潜,怪物暗冥,不可殚形[116]。玄鸾孔雀,翡翠垂荣[117]。王雎关关,鸿雁嘤嘤,群娱乎其中,噍噍昆鸣[118]。凫鹥振鹭,上下砰磕,声若雷霆[119]。乃使文身之技,水格鳞虫[120]。凌坚冰,犯严渊,探岩排碕,薄索蛟螭[121]。蹈獱獭,据鼋鼍,抾灵蠵,入洞穴,出苍梧[122]。乘巨鳞,骑京鱼,浮彭蠡,目有虞[123]。方椎夜光之流离,剖明月之珠胎[124]。鞭洛水之宓妃,饷屈原与彭胥[125]。

于兹乎鸿生钜儒,俄轩冕,杂衣裳[126],修唐典,匡雅颂[127],揖让于前。昭光振耀,蠁曶如神[128]。仁声惠于北狄,武谊动于南邻[129]。是以旃裘之王,胡貉之长,移珍来享,抗手称臣[130]。前入围口,后陈卢山[131]。群公常伯阳朱墨翟之徒[132],喟然并称曰[133]:崇哉乎德!虽有唐虞大夏成周之隆,何以侈兹[134]?夫古之觐东岳禅梁基[135],舍此世也其谁与哉[136]?上犹谦让而未俞也[137]。方将上猎三灵之流,下决醴泉之滋[138]。发黄龙之穴,窥凤凰之巢,临麒麟之囿,幸神雀之林[139]。奢云梦,侈孟诸,非章华,是灵台[140],罕徂离宫,而辍观游[141]。土事不饰,木功不雕[142]。丞民乎农桑,劝之以弗怠[143]。侪男女,使莫违[144],恐贫穷者不遍被洋溢之饶,开禁苑,散公储,创道德之囿,弘仁惠之虞[145];驰弋乎神明之囿,览观乎群臣之有亡[146];放雉兔,收罝罘,麋鹿刍荛,与百姓共之[147]:盖所以臻兹也[148]。

于是醇洪畅之德，丰茂世之规[149]。加劳三皇，勖勤五帝，不亦至乎[150]。乃祗庄雍穆之徒[151]，立君臣之节，崇贤圣之业，未遑苑囿之丽，游猎之靡也[152]。因回轸还衡，背阿房，反未央[153]。

注释

〔1〕羽猎：负箭狩猎。羽，箭。　雄：扬子云自称。

〔2〕以为：主语是雄。　二帝：指尧和舜。　三王：指夏、商、周三代之王。

〔3〕榭（xiè 谢）：台上建起的房屋。　麓：山脚。　薮：大泽。　财：通"才"，仅仅。　奉：奉祀，供奉。　郊：祭天。　庙：宗庙，供祀祖先的地方。　御：进，招待。　充：供给。　庖厨：厨房。

〔4〕膏腴：肥沃。　谷土：宜于种谷之土，可耕地。　桑柘（zhè）：桑树和柘树。柘，桑属，叶可饲蚕，木材细密坚韧，可制弓。　余：剩余，多余。　上下：上指国家，下指百姓。　交：互，都。

〔5〕甘露：甘美的雨露。　零：落。　醴泉：甘美的泉水。　唐：池塘。

〔6〕凤凰：与下文的黄龙、麒麟、神雀，皆祥瑞之物。吕向说："言家国足，故致祥瑞毕集也。"　巢：做巢，做动词用。　臻（zhēn 真）：至，到达。　栖（qī 妻）：鸟类歇息。

〔7〕禹：夏禹。　益：人名，即伯益，佐禹治水有功。禹曾以天下授之，益避于箕山之阴。　虞：山泽之官。　上下：上指山，代山上生长的树木。下指泽，代泽中生长的野草。　和：和谐，指草木茂盛。

〔8〕成汤：即商汤王，商代开国之君。　田：通"畋"，狩猎。　用足：需用充足。

〔9〕文王：周文王，周武王的父亲，殷时诸侯，居于岐山之下，受到诸侯的拥戴，曾被纣王囚于羑里。获释，为西方诸侯之长，称西伯。迁都于丰。子武王，起兵伐纣，灭殷，建立周王朝。　囿（yòu 又）：古代养禽兽的圈地。

〔10〕齐宣王：战国时期齐国的国君，名辟疆。李善注引《孟子》："齐宣王问孟子曰：'文王之囿，方七十里，有诸？'曰：'有之。''若是其大乎？'答曰：'民犹以为小也。''寡人之囿，方四十里耳，民犹以为大，何也？'答曰：'文王之囿，与人同之。民以为小，不亦宜乎？王之囿四十里，杀其麋鹿，如杀人之罪。人以为大，不亦宜乎？'"此句用其义。

〔11〕裕民:使人民富裕。　夺民:侵夺人民的财物。

〔12〕武帝:汉武帝,刘彻,在位五十四年,造成了前汉一代政治经济文化的极盛时期。　上林:上林苑。　宜春:宫名。　鼎湖:宫名。　御宿:宫苑名,在长安以南。　昆吾:山名。《山海经·中山经》:"又西二百里曰昆吾之山,其上多赤铜。"　旁:傍,依。　南山:终南山。一名秦岭,自甘肃省通过陕西省至河南省三门峡市(旧陕县)以南诸山皆是。

〔13〕长杨:宫名,本秦宫,汉修饰之,以为行宫,因宫中有长杨树而得名。　五柞:宫名。

〔14〕黄山:宫名,在渭水之北。(用高步瀛说)　滨:水滨,做动词用,循着,沿着。

〔15〕周:周围。袤(mào 冒):南北之长。

〔16〕穿:凿通。　昆明池:湖泽名,汉武帝欲通身毒,为越嶲昆明所阻,元狩三年乃象昆明滇池,于长安近郊穿地做昆明池,以习水战。　滇(diān 颠)河:即滇池,湖名,在古昆明国内,即今云南昆明市西南。

〔17〕营:建筑。　建章:汉宫名。汉武帝太初元年建,位于未央宫西。故址在今陕西长安县西。　凤阙:宫阙名。《史记·孝武纪》:"于是作建章宫……其东则凤阙,高二十余丈。"　神明:汉台名。在建章宫内,台上立铜仙人,有承露盘。　馺娑(sà suō 飒梭):汉宫殿名,在建章宫内。　渐台:汉台名。汉武帝造建章宫,太液池中有渐台,高二十余丈,台址在水中,故名。　太液:汉池名。在陕西省长安县西。汉武帝于建章宫北治大池,方圆十顷,以其所及甚广,故名。

〔18〕象:象征。　周流:周转流动。　方丈、瀛洲、蓬莱:太液池中三个山名,以象征传说中东海的三神山。

〔19〕侈靡(chǐ mǐ 耻米):奢侈淫靡。　穷妙极丽:穷与极,妙与丽,皆相对为文,意义相同。

〔20〕割:割让,让予。　三垂:指上林苑的三边。胡绍煐说:"三垂犹三边,即上文南至、北至、西绕之地,所谓周袤四百里者也。"　赡(shàn 善):供给。　齐民:平民。

〔21〕甲车:兵车。　戎马:战马。　偫(zhì 至):储备的器物。　禁御:宫禁,宫中。御,禁止往来。　泰:过分,甚。　夸诩:夸耀于人。

〔22〕三驱:古代射猎的三种等次,一为祭祀祖先,二为招待宾客,三为供给

庖厨。李善注引颜师古说:“三驱古射猎之等也,一为笾豆,二为宾客,三为充君之庖也。”

〔23〕后世:后代。　复修:重又崇尚。修,整治,崇尚。　前好:前代的嗜好。指汉武帝的奢侈之事。　折中:调和两种极端,取其中正,无所偏颇。此指汉成帝对武帝时期的宫馆之盛,采取既不崇尚也不拆毁的政策。　泉台:台名。春秋鲁庄公所筑,一名郎台。《春秋·文十六年》:“毁泉台。”李善注引服虔曰:“鲁庄公筑台,非礼也。至文公毁之。《公羊》讥云:‘先祖为之而毁之,勿居而已。”扬雄以《公羊》之讥说明汉成帝对武帝之“前好”所应采取的态度。

〔24〕校猎:设栅栏圈围野兽。　赋:作赋。　风:讽谕。

〔25〕或:有的人。作者假设的提问者。赋家常用设问设答之法。　称:赞颂。　羲农:伏羲和神农。伏羲,古代部落酋长。传说他教民捕渔畜牧,养牺牲以充庖厨,故又称庖羲。神农,传说中的古帝名。他教民为耒耜,以兴农业,尝百草为医药,以治疾病。羲农在此代表古帝朴素而合于礼者。　岂或:即岂惑,难道迷惑于……(用吴汝纶、高步瀛说)　帝王:指后代帝王。　弥文:愈来愈文饰,指日益奢侈而言。

〔26〕论者:扬雄自谓,设答者。

〔27〕并时而得宜:与各自所处的时势相适应。　奚必:何必。　同条而共贯:相同的传统制度。

〔28〕泰山之封:古代帝王在泰山设坛祭天的仪式。封,设坛祭天。　焉得:怎么能够。　七十而有二仪:有七十二种仪式,表古帝王都是并时得宜,而非同条共贯。有,又。

〔29〕创业垂统者:开创王业和延续传统者,指开国贤能之君。　爽:差错,过失。

〔30〕遐迩:远近,古往今来,　五三:指三王五帝。　孰:谁。

〔31〕颂:颂扬词。从此正面颂扬汉成帝。

〔32〕处:居处。　玄宫:清净之宫。(用颜师古说)

〔33〕侔(móu 谋):相比,相等。　訾(zī 资):通“资”,资财。　贵:高贵。正:确实,正是。　比崇:同样高。

〔34〕齐桓:即齐桓公,春秋时齐侯,五霸之一。名小白。周庄王十一年,以兄襄公暴虐,去国奔莒。襄公被杀,归国继位。任管仲为相,尊周室,攘夷狄,九合诸侯,一匡天下,终其身为盟主。　扶毂:即扶轮,扶翼车轮,在侧促拥车驾前

进。　楚严：即楚庄王，春秋楚国君，为五霸之一。先后灭庸，伐宋，伐陈，围郑，伐陆浑戎；观兵于周境，问九鼎之大小轻重，隐有灭周之意。　骖乘：乘车时居于车右，即陪乘。《汉书·文帝纪》："乃令宋昌骖乘。"《注》："乘车之法，尊者居左，御者居中，又有一人处车之右，以备倾侧。"

〔35〕狭：狭小，此为卑下，意动用法。　厄僻（ài pì 爱辟）：鄙陋。　峤（jiào 叫）：尖峭的高山，此做副词用，高举的样子。

〔36〕历：超过。　寥廓：高远。　涉：达到。　三皇：指伏羲、神农、黄帝。　登闳（hóng 洪）：高大。

〔37〕建：树立。　以为：以之为，之，代五帝三皇。　友：亲近。　与之为：以之为。与，以。王念孙《读书杂志》认为："盖后人不解与字之义，因于与下加之字。今案'建道德以为师，友仁义与为朋'，句法正相对。"

〔38〕玄冬：严冬。李善注："北方水色黑，故曰玄冬。"　季月：春夏秋冬四季的末月，即农历的三、六、九、十二月。此句指十二月。　隆烈：阴气盛，指气候寒冷。

〔39〕权舆：起始。《大戴礼·诰志》："夏之历，正建于孟春，于时冰泮发蛰，百草权舆。"　内：此指地下。　徂（cú）落：衰败，凋零。　外：此指土地外部。

〔40〕帝：指汉成帝。　惟：思，想。　田：同"畋"，狩猎。　灵之囿：天子的园囿。　北垠（yín 银）：北部边陲。垠，边陲。　不周：风名，指西北风。《史记·律书》："不周风居西北，主杀生。"　制：制度，法则。

〔41〕终始：即终始于玄冬季月，在严冬季节完成狩猎。颛顼（zhuān xū 专须）、玄冥：皆北方之神，主杀戮。（用李善注引应劭说）　统：传统，习惯。

〔42〕诏：帝王的诏命。　虞人：掌山泽之官。　典：管理。　延：及，到。　昆邻：昆明之边。（用李善注引张晏说）　阊阖（chāng hé 昌合）：西方的门名。

〔43〕储积：储备的狩猎所用物资。　共偫：准备所必需的物资和事项。（用李善注引郭璞说）　夹道：在大道两旁。

〔44〕斩：铲除。　夷：铲平。

〔45〕御：防备野兽冲出。　汧（qiān 千）：水名，渭水的支流。　渭：渭水。　经营：往来周旋。指戍卒围猎禽兽的行动。　酆：水名，也作"沣"，为关中八水之一，源出陕西秦岭山中，北流至西安市西北，纳潏水，分流注入渭水。　镐（hào 浩）：水名。

〔46〕章皇：宽阔富饶。　周流：周遭，周围。极言校猎的范围广大无边。

出入日月:日月皆出入于苑囿之中。 天与地沓:言天地衔接,杳然无际。形容苑囿之大,遥望茫然无边的样子。沓,应用“杳”。(用胡绍煐、吴妆纶、高步瀛说)

〔47〕尔:这样。乃:语助词,无义。虎路:即虎落。以竹或木连成的围猎野兽的栅栏。三嵕(zōng 宗):即三重。即在山间围起重重的竹栅。(用高步瀛说) 司马:司马门,竹栅的外门。

〔48〕围经:校围的直径。经,即“径”字(用王先谦说)。 殿门:竹栅的内门。

〔49〕外:即司马门之外。 正:恰好。 极:至。 海:南海。 邪:通“左”。(用钱大昭说) 虞渊:虞泉,日落之处。(用李善注引应劭说)此两句模仿《子虚赋》,夸张描写围猎范围之广,并非实指。

〔50〕鸿濛沆(háng 杭)茫:苍苍莽莽,水草漫无边际的样子。 揭:也作“碣”,标志。 崇山:高崇的山峰。

〔51〕营合围会:即营围会合,狩猎的队伍会合一起。 置:谓布置供具。李善注引张晏曰:“先置供具于前也。”供具,供酒食的器具。 白杨:观名,在昆明池以东。 灵沼:昆明池中有灵沼神池。

〔52〕贲育:孟贲、夏育,皆古之勇士。 伦:辈。 蒙盾:以盾牌做掩护。蒙,覆盖,掩护。 负羽:背着羽箭。 杖:拿着,掌握着。 镆邪(mò yé 莫耶):大戟。 罗:罗列成阵势,以围猎野兽。

〔53〕荷:肩负。 垂天:垂之天边,极言毕的长大。 毕(bì 必):捕捉野兽的猎网。 张:铺开,撒开。 竟野:盖满山野。 罘(fú 扶):网。捕兔的器具,翻车网;毕,为大猎网。以此,状毕以垂天,状罘以竟野。

〔54〕靡(mǐ 米):挥动。 日月:指旒上饰有日月的旗帜。 朱竿:朱旗,太常之旗,即绘有日月之旗。《书·君牙》:“厥有成绩,纪于太常。”《传》:“王之旌旗画日月为太常。” 曳(yè 叶):飘扬。 彗星之飞旗:旒上饰有彗星的旗帜。《楚辞》曰:“揽彗星以为旗。”象征天地之旗。

〔55〕青云:旗上的云形的装饰。 纷:旗上的装饰物。 红霓:彩虹,也是旗上的虹形的装饰。 缳(xuàn 炫):旗上的结带。 属(zhǔ 主):接连不断。虚:也作“墟”,大丘,土山。昆仑之虚,昆仑丘。

〔56〕涣(huàn 换):光辉夺目的样子。《释名·释彩帛》:“纨,涣也,细泽有光,涣涣然也。”此形容士卒的旗帜和箭戟的性状。 罗:罗列。 浩:水势盛大。此形容狩猎队伍的浩大雄壮。 波:与“罗”相对为文,波动,激荡。

〔57〕淫淫与与:队伍行进的样子。　要遮:阻截野兽。

〔58〕欃(chán 馋)枪:彗星的别名。《尔雅·释天》:“彗星为欃枪。”　闉(yīn 因):城门外的曲城。此为狩猎的营门。　候:候望敌情的哨所。《后汉书·光武帝纪》:“筑亭候,修烽燧。”

〔59〕荧惑:星名,即火星。　司命:主管天子的号令。　天弧:星名。

〔60〕鲜扁(piān 篇):即“仙翩”,形容士卒行动轻捷的样子。(用王先谦、高步瀛说)　陆离:与“鲜扁”相对为文,意义相近。　骈衍(pán yǎn 便眼):壁垒广大相连的样子。骈,并;衍,广大。(用颜师古说)　佖(bì 必)路:与“骈衍”相对为文,意义亦为广大众多。佖,比,一个接一个。

〔61〕徽车:有徽帜之车。(用颜师古、高步瀛说)　轻武:轻捷勇猛。　鸿絧(tóng 同):徽车相连的样子。　緁(jié 截)猎:依次前进的样子。

〔62〕殷殷轸轸(yǐn yǐn zhěn zhěn 隐隐枕枕):车骑众多的样子。　被陵:布满山陵。　缘坂:沿着山坡。

〔63〕穷夐:穷远,辽远。　相与:相互,一同。　列:列开阵势。

〔64〕羽骑:背着羽箭的骑卒。　营营:往来奔驰。　昈(hù 户)分:明白分工。昈,鲜明,明白。　殊事:分别去完成各自的任务。

〔65〕缤纷:众多。　轠轳(lěi lú 垒卢):接连不断。　若光若灭:乍明乍暗,形容远望羽骑跃马驰骋的情状。　青林:烟雾笼罩的树林,呈青色。故为青林。

〔66〕天子:指汉成帝。　阳晁(cháo 朝):晴朗的早晨。晁同“朝”。　玄宫:清净之宫。

〔67〕撞:敲击。　鸿钟:即宏大之钟,指黄钟,古十二律之一,声音最洪大响亮。李善注引《尚书·大传》曰:“天子将出,则撞黄钟之钟。”　建:立,举。九旒:指龙旗。李善注引《礼记》曰:“龙旗九旒也。”旒,旗上的饰物。

〔68〕白虎:马名。　灵舆:天子的车驾。

〔69〕蚩(chī 吃)尤:黄帝之臣。　并毂:挟毂,推车轮前进。　蒙公:蒙恬,秦皇之臣。李善注引如淳曰:“蒙公,髦头也。”　先驱:髦头。天子出行,有披发骑士,为开路前驱。

〔70〕立:竖起,高举。　历天:触天,极言其高。　曳(yè 叶):飘扬。　捎星:拂到天星,与“历天”对文,亦极言其高。捎,拂。　旃(zhān 沾):曲柄之旗。

〔71〕霹雳:指惊雷。　烈缺:指闪电。　吐火施鞭:形容雷鸣电闪的性状。施鞭,扬鞭。此形容天子威德之盛,役使百神出而护卫。(据李善说)

〔72〕萃傱(cuì sǒng 翠耸):萃聚。 沇溶(wěi róng 伟容):众多。此形容师旅之众。 淋离:盛多。 廓落:松散,不严整。此与上句相对,上句言士卒有时集中合围,下句言士卒有时分散进击。 戏(huī 灰):同“麾”,指挥。 八镇:四方四隅。东西南北为四方,东南西南东北西北为四隅。不言九镇,因为一镇在中央,天子居之(用李善注引如淳说)。 开关:使之开关。此形容师旅势力之大。

〔73〕飞廉:风神。 云师:云神。 吸嚊(pì 譬):喘息的声音。 潚率(sù lù 肃绿):神喘息的样子。

〔74〕鳞罗:士卒像鱼鳞罗列。 布烈:布下阵列。烈,通“列”,行列。 攒(cuán):集中。 龙翰:龙的长毛。此两句为对文,言布列如鱼鳞,攒聚如龙毛。

〔75〕啾啾(jiū jiū 纠纠):师旅行动的声响,概指车骑箭戟相摩擦的声音。屈原《离骚》:“鸣玉鸾之啾啾。” 跄跄(qiāng qiāng 枪枪):师旅行动有礼节的样子。 切:接近。神光:宫名。

〔76〕望:眺望。 平乐:馆名。李善注引晋灼曰:“在上林中也。” 径:一直穿过。 蹂:踏过。 蕙圃:蕙草之圃。 践:踏过。 兰唐:生兰草之塘。唐,同“塘”。(用李善注引服虔说)

〔77〕举烽:高高地燃起烽火。 烈火:与“举烽”相对为文,四处燃起烽火。烈,通“列”,布满。举,言烽火燃得高;烈,指烽火照得广。 辔者:执辔之人,御者。 施技:施展驾车的技能。

〔78〕方驰:并驾齐驱。方,并。 千驷:上千辆四马所驾之车。 狡骑:相互交错的骑卒。狡,交错。(用吴汝纶说)狡与“方”相对,释为交错为妥。 万帅:五臣做“万师”,极言师旅之众。

〔79〕虓(xiāo 消)虎之陈:勇猛士卒结成的阵势。虓虎,形容勇猛的样子。陈,同“阵”。 胶轕(gě 葛):错杂的样子。

〔80〕猋(biāo 标)拉:狂风怒号。猋,狂风。拉,风声。 雷厉:雷声猛烈。 骈骍聆礚(pīn pēng líng kē 拼抨灵科):皆为象声词,形容车骑奔驰、箭戟摩擦之声。

〔81〕汹汹旭旭:相互鼓动之声。 天动地岋(è 厄):天摇地动。岋,摇动。

〔82〕羡漫:散漫。 半散:与“羡漫”意义相近。半,泮,涣散。(用王先谦说) 萧条:寂寥萧散,形容车骑驰驱辽远之处,声音由强而弱,以至于消失的情状。以上插叙天子亲自指挥狩猎的壮阔场面。

〔83〕慷慨:原意为心情激愤。此为奋勇直前的样子。 殊向:壮士离开行

列按各自的方向追逐野兽。　别趣:与“殊向”意义相同。趣,趋,方向。

〔84〕骋耆(shì 士):按各自的嗜欲追逐驰骋。　奔欲:与“骋耆”意义相同。

〔85〕拖(tuō):同“拖”,拖曳。　苍狶(xī 希):兽名,狶猪。《方言》:“猪,南楚谓之狶。”　跋:踏。　犀犛(xī lí 西离):兽名。犀牛和犛牛。　蹶(jué 决):蹴,以马蹄踏。　浮麋:浮游之麋。　斮(zhuó 拙):斩。　巨狿(yán 延):兽名。搏:击。　玄猿:黑猿。　腾空虚:跳跃腾空。距:跃过。　连卷(quán 权):指盘曲的树木。　踔(chuō 戳):超越。　夭蟜(jiǎo 矫):树枝盘曲的样子。　娭:嬉戏,玩耍。娭,同“嬉”。　涧间:山谷的流水之间。

〔86〕莫莫纷纷:风尘滚滚的样子。　为之:因之。　风猋:即“猋风”,暴风。

〔87〕获夷之徒:善于擒获和格杀之辈。指勇力超绝的壮士,夷,杀。(用胡绍煐、高步瀛说)　蹶:以脚踏。　掌:以掌击。　蒺藜(jí lí 吉离):草名,生于沙地,布地蔓生,实表面突起如针状,入药。　蒙茏:草木繁密之处。　辚:以车轮辗轧。　轻飞:轻禽。　屦(jù 剧):践踏。　般首:虎一类的猛兽。般,班。班首,虎之类。(用李善注引如淳说)　带:像带一样缠绕于身。　脩蛇:长蛇。钩:以钩牵住。　牵:拖曳。　象犀:大象犀牛。　跇(yì 义):越过。　峦阬(luán gāng 銮刚):山峦陡坡。　超:越过。　唐陂(bēi 卑):有堤的池塘。唐,通“塘”。

〔88〕云会:像云雾一样会集一起,形容车骑的众多。　登降:指车骑登上山峦,驰下陡坡。紧承上文“跇峦阬,超唐陂”。　暗蔼:不分明的样子,也形容众多。

〔89〕泰华:泰山与华山。　旒:旗上的缀饰。　熊耳:山名。　缀:旗上的装饰。

〔90〕木仆:树木摧倒。　山还(xuán 旋):山在回旋。　漫:无边无际。此句极言壮士们所向披靡,无所阻挡,恍如到了天外。

〔91〕储与:徜徉,游荡不定。　大浦:高高的水岸。　聊浪:放荡,自由而无所拘束。　宇内:天宇之内。

〔92〕天清日晏:天气晴朗。晏,无云处。(用李善注引《淮南子注》说)

〔93〕逢蒙:古之善射者。　列眦(zì 自):形容视物瞄准。列,通“裂”,裂开。眦,眼角。原意为睁裂眼角,极言目力集中。　羿(yì 义)氏:后羿,古之善射者。　控弦:拉弓。

〔94〕皇车:天子之车。　幽辖(yà 亚):车声。　光纯:光辉照耀。纯,当为“焞”,光耀的样子。(据王念孙说)上句摹皇车之声,下句写皇车之光,正合。

〔95〕望舒:月之御者。 弥辔(mǐ pèi 米配):止辔,放松缰绳缓行。弥,通“弭”,止;辔,马缰。 翼乎:闲暇的样子。(用高步瀛说) 上兰:上兰观,在上林苑中。

〔96〕移围徙阵:转移围阵。 浸淫:渐进,逐渐集中。 蹴部:使部伍靠拢。蹴,与“蹙”、“促”通。(有李善注引毛苌《诗传》说)蹙,接近,靠拢。部,部伍。

〔97〕曲队:部伍,部队。 坚重:坚密而有次序。 按:依。 行(háng 杭)伍:部伍。

〔98〕壁垒天旋:军垒如在天上回旋一样,形容野兽无所逃遁,皆在其猎取之中。壁垒,原为星名,此指军垒。 神抶(chì 赤)电击:如天神雷电所击一样,猝不及防。抶,鞭笞。此两句皆极言壮士进击野兽之迅猛。

〔99〕军惊师骇:队伍行动起来。惊,动;骇,起。 刮野扫地:形容野兽被猎获无遗,大地如被刮扫过一般。

〔100〕罕车:毕罕之车,装载猎网的车。 飞扬:奔驰迅疾的样子。武骑:勇猛的骑卒。 聿皇:轻捷的样子。

〔101〕蹈:踏。罥(juàn 卷),用网捕捉。 獥(jiāo 娇)阳:狒狒。

〔102〕天宝:陈宝,一种怪兽名,其来如神,砰然有声,带有流光,穷极山川天地之间,始能得其雌雄。(据李善注引应劭、晋灼、如淳等说)

〔103〕洈洈(wěi 伟)溶溶:禽兽奔窜的样子。 遥噱(jué 决):野兽倦极,张嘴喘息的样子。 纮(hóng 洪)中:网中。

〔104〕三军:指步、车、骑三军。 芒然:盛多。 穷冘(yín 淫):穷追正在奔跑的野兽。穷,穷追;冘,行走的样子。 阏(è 遏)与:阻截半途犹豫的野兽。阏,止;与,通“豫”,犹豫。(用吴仁杰《两汉刊误补遗》说)

〔105〕剽(piāo 飘)禽:轻捷之禽。 绁逾(yì yú 义于):超越,飞跃。 犀兕(sì 四):皆为犀牛。兕,雌犀。 熊罴(pí 皮):熊与罴。罴,《尔雅·释兽》:“罴,如熊,黄白文。” 拏攫(ná jué 拿决):熊罴与猎手搏斗的样子。颜师古说:“拏,牵引也。攫,搏持之也。” 凌遽:凌越惶恐。(用李善注引《说文》说)以上皆写群兽在壮士追捕面前的挣扎冲撞的样子。

〔106〕徒:但,只。 角枪:以角触地。枪,抢,触。 题注:以额注地。题,额。 蹙竦(cù sǒng 促耸):恐惧的样子。蹙,畏缩。竦,惶惧。 詟(zhé 折)怖:意义与“蹙竦”相同。詟,通“慑”。

〔107〕魂亡魄失:丧魂失魄。 触辐:自触车辐。 关脰:贯颈而死。关,通

“贯”,穿,使颈穿进车辐条。脰,颈。

〔108〕妄发期中:随意发射都能打中预期的猎物。 进退履获:进退之间履践而有所猎获。履,足踏;获,指猎物。

〔109〕创淫:以兵刃所伤。创,因刃而伤;淫,伤。 轮夷:以轮轧而伤。夷,伤。(用胡绍煐说) 丘累:野兽被捕杀的堆积如山丘。 陵聚:与“丘累”意义相同。

〔110〕禽殚(dān 单):禽兽猎杀而尽。殚,尽。 中(zhòng 仲)衰:射中而杀。中,射中;衰,杀。

〔111〕相与:共同。 集:会集。 靖冥之馆:深闲之馆。 临:到。珍池:珍贵之池。

〔112〕灌以岐梁:以岐梁二山下注之水灌珍池(用王先谦说)。岐,岐山,在陕西岐山县东北。山状如柱,故又称天柱山。梁,梁山,在陕西韩城县境,接郃阳县界。 溢以江河:池水满而溢出于江河。

〔113〕东瞰(kàn 看):向东眺望。 目尽:尽目而望,指目力所达之处,毫无障碍,一片平旷。 西:西望。 畅:平畅无阻。 无崖:无边无际。崖,边际。

〔114〕随珠:随侯之珠,传说中的宝珠。 和氏:和氏之璧,春秋时楚人卞和所得的宝玉。 焯烁(zhuō shuò 桌朔):光辉闪烁。 其:指珍池。陂(bēi 卑):池岸。

〔115〕碒崟(jīn yín 今银):高大的样子。 眩耀:闪闪夺目。 青荧:发光的样子。

〔116〕汉女:汉水之神。(用吕向说) 水潜:潜藏于水中。 怪物:奇怪之物。 暗冥:暗藏于深水。冥,幽深。 不可殚形:不能尽现其形。殚,止,尽。

〔117〕玄鸾:鸟名。 翡翠:翡翠鸟。 垂荣:羽毛放出光泽。

〔118〕王雎(jū 居):鸟名,即雎鸠。 关关、嘤嘤:皆鸟鸣声。 群娱:鸟儿成群嬉戏。 噍噍(jiū jiū 啾啾):鸟鸣声。 昆鸣:各种鸟一同鸣叫。昆,同。

〔119〕凫(fú 浮):野鸭。 鹥(yī 衣):鸥鸟。 振鹭:振翅欲飞的鹭鸶。上下:群鸟飞翔,忽上忽下的姿态。 砰磕(pēng kē 抨科):群鸟振翅的声音。声若雷霆:比喻群鸟振翅之声。

〔120〕文身之技:指文身的越人入水取物的技能。 水格:于水中格杀。鳞虫:指鳞甲之类,如鱼鼍鼋鳖等。

〔121〕凌:渡过,凌越。 犯:进入,深入。 严渊:可畏的深渊。探岩:探入

险峻的崖岸。岩,岸旁崎岖的山岩。　排碕(qí 奇):推开曲岸。碕,曲岸。　薄索:就近捉取。薄,迫近,索,取。　蛟螭(chī 吃):蛟,传说中能发水的龙。螭,有角的龙。

〔122〕蹈:踏。　獱獭(bīn tǎ 宾塔):獱,小獭;獭,水獭,如小狗,水居食鱼。　据:捉住。　鼋鼍(yuán tuó 元驼):大鳖和扬子鳄。　抾(qū 区):捉取。　灵蠵(xī 希):一种大龟。雄为玳瑁,雌为觜蠵。　入洞穴:指深入水下的洞庭道。李善注引郭璞《山海经注》:"吴县南太湖中有包山,山下有洞庭道也。"其实,这是赋家虚说,并非实指。李善注:"言潜行水底无所不通也。"　出苍梧:出于苍梧,指从洞庭道潜行水中,又从苍梧出来。苍梧,汉郡名,在今广西。

〔123〕巨鳞:大鱼。　京鱼:鲸鱼,亦大鱼。　浮:遨游。　彭蠡(lǐ 里):即鄱阳湖,在今江西省。　目:观,望。　有虞:指舜,曾为有虞氏部落的首领,故名。死葬于九嶷山,在苍梧。故云"目有虞"。

〔124〕方:且。　椎(chuí 锤):敲击。　夜光:夜光珠,即夜明珠。　流离:光彩纷繁的样子。　剖:剥开。　明月之珠胎:明月珠为蚌所怀,故曰胎。

〔125〕鞭:鞭打。　宓妃(fú fēi 伏非):伏羲氏女,投洛水而死,为洛神。因其为邪神,故鞭之。(据五臣注)　饷(xiǎng):馈赠。此为祭奠的意思。　屈原:楚之忠臣,投汨罗江而死。　彭胥:指彭咸、伍子胥,皆溺水而死。

〔126〕於兹乎:於是乎。　鸿生钜儒:鸿与钜皆言大。生与儒,皆有德行的人。　俄:同"峨",高的样子。(用吕锦文说)　轩:一种曲辕有輽的车,卿大夫和诸侯夫人所乘。　冕:高冠。　杂衣裳:穿着特殊颜色的衣裳。

〔127〕脩:修正。　唐典:即尧典,《尚书》第一篇,记载尧禅让的事迹。　匡:匡正。匡与"脩"皆有发扬光大意。　雅颂:《诗》中赞扬美政的篇章。

〔128〕揖让於前:施行文德于先。揖让,喻文德,对武功而言,即对外施以仁政,而不用霸道。《荀子·乐论篇》:"故乐者,出所以征诛也,入所以揖让也。……出所以征诛,则莫不听从,入所以揖让,则莫不从服。"　昭光振耀:谓对文德发扬光大。"昭光"与"振耀"意义相同。　蠁曶(xiǎng hū 响忽):蠁同"嚮"、"响",曶同"忽",迅疾的意思。

〔129〕仁声:仁德的声誉。　惠:感召,感化。　北狄:北方的少数民族。　武谊:武事主于仁义。武,武事;谊,义,亦仁义,即不随意征诛。动:感动,感化。　南邻:南方。

〔130〕是以:以是,因此。　旃裘(zhān qiú 沾求):毡制之衣。旃,通"毡"。

代逐水草而居的游牧民族。　胡貉(mò 墨):古代北方少数民族的统称。　移珍来享:奉珍奇之物来进贡。　抗手:举手,即合掌而拜,表恭敬。

〔131〕前:指抗手称臣队列的先头。　围口:猎营之门。　后:指抗手称臣的后续部分。　陈:排列。谓来享称臣的旃裘之王与胡貉之长成群结队。　卢山:山名。指单于的南庭山。(用李善注引孟康说)

〔132〕群公:百官,指孝成帝左右的人。　常伯:周代官名,秦汉称侍中,出入宫廷,随侍皇帝,应对顾问,地位显贵。　阳朱墨翟(dí 敌):喻贤德之士,并非实指阳朱墨翟两种学派的人。阳朱,战国魏人,其学说重在爱己,不以物累,不拔一毛以利天下,为儒家斥为异端。墨翟,春秋战国时人,墨家学派的开创者,主张兼爱、非攻、尚贤、尚同,反对儒家的繁礼厚葬,倡导薄葬,非乐。

〔133〕喟(kuì 愧)然:叹息的样子。　并:同时。　称:赞扬。

〔134〕崇哉乎德:倒装句,即德崇哉乎,表强调谓语。多么崇高啊,成帝之仁德。哉乎,感叹词,两词并用,强调感叹的语势。　唐:唐尧。　虞:虞舜。　大夏:大禹。　成周:周成王和周公。以上皆言历史上兴隆昌盛的时代。　侈:大,超过。　兹:今天,指汉成帝时代。

〔135〕觐(jìn 进):古代诸侯秋朝天子的仪式。此指皇帝到泰山的祭天仪式。　禅(shàn 善):古代天子祭山川的仪式。　梁基:指梁父,泰山下的小山。古代帝王在泰山上筑坛祭天,报天之功,是为封;在梁父山上辟场祭地,报地之功,是为禅。　舍:舍弃,离开。

〔136〕此世:指汉成帝时代。　与:参与。

〔137〕上:皇帝,指汉成帝。　俞:然,表赞同。

〔138〕方:且。　上:指上天。　猎:取。　三灵:指日月星。　流:福流(用李善注引服虔说)。　下:与上相对,指地下。　决:排除壅塞,使水畅流。醴泉:甘美的泉水。　滋:涌流。

〔139〕黄龙、凤凰、麒麟、神雀:皆祥瑞之物,象征汉成帝倡导仁德。　囿(yòu 又):畜养禽兽的场所。　幸:皇帝亲到。

〔140〕奢:以为奢侈,意动用法。　云梦:楚国的大泽,大致包括今湖南益阳县湘阴县以北,湖北江陵县安陆县以南,武汉市以西一带地区。　侈:意义与用法与“奢”同。　孟诸:古宋国的大泽,在今河南商丘东北。　非:以为非,意动用法。　章华:台名,春秋时楚灵王所造,在今湖北监利县西北。　是:以是为,意动用法。　灵台:西周台名。

〔141〕罕徂(hàn cú 汗殂):很少去。罕,稀,少;徂,往。　离宫:古代帝王在正式宫殿之外所筑的宫殿,以随时游处。　辍(chuò):停止。

〔142〕土事:土木工程。　不饰:不加以雕饰。指倡导朴素,不尚奢侈。　木功:与"土事"意义相近。土事,指建筑中的墙垣之类;木功,则指其中的屋宇门窗之类。　雕:饰。

〔143〕丞:通"拯",劝导,鼓励。　农桑:指劳动生产。农,种植;桑,采桑养蚕纺织。　劝:劝导,鼓励。　弗怠:不怠惰,即勤劳。弗,不。

〔144〕侪(chái 柴):等同。　使莫违:使男女同样按时结婚,不要错过年龄。莫违,谓莫违于婚期。

〔145〕被:承受,享有。　洋溢之饶:到处都存在的富裕丰足。洋溢,充满,普遍存在。饶,富饶。　开:开放。　禁苑:皇帝专用的苑囿。　散:发放。　公储:国家的储备积蓄。　创道德之囿:把道德当做苑囿。此模仿《上林赋》之修辞法,以狩猎之事比喻仁德之政。　弘(hóng 洪):发扬,扩大。　虞:虞人,掌山林苑囿之官。虞与囿相对。此句修辞法与上句同,言发扬仁惠之政。

〔146〕驰弋(yì 义):奔驰射猎。弋,用带丝线的箭射鸟。　神明:如神之明察,谓皇帝了解臣民之事的精细。《淮南子·兵略训》:"见人所不见谓之明,知人所不知谓之神,神明者先胜者也。"　有亡:指有无事功。李善注:"言驰弋神明之囿,冀以齐其聖德,观其有无,而加以恩施。"

〔147〕雉:鹑鸡类,雄者羽毛美丽,尾长,可做装饰品,雌者羽黄褐色,尾较短。俗称野鸡。　罝罘(jū fú 居服):皆为猎取野兽的网。罝,猎兽用;罘,猎兔用,即翻车。　刍荛(chú ráo 除饶):割草打柴的人,此指柴草。　共:共同享有。

〔148〕盖:大概。　所以:用以,指上文所述非奢侈是朴素的各项举措。　臻:到,达到。　兹:这,这个目的,指仁德之政。

〔149〕醇(chún 唇):精纯不杂,此指提高。　洪畅之德:洪大畅通的仁德。洪畅,伟大而无所不至的意思。丰:充实,扩充。　茂世:繁荣昌盛的时代。　规:法度,准则。

〔150〕加劳三皇:功绩胜于三皇。加,胜过。劳,功勋,功绩。　三皇:指伏羲、神农、黄帝。　勖(xù 续)勤五帝:勤于仁德之事超过五帝。　五帝:指伏羲、神农、黄帝、尧,舜。

〔151〕祇(zhī 知)庄:恭敬。　雍穆:和谐壮美。

〔152〕立:树立。　君臣之节:君臣应该恪守的法度。节,法度。　未遑

(huáng 黄):无暇。 丽:奢侈。 靡(mǐ 米):与“丽”相对,意义相近。

〔153〕轸(zhěn 枕):车后的横木,与“衡”皆指代车。 衡:车前横木。 阿房(ē páng):秦宫名,在今陕西长安县西。《三辅黄图》:“阿房宫,亦曰阿城。惠文王造宫未成而亡。始皇广其宫规,恢三百余里。离宫别馆,弥山跨谷,辇道相属,阁道通骊山八百余里。”此指代奢侈之事。 未央:汉宫名,在今陕西西安市西北长安故城内西南角。高祖七年,萧何主持营造。

今译

孝成帝时曾统率士卒负羽狩猎,我曾跟随前往。我以为,在二帝三王的时代,营建宫馆台榭,沼池苑囿,山林大泽。狩猎仅仅是为了祭祀上天和祖先,接遇宾客,供应厨房的需要罢了。那时不侵夺百姓种谷植桑的肥沃土地,妇女织布穿不完,男人种粮用不尽。国与家都殷富,上与下同丰足,因此甘露落于中庭,醴泉流入池塘,凤凰在树上作巢,黄龙在池沼漫游,麒麟来到苑囿,神雀在林中栖息。往昔夏禹任用伯益做山泽之官,而山间水泽一片和谐,草木繁茂生长。商汤虽说喜好田猎,而天下却需用丰足;周文苑囿百里,而人民以为尚小;齐宣苑囿四十里,人民却以为太大:这就是由于富民与夺民两种政策的不同。汉武帝广开上林,东南至宜春、鼎湖、御宿、昆吾,依傍终南山而过。西至长杨、五柞。北绕黄山,沿着渭水而东去。周围纵横几百里。开凿昆明池,象征滇河形势。营造建章、凤阙、神明、驭娑、渐台、太液。在太液池里有方丈、瀛洲、蓬莱,象征着海水周遭拍击的东海神山。游观奢靡,美妙至极。虽然也多少把上林的三面边缘割让出来。以赡养平民,但是命士卒负羽狩猎的时候,战车战马,器械储备,宫中所经营的一切,还是过分奢侈夸耀了,远非尧舜商汤文王仅只是为祭祀祖先、招待宾客和供应厨房之需那种三驱的原意了。我又担心后代再延续从前武帝时代的嗜好,不能以鲁文公拆毁先祖非礼所筑的泉台为鉴,对过去奢丽采取折中的态度,因此就暂借这次校猎的机会,做这篇赋而加以讽喻。其辞是:

有的人赞扬伏羲神农的朴素,恐怕是不理解后代帝王日益奢丽的道理吧？论者认为：否。朴素与奢丽是与古今的时势相适应的，何必固守自古以来的老传统呢？若是一切都因袭旧习，那么泰山上筑坛祭天，怎么能够有七十二种仪式呢？因此自古开创大业发扬传统的帝王都是适应所处形势确立制度，都看不出他们有什么差错；从古至今都赞美五帝三王，但是他们有的文饰有的质朴，怎么能知道谁是谁非呢？

于是我就做出颂词说：

壮丽啊，神圣之君，居住于清净之宫。富既然可以同大地比资财，贵也能够与苍天试高低。齐桓公虽说曾九合诸侯为天下盟主，竟不足以给您扶轮推毂，楚庄王虽说曾观兵周境叩问九鼎，却没资格替您陪乘保驾。您藐视三王的鄙陋，您的威望山峰一样崇高而使国家迅速振兴。您胸怀像五帝那样的辽阔，精神像三皇那样的豪迈；您树立道德准则以他们为师，亲近仁义之政以他们为朋。于是严冬腊月，天地阴冷。万物萌生于地下，草木凋零于地上。成帝想要狩猎于灵圃，开拓北方的边陲，承袭西北寒风肃杀万物的法则，接受颛顼玄冥主杀的传统，就诏命山泽之官掌管薮泽，向东延及昆明之边，往西驰至阊阖之门。狩猎需要的物资储备待用，待命出发的士卒列满路旁。铲除丛棘，芟平野草。自汧水渭水防备野兽窜逃，于酆水镐水之间往来周旋。猎围广阔无边，日头月亮，升于其中又落于其中，远远望去，天与地接，杳然无际。这样就围成竹栅三重，外有司马门；校围直径长达百里，内有殿门。司马门外向远展开，直到南海；横向延伸靠近虞泉。苍苍莽莽，以崇山为标。狩猎队伍，结营合围，然后酒食供具先安排于白杨观以南，昆明灵沼之东。孟贲夏育之辈的饶勇之士，手持镆邪利刃，排列起来，数以万计。其余的士卒则肩荷可垂天边的猎网，撒开覆盖山野的兔罘。挥动着饰有日月的朱竿，飘扬着点缀彗星的飞旗。以青云为旗饰，以虹霓做旗穗，在昆仑高丘连绵不断。旌旗箭戟，光辉耀眼，好似天星罗列；队伍雄壮，浩浩荡荡，恰如波涛奔腾。士卒步武堂堂，奋勇直前，前后阻截，围追野兽。彗星在天，可为营门；明月高悬，可为斥候;火星掌管号令,天弧掌握发射。战斗行列轻捷推进,壁垒森严,个个相连。战车徽帜鲜明,轻捷迅猛,又彼此相连,依次前进。战车战骑纷然众多,布满山陵,越过陡坡,驰向穷极遥远,共同列阵于高原之上。骑手背负羽箭,往来奔驰,分工明确,各有所事。缤纷杂沓,驰骋往来,络绎不绝,由近及远,远望乍明乍灭,那是骑卒们遍布于烟雾笼罩的青林之下。

于是天子在明媚的早晨,始出于清净之宫。撞响洪钟,高举龙旗。六匹龙腾虎跃的白色骏马,驾着天子专乘的舆车。黄帝之臣蚩尤扶轮推毂,秦皇之将蒙恬前驱开路。举起连天的大旗,飘着拂到星辰的曲柄之旗。雷霆闪电,喷吐火舌,好似扬鞭;那是天子仁德,感动诸神,诸神齐来呐喊助威。车骑忽而集结合围,忽而分散出击。天子指挥四方八镇为之开关让路。风神云师随之奔走助阵,都紧张得大口喘息。士卒好比鱼鳞罗列,行阵密布,又好比龙毛攒聚,密集而紧凑。旌旗箭戟摩擦有声,车骑步卒纷然错杂。拥入西园之中,靠近神光之宫。眺望平乐馆,穿过修竹林,踏行蕙之圃,涉渡兰草塘。燃起烽烟,火光冲天,执辔者施展技艺,千辆战车,竞相驰骋,成万骑手,交错争先,龙虎猛士结成行阵,纵横交错,各显身手,真好比狂飙怒号,雷声霹雳。此呼彼应,山摇地动。逐渐分开,半途涣散,萧条寂寥于数千里外。若论壮士奋勇,各有所向,东西南北,直取所欲。拖住野猪,踏倒犀牛,马蹄践死漫游之麋,斩杀巨狿,搏斗黑猿,技艺高超,跳跃腾空,越过连卷之树,跨过盘曲之枝,驰骋于深谷溪涧。他们搅起了风尘滚滚,山谷因之卷动风暴,丛林因之腾起烟尘。至于善于擒拿格杀之辈,则足踏松柏,掌击蒺藜,深入蒙茏繁密树丛稳取猎物,驾起战车辗死飞禽,脚踏猛虎,腰缠长蛇,钩搭赤豹,手牵象犀,跨过山峦陡坡,飞渡池塘高堤。战车战骑云集会合,登山下坡,难以分辨。泰山华山作为旗旒,熊耳之山可为旗缀。大木倾倒,高山旋转,茫然无际,恍若天外。徜徉于漫长的水边,放浪于无限的天宇。

于是天清日朗,逢蒙凝神瞄准,后羿拉弓射箭。皇帝之车轰然震响,光耀天地。月御望舒按辔缓行,逍遥自由,徐徐走到上兰之观。围阵转移,逐渐集中。部伍紧密有序,各归各队。壁垒天旋,野兽无所逃遁;士卒追击迅猛,好似神击电劈;遭遇之则粉身碎骨,靠近之则体无完肤;鸟不及飞则落网,兽不及过则中箭。军师起动,整个山野,禽兽扫地而尽。等到载有猎网的战车飞驰而到,勇猛的战骑急驰而至,就踏死飞豹,活捉狒狒。追猎异兽陈宝,它神一样来于一方,伴随砰然之声,迸发流光;猛士穷尽山野,方可捕捉一雌一雄。禽兽落于网中乱撞乱窜,疲极口喘。步兵、骑兵、车兵,盛多难辨,穷追奔逃的野兽,阻截疲困的猎物。远远只见那轻捷之禽的飞越窜逃,犀牛以角抵触,熊罴的拼死搏斗,虎豹的惶恐挣扎;困兽额角抢地,恐惧发抖,魂丧魄落,闯进车辐,陷颈而死。随意发矢也能正中目标,进退之间也能踏死猎物。野物或为兵刃击中,或为车轮轧伤,层层堆积,如同土丘山陵。

于是禽兽被猎获无遗。天子臣下共同会于深闲之馆,而莅临于珍奇之池。池中灌以岐梁之水,水涨又流入江河。放眼东望,目力所尽,平旷无垠;举目西望,平畅无阻,苍茫无际。池中生长随侯之珠与和氏之璧,光辉闪烁,照耀岸边。璧玉美石,高峻隆起,闪耀夺目,生发青荧之光。汉水女神潜入水底;怪物深藏,而不尽现其形。孔雀玄鸾,翡翠之鸟,展翅亮羽,放出光彩。王雎关关,鸿雁嘤嘤,成群结队,嬉戏池中,啾啾共鸣。野鸭水鸥,振翅的鹭鸶,上下翻飞,翅膀拍击,砰礚作响,声若雷霆。于是壮士以越人文身潜水取物之技,到水下格杀鳞甲之虫。凌越坚冰,潜入可畏的深渊。探入岸旁崎岖的山岩,排开曲岸,就近捉取蛟龙,脚踏水獭,手捉鼋鼍,拿获灵蠵。深入水底的洞庭之道,潜行其中,再从苍梧出于水上。乘巨鳞,骑鲸鱼,浮游彭蠡之湖,目望九嶷山的虞舜陵墓。并且采摘光彩陆离的夜明宝珠,剖开蚌腹中的明月珠胎,鞭笞洛神宓妃,祭奠贤臣屈原与彭胥。

于是乎德行高尚的鸿生大儒,乘着轩车,头戴高冠,身著颜色不同的衣裳。他们修正记述尧帝禅让的唐典,整理颂扬远古美政的雅颂。天子实行文德于先，发扬先贤美政于后，影响四方，迅疾如神。仁爱的声誉感召北狄，仁义之师感动南邻。因此毡裘之王，胡貉之长，都奉献珍奇宝物，合掌而拜，情愿称臣。朝觐进贡的行列，先头已入围口，后列还在卢山。文武百官，侍中近臣，或者各种贤德之士，都感叹不已，称颂说：多么崇高啊，我君的仁德！即使唐尧虞舜夏禹成王周公时代，也不能超过当今的繁荣昌盛。自古以来的封泰山禅梁父，舍弃当今皇帝，谁还能参与呢？皇上还是谦让而不表赞同。并且在上天要承受日月星的福泽，在地下要排除壅塞，让醴泉汩汩奔流，继续推行仁德之政。发掘黄龙之穴，窥探凤凰之巢，亲临麒麟之囿，巡幸神雀之林，努力追求吉祥雍和的局面。视云梦畋猎为奢侈，以孟诸游观为淫靡，谴责楚王所筑的章华之台，赞赏西周构筑的灵台。不住离宫，停止观游。土事不饰，木功不雕。鼓励人民努力耕织，劝导百姓勤劳不怠。使男女同样按时结婚，勿失婚龄。唯恐贫穷者不能全部享有普遍的富裕丰饶，就开放禁苑，散发公储，开创道德的局面，发扬仁惠的政教；驰射于神明之囿，观览于群臣的事功而予以恩施；放出雉兔，收起网罘，苑囿的禽兽草木，天子与百姓共有；这一切大概都是用以达到仁德之政的举措。

于是就发扬了伟大普遍的德政，充实了太平盛世的法度。要功绩胜过三皇，勤政超越五帝，不也实现了吗？那些庄敬雍和之辈，树立起君臣各自恪守的法度，崇尚圣贤的伟业，而君主也就无暇追求苑囿的奢丽和游观的淫靡了。天子就此掉转车驾，背离秦宫阿房，返回汉宫未央。

（陈复兴译注并修订）

长杨赋一首并序

杨子云

题解

扬雄的《长杨赋》和他的《羽猎赋》相同，以写田猎而讽汉成帝的荒淫奢丽。但是，形式方法各异。《羽猎》于序文中议论，赞美古帝的朴素裕民，批评武帝的奢丽夸诩，实在指责成帝的奢丽夺民。在赋辞之中，则挥洒笔墨，铺张成帝羽猎的浩大场面，千军万马，捕捉奇禽怪兽，搞得宇宙不宁，鬼神不安，黎民百姓的力役之苦，不言而喻。《长杨》则另备一格，于序文中略叙长杨之猎，而在赋辞之中就完全以议论出之。以高祖的为民请命，文帝的节俭守成，武帝的解除边患，概述历史，树立楷模，颂古鉴今，处处显出成帝背离祖宗，不顾养民之道。对先代颂得愈高，对当今讽得愈深。

赋辞议论凌厉，词采风发，似颂实讽，以正言出微词，泼辣而有节。最值得赞赏的是，"意者"句以下赋家借翰林主人之口道出的一篇警世宏论。明是在解释开头子墨客卿提出的质疑，暗是为提问者的判断做引申；明是阐发事隆而杀，物盛而亏，平不肆险，安不忘危之理，暗是讥讽成帝倒行而逆施，举措全然有悖于正道，于正面议论之中，指桑说槐，旁敲侧击，宏论与微词浑然一体。其意旨气势酷似先代贾谊、晁错《过秦》、《贵粟》诸篇的政论风格，此在汉赋之中亦为创格。

议论要词采，更要逻辑缜密，无懈可击，体现在语言上则多为长句，也是扬雄在赋体发展上的一大贡献。本篇典型例句就是由"意者"句直到"岂徒"句，一气贯通，跌宕有致，中间以"乃"、"又"、"是以”、“亦所以”、“方”、“岂徒”一类关联虚词上下连接，显其脉络，缜密而畅达，错落而有致，赋与文融合而为一。历代研究者以扬马并称，实有道理，而于扬专意其模仿相如之处，而略其独造之笔，也为一大偏颇。

原文

明年，上将大夸胡人以多禽兽[1]。秋，命右扶风发民入南山[2]。西自褒斜，东至弘农，南驱汉中，张罗网罝罘[3]，捕熊罴豪猪，虎豹狖玃，狐兔麋鹿[4]，载以槛车，输长杨射熊馆[5]。以网为周阹，纵禽兽其中，令胡人手搏之，自取其获，上亲临观焉[6]。是时，农民不得收敛[7]。雄从至射熊馆，还，上《长杨赋》[8]。聊因笔墨之成文章，故借翰林以为主人，子墨为客卿以风[9]。其辞曰[10]：

子墨客卿问于翰林主人曰：盖闻圣主之养民也，仁霑而恩洽，动不为身[11]。今年猎长杨，先命右扶风，左太华而右褒斜，椓巀嶭而为弋，纡南山以为罝[12]，罗千乘于林莽，列万骑于山隅，帅军踤阹，锡戎获胡[13]。搤熊罴，拖豪猪，木拥枪累，以为储胥，此天下之穷览极观也[14]。虽然，亦颇扰于农人[15]。三旬有余，其勤至矣，而功不图[16]。恐不识者外之则以为娱乐之游，内之则不以为乾豆之事，岂为民乎哉[17]？且人君以玄默为神，澹泊为德[18]，今乐远出以露威灵，数摇动以罢车甲，本非人主之急务也[19]。蒙窃惑焉[20]。翰林主人曰：吁，客何谓之兹耶[21]？若客所谓知其一未睹其二，见其外不识其内也[22]。仆尝倦谈，不能一二其详，请略举其凡，而客自览其切焉[23]。客曰：唯唯。

主人曰：昔有强秦，封豕其土，窫窳其民，凿齿之徒相与摩牙而争之[24]。豪俊麋沸云扰，群黎为之不康[25]。于是上帝眷顾高祖，高祖奉命，顺斗极，运天关[26]，横钜海，漂昆仑，提剑而叱之[27]。所过麾城搟邑，下将降旗，一日之战，不可殚记[28]。当此之勤，头蓬不暇梳，饥不及餐[29]，鞮鍪生虮虱，介胄被霑汗，以为万姓请命乎皇天[30]。乃展人之所诎，振人之所乏，规亿载，恢帝业，七年之间而天下密如也[31]。

逮至圣文，随风乘流，方垂意于至宁[32]。躬服节俭，绨衣不弊，革鞜不穿，大厦不居，木器无文[33]。于是后宫贱玳瑁而疏珠玑，却翡翠之饰，除雕瑑之巧[34]。恶丽靡而不近，斥芬芳而不御[35]。抑止丝竹晏衍之乐，憎闻郑卫幼眇之声[36]。是以玉衡正而泰阶平也[37]。

其后熏鬻作虐，东夷横畔，羌戎睚眦，闽越相乱[38]，遐眠为之不安，中国蒙被其难[39]。于是圣武勃怒，爰整其旅[40]，乃命骠卫，汾沄沸渭，云合电发，猋腾波流[41]，机骇蜂轶，疾如奔星，击如震霆[42]。碎轒辒，破穹庐，脑沙幕，髓余吾[43]。遂蹶乎王庭，驱橐驼，烧熐蠡，分剺单于，磔裂属国[44]。夷阬谷，拔卤莽，刊山石，蹂尸舆厮，系累老弱[45]。吮鋋瘢耆，金镞淫夷者数十万人[46]。皆稽颡树颔，扶服蛾伏，二十余年矣，尚不敢惕息[47]，夫天兵四临，幽都先加，回戈邪指，南越相夷，靡节西征，羌僰东驰[48]。是以遐方疏俗，殊邻绝党之域[49]，自上仁所不化，茂德所不绥[50]，莫不跻足抗首，请献厥珍[51]。使海内澹然，永亡边城之灾，金革之患[52]。

今朝廷纯仁，遵道显义，并包书林[53]，圣风云靡，英华沉浮，洋溢八区[54]。普天所覆，莫不沾濡[55]。士有不谈王道者,则樵夫笑之[56]。意者以为事罔隆而不杀,物靡盛而不亏[57],故平不肆险,安不忘危[58]。乃时以有年出兵,整舆竦戎[59],振师五柞,习马长杨,简力狡兽,校武票禽[60]。乃萃然登南山,瞰乌弋,西厌月窟,东震日域[61],又恐后代迷于一时之事,常以此为国家之大务,淫荒田猎,陵夷而不御也[62]。是以车不安轫,日未靡旃,从者仿佛,委属而还[63];亦所以奉太尊之烈,遵文武之度,复三王之田,反五帝之虞[64]。使农不辍耰,工不下机,婚姻以时,男女莫违[65],出凯弟,行简易,矜劬劳,休力役,见百年,存孤弱,帅与之同苦乐[66]。然后陈钟鼓之乐,鸣鞀磬之和,建碣磍之虡[67],拮隔鸣球,掉八列之舞[68]。酌允铄,肴乐胥,听庙中之雍雍,受神人之福祜[69]。歌投颂,吹合雅,其勤若此,故真神之所劳也[70]。方将俟元符,以禅梁甫之基,增泰山之高[71],延光于将来,比荣乎往号[72]。岂徒欲淫览浮观,驰骋粳稻之地,周流梨栗之林[73],蹂践刍荛,夸诩众庶,盛狖玃之收,多麋鹿之获哉[74]!且盲者不见呎尺,而离娄烛千里之隅[75]。客徒爱胡人之获我禽兽,曾不知我亦已获其王侯[76]。

言未卒,墨客降席,再拜稽首曰[77]:大哉体乎!允非小人之所能及也。乃今日发矇,廓然已昭矣[78]。

注释

〔1〕明年:次年,第二年,即作《羽猎赋》之第二年。指成帝元延二年校猎长杨射熊馆的时间(用李善、朱珔说)。　上:指汉成帝。　大夸胡人:大肆夸耀于胡人。胡人,古代对北方和西域各民族的称呼。

〔2〕秋:李善注:"冬将校猎,故秋先命之也。"　右扶风:郡名。与京兆、左冯翊为三辅,其地在今陕西长安县以西。　发:征调。　南山:终南山,一名秦岭,自甘肃省通过陕西省至河南省三门峡市(旧陕县)以南诸山皆是。

〔3〕褒斜：古通道名。也称褒道、褒斜谷。在陕西省西南。为褒水（南流入沔）、斜水（北流入渭）所形成的河谷。　弘农：郡名。汉元鼎四年置，设有铁官。辖境相当于今河南内乡、宜阳县以西，黄河、华山以南，陕西柞水县以东。驱：直达，逼近。　汉中：郡名。战国楚地，秦惠文王后十三年置汉中郡。汉仍之，故治在今陕西南郑县。　罝罘（jū fú 居拂）：捕兽的网。

〔4〕熊罴：熊与罴。罴，俗称人熊，似熊而长头高脚，猛悍多力，能拔树木，关西呼为猳熊。　豪猪：也称箭猪，毫彘。体肥，全身生棘毛，尖如针，长者至尺许，其端白。平时毛向后，遇敌则竖毛以为防御。穴居，夜出啮食树皮，伤禾稼。狖玃（yòu jué 又决）：皆猿类。狖，长尾猿；玃，大猴。　麋鹿，麋与鹿。麋，鹿的一种。

〔5〕槛车：车上装有栏槛，以圈野兽，也用以囚禁罪人。　输：运送。　长杨：长杨宫，汉行宫，因宫有长杨树，故名。故址在今周至县（本作盩厔）东南。　射熊馆：别馆名，汉帝王的游猎之所，在长杨宫范围内。

〔6〕周阹（qū 区）：围猎禽兽的圈。　纵：放。　搏：搏击。　获：猎获物，指猎得的禽兽。　亲临：亲自到场。　观焉：观之。焉，之，代前两句所叙之事。

〔7〕收敛：收获。指收获农作物。

〔8〕雄：扬雄自称。　从：谓跟随皇上。　还：归来。　上：献上。

〔9〕聊：暂且。　因：由于。　翰林：文翰之林，此拟人之称。翰，羽毛，毛笔。　子墨：子，男子的通称；墨，原指写字的颜料。此拟人之称。　客卿：原为秦官名，请别国人在本国做官，其位为卿，而以客礼待之。此与主人相对，应为宾客的意思。　风：讽喻。

〔10〕辞：赋的正文。

〔11〕盖：大概。　圣主：贤明的君主。　仁霑（zhān 沾）：以仁霑之，用仁爱滋润人民。仁，仁爱，仁德；霑，润泽，滋润。　恩洽：以恩洽之，用恩德普施人民。恩，恩德；洽，普洽，施予。　动：举动，一举一动。　为身：为自己。

〔12〕太华：即华山，在陕西省渭南县境内。　椓（zhuó 卓）：捶击。　巀嶭（jié niè 截聂）：山名，一名嵯峨山，慈峨山。传说黄帝曾铸鼎于此。在今陕西泾阳三原淳化三县交界处。　弋（yì 义）：小木桩。　纡（yū 淤）：屈曲，回旋，围绕。

〔13〕林莽：草木深邃平远之地。　山隅：山脚，山边。　踤阹（cuì qū 萃区）：聚合而成为狩猎之围阵。踤，聚合，聚拢。　锡戎：将猎获物赐与胡人。

戎,即胡人。 获胡:使胡获之,让胡人自己获取禽兽并赐与之。

〔14〕搤(è 厄):通"扼",捉取。 拖:牵引。 木拥枪累:以木桩围成栅栏,其外又以竹枪相连成为篱笆,以阻截野兽逃窜。 储胥:栅栏之类。

〔15〕扰:干扰,扰乱。

〔16〕勤:辛勤,辛苦。 功不图:即不图功,毫无效益。

〔17〕不识者:不了解情况的人。识,知道,了解。 外之:从外边看来。 娱乐之游:为娱乐而游猎。 内之:从内部看来,与"外之"相对。 乾豆之事:即祭祀之事。乾豆,祭祀所用的礼器盛上脯腊之类的食物。豆,木制的礼品;乾,指脯腊之类的食物。《礼·王制》:"天子诸侯,无事则岁三田,一为乾豆,二为宾客,三为充君之庖。"为这三种目的而田猎是朴素,这三种目的以外的游猎,则是奢侈。

〔18〕且:而且,表进行深入论述的语气。 玄默:沉静无为,指不追求奢侈与享乐,使人民得以安心耕织。 神:指人的主观精神与信念。 澹泊:与"玄默"相对为文,恬静寡欲,不贪求奢侈享乐之意。 德:道德,风范,情操。

〔19〕乐远出:以远出为乐事。乐,意动用法。远出,指远出游猎而言。 露:显露,夸耀。 威灵:声威,神气。 数(shuò 朔):屡次,多次。摇动:谓兴师动众。 罢(pí 皮):同"疲",使动用法。 车甲:指兵士。车,战车;甲,古代战士所服的革衣,以护身,皆代兵士。 急务:当务之急,紧急任务。

〔20〕蒙窃:皆表示说话时谦恭的语气。 蒙:蒙昧无知;窃,暗里,私下。 惑:迷惑不解。

〔21〕吁(xū 须):表惊叹的语气词。 兹:这,这种样子。 耶:与"何"相互配搭,表疑问。

〔22〕外:指外表现象。 内:指内部实际。

〔23〕仆:我,第一人称表谦之词。 尝:曾经,已经。 倦谈:倦于谈说。 一二其详:一点一点地详细谈。 略:大致。 凡:大概的情况。自览:自己去观察。 其切:事情的确实情况。切,近,真实情况。

〔24〕强秦:强暴之秦。 封豕:大猪,比喻残忍贪暴。 窫窳(yà yǔ 压与):兽名,类貙,虎爪,食人。比喻意义与封豕同,皆以喻秦的贪婪残暴,戕害人民。 凿齿:兽名,齿长五尺,似凿,亦食人。比喻秦之群臣。(用吕延济说) 相与:共同,一起。 摩牙:磨砺牙齿。争之:争先恐后地残害人民。

〔25〕豪俊:即豪杰,指秦末农民起义领袖陈胜、项籍。 麋沸:如粥在锅里

沸腾,比喻动乱纷扰。 云扰:如云一样扰乱,与"麋沸"意义相近。皆形容社会扰攘动乱。 群黎:普通人民。 为之:因此。 康:安。

〔26〕眷(juàn 倦)顾:爱护,关注。 高祖:汉高祖,刘邦,秦末沛县丰人。秦二世元年,陈涉吴广起义于陈蕲,邦亦起兵于沛,号为沛公。与项羽分兵入关破秦,先入咸阳,与父老约法三章,尽除秦苛法。后战败项羽,即帝位。国号为汉。 奉命:奉行天命。 顺斗极:顺应斗极。斗,北斗星;极,北极星。此形容高祖适应上天之命,与天星相适应。 运天关:运行如天关。天关,星名,北极星。此形容高祖讨暴秦如天关运行一样合乎天意。

〔27〕横:横渡。 钜海:大海。 漂:摇撼。 昆仑:山名,在今新疆西藏之间,西接帕米尔高原,东延入青海省境内。层峰叠岭,势极高峻。此两句形容高祖威力之大。 叱(chì 赤):大声呵斥。此形容高祖起义反秦和战胜群雄的气势。

〔28〕麾(huī 挥)城揕(chàn 忏)邑:攻取城邑。麾,同"挥",挥手;揕,李善注:"揕之言芟也。"言挥手之间城邑就为之芟除。 下将降旗:使敌将帅投降偃旗息鼓。"下"与"降",皆使动用法。 殚(dān 单):止,完。

〔29〕勤:辛苦。 头蓬:发乱如蓬草。 不暇:没工夫。 餐:吃饭。此两句描绘高祖为民除害所经受的辛苦。

〔30〕鞮鍪(dī móu 低矛):古时战士的头盔。 介胄(zhòu 宙):甲衣和头盔。此主要指甲。介,与"甲"通。 霑汗:霑于汗,被汗水沾湿。 皇天:上天。

〔31〕展人之所诎(qū 区):使人民的冤屈得以申诉。展,伸张,陈述,诎,同"屈",屈曲,冤屈。 振:救济。 乏:困乏。 规:规划。 恢:发扬光大。 密如:安静,如,形容词词尾。

〔32〕逮(dài 代):及。 圣文:汉文帝,刘恒,高祖子。在位廿三年,提倡农耕,免农田租税凡十二年,主张清静无为,与民休息。故全国经济渐次恢复,政治稳定。在历代帝王中以生活俭朴著称。 随风乘流:继承高祖的传统。随、乘,顺应,继承。风、流,指高祖的遗风流泽,传统。 垂意:关注,注意。 至宁:永远的安宁。

〔33〕躬服:亲身实行。 绨(tí 提)衣:质料粗厚的衣服。 不弊:不破。弊,破败。 革鞜(tà 踏):皮革做的鞋。 不穿:不破。穿,洞穿,与"弊"义同。此两句皆形容衣履结实,用度节俭,不穿破不更换。 无文:不加文饰。

〔34〕后宫:指皇帝的妃嫔姬妾。 贱:不重视,不希罕。 玳瑁(dài mào 代

冒):贵重的装饰品。原为产于热带海中的一种龟,甲壳可做装饰品。　疏:远,不接近,轻视。　珠玑:宝珠。玑,小珠。　却:摈除。　翡(fěi 匪)翠:美玉。除:与“却”义同。　雕琢(diāo zhuó 刁卓):指经过琢磨镂刻的玉饰。

〔35〕恶(wù 勿):厌弃。　丽靡(mǐ 米):奢侈。　不近:不接近。斥:与“恶”义同。　芬芳:指美好的饮食。　不御:不用。

〔36〕抑止:遏止,阻止。　丝竹:弦乐器和竹管乐器,泛指音乐。　晏衍:邪恶之声,怪腔异调。　郑卫幼眇(miǎo 渺)之声:指乱世之音。本指春秋战国间郑卫两地的俗乐。《礼·乐记》:“魏文侯问于子夏曰:‘吾端冕而听古乐,则唯恐卧,听郑卫之音,则不知倦。’”儒家以《论语·卫灵公》有“郑声淫”之语,附会郑声为《诗》之《郑风》,而《郑风》《卫风》等篇,皆为刺淫而作。后来因以郑卫之声为乱世之音。幼眇,微妙曲折。

〔37〕玉衡:星名,北斗第五星。　正:位正而不易。　泰阶:星名。即三台:上台、中台,下台,共六星,两两相对,并排而斜上,如阶梯,故名。上阶上星为天子,下星为女主:中阶上星为诸侯三公,下星为卿大夫,下阶上星为元士,下星为庶人。三阶平则阴阳和,风雨时,岁大登,人民息,天下平。因此,泰阶平与前句玉衡正,都是象征政治清明,社会安定。

〔38〕其后:指汉武帝时代。　熏鬻(xūn yù 勋育):匈奴本名。　作虐:作乱,侵虐边地人民。　东夷:指东方各少数民族。　横畔:自己内部相互放肆反叛。李善注:“横自纵也。”

羌(qiāng 枪)戎:皆为古代我国西部民族。　睚眦(yá zì 牙自):怒目而视的样子。睚与眦皆为眼眶。　闽越:皆为古代我国南方的民族。闽居于今福建省境。越居于今江浙闽粤之间。

〔39〕遐甿:指边民。遐,远,边远地方。李善注引韦昭曰:“甿音萌,人也。”中国:与“遐甿”相对,当指汉朝中原,中央地带。　蒙被:遭受。　难:祸患。谓中央地区也遭致侵害。

〔40〕圣武:汉武帝,刘彻,景帝子。承文景之业,对内实行政治经济改革,对外用兵,开拓疆土。在位五十四年,为前汉政治经济文化的极盛期。　勃怒:勃然而怒。勃,变色的样子。　爰(yuán 元):语首助词。　整其旅:整饬军队。

〔41〕骠(piào 票)卫:指霍去病和卫青。霍去病为骠骑将军,凡六出击匈奴。卫青为大将军,凡七出击匈奴。　汾沄(yún 云)沸渭:形容军队众多强盛。云合电发:如云聚扰如电光爆发,形容进军的气势。　猋腾波流:如风暴腾起,

波涛流荡。形容进军之气势。

〔42〕机:弩机,弓弩上发箭的装置。 骇:箭惊骇而出,形容迅疾。蜂轶:蜂拥而过。轶,过。 奔星:流星。

〔43〕轒辒(fén wēn 坟温):匈奴攻城的战车,四轮,排大木为之,上蒙生牛皮,下可容十人,往来运土填堑,木石不能伤。 穹庐:氈帐。 脑沙幕:使其脑浆涂于沙漠。幕,漠。 髓余吾:使其脑髓流入余吾之水。余吾,水名,在朔方之北。(用李善注引应劭说)

〔44〕躐(liè 列):践踏。 王庭:匈奴之王庭。 驱:驱赶。 橐(tuó 陀)驼:即骆驼。 熐蠡(mì luó 觅罗):聚落,匈奴人的聚居之处。(用吕向说) 分剓(lí 离):分割,分裂,分化之意。 单(chán 缠)于:匈奴王号。 磔(zhé 折)裂:分裂,张裂。 属国:降汉的匈奴,存其国号,而附属于汉,称为属国。此句谓分裂匈奴单于,使其降汉而为属国。

〔45〕夷:填平。 拔:拔除。 卤莽:草木丛生之地。 刊:削平。夷、拔、刊,皆谓除掉障碍,打通道路。 蹂尸:践踏已死者的尸体。 舆厮:以车轮辗轧其厮徒。厮,干粗杂活的奴隶。 系累:以绳索绑在一起。

〔46〕哾铤瘢耆(xuàn chán bān qí 绚蝉般奇):为箭矢和短矛所中,伤口结成疮疤。哾,箭筈,箭的末端。(李善注引如淳说)铤,铁柄短矛。瘢,疮疤。耆,原为马之鬣,马鬃,形容疮疤密布于马鬃马脊处。 金镞(zú 卒)淫夷:为铜箭头所中,伤势严重。淫夷,伤势严重。

〔47〕稽颡(qǐ sǎng 起嗓)树颔(gé 隔):形容叩头至地。稽颡,以额触地,颡,额。树,向上。颔,耳下骨。叩头时额触地颔向上。 扶服:即"匍匐",爬行。 蛾伏:如蚁伏行。蛾,通"蚁"。 惕息:谓匈奴不敢大声喘气。惕,疾,快。息,喘息。形容匈奴惧汉之威。

〔48〕天兵:指汉朝军队。 四临:开赴四方。 幽都:指北方,匈奴所居之地。 先加:首先加于匈奴,首先进讨匈奴。 回戈:调转军队。戈,兵器,代军队。 邪指:即"斜指",谓侧转指向南方。 南越:古国名。今广东广西一带。 相夷:自相残杀夷平。此谓南越王胡请汉兴师讨侵其土地的东越。东越王弟杀其兄降汉。 靡(mǐ 米)节:按节,中止外交活动而动用武力。靡,按,止。节,符节,使臣出使所带的信物。因为不以使臣去说服而加以武力征讨,下文所说不化不绥者始能跻足抗手,请献厥珍。 羌僰(qiāng bó 枪勃):羌,我国西部民族之一;僰,今云南四川一带的古代民族名。东驰:谓在汉朝征讨之下,西部各

民族皆东来入汉朝见进贡。

〔49〕遐（xiá 霞）方疏俗：远方异俗之地。疏，远，异。　殊邻绝党：指与汉相距辽远、互无往来之地。殊，绝，辽远；邻，邻近。党，亲近，同类。

〔50〕上仁：最高的仁德。　不化：不能接受教化，指一直不臣服于汉的民族。　茂德：盛德，最高的仁德，与"上仁"皆指最贤明的君主。　不绥：指不接受汉朝安抚的民族。绥，安，安抚。

〔51〕跻（qiāo 悄）足抗首：跷足举首，形容心悦诚服的样子。跻，举足；抗，举。　厥珍：其珍，他们所有的珍奇之物。

〔52〕澹然：安然无事。　永亡：永无。　边城：边疆之城。指边防。金革：指战争。金，指武器；革，指甲胄。

〔53〕今：指汉成帝时代。　纯仁：纯厚仁爱。　遵道：遵行仁道。　显义：显示出仁义。　并包：兼容并包。　书林：指文人学者。

〔54〕圣风：指成帝的圣明之风。　云靡（mǐ 米）：谓如云一样笼罩天下。靡，即"靡靡"，迟缓的样子，弥漫，笼罩。　英华：草木之美，喻成帝的仁德。沉浮：谓盛多，传播广远。　洋溢：充满，无处不在。　八区：四面八方。

〔55〕普天：整个天穹。普，普遍，全面。　覆：覆盖。　沾濡（rú 如）：受到滋润。

〔56〕士：通"仕"。当官者的通称。　王道：与"霸道"相对，谓以仁义治天下。《孟子·梁惠王上》："养生丧死无憾，王道之始也。"　樵夫：打柴的人。

〔57〕意者：想来。此言翰林主人对君主想法的揣想之词。　事：事物。罔：无。　隆而不杀：兴旺而不衰退。杀，减杀，衰退。　靡：没有。　盛而不亏：盛满而不亏损。"意者"主语为翰林主人。

〔58〕平不肆险：平安时要不忘危险。肆，弃，放心。　安不忘危：与上句对文义同。以上四句皆赋家借翰林主人之口，以正面之词讽成帝违反古帝三田之礼的游猎之事。

〔59〕时：有时，偶尔。　有年：五谷丰收之年。　整舆：整顿车舆。舆，指古时的战车。　竦（sǒng 耸）戎：勉励士兵。竦，通"耸"，劝勉，鼓励；戎，原指兵器，此指军队，士兵。

〔60〕振师：整顿军队。　五柞（zuò 作）：宫名，故址在今陕西省盩厔县东南。因宫中有五柞树，故名。宫与长杨所在相近。　习马：指训练兵马。　长杨：长杨宫。　简力狡兽：即简力于狡兽。通过与狡壮野兽搏斗选择勇力之士。

简,选拔,选择。力,指有勇力的士兵。狡,狡壮。　校武票禽:即校武于票禽,通过射猎轻捷之禽而考核武艺高超的士兵。校,考核。武,武事,武艺。票,轻捷,疾速。

〔61〕萃(cuì 脆)然:汇集一起的样子。　南山:终南山。　瞰(kàn 看):鸟瞰,远望。　乌弋(yì 义):西域国名,传距长安一万二千二百里,其地暑热莽平,近日所入之处。　厌:压服。　月窟:月所出的极远之地,指极西之处。　震:震慑,使惧怕。　日域:日所出之处,在东方极远之地。此皆形容成帝德风影响之广远。

〔62〕又恐:谓成帝"又恐",上承"以为"。翰林主人对成帝用心的揣想之词。　一时之事:指田猎。　常:经常,与上文"乃时以有年出兵"之"时"相应。大务:主要任务。　淫荒:即荒淫,放弃正事,迷于享乐。　陵夷:衰落,谓一天天延续下去。　不御:不能禁止。此似述成帝所恐,实讽其不恐,赋家以正语出微词。与"意者以为"句相同。

〔63〕是以:以是,因此。"以为"、"又恐"句叙天子意念所想;此述天子行动所为。　车不安轫(rèn 刃):未及停车。安,安放,安置,停止;轫,刹住车轮的木头,以代车驾。发车叫发轫,屈原《离骚》:"朝发轫于苍梧兮,夕余至乎县圃。"停车叫安轫。　日不靡(mǐ 米)旃(zhān 沾):日头还未及移动旃旗之影。靡,披靡,倒下,移动。旃,曲柄之旗,代旗,此指日下的旗子之影。靡旃,旗影倒地,说明日已偏西。句意言毫不耽误时间。　仿佛:人影错杂,看不真切的样子。委属(zhǔ 主)而还:委弃其事(指田猎),相互连续而归。委,委弃,放弃。属,连续。

〔64〕所以:用以。据行为进而揭示目的。　奉:奉行。　太尊:指至尊之位,即高祖。　烈:业绩,传统。　遵:遵行。　文武之度:文帝与武帝的法度。(用吕延济说)　复:恢复。　三王之田:即传说中的夏禹、商汤、周文武的三田制度。三田,指为三种目的而打猎,即一为祭祀,二为宾客,三为庖厨。田,田猎,打猎。　五帝之虞:指舜命伯益做山泽之官,使山河得以生息之事。五帝。指伏羲、神农、黄帝、尧、舜。此指五帝那样的朴素而不耽溺游猎。

〔65〕辍耰(chuò yōu 啜优):停止农耕。辍,停止。耰,古农具,形似木椎,用以碎土平田,此代耕种。　工:女工,从事纺织的妇女。　下机:停止织布。机,古织机。　婚姻以时:使男女按时嫁娶。　莫违:不违于婚期。此四句意谓不以游猎征发丁壮,耽误生产与破坏人民生活。

〔66〕出凯弟(tì 替):即以凯弟出之,现出和乐的样子。凯弟,也作"恺悌",

和乐的样子。《诗·泂酌》:“恺悌君子,人之父母。” 行简易:行动平易近人。李善注引《周易》:“乾以易知,坤以简能。易则易知,简则易从。易简而天下之理得矣。”简易,易于了解和接近。 矜(jīn 今)劬(qú 渠)劳:同情辛苦的人。矜,怜悯,同情。劬劳,辛劳。 休力役:停止征发民伕。休,止。力役,指做苦力的人。此句谓不夺农时。 见百年:亲自去接见百岁的老人,谓敬老。 存孤弱:慰问无父母的孤儿和病弱的人。存,恤问,慰问。孤,幼而无父母。 帅:通“率”,率先,带头。 与之同苦乐:与他们同甘共苦。之,代上文所谓劬劳、力役、百年、孤弱之人。此正呼应“出凯弟,行简易”句,陈述儒家的王道理想。

〔67〕陈:陈列。 钟鼓:钟和鼓,两种乐器。 鸣:奏鸣。 鞀磬(táo qìng 陶庆):两种乐器。鞀,如鼓而小,有柄,宾至摇之以奏乐。磬,以玉、石为材,似矩。 和:和谐。 建:立。 碣磍(jié xiá 杰霞):雕刻于钟架的猛兽的盛怒样子。 虡(jù 具):古代悬钟的架子。

〔68〕拮隔(jiá gé 夹格):敲击。 鸣球:玉磬。 掉:摇动,跳。 八列之舞:即八佾之舞,古代天子之舞,一列八人,共八列。

〔69〕酌(zhuó 卓):饮酒,酌取以为酒。 允铄(shuò 朔):诚信而美善。 肴:佳肴,鱼肉之类的菜肴,此谓以为佳肴。 乐胥:快乐,得贤人而治的欢乐。《诗经》:“君子乐胥,受天之祜。”描写得贤人治理国家的快乐。 庙:祭祀祖先的庙堂。 雍雍:和谐的声音。 福祜(hù 护):幸福。

〔70〕歌投颂:歌声与颂相投合。投,投合,相符合。颂,指古代庙堂祭祀之乐。《诗序》:“颂者,美盛德之形容,以其成功,告于神明者也。” 吹合雅:吹奏之声与雅相合。吹,谓吹奏竽笙箫管等乐器。雅,指古代的宫廷之乐。 若此:指上文所述的符合礼乐的行为。 真:真正。 神之所劳:神灵的慰劳。劳,劳来,劝勉,慰劳。

〔71〕方将:且将。 俟(sì 四):等待。 元符:大的符应。古时以为帝王受命于天,必有瑞应,亦称符应。 禅(chán 蝉):祭祀地神。 梁甫之基:梁父山脚下。古代帝王祭地神之所。梁甫,也作“梁父”。山名,泰山之下的一座小山。在今山东新泰县西。基,根本,此指山脚。 增泰山之高:谓在泰山筑坛祭天,即于泰山封祀。

〔72〕延光:把光辉业绩传下去。 比荣:荣誉等同。比,并列,等于。 往号:往昔的尊号,即指三皇五帝。

〔73〕岂:与句末的“哉”前后呼应,表反问。 徒:仅只。 淫览浮观:荒淫

享乐,纵情观览。 粳稻之地:指种庄稼的田地。粳,稻的一种,不粘。 周流:到处巡游。周,遍;流,流动,巡游。

〔74〕蹂践:践踏。 梨栗之林:指果树林。 刍荛(chú ráo 除饶):马草和柴禾。 夸诩(xǔ 许):夸耀,显示。 众庶:普通老百姓。 盛:盛多。 狖玃(yòu jué 又决):指猿猴之类。狖,长尾猴;玃,大猴。 收:捕获。 麋鹿:鹿类的动物。麋,即驼鹿或犴。此句表面是驳子墨客卿开头提出的疑问,说成帝并非淫览浮观云云,实则正是讽刺其奢侈,以正语出微词,指责其夺农时误生产。

〔75〕且:况且,而且。 盲者:盲人。 咫(zhǐ 只)尺:指跟前,近处。咫,古代八寸。 离娄:古代眼睛有特异功能的人,据说能于百步之外,见秋毫之末。 烛:照,清晰地看到。 千里之隅(yú 于):千里之外的小角落。

〔76〕客:指子墨客卿。 爱:吝啬。 曾:竟,竟然。 我已获其王侯:谓胡人王侯按时朝汉,服汉之威。

〔77〕降席:离开座位。 稽首:叩头。旧时行跪拜礼,行跪拜礼时,头至地。

〔78〕体:指心胸。 允:信,确实。 小人:自己的谦称,见识浅陋的人。 发矇:启蒙,启发蒙昧,初明事理。 廓然:澄明清晰的样子。 昭:清楚明白。

今译

次年,皇帝又向胡人大肆夸耀汉朝禽兽繁多。秋天,命令右扶风征发民众进入终南山。西自褒斜谷,东至弘农郡,往南直达汉中,张网罗罘,捕捉熊罴豪猪,虎豹猿猴,狐兔麋鹿。以槛车装载,送到长杨宫射熊馆。四周结网做为围阵,把禽兽放入其中。让胡人亲手同它们搏斗,自己去猎获。皇帝要亲临现场观看。这时,农民不得去收获已熟的庄稼。我随从皇帝到了射熊馆,归来之后就献上这篇《长杨赋》。由于写成文章必用笔墨,因此就假托翰林以为主人,子墨为宾客来讽喻。那赋辞说:

子墨宾客问于翰林主人说:我听说圣明之君养育百姓,是以仁爱滋润他们,以恩惠赐予他们,行动举措都不是为自己打算。今年狩猎长杨,事先就命令右扶风,左自华山右至褒斜,在嶻嶭山上打上木桩以为栅栏,在终南山周围布下罗网,陈列千辆兵车于林莽之中,排开成万骑兵于山脚之下。指挥军队聚拢起来,结成围阵。让胡人狩猎其中,捕获归己。他们捕捉熊罴,牵引豪猪。打木桩,插竹枪,四周连结,作为阻止禽兽的栅栏。这真是天下罕见的穷览极观啊!这排场虽说新奇,令人耳惊目骇,但是也太扰乱农民的生产了。历时三旬有余,那辛苦也算到顶了,可是却毫无益处。恐怕即使不了解实情的人,表面看来也以为是出于娱乐的游猎,从内里看来终以为是违背了先代传下的“三田”之法。这难道是为民吗?况且人君应该以沉静无为做自己的神明,以恬静寡欲作为自己的德行。现在却是以浩大的游猎为乐事,以此显示威灵,屡次兴师动众,使得战士车马疲惫不堪。这本非人主当前的急务啊!我幼稚无知,百思不得其解。翰林主人说:唉,您怎么能这样看呢?像您这么说,就是所谓知其一不知其二,见其外不识其内了。我已经谈得厌倦了,不能一一详说,请求略举大概,而真实情况您自己去观察吧。宾客说:好,好。

主人说:昔有强暴之秦,在国内凶恶残暴,戕害百姓,势若毒蛇猛兽。又有食人帮凶与之一起,张牙舞爪,争相作恶。天下豪杰,四处暴动,风起云涌,黎民百姓为之不安。于是上帝关注高祖,高祖奉行天命,顺应七星北斗,若天关运行。其势可横越巨海,可撼动昆仑,手提利剑而叱咤天下。其所过之处,挥手之间,摧城拔邑,将降旗倒,一日之战,不可胜记。面对如此的辛苦,发乱无暇梳,饥饿不及食,头盔生虮虱,甲衣汗湿透,以此替千万百姓请命于上天。于是使人民冤屈得以申诉,扬眉吐气;困穷得到救助,衣食满足,规划万年,发扬帝业,七年之间而天下安定,

及至圣明文帝,继承高祖遗风,更注意于国家永远安宁。亲行节俭,布衣不坏不脱,革履不破不换,大厦不居住,木器不文饰。于是宫娥嫔妃,贱视玳瑁,不贪珠玑,除却翡翠饰物,摈弃雕琢玉巧。厌恶奢丽而不近,排斥芬芳而不用。抑止管弦的邪恶之乐,憎闻郑卫的淫靡之声。因此,北斗位正,三阶星宿排列平,象征国家秩序井然,天下安宁。

其后匈奴侵虐边疆，东夷内部互叛，羌戎各自牙眼相对，闽越互相扰乱，边民为之不安，中原遭受苦难。于是圣明武帝勃然而怒，立即整饬军队，命令骠骑将军霍去病、大将军卫青，统率千军万马，浩浩荡荡，势如云合雷发，风暴腾起，波涛激荡，弓鸣惊心，箭如蜂飞，快若流星，进击似若霹雳震响。摧毁敌人战车，砸烂其栖止的帐幕，使其脑浆涂沙漠，骨髓流入余吾河。于是大军踏入匈奴王庭，驱赶他们的骆驼，烧毁他们的聚落，分离他们的头目，使匈奴分裂而归降者为汉之属国。填平坑谷，拔除草木，削平山石，开通直入匈奴的道路。践踏匈奴人的尸体，轮轧受伤的俘虏，再把年老病弱者以绳索绑缚。为箭矛击中溃烂成疮、为铜簇射入伤势严重者达数十万之多。他们都叩头到地，匍匐蚁行，事过二十余年了，至今还不敢轻举妄动。我军如天降，四面而至，先取朔方匈奴，再回师横指，南越内乱，不攻自破。继而中止外交，武力西征，羌人僰人东来降服。因此远方异俗，相距辽远，与我向无交往之地，其间自仁爱之君不能感化、盛德之主不能安抚的国家，也无不跷足举首，皆来归服，请献其珍奇之物。使海内平安无事，永无边城之灾，战争之患。

当今朝廷，纯朴仁厚，遵行仁道，显明仁义，文人学者，兼容并包。圣明的风教如云笼罩，皇帝的仁德传播广远，普及四面八方，普天之下，无不受到滋润。在朝之士不谈王道，连山野樵夫也要耻笑。我揣想起来，皇帝一定以为，凡事兴旺至极必衰退，凡物盛满至极必损亏，太平而不忘风险，安宁而不忘危殆。于是有时才在五谷丰熟之年而出兵，修整车舆，激励士兵，整军于五柞，习马于长杨。以搏斗猛兽选择勇力之士，以射猎轻禽考核骑射的武功。于是集合起来攀登终南山巅，远望乌弋，西部压服月出之地，东部威慑日出之处。又唯恐后代迷醉于一时游猎之事。经常以此为国家之大务，荒废正事，纵情游猎，日甚一日地延续下去而不能禁止。因此车未停驰，旗未移影，随从人众，就及时放弃游猎，相继而归。这也是用以奉行至尊高祖的传统，遵循文帝与武帝的法度，恢复古帝三田的习俗，复归先祖委任贤明掌管山泽的旧制。使农民不再辍耕,女工不再下机,男女按时成婚,不为应征贻误婚时。今上和蔼可亲,行为平易近人,同情辛苦,休征劳役,亲见老人,慰问孤弱,率先与之同甘共苦。然后陈列钟鼓之乐,鸣奏鞀磬之和,竖立雕镂猛兽的钟架,敲击玉磬,跳起八佾之舞。倡导诚信美善之政,视若酌饮美酒,得贤能而共治国家,乐如进用佳肴。听庙中祭祀祖先的和谐虔敬之音,领受神人赐予的福祉。歌声与颂诗相符,吹奏同雅诗相合。辛苦如此,那真该得到神灵的慰劳啊!且将等待天降符瑞,而祭地祇于梁父之基,封天神于泰山之巅。把光辉的业绩传留于将来,把美好的声誉同往昔帝王的尊号相比。这一切难道是想要淫览浮观,驰骋粳稻之地,遍踏黎栗之林,蹂践草木,夸耀于民众,捕捉猿猴之多,获取麋鹿之盛吗?况且盲人不见咫尺之内,而离娄却能洞察千里之外。您只是吝惜胡人获取我们的禽兽,竟然不知我们使其归服就是获取其王侯。

翰林主人言未毕,子墨客人就离开座席,一再跪拜叩首,说:皇帝的心胸何等宏大啊!确非我这见识浅陋之人所能理解得到的,今日受到您的启发,感到头清眼亮啊!

(陈复兴译注并修订)

射雉赋一首

潘安仁

题解

潘岳曾移居琅邪(在今山东胶南县),当地人善于射猎,潘岳受习俗影响,用空闲时间豢养雉媒,学习拄翳射雉一类事,并以此为乐趣,于是写出这篇《射雉赋》。

赋中生动细腻地描写了琅邪山区春末夏初时雉媒和野雉的习性情态、猎人高超的翳射技巧和射猎时的心理活动,显示出作者对射猎生活细致入微的观察和浓厚的兴趣。赋的结尾部分笔锋忽转,提出射雉活动给人的深刻启发——"乐而无节,端操或亏",流露出作者不甘寂寞,进取仕途的志向,同时也隐约地影射着晋初统治阶级的恣意享乐。

原文

涉青林以游览兮[1],乐羽族之群飞[2]。聿采毛之英丽兮[3],有五色之名翚[4]。厉耿介之专心兮[5],奓雄艳之姱姿[6],巡丘陵以经略兮[7],画坟衍而分畿[8]。于时青阳告谢[9],朱明肇授[10]。靡木不滋[11],无草不茂。初茎蔚其曜新[12],陈柯槭以改旧[13]。天泱泱以垂云[14],泉涓涓而吐溜[15]。麦渐渐以擢芒[16],雉鷕鷕而朝鸲[17]。眄箱笼以揭骄[18],睨骁媒之变态[19]。奋劲骹以角槎[20],瞵悍目以旁睐[21]。鬐绮翼而赪挝[22],灼绣颈而衮背[23]。郁轩翥以余怒[24],思长鸣以效能[25]。

尔乃擎场拄翳[26],停僮葱翠[27]。绿柏参差[28],文翮鳞次[29]。萧森繁茂[30],婉转轻利[31]。衷料戾以彻鉴[32],表厌蹑以密致[33]。恐吾游之晏起[34],虑原禽之罕至[35],甘疲心于企想[36],分倦目以寓视[37]。何调翰之乔桀[38],邈畴类而殊才[39],候扇举而清叫[40],野闻声而应媒[41]。褰微罟以长眺[42],已踉蹡而徐来[43]。摛朱冠之绝赫[44],敷藻翰之陪鳃[45]。首药绿素[46],身拕黼绘[47]。青鞦莎靡[48],丹臆兰绰[49],或蹶或啄[50],时行时止。班尾扬翘[51],双角特起[52]。良游呃喔[53],引之规里[54]。应叱愕立[55],擢身竦峙[56]。捧黄间以密彀[57],属刚罫以潜拟[58]。倒禽纷以迸落[59],机声振而未已[60]。山鹫悍害[61],猋迅已甚[62],越壑凌岑[63],飞鸣薄廪[64]。鲸牙低镞[65],心平望审[66],毛体摧落[67],霍若碎锦[68]。逸群之俊[69],擅场挟两[70],栎雌妒异[71],倏来忽往[72]。忌上风之餮切[73],畏映日之傥朗[74]。屏发布而累息[75],徒心烦而技痒[76]。伊义鸟之应敌[77],啾擭地以厉响[78]。彼聆音而径进[79],忽交距以接壤[80]。彤盈窗以美发[81],纷首颓而臆仰[82],或乃崇坟夷靡[83],农不易垅[84]。稊菽蘽粰[85],薪荟茸茸[86]。鸣雄振羽[87],依于其冢[88]。捫降丘以驰敌[89],虽形隐而草动。瞻挺穟之倾掉[90],意淴跃以振踊[91]。暾出苗以入场[92],愈情骇而神悚[93]。望麼合而翳晶[94],雉胅肩而旋踵[95]。欣余志之精锐[96],拟青颅而点项[97],亦有目不步体[98],邪眺旁剔[99],靡闻而惊[100],无见自鹫[101];周环回复,缭绕磐辟[102]。戾翳旋把[103],萦随所历[104]。彳亍中辍[105],馥焉中镝[106]。前剔重膺[107],傍截叠翮[108],若夫多疑少决[109],胆劣心狷[110]。内无固守[111],出不交战。来若处子[112],去如激电[113]。窥闾藹叶[114],幎历乍见[115]。于是筭分铢[116],商远迩[117],揆悬刀[118],骋绝技[119]。如輊如轩,不高不埤[120],当味值胸[121],裂嗉破觜[122]。

夷险殊地[123],驯粗异变[124]。昃不暇食[125],夕不告倦[126]。昔贾氏之如皋,始解颜于一箭[127],丑夫为之改貌,憾妻为之释怨[128]。彼游田之致获[129],咸乘危以驰骛[130],何斯艺之安逸[131],羌禽从其已豫[132]。清道而行[133],择地而住[134]。尾饰镳而在服[135],肉登俎而永御[136]。岂唯皂隶,此焉君举[137]。若乃耽槃流遁[138],放心不移[139]。忘其身恤[140],司其雄雌[141]。乐而无节[142],端操或亏[143]。此则老氏所诫[144],君子不为。

注释

〔1〕涉:经过。　青林:葱翠的树林。　兮:语气助词。

〔2〕羽族:禽类。

〔3〕聿(yù 玉):历数。　采毛:有彩色羽毛的鸟。　英丽:特别美丽。

〔4〕名:著名。　翚(huī 挥):一种有五彩羽毛的野鸡。

〔5〕厉:激励。　耿介:正直。

〔6〕奓(chǐ 尺):通“侈”,张大。　姱(kuā 夸):美好。

〔7〕经略:划分疆界。

〔8〕坟:高出地面的土堆。　衍:低平之地。　分畿:确定势力范围。畿,王城周围的地区,这里指名翚称雄的地方。

〔9〕青阳:指春季。　告谢:离去。

〔10〕朱明:指夏天。　肇授:开始到来。

〔11〕靡(mǐ 米):无,没有。　滋:滋长。

〔12〕初茎:初生的草苗。　蔚:茁壮。　曜新:闪耀着新辉。

〔13〕陈柯:旧枝。　槭(sè 色):枝叶飘落的样子。　改旧:枝叶更新。

〔14〕泱泱(yāng 央):云彩升起的样子。

〔15〕涓涓:细水慢流的样子。 吐溜:流水。

〔16〕渐渐(jiān 尖):亦作“蔪蔪”,麦芒吐出的样子。 擢(zhuó 浊)芒:麦芒吐出。

〔17〕鷕(yǎo 杳)鷕:野鸡求偶时的叫声。 鸲(gòu 够):通“雊”,野鸡叫。

〔18〕眄(miǎn 免):斜视。 箱笼:装雉的竹器。 揭骄:恣意自得。

〔19〕睨(nì 逆):斜视。 骁(xiāo 肖):勇猛。 媒:鸟媒,用来诱捕野鸟的活鸟,这里指雉媒,一种在家里豢养的野鸡,用来诱捕其他野鸡。 变态:改变常态。以上两句是说观察装雉媒的笼子,发现雉媒恣意自得,骁勇矫健,已经改变了常态。

〔20〕劲:强健有力。 骹(qiāo 敲):小腿。 角槎(chá 查):斜斫,雉媒斜举爪距用力猛蹬。

〔21〕瞵(lín 邻):目光闪闪地看。 悍目:怒目。 旁睐(lài 赖):旁视。

〔22〕绮(qǐ 起)翼:翅膀有绮纹。绮,有花纹的丝织品。 赪挝(chēng zhuā 称抓):赤色的大腿。

〔23〕绣颈:颈部油亮和彩绣。 衮(gǔn 滚)背:背如衮服。衮,古代君王大臣的礼服。

〔24〕郁轩翥:(zhù 铸):怒气迸发,将要高飞。

〔25〕效能:为主人效力。

〔26〕尔乃:于是。 攀(bān 般)场:开辟场地。 挂翳(yì 易):张设隐蔽物。翳,在树丛中搭起的隐身之物,以从中射猎野雉。

〔27〕停僮:翳遮掩覆盖的样子。 葱翠:翠绿。

〔28〕参差(cēn cī):长短不齐的样子。

〔29〕文翮(hé 核):翳上枝叶的覆盖细致成纹理,如同鸟羽。翻,鸟羽的翎管。鳞次,翳上的覆盖物像鱼鳞一样密密排列。

〔30〕萧森:翳上部覆盖的枝叶零落稀疏。 繁茂:翳下部的枝叶茂盛。

〔31〕婉转:委曲随顺。 轻利:运转轻便。

〔32〕衷料戾(lì 立)以彻鉴:翳的内部有小孔通明,可以透彻地观察外面的情况。料戾,洞小而通明。

〔33〕表厌(yā 压)蹑以密致:翳的外表厚重细密。厌蹑,重而密。

〔34〕游:指雉媒。 晏起:出动迟缓。

〔35〕虑:担心。　原禽:指野雉。　罕至:来得太少。

〔36〕疲心:煞费苦心。　企想:企望有所收获。

〔37〕分:甘愿。　倦目:眼睛疲倦。　寓视:注目。

〔35〕调翰:指雉媒。　乔桀(jié 杰):俊杰。

〔39〕邈畴类:远远超过它的同类。　殊才:特殊的气质。

〔40〕候扇举而清叫:雉媒待主人振动布巾便清脆地叫起来。扇,一种布巾。

〔41〕野:野雉。　应媒:回应雉媒。

〔42〕褰(qiān 千):打开。　微罟(gǔ 古):安置在翳上的细网。罟,网。长眺:远望。

〔43〕踉蹡(liàng qiàng 亮呛):脚步迟缓,乍行乍止。　徐来:野雉慢慢走来。

〔44〕摛(chī 吃):舒张。　赩(xì 隙)赫:赤色。

〔45〕敷:张开。　藻翰:有花纹的羽毛。　陪鳃(sāi):同"毰毸",鸟羽奋张的样子。

〔46〕首药绿素:头部长满绿色和白色的羽毛。药,同"绕",裹缠。

〔47〕身拕黼(fǔ 府)绘:身体好像拖着彩绘。黼,古代礼服上黑白相同的花纹,这里指羽毛上的花纹。

〔48〕青鞦(qiū 秋)莎靡:雉尾青色的部分如同倒伏的莎草。鞦,同"鞧",拴在牛马后部的革带,此处指雉的尾部。莎,莎草,青色。

〔49〕丹臆兰綷(cuì 粹):红色的前脚夹杂着秋兰的颜色。綷,色彩杂合。

〔50〕或蹶(juě)或啄:时而蹦跳,时而用嘴啄食。

〔51〕班:同"斑"。

〔52〕双角:指野雉头上的两撮毛,形似双角。　特起:向上突起。

〔53〕良游:能干的雉媒。　呃喔(e wō 窝):雉媒叫声。

〔54〕引之规里:把野雉引入弓箭的射程内。

〔55〕应叱愕立:射者见野雉走来,突然大喝一声使野雉震恐停立。这里是说野雉听到呵叱之声,大吃一惊,一时立住不动,便于瞄准射箭。愕,吃惊。

〔56〕擢身竦峙(zhì 志):因惊吓而挺身直立,竦,害怕。峙,直立。

〔57〕捧黄间以密彀(gòu 够):暗中举起弩弓,拉开弓弦。黄间,弩弓名。彀,张满弓弦。

〔58〕属刚罫(guǎi 拐):把箭扣在弦上。刚罫,一种用弩弓发射的箭。潜拟:暗中瞄准。

〔59〕纷:乱。　迸:突然跳起的样子。

〔60〕机声振而未已:弩弓振动的响声还没有停止。机,指弩弓。

〔61〕山鷩(bì 蔽):雉的一种,即锦鸡。悍害,强悍蛮横。

〔62〕猋(biāo 标)迅:像旋风一样迅速。

〔63〕壑(hè 贺):山沟。　岑(cén 涔):小而高的山。

〔64〕薄廪(lǐn 凛):靠近翳前。廪,翳中盛饮食的仓库。

〔65〕鲸:五臣本作擎,举起。　牙:弩牙,即弩上扣弦的机关。　低镞(zú 族):放低弩箭,可以在近距离射中猎物。镞,箭头。

〔66〕心平望审:心气平和,看定目标,审,审定。

〔67〕毛体:指山鷩身上的羽毛。

〔68〕霍若碎锦:羽毛像碎锦突然飞落。霍若,突然。

〔69〕逸群之俊:出类拔萃的雄雉。

〔70〕擅场:独霸全场。　挟两:挟持两只雌雉。

〔71〕栎(lì 力)雌妒忌:雄雉听到雉媒的叫声,产生妒意,便搏击它挟持的雌雉。栎,搏击。

〔72〕倏(shū 书)来忽往:迅速往来。倏,疾速,忽然。

〔73〕忌上风之餮(tiè 帖)切,避忌从上风头传来的微小风声。餮切,微动之声。

〔74〕畏映日之傥(tǎng 倘)朗:对太阳反射出来的微弱之光也感到恐惧。傥朗,光线不明的样子。

〔75〕屏发布:停止振巾。　累息:屏住呼吸。

〔76〕技懩:熟练的射箭技术得不到机会施展,令人心中发痒。

〔77〕伊:同“维”,语气助词。　义鸟:指雉媒,助人捕野雉故称义鸟。

〔78〕啾(jiū 究):鸟类叫声。　擭(hù 户)地:抓地。　厉响:厉声鸣叫。

〔79〕彼聆(líng 灵)音而径进:野雉听到叫声,直奔雉媒而来。

〔80〕交距:野雉和雉媒爪距相交。禽类爪的上方长有硬刺称为距,用来角斗。　接壤:野雉和雉媒打在一处。

〔81〕彤盈窗以美发:两雉相斗,彩羽飞动,红光照满翳之窗,为发射弩箭提供了良机。美发,正好发射。

〔82〕纷:散乱。　首颓:野雉中箭,头向后倒。　臆仰:野雉向后倒地,胸部朝上。

〔83〕崇坟:高大的堤岸。 夷靡:倒塌。

〔84〕农不易垄:农田荒废,垄亩失修。

〔85〕稊(tí 题):野生稗类植物。 菽(shū 书):豆类植物的总称,这里指野生的豆类。 藂糅(cóng róu 丛柔):丛杂。

〔86〕蘙荟(yì huì 义会):草木繁盛。 菶(běng)茸:茂密。

〔87〕雄:指雄性野雉。 振羽:振奋羽翼。

〔88〕依于其冢:占据高丘之顶。

〔89〕�(shǎn 闪)降丘以驰敌:从高丘上急冲下来,扑向对手。掺,行动迅速的样子。

〔90〕挺穟(suì 遂):草茎。(依徐爰说) 倾掉:倾斜晃动。

〔91〕意淰(shěn 审):思想活跃。淰,闪动。 振踊:情绪振奋。

〔92〕暾(tūn 吞)出苗以入场:野雉渐渐走出草丛,进入射猎场地。暾,渐渐出现的样子。

〔93〕愈情骇而神悚:心情更加紧张,唯恐发射不中。

〔94〕望黡(yǎn 掩)合而翳皛(xiǎo 小):野雉望四处黯然合成一片,只有翳显得很特出。黡,黑痣,此处指远看草木一片暗色。皛,明显。

〔95〕雉胠(xié 胁)肩而旋踵(zhǒng 种):野雉见翳生疑,抽身转步往回走。胠肩,收敛身躯。旋踵,脚步回转。

〔96〕俽(xīn 欣)余志之精锐:可喜的是我心志专一,精明敏锐。俽,同"欣",喜悦。

〔97〕拟青颅而点项:打算从后面射它青色的头颅,却射中了它的后颈。项,颈的后部。

〔98〕亦有目不步体:也有这样的野雉,眼睛的注意力与身体的行动步伐不协调。

〔99〕邪眺旁剔(tī 踢):目光不正,斜视左右,常感到身旁的情况可怕。剔,同"惕",受惊。

〔100〕靡闻而惊:没有听到什么动静就吃惊。

〔101〕无见自鹜(mò 末):没有看见什么,自己就生疑心。鹜,惊疑。

〔102〕周环回复,缭绕盘辟:往复周转,走动不停。盘辟,盘旋进退。

〔103〕戾(liè 列)翳旋把:扭转把柄,使翳转动。戾,通"捩",扭转。

〔104〕萦随所历,随着野雉的动向而旋转翳,以寻找发弩的良机。

〔105〕彳亍(chì chù 斥触):小步而行,走走停停。 中辍:(chuò 绰):行走暂停。

〔106〕馥(fù 复)焉:中箭的声音。 镝(dí 狄):箭头。

〔107〕前剠(liè 列)重膺(yīng 英):横贯野雉前胸。雉胸隆起,凸出部分有左右两个侧面,故称重膺。剠,割裂。膺,胸。

〔108〕傍截叠翮(hé 核):靠近胸部中箭处的双层羽毛被截断。叠翮,雉胸左右两侧的羽毛。

〔109〕若夫:至于。 多疑少决:指野雉疑心大、行动不果断。

〔110〕胆劣心狷(juàn 倦):胆小心急。狷,急躁。

〔111〕内无固守:内心没有坚守的意志。

〔112〕来若处子:出来像处女一样怯懦。

〔113〕去如激电:离去像闪电一样迅速。

〔114〕窥闯(chān 搀):从缝隙中向外偷看。 藟(juān 捐)叶:麦子的茎和叶。

〔115〕幎(mì 密)历:模糊不清。 乍见(xiàn 现):时隐时现。

〔116〕筭分铢(zhū 朱):计算弩弓上的刻度。分铢,弩弓机关上的刻度,用来确定射程。

〔117〕商远迩(ěr 尔):斟酌射程的远近。

〔118〕揆(kuí 葵):度量。 悬刀:弩牙下部形状如刀,故称悬刀。

〔119〕骋绝技:施展高超的射技。

〔120〕如轾(zhì 至)如轩,不高不埤(bēi 卑):高低轻重适度。车子前低后高叫轾,前高后低叫轩。轾,同"轾"。埤,低。这两句是说弩弓举起,轻重高低掌握得恰到好处,正适于发射。

〔121〕当咮(zhòu 咒)值胸:正对准野雉的嘴和胸。咮,鸟嘴。

〔122〕嗉(sù 素):嗉子。禽类食管下部的消化器官,形如袋子,用来贮存食物。

〔123〕夷险殊地:地势有平险之别。

〔124〕驯粗异变:禽兽有驯服和粗野的不同。

〔125〕昃(zè 仄)不暇食:太阳已偏西还没有时间吃饭。昃,同"昃",日西斜。暇,空闲。

〔126〕夕不告倦:傍晚不觉疲倦,以上两句说射雉者废寝忘食。

〔127〕昔贾氏之如皋(gāo 高),始解颜于一箭:典出《左传·昭公二十八

年》:有个贾大夫长得丑,却娶了个美貌的妻子。他的妻子因丈夫丑而三年不说不笑,贾大夫为她驾车去沼泽地打猎,射中了野雉,她才开始说笑。皋,水边高地。解颜,脸上出现笑容。引此典意在渲染射雉之乐。

〔128〕憾妻为之释怨:为丈夫貌丑而心怀不满的妻子因游猎射雉而消除怨恨。

〔129〕游田:游猎。田,同“畋”,打猎。　致获:猎获禽兽。

〔130〕咸:都,全部。　乘危以驰骛(wù 务):冒着跨岭越涧的危险驰骋车马。骛,疾驰。

〔131〕斯艺:这种凭媒翳射雉的技艺。斯,此。

〔132〕羌(qiāng 腔):语气助词。　禽从其已豫:野雉按照射者的安排进入圈套。

〔133〕清道而行:走清静的道路。

〔134〕择地而住:选择善地做为射雉的场地。

〔135〕尾饰镳(biāo 标)而在服:雉尾用来装饰马镳而成为服用的玩物。镳,扼于马口两旁的马具。服,服用和玩赏的东西。

〔136〕肉登俎(zǔ 阻)而永御:雉肉放在炊具中做成食品供人长期食用,俎,古代割肉用的砧板,此处泛指炊具。御,用,此处指食用。

〔137〕岂唯皂(zào 造)隶,此焉君举:怎道只有差役才从事这种射猎活动?君王也会亲自参加的。皂隶,地位低贱的差役。据《左传》等书所载,先秦时代礼制规定:君主只为军国大事才亲自射猎禽兽,日常收获山林川泽产品的事情由皂隶去干。这种射雉活动并非军国大事,君主也来参与,可见其事诱惑力之大。

〔138〕耽(dān 丹)槃:酷好游乐。　流遁:流连忘返。

〔139〕放心不移:恣意放纵而不悔改。

〔140〕忘其身恤:忘记自己的忧患。

〔141〕司其雄雌:只去掌握雄雌禽兽的活动,以求猎获。

〔142〕乐而无节:一味游乐,不加节制。

〔143〕端操或亏:端正的品行会有所亏损。

〔144〕此则老氏所诫:这是老子的告诫。《老子》:“驰骋畋猎,令人心发狂。”

今译

游览葱翠山林，喜看百鸟群飞。历数彩羽艳丽之禽，首推五色名翚。激励正直专一的品格，整饰雄健妩媚的姿容。群雉巡行丘陵，划定疆界，割据原野，各霸一方。此时春天刚刚离去，夏季开始来到。树木滋生，花草繁茂。新苗茁壮生辉，旧枝更新改貌。地上泉水涓涓，天上白云飘飘。麦穗悄悄吐芒，野鸡喔喔啼叫。看那笼中雉媒姿意自得，改变变态更加雄壮。爪距奋举耀武扬威，怒目圆睁扫视两旁。双翅纹如莺羽，两腿赤如火旺。颈如彩绣生辉，背如艳服闪光。怒气迸发将高飞，欲效才能啼声壮。

于是开辟场地张设翳，青翠枝叶遮蔽。绿柏高低不齐，细致成纹如同鸟羽，重叠覆盖好似鱼鳞，上部稀疏下部繁茂，运转灵活轻捷便利。内有小孔明察外界，表皮厚密翳身隐蔽。担心雉媒迟缓，唯恐野雉罕见，甘愿等待猎物煞费苦心，宁可寻觅踪迹望眼欲穿。可喜雉媒如此雄杰，出类拔萃才能不凡。布巾一振叫声清脆，野雉闻声出现。揭开细网远望，野雉踉跄走来。红冠耸起，彩羽抖开，头上如裹绿巾，身上如披彩绘，青尾如莎草倒伏，丹胸如秋兰荟萃。时而蹦跳时而啄地，时而行走时而休止。斑烂尾羽高扬，两撮角毛突起。雉媒干练呃喔长鸣，引诱野雉误入射程，一声猛喝野雉震恐，呆若木鸡挺身不动。暗中拉开黄间弓弩，扣上利箭对准猎物，野雉中箭蹦跳落地，弓弦振响尚未停息。锦鸡强悍蛮横，往来迅如旋风，越山岭跨沟涧，直到翳前飞鸣。手擎弩牙放低箭身，心平气和看准目标，箭到禽倒羽落，忽如锦碎乱飘。威武雄雉超群出众。挟持两雌独霸全场，心怀妒意搏击雌雉，展翅奋飞迅速来往。避忌微风细声，害怕暗日微光。停止振巾屏住呼吸，时机未到心急手痒。义鸟出战迎敌，两爪抓地叫声尖厉。野雉闻声径直扑来，爪距相交打在一起。彩羽映窗正好发射，野雉中箭头倒胸仰。或有高堤倒塌，田垄荒废，稗菽丛杂，野草繁盛。雄雉振羽长鸣，占据高丘之顶，急驰而下冲向对手，不见身影只见草动。望见茎叶起伏摇晃，思想活跃情绪倍增。雉出草丛渐入猎场，更觉心中恐惧紧张。雉望四野黯然一片，只有翳格外显眼。疑心生而抽身，急收步而回转。幸喜我精明敏锐，欲射青头却中后项。又有如此之雉，步伐紊乱目光不定，斜视两旁草木皆兵；未闻声响自我恐慌，什物不见疑心自生；往复周转不断走动，盘旋犹豫不敢稍停。扭动把柄旋转翳身，监视目标追随雉踪。乍行乍止中途停住，弓弦一响发箭命中。飞镞横穿透过重胸，伤口羽毛截断两层。多疑之雉缺乏决断，胆小心急进退两难。内心没有坚守之志，轻易出动不敢交战。战战兢兢来若处女，急急忙忙去如闪电。藏在麦田向外偷看，身形模糊时隐时现。于是计算刻度，斟酌距离，扣动悬刀，施展绝技。举弩如轾如轩，发箭不高不低，正对雉嘴和胸，命中咽喉倒毙。

地势有平坦和险峻之别，禽兽有粗野和驯服之差。白昼忘记饮食，夜晚不知疲倦。从前贾大夫到沼泽射猎，一箭射中野雉，其妻始开笑颜。丑夫因射雉而变俊，致使怅恨之妻怨气消散。人们猎获禽兽，无不飞车走马翻越天险。唯独媒翳射雉如此安逸！禽入猎场顺从人愿。专走幽深僻静之路，选择善地用做猎场。雉尾饰镳成为玩物，雉肉入厨被人食用。如此美事谁不愿干？岂止贱役参加，更有国君操办。至于酷好游猎流连忘返，恣意放纵不加收敛。完全忘记自身之忧，只管追踪雌雄禽兽，游乐如无节制，品德将受腐蚀。这是老子遗训，君子不为此事。

（吴穷译注　陈复兴修订）

北征赋一首

班叔皮

题解

班彪(3—54),字叔皮,东汉史学家。扶风(今陕西咸阳东北)人。子班固,女班昭,皆治史,可谓“史学世家”。叔皮收集武帝太初之后的史料,作《后传》六十余篇,班固、班昭先后续成,称为《汉书》,与司马迁《史记》相衔接。

班彪二十岁,王莽篡汉,他离开京都长安,前往天水郡投靠隗嚣。隗嚣不以礼相待,班彪便改投大将军窦融。彪劝融归刘秀,并代融撰写归附奏章,深得刘秀赏识,拜为徐令。《北征赋》即离京北行之作。挚虞《文章流别论》说:“更始时,班彪避难凉州,发长安,至安定,作《北征赋》也。”全赋记叙途中所见所感,并以史学家的眼光,吊古评史,抒发感慨,寄托情思,表达政见。笔调深沉婉转,抒情味很浓。班昭的《东征赋》深受此赋影响,结构和情调颇多相似之处,两相比较,昭然可见。

原文

余遭世之颠覆兮[1],罹填塞之厄灾[2]。旧室灭以丘墟兮,曾不得乎少留。遂奋袂以北征兮[3],超绝迹而远游。

朝发轫于长都兮[4],夕宿瓠谷之玄宫[5]。历云门而反顾[6]，望通天之崇崇[7]。乘陵冈以登降[8]，息郇邠之邑乡[9]。慕公刘之遗德[10]，及行苇之不伤[11]。彼何生之优渥[12]，我独罹此百殃？故时会之变化兮[13]，非天命之靡常[14]。

登赤须之长坂[15]，入义渠之旧城[16]。忿戎王之淫狡，秽宣后之失贞。嘉秦昭之讨贼，赫斯怒以北征[17]。纷吾去此旧都兮[18]，騑迟迟以历兹[19]。遂舒节以远逝兮[20]，指安定以为期[21]。涉长路之绵绵兮[22]，远纡回以樛流[23]。过泥阳而太息兮[24]，悲祖庙之不修。释余马于彭阳兮[25]，且弭节而自思[26]。日晻晻其将暮兮[27]，睹牛羊之下来[28]。寤旷怨之伤情兮[29]，哀诗人之叹时[30]。

越安定以容与兮[31]，遵长城之漫漫[32]。剧蒙公之疲民兮[33]，为强秦乎筑怨。舍高亥之切忧兮[34]，事蛮狄之辽患[35]；不耀德以绥远[36]，顾厚固而缮藩[37]。首身分而不寤兮，犹数功而辞誓。何夫子之妄说兮，孰云地脉而生残[38]。

登鄣隧而遥望兮[39]，聊须臾以婆娑[40]。闵獯鬻之猾夏兮，吊尉印于朝那[41]。从圣文之克让兮[42]，不劳师而币加[43]。惠父兄于南越兮，黜帝号于尉他[44]。降几杖于藩国兮，折吴濞之逆邪[45]。惟太宗之荡荡兮[46]，岂曩秦之所图[47]？

陟高平而周览[48]，望山谷之嵯峨[49]。野萧条以莽荡[50]，迥千里而无家[51]。风猋发以漂遥兮[52]，谷水灌以扬波。飞云雾之杳杳[53]，涉积雪之皑皑。雁邕邕以群翔兮[54]，鹍鸡鸣以哜哜[55]。

游子悲其故乡，心怆恨以伤怀[56]。抚长剑而慨息，泣涟落而沾衣。揽余涕以於邑兮[57]，哀生民之多故。夫何阴曀之不阳兮[58],嗟久失其平度[59]。谅时运之所为兮[60],永伊郁其谁诉[61]?

乱曰[62]:夫子固穷,游艺文兮[63]。乐以忘忧,惟圣贤兮。达人从事,有仪则兮[64]。行止屈申,与时息兮。君子履信,无不居兮。虽之蛮貊,何忧惧兮[65]。

注释

〔1〕颠覆:倾倒。指王莽篡汉。

〔2〕罹(lí 离):遭遇不幸的事。　填塞:王道不通。　厄灾:苦难。

〔3〕奋袂(mèi 妹):挥袖。袂,衣袖。

〔4〕发轫(rèn 认):启程。轫,制动车轮的木头。车启行须先去轫,故称启程为"发轫"。　长都:西汉都城长安。

〔5〕瓠(hú 胡)谷:地名,在长安西。　玄宫:指甘泉宫。秦始皇二十七年作甘泉前殿,汉武帝建元中增广之,建通天、高光、迎风诸殿。

〔6〕云门:云阳县城门。

〔7〕通天:通天台,在甘泉宫中。　崇崇:高高的样子。

〔8〕陵冈:山丘。　登:升。

〔9〕郇邠(xún bīn 旬宾):古国名。在今山西临猗,春秋时为晋地。　邑乡:城郊。

〔10〕公刘:古代周部族的祖先,相传为后稷的曾孙。

〔11〕行苇(háng wěi 航伟):道旁之苇,此指草木。

〔12〕优渥(wò 握):优厚。渥,厚。

〔13〕时会:世运。

〔14〕靡常:无常。靡,无。

〔15〕赤须:地名。即赤须坂,在北地郡。

〔16〕义渠:城名。秦昭王时为戎王所居。

〔17〕忿戎王四句:事见《史记·秦本纪》:昭襄王之母宣太后,与戎王私通,生二子。昭王起兵北伐而杀之。灭其国,收其地。秽,淫乱。　淫狡:淫乱狡猾。赫,勃然大怒的样子。

〔18〕纷:心绪缭乱。　旧都:指长安。

〔19〕騑(fēi 非):古代驾车的马,在中间的叫服,在两旁的叫騑,也叫骖。

兹:代词。指戎王所居之义渠。

〔20〕舒节:舒展志节。

〔21〕安定:安定郡。在泾渭之间,距长安三百五十里。

〔22〕绵绵:长而不绝。

〔23〕樛(jiū 纠)流:曲折的样子。

〔24〕泥阳:县名。班氏在此有祖庙。

〔25〕彭阳:地名。在安定郡。

〔26〕弭(mǐ 米)节:缓行。

〔27〕晻(yǎn 掩)晻:日无光。

〔28〕牛羊之下来:《诗经·王风·君子于役》:"日之夕矣,牛羊下来。君子行役,如之何勿思?"意谓:"夕阳西下,牛羊还家。丈夫服役,怎不想他?"哀怨徭役之苦。

〔29〕寤(wù 悟):通"悟"。感悟。　怨旷:无限怨恨。

〔30〕诗人:指《君子于役》的作者。

〔31〕容与:行走的样子。

〔32〕漫漫:遥远。

〔33〕剧:甚。　蒙公:蒙恬,秦将,督民筑长城。

〔34〕高:赵高。原为秦之宦官。秦始皇死于沙丘,他与丞相李斯假传圣旨,赐长子扶苏死,立胡亥为二世皇帝。旋即杀死李斯,自立为相,独揽大权。亥:秦二世胡亥。　切忧:近忧。切,近。

〔35〕蛮狄:指北方少数民族。

〔36〕绥远:安抚远方之民。

〔37〕缮藩:修长城。藩,篱笆,此指长城。

〔38〕首身分四句:事见《史记·蒙恬列传》:秦始皇崩,赵高欲立胡亥为太子,恐蒙恬反对,遣史矫命"以罪赐蒙恬死"。恬不知其故,喟然长叹曰:"我何罪于天,无过而死!"良久乃曰:"恬罪故当死矣。西起临洮,东至辽东,城堑万余里,不能不绝脉,此乃吾之罪也。"于是吞药自尽,至死不悟。諐(qiān 千),过。諐,古"愆"字。夫子,指蒙恬。

〔39〕障隧:城墙。

〔40〕婆娑:徘徊。

〔41〕闵獯(xūn 熏)鬻二句:事见《史记·孝文本纪》:孝文帝十四年,匈奴

入边为寇,攻朝那塞,杀北地都尉卬。獯鬻,即“猃狁”,北方少数民族。猾,扰乱。夏,指古代中国。卬,守边都尉,姓孙。朝那,边塞名。在安定郡。

〔42〕圣文:指汉文帝。　克让:能谦让,此指能施行教化。

〔43〕币:礼物。

〔44〕惠父兄两句:事见《汉书·文帝纪》:南越王尉佗,自立为帝,文帝不以兵伐,而召佗之兄弟,以德怀之,佗自愧,遂称臣。

〔45〕降几杖两句:事见《汉书·文帝纪》:吴王濞失藩臣之礼,称病不朝天子,文帝不征讨。却赐以几杖,表示敬老,使其折服。“杖可以策身,几可以扶己,具是养尊者之物。”(孔颖达语)

〔46〕太宗:汉文帝庙号。　荡荡:广大无边。此状文帝之德。

〔47〕曩(náng 囊):昔。　图:谋。

〔48〕阶(jī 鸡):登上。　高平:高平县,在安定郡。

〔49〕嵯(cuó 矬)峨:高峻的样子。

〔50〕莽荡:旷远。

〔51〕迥(jiǒng):远。

〔52〕猋(biāo 标):迅疾。　漂遥:飞扬。

〔53〕杳(yǎo 咬)杳:深暗幽远。

〔54〕邕(yōng 拥)邕:雁叫声。

〔55〕鹍(kūn 昆)鸡:鸟名。似鹤,黄白色。　㗊㗊(jiē jiē 皆皆):喈喈,众鸟齐鸣声。

〔56〕怆悢(chuàng liàng 创亮):悲哀。

〔57〕於邑:心不平。

〔58〕阴曀(yì 义):比喻天下昏乱。曀,阴暗。

〔59〕平度:和平之法度。

〔60〕谅:信实。

〔61〕伊郁:烦闷。

〔62〕乱:辞赋篇末总括全篇要旨的话。

〔63〕夫子:指孔夫子。　固穷:甘处贫困,不失气节。《论语·卫灵公》:“君子固穷。”　艺文:指六艺。此泛指儒家经典。

〔64〕达人:通达知命的人。　仪则:法则。

〔65〕蛮貊(mò 陌):指边远的少数民族。貊,我国古代北方少数民族名。

今译

我正逢王莽颠覆大汉的时代，遭受王道不通的厄灾。家宅被毁化为废墟，不能在此停留少许，于是挥手北征，告别旧宅远行。

清晨从长安启程，傍晚歇宿在瓠谷的玄宫。经过云阳城门，回首相望，遥看那通天台高耸。翻山越岭攀行，休息在郇邠的都城。景慕公刘的遗德仁爱，施及草木使其不受伤害。为何对草木如此优待，而我独遭诸多大灾。这本是时事的变化，并非天命无常。

翻过长长的赤须坂，进入义渠的旧城。为戎王的淫乱而愤怒，把宣后失贞看做秽行。赞秦昭王讨贼，嘉其威武用兵。我心绪烦乱离开长安旧都，马儿踯躅，经过戎王的都邑。

舒展志节远游，把安定作为目的地。长途跋涉路漫漫，迂回曲折何其远。经过泥阳长叹息，悲伤祖庙无人修。我在彭阳卸车马，延缓行期独自愁。日色昏昏天将暮，目睹牛羊回村头。感悟久怨伤心怀，诗人叹时令人哀。

过了安定继续前行，沿着那迢迢的万里长城。蒙恬修长城劳民太甚，为暴秦筑下了深深的怨根。他不顾赵高立胡亥篡权的近忧，去提防边陲蛮狄的远患；不光耀仁德绥靖边远，只加固长城修造篱藩，直到掉头也不醒悟，还独自数功辞过。愚夫子何必发此谬论，谁说修长城绝地脉招来杀身？

登上长城举目远望，姑且在此短暂彷徨。哀痛匈奴侵犯华夏，悼念孙卬被杀于朝那。钦佩文帝宽宏大度，不用武力以礼相加。厚待南越王兄弟二人，使其废除帝号甘为臣下。赐几杖给吴王表示敬老，使刘濞来朝，折服了逆邪。文帝皇恩浩荡，以德绥远，哪像强秦筑藩御边？

登上高平举目四眺，群山高峻巍峨。荒野萧疏旷无边际，迢迢千里不见家园。大风猛刮四处飞扬，谷水灌注洪波鼓荡。飞越茫茫的迷雾，穿过皑皑的霜雪。群雁翱翔邕邕，鹍鸡齐鸣喈喈。

游子悲哀故乡远，心绪苍凉多忧伤。抚摸宝剑长叹息，涕泪涟涟湿衣裳。我掩涕而忧郁，悲人生之多事。为何世道昏乱不见光明，失掉和平的法度。这确实由时运造成，无限忧怨向谁倾诉？

总而言之，孔子安于现状博览经文，乐以忘忧唯有圣人。达人做事遵循法则，随着时代变化屈伸。君子忠于自己的信仰无处不可居住，即使到蛮夷之乡又何必忧心？

（魏淑琴译注并修订）

东征赋一首

曹大家

题解

曹大家(gū 姑),东汉史学家。扶风安陵(今陕西咸阳东北)人。史学家班彪之女,班固之妹。名昭,字惠班,一名姬。因嫁给曹世叔,亦称曹大家。

班昭博学多才,善于写作。班固死时,《汉书》中的八表及《天文志》遗稿散乱未成,班昭奉命修完。东汉学者马融出其门下。班昭在汉和帝时常出入宫廷,当过嫔妃的教师。《后汉书·列女传》有班昭小传。著有《东征赋》、《女诫》等。

曹大家之子曹成从京都洛阳调往陈留郡,长长垣县,“大家随至官,作《东征赋》,以叙行历而见志焉”。(六臣注《文选》)纪行见志是此赋的突出特点。处处紧扣“征”字,记叙从洛阳出发东到陈留的行程。有记叙,有议论,有抒情。记叙条清缕析,言志婉转含蓄,抒情回环细腻,不同于汉之铺排大赋,别是一家。

原文

惟永初之有七兮〔1〕,余随子乎东征〔2〕。时孟春之吉日兮〔3〕,撰良辰而将行〔4〕。乃举趾而升舆兮〔5〕,夕予宿乎偃师〔6〕。遂去故而就新兮〔7〕,志怆悢而怀悲〔8〕。明发曙而不寐兮〔9〕。心迟迟而有违〔10〕。酌樽酒以弛念兮〔11〕,喟抑情而自非〔12〕。谅不登巢而椓蠡兮〔13〕,得不陈力而相追〔14〕。且从众而就列兮〔15〕,听天命之所归。遵通衢之大道兮〔16〕,

求捷径欲从谁[17]？

乃遂往而徂逝兮[18]，聊游目而遨魂[19]。历七邑而观览兮[20]，遭巩县之多艰。望河洛之交流兮[21]，看成皋之旋门[22]。既免脱于峻崄兮[23]，历荥阳而过卷。食原武之息足[24]，宿阳武之桑间[25]。涉封丘而践路兮[26]，慕京师而窃叹[27]。小人性之怀土兮[28]，自书传而有焉[29]。

遂进道而少前兮[30]，得平丘之北边[31]。入匡郭而追远兮[32]，念夫子之厄勤[33]；彼衰乱之无道兮，乃困畏乎圣人。怅容与而久驻兮[34]，忘日夕而将昏。到长垣之境界[35]，察农野之居民[36]。睹蒲城之丘墟兮[37]，生荆棘之榛榛[38]。惕觉寤而顾问兮[39]，想子路之威神；卫人嘉其勇义兮，讫于今而称云[40]。蘧氏在城之东南兮[41]，民亦尚其丘坟[42]。唯令德为不朽兮[43]，身既没而名存[44]。惟经典之所美兮，贵道德与仁贤[45]。吴札称多君子兮[46]，其言信而有征[47]。后衰微而遭患兮，遂陵迟而不兴[48]。知性命之在天[49]，由力行而近仁[50]。勉仰高而蹈景兮[51]，尽忠恕而与人[52]。好正直而不回兮[53]，精诚通于明神[54]。庶灵祇之鉴照兮[55]，祐贞良而辅信[56]。

乱曰[57]：君子之思必成文兮[58]，盍各言志慕古人兮[59]？先君行止则有作兮[60]，虽其不敏敢不法兮[61]？贵贱贫富不可求兮，正身履道以俟时兮[62]。修短之运愚智同兮[63]，靖恭委命唯吉凶兮[64]。敬慎无怠思嗛约兮[65]，清静少欲师公绰兮[66]。

注释

〔1〕永初有七:永初七年。永初,东汉安帝年号。

〔2〕余:班昭自称。　子:指班昭的儿子曹成(字子谷)。李贤曰:“《三辅决录》曰:‘齐相子谷颇随时俗。’注云:‘曹成,寿之子也。司徒掾察孝廉,为长垣长。母为太后师,征拜中散大夫。’子谷即成之字也。”　东征:子谷为陈留长,班昭随其子至官,故称。

〔3〕孟春:初春。孟,四季中的第一个月。

〔4〕撰(xuǎn 选):选择。

〔5〕举趾升舆:指登车。趾,足。

〔6〕偃师:县名,在洛阳东三十里。

〔7〕去故就新:离开故居,迁往新居。指班昭随子至官。

〔8〕怆悢(chuàng liàng 创亮):悲伤,惆怅。

〔9〕明发:天放亮的时候。　曙:天刚亮。

〔10〕迟迟:犹豫,留恋。　有违:有违于心,指不愿离开故居。

〔11〕樽(zūn 尊):古代酒器名。　弛念:抛弃思念之情。弛,丢开。

〔12〕喟(kuì 愧):叹息之声。　抑情:抑制悲伤的感情。　自非:自以感情悲伤不对。

〔13〕登巢椓蠡(zhuó luó 琢罗):指构木为巢,茹毛饮血。椓蠡,敲开蚌壳以食其肉。椓,敲击。蠡,同蠃,蚌之一种。李善注引韩子曰:“上古之世,人民少而禽兽众,人不胜禽兽虫蛇,圣人作,构木为巢以群居,天下号曰有巢氏。民食果蓏蚌蛤,腥臊恶臭,圣人作,钻燧取火,以化腥臊,天下号曰燧人氏。”

〔14〕陈力:施展才力。　相追:追随皇帝,即做官效力。

〔15〕就列:指做官。

〔16〕遵:沿着。　通衢(qú 渠):四通八达的大道。

〔17〕捷径:小道,邪道。　欲从谁:谁欲从。即不肯之意。

〔18〕徂(cú)逝:前往。

〔19〕游目:流览顾盼。　遨魂:神游。

〔20〕七邑:指巩县、成皋、荥阳、武卷、阳武、原武、封丘七个县。

〔21〕河洛:黄河和洛水。

〔22〕旋门:旋门坂,在成皋县。

〔23〕峻崄(xiǎn 险):险峻的陡坡。指旋门坂。

〔24〕息足:休息。

〔25〕桑间:桑林之间。

〔26〕践路:指踏上去陈留的大路。

〔27〕京师:指京都洛阳。

〔28〕小人:此班昭自谦之辞。　怀土:怀念故乡,故土难离。

〔29〕书传(zhuàn 转)有焉:见之于经传。《论语·里仁》:“小人怀土。”

〔30〕进道:在路上行走。

〔31〕平丘:平丘县,在陈留郡。

〔32〕匡郭:匡邑的城郭。　追远:此指追祭孔子。李善注引《论语·学而》:“慎终追远。”孔安国曰:“慎终者丧尽其哀,追远者祭尽其敬。”

〔33〕夫子厄勤:指孔子被匡人围攻之事。孔子要去陈,路经匡邑。匡人误认孔子为阳虎,阳虎与匡人有仇,于是便围攻了孔子。(事见《史记·孔子世家》)厄勤,困厄辛苦。

〔34〕怅:怅惘。　容与:迟疑不定的样子。　驻:车马停留。

〔35〕长垣(yuán 园):县名。属当时陈留郡。

〔36〕农野:农田。

〔37〕蒲城:蒲城乡,在长垣县内,子路曾为蒲城大夫。　丘墟:指蒲城废墟。

〔38〕榛榛(zhēn 真):草木丛生的样子。

〔39〕惕:迅疾,猛然。　觉寤:醒悟。寤,通“悟”。　顾问:顾视讯问。

〔40〕子路:字仲由,孔子弟子。刘向注:“卫太子蒯聩作乱,子路攻之,不胜而死,卫人美其勇义,至今称其嘉美。”子路威神指此。

〔41〕蘧(qú 渠)氏:指卫国大夫蘧瑗,长垣有其坟墓。

〔42〕尚:崇尚,景仰。　丘坟:坟墓。

〔43〕令德:美德。令,美。

〔44〕没(mò 末):死。没,同“殁”。

〔45〕仁:儒家的道德观念,其核心指人与人相亲相爱。

〔46〕吴札称多君子:《左传·襄公二十九年》:“吴季札适卫,说蘧瑗、史狗、史鳛、公子荆、公叔发、公子朝,曰:‘卫多君子,未有患也。’”夫末,疑为“末”。吴札,即吴公子季札。

〔47〕征:验证。

〔48〕陵迟：衰落。指卫逐渐衰落，季札的话得到了验证。

〔49〕性命在天：命由天定。《论语·颜渊》："死生有命，富贵在天。"

〔50〕力行：勉力而行。《礼·中庸》："好学近乎知，力行近乎仁。"

〔51〕)仰高：瞻仰高德。　蹈景：实践前贤的德行。《诗·小雅》："高山仰止，景行行止。"

〔52〕)忠恕：儒家伦理思想。在孔子学说中，"忠恕"是实行"仁"的方法。朱熹曰："尽己之谓忠，推己之谓恕。""忠"要求积极为人，"恕"要求推己及人。所谓"己所不欲，勿施于人"。

〔53〕不回：不违背先祖之道。

〔54〕精诚：真诚。　明神：古代对神的尊称。

〔55〕庶：副词。表示希望。　灵祇：(qí 奇)：神灵。　鉴照：明察。

〔56〕贞良：言行一致、守志不移的人。　信：遵守信义的人。　祐、辅：保佑、辅助。

〔57〕乱：辞赋篇末总括全篇要旨的话。

〔58〕思(sī 私)：心绪，情思。　成文：写成文章。

〔59〕盍(hé 何)各言志：《论语·公冶长》："颜渊、季路侍。子曰：'盍各言尔志。'"盍，何不。

〔60〕先君：指班昭父亲班彪。　行止有作：指班彪作《北征赋》。李善注《北征赋》引《流别论》曰："更始时，班彪避难凉州，发长安，至安定，作北征赋也。"

〔61〕不敏：不才。自谦之词。　法：指效法班彪而作《东征赋》。

〔62〕正身：修身。　履道：遵行正道。　俟时：待时。

〔63〕修短：指生命之长短。

〔64〕靖恭：恭谨。亦作"靖共"。　委命：寄托性命。

〔65〕敬慎：恭敬谨慎。　嗛(qiān 千)纹：谦虚节俭。嗛，同"谦"。

〔66〕师：学习。　公绰：孟公绰，鲁国大夫。

今译

永初七年，吾子调到陈留，我随其离京东行。正是初春的大好时节，选择良辰吉日准备起程。早晨从洛阳出发，晚上住到偃师。

告别故宅迁往新居，怀旧之心怅惘凄凄。直到天亮也未能入睡，留恋徘徊不忍离去。以酒浇愁想丢掉怀乡的情思，喟然长叹，抑制怀旧情绪，觉得不该如此。既然不是生活在无君无臣的原始时代，怎能不追随儿子为朝廷效力？而且同众人一起加入官宦行列，听天由命才是归宿。沿着康庄大道前进，邪僻小路谁肯遵行。

于是沿着大道往前走，浏览顾盼，眼观神游。历经七县极目观赏，抵达巩县遇到艰难。遥望黄河洛水交相奔流，成皋的玄门坂就在眼前。翻过险峻的玄门坂，经荥阳，过武卷，到原武吃饭休息，晚上住在阳武的桑林之间。越过封丘踏上去陈留的大路，怀念京都暗自长叹。小人怀念故土，这话已见经传。

顺着大路继续向前，到了陈留郡平丘县的北边。进入匡人旧城恭敬祭祀，当年孔夫子就在这里受到围困。那是动乱无道的年月，竟然威胁到圣人。迟疑怅惘车马不前，不知不觉已到黄昏。跨入长垣县境，察看田野里的农民。目睹蒲城的废墟，杂草丛生，一片荒凉。猛然醒悟，环顾讯问，想到子路做蒲城大夫的勇武精神。卫人嘉许他的英勇仗义，直到如今还赞赏不已。蘧瑗坟墓就在县城东南，人们景仰他的丘坟。美德万古流芳，人虽谢世而英名长存。经典之中赞美的，是那仁义道德之人，季札说卫国君子多而有患，他的预言得到验证。卫国后来遭到祸患，逐渐衰落再没强盛。我知道“死生有命，富贵在天”，但勉力而行也能接近圣贤。瞻仰高德步前贤后尘，尽忠恕之道，“己所不欲，勿施于人”。喜欢正直不违背祖德，靠真诚必能感动鬼神。希望神灵能够明察，保佑忠诚守信之人。

总而言之，君子之思必然成文，何不借赋言志效仿古人。先父行止赋成《北征》，我虽不才敢不追循？贵贱贫富不可预知，修身守道以待时运。命运对谁都一样，不管愚笨和聪明。用恭谨的态度等待命运，吉凶祸福由天裁定。恭敬谨慎不敢怠惰，谦虚慎微克制自我。清心寡欲无他奢望，学习公绰的美德。

（魏淑琴译注并修订）

西征赋一首

潘安仁

题解

本篇是史诗般的大赋。作者用政治家和诗人的双重目光观察西周至秦汉的历史,对重要史实和人物予以鲜明的评价。

西晋统治集团存在着激烈的权利之争。潘岳曾依附杨皇后和太傅杨骏,在杨骏府上做过主簿。公元二九一年惠帝继位,惠帝妻贾皇后杀杨骏,逼死杨皇后(其时已为太后),并株连杨氏党徒数千人。潘岳因当时不在宫中,得以幸免,后遇赦,出为长安县令。此赋即是记载公元二九二年,潘岳从京都奔赴长安途中所见。

但本篇写法不同于一般游记。作者每到一处便追踪历史上曾发生过的事迹和各类人物,展现出自商周到西晋近千年的历史画卷,不过作者并不是呆板地从古至今铺叙历史,而是以抒情笔墨,根据行走到达的地点,抚今追昔,浮想联翩。其中对汉代的历史用笔较多。作者每赋一人一事,必加褒贬,极力颂扬秦穆公、蔺相如、汉高祖、汉光武、魏武帝等有所作为的人,贬斥项羽、王莽、董卓,李傕、郭汜、韩遂、马超等包藏祸心、鲁莽灭裂的行为。更难能可贵的是对汉元帝、秦王子婴等采取分析的态度,既指出其善言懿行,也指出其昏愦庸碌的一面。

潘岳是晋初著名诗人。他的诗歌与陆机齐名,与其侄潘尼并称“二潘”。他的赋类似诗,感情色彩浓郁。本篇抒写自己身世遭遇一段声情并茂,颇为感人。“危素卵之累壳,甚玄燕之巢幕。心战惧以竞悚,如临深而履薄。”惶恐战惧之情,真切动人,写到西征路上劳累困顿，丧失小儿时的词句："夭赤子于新安，坎路侧而瘗之。亭有千秋之号，子无七旬之期。"更催人泪下，辛酸凄楚之情动人心魄。

潘岳很有才气，赋词更文采华艳，人称"潘文烂若披锦"。在此篇中，表现出他很善于将历史掌故化作简练的文学语言，用典较多，但并不晦涩，令人感到清新明快。特别是针对不同的内容，采用不同的语调，富于变化，表现出崭新的风格特点，突破了汉大赋的一些陈规，对后代赋体的创作有一定的影响。

但文中拖沓、枝蔓之处也不少，冲淡了主题。文字显得过于冗长。

原文

岁次玄枵，月旅蕤宾，丙丁统日，乙未御辰[1]。潘子凭轼西征[2]，自京徂秦[3]。乃喟然叹曰：古往今来，邈矣悠哉！寥廓惚恍，化一气而甄三才[4]。此三才者，天地人道。唯生与位，谓之大宝[5]。生有修短之命，位有通塞之遇。鬼神莫能要，圣智弗能豫[6]。当休萌之盛世[7]，托菲薄之陋质[8]。纳旌弓于铉台[9]，赞庶绩于帝室[10]。嗟鄙夫之常累，固既得而患失。无柳季之直道[11]，佐士师而一黜。

武皇忽其升遐[12]，八音遏于四海[13]。天子寝于谅闇[14]，百官听于冢宰[15]。彼负荷之殊重，虽伊周其犹殆[16]。窥七贵于汉庭[17]，诪一姓之或在[18]？无危明以安位[19]，秖居逼以示专。陷乱逆以受戮[20]，匪祸降之自天。孔随时以行藏[21]，蘧与国而舒卷[22]。苟蔽微以缪章[23]，患过辟之未远[24]。悟山潜之逸士[25]，卓长往而不反。陋吾人之拘挛[26]，飘萍浮而蓬转。寮位儡其隆替[27]，名节漼以隳落[28]。危素卵之累壳，甚玄燕之巢幕[29]。心战惧以兢悚，如临深而履薄[30]。夕获归于都外，宵未中而难作[31]。匪择木以栖集，鲜林焚而鸟存[32]，遭千载之嘉会[33]，皇合德于乾坤。弛秋霜之严威，流春泽之渥恩[34]。甄大义以明责[35]，反初服于私门[36]。皇鉴揆余之忠诚[37]，俄命余以末班。牧疲人于西夏[38]，携老幼而入关。丘去鲁而顾叹[39]，季过沛而涕零[40]。伊故乡之可怀，疚圣达之幽情[41]。矧匹夫之安土[42]，邈投身于镐京[43]。犹犬马之恋主，窃讬慕于阙庭[44]。眷巩洛而掩涕[45]，思缠绵于坟茔。

尔乃越平乐[46]，过街邮[47]；秣马皋门[48]，税驾西周[49]。远矣姬德[50]，兴自高辛[51]。思文后稷[52]，厥初生民[53]。率西水浒[54]，化流岐豳[55]。祚隆昌发[56]，旧邦惟新。旋牧野而历兹[57]，愈守柔以执竞[58]。夜申旦而不寐，忧天保之未定[59]。惟泰山其犹危，祀八百而余庆。鉴亡王之骄淫[60]，窜南巢以投命[61]。坐积薪以待然，方指日而比盛[62]。人度量之乖舛[63]，何相越之辽迥[64]。

考土中于斯邑[65]，成建都而营筑[66]，既定鼎于郏鄏[67]，遂钻龟而启繇[68]。平失道而来迁[69]，緊二国而是祐[70]。岂时王之无僻，赖先哲以长懋[71]。望圉北之两门[72]，感虢郑之纳惠[73]。讨子颓之乐祸[74]，尤阙西之效戾[75]。重戮带以定襄[76]，弘大顺以霸世[77]。灵壅川以止斗[78]，晋演义以献说[79]。咨景悼以迄丐[80]，政凌迟而弥季[81]。俾庶朝之构逆[82]，历两王而干位。逾十叶以逮赧[83]，邦分崩而为二，竟横噬于虎口[84]，输文武之神器[85]。

澡孝水而濯缨[86]，嘉美名之在兹。夭赤子于新安[87]，坎路侧而瘗之[88]。亭有千秋之号[89]，子无七旬之期[90]。虽勉励于延吴[91]，实潜恸乎余慈。眄山川以怀古，怅揽辔于中涂。虐项氏之肆暴，坑降卒之无辜[92]。激秦人以归德,成刘后之来苏[93]。事回泬而好还[94],卒宗灭而身屠。

经渑池而长想[95],停余车而不进。秦虎狼之强国。赵侵弱之余烬,超入险而高会[96],杖命世之英蔺[97]。耻东瑟之偏鼓,提西缶而接刃。辱十城之虚寿,奄咸阳以取俊[98]。出申威于河外[99],何猛气之咆勃[100];入屈节于廉公[101],若四体之无骨。处智勇之渊伟[102],方鄙吝之忿悁[103],虽改日而易岁[104],无等级以寄言。

当光武之蒙尘[105],致王诛于赤眉[106]。异奉辞以伐罪[107],初垂翅于回谿[108]。不尤眚以掩德[109],终奋翼而高挥[110]。建佐命之元勋[111],振皇纲而更维。

登崤坂之威夷[112],仰崇岭之嵯峨,皋记坟于南陵[113],文违风于北阿[114]。蹇哭孟以审败[115],襄墨缞以授戈[116]。曾只轮之不反,缧三帅以济河。值庸主之矜愎,殆肆叔于朝市[117]。任好绰其余裕[118],独引过以归己。明三败而不黜,卒陵晋以雪耻;岂虚名之可立,良致霸其有以。

降曲崤而怜虢[119],托与国于亡虞[120]。贪诱赂以卖邻,不及腊而就拘。垂棘反于故府,屈产服于晋舆。德不建而民无援,仲雍之祀忽诸[121]。

我徂安阳[122],言陟陕郛[123],行乎漫渎之口,憩乎曹阳之墟[124]。美哉邈乎,兹土之旧也!固乃周邵之所分,二南之所交[125]。《麟趾》信于《关雎》[126],《驺虞》应乎《鹊巢》[127]。

愍汉氏之剥乱[128],朝流亡以离析。卓滔天以大涤[129],劫宫庙而迁迹[130]。俾万乘之盛尊,降遥思于征役。顾请旋于傕汜[131],既获许而中惕[132]。追皇驾而骤战[133],望玉辂而纵镝[134]。痛百寮之勤王,咸毕力以致死。分身首于锋刃，洞胸腋以流矢。有褰裳以投岸，或攘袂以赴水[135]。伤桴楫之褊小[136]，撮舟中而掬指。

升曲沃而惆怅[137]，惜兆乱而兄替[138]。枝末大而本披，都偶国而祸结[139]。臧札飘其高厉[140]，委曹吴而成节。何庄武之无耻[141]，徒利开而义闭。

蹑函谷之重阻，看天险之衿带[142]，迹诸侯之勇怯，筭嬴氏之利害[143]。或开关以延敌，竞遁逃以奔窜。有噤门而莫启[144]，不窥兵于山外[145]。连鸡互而不栖[146]，小国合而成大。岂地势之安危，信人事之否泰[147]？

汉六叶而拓畿[148]，县弘农而远关[149]。厌紫极之闲敞[150]，甘微行以游盘。长傲宾于柏谷[151]，妻睹貌而献餐。畴匹妇其已泰[152]，胡厥夫之缪官[153]！昔明王之巡幸，固清道而后往。惧衔橛之或变[154]，峻徒御以诛赏。彼白龙之鱼服[155]，挂豫且之密网。轻帝重于天下[156]，奚斯渐之可长？

吊戾园于湖邑[157]，谅遭世之巫蛊[158]。探隐伏于难明，委谗贼之赵虏[159]。加显戮于储贰[160]，绝肌肤而不顾[161]。作归来之悲台，徒望思其何补[162]？

纷吾既迈此全节[163]，又继之以盘桓。问休牛之故林，感征名于桃园[164]。发阌乡而警策[165]，愬黄巷以济潼[166]，眺华岳之阴崖[167]，觌高掌之遗踪[168]。忆江使之反璧，告亡期于祖龙[169]。不语怪以征异，我闻之于孔公[170]。

愠韩马之大憝[171]，阻关谷以称乱。魏武赫以霆震[172]，奉义辞以伐叛[173]。彼虽众其焉用？故制胜于庙筭[174]。砰扬桴以振尘[175]，缅瓦解而冰泮[176]。超遂遁而奔狄[177]，甲卒化为京观[178]。倦狭路之迫隘，轨崎岖以低仰。蹈秦郊而始辟，豁爽垲以宏壮[179]。黄壤千里，沃野弥望。华实纷敷，桑麻条畅。邪界褒斜[180]，右滨汧陇[181]。宝鸡前鸣[182]，甘泉后涌。面终南而背云阳[183]，跨平原而连嶓冢[184]。九嵕巀嶭[185]，太一巃嵸[186]。吐清风之飂戾[187]，纳归云之郁蓊[188]。南有玄灞素浐[189]，汤井温谷[190]。北有清渭浊泾[191]，兰池周曲[192]。浸决郑白之渠[193]，漕引淮海之粟。林茂有鄠之竹[194]，山挺蓝田之玉[195]。班述陆海珍藏[196]，张叙神皋隩区[197]。此西宾所以言于东主[198]，安处所以听于凭虚也[199]。可不谓然乎？

劲松彰于岁寒，贞臣见于国危。入郑都而抵掌，义桓友之忠规[200]。竭股肱于昏主，赴涂炭而不移。世善职于司徒，缁衣弊而改为[201]。

履犬戎之侵地，疾幽后之诡惑[202]；举伪烽以沮众[203]，淫嬖褒以纵慝[204]。军败戏水之上[205]，身死骊山之北。赫赫宗周，灭为亡国。又有继于此者，异哉秦始皇之为君也。倾天下以厚葬，自开辟而未闻。匠人劳而弗图，俾生埋以报勤。外罹西楚之祸[206]，内受牧竖之焚[207]。语曰：行无礼必自及[208]，此非其効与？乾坤以有亲可久，君子以厚德载物[209]。观夫汉高之兴也，非徒聪明神武，豁达大度而已也。乃实慎终追旧[210]，笃诚款爱；泽靡不渐，恩无不逮。率土且弗遗[211]，而况于邻里乎？况于卿士乎？于斯时也，乃摹写旧丰，制造新邑[212]。故社易置，枌榆迁立[213]。街衢如一，庭宇相袭。浑鸡犬而乱放，各识家而竞入。籍含怒于鸿门[214]，沛跼蹐而来王[215]。范谋害而弗许[216]，阴授剑以约庄[217]，擀白刃以万舞[218]，危冬叶之待霜。履虎尾而不噬，寔要伯于子房[219]。樊抗愤以卮酒[220]，咀彘肩以激扬[221]。

忽蛇变而龙摅,雄霸上而高骧[222]。曾迁怒而横撞,碎玉斗其何伤[223]?

婴罥组于轵途[224],投素车而肉袒[225]。踈饮饯于东都[226],畏极位之盛满。金墉郁其万雉[227],峻崿峭以绳直[228]。戾饮马之阳桥[229],践宣平之清阈[230]。都中杂遝[231],户千人亿。华夷士女,骈田逼侧[232]。展名京之初仪,即新馆而莅职。励疲钝以临朝[233],勖自强而不息[234],于是孟秋爰谢[235],听览余日,巡省农功,周行庐室。街里萧条,邑居散逸。营宇寺署[236],肆廛管库[237],蕞芮于城隅者[238],百不处一。所谓尚冠修成,黄棘宣明,建阳昌阴,北焕南平[239],皆夷漫涤荡[240]。亡其处而有其名。尔乃阶长乐[241],登未央,泛太液[242],凌建章[243];萦驱娑而款骀荡,辗枍诣而轹承光[244]。徘徊桂宫,惆怅柏梁[245]。鹭雉雊于台陂[246],狐兔窟于殿傍。何黍苗之离离[247],而余思之芒芒!洪钟顿于毁庙[248],乘风废而弗县[249]。禁省鞠为茂草[250],金狄迁于灞川[251]。

怀夫萧曹魏邴之相,辛李卫霍之将[252]。衔使则苏属国[253],震远则张博望[254]。教敷而彝伦叙[255],兵举而皇威畅。临危而智勇奋,投命而高节亮。暨乎秺侯之忠孝淳深[256],陆贾之优游宴喜[257]。长卿渊云之文[258],子长政骏之史[259];赵张三王之尹京[260],定国释之之听理[261]。汲长孺之正直[262],郑当时之推士[263]。终童山东之英妙[264],贾生洛阳之才子[265]。飞翠緌[266],拖鸣玉[267],以出入禁门者众矣。或被发左衽[268],奋迅泥滓[269];或从容傅会[270],望表知里。或著显绩而婴时戮[271];或有大才而无贵仕[272]。皆扬清风于上烈,垂令闻而不已[273]。想佩声之遗响,若铿锵之在耳。当音风恭显之任势也[274],乃熏灼四方[275],震耀都鄙[276]。而死之日,曾不得与夫十余公之徒隶齿[277]。才难,不其然乎[278]?

望渐台而扼腕,枭巨猾而余怒[279]。揖不疑于北阙[280],轼樗里于武库[281]。酒池鉴于商辛[282],追覆车而不寤。曲阳僭于白虎[283],化奢淫而无度。命有始而必终,孰长生而久视。武雄略其焉在?近惑文成而溺五利[284]。侔造化以制作[285],穷山海之奥秘。灵若翔于神岛[286],奔鲸浪而失水。爆鳞骼于漫沙[287],陨明月以双坠。擢仙掌以承露[288],干云汉而上至[289]。致邛蒟其奚难[290]?惟余欲而是恣。纵逸游于角觝[291],络甲乙以珠翠[292]。忍生民之减半,勒东岳以虚美[293]。超长怀以遐念,若循环之无赐[294]。较面朝之焕炳[295],次后庭之猗靡。壮当熊之忠勇[296],深辞辇之明智[297]。卫鬒发以光鉴[298],赵轻体之纤丽[299]。咸善立而声流,亦宠极而祸侈。

津便门以右转,究吾境之所暨[300]。掩细柳而抚剑[301],快孝文之命帅。周受命以忘身,明戎政之果毅[302]。距华盖于垒和[303],案乘舆之尊辔。肃天威之临颜,率军礼以长揖[304]。轻棘霸之儿戏[305],重条侯之倨贵[306]。

索杜邮其焉在[307]?云孝里之前号,惘辍驾而容与,哀武安以兴悼[308]。争伐赵以徇国,定庙筭之胜负。扞矢言而不纳[309],反推怨以归咎。未十里于迁路,寻赐剑以刎首。嗟主闇而臣嫉,祸于何而不有?

窥秦墟于渭城[310],冀阙缅其堙尽[311]。觅陛殿之余基,裁岐岠以隐嶙[312]。想赵使之抱璧,浏睨楹以抗愤[313]。燕图穷而荆发,纷绝袖而自引[314]。筑声厉而高奋,狙潜铅以脱膑[315]。据天位其若兹，亦狼狈而可愍[316]。简良人以自辅[317]，谓斯忠而鞅贤，寄苛制于捐灰，矫扶苏于朔边[318]。儒林填于坑阱，诗书炀而为烟[319]。国灭亡以断后，身刑轘以启前。商法焉得以宿，黄犬何可复牵[320]。野蒲变而成脯，苑鹿化以为马[321]。假谗逆以天权[322]，钳众口而寄坐。兵在颈而顾问，何不早而告我？愿黔黎其谁听，惟请死而获可[323]。

健子婴之果决，敢讨贼以纾祸[324]。势土崩而莫振，作降王于路左[325]。萧收图以相刘，料险易与众寡[326]。羽天与而弗取，冠沐猴而纵火[327]。贯三光而洞九泉，曾未足以喻其高下也[328]。

感市间之菆井，叹尸韩之旧处[329]。丞属号而守阙，人百身以纳赎[330]。岂生命之易投，诚惠爱之洽著。讦望之以求直[331]，亦余心之所恶。思夫人之政术，实干时之良具。苟明法以释憾，不爱才以成务。弘大钵以高贵，非所望于萧傅[332]。

造长山前慷慨[333]，伟龙颜之英主。胸中豁其洞开[334]，群善凑而必举[335]。存威格乎天区[336]，亡坟掘而莫御。临搸坎而累抃[337]，步毁垣以延伫[338]。

越安陵而无讥[339]，谅惠声之寂寞[340]。吊爰丝之正义，伏梁剑于东郭[341]。讯景皇于阳丘[342]，奚信谮而矜谑[343]？陨吴嗣于局下，盖发怒于一博[344]。成七国之称乱，翻助逆以诛错[345]。恨过听而无讨[346]，兹沮善前劝恶。

咎孝元于渭茔[347]，执奄尹以明贬[348]。褒夫君之善行，废园邑以崇俭[349]。过延门而责成[350]，忠何辜而为戮？陷社稷之王章，俾幽死而莫鞠[351]。忲淫嬖之匈忍[352]，勦皇统之孕育,张舅氏之奸渐,贻汉宗以倾覆[353]。

刺哀主于义域[354],僭天爵于高安[355]。欲法尧而承羞[356],永终古而不刊[357]。瞰康园之孤坟[358],悲平后之专絜[359]。殃厥父之篡逆,蒙汉耻而不雪。激义诚而引决,赴丹熘以明节,投宫火而焦糜[360],从灰熛而俱灭[361]。

鹜横桥而旋轸[362],历敝邑之南垂[363]。门磁石而梁木兰兮[364],构阿房之屈奇[365]。疏南山以表阙[366],倬樊川以激池[367]。役鬼佣其犹否,矧人力之所为?工徒斫而未息[368],义兵纷以交驰。宗祧污而为沼[369],岂斯宇之独隳[370]?由伪新之九庙[371],夸宗虞而祖黄[372]。驱吁嗟而妖临[373],搜佞哀以拜郎。诵六艺以饰奸[374],焚诗书而面墙。心不则于德义,虽异术而同亡。

宗孝宣于乐游[375],绍衰绪以中兴。不获事于敬养,尽加隆于园陵[376]。兆惟奉明[377],邑号千人[378]。讯诸故老,造自帝询[379]。隐王母之非命[380],纵声乐以娱神。虽靡率于旧典[381],亦观过而知仁[382]。

凭高望之阳隈[383],体川陆之污隆[384]。开襟乎清暑之馆[385],游目乎五柞之宫。交渠引漕[386],激湍生风,乃有昆明池乎其中[387]。其池则汤汤汗汗[388],滉瀁弥漫[389],浩如何汉。日月丽天,出入乎东西。旦似汤谷[390],夕类虞渊[391]。昔豫章之名宇[392],披玄流而特起[393]。仪景星于天汉[394],列牛女以双峙[395]。图万载而不倾,奄摧落于十纪[396]。擢百寻之层观[397],今数仞之余趾[398],振鹭于飞[399],凫跃鸿渐[400]。乘云颉颃[401],随波澹淡[402]。瀺灂惊波[403]。唼喋蔆芡[404]。华莲烂于渌沼[405],青蕃蔚乎翠潋[406]。

伊兹池之肇穿[407]，肆水战于荒服[408]。志勤远以极武，良无要于后福[409]。而菜蔬芼实[410]，水物惟错[411]，乃有赡乎原陆[412]。在皇代而物土[413]，故毁之而又复。凡厥寮司[414]，既富而教[415]。咸帅贫惰[416]，同整楫棹[417]。收罟课获[418]，引缴举效[419]。鳏夫有室[420]，愁民以乐。徒观其鼓枻回轮[421]，洒钓投罔[422]，垂饵出入，挺叉来往[423]。纤经连白[424]，鸣根厉响[425]。贯鳃骂尾[426]，掣三牵两[427]。于是弛青鲲于网钜[428]，解赪鲤于粘徽[429]。华鲂跃鳞[430]，素鲔扬鬐[431]。雍人缕切[432]，鸾刀若飞[433]，应刃落俎[434]，靃靃霏霏[435]。红鲜纷其初载[436]，宾旅竦而迟御[437]。既餐服以属厌[438]，泊恬静以无欲。回小人之腹，为君子之虑[439]。

尔乃端策拂茵[440]，弹冠振衣[441]，徘徊酆镐，如渴如饥。心翘懃以仰止[442]，不加敬而自祗。岂三圣之敢梦[443]，窃十乱之或希[444]？经始灵台[445]，成之不日，惟酆及鄗，仍京其室；庶人子来[446]，神降之吉。积德延祚，莫二其一[447]。永惟此邦[448]，云谁之识？越可略闻[449]，而难臻其极。子赢锄以借父，训秦法而著色[450]。耕让畔以闲田，沾姬化而生棘[451]。苏张喜而诈骋[452]，虞芮愧而讼息[453]。由此观之，土无常俗，而教有定式。上之迁下，均之埏埴[454]。五方杂会[455]，风流溷淆[456]，惰农好利，不昏作劳。密迩猃狁[457]，戎马生郊[458]。而制者必割[459]，实存操刀。人之升降，与政隆替，杖信则莫不用情[460]，无欲则赏之不窃。虽智弗能理，明弗能察，信此心也，庶免夫戾。如其礼乐，以俟来哲[461]。

注释

〔1〕岁:岁星,即木星。古代有岁星纪年法,即以木星运行周期来纪年。古人认为木星十二年(实际是11.8622年)绕日运行一周天。于是把周天分为十二份,称十二次。十二次的名称是:星纪、玄枵、娵訾、降娄、大梁、实沈、鹑首、鹑火、鹑尾、寿星、大火、析木。木星运行到玄枵,就称“岁在玄枵”。　玄枵(xiāo消):本是星宿名,在岁星纪年法中,用做位次。《尔雅·释天》:“玄枵,虚也。”注云:“虚在正北,北方色黑。枵之言耗,耗亦虚意。”　蕤(ruí绥)宾:十二律之一。这是以十二乐律配月,蕤宾配五月。统、御:主。

〔2〕潘子:作者自谓。　轼:车前横木。

〔3〕京:指晋朝京城洛阳。　徂:往。　秦:指战国时代秦国所居之地,今之陕西、甘肃一带。作者被遣派做长安县令,故云“徂秦”。

〔4〕一气:道家所指的构成天地万物最原始的物质。　甄:本意作瓦器,这里有创造、造成的意思。　三才:天、地、人。

〔5〕生:指寿命。　位:指禄位。　大宝:极贵重的宝物。

〔6〕要(yāo腰):相约。　豫:预测。

〔7〕休明:美善圣明。

〔8〕陋质:孤陋浅薄之才。此处是作者自谦,说自己没有才干。

〔9〕旌弓:旌旗与弓矢,均是招聘贤才的象征物。　铉台:指宰相府。《周易·鼎》:“鼎黄耳金铉。”　疏:“铉,所以贯鼎而举之也。”即扛鼎之物,引申为辅佐之意。潘岳曾受过宰相的招聘,所以说将旌弓交还铉台。

〔10〕庶绩:各种事功。

〔11〕柳季:即春秋时鲁大夫柳下惠。原名展禽,字季,因食邑柳下,谥惠,故称柳下惠。任士师,三次被黜。潘岳引此典故,意思是自己还不如柳下惠正直,所以做法官只被黜退过一次。　士师:周代执法之官。

〔12〕武皇:指晋武帝司马炎。炎字世安,死谥“武”。　升遐:飞升到远方,讳言其死。

〔13〕八音:金、石、丝、竹、匏、土、革、木制成的八种乐器。这里指各种音响。

〔14〕天子:指晋惠帝司马衷。　谅闇(àn暗):皇帝居丧的地方,也作“亮阴”、“梁闇”、“凉阴”。

〔15〕冢宰:相当于首相。语出《尚书·伊训》:“百官总己,以听于冢宰。”这

里指太傅杨骏,晋惠帝即位初年,由他摄政。

〔16〕伊周:伊尹和周公。伊尹为商汤的相,汤死后,伊尹受命辅佐其孙太甲,后来他们之间发生冲突,周公受命辅佐成王,也曾遭到谤毁。

〔17〕七贵:指西汉七家外戚,即吕、霍、上官、丁、赵、傅、王七姓,后皆因权重而受诛,无一姓幸存。

〔18〕诪(chóu 愁):谁。

〔19〕危明:居安思危的明智。

〔20〕受戮:指杨骏被惠帝的皇后贾氏所杀。

〔21〕孔:指孔丘。《论语·述而》子谓颜渊曰:“用之则行,舍之则藏,惟我与尔有是夫!”

〔22〕蘧(jù 巨):指春秋时蘧伯玉。《论语·卫灵公》:“子曰:君子哉,蘧伯玉!邦有道,则仕;邦无道,则可卷而怀之。”

〔23〕蔽微:不能觉察隐微之事。　缪章:把明显的东西都看错了。缪,通“谬。”

〔24〕过辟:罪过。

〔25〕山潜:隐居在山中。

〔26〕拘挛:拘束。

〔27〕寮位:官位。寮,通、僚。　傿:崩溃的样子。　隆替:盛衰。

〔28〕漼(cuī 摧):破坏。　隳(huī 灰):毁坏。

〔29〕玄燕巢幕:燕子在帐幕上筑巢,比喻危险。

〔30〕临深履薄:形容危惧,语出《诗经·小雅·小旻》:“战战兢兢,如临深渊,如履薄冰。”

〔31〕难(nàn)作:事变发生。据《晋书》本传,潘岳在政变发生的这一夜,正在郊外,所以得到幸免。

〔32〕鲜:少有。

〔33〕嘉会:宾主宴会。

〔34〕渥(wò 握)恩:沾润恩惠。

〔35〕甄:表明。

〔36〕初服:平民本来的衣服,指被罢官。

〔37〕鉴揆(kuí 葵):鉴察。揆,揆度,揣测。

〔38〕西夏:指中国西部。潘岳被派遣做长安县令。

〔39〕丘：孔丘。 《韩诗外传》：孔子离开鲁国，恋恋不舍，反复顾叹。

〔40〕季：刘邦。据《汉书·高帝纪》，刘邦晚年回故乡，慷慨伤怀，泣下数行，并说："游子悲故乡……。"

〔41〕疚：伤痛。

〔42〕矧（shěn 审）：况且。

〔43〕镐京：长安。

〔44〕阙庭：帝王的宫庭。

〔45〕巩：河南巩县。 洛：洛阳。作者的祖坟在这一带。

〔46〕平乐：宫名。

〔47〕街邮：古地名。据《水经注》云："梓泽西有一原古旧亭处，即街邮也。"

〔48〕秣：饲。皋门：周朝故门。一说是石桥名。

〔49〕税驾：停车。西周：指周末周考王弟弟揭建立的小国，称河南公，亦称西周君，国境离洛阳不远。

〔50〕姬：周王室为姬姓。

〔51〕高辛：上古帝喾之号。黄帝之曾孙，尧之父。

〔52〕后稷：周的始祖，为帝喾与姜源所生。"思文后稷"，语出《诗·周颂·思文》："思文后稷，克配彼天。"

〔53〕厥初生民：语出《诗·大雅·生民》："厥初生民，时维姜源。"生民指后稷，为姜源所生。

〔54〕率：沿着。 水浒：水边。

〔55〕岐：岐山。在今陕西岐山县东北。山状如柱，故又称天柱山。相传周文王的祖父古公亶父自豳来此建邑。 豳（bīn 宾）：古地名，在今陕西旬邑县。

〔56〕昌：周文王名。 发：周武王名。

〔57〕旋：归。 牧野：武王伐纣的战场。

〔58〕守柔：恪守柔道，指以仁义教化治国。 执竞：保持强盛。

〔59〕申旦：直到天亮。 天保：天所赐给的禄位。据说，武王未平定天下时，昼夜不寐，周公问："曷为不寐？"武王回答："我未定天保，何暇寐也！"

〔60〕亡王：指夏桀。

〔61〕南巢：商汤放逐夏桀的地方。

〔62〕指日比盛：夏桀曾以日自比，"天之有日，犹吾之有人。日有亡哉？日亡吾亦亡！"

〔63〕人:指夏桀与武王。 乖舛(chuǎn 喘):不齐。

〔64〕辽迥:遥远。

〔65〕土中:四方之中。 斯邑:指洛阳。

〔66〕成:周成王。成王始营建都城于洛阳。

〔67〕定鼎:将传国宝鼎安置在都城。后世便用做开国建都的代用语。 郏鄏(jiá rǔ 夹辱):周之洛邑,春秋时称为王城。

〔68〕钻龟:占卜。古人占卜用龟壳,在上面钻孔,然后放火上炙烤。 繇(zhòu 胄):占卜辞。

〔69〕平:指周平王。周平王时因势衰败,从镐京迁到洛阳。

〔70〕繄(yī 伊):发语词。 二国:指晋、郑。 祐:同"佑"。周王朝危而复安,是由于晋、郑等同姓诸侯的支持。

〔71〕懋:同"茂",隆。

〔72〕圉(yǔ 语)北:周王朝的城门。

〔73〕惠:周惠王。周惠王被逐,郑伯和虢伯拥戴惠王,分别从两城门攻进王城。

〔74〕子颓:周庄王的庶子,一度被立为王,享王大夫乐及遍舞,后被惠王联合郑、虢击败。

〔75〕尤:谴责。郑伯拥立惠王复辟有功,在阙西享乐,亦受到谴责。 效戾:效尤。戾,罪恶。

〔76〕重(chóng 虫):指晋文公重耳。 带:指周襄王的庶弟,太叔带。 襄:周襄王。太叔带叛乱,襄王出奔,晋文公平定了叛乱,襄王得以定位。

〔77〕弘:广。

〔78〕灵:指周灵王。

〔79〕晋:太子晋。周灵二十二年,穀、洛二水会合,将要毁坏王宫。灵王要筑堤壅塞,太子晋认为这是上天暗示的征兆,只能改进政事,不可堵塞水流。

〔80〕景:指周景王。 悼:指王子猛,景王之子,是敬王的同母兄弟,即位不久即死。 丐:指敬王,景王子。

〔81〕凌迟:逐步而下。 弥季:渐渐衰败。

〔82〕庶朝:指周景王的庶子王子朝。王子朝曾与嫡子子猛、丐争位,一度为王。

〔83〕十叶:十代。 赧(nǎn):指周赧王,周王朝最后一代,国土已经很小,

还分成两部分。

〔84〕虎口:指秦国。

〔85〕文武:文王和武王。　神器:指玉玺,比喻帝位。

〔86〕孝水:水名,在洛阳西。　濯缨:清洗冠缨。语出《孟子·离娄上》:“沧浪之水清兮,可以濯我缨。”

〔87〕赤子:婴孩,指作者自己的小儿子。　新安:今属河南。

〔88〕坎:挖坑。　瘗(yì 义):埋葬。

〔89〕千秋:千秋亭,洛阳通往长安的路上有千秋亭。

〔90〕七旬:七十天。据说他儿子只有两个多月便死了。

〔91〕延:指春秋时的延陵季子,即吴国的季札。他到齐国去,在返回的路上,长子死了,就浅埋在路边。吴,指魏人东门吴。他的儿子死了,却不表示伤心,人问其故,回答说:“过去没有儿子,也不难过。现在儿子死了,和过去没有儿子相同,何必难过呢?”

〔92〕坑:埋。项羽俘获秦军二十万,杀掉以后,埋在新安城南。

〔93〕刘后:指汉高帝刘邦。古人称天子为后。　来苏:好的君主来,可以使百姓苏息。语出《尚书·仲虺之诰》:“后来其苏。”注云:“汤所往之民皆喜曰,待我君来,其可苏息。”

〔94〕回泬(jué 决):同“迴遹”,邪僻。这句连下句,暗指项羽做尽邪僻之事,终于自食其果,最后惨败于乌江,自杀身亡。

〔95〕渑池:水名,今属河南。

〔96〕超:元。　高会:大宴会,此指秦王约赵王相会于渑池。秦国怀有阴谋,对赵国说来是很危险的。

〔97〕命世:著名于当世。　英蔺:盖世英才蔺相知。渑池之会,全仗蔺相如大义凛然的举动,赵王才安然无恙地回到赵国。

〔98〕东:指赵。　西:指秦。　缶(fǒu 否):瓦制的乐器。　奄:覆盖,包括。　取俊:自取雄俊。以上四句见于《史记·廉颇蔺相如列传》:赵王与秦王在渑池相会时,秦王无礼地提出:“请赵王奏瑟。”赵王鼓瑟以后,蔺相如请秦王奏缶。秦王怒,不肯。相如说:“那我就要拿颈血溅大王了!”秦王左右欲杀相如,相如叱之,秦王不得已为之击缶。又秦国使臣请赵王用十五座城为秦王祝寿,相如便提出用秦国国都咸阳为赵王祝寿。秦王始终未能加胜于赵国。

〔99〕河外:指渑池。

[100]咆勃:忿怒的样子。这里指蔺相如在秦王面前的表现。

[101]廉公:赵国老将廉颇。廉颇仗恃有战功,不甘心位居蔺相如之下,扬言要羞辱他,蔺相如顾全大局,却一再忍让。最后感动了廉颇,向他负荆请罪,二人结成生死之交。

[102]渊伟:深沉而伟大。指蔺相如。

[103]鄙吝:浅俗,计较个人得失,指廉颇。　忿悁(juàn 倦):怨怒,忿恨,"忿"和"悁"同义。

[104]改日:一天。　易岁:一年。

[105]光武:指汉光武帝刘秀。　蒙尘:蒙被尘土。多以喻帝王流亡或失败,遭受垢辱。

[106]赤眉:指西汉末年赤眉起义军。

[107]异:冯异。汉光武所任的征西将军。　奉辞伐罪:奉正辞讨有罪。语出《尚书·大禹谟》。

[108]垂翅:鸟翅垂下不能高飞,比喻人受挫折。　回谿:回谿阪,后俗称回坑。在今河南洛宁东北。冯异被赤眉击败,逃至此处。后来转败为胜,大破赤眉军于崤底。光武以玺出劳异曰:"始虽垂翅回谿,终能奋翼渑池,可谓失之东隅,收之桑榆。"

[109]尤:责怪,归咎。　眚(shěng 省):过失。

[110]挥:通"翚",飞。

[111]佐命:帝王建立王朝,均自谓承受天命,故辅佐之臣称为"佐命"。

[112]崤:崤山,又名嵚崟山。在河南洛宁县北,西北接陕县界,东接渑池县界。坂:同"阪",山坡。　威夷:即"逶迤",弯曲而延续不断的样子。

[113]皋:夏朝一个君主名字,即《佐传·僖公三十二年》所说"夏后皋",其坟墓在崤山的南陵。　记:五臣注本作"托"。托坟,即依山建坟。

[114]文:指周文王。据说崤山北陵有周文王避过风雨的地方。

[115]蹇:指秦国老臣蹇叔。　孟:指秦将孟明。公元前 628 年秦军要远征郑国,蹇叔劝谏无效,哭着为孟明等率领的秦师送行,预言这次出行必遭惨败。后果如其言。此即"蹇叔哭师"的故事,见《左传·僖公三十二年》。

[116]襄:晋襄公。　墨缞(cuī 崔):丧服。当时晋文公刚死,其子襄公还穿着丧服,听说秦军远征郑国,便集合军队迎击。结果大败秦军,使其全军覆没,匹马只轮不得回还,孟明等三个将领也被俘获,被押解渡河到晋国。

〔117〕叔:指蹇叔。　朝市:古时杀人均在朝市。

〔118〕任好:秦穆公名。

〔119〕曲崤:地名,在春秋时属虢国。　虢(guó 国):国名,这里指北虢,主要地域在今山西平陆南。

〔120〕虞:国名,在今山西平陆北。这里引的是《左传·僖公五年》"宫之奇谏假道"的故事。晋国荀息以屈产的良马和垂棘的美玉贿赂虞公,请求借道伐虢。虢公丑逃奔到虞,晋国又趁机灭虞。在晋国借道时,宫之奇曾以唇亡齿寒的道理劝谏虞公。虞公不听,他便说虞国等不到年终腊祭。就会被灭亡。后果如其言。据《谷梁传》载,晋灭虞以后,荀息牵着良马,捧着美玉得意地说:"美玉还是原样,只是马齿大了一些。"

〔121〕仲雍:虞国的祖先。　祀:宗庙祭祀。忽诸,忽然断绝。语出《左传·文公五年》:"臧文仲闻六与蓼灭,曰:'皋陶、庭坚不祀忽诸。德之不建,人之无援,哀哉!'"

〔122〕安阳:在今河南安阳市南。

〔123〕陕:河南陕县。　郛(fú 俘):外城。

〔124〕漫渎:漫涧和渎水,两条水名。《水经注》:槖水出槖山,北流出谷,谓之漫涧,与安阳溪水合流,再西经陕县故城又合一水,名渎水。　曹阳:在河南陕县西曹阳墟。

〔125〕周邵:周公邵公,周朝初年周邵(召)二公分掌政事,陕以东归周公,陕以西归召公,后成两个地名。　二南:《诗经·国风》下有《周南》、《召南》两组诗。

〔126〕《关雎》、《麟趾》:《诗经·周南》的首篇和末篇。

〔127〕《鹊巢》、《驺虞》:《诗经·召南》的首篇和末篇。

〔128〕剥:分裂。

〔129〕卓:即东汉末年的董卓。　大涤:冲洗。

〔130〕迁迹:指董卓逼迫汉帝放弃洛阳,迁都长安。

〔131〕傕汜:即李傕和郭汜,董卓的部下。傕,胡刻本作傕,据五臣本改。

〔132〕中惕:中途反悔。董卓被杀后,傕汜答应皇帝可以迁回洛阳,中途又变卦,将皇室和百官囚禁起来。

〔133〕骤战:指李傕等追赶皇帝,和护卫皇室的官军在曹阳一带大战。

〔134〕玉辂:皇帝的车。　镝:箭头。

〔135〕攘袂:捋起袖子。

〔136〕桴楫(jí 即):木筏和小船。

〔137〕曲沃:今山西闻喜县。春秋时属晋国。

〔138〕兄替:指晋太子仇被其弟成师废掉之事。仇是长兄,立为太子。成师,是弟弟。后来这一支强大起来,长兄的一支便灭亡了。在兄弟命名时已经预兆将会有祸乱发生。

〔139〕偶国:与国都大小相等。

〔140〕臧:指春秋时曹国的公子臧。　札:指春秋时吴国的季札。臧与札都是不肯与人争夺权位而外出远游的人。

〔141〕庄、武:春秋时晋国的庄伯和武公,两人都是成师的后代,由曲沃兴师,征服了仇的后代。

〔142〕衿(jīn 今)带:从衣服的部位比喻形势回互环绕的险要之地。衿,又作"襟",衣领的相交之处。

〔143〕嬴氏:秦王。秦国王室姓嬴。

〔144〕噤(jìn 近):紧闭。

〔145〕山外:殽山之外,指秦以东。

〔146〕连鸡:缚在一起的鸡。《战国策·秦策一》:"诸侯不可一,犹连鸡之不能俱栖。"比喻各国不能真正联合在一起。

〔147〕否泰:本是两上卦名,引申为好坏之意。

〔148〕六叶:六代。从汉初到汉武帝,如算上吕后,共六个帝王。

〔149〕弘农:弘农县。在今河南灵宝县西南。汉武帝迁函谷关于新安,以旧关地为弘农县。

〔150〕紫极:皇宫。

〔151〕长:亭长。　柏谷:地名。汉武帝曾微服出访,柏谷亭长未能识出,因而慢待。后投宿旅店,旅店主妇却见他相貌不凡,献出美餐招待了他。

〔152〕畴:酬谢。

〔153〕缪官:封官不合理。汉武帝为酬谢店主人,不仅给了一笔重金,还让她丈夫做了官。

〔154〕衔橛(jué 绝):马口所衔的横木。

〔155〕白龙:相传白龙化成鱼被豫且射中眼睛,后来人们常以此比喻皇帝被暗害。

〔156〕帝重:皇帝的威望。

〔157〕戾(lì 立)园:汉武帝太子戾的墓地。 湖邑:今河南阌乡附近。

〔158〕谅:推想。 巫蛊:咒人死的法术,武帝晚年多病,疑心有人用巫术咒他,派江充去密查。江充借机诬陷戾太子。结果戾太子被迫自杀。

〔159〕赵虏:指江充。他原是赵太子手下的人,因告密得到武帝的信任,戾太子曾骂他是"赵虏"。

〔160〕显戮:在市井公开杀戮,陈尸以示众。 储贰:皇位继承者。

〔161〕肌肤:骨肉之亲。

〔162〕望思:台名。武帝后来知道太子冤死,建造"归来望思之台"。筑"思子宫"、"望思台"。

〔163〕全节:地名。太子戾死处,在河南阌乡东。

〔164〕休牛:放牛。周武王灭商以后,放牛于桃林之野,表示不再用兵。桃园:即桃林,地名。在今河南灵宝以西。

〔165〕阌(wén 文)乡:汉属湖县,隶京兆尹,戾园即在此处。今并入河南灵宝县。 警策:扬鞭。

〔166〕愬(sù 塑):通"遡",趋向。 黄巷:黄巷坂。《述征记》:黄河出关以后向东北流,水侧有坂谓之黄巷坂。 潼:潼水。黄巷是潼水的渡口。均在今陕西。

〔167〕华岳:西岳华山。

〔168〕高掌:传说华山山石上有仙人的掌印。

〔169〕祖龙:指秦始皇。秦始皇南巡时,曾为祭祀江神投璧于水。后使者过华阴,有人持璧对使者说:"今年祖龙死。"使者欲详问,此人忽然离去。使者回朝禀告始皇。始皇令御府视璧,正是当年所投的璧玉。

〔170〕孔公:指孔丘。

〔171〕韩:韩遂。 马:马超。二者均为三国时西凉名将。 大憝(duì 队):恶,乱。

〔172〕魏武:指曹操。

〔173〕义辞:正当的理由。

〔174〕庙筭:由朝廷制定的谋略。

〔175〕砰:鼓声。 桴(fú 浮):鼓槌。

〔176〕𬙂(huà 画):破裂声。 泮(pàn 判):水融化。

〔177〕狄:西凉。马超被打败以后,逃回西凉。

〔178〕京观(guàn 灌):敌人的尸首堆成大坟。京,大。

〔179〕垲(kǎi 凯):高而干旱的土地。

〔180〕褒、斜:两山谷名。均在长安东南。

〔181〕汧(qiān 牵):水名。　陇:陇山。六盘山南段的别称。汧水、陇山均在长安西。

〔182〕宝鸡:即今陕西宝鸡。在长安南。相传此地是以有神鸡鸣叫得名的。

〔183〕终南:终南山,秦岭的主峰之一,在长安东南。　云阳:古县名,在长安北。

〔184〕嶓(bō 波)冢:山名,在陕西西部。

〔185〕九嵕(zōng 宗):山名,在陕西醴泉。　巀嶭(jié niè 截聂):山峰高峻的样子。

〔186〕太一:终南山的别名。　宠嵸(lóng zōng 龙宗):山势险要的样子。

〔187〕飂(liáo 辽)戾:风声。与"寥戾","潦洌"相同(从朱起凤说),有凄怆、强劲的含义。

〔188〕郁蓊(wěng):即"蓊郁",云气浓密聚结的样子。

〔189〕灞、浐:灞水和浐水,在长安南,相传一黑一白。

〔190〕汤井温谷:指骊山温泉。

〔191〕渭、泾:渭水和泾水,在长安北。相传一浊一清。《释文》谓渭清泾浊,一般认为泾清渭浊较合实际。《诗·谷风》:"泾以渭浊,湜湜其沚。"意即泾水因渭水注入而混浊。

〔192〕兰池、周曲:长安附近的池沼。

〔193〕郑、白:两条水渠名。

〔194〕鄠(hù 户):即今陕西户县。

〔195〕蓝田:即今陕西蓝田县。以产美玉著称。

〔196〕班:班固。

〔197〕神皋隩区:张衡《西京赋》中的语句。神皋,神州。隩,通"奥",地方美好的意思。

〔198〕西宾、东主:《西都赋》中假设的人物。

〔199〕安处、凭虚:《西京赋》中虚构的人物。

〔200〕桓友:春秋时郑桓公,名友,做过周幽王的司徒。曾忠心耿耿地规劝

过幽王。

〔201〕缁衣：春秋时郑武公任职时的衣服。《诗经·缁衣》："缁衣之宜兮，敝予之改为兮。"意思是衣服破了，我们可以再做一件。希望他长久任职。

〔202〕幽后：即周幽王。幽王宠爱褒姒，为博她的一笑，屡次用举烽为戏，各方诸侯急忙前来援救。后来犬戎果真入侵，诸侯谁也不来援救。结果幽王被杀死在骊山。

〔203〕沮：使人沮丧。

〔204〕慝（tè 特）：邪恶。

〔205〕戏水：在今陕西临潼附近。

〔206〕西楚：西楚霸王项羽。他进入关中，大肆烧掠秦国宫殿。

〔207〕牧竖之焚：据说牧童钻进骊山陵墓，点火寻羊，将坟墓内部烧毁。

〔208〕行无礼必自及：《左传·襄公四年》："君子曰：志所谓'多行无礼，必自及也'，其是之谓乎！"意思是：做事不合于礼，必遭到恶报。

〔209〕厚德载物：道德深厚，如土地能载万物。《周易·坤》："君子以厚德载物。"

〔210〕慎终：关心别人丧亡。　追旧：不忘旧情。

〔211〕率土：普天下。

〔212〕新邑：指新丰。汉高祖的家乡是沛郡丰邑。刘邦因其父想念家乡，便在长安附近建造一座新城，把家乡的店铺都移过来。

〔213〕枌榆：丰邑的社树。枌，白榆。

〔214〕籍：项羽名籍。　鸿门：在新丰附近。当年项羽设鸿门宴即在此处。

〔215〕沛：沛公，刘邦。　跼蹐：低头弯腰。

〔216〕范：范曾。

〔217〕庄：项庄。范曾多次劝项羽杀掉刘邦，项羽不肯。范曾便暗地命令项庄以舞剑为名刺杀刘邦。

〔218〕撛（lǐn 凛）：挺起。　万舞：以兵器为道具的舞蹈。

〔219〕伯：项伯。项羽的叔父。与刘邦的谋士张良友善。鸿门宴上，项庄欲杀刘邦，项伯也以舞剑为名，掩护刘邦。　子房：张良的字。

〔220〕樊：樊哙。　卮（zhī 知）：酒杯。

〔221〕彘肩：猪腿。樊哙为刘邦护卫。当项羽要暗害刘邦时，樊哙闯进帐中，怒目而视，项羽为缓和气氛，赐给他酒肉。

〔222〕蛇变:指刘邦自鸿门宴脱逃以后快要成为帝王了。　摅(shū 殊):伸展。　高骧:昂首。

〔223〕曾:范曾。　碎玉斗:刘邦献给项羽美玉,项羽接受了。又献玉斗给范曾,范曾恼怒地摔碎玉斗,说:“不久我们都会成为刘邦的俘虏!”

〔224〕婴:秦朝末代皇帝子婴。　罥(juàn 绢):系,挂。　轵涂:轵道,地名。在长安城外。

〔225〕素车:即素车白马,用于丧事。肉袒,脱去半边衣服。素车白马肉袒用以表示投降。

〔226〕疏(shū 书):指汉代疏广、疏受两叔侄。疏广官至太子太傅,疏受官至太了少傅,二人深恐官位太高会招致祸患,决意辞官回乡。临行时,满朝文武官员都到东都门外为他们饯行。　东都:指长安东门。

〔227〕金墉:城墙坚固,如同金铸。墉,城墙。　郁:积。　雉:古代城墙高三丈长一丈为一雉。

〔228〕嵃(yǎn 演):险峻。

〔229〕戾:至。　饮马:饮马桥,在长安东七里渠上。　阳桥:桥阳。

〔230〕宣平:长安城门。从北数第一座门。　清:华丽清秀。　阈(yù 育):门坎,界限。

〔231〕杂遝(tà 踏):繁忙众多。

〔232〕骈田逼侧:形容人多摩肩接踵。骈田:连属。

〔233〕临朝:指升堂理事。

〔234〕勖(xù 旭):勉励。

〔235〕孟秋:秋季头一个月,阴历七月。　谢:去,离开。

〔236〕寺:官署,官舍。自秦代以宦官任外职以后,官舍通称为寺,如大理寺、太常寺、鸿胪寺等。自汉代以来,三公所居为府,九卿所居谓之寺。

〔237〕肆廛(chán 蝉):店铺。　管库:仓库。

〔238〕蕞芮(zuì ruì 最瑞):稀少渺小。指当时建筑只有一小部分留在城的一隅。

〔239〕尚冠:与下文“修成”、“黄棘”、“宣明”、“建阳”、“昌阴”、“北焕”、“南平”,均是长安城的里名。

〔240〕夷漫:削平磨灭。　涤荡:冲洗干净。

〔241〕长乐:与下文“未央”,都是汉宫名。未央是汉宫的中心,长乐宫和它

相连,所以取道长乐,登上未央。

〔242〕太液:太液池。长安宫中名池。

〔243〕建章:汉宫室名。楼台极高。

〔244〕馺娑(sà suō 飒梭)、骀(dài)荡、枍(yì 意)诣、承光:均是汉宫室名。

〔245〕桂宫、柏梁:汉朝两座宫殿。

〔246〕鷩(bì 蔽)雉:锦鸡。 雊(gòu 购):鸡叫声。

〔247〕离离:一行行。《诗经·黍离》:"彼黍离离,彼稷之苗。"

〔248〕顿:抛落在地。

〔249〕乘风:本为海鸟名。古时悬钟架多作乘风鸟形,所以也用来指钟架。

〔250〕禁省:指宫中。 鞠:高大的样子。

〔251〕金狄:铜人。秦始皇收天下兵器铸成金人十二个。董卓熔化金人铸钱,余下二个。汉明帝想移到洛阳,载到霸城,因为太重而作罢。 灞川:即灞水。金人据说是运到霸陵县城,在长安东不远。此外唐代称霸城。

〔252〕萧:萧何。汉初大臣,汉高祖的丞相。 曹:曹参。汉初大臣。后继萧何为汉惠帝丞相。 魏:指魏相。汉宣帝时任过代丞相。 邴:邴吉。汉宣帝丞相。 辛:辛庆吉。 李:李广。 卫:卫青。 霍:霍去病。

〔253〕衔使:奉有使命。 苏属国:指苏武。苏武奉命出使匈奴十九年,回国后为主管属国事务的官。

〔254〕张博望:张骞。因他打通汉朝到西域的通道,回国后被封为博望侯。

〔255〕彝伦:指君臣、父子、兄弟,夫妇、朋友之间的伦理关系。

〔256〕秺(dù 妒)侯:指金日磾的封爵。金日磾是匈奴贵族,后归顺汉朝。据说其母贤惠,武帝命人在甘泉宫绘出她的画像。金日磾每次路过甘泉宫,都要在其母遗像前哭泣。后来武帝遇刺,被金日磾掩护住。因此说他忠孝两全。

〔257〕陆贾:汉高帝至文帝时代的太中大夫,出使南越得来千金,都分给五子,晚年由儿子供养,过得很快活。

〔258〕长卿:司马相如字。 渊:即子渊,王褒字。 云:即子云,扬雄字。三人都是西汉著名的文学家。

〔259〕子长:司马迁字。 政:即子政,刘向字。 骏:即子骏,刘歆字。三人都是西汉著名的史学家。

〔260〕赵:赵广汉。 张:张敞。 三王:指王遵、王章、王骏。三人都做过京兆尹,都有能干的名声,被称为清官。

〔261〕定国:于定国。　释之:张释之。两人都是有名的法官。

〔262〕汲长孺:即汲黯。为人正直。

〔263〕郑当时:武帝时大司农,热心推举人才。

〔264〕终童:即终军。十八岁被选为博士,武帝非常赏识他的文学才能。死时年仅二十岁,所以人称"终童"。他是济南人,所以称"山东之英妙"。

〔265〕贾生:指贾谊,也是少年英才,被称为"神童"。他是洛阳人。

〔266〕飞翠緌(ruí):冠缨上的垂带轻轻地飘着。

〔267〕鸣玉:身上的玉佩鸣响。古时贵族的服装上饰有玉佩,行走时发出声响。

〔268〕被发左衽:古时少数民族的装束。被,同"披"。左衽,衣襟向左,坦露半臂。

〔269〕奋迅泥滓:从泥水中奋起。这是指金日磾。金日磾本是匈奴休屠王子,后沦为汉人奴仆,初为马监,汉武帝奇其相貌,拜为侍郎。

〔270〕从容傅会:《汉书·陆贾传》赞扬陆贾善于词令。

〔271〕婴时戮:指赵广汉等人立下显赫功劳却遭到残害。

〔272〕无贵仕:指贾谊等人具有杰出才干却未能身居高官。

〔273〕令闻:指以上各位有才能的人都名垂千古,留下好名声。

〔274〕音:指王音。　凤:指王凤。音凤二人是堂兄弟,都是西汉末年专权的外戚。　恭:指弘恭。　显:指石显。弘恭、石显都是东汉末年专权的宦官。

〔275〕熏灼:形容权势大,如同烈火一样炽热。

〔276〕都鄙:指城市和乡村。

〔277〕十余公:指以上叙说的十几位贤能的人。　徒隶:众人。　齿:排列。

〔278〕才难:语出《论语·泰伯》:"才难,不其然乎?"是说人才确实是难得。

〔279〕渐台:西汉太液池中的高台。　枭(xiāo 肖):把首级挂起来示众。巨猾:大奸臣。指王莽。前人认为王莽篡夺汉朝皇权,是大奸巨猾。他后来在渐台被枭首,仍不足以平民忿。

〔280〕不疑:汉代隽不疑,字曼倩,昭帝时为京兆尹。传说武帝的太子已死,但有人冒充说自己是太子,隽不疑机智地识破真相,将冒充太子的人逮捕起来。

〔281〕轼:车前横木。此处指在车上敬礼。　樗(chū 出)里:指战国时秦惠王弟樗里子的封地。　武库:汉朝皇宫的武库。樗里子曾指定武库为其死后埋葬处,说他死后百年后,墓旁将有皇宫建起。

〔282〕商辛:指商纣。据说商纣极奢侈,积糟为阜,以酒为池,脯肉为林。

〔283〕曲阳:指汉贵族曲阳侯王根,以奢侈出名,他建起王山渐台,洞门高廓,与皇宫的白虎殿相同。百姓作歌谣:“渐台,像西白虎。”

〔284〕文成:指文成将军李少翁。　五利:指五利将军栾大。文成、五利两人都以方士得官。有雄才大略的汉武帝曾被他二人迷惑,大兴土木,建造宫殿。

〔285〕侔(móu 谋):相仿。

〔286〕灵若:神话中的海神。传说太液池中有神山,有海神飞游其上,有鲸鱼乘浪来到池中。所以太液池有海神,鲸鱼石像。

〔287〕漫沙:平坦的沙滩。

〔288〕擢(zhuó 浊):挺出。汉武帝听信方士的话,造了一座铜铸的仙人,掌上捧着承露盘,求天神赐给甘露。

〔289〕干:侵犯,接触。

〔290〕邛(qióng 穷):邛竹杖。　蒟(jǔ 举):蒟酱。邛竹杖和蒟酱都是西南的特产。

〔291〕角觝(dǐ 抵):也作“角抵”,角力比武竞技的游戏,后为百戏的总称。相传古代武士头戴牛角而相触,相延很久。

〔292〕甲乙:帐幕名。指武帝两套富丽的帷帐。帷帐用珠玉穿成缨络作为装饰,十分华丽。

〔293〕勒:刻石。武帝封禅为己歌功颂德。

〔294〕赐:尽。

〔295〕较:明。　面朝:皇宫前面临朝的大殿。焕炳,辉煌。

〔296〕当熊:元帝和妃嫔冯婕妤及其他妃子游览养野兽的虎圈,忽然有一只熊跑了出来,妃嫔们都吓得四散逃命。冯婕妤却挺身出来抵挡,直到左右近侍将熊杀死。元帝问她为何不怕熊,她说为了掩护君王,宁可被熊伤害。

〔297〕辞辇:成帝在后庭游览,要妃嫔班婕妤与他同车共坐,她推辞说古代圣明君主的身边都坐着贤臣。

〔298〕卫:指武帝的皇后卫子夫,她以头发丰美光泽而著名。　鬒(zhěn 枕):头发多而且黑。　光鉴:像镜子一样的光亮。

〔299〕赵:指成帝的皇后赵飞燕,以身轻善舞而著名。

〔300〕便门:是汉武帝在后宫建的一座桥。　暨:到。

〔301〕掩:止。细柳:汉文帝时将军周亚夫的兵营驻扎在细柳。文帝到细柳

军门前被军士拦住，后派使者持诏联络，方才得进。军士又说在营中骑马只能缓缓行进，文帝也照规矩做了。事后文帝十分赞赏周亚夫治军严明。

〔302〕果毅：威武。

〔303〕华盖：帝王或贵官所用的伞盖。　垒和：军营的大门。

〔304〕揖(yì 义)：通揖。

〔305〕棘、霸：指当时周亚夫驻在细柳，另外一个将军在棘门，还有一个将军在霸上。

〔306〕条侯：周亚夫的封号。

〔307〕杜邮：古地名。在咸阳以西，秦将白起死于此地，后改名孝里。

〔308〕武安：秦将白起曾立战功，被封武安君。宰相范雎妒忌他的声望，二人因此不和，秦昭王要攻打赵国，派白起当将帅，白起认为伐赵必败，不肯前往。后来证实了他的预料，为此秦王恼羞成怒，说白起不能留在咸阳。白起行至杜邮又被勒令自杀。

〔309〕扞(hàn 汉)：拒绝。　矢言：直言。

〔310〕渭城：咸阳。

〔311〕冀阙：秦孝公所筑的宫门。

〔312〕裁：通"才"。　岥崺：倾颓的样子。　隐嶙：突起的样子。

〔313〕赵使：指蔺相如。　浏：水深而清澈。这里用来形容人的目光。　睨(nì 溺)：斜视。《史记·蔺相如列传》记载，战国时赵国大臣蔺相如奉命带璧出使秦国。秦王本来答应以城换璧。秦王得璧以后，无意偿城。蔺相如假说璧有瑕，请指示给王看。秦王将璧还给他。相如得璧以后对秦王说："我看大王无意将秦城给赵，所以将璧索回。大王如要逼迫我，我的头将与璧一起撞到柱子上！"说着斜视庭中柱子，准备撞去。秦王不得已，将璧奉还赵国。

〔314〕荆：荆轲。《史记·刺客列传》记载，战国末年卫国人荆轲游历燕国，被燕太子丹奉为上卿，派去刺杀秦王政(即秦始皇)。公元前 227 年，荆轲带着秦逃亡将军樊于期的头颅和夹有匕首的督亢地图，作为进献礼物。献图时，图穷而匕首见。荆轲刺秦王不中，割断秦王的袖子。

〔315〕筑：古代击弦乐器。《汉书·高帝纪》应劭注："状似琴而大，头安弦，以竹击之，故名曰筑。"颜师古则说："今筑形似瑟而细颈也。"　高：高渐离。《史记·刺客列传》记载，战国末年燕国人高渐离善击筑。燕太子丹派荆轲谋刺秦始皇时，他曾到易水送行，并击筑，与荆轲和歌。秦朝建立后，他变更姓名，

潜入秦国。秦始皇听说他善于击筑,命人熏瞎其双目,为自己击筑。高渐离在筑内暗藏铅块,扑击始皇。但仅击中秦王的膝盖。

〔316〕天位:指皇位。　愍(mǐn 敏):可怜。

〔317〕简:选择。　良人:贤才。

〔318〕斯:李斯。　鞅:商鞅。商鞅、李斯均为异国人,被秦国重用。但商鞅法令太苛,最后作法自毙。李斯在秦始皇死后,与赵高合谋,伪造遗诏,迫令始皇长子扶苏自杀于戍边之地。李斯后来又为赵高所忌,被杀。

〔319〕阱:即陷坑。　炀:大火。据载,秦始皇坑杀诸生犯禁者四百六十四人;又采纳李斯的建议,下令除秦记,医药、卜筮、种树书外,焚烧民间所藏的《诗》、《书》和百家书等,凡谈论《诗》、《书》者处死,以古非今者诛。此即史书上所说的"焚书坑儒"。

〔320〕刑轘(huán 还):指酷刑车裂。《史记·商君列传》记载,秦孝公死后,有人告商鞅谋反。商鞅逃至关下,想借住于客舍。客舍主人说:"商君之法,舍人无验者坐之。"商鞅此时喟然叹道:"嗟乎,为法之敝一至此哉!"《史记·李斯列传》记载,李斯临行前对儿子说:"我不能再回故乡同你们一起牵着黄犬打猎了!"

〔321〕野蒲:赵高作威作福,想测验群臣是否能听他的号令,当着秦二世的面,硬说野蒲是肉脯,指着鹿说是马。事见《风俗通》、《史记·秦始皇本纪》

〔322〕天权:指皇帝的权柄。赵高以进谗言篡夺了君权,钳住众人之口,独揽大权。

〔323〕兵在颈:赵高与其婿阎乐合谋杀掉二世身边的侍卫。二世问一位近侍,为何不早些将这些事报告给他。近侍说:"因为我不敢说话,这才保全了性命。如果早说了,也就被杀掉了。"阎乐逼迫二世时说:"请你考虑怎么办吧!"二世说:"我愿得一郡为王"。没有得到允许。又说:"我愿做一个万户侯。"也没有被允许。又说:"我愿与妻子为百姓。"还没有被允许。只好自杀。

〔324〕子婴:继承二世为秦帝。他是赵高所立的君王,但上台不久便与二子密谋杀死赵高。

〔325〕振:挽救。指秦王朝垮台无法挽救。刘邦攻入咸阳,子婴投降在路旁。

〔326〕萧:指萧何。刘邦入关后,萧何将秦国的图书档案收集保存起来,以掌握全国的地理形势和各地人口。　险易:指地形。　众寡:指人口。

〔327〕羽:指项羽。项羽入关后,将秦宫室和文物放火烧掉,自己也没有立脚的地方。被人骂做“沐猴而冠”。　沐猴:即猕猴。猕猴戴帽徒具人形。

〔328〕三光:指日、月、星。　九泉:九重之泉,地下极深之处。这里以三光喻刘邦,以九泉喻项羽,形容二人高下相差悬殊。

〔329〕菆(zōu 邹)井:指买卖麻秆的市井,此处指街市。菆,用做火炬的麻秆。　韩:指韩延寿。此人为汉代官吏,曾做过东郡太守,为百姓放钱十余万。因与御史大夫萧望之有隙,相互攻讦。后被萧诬告,斩首于市井。

〔330〕丞属:僚属。　号(háo 嚎):大哭。　人百身:《诗经·黄鸟》有“如可赎号,人百其身”句。意思是如可以赎回他的罪过,我们就是死上百次也心甘。

〔331〕讦(jié 节):揭人阴私的直言,含攻击别人的意思。

〔332〕萧傅,指萧望之。他曾做过太子太傅。萧望之为报私仇而玩弄法律,不爱惜人才以完成大业,确实有负于众望。

〔333〕长山:即长陵,汉高祖坟。　龙颜:据说汉高祖“隆准(鼻)而龙颜”。

〔334〕洞开:豁亮。

〔335〕凑:会合。

〔336〕格:到。　天区:天地之间。

〔337〕揜(yǎn 掩):掩盖。　坎:坟穴。　抃(biàn 遍):拍手感叹。

〔338〕延伫:伸长脖子有所等待的样子。

〔339〕安陵:汉惠帝坟墓。　无讥:没有什么可批评指责的。

〔340〕谅:体谅,感到。　惠声:惠帝的名声。

〔341〕爰丝:汉代爰盎字丝。曾为吴相,景帝时曾被贬为庶人。吴楚七国叛乱,爰盎曾劝说景帝诛杀晁错。后因反对梁王为太子,被刺死在安陵郭门外。

〔342〕阳丘:汉景帝坟墓。

〔343〕谮(zèn):诬陷别人的谗言。　矜谑:骄纵,嬉戏。

〔344〕陨(yǔn 允):通“殒”,死亡。吴嗣,吴国的继承人。景帝做太子时,曾与吴王太子博弈,争吵以后,景帝抓起棋盘将吴太子打死。

〔345〕七国之乱:指景帝时,吴楚等七国叛乱。叛乱的原因是景帝用晁错的建议,削诸侯的封地。　诛错:景帝在七国叛乱起来以后,又把罪过转嫁到晁错身上,反而把晁错杀死。

〔346〕过听:指景帝错误地听取爰盎的建议,冤杀了晁错。　无讨:指对爰盎的罪过却不去追讨。

〔347〕呰(zǐ 紫):指出毛病。　孝元:汉元帝。　渭茔:指渭陵,汉元帝的陵墓。

〔348〕奄尹:主管宫室出入的宦官。汉元帝宠信宦官。这一点是应该贬斥的。

〔349〕废园邑:汉元帝废止卫思园及戾园,以表明崇尚节俭。这一点又是应该褒扬的。

〔350〕延门:指汉成帝的陵墓延陵。

〔351〕王章:曾劝谏成帝不要重用外戚王凤的大臣。王章后来被王凤陷害,死于狱中,人称"社稷之臣"。　鞠:审讯。王章被囚禁,未能审讯昭雪而冤死狱中。

〔352〕忲(tài 太):奢侈,纵容。据瞿蜕园说"忲"当是"忕(shì)"之误。忕,是"习惯于……"之意。与《史记·汉兴以来诸侯年表》中的"忕(shì)邪臣计谋为淫乱"句法相同。　淫嬖(bì 必):指赵飞燕。飞燕先为成帝妃,不久得宠,立为后。旧史说她"日事蛊惑,致成帝无嗣暴崩"。

〔353〕张:开启,导致。　舅氏:指外戚王家。汉成帝依靠外戚王家的势力,终于留下倾覆汉室的大祸。

〔354〕哀主:汉哀帝。　义域:哀帝的陵墓称义陵。

〔355〕僭(jiàn 贱):非分,指汉哀帝滥赐官爵。　高安:指高安侯董贤。董贤貌美性柔,深得哀帝宠爱,无功而封侯。

〔356〕法尧:哀帝打算效法尧禅位的故事,把君位让给董贤,以致成为天下笑柄。

〔357〕刊:消除。

〔358〕康园:汉平帝的陵园。

〔359〕平后:指汉平帝的皇后,她本是王莽的女儿。汉朝军队诛杀王莽以后,她自认为无脸再见汉朝人,投火自焚。死后不合葬,所以人称"孤坟"。专絜:专一贞洁。

〔360〕焗(yàn 焰):火焰。焦糜:焦烂。

〔361〕灰熛(biāo 标):飞扬的火焰。

〔362〕骛(wù 务):趋向。　横桥:长安以北横跨渭水的桥。　旋轸:回车。

〔363〕敝邑:指自己居官的地方。　南垂:即南面的边界。垂,陲。

〔364〕门磁石:阿房宫门以吸铁石嵌在门上,以防暗藏兵器的刺客。梁木

兰：阿房宫前殿以兰木为梁。

〔365〕屈奇：曲折奇丽。

〔366〕疏：整理。　南山：终南山。

〔367〕倬：扩大。　樊川：也称秦川，指秦岭以下的水道。

〔368〕斫（zhuó 浊）：雕刻。

〔369〕宗祧（tiāo 挑）：宗庙，王朝的象征。

〔370〕隳（huī 晖）：毁坏。

〔371〕新：指王莽所建的国号。

〔372〕宗虞、祖黄：王莽夸饰自己的家世，说他以黄帝为始祖，以虞舜为二代祖。

〔373〕临：迷信说法，国家有大难，要聚众而哭，便可以消除灾难，这种哭的仪式叫临。王莽篡位不久，各地纷纷起兵，王莽带臣属到南郊哀哭。

〔374〕六艺：指六经。王莽托古改制，所以说他以六经掩盖其阴谋。

〔375〕宗：祭祀。　乐游：汉宣帝的宗庙。在长安以南。

〔376〕加隆：宣帝是戾太子之孙。戾太子得祸，子女均遭株连被杀。汉宣帝没能对自己父母尽孝道，所以总想极力尊崇父母的坟墓。

〔377〕奉明：即奉明园，又称悼园，汉代宫室花园。

〔378〕千人：奉明园旧址。汉宣帝曾聚倡优杂伎千人在此，后人称为“千人乡”。

〔379〕询：汉宣帝名。

〔380〕隐：悲痛。　王母：指汉宣帝的母亲。宣帝痛心其母死于非命，祭祀时大奏音乐，安慰亡灵。

〔381〕靡：无。

〔382〕观过：《论语·里仁》：“观过，斯知仁矣。”意思是即使看见一个人犯错误，也知道他是仁义的。

〔383〕高望：长安延兴门南郊的土山。　阳隈：向阳的角落。隈，山的弯曲处。

〔384〕体：体察。　污：低处。　隆：高处。

〔385〕清暑：与下文“五柞”均是汉代离宫别馆的名称。

〔386〕漕：指可以运输粮食的河流。

〔387〕昆明池：汉武帝时所造的人工湖，用来训练水师。其池极为广大，竟像日月出没之处。

〔388〕汤汤（shāng 商）汗汗：水流广大无边的样子。

〔389〕滉瀁（huàng yǎng 晃养）：水势浩大的样子。

〔390〕汤（yáng）谷：即旸谷。传说太阳升起的地方。

〔391〕虞渊：相传为日落之处。

〔392〕豫章：指豫章馆，是昆明池中有名的建筑。

〔393〕披：分开。　玄流：黑色的流水，指深水。

〔394〕仪：模拟。　景星：光辉吉祥的星。

〔395〕牛女：牛郎星与织女星。

〔396〕奄：突然。　摧落：摧折凋零。　纪：十二年为一纪。从汉武帝元狩三年开昆明湖到王莽失败，共一百一十三年，故云十纪。

〔397〕寻：八尺为一寻。

〔398〕余趾：指巍然挺立的百丈高台只剩下一片废基。趾，通"址"。

〔399〕振鹭于飞：语出《诗经·振鹭》，意思是鹭鸶在飞翔。

〔400〕凫：水鸟名，俗名"野鸭"。　渐：沉入水中。

〔401〕颉颃（jié háng 杰杭）：鸟忽上忽下地飞翔。

〔402〕澹淡：漂浮的样子。

〔403〕浐濯（chán zhuó 蝉浊）：水禽在小溪沉浮游戏的样子。

〔404〕唼喋（shà zhá 霎闸）：鱼或鸟吃食的声音。此处指鸟吃食。　菱芡：菱角和鸡头。芡，水草，果实叫芡实，种子仁可食。

〔405〕烂：盛开。　渌：清澈。

〔406〕蕃：小草。　潋：微波。

〔407〕肇穿：开始凿穿。

〔408〕肄：操练。　荒服：遥远的边疆。

〔409〕要（yāo 腰）：获得。

〔410〕芼（máo 毛）：野草。　实：水生的果实。

〔411〕错：交错。

〔412〕赡：足。

〔413〕皇代：指晋代。　物土：适宜生殖的土地。

〔414〕寮司：官府。

〔415〕富而教：《论语·子路》：冉有问："既富矣，又何加焉？"孔子答道："教之。"

〔416〕贫惰:穷困懒惰之人。

〔417〕楫棹(zhào 照):船桨。短的叫楫,长的叫棹。

〔418〕罟(gǔ 古):鱼网。 课:品第。

〔419〕缴(zhuó 浊):射鸟箭上系的丝绳。

〔420〕鳏(guān 关):老而无妻者。

〔421〕枻(yì 义):短桨。 轮:收钓鱼绳的转轮。

〔422〕罔:通"网"。

〔423〕叉:鱼叉。

〔424〕纤经连白:鱼网。连白,以白羽连缀鱼网。

〔425〕桹(láng 郎):桄桹。又名鸣桹。敲击船舷驱鱼入网的一种长棒。

〔426〕罗(dì 弟):鱼触网。李善注:"罗,犹击也。"

〔427〕掣(chè 彻):牵。

〔428〕鲲:大鱼。罔钜,鱼网和钩。

〔429〕赪(chēng 撑):红色。 徽:粗绳。

〔430〕鲂:一名扁鱼,鱼身广而薄,细鳞,味道鲜美。

〔431〕鲊(xù 叙):即鲢鱼。头小鳞细,腹部色白,我国主要淡水养殖鱼类。

〔432〕雍人:宫中掌烹调的官吏。雍,又作"饔"。《周礼·天·内饔》:"内饔掌王及后、世子膳羞之割烹煎和之事。" 缕切:细细地切。

〔433〕鸾刀:有铃的刀。祭祀时用以割牲畜。

〔434〕俎:案板。

〔435〕靃靃(suǐ 髓)霏霏:轻细散落的样子。

〔436〕红鲜:指切成碎块、具有鲜嫩颜色的鱼。 初载:刚刚端上。

〔437〕宾旅:宾客。 竦(sǒng 耸):恭敬,专心。 迟御:等待进食。

〔438〕属厌:吃得正合适,刚刚满足。属,合适。厌,满足。

〔439〕回小人之腹:语出《左传·昭公二十八年》:"愿以小人之心为君子之心,属厌而已。" 晋国梗阳人打官司,贿赂给晋国执政魏舒一队女乐。魏舒将要收下。他的下属阎没、女宽在魏舒招待他们吃饭的时候叹了三次气。魏舒问他们为何叹气。他们说:"开始因昨天没吃晚饭,怕不够吃,所以叹气。菜上了一半以后,又责备自己说:'将军难道会让我们吃不饱?'因此再次叹气。等饭菜上完了,又想到愿意把小人的肚子作为君子的内心,刚刚满足就可以了。"魏舒听了这番话,就辞谢了梗阳人的贿赂。

〔440〕端策:举起马鞭。　茵:车上的垫子。

〔441〕弹冠:弹去帽子上的灰尘。　振衣:抖去身上的灰尘。

〔442〕翘懃(qín 勤):盼望。　仰止:瞻仰佩服。

〔443〕三圣:指周文王、武王、周公。　敢梦:孔子说过:我不再梦见周公了。"

〔444〕十乱:《尚书·泰誓》载周公说过:"我有乱臣十人。"乱臣,指治国的能人。

〔445〕经始:语出《诗经·灵台》:"经始灵台,成立不日。"文王建造灵台,没过一天便建成了。

〔446〕子来:像儿子一般地归来。

〔447〕莫二其一:没有二心,团结一致。

〔448〕永惟:长想,深思。

〔449〕越:语气词。

〔450〕赢锄:贾谊评论商鞅的法令时说,由于商鞅只强调法令,忘记礼义教化,秦国的风气日益败坏。就连儿子把锄头借给父亲使一下,也要人情。这是攻击法家的话。

〔451〕让畔:种田人互让地界。相传周朝人很懂礼让:"耕者让畔,行者让路。"这是颂扬周朝的话。　姬:周朝王室姓姬。

〔452〕苏:苏秦。　张:张仪。苏秦、张仪都是被认为专搞纵横权诈之术的人。

〔453〕虞芮:虞人和芮人,他们本好争议诉讼,见到周朝人很讲礼让以后,十分羞愧。

〔454〕埏埴(shān zhí 山植):捶实团合粘土。用以比喻上层人物带动下层百姓,如合成粘土成为器皿一样。

〔455〕五方:东、南、西、北、中。各地人会聚一处称"五方杂处"或"五方杂会"。

〔456〕风流:指风俗。　溷:通"混"。

〔457〕密迩:紧接。　猃狁(xiǎn yǔn 险允):指匈奴。

〔458〕戎马生郊:语出《老子》,指郊外随时发生战争。

〔459〕制者必割:治理天下的人,必须采取有效的手段。

〔460〕杖信:依靠信用。

〔461〕来哲:后来的贤达。此句套用《论语》中的话。《论语》:"冉求曰:如

其礼乐,以俟君子。”

今译

岁星经过玄枵的分野,月亮旅居蕤宾的位次。晋元康二年五月十八日,潘子坐着车子去西方赴任,从京城洛阳走向西秦故都咸阳。于是喟然叹道:古往今来,相隔多么遥远!旷远混沌的宇宙,由原始的一气化出现存的三才。所谓“三才”,就是天地人。人们常把性命和禄位视做大宝,然而生命有长有短,禄位有升有降,这些事情鬼神未必先卜,圣贤不能预测。如今正当太平盛世,我虽然秉赋浅陋才质薄弱,也曾蒙受宰相的招聘,到宫庭里做些杂事。可叹自己尚未脱离凡夫常犯的毛病,得到一官半职便唯恐丢掉。既然没有柳下惠那般正直,所以做士师也只被黜退过一次。

大晋武皇忽然归向西天,四海停止娱乐,举行哀悼。新继位的天子寝息在居丧之处,百官群僚都听从太傅杨骏指挥。杨骏担负的责任实在重大,即使有伊尹周公一般的贤能,也会陷入危险。回顾汉代七家显贵的外戚,如今哪一家安然无恙没遭祸殃?没有见危之明而安居高位,只能逼近君位显示自己的威权。杨骏终于陷入叛乱而遭到杀戮,这本是咎由自取,并非祸从天降。当年孔子观察时机而决定出仕或退隐,蘧伯玉根据君主有道无道而考虑做官或归田。如果不擅于洞察隐微,明辨宏观大事,罪过就会落到头上。从此懂得岩穴隐居之士,何以永远离开是非之场。明白被名利牵扯,犹如浮萍转蓬飘荡。官位骤然跌下,名誉节操也随之毁坏。如今的处境好似垒起鸡卵,比玄燕巢于帷幕还要危险。心情战栗而恐惧,如同临近深渊,行走在薄冰上。傍晚我请假出城回家,半夜里祸事就发生了。并不是鸟儿非要选择树木栖止,因为树林被焚毁鸟儿无法生存。遇到千载难逢的好时运,皇恩浩荡包容天地。皇帝改变秋霜般的威严,传布着春泽般的厚恩。分辨是非不能不判明责任,我削官为民回到家中。皇帝洞察到我的忠诚,不久又让我忝列群官之末。

被派遣到西部治理疲困的百姓，只好扶老携幼进入函谷关。孔丘离开鲁国频频回首而叹息，刘邦路过故乡沛邑而涕零。故乡实在令人怀念，即使是圣贤和达观的人也不能不在内心深处感到忧伤。何况我这一介匹夫，本来就安土重迁，又要远远地投身到长安？好似犬马留恋它的主人，我的心寄托在朝廷。到达巩洛追念祖先伤心落泪，伏在坟茔不忍离去。

于是越过平乐，路经街邮，喂马在皋门，停车休息于西周王城。周朝历史十分悠久，从高辛氏兴起，自有文德的后稷开始，一代一代相沿传下来。古公亶父沿着西边的河岸来到岐豳，从文王武王起周朝开始兴隆，古老侯国终于发展起来。紧接着武王伐纣从牧野经过此处，他恪守怀柔之道以保持王朝的强盛，通宵达旦夜不成寐，时刻担心上天的赐福并未确定。又权已如泰山般地稳固，还总认为会有厄运到来，于是周朝享有八百年国运并留下余福。亡国之君的骄纵足以作为鉴借，昏聩的夏桀终被流放到南巢。他本来坐在将燃的柴薪之上，还梦想与天日共长久。人们对事物的估量如此不同，相差何其遥远！

周公考定洛邑为天下中心，成王决定营造洛阳。将传国宝鼎安置于郏鄏，用钻龟占卜出长治久安的预言。平王失道，从镐京迁都到这里，唯有晋郑两个侯国给予支援。难道当时没有邪僻的君主吗？是依赖先代圣王庇护而得以兴旺。眺望圉门北门，感慨虢公郑伯护送周惠王回国登基。郑伯以“乐祸”的罪名讨伐子颓，却又效法子颓肆意享乐，也同样遭到谴责。晋文公重耳诛戮太叔带，援助周襄王，这是助顺反逆，因而称霸于世。周灵王筑堤修坝，制止谷洛二水争流，太子晋据理劝谏切勿拦河。可叹周朝景王悼王到丏王，政权步步走向衰败。周景王的庶子王子朝制造叛乱，图谋杀害悼王敬王以篡夺君位。从此以后历经十代直到赧王，天下分裂，出现西周和东周。周朝终于被如虎似狼的秦国吞掉，文王武王传下的王权全被断送。

来到孝水清洗身上尘土，此河的名字多么值得赞美。小儿夭折在新安附近，只好在路边挖坑埋葬。亭有“千秋”之号，子无七旬之期。虽然想用季札和东门吴加以自勉，然而父子之情无法割舍，心中还是无比伤痛。仰望高山长河怀念古人，勒住马缰停车中途，心中茫然而怅惘。鲁莽的项羽暴虐无道，坑杀无辜降卒二十万。激怒秦人归顺于仁德之君，正成全对手刘邦的帝业。做尽坏事终要自食其果，项羽的下场只能是灭族分尸。

经过渑池而漫想，停下车子不再向前进。秦是虎狼般的强国，赵像微弱的余烬。赵王进入险境能安然与会，全仗着盖世英才蔺相如。相如以赵王弹瑟为耻，面对刀斧强逼秦王击缶；秦命赵用十五城祝寿污辱赵国，相如让秦国献出咸阳占了上风。伸张威风在黄河之南，英雄气概何等雄壮；回到朝廷却委曲于廉颇脚下，好像毫无骨气软弱无能。相如临事机智而勇敢，多么深沉而伟大，廉颇为人自私而狭隘，何等浮躁而浅薄。二人气量不可同日而语，用天壤之别也不足以形容。

光武面临汉室蒙难，用皇帝名义攻打赤眉。冯异奉命讨伐罪人，初次受挫于回溪。不因小过掩没大功，终于大获全胜于崤底。辅佐刘秀建立头等功勋，汉家王朝重新振起。

登上逶迤连绵的崤山之坡，仰望着崇山峻岭巍峨陡峭。夏王皋坟茔在南陵。文王避风雨在北丘。蹇叔担忧秦军失利而哭送孟明，晋襄公身着黑色孝服发兵攻秦。秦军匹马只轮未能返归，三位名将被生俘押解河东。倘遇刚愎自用的昏庸之主，定会恼羞成怒杀掉那败兴的老臣。穆公却宽大为怀，把全部过失都归咎于自身。孟明屡次败北而不罢官，终于战胜晋国报仇雪恨。难道名声可以虚传？穆公成为霸主确有原因。

来到曲崤追念虢国，唇齿相依寄托于虞国。贪图贿赂虞公出卖邻邦，未到年关便束手就擒。垂棘美玉返回晋府，屈产骏马仍为晋公驾车。不树立恩德，百姓不会予以援助，仲雍的后嗣骤然断绝。

来到安阳,进入陕邑城郊。行走于漫渎的渡口,休息于遭阳的墟市。多么美妙的往昔啊!这片故土曾是周公邵公的分封,曾是周南召南的交界。《麟趾》由《关雎》得到证实,《驺虞》又与《鹊巢》遥相呼应。

哀怜汉室分裂混乱,朝廷流亡分崩离析。董卓作乱如滔天大水冲荡人间,劫掠朝廷逼迫皇室迁往长安。使得万乘之君丢掉崇高的尊严,步入征途发出行路迢迢的感慨;汉皇请求李傕郭汜护送返回京城,已经得到允诺又中途翻悔;追赶御驾与保皇官军激战一场,竟然向皇帝的车驾肆意放箭。群臣救驾令人痛心,个个竭尽全力以致战死。刀锋之下身首分离,流矢飞箭洞穿胸膛。有的提着下衣投奔岸边,有的捋起袖子跳入水中。可悲的是人多船小不够乘坐,砍掉攀船人的手指足有一捧。

进入曲沃心中惆怅,惋惜成师与仇兄弟交替,树枝过于粗大,树身就会倾倒,城邑与国都大小相等便可能兵连祸结。公子臧和季札远走高飞,委身于曹吴而成全名节。庄公武公寡廉鲜耻,见到小利便争夺,见到大义却躲避。

踏入层层险阻的函谷关,看到衿带般天险要地,追踪往日诸侯勇敢怯懦的事迹,思索秦国各种策略的利弊:有时敞开关门,静待敌兵,而列国军队都不敢进入,狼狈逃走,四处奔窜;有时又紧闭关门,不向关东窥伺。连缚起来的小鸡尚不能一起栖止,而小国联合却能形成巨大力量。难道地理形势就可以决定一国安危?实在是由于人事的好坏而有所区别。

汉朝自建立经过六代开拓边疆,将关口向远处移动,以旧关之地作为弘农县。武帝在宽敞的皇宫住腻,情愿微服出访到市井盘桓。柏谷亭长不识泰山慢待武帝,客店主妇见来者不凡敬献美餐。重金酬谢一个村妇已经过分,怎么可以随便封他丈夫官做!古时圣明的君主出巡,总是先清道警戒而后前往;唯恐车马会有意外之变,因而御夫和护卫均有严格的赏罚。白龙变成水中游鱼,难逃豫且的密网。在天下人面前不保持皇帝的威严，这种风气岂能助长！

凭吊湖邑附近的戾园，推想武帝疑心有人用巫术咒他。本来要查探的是难以辨明的隐微之事，却委派一个专会进谗的小人。将刑戮公然加到皇太子头上，断绝骨肉之情毫不顾惜。虽然后来修造"归来"之悲台，只是"望思"又有何用！

我怀着纷乱的心情迈进全节这个地方，接着又在这里徘徊起来。访问周武王散放牛的旧林，有感于古今桃园之名相印证。走出阌乡频频扬鞭，走到黄巷渡过潼水。眺望华山险峻的北崖，看见留在那里的仙人手掌印记。回想秦国使者捧回祭江玉璧，向始皇报告灭亡之日已到。不去谈论鬼怪相信奇异之事，这些话我早已听到孔子说过。

痛恨那韩遂马超肆意逞凶，扼守潼关函谷举行叛乱。魏武曹公施加雷霆之势，义正辞严讨伐叛逆。人多势众又有何用？决定胜负还靠运筹谋划。一方擂鼓扬尘，声震天地，一方瓦解冰消，四处溃散。主将马超只身逃回西凉，士卒的尸体堆起巨大的坟茔。狭路险关令人疲困，行车在崎岖曲折的山路。

踏入秦郊顿觉开阔，土地干爽气势宏壮。黄色土壤连绵千里，肥沃良田一望无际。花果挂满枝头，桑麻随风摇曳。左有褒谷斜谷倾向西南，右有汧水陇山位于其旁。宝鸡在前，甘泉在后。面向终南山背靠云阳，平原尽头连着嶓冢山。九嵕高峻，太一险要。喷吐凛冽之清风，收纳浓密的归云。南有玄黑的灞水和素白的浐水，汤井温泉就在骊山脚下。北临清沏的渭水和混浊的泾水，兰池周曲环绕于长安郊外。引水注进郑渠白渠，漕运淮河沿海的粮食。鄠县竹林茂盛，蓝田盛产美玉。班固描述了陆地海洋中的珍藏，张衡叙说过神州各处的美好。这就是西宾言于东主，安处听于冯虚的事情。怎么可以不以为然？

劲松在寒冬里不凋，忠臣在国家危难之时方显出坚贞。进入郑国都城抚掌称赞，郑桓公忠心规劝周王值得称道。尽管面对昏庸之主,仍然竭尽股肱之力,即使为此陷入灾难困苦,丝毫没有动摇心志。父子均为司徒,可谓世代善于其职,缁衣如果穿破,百姓愿意替他再做。

走进当年犬戎族侵占的土地,痛恨周幽王戏弄臣下。几次假举烽火使人沮丧,过分宠爱褒姒而放纵邪恶。军队大败于戏水之上,自身惨死于骊山之北。天下拥戴的赫赫周朝,分崩离析成为亡国。又有人继承这种荒唐做法。真新奇啊,秦始皇正是如此为君!他倾注天下的民力为自己修建坟墓,其工程浩大开天辟地不曾听说过。筑墓工匠极为劳苦而不加体恤,反而把他们活埋在里面,算是对他们辛劳的酬报。坟墓之外遭到西楚霸王的毁坏,坟墓之内有牧童放火焚烧。人们说:"行为无礼,必将自食其果。"这不就是证明?天地间由于人们亲密相处才能维持长久,君主宽厚待人如同大地负载万物。我看那汉高祖之所以能兴起,不仅聪明神武豁达大度,而且体恤百姓生老病死不忘旧情,贞诚而仁爱,恩泽无不浸润,德惠莫不遍及,普天之下没有遗漏,何况是邻里老友!何况是卿士大夫!高祖进住长安以后,便模仿家乡丰邑的街市,在京城之郊建造一个新村。家乡的神社换了地方,故土的树木迁进新城。街市道路尽如过去,庭院屋宇悉照原样;鸡犬混合又随意放走,各识家门纷纷回到各自窝巢。当年项羽含怒设宴于鸿门,沛公伏首弯腰前来朝拜。范曾谋杀计划未被允许,暗中授剑指使项庄见机行事。手持白刃表演万舞,沛公的性命危如冬叶之待霜。踩到虎尾而未被吞食,全仗张良的好友项伯掩护。樊哙瞠目而入却被赐以酒肉,他一边咀嚼猪腿,一边怒斥项王。刘邦脱逃便如由蛇成龙,雄据坝上昂首挺胸。范曾恼怒摔碎玉斗,这对刘邦又有什么损害!

秦王子婴以绳系颈投降于轵道旁,他走下素车袒露半身以示屈服。疏广疏受曾饮饯于东门外,畏惧位高官满决意告老。金墉高入云霄,峻峭险要笔直。走到饮马桥以南,踏进宣平城的地界。城市繁华热闹,户成千而人上亿,各地士人女子,接踵并肩而行。我初次见到京城的容仪，来到馆舍就任新职。虽然疲惫而又愚钝，还要竭尽全力升堂视事。过了孟秋，公事闲暇，巡视农事，访察民舍。当年的街市如今已经萧条，往日的住户四处逃散。宫室官府，店铺仓库，零星地保存在城角的，百不存一。所谓尚冠脩成，黄棘宣明，建阳昌阴，北焕南平，各条街衢，都已不复存在，只留下空名。于是登上长乐宫，来到未央宫，泛舟太液池，登临建章楼。环绕驭娑宫，访问骀荡殿，走进枍诣宫，穿过承光殿，徘徊于桂宫，惆怅在柏梁台。野鸟鸣叫于台坡，狐兔打洞在殿旁。正是黍苗离离，令我心绪茫茫。洪钟抛在破庙里，乘风废弃而未悬。禁宫之内野草繁茂，金人已运往霸城。

怀念萧何曹参魏相邴吉各位宰相，追思辛庆忌李广卫青霍去病各位将领。奉命出使则有苏武，使远人畏服则有张骞。文臣广施教化人间秩序安定，武将举兵国威远扬。面临危难表现机智勇敢，身陷艰险显出高风亮节。至于金日磾的忠孝淳厚，陆贾的优游宴喜，司马相如王褒扬雄的文学才能，司马迁刘向刘歆的史学成就，赵广汉张敞王遵王章王骏担任京兆尹，于定国张释之最善于处理诉讼，汲暗为人刚直不阿，郑当时热衷于荐举人才，终军是山东的俊秀，贾谊乃洛阳才子。冠上飘着垂带，身上玉佩鸣响，进出宫门的有许多显赫人物，有的穿着蛮夷服装，从泥滓之中奋起；有的人从容应对，通达人情；有的立下丰功伟绩，却遭到残酷迫害；有的怀有经国治世之才，却不受到重用。他们都是发扬清正之风表现忠烈的节操，名垂青史千年不朽。他们身上玉佩相击的声音，至今铿铿锵锵犹在耳旁。当年的王音王凤弘恭石显得势，如火焰熏灼四方，如雷击光闪耀震都城和边陲。然而当他们死去的时候，连那十几位贤人仆役都不如。人才难得啊，不是这样吗？

仰望渐台而切齿扼腕，元凶枭首而余恨犹存。来到北阙参拜识别真假太子的隽不疑，走进武库向未卜先知的樗里子致敬。造作酒池商纣已为前鉴，今人不悟仍覆后车。曲阳侯建造宫室僭拟白虎殿,穷奢极欲荒淫无度。人的生命有始也有终,有谁长生不死永活人间?武帝雄才大略到哪里去了,竟被文成五利所迷惑。建筑宫室欲与天公争巧,堆放珍奇想穷尽山海之产。太液池陈设着石雕海神和鲸鱼,海神好似遨游在仙岛。鲸鱼乘浪奔来搁浅在岸边,鳞片骨骼暴露在平坦的沙滩,明月珍珠镶嵌在石鱼双目。金人伸出仙掌承接天降甘露,承露盘接近云霄触到天河。运来远方特产有何难,唯有我恣意所求。放纵游乐观赏角力竞技,用的是珍珠串成的甲乙帷帐。不顾百姓人口减半,还要东到泰山勒石封禅而虚夸功劳。深深地怀念往古而肆意遐想,世上的事物好像在循环往复以至无穷。参观完辉煌前殿,又见到富丽的后殿。称赞冯婕妤挡熊的忠勇,佩服班婕妤推辞同辇的明智。卫子夫头发乌黑如明镜,赵飞燕身体轻盈腰纤细。忠勇明智者流芳百世,恃宠而骄者祸在眼前。

通过便门桥再向右转,一直走到长安县的尽头。来到细柳而抚摸佩剑,想到汉文帝善于选择将帅而心中畅快。周亚夫接受命令便忘记自身,治军有方果敢坚毅;在军营大门阻拦皇帝的仪仗,截住御辇拉住马缰。面对天子尊严本应行大礼,率军之将只致以军礼。表现谦卑的棘门坝上被斥为儿戏,表现尊贵倨傲的周亚夫却受到敬重。

寻访杜邮在何处,人说这是孝里的旧名称,心情怅惘而停车徘徊。哀伤白起兴起悼念之情,因争论伐赵而殉国,曾在朝廷上预言胜负。秦昭王拒绝直言而失败,反归罪于白起。押解出城不到十里,又赐剑给他勒令自尽。可悲的是君主昏庸臣子嫉贤,灾祸怎能不降临!

在渭城缅怀秦宫冀阙,寻找当年皇宫殿宇台阶的旧基,只剩下残垣断壁高低不平瓦砾。想象赵使蔺相如在此抱璧而立,清澈的双目瞪着楹柱而表示抗忿。燕国地图展到尽头,荆轲操起匕首,秦王挣断衣袖起身逃走。高渐离奏出凄厉的筑声,举起灌铅的乐器打中始皇的膝盖,当了皇帝却是这等模样,也实在狼狈得可怜。选举贤才用以自辅，人们都说李斯忠诚商鞅贤能。制定严刑峻法连丢弃炭灰也要受罚，伪造君命使公子扶苏自裁于朔边。儒生被活埋于深坑，诗书化作烟尘。国家灭亡后代断绝，身受车裂之刑方觉悟从前做得太过分。法律规定不准随便留客，立法的商鞅没有投宿之处。李斯想再次回到家乡，牵着黄犬打猎也做不到。野蒲被说成肉脯，苑鹿被叫做骏马，以进谗言篡权的赵高，妄想钳住众口也遭到杀身之祸。兵刃已加到颈上，二世方回头问人为何不早禀告。即使请求做黎民百姓也未允许，只剩下自刎一条路。

赞叹子婴果决处事，敢于讨伐叛逆根除祸殃。国势土崩瓦解无法挽救，只好投降在路左。萧何进入咸阳立即收集典册，用来辅佐刘邦一统天下，从文献中可以得知地势险要人口众寡。项羽把上天给予的全抛掉，沐猴戴冠只会烧杀劫掠。刘邦如三光在天，项羽似九泉在下，即使用这样的比喻也不足以形容他们的高下。

有感于城中的蒯井，悲叹于韩延寿被杀的处所。临刑前下属哭嚎于宫门，愿以百人之身赎其罪。难道人们就这样容易舍得替死吗？实在是因为他给人们留下深厚的恩惠。他攻击萧望之而为自己辩解，这也是我所厌恶的。但是想到他善于处理政事，实在是当时优秀人才。假借法律来发泄私怨，不爱惜人才去完成事业，没有宽宏大量顾全大体的高尚品格，萧望之的所为实在令人失望。

造访长陵心中激动，尊崇龙颜的英明君主，豁然大度，极其开朗，会合群力，有善必举。留下威望于天地之间，死后坟墓却被掘盗不能保全。临近墓穴心中怅惘，走进颓垣无限哀伤。

越过安陵而无所指责，感叹汉惠帝已经默默无闻。痛悼爰盎为正义而殉职，被梁王刺死在东门外。到了阳丘追问汉景帝，为何听信谗言纵情游乐？打死吴王太子在棋局下，发怒只是因为一盘棋。酿成七国叛乱，反而帮助乱贼而诛杀无辜的晁错。听信小人之言不去追讨，这正是打击善良而鼓励恶人。

在渭陵指出汉元帝的缺陷，宠信宦官就应该加以贬斥。这位君主的善行也应加以褒扬,他撤销园邑制而崇尚节俭。经过延陵墓门而责备成帝,忠实大臣有何罪过而被杀戮?陷害社稷之臣王章,使他幽死狱中而未得到昭雪。纵容淫嬖赵飞燕的凶残,不让嫔妃孕育,绝了皇帝的后嗣,导致舅家王氏阴谋篡权,给汉室留下倾覆的大祸。

在义陵讥刺汉哀帝,滥赐高爵给董贤。想效法帝尧把君位禅让,没有得到美名反受羞辱,世世代代无法消除。望见康陵的孤坟,可怜王皇后的贞洁。怨恨其父王莽篡君位,蒙受耻辱难以清洗,敢于义忿而自行裁决,身赴烈火以明气节,投进宫火化作粉末,随着烟灰一起消失。

赶到横桥而回车,经过自己掌管的县界南端。宫门用磁石栋梁和兰木,构筑屈曲奇丽的阿房宫。将南山整饰成宫廷的门阙,扩展樊川将水引进池沼。如此浩大工程,役使鬼神尚且难以完成,何况叫百姓来从事?工匠雕琢还没有停息,起义军已从各地纷纷前来。如今宗庙都已陷入泥沼,岂止阿房宫一处被毁!经过僭伪新朝宗庙,王莽吹嘘自己以黄帝为始祖,以虞舜为二代祖。驱赶众人为除灾而哭于南郊,选择那些故意伤心落泪者拜为郎。借诵读六经掩饰奸邪,焚毁诗书而使人目不识丁如同面墙而立。心中不以道德仁义为法则,法术虽有不同,而走向灭亡则同归一途,

敬祀汉宣帝在乐游,继承衰弱的皇统而中兴。宣帝没能对父母尽孝心,尽量尊崇父母的陵墓。坟地称做"奉明"林,邑号为"千人"。询问各位乡里老人,都说此园为宣帝所造。悲痛母亲王氏的不幸,大奏音乐用来娱神,虽然不能符合旧的典章制度,也算得上观过而知仁。

登临于高望的南坡,察看陆地河流的高低。开襟于清暑之馆,游目于五柞之宫。水道交错纵横,急湍飞流生风,于是有昆明池在其中。池中浩浩荡荡,广阔无边,茫茫如天河;日月附着于天上,出入在它的东方和西方。旦似汤谷,夕类虞渊。昔日名宇豫章馆,披

开玄水而突起,模拟天汉光辉吉祥的星象,摆列牛女星宿的石像于池水两旁。希图万载永远稳固,谁料一百二十年便倾倒。当年建起高高的楼观,如今只留下低矮的废基。鹭鸥振动翅膀飞翔在上空,野鸭和鸿雁浮沉于水面,乘云上下翩舞,戏水悠然自得,出入水面搅动波纹,上下寻食咬啮菱芡。莲花盛开于渌沼,青蕃蔚覆于微波。

当初开凿昆明湖,目的是为练习水战。意在劳师远征穷兵黩武,实在不是为造福后代。这里蔬菜与野果,水生植物繁茂,可以补充陆地生产的缺乏。在晋代这里很适于养殖各种植物,昆明池又重新加以修复。我决心率领县里官属,先使百姓富庶,然后再进行教化。带领游闲懒惰的贫民,共同整理船只。收起鱼网便有所获,拉回箭绳便有所得。鳏夫有了家室,困乏之人都很安乐。有人划动船桨收回钓绳,有人撒网投钩,向水中抛下钓饵,还有人挺起鱼叉来往于岸边。纤经连白,用驱鱼入网的桹木敲着船梆,钩住鱼鳃,网住鱼尾,接二连三从网钩上摘下一只只青鲲鱼,在网丝上解下红鲤鱼。华鲂跃鳞,素鲔扬鬐,厨夫细细切碎,鸾刀上下飞舞,鱼块应刃落案,呈现出青细而散落的样子。脍炙可口的鱼块刚刚端上,宾客恭敬地等待进食,饱餐一顿,心中淡然无求。希冀君子的内心也和小人的肚子一样,很容易得到满足。

于是举起马鞭掸拂车垫,弹冠振衣,抖去尘土,徘徊于丰镐,心中如饥如渴。殷切盼望瞻仰,肃敬惶恐之心无以复加。怎敢比附孔子夜梦三圣,心中只愿勉强学学十位治国能臣。文王想要建设灵台,百姓齐心不日而成。只有丰邑和镐京,还要扩大房室。庶民如同子女归家,这是天神降下吉兆。积德求福,万众一心。我常常想到,我们这个国家,有谁真正了解?或许可以知道一个大概,但难以透彻掌握。在秦朝儿子借给父亲一把锄头也要添加点人情,这是因为习染了秦法的缘故。种田人礼让着他们的田界,这是周朝仁义教化的结果。苏秦张仪之流得势,诈骗之术就流行;虞人芮人懂得羞耻,诉讼也就停止。由此观之,风俗不会一成不变,教化则有一定法则。上层带动下层，正如在模子里合成粘土。这里汇合各地民众，风俗习惯也各有不同。懒惰的农夫贪财好利，不愿务农都愿经商。匈奴距此不远，战事可能发生于郊野。治理民事，必须采用有效手段。人的品格高下，与政治教化密切相关。依靠信誉，人人老实忠厚；上层人物不贪婪，下层人物即使加以奖赏也不肯去偷窃。虽然我的智慧不足以治好这里，精力不足以洞察一切，但只要具备这种思想，大概总可以免于获罪。至于施行礼义教化，还得留待后来的贤达。

（陈宏天　吕桂珍译注　陈复兴修订　陈延嘉再修订）

登楼赋一首

王仲宣

题解

王粲(177—217),字仲宣,山阳高平(今山东邹城)人,建安七子中成就最高的一人。据载,王粲少时聪敏,以博闻著称。十七岁时到长安见到当时以多才多艺闻名于世的蔡邕。邕极力称赞他有奇才,并自叹不如。汉末,授官黄门侍郎。不久董卓作乱于京都洛阳,挟献帝入长安。他依附荆州牧刘表。刘表昏聩,未有远谋,不能重用其才。王粲客居异乡,常有怀念故乡和怀才不遇之慨。本篇即此时登荆州麦城城头(已毁。今湖北当阳楼以西百里处)所作。刘表死后,他便投奔曹操,先任丞相掾,累官至侍中。王粲擅长辞赋,有诗、赋,论近六十篇,但原集已散,世传《王侍中集》系明代人所辑。

本文是一篇著名的抒情短赋。文中所抒发的,既有对天下动荡不安、个人远离故乡的愁苦,也有报国无门,满腹经世济民之志无法实现的愤懑。作者热切地希望能有圣明的君主降世,愿意追随他干一番轰轰烈烈的事业。感情真挚而深沉,被后代戏剧家取作哀感的题材。语言明快流畅,一反汉赋雕琢堆砌之风,为魏晋以后抒情小赋的写作开了先河。

原文

登兹楼以四望兮，聊暇日以销忧[1]。览斯宇之所处兮[2]，实显敞而寡仇[3]。挟清漳之通浦兮[4]，倚曲沮之长洲[5]。背坟衍之广陆兮[6]，临皋隰之沃流[7]。北弥陶牧[8]，西接昭丘[9]，华实蔽野，黍稷盈畴。虽信美而非吾土兮，曾何足以少留！

遭纷浊而迁逝兮[10]，漫逾纪以迄今[11]。情眷眷而怀归兮，孰忧思之可任！凭轩槛以遥望兮[12]，向北风而开襟。平原远而极目兮，蔽荆山之高岑[13]。路逶迤而修迥兮[14]，川既漾而济深[15]。悲旧乡之壅隔兮，涕横坠而弗禁。昔尼父之在陈兮[16]，有"归欤"之叹音。钟仪幽而楚奏兮[17]，庄舄显而越吟[18]。人情同于怀土兮，岂穷达而异心！

惟日月之逾迈兮[19]，俟河清其未极[20]。冀王道之一平兮，假高衢而骋力[21]。惧匏瓜之徒悬兮[22]，畏井渫之莫食[23]。步栖迟以徙倚兮[24]，白日忽其将匿。风萧瑟而并兴兮，天惨惨而无色[25]。兽狂顾以求群兮，鸟相鸣而举翼。原野阒其无人兮[26]，征夫行而未息。心凄怆以感发兮，意忉怛而憯恻[27]。循阶除而下降兮[28]，气交愤于胸臆[29]。夜参半而不寐兮，怅盘桓以反侧。

注释

〔1〕暇：闲暇。

〔2〕宇：指城楼。

〔3〕显敞：豁亮、宽阔。 仇：匹敌。

〔4〕漳：漳水，流经今湖北漳县，今当阳县。与沮水会合，又经江陵县入长江。 浦：支流入河处。

〔5〕沮:沮水,流经今湖北保康、南漳、当阳等县,与漳水汇合。　长洲:水中长形陆地。

〔6〕坟:高。　衍:平。

〔7〕皋:河岸。　隰:低洼地。

〔8〕弥:终。　陶牧:指春秋时越国大夫范蠡的坟墓。陶,范蠡到陶(今山东定陶)后改名"陶朱公"。牧,郊外。李善注引《荆州记》云:"江陵县西南有陶朱公冢,其碑云:'是越之范蠡,而终于陶。'"

〔9〕昭丘:楚昭王墓址。李善注引《荆州图记》曰:"当阳东南七十里有楚昭王墓。"与麦城隔沮水相对。

〔10〕纷浊:指世乱。纷,纷扰;浊,污浊。　迁逝:迁徙流亡,指作者避乱于荆州。

〔11〕纪:古时以十二年为一纪。

〔12〕轩槛:指城楼上的窗户和栏杆。

〔13〕荆山:在湖北武当山东南,汉水的西岸,漳水即发源于此。　岑:小而高的山。

〔14〕迥(jiǒng 窘):远。

〔15〕漾:水长貌。　济:渡河。

〔16〕尼父:孔丘字仲尼,后世尊称"尼父"。《论语·公冶长》:"子在陈曰:'归欤!归欤!……'"此处以孔子的处境自比,表思归之情。

〔17〕钟仪:春秋时楚人。事见《左传·成公九年》:晋景公视察军府(仓库)时见到一个囚徒,便问道:"这个戴着帽子的囚徒是什么人?"官吏回道:"此人是郑国所献的楚国俘虏,名钟仪。"晋侯便命人释放了他,问他身世知道他是乐官,于是便请他演奏。钟仪拿起琴来演奏了一曲楚国的乐歌。

〔18〕庄舄(xì 细):春秋时越人,事见《史记·张仪列传》附陈轸传。庄舄本是越国平民,到楚国作了大官,其后不久生了病,楚王问:"庄舄现在富贵了,还想念越国吗?"左右侍从回道:"从一个人生病的呻吟声中可以听得出他是否思念故国。他如果想念越国,呻吟声就会是越音;不想念越国,就会发出楚音。"楚王派人偷听,果然是越音。作者以此自喻。表示不忘故乡。

〔19〕逾迈:逝去。"日月行迈"。语出自《尚书·泰誓》。孔安国传曰:"日月并行过。"

〔20〕河清:指黄河水清。《左传·襄公八年》:"俟河之清,人寿几何?"相传

黄河千年才清一次,故云河清未有极期。

〔21〕高衢:犹言“大道”。此处用以喻良好的政治局面。

〔22〕匏(páo 袍)瓜:与瓠(hù 护)瓜同属葫芦科。《本草纲目》:“瓠之无柄而圆大。形扁者为匏。”

〔23〕井渫(xiè 泄):浚治水井。《周易·井》:“井不食,为我心恻。”意谓井水经过浚治,洁净清澈,却无人饮用。这里暗喻修身全洁,却担心君主不加任用。(用李周翰说)

〔24〕栖迟:游息。 徙倚:徘徊。

〔25〕惨惨:暗淡无光的景象。惨,通“黪”,暗。

〔26〕阒(qù 去):寂静无人之状。李善注云:“原野阒无农人,但有征夫而已。”

〔27〕忉怛(dāo dá 刀答):忧劳之状。 恻:憯恻,悲痛伤感,憯,同“惨”。

〔28〕阶除:指楼梯。除,宫殿台阶。

〔29〕交:应作“狡”(用张云璈、胡绍瑛说),乖戾。

今译

我登上城楼极目四望,暂借这悠闲的时光来消除心中的忧愁。城楼下地势宽敞而开阔,没见过什么地方能与它匹仇。它东面挟带着清漳水的浦口,西面倚傍弯曲沮水的长洲。北靠广阔的高原,南临低洼的沃流。北连陶朱公的坟墓,西接楚昭王的陵丘。繁花硕果盖遍原野,茂盛的庄稼铺满田畴。景色虽美却不是我的故乡,何必在此稍稍停留!

遭逢乱世,我流落到楚地,至今已度过漫长的十二个年头。心情眷眷,我时刻怀念故土。令人难以忍受的是离恨别愁!我凭栏远望,迎着北风敞开衣襟。辽阔的原野本可以极目望去,高耸的荆山却遮住了我的视线。道路逶迤又长又远,河流蜿蜒又宽又深。丧乱中与故乡久久隔绝,悲伤的泪痕沾满了衣襟。忆往昔孔子被困陈地,曾发出还归故乡的叹音。钟仪被俘于晋,抚琴尚作楚声,庄舄显达于楚,病中还发越音。人们思念故乡的感情并无差异,岂能因为穷困显达而变心！

日月如梭时光转眼飞过，年复一年却总盼不来太平时日。期待着圣主一统天下，让人们在康庄大道上施展才智。最难堪像葫芦高悬无人过问，更担心如井水淘净没有人吃。终日徘徊把城楼踏遍，全不觉已是黄昏落日。萧瑟的秋风从四面袭来，夜幕即将降临大地。野兽狂奔追寻自己的伙伴，飞鸟归宿急忙展翅。广阔原野一片寂静，只有孤独征夫奔走不息。触景生情益发痛楚，百感交集更加悲愤。顺着台阶缓缓走下，心中充满着不平之气。漫漫长夜无以成眠，辗转反侧惆怅不已。

（陈宏天　吕桂珍译注　陈复兴修订　陈延嘉再修订）

游天台山赋一首并序 孙兴公

题解

孙绰(314—371),字兴公,东晋文学家,太原中都(今山西平遥)人,官至廷尉卿。少爱隐居,以文才著称。崇尚老庄哲学,兼收佛教思想,所作诗文枯淡寡味,充满玄学佛理,是玄言诗的代表作家,作品多散佚,有明人所辑《孙廷尉集》。

东晋时代内乱外患,接踵而至,下层文人动荡不安,士大夫文人也心怀苦闷,多托志于仙佛,以逃避现实的烦恼。《游天台山赋》反映的正是当时文人的这种情绪。

这篇赋的写作手法不同于一般写景抒情的山水诗,赋中铺叙了作者在幻想中登山觅仙的经过,把苦心钻研的道佛玄理同终生向往的隐居仙山之思一并融合于想象的图景中。以景物启发说理,以说理加深抒情。对后来的山水诗人影响很大。

原文

天台山者〔1〕,盖山岳之神秀者也〔2〕。涉海则有方丈、蓬莱〔3〕,登陆则有四明、天台〔4〕。皆玄圣之所游化〔5〕,灵仙之所窟宅〔6〕。夫其峻极之状〔7〕,嘉祥之美〔8〕,穷山海之瑰富〔9〕,尽人神之壮丽矣。所以不列于五岳〔10〕,阙载于常典者〔11〕,岂不以所立冥奥〔12〕,其路幽迥〔13〕。或倒景于重溟〔14〕,或匿峰于千岭〔15〕。始经魑魅之涂〔16〕,卒践无人之境〔17〕。举世罕能登陟〔18〕,王者莫由禋祀〔19〕,故事绝于常篇[20],名标于奇纪[21]。然图像之兴[22],岂虚也哉[23]!非夫遗世玩道[24],绝粒茹芝者[25],乌能轻举而宅之[26]。非夫远寄冥搜[27]、笃信通神者[28],何肯遥想而存之[29]。余所以驰神运思[30],昼咏宵兴[31],俯仰之间[32],若已再升者也[33]。方解缨络[34],永托兹岭。不任吟想之至[35],聊奋藻以散怀[36]。

太虚辽廓而无阂[37],运自然之妙有[38],融而为川渎[39],结而为山阜[40]。嗟台岳之所奇挺[41],寔神明之所扶持。荫牛宿以曜峰[42],托灵越以正基[43]。结根弥于华岱[44],直指高于九疑[45]。应配天于唐典[46],齐峻极于周诗[47]。邈彼绝域[48],幽邃窈窕[49]。近智以守见而不之[50],之者以路绝而莫晓[51]。哂夏虫之疑冰[52],整轻翮而思矫[53]。理无隐而不彰[54],启二奇以示兆[55]。赤城霞起而建标[56],瀑布飞流以界道[57]。

睹灵验而遂徂[58],忽乎吾之将行[59],仍羽人于丹丘[60],寻不死之福庭[61]。苟台岭之可攀[62],亦何羡于层城[63]?释域中之常恋[64],畅超然之高情[65]。被毛褐之森森[66],振金策之铃铃[67]。披荒榛之蒙茏[68],陟峭崿之峥嵘[69]。济楢溪而直进[70],落五界而迅征[71]。跨穹隆之悬磴[72],临万丈之绝冥[73]。践莓苔之滑石[74],搏壁立之翠屏[75]。揽樛木之长萝[76],援葛藟之飞茎[77]。虽一冒于垂堂[78],乃永存乎长生[79]。必契诚于幽昧[80],履重险而逾平[81]。既克隮于九折[82],路威夷而修通[83],恣心目之寥朗[84],任缓步之从容[85]。藉萋萋之纤草[86],荫落落之长松[87]。觌翔鸾之裔裔[88],听鸣凤之嗈嗈[89]。过灵溪而一濯[90],疏烦想于心胸[91]。荡遗尘于旋流[92],发五盖之游蒙[93]。追羲农之绝轨[94]，蹑二老之玄踪[95]。陟降信宿[96]，迄于仙都[97]。双阙云竦以夹路[98]，琼台中天而悬居[99]。朱阁玲珑于林间[100]，玉堂阴映于高隅[101]。彤云斐亹以翼棂[102]，皦日炯晃于绮疏[103]。八桂森挺以凌霜[104]，五芝含秀而晨敷[105]。惠风伫芳于阳林[106]，醴泉涌溜于阴渠[107]。建木灭景于千寻[108]，琪树璀璨而垂珠[109]。王乔控鹤以冲天[110]，应真飞锡以蹑虚[111]。骋神变之挥霍[112]，忽出有而入无[113]。

于是游览既周[114]，体静心闲。害马已去[115]，世事都捐[116]。投刃皆虚，目牛无全[117]。凝思幽岩[118]，朗咏长川[119]。尔乃羲和亭午[120]，游气高褰[121]。法鼓琅以振响[122]，众香馥以扬烟[123]。肆觐天宗[124]，爰集通仙[125]。挹以玄玉之膏[126]，嗽以华池之泉[127]。散以象外之说[128]，畅以无生之篇[129]。悟遣有之不尽[130]，觉涉无之有间[131]。泯色空以合迹[132]，忽即有而得玄[133]。释二名之同出[134]，消一无于三幡[135]。恣语乐以终日[136]，等寂默于不言[137]。浑万象以冥观[138]，兀同体于自然[139]。

注释

〔1〕天台山：在今浙江省天台县北。

〔2〕神秀：神奇。

〔3〕方丈、蓬莱：古代传说中海上的两座仙山。

〔4〕四明：山名，在今浙江省宁波地区。

〔5〕玄圣：道家所谓的至圣神人。游化：游历变化。

〔6〕窟宅：建造洞府。

〔7〕峻极：极其高峻。

〔8〕嘉祥：嘉美吉祥。

〔9〕瑰(guī 归)富:珍贵物产。

〔10〕不列于五岳:名次没有同五岳排列在一起。五岳,指东岳泰山、西岳华山、北岳恒山、南岳衡山,中岳嵩山。

〔11〕常典:常见的典籍。

〔12〕所立冥奥:所在之地幽深隐蔽。

〔13〕幽迥(jiǒng 窘):僻远幽邃。

〔14〕倒景:倒影。 重溟:大海。

〔15〕匿(nì 逆):隐藏。

〔16〕魑(chī 吃)、魅(mèi 妹):古代传说中的鬼怪。 涂:路途。

〔17〕卒:最后。 践:足踏。

〔18〕举世:世上所有的人。 陟(zhì 至):攀登。

〔19〕王者莫由禋(yīn 音)祀:帝王没有办法来祭祀。禋祀,祭祀天神,此处泛指祭祀。

〔20〕事绝于常篇:关于这仙山的事情,在通常的典籍中没有记载。常篇,即常典。

〔21〕名标于奇纪:仙山的名称仅出现于特殊的记载中。据李善注,奇纪指《内经·山记》。

〔22〕图像之兴:天台山图像的绘制。

〔23〕虚:虚构。

〔24〕遗世:脱离世俗。 玩道:研习道术。

〔25〕绝粒:不吃粮食。 茹芝:吃灵芝。道家以为吃灵芝可以长生。

〔26〕乌:何,怎么。 轻举:羽化飞升。 宅之:以仙山为居宅。

〔27〕远寄:将心志寄托于茫远的仙境。 冥搜:访求幽冥之所。

〔28〕笃信通神:虔诚向道,感动神灵。

〔29〕遥想而存之:遥寄心怀,思念仙山。

〔30〕驰神运思;驰骋神思,飞越联想。

〔31〕昼咏宵兴:白天歌咏,夜间兴叹。

〔32〕俯仰之间:刹那间。

〔33〕若已再升:好像已经登了两次山。

〔34〕方解缨络:将要摆脱世事的纠缠。

〔35〕不任:禁不住。 吟想之至:吟咏浮想达到极点。

〔36〕聊:凭借。 奋藻:铺陈文辞,指作《游天台山赋》。 散怀:抒发胸怀。

〔37〕太虚:天宇。 辽廓:辽阔。 阂(hé 合):阻碍。

〔38〕妙有:道家所谓无中生有之道。

〔39〕融:消溶。 川渎:河流。

〔40〕阜(fù 付):山丘。

〔41〕嗟:赞叹。台岳:指天台山。 奇挺:奇特,突出。

〔42〕荫牛宿(xiù 秀)以曜峰:天台山在牵牛星的荫蔽之下,星光照耀着山峰。牛宿,即牵牛星。中国古代将地理区域与天上的星宿对应相配,称为分野,牛宿是越国的分野,而天台山在越地,故受牛宿光照。

〔43〕托灵越:立身于灵秀的越国。 正基:奠定根基。

〔44〕结根弥于华岱:根基盘结比华岱更深远。弥,远。华,华山。岱,泰山。

〔45〕直指:峰峦挺拔。 九疑:九疑山,在令湖南境内。

〔46〕应配天于唐典:根据唐尧的典章,天台山可以配天。配天,德合于天。

〔47〕齐峻极于周诗:天台山之高可与周诗所说的峻极之山相比并。《诗·大雅·嵩高》:"嵩高维岳,峻极于天。"是说五岳之一的嵩山,极其高峻,可以触天。

〔48〕邈(miǎo 秒):远。 绝域:与人世隔绝的极远之地。

〔49〕幽邃(suì 岁):幽暗深奥。 窈窕(yǎo tiǎo 咬挑):幽深的样子。

〔50〕近智:智力短浅的人。 守见:拘守成见。 之:到。

〔51〕之者:到天台山去的人。

〔52〕哂(shěn 审)夏虫之疑冰:典出《庄子·秋水》,意谓笑那些见识浅薄的人像夏天的虫子不相信冬天会有寒冰。哂,微笑。

〔53〕整轻翮(hé 核)而思矫:抖擞羽翼准备高飞。道教传说中的仙人经常乘鸟飞行。轻翮,指鸟翼。矫,飞。

〔54〕理无隐而不彰:任何微妙的道理也没有藏而不露的。

〔55〕启二奇以示兆:显现两处奇景(指下文的赤城、瀑布),向人们揭示出仙山的某些迹象。兆,迹象。

〔56〕赤城:天台山入口处的一座山峰,峰壁赤色,故名赤城。 建标:立物为标记。

〔57〕界道:画出疆界。

〔58〕睹灵验:看到天台山所表现出的灵异。 徂(cú 殂):往。

〔59〕忽乎:飘然。

〔60〕仍:追随。　羽人:仙人可像鸟一样飞行,故称羽人。　丹丘:传说仙人居住的地方。

〔61〕不死之福庭:长生不死的乐园。

〔62〕台岭:天台山的山岭。

〔63〕层城:传说中昆仑山上神仙居住的地方。

〔64〕释:抛弃。　域中:尘世。　常恋:常人的贪恋。

〔65〕畅:通达。　超然之高情:超脱凡尘的情趣。

〔66〕被:穿衣。　毛褐(hè 贺):粗毛编织的衣服。　森森:粗陋的样子。

〔67〕金策:金饰手杖。　铃铃:手杖触地之声。

〔68〕披:开劈。　榛(zhēn 真):丛树。　蒙茏:草木茂密。

〔69〕峭崿(è 颚):陡峭山崖。　峥嵘:山势险峻的样子。

〔70〕楢(yóu 由)溪:亦称油溪,天台山的一条溪流。

〔71〕落:斜行。　五界:五县交界之处。　迅征:急速前行。

〔72〕穹隆:拱形。　悬磴(dèng 邓):高悬的石桥。

〔73〕绝冥:深渊。

〔74〕莓(méi 梅)苔:石桥上的青苔。

〔75〕搏:这里是扶着。　壁立之翠屏:石桥上有石屏名翠屏,如高墙耸立。

〔76〕樛(jiū 究)木:弯曲的树木。　萝:缠绕在树上的藤萝。

〔77〕援:攀援。　葛藟(lěi 垒):葛藤。　飞茎:飘动的藤条。

〔78〕一冒于垂堂:冒一次垂堂之险。垂堂,坐在堂的边缘上,两脚下垂,很容易掉下去。

〔79〕永存乎长生:永葆长生之道。

〔80〕契:合。　幽昧:指道家深奥的玄理。

〔81〕履重险而逾平:足踏重重险地,反而更觉平稳。逾,更加。

〔82〕既:已经。　克:能够。　陟(jī 鸡):登上。　九折:九曲盘旋之路。

〔83〕威夷:绵延舒缓的样子。　修通:通畅。

〔84〕恣:放任。　寥朗:心怀开阔,目光明亮。

〔85〕从容:舒缓的样子。

〔86〕藉:以草地为坐垫。　萋萋:茂盛。　纤草:细嫩的小草。

〔87〕荫:遮蔽。　落落:孤高的样子。

〔88〕觌(dí 敌):见。　鸾:传说中的神鸟。　裔裔:形容舞姿婀娜。

〔89〕噰噰(yōng 雍):和鸣声。

〔90〕灵溪:天台山中的一条溪流。 濯(zhuó 浊):洗。

〔91〕疏:清除。 烦想:世俗杂念。

〔92〕荡遗尘:扫荡遗留的世俗念头。 旋流:回旋的流水。

〔93〕发五盖之游蒙:揭开五盖的昏蒙。佛经以贪欲、瞋恚、睡眠、调戏、疑悔为五盖。游蒙,蒙昧。

〔94〕羲(xī 夕)农:指远古时代的伏羲氏和神农氏。 绝轨:高超的行迹。

〔95〕蹑(niè 聂):踩,跟踪。 二老:指道家尊崇的老子和老莱子。 玄踪:玄妙的踪迹。

〔96〕陟降信宿:登高走低过了一两夜。信,过两夜,宿,过一夜。

〔97〕迄:到达。 仙都:神仙居住的都城。

〔98〕双阙:指古代城门口两侧各设一座楼台。

〔99〕悬居:悬挂在空中。

〔100〕阁:李善本作阙,因与上文"双阙"重复,故从五臣本作阁。

〔101〕阴映:闪着冷暗之光。 高隅:高山的深处。

〔102〕彤(tóng 同)云:厚云。 斐亹(fěi wěi 匪伟):有文采的样子。 翼:承接。 棂(líng 灵):窗户上的格子。

〔103〕皦(jiǎo 搅)日:明亮的太阳。 炯晃:光辉灿烂。 绮疏:饰有花纹的窗孔。

〔104〕八桂:《山海经》:"桂林八树。"形容桂树繁茂,八株就可成林。 森挺:茂盛挺拔。 凌霜:遇霜而不凋落。

〔105〕五芝:道家所谓的五种灵芝。 含秀:花苞。 晨敷:花苞在清晨开放。

〔106〕惠风:和风。 伫芳:蕴藏着芬芳。伫,同"贮"。 阳:山南。

〔107〕醴(lǐ 礼)泉:甜美的山泉。 涌溜:涌流。 阴渠:山北的水渠。

〔108〕建木:传说中的仙境之树。据《淮南子》、《山海经》等书所载,仙境有建木,高千寻,中午日照而无树影。寻,古代以八尺为一寻。

〔109〕琪树:仙境的玉树。 璀璨(cuǐ càn):光辉灿烂。

〔110〕王乔:即仙人王子乔。据《列仙传》,王子乔本是周灵王太子,名晋,后经道人浮丘公点化成仙。 控鹤:驾驶仙鹤。

〔111〕应真:即佛教中所说的罗汉。 飞锡:执锡杖飞行。 蹑虚:腾空。

〔112〕骋神变:施展着神奇的变化。 挥霍:迅疾的样子。

〔113〕出有而入无:语出《淮南子》,意谓出入于虚无和真实之境。

〔114〕周:周遍。

〔115〕害马已去:语出《庄子》,意谓除去害群之马。此处以害马比喻世俗杂念。

〔116〕捐:抛弃。

〔117〕投刃皆虚,目牛无全:典出《庄子》:庖丁善屠牛,技巧纯熟达到极点,能看透牛身骨节的空间。将刀刃插入空处,牛身迎刃而解。以此比喻看破红尘,进入道家的虚无之境。

〔118〕凝思:集中思想。

〔119〕朗咏:放声歌咏。

〔120〕尔乃:于是。羲和亭午:指正午时分。羲和,神话中太阳的御者,此处指太阳神。亭午,太阳停于正午。

〔121〕高褰(qiān 千):高高地敞开。

〔122〕法鼓:佛门说法时召集听众的鼓。 琅(láng 郎):指声音响亮。

〔123〕众香:供佛时烧的各种香。 馥(fù 复):馥郁,香气浓厚。

〔124〕肆:遂,将要。 觐(jìn 近):朝见。 天宗:最高的神。

〔125〕爰:于是,就。 通仙:群仙。

〔126〕挹(yì 义):用勺舀取。 玄玉之膏:神仙食用的黑玉一样的东西。

〔127〕嗽(sòu):饮。 华池:传说中昆仑山上的仙池。

〔128〕散:宣讲。 象外之说:指道家学说。象外,超出物象之外。

〔129〕畅:疏通。 无生之篇:指佛经。

〔130〕悟:觉悟,觉察。 遣有之不尽:还没有将世俗杂念排遣干净。有,指尘世。

〔131〕涉无之有间:对虚无境界的理解尚有差距。无,指虚无的仙境。有间,有差距。

〔132〕泯色空以合迹:消灭色和空的界限,使二者合一。色与空是佛教用语,人能感触到的实体,称为色;空指世界的本质虚空,否认实体的独立存在。

〔133〕即有而得玄:从“有形”之中认识到虚无的玄理。道家认为“无”是“有”的根本,“有”是“无”的功用。

〔134〕释:解释。 二名:指“有”和“无”。 同出:“有”和“无”同出于道,“有”即是“无”。

〔135〕消一无于三幡(fān 番):消融三幡,同归于“无”。三幡,佛教用语,指色、空、观。

〔136〕恣语乐以终日:整日纵情谈论。

〔137〕等寂默于不言:同默默不语相同。这两句是在讲道家玄理,有即是无,终日谈论也就等于默不作声。

〔138〕浑万象以冥观:将万物混同起来,深入观察。

〔139〕兀:茫然无知的样子。

今译

天台山真是山岳中的奇迹!海上有方丈、蓬莱,陆地有四明、天台,至圣在那里游历变化,神人在那里安下洞府仙宅。山势高峻已极,气氛祥瑞无比;拥有着一切山中和海上的珍宝,展现出所有人间和仙境的壮丽。天台山之所以没有与五岳同列,通常典籍也不加记载,只是因为处于幽深隐蔽之地,路途遥远偏僻。天台山的群峰,有的倒影于汪洋大海,有的深藏于千山万岭;开始进山必经鬼怪之路,最后才能踏入无人之境。世上人都难以攀登,即使帝王也无法到此祭祀。所以平常的书中找不到此山,它的名称只见于特殊的记载。然而天台山图像已经绘成,这难道是凭空捏造?若不是那种脱离世俗、研习道术、断绝炊粮、只食灵芝的高人,怎能飞升成仙,居住在天台山上!若不是托志远方、访求幽冥、胸怀虔诚、感动神灵的志士,怎能遥寄心怀,思念仙山?因此我精神焕发,思想飞越,白天歌咏,夜间兴奋,刹那之间,好像两次登上仙山。我将要摆脱世事的纠缠,永远托身于天台山。禁不住吟咏浮想,达到极点,只好凭借写赋来抒发胸怀。

宇宙辽阔畅通无阻,妙有之道自然运动,消溶成为河流,凝结成为山岭。天台山奇特突出,令人赞叹,这是神灵扶持的结果。牛宿予以荫蔽,光辉照耀顶峰。立身于灵秀的越地,在此扎下根基。牢固胜过华岱,挺拔高于九嶷。据唐典,天台应当配天;考周诗,可与峻极之山相齐。绝域茫茫,幽暗深奥。愚者拙守而不肯去,去者阻于绝路而不知晓。笑那夏虫疑冰无远见，且抖擞羽翼飞向九霄。玄理微妙总会显露，二奇出世即是征兆。赤城如霞树起红路标，瀑布飞流画出边界道。

目睹灵异决心前往，我将飘然而行。追随羽人到丹丘，寻找长生仙境。倘若天台可以登攀，又何必羡慕层城。抛弃世俗的贪恋，通达超脱凡尘的情趣。粗衣披身毛茸茸，金杖叩地响当当。钻出茂密丛林，爬上悬崖险峰。渡过楢溪直进，斜穿五界急行。跨过高悬拱桥，身临万丈深渊。脚踩滑石青苔，手扶峭壁翠屏。握紧曲枝长藤，挽住飘动葛茎。冒一次垂堂之险，赢得永世长生。必使诚意合于玄理，历经重险更觉心平。终于越过九曲之路，前程宽广而畅通。心怀豁达视野开阔，信步漫游悠闲从容。萋萋嫩草当坐垫，落落长松遮阴凉。观看鸾鸟飞舞，倾听凤凰和鸣。身入灵溪沐浴，心中杂念洗净。遗留的俗气尽付旋流，揭开五盖的愚蒙。追随伏羲神农遗迹，足蹈老子老莱玄踪。登高走低一两夜，峰回路转到仙都。双阙夹道耸入云霄，琼台高悬空中飘浮。朱阁玲珑隐藏密林，玉堂掩映高山深处。彩云绚丽烘托华美窗棂，日光辉煌照耀绮纹窗孔。桂林苍劲在霜雪中生长，灵芝含苞在晨曦中开放。山南林中和风飘香，山北渠里甘泉流淌。建木万丈不见树影，琪树悬珠放射光芒。王乔乘仙鹤冲天，应真执锡杖腾空。施展神变于刹那之间，迅速出入有无之境。

于是游览周遍，身心闲静，凡尘已经除掉，世事全部抛弃。正如庖丁挥刀解牛，游刃于骨节空间。专心思索于深峡之中，放声歌咏于长川之畔。时至正午，游气尽散。法鼓咚咚敲响，众香馥郁升烟。将要朝见天宗，于是召集群仙。舀取玄玉之膏，饮用华池之水。宣讲道家“象外”理论，解说佛门“无生”经典。领悟到心中杂念未能驱尽，觉察出理解虚无尚有距离。色空合一界限泯灭，忽从“有形”获得玄理。消释二名同源于道，消融三幡同归于无。终日纵情谈论，等于默默不言。深察万物混一无别，不知不觉同化于自然。

（吴穷译注　陈复兴修订）

芜城赋一首

鲍明远

题解

鲍照(约414—466),字明远,南朝宋东海(今江苏连云港市东)人。少时治学勤苦,才华出众,素有经邦济世之志,但因出身寒门,不为世族权贵所重。他曾做临川王刘义庆、始兴王刘濬的国侍郎,以后任海虞、永嘉等地县令,最后任临海王刘子顼的前军参军,故世称"鲍参军"。明帝泰始二年,刘宋王朝内乱,刘子顼兵败,鲍照在荆州为乱兵所杀。

鲍照是我国南北朝时代的杰出诗人,他一生怀才不遇,对当时的腐朽政治深怀不满,写下了许多诗文抨击黑暗的现实,同情动乱中的人民,表现对美好生活的追求。这些作品摆脱了当时的浮靡的文风,具有较深刻的社会意义,某些作品也存在着消极伤感的情绪。鲍照的作品收在《鲍参军集》中。他的文学创作成就主要表现在诗歌方面,散文和赋也有一定的成就。

《芜城赋》在当时就是一篇著名的抒情小赋,是作者登广陵城(故城在今江苏省江都县东北)时写的。宋文帝元嘉二十七年,北魏南犯,广陵太守刘怀之烧城逃走。孝武明帝大明三年,竟陵王据广陵谋反,沈庆之讨平,杀三千余人。十年之间广陵城两遭兵祸,街市荒芜。鲍照有感于丧乱,命笔作赋。此赋用夸张对比的手法,极写广陵今昔不同的景象。首先驰骋想象,以生动的形象铺叙往昔盛况,接着直转笔锋描写今日的衰败,最后抚今忆昔抒发兴亡之感。对比鲜明有力,感情真挚深沉。对统治者的豪奢没落予以深刻的揭露和讥讽,也表露了作者自己悲凉失意的心境。

原文

沵迤平原[1],南驰苍梧、涨海[2],北走紫塞、雁门[3]。柂以漕渠[4],轴以昆冈[5]。重江复关之隩[6],四会五达之庄[7]。当昔全盛之时,车挂轊[8],人驾肩[9];廛闬扑地[10],歌吹沸天[11]。孳货盐田[12],铲利铜山[13];才力雄富[14],士马精妍[15]。故能侈秦法[16],佚周令[17],划崇墉[18],刳浚洫[19],图修世以休命[20]。是以板筑雉堞之殷[21],井幹烽橹之勤[22];格高五岳[23],袤广三坟[24];崪若断岸[25],矗似长云[26];制磁石以御冲[27],糊赪壤以飞文[28]。观基扃之固护[29],将万祀而一君[30]。

出入三代[31],五百余载,竟瓜剖而豆分[32]。泽葵依井[33],荒葛罥涂[34]。坛罗虺蜮[35],阶斗麏鼯[36]。木魅山鬼[37],野鼠城狐,风嗥雨啸[38],昏见晨趋[39]。饥鹰厉吻[40],寒鸱吓雏[41]。伏虣藏虎[42],乳血飧肤[43]。崩榛塞路[44],峥嵘古馗[45]。白杨早落,塞草前衰[46]。稜稜霜气[47],蔌蔌风威[48]。孤蓬自振[49],惊沙坐飞[50]。灌莽杳而无际[51],丛薄纷其相依[52]。通池既已夷[53],峻隅又已颓[54]。直视千里外,唯见起黄埃。凝思寂听[55],心伤已摧[56]。

若夫藻扃黼帐[57],歌堂舞阁之基[58];琁渊碧树[59],弋林钓渚之馆[60];吴蔡齐秦之声[61],鱼龙爵马之玩[62],皆薰歇烬灭[63],光沉响绝[64]。东都妙姬[65],南国丽人[66],蕙心纨质[67],玉貌绛唇[68],莫不埋魂幽石[69],委骨穷尘[70]。岂忆同舆之愉乐[71],离宫之苦辛哉[72]!天道如何[73],吞恨者多[74]。抽琴命操[75],为芜城之歌。歌曰:边风急兮城上寒,井径灭兮丘陇残[76]。千龄兮万代[77],共尽兮何言[78]!

注释

〔1〕泺迤(mǐ yǐ 米以):连绵倾斜的样子。 平原:指广陵一带平坦的地势。

〔2〕驰:指通达远方。 苍梧:古郡名,在今广西省境内。 涨海:南海的别称。

〔3〕紫塞:指长城。崔豹《古今注》:"秦筑长城,土色紫,汉塞亦然;一云雁门草紫色,故曰紫塞。" 雁门:关塞名,在今山西省北境。

〔4〕柂(duò 舵)以漕渠:把广陵比作船,以漕渠为尾舵。柂,同"柁",船舵。漕渠,即邗(hán 寒)沟,今名漕河,是春秋时吴国所凿的运河,东北通射阳湖,西北至京口入淮,流经广陵。

〔5〕轴以昆冈:把广陵比作车,以昆冈为轴心。轴,车轴。昆冈,广陵地面的一座高冈,又名阜冈、昆仑冈、广陵冈,广陵城建在其上。

〔6〕重江复关:江关重叠。 隩(ào 奥):水边幽深曲折之处。

〔7〕四会五达:四通八达。 庄:交通枢纽,康庄大道。

〔8〕挂轊(wèi 卫):轮毂相撞。极言车多。拥挤。轊,车轴末端。

〔9〕驾肩:肩臂交错相压。极言人多,拥挤。

〔10〕廛(chán 蝉):廛里,居民的住宅。孙诒让《周礼正义》:"通言之,廛里皆居宅之称。" 闬(hàn 汉):闾,里巷之门。 扑地:遍地。

〔11〕歌:歌唱。 吹:吹奏。 沸天:沸腾上升,直冲云天,形容歌唱奏乐之声异常喧闹。

〔12〕孳货盐田:从盐田取盐,可滋生钱财。孳,滋生。货,钱财。

〔13〕铲利:采矿取利。铲,开采,发掘。 铜山:藏有铜矿的山。

〔14〕才力雄富:人才杰出,力量雄厚。

〔15〕士马精妍:军队精良。

〔16〕奓(chǐ 齿)秦法:超越秦代法令制度。奓,即"侈",过分。

〔17〕佚周令:超越周代的法令制度。佚,通"轶",超过。古时建造城池都有一定的规格,广陵十分富强,筑城规模超过周秦两代。

〔18〕划:用锥刀刻画,这里指兴建土木。 崇墉(yōng 庸):高大城墙。

〔19〕刳(kū 哭):挖凿。 浚(jùn 俊)洫(xù 序):深沟,这里指护城河。

〔20〕图:图谋。　修世:永世。　休命:美好命运。

〔21〕板筑:古代筑墙,以两板夹土,用杵夯实,称为板筑。　雉堞(dié 迭):城上女墙,即城垛。　殷:盛大。

〔22〕井幹(hán 寒):建筑用的井形脚手架。　烽橹:城上瞭望峰火的望楼。勤:辛勤。

〔23〕格高五岳:格局高于五岳。五岳,指东岳泰山、西岳华山、南岳衡山、北岳恒山、中岳嵩山。

〔24〕袤(mào 冒)广三坟:幅员辽阔,与三坟相接。三坟,典出不详,李善注援引一说认为三坟即汝坟、淮坟,河坟。李注之坟与渍通,本指水涯,这里借指汝水、淮水、黄河三大流域。

〔25〕崒(zú 卒):高峻。　断岸:断裂而形成的绝壁。

〔26〕矗(chù 触):耸立。

〔27〕制磁石以御冲:用磁石制作城门以防御来犯者的突然袭击。《三辅黄图》:"阿房前殿以木兰为梁,磁石为门,怀刃者止之。"磁石吸铁,以之为门,可吸住歹徒的兵刃。

〔28〕糊:粘贴。　赪(chēng 称)壤:红色泥土。　飞文:墙上的图案花纹光彩飞耀。

〔29〕基扃(jiōng):泛指城阙。基,城基。扃,门闩。　固护:牢固。

〔30〕万祀而一君:一家君王统治万载。祀,年。

〔31〕出入:经历。　三代:据李善注,广陵郡城为汉吴王刘濞所筑,后经魏晋恰是三代,历时五百余载。

〔32〕瓜剖:如瓜被剖析。　豆分:如豆被分割。以瓜豆为喻形容广陵城的崩毁。

〔33〕泽葵:水葵(依李善说),一种水生植物。　依井:长满井壁。

〔34〕葛:一种蔓生的野草。　罥(juàn 倦):缠挂。　涂:道路。

〔35〕坛罗虺(huǐ 悔)蜮(yù 玉):庭院中居满毒蛇妖狐。坛,古人为祭祀盟誓而筑的土台,此处借指人的宅院。虺,毒蛇。蜮,传说中能含沙射人的短狐。

〔36〕阶斗麏(jūn 军)鼯(wú 吴):台阶上有麏和鼯鼠在殴斗。麏,五臣注作"麕"字,即麇。鼯,一种野鼠。

〔37〕木魅(mèi 妹):树林中的妖怪。

〔38〕嗥(háo 毫):嚎叫。

〔39〕趋:奔跑。

〔40〕厉吻:磨嘴。

〔41〕鸱(chī 吃):鹞鹰。　吓(hè 赫):恐吓。　雏:小鸟。

〔42〕虦:当做虤,即白虎。

〔43〕乳血飧(sūn 孙)肤:以血为乳,以肤为飧,即以血肉为饮食。飧,晚饭。肤,皮肉。

〔44〕榛(zhēn 真):丛生的树木。

〔45〕峥嵘:阴森。　馗(kuí 逵):九达的大道。

〔46〕塞草:寒草。

〔47〕稜稜:严寒的样子。

〔48〕蔌(sù 素)蔌:风声劲疾。

〔49〕自振:自行飞扬。

〔50〕坐飞:无故而飞。

〔51〕灌莽:灌木和杂草。　杳(yǎo 咬):深远。

〔52〕丛薄:草木杂处。　纷:杂乱。　相依:互相接连在一起。

〔53〕通池:护城河。　夷:填平。

〔54〕峻隅:高峻的城角。

〔55〕凝思:思想凝止。　寂听:听觉无声。

〔56〕摧:悲伤到极点。

〔57〕藻扃黼(fǔ 甫)帐:饰有花纹的门户和幔帐。藻,状如水草的花纹;扃,泛指门户;黼,古代礼服上黑白相间的花纹。

〔58〕基:处所。

〔59〕璇渊:玉池。　碧树:玉树。

〔60〕弋(yì 义)林:射猎的林苑。　钓渚:钓鱼的沙洲。

〔61〕吴蔡齐秦之声:泛指各地音乐。

〔62〕鱼龙爵马之玩:泛指各种技艺。爵,同"雀"。据颜师古《汉书》注和李善《西京赋》注,古时有变幻鱼龙玩耍雀马的杂技。

〔63〕薰:燃烧香料放出的香气。　烬:物体燃烧后残存的部分,此处借指火光。

〔64〕光沉响绝:光彩和音响都消失绝迹。

〔65〕东都:指洛阳。　妙姬:美女。

〔66〕南国:江南。

〔67〕蕙心:美人的芳心。蕙,本是一种芳草,此处比喻美女心地芳洁。　纨(wán 丸)质:细腻轻柔的体质。纨,一种细绢,此处比喻人体之美。

〔68〕绛唇:红唇。

〔69〕埋魂幽石:死后埋在幽暗的土石之下。

〔70〕委骨穷尘:葬身于荒僻的地方。委,弃。

〔71〕同舆:嫔妃得宠,与君王同车游玩。

〔72〕离宫:嫔妃失宠后居住的冷宫。以上两句说形体既亡,得宠之乐、失意之忧亦不复存在,比喻一切盛衰都随时光流逝。

〔73〕天道:指世事变化的法则。

〔74〕吞恨:抱恨。

〔75〕抽琴:取出琴。　命操:创作歌曲。命,命名;操,琴曲。

〔76〕井径:田间小路。井,井田,泛指田亩。　丘陇:土堆、田埂。

〔77〕龄:年。

〔78〕共尽:同归于尽。

今译

绵绵无际,广陵平原,南接苍梧和南海,北通长城、雁门关。若把广陵比做巨舟,漕河恰似尾舵,若把广陵比做高车,昆冈正如中轴。地处水涯深湾,江关重叠;康庄大道,四通八达。在从前广陵全盛的时代,车马众多,轮毂交错,人群拥挤,摩肩擦背。宅院门楼遍布大地,音乐歌舞响彻云天。开发盐田,扩大财源;采掘铜矿,从中取利;人才辈出,实力雄厚,军队强大,装备精良。所以规模超越秦朝制法,体制突破周代旧观。筑高墙,开深沟,图谋永保福运兴隆。因此夹木板筑城垣非常殷盛,搭井架修望楼万分辛勤。城郭高大超过五岳,地域广袤连接三坟;险峻如断崖,高耸似长云;门装磁石防御来犯之敌,墙粘红泥绘出飞耀之纹。观此城阙,无限牢固,指望世世代代一家之君。

然而只历时三代,五百余年,基业竟如瓜豆剖分。看今日广陵:水草爬满井壁,荒葛缠绕道路。庭院中毒蛇妖狐常住宿,台阶上野

麏鼯鼠冲突。林中怪、山中鬼，野外鼠、城内狐，风雨中怒吼狂呼，早晚间出没奔走。饥鹰磨擦嘴角，寒鸱恫吓小鸟。潜伏猛兽，隐藏恶虎；吸吮血浆，吞噬肌肤。丛木摧折，堵塞路途；古道阴森，满眼荒芜。白杨早已落叶，寒草已经枯萎。棱棱霜气逼人，萧萧劲风抖威。蓬草独自飘转，黄沙翻卷漫飞。丛树杂草幽深无际，草木杂处纷乱纠缠。深壕已经填平，高墙亦尽倒坍。极目远望千里之外，唯见黄尘随风扬起，心神凝滞听觉无声，实在令人悲伤已极！

至于那些彩门绣帐，歌舞楼台，玉池碧树，射猎林苑，垂钓的沙洲，幽雅的馆舍，吴蔡齐秦各地音乐，鱼龙雀马多种玩物，全都烟消香散，烛火泯灭，光彩湮没，音响断绝。东都美女，南国佳人，一个个心地芳洁，体态柔嫩，面如美玉，朱红涂唇。到如今：哪一个不是芳魂深埋土石，弱骨委弃荒村。谁还能回想与君王同车的快乐，冷宫失意的酸辛！

试看天道变化如何？总是抱恨者多。取出琴来谱曲，命题为芜城之歌。歌声唱道：边塞风急啊，城头凄寒，阡陌荒芜啊，田垄崩残。千年万代啊，兴亡盛衰，同归于尽啊，又复何言！

（吴穷译注　陈复兴修订）

鲁灵光殿赋一首并序

王文考

题解

王延寿，字文考，一字子山，东汉辞赋家。南郡宜城（今属湖北）人，文学家王逸之子。少有才俊，二十岁溺水而死。文考曾随父到泰山从鲍子贞学算学，并到鲁灵光殿前“观六艺”，遂作《鲁灵光殿赋》。赋成，深受蔡邕称道。原有文集，现已失传。

鲁灵光殿，汉景帝之子鲁恭王刘余所建。今已不存，故址在山东曲阜。经过西汉末年的战乱，到东汉时期，有名的宫殿皆已毁坏，唯有鲁灵光殿岿然独存。

作者以如椽大笔，极尽铺陈之能事，形象生动地记叙了宫殿的建筑和壁画。此赋本身就是一座艺术之宫，五彩缤纷，琳琅满目。既有大刀阔斧的轮廓勾勒，又有精雕细刻的细节描绘。在恢宏的气势下，多用工笔线条。尤其对雕刻和壁画的描写，状貌传神：荷花莲房，发秀吐荣，飞禽走兽，因木生姿；山神海灵，千变万化，伏羲女娲，曲得其情；胡人神仙，栩栩如生。

宫殿规模宏大，气势磅礴，结构复杂，工艺精巧，作者变换角度，作立体描写。远观近玩，登堂入室，从整体到部分，从部分到整体，记叙井井有条，刻画细致入微。从中可以窥见古代宫殿建筑之一斑，对研究我国古代建筑艺术有很高的史料价值。

原文

鲁灵光殿者，盖景帝程姬之子[1]，恭王余之所立也[2]。初[3]，恭王始都下国[4]，好治宫室，遂因鲁僖基兆而营焉[5]。遭汉中微，盗贼奔突[6]，自西京未央、建章之殿[7]，皆见隳坏[8]，而灵光岿然独存[9]。意者岂非神明依凭支持[10]，以保汉室者也。然其规矩制度[11]，上应星宿[12]，亦所以永安也。

予客自南鄙，观艺于鲁[13]，睹斯而眙曰[14]：嗟乎！诗人之兴，感物而作。故奚斯颂僖[15]，歌其路寝[16]，而功绩存乎辞，德音昭乎声。物以赋显，事以颂宣，匪赋匪颂[17]，将何述焉？遂作赋曰：

粤若稽古帝汉[18]，祖宗濬哲钦明[19]，殷五代之纯熙[20]，绍伊唐之炎精[21]。荷天衢以元亨[22]，廓宇宙而作京[23]，敷皇极以创业[24]，协神道而大宁[25]。于是百姓昭明[26]，九族敦序[27]，乃命孝孙[28]，俾侯于鲁[29]。锡介珪以作瑞[30]，宅附庸而开宇[31]。乃立灵光之秘殿[32]，配紫微而为辅[33]。承明堂于少阳[34]，昭列显于奎之分野[35]。

瞻彼灵光之为状也，则嵯峨嶵嵬[36]，峞巍㠑嵲[37]。吁！可畏乎，其骇人也。迢峣倜傥[38]，丰丽博敞[39]，洞轇轕乎，其无垠也[40]。邈希世而特出[41]，羌瑰谲而鸿纷[42]，屹山峙以纡郁[43]，隆崛岉乎青云[44]。郁坱圠以嶒竑[45]，崱繒绫而龙鳞[46]，汩硙硙以璀璨[47]，赫烰烰而烛坤[48]。状如积石之锵锵[49]，又似乎帝室之威神[50]。崇墉冈连以岭属[51]，朱阙岩岩而双立[52]；高山拟于阊阖[53]，方二轨而并入[54]。

于是乎乃历夫太阶，以造其堂[55]，俯仰顾眄[56]，东西周章[57]。彤采之饰[58]，徒何为乎？澔澔涆涆[59]，流离烂漫[60]。皓壁暠曜以月照[61]，丹柱歙赩而电烻[62]。霞驳云蔚[63]，若阴若阳，瀖濩燐乱[64]，炜炜煌煌[65]。隐阴夏以中处[66]，霐寥窲以峥嵘[67]，鸿炌炾以煨阆[68]，飋萧条而清泠[69]。动滴沥以成响[70]，殷雷应其若惊[71]。耳嘈嘈以失听[72]，目瞑瞑而丧精[73]。骈密石与琅玕[74]，齐玉珰与璧英[75]。

遂排金扉而北入[76]，宵霭霭而晻暧[77]，旋室㛹娟以窈窕[78]，洞房叫窱而幽邃[79]。西厢踟蹰以闲宴[80]，东序重深而奥秘[81]。屹铿瞑以勿罔[82]，屑黡翳以懿濞[83]。魂悚悚其惊斯[84]，心猥猥而发悸[85]。

于是详察其栋宇，观其结构，规矩应天[86]，上宪觜陬[87]。倔佹云起[88]，嵚崟离搂[89]；三间四表[90]，八维九隅[91]；万楹丛倚[92]，磊砢相扶[93]。浮柱岹嵽以星悬[94]，漂峣岘而枝拄[95]。飞梁偃蹇以虹指[96]，揭蘧蘧而腾凑[97]。层栌磥垝以岌峨[98]，曲枅要绍而环句[99]，芝栭攒罗以戢舂[100]，枝掌杈枒而斜据[101]。傍夭蟜以横出，互黝纠而搏负[102]。下岪蔚以璀错[103]，上崎巇而重注[104]。捷猎鳞集[105]，支离分赴[106]，纵横骆驿[107]，各有所趣[108]。

尔乃悬栋结阿[109]，天窗绮疏[110]，圆渊方井，反植荷蕖[111]。发秀吐荣，菡萏披敷[112]，绿房紫菂[113]，窋咤垂珠[114]。云楶藻棁[115]，龙桷雕镂[116]。飞禽走兽，因木生姿。奔虎攫拏以梁倚[117]，仡奋衅而轩鬐[118]。虬龙腾骧以蜿蟺[119]，颔若动而躨跜[120]。朱鸟舒翼以峙衡[121]，腾蛇蟉虬而绕榱[122]。白鹿孑蜺于欂栌[123]，蟠螭宛转而承楣[124]，狡兔跧伏于柎侧[125]，猿狖攀椽而相追[126]。玄熊舑錟以龂断[127],却负载而蹲跠[128]。齐首目以瞪眄,徒脈脈而狋狋[129]。胡人遥集于上楹[130],俨雅跽而相对[131],仡欺狸以雕䀍[132],鹔颣䫜而睽睢[133]。状若悲愁于危处,憯嚬蹙而含悴[134]。神仙岳岳于栋间[135],玉女窥窗而下视;忽瞟眇以响像[136],若鬼神之仿佛[137]。

图画天地,品类群生[138],杂物奇怪,山神海灵。写载其状,托之丹青[139];千变万化,事各缪形[140];随色象类[141],曲得其情[142]。上纪开阖[143],遂古之初[144];五龙比翼[145],人皇九头[146];伏羲鳞身,女娲蛇躯[147]。鸿荒朴略[148],厥状睢盱[149];焕炳可观[150],黄帝唐虞[151]。轩冕以庸,衣裳有殊[152];下及三后[153],婬妃乱主[154];忠臣孝子,烈士贞女[155]。贤愚成败[156],靡不载叙[157];恶以诫世,善以示后。

于是乎连阁承宫[158],驰道周环[159];阳榭外望[160],高楼飞观[161],长途升降[162],轩槛曼延[163]。渐台临池[164],层曲九成[165];屹然特立[166],的尔殊形[167];高径华盖[168],仰看天庭[169]。飞陛揭孽[170],缘云上征[171];中坐垂景[172],頫视流星。千门相似,万户如一[173]。岩突洞出[174],逶迤诘屈[175];周行数里[176],仰不见日。何宏丽之靡靡[177],咨用力之妙勤[178]。非夫通神之俊才[179],谁能克成乎此勋[180]?据坤灵之宝势[181],承苍昊之纯殷[182];包阴阳之变化,含元气之烟煴[183]。玄醴腾涌于阴沟[184],甘露被宇而下臻[185]。朱桂黝儵于南北[186],兰芝阿那于东西[187]。祥风翕习以飒洒[188],激芳香而常芬。神灵扶其栋宇,历千载而弥坚[189]。永安宁以祉福[190],长与大汉而久存;实至尊之所御[191],保延寿而宜子孙[192]。苟可贵其若斯,孰亦有云而不珍。

乱曰[193]:彤彤灵宫[194],岿嶵穹崇[195],纷庬鸿兮[196]。

崱峛嵫嶜[197]，岑崟崡嶷[198]，骈宠炊兮[199]。连拳偃蹇[200]，岭菌跜嵯[201]，傍欹倾兮[202]。歇欻幽蔼[203]，云覆霮䨴[204]，洞杳冥兮[205]。葱翠紫蔚[206]，礧碨瑰玮[207]，含光晷兮[208]。穷奇极妙[209]，栋宇已来[210]，未之有兮。神之营之，瑞我汉室[211]，永不朽兮。

注释

〔1〕景帝：汉景帝刘启，文帝之子。公元前一七五年至前一四一年在位。

〔2〕恭王余：刘余，汉景帝之子。封鲁恭王。《汉书·景十三王传》："程姬生鲁共王余。""共读曰恭。"（颜师古注）

〔3〕初：用为叙事中追溯已往之词。

〔4〕始都下国：指初立淮阳王。古以天子为上国，以诸侯为下国。《汉书·景十三王传》："鲁恭王余以孝景前二年立为淮阳王。吴楚反破后，以孝景前三年徙鲁。好治宫室苑囿狗马。"

〔5〕鲁僖：鲁僖公。　基兆：原来的基础。

〔6〕遭汉中微，盗贼奔突：指西汉末年，外戚掌政时，元帝皇后侄王莽代称帝事。中微，中衰。奔突，横冲直撞。

〔7〕未央：汉宫名。故址在今陕西西安市西北，长安城旧城内西南角。　建章：汉宫名。在未央宫西。

〔8〕见：被。　隳（huī 灰）：毁。

〔9〕岿（kuī 亏）然：高大坚固的样子。

〔10〕意：疑，猜想。

〔11〕规矩：方圆。　制度：规模。

〔12〕上应星宿："上应星宿，谓觜（星名，二十八宿之一）陬也。"（李善注）

〔13〕南鄙：指荆州。　艺：指六经，即《诗》、《书》、《礼》、《乐》、《易》、《春秋》。　鲁：山东曲阜一带。"鲁有周孔遗风""故观艺于鲁"。（李周翰注）

〔14〕斯：代词。指灵光殿。　眙（chì 翅）：惊视。

〔15〕奚斯：鲁公子。《诗·鲁颂·閟宫》："新庙奕奕，奚斯所作。"唐孔颖达《毛诗疏》："此庙是谁为之？乃是奚斯所作。""是诗（《閟宫》）公子奚斯所作也。"（李善注）　颂僖：歌颂僖公能复周公之宇。《毛诗疏》："《正义》曰：作《閟

宫》诗者,颂美僖公能复周公之宇。谓复周公时土地居处也。”

〔16〕路寝:正殿。古代帝王治事的地方。此指“新庙”之正殿。路,正。

〔17〕匪:非。

〔18〕粤若:同“曰若”。作语助词用于句首,无义。王夫之《姜斋文集·仿符命》:“粤若稽德,隆杀攸甄,岂不以其时哉!”《书·尧典》:“曰若稽古帝尧。”稽古:考古。《晋书·裴頠传》:“博学稽古,自少知名。”稽,考。

〔19〕濬(jùn 俊)哲:深沉而有智慧。 钦明:圣明。

〔20〕殷:盛。 五代:指周、殷、夏、唐、虞。 纯熙:广大。

〔21〕绍:继。伊唐,即唐尧时代。伊,语助词,无义。 炎精:兴盛。

〔22〕荷:赖,靠。 天衢(qú 渠):天道。 元亨:畅通。

〔23〕廓:扩大。 京:即京室,古指王室。《诗,大雅·思齐》:“思媚周姜,京室之妇。”

〔24〕敷:施。 皇极:指帝王统治的准则。古代帝王自以为所施政教,得其正中,可为法式,故称皇极。皇,君。极,标准。

〔25〕神道:天道。

〔26〕百姓:百官。孔颖达《书·尧典》疏:“百姓即百官也。” 昭明:明礼仪。昭,明。

〔27〕九族:指本身以上的父、祖、曾祖、高祖和以下的子、孙,曾孙、玄孙。 敦序:分别次序而亲之。亦作“敦叙”。张说《大唐封祀坛颂》:“九族敦叙,百姓昭明。”孔颖达《书·尧典》疏:“九族宜相亲睦,百姓宜明礼仪。”

〔28〕孝孙:指恭王余。

〔29〕俾(bǐ 比)侯于鲁:指封刘余为鲁恭王。俾,使。

〔30〕锡:赐。 介:大。 珪(guī 归):守邑的符信。 瑞:符信,凭证。

〔31〕宅:开辟为居住之处。 附庸:附属于大国的小国。“言其庸税贡赋附于大国。”(刘良注) 开宇:扩大土地居处。

〔32〕秘殿:神殿。

〔33〕紫微:帝宫。皇帝的居处。

〔34〕明堂:古代天子宣明政教的地方。 少阳:东方。

〔35〕昭列:闪耀光彩。 奎:星名。二十八宿之一。 分野:我国古代的一种迷信说法,将天空星宿分为十二次,配属于各国,用以占卜吉凶。分野之说当起于春秋以前;今传成文的十二星次配属各国,则起于战国。“奎娄(星名,二

十八宿之一),鲁之分野。"(吕延济注)

〔36〕嵯(cuó)峨:高峻的样子。 嶵嵬(zuì wéi 罪维):高峻之状。

〔37〕嵬(wéi 违)巍:高大雄伟的样子。 㠥㟪(lěi wěi 委):高峻奇险。

〔38〕迢峣(tiáo yáo 条尧):同"岧峣"。高峻的样子。 倜傥(tì tǎng 替躺):卓异。

〔39〕丰丽:富丽堂皇。 博敞:广博宽阔。

〔40〕洞:幽深。 轇轕(jiāo gě 交葛);深远的样子。

〔41〕邈:远。

〔42〕羌(qiāng 枪):语助词,无义。 瑰谲:奇异。 鸿:大。 纷:多。

〔43〕屹(yì 义):直立。 山峙:像山那样耸立。 纡郁:曲折幽深。

〔44〕隆:弯曲。 崛岉(jué wù 决悟):高高的样子。隆崛岉,隆起而成高高的拱形。

〔45〕郁:繁多。 坱圠(yǎng yà 养压):高低不齐。 嶒竑(céng hóng 层红):不平之状。

〔46〕崱(zè 仄):参差不齐。 缯绫(zēng líng 增灵):高低不平。

〔47〕汩(gǔ 骨):光泽。 硙硙:同"皑皑"。洁白光亮。 璀璨:光辉灿烂。

〔48〕赫:红如火烧。 炈(yì 义)炈:形容光明。 烛坤:照地。坤,地。

〔49〕积石:山名。《书·禹贡》:"导河积石,至于龙门。" 锵(qiāng 枪)锵:高大雄壮的样子。司马相如《长门赋》:"象积石之将将。"将将,此同"锵锵"。

〔50〕帝室:天帝之室,亦称紫宫。此指皇宫,天子所居之处。 威神:惊人。

〔51〕崇墉:(yōng 拥):高墙。墉,城墙。 冈连、岭属:形容高大绵长的城墙,如山脊相连,山岭相接。

〔52〕朱阙:城门两边红色的观楼。阙,古代宫殿、祠庙和陵墓前的高建筑物,通常左右各一,建成高台,台上起楼观。 岩岩:高峻的样子。

〔53〕阊阖(chāng hé 昌合):传说中的天门。此指皇宫的正门。

〔54〕方:并,合。 二轨:指能容二车并行。

〔55〕历:经。 太阶:高高的台阶。 造:至。 堂:古代宫室,前为堂,后为室。

〔56〕顾眄(miǎn 勉):环视。

〔57〕周章:周游浏览。

〔58〕彤(tóng 同):朱漆。

〔59〕澔澔(hào 浩)涆涆(hàn 汉):形容特别光亮。

〔60〕流离:光采焕发。 烂漫:布散。

〔61〕皜曜:白光。

〔62〕赩赩(xī xì 西细):深红色。 电烻(yàn 宴):电光。烻,强光。

〔63〕霞驳(bó 博):像云霞那样斑斓。 云蔚:像积云那样繁盛。

〔64〕濩(huò 霍)濩(huò 获)燐乱:形容光色闪动。

〔65〕炜(wěi 伟)炜:光彩炫耀。

〔66〕阴夏:座南朝北的大殿。夏,大殿。

〔67〕澒(hóng 洪):幽深的样子。 寥窲(liáo 辽):深邃之状。 峥嵘(zhēng róng 争荣):深邃。

〔68〕鸿:大。 炉晃(kuàng huǎng 矿谎):宽敞明亮。 爣阆(tǎng láng 倘郎):宽敞明亮。

〔69〕飋(sè 瑟):风很凉。 萧条:凋零。

〔70〕滴沥:水下滴。

〔71〕殷(yǐn 尹):震动声。 雷应:应声如雷。

〔72〕嘈嘈:形容声音嘈杂。

〔73〕瞑(xuān 宣)瞑:眼花缭乱的样子。 丧精:看物不清。精,指目力。

〔74〕骈(pián):并列。 密石:磨平的石。 琅玕(láng gān 郎甘):美石。《书·禹贡》孔安国《传》:"琅玕,石而似玉。"

〔75〕齐:排列。 玉珰:屋椽头用玉做的装饰物。《史记·司马相如列传》:"华榱(cuī 椽子)璧珰。"司马贞索隐引韦昭曰:"裁玉为壁,以当榱头。" 璧英:美玉。英,通"瑛"。

〔76〕排:推。 扉(fēi 非):门扇。

〔77〕宵:日将暮。 霭霭、晻暖(ài 爱):夜色。皆指屋宇深邃幽暗。

〔78〕旋室:曲折华丽的宫室。 㛹(pián 骈)娟:回环曲折的样子。 窈窕:深远的样子。

〔79〕洞房:通房,即连阁。洞,通"通"。 叫窱(tiǎo 挑):深远的样子。叫,疑为"窅"(yǎo 咬)。张衡《西京赋》:"望窅窱以径廷,眇不知其所返。"吕延济注:"闺闼互相通而深远,入者眇然而迷,不知还路。" 幽邃:屋宇深广。

〔80〕踟蹰:相连。 闲宴:安静。宴,安。

〔81〕东序:东厢。 奥秘:隐密。

〔82〕屹:特出。　锵瞑:视而不明。　勿罔:不详细。

〔83〕屑(xiè 谢):倏忽。　黡翳(yǎn yì 掩意):遮蔽。　懿濞(yì pì 意譬):深邃。

〔84〕悚(sǒng 耸)悚:恐惧。　斯:语助词,无义。

〔85〕偲(sī 死)偲:惊惧的样子。"葸葸,惧貌。偲与葸同。"(李善注)

〔86〕应天:与天上星宿相对应。

〔87〕宪:效法。　觜陬(zī zōu 资邹):觜,天上星宿,二十八宿之一。陬,春秋鲁地,在今山东曲阜东南。觜陬,指鲁灵光殿与天上觜宿相应。

〔88〕倔佹(guǐ 鬼)云起:如云罩在屋上。(用张铣说)

〔89〕嵚崟(qīn yín 钦银):形容像山那样高峻。　离搂:众木交加。指木质结构部分。

〔90〕三间:"东序、西厢,屋各为三间也。"(张铣注)　四表:四面。

〔91〕八维:八方(东、南、西、北、东南、西南、东北、西北,合称八维)。　九隅:中央加八方合称九隅。

〔92〕楹(yíng 迎):柱子。　丛倚:攒聚。

〔93〕磊砢(luǒ 裸):参差不齐的样子。(用李周翰说)

〔94〕浮柱:梁上的柱子。　岧嵽(tiáo dié 条迭):高远。　星悬:形容多如天上繁星。

〔95〕峣岘(yáo niè 尧聂):高险。　枝拄:撑拄。枝,支持。

〔96〕飞梁:架空的房梁。　偃蹇(yǎn jiǎn 掩简)拱曲之状。　虹指:像长虹那样。

〔97〕揭:举。　蘧(qú 渠)蘧:高高的样子。　凑:聚。

〔98〕栌(lú 卢):斗拱。即柱子顶上承托栋梁的方木。　磥硊(lěi wéi 垒维):高耸的样子。硊同"危"。　岌峨:高危。

〔99〕枅(jiān 坚):柱上的横木。《淮南子·主术训》:"短者以为朱儒枅栌。"　要绍:弯曲的样子。　环句:曲而相连。句,同"勾",弯曲。

〔100〕芝栭(ér 儿):画有芝草的梁上短柱。"栭,梁上短柱也,画以芝草之文。"(李周翰注)　欑(cuán 攒)罗:聚集。　戢孴(jí nǔ 吉女)众多的样子。

〔101〕枝撑:撑拄,支撑。　杈枒(chā yā 叉压):高低不齐的样子。

〔102〕夭蟜(jiāo 娇)黝(yǒu 有)纠:"林木相连绕貌。"(吕向注)一说"特出之貌。"(李善注)　搏负:互相支撑。

〔103〕茀(fú 扶)蔚:突出。 璀错:繁盛的样子。

〔104〕崎巇(yǐ 以):高峻陡险。 重(chóng 虫)注:重檐滴水。

〔105〕捷猎:参差相接。

〔106〕支离:分散。"支离谓椽一一而分布。"(吕向注)

〔107〕骆驿:同"络绎"。相连不断。

〔108〕各有所趣:"各有趣向,言不虚设也。"(吕向注)

〔109〕结阿(ē):结彩。阿,细缯。

〔110〕天窗:高窗。 绮疎(shū 书):镂刻的花纹。疎,刻。李善注:"刻为绮文,谓之绮疎。"胡刻本作"踈"。踈,"疎"之误。

〔111〕反植:根朝上。 荷蕖:荷花。

〔112〕菡萏(hàn dàn 憾旦):荷的花。《尔雅·释草》:"荷、芙渠……其花菡萏。" 披敷:分散布开。

〔113〕绿房:绿色的莲房。里边分成隔子,包住莲籽。 紫菂(dì 弟):紫色的莲子。

〔114〕窋咤(zhú zhà 烛诈):物在穴中突出。

〔115〕云楶(jié 节):绘有云朵的柱头斗拱。藻棁(zhuó 浊):绘有花纹的梁上短柱。

〔116〕龙桷(jué 决):绘有龙形的方椽。

〔117〕攫拿:举爪持物。(用吕延济说)

〔118〕仡(yì 义):抬头。 奋衅:跃跃欲斗的样子。 轩鬐(qí 齐):颈上的长毛高高竖起。轩,高扬。

〔119〕虯(qiú 求)龙:古代传说中的一种龙。 腾驤(xiāng 襄):飞跃。 蜿蟺(wān shàn 弯善):屈曲盘旋。

〔120〕颔(hàn 旱):点头。 蹊跜(kuí ní 奎泥):形容虬龙动的样子。

〔121〕朱鸟:朱雀。 峙:立。 衡:门上木。

〔122〕腾蛇:传说中一种能飞的蛇。虬龙、虎、朱鸟、腾蛇:一说古代神话中的北方四神。何(义门)批《文选》曰:虬龙,青龙;虎,白虎;朱鸟,朱雀;腾蛇,玄武。 蟉(liú 流)虯:屈曲盘绕的样子。 榱(cuī 催):椽子。"榱,亦椽也。有三名:一曰椽,二曰桷,三曰榱。"(张载注)

〔123〕孑蜺(jié ní 洁泥):伸脖。 欂(bó 博)栌:即斗拱。柱上的方木。朱骏声《说文通训定声·豫部》:"单言曰欂,累言曰欂栌,……方木,似斗形,在短柱

上,栱承屋栋。"

〔124〕蟠螭(pán chī 盘吃):曲折盘旋的蛟龙。蟠,曲。螭,龙。 楣(méi 眉):房屋的横梁,即二梁。

〔125〕跧(quán 全)伏:蜷伏。 柎(fū 夫)侧:斗栱上的横木。

〔126〕猿狖(yòu 又):泛指猿猴。狖,黑色的长臂猿。

〔127〕䑙談(tiān tàn 天探):吐舌之状。 龂(yín 银)龂:露齿貌,忿嫉之意。

〔128〕蹲跠(cún yí 存夷):踞坐。

〔129〕脉脉(mò 墨):凝视的样子。 狋狋(yí 宜):怒视。

〔130〕遥集:"以木刻胡人,形在于高处,故云遥集。"(李周翰注)

〔131〕俨雅:端庄,庄重。 跽(jì 忌):长跪。

〔132〕仡(yì 义):抬头。 欺䫏(xǐ 洗):大木头。 雕�(xuè 穴):像雕那样看。

〔133〕鸼颡颢(āo xiāo liáo 凹肖辽):深眼睛,高鼻子,凹扣脸,形容丑陋不堪。 睽睢(kuí suī 奎虽):瞪大眼睛。

〔134〕憯(cǎn 惨):同"惨"。惨痛。 嚬蹙(pín cù 贫促):同"颦蹙"。皱眉蹙额。 悴:忧。

〔135〕岳岳:挺立的样子。

〔136〕瞟眇(piǎo miǎo 缥秒):恍惚。 响像:依稀。

〔137〕仿佛:见不真切。

〔138〕品类:区分物类。

〔139〕丹青:绘画颜色。

〔140〕缪形:形象各不相同。

〔141〕随色象类:用不同的颜色,表现各类事物的形象。

〔142〕曲得其情:曲折微妙地表现事物的情态。

〔143〕纪:记。 开辟:开天辟地。

〔144〕遂古:上古。

〔145〕五龙比翼:李善注《游仙诗》引《遁甲开山图荣化解》:"五龙,皇后君也。昆弟五人,皆人面而龙身。长曰角龙,木仙也;次曰羽龙,火仙也;次曰商龙,金仙也;次曰羽龙,水仙也,次曰宫龙,土仙也。父与诸子同得仙,治在五方。"五龙比翼即指此。

〔146〕人皇九头:人皇,三皇之一。司马贞《补史记·三皇本纪》:“人皇九头,乘云车,驾六羽,出谷口,兄弟九人,分长九州,各立城邑,凡一百五十世,合四万五千六百年。”

〔147〕伏羲鳞身,女祸蛇躯:传说宇宙初开之时,只有伏羲、女娲兄妹二人,便结为夫妻再造人类。兄妹皆人头蛇身。汉代尚有人头蛇身之伏羲女娲交尾像的壁画。近年出土的汉代伏羲女娲石刻画像,正作此状。

〔148〕鸿荒:混沌蒙昧的状态,借指太古时代。鸿,通“洪”。 朴略:质朴简陋。

〔149〕厥(jué 决):其。 睢盱(huī xū 挥虚):质朴之形。

〔150〕焕炳:光辉闪烁。

〔151〕黄帝:传说中中原各族的共同祖先。姬姓,号轩辕氏、有熊氏。 唐:史称唐尧。传说中父系氏族社会部落联盟领袖。 虞:史称虞舜。传说中父系氏族社会后期部落联盟领袖。

〔152〕轩冕以庸,衣裳有殊:轩冕,古时卿大夫的轩车和冠冕。《周易·系辞下》:“黄帝尧舜垂衣裳而天下治。”上为衣,下为裳。不同等级的人穿不同的衣裳。“垂衣裳以辨贵贱”。(韩康伯注)故云“衣裳有殊。”庸,用。

〔153〕三后:指夏、商、周三代之君。后,国君。

〔154〕婬妃乱主:李善注引《国语》曰:“昔,夏桀妹喜有宠而亡夏;殷辛妲己有宠而亡殷;周幽褒姒有宠,周于是乎亡。”

〔155〕烈士:古时泛指有志功业或重视自己的信念而轻生的人。 贞女:封建礼教称从一而终的女子,所谓“贞女不更二夫”。

〔156〕贤愚:德才都好者曰贤;德才都不好者曰愚。 成败:成功者和失败者。

〔157〕靡:无。

〔158〕承:接。

〔159〕驰道:君王所行之道。因其乘车马而行,故曰驰道。

〔160〕阳榭:无内室的大殿。阳,高大。

〔161〕飞观:高阁。

〔162〕长途:指楼阁间的栈道。 升降:上下。

〔163〕轩槛:有窗子和栏杆的长廊。 曼延:长而不断。

〔164〕渐台:鲁灵光殿之台名。吕向注:“渐台,星名。法星而为台名。”

〔165〕层:高。 九成:九重。

〔166〕屹然:高高的样子。 特立:卓然独立。

〔167〕的尔:分明的样子。

〔168〕径:至。 华盖:星名。

〔169〕天庭:指宫殿。

〔170〕陛:帝王宫殿的台阶。 揭孽:极高的样子。

〔171〕征:行。

〔172〕中坐垂景,頫(fǔ 斧)视流星:夸张之言。形容渐台高出云天,坐台俯视,下见星日。頫,俯。景,日光。

〔173〕千门相似,万户如一:张载注:"千门万户言众多也;相似如一,言皆好也。"

〔174〕岩突:石室。"石突,即岩突之误。"《史记·司马相如列传》:"岩突洞房,俛杳眇而无见,仰攀撩而扪天。"

〔175〕逶迤(wēi yí 威移):曲曲折折延续不断的样子。 诘屈:曲折。

〔176〕周行:方圆。

〔177〕宏丽:宏伟壮丽。 靡靡:富丽的样子。

〔178〕咨:嗟叹之词。 妙:指技艺精妙。 勤:人力勤劳。

〔179〕俊才:德才超群之人。

〔180〕克成:完成。 勋:功业。

〔181〕坤灵:地神。此指地。

〔182〕苍昊(hào 号):天。"春为苍天,夏为昊天。"(张载注) 纯嘏:大福。纯,大。"嘏即'嘏'(gǔ 古。嘏,福。)字之叚。其作嘏者,变文以协韵也。"(朱起凤《辞通》)

〔183〕元气:天地间的阴气和阳气。 烟煴(yūn 晕):同"细缊"。天地之蒸气。

〔184〕玄醴(lǐ 理):醴泉,即甘美的泉水。 阴沟:"醴泉出地,故曰阴沟。"(张载注)又"沟,渠也。在殿北,故称阴。"(张铣注)

〔185〕甘露:甜美的露水。古人迷信,以为天下太平,则降甘露。《汉书·宣帝纪》:"甘露降未央宫。" 臻:至。

〔186〕朱桂:香木名。 黝儵(yǒu yóu 有由):茂盛的样子。

〔187〕兰芝:香草名。 阿那:同"婀娜"。

〔188〕祥风:和风。 翕(xì 细)习:风来之状。 飒(sà 萨)洒:风吹草木声。

〔189〕弥:益,更。

〔190〕祉(zhǐ 止):善。

〔191〕至尊:皇上,天子。　御:帝王服用、居处之物的指称。

〔192〕宜:安。

〔193〕乱:终篇的结语。

〔194〕彤彤:通红。

〔195〕峞嶵(kuī zuì 亏罪):高大特立。　穹(qióng 穷)崇:高大隆起。

〔196〕纷:盛多。　庬(máng 忙):大。

〔197〕崱屴(zè lì 仄力):高峻。　嵫(zī 资)釐:险峻。

〔198〕岑崟(cén yín 涔银):险峻。　嵫嶷(zī yí 资夷):参差不齐。

〔199〕岩岌(lóng zōng 龙宗):高耸。

〔200〕偃蹇(yǎn qiān 眼千):高耸。　连拳:屈曲之状。

〔201〕峮嵚(jūn 军):特起之状。　蹉嵼(quán chǎn 全产):屈曲险峻。

〔202〕攲(qī 其)倾:倾斜。

〔203〕歇欻(xū 虚):幽邃。　幽蔼:很深的样子。

〔204〕霮霸(dàn duì 淡对):云聚集的样子。

〔205〕杳(yǎo 咬)冥:深暗幽远。

〔206〕紫蔚:蔚蓝与青赤相间之色。此形容有文采。

〔207〕礧磈(lěi wěi 磊委):大石。　瑰玮(guī wěi 归伟):绮丽。

〔208〕晷(guǐ 鬼):日影。

〔209〕穷奇极妙:穷尽奇妙。

〔210〕栋宇:房屋殿阁。

〔211〕瑞我汉室:降吉祥给我汉王室。瑞,吉祥。此作动词,降吉祥。

今译

鲁灵光殿,为汉景帝程姬之子恭王刘余所建。当初,刘余封为鲁恭王,建都曲阜,好造宫殿,于是借鲁僖公"姜原庙"旧基,建起了灵光殿。经过王莽篡汉,盗贼横行,包括西京的未央、建章在内的宫殿全被毁坏,而灵光殿却岿然独存,或许是有神明保佑,以支持汉室的中兴。灵光殿的方圆规模与觜陬星宿相应,故得以永安。

我客居荆州，来鲁地观赏六经，见此殿而惊视。赞叹道：啊！诗人之作，感物而发。所以公子奚斯作《闷宫》之诗，歌颂僖公恢复周公封地，赞美"新庙"正殿之大；僖公业绩蕴含诗句之中，美德谱入乐曲之内，传颂不已。物，借赋来显赫；事，靠颂来宣扬。无赋无颂用什么来叙事写物呢？于是作赋道：

遵循先王古道，建立大汉王朝。继承前贤的濬智圣明，使五代的美德更加隆盛，使唐尧的业绩益发恢宏。深得天道，万事亨通，扩建宫殿，作为京城。施行最高教化以开创伟业，顺应天道而永久太平。于是百官明礼仪，九族相亲睦，封刘余为恭王，建都于鲁。赐大珪作封地之信符，扩居处为汉室之附庸。因此恭王建灵光神殿，陪衬帝宫。它坐落在东方，遥应天子的明堂，光彩闪烁，在奎娄星的分野之中。

仰望那灵光殿的雄姿，如耸立的山峰，险峻巍峨。嚇，多险哪！使人惊心动魄。高险奇异，博大宽阔。旷远深长，无际无边。亘古罕见，奇特非凡。它似山峰突起，高插云天。栋梁纷繁，高低不一。参差错落，犹如龙鳞。高大明净，众材所饰，辉煌灿烂，光照大地。像积石那样雄伟，像天宫那样威严。高墙蜿蜒，如山岭相连；双台朱红，矗立云天。宫阙高大，天门一般，两车并行，可入里边。

经过高高的台阶，来到前堂。上下察看，左右观赏。釉彩粉饰，又是如何？亮亮堂堂，光芒四射。白壁闪光，如月映辉；丹柱殷红，亮似闪电。像彩霞那样斑斓，像积云那样纷繁。时明时暗，光彩变幻，五色缤纷，霞光闪闪。

穿过厅堂，是坐南朝北的前殿。堂奥深远，又亮又宽。萧瑟清爽，似觉微寒。殿外屋檐滴水成音，殿内回响如雷震撼。两耳轰鸣失去听力，眼花缭乱视若不见。墙壁用板石拼砌，椽头用美玉镶嵌。

推开金光闪耀的门扉，进入坐北朝南的正殿。暮霭沉沉，曲屋回环，内室幽暗。西厢连阁，安静清闲。东厢重深，幽蔽隐然。神秘特出，视而不清。深邃莫测，见此心惊。恐惧万状，惊悸心动。

于是详察栋宇，细观结构。上应天上星宿，规模正合觜陬。如云涌起，众木相支。三间四表，八方九隅。万柱丛聚，参差不齐。梁上支柱，好似悬星，轻飘无限，其险若惊。悬梁拱曲，婉若飞虹。高高架起，相聚腾空。梁上垫木层层叠起，柱上横木弯成环形。短柱画着灵芝，千梁万梁攒聚。长短参差不齐，左右旁顶侧支。林木相连横出两旁，此挂彼牵互相支撑。下边纵横交错，上边奇险巍峨。鳞次栉比，四面辐射，纵横交错，相连不绝。每根梁柱都有着落，支撑勾连无一虚设。

屋顶曲梁高悬，高窗刻满花纹。棚顶作圆潭方池，下看芙蓉倒植。荷花盛开，四面披敷。绿房紫实，垂若悬珠。粢上画云，棁上画草，方椽雕龙，飞禽走兽，因木生姿。猛虎奋爪抱梁，欲斗颈毛高竖；虬龙飞腾盘曲，颔首蠕蠕欲动。朱雀展翅立横木，腾蛇盘屈绕方椽。白鹿引颈立斗拱，蟠龙曲体绕二梁。斗栱两侧雕狡兔，猿猴攀椽相追逐。黑熊吐舌似暴怒，背负栋梁而蹲踞。群兽举头瞪眼看，两目耽耽射凶光。大厅柱上画胡人，相对长跪势庄严。大头瞪眼如雕视，高鼻凹脸眼窝深。貌若悲愁居高处，皱眉蹙额含忧心。胡人之上画神仙，神仙挺立于栋间。玉女窥窗往下看，依稀可见如鬼神。

大厅周墙是壁画，天地万物在其间。各种怪物，山神海灵。绘形绘色，全靠丹青。千变万化，各不相同。随物着色，微妙传神。上画开天辟地，远古之初；五龙比翼，人皇九头；伏羲鳞身，女娲蛇躯。鸿荒时代，纯厚朴质。黄帝唐虞，灿烂可观，乘轩戴冕，衣分等级。至夏商周，淫妃乱主。忠臣孝子，烈士贞女，贤愚成败，无不画之。恶者警世，善者垂范。

灵光大殿，宫阁相连。君行之道，绕殿回环。高台外望，危楼飞观。楼阁廊道，高低连绵。两侧栏杆，连续不断。渐台临池，高曲九层。巍然独立，形象鲜明。高出华盖，仰看天庭。天阶高悬，顺云上行。坐在台中观白日，俯首向下看流星。千门万户一样美，如出岩穴逶迤行。大殿方圆有数里，仰头不见日光明。何等宏伟而细巧，叹其精妙夺天工。若非通神之俊才,谁能完成此大功。它占有地利之宝势,承受苍天之大中。四季变化,大气云蒸。醴泉从地出,甘露降屋顶。朱桂繁茂生南北,兰芝婀娜于西东。和风习习吹草木,香气馨馨味常浓。神灵保佑灵光殿,历经千载更牢坚。永远安宁得福善,与大汉王朝久长存。实为皇上之所用,延年益寿安子孙。如其可贵真如此,有谁说它不美珍?

总而言之:灵光宝殿红彤彤,高大特立成拱形。宫室繁多,形势险峻,参差不齐,巍然高耸。屈曲陡峭,其险若倾。幽远深邃,如云聚拢。红蓝间杂,五色缤纷。犹如巨大宝石那样绮丽,日光返射,其妙无穷。从有宫殿未曾见过,雄伟巧妙,鬼斧神工。它为汉室降吉祥,永保大汉王朝繁荣昌盛。

(赵福海译注并修订　陈延嘉再修订)

景福殿赋一首

何平叔

题解

何晏,生年不详,卒于249年。字平叔,南阳宛(今河南省南阳市)人。他是汉末何进之孙。何晏之母尹氏,被曹操纳为夫人。少年生长于宫中,受宠如公子。稍长,以才秀知名,性狂傲,服饰拟于太子,故为曹丕所忌恨。后娶金乡公主为妻,与曹氏政权关系密切。文帝初即位,何晏无所事任。至正始以后,因曲合于曹爽,更兼文才出众,被爽用为散骑侍郎,迁侍中尚书。又因娶公主为妻,得赐爵列侯。

何晏好老庄之学,与夏侯玄等竞为清谈,士大夫多相仿效,一时成为风气。为尚书时,主选举,与之有旧者,多被拔擢。司马氏篡权后,何晏与曹爽阴谋反叛,被司马懿杀死。

何晏是魏晋著名学者,所著《道德论》、《论语集解》,在中国哲学史上很有影响。又是著名文章家,流传文赋数十篇,《景福殿赋》即其中之一。

《景福殿赋》是描写许昌景福殿的一篇赋文。《三国志·魏书·明帝纪》载:魏明帝太和六年二月下诏,改封诸侯王,皆以郡为国。三月东巡狩,所过存问高年鳏寡孤独,赐谷帛。九月,行幸摩陂,治许昌宫,起景福、承光二殿。这个记载与赋文序合,盖《景福殿赋》乃是借描绘景福殿的宏伟壮丽,歌颂曹魏政权隆盛的一篇文章。

这篇文章就其内容看,是歌功颂德之作。当时,吴蜀尚未平定,辞人描绘魏室宫殿的壮观,意在宣扬中原势力强大。再三强调宫殿建制应合天地，顺乎四时，旨在说明魏室皇权禀天受命，政有懿德。赋文中溢美之辞甚多，如“四三皇而六五帝”云云，阿谀过分，令人生厌。但这篇赋文在赋体文章的发展中，却有其重要地位。不仅本身在写景状物方面，丹青绘彩，描写逼真，筑构云积，显见层次，具有成功之处。同时，作为描写宫苑的大赋体制，既有铺张扬厉的特点，又有发展变化。就其状物方式看，也还如大赋的南北东西依次赋形，但它却不呆板，每在一段景观描写之后，夹杂一段议论，议论之中还颇露性情，这一点是汉大赋的发展。其次，汉大赋多在写景状物之后，寥寥几语，劝百讽一，以见风人之旨。而这篇赋文则是多处称颂，在称颂之中略现微辞。表现出大赋之作逐渐抒情化，同时又显得含蓄，深具情韵。

原文

大哉惟魏[1]，世有哲圣[2]，武创元基[3]，文集大命[4]。皆体天作制[5]，顺时立政[6]。至于帝皇[7]，遂重熙而累盛[8]。远则袭阴阳之自然[9]，近则本人物之至情[10]。上则崇稽古之宏道[11]，下则阐长世之善经[12]。庶事既康[13]，天秩孔明[14]，故载祀二三[15]，而国富刑清[16]。岁三月东巡狩[17]，至于许昌[18]。望祠山川[19]，考时度方[20]。存问高年[21]，率民耕桑[22]。越六月既望[23]，林钟纪律[24]，大火昏正[25]，桑梓繁芜[26]，大雨时行[27]。三事九司[28]，宏儒硕生[29]，感乎溽暑之伊郁[30]，而虑性命之所平[31]，惟岷越之不静[32]，寤征行之未宁[33]。乃昌言曰：昔在萧公[34]，暨于孙卿[35]，皆先识博览[36]，明允笃诚[37]。莫不以为不壮不丽[38]，不足以一民而重威灵[39]；不饬不美[40]，不足以训后而永厥成[41]。故当时享其功利[42]，后世赖其英声[43]。且许昌者，乃大运之攸戾[44]，图谶之所旌[45]，苟德义其如斯[46]，夫何宫室之勿营[47]？帝曰俞哉[48]！玄辂既驾[49]，轻裘斯御[50]，乃命有司[51]，礼仪是具[52]。审量日力[53]，详度费务[54]，鸠经始之黎民[55]，辑农功之暇豫[56]。因东师之献捷[57]，就海孽之贿赂[58]。立景福之秘殿。备皇居之制度。

尔乃丰层覆之耽耽[59]，建高基之堂堂[60]。罗疏柱之汩越[61]，肃坻鄂之锵锵[62]。飞榈翼以轩翥[63]，反宇𬡸以高骧[64]。流羽毛之葳蕤[65]，垂环玭之琳琅[66]，参旗九旒[67]，从风飘扬。皓皓旰旰[68]，丹彩煌煌[69]。故其华表[70]，则镐镐铄铄[71]，赫弈章灼[72]，若日月之丽天也。其奥秘则翳蔽暧昧[73]，仿佛退概[74]，若幽星之缅连也[75]。既栉比而攒集[76]，又宏琏以丰敞[77]，兼苞博落[78]，不常一象[79]。远而望之，若摛朱霞而耀天文[80]，迫而察之，若仰崇山而戴垂云[81]。羌瑰玮以壮丽[82]。纷彧彧其难分[83]，此其大较也[84]。

若乃高甍崔嵬[85]，飞宇承霓[86]，绵蛮黮霸[87]，随云融泄[88]，鸟企山峙[89]，若翔若滞[90]，峨峨嶫嶫[91]，罔识所届[92]，虽离朱之至精[93]，犹眩曜而不能昭晰也[94]。尔乃开南端之豁达[95]，张笋虡之轮豳[96]。华钟杌其高悬[97]，悍兽仡以俪陈[98]。体洪刚之猛毅[99]，声訇磤其若震[100]。爰有遐狄[101]，镣质轮菌[102]，坐高门之侧堂[103]，彰圣主之威神[104]。芸若充庭[105]，槐枫被宸[106]，缀以万年[107]，綷以紫榛[108]。或以嘉名取宠，或以美材见珍。结实商秋[109]，敷华青春[110]，蔼蔼萋萋[111]，馥馥芬芬[112]。尔其结构，则脩梁采制[113]，下褰上奇[114]。桁梧复叠[115]，势合形离[116]。赩如宛虹[117]，赫如奔螭[118]，南距阳荣[119]，北极幽崖[120]。

任重道远，厥庸孔多[121]。于是列髹彤之绣桷[122]，垂琬琰之文珰[123]。蝹若神龙之登降[124]，灼若明月之流光[125]。爰有禁楄[126]，勒分翼张[127]。承以阳马[128]，接以员方[129]。斑间赋白[130]，疏密有章[131]。飞枊鸟踊[132]，双辕是荷[133]。赴险凌虚[134]，猎捷相加[135]。皎皎白间[136]，离离列钱[137]。晨光内照，流景外烻[138]。烈若钩星在汉[139]，焕若云梁承天[140]。骈徙增错[141]，转县成郛[142]。茄蔤倒植[143]，吐被芙蕖[144]，缭以藻井[145]，编以綷疏[146]。红葩㶉𤈶[147]，丹绮离娄[148]，菡萏赩翕[149]，纤缛纷敷[150]。繁饰累巧[151]，不可胜书。于是兰栭积重[152]，窭数矩设[153]，櫼栌各落以相承[154]，栾栱夭蟜而交结[155]。金楹齐列[156]，玉舄承跋[157]。青琐银铺[158]，是为闺闼[159]。双枚既脩[160]，重桴乃饰[161]，槐梠缘边[162]，周流四极[163]。侯卫之班[164]，藩服之职[165]，温房承其东序[166]，凉室处其西偏[167]。开建阳[168]，则朱炎艳[169]；启金光[170]，则清风臻[171]。故冬不凄寒，夏无炎燀[172]。钧调中适[173]，可以永年。墉垣砀基[174]，其光昭昭[175]。周制白盛[176]，今也惟缥[177]。落带金釭[178]，此焉二等[179]，明珠翠羽，往往而在[180]。钦先王之允塞[181]，悦重华之无为[182]。命共工使作缋[183]，明五采之彰施[184]。图象古昔，以当箴规[185]。椒房之列[186]，是准是仪[187]。观虞姬之容止[188]，知治国之佞臣[189]。见姜后之解佩[190]，寤前世之所遵[191]。贤钟离之谠言[192]，懿楚樊之退身[193]。嘉班妾之辞辇[194]，伟孟母之择邻[195]。故将广智[196]，必先多闻。多闻多杂[197]，多杂眩真[198]。不眩焉在，在乎择人。故将立德[199]，必先近仁[200]。欲此礼之不愆[201]，是以尽乎行道之先民[202]。朝观夕览，何与书绅[203]。

若乃阶除连延[204]，萧曼云征[205]，棂槛邳张[206]，钩错矩成[207]。楯类腾蛇[208]，槢似琼英[209]。如螭之蟠[210]，如虬之停[211]。玄轩交登[212]，光藻昭明[213]。驺虞承献[214]，素质仁形[215]。彰天瑞之休显[216]，照远戎之来庭[217]。阴堂承北[218]，方轩九户[219]。右个清宴[220]，西东其宇[221]，连以永宁[222]，安昌临圃[223]。遂及百子[224]，后宫攸处[225]。处之斯何？窈窕淑女[226]。思齐徽音[227]，聿求多祜[228]。其祜伊何？宜尔子孙。克明克哲[229]，克聪克敏[230]。永锡难老[231]，兆民赖止[232]。于南则有承光前殿[233]，赋政之宫[234]，纳贤用能，询道求中[235]。疆理宇宙[236]，甄陶国风[237]。云行雨施[238]，品物咸融[239]。其西则有左城右平[240]，讲肄之场[241]，二六对陈[242]，殿翼相当[243]。僻脱承便[244]，盖象戎兵[245]，察解言归[246]，譬诸政刑[247]，将以行令，岂唯娱情。镇以崇台[248]，寔曰永始[249]，复阁重闱，猖狂是俟[250]。京庾之储[251]，无物不有。不虞之戒[252]，于是焉取。尔乃建凌云之层盘[253]，浚虞渊之灵沼[254]，清露瀼瀼[255]，渌水浩浩[256]。树以嘉木，植以芳草，悠悠玄鱼[257]，皠皠白鸟[258]，沉浮翱翔，乐我皇道[259]，若乃虬龙灌注[260]，沟洫交流[261]。陆设殿馆[262]，水方轻舟[263]，篁栖鹍鹭[264]，濑戏鰋鲉[265]。丰侔淮海[266]，富赈山丘[267]。丛集委积[268]，焉可殚筹[269]？虽咸池之壮观[270]，夫何足以比仇[271]？于是碣以高昌崇观[272]，表以建城峻庐[273]，岧嶤岑立[274]，崔嵬峦居[275]。飞阁干云，浮阶乘虚[276]。遥目九野[277]，远览长图[278]。頫眺三市[279]，孰有谁无。睹农人之耘耔[280]，亮稼穑之艰难[281]。惟飨年之丰寡[282]，思无逸之所叹[283]。感物众而思深[284]，因居高而虑危。惟天德之不易，惧世俗之难知。观器械之良窳[285]，察俗化之诚伪[286]。瞻贵贱之所在，悟政刑之夷陂[287]。亦所以省风助教[288]。岂惟盘乐而崇侈靡[289]？

屯坊列署[290]，三十有二。星居宿陈[291]，绮错鳞比[292]。辛壬癸甲[293]，为之名秩[294]。房室齐均[295]，堂庭如一。出此入彼，欲反忘术[296]。惟工匠之多端[297]，固万变之不穷。物无难而不知[298]，乃与造化乎比隆[299]。仇天地以开基[300]，并列宿而作制[301]。制无细而不协于规景[302]，作无微而不违于水臬[303]。故其增构如积[304]，植木如林。区连域绝[305]，叶比枝分[306]。离背别趣[307]，骈田胥附[308]。纵横逾延[309]，各有攸注[310]。公输荒其规矩[311]，匠石不知其所斫[312]。既穷巧于规摹[313]，何彩章之未殚[314]！尔乃文以朱绿[315]，饰以碧丹[316]。点以银黄[317]，烁以琅玕[318]。光明熠爚，文彩璘班[319]。清风萃而成响[320]，朝日曜而增鲜[321]。虽昆仑之灵宫[322]，将何以乎侈旃[323]？

规矩既应乎天地[324]，举措又顺乎四时[325]。是以六合元亨[326]，九有雍熙[327]。家怀克让之风[328]，人咏康哉之诗[329]。莫不优游以自得，故淡泊而无所思。历列辟而论功[330]，无今日之至治[331]。彼吴蜀之湮灭[332]，固可翘足而待之[333]。然而圣上犹孜孜靡忒[334]，求天下之所以自悟[335]。招忠正之士，开公直之路。想周公之昔戒[336]，慕咎繇之典谟[337]。除无用之官[338]，省生事之故。绝流遁之繁礼[339]，反民情于太素[340]。故能翔岐阳之鸣凤[341]，纳虞氏之白环[342]。苍龙觌于陂塘[343]，龟书出于河源[344]。醴泉涌于池圃[345]，灵芝生于丘园。揔神灵之贶祐[346]，集华夏之至欢〔347〕。方四三皇而六五帝,曾何周夏之足言〔348〕。

注释

〔1〕魏:指三国时代的魏国。景福殿是魏明帝东巡时行宫,名为“景福”以取吉祥,故开篇对魏即以“大哉”称颂。

〔2〕世有圣哲:代代都有圣明贤哲的君主。世,代。

〔3〕武创元基:魏武帝开创了伟大的基业。武,指曹操。曹操死后被追尊为武帝。元,大。

〔4〕文:指曹丕,曹丕称帝,谥号文。 集大命:指他做了应承上天之命的国君。集,成。大命,天命。

〔5〕体天作制:按着天地日月星辰创立制度。

〔6〕顺时立政:顺应四时寒暑制定政刑。

〔7〕帝皇:指魏明帝曹叡。

〔8〕重熙而累盛:继承先帝之英明而更加强盛。熙,光明。

〔9〕袭阴阳之自然:合于阴阳自然之道。袭,合。

〔10〕人物之至情;人与事物纯真的情理。

〔11〕崇:崇尚。 稽古:稽考古道。 宏:大。

〔12〕阐:阐发。 善经:至善之理。

〔13〕庶事既康:国家诸事已经安定。庶,众。康,康宁,安定。

〔14〕天秩孔明:社会政治非常清明。秩,禄位。天秩,原意为天赐禄位。孔,甚。

〔15〕载祀二三:登基六年。载,祀,皆指纪年。二三,指二三相乘,六年。魏明帝继位六年,曾东巡,幸许昌,恐夏热而修景福殿。

〔16〕国富刑清:国家富强,刑狱清明。

〔17〕巡狩:皇帝到地方去视察。

〔18〕许昌:地名,在今河南省许昌市境内。

〔19〕望祠山川:遥望祝祭山川。望祠,同“望祀”。

〔20〕考时度方:考察吏治,安抚四方。度(duó 夺),计算,推测。

〔21〕存问高年:存恤慰问老年人。高年,高龄之人。

〔22〕率:奖劝。

〔23〕既望:十六日。

〔24〕林钟纪律:月律当应林钟。林钟,古乐十二律之一。古代以“律”与“历”附合,将十二律对应十二月,《礼记·月令》篇:“季夏之月,其音徵,律中林钟。”

〔25〕大火昏正:火星在黄昏时现于正南。大火,火星。正,正南方。

〔26〕桑、梓:两种树木,此泛指草木。　繁庑:同“繁芜”。繁盛。

〔27〕大雨时行:及时下大雨。行,落。

〔28〕三事九司:三公九卿。

〔29〕宏、硕:大。　宏儒硕生:皆指读书有成之士。

〔30〕溽:湿气熏蒸。　伊郁:郁塞而不通畅。

〔31〕虑性命之所平:忧虑性命不能生成。性命,古代哲学家指禀受自然之气而生的人的生命。王夫之《张子正蒙注·诚明》篇:“天所命人而为性者,则以其一阴一阳之道成之。”因夏季多雨,阴阳失调,故虑性命不能生成。平,成。

〔32〕岷越之不静:西蜀、东吴还没有平定。岷、越,原是地名,岷,指岷山、岷江,代指蜀地、蜀国。越,指吴越,代指东吴。魏明帝六年时,吴、蜀尚未平灭,故云“不静”。

〔33〕寤征行之未宁:知道征战尚未宁息。寤,觉,知道。征行,征伐,征战。

〔34〕萧公:指汉相萧何。

〔35〕暨(jì 季):到。　孙卿:指荀卿。

〔36〕先识博览:有先见之明并博览典籍。

〔37〕明允笃诚:明智诚信。

〔38〕不壮不丽:不壮丽。指宫殿而言。

〔39〕一民而重威灵:为使民心一致而加强皇帝的威严。

〔40〕不饬(chì 斥)不美:不装饰不美化。饬,巧饰。

〔41〕训后而永厥成:训告后人并永昭示皇帝的成功。厥,其,指皇帝。以上几句,典出《汉书·高帝纪》:“(高帝八年二月)萧何治未央宫,立东阙、北阙、前殿、武库、太仓。上见其壮丽,甚怒,谓何曰:‘天下匈匈,劳苦数岁,成败未可知,是何治宫室过度也?’何曰:‘天下方未定,故可因以就宫室。且夫天子以四海为家,非令壮丽亡以重威,且亡令后世有以加也。’上说。”

〔42〕功利:功效利益。

〔43〕英声:英明的声威。

〔44〕大运:天运。　攸:所。　戾:止。

〔45〕图谶:即谶书。两汉时巫师或方士制作的一种宣扬神道观念的预言或隐语,作为吉凶的符验或征兆。　旌:标示。

〔46〕斯:此。

〔47〕勿营:不营造。何宫室之勿营,为什么不可以营造宫室?

〔48〕俞哉:是呀,对呀。俞,然,表示应允。

〔49〕玄辂(lù 路):辂车。辂,车,皇帝所乘之车称玄辂。

〔50〕御:用。　轻裘斯御;穿上轻暖的皮裘。

〔51〕有司:主管官吏。古时设官分职,事各有专司,故称有司。

〔52〕具:备,齐备。

〔53〕审量日力:审慎度量时日人力。

〔54〕详度费务:详细预算经费工务。

〔55〕鸠:集。　经始:开始营建。　黎民:黎人,此指工匠。

〔56〕辑:用。　暇豫:闲暇。

〔57〕因:凭借。　东师献捷:指征吴军队获得的战利品。因吴在东南,故称征吴军队为东师。

〔58〕就:用。　海孽:东吴滨海而称乱。孽,乱。　贿赂:此指财物。

〔59〕丰:厚。　层:高。　覆:屋盖。　耽耽(dān dān 丹丹):宫室深邃的样子。

〔60〕基:本义是房屋墙壁的基址。此指房间屋墙。　堂堂:高大宽敞的样子。

〔61〕罗:布。　疏:分布稀疏。　柱:画柱,宫殿前廊的柱子。　汩(gǔ 古)越:整齐排列的样子。

〔62〕肃:威严的样子。　邸鄂:殿堂的基址。　锵锵:很高的样子。

〔63〕飞榈翼以轩翥(zhù 铸):屋檐如鸟翼高飞。轩,高。翥,飞举。

〔64〕反宇辙以高骧:翻卷的屋檐上仰,像马首昂举。反宇,屋檐翻卷上仰。辙(niè 孽),高。骧(xiāng 襄),马首昂举。

〔65〕流羽:羽毛装饰飘浮流动。　葳蕤(wēi ruí):翠羽众多的样子。

〔66〕环玭(pín 贫):串串珠玉。　琳琅:美玉。

〔67〕参:三,指画有日、月、星三杆旗帜。　旒(liú 流):旌旗下边悬垂的饰物。

〔68〕皓皓:光明的样子。　旰旰(hàn hàn 汗汗):盛大的样子。

〔69〕煌煌:明亮的样子。

〔70〕华表:宫殿的外表很华丽。

〔71〕镐镐:光明的样子。 铄铄:鲜明。

〔72〕赫弈:光显,盛大。 章灼:光明照耀。

〔73〕翳(yì 缢):遮挡。 暧昧:幽暗。

〔74〕退概:幽深不明。

〔75〕缅(lí 离)连:连绵不断的样子。

〔76〕栉(zhì 至)比:排列如梳齿。栉,木梳。 攒(cuán):积聚。

〔77〕宏琏以丰敞:宏大宽敞。琏,美。丰,宽。

〔78〕苞:通“葆”,草盛之貌,引申为攒聚。 博:稀疏。 落:通“络”,络绎相连。

〔79〕不常一象:指丹青奇异,景象多变。

〔80〕摛朱霞而耀天文:舒展红霞而三光照耀。摛,舒展。朱霞,红霞。天文,指日月星三光。

〔81〕仰崇山而戴垂云:仰望高山而头顶垂云。戴,覆。

〔82〕瑰玮以壮丽:奇美壮丽。瑰玮,奇美。

〔83〕彧彧(yù yù 郁郁):富有文采的样子。

〔84〕大较:大略。

〔85〕甍(méng 蒙):屋脊。 崔嵬:犹嵯峨,高峻的样子。

〔86〕飞宇承霓:飞檐接云。宇,屋檐。

〔87〕绵蛮:文采美丽的样子。 黮霨(dǎn duì 胆对):飞云屯聚的样子。

〔88〕随云融泄:随着云彩浮动。 融泄:浮动的样子。

〔89〕鸟企山峙:像鸟儿一样企立,像山一样崇峙。

〔90〕滞:止。

〔91〕峨峨嶫嶫(yè 业):高峻的样子。嶫,高峻。

〔92〕届:至。

〔93〕离朱:人名,传说中的黄帝时代人,视力最好,能于百步之外,见秋毫之末。

〔94〕眩曜:看不分明。 昭晰:清晰。

〔95〕南端:宫殿的正门朝南,称南端。 豁达:通达。

〔96〕笋虡(sǔn jù 损巨):悬钟磬的架。 轮囷:很多的样子。

〔97〕杌(wù 务):摇动。

〔98〕仡(yì 义):勇壮的样子。 俪陈:成双成对地摆列着。

〔99〕体洪刚之猛毅:悍兽形体勇猛壮大,表现出威武的样子。

〔100〕声訇磤(hōng yīn 轰殷)其若震:钟磬的声音隆隆,像是雷声。訇磤,雷声。

〔101〕遐狄:高大的狄人。遐,长,高大。

〔102〕镣质轮菌:银色的身躯,威武高大。镣质,泥塑的狄人形象涂上银粉。轮菌,犹"轮囷",高大武勇的样子。

〔103〕侧堂:门侧的殿堂。

〔104〕彰:光显。

〔105〕芸:香草。　若:杜若。

〔106〕槐枫被宸:槐树、枫树盖满宸中。宸,宫殿。

〔107〕缀以万年:连生着许多万年树。

〔108〕綷(cuì 粹)以紫榛:间杂着许多紫榛。綷,间杂。

〔109〕商秋:秋天。

〔110〕敷华:开花。

〔111〕蔼蔼萋萋:花草茂盛的样子。

〔112〕馥馥芬芬:花草的气味芳香。

〔113〕脩梁采制:长长的屋梁上绘制着图彩。

〔114〕褰(qiān 牵):开。　奇:奇险。

〔115〕桁梧复叠:檩子与柱子重叠。桁,衡,檩子。梧,柱子。

〔116〕势合形离:情势若合而形体分离。

〔117〕赩(xì 隙)如宛虹:赤红如一条弯虹。赩,赤红色。

〔118〕赫如奔螭:火红如一条奔螭。赫,火红色。螭,龙的一种。这两句也是形容修梁横跨情形的。

〔119〕阳荣:宫殿的南檐。　距:至。

〔120〕幽崖:宫殿的北檐。　极:至。

〔121〕厥庸孔多:其功用甚多。庸,用。

〔122〕列髹(xiū 休)彤之绣桷(jué 觉):排列着的屋椽上用丹漆绘以文绣。髹彤,红黑二色的油漆。桷,方椽子。

〔123〕垂琬琰之文珰:以琬圭琰圭列椽头为瓦珰。　琬琰:琬圭与琰圭,皆璧玉。

〔124〕蝹(yūn 晕):龙蛇爬行的样子。

〔125〕灼:光亮鲜明的样子。

〔126〕禁楄(biǎn 扁):屋檐的方短椽。

〔127〕勒分翼张:如兽肋分排、鸟翼开张。勒,肋。

〔128〕阳马:引出以承短椽的屋周四角的檩子。

〔129〕接以员方:众材相接,或圆或方。员,同“圆”。

〔130〕斑间赋白:斑白相间。赋,布。

〔131〕疏密有章:疏密匀称而有纹章。

〔132〕飞枊(àng)鸟踊:飞檐上的斗拱,如鸟之飞跃。枊,斗拱。

〔133〕双辕是荷;两根辕木在下面负荷。

〔134〕赴险凌虚:众材交错跨险凌空。

〔135〕猎捷相加:相接相连。猎捷,相接的样子。

〔136〕皎皎白间:明亮的宫窗。白间,指宫窗。

〔137〕离离列钱:离离如列钱。这句是形容宫窗图彩与排列情状的。

〔138〕烻(yàn 宴):闪光的样子。

〔139〕烈:光明。　钩星:星名,九星相连如钩状。

〔140〕焕:鲜明。

〔141〕蜗(wo 蜗)徙增错:蜗牛爬行形成许多交错穴纹。

〔142〕转悬成郛:转悬之各成郛郭。　以上两句是形容屋室棚顶的错比鳞栉的筑造情形。

〔143〕茄蔤(jiā mì 加密)倒植:芙蓉花的根茎倒栽。茄,荷茎。蔤,荷的地下茎。

〔144〕吐被芙蕖:荷花吐蕊艳丽。　以上两句形容彩绘之生动艳美。

〔145〕缭以藻井:芙蕖彩绘环绕着藻井。缭,环绕。藻井,绘有文采,状如井干形的天花板的中心部分。

〔146〕编:排列。　綷(cuì 粹)疏:画槛。李善注:“绘五彩于刻镂之中。”

〔147〕蚲䕢(xiá zhá 狎闸):花朵次第开放的样子。

〔148〕丹绮离娄:雕刻着丹绮彩绘。离娄,雕镂的样子。

〔149〕赭翕:红色的荷花聚合。翕,聚合。

〔150〕纤缛纷敷:精细华丽的文采分布匀称。纤缛,精细华丽。敷,布。

〔151〕繁饰累巧:层出不穷的巧妙雕饰。

〔152〕兰栭(ér 而)积重(chóng 虫):兰香木的梁上短柱重叠堆积。兰,兰香木。栭,柱顶上支持屋梁的方木。

〔153〕窭(jù 锯)数:众木相攒的样子。 矩设:安设得合乎规矩。

〔154〕欃栌(jiān lú 尖卢):屋上弓形短梁与大柱柱头承托栋梁的方木,即斗拱。 各落:倾危的样子。

〔155〕栾:柱上曲木,两头受栌。 拱:柱上曲木,以接斗拱。 夭蟜:屈伸的样子。

〔156〕金楹齐列:金色的楹柱排列整齐。楹,厅堂前边的柱子。

〔157〕玉舄承跋:玉制的柱脚石奠在柱根。舄,柱脚石。跋,柱根。

〔158〕青琐:青色刻镂成格的窗户。 铺:衔门环的底座。

〔159〕闺闼(tà 踏):内室。

〔160〕双枚既脩:屋的重檐修长。双枚,屋内重檐。

〔161〕重桴(fú 浮):房屋的内檐伸延屋外部分。

〔162〕棍(pí 皮)梠缘边:屋檐板绕屋周围。棍梠,屋檐板。

〔163〕周流四极:周匝流移至于四极。

〔164〕侯卫之班:诸侯守卫中央的班秩。班,班秩,等级。

〔165〕藩服之职:藩王五服尽藩屏之职。服,五服,古代王畿外围的地方,以五百里为率,视矩离的远近分为五等,叫"五服"。

〔166〕东序:东偏房。

〔167〕西偏:西偏房。 温房、凉室:二殿名。

〔168〕建阳:东门名。

〔169〕朱光艳:日光艳丽。朱光,日光。

〔170〕金光:西门名。

〔171〕清风臻:清风吹来。臻,至。

〔172〕燀(chǎn 产):火花飞迸的样子,此指炎热。

〔173〕钧调中适:均调适度。钧,均。

〔174〕墉垣砀基:垣墙以纹石为根基。墉,墙。砀,纹石。

〔175〕昭昭:明亮。

〔176〕周制白盛:周制以白石为盛行。

〔177〕缥:浅碧色。

〔178〕落带:璧带。 金釭(gāng 刚):金盏。

〔179〕此焉二等:金盏内置宝玉,自上悬下,犹如落带,两重悬之,故云"二等"。

〔180〕往往而在:处处皆是,形容很多。

〔181〕允塞:诚信充满四海之内。

〔182〕重华:虞舜名,舜目重瞳子,故曰重华。　无为:顺应自然之道治国,不强行法治。

〔183〕共工:古代传说中的天神,与颛顼争为帝,有头触不周山的故事。　缋(huì 会):同“绘”。绘画。

〔184〕彰施:明施。

〔185〕箴规:箴言规诫。

〔186〕椒房:后妃所居的宫殿,以椒和泥涂壁,取温、香以及多子之义。

〔187〕是准是仪:标准仪范。

〔188〕虞姬:齐威王后妃。齐威王时,诸侯并侵,国势衰弱,有佞臣谗毁贤能。虞姬劝王诛谗用贤,国家大治。　容止:容貌举动。

〔189〕治:惩处。　佞臣:奸佞大臣。

〔190〕姜后:周宣王后妃。　解佩:解下佩带玉簪。传说宣王淫于女色,常夜卧晚起,不理朝政。姜后曾解佩脱簪待罪于殿廊,规劝宣王戒女色。虞姬、姜后二事,均见《列女传》。

〔191〕遵:遵循,守法。

〔192〕钟离:钟离春,战国齐无盐女,后为宣王妃。　谠言:忠直之言。

〔193〕楚樊:楚庄王后妃。　退身:使不肖之臣退位。《列女传》:“楚庄王尝听朝而罢晏。樊姬曰:‘何罢之晏也?’王曰:‘今旦与贤者语。’樊姬曰:‘王之所谓贤者,诸侯之客与,将国中士也?’王曰:‘虞丘子也。’樊姬掩口而笑曰:‘妾幸得充后宫,妾所进者九人,今贤于妾者二人,与妾同列者七人。今夫虞丘子之相楚十余年矣,其所荐者非其子孙,则族昆弟,未尝闻其进贤而退不肖。夫知贤而不进,是不忠也。若不知贤,是无知也,岂可谓贤哉?’”

〔194〕班妾:班婕妤,汉成帝后妃。　辞辇:拒绝坐玉辇。《汉书》载:汉成帝游于后庭,欲令班婕妤同辇。班婕妤曰:“三代末主,乃有嬖女。今欲同辇,得无近似之!”

〔195〕孟母:孟轲之母。　择邻:择邻而居。《列女传》载:孟母舍近庐墓,孟子少,嬉戏为墓间之事,踊跃筑埋。孟母曰:“此非所以居处子也!”乃去舍市旁,孟子嬉戏为贾。又曰:“此非所以居处子也!”乃舍学宫之旁,孟子嬉戏乃设俎豆,揖让进退。曰:“此可以居处子。”遂居。孟子长,学六艺,卒成大儒。

〔196〕广智:广益其智。

〔197〕多杂:多闻将使头脑混杂。

〔198〕眩真:眩惑其真性。

〔199〕立德:树立德行、德政。

〔200〕近仁:接近贤仁之士。

〔201〕諐(qiān 千):通“愆”,违背。

〔202〕尽乎行道之先民:在上位者尽行其道,以首先忧思下民为务。

〔203〕书绅:写在衣带上。 绅:古代士大夫束在衣外的大带。典出《论语·卫灵公》:“子张问行。子曰:‘言忠信,行笃敬,虽蛮貊之邦,行矣。言不忠信,行不笃敬,虽州里,行乎哉?立则见其参于前也,在舆则见其倚于衡也,夫然后行。’子张书诸绅。”

〔204〕除阶:台阶。除阶连延,殿堂的台阶连延不断,形容阶除的多而又长。

〔205〕萧曼云征:高远上行若接于云中。萧曼,高远的样子。征,行。

〔206〕棂槛邳(pī 批)张:宫殿的栏杆施设繁复。棂槛,栏杆。邳张,施设繁复。

〔207〕钩错矩成:钩栏交错斜斜方方。

〔208〕楯类腾蛇:栏杆横木雕镂如腾蛇。楯,栏杆的横木。

〔209〕槢似琼英:栏楯相接合处的木楔花纹,像玉石花。 槢:通“楔”。

〔210〕如螭之蟠:如螭龙蟠屈。

〔211〕如虬之停:如虬龙止息。

〔212〕轩:楯下板。 玄:黑色。 登:升。

〔213〕光藻昭明:光亮花纹十分鲜明。藻,花纹。

〔214〕驺虞(zōu yú 邹鱼):兽名,黑文白虎。传说此兽不食生物,它的出现,体现祥瑞,故造形于殿堂之上。

〔215〕素质仁形:白色质地呈现出仁义形象。

〔216〕天瑞:上天降下的瑞气。 休显:喜庆显明。

〔217〕照远戎之来庭:光照远方,使戎狄皆来朝王庭。戎,指戎狄,边疆的少数民族。

〔218〕阴堂:殿名。 承北:承接北方。

〔219〕方轩九户:并排九个门。户,门。

〔220〕清宴:殿名。

〔221〕东西其宇:清宴殿是东西走向。

〔222〕永宁:殿名。

〔223〕安昌、临圃:二殿名。

〔224〕百子:殿名。

〔225〕后宫攸处:后宫嫔妃所居之处。攸,所。

〔226〕窈窕淑女:美貌淑善的女子。

〔227〕思齐徽音:像太任一样庄敬诚笃,像太姒一样继承美德。思齐是“思齐太任”诗句的简略;“徽音”是“太姒嗣徽音”诗句的简略。这两句诗出自《诗经·大雅·思齐》,是歌颂周代后妃之德行的。齐,通“斋”,恭谨端庄之意。徽音,德音。

〔228〕聿求多祜:循顺以求多福。聿,循。祜,福。

〔229〕克:能。

〔230〕敏:奋勉。

〔231〕锡:赐。 难老:长寿。

〔232〕赖止:依赖。止,之。

〔233〕承光前殿:承光殿在前。承光,殿名。

〔234〕赋政:颁行政事。赋,颁行。

〔235〕询道求中:询问治道求取适中。中,适中。古代君王治国,取中庸之道,务求适中定制。

〔236〕疆理:划分整理。

〔237〕甄陶国风:推行教化,淳朴国家风俗。甄陶,本义是锻炼成器,引申为推行教化。国风,国家风俗。

〔238〕云行雨施:像云雨霑霖万物一样,君王的德政惠及万民,这是一个比喻句。

〔239〕品物咸融:万事万物皆通达。此指万民安定,政事通达。

〔240〕左墄(cè 册)右平:左边是台阶,右边是平道。墄,台阶。

〔241〕讲肄之场:讲习武艺的场所。肄(yì 异),研习。

〔242〕二六对陈:两排六个,两两相对陈设。

〔243〕殿翼相当:练武场在宫殿两侧,如鸟翼般相对相称。相当,相称,对称。

〔244〕僻脱承便:便僻轻脱,承便取胜。这句话形容演武场上战士作蹴鞠活动的情态。

〔245〕盖象戎兵:原是象征戎兵之事。戎兵,战争。

〔246〕察解言归:考察胜败,相解而归。这句话是就演武场上蹴鞠活动后的情形说的。

〔247〕政刑:政治法律。

〔248〕崇台:高台。

〔249〕永始:台名。

〔250〕猖狂是俟:防备盗贼。猖狂,妄行,这里指猖狂妄行之徒,盗贼。俟,守备。

〔251〕京:大。　庾:露天积谷场。　储:储备。

〔252〕不虞之戒:不曾预料到的戒慎之事。戒,戒慎之事,指战争。

〔253〕凌云:高台名。　层盘:高台上设有承露盘。层,高。盘,指承露盘。汉武帝时迷信神仙,于神明台上作承露盘,立铜仙人舒掌以接甘露,以为饮之可以延年。魏明帝仿武帝,也曾有此设置。

〔254〕虞渊:池沼名。　灵沼:美池。　浚:疏浚。

〔255〕瀼瀼(ráng 瓤):露水很多的样子。

〔256〕浩浩:水很盛大的样子。

〔257〕玄鱼:黑色的鱼。　悠悠:鱼在水中悠闲自得的样子。

〔258〕皠皠(hé hé 何何):洁白肥泽的样子。

〔259〕皇道:大道。皇,大。

〔260〕虬龙灌注:塑筑虬龙吐水以灌注池沼沟洫。

〔261〕沟洫:水道。大者曰洫,小者曰沟。　交流:交错流淌。

〔262〕陆设殿馆:陆地上建置殿堂馆舍。

〔263〕水方轻舟:水中并行小船。方,并船。

〔264〕篁栖鹍鹭:竹丛中栖息着鹍鸡白鹭。篁,竹丛。

〔265〕濑戏鰋鲉(yǎn yóu 眼由):水边嬉戏着鰋鱼鲉鱼。濑,水边。

〔266〕丰侔淮海:物产丰富与江淮大海比齐。丰,丰盛。侔,齐。

〔267〕富赈(zhèn 震)山丘:富庶如山丘之积蓄。赈,富裕。

〔268〕丛集委积:集中积蓄。委积,堆积。

〔269〕殚筹:尽算。

〔270〕咸池:古代神话中的东方大泽,传说日浴的地方。《淮南子·天文训》:"日出于旸谷,浴于咸池。"

〔271〕比仇：匹比，仇，匹。

〔272〕碣：特立高耸。　高昌：观名。　崇观：高观。

〔273〕表：屹然独立。　建城：观名。　峻庐：高峻的庐舍。

〔274〕岧峣(tiáo yáo 条尧)：山高峻的样子。　岑立：像峭拔小山一样峻立。

〔275〕崔嵬：山势嵯峨的样子。　峦居：像连绵小山一样耸立。

〔276〕乘虚：上升虚空。乘，升。

〔277〕九野：九州地域。

〔278〕长图：广远的版图。

〔279〕三市：朝、午、晚三时集市。古代以集市贸易，分朝市、午市、夕市。

〔280〕耘耔：除草养苗，即田间管理。

〔281〕亮：使人信知。　稼穑：农业耕种。

〔282〕飨年：享年。　丰寡：多少。

〔283〕《无逸》：《尚书》篇名，内容是记载周公戒劝成王勿耽于安乐而荒废国政。

〔284〕物众：万物众多。　思深：思谋深远。

〔285〕器械：指礼、乐、兵器。　良：精良。　窳(yǔ 雨)：粗劣。

〔286〕俗化：风俗教化。

〔287〕夷陂(bēi 卑)：平正或险斜。夷，平。陂，险。

〔288〕省(xǐng 醒)风助教：观察风俗以助教化。省，察看。

〔289〕盘乐：游乐。　侈靡：生活奢侈糜烂。

〔290〕屯坊：别屋相连。　列署：官署排列。

〔291〕星居宿陈：像天上的星宿陈列。

〔292〕绮错鳞比：室宇错落如鱼鳞比次。绮，错落中形成的纹井。

〔293〕辛壬癸甲：天干之名。

〔294〕名秩：名次。　秩：次序。

〔295〕齐均：建筑形式差不多，整齐如一。

〔296〕忘：忘记通道。术，道，通道。

〔297〕多端：多种奇巧。

〔298〕物无难而不知：万物没有能难住人而不能认识的。意思是说，由于工匠奇巧什么难做的工程都可以做成。

〔299〕与造化乎比隆：与天地比隆盛。造化，天地、自然。

〔300〕仇:比。

〔301〕列宿而作制:按星宿位次而为建制。制,建制,建筑的规模制度。

〔302〕无细而不协于规景:没有任何一个细节不合乎规影。协,合。规景,植木测日影以正方向。

〔303〕无微而不违于水臬(niè 聂):没有任何微小地方不合乎水平。臬,古代插在地上以测日影的木桩。水臬,用木桩以测量建筑物的水平度。

〔304〕构:构造,建筑。

〔305〕区连域绝:宫院相连,宫墙相隔。区,院。域,墙。

〔306〕叶比枝分:如叶之相比,枝之相分。

〔307〕离背别趣:相离相背,走向各异。此句承"区连域绝"申说,谓宫院相连,宫墙走向各异。趣,趋向,走向。

〔308〕骈田胥附:罗列相附着。骈田,罗列很多的样子。

〔309〕纵横逾延:纵横交错,超越延伸。逾,超越。

〔310〕攸注:所合。攸,所。注,合。

〔311〕公输:公输般,春秋时善于工巧制造的匠人。　荒:废。　规矩:圆规和长尺。

〔312〕匠石:名石的匠人。　斲(zhuó 酌):斫,砍。这句话典出《庄子·徐无鬼》:"郢人垩漫其鼻端若蝇翼,使匠石斲之。匠石运斤成风,听而斲之,尽垩而鼻不伤,郢人立不失容。"　以上两句是说,由于景福殿的建筑工巧,使古代的著名匠人都望而叹止。

〔313〕规摹:规模。

〔314〕殚:尽。

〔315〕文以朱绿:以红、绿为纹彩。

〔316〕饰以碧丹:以绿、红两色来装饰。

〔317〕银黄:银粉与金粉。

〔318〕烁以琅玕(láng gān 郎干):装饰着美玉琅玕。烁,装饰。琅玕,美玉。

〔319〕熠爚(yì yuè 义跃):光明的样子。　璘班:光彩缤纷的样子。

〔320〕萃:集。

〔321〕曜:光耀,明亮。

〔322〕昆仑之灵宫:传说中天帝的宫殿在昆仑山上。　灵宫:神灵所居的圣宫。

〔323〕侈旃(zhān 毡):美观。侈,美。旃,助词,相当于"之"或"之焉"。

〔324〕规矩:准则,礼法。

〔325〕举措:措施。

〔326〕六合元亨:天地有善美利物贞正之德。六合,指上、下与东南西北四方位。元,善。亨,美。

〔327〕九有雍熙:九州和乐。九有,九州。雍熙,和乐的样子。

〔328〕克让:能够礼让。

〔329〕康哉之诗:歌颂时势安宁的诗。《尚书·益稷》:"舜为帝,君臣作歌曰:'元首明哉,股肱良哉,庶事康哉!'"称颂君明臣良,诸事安宁。

〔330〕历列辟而论功:纵观历代君主,评论其功德。辟,君。

〔331〕至治:最完美的政治。

〔332〕湮灭:灭亡。

〔333〕翘足:翘起脚。

〔334〕孜孜靡忒:勤苦不怠没有差错。孜孜,勤苦不怠的样子。靡,无。忒,变,差错。

〔335〕自悟:觉悟。

〔336〕周公之昔戒:周公昔日对成王的劝诫。成王即位年幼,周公辅政。曾作《无逸》篇,劝诫成王勿耽于安乐。

〔337〕咎繇(gāo yāo 高腰):即皋陶,传说舜之臣,掌刑狱之事。　典谟:《尚书》中的有关篇章,记载舜与皋陶议论治国之道的谈话内容。

〔338〕除:捐除。

〔339〕绝流遁之繁礼:杜绝积习相传的繁缛礼仪。流遁,指积习相流传。

〔340〕太素:淳朴,朴素。

〔341〕翔岐阳之鸣凤:使岐山之阳的鸣凤高翔。

〔342〕纳虞氏之白环:接纳舜时王母所献的白环。虞氏,指舜。《世本》:"舜时西王母献白环及佩。"

〔343〕觌(dí 敌):相见。

〔344〕龟书:河龟负载图书。

〔345〕池圃:水池,园圃。

〔346〕揔:即"总",合。　贶(kuàng 况)佑:赐福。

〔347〕华夏:指国家。

〔348〕足言:值得一说。

今译

伟大的魏国，世代君主都圣明贤哲。武帝开创基业，文帝成就天命。按着天体建立制度，顺乎四时制定政刑。到了当今皇帝，则继承先帝的英明而更加隆盛。远合于阴阳自然之道，近本于人事纯朴之情。对上谨遵古训的圣明之道，对下阐扬长治久安的至善之理。诸事安定，政治清明。因此，皇帝登基六年以来，国家富强而刑狱清明。今年三月巡狩东方，到了许昌，遥祭山川，考察时势安抚四方。体恤慰问老年，奖劝百姓耕种。六月十五以后，当月律对应林钟，火星黄昏现于正南，树木繁茂，大雨时行。三公九卿，儒生学者，感于暑湿气息郁塞，忧虑百姓性命不能保全。西蜀东吴还没平定，深知征伐尚未宁息。于是倡言说：昔日萧何，还有荀卿，对事物都有预先知觉，并博览群经。莫不以为宫殿不雄壮宏丽，不足以使百姓一心，不足以加强皇帝的威严；莫不以为宫殿不装饰美化，不足以训告后人，不足以昭示皇帝的成功。建造宫室，当世可享其功利，后世可赖以助长声威。许昌城是天运所止之地，在图谶上有所标志。皇家德义如此高厚，为何不在这里营建宫室？皇帝说：是呀！于是驾起辂车，穿上轻裘，乃命官吏，准备礼仪。审度时日人力，预算经费财物。召集工匠营造，利用农夫耕作的闲暇。凭借征伐东吴军队的胜利，利用缴获的财物，建筑起景福圣殿，具备皇帝居室的规模。

景福殿的屋宇层层高耸，墙壁宫室高大宽敞。画柱排列非常整齐，高台殿基甚是庄严。飞檐像鸟的翅膀高高翘起，翻卷起来又像是马首昂扬。羽毛装饰飘浮流动，串串美玉琳琅垂挂。日月星三旗旒带悬垂，从风飘扬，远远看去，盛大明亮，丹彩辉煌。宫殿的外观，金光闪烁，照耀光明，很像绚丽的日月高悬在青天；宫殿的深奥内室，遮蔽昏暗，邃远幽深，又像幽星连缀在夜空。殿宇相连，像梳齿一样排列密集。但又宏大宽敞，簇簇攒聚，疏疏落落，景象多样。从远处望去，像红霞舒展，三光照耀；走近处看来，像仰望高山头顶着垂云。真是奇美壮丽，文采斑斓。这是景福殿的大观。

至于说高脊崔嵬，飞檐接云，锦丽绘彩，随云浮动，像鸟儿一样企立，像山一样崇峙，好像要起飞，又像要息止，至高至极，不见边际，即使有离朱的明察，也将眼花缭乱而看不清晰。宫殿的正门开阔通达，设置许多钟磬悬架。华钟在架上高悬，雕刻为猛兽的钟架成对排列。猛兽的姿态勇悍威壮，钟声隆隆像是雷霆。还有高大的狄人形象，威武雄壮银粉金身，坐守高门侧室，显示圣主神威。门内香草杜若栽满院庭，枫树槐树荫蔽屋宇。万年老树枝叶相接，奇美紫榛间杂。有的以嘉名得宠，有的因材美见珍。秋天结实，三春开花，真是蔼蔼萋萋，馥馥芬芬。宫殿的房屋结构，则是长梁绘彩，奇险地横跨空中。檩柱重叠，势合形离。梁赤如曲虹，火红如奔龙。南至南檐，北至北檐，真是任重道远，担负特重！整齐排列的檐椽，用丹漆绘着花纹。以琬圭与琰圭为椽头的瓦珰，垂向下方。花纹弯曲好像蝹龙升降，光辉闪耀，像明月的流光。那些檐下方椽，如兽肋一样成排，鸟翼一样分张，众材相接于阳马，或圆或方。斑白相间，排列疏密而有纹章。飞檐如鸟之飞翔，只有两根辕木下面负荷。众木交错，跨险凌空；相接相连，相离相合。皎皎明亮宫窗，离离形如列钱。晨光内照，流影外现。光若钩星闪烁河汉，明若虹霓接于青天。宫殿的天花板像蜗牛移徙居穴，花纹交错，转悬各成方圆。彩绘的荷花根茎倒栽，吐出艳丽的花朵。芙蓉彩绘环绕藻井，依次排列着镂刻图案。繁花次第盛开，乃是雕绘的丹绮丽彩。更有红荷含苞攒聚，精细华美，敷彩均匀。层出不穷的巧妙雕饰，真是生花妙笔不可胜书。还有那兰香木的梁上短柱，交互承接，众木相攒，安设得都合乎规矩。斗拱倾危以相承托，曲木屈伸互相交结。殿前金色的楹柱排列整齐，玉制的础石垫在柱底。青纹花窗，银漆门环，丹彩辉映，是为内室。内室的重檐直达屋外，重栋翘伸，繁饰浓彩。屋檐板沿着屋檐遍施，绵延至屋的四角，像诸侯守卫中央的班秩，像藩王尽着藩屏的职责。温房接在东边，凉室接在西边。开东建阳门则见日光艳丽，开西金光门则有清风徐来。冬不凄寒，夏无炎热，均调适度，室居可益寿延年。垣墙以带花纹的玉石砌基，光彩昭昭明亮。周制以白石为盛，今天是浅碧缥青。墙壁上金缸落带，分成两层高悬。明珠翠羽，处处皆是。钦敬先王诚信充满四海，欣悦帝舜国家无为而治。命共工绘画，五色分明。画出古代圣贤形象，作为箴戒规劝。具列椒房，作为仪范准则。观察虞姬的容颜举止，便会认清太平盛世中的奸臣。看到姜后解佩，就会懂得了前世贤圣的规矩。以钟离春的忠直之言为贤，以楚樊姬的斥退虞丘子之行为美。嘉许班婕妤辞辇的贤淑，赞叹孟轲母择邻教子的懿行。将要增广才智，必先博学多闻。多闻将要多杂，多杂将会惑真。如何能不惑真？关键在于择人。所以要将立德，必先近仁。要想上下之礼不相违背，在上位者当尽行正道，以先民为典范。对着这些图象朝观夕览，何须在衣带上书写规箴！

至于那殿堂的台阶连延折转，像是高远上升接于云中。九曲栏杆施设繁复，钩栏交错形成斜斜方方。横木雕镂腾蛇飞舞，栏楯接楔好似琼英。或如螭龙蟠屈，或如蛟虬止息。玄轩交错上升，花纹光亮鲜明。画有驺虞承献天瑞，纯真的气质，仁义的形象。天降祥瑞，鲜明昭彰。光照远方，戎狄来附朝廷。阴堂承接北方，九门并排，右为清宴偏殿，清宴殿东西宇廊。它和永宁殿相连，还有安昌殿、临圃殿，接上百子殿，那是宫妃安居的地方。这里所住都是何人？都是美貌淑善的女子。她们像太任太姒一样庄敬贤德，继承先贤的善美，以求多福。求福将会怎样？她们的子子孙孙，将是明达贤哲，聪颖智敏，多福长寿，万民仰赖。它的南边则有承光前殿，是颁布政事殿堂。天子纳贤用能，询问治道以取适中。治理国家疆土，陶冶民俗风情，将像云行雨降万物繁茂。它的西边，左是台阶右是平道，那是讲习武艺的场所。两排各六人，两两皆相对；殿庭两侧，相对相称。练武者便捷轻巧乘虚取胜，象征着攻取守备战事用兵。演武后察阅胜败，相互了解而归来，因事求法譬诸政刑。将以用兵行令，怎道只为娱乐！殿旁镇以高台，台名《永始》。复阁重门，防备盗贼，大仓储备，无物不有。一旦有战事，将从此取用。台上筑凌云露盘，台下凿美池虞渊。清露瀼瀼盛多，渌水浩浩滔天。台旁树以嘉木，植以芳草，玄鱼悠悠，白鸟皎皎。沉浮翱翔，乐我圣道。沼池上筑有虬龙吐水灌注沟洫，沟洫纵横交流。陆地上建置殿堂馆舍，水面上并行轻舟。竹丛中栖息着鹍鸡白鹭，水边上鳂鱼鲉鱼嬉戏。这里的物产之多可与淮海相比，品类繁盛如丘山蓄积。这样的积聚储备，真是无法算计。即使咸池那样壮观，也无法与此相比。这里又建造高昌崇观，屹然特立着建城庐舍。像山峰耸立，像峻岭绵延。飞阁耸入云霄，浮阶伸向太空。登此可遥望九州土地，远瞻辽阔版图。俯看朝午夕三时的集市，详察民间何有何无。目睹农夫培苗除草，信知稼穑实为艰难。不论帝君享年多少，都当常思《无逸》之所诫劝。当感任重而更加深思，当因居高而更加虑危。惟为国君亦诚不易，尤当深惧世俗难知。观察礼乐兵器的精良粗劣，明审风俗教化诚伪，详瞻人民贵贱所在，省悟国家政刑得失，也是观省风情以助教化，哪里是只为享乐而崇尚侈靡！

台旁别屋相连，官署成排。廊檐错落，三十有二。像天上星宿列陈，错落如鱼鳞比次。以天干之名排列次序，房室齐均，形式一致。出此入彼，欲返路迷。工匠技艺多种奇巧，建筑形式万变无穷。万物没有难而不知，真可与自然来比隆盛。合比天地开土奠基，按星宿位次确定建筑体制。建筑体制没有一处细节不合晷影，没有一点微小的地方不合水平。所以建筑如云积，植木如树林，院连墙隔，如叶比枝分。背离异趣，连接并存。纵横交错，超越延伸；前仰后合，互为钩连。公输见此将舍弃规尺，匠石见此则不知所斲。规模穷极巧妙，章彩怎能饰尽。以红绿为纹，以碧丹绘彩。以银黄点染，以琅玕装饰。真是明光豁亮，绚彩缤纷。清风吹而成响，朝日照而增新。即使昆仑山上的灵宫，也无法超过此殿的壮丽。

礼法准则应合天地，举动措施顺应四时。因此天地四方皆体现善美利物之德，九州土地都广被和乐安康之福。家家长怀礼让之风，人人咏唱“康哉”之诗。没有人不悠游自得，情怀淡泊而无邪思。历观各代君王所记功德，没有达到今天这样至治。那吴、蜀两国的灭亡，就可翘足而等待了！然而皇帝犹勤苦不怠，询求天下贤才来启发自己。招纳忠正之士，广开公直之路。长想昔日周公《无逸》之诫，怀慕皋陶论议治国典谟。排除无用之官，减少生事之故。杜绝积习相传的繁缛礼节，移风易俗，返于淳朴。因此，使岐山的鸣凤高翔，接纳舜时王母所献的白环，青龙相见于陂塘，河龟负书于河源，醴泉涌于池圃，灵芝生于丘园。承受神灵的福佑，集合华夏的至欢。可与三皇五帝相近，成周禹夏，如何还值得一言！

（于非译注　陈复兴修订　陈延嘉再修订）

海赋一首

木玄虚

题解

木华（约290前后在世），字玄虚，广川（今河北枣强东）人，做过西晋太尉杨骏府的主簿。擅长辞赋，现仅存《海赋》一篇。

这篇《海赋》与下篇《江赋》都是水德的颂歌，表现两晋知识分子所共有的那种崇尚道家的柔弱卑顺、追求出世长生的意念。但是，《江赋》的特点是其哲理性与永恒性，侧重写长江的连接宇宙、通达灵异、汇总百川、囊括万殊的胸襟与气度。而《海赋》在描写大海的广阔与怪异之中，则随处显示其社会性与现实性。《江赋》以长江的源头与流势开头，《海赋》则以历史传说起笔。尧舜之世，洪水成灾，禹铲阜陆凿龙门，疏九河于东海。《江赋》中的江不辨清浊，不分巨细，广纳百川，《海赋》中的海则不容恶秽。它对那些负秽虚誓的罪人与伪善则是"决帆摧撞，戕风起恶"，非予以惩戒不可。它的神灵不像《江赋》中的那样超脱闲静，而是给负秽虚誓者以某种教训。这里的海童马衔同《江赋》的海童与琴高就是两种面孔。《江赋》的芦人渔子是摈落江上自足一呕的出世隐者，而《海赋》的舟人渔子则是以捕鱼为生历尽艰险的苦难者。他们有时被抛上浪尖，有时可能葬身于鼋鼍之腹，像飘萍般浮转，像旋风般回旋，"徒识观怪之多骇，乃不悟所历之远近"。他们可不像《江赋》所写那样的悠然恬淡。《江赋》中江上航船是“搦棹”与“杈榜”而飘然自流,《海赋》写泛海则很有一种国事政务的紧迫气氛,“偏荒速告,王命急宣”,海上舟船则“飞骏鼓楫,泛海凌山”。大海为国家的安全与统一做出贡献。

《江赋》写动植灵顽,美石珍宝,铺排扬厉,应有尽有。《海赋》则注意剪裁提炼,详略有致。例如写珍宝异物则以“岂徒”和“将世”之句一带而过,避免了赋家惯用的俗套,而写海中之鱼也不做《江赋》那样的铺陈堆垛,只详述横海之鲸的庞大与困厄而死。有人讥评“其首尾状若文章”,其实正是从另一面说明了《海赋》章法上的一种独创之处。至于其“云锦散文于沙汭之际,绫罗被光于螺蚌之节”之句,以喻格为主格,与《江赋》中“霩如晨霞孤征,眇若云翼绝岺”那样的巧喻同为千锤百炼的脍炙众口之作。

原文

昔在帝妫[1],巨唐之代[2]。天纲浡潏[3],为凋为瘵[4]。洪涛澜汗[5],万里无际。长波涾㴲[6],迆涎八裔[7]。于是乎禹也,乃铲临崖之阜陆[8],决陂潢而相沃[9]。启龙门之岝崿[10],垦陵峦而崭凿[11]。群山既略[12],百川潜渫[13]。泱漭澹泞[14],腾波赴势。江河既导,万穴俱流。掎拔五岳[15],竭涸九州。沥滴渗淫[16],荟蔚云雾[17]。涓流泱瀼[18],莫不来注。

於廓灵海[19],长为委输[20]。其为广也,其为怪也,宜其为大也。尔其为状也,则乃浟湙潋滟[21],浮天无岸。浺瀜沆漭[22],渺沵湠漫[23]。波如连山,乍合乍散。嘘噏百川[24],洗涤淮汉。襄陵广舄[25],㵳漻浩汗[26]。

若乃大明摭辔于金枢之穴[27],翔阳逸骇于扶桑之津[28]。彯沙礐石[29],荡飏岛滨[30]。于是鼓怒,溢浪扬浮。更相触搏,飞沫起涛。状如天轮[31],胶戾而激转[32];又似地轴[33],挺拔而争迴。岑岺飞腾而反覆[34],五岳鼓舞而相磓[35]。渭濆沦而滀漯[36],郁沏迭而隆颓[37]。盘盓激而成窟[38],湝泋瀿而为魁[39]。泅泊柏而迆飏[40],磊匒匌而相豗[41]。惊浪雷奔,骇水迸集。开合解会,瀼瀼湿湿[42]。葩华踧沑[43],湏泞潗湝[44]。

若乃霾曀潜销[45],莫振莫竦[46]。轻尘不飞,纤萝不动。犹尚呀呷[47],余波独涌。澎濞灪磙[48],碨磊山垄[49],尔其枝岐潭瀹[50],渤荡成汜[51]。乖蛮隔夷[52],回互万里[53]。

若乃偏荒速告[54],王命急宣。飞骏鼓楫,泛海凌山。于是候劲风,揭百尺[55],维长绡[56],挂帆席[57]。望涛远决,冏然鸟逝[58]。鹬如惊凫之失侣[59],倏如六龙之所掣[60]。一越三千,不终朝而济所届。

若其负秽临深[61],虚誓愆祈[62],则有海童邀路[63],马衔当蹊[64]。天吴乍见而仿佛[65],蝄像暂晓而闪尸[66]。群妖遘迕[67],眇䁝冶夷[68]。决帆摧橦[69],戕风起恶。廓如灵变[70],惚怳幽暮[71]。气似天霄,叆叇云布[72],䨜昱绝电[73],百色妖露。呵歘掩郁[74],矆睒无度[75]。飞涝相礉,激势相沏[76]。崩云屑雨[77],浤浤汩汩[78],踦踔湛藻[79],沸溃渝溢[80]。濯泋濩渭[81],荡云沃日。

于是舟人渔子,徂南极东。或屑没于鼋鼍之穴[82],或挂罥于岑嶅之峰[83]。或掣掣泄泄于裸人之国[84],或泛泛悠悠于黑齿之邦[85]。或乃萍流而浮转,或因归风以自反。徒识观怪之多骇,乃不悟所历之近远。

尔其为大量也:则南浛朱崖[86],北洒天墟[87],东演析木[88],西薄青徐[89]。经途瀴溟[90],万万有余[91]。吐云霓,含龙鱼,隐鲲鳞[92],潜灵居[93]。岂徒积太颠之宝贝[94],与随侯之明珠[95]。将世之所收者常闻，所未名者若无。且希世之所闻[96]，恶审其名？故可仿像其色[97]，叆䨴其形[98]。

尔其水府之内，极深之庭，则有崇岛巨鳌，峌岘孤亭[99]，擘洪波[100]，指太清，竭磐石，栖百灵[101]。飏凯风而南逝[102]，广莫至而北征[103]。其垠则有天琛水怪[104]，鲛人之室[105]，瑕石诡晖[106]，鳞甲异质[107]。

若乃云锦散文于沙汭之际[108]，绫罗被光于螺蚌之节。繁采扬华，万色隐鲜。阳冰不冶[109]，阴火潜然。熺炭重燔[110]，吹炯九泉[111]。朱燉绿烟[112]，腰眇蝉蜎[113]。珊瑚虎珀，群产接连。车渠马瑙[114]，全积如山。鱼则横海之鲸，突扤孤游[115]。戛岩嶅[116]，偃高涛。茹鳞甲，吞龙舟。噏波则洪涟踧蹜[117]，吹涝则百川倒流。或乃蹭蹬穷波[118]，陆死盐田。巨鳞插云，鬐鬣刺天，颅骨成岳，流膏为渊。若乃岩坻之隈[119]，沙石之嵚[120]。毛翼产彀[121]，剖卵成禽。凫雏离褷[122]，鹤子淋渗[123]。群飞侣浴，戏广浮深。翔雾连轩，泄泄淫淫[124]。翻动成雷，扰翰为林。更相叫啸，诡色殊音。

若乃三光既清[125]，天地融朗。不泛阳侯[126]，乘跻绝往[127]。觌安期于蓬莱[128]。见乔山之帝像[129]，群仙缥眇，餐玉清涯。履阜乡之留舄[130]，被羽翮之襂纚[131]。翔天沼[132]，戏穷溟。甄有形于无欲[133]，永悠悠以长生。且其为器也，包乾之奥，括坤之区[134]。惟神是宅，亦祇是庐。何奇不有？何怪不储？芒芒积流，含形内虚[135]。旷哉坎德[136]，卑以自居。弘往纳来，以宗以都[137]。品物类生，何有何无？

注释

〔1〕帝妫(guī 规):指虞舜。

〔2〕巨:应作“臣”,形近而误。

〔3〕天纲:指大水。　浡潏(bó yù 勃玉):汹涌。

〔4〕凋:伤害。　瘵(zhài 债):病,也是伤害的意思。

〔5〕澜汗:波澜壮阔的样子。

〔6〕涾沲(tà tuó 踏驼):重重叠叠。

〔7〕迆涎:连续不断。　八裔:八方。

〔8〕阜陆:高原。

〔9〕陂潢:指广大的积水之处。　沃:此指水下泄。

〔10〕龙门:山名。　岝崿(zuò è 作遏):高峻的样子。

〔11〕崭凿:开凿。

〔12〕略:治平。

〔13〕潜渫:深澈疏通,潜,深。渫,同“泄”。

〔14〕泱漭:(yǎng mǎng 氧莽):同“茫洋”,水势深广的样子。　澹泞(dàn zhù 旦注):安稳流动。

〔15〕掎(jǐ 戟):拔:导引。掎,引。拔,出。

〔16〕沥滴:水向下滴流。　渗淫:小水慢慢流动的样子。

〔17〕荟蔚:弥漫的样子。

〔18〕泱瀼(yǎng nǎng 养囊):水停的样子。

〔19〕於(wū 乌):叹词。　廓:大。　灵海:壮美的海。

〔20〕委输:流去汇合。

〔21〕浟湙(yóu yì 由亦):水流行的样子。　潋(liàn 练)滟:水满的样子。

〔22〕浺瀜(chōng róng 冲融):水平远的样子。　沆瀁(hàng yǎng):水深广无边际的样子。

〔23〕渺瀰湠(mí tàn 迷炭)漫:水势旷远的样子。

〔24〕嘘噏(xī 吸):呼吸,吐纳。此处指海洋吞吐河水。

〔25〕襄陵:洪水漫过丘陵。　广舄(xì 细):指广大的陆地。

〔26〕漻漷(jiāo gé 交隔):水势广深的样子。　浩汗:同“浩瀚”,广大无边的样子。

〔27〕大明:指月亮。 攈辔(póu pèi 抔佩):勒住缰绳。攈,揽。 金枢之穴:指西方月亮落下的地方。金,指西方。

〔28〕翔阳:指太阳。 逸骇:形容飞得快。 扶桑:日出的地方。 津:渡口。

〔29〕彯:通“飘”。 礐(què 确):浪击石声。

〔30〕颰(yù 玉):风吹得急。

〔31〕天轮:指天地如车轮,周而复始地运转。

〔32〕胶戾:歪曲的样子。

〔33〕地轴:传说地有四柱,广十万里,中间有三千六百轴。

〔34〕岑:小而高的山。

〔35〕磓(duī 堆):撞击。

〔36〕渭(wèi 魏):乱的样子。 濆(fén 坟)沦:水势起伏汹涌。 滀漯(chù tà 触榻):水积聚的样子。

〔37〕沏(qiè 切)迭:水疾流的样子。 隆颓:高低不平的样子。

〔38〕盘盓(wū 乌):旋绕。

〔39〕濇灘(qiào tān 峭贪):巨浪。 滐(jié 杰):突出的样子。 魁:小土丘。

〔40〕浰(shǎn 闪):水流迅疾。 泊柏:细浪。 迤飏:浪越来越高。

〔41〕磊:大。 訇訇(dá kē 答科):重叠。 相豗(huī 灰):相互撞击。

〔42〕瀼瀼(ráng 瓤)湿湿:奔腾开合的样子。

〔43〕葩华:浪花散开的样子。 踧沑(cù nǜ 促恧):水流蹴聚的样子。

〔44〕濎泞(dǐng níng 顶宁):同“汀泞”,细流。 潗滀(jí nì 集逆):沸腾的样子。

〔45〕霾曀(mái yì 埋亦):昏暗的风雨。

〔46〕莫竦(sǒng 耸):不动。

〔47〕呀呷:波浪相吞食的样子。

〔48〕澎濞(pì 僻):水涌声。 灪瀤(yù huái 郁怀):高峻的样子。

〔49〕碨磊(wěi lěi 委垒):不平的样子。

〔50〕枝岐:支流。 潭瀹(yuè 月):动摇的样子。

〔51〕渤荡:冲刷的样子。 汜:分岔流出后又归到主流的水。

〔52〕乖:隔离。

〔53〕回互:曲折、连绵。

〔54〕偏荒:边荒。

〔55〕百尺:指船上桅竿。

〔56〕长绡:帆纲。

〔57〕帆席:席制的船帆。

〔58〕冏(jiǒng 炯)然:远飞的样子。

〔59〕鷁:指鸟飞翔。

〔60〕倏(shū 书):疾。 掣:引而纵,如离弦的箭。

〔61〕负秽:谓自身有罪。

〔62〕愆:失。 祈:祷。

〔63〕海童:传说海中的神童。

〔64〕马衔:传说海中的神怪,马首、独角、龙形。

〔65〕天吴:传说中的水神。

〔66〕蝄(wǎng 往)像:传说中的水怪。 闪尸:闪现出形体。

〔67〕遘(gòu 够):遇。 迕(wǔ 伍):犯。

〔68〕眇䁔(yǎo 咬):瞧看的样子。 冶夷:妩媚的样子。

〔69〕橦(chuáng 床):桅竿。

〔70〕廓:开阔。

〔71〕惚恍:隐约不清,游移不定,很难捉摸。

〔72〕叆叇(ài fèi 爱费):云气昏暗的样子。

〔73〕儵(shū 叔)昱:迅速的样子。

〔74〕呴歔(xù 序):不明朗的样子。 掩郁:意同"呴歔"。

〔75〕矆睒(huò shǎn 霍闪):光色闪铄不定。

〔76〕涝:巨浪。 磢(chuǎng 闯):交错。 沏(qī 妻):摩。

〔77〕屑雨:飞洒的样子。

〔78〕浤浤(hóng 宏)汩汩(gǔ 古):波涛撞击的声音。

〔79〕踸踔(chèn chuō):进退不定的样子。 湛瀹(zhàn yào 站药):波浪腾涌的样子。

〔80〕沸溃渝溢:浪头前拥后退的样子。

〔81〕濩汻濩渭(huò huì huò wèi 霍卉或胃):四处波涛不安定的样子。

〔82〕屑没:粉碎沉没。 鼋鼍(yuán tuó 元驼):大鳖和扬子鳄。

〔83〕挂罥(juàn 绢):勾挂。 岑嶅(áo 熬):指海中暗礁和小岛。嶅,又作"嶅"、"嶅",多石的小山。

〔84〕掣掣洩洩:随风飘荡的样子。　裸人国:与下文“黑齿邦”均为传说的海外异国。李善注引《淮南子》:“自西南至东南,有裸人国、黑齿民。”许慎注:“其民不衣也,其人黑齿也。”

〔85〕泛泛悠悠:顺水漂流的样子。

〔86〕澰(liàn 练):浸。　朱崖:最南的地方。

〔87〕天墟:最北的地方。

〔88〕演:及。　析木:最东的地方,传说是天河的渡口。

〔89〕薄:迫。　青徐:青州、徐州。因近海岸,所以被认为是海最西的地方。

〔90〕瀴溟(yíng míng 迎明):绝远杳冥。

〔91〕万万:指万万里,形容极为遥远。

〔92〕鲲鳞:或作“昆山”,神仙隐居的地方。

〔93〕灵居:神仙的居处。

〔94〕太颠之宝贝:据李善注引《琴操》说:殷纣王囚禁文王(当时为西伯)于羑里,将要选择日期杀掉他。文王的属下太颠、散宜生、南宫适等从水中得到一个大贝,献给纣王,纣王放出了文王。

〔95〕随侯之明珠:传说东方随国的侯,见一条巨蛇受伤,就用良药给它敷上,后来大蛇衔水中一颗很大的夜明珠报答随侯,世人称随侯之珠。随,也作“隋”。事出《淮南子·说山》。

〔96〕希世:即稀世,世所罕见。

〔97〕仿像:仿佛,相似。

〔98〕叆叇(ài xì 爱戏):不明。

〔99〕嵽嵲(dié niè 迭聂):高耸的样子。

〔100〕擘:分开。

〔101〕百灵:很多神仙。

〔102〕凯风:南风。

〔103〕广莫;北风。

〔104〕天琛:天然的宝贝。琛,珍宝,玉的一种。

〔105〕鲛人:传说中居于海底的怪人,会织布,眼泪即成珍珠。

〔106〕瑕石:赤色小块玉。　诡晖:颜色多变。

〔107〕异质:各种不同的形状。

〔108〕沙汭(ruì 瑞):沙岸。

〔109〕冶:销。

〔110〕熺炭:传说的一种不熄灭的炭。

〔111〕烱:光。　九泉:传说地分九层,每层均有泉,所以有九泉。

〔112〕朱燄(yàn 焰):赤色的火焰。燄,同“焰”。

〔113〕睚渺:宛转摇动的样子。　蝉蜎:指烟尘飞腾的样子。

〔114〕车渠:产于西域的一种宝石。“珊瑚”以下四句,据尤刻本补。

〔115〕突扤:即“突兀”,高耸的样子。

〔116〕戞(jiá 夹):刮。这里为摩擦削平的意思。

〔117〕噏(xī 西):同“吸”。　踧踖(cù sù 促速):退缩。

〔118〕蹭蹬:失势的样子,这里指陷入困境。

〔119〕隈:山水弯曲之处。

〔120〕嶔(qín 钦):小山岭。

〔121〕鷇(kòu 扣):待哺的幼鸟。

〔122〕离褷(shī 失):羽毛初生的样子。

〔123〕淋渗:小鸟刚刚长出羽毛的样子。

〔124〕泄泄淫淫:飞翔的样子。

〔125〕三光:指日、月、星。

〔126〕阳侯:水神。

〔127〕蹻(qiāo 敲):指仙人驾御的云气。

〔128〕觌(dí 敌):相见。　安期:传说中的古仙人,居住在蓬莱仙境。

〔129〕乔山:黄帝的葬地。

〔130〕留舄(xì 细):据李善注引《列仙传》说:仙人安期见过秦始皇,始皇送他很多金银。他没有收,临别时留下赤色玉鞋一双作为报答。舄,鞋。

〔131〕羽翮:此指羽毛织成的衣服。　襂纚(shēn shī 深失):毛羽下垂的样子。

〔132〕天沼:与下文“穷溟”,都是指天池。

〔133〕甄:表。

〔134〕区:域。

〔135〕形:形体。

〔136〕坎:指水。李善注引《周易》:“坎为水。”

〔137〕宗:尊。　都:聚。

今译

无论遥远的过去，还是虞舜作为唐尧臣子的时代，洪水汹涌泛滥，成为人间巨大灾难。波涛奔腾浩瀚，万里无际。排山巨浪重重叠叠，吞没整个神州大地。这时大禹率领人们铲平高原的障碍，疏通积水之地，使积水下泄，凿穿高峻的龙门山，打通阻塞水流的山岗。群山既经治理，百川快速泄流，洪峰腾涌，沿着水道奔流。众水既经治理，万穴倾流。引出五岳之间的积水，现出九州陆地。涓涓细流，汇合一处。溪流淤水，莫不向着大海倾注。

多么壮美啊，浩瀚的大海！汇集天下水流。多么广阔，多么神奇，又多么宏大！大海时刻动荡，连绵不断，浮天无岸，水势深广，横流漫延，巨浪好似连绵的峰峦，忽合忽散。吞吐百川，涤荡淮汉；弥漫丘陵，沧溟浩瀚。

月亮乘着快马飞速回到西方，太阳又从东方飘然升起。风卷着沙，水击着石，疾风劲流振荡着海岛岸基。于是狂风掀起巨浪，巨浪卷起泥沙。激浪相撞，飞沫扬花。浑如车轮，疾速旋转，又似地轴，突出回旋。巨浪如同岑岭飞腾起伏，又如五岳高山欢快舞动，频频相互撞击。洪流倾斜迂回，洪涛漫流，似峰谷高低。旋转激荡形成窟穴，巨浪突起叠合山峰，小波泛流越滚越高，叠成洪波奔腾湍急。惊浪相撞，声如滚雷；骇水四散，形似云雾迸集。海水忽开忽合，忽聚忽散，犹如花瓣骤然集拢，又像沸水欢快翻腾。

阴云冷风悄然消散，海面一片宁静。轻尘不飞，纤萝不动。还有排浪相吞，余波鼓涌，澎湃起伏，堆成山峰。小浦曲渚，弯转曲折，冲击着回到海中。蛮夷之国被江海分隔，遥遥万里路程。

偏远之地忽来告急，君王命令正待发出。快马轻舟，泛海凌山，飞快前去。正遇到强劲的风力，于是树桅竿，拉帆绳，挂帆席，向着遥远的海面，惊鸟般地矫捷飞去。如同野鸭寻求失去的伴侣，好似六龙纵辔急驰。一日行程三千里，不到一早晨，便达目的地。

如果是身负罪责、欺骗鬼神的人来到大海深处，一定会遇到海童拦路，马衔挡道，天吴在他身边出没，蝄像在他面前闪烁。群妖集聚，一会儿眼露凶光，一会儿妩媚动人。他们兴风作浪，刮破船帆，摧折桅杆，变幻无常，忽晴忽暗。海神喷吐气息，类似云雾。刹时乌云密布，弥漫着百色妖雾。雷鸣电闪，动荡不安。飞浪交错重叠，腾涌冲撞。如崩云，似碎雨，发出汩汩浤浤的响声。波浪忽进忽退，忽高忽低。惊涛千万里，荡起云雾，洗涤日光。

此刻舟人渔子正值海面远航，向着极南或极东。有的像碎沫一样坠入鼋鼍窟穴；有的飘零四散，勾挂在水中礁石。有的随风周游到裸人之国，有的顺水漂泊到黑齿之邦；有的如同浮萍回旋飘荡，有的乘着风势返回故乡。他们见到光怪陆离的景象只是吃惊，竟忘记自己游历了多少地方。

大海是一个极大的量具：南到朱涯，北到天墟，东到析木，西到青徐。要想寻到它的尽头，可要行程万万里。吐彩云，含龙鱼，隐水怪，藏神灵。岂只有太颠献给纣王那样的宝贝堆积成山，随侯曾得的明珠撒满在海底！世上收藏的宝物，人们总能常闻其名；从来未闻其名的宝物，人们皆视若本无其物。况且罕见寡闻，又怎会知道它的名称？因而只能大体说说它们的颜色，笼统地讲讲它们的形体。

在那海底的最深处有一座富丽堂皇的水府，水府之中有巨鳌，鳌驮着仙岛在慢慢爬行。仙岛之上有仙亭巍然屹立。仙亭擘开洪涛巨浪，直指九重云天。岛上堆满了巨大的岩石，岩石洞中栖居着众多神仙。南风吹来向南行，北风吹来向北移。这里有珍奇的宝物，有鲛人居住的宫室。玉石奇光异色，鱼鳖具有各种不同的形状。

岸边层层细沙，如同绘上花纹的云锦；螺蚌斑斑曲节，好像绫罗上装点着闪光的宝石。五光十色，繁花似锦，万种颜色在它面前却失去光华。阳光之下有不融化的冰块，阴湿的地下有火种潜燃。永不熄灭的炭火，燃亮昏暗的九泉地府。赤色火焰，绿色烟雾，缭绕上升，袅袅飘浮。珊瑚琥珀，连连生产；车渠玛瑙，堆积如山。大鱼则有横亘海洋的巨鲸,独自游动,把半个身子露出水面。磨平礁石,以伏在巨浪之上,食鱼鳖,吞龙舟。它吸气海水就要退缩;吐气江河就会倒灌。然而一旦陷入绝境,滞留在海滩,困死于盐田。硕大的鳞片插入云霄,背鳍刺破青天。头骨成山,膏油化成深渊。在那岩石角落,沙土堆中,雌禽产卵,孵出小鸟。小野鸭羽毛初生,小仙鹤毛毛茸茸。成群飞翔,结伴洗浴,戏耍在深广的水面,翱游在苍茫的云天,翩翩群鸟拍打翅膀,其声如雷,抖动羽毛,化成树林。嘲晰和鸣,发出奇异美妙的声音。

待到日清月明,天地融和晴朗,风波不泛,驾起神龙,到达蓬莱会见安期生,飞往桥山朝拜黄帝圣像。只见群仙逍遥于清水池畔,聚集清崖餐食琼枝玉英。穿起安期送给始皇的玉鞋,披上仙人用羽翮织成的衣裳。翱游于天池之间,戏耍在极北的海洋。神仙虽具有形体却没有情欲,能够永久活在世上。深广的海洋,无限的器量,包括着宇宙的深奥,天地的宽广。这是神灵的居处,有仙人的殿堂。何种神灵不具有?什么怪物不储藏?茫茫大海,虚怀若谷。伟大的水德,总以谦卑自处。这是百川的归宿,万物的总库。万物总是以类相生,何所不有,何者而无!

(陈宏天　吕桂珍译注　陈复兴修订　陈延嘉再修订)

江赋一首

郭景纯

题解

郭璞(276—324),字景纯,河东闻喜(今山西闻喜县)人。喜好经术,博学高才,通古文奇字,精阴阳、历算、天文、卜筮之术。中原大乱前渡江,曾为宣城太守殷祐引为参军。晋元帝嘉其《南郊赋》之作,授与著作佐郎。又迁为尚书郎。多次借卜筮批评弊政,上书提出兴革建议,主张宽缓刑罚,减轻役赋,崇尚“无为而为之,不宰以宰之”的政治理想。后以卜筮谏阻大将军王敦谋反而被杀。

他是东晋初年著作丰赡的学者和作家。注释过《尔雅》、《方言》、《山海经》、《穆天子传》、《楚辞》等书。其诗赋创作则为“中兴之冠”。他的诗以其富丽的文采饱满的情志迥异于当时流行于上层人物的玄言诗,使诗歌摆脱玄言枯燥的僵板之路,恢复了艺术的生机。

《江赋》是郭璞赋作的名篇。它以浓丽的笔触描绘了长江的源流、气势和奇景异物,抒发出赋家囊括万殊物我混一的胸襟与情志。是以长江为描写对象饱含光与色的山水长卷,也是节奏跌宕声韵流转的交响乐章。

它首先以舒缓的笔调描写长江的发源,纲络群流,直赴东海的流程。长江雄伟之美的所在是三峡,赋家调遣出他的古文奇字,倾力再现绝岸峭壁,虎牙荆门,圆渊溢流,骇浪惊波。而曾潭美湖则汪洋浩渺,浑漭无极。以一串串由双声叠韵构成的联绵词,模写江水的各种情状与音响,有漩流、激流与缓流,有波浪的惊起与崩落,有巨浪的相互撞击与推进,有波涛拍击崖岸与冲荡深谷,有地泉的瀑涌与喷吐。描绘水势,模拟涛声,是这支交响乐最激越高昂的一章。再写长江的各种物类。鱼龙鸟兽,千奇百怪,美石瑶草,光彩陆离。猿猴凌空腾越,夔牛翘尾奔跑,鲮鲑在险崖逃窜,猍獭在洞穴眨眼。菰蒋菱荷,随风摇曳,光华掩映,都是极其细腻传神之笔。再写长江的商旅舟船,樵夫渔父,神仙怪异。赋家笔下的长江是人间的,也是灵界的。自然的长江升华为诗的艺术的长江。它不只连通宇宙,也连通神明,激发人们无尽的想象,在想象中构成了冠于天下川渎的"妙观"。情调由激越复归于舒缓,而入静穆。

《江赋》所写的山川物色是郭璞个人胸襟情志的外化。李善注引《释名》曰:"江者公也。出物不私,故曰公也。"郭璞赞美长江正是它的无欲无私,连通宇宙,容纳万物的品格。他说:"咨五才之并用,实水德之灵长。"水德就是柔弱和顺,利万物而不争。因而才能注五湖灌三江,动植灵顽,尽皆包含,川渎潭隩,统以收受,"焕大块之流形,混万尽于一科。保不亏而永固,禀元气于灵和。"这正是郭璞的豁达大度,超脱尘俗,"不物物我我,不是是非非","蚊泪与天地齐流,蜉蝣与大椿齿年"的道家世界观的表现。其中写到芦人渔子,列真异人,也透露出厌弃现实返朴归真的情绪。

全赋光与影,声与色交错流动,富有强烈的节奏感。刘勰评曰:"景纯绮巧,缛理有余。"(《诠赋》)正确地道出了《江赋》构思与艺术上的特点。

原文

咨五才之并用[1],寔水德之灵长[2]。惟岷山之导江[3],初发源乎滥觞[4]。聿经始于洛沫[5],拢万川乎巴梁[6]。冲巫峡以迅激[7],跻江津而起涨[8]。极泓量而海运[9],状滔天以淼茫[10]。总括汉泗[11],兼包淮湘[12],并吞沅澧[13],汲引沮漳[14]。源二分于崌崍[15],流九派乎浔阳[16]。鼓洪涛于赤岸[17],淪余波乎柴桑[18]。纲络群流[19],商榷涓浍[20],表神委于江都[21],混流宗而东会[22]。注五湖以漫漭[23],灌三江而潮沛[24]。滈汗六州之域[25],经营炎景之外[26]。所以作限于华裔[27],壮天地之崄介[28]。呼吸万里,吐纳灵潮[29]。自然往复,或夕或朝[30]。激逸势以前驱,乃鼓怒而作涛[31]。

峨嵋为泉阳之揭[32],玉垒作东别之标[33]。衡霍磊落以连镇[34],巫庐嵬崫而比峤[35]。协灵通气,濆薄相陶[36]。流风蒸雷,腾虹扬霄[37]。出信阳而长迈[38],淙大壑与沃焦[39]。若乃巴东之峡,夏后疏凿[40]。绝岸万丈,壁立霞驳[41]。虎牙嵥竖以屹崒[42],荆门阙竦而磐礴[43]。圆渊九回以悬腾[44],溢流雷响而电激[45]。骇浪暴洒,惊波飞薄[46]。迅澓增浇[47],涌湍叠跃[48]。砅岩鼓作,瀄湱㵿潫[49]。㴔瀑濩澈[50],溃濩泧漷[51]。潏湟淴泱[52],瀺灂㶇瀹[53]。漩澴荥瀯[54],渨㵕濆瀑[55]。溭淢浕涢[56],龙鳞结络[57]碧沙瀢灖而往来[58],巨石硉矶以前却[59]。潜演之所汩淈[60],奔溜之所磢错[61]。厓隒为之泐嵃[62],埼岭为之岩崿[63],幽涧积岨,礐硞若礭[64]。

若乃曾潭之府,灵湖之渊,澄澹汪洸,氿滉困泫[65],泓浤洞澋,涒邻圝潾[66],混澣灦涣,流映扬焆[67],溟漭渺湎,汗汗沺沺[68]。察之无象。寻之无边[69]。气滃渤以雾杳[70],时郁律其如烟[71]。类胚浑之未凝[72],象太极之构天[73]。长波浃渫,峻湍崔嵬[74]。盘涡谷转,凌涛山颓[75]。阳侯砐硪以岸起[76],洪澜涴演而云回[77]。浤沦流瀼,乍浥乍堆[78]。豃如地裂,豁若天开[79],触曲厓以萦绕,骇崩浪而相礧[80]。鼓㕩窟以漰渤[81],乃溢涌而驾隈[82]。

鱼则江豚海狶，叔鲔王鳣，䱧鲦鲦鲉，鲛鳐鲶鲢[83]。或鹿觡象鼻，或虎状龙颜[84]。鳞甲镶错，焕烂锦斑[85]。扬鳍掉尾，喷浪飞唌[86]。排流呼哈，随波游延[87]。或爆采以晃渊，或嚇鰓乎岩间[88]。介鲸乘涛以出入[89]，鲼鲎顺时而往还[90]。尔其水物怪错，则有潜鹄鱼牛[91]，虎蛟钩蛇[92]，蜦蜅鲎蝞，鲼鼋鼍鼊[93]。王珧海月，土肉石华[94]，三蝬虾江，鹦螺蜁蜗[95]，璅蛣腹蟹，水母目虾[96]，紫蚢如渠，洪蚶专车[97]。琼蚌晞曜以莹珠[98]，石蚨应节而扬葩[99]。蜛蝫森衰以垂翘[100]，玄蛎魂磥而碨硁[101]。或泛潋于潮波，或混沦乎泥沙[102]。若乃龙鲤一角，奇鸧九头[103]。有鳖三足，有龟六眸[104]。赪鳖肺跃而吐玑[105]，文魮磬鸣以孕璆[106]。偹蠊拂翼而掣耀[107]，神蜧蝹蜦以沉游[108]。騂马腾波以嘘蹀[109]，水兕雷咆乎阳侯[110]。

渊客筑室于岩底[111]，鲛人构馆于悬流[112]。雹布余粮，星离沙镜[113]。青纶竞纠，缛组争映[114]。紫菜荧晔以丛被[115]，绿苔鬖髿乎研上[116]。石帆蒙笼以盖屿[117]，萍实时出而漂泳[118]。其下则金矿丹砾，云精爓银[119]，玢珋璇瑰，水碧潜琨[120]。鸣石列于阳渚[121]，浮磬肆乎阴滨[122]。或颎彩轻涟，或焆曜崖邻[123]。林无不溽，岸无不津[124]。

其羽族也，则有晨鹄天鸡[125]，鸠鹜鸥䴋[126]。阳鸟爰翔，于以玄月[127]。千类万声，自相喧聒[128]。濯翮疏风[129]，鼓翅翻翾[130]。挥弄洒珠，拊拂瀑沫[131]。集若霞布，散如云豁[132]，产毻积羽[133]，往来勃碣[134]。橉杞稹薄于浔涘[135]，槲楗森岭而罗峰[136]。桃枝筼筜[137]，实繁有丛[138]。葭蒲云蔓[139]，䌟以兰红[140]。扬皜毦，擢紫茸[141]，荫潭隩，被长江[142]。繁蔚芳蓠[143]，隐蔼水松[144]。涯灌芊萰[145]，潜荟葱茏[146]。鲮鲑跻踽于垠隒[147]，猨獭睒瞲乎厱空[148]。迅蜼临虚以骋巧[149]，孤玃登危而雍容[150]。夔牻翘踛于夕阳[151]，鸳雏弄翮乎山东[152]。因岐成渚[153]，触涧开渠[154]。漱壑生浦[155]，区别作湖[156]。磴之以瀿瀷[157]，渫之以尾閭[158]。标之以翠蘙[159]，泛之以游菰[160]。播匪艺之芒种[161]，挺自然之嘉蔬[162]。鳞被菱荷[163]，攒布水蔛[164]。翘茎瀵蕊[165]，濯颖散裹[166]。随风猗萎[167]，与波潭淹[168]，流光潜映[169]，景炎霞火[170]。

其旁则有云梦雷池[171]，彭蠡青草[172]，具区洮滆[173]，朱滻丹漅[174]，极望数百，沆瀁皛溔[175]。爰有包山洞庭[176]，巴陵地道[177]，潜逵傍通，幽岫窈窕[178]。金精玉英瑱其里[179]，瑶珠怪石琗其表[180]。骊虬摎其址[181]，梢云冠其嶇[182]。海童之所巡游[183]，琴高之所灵矫[184]。冰夷倚浪以傲睨[185]，江妃含嚬而矊眇[186]。抚凌波而凫跃[187]，吸翠霞而夭矫[188]。若乃宇宙澄寂[189]，八风不翔[190]。舟子于是搦棹[191]，涉人于是檥榜[192]。漂飞云，运艅艎[193]。舳舻相属，万里连樯[194]。溯洄沿流，或渔或商[195]。赴交益，投幽浪[196]，竭南极，穷东荒[197]。尔乃䨴雺祲于清旭[198]，觇五两之动静[199]。长风飏以增扇[200]，广莫飚而气整[201]。徐而不飚，疾而不猛[202]。鼓帆迅越，趠涨截洞[203]。凌波纵柂[204]，电往杳溟[205]。雰如晨霞孤征[206]，眇若云翼绝岭[207]。倏忽数百，千里俄顷[208]。飞廉无以睎其踪[209]，渠黄不能企其景[210]。于是芦人渔子[211]，摈落江山[212]。衣则羽褐，食惟蔬鲜[213]。栫淀为涔[214]，夹潨罗筌[215]。筒洒连锋，罾罶比船[216]。或挥轮于悬埼[217]，或中濑而横旋[218]。忽忘夕而宵归，咏采菱以叩舷[219]。傲自足于一呕[220],寻风波以穷年[221]。

尔乃域之以盘岩[222],豁之以洞壑[223]。疏之以沲汜[224],鼓之以朝夕[225],川流之所归凑,云雾之所蒸液[226]。珍怪之所化产,傀奇之所窟宅[227]。纳隐沦之列真[228],挺异人乎精魄[229]。播灵润于千里,越岱宗之触石[230]。

及其谲变儵怳[231],符祥非一,动应无方,感事而出[232]。经纪天地,错综人术[233]。妙不可尽之于言,事不可穷之于笔[234]。若乃岷精垂曜于东井[235],阳侯遁形乎大波[236]。奇相得道而宅神[237],乃协灵爽于湘娥[238]。骇黄龙之负舟[239],识伯禹之仰嗟[240]。壮荆飞之擒蛟[241],终成气乎太阿[242]。悍要离之图庆[243],在中流而推戈[244],悲灵均之任石[245],叹渔父之棹歌[246]。想周穆之济师[247],驱八骏于鼋鼍[248]。感交甫之丧佩[249],愍神使之婴罗[250]。焕大块之流形[251],混万尽于一科[252]。保不亏而永固[253],禀元气于灵和[254]。考川渎而妙观[255],实莫著于江河[256]。

注释

〔1〕咨:感叹词。 五才:指金、木、水、火、土。《左传·襄二十七年》:"天生五材,民并用之。"

〔2〕寔:确实。 水德:水的德性。 灵长:广远绵长。此两句言自然界的五种基本物质金木水火土,水德最为良善柔和,滋润万物,广大而绵长。

〔3〕岷山:山名。在四川松潘县北,绵延四川甘肃两省边境,为长江黄河分水岭,岷江嘉陵江发源地。《书·禹贡》:"岷山导江。"又:"岷山之阳,至于衡山。"《传》:"岷山,江所出,在梁州。" 导江:指长江之发源。岷山为岷江嘉陵江之发源地,两江后汇入长江。故谓"岷山导江。"导,疏导,起源。江,指长江,古为长江之专有名。李善注引《孔子家语》:"孔子谓子路曰:'夫江始于岷山,其源可以滥觞。及其至于江津,不舫舟,不避风,则不可以涉。'"

〔4〕滥觞(shāng 伤):指江河之起源,初水极少,只能浮起酒杯。觞,盛有酒

的杯。此两句言岷山之水流疏导而汇入长江，在其源头水量极小，仅能浮起酒杯。

〔5〕聿(yù 玉)：语助词，用于句首或句中。　经始：经由。　洛沫(mèi 昧)：二水名。洛水，亦称洛河，源出陕西洛南县西北部。东入河南，经洛阳，至巩县的洛口流入黄河。沫水，李善注引《说文》，"沫水出蜀西塞外，东南入江。"

〔6〕拢：统括，汇合。　巴梁：巴郡梁州。巴郡，包括今四川重庆市和南充达县奉节彭水涪陵等地。梁州，古九州之一。东界华山，南至于长江，北为雍州，西无可考。《书·禹贡》："华阳黑水惟梁州。"此两句言长江经由洛沫，蜿蜒流逝，收拢了巴郡梁州的大小河川。

〔7〕冲：冲击。　巫峡：长江三峡之一。在湖北巴东县西，与四川巫山县接界，因巫山得名。　迅激：形容江水奔腾激荡。

〔8〕跻(jī 基)：升，登。　江津：江边渡口。李善注引《水经注》："马头崖，北对大岸，谓之江津。"朱珔《文选集释)卷十二："其地在江陵县枚回洲之下七十余里"，"洲上有奉城，故江津长所治亦曰江津戍，江水自此始。"　起涨：江水增长的样子。此两句言江水至巫峡激荡湍急，浮上江津则流势浩大深广。

〔9〕泓(hóng 洪)量：江水深广的样子。　海运：海水翻腾。

〔10〕淼(miǎo 渺)茫：形容水广阔辽远。此两句承上句言江水浩渺，如大海翻腾，波浪滔天，茫茫无际。

〔11〕汉泗(sì 四)：二水名。汉水，亦称汉江。源出陕西宁强县北蟠冢山。东南流经陕西省南部、湖北省西北部和中部，至武汉入长江。泗水，亦称泗河。源出山东泗水县陪尾山。古时泗水经今山东曲阜、江苏徐州，至洪泽湖畔龙集附近入淮。

〔12〕淮湘：二水名。淮水，今称淮河。古四渎之一。源出河南桐柏山，东经安徽江苏入洪泽湖。湘水，亦称湘江。湖南最大的河流。此两句言长江兼容并包汉泗淮湘各个河川之水。

〔13〕沅澧(lǐ 里)：二水名。沅水，亦称沅江。源出贵州都云县云雾山。经沅陵桃源等县，至汉寿县注入洞庭湖。澧水，源出湖南桑植县西北，东南流至大庸，改东北流，至安乡南注洞庭湖。

〔14〕汲(jí 及)引：引水。　沮(jǔ 举)漳：二水名。沮水，源出湖北保康县西南，东南流与漳水合。又东南流经江陵县西境，入于江。漳水，源出湖北南漳县西南之蓬莱洞，东南流经钟祥、当阳县，合沮水为沮漳河，复东经江陵县入长

江。此两句言长江也并吞了沅湘,汲引沮漳二水。

〔15〕崌崃(jū lái 居来):二山名。崌山,疑即四川名山县西的蒙山。(用毕源说)今沬水源出此山。(用郝懿行说)崃山,即邛崃山,有九折阪在四川荥(荣)经县西。郭璞谓中江出于此。李善注引《山海经》:"岷山东北百四十里崃山,江水出焉。又东百五十里崌山,江水出焉,而东流注于大江。"

〔16〕九派:九个支流。派,水的支流。 浔阳:县名。汉浔阳县,属庐江郡。即今江西九江县地。李善注引应劭《汉书》注:"江自庐江浔阳,分为九也。"此两句言长江收纳了源于崌崃二山的流水,流至浔阳又分出九条支流。

〔17〕鼓:鼓起,掀动。 洪涛:浩大的浪涛。 赤岸:山名。在成都府新都县南十七里,江中支流经此。新都县今属四川省。

〔18〕沦:沦没,淹没。 柴桑:古县名。在今江西九江市西南。西汉置,属豫章郡。此两句言江水在赤岸山下洪涛激荡,至柴桑洪涛始逐渐平息,而变为余波。

〔19〕纲络:收拢,包容。 群流:众水。

〔20〕商榷(què 却):统括而容纳之。 涓浍(kuài 快):小的水流。此两句言长江对大小河流皆兼容并包,统而纳之。

〔21〕表:显现。 神:神奇,形容江水之深而广。刘良注:"言深广,故曰神也。" 委:水流聚集。 江都:地名。今属江苏省。秦广陵县,汉置江都县,以远统长江为一都会而名。

〔22〕混流:汇合众水。 宗:尊崇。 东会:向东会于海。此两句言长江兼容并包千河百川,至江都愈显其深广神奇,并为天下众水之尊长,且将东去会于大海。

〔23〕五湖:太湖之别名。周围五百余里。在今江苏省吴县西南,跨江苏浙江两省。 漫漭:水广大无边的样子。

〔24〕三江:指浙江、吴淞江、浦阳江。 澎(pēng 嘭)沛:波涛相激之声。此两句言长江之水灌注五湖三江,使其浩大无边,波涛激荡,气势雄伟。

〔25〕滈(hào 浩)汗:水长流的样子。 六州:指益、梁、荆、江、扬、徐各州。域:地界。

〔26〕经营:周旋往来。 炎景:指炎热的南方。此两句言长江及其支流遍布地域之广,直连带着南方的边远之地。

〔27〕作限:成为界限。 华裔:华,指华夏,中原地区。裔,蛮夷,边远地区。

〔28〕壮:壮伟。　崄(xiǎn 险)介:险阻。此两句言长江成为华夏与蛮夷间的界限,天地间的险阻。李善注引郭璞《尔雅注》曰:"介,阂也。"

〔29〕呼吸:此形容时间之疾速。　灵潮:潮水。

〔30〕或夕或朝:指潮水的涨落有晚有早。李善注引《抱朴子》:"麋氏云朝者,据朝来也;言夕者,据夕至也。"　此数句言江湖的涨落,瞬息万变,有早潮,有晚潮,雄伟而合乎规律。

〔31〕逸势:迅猛的水势。逸,迅猛。　鼓怒:鼓动怒潮。怒,指汹涌的潮水。此句言激荡起奔腾疾驰的水势而为江水的前驱,而整个大江鼓起怒潮,惊涛大作。

〔32〕峨嵋:山名。在今四川峨嵋县西南。山势雄伟。有山峰相对如蛾眉,故名。　泉阳:江之别名。(用张铣注)　揭:标志。

〔33〕玉垒:山名。在四川灌县西北。　东别:江之别名。(用张铣注)李善注引《水经》:"江水又东别为沲。"　标:标志。此两句言峨嵋玉垒二山皆为江水之源,故为大江之标志。

〔34〕衡霍:二山名。衡山,即五岳之一的南岳。在今湖南省。跨旧长沙、衡州二郡。霍山,在安徽霍山县西北。即天柱山。　磊落:形容山高大的样子。　连镇:山岭相连。镇,指一方之主山。《书·舜典》:"封十有二山。"孔安国《传》:"每州之名山殊大者,以为其州之镇。"

〔35〕巫庐,二山名。巫山,在四川巫山县东,即巫峡。巴山山脉特起处。庐山,在江西九江市南,北靠长江,东南傍鄱阳湖。　嵬崫(wéi jué 维绝):形容山高大的样子。　比峤(qiáo 桥):比较高低。峤,山尖而高。此两句言长江蜿蜒穿越之地区的众山。

〔36〕协:协和。　灵:神灵。谓山间阴阳变化如神灵一样。　通气:流通山川之气。李善注引《庄子》:"川谷通气,故飘风。"　濆(fèn 忿)薄:激荡。　相陶:谓陶冶万物。

〔37〕流风:谓山风飘荡。　蒸雷:升起雷声。形容山风吹动,在山谷间引起的回响,轰轰然如雷声。　扬霄:飘起浮云。霄,薄云,浮云。此数句言山高谷深,山中的蒸发之气,流通激荡,形成山风。山风吹动,发出雷声一样的回响,蒸发的山川之气又腾起霓虹,飘出浮云。

〔38〕信阳:即信陵之阳,因江出古信陵城南。李善注引《晋书》:"建平郡有信陵县。"建平郡今属四川省。　长迈:长行。

〔39〕淙(cóng 从):流水声。此谓水流聚集。大壑:大海。刘良注:“渤海东有大壑而江水集焉。” 沃焦:传说中东海南部的一座大山,方三万里。李善注引《玄中记》:“天下之大者,东海之沃焦焉,水灌之而不已。”此两句言长江流过信陵之南,注入于东海及其南的沃焦山中。

〔40〕巴东之峡:指巴东三峡(巫峡、瞿塘峡、归峡)。在四川湖北境内长江中。自宜昌以上,奉节以下,两岸皆山,无地非峡,特就其最险者称为三峡。巴东,古郡名,属今四川省。 夏后:即夏禹。姓姒氏。继父鲧治水,疏九河,瀹济漯,决汝汉,排淮泗。在外十三年,过家门而不入,洪水悉平。初封夏伯,后受舜禅,国号曰夏。

〔41〕霞驳(bó 伯):如赤霞之斑驳。

〔42〕虎牙:山名。在湖北省,李善注引盛弘之《荆州记》:“郡西溯江六十里,南岸有山,名曰荆门,北岸有山,名曰虎牙。二山相对,楚之西塞也。虎牙,石壁红色,间有白文,如牙齿状。荆门上合下开,开达山南,有门形,故因以为名。” 嵥(jié 杰)竖:突出竖立的样子。 屹崒(yì zú 易卒):高峻的样子。

〔43〕荆门:山名。在湖北省宜都县西北。 阙耸(sǒng 怂):高耸。磐礴:广大的样子。此两句言长江之侧虎牙荆门二山的险峻雄奇的气势。

〔44〕圆渊:山峡间急流相激而成之漩涡。张铣注:“峡间江水深急激岸石而成圆流,故云圆渊也。” 九回:形容江水旋转环流。 悬腾:形容波涛悬跃腾起。

〔45〕湓(pén 盆)流:汹涌的急流。 雷响(hǒu 吼):即雷吼。响,同“吼”。电激:电光闪烁。此两句言圆渊湓流所激荡的浪涛之声和闪电之光。

〔46〕暴洒:形容急浪突然散落。暴,迅疾,突然。洒,散。 飞薄:飞腾激荡。

〔47〕迅澓(fú 伏):迅疾的洄流。澓,水逆流或旋流。 增浇:重叠的洄波。增,通“层”,重叠。浇,回旋的波浪。

〔48〕涌湍:奔涌的急流。 叠跃:不断奔跃。

〔49〕砯(pīng 乒)岩:水激山岩,发出砯然之响。砯,水冲击山岩所发出的巨响。 鼓作:如鼓声大作。 澎湱(pēng huò 抨货):波浪相撞击之声。 㶉灂(xiào zhuó 校浊):水波激荡之声。

〔50〕泶濞(píng bèi 平贝):水流相激之声。 澋瀫(hōng huài 轰坏):水势汹涌的样子。

〔51〕溃濩(huò 货):水势汹涌激荡的样子。 泧潒(xù huò 续货):与“溃濩”同义。

〔52〕潏湟(jué huáng 决皇):水流迅疾的样子。 淴(hū 忽)泱:与"潏湟"同义。

〔53〕潏潣(shù shǎn 树闪):水流漂疾的样子。 潣瀹(shěn yuè 审月):与"潏潣"同义。

〔54〕漩澴(huán 还):波浪回旋汹涌而起的样子。 荥瀯(xíng yíng 行营):与"漩澴"同义。

〔55〕渨㶟(wēi lěi 威垒):波浪回旋汹涌的样子。 濆(fèn 奋)瀑:波浪回旋汹涌而起的样子。

〔56〕溭淢(zé yù 则玉):波浪前后相逐依次推进的样子。李善注:"溭淢浕涢,参差相次也。" 浕涢(jìn yǔn 劲允):与"溭淢"同义。

〔57〕结络:形容波浪交结相连的样子。以上诸句言在长江三峡之中,洄水急湍撞击岩穴所发出的各种声响和惊涛骇浪的各种奔腾情态。

〔58〕碧沙:江水中的沙。因江水色碧,故沙也映为碧色。 瀢𣶂(duì duò 对舵):江中沙石随水流动的样子。

〔59〕硉矹(lù wù 路物):与"瀢𣶂"同义。 前却:与"往来"对文,义同,此两句言江中的沙石随疾流回旋滚动。

〔60〕潜演:地下潜流的水脉。 汩淈(gǔ gǔ 骨骨);水涌出的样子。

〔61〕奔溜:奔腾之水流。 磢(chuǎng 闯)错:磨擦。此两句言地下水上涌,地上水磨擦岸石。

〔62〕厓隒(yǎn 演):崖岸。 泐嵃(lè yǎn 勒演):由急流冲激而形成的孔洞。

〔63〕埼(qí 奇)岭:漫长的山岭。 岩崿(è 饿):急流冲激而成的洞穴。此两句言江水冲激,两岸的山石岩壁皆布洞穴。

〔64〕幽涧:幽深的山涧。涧,山夹水为涧。 积岨(zǔ 阻):险阻。 礐硞(què kè 确客):由于水冲激石壁显出险峻不平的样子。 碏礭(luò què 落确):与"礐硞"同义。

〔65〕曾潭:重潭,深潭。曾,同"重"。 府:指深不可见之处。 灵湖:湖水深处藏神灵之湖。 渊:与"府"对文同义。 澄澹:水深广的样子。 汪洸(guāng 光):与"澄澹"同义。 沆滉(wǎng huàng 网晃):与"澄澹"同义。 困泫(yuān xuán 冤玄):与"澄澹"同义。

〔66〕泓汯(hóng hóng 红红):水势回旋的样子。 泂澋(jiǒng hòng 炯哄):

与“泓汯”同义。 涒（yūn 晕）邻：与“泓汯”同义。 圞潾（wān lín 弯林）：与“泓汯”同义。

〔67〕混澣（hàn 汗）：水势清澈深沉的样子。 灦涣（xiǎn huàn 显换）：与“混澣”同义。 流映：湖水散发光辉的样子。 扬焆（juān 涓）：与“流映”同义。焆，光明。

〔68〕溟漭（míng mǎng 明莽）：水广阔无边的样子。 渺湎（miǎn 勉）：与“溟漭”同义。 汗汗：与“溟漭”同义。 沺沺（tián tián 田田）：与“溟漭”同义。

〔69〕察，看。 象：物象，形象。 寻：探求。以上数句皆言曾潭灵湖水面的广阔，水势的深邃回旋，水流的闪光，只可意会不可描摹的形象。

〔70〕气：指湖上笼罩的蒸气。 滃渤：形容蒸气的浓重盛大。 雾：指江上腾起的蒸气。 杳：深厚而浓重的样子。

〔71〕郁律：暗黑而盛多的样子。此两句言湖面上蒸发起的水气，广阔浓重，深暗如烟。

〔72〕类：像。 胚浑：指天地万物未成形时的混沌状态。李善注：“言云气杳冥，似胚胎浑混，尚未凝结。”

〔73〕太极：指宇宙原始的混沌之气。 构天：构成天地万物。言由太极之气的运动而生阴阳，继而构成天地万物等等。此两句以宇宙形成之初的混沌状态，比喻潭湖之上云蒸雾罩的景象。

〔74〕长波：巨大的波浪。 浃渫（jiā dié 加迭）：波涛激荡的样子。 峻湍：湍急的流水。 崔嵬：形容急湍之水激起的巨浪之高险。

〔75〕盘涡：急流形成的漩涡。 谷转：形容急流的旋涡，如山谷转动。 凌涛：凌空而起的波涛。 山颓：形容凌空的巨涛，突然下落，如山岳颓倒。此四句皆言湖水的流急浪险。

〔76〕阳侯：传说中的波神。 砐硪（è é 饿愕）：高耸的样子。 岸起：如崖岸之高起。

〔77〕洪澜：巨大的波澜。 涴（wǎn 晚）演：波涛回旋的样子。 云回：像云一样盘旋。此两句言湖中的洪涛巨澜之盘旋激荡。

〔78〕沂（yín 银）沦：水流回旋的样子。 溛溾（wā wāi 蛙歪）：水波起伏不平的样子。 浥（yì 义）：水波下流。 堆：水波高起。

〔79〕豃（hǎn 喊）：深穴。 豁（huò 货）：开阔的样子。吕向注此二句言：“水为烈风所吹，四面浪起，中为深穴，则豃然如地裂；风波既息，烟雾尽销，则豁

然若天开。”

〔80〕曲厓：弯曲的崖岸。　骇：鼓起。与“触”对文。　崩浪：纷乱的浪涛。崩，动荡，纷乱。　相礧（léi 雷）：相击。此两句言湖水触曲岸就盘绕而过，掀起乱浪则相互撞击。

〔81〕鼓：指波浪鼓荡。　㕉（kè 客）：窟穴之类。　澎（pēng 抨）渤：波浪鼓荡洞窟所发出的水声。

〔82〕湓（pén 盆）涌：水汹涌漫溢。　驾：凌驾。　隈（wēi 威）：山水弯曲处。此两句言波浪鼓荡，悬崖下的洞穴发出嘭嘭之声，波涛又凌越于山曲之处。

〔83〕江豚（tún 屯）：产生于我国长江及印度大河中的一种鲸类。　海豨（xī 西）：一种海中动物。头似猪，体如鱼。身长九尺。　叔鲔（wěi 伟）：一种鱼名，大者王鲔，小者叔鲔。　王鳣（shàn 善）：大鳣鱼。李善注：“王，鳣之大者，犹曰王鲔。”　䱻鰊（huá liàn 滑练）：二鱼名。䱻，其状如鱼，而鸟翼，出入有光，其音如鸳鸯。鰊，似绳。　鰧鮋（téng chóu 腾仇）：二鱼名。鰧，其状如鳜。鮋，似鱓。　鲮鳐（líng yáo 零尧）：二鱼名。鲮，鲮鲤。鳐，状如鲤。　鯩鲢（lún lián 伦连）：二鱼名。鯩，黑文，状如鲋，食之不肿。鲢，头小鳞细，体侧扁，腹部色白，现为我国淡水养殖鱼类。

〔84〕鹿觡（gé 格）：麋鹿之角。李善注引《异物志》：“鹿角长二尺余，有角，腹下有脚，如人足。”此两句言一些鱼的形状和特征。

〔85〕璀（cuǐ）错：间杂交错的样子。　焕烂：光耀灿烂。　锦斑：华美绚烂。

〔86〕鳍：鱼在水中运动的器官。　涎（xián 贤）：沫。

〔87〕排流：逆水而上游。　呼哈：鱼在江中吞吐水流的样子。呼，吐水。哈，啜饮。　随波：顺着水波。　游延：随水波而长游。

〔88〕爆采：露出色彩于水面。爆，五臣本做“曝”，露出。　晃：显露光辉。渊：深潭。　噏鳃：开鳃。噏，开。此谓开合。以上诸句从不同的方面言鱼在江水中的状态。

〔89〕介鲸：大鲸鱼。介，大。

〔90〕鯼鮆（zōng jì 宗记）：二鱼名。鯼，石首鱼。李善注引《字林》：“鯼鱼出南海。头中有石。一名石首。”鮆，刀鱼。　顺时：顺应时令。李善注引郭璞《山海经注》：“鮆，狭薄而长头，大者长尺余。一名刀鱼。常以三月八月出。故曰顺时。”

〔91〕怪错：奇怪杂错。　潜鹄：一种水鸟，似鹄而大。　鱼牛：海兽名。

《初学记》三十杨孚《临海水土记》:“鱼牛象獭,其大如犊子,毛青黄色。其毛似毡。知潮水上下。”

〔92〕虎蛟:水生动物名。《山海经·南山经》:“…虎蛟,其状鱼身而蛇尾,有翼,其音如鸳鸯。” 钩(gōu 沟)蛇:传说中的一种怪蛇。李善注引郭璞《山海经注》:“今永昌郡有钩蛇。长数丈,尾跂,在水中钩取断岸人及牛马啖之。”

〔93〕蜦蜳(lún tuán 伦团):两种传说中的动物名。蜦,传说中的神蛇。李善注引《说文》:“蜦,蛇属也,黑色,潜于神泉之中,能兴云致雨。”蜳,传说中的水生动物名。李善注引《山海经》:“蜳鱼,其状如鲋,而彘尾。” 鲎蝞(hòu mèi 后妹):两种动物名。鲎,介类。其形如龟。子如麻,可为酱,色黑。十二足,似蟹,在腹下。雌负雄而行。失雄则不能独活。蝞,形状似虾,中食,益人颜色。 鲼鲞(fèn yāng 愤央):两种水生动物。鲼,一种鱼。如圆盘,口在腹下,尾端有毒。鲞,龟类。龟形薄头,喙似鹅指爪。 鼊鼊(mí má 迷麻):龟类。李善注引《临海水土物志》:“鼊鼊与鼄辟相似,形大如蔆,生乳海边臼沙中。肉极好,中啖。”

〔94〕王珧(yáo 姚):大蚌。李善注引郭璞《山梅经注》:“珧,亦蚌属也。” 海月:海中动物。李善注引《临海水土物志》:“海月,大如镜,白色,正圆,常死海边。其柱如搔头大,中食。” 土肉:海中动物。李善注引《临海水土物志》:“土肉,正黑,如小儿臂大,长五寸,中有腹,无口目,有三十足,炙食。” 石华:介类。肉可食。附生于海中石上。肉如蛎房,壳如牡蛎而大,可饰户牖天窗。

〔95〕三蝬(zōng 宗):介类动物名。李善注引《临海水土物志》:“三蝬似蛤。” 虾(fóu)江:传说动物名。似蟹而小,十二脚。 鹦螺:介类。李善注引《南海异物志》:“鹦鹉螺,状如覆杯,头如鸟头,向其腹视,似鹦鹉,故以为名也。” 蜁蜗(xuán wō 旋涡):小螺。以上诸句皆言江中怪异之物。

〔96〕璅蛣(suǒ qiè 琐窃):介类动物。今称寄居蟹。《南越志》:“璅蛣,长寸余,大者长二三寸。腹中有蟹子,如榆荚,合体共生,俱为蛣取食。”腹蟹:璅蛣腹中有蟹子。 水母:海面浮游的腔肠动物。形似伞。体缘有很多触手。 目虾:水母以虾为目。李善注引《南越志》:“海岸间颇有水母,东海谓之蛇,正白,濛濛如沫。生物有智识,无耳目。故不知避人,常有虾依随之。虾见人则惊,此物亦随之而没。”此两句言璅蛣水母之怪异。

〔97〕紫蚢(háng 杭):紫贝。蚢,大贝。 渠:车渠,车轮。《尚书·大传》:“文王囚于美里,散宜生之江淮之浦,而得大贝,如车渠,以献纣。” 洪蚶(hān

憨）：大蚶。软体动物，肉可食，洪，大。　专车：装满一车。《国语·鲁语下》："昔禹致群神于会稽之山，防风氏后至，禹杀而戮之，其骨节专车。"

〔98〕琼蚌（bàng 棒）：水中软体动物。壳内有珍珠层，或能产珠。因其似车螯（蛤属），洁白如玉，故谓之琼蚌。　晞（xī 西）曜：谓晒日光。李善注："向日也。"晞，晾干。曜，日光。　莹珠：珠光晶莹。

〔99〕石蜐（jié 节）：生于海边的介类动物。体有石灰质的贝壳。一端有柄，附著海边岩隙间。　应节：适应时节。李善注引《南越志》："石蜐，形如龟脚，得春雨则生花，花似草华。"此指石蜐春生花冬死，故谓应节。　扬葩（pā 啪）：开花。

〔100〕蜛蝫（jū zhū 居诸）：水边动物。李善注引《南越志》："蜛蝫，一头，尾有数条，长二三尺。左右有脚，状如蚕，可食。"　森衰：尾多而下垂的样子。翘：尾巴。

〔101〕玄蛎：黑牡蛎。长七尺。李善注引《南越志》："蛎，形如马蹄。"　磈磥（kuǐ lěi 傀累）：不平的样子。　碨硁（wěi yā 委压）：与"磈磥"同义。

〔102〕泛潋（liàn 练）：水波荡漾起伏的样子。　混沦：水流转的样子。此两句言虫鱼之类或浮游于潮水之波澜，或混没于泥沙。

〔103〕龙鲤：穿山甲的别名。也称鲮鲤、龙鱼。　奇鸧（cāng 仓）：怪鸟名。即传说的九头鸟。

〔104〕眸（móu 侔）：眼珠。此指眼睛。

〔105〕赪鳖（chēng biē 撑鳖）：红色的鳖。赪，红色。鳖，同"鳖"。胏（fèi 废）跃：形状如肺而能跳跃。胏，同"肺"。　吐玑：吐宝珠。玑，不圆的珠或小珠。李善注引《山海经》："珠鳖之鱼，其状如肺而有目，六足，有珠。"

〔106〕文魮（pí 皮）：鱼名。李善注引《山海经》："文魮之鱼，其状如覆铫，鸟首而翼，鱼尾。音如磬之声，是生珠玉。"　孕璆（qiú 求）：藏有美玉。璆，美玉，可以为磬。

〔107〕鯈鳙（tiáo yōng 条庸）：传说中的动物名。《山海经·东山经》："（独山）末涂之水出焉，而东南流注于沔，其中多鯈鳙，其状如黄蛇，鱼翼，出入有光。"　掣耀：发光。

〔108〕神蜧（lì 丽）：神蛇。潜于神泉。　蝹蜦（yūn lún 晕伦）：蛇爬行的样子。　沉游：于水深处游行。

〔109〕騬（bó 勃）马：传说中的水兽。李善注引《山海经》："騬马，牛尾白

身,一角,其音如虎。” 噓蹀(dié 迭):喷水而行。噓,喷水。蹀,踏行。

〔110〕水兕(sì 四):水兽名。形似牛。 雷咆:雷鸣般地咆哮。 阳侯:波神。此指波浪。此言水兕咆哮如雷,掀动波浪。以上诸句言江中江边各种怪异之物类。

〔111〕渊客:神话中的人物。居于水中。

〔112〕鲛(jiāo 交)人:神话中居于海底的怪人。张华《博物志》:“南海水有鲛人,水居如鱼,不废织绩,其眼能泣珠。” 悬流:瀑布。

〔113〕雹布:如降冰雹般遍布。极言其多。 余粮:即禹余粮。一种岩石,呈大小圆石片或沙粒状,常胶附褐铁矿上,中有空处含粘土,匀细清洁,色黄,可入药。传说禹治水时弃其余粮而入为此石,故名。 星离:如星辰之散布。沙镜:似云母一类的沙粒。

〔114〕青纶:草名。 竞纠:竞相缠绕。纠,纠结,缠绕。 缛(rù 入)组:草名。缛,繁密多采。 争映:争辉,李善注引《尔雅》:“纶,似纶,组,似组,东海有之。”

〔115〕紫菜:草名。色紫,状似鹿角菜而细,生海中。 荧晔(yè 业):光辉灿烂的样子。 丛被:一丛丛地遍布。

〔116〕绿苔:海藻,一名海苔,生砚石上。 鬖髿(sān shā 三沙):散乱的样子。 研:滑石。

〔117〕石帆:海草,生海中屿石上。 蒙笼:茂密四布的样子。

〔118〕萍实:萍草之实。萍,水草。 漂泳:漂游。以上诸句皆言江上水草众多,光彩繁盛。

〔119〕丹砾(lì 立):丹砂。 云精:即云母。 爥银:银。银有精光照耀,故曰“爥”。

〔120〕珕珋(lì liú 力留):珕,蚌蛤之类。珋,有光之石。 璇瑰:美玉。水碧:水中之玉石。 潜珉:水中的美石。

〔121〕鸣石:撞之能发出音声之美石。 阳渚:向阳之渚。渚,水边。鸣石生皆向阳,故云列于阳渚。(用张铣注)

〔122〕浮磬:可为磬之石。 肆:与“列”同义。遍布。 阴滨:阴凉之北岸。阴,水之北。滨,水边。(用张铣注)

〔123〕颎(jiǒng 迥)彩:光辉色彩。 轻涟:轻盈的微波。 焆(juān 涓)曜:照耀。 涯邻:水畔。吕向注:“涯、邻,皆畔也。”此两句言上述宝玉美石光

彩映现于水上的轻涟,照耀于大江的涯畔。

〔124〕溽(rù 入):溽湿。 津:津润。此两句言江上有瑶石美玉,因而林与岸无不湿润。李善注引《孙卿子》:“玉在山而木润、渊生珠而崖不枯。”

〔125〕羽族:鸟类。 晨鹄(hú 胡):猛禽名。《山海经·西山经·钟山》:“钦䲹化为大鹗,其状如雕,而黑文白首,赤喙而虎爪,其音如晨鹄。” 天鸡:神话中的天上之鸡。《初学记》三十引郭璞《玄中记》:“桃都山有大树曰桃都,枝相去三千里,上有天鸡。日出照木,天鸡即鸣,天下鸡皆鸣。”

〔126〕䲛鷔(yǎo áo 咬敖):二鸟名。䲛,其状如凫,青身,朱目,赤尾。鷔,青黄,传说其所集者,其国亡。 鸥䲦(dài 代):二鸟名。鸥,水鸟,在海为海鸥,在江为江鸥。随潮而翔,迎浪蔽日。䲦,水鸟,其状如凫。

〔127〕阳鸟:鸿雁一类的候鸟。《书·禹贡》:“彭蠡既猪,阳鸟攸居。”《疏》:“鸿雁之属,九月而南,正月而北。……此鸟南北与日进退,随阳之鸟,故称阳鸟。” 玄月:指九月。

〔128〕千类:指种类众多之鸟。 喧聒(guō 锅):喧叫嘈杂。

〔129〕濯翮(hé 合):洗涤翅膀。翮,羽茎。指鸟翼。 疏风:梳理羽毛于风。

〔130〕翻𦐂(yù xuè 玉穴):鸟翅膀鼓动的样子。

〔131〕拊(fǔ 府)拂:拍击。 瀑沫:飞溅起泡沫。此两句言群鸟在水上嬉戏,挥弄江水,水珠四溅,拍击江水,泡沫飞散。

〔132〕集:谓群鸟聚集。 霞布:如云霞漫布天空。因群鸟色彩斑斓,故以霞喻之。 散:谓群鸟飞散。 云豁:如浮云之消散。豁,豁开,消散。

〔133〕产毻(tuò 唾):谓群鸟产卵脱毛。毻,脱毛。 积羽:古地名。李善注引《竹书纪年》:“穆王北征,行流沙千里,积羽行千里。”张铣注:“积羽,地名,方千里,群鸟产乳毻毛之处。”

〔134〕勃碣:勃,指古勃海郡。碣,碣石山,在古勃海郡东。此两句言群鸟在长江嬉戏集散,而在积羽产卵脱毛,而往来于勃碣之间。以上诸句言江上之鸟类。

〔135〕橉杞(lín qǐ 林起):二木名。 稹(zhěn 枕)薄:茂密丛生。稹,形容植物生长茂密。薄,植物丛生。 浔涘(xún sì 寻四):水边。

〔136〕槭梿(lì lián 力连):二木名。 森岭:茂密地长满山岭。森,树木丛生的样子。

〔137〕桃枝：竹名。可用以织席作杖。　筼筜（yún dāng 云当）：竹名。皮薄，节长，竿高。生于水边。

〔138〕实：语助词。　繁：繁茂。　有丛：丛生。

〔139〕葭（jiā 加）蒲：葭，芦苇。蒲，草名，即香蒲，可作席、扇、篓等用具。　云蔓：如云一样蔓衍。形容繁茂。

〔140〕褮（yìng 硬）：光色辉映。　兰红：兰，泽兰，多年生草本菊科植物。可供药用。红，龙舌，叶大，赤白色，高丈余。供观赏，可入药。

〔141〕皓毦（hào ěr 浩尔）：洁白的草花。毦，草花。　擢：抽出，高起。　紫茸：紫色的细茸花。

〔142〕荫：覆盖，掩映。　潭隩（yù 玉）：潭水的曲岸。　被：与“荫”对文同义。

〔143〕繁蔚：繁茂。　芳蓠：即江蓠，香草。

〔144〕隐蔼：与“繁蔚”对文同义。　水松：海藻类植物。可入药。

〔145〕涯灌：涯岸草木丛生。　芊蒨（qiān liàn 千炼）：草木相杂的样子。

〔146〕潜荟（huì 会）：水下草木丛生的样子。　葱茏：青葱茂盛的样子。以上诸句皆言长江涯畔水中各种草木，繁荣滋长，万紫千红。

〔147〕鲮鯥（líng lù 陵陆）：二鱼名。鲮，传说中人面鱼身的怪鱼。鯥，传说中一种怪鱼。《山海经·南山经》：“（柢山）有鱼焉，其状如牛。陵居，蛇尾，有翼，其羽在胁下，其音如留牛，其名曰鯥。冬死而夏生。”　跻踞（kuí jú 魁局）：跛足跳跃。形容走动的样子。跻，跳。踞，跛足走动。　垠隒（yín yǎn 银演）：水岸。

〔148〕獱獭（bīn tǎ 宾塔）：二水兽名。獱，小獭。獭，如小狗，水居，食鱼。　睒瞲（shǎn xuè 闪血）：惊视的样子。　嵌（qiān 千）空：山崖水岸的空处。此两句言鲮鯥在江岸跳跃，獱獭藏在水涯的洞穴里向外惊视。

〔149〕迅蜼（wèi 胃）：行走迅疾的长尾猴。蜼，又名狖，黑黄色，尾长数尺。　临虚：临空。　骋巧：显示灵巧。

〔150〕玃（jué 决）：大猴。　雍容：行动从容自得的样子。

〔151〕夔牨（kuí hòu 魁后）：夔牛之子。夔，夔牛。李善注引《山海经》：“岷山多夔牛。”郭璞注：“今蜀山中有大牛，重数千斤，名为夔牛。”牨，犊。　翘：举尾巴。　踛（lù 路）：跳。　夕阳：指山西。李善注引《尔雅》：“山西曰夕阳。”

〔152〕鸳雏：鸳鸯的幼雏。鸳鸯，一种水鸟名。　弄翮（hé 河）：拍打翅膀。弄，舞弄，拍打。翮，羽茎。指鸟翅膀。以上诸句言江中岸上各种禽兽的动态。

〔153〕岐:山岸曲处。　渚:停蓄之水。

〔154〕涧:夹在两山间的流水。　渠:沟渠。此两句言江水在曲岸之处形成停蓄之水,又会合山谷间的流水,冲开沟渠。

〔155〕漱(shù 树):冲刷,侵蚀。　壑(hè 贺):坑谷,沟池。　浦(pǔ 普):河流注入江海之处。

〔156〕区别:分别。此两句言江水冲刷坑谷而旁决,又分别构成湖泊。

〔157〕磴(dèng 邓):增益。　瀿瀷(fán yì 烦翼):瀿,暴溢之水。瀷,地面蓄积之水。

〔158〕渫(xiè 谢):疏导。　闾尾:传说水从海流出之处。此两句言长江由陆地河川暴涨之水而得到增益,从尾闾疏导于大海之中。

〔159〕标:标志。　翠蘙(yì 义):绿色的草木丛生之处。蘙,草木茂盛的样子。此指代草木丛生之处。

〔160〕泛:飘浮。　游菰(gū 姑):飘浮的菰蒋。菰,菰蒋。俗称茭白,生于河边、陂泽,可作蔬菜。此两句言长江之畔长着茂草丛树,江面则飘浮着游动的菰蒋。

〔161〕播:遍布。　匪艺:非人工种植的,野生的。匪,非。艺,种植。　芒种:指有芒的植物,如稻麦等。

〔162〕挺:伸直,生长。　嘉蔬:祭祀所用之稻。《礼记·曲礼》:"凡祭宗庙之礼……稻曰嘉蔬。"《注》:"嘉,善也;稻,菰蔬之属也。"

〔163〕鳞被:如鱼鳞一样布满。极言其繁多。　菱荷:菱角荷花。

〔164〕攒(cuán)布:密布。攒,聚集。　蓏(luǒ 裸):瓜类等蔓生植物的果实。

〔165〕翘茎:举茎。翘,高举。　濆蕊(fèn ruǐ):溅水珠于花。濆,水浸。蕊,花。

〔166〕濯(zhuó 浊)颖:洗涤稻麦的禾穗。颖,稻麦的禾穗。　散裹:散布果实。裹,草实。

〔167〕猗(yī 依)萎:随风飘摇的样子。

〔168〕潭沲(tuó 驼):随水波摇荡的样子。

〔169〕流光:指各种草花所散发的灿烂光彩。　潜映:倒映于水。

〔170〕景炎:光焰。指草花在阳光下鲜艳夺目的光彩。　霞火:火红的彩云。此两句言江上各种草花发散出的光与色及其给人的直观感觉。

〔171〕云梦:古大泽名。大致在今湖南益阳湘阴县北、湖北江陵安陆县南、

武汉市以西地区。　雷池:水名。在安徽望江县。即大雷水,源于湖北黄梅县。至望江县南始为池。

〔172〕彭蠡:湖名。在江西省。因湖接鄱阳山,故又名鄱阳湖。　青草:湖名。在今湖南省岳阳县。李善注引《吴录》:"巴陵县有青草湖。"巴陵即今岳阳。

〔173〕具区:湖名,即今太湖。在江苏吴县西南,跨江浙二省。洮滆(yáo gé摇格):二湖名。洮湖,在江苏省溧阳金坛两县境内。滆湖,一名西滆湖,俗称沙子湖。在江苏武进县西南,中与宜兴分界,东连太湖,西通芜浦港。

〔174〕朱浐:二湖名。朱湖,李善注引《水经注》:"朱湖在溧阳。"溧阳,今属江苏省。浐湖,李善注引《水经注》:"沔水又东得浐湖水,周三四百里。"　丹漅(cháo 嘲):二湖名。丹湖,李善注引《水经注》:"丹湖在丹阳。"丹阳,古属会稽郡,秦置。地当今江苏东南部及浙江西部。漅湖,在安徽巢县西。本为巢县境陆地,后陷为湖,汇合其他河流注入长江。以上数句言江水旁通之湖泊。

〔175〕极望:尽目力而望。　数百:指广为数百里。　沆瀁(hàng yàng):水深广的样子。　皛溔(xiǎo yǎo 小咬):水深白的样子。

〔176〕包山:山名。一名苞山。即今江苏苏州市西南太湖中的西洞庭山。　洞庭:太湖的别名。

〔177〕巴陵地道:传说洞庭之下有地道,潜行无所不通。李善注引郭璞《山海经注》:"洞庭地穴,在长沙巴陵。吴县南太湖中有苞山,山下有洞庭穴道,潜行水底,云无所不通,号为地脉。"巴陵,今湖南岳阳县。

〔178〕潜逵(kuí 魁):指洞庭下四通八达的地道。　幽岫(xiù 秀):指包山下幽深的山洞。　窈窕(yǎo tiǎo 咬挑):阴暗深邃的样子。

〔179〕金精:金之精华。　玉英:玉之精华。　瑱(tián 田):文采相杂的样子。　里:指地道幽岫的里面。

〔180〕瑶珠,美玉珍珠。　琗(cuì 粹):与"瑱"同义。　表:指地道幽岫的外表。此数句言包山洞庭之下有地道傍通四方,地道内外金玉瑶珠,光彩错杂。

〔181〕骊虬(qiú 求):骊龙。　摎(jiū 究):盘绕。　址:地基。此指包山脚下。

〔182〕梢云:瑞云。李善注引《瑞应图》:"梢云,瑞云。人君德至则出,若树木梢梢然也。"　嶓(biǎo 表):山巅。此两句言包山上下所现的祥瑞之物。

〔183〕海童:传说中的海中神童。

〔184〕琴高:传说中的仙人名。李善注引《列仙传》:"琴高浮游冀州,二百余

年。后入砀水中,乘赤鲤鱼来,出泊一月,复入水去。” 灵矫:灵飞,飘然而飞。

〔185〕冰夷:河神。《山海经·海内北经》:“从极之渊深三百仞,维冰夷恒都焉。” 傲睨(nì 呢):傲然旁视,目空一切。

〔186〕江妃:传说中的仙女。李善注引《列仙传》:“江斐二女,出游江滨,郑交甫所挑者。” 含嚬(pín 贫):面容忧愁的样子。嚬,忧愁的样子。 矊(mián 绵)眇:远望。

〔187〕抚:拨弄。 凌波:起伏的波涛。 凫跃:像凫鸟一样飞跃。凫,水鸟名,野鸭。

〔188〕翠霞:玉霞。指江上之青气。 夭矫:飞腾的样子。此两句言神仙在水上飞翔自如的姿态。

〔189〕澄寂:清明寂静。

〔190〕八风:八种风,此指风波。李善注引《淮南子》:“天有八风:条风、明庶风、清明风、景风、凉风、阊阖风、不周风、广莫风。” 不翔:指风波不动。

〔191〕舟子:船夫。 搦(nuò 诺):掌握。 棹(zhào 照):划船的工具。

〔192〕涉人:涉渡之人。即船夫。 檥(nǐ 拟):停止。 榜(bàng 棒):船棹,划船的工具。此两句言江上风波不起,任船只漂浮航行。

〔193〕漂:漂流。 飞云:船名。 运:运行。 艅艎(yú huáng 余皇):船名。

〔194〕舳舻(zhú lú 竹卢):舳,船尾;舻,船头。此泛指船只。属(zhǔ 主):连。 樯(qiáng 墙):桅杆。借指船只。

〔195〕溯洄(sù huí 素回):逆流而上。 沿(yán 言)流:顺流而下。

〔196〕交益:古二州名。交州,即今广西仓梧县。益州,故地大部在今四川省境内。 投:奔向。 乐浪:古郡名。汉武帝时置。晋建兴元年地入高句丽。

〔197〕竭:竭尽。穷尽。 南极:南方边远之地。 穷:与“竭”同义。 东荒:东方荒远之地。

〔198〕䚕(lì 力):视。 雰祲(fēn jìn 分近):阴阳二气相侵所形成的象征不祥的云气。 清旭:清明的旭日。

〔199〕觇(chán 搀):窥测。 五两:古代的测风器。用鸡毛五两(或八两)结在高竿顶上,测风的方向。此两句言测定阴晴风雨之事。

〔200〕长风:巨风。 颹(wěi 伪):风大的样子。 增扇:劲吹。

〔201〕广莫:风名。八风之一。 飈(lì 力):风急的样子。 气整:风力齐整。

〔202〕飋(ruí):风缓慢的样子。 疾:指风迅疾。以上诸句言江风强劲与

徐缓,皆时时可人。

〔203〕迅越:迅速飞驰。　趋(pò 破):越过。　涨:深广的样子。截:直渡。泂(jiǒng 炯):与“涨”同义。此两句言乘风鼓帆,行驾疾速,越过深广的江流。

〔204〕凌波:越过波涛。　纵柂(duò 垛):灵活自由地摇摆船舵。柂,通“舵”,于船尾为航行定向的工具。

〔205〕电往:如闪电般疾驰。　杳溟(yǎo míng 咬明):渺茫绝远之处。

〔206〕霨(duì 对):云急飞的样子。　晨霞,朝霞。　孤征:众船如朝霞相连为一片而征行。

〔207〕眇(miǎo 渺):仔细看。　云翼:大鹏鸟的垂云之翼。《庄子·逍遥游》:“鹏之背不知其几千里也。怒而飞,其翼若垂天之云。”　绝岭:飞越山岭。

〔208〕倏(shū 书)忽,形容时间暂短。一会儿。　俄顷:与“倏忽”同义。

〔209〕飞廉:传说中的神兽名。善走。　睎(xī 西):视。　踪:踪迹。踪影。

〔210〕渠黄:骏马名。相传周穆王有八骏。即:赤骥、盗骊、白义、逾轮、山子、渠黄、华骝、绿耳。　企:举足而望。　景:同“影”。以上诸句皆言江上行船之疾速。

〔211〕芦人:采芦之人,樵夫。芦,芦苇。　渔子:渔夫。

〔212〕摈落:被摈斥而漂落。

〔213〕羽褐(hè 荷):指古代贫苦人的衣服。羽,以羽毛所织之衣;褐,以粗毛或粗麻所织的短衣。　蔬鲜:野菜和鱼鳖之类。

〔214〕栫淀(jiàn diàn 见殿):栫于淀。在浅水的地方用柴木壅塞,以捕鱼。栫,用柴木壅塞。淀,指水浅的地方。李善注引刘渊林《吴都赋》注:“淀,如渊而浅。”　涔(cén 岑):古时一种捕鱼的方法。《尔雅·释器》:“槮谓之涔。”《注》:“今之作槮者,聚积柴木于水中,鱼得寒,入其里藏隐,因以簿围捕取之。”

〔215〕夹潨(cóng 从):在小水与大水汇合中间。夹,在……中间。潨,小水流入大水之处。　罗:罗列。布置。　筌(quán 全):竹制的捕鱼用具。

〔216〕筒洒:两种捕鱼的方法。筒,投置竹器;洒,抛钩。潘安仁《西征赋》:“洒钩投网,垂饵出入。”　连锋:鱼钩相连。锋,指鱼钩。　罾罶(zēng léi 增雷):皆鱼网名。　比船:下网的船只相并而行。比,与上句“连”对文。船,指下网的渔船。

〔217〕挥轮:谓钓鱼。挥,放开,甩开。轮,车轮形的钓鱼工具,以收卷钓丝。把鱼钩投出去,就须放开钓轮。故谓“挥轮”。　悬埼(qí 奇):高峻的涯岸。

〔218〕中濑(lài 赖):即濑中。在急流中间。濑,湍急之水。　横旋:谓渔船在急流中打旋。

〔219〕忽:倏忽。时间过得很快。　宵归:至夜方归。　采菱:乐府曲名。　叩舷(xián 闲):拍打船边,以为歌唱的节拍。

〔220〕傲:高傲。傲然于世。　自足:自我满足。　呕:同"讴"。歌唱。

〔221〕寻:寻求。顺应。　风波:江风波浪。喻渔人的飘泊生活。　穷年:终年。一年到头。以上诸句言渔人的生活情态与遁世思想。

〔222〕域:界限。　盘岩:盘曲的涯岸。

〔223〕豁(huō):疏通,通达。　洞壑:指大海。此两句言长江以两岸的大山为界限,流水通达大海。

〔224〕疏:疏导,疏通。　沲汜(duò sì 垛四):江水的支流。

〔225〕鼓:波涛鼓荡。　朝夕:即潮汐。海水的早潮与晚潮。此两句言长江之水疏通于支流,早潮与晚潮鼓荡不已。

〔226〕归凑:归宿汇聚。　蒸液:蒸发起来的灵液。此两句言长江为众川流水所奔往汇聚,云雾为长江所蒸起的灵液。

〔227〕珍怪:珍奇怪异之物。指珠玉龟鱼之类。　化产:衍化生育。傀(guī 归)奇:瑰伟奇异之物。指珠玉龟鱼之类。　窟宅:穴居。

〔228〕纳:接纳。　隐沦:神人名。李善注引《新论》:"天下神人五:一曰神仙,二曰隐沦,三曰使鬼物,四曰先知,五曰铸凝。"　列真:诸仙人。真,道家所谓得道之人。

〔229〕挺:特出,超拔。　异人:异常不凡之人。指下文伯禹、荆飞、要离、灵均之辈。　精魄:魂魄,精灵。古代谓精神能离形体而存在者为魂,依形体而存在者为魄。此两句言长江容纳神仙与得道之人,也哺育异人的精灵,使其超绝不凡。

〔230〕播:散播。　灵润:指长江腾起的云雾。　岱(dài 代)宗:即泰山。旧谓泰山为四岳(泰山、华山、衡山、恒山,古称四岳)之宗,泰山别名为岱,故为岱宗。　触石:谓云雾触石,化而为雨。李善注引《公羊传》:"何为祭大山河海?山川有能润乎百里者,天子秩而祭之。触石而出,肤寸而合,不崇朝而遍雨天下者,唯泰山云尔。海润于千里。"何休曰:"云气触石理而出为雨,无肤寸之地而不遍也。河海兴云,雨及千里。"　此数句言长江哺育神灵异人,滋润大地万物。

〔231〕谲变:怪异变化。　儵怳(shū huǎng 舒恍):迅疾。

〔232〕符祥:祥瑞的征兆。此为古人的一种迷信观念,以为人事吉凶上天皆显一种征兆。　非一:各种各样。　动应:应验。　无方:无常,无常规。　感事:与人事(指人间吉凶祸福)相感应。此数句言长江的变化诡谲无常,符瑞灾祥也各种各样,都是与人事相感应而出现的。

〔233〕经纪:通行。《淮南子·原道训》:"经纪山川,蹈腾昆仑。"《注》"经,行也;纪,通也。"　天地:指天地万物。　错综:交错总聚。　人术:人事,人情。此两句申明以上四句之意,言长江上出现的各种符祥,普遍通行于天地万物,交错综合,预示人间的吉凶祸福。"天地""人术"即指下文"岷精垂曜于东井,阳侯遁形乎大波"等事而言。

〔234〕妙:妙理。指符祥之奥妙。　不可尽:谓不可以言辞表达穷尽。　事:情事。指与符祥相感应的怪异之事。　穷:与"尽"同义。

〔235〕岷精:岷山之精。　垂曜:放射光芒。　东井:星名。即井宿,二十八宿之一。

〔236〕阳侯:波神。《淮南子·览冥训》:"武王伐纣,渡于孟津,阳侯之波,逆流而击。"《注》:"阳侯,陵阳国侯也。其国近水,休(溺)水而死,其神能为大波,有所伤害,因谓之阳侯之波。"　遁(dùn 盾)形:形体隐没。李善注引《庄子》:"其死登遐,三年而形遁。"此两句言岷山的精灵,上升为星宿,于东井之侧放射光芒,阳侯溺水而死,三年之后形体始隐没于波涛之中。

〔237〕奇相:古时传说人名,得道于江而为江神。　宅神:居于江而为神。宅,居。

〔238〕协:协和。　灵爽:指神明,精气。　湘娥:指尧之二女娥皇与女英,为舜之二妃,坠于湘水之中。此两句言奇相得道于江,精气与湘娥协合,皆为江神。

〔239〕黄龙:传说中的神龙。　负舟:背负舟船。此谓把船弄翻。

〔240〕识:认识。　伯禹:即夏禹。以代父鲧为崇伯,故称伯禹。　仰嗟:仰天而嗟叹。李善注引《吕氏春秋》:"禹南省,方济乎江。黄龙负舟,舟中之人,五色无主,禹仰视天而叹曰:'吾受命于天,竭力以养民。生,性也;死,命也。余何忧于龙焉。'龙俛耳曳尾而逃。"

〔241〕壮:以之为壮伟。　荆飞:即春秋时楚国勇士佽飞。　擒蛟:谓佽飞过江刺蛟之事。李善注引《吕氏春秋》:"荆有佽飞者,得宝剑于干遂(吴地名)。反涉江,至于中流,有两蛟,夹绕其舡。佽飞拔宝剑曰:'此江中腐肉朽骨也。'赴江刺蛟,杀之。荆王闻之,仕以执珪。"

〔242〕成气:成就其神气。气,指佽飞以宝剑刺蛟所显示出的神灵之气。 太阿:宝剑名。传战国时楚王命欧冶子干将铸剑,名龙渊,太阿、干将。后为宝剑之通名。

〔243〕悍:以为勇悍。　要离:春秋时的刺客,曾替吴公子光谋刺吴王僚之子庆忌。　图庆:指要离谋杀王子庆忌于卫之事。

〔244〕中流:指江流中间。　推戈:挥戈。戈,古兵器名。此代剑,用戈以叶韵。李善注引《吕氏春秋》:"要离(从吴国)走,往见王子庆忌于卫。庆忌喜。要离曰:'请与王子往夺之国。'王子庆忌与要离俱涉于江,拔剑以刺王子庆忌,捽而投之于江,浮出,又取而投之于江,如此者三。其卒曰:'汝天下之国士也,幸汝以成名。'要离不死。归吴矣。"

〔245〕灵均:即战国时楚之大诗人屈原。其名正则,字灵均。　任石:怀石。屈原愤于君之不悟,国之将亡,作《怀沙》之赋,怀石自投汨罗江而死。

〔246〕渔父:老渔翁。此指屈原《渔父》一诗的人物,为时离世脱俗之贤人。棹(zhào 照)歌:船歌。棹,似桨一类划船的用具。此代船。《渔父》一诗谓:"(渔父)乃歌曰:'沧浪之水清兮可以濯我缨,沧浪之水浊兮可以濯我足。'"此两句言悲于屈原之忧国愤时而死,叹于渔父出世离俗而不为尘世所缚。

〔247〕周穆:周穆王。名满。周昭王子。传在位百年,曾西征犬戎。济师:指挥军队渡江。

〔248〕驱:策马前进。　八骏:八匹骏马。传说周穆王远游,乘车驾有八骏,即骅骝、绿耳、赤骥、白仪、渠黄、逾轮、盗骊、山子。　鼋鼍(yuántuó 元陀):鼋,大鳖;鼍,猪婆龙,扬子鳄。此指鼋鼍所架之桥。李善注引《竹书纪年》:"周穆王三十七年,征伐,大起九师,东至于九江,叱鼋鼍以为梁。"此两句言穆王率师过江,八骏之马从鼋鼍之桥疾驰而过。

〔249〕交甫:即郑交甫,神话中人物。李善注引《韩诗内传》:"郑交甫遵彼汉皋台下,遇二女,与言曰:'愿请子之佩。'二女与交甫,交甫受而怀之,超然而去,十步循探之,即亡矣。回顾二女,亦即亡矣。"

〔250〕愍(mǐn 敏):哀怜。　神使:神明之使者。指神龟。李善注引《庄子》:"宋元君夜半梦人被发而窥阿门曰:'予自宰露之泉,为清江使河伯之所,渔者豫且得予。'元君觉,召占梦者占之,曰:'此神龟也。'元君乃刳龟以卜,七十钻而无遗策。"　婴罗:为罗网所缚。以上诸句皆言江上的各种神话传说,与上文"错综人术"相照应。

〔251〕焕:光彩华美。　大块:指自然。　流形:指变化多端森罗万象的物态。

〔252〕混:混同,混一,汇合。　万尽:万物尽归。当指万千川渎之水归向于长江。　一科:一坎。坎,自高至下的低洼之地。此指长江而言。此两句言长江体现了大自然的光彩华美和瞬息万变的形态,万条川渎滚滚而流,尽归于其中。

〔253〕保:谓永葆元气。　不亏:不亏损。　永固:永远坚固而不衰。

〔254〕禀:承受。　元气:天地形成时的精气。　灵和:刘良注:"水柔弱,淡然无欲,利育于物,故保道不亏而长坚固,此乃灵和之气所以为也。"以上四句与开头呼应,为全篇作结。

〔255〕考:考察。　川渎(dú 毒):河川。渎,河流。　妙观:奇妙的景象。

〔256〕著:显著,昭著。　江河:长江黄河。此实指江,以河协韵。此两句收结全文,言川渎妙观,长江为冠。

今译

五材于人并有用,水德柔善利万物。岷山流水通长江,最初发源浅且微。经由洛川与沫水,收拢万川过巴梁。冲出巫峡水迅猛,漫过江津益高涨。流量宏阔似大海,巨浪滔天雾茫茫。总括汉泗,包容淮湘。并吞沅澧,吸收沮漳。岷峡二山皆水源,浔阳县界九支流。赤岸山下鼓洪涛,柴桑附近余波消。笼络众水,容纳细流。水势神奇集江都,主宰群流东入海。倾注五湖水茫茫,灌通三江浪澎湃。浩浩渺渺六州内,曲折往复南极外。华夏蛮夷以长江为界,天地险阻因长江更伟。顷刻万里,吞吐潮水。自然往复,早潮晚汐。水势急驰作前驱,鼓动怒潮涌浪涛。

峨嵋为泉阳的标志,玉垒作东别的表记。衡霍高峻而同为一方的主山,巫庐险要而山峰一样与天齐。阴阳协调而川谷通气,山风荡漾而陶冶万物。疾风劲吹而回响如雷,蒸气上升而虹腾云浮。出信陵城南而长流,汇入大海而激荡沃焦。至于巴东三峡,夏禹开凿。绝岸高万丈,石壁色如霞。虎牙之山耸立而奇险,荆门之山高峻而庞大。漩涡环流而波浪悬腾,急流雷鸣而电光闪烁。骇浪突然散落，惊涛飞腾激荡。迅猛的洄流重叠腾起，奔涌的急湍接连飞跃。水击山岩如鼓声大作，巨浪撞击轰轰而响。水势相激而澎湃，波涛哗哗而震荡。急湍瞬息而逝，水流疾驰而去。波浪回旋而奔涌，前后追逐而高起。水波依次推进，好比龙鳞联结。碧沙随波涛而流动，巨石随急流而进退。地下之泉汩汩喷涌，奔腾之流激荡崖岸。岩壁水拍成孔穴，山岭浪打有深洞。山涧幽深险峻，水激凸凹不平。

深潭不可测，灵湖暗藏神。水面汪洋渺渺，浩浩瀚瀚。水势盘盘旋旋。漩涡片片涌现。湖水清澈深沉，波光闪动耀眼。远望迷迷茫茫，难辨水天界限。细察而无可辨的形象，探究而无可见的岸边。蒸气笼罩而大雾浓重，时时暗黑而漫漫如烟。像宇宙未成而混沌一片，似太极元气构天而朦胧难辨。漫长的巨浪汹涌激荡，高峻的急湍险恶惊心。盘旋的漩涡像深谷急转，凌空的浪涛似高山崩落。大波巍峨与崖岸齐高，巨澜盘旋似重云翻卷。水流忽而盘旋忽而隆起，水势忽而低忽而高。疾风卷巨浪，浪下如地裂；风平浪也静，豁然若天开。水流触曲岸则盘绕而过，掀起巨浪则相互撞击。波浪鼓荡崖岸下的洞穴砰砰作响，水流漫过山曲侵袭陆地。

江中鱼类繁多而怪异。有江豚海猪，叔鲔王鳣，䱻鯆鳞鲉，鲮鳐鯩鲢。有的长着鹿角，有的生着象鼻。有的虎状，有的龙颜。鳞甲间杂交错，光辉灿烂。扬鳍摇尾，喷浪溅沫。逆水上游吞吐水流，顺随波浪悠然远游。有的显现光彩于深潭，有的两鳃开合于岩间。大鲸乘波涛而出入，蝬蛰顺时节而往还。还有水生动物千奇百怪。有大似天鹅的潜鹄，状如牛犊的鱼牛，鱼身蛇尾的虎蛟，捕食牛马的钩蛇，神蛇名蜦，状似鲋鱼的叫鱄，形如龟的为蚩，状像虾的是蝞，鲼鱼口在腹下，鲎鱼嘴如鹅爪，鼋鼍产卵于海滩，肉嫩味也鲜。还有藏珠的大蚌，圆如明镜的海月，味美适口的土肉，生于海石的石华，三蝬似蛤蜊，虾江像小蟹，鹦螺如鹦鹉，蜁蜗比螺小。璅蛣腹中藏蟹子，水母水上浮，目虾导其游，紫贝大如轮，大蚶体如车。大蚌洁白映日闪珠光，石蛙有壳岩上按时开花朵。蛞蝓多尾而下垂，玄蛎甲壳状凹凸。有的浮游于江潮波涛,有的混没于水底泥沙。龙鲤生一角,奇鸧长九头。有鳖三只足,有龟六只眸。红鳖跳跃吐玑珠,文魮磬鸣藏美玉。儵鳙振翼而发光,神蛇蠕动潜水底。騂马腾波喷水行,水兕排浪作雷鸣。渊客在崖岸底筑屋,鲛人在瀑布下建馆。

余粮之石如冰雹遍地,云母之沙似星辰散布。青纶竞相缠绕,缛组争相辉映。紫菜绚烂而丛丛遍布,绿苔繁茂而散在石上。石帆葱茂盖满岛屿,萍草结实漂流浮荡。其下是金属之矿,精纯的云母,闪光的白银,蚌蛤之壳,光华之石,各种各样的美玉,山上水下的美石。鸣石列于向阳的沙洲,浮磬遍于阴凉的水滨。有的华彩轻轻荡漾,有的波光辉映崖岸。山林藏玉而温润,崖畔生珠而不枯。

鸟类则有赤喙虎爪的晨鹄,日出即鸣的天鸡,青身朱目的鸀鸟,预示凶兆的鹜鸟,随潮飞翔的江鸥,其状如凫的鱿鸟。阳鸟翱翔,九月南飞。鸟类成千,鸣声万种,争相喧叫,此唱彼应。洗涤翅膀于水,疏理羽毛于风。翩翩振翅,自由舒畅。戏弄流水,挥洒成珠。拍打波浪,溅起泡沫。百鸟群集如彩霞满天,各自飞离似浮云消散。产卵脱毛于积羽之地,往来飞翔于勃海碣石之间。榛树杞树丛生于水畔,楢树楗树长满山岭而罗列于峰巅。美竹有桃枝篔筜,枝叶繁茂而成片成丛。芦苇香蒲,如云蔓衍,与泽兰茏舌,色彩辉映。白花摇曳,紫花高扬,掩映深潭,飘满长江。江蓠繁茂芳香,水松郁郁葱葱。涯岸草木繁茂丛杂,水下植物青葱茂盛。怪鱼鲮鲑跳跃于江岸,水兽猨獭惊视于岩洞。长尾猿临空炫耀灵巧,大母猴登高显示从容。夔牛之犊在山西翘尾蹦跳,鸳鸯之雏在山东舞动翅膀。崖岸弯曲之处蓄水成潭,山涧流水汇合冲开沟渠。水流冲激谷壑而成河口,水流分支而出湖泊。陆地暴涨之水充溢于大湖,再从尾闾泄入于大海。葱翠的草木是湖泊的标志,飘浮的菰蒋在湖面荡漾。遍地是野生的稻麦,丛生着自然的嘉蔬。菱角荷花丛密如鳞,水生果实累累漫布。茎叶高举,花溅水珠,稻穗洗濯,草实散垂。随风摇曳,与波荡漾,光色流布,暗映水中,反映阳光,云霞火红。

其旁湖泽，则有云梦雷池，彭蠡青草，具区洮滆，朱浐丹漅。极目眺望，广阔数百里，水深不可测，茫茫而无际。包山高耸于洞庭，巴陵之下藏地道。湖底四通而八达，阴暗险要而幽深。金属精华，玉石精英，文采错杂于地道之内；琼瑶宝珠，珍怪美石，光泽闪烁于地道之外。骊龙盘绕于山脚，瑞云笼罩于山顶。海童来这里巡游，琴高从这里飞升。冰夷倚浪傲然斜视，江妃含忧怅然远望。众仙抚弄波涛像凫鸟一样飞跃，呼吸翠霞而飘然翱翔。若宇宙清明寂静，江风不吹，水波不兴，舟人撑棹而缓行，船夫止楫任飘荡。飞云之舟悠然漂，艅艎之船自由航。舟船首尾相接，帆樯万里相连。有的逆流而上，有的顺流而下，有的捕鱼，有的行商。奔赴交州益州，直向远方乐浪，到达南极之地域，走尽荒僻的东方。观察不祥的云气是否弥漫于清明的旭日，窥视测风之器预知阴晴风雨。长风骤起而劲吹，广莫风疾而力足。江风舒缓而不慢，疾速而不猛。船鼓帆而急驶，越激流而直行。越过波浪放舵自如，闪电一样驰向渺茫绝远之处。迅疾如晨霞独自远征，浩渺若大鹏之翼腾越山岭。瞬间数百里，顷刻越千程。飞廉之速无以见其踪，渠黄之疾不能望其影。于是樵人渔夫，漂落江山。身著麻布粗衣，食惟野蔬鱼鲜。用柴木壅水捕鱼，在河口设置鱼筌。投下竹筒，抛出鱼钩，下网的渔船并列向前。有的于高高的崖岸垂钓，有的于急流中撑船撒网。垂钓到晚，深夜方归，吟咏《采菱》，拍打船舷。一曲渔歌抒发隐者的傲然自足，江风波涛送尽超脱的月月年年。

长江奔流于盘曲的山崖之间，畅通于大海之中。疏导于南北支流，鼓荡于早潮与晚汐，众川向之归往与汇聚，云雾是其蒸腾的灵液。珍怪的鱼鳖在江中繁衍，瑰奇的珠宝在江底深藏。神灵与列仙在此隐居，超凡的异人魂魄在此高扬。散播云雾于千里之遥，越泰山化雨而滋润万物。

奇异之事瞬息万变，祥瑞之兆不只一件。灵验难以测定，人事感应即能出现。普遍通行于天地万物，交错综合于人事吉凶。玄妙不可陈述于言辞,感事不可显示于笔端。岷山精灵化为东井之星而光辉闪烁,阳侯溺水三年而形体沉入江波。奇相得道而为江神,其精气与湘娥彼此协和。黄龙弄舟而众人慌惧失色,大禹向天嗟叹而正气驱走邪魔。楚之佽飞入江擒蛟何其壮伟,终以剑术显出英雄气概。刺客要离谋杀庆忌何其勇悍,江中挥剑而向波涛投其尸骸。屈原忧国而怀石自沉何其悲壮,渔父吟咏遁世船歌而令人感慨。周穆王率师渡江令人回想,骏马急驰于鼋鼍之桥。郑交甫请佩玉于神女,得而后失令人伤感。宋元君梦神龟遇难,而值得怜悯。长江体现着大自然的光华奇异与瞬息万变的形态,把天地的无数川渎尽皆融合混同于自身。它永葆自然之道而不亏,永世充实而活力不衰,它禀承天地之元气,而与神灵相和谐。考察天下河川之妙观,实在以长江为最高境界。

(陈复兴译注并修订)

风赋一首

宋 玉

题解

关于宋玉的资料很少，因而他的生平事迹很难确考。《史记·屈原贾生列传》上说："屈原既死之后，楚有宋玉、唐勒、景差之徒者，皆好辞而以赋见称；然皆祖屈原之从容辞令，终莫敢直谏。"《韩诗外传》、《新序》、《襄阳耆旧传》亦有零星记载。据这点资料推知，宋玉是楚国鄢(今湖北宜城县)人。与屈原同时代，然比屈原年龄小。做过楚襄王的小臣，地位极低，很不得志。《汉书·艺文志》记载，宋玉有十六篇作品，但多已亡佚。研究者们考证，确属宋玉留下的作品，只有《九辩》、《高唐赋》、《神女赋》、《登徒子好色赋》和《风赋》五篇。作品不多，但独具特色，在文学史上颇有影响。"祖屈原"之骚体，开汉赋之先河。杜甫把他同屈原相提并论，在《戏为六绝句》中说"窃攀屈宋宜方驾"，在《咏怀古迹》中盛赞《九辩》"悲秋"之句——"摇落深知宋玉悲，风流儒雅亦吾师"。

宋玉留下的五篇作品，皆被萧统收入《昭明文选》。《风赋》属于"盖有讽焉"，然"终莫敢直谏"一类的作品。它通过对比的手法，描写"大王之雄风"与"庶人之雌风"截然不同的情状。风没生命，本无雄雌之分，但王宫空气清新，贫民窟空气恶浊，这也是无法否认的事实。作者从听觉、视觉、嗅觉对风的感知不同，生动、形象、逼真地描述了“雄风”与“雌风”的截然不同，反映了帝王与贫民生活的天壤之别。前者骄奢淫逸，后者凄惨悲凉。寓讽谏于描述之中，意见言外。语言流利畅达，如云行风流，一气呵成。

原文

楚襄王游于兰台之宫[1]，宋玉、景差侍[2]，有风飒然而至[3]。王乃披襟而当之曰：“快哉此风！寡人所与庶人共者邪？”宋玉对曰：“此独大王之风耳，庶人安得而共之？”王曰：“夫风者，天地之气，溥畅而至[4]，不择贵贱高下而加焉。今子独以为寡人之风，岂有说乎[5]？”宋玉对曰：“臣闻于师，枳句来巢，空穴来风[6]。其所托者然，则风气殊焉[7]。”

王曰：“夫风始安生哉？”宋玉对曰：“夫风生于地，起于青萍之末[8]，侵淫溪谷[9]，盛怒于土囊之口[10]；缘泰山之阿[11]，舞于松柏之下。飘忽淜滂[121]，激扬熛怒[13]，耾耾雷声[14]，回穴错迕[15]，蹷石伐木[16]，梢杀林莽[17]。至其将衰也，被丽披离[18]，冲孔动楗[19]，眴焕灿烂[20]，离散转移，故其清凉雄风，则飘举升降，乘凌高城[21]，入于深宫。邸华叶而振气[22]，徘徊于桂椒之间[23]，翱翔于激水之上[24]，将击芙蓉之精[25]，猎蕙草[26]，离秦蘅[27]，概新夷[28]，被荑杨[29]，回穴冲陵[30]，萧条众芳。然后倘佯中庭[31]，北上玉堂[32]，跻于罗帷[33]，经于洞房[34]，乃得为大王之风也。故其风中人状[35]，直惨凄惏栗[36]，清凉增欷[37]，清清泠泠，愈病析酲[38]，发明耳目[39]，宁体便人。此所谓大王之雄风也。”

王曰：“善哉论事！夫庶人之风，岂可闻乎？”宋玉对曰：“夫庶人之风，塕然起于穷巷之间[40]，堀堁扬尘[41]，勃郁烦冤[42],冲孔袭门[43],动沙堁,吹死灰[44],骇溷浊[45],扬腐余[46],邪薄入瓮牖[47],至于室庐。故其风中人状,直憞溷郁邑[48],殴温致湿[49],中心惨怛,生病造热[50],中唇为胗[51],得目为蔑[52],啗齰嗽获[53],死生不卒[54]。此所谓庶人之雌风也。"

注释

〔1〕楚襄王:楚怀王之子,又称楚顷襄王。　兰台:楚国宫苑名。

〔2〕景差:楚大夫,以辞赋著称。《史记·屈原贾生列传》:"屈原既死之后,楚有宋玉、唐勒、景差之徒者,皆好辞而以赋见称。"

〔3〕飒:风声。

〔4〕溥(pǔ 普)畅:到处畅流。溥,通"普"。

〔5〕说:理由,道理。

〔6〕枳句(zhǐ gōu 止勾):枳,树名,似桔。句,曲。《考工记》:"桔踰淮为枳。"

〔7〕所托者:所处的环境。　殊:不同。

〔8〕青蘋:水草名,即大萍。　末:末梢。

〔9〕侵淫:逐渐扩展。　溪谷:山谷。

〔10〕土囊:大山洞。

〔11〕阿:山坳。

〔12〕淜滂(péng pāng 朋乓):大风击物之声。

〔13〕激扬熛(biāo 标)怒:形容风越刮越猛。熛,迸飞的火焰。

〔14〕耾耾(hóng 宏):风声。

〔15〕回穴:打旋。　错迕(wǔ 午):交错相杂。

〔16〕蹷(jué 决):撼动。　伐:折。

〔17〕梢杀:击杀。　林莽:草木丛生之处。

〔18〕被(pī 披)丽披离:四面分散。被丽与"披离"同义。

〔19〕楗(jiàn 建):门闩。

〔20〕眴(xuàn 眩)焕:鲜明的样子。

〔21〕乘:上升。　凌:超越。

〔22〕邸(dǐ 底):通“抵”。触动。　华:同“花”。　振气:散发香气。

〔23〕桂椒:桂树和花椒树。桂花与花椒皆有浓郁的香气。

〔24〕激水:受激之水,这里指急流。

〔25〕精:同“菁”。花。

〔26〕猎:经历。此有掠过之意。　蕙草:一种香草。

〔27〕离:分开。　秦蘅(héng 衡):产于秦地的香木。

〔28〕概:古代量米时用以刮平斗斛的工具。这里引申为吹平的意思。　新荑(yí 姨):辛荑,一种香木。

〔29〕被(pī 批):覆盖。　荑杨:初生的嫩杨。

〔30〕冲陵:冲击。

〔31〕倘佯(cháng yáng 常阳):徘徊。

〔32〕玉堂:宫室的美称。　北上:古代宫室皆坐北朝南,故风吹进宫室说北上。

〔33〕跻(jī 击):上升。　罗帷:丝织的帷帐。

〔34〕洞房:深邃的内室。

〔35〕中(zhòng 众)人:吹到人身上。

〔36〕直:简直。　惨凄惏(lín 林)栗:形容寒冷的样子。

〔37〕欷(xī 西):叹息声,这里作舒气解。

〔38〕析酲(chéng 成):解酒。酲,酒病。

〔39〕发明:通畅明晰。

〔40〕塕(wěng)然:风起扬尘的样子。

〔41〕堀堁(kū kè 枯客):尘埃突起的样子。堀,突起。堁,尘埃。

〔42〕勃郁烦冤:形容风卷土扬、旋转翻飞的样子。勃郁,蕴积。烦冤,愤懑烦躁。

〔43〕袭:入。

〔44〕死灰:灰尘。

〔45〕骇:搅起。　溷(hún 魂)浊:恶浊的空气。溷,同“混”。

〔46〕腐余:腐烂的垃圾。

〔47〕邪:同“斜”。　薄:逼近。　瓮牖(yǒu 有):用破瓮口做的窗户。牖,窗。

〔48〕憞(dùn 钝)溷:烦乱。　郁邑:忧郁。

〔49〕殴:通“驱”。　湿:湿病。

〔50〕惨怛(dá 达):忧伤痛苦。

〔51〕胗(zhěn 疹):唇疮。

〔52〕蔑:眼病。

〔53〕啗(dàn 旦)齰(zé 责)嗽获:形容中风后嘴巴颤动的样子。啗,吃。齰,咬。嗽,吮。获,通"嚄",大声呼唤。

〔54〕死生不卒(cù 促):不死不活。卒,同"猝",仓促。

今译

楚襄王到兰台宫苑游玩,宋玉和景差侍从。春风飒飒地吹来,襄王于是解开衣襟,迎着春风说:"好畅快啊,此风!这是寡人与平民共同享用的吧?"宋玉回答说:"这只是大王的风,平民怎能共同享用呢?"襄王说:"风,是天地间的气,四处畅吹,其施及不分贵贱高低。现在你独以为是寡人之风,难道有什么道理吗?"宋玉回答说:"我从老师那里听说:'枳树杈子多,鸟儿来构巢;大地有孔穴,风才往那吹。'所处的环境不同,风也不同。"

襄王问:"风开始是从哪里产生的呢?"宋玉回答说:"风从大地上产生,从青苹的末梢刮起,逐渐进入山谷,到山洞刮得猛烈;然后沿着大山的山坳,在松柏之下飞舞。吹物淜滂作响,犹如烈火升腾,轰轰如雷,急剧旋转,杂乱无序,掀石折木,击杀野草。待风快要煞住的时候,风力四面分散,穿过小孔,吹动门栓,这时景物则显得鲜明灿烂,微风轻柔地向四面飘散。于是那清凉的雄风,上下飘动,飞越高高的城墙,进入深宅,吹拂草木的花叶,散发出芳香。风回荡于桂椒之间,翱翔于急流之上,吹动荷花,掠过蕙草,分开秦蘅,舞弄辛夷,覆盖幼杨,旋转回环,静止在群芳之中。然后徘徊于庭院,飞进宫室,升入罗帷锦帐,来到深邃内室,而成为大王之风。因此这种风吹到身上,颇有寒意,风凉而呼吸痛快,清清爽爽,治病解酒,使人耳聪目明,身体舒适。这就是所说的大王的雄风啊。"

襄王说:"好啊,你论述的事理。那么庶民之风不也可以听听吗?"宋玉回答说:"庶民之风,塕地从贫民的陋巷中刮起,尘土飞扬,回旋郁怒,侵入大门,掀起沙土,吹起死灰,搅起脏物,扬起垃圾,歪歪邪邪，穿过用破缸口做的窗户，一直进入平民的宅室。因此这种风吹到身上，感到烦躁忧郁，它挟带闷热之气，使人身患湿病，内心愁苦，浑身发烧。这种风吹到唇上，嘴唇生疮，吹到眼上，眼睛红肿，中风嘴巴颤动，咬牙呼喊，不死不活。这就是所说的平民的雌风啊。”

（魏淑琴译注并修订）

秋兴赋一首

潘安仁

题解

潘岳的作品往往以哀情取胜，此赋虽非哀伤之文，但悲凉心绪亦浓。自元好问《论诗绝句》批评《闲居赋》“失真”以来，这种悲情亦往往被认为是无病呻吟。此则未免失之偏颇。西晋时期，门阀世族已逐步垄断了政治特权。潘岳虽出身于官宦之家，且以文章才学著名，但终非世族门第，无法取得仕途上的显迹而一展自己的才能和抱负，因而感到压抑，有某种程度的不满。在此赋的序文和正文中，他把自己受压抑的社会地位与“珥蝉冕而袭纨绮之士”作了明显的对比，就透露了这种情绪。但当时在司马氏政权黑暗残酷的统治下，在文士动辄遭到屠戮的恐怖气氛中，他又没有嵇康、阮籍那样的性情，公开地与统治者对抗或不合作，所以只能常怀有一种无可奈何的苦闷和身世凄凉之感。在此赋中，作者正是带着一颗身世凄凉的哀心来感受秋景，使秋景处处生哀，成为哀景。而哀景又更深地拨动了他的哀心，使身世凄凉之感更深地渗透在秋景之中，并且，就着对秋景的感受，正面表达了全身远害之思，隐居遁世之想，把这种身世凄凉之感延伸到一个新的层次，从而自然地带上一点牢骚，表现出在当时特定的历史条件下，一般文士的心理特征。此赋继承汉魏抒情小赋的传统，但又不拘泥于汉魏抒情小赋的写法，在直抒胸臆中，又善于捕捉对表现自己感受最具有特征性的景物，加以铺排，造成动人的意境。在语言运用上，也能脱去当时辞赋中那种华丽的习尚，表现为平易而又风韵谐畅。

原文

晋十有四年[1],余春秋三十有二[2],始见二毛[3]。以太尉掾兼虎贲中郎将[4],寓直于散骑之省[5]。高阁连云,阳景罕曜[6]。珥蝉冕而袭纨绮之士[7],此焉游处。仆野人也[8],偃息不过茅屋茂林之下[9],谈话不过农夫田父之客。摄官承乏[10],猥厕朝列[11],夙兴晏寝[12],匪遑底宁[13]。譬犹池鱼笼鸟,有江湖山薮之思[14]。于是染翰操纸[15],慨然而赋。于时秋也,故以秋兴命篇。

其辞曰:四时忽其代序兮[16],万物纷以回薄[17]。览花莳之时育兮[18],察盛衰之所托。感冬索而春敷兮[19],嗟夏茂而秋落。虽末士之荣悴兮[20],伊人情之美恶[21]。善乎宋玉之言曰[22]:“悲战!秋之为气也。萧瑟兮[23],草木摇落而变衰。憀栗兮[24],若在远行,登山临水,送将归。”夫送归怀慕徒之恋兮[25],远行有羁旅之愤[26],临川感流以叹逝兮[27],登山怀远而悼近[28]。彼四慼之疚心兮[29],遭一涂而难忍[30]。嗟秋日之可哀兮,谅无愁而不尽[31]。野有归燕,隰有翔隼[32]。游氛朝兴[33],槁叶夕殒[34]。于是乃屏轻箑[35],释纤絺[36],藉莞蒻[37],御袷衣[38]。庭树槭以洒落兮[39],劲风戾而吹帷[40]。蝉嘒嘒而寒吟兮[41],雁飘飘而南飞。天晃朗以弥高兮[42],日悠阳而浸微[43]。何微阳之短晷[44],觉凉夜之方永[45],月曈胧以含光兮[46],露凄清以凝冷。熠燿粲于阶闼兮[47],蟋蟀鸣乎轩屏[48]。听离鸿之晨吟兮[49],望流火之余景[50]。宵耿介而不寐兮[51],独展转于华省[52]。悟时岁之遒尽兮[53],慨俯首而自省。斑鬓髟以承弁兮[54],素发飒以垂领[55]。仰群隽之逸轨兮[56],攀云汉以游骋[57]。登春台之熙熙兮[58],珥金貂之炯炯[59]。苟趣舍之殊涂兮[60],庸讵识其躁静[61]。闻至人之休风兮[62],齐天地于一指[63]。彼知安而忘危兮,故出生而入死。行投趾于容迹兮[64],殆不践而获底[65]。阙侧足以及泉兮[66],虽猴猿而不履[67]。龟祀骨于宗祧兮[68],思反身于绿水[69]。且敛衽以归来兮[70],忽投绂以高厉[71]。耕东皋之沃壤兮[72],输黍稷之余税[73]。泉涌湍于石间兮,菊扬芳于崖澨[74]。澡秋水之涓涓兮[75],玩游儵之潎潎[76]。逍遥乎山川之阿[77],放旷乎人间之世[78]。优哉游哉!聊以卒岁。

注释

〔1〕晋十有四年:指西晋建国第十四年,即晋武帝咸宁四年,公元278年。

〔2〕春秋,此指年岁。

〔3〕二毛:头发斑白。《左传·僖公二十二年》载宋襄公语:"君子不重伤,不禽二毛。"意谓有君子之德的人,在作战中,不第二次伤害已受伤的敌人,不抓获头发斑白者。

〔4〕太尉掾(yuàn 院):太尉的僚佐。掾,属官,僚佐。虎贲中郎将:官名,掌领近卫兵之职。

〔5〕寓直:寄在某一官署中当班。寓,寄。直,同"值",值班,当班。散绮之省:晋散骑常侍掌侍从皇帝和规谏之职,隶属门下省。

〔6〕阳景:阳光。　罕:稀少。　曜:照耀。

〔7〕珥(ěr 耳)蝉冕:插有金蝉的礼帽。指侍中、散骑等官所戴的帽子。珥,插。冕,这里泛指高官所戴的礼帽。　袭:穿衣。　纨绮:细绢和素地起花的丝织品,指贵戚子弟所穿的衣服。

〔8〕野人:乡野之人。

〔9〕偃(yǎn 演):卧。

〔10〕摄官:代理官职,指暂时任官,做官的自谦之词。　承乏:因人选缺乏由自己充数。

〔11〕猥:谦词,辱,曲。　厕:杂在其中。　朝列:朝官之列。

〔12〕夙:早。　晏:晚。

〔13〕匪:非。　遑:闲暇。　厎:致,得以。　宁:安宁。

〔14〕薮(sǒu 叟):大泽。

〔15〕染翰:蘸笔。翰,笔毫。

〔16〕代序:节序变换。

〔17〕纷:纷杂。　回薄:动荡。

〔18〕莳(shì 是):栽种,移植。　时育:时节所育。

〔19〕索:尽,指凋落。　敷:布列,指生长。

〔20〕末士:五臣注本作"末事",似更合文义,应指草木的盛衰与人事的变化相比为微末之事。　荣悴:繁荣与憔悴,指盛衰。

〔21〕伊:发语词,无实义。　人情:人的心情。　美恶:指好坏。

〔22〕宋玉:战国后期楚国辞赋家,以下引文出自他所写的《九辩》。

〔23〕萧瑟:秋风吹拂枝叶的声音。

〔24〕憀栗(liǎo lì 了立):凄凉。

〔25〕慕:向往。　徒:同类人,此指志趣相投的友人。

〔26〕羁(jī 鸡)旅:指淹留在外。羁,寄居。

〔27〕川:河流。感流:指感于水的流去。　叹逝:叹息时光像水一样流去而不复返。《论语·子罕》:"子在川上曰:'逝者如斯夫!不舍昼夜。'"

〔28〕怀远:指怀想天地之大。　悼近:指伤悼自身不能长存。《晏子春秋·内篇·谏上》:"(齐)景公游于牛山:(下)临齐国,乃流涕而叹曰:'奈何去此堂堂之国而死乎?使古而无死,不亦乐乎?'左右皆泣。"

〔29〕四慼(qī 七):四种忧愁,指远行、登山、临水、送将归。慼,同"戚",忧愁,悲伤。　疚(jiù 就):内心痛苦。

〔30〕遭一涂:指遇到"四戚"中的一个方面。

〔31〕谅:确实。　无愁而不尽:指会引起所有愁情。

〔32〕隰(xí 席):低湿之地。　隼(sǔn 损):鸟名,凶猛善飞,即鹗,一说即鹰。

〔33〕游氛:浮游于空中的云气,此指秋气。氛,气。

〔34〕殒:落。

〔35〕屏:弃,不用。　箑(shà 煞):扇。

〔36〕释:放开,解开。　纤絺(chī 吃):指轻细的夏衣。纤,细丝帛。絺,细麻布。

〔37〕藉:铺。　莞蒻(guǎn ruò 管弱):蒲草席子。莞,蒲草。蒻,蒲草席。

〔38〕御:用,指穿起。　袷(jiá 夹):夹衣。

〔39〕槭(shè 射):叶落枝空的样子。　洒落:散落。

〔40〕戾:劲急,猛烈。　帷:幔帐。

〔41〕嘒(huì 会):蝉的鸣声。　寒吟:等于说凄清地鸣叫。

〔42〕晃朗:明亮清朗。　弥:更加。

〔43〕悠阳:不强烈的阳光。　浸:渐渐地。

〔44〕短晷(guǐ 鬼):日影已短,此指天短。晷,以观测日影定时刻的仪器,此指日影。

〔45〕永:长。

〔46〕瞳胧(tóng lóng 童龙):即"朦胧",欲明未明的样子。

〔47〕熠(yì 意)耀:萤火闪光的样子。《诗经·豳风·东山》:"熠耀宵行。"　粲:明。　阶:门前的台阶。　闼(tà 踏):宫中小门。

〔48〕轩:楼板。　屏:当门的小墙。

〔49〕离鸿:离群的鸿雁。

〔50〕流火:向西下的火星。流,下。火,星名,又称大火,即星宿二,夏夜星空中主要亮星之一,夏历四月在东方出现,六月到正南方,七月开始向西下。　景:通"影"。

〔51〕宵:夜。　耿介:光明正大,此指清醒而不昏睡。

〔52〕展转:转移不定。　华省:职务亲贵的官署,指"散骑之省",因散骑常侍为侍从皇帝的亲贵之官。

〔53〕遒尽:很快到了尽头。遒,急。

〔54〕斑鬓髟(biāo 彪):鬓发黑白相间。斑,指黑白间杂,髟,发长的样子。　承弁(biàn 变):承戴冠。弁,男子穿礼服时所戴的一种帽子。

〔55〕素发:白发。素,白。　飒:凋零,形容头发稀疏。

〔56〕仰:仰慕。　群隽(jù 俊):许多出众的人物,指散骑省的达官贵人。隽,才智出众。　逸轨:高超的行迹。逸,超绝。轨,迹。

〔57〕云汉:指高入云汉的楼阁。　游骋:尽情游览。

〔58〕春台:登临游览的胜处。　熙熙:温和欢乐的样子。《老子》有"众人熙熙,如享太牢,如登春台"之句。

〔59〕珥:插。　金貂:冠冕上插的金蝉貂尾。董巴《舆服志》:"侍中冠金

珰,附蝉为文,貂尾为饰。” 炯炯:光彩夺目的样子。

〔60〕趣舍:追求和舍弃,此指追求功名利禄和不取功名利禄。趣,同“趋”。殊涂:不同的道路。

〔61〕庸讵(jù 巨):岂用。庸,用。讵,岂。

〔62〕至人:最高境界的人。《庄子·逍遥游》:“至人无己。”意谓最高境界的人是顺任自然,忘记自己。 休风:美好的修养。休,美。风,风度,风范。

〔63〕齐天地于一指:此指把天地以及万物都看成是一样的,没有区别。《庄子·齐物论》:“天地一指也,万物一马也。”意谓天地万物都有它们的共同性。

〔64〕投趾:落脚, 容迹:指仅能容下脚印之处。

〔65〕殆:危险。 不践:不去踏。 获底:获得安全。底,止。

〔66〕阙侧足以及泉:意谓在仅能够插足之地掘坑至黄泉之深。阙,空,此指掘开使之成空。侧足,插足。

〔67〕履(lǚ 吕):踏,踩。

〔68〕龟祀骨于宗祧(tiǎo 挑):以神龟的尸骨祭祀于宗庙。宗祧,宗庙,始祖之庙。

〔69〕思反身于绿水:想着要回身到绿水中去。反,同“返”。上句与此句意谓神龟不愿作为宗庙高贵的祭祀品而死,宁可潜身于泥水中而生。事见《庄子·秋水》:庄子钓于濮水,楚王派人请他去主持国政,他说:“我听说楚国有一只神龟,死了三千年了,国王把它盛在竹盒里,用布巾包好,藏于庙堂之上。那么,这只龟是宁可死了留下骨头让人尊崇,还是愿意活着拖着尾巴在泥里爬呢?”来人说:“宁愿拖着尾巴在泥里爬。”庄子说:“那么请你们走吧,我还是愿意拖着尾巴在泥里爬。”

〔70〕敛衽(rèn 任):收敛起衣襟。衽,衣襟。

〔71〕投绂(fú 服):扔下官印。绂,系官印的丝带,指官印。 高厉:向高处疾飞,指超脱官场世俗。厉,疾飞,飞扬。

〔72〕东皋:泛指田野或高地。

〔73〕输:交纳。 税:租。

〔74〕扬芳:花的香气散扬。 澨(shì 是):水边。

〔75〕澡:洗浴。 涓涓:水流的样子。

〔76〕游鯈(tiáo 条):游鱼。鯈,白鱼。 瀲瀲(bì 敝):游动的样子。《庄子·秋水》:“庄子与惠子游于濠梁之上。庄子曰:‘鯈鱼出游从容,是鱼乐也。’惠

子曰:‘子非鱼,安知鱼之乐?’庄子曰:‘子非我,安知我不知鱼之乐?’”

〔77〕阿:山的弯曲之处。

〔78〕放旷:指无拘无束。

今译

晋建国第十四年,我三十二岁,头上开始出现白发,以太尉僚佐的身份兼任虎贲中郎将,在散骑常侍的官署中当班。官署的楼阁高入云霄,连阳光都难以照进。在这里出入的都是衣着华贵的达官显宦。我本是一个乡野之人,平素居住的不过是茅屋树林,交谈的不过是农夫田父。暂时任官,是因为人才缺乏,聊以充数。侧身于朝官之列,早起晚睡,没有闲暇时间得以安宁。我就像池中鱼笼中鸟,总想着回到江湖山泽中去隐居。于是蘸笔铺纸,慨然作赋。因时值秋季,故以“秋兴”为题。赋辞是:

春夏秋冬节令急剧变化啊,万物循环往复而纷杂错落。看那栽种的花卉随着季节而繁育啊,便知四季是草木盛衰的寄托。感慨冬天草木尽枯而春天万物生长啊,叹息夏季繁茂而秋季凋落。草木的繁茂凋落虽是微末之事啊,却能引起人们心情的愉悦或落寞。宋玉说得好:“悲凉啊,秋天的气象!秋风萧瑟,草木凋零,一派衰败景象。内心凄凉啊,好像离家远行;又像登山临水,送故人还乡。”送别故人自然怀着对挚友的依恋啊,远行有着淹留在外的忧伤,临水感叹时光流逝啊,登山则怀想天地远大而自身不能久长。这四种忧愁都使人揪心啊,遭遇其一就会有难忍的悲伤。唉!秋天真可哀伤啊!它确实会牵动人们无限的愁肠。原野上燕已归,低湿处隼飞翔,早晨秋气升起,傍晚落叶枯黄。人们丢掉轻扇,脱去夏装,铺上蒲席,穿起夹衣裳。庭中树木叶落枝空而枯叶向四处飘洒啊,秋风劲急吹动帷帐。寒蝉嘒嘒凄凉地鸣叫啊,大雁飘飘飞向南方。天空明净清朗更加高远啊,太阳渐渐微弱而失去炎光。白昼何其短,凉夜正漫长。月色朦胧含光不露啊,白露凄清凝水珠于草木叶上。萤火在阶前门下闪闪发光啊，蟋蟀的声声鸣叫来自楼板和屏墙。听着清晨的孤鸿长声哀吟啊，又望着西下大火星的余光。彻夜难眠不能入睡啊，独自一人在官署中彷徨。已经感到时岁将尽啊，感慨万端而俯首自想。两鬓斑白戴着礼帽啊，白发稀疏垂在颈项。仰慕官署中那些出众人物的高逸行迹啊，他们登上高入云霄的楼阁而尽情游览眺望。在那游览胜处融和欢乐啊，人人冠上插着金蝉貂尾光彩辉煌。但如果对功名利禄追求与舍弃的道路不同啊，何用辨识他们是轻躁还是沉静安详？听说具有最高精神境界之人的美好修养啊，就在于能把天地万物都看成一样。而那些利禄之徒只知安乐而忘却危险啊，只有从安乐中超脱出来才得生，入乎其中则必亡。这正如投足于仅能容脚之地啊，不踏险处才能获得安全无恙。如果掘空脚边之地直至黄泉深处啊，虽猿猴也不行走其上。又如神龟不愿以自己的尸骨作宗庙高贵的祭祀品啊，宁可返身到泥水中去使生命延长。所以还是提起衣襟归隐啊，快扔掉官印而离开这世俗官场。去耕耘那田野上肥沃的土地啊，收获谷物而交纳税粮。山石间有急湍的清泉啊，菊花在水边散发着幽香。在涓涓的秋水中洗浴啊，观赏鱼儿在水中自由地游动来往。逍遥于山阿水畔，无拘无束地在人世间徜徉。多么悠闲自得啊，且以此来度过未来的时光。

（李晖译注并修订　陈延嘉再修订）

雪赋一首

谢惠连

题解

谢惠连(397—433),南朝宋文学家。陈郡阳夏(今河南太康)人。幼年聪敏,十岁能文,深得族兄谢灵运知赏。本州辟为主簿,辞而不就。因居父丧时作诗赠会稽郡吏杜德灵,受到非议,长期不得入仕。后得尚书仆射殷景仁向宋文帝说情,方为彭城王刘义康法曹参军。其诗留存不多,部分篇章表现其政治上的不得志,对现实隐含不满,与谢灵运并称"大小谢"。原有集,已散佚,明人辑有《谢法曹集》。

《雪赋》是南朝小赋中的名篇。假托西汉梁孝王于兔园赏雪,招来邹阳、枚乘、司马相如等人,一起咏雪。他们各逞才思,竭力铺陈典故,刻画雪景,以写景见长,"以高丽见奇"。最精彩处是司马相如那段对雪景的描写,大都是"自铸伟辞",绝少因袭倚傍;而如"眄隰"、"瞻山"两句,不但传神,且有气魄。其后邹阳、枚乘作歌,具有明显的抒情意味,是六朝小赋由以"体物"为主向抒情为主的转变中的产物。而结尾枚乘所作歌,情调旷达,偏于说理,就思想说,与老庄"和光同尘"委运任命的论点相近。这与魏晋之后一些清谈家的思想比较一致。

原文

岁将暮,时既昏〔1〕;寒风积〔2〕,愁云繁〔3〕。梁王不悦,游于兔园〔4〕。乃置旨酒〔5〕,命宾友。召邹生〔6〕,延枚叟〔7〕;相如末至[8],居客之右[9]。

俄而微霰零[10],密雪下。王乃歌“北风”于卫诗[11],咏“南山”于周雅[12]。授简于司马大夫曰[13]:“抽子秘思[14],骋子妍辞[15],侔色揣称[16],为寡人赋之。”相如于是避席而起[17],逡巡而揖[18],曰:“臣闻雪宫建于东国[19],雪山峙于西域[20],岐昌发咏于‘来思’[21],姬满申歌于‘黄竹’[22];《曹风》以‘麻衣’比色[23],楚谣以《幽兰》俪曲[24];盈尺则呈瑞于丰年[25],袤丈则表沴于阴德[26]。雪之时义远矣哉[27]!请言其始[28]:若乃玄律穷[29],严气升[30];焦溪涸[31],汤谷凝[32],火井灭[33],温泉冰;沸潭无涌[34],炎风不兴[35];北户墐扉[36],裸壤垂缯[37]。于是河海生云,朔漠飞沙[38];连氛累霭[39],揜日韬霞[40];霰淅沥而先集[41],雪纷糅而遂多[42]。其为状也:散漫交错,氛氲萧索[43];蔼蔼浮浮[44],瀌瀌弈弈[45];联翩飞洒,徘徊委积[46];始缘甍而冒栋[47],终开帘而入隙[48];初便娟于墀庑[49],末萦盈于帷席[50];既因方而为珪[51],亦遇圆而成璧[52];眄隰则万顷同缟[53],瞻山则千岩俱白[54]。于是台如重璧[55],逵似连璐[56];庭列瑶阶[57],林挺琼树[58],皓鹤夺鲜[59],白鹇失素[60];纨袖惭冶[61],玉颜掩姱[62]。若乃积素未亏[63],白日朝鲜,烂兮若烛龙衔耀照昆山[64];尔其流滴垂冰,缘霤承隅[65],灿兮若冯夷剖蚌列明珠[66]。至夫缤纷繁骛之貌[67],皓旰曒洁之仪[68];回散萦积之势,飞聚凝曜之奇[69];固展转而无穷[70],嗟难得而备知。若乃申娱玩之无已[71],夜幽静而多怀;风触楹而转响[72],月承幌而通晖[73];酌湘吴之醇酎[74],御狐貉之兼衣[75];对庭鹍之双舞[76],瞻云雁之孤飞;践霜雪之交积,怜枝叶之相违[77];驰遥思于千里,愿接手而同归[78]。”

邹阳闻之，懑然心服[79]。有怀妍唱[80]，敬接末曲[81]。于是乃作而赋积雪之歌[82]，歌曰：“携佳人兮披重幄[83]，援绮衾兮坐芳缛[84]，燎薰炉兮炳明烛[85]，酌桂酒兮扬清曲[86]。”又续而为白雪之歌，歌曰：“曲既扬兮酒既陈，朱颜酡兮思自亲[87]；愿低帷以昵枕[88]，念解佩而褫绅[89]；怨年岁之易暮，伤后会之无因[90]；君宁见阶上之白雪，岂鲜耀于阳春[91]！”歌卒，王乃寻绎吟玩[92]，抚览扼腕[93]，顾谓枚叔：“起而为乱[94]。”

乱曰：“白羽虽白，质以轻兮；白玉虽白，空守贞兮[95]；未若兹雪，因时兴灭。玄阴凝不昧其洁[96]，太阳曜不固其节[97]。节岂我名？洁岂我贞？凭云升降，从风飘零；值物赋象[98]，任地班形[99]；素因遇立[100]，污随染成，纵心皓然[101]，何虑何营[102]？”

注释

〔1〕昏：日暮，天刚黑时。

〔2〕积：聚。

〔3〕愁云：指阴云。　繁：多，盛。

〔4〕梁王：西汉梁孝王刘武。　兔园：园名，梁孝王所筑。故址在今河南商丘县东。《西京杂记》卷三：“梁孝王好营宫室苑囿之乐，作曜华之宫，筑兔园。”

〔5〕旨酒：美酒。旨，味美。

〔6〕邹生：即邹阳，以文辞著称。

〔7〕枚叟：即枚乘，著名辞赋家，所作《七发》尤有名。

〔8〕相如：即司马相如，著名辞赋家。曾客游梁，为梁孝王门客，与邹阳、枚乘等辞赋家交游。所作《子虚赋》、《上林赋》为武帝所重，用为郎。

〔9〕右：古时以右为尊，故称所重者为右。

〔10〕俄而：不久。瞬间。　霰：雪珠，雨点下降遇冷而凝成的微小冰粒。

零:落。

〔11〕“北风”:指《诗经·邶风·北风》一诗。其首章开头两句是“北风其凉,雨雪其雱”。这里只取其“雨雪”之意。按:《诗经》中《邶》、《鄘》、《卫》三风实际是卫国一国之风,故文中云“歌‘北风’,于卫诗”。

〔12〕南山:指《诗经·小雅·信南山》一诗。其二章开头两句是:“上天同云,雨雪雰雰”。这里只取其“雨雪”之意。　周雅:这里指《诗经·小雅》。

〔13〕简:古代用以书写的狭长竹片。这里泛指书写材料。　大夫:这是对司马相如的尊称。

〔14〕抽:引。这里是抒发的意思。　秘思:深藏于内的文思。

〔15〕妍:美。

〔16〕侔(móu 谋)色揣称(chèn 衬):摹拟比量。形容摹绘物色,恰到好处。侔,等;揣,量;称,美好。

〔17〕避席:离开座位。

〔18〕逡(qūn)巡:后退的样子。　揖:拱手为礼。

〔19〕雪宫:战国时齐国离宫名,故址在山东临淄县东北。齐地处东方,故云“建于东国”。

〔20〕雪山:指天山。因终年积雪,故称雪山。　峙:耸立。

〔21〕岐:地名。在今陕西岐山县东北。相传周族古公亶父自豳(陕西旬邑)迁此建邑。　昌:指周文王姬昌。“来思”:指《诗经·小雅·采薇》一诗末章“昔我往矣,杨柳依依;今我来思,雨雪霏霏”的句子,这里只取其“雨雪”之意。

〔22〕姬满:周穆王名满。　申:反复。“黄竹”:《穆天子传》载:穆王游黄台之丘,大寒,北风雨雪,有冻人,穆王乃作《黄竹歌》三章以哀之。其中有“我徂黄竹,口员闷寒”的句子。这里取其天寒雨雪之意。

〔23〕《曹风》:指《诗经·曹风·蜉蝣》篇。“麻衣”:《曹风·蜉蝣》中有“蜉蝣掘阅,麻衣如雪”的诗句。

〔24〕楚谣:《楚辞》。这里指宋玉《讽赋》。《幽兰》:琴曲名。《古文苑》《讽赋》云:“乃更于兰房之室,止臣其中,中有鸣琴焉,臣援而鼓之,为《幽兰白雪》之曲”。这里取其“白雪”之意。　俪:成对。

〔25〕呈瑞:呈现出吉祥的预兆。古人以为丰年之冬必有积雪,故云。瑞,祥瑞。

〔26〕袤(mào 冒):本指长,这里是深的意思。　表:表明。沴(lì 力):大地

四时之气反常而生的灾害。　阴德:即阴道。古人常以阴阳之道解释君臣、父子、夫妇之义,以君、父、夫所守的礼法为阳道,臣、子、妻所守的礼法为阴道。并认为社会上这种君臣之道常从自然现象的反常变化中反应出来,如董仲舒说:"君德衰微,阴道盛强,侵蔽阳阴,则日蚀应之。"李善注引宋均云:"雪为阴,臣道也。"又引《春秋潜潭巴》云:"大雪甚厚,后必有女主;天雪连月,阴作威。"

〔27〕时义:时序意义。

〔28〕始:初。

〔29〕玄律:即十二律。本指古乐的十二调,古人又常以十二律应十二月。这里即指后者。　穷:尽。

〔30〕严气:寒气。

〔31〕焦溪:李善注引《水经注》云:"焦泉发于天门之左,南流成溪,谓之焦泉。"　涸(hé 河):水干竭。此指结冰。

〔32〕汤谷:李善注引《荆州记》云:"南阳郡城北有紫山,东有一水,冬夏常温,因名汤谷也。"　凝:结冰。

〔33〕火井:天然气之井。古多用以煮盐,故又称盐井。李善注引《博物志》云:"临邛火井,诸葛亮往视后,火转盛。以盆贮水,煮之,得盐。"

〔34〕沸潭:热潭。李善注引《水经注》云:"曲阿季子庙前,井及潭常沸,故名井曰沸井,潭曰沸潭。"

〔35〕炎风:热风。李善注云:"炎风,在南海外,常有火风,夏日则蒸,杀其过鸟也。"　兴:起。

〔36〕户:门。　墐(jǐn 紧):用泥涂抹。　扉:门扇。"北户墐扉"化用《诗经·豳风·七月》"塞向墐户"句意。

〔37〕裸壤:古传说中的裸人国,其人赤身裸体,不穿衣服。　垂:挂。　缯(zēng 曾):丝织物的总称。"垂缯"指身上裹起了缯帛等丝织物。

〔38〕朔漠:北方沙漠。

〔39〕氛:雾气。　霭:云气浓重的样子。

〔40〕揜(yǎn):覆蔽。　韬(tāo 滔):掩藏。

〔41〕淅沥:下雪的声音。

〔42〕纷糅(róu 柔),乱杂的样子。

〔43〕氛氲(yūn 晕):盛貌。　萧索:飘流往来繁密的样子。

〔44〕霭霭:雪浓密的样子。　浮浮:飘荡样子。

〔45〕瀌瀌(biāo 标)弈弈:雪盛的样子。

〔46〕徘徊:形容雪回旋飞舞的样子。　委积:积聚。

〔47〕缘:沿着。　甍(méng 萌):屋脊。　冒:覆盖。

〔48〕隙:孔隙。

〔49〕便(pián 骈)娟:轻盈回旋的样子。　墀(chí 池):台阶。　庑(wǔ 伍):堂下周围的廊屋。

〔50〕萦(yíng 营)盈:盘旋回舞的样子。　帷席:帐幕床铺。

〔51〕因:依,就。　珪(guī 归):方玉。

〔52〕璧(bì 必):圆玉。

〔53〕眄(miǎn 免):斜视,这里是看的意思。　隰(xí 席):低洼地。　缟(gǎo 稿):白。

〔54〕瞻:向上看。　岩:高峻的山崖。

〔55〕台:指楼台。　重璧:重叠的玉璧。

〔56〕逵:四通八达的大路。　连璐(lù 路):连接起来的美玉。　璐:美玉。

〔57〕瑶阶:玉阶。瑶,美玉。

〔58〕挺:直立。　琼树:玉树。琼,美玉。

〔59〕皓鹤:白鹤。皓,洁白。　鲜:明洁。

〔60〕白鹇:(xián 闲):鸟名。又名银雉,似山鸡而白色。

〔61〕纨(wán 丸)袖:白色细绢的衣袖。纨,白色细绢。　冶:艳丽。

〔62〕姱(kuā 夸):美好。

〔63〕积素:指积雪的白色。　亏:毁坏,减损。

〔64〕烛龙衔耀(yào 药)照昆山:这是一个远古神话。烛龙,神龙名。据《山海经·大荒北经》、《淮南子·坠形训》、王逸《楚辞章句·天问》等书记载:烛龙,人面蛇身,赤色,身长千里,目发巨光。西北方有太阳照不到的地方,烛龙口衔火精(一说衔烛)把那里照亮了。　“耀”:明亮、照耀的意思。这里指发光的东西,即所谓“火精”或“烛”。昆山:神话中西北的昆仑山。

〔65〕霤(liù 六):屋檐滴水之处。　隅:指屋角。

〔66〕冯(píng 平)夷:传说中的水神河伯。　蚌:软体动物,壳内有珍珠层,有的可以产珠。

〔67〕缤纷繁骛(wù 务):各种景象纷至沓来。

〔68〕皓旰(hàn 汗):明亮。　曒(jiǎo 皎)洁:洁白明亮。　仪:容态。

〔69〕凝曜(yào 药):光辉凝聚闪耀。曜,明亮。

〔70〕展转:转移不定,变幻不定。

〔71〕申:一再。

〔72〕楹(yíng 盈):厅堂的前柱。

〔73〕承:接。这里是照射的意思。 幌:窗帘。 晖:明。

〔74〕酌:斟酒,饮酒。 湘吴之醇酎(zhòu 宙):指湘、吴两地所产的美酒。李善注引《初学记·吴录》云:"湘川酃零县水,以作酒,有名。吴兴乌程县若下酒有名。"醇酎,经过反复酿造的好酒。

〔75〕御:穿着。 狐狢(hé 河):指狐狢皮裘。狢,同"貉",兽名,皮毛为珍贵裘料。 兼:加上。

〔76〕鹍:鹍鸡,鸟名。

〔77〕违:离。在"践霜雪"前,五臣本有"折园中之萱草,摘阶上之芳薇"二句。

〔78〕接手:携手。

〔79〕懑(mèn 闷)然:默然。

〔80〕怀:指构思。 妍:美。 唱:唱和。

〔81〕末曲:指司马相如所赋之文末。

〔82〕作:起。

〔83〕披:开。 幄(wò 卧):帐幕。

〔84〕援:取。 绮衾:华美的被子。 芳缛(rù 入):美好的褥子。缛,通"褥"。

〔85〕燎(liǎo 了):烧。 薰(xūn 勋)炉:用来熏香或取暖的炉子。 炳(bǐng 丙):点燃。

〔86〕扬:响起。 清曲:清亮的乐曲。

〔87〕酡(tuó 驼):饮酒面红的样子。

〔88〕低:垂,放下。 昵(nì 腻):近。

〔89〕佩:玉佩。身上佩带的饰物。 褫(chǐ 尺):解下。 绅:束在腰间的带子。

〔90〕因:因缘,机会。

〔91〕阳春:温暖的春天。

〔92〕寻绎(yì 义):推求,探索。 吟玩:体会玩味。

〔93〕抚览:抚弄欣赏的样子。　扼(è饿)腕:手握其腕,表示振奋。

〔94〕乱:乐曲的最后一章或辞赋篇末总括全篇要旨的一段。即尾声。

〔95〕贞:贞洁。指白玉的坚而不变的性质。《孟子·告子上》云:“白羽之白也,犹白雪之白;白雪之白,犹白玉之白与?”吕向云:“羽玉虽白,或轻或贞,不如此雪,能与时盛衰。”

〔96〕玄阴:月亮。　昧:掩蔽,隐藏。

〔97〕固:固守。　节:志节。指雪的凝固的形态。《文选·五臣注》李周翰云:“不随玄阴而昧者,质正也;日既耀不守节者,知退也。”

〔98〕值:相遇。　赋:赋予,给予。　象:形状。

〔99〕班:等同。

〔100〕遇:指所遇之物。　立:成。

〔101〕纵心:即不汲汲于个人名利得失的放纵旷达之心。　皓然:广大无边的样子。

〔102〕营:谋求。

今译

一年将尽,时近黄昏。寒风聚集,阴云沉沉。梁王不悦,便往兔园游玩遣闷。于是,摆酒席,命宾友,召邹生,请枚叟,相如最后到来,却居于座位之首。

须臾,稀疏的雪粒飘零飞洒,顷刻,纷纷的大雪漫天而下。于是梁王唱起卫风中的《北风》之诗,吟起《小雅》中的《信南山》之章。梁王授简于司马大夫道:“请抒发你深密的才思,驰骋你华美的文词,描摹物色比拟美景,为寡人作一篇雪赋。”相如于是离席站起,后退施礼道:

臣听说雪宫建筑在东方,雪山耸立于西域。周文王对雪吟咏过“今我来思”,而周穆王曾对雪歌唱“我徂黄竹”。《曹风》中用白雪比喻“麻衣”之色,楚谣里以《白雪》与《幽兰》二曲相比并。雪厚一尺,则显示出丰年的祥瑞;雪深一丈,则表现阴气盛、君德衰的灾象。雪的含意可谓深远,让我说说它的形成之始:当时近岁底,寒气上升;焦溪干涸,汤谷凝冻;火井熄灭,温泉结冰;沸腾的潭水不再沸腾,热风停息不兴。家家户户堵塞了北门,连裸人之国也都裹起了帛缯。于是,江河湖海,兴云作雾;浩瀚大漠,走石飞沙;雾气茫茫,阴云沉沉,遮蔽太阳,掩藏云霞。霰珠淅淅沥沥飘洒凝聚,而后才是纷飞的大雪越下越多。那情状是:四散弥漫,交错纷乱,浓浓密密,飘飏飞舞,团团滚滚飘飘浮浮,纷纷扬扬从天而降。联翩飞洒,回旋堆积。始则落满屋脊,覆盖栋宇;终则吹开帷帘,钻入穴隙。初时轻盈回旋于台阶廊庑之下,末则萦回飘落在床帷之上。既遇方而为珪,又即圆而成璧。远望大地,万顷皆白;仰视高山,千峰俱素。楼台如重叠的玉璧,大路似连接的美玉。庭内台阁如玉阶排列,林中树木似琼枝挺立。相形之下,皓鹤被夺去了鲜艳;白鹇失去了明洁。纨袖美女自惭艳丽不如,玉颜佳人掩面而自愧。而当积雪的洁白尚未毁损,朝日明丽辉煌,它的灿烂鲜明如同烛龙衔着火光照耀着昆仑冰峰。当它流滴垂挂成冰柱,沿着屋檐房角,其晶莹光洁如同冯夷剖开蚌壳,排列颗颗明珠。至于缤纷繁盛的景象,明亮皎洁的仪态,盘旋飘落的姿势,飞聚辉映的奇观,更是变幻无穷,使人嗟叹难以完全尽知。若反复娱乐赏玩不已,则长夜幽静多所感怀。寒风吹着堂柱而发出声响,明月照射纱窗而满室光辉,斟满湘吴酿造的醇酒,身穿起狐貉的皮裘,面对庭中的鹍鸡双双起舞,仰望云中的鸿雁孤飞哀鸣,踏着交积的霜雪,怜惜树木的枝叶分离,驰骋遐思于千里之外,希望与所思之人携手同归。

邹阳听了,默然心服。心中构思美妙的歌辞,恭敬地接续相如的雪赋。于是,他站起身来,咏了一首积雪之歌。歌辞是:“携佳人啊掀重帘,拥锦被啊坐芳褥,烧熏炉啊燃明烛,斟桂酒啊扬清曲。”接着,又和了一首白雪歌。歌道:“曲已奏响酒已陈,醉颜红晕思亲人;放下帘帐头亲枕,解下玉佩去带绅;慨叹年华易衰老,哀伤会面无缘因。君不见阶上之白雪,怎能鲜耀到阳春?”歌罢,梁王揣摩寻思,吟咏玩味,抚弄欣赏,以手扼腕,神情振奋,目视枚乘:“请先生起而作一尾声。”

尾声:“白羽虽白质却轻,白玉虽白空守性。不如积雪,随时生灭:月亮隐闭,并不能掩藏它的皎洁;太阳照耀,也不固守它的志节。志节,哪里是我所追求的名誉?纯洁,哪里是我所持守的品格?我是随云升降,从风飘零;遇到什么事物就变成什么形象,落到什么地方就成为什么形状。洁白,只是因为所遇之物干净;污浊,也是由于外物污染而成。只要把我心与浩然无际的宇宙融化在一起,世上又有什么值得忧虑和钻营?”

(周奇文译注并修订)

月赋一首

谢希逸

题解

谢庄(421—466),字希逸,南朝宋文学家,陈郡阳夏(今河南太康)人。七岁能文。初为始兴王刘浚后军法曹行参军,又转随王刘诞后军咨议,并领记室。孝武帝时曾任吏部尚书,明帝时官金紫光禄大夫。要求收复北方,反对与北魏议和;又主张不限门阀,广泛任用人材。善诗赋,所著诗文四百余篇,而存于今者不及十分之一。原有集,已散佚,明人辑有《谢光禄集》。

《月赋》在结构、手法上,有不少地方效法《雪赋》。如假托陈王、王粲以立局,与《雪赋》之借梁王、邹阳、枚乘、司马相如等主客为词是同一笔法;开端叙陈王赏月与《雪赋》之梁王赏雪情节相同;而王粲铺陈关于月亮的典故,也与司马相如铺陈雪的典故相似;最后结尾处,《雪赋》是以邹阳、枚乘两人作歌,而在《月赋》中则成为王粲一人作歌,虽略有出入,但变化亦不大。而历来选家及评论家常常将这两篇赋视为同一类型的主要原因,还在于两赋写的都是自然景物,即同属"物色"一类。然而两篇实有不同:就通篇情调说,《雪赋》写宾主相得,乐观旷达;《月赋》则凄凉寂寞,情调忧伤。这主要是由两人具体的生活处境所决定的。谢庄一生,正当刘宋政局变幻莫测之时,他看到了一起接一起的叛乱谋杀和谢氏家族所遭受的一系列厄运,所以赋中寄托了他那种门庭冷落、深感孤危的心情。就艺术特色说,《雪赋》是景多于情,尤以写景生动取胜;而《月赋》则情胜于景,且于写景方面颇具匠心,所写之景,其目的都是为了配合抒情,尽量使情与景融合起来。这样,在赋中虽有"体物"之处,而"体物"之目的,却只是为着抒情。从这一点来看,《月赋》较之《雪赋》更是一篇纯粹的抒情小赋。但其中不少写景的句子化用《楚辞》等前人创造的意境。

原文

陈王初丧应刘[1],端忧多暇[2]。绿苔生阁[3],芳尘凝榭[4]。悄焉疚怀[5],不怡中夜[6]。乃清兰路[7],肃桂苑[8];腾吹寒山[9],弭盖秋阪[10]。临浚壑而怨遥[11],登崇岫而伤远[12]。于时斜汉左界[13],北陆南躔[14];白露暧空[15],素月流天[16]。沉吟齐章[17],殷勤陈篇[18]。抽毫进牍[19],以命仲宣[20]。

仲宣跪而称曰:"臣东鄙幽介[21],长自丘樊[22],昧道懵学[23],孤奉明恩[24]。臣闻沈潜既义[25],高明既经[26],日以阳德[27],月以阴灵[28]。擅扶光于东沼[29],嗣若英于西冥[30]。引玄兔于帝台[31],集素娥于后庭[32]。朒朓警阙[33],朏魄示冲[34]。顺辰通烛[35],从星泽风[36]。增华台室[37],扬采轩宫[38]。委照而吴业昌[39],沦精而汉道融[40]。

"若夫气霁地表[41],云敛天末[42],洞庭始波,木叶微脱[43]。菊散芳于山椒[44],雁流哀于江濑[45];升清质之悠悠[46],降澄辉之蔼蔼[47]。列宿掩缛[48],长河韬映[49];柔祇雪凝[50],圆灵水镜[51];连观霜缟[52],周除冰净[53]。君王乃厌晨欢[54],乐宵宴;收妙舞,弛清县[55];去烛房[56],即月殿[57];芳酒登[58],鸣琴荐[59]。

"若乃凉夜自凄,风篁成韵[60]。亲懿莫从[61],羁孤递进[62]。聆皋禽之夕闻[63],听朔管之秋引[64]。于是弦桐练响[65],音容选和[66]。徘徊《房露》[67],惆怅《阳阿》[68]。声林虚籁[69],沦池灭波[70]。情纡轸其何托[71]?愬皓月而长歌[72]。"

歌曰:"美人迈兮音尘阙[73],隔千里兮共明月;临风叹兮将焉歇[74]?川路长兮不可越[75]。"歌响未终,余景就毕[76];满堂变容[77],回遑如失[78]。

又称歌曰[79]:"月既没兮露欲晞[80],岁方晏兮无与归[81];佳期可以还,微霜沾人衣!"陈王曰:"善。"乃命执事[82],献寿羞璧[83]。敬佩玉音[84],复之无斁[85]。

注释

〔1〕陈王:指曹植。曹植曾封陈王。 应刘:指应玚和刘桢。两人都属"建安七子",曹魏的著名文人。与曹植兄弟交谊较深。两人死的时间也相去不远。

〔2〕端忧:忧愁烦闷。 暇:空闲。

〔3〕绿苔:即青苔。这里泛指杂草青苔之类。

〔4〕凝:积满。 榭:建于台上的敞屋。

〔5〕悄焉,忧愁的样子。 疚怀:伤心。

〔6〕怡:乐。 中夜:半夜。

〔7〕清:打扫。 兰路:长有兰草的路。

〔8〕肃:清除。 桂苑:长满了桂树的园林。

〔9〕腾吹:在风中乘车奔驰。腾,车驰。吹,风吹。

〔10〕弭(mǐ 米)盖:停车。弭,停止。盖,车盖,帝王贵族出行时车上用以遮日御雨的圆伞。 阪(bǎn 板):山坡。

〔11〕浚壑:深谷。

〔12〕崇岫(xiù 秀):高峰。岫,峰峦。

〔13〕斜汉:横斜的天河。汉,天汉,银河。 左界:东边的界线。左,古代常以东为左。这里指天河在东边形成一条界线。

〔14〕北陆南躔(chán 缠):陆,指黄道线,即古人认为太阳绕地运行的轨道。躔,是太阳运行的方位。夏至太阳偏北,冬至太阳偏南;"北陆南躔"是太阳线

已由北移南,即秋冬间的天象。

〔15〕暧(ài 爱):隐蔽,遮盖。刘良注:“暧,犹,犹满也。”

〔16〕素月:明月。素,形容月色洁白。　流:移动。

〔17〕沉吟:低诵。　齐章:指《诗经·齐风·东方之月》篇。其中有“东方之月兮”的句子。这里只取其咏月的意思。

〔18〕殷勤:反复吟诵。　陈篇:指《诗经·陈风·月出》篇。其中有“月出皎兮”的句子,这里只取其咏月的意思。

〔19〕毫:毛笔。　牍:用以写字的木板。

〔20〕仲宣:王粲的字。在“建安七子”中成就最高,善于辞赋。

〔21〕东鄙:东方边远之地。王粲是山阳(今属山东)人,处于东方,所以自称“东鄙”。鄙,边界的地方。　幽介:这是臣下的谦词,即孤陋寡闻、昏愦不明的意思。

〔22〕丘樊:山林田园。

〔23〕昧道懵(méng 萌)学:昧于道而懵于学,即不学无术的意思。昧,昏暗。懵,不明。

〔24〕孤奉:恭奉。表谦。　明恩:明王的恩命。

〔25〕沈潜:指地。地是沈静在下的,故称“沈潜。”《尚书洪范》“沈潜刚克”。传:“沈潜,谓地”。　义:义理。此指法则规律。

〔26〕高明:指天。天是高朗在上的,故称“高明”。《尚书·洪范》:“高明柔克。”传:“高明,谓天。”经,与上“义”同义。

〔27〕阳德:阳气。古人认为,日是一种阳性精气所生,故又称“太阳”。李善注引《春秋说题辞》云:“阳精为日。”精,指精气。

〔28〕阴灵:阴气。古人认为,月亮是一种阴性精气所生,故又称太阴。李善注引《春秋感精符》云:“月者,阴之精。”精,即“灵”的意思。

〔29〕擅:占有。月盛于东,故曰擅。　扶光:扶桑之光。此指日之光。扶,指扶桑,神话传说中的树名。据《山海经》、《淮南子》等书记载,日出于东方的旸谷,然后从扶桑上拂掠而过,升到高空。　东沼:即旸谷,也写作“汤谷”,神话传说中日出之处。此指月出于东方。

〔30〕嗣:继,生成。李善注:“始生于西,故曰嗣。”　若英:若木之英。若,指若木,神话传说中长在日入处的树木。英,花。《山海经》上说若木“青叶赤华(花)。”西冥:即昧谷,西方幽暗的山谷,传说为日落之处。《尚书·尧典》传:

“昧,冥也,日入于谷而天下冥,故曰昧谷。”此指月生成于西。

〔31〕玄兔:黑兔。指月。李善注引张衡《灵宪》云:“月者,阴精之宗,积成为兽,象兔形。”神话传说月中有兔,所以玄兔又作为月亮的代称。　帝台:天庭。

〔32〕素娥:月中女神嫦娥。指月。《淮南子》中说,羿的妻子嫦娥偷吃了羿从西王母那里取来的不死药,而飞入月宫。月色白,故又称为素娥。后庭:即“帝台”,指天宫。

〔33〕朒(nǜ):农历月初月亮出现于东方,即上弦月。　朓(tiǎo 窕):农历月底月亮出现于西方,即下弦月。警,警告,警戒。　阙:同“缺”。朒、朓都是月缺的景象,古人认为,月缺之象是上天叫人君警戒德行上的缺失。

〔34〕朏(fěi 匪),新月初现,尚未成光。　魄:月初出或将没时的微光。示:显示,警告。　冲:空虚,引申为谦虚。朏、魄都是月初生的景象,古人认为这是上天警示人君要保持虚怀若谷的品德。

〔35〕顺:顺着,沿着。　辰:古人把天宫划分为子、丑、寅、卯等十二等分,谓之十二辰。　烛:照耀。

〔36〕从星泽风:古代星象家认为,月亮随星辰运行,当它与箕星或毕星相遇时,就会产生风或雨。《尚书》传文云:“月经于箕(星名),则多风,离于毕(星)则多雨。”泽,指雨。

〔37〕台室:指三台,星座名。

〔38〕轩宫:轩辕之宫,即轩辕星座。

〔39〕“委照而吴业昌”句:《初学记·吴录》上说,孙坚夫人吴氏梦月入怀而生孙策,后建立吴国帝业。委,下投。吴业,指三国时东吴的帝业。昌,兴盛。

〔40〕“沦精而汉道融”句:《汉书》上说,汉元帝皇后的母亲李氏,梦月入怀而生女,后遂为皇后,婉顺得妇人之道,沦,下落。精,指月亮。融:和洽顺利。

〔41〕气:云气。霁(jì 计):风雨止,云雾散,天放晴,都称为“霁”。地表:地面,指大地。

〔42〕敛:收敛。　天末:天的尽头。

〔43〕木:树。　脱:落。“洞庭始波,木叶微脱”两句化用《楚辞·九歌》“洞庭波兮木叶下”的句意。

〔44〕山椒;山顶。

〔45〕流:传布。　濑(lài 赖):水流沙上,指浅水滩。

〔46〕清质:指月亮清朗的形体。 悠悠:缓慢的样子。

〔47〕澄辉:清澈的光辉。 蔼蔼:柔和的样子。

〔48〕列宿(xiù 秀):群星。 缛(rù 入):繁盛华丽。

〔49〕长河:指银河。 韬(tāo 滔):隐而不露。

〔50〕柔祇(qí 奇):地的别称。柔,古人认为大地含蕴不外露,具柔德。祇,地神。

〔51〕圆灵:指天。

〔52〕连观(guàn 贯):连绵的楼台。观,楼台。 缟:白色的生绢,引申为洁白的意思。

〔53〕周:周围,四处。 除:阶梯。

〔54〕厌:厌倦,满足。

〔55〕弛:废去。 清县(xuán 悬):清妙的音乐。县,悬挂钟磬等乐器的架子。此指音乐。

〔56〕去:离开。

〔57〕即:近。 月殿,赏月的楼殿。

〔58〕登:摆上。

〔59〕荐:进献。

〔60〕篁:竹丛。 韵:和谐的声音。

〔61〕亲懿:至亲。

〔62〕羁孤:旅居之客与孤独者。 递进:一个接一个地不断前来。

〔63〕聆(líng 灵):听。 皋禽:指鹤。《诗经·小雅·鹤鸣》有"鹤鸣于九皋"的句子,故称。皋,湖沼。

〔64〕朔管:羌笛或胡笳之类北方少数民族所吹的管乐。 秋引:商声,即悲凉凄怆的声音。秋,五音的商。按阴阳五行之说,商、秋均属金,故称秋为商。又商声凄厉,与秋天肃杀之气相应,所以又称秋为商秋。引,指乐曲。

〔65〕弦桐:指琴;琴身是桐木所制,故称。 练响:选择音调。练,选择。

〔66〕音容:指乐曲的风格情调。和:委婉柔和。

〔67〕徘徊:形容乐曲的缓慢沉滞。《房露》:古乐曲名。

〔68〕惆怅:形容乐曲的怨慕忧伤。《阳阿》:古乐曲名。

〔69〕声林:因风吹而发声的树林。 虚籁(lài 赖):空寂无声。籁,泛指自然的声音。

〔70〕沦池:荡漾着波纹的池水。　灭:息。

〔71〕纡轸(yū zhěn 淤诊):纡曲隐痛。纡,曲。轸,隐。　托:寄托。

〔72〕愬(sù 素):面向。

〔73〕美人:指所思念的人。　迈:遥远。　音尘阙:音信隔绝。阙,通"缺"。

〔74〕歇:停止。

〔75〕川路:道路。川,平野。　越:超越。

〔76〕景:同"影"。　就毕:即将隐没。

〔77〕变容:伤心失色。

〔78〕回遑(huáng 皇):彷徨惘然的样子。　如失:心里好像丢失了什么东西的样子。

〔79〕称:唱。

〔80〕晞(xī 西):干。

〔81〕晏:晚。这句化用《楚辞》"岁既晏兮孰与归"句意。

〔82〕执事:侍从左右以供使令的人。

〔83〕寿:以财物赐赠。　羞:进献。　璧:玉器。

〔84〕佩:牢记在心。　玉音:对王粲所作辞赋的褒美之词,言其美妙珍贵。

〔85〕复:指反复吟味。　斁(yì 义):厌。

今译

陈王因为刚刚死去了好友应玚、刘桢,忧愁烦闷,连日闭门闲居。楼阁下生出了青苔,台榭间积满了灰尘。默默苦思,悒郁伤怀;夜半无眠,心中不快。于是,乃使人清扫出兰草遍生的小路,整理好桂树飘香的园林;在风声中驰往那寒冷的山林,高坡上停下了车轮。面临深谷,忧怨之情更深;登上高高的山峰,更加感怀伤远。时当深秋,横斜的银河在东边划出一条界限,日轮的轨迹由北道而移向南线。如水的月光照彻太空,皎洁的明月在天幕上缓缓移动。此时,陈王低诵着《诗经·齐风》"东方之月"的句子,又反复吟咏起《陈风·月出》的篇章。于是,使人献上笔墨简牍,请王仲宣作《月赋》一篇。

仲宣跪立说道:“臣本是东方偏远之地的一个孤陋寡闻的人,长于山林田野,昏昧而不明于道,愚庸而不知于学,恭谨地遵奉明王的恩命。臣听说:天地的形成,沉潜在下者为地,高明在上者为天,这是地义天经。太阳的品格是一种阳气,而月亮的本质是阴气之精。月亮挟着扶桑的光采从东方旸谷的水沼中升起,它在太阳没入若木之后继而于西方幽暗的山谷中生成。它把光辉洒向天上的楼台,凝聚在天帝的宫庭。它以月初月末的残缺形象警戒人们注意自己的过失,更用新生或将亏时的微弱的光鞭策人们保持谦虚的品行。它顺着十二辰移动普照天下,随着星宿运行,当它与箕星或毕星相遇时便产生雨或风。它为三台六星增加了华彩,替轩辕星座发扬了光明。它投光于东吴,吴氏梦月入怀而生下了孙策,致使东吴的帝业繁荣昌盛;它下照于汉庭,李氏梦月而生下元后,汉家的政治和顺融融。

“当雨过天晴,大地澄净,乌云渐渐消逝于天边,洞庭湖水开始荡漾起波澜,树叶也片片地凋谢飘零。山顶上,菊花散出阵阵芳香;江滩边,鸿雁发出声声哀鸣。这时,朗洁的月轮慢悠悠地升起,清澈的光辉柔和地洒向大地。使群星掩没了繁丽的光彩,银河也隐避了光明。大地洁白得仿佛蒙上了一片积雪,天空纯洁得如同清水明镜。重叠连绵的楼台好像银霜缟素,四周的阶梯宛如玉洁冰清。于是,君王厌倦了早晨的欢乐,而乐于在夜晚娱乐饮宴。收起美妙的歌舞,废止悦耳的丝管,离开灯烛辉煌的居室,走进那高高的赏月宫殿;摆上了芳香的美酒,拨动悠扬的琴弦。

“至于在凄凉的寒夜,独自伤心,风吹竹林,形成一种和谐的音韵。想到至亲好友没有一个跟随在身边;旅客荡子却更相不断地来往接近。听到那孤鹤在夜空中哀鸣,胡笛在秋风中传来悲凉的声音。于是调拨琴弦,选择音调,弹奏起低回委婉的乐曲。弹起《房露》曲,是那样徘徊沉滞;奏起《阳阿》乐,是那么惆怅忧伤。此时,呼啸的树林万籁俱静,荡漾的池水浪息波平。纡曲隐痛的情怀向何处寄托？只有对天上的皓月而倾诉放歌。”

歌道：“美人远离啊音讯隔绝，相隔千里啊共此明月；临风叹息啊怎能停止？道路漫长啊不可超越。”歌声还没有消逝，那残月的影子即将沉没。对此，满堂宾客伤神失色，彷徨怅惘，如有所失。

于是，又继续歌唱道：“月已沉没啊露已将干，岁正迟暮啊无人同还。趁此佳期正可归，莫使微霜沾衣衫！”陈王道：“妙。”于是命左右侍从，进献礼品，赏赐玉璧，一定牢记您的绝妙文辞，反复玩味，永不厌弃。

（周奇文译注并修订　陈延嘉再修订）

鹏鸟赋一首

贾 谊

题解

贾谊(前200—前168),洛阳(今河南洛阳东)人。《史记》、《汉书》皆有传。他是西汉的一位早成早夭的政治家和文学家。十八岁便能诵述《诗》、《书》,撰写出色的文章,受到河南郡守吴公的青睐,荐之于文帝,被召为博士,掌管文献典籍,成为西汉王朝初期最年轻、最有为的咨询官。贾谊的《过秦论》、《论积贮疏》、《陈政事疏》(一称《治安策》),不仅表现出一个政治家的敏感和卓见,而且显示出一个文学家的特质和才华。他二十三岁前,仕途之上一帆风顺,有不少施展政治抱负的机会。文帝每下诏之前,交朝臣议论,贾谊都有幸参加。诸老博士欲言不能,而贾谊则"尽为之对",且集中群智,对答如流,表现出他的真知灼见。诸老博士为之惊讶,文帝更加器重,入朝不到一年,便被破格提拔为太中大夫,成为文帝的高级"政治顾问"。

然而正在他意气风发、大展其才的时候,一个猝不及防的打击降到二十三岁的贾谊头上。文帝要把他晋升到"公卿之位",一些朝臣久积腹内的忌恨,突然暴发出来,贾谊遭到包括周勃、灌婴在内的元老和新贵的攻击,说他"专欲擅权","纷乱诸事",于是文帝不再让他参与朝政,最后被贬为长沙王太傅,远离朝廷。文帝七年,贾谊又曾被召回长安。他似乎看到了希望之光，以为可以重开政治生涯，但文帝召见他却“不问苍生问鬼神”（李商隐《贾生》），无意让他参政。他的才具虽然打动了文帝，被任命为梁怀王刘揖的太傅，向皇上靠近了一大步，但又一个打击接踵而来。一次怀王去朝见皇上，不慎坠马而死。天外飞来的横祸，贾谊一则因失职内疚，一则重新燃起的政治理想之火，被兜头一瓢冷水泼灭。他终日哭哭啼啼，在无限忧伤之中，默默离开人世，年仅三十三岁。

《鹏鸟赋》是贾谊被贬为长沙王太傅时期的作品。全赋借同鹏鸟的对话，表达他错综复杂的思想感情。想要旷达，然又摆脱不了苦恼的纠缠；想要解释周围发生的一切，而一切又使他感到茫然；想要自我麻醉，但清醒的头脑却使他陷入更加痛苦的深潭。人生的探索，哲理的思考，感情的冲击，铸成全赋的波澜。时而如惊涛拍岸，奔流跌宕；时而如风平浪静，流水潺潺。

贾谊原有集，已散佚。他留下的著作，主要有散文和辞赋两大类。今人辑为《贾谊集》，包括《新书》十卷。

原文

谊为长沙王傅〔1〕，三年，有鹏鸟飞入谊舍〔2〕，止于坐隅〔3〕。鹏似鸮〔4〕，不祥鸟也。谊既以谪居长沙〔5〕，长沙卑湿〔6〕，谊自伤悼〔7〕，以为寿不得长，乃为赋以自广〔8〕。其辞曰：

单阏之岁兮〔9〕，四月孟夏〔10〕。庚子日斜兮〔11〕，鹏集予舍。止于坐隅兮，貌甚闲暇〔12〕。异物来萃兮〔13〕，私怪其故。发书占之兮，谶言其度〔14〕。曰：野鸟入室兮。主人将去。请问于鹏兮，予去何之？吉乎告我，凶言其灾。淹速之度兮〔15〕，语予其期。鹏乃叹息，举首奋翼，口不能言，请对以臆〔16〕：

万物变化兮，固无休息。斡流而迁兮[17]，或推而还。形气转续兮[18]，变化而蟺[19]。沕穆无穷兮[20]，胡可胜言。祸兮福所倚，福兮祸所伏[21]。忧喜聚门兮[22]，吉凶同域[23]。彼吴强大兮，夫差以败；越凄会稽兮，勾践霸世[24]。斯游遂成兮，卒被五刑[25]；傅说胥靡兮，乃相武丁[26]。夫祸之与福兮，何异纠纆[27]？命不可说兮，孰知其极[28]？水激则旱兮[29]，矢激则远；万物回薄兮[30]，振荡相转。云蒸雨降兮，纠错相纷[31]。大钧播物兮[32]，坱圠无垠[33]。天不可预虑兮，道不可预谋[34]。迟速有命兮[35]，焉识其时？

且夫天地为炉兮，造化为工[36]；阴阳为炭兮，万物为铜。合散消息兮[37]，安有常则[38]？千变万化兮，未始有极[39]。忽然为人兮[40]，何足控抟[41]？化为异物兮[42]，又何足患？小智自私兮[43]，贱彼贵我。达人大观兮[44]，物无不可，贪夫殉财兮[45]，烈士殉名[46]。夸者死权兮[47]品庶每生[48]。怵迫之徒兮[49]，或趋东西[50]。大人不曲兮[51]，意变齐同。愚士系俗兮[52]，窘若囚拘[53]。至人遗物兮[54]，独与道俱。众人惑惑兮[55]，好恶积亿[56]。真人恬漠兮[57]，独与道息。释智遗形兮[58]，超然自丧[59]。寥廓忽荒兮[60]，与道翱翔。乘流则逝兮，得坻则止[61]。纵躯委命兮[62]，不私与己[63]。其生兮若浮[64]，其死兮若休[65]。澹乎若深泉之静[66]，泛乎若不系之舟。不以生故自宝兮[67]，养空而浮[68]。德人无累[69]，知命不忧[70]。细故蒂芥，何足以疑[71]。

注释

〔1〕长沙王：吴差。是汉仅存的一家异姓侯王。　傅：太傅，官名。李善注

引《汉书》:“谊为长沙王太傅。”

〔2〕鹏(fú 服)鸟:猫头鹰。古人认为鹏为不祥之鸟。

〔3〕隅(yú 鱼):角落。

〔4〕鸮(xiāo 消):雄鸮称“鹏”。

〔5〕谪(zhé 折):贬官。

〔6〕卑湿:低洼潮湿之地。

〔7〕伤悼:忧伤。

〔8〕自广:自我宽解。

〔9〕单阏(chán è 蝉愕):古代以干支纪年,卯年叫“单阏”。

〔10〕孟夏:夏季的第一个月。孟,四季的第一个月。

〔11〕庚子:四月里的第一天。

〔12〕闲暇:不惊恐,悠然自得。

〔13〕萃(cuì 脆):集。

〔14〕谶(chèn 衬)言:预断吉凶的话。　度:数,即命运。

〔15〕淹速:快慢。指生死之迟早。

〔16〕请对以臆:因鸟不能言,请示意作答。

〔17〕斡(wò 握)流:运转。

〔18〕形气:泛指天地间的万物。形,指有形之物;气,指无形之物。

〔19〕而蟺(chán 蝉):如蝉蜕变。而,如。

〔20〕沕(wù 勿)穆:深微。

〔21〕祸兮福所倚,福兮祸所伏:因祸得福,因福得祸。祸与福可以互相转化。语出《老子》。倚,因。伏,藏。

〔22〕聚门:出于一家。

〔23〕同域:同在一处。

〔24〕“彼吴强大兮”四句:越王允常与吴王阖闾(hé lǘ 何驴)结怨,互相攻伐。允常死,其子勾践立为越王。阖闾闻允常死,出兵伐越,勾践派兵应战,射伤阖闾。阖闾立其子夫差为吴王,告诉夫差不忘越仇。三年后,勾践听说夫差日夜练兵,欲报越仇,于是决定先发制吴。大夫范蠡劝阻不听,遂兴师伐越,夫差闻之,以精兵迎敌,败越于夫椒,勾践被困于会稽。勾践接受范蠡的建议,带美女财宝,以卑辞向夫差请和,并做了夫差的马夫,受尽凌辱。夫差放回勾践,勾践卧薪尝胆,励精图治,终于强大起来,出兵伐吴,将夫差困于姑苏。夫差求

和,勾践不允,遂自尽。勾践灭吴称霸。事见《史记·越王勾践世家》。

〔25〕斯游遂成,卒被五刑:李斯,楚国人,曾跟荀子学帝王之术。后来西游于秦,身登相位。秦二世时,赵高进谗言陷害,受车裂之刑。事见《史记·李斯列传》。

〔26〕傅说(yuè 月):殷高宗武丁之相。　胥靡:囚徒。殷高宗思贤相,梦得圣人,即以梦中人之形貌遍访于天下。傅说当时是囚徒,正在傅岩服劳役,被高宗发现,任命宰相。事见《尚书·商书》。

〔27〕纠:两股绳。　纆(mò 末):三股绳。

〔28〕极:止境。

〔29〕旱:同"悍"。指水受激而流得猛。

〔30〕回薄:来回激荡。

〔31〕纠错:交错。

〔32〕大钧:制造陶器用的大轮。这里指大自然。

〔33〕坱圠(yǎng yà 养亚):无边无际的样子。　无垠:无边。

〔34〕预虑:预先知道。　预谋:预知。

〔35〕迟速:指死之早晚。

〔36〕造化:指自然的创造化育。

〔37〕消息:指灭和生。

〔38〕常则:固定的规律。

〔39〕极:终点。

〔40〕忽然:偶然。

〔41〕控抟(tuán 团):保持,爱惜。

〔42〕异物:指人死后,身体腐烂变质,成为其他东西。

〔43〕小智:自私狭隘的人。

〔44〕达人:通达知命的人。　大观:看得高远。

〔45〕贪夫:贪财的人。　殉财:为财舍命。

〔46〕烈士:重义轻生的人。　殉名:为保持名节而舍生。

〔47〕夸者:图虚名的人。　死权:为争权夺利而丧生。

〔48〕品庶:普通百姓。　每生:贪生。

〔49〕怵(chù 处):为利所诱。　迫:指为贫贱所迫。

〔50〕趋东西:指为名利而奔走。

〔51〕大人:德行高尚的人。　不曲:不为利欲屈身。

〔52〕愚士:迂腐之人。　系俗:被世俗之见束缚。

〔53〕囚拘:囚禁。

〔54〕至人:道德修养达到最高境界的人。　遗物:忘物。指不为物累。

〔55〕众人:一般的人。　惑惑:迷惑,不清醒。

〔56〕好恶:所好所恶。指嗜欲。　积亿:形容极多。亿,亿万。

〔57〕真人:道家称存养本性的得道之人。　恬(tián 田)漠:安静,淡漠。

〔58〕释智:弃智,什么也不想。　遗形:忘了自我。

〔59〕自丧:自己不存在。

〔60〕寥廓忽荒:空廓无着落。

〔61〕坻(dǐ 底):水中小洲。

〔62〕纵躯:舍出自己的躯体。　委命:听从命运的支配。

〔63〕不私与于己:不把躯体视为个人私爱之物。

〔64〕浮:浮寄。

〔65〕休:休息。

〔66〕澹:安稳。

〔67〕自宝:自贵。

〔68〕养空而浮:李善注:"郑氏曰:'道家养空虚若浮舟也。'"

〔69〕德人:有德的人。《庄子·天地》:"德人者,居无思,行无虑,不藏是非美恶。"　无累:不被物所累。

〔70〕知命:谓知穷达之分。《荀子·荣辱》:"自知者不怨人,知命者不怨天。"

〔71〕细故:小事。　蒂芥(dì jiè 地介):果蒂草芥。比喻内心的疙瘩,心有所憾。

今译

贾谊做长沙王的太傅,第三年,有鹏鸟飞进贾谊的屋里,落在他的座席角上。鹏像猫头鹰,是不祥之鸟。贾谊被贬,居于长沙。长沙是低洼潮湿之地,贾谊暗自悲伤,以为寿命不能长久,于是作《鹏鸟赋》,自我宽解。辞曰:

丁卯年初夏，四月初一的傍晚，有一只猫头鹰飞到我的屋里。它落在我座席的一角，神态自在逍遥。怪物进宅，我惊诧它来得奇巧。翻开谶书占卜、揣度谶言，是说：“野鸟入于室，主人将离去。”请问鵩鸟，我将去哪里？有吉事告诉我，有灾难也要说。早死还是晚死，告诉我它的日期。于是鵩鸟点头叹息，忽然昂头抖动双翅，它嘴不会讲话，就用表情向我示意：

万物生死转化，从来就没有终止。运转变化，循环推移，死转为生，生转为死，周而复始。如蝉蜕皮，微妙无穷，怎可言之？祸与福对立统一，福与祸不可分离。忧和喜聚于一家，吉和凶同一领域。吴国虽然开始强大，然而夫差一败涂地；勾践惨败困于会稽，卧薪尝胆又重新称霸于世。李斯游说成功，做了秦相，但最后命运可悲，五体分尸。傅说原来是个囚徒，可后来做了武丁的宰相，出人头地。祸与福的关系，就像几股绳拧在一起。天命无法解释，谁能知道它的终极？水受阻力流势更猛，箭借弹力飞向远去。万物相激彼此转化，祸福关系也是如此。正如云雨互相转化，错杂纠缠，不可分离。大自然化育万物，无穷无尽，天道变化无法预知。死生有命，谁知何时？天地好比熔炉，自然之力好比能工；阴阳好比炭火，万物好比青铜。铸造万物，哪有常型，千变万化，没有止境。偶然转化为人何必沾沾自喜，忽然死去又何必忧心忡忡？心胸狭隘的人，自私自利，轻贱别人，看重自己。通达知命的人，目光远大，知道万物都有它存在的天理。贪财的人宁为财死，重义的人舍生取义。慕虚荣的人死守权势，普通百姓贪生怕死。诱于名利迫于贫贱的人，四处奔走避害趋利。德行高尚的人不为利欲所屈，意念与变化和谐统一。迂腐的人受世俗之见束缚，谨小慎微过于拘泥。思想境界最高的人不被外物所累，唯独和道不可分离。庸人自扰头脑不清，胸中装满嗜欲。得道养性之人清静无为，因为只有道在他心里。停止思考，抛开形体，超然物外，忘掉自己。空廓无依，与道同游，如木浮水，随流行止。躯体听从命运支配，它不属于自己。活着如同浮游，死了就像休息。安稳就像深渊那么平静，漂流就像没有缆绳的轻舟。不为活着而自贵，涵养本性任去留，有德之人不受外物左右，穷达有命不自忧。生死祸福区区小事，何必为它忧愁？

（赵福海译注并修订）

鹦鹉赋一首

祢正平

题解

祢衡(173—198),字正平,平原般(今山东临邑东北)人。汉末文学家。他“少有辩才,而尚气刚傲,好矫时慢物。”(《后汉书》本传语)过目成诵,尤长笔札。与当时著名学者孔融友善。由于孔融的推荐,曹操很想召见他。但祢衡不肯前往,并自称有狂病。后曹操命他为鼓史,欲在宴宾大会上当众羞辱他,结果反而遭到他的嘲弄。因祢衡当时已是名士,不便杀戮,曹操便将他遣送给刘表。刘表昏聩,更不能容人,又将他送给江夏太守黄祖。最后终被黄祖杀害,死时年仅二十五岁。

黄祖时为割据一方的军阀。黄祖的长子黄射敬重祢衡,与他要好。一次宴会上,有人送来鹦鹉,黄射便请祢衡作一篇赋。祢衡文不加点,一挥而就。这就是流传至今的《鹦鹉赋》。

本篇明写鹦鹉,开篇便铺写鹦鹉的外貌、神态、来历、身世,强调它“殊质而异心,配鸾皇而等美”,绝非凡鸟可以相比。而实际上是写个人的遭遇,感慨生不逢时,历经艰难,最终不过是关在雕笼中供人玩赏的鸟,只能“顺笼槛以俯仰,窥户牖以踟蹰”,不能展翼奋飞,自由翱翔。作者处处采用双关语句,似乎写鸟,又似乎写人,很值得品味。祢衡知道保命重要,但做不到,性格使然。

本篇抒情味很浓。祢衡作为一个青年才子,心地本是很纯贞的。他仅仅因为不肯低眉折腰奉侍权贵,而屡被迫害,最后遭到杀身之祸。由于有真情实感,写出来自然感人肺腑,催人泪下。

原文

时黄祖太子射，宾客大会[1]。有献鹦鹉者，举酒于衡前曰：“祢处士[2]，今日无用娱宾[3]，窃以此鸟自远而至，明慧聪善，羽族之可贵，愿先生为之赋，使四座咸共荣观，不亦可乎？”衡因为赋，笔不停缀，文不加点。其辞曰：

惟西域之灵鸟兮[4]，挺自然之奇姿。体金精之妙质兮[5]，合火德之明辉[6]。性辩慧而能言兮[7]，才聪明以识机[8]。故其嬉游高峻，栖跱幽深[9]。飞不妄集，翔必择林。绀趾丹觜[10]，绿衣翠衿。采采丽容，咬咬好音[11]，虽同族于羽毛，固殊智而异心。配鸾皇而等美，焉比德于众禽？

于是羡芳声之远畅[12]，伟灵表之可嘉[13]。命虞人于陇坻[14]，诏伯益于流沙[15]，跨昆仑而播弋[16]，冠云霓而张罗[17]。虽纲维之备设，终一目之所加[18]。且其容止闲暇，守植安停[19]。逼之不惧，抚之不惊，宁顺从以远害，不违迕以丧生[20]。故献全者受赏，而伤肌者被刑。

尔乃归穷委命，离群丧侣。闭以雕笼，翦其翅羽。流飘万里，崎岖重阻。踰岷越障[21]，载罹寒暑[22]。女辞家而适人，臣出身而事主。彼贤哲之逢患，犹栖迟以羁旅[23]。矧禽鸟之微物[24]，能驯扰以安处[25]！眷西路而长怀[26]，望故乡而延伫[27]。忖陋体之腥臊[28]，亦何劳于鼎俎[29]？嗟禄命之衰薄，奚遭时之险巇[30]？岂言语以阶乱[31]，将不密以致危？痛母子之永隔，哀伉俪之生离[32]。匪余年之足惜，慜众雏之无知[33]。背蛮夷之下国[34]，侍君子之光仪[35]。惧名实之不副，耻才能之无奇。羡西都之沃壤[36]，识苦乐之异宜。怀代越之悠思[37]，故每言而称斯[38]。

若乃少昊司辰[39]，蓐收整辔[40]。严霜初降，凉风萧瑟。长吟远慕，哀鸣感类。音声凄以激扬，容貌惨以憔悴。闻之者悲伤，见之者陨泪[41]。放臣为之屡叹[42]，弃妻为之歔欷[43]。

感平生之游处，若壎篪之相须[44]。何今日之两绝，若胡越之异区[45]？顺笼槛以俯仰[46]，窥户牖以踟蹰。想昆山之高岳[47]，思邓林之扶疏[48]。顾六翮之残毁[49]，虽奋迅其焉如[50]？心怀归而弗果[51]，徒怨毒于一隅[52]。苟竭心于所事，敢背惠而忘初？讬轻鄙之微命，委陋贱之薄躯[53]。期守死以报德，甘尽辞以效愚。恃隆恩于既往，庶弥久而不渝[54]。

注释

〔1〕黄祖：东汉江夏太守。东汉末年各地割据势力，不听朝廷调遣，俨然一方君主，故其长子称太子。　射（yì 义）：黄射。黄祖长子。为章陵太守，与祢衡最为友善。

〔2〕处士：指无官职的士人。

〔3〕无用：即无以。

〔4〕西域：汉以后对玉门关以西地区的总称。此指西部地区。

〔5〕金精：指白色羽毛。古代以五色代表五行。白色代表金。金即指白色，

〔6〕火德：指赤色。赤色属五行中的火。

〔7〕辩慧：聪颖善言。

〔8〕识机：有预见的智慧。

〔9〕跱（zhì 志）：立。

〔10〕绀（gàn 干）：青里带红的颜色。　觜：同"嘴"。

〔11〕咬咬（jiāo 交）：鸟鸣声。

〔12〕远畅：传到远方。

〔13〕伟：尊重。　灵表：美好的外表。灵，善。

〔14〕虞人:掌管山泽和禽兽的官。 陇坻:即陇山。在今陕西陇县至甘肃平凉一带。山势险峻,为陕甘要地。

〔15〕伯益:传说是舜时的虞人。

〔16〕昆仑:即昆仑山。在新疆西藏之间,西接帕米尔高原,连延入青海境内。层峰叠岭:势极高峻。 播:发布。 弋(yì 义):带绳的箭。

〔17〕云霓:指云和虹。

〔18〕纲维:网上的绳子。 目:网眼。

〔19〕守植:守生。植,生。 安停:安定。

〔20〕迕:逆。

〔21〕岷:岷山。在今四川松潘县北,绵延四川、甘肃两省边境。 障:障山。在甘肃漳县,(东汉时为障县)。

〔22〕载罹(lí 离)寒暑:语出《诗经·小雅·小明》:“二月初吉,载离寒暑。”载,发语词。罹,遭遇。离,通“罹”。寒暑,冬寒夏暑,指时间很长。

〔23〕栖迟:停留。 羁旅:作客在外。

〔24〕矧(shěn 沈):何况。

〔25〕能:反问词,能不。

〔26〕眷:怀念,依恋。

〔27〕延伫(zhù 注);伸颈盼望。

〔28〕忖(cǔn):猜想,此为暗地想、心中想的意思。

〔29〕鼎:烹饪器具。 俎(zǔ 组):切菜案板。

〔30〕巇(xī 希):险恶危难。

〔31〕阶乱:引起祸乱的原因。

〔32〕伉俪:古时多指嫡妻,后多指夫妇。

〔33〕愍(mǐn 敏):哀怜。原作“慜”,通“愍”,宋刻尤袤本即作“愍”。众雏:一群幼鸟,此指幼子。

〔34〕蛮夷:僻远之地,此谦指自己的故乡。 下国:边鄙之国。有自谦意。

〔35〕光仪:光彩和仪表。

〔36〕西都:指长安。

〔37〕代:代郡,今山西北部。 越:于越。古诗有“代马依北风,越鸟巢南枝”句,此处说自己如代马和越鸟一般思念故乡。

〔38〕斯:此,指西都。

〔39〕少昊(hào 浩):传说古部落首领名。名挚,字青阳,黄帝的儿子,姓己。又说他是主宰秋季的天帝。 司辰:管理时辰。

〔40〕蓐(rù 入)收:传说四方神名,主宰秋季。 辔(pèi 配):马缰。

〔41〕陨(yǔn 允):坠落。

〔42〕放臣:被放逐之臣。

〔43〕弃妻:被遗弃之妻。 歔欷(xū xī 需希):叹息,哽咽,也作"嘘唏"。

〔44〕壎(xūn 勋):土制的乐器。 篪(chí 迟):竹制的乐器。 相须:互相依赖。互相配合。

〔45〕胡:这里指北方。 越:这里指南方。

〔46〕槛(jiàn 见):圈鸟兽的栅栏。

〔47〕昆山:昆仑山。

〔48〕邓林:神话中的树林名。《山海经·海外北经》:"夸父与日逐走,入日,渴欲得饮,饮于河、渭。河、渭不足,北饮大泽。未至,道渴而死,弃其杖,化为邓林。" 扶疏:树木繁茂分枝的样子。

〔49〕翮(hé 河):鸟羽的茎。

〔50〕焉如:能往哪里去?

〔51〕弗果:不成。

〔52〕徒:白白的。 怨毒:怨恨。

〔53〕委:寄托。

〔54〕渝:变。

今译

当年江夏太守黄祖的长子黄射大宴宾客,适逢有人贡献鹦鹉。黄射举酒于祢衡面前说道:"祢处士,今日没有什么东西娱乐宾客,我以为此鸟自远方而来,明慧聪善,是禽鸟中足以珍贵的,愿先生为它作篇赋,使四坐宾客一饱眼福,不也很快乐吗?"于是祢衡开始作赋,他笔不停缀,文不加点,一挥而就。其辞是:

惟有那西方的灵鸟,现出天生的奇姿。身着白羽,体现金精的妙质,嘴呈赤红,合于火德的明辉。性情敏慧而能言语,才智聪明而有预见。它嬉游于高峻的山岭,栖止于幽深的峡谷。飞行不随便结伴，休息定要选择树林。青里透红的脚爪，身披绿衣翠衿。华采丽容，鸣叫动听的妙音。虽然同属鸟类，但智慧和心志却大不相同。可与鸾鸟凤凰比美，众鸟怎能与它匹敌。

于是人们羡慕它美名远扬，尊崇它高尚丰姿的可嘉；命令虞人来到陇山，诏告林官到流沙；横越昆仑山布下弓箭，冠戴白云彩虹张罗设网。虽然设下天罗地网，真正起作用的只是一个网目。鹦鹉容貌举止悠闲从容，这保命而安停。被捕获毫不惊慌，有人逼近并不惧怕，抚摸也不躲避。宁可顺从而免遭祸害，决不违迕而丧生。所以献出完好的鹦鹉会受到奖赏，而损伤它的肌肤却要受到惩罚。

这样，鹦鹉便陷入绝境听天由命，离开群鸟丧失伴侣；被关进雕花鸟笼，被剪掉翅膀长羽；飘流万里，越过道道崎岖的艰难险阻；跨过岷山翻过障山，长途跋涉，历经冬夏。女子离开娘家而嫁人，臣子献身而奉侍君主。古代圣哲时常遭逢灾难，尚且依人作客孤独一身。何况这渺小的禽鸟，又怎能不驯服地接受人的豢养。留恋西方的道路而怀念旧地，眺望故乡伸长颈项有所期待。想到自己腥臊而微贱的躯体，值不得用鼎俎来烹饪。慨叹自己官运不通命运多难，为何遇到这般险恶的局面！难道是因为言语而引起祸灾？还是因为泄露机密而招致危害？哀痛母子永远别离，悲伤的是夫妻难以团圆。并非自己的余年多么值得珍惜，可怜幼子年小无知。背离荒僻的故地，侍奉仪表堂堂的君子。担心的是自己名实不副，唯恐才能平庸无法胜任。常留恋西方的沃壤，知苦乐与此不同。正如代马和越鸟留恋自己的生地，所以开口便要述说个人的家乡。

至于少昊掌管时辰，蓐收调整季节。严霜刚刚降下，凉风萧瑟吹来。长吟而想念远方，哀鸣而感动同类。音声凄厉而激扬，容貌凄惨而憔悴。闻声的人很悲伤，见面的人会落泪。流放外地的臣子为它频频叹息，被遗弃的女人为它不停抽泣。

想平日来往的好友，如同壎篪互相依赖，互相应和。为何今日两地隔绝，如同胡越成为不能交往的地区？关在笼中只能顺从地随笼槛俯仰，窥看门窗只能在窗内环绕徘徊。怀念昆仑山的高峻，思想邓林树的繁茂。只是回过头来看到羽翅已被剪毁，虽有奋飞之心又能飞到何方？心想回到故乡而难以实现，只有在这一隅之地空怀怨恨。只有尽心恭奉主人，怎敢忘记当初而背弃惠恩呢？献出自己微贱的性命，献出个人鄙陋的身躯。期望以死来回报恩德，甘愿多进美言呈献一片愚诚。过去承蒙主人厚爱，效忠之心永不改变。

（陈宏天　吕桂珍译注　陈复兴修订　陈延嘉再修订）

鷦鷯赋一首

张茂先

题解

张华(232—300),字茂先,范阳方城(今河北固安)人。史书上说他“少为文义,博览坟典”,对山川树木,鸟兽虫鱼了解很多,具有丰富的知识,撰有《博物志》流传后世。他开始做过太常博士,转兼中书郎。对于官场变幻颇有感慨,于是写出《鷦鷯赋》。

此赋与《鹦鹉赋》又有不同,不仅仅是借禽鸟感叹个人身世遭遇,而是通过鷦鷯这种“巢林不过一枝,每食不过数粒”的小鸟的处境,阐发老庄的处世哲学。庄子强调有为而无为,有用为无用。只有守约静处,才能全生保性。此篇正是以小喻大,以浅话深。富有寓意,很类似寓言。

本篇旁征博引,写了鹰鹯、雕鹗、鹄鸿、鹍鸡、孔翠、苍鹰、鹦鹉、晨凫、归雁各种鸟类。它们或者翱翔万里,翻飞云际;或者尖嘴利爪、凶猛强悍;或者美羽丰肌,聪慧机敏;但到头来终不过进入雕笼,落于鼎釜。这些方面用墨颇多,而真正描写鷦鷯不过数笔。尽管如此,鷦鷯的习性特点却表现得很鲜明。

原文

鷦鷯[1],小鸟也。生于蒿莱之间,长于藩篱之下,翔集寻常之内[2],而生生之理足矣[3]。色浅体陋,不为人用;形微处卑,物莫之害。繁滋族类,乘居匹游[4],翩翩然有以自乐也。彼鷲鹗鹍鸿,孔雀翡翠[5],或凌赤霄之际[6],或托绝垠之外[7]。翰举足以冲天,觜距足以自卫[8]。然皆负矰婴缴[9],羽毛入贡。何者?有用于人也。夫言有浅而可以托深,类有微而可以喻大,故赋之云尔。

何造化之多端兮,播群形于万类。惟鷦鷯之微禽兮,亦摄生而受气[10]。育翩翾之陋体[11],无玄黄以自贵[12]。毛弗施于器用,肉弗登于俎味[13]。鹰鹯过犹俄翼[14],尚何惧于罿罻[15]?翳荟蒙笼[16],是焉游集[17]。飞不飘飏,翔不翕习[18]。其居易容,其求易给。巢林不过一枝,每食不过数粒。栖无所滞,游无所盘[19]。匪陋荆棘,匪荣茝兰[20]。动翼而逸,投足而安[21]。委命顺理[22],与物无患。伊兹禽之无知,何处身之似智?不怀宝以贾害[23],不饰表以招累。静守约而不矜,动因循以简易;任自然以为资,无诱慕于世伪。雕鹖介其觜距[24],鹄鹭轶于云际。鹍鸡窜于幽险,孔翠生乎遐裔[25]。彼晨凫与归雁[26],又矫翼而增逝[27]。咸美羽而丰肌,故无罪而皆毙。徒衔芦以避缴,终为戮于此世。苍鹰鸷而受緤[28],鹦鹉惠而入笼。屈猛志以服养[29],块幽縶于九重[30]。变音声以顺旨,思摧翮而为庸[31]。恋钟岱之林野[32],慕陇坻之高松[33]。虽蒙幸于今日,未若畴昔之从容。

海鸟鶢鶋[34],避风而至;条枝巨雀[35],逾岭自致。提挈万里[36],飘飖逼畏[37]。夫唯体大妨物,而形瑰足玮也[38]。阴阳陶蒸[39],万品一区。巨细舛错[40],种繁类殊。鷦螟巢于蚊睫[41],大鹏弥乎天隅。将以上方不足,而下比有余。普天壤以遐观,吾又安知大小之所如[42]?

注释

〔1〕鹪鹩(jiāo liáo 焦辽):俗称黄脰鸟。又有黄雀、桃雀、桑飞、女匠、工爵、巧妇等多种名称。全身灰色,有斑,常用茅苇,毛发等编织巢穴。其巢大如鸡蛋,系以麻发,甚为工巧。

〔2〕寻:古代八尺为寻。　常:十六尺为常,正是寻的一倍。

〔3〕生生:安于生命之自然发展。《庄子·大宗师》:"杀生者不死,生生者不生。"

〔4〕繁滋:繁衍生长。　乘居:双居。鸟双曰"乘"。

〔5〕鹫:猛禽。雕类。身呈黑褐色。　鹗(è 饿):猛禽。雕类。背褐色,头顶、颈后、腹部呈白色,嘴短脚长,趾具锐爪,栖居水边,俗称鱼鹰。鹍:也作鹍鸡,似鹤,黄白色。(用洪兴祖说)　鸿:大雁。　孔雀:我国的孔雀主要是绿孔雀。羽毛绚丽,彩色斑斓。　翡翠:也称翠雀,羽毛呈蓝、绿、赤、棕各色,可以作为饰品。

〔6〕赤霄:有红色云的天空。《淮南子·人间》:"背负青天,膺摩赤霄。"注:"赤霄,飞云也。"此处泛指云霄。

〔7〕绝垠:绝远之地。

〔8〕翰举:高飞。　距:鸟爪。

〔9〕矰(zēng 增):系以丝绳用作射鸟雀的箭。　婴:触,缠绕。　缴:带箭的细绳。

〔10〕摄生:维持生命。　受气:指接受阴阳之气。

〔11〕翩翾(piān xuān 偏宣):飞动的样子。

〔12〕玄黄:指黑色与黄色的羽毛。

〔13〕俎:切菜板。

〔14〕鹯(zhān 沾):古书中说的一种猛禽,似鹞鹰。　俄翼:倾斜着飞翔。

〔15〕罿罻(chōng wèi 冲尉):捕鸟网。罻,小网。

〔16〕翳荟(yì huì 义会)蒙笼:草木茂盛的样子。

〔17〕是焉:在此。

〔18〕翕(xī 西)习:疾速飞翔的样子。

〔19〕盘:盘桓。

〔20〕茝(zhǐ 止):亦作"芷",香草。屈原《离骚》:"杂申椒与菌桂兮,岂维

纫夫蕙茝。”

〔21〕投足:指停止飞翔。

〔22〕顺理:顺应天道。

〔23〕贾(gǔ 古):这里是招致的意思。贾,本当“卖”讲。

〔24〕鹖(hé 合):一种善斗的鸟。

〔25〕孔翠:孔雀、翠鸟。　遐裔(xiá yì 霞义):边远之地。

〔26〕凫(fú 扶):水鸟名,俗名野鸭。

〔27〕矫翼:展翅。　增逝:高飞。

〔28〕鸷(zhì 至):凶猛。　绁(xiè 泄):捆缚。

〔29〕服养:驯服地接受豢养。

〔30〕块:孤独。　幽絷(zhí 直):拘囚。　九重:指深邃紧闭之门。

〔31〕摧翮(hé 河):垂下翅膀。

〔32〕钟:钟山。昆仑山的别名。　岱:泰山。据说鹰产于此二山。

〔33〕陇坻(dǐ 底);即陇山。陇山是六盘山南段的别称。

〔34〕鶢鶋(yuán jū 袁居):亦作“爰居”,即“突鹫”。水鸟。

〔35〕条枝:汉时西域国名。在安息以西,临西海。

〔36〕提挈:互相扶持。

〔37〕飘飖:即飘摇。飞动的样子。　逼畏:畏惧。

〔38〕瑰:像玉的石头。　玮:玉石。

〔39〕陶:陶冶。指阴阳陶冶万物。　蒸:气升腾的样子。

〔40〕舛(chuǎn 喘):这里是有差别的意思。

〔41〕鷦螟(jiāo míng 焦明):古代寓言中的小虫。《晏子春秋》载:景公问道,天下最小的东西是什么?有人答道,东海有一种极小的虫子,生活在蚊子的睫毛下,飞动起来,蚊虫不会被惊动。人们把这种小虫叫做鷦螟。

〔42〕遐观:眺观远方。《庄子·秋水》:“北海若曰:……以差观之,因其所大而大之,则万物莫不大;因其所小而小之,则万物莫不小……。则差数睹矣。”

今译

鹪鹩,是一种小鸟。它生于杂草之间,长在藩篱之下。飞翔会集于一两丈高之内,而养生的道理,却极为深刻。它的羽色浅淡,身体轻微，对人没有什么用途。它形体小处境又卑贱，其他动物不去伤害。它们繁衍族类，双居而单游，翩翩然，自有一番快乐。那些鹫鄂鹍鸡鸿雁，孔雀翡翠，或者凌驾赤霄之际，或者寄身于极远的边地，羽翅张举足以冲天，嘴和爪足以自卫。然而它们全都能被弓箭射中，羽毛成为贡品。为什么呢？因为它们对人有用。有的言语很浅白，但是可以寄寓的道理很深奥；有的东西很微小，但是可以用来比喻大道理，所以，我写出这篇《鹪鹩赋》。

自然创造化育何等变幻多端，将万物塑成多种形状。而鹪鹩这种微小的飞禽，也同样接受阴阳之气以维持自己的生命。它生就一付单薄的驱体，没有华丽的羽毛足以自珍。羽毛不能施用于器物，骨肉不足以用作烹食。鹰鹯之类猛禽飞过头顶，它还倾斜一下翅膀，又怎么会害怕那捕鸟之网。草木繁茂之地，就是它们游乐集会的地方。起飞不会飘飏；翱翔也不会很迅速。它们的住处很简陋，它们的需求很容易满足。树上做巢不过占有一枝，每餐吃食不过数粒粮食。住在什么地方，并不久留，飞游并不在一处盘桓。不以充满荆棘之处为劣陋，也不以遍地香草兰华之地为荣耀。翻动羽翼而逸乐，停止站立而安详。顺应天命，与世无争。不要以为这类小鸟是无知之辈，它们的处世哲学很像智者。不怀揣宝物不会招致祸害，不修饰外表也不会招来累赘。静处守约不矜持，行动因循礼法不繁琐。以自然本性作依据，不羡慕虚伪的世间。雕鹖长有锐嘴利爪，鹄鹭逸游于云际。鹍鸡窜飞于幽深艰险的山谷，孔雀翠鸟生在遥远的边陲。那早晨起飞的野鸭，晚上回归的大雁，都是展翅而高飞，均有美丽的羽毛，丰满的肌肉，所以都无罪而死亡。它们衔着芦叶躲避箭矢，终究还是被杀戮在世上。苍鹰何等凶猛却受到捆缚，鹦鹉多么聪慧却被关入笼中。雄心被折服顺从地接受豢养，孤独地从九重青天落下而被幽困。改变声音顺从主人的意旨，垂下翅膀甘心为玩物。它们仍然怀恋钟岱的林野，仰慕陇山的高松。

今日虽然蒙受宠信，总还觉得不如往昔自由从容。海鸟鶢鶋，

避风来到这里;条枝巨雀,翻越山岭达到此地。万里结伴相行,小心翼翼飞翔。凡肢体过大,便会为外物所害,何况它形貌华贵珍美。阴阳陶冶万物,各种东西融合一体,巨细驳杂,种类繁多而各有特点。鷦螟在蚊子睫毛做巢,大鹏弥漫于天体一方,比上有不足,比下尚有余。放眼于普天之下,我又怎知小大如何分辨?

(陈宏天　吕桂珍译注　陈复兴修订)

赭白马赋一首并序

颜延年

题解

颜延之(384—456),字延年,琅邪临沂人。南朝宋诗人。在文学史上与谢灵运齐名。沈约说:“江左独称颜谢。”少家贫,好读书,善为文章。官至金紫光禄大夫。但是,与当权者向来不合,“辞甚激扬,每犯权要”,仕途多艰,备受打击。生活上恬淡寡欲,“居身清约,不营财利,布衣蔬食,独酌郊野”。他钦慕屈原、同情阮籍,尊重陶渊明。曾做《五君咏》,赞扬阮籍、嵇康等正始名士的节操,实在自抒个人的怀抱与志趣。

这篇《赭白马赋》写于宋文帝(刘义隆)时代。文帝曾做中郎将时,武帝(刘裕)赐与名马赭白。文帝继位,赭白乃死。文帝命群臣赋之。延之写《赭白马赋》,主旨则并非迎合当道,歌功颂德,凑凑热闹;而在于讽谏规诫,使在上者懂得爱马不如爱人,宠马不如修德,游猎足以亡身的道理。赋家开篇突出古圣先贤,历代明君,都是先修仁德而后神马乃现。中间写马则直接点出“教敬不易之典,训人必书之举”,是说对骏马的调习,更是对主上的警戒。最后就直接针对宋文帝宠马贱人的心理说:“戒出豕之败御,惕飞鸟之跱衡。”告诫是很辛辣尖锐的。

延之笔下,赭白超逸群伦的骨相,行游和校武中的飒爽英姿,都是栩栩如生,呼之欲出的,令人想到历代名画中的骏马图。可是延之所描绘的赭白,又有丹青之妙所无法达到的。此在于马的内心活动。表面上它是“服御顺志”,“效是中黄”。的,内心深处则“蹋镳辔之牵制,隘通都之圈束。眷西极而骧首。望朔云而蹀足”。它深以羁绊为苦,渴望广阔的自由。其中渗透了延之个人“鸾翮有时铩,龙性谁能驯”的情志。

延之做诗喜好雕琢藻饰,但是这篇《赭白马》,虽说也用古典,在赋中还是比较朴素的,并不那么“错彩镂金”,“铺锦列绣”的。而且章法谨严,中多警策(如“舆有重轮之安,马无泛驾之佚”之类)。“诗人之赋丽以则”。此篇可为一证。

原文

骥不称力,马以龙名[1]。岂不以国尚威容,军駣趚迅而已[2],实有腾光吐图,畴德瑞圣之符焉[3]。是以语崇其灵,世荣其至[4]。我高祖之造宋也,五方率职,四隩入贡[5]。秘宝盈于玉府,文驷列乎华厩[6]。乃有乘舆赭白,特禀逸异之姿[7],妙简帝心,用锡圣皁[8]。服御顺志,驰骤合度[9]。齿历虽衰,而艺美不忒[10]。袭养兼年,恩隐周渥[11]。岁老气殚,毙于内栈[12]。少尽其力,有恻上仁[13]。乃诏陪侍,奉述中旨[14]。末臣庸蔽,敢同献赋[15]。其辞曰:

惟宋二十有二载,盛烈光乎重叶[16]。武义粤其肃陈,文教迄已优洽[17]。泰阶之平可升,兴王之轨可接[18],访国美于旧史,考方载于往牒[19]。昔帝轩陟位,飞黄服皁[20]。后唐膺箓,赤文候日[21]。汉道亨而天骥呈才,魏德楙而泽马效质[22]。伊逸伦之妙足,自前代而间出[23]。并荣光于瑞典,登郊歌乎司律[24]。所以崇卫威神,扶护警跸[25]。精曜协从,灵物咸秩[26]。暨明命之初基,罄九区而率顺[27]。有肆险以禀朔,或逾远而纳赆[28]。闻王会之阜昌,知函夏之充物[29]。总六服以收贤,掩七戎而得骏[30]。盖乘风之淑类，实先景之洪胤[31]。故能代骖象舆，历配钩陈[32]。齿筭延长，声价隆振[33]。信圣祖之蕃锡，留皇情而骤进[34]。

徒观其附筋树骨，垂梢植发[35]。双瞳夹镜，两权协月，异体峰生，殊相逸发[36]。超摅绝夫尘辙，驱骛迅于灭没[37]。简伟塞门，献状绛阙[38]。旦刷幽燕，昼秣荆越[39]。教敬不易之典，训人必书之举[40]。惟帝惟祖，爰游爰豫[41]。飞辀轩以戒道，环彀骑而清路[42]。勒五营使按部，声八鸾以节步[43]。具服金组，兼饰丹雘[44]。宝铰星缠，镂章霞布[45]。进迫遮迾，却属辇辂[46]。欻耸擢以鸿惊，时濩略而龙翥[47]。弭雄姿以奉引，婉柔心而待御[48]。

至于露滋月肃，霜戾秋登，王于兴言，阐肆威棱[49]。临广望，坐百层，料武艺，品骁腾[50]。流藻周施，和铃重设[51]。睨影高鸣，将超中折[52]。分驰回场，角壮永埒。别辈越群，绚练夐绝[53]。捷趫夫之敏手，促华鼓之繁节[54]。经玄蹄而雹散，历素支而冰裂[55]。膺门沫赭，汗沟走血[56]。踠迹回唐，畜怒未泄[57]。乾心降而微怡，都人仰而朋悦[58]。妍变之态既毕，凌遽之气方属[59]。跼镳辔之牵制，隘通都之圈束[60]。眷西极而骧首，望朔云而蹀足[61]。将使紫燕骈衡，绿蛇卫毂，纤骊接趾，秀骐齐亍[62]。觐王母于昆墟，要帝台于宣岳[63]。跨中州之辙迹，穷神行之轨躅[64]。

然而般于游畋，作镜前王[65]。肆于人上，取悔义方[66]。天子乃辍驾回虑，息徒解装[67]。鉴武穆，宪文光[68]。振民隐，修国章[69]。戒出豕之败御，惕飞鸟之跱衡[70]。故祇慎乎所常忽，敬备乎所未防[71]。舆有重轮之安，马无泛驾之佚[72]，处以濯龙之奥，委以红粟之秩[73]。服养知仁，从老得卒[74]。加弊帷，收仆质[75]。天情周，皇恩毕[76]。

乱曰[77]:惟德动天,神物仪兮[78]。于时驵骏,充阶街兮[79]。禀灵月驷,祖云螭兮[80]。雄志倜傥,精权奇兮[81]。既刚且淑,服鞿羁兮[82]。效足中黄,殉驱驰兮[83]。愿终惠养,荫本枝兮[84]。竟先朝露,长委离兮[85]。

注释

〔1〕骥(jì 计):良马,千里马。　称力:称以力,凭力气受称赞。　龙:龙马,古代传说中的瑞马。《艺文类聚》十一《尚书中候》:"龙马衔甲,赤文绿色。"《注》:"龙形象马,甲所以藏图也。"《礼·礼运》:"河出马图。"唐孔颖达(疏》:"龙而形象马,故云马图,是龙马负图而出。"　名:扬名,与"称"对文,意义相近。上句言良马之良不在力气,下句言马之显名在于灵性,为写宋文帝之赭白马张本。

〔2〕岂:岂止,与句末"而已"呼应,表限制性的条件。　不:黄侃说:"不字盖衍。"得之。　以:以之,之代龙马,此省略。　尚威容:尚以威容。尚,崇尚。威容,威仪容止,威严仪态和形貌举止,皆指人与国家的外部表现。　军:军队。驸(fù 复):即伏,后人加马旁,伏与"服"同声通用(用朱珔说)。此使动用法,使人服从,降服。　趫(qiáo 桥)迅:雄壮有力而疾速。趫,通"跻",雄壮。迅,疾速。此句形容马的作用,李善注引博玄《乘舆马赋》曰:"用之军国,则文武之功显。"又曰:"文荣其德。武耀其威。"此言骏马可以显文德耀武威。但本赋,以"岂……而已"句式出之,则谓骏马之用不仅止于以之使国家的威容显得崇高,使军队的力量令人服从,而且也以其德性令人赞赏,为下句铺垫。

〔3〕实:其实,确实。　腾光吐图:指龙马负图的传说。李善注引《尚书中候》曰:"帝尧即政七十载,修坛河洛。仲月辛日,礼备。至于日稷,荣光出河,龙马衔甲,赤文绿色,临坛吐甲图。"腾光,即荣光出河,龙马出现时河上腾起光彩。吐图,即龙马临帝尧所修之坛吐甲图,图,指八卦图,帝王圣者受命的祥瑞。畴德:往昔有德之人,指帝尧。　瑞圣之符:祥瑞的符契,指上天给予有德之人的祥瑞符契。此言马的真正作用在于为有德者而用,为之带来祥瑞之符。

〔4〕是以:因此。　语:谓人人的言谈话语之间。　崇:尊崇。　其灵:指帝尧的圣灵。　世:世代。　荣:赞美。　其至:指帝尧的至德。此言尧得龙马所吐符契,为人们世代所颂扬。龙马为圣德者所有,德在而马来。

〔5〕高祖:指南朝宋武帝刘裕,彭城人,字德舆,小名寄奴。初参刘牢之军事,以战功封宋公。又灭南燕、后燕、蜀、后秦诸国。遂自为相国,进王爵。元熙二年废晋帝,建宋王朝。 造:缔造。 宋:指南朝刘宋。 五方:指五方之人,即中国蛮夷戎狄。 率职:奉行职事。 四隩(yù 玉):四方可居之远地。 入贡:进献贡品。

〔6〕秘宝:珍奇的宝物。 盈:充满。 玉府:收藏君王的金玉、玩好、兵器之府库。 文驷:骏马。文,文采,形容美好,驷,驾车之四马,此指马。 华厩(jiù 就):君主的马棚。

〔7〕乘(shèng 胜)舆:君主所乘之车。此代君主。 赭(zhě 者)白:毛色赤白相杂之马。此为一种马名。 特禀:特别领有。禀,天赐,天生。 逸异:超群卓异。

〔8〕妙简帝心:妙简于帝心,恰合皇帝之心。简,选择。帝心,皇帝之心。用:因此。 锡:赐予。锡,通"赐"。 圣皁(zào 造):指皇帝所赐的槽枥。皁与"槽"声相近,指喂马的槽枥。

〔9〕服御:驾御。此谓赭白马驾车居中,即为驾辕。古时一车驾四马,居中两匹称服。因之后文才有"紫燕骈衡,绿虵卫毂"云云。 顺志:顺随人的心意。 驰骤:奔驰,急驰。 合度:合乎节度。

〔10〕齿历:齿数。李善注引《尔雅》曰:"历,数也。" 虽衰:虽然减少。衰,减少。 艺美:才能与美善。 不忒(tè 特):不变,不差。忒,差错。

〔11〕袭养:受养。袭,承受,因袭。 兼年:连年。指从宋武帝时代到宋文帝时代。 恩隐:指皇帝对赭白马内心怀有的恩情。隐,私,内心里。 周渥(wò 握):周遍而优厚。渥,优厚。

〔12〕岁老:年老。 气殚:气尽。 毙:死。 内栈(zhàn 占):厩内的栈板。栈,马厩内垫的木板,以隔潮湿。

〔13〕少(shào 绍):指马年少力壮之时。 有恻(cè 册):感到悲伤,使动用法。 上仁:至仁,指皇帝。

〔14〕诏:命。 陪侍(shì 世):皇帝左右之臣。 奉述:传达。 中旨:皇帝的圣旨。

〔15〕末臣:小臣,自谦之词。 庸蔽:才能低下,眼光短浅。 敢:谓冒昧,表谦副词。 同:此言与诸臣一起。

〔16〕惟:语首助词。 有:又,古文中表两位数之间的关系用之。 盛烈:

伟大的事业。 光:光辉灿烂,形容兴旺发达。 重叶:两代,指宋武帝刘裕时代和宋文帝刘义隆时代。刘义隆,刘裕第三子,公元四二四年为南朝宋皇帝,在位期间,与北魏作战屡失利,后被杀。

〔17〕武义:武事,武备,指对北朝诸国的战争。 粤:语助词,用于句首或句中,与“曰”通。 肃陈:严肃陈列,肃然地显示出来。 文教:古时指礼乐法度、文章教化。 迄(qì 气):竟。 优洽:普及。

〔18〕泰阶:星名,即三台。上中下台共六星,两两并排而斜上,如阶梯,故名。泰阶平象征风雨调和,五谷丰登,天下太平。 可升:可以达到。 兴王:振兴之王。 轨:轨迹,传统。 可接:可以连接,可以达到。

〔19〕访:访求,探求。 国美:指古代明君治国的美政。 旧史:历史著作,过去的史籍。 考:考察,探求。 方载:兴王治国的普遍性原则。方,常,普遍性的。载,则,原则。 往牒(dié 蝶):与旧史义同,指书史之类。牒,书札谱牒。

〔20〕帝轩:即黄帝。古史传说姓公孙。居于轩辕之丘,故名轩辕。 陟(zhì 至)位:登位。陟,登。 飞黄:传说中的神马。李善注引《淮南子》:“黄帝治天下,于是飞皇服皁。”高诱曰:“飞黄如狐,背上有角,乘之,寿三千岁也。”服皁:伏于槽枥。服,通“伏”。皁,与“槽”声近,槽枥。

〔21〕后唐:即帝尧。后,帝。 膺箓(yīng lù 英路):指古代帝王亲受天赐的符命,应运而兴。膺,接受。箓,天赐符命。张平子《东京赋》:“高祖膺箓受图,顺天行诛。” 赤文候日:指帝尧得龙马受图事。赤文,指负图龙马,赤文绿色。候日,指帝尧修坛于河洛,仲月辛日,礼备,至于日稷。此两件事合为一件事,用典则割裂原文引用,六朝文常见的修辞法。

〔22〕汉道:指汉朝通西域之路。 亨(hēng 哼):通。此形容汉之德传播于西域。 天骥(jì 计):天马。武帝元鼎四年得天马。 呈才:献出才能。 魏德:魏的仁德。 楙(mào 冒):通“茂”,美盛。 泽马:祥瑞之马。李善注引《魏志》:“文帝黄初中,于上党得泽马。” 效质:献出才能。效,呈出,献出。质,资质,才能。

〔23〕伊:此。 逸伦:超群拔萃。 妙足:代骏马。 前代:指黄帝、唐尧、汉武、魏文之时代。 间出:隔代而出。

〔24〕并荣光:谓黄帝唐尧等的龙马并显出光彩。 瑞典:祥瑞的法典。指龙马吐河图等上仁之古帝得神马而言。 登:升入,进入。 郊歌:即郊祀之歌。汉武帝定郊祀之礼,立乐府,命李延年为协律都尉,作郊祀歌,共十九章。

有练时日、帝临青阳、朱明、西颢、玄冥、惟泰元、天地、日出入、天马、天门等等。此谓歌颂天马的《天马歌》被乐府采入郊祀之歌中加以演奏。　司律:指掌管音乐的机关,即乐府。司,掌管。律,指六吕十二律,泛指音律、音乐。

〔25〕崇卫:尊崇地护卫。　威神:指皇帝。　扶护:护卫。　警跸(bì 必):阻止行人清除道路。此言得神马可以保卫天子。

〔26〕精曜:指天驷星,房宿的别名,二十八宿之一,苍龙七宿的第四宿,有星四颗。　协从:协和。谓天驷之星协和而化为神马。(据吕延济注)　灵物:指神马。　咸秩:皆有次序,言人有德则神马依次而来呈献祥瑞。

〔27〕暨(jì 计):及,至。　明命:上天之命,指高祖宋武帝刘裕。古时以为皇帝是承受上天之命的。李善注引《尚书》:"先王顾諟,天之明命。"　初基:登基之初。刚刚即帝位。　罄(qìng 庆):尽,完全,全部。　九区:九州。　率顺:很迅速地归顺。率,率然,率尔,迅速地。形容高祖的威德之高。

〔28〕肆险:弃险,不顾险阻。　稟朔:稟承宋之正朔,比喻臣服。正,是一年的开始;朔,是一月的开始。古时改朝换代,新王朝表示"奉天承运",须重定正朔。逾远:越过遥远之路。　纳赆(jìn 尽):献纳贡品。

〔29〕王会:原谓周公以王城(洛邑)建成,大会诸侯及四夷。此谓宋武帝会合归服的各民族。　阜昌:谓来会者之众多。　函夏:即华夏,中国的别称。充牣(rèn 刃):充满,盛多。谓诸夏来会者之众多。

〔30〕总:聚集,统领。六服:指国都周围的地方。原为周代京畿的六服,根据远近分为侯服、甸服、男服、采服、卫服、蛮服。　收贤:收取贤善之马。　掩:与"总"对文同义。　七戎:泛指古代西部的少数民族。《尔雅·释地》:"九夷、八狄、七戎、六蛮,谓之四海。"　得骏:谓获得七戎进献的骏马。

〔31〕盖:大概。　乘风:形容马奔驰之速。　淑类:美善的种类,指马的良种。　实:确实,实在。　先景(yǐng 影):先于景,在景之先,形容马跑得快。景,同:"影"。　洪胤(yìn 印):优秀的后代。洪,大,优秀。胤,嗣,后代。

〔32〕代骖(cān 餐)象舆:指赭白能代替其他的马而为象车的骖马。骖,驾车时套在两旁的马。　象舆:象车,天子之车。　历配钩陈:选择为钩陈星的匹配。历,选择。配,匹配,媲美。钩陈,星名,在紫微垣内,最近北极。李善住引《晋书·天文志》:"钩陈,太帝之座。"此指天子的护卫。此两句言赭白为天子驾车,并与天子护卫相匹配。赭白为宋武帝赐予文帝的骏马,因此说它为象舆代骖,为钩陈历配。

〔33〕齿筭(suàn 蒜):齿数,年岁。筭,通“算”。 延长:增长。 声价:声名地位。 隆振:高起,崇高。

〔34〕信:确实,实在。 圣祖:指高祖宋武帝刘裕。 蕃锡(cì 次):盛大的赐予。指赭白是宋武帝给文帝的赐予。蕃,草木茂盛,此为盛大之意。锡,通“赐”。 留:存留,深深怀有。 皇情:皇帝的恩情。 骤进:奔驰而进。此两句言武帝文帝对赭白的宠爱,而赭白亦怀有对皇帝的恩情而效命。

〔35〕徒观:但观,只要观看。 附筋树骨:形容骏马的特征,谓骨骼突起,筋络附著。 垂梢:谓马尾下垂。梢,马尾。 植发:谓鬃毛直竖。植,耸起。发,马额上的鬃。

〔36〕双瞳(tóng 同):双目。 夹镜:形容马的双目明亮,似两镜相对。 两权:两颊。 协月:形容马的两颊丰满如满月相称。李善注引《相马经》:“颊欲圆如悬璧,因谓之双璧,其盈满如月,异相之表也。” 异体:奇异的体形。 峰生:即峰棱突起,与上文“附筋树骨”相应。 殊相:不凡的形象。 逸发:超群出众。

〔37〕超摅(shū 书):腾越。 绝:脱离,超越。 夫:语中助词。 尘辙:尘埃和车辙。 驱骛(wù 务):驰骋,奔驰。 迅:迅疾。 灭没:灭对明而言,没对出而言,互文足义,即若明若灭,似有似无。此两句言赭白奔驰之速,超出尘辙,难辨其形影。明灭,指其光影;出没,指其形体。

〔38〕简伟:选拔壮美之马。 塞门:长城塞门之外。李善《芜城赋》注引崔豹《古今注》:“秦所筑长城土色皆紫,汉塞亦然,故称紫塞。”有关,故曰门。 献状:进献形貌美好之马。状,指马的形貌。 绛阙:宫门。

〔39〕旦:平明,早晨。 刷:清除马身上的尘垢。 幽燕:地名,今河北北部及辽宁一带,此泛指北方。 昼:与“旦”相对。旦,日未出之时;昼,日已出之后。 秣(mò 莫):以草料喂马。 荆越:地名,今浙江湖北一带。此两句以空间形容时间,表征马的速度之快。

〔40〕教:教习。 敬:敬依,遵循。 不易之典:永恒的法典。 训:训诲,使之顺从。 必书之举:指皇帝的举动。李善注引《左传》:“曹刿谏曰:‘君举必书。’”此两句言教习赭白敬依永恒的法典,并使之顺从国君的举动。

〔41〕惟:语首助词。 帝:指宋文帝刘义隆。 祖:指宋高祖武帝刘裕,两年皆骑乘赭白。 爰(yuán 元)游爰豫:爰,语首助词。游,出游,巡幸。豫,与“游”义同。

〔42〕飞辅(yóu 由)轩:驾轻车飞驰。辅轩,轻车。　戒道:谓天子骑乘赭白,有驾辅轩者戒除道路。　环彀(gòu 够)骑:谓持弓箭的骑兵环绕赭白周围以护卫。彀骑,持弓箭的骑兵。　清路:义与"戒道"相同。

〔43〕勒:统领,引导。　五营:指天子出行时五营的仪仗队。李善注引应劭《汉官仪》:"大驾(天子的车驾)卤簿(天子的仪仗队)五营,校尉在前,名曰填卫。"　使按部:使之按部。使五营按部就班,循序渐进。　声:响起,发出声音,此使动用法。　八鸾:结在马衔上的铃铛叫鸾。鸾,通"銮"。一马二铃,系于马镳端,四马八铃,称八鸾。此谓赭白使一车四马的八铃同时鸣响。　节步:调节步伐。以上四句皆应"教敬""训人"句。

〔44〕具服:朝服,此指赭白的马服。　金组:金甲与组甲。金甲,铜制的铠甲;组甲,以丝带连结皮革或铁片而成的铠甲。此指赭白披着的甲服。兼饰:同时佩饰。　丹雘(wò 卧):两种颜色,红色和青黑色。

〔45〕宝铰(jiǎo 铰):马具上面珍贵的金属装饰。铰,以金饰物。　星缠:似星辰环绕发光。　镂章:镂刻于马具的章纹。　霞布:以云霞漫布,形容章纹的状态。

〔46〕进迫:谓赭白前进疾速。　遮迾(liè 列):谓卫队阻止行人,以护卫皇帝。遮,拦阻;迾,清道止行。李善注引服虔《通俗文》:"天子出,虎贲伺非常,谓之遮迾。"　却:后退,与"进"相对。　属:附属,跟随。　辇辂(niǎn lù 碾路):皆天子之车。附属于天子之车,即为辇辂的属车。此两句言赭白疾速前行,卫队则清道护卫,后退则引导天子的属车。

〔47〕欻(xū 须):忽然。　耸擢(zhuó 卓):耸起,跳跃。　鸿惊:谓鸿鹄受惊而起飞,形容马耸然跃起的样子。　时:有时,偶或。　濩略:奔跳。　龙翥(zhù 注):谓神龙飞腾,形容马奔跳的样子。

〔48〕弭(mǐ 米):安定,顺服。　雄姿:指上文所描写的赭白神姿如鸿惊、龙翥等。　牵引:奉行天子引导于道路。　婉:与"弭"对文近义,柔顺,顺从。柔心:驯服之心。　待御:等待皇帝的驾御。

〔49〕至于:等到。　露滋月肃:露水增多,秋月肃杀。滋,增长,增多,秋季露水大;肃杀,谓草木衰败,生气消歇。　霜戾(lì)秋登:霜降秋熟。戾,到达。登,庄稼成熟。　王于兴言:君王发布宣言。于,语助词,无义。兴,发动,发表。言,言词,宣言。　阐肆:纵情显示。阐,大开,大施。肆,放纵。　威棱:声威。

〔50〕临:莅临。　广望:台名。　百层:台名。(用刘良说)　料:测验,估

量。 武艺:指骑、射、击、刺一类军事技术。 品:品评,评论。 骁(xiāo 消)腾:骏马奔驰。

〔51〕流藻:指飘动的彩饰。 周施:遍施,谓普遍把饰物安施于马具之上。和铃:和谐的铃铛,指系于马具上的鸾铃。 重设:增设。

〔52〕睨(nì 昵)影高鸣:谓良马有视影而高鸣的习性。(用李周翰说) 将超中折:谓将要超越又中途转向。折,曲折而行。指马视影之后的状态。

〔53〕分驰:与其它马分途驰骋。 迥(jiǒng 窘)场:辽阔的场地。 角壮:比赛健壮。角,竞争;壮,雄壮,壮健。 永埒(liè 列):谓漫长的骑射驰道,两侧有矮墙,使不外骛。 别辈越群:谓赭白越过其同类,优胜于群马。 绚(xuàn 眩)练:疾速的样子。 敻(xiòng)绝:即迥绝,辽远。赭白与群马相较,奔驰的速度快、距离远。

〔54〕捷:敏捷,此使动用法,使加速。 趫夫:矫健勇悍之士。 敏手:敏捷的射手。 促:与"捷"对文义近。促进,加紧。 华鼓:鼓的美称。繁节:节奏加紧。李善注说:"言射有常仪(一定的法度),鼓有常节(一定的节奏),今以马驰之疾,故加捷促也。"由于赭白奔驰疾速,使射手与鼓手都打破常规,加速射箭与击鼓的节奏。

〔55〕经:穿过。 玄蹄:即马蹄,箭靶子。 雹散:指射中的响声,如冰雹散落。 历:与"经"义同。 素支:即月(ròu 肉)支,箭靶子。 冰裂:形容射中的响声,如冰层爆裂。李善注引邯郸淳《艺经》:"马射左边,为月支二枚,马蹄三枚也。"此言马跑得快,人射得中。

〔56〕膺门:马的前胸,两只前腿开裆的上面。 沫赭:流出赭红色的汗沫。沫,做动词用,流汗沫。 汗沟:指马脊上流汗的沟纹。 走血:流淌血红色的汗水。李善注引应劭曰:"大宛(西域国名)马汗血沾濡也,流沫如赭也。"

〔57〕踠迹:收拢脚步。踠,屈曲;迹,足迹,指脚步。 回唐:回到道路上,谓赭白由迥场奔驰回来。 畜怒:谓蕴蓄的气力。怒,旺盛的气势、气力。 未泄:谓气力尚未完全用尽。此两句皆形容赭白角壮迥场之后,气力还没有用完。

〔58〕乾(qián 前)心降:天子之心降爱于赭白。李善注引《周易》:"乾为天。"古代皇帝自以为天之子,乾象征天,以乾代天子。此指宋文帝刘义隆。 微怡(yí 夷):微微现出和悦的样子。 都人:都城的人们。 仰:举头而望。 朋悦:群聚而欢悦。朋,群聚。

〔59〕妍(yán 研)变之态:美好多变的姿态,指赭白于迥绝之场纵情驰骤的

姿态。 凌遽之气:飞越奔驰的气力。 方属(zhǔ 主):正在连属不绝。此言角壮迥场,仍感到力无所施。

〔60〕跼(jú 局):局促,拘束。 镳辔(biāo pèi 标配):马嚼子和马缰绳。 隘(ài 爱):感到狭窄,意动用法。 通都:巨大的都城。 圈(quān)束:限制,约束。此两句言被豢养于通都大邑,仍感到受到约束,不得自由。

〔61〕眷(juàn 倦):眷顾,怀念。 西极:西方,赭白所从来之地。 骧(xiāng 香)首:昂首。 朔云:北方之云。 蹀(dié 迭)足:踏足。此言赭白渴望摆脱约束,回到广阔自由之乡纵情驰骋。

〔62〕紫燕、绿蛇、纤骊(lì 立)、秀骐(qí 奇):皆骏马名。 骈(pián)衡:两马驾辕。两马驾一车为骈。衡,车辕上的横木,用以拖拉车辆,此指车辕。言使赭白与紫燕共同驾辕。 卫毂:护卫车毂,意谓在一侧拉套。毂,轮的中心部分,车轴穿其中心而过,轴动轮转。 接趾:谓跟着赭白走,也是拉套的意思。 齐亍(chù 处):小步而行,也是跟随而行。此言赭白与别的马一起驾车並充任辕马,为其中心和先导。

〔63〕觐(jìn 进):拜见。 王母:西王母,传说中西天的女神。 昆墟:指昆仑山,西王母所居之处。 要(yāo 腰):邀请。 帝台:仙人名。 宣岳:宣山。

〔64〕跨:跨越。 中州:中国。 辙迹:车子留下的轨迹。 穷:穷尽,走尽。 神行:神仙所行。 轨躅(zhú 竹):义同"辙迹"。

〔65〕般于游畋:即般乐于游观畋猎。般乐,反复逸乐而无法度。 作镜前王:以前王的游乐亡国做为明镜,以自警。前王,指夏王太康,荒淫暴虐,盘游丧国。李善注引《孟子》:"诗云:'殷鉴不远,在夏后之世。'"赋家的讽喻之意具在于此。

〔66〕肆:恣意妄为,放肆施虐。 人上:人的头上。 取悔:感到悔恨。 义方:做人的正道。李善注引《左传》:"石蜡曰:'臣闻爱子,教之义方。'"

〔67〕天子:指宋文帝刘义隆。 辍驾:令车驾停住。 回虑:回想前王游乐亡国之教训。 息徒:使徒众歇息,不再统帅其游猎。 解装:解除游猎的装束。

〔68〕鉴武穆:以汉武帝周穆王为借鉴。李善注引《汉书》:"武帝好大宛马,使者相望于道。"李善注引《左传》:"周穆王欲肆其心,周行天下,将皆有车辙马迹焉。"武穆爱马爱游观,皆属奢侈,因此以为鉴戒。 宪文光:以汉文帝和光武帝为典范。李善注引《汉书》:"孝文皇帝时,有献千里马者。诏曰:'鸾旗在前,属车在后,吉行日三十,凶行日五十,朕乘千里之马,独先安之?'于是乃还其

马。"李善注引《东观汉纪·光武记》:"是时名都王国,有献名马,驾鼓车。"鼓车,载鼓之车,喻并不过分看重。汉文帝和光武帝并不过分爱马,皆为朴素之君,因之以为效法的对象。

〔69〕振:救济。 民隐:人民的痛苦。 修:修正。 国章:国家的礼仪制度。

〔70〕戒:警戒。 出豕(shǐ 始)之败御:指爱好游观田猎必有意外之祸。李善注引《韩非子》:"王子期为赵简子御,取道争千里之表。其始发也,彘伏沟中,王子期齐辔,策而进之,彘突出于沟中,马惊败驾。"豕,猪。败御,损坏车驾。惕:警惕。 飞鸟之跱(zhì 至)衡:喻义与上句同。李善注引《古文周书》:"穆王田,有黑鸟若鸠,翩飞而跱于衡。御者毙之以策。马佚,不克止之,蹶于乘,伤帝左股。"跱衡,立于车辕前端的横木。

〔71〕祗(zhī 知):恭敬,严肃,做副词用。 慎:谨慎,加小心。 所常忽:经常轻忽之事。 敬:与"祗"义同。 备:防备,预防。 所未防:未加预防之事。

〔72〕舆:车。 重(chóng 崇)轮:即重毂,在车毂之外再加一毂,使车驾安稳。毂,轴与轮间的粗而圆的筒木,轴以之带动轮。 安:安稳,安全。 泛(fěng 讽)驾:翻车。泛,覆,翻。 佚(yì):通"轶",超车,超越。(用李周翰说)言马翻车之后再不能超越了。两句正反互见,意谓凡事须防范于未然,肇祸以后难以补救。

〔73〕处(chǔ 触):处置,安置。 濯(zhuó 浊)龙:马厩名。 奥:深处。委:给与。 红粟(sù 素):腐败的粮食。李善注引《汉书》:"太仓之粟,红腐而不可食。"粟,古时粮食的总称。 秩:俸禄,待遇。

〔74〕服养:使用饲养。 知仁:知遇仁爱。言使用饲养就是对马的知遇与仁爱,无需过分娇宠。 从老得卒:随着衰老自然而死。意谓无需兴师动众,加以祭奠。

〔75〕加:给与。 弊帷:残破的帷帐。谓用破帷帐裹马的尸体。 收:收起掩埋。 仆质:指马的尸体。仆,倒;质,体。

〔76〕天情:皇帝的恩情。 周:周全,周至。 皇恩:与"天情"义同。毕:全。与"周"义同。"故祗"句至此,言对赭白应该像对待一般马一样,放入马厩,喂养以红粟,老死掩埋完事,此即皇恩周到了,无需让群臣煞费心思地赋从老得卒的一匹马。

〔77〕乱:辞赋的结尾,收束全篇,点明题旨。

〔78〕德:修行仁德。 天:上天。 神物:指神马。 仪:容仪,呈现容仪。

人有德则神马至。

〔79〕于时:谓于有德之君在位之时。　驵(zù)骏:皆指骏马。　充:充满。　阶街:台阶和四通的大道。

〔80〕禀灵:承受灵性。　月:月精。李善注引《春秋考异记》:“地生月精为马。”　驷:天驷星,即房星,二十八宿之一。此句言骏马承受月亮和天驷星的精气。　祖云螭(chī 吃):来源于云龙。祖,自所从来,始祖,做动词用。螭,传说中无角的龙,此指龙。

〔81〕雄志:指神马的志气。　倜傥(tì tǎng 惕躺):谓卓异不凡。　精权奇:谓精神奇谲非常。(用王先谦《汉书补注》说)

〔82〕刚:刚健。　淑:美善。　服:驯服。　羁羁(jī jī 鸡鸡):马韁绳和马笼头。李善注引王逸《楚辞注》:“韁在口曰羁,络在头曰羁。”

〔83〕效足:效力。　中黄:中营,天子之营。　殉(xùn 训):殉命,献身。

〔84〕愿终惠养:天子愿意惠养赭白于最终。　荫:覆荫,庇荫,后代享受到先代的好处。　本枝:树木的根干和枝叶,喻子孙后代。

〔85〕竟:竟然。　先朝露:先于朝露,谓比朝露生命还短促。早晨的露水,太阳一出就消逝,以喻生命短促。　长:永远。　委离:谓委弃恩惠,离开驰驱。

今译

良马不以力气受称道,骏马则以龙性而扬名。岂止国家以之显示威容,军队以之显示迅疾雄壮;其实圣德之君出世,也伴随神马来临。往昔唐尧筑坛河洛之上,河上升起一片红光,神马跃然而出,衔来八卦之图,那是上天赐予,给圣君的祥瑞之符。因此人人崇敬尧的圣灵,代代颂扬尧的至德。我朝高祖缔造大宋,五方之族相率述职,四方之人皆来进贡。珍宝充满于府库,骏马排列于华厩,于是始有为天子驾车的赭白应运而出。它天生一副超逸卓异的身姿,美妙恰合帝心,因而皇帝亲赐槽枥。骑乘驾车顺随人意,纵横驰骋暗合节度。年齿虽衰,艺美不改。武帝赐予文帝,豢养连年,皇恩深厚,年老气尽,死于槽栈。少壮时为帝效力,帝心深感悲伤,就命陪侍之臣传达圣旨,令群臣做赋颂扬。小臣生性愚钝,见识浅陋,冒昧地与群臣一起献上此赋。

那赋辞是：大宋立国二十又二载，伟大事业光耀两代，武事庄严展示于外邦，文教业已普及于万众。太平盛世可以达到，圣王治国的轨迹可以衔接。探求治国之美政于旧史，考核振兴的原则于往事。往昔黄帝即位，则飞黄伏于槽下；帝尧接受天命，则赤文神马现于日边；汉武德高达于西域，则天马呈献其才；魏文德厚，则泽马效命。那些超群拔萃的骏马自前代就不断出现，并显荣光于祥瑞的法典，天马之歌登入于乐府的郊祀之乐。神马用以尊崇威神，护卫皇帝，清路止行。天上房星与之协和，地上则有神马依次出现。等到高祖登基之初，天下九州全部相率归顺。或者不顾艰险而禀承大宋纪年，或者逾越远途而献纳财货。耳闻高祖接见外族的盛大隆重，目睹华夏之内的丰饶富庶。统辖京畿六服而搜寻良马，囊括西域七戎而获得骏骑；似为奔如乘风的良种，实是超越身影的名驹。故能取代其他而驾御象车，媲美于天子的护卫。年岁增长，而声价愈高。那真是圣明高祖的恩赐，不忘皇帝的恩情而奋发驰骋。

只观其骨骼隆起，筋络附着，长尾下垂，鬃毛直竖，双目似明镜，两颊圆如月，奇体若山峰，形象超凡众。腾越超尘辙，驰驱似明灭。精选雄伟之马于紫塞之地，呈献异相之驹于帝王之阙。平明刷毛去垢于幽燕之北，日中饲粮喂草于荆越之南。教习它遵循永恒的法典，训诲它顺从人所必书的天子举措。武帝文帝骑乘赭白，出巡游幸，驾轻车者前驱而警戒通道，持弓弩的骑士环绕周围而清路止行。统领天子五营仪仗而循序渐进，摇动八铃鸣响而调整其步伐。全身披挂金甲组甲，一并彩饰丹红青黑。鞍辔镶嵌珍贵饰物，好比星辰环绕，光辉闪烁；马具上雕镂章纹，好比云霞漫布，飘逸缭绕。疾驰于前，有卫士清路，退却于后，引导属车。时而耸起，若鸿鹄惊飞；时而驰驱，似神龙升腾。收敛雄姿而等待牵引，委婉柔顺而盼望驾御。

至于露重月肃，霜降秋熟，帝王宣言，大显声威。登临广望之台，安坐百层之高，测验士卒的骑射技艺，品评骏马的驰骋速度。遍施飘动的彩饰，增设和鸣的鸾铃。视影而高声嘶鸣，将要超越却中途转向。踏入辽远的赛场便与群马分道扬镳,循着漫长的驰道与群马角逐胜负。远越同类超过群伦,跨步疾速而驰骤辽远。促使射手引弓即发,发而必中;催动鼓手加快节奏,震耳隆隆。穿破马蹄似雹声乍落,击中月支如坚冰迸裂。膺门流赤沫,脊沟淌汗血。收敛长蹄返大路,蕴蓄豪气未尽泄。帝心向马自愉悦,都城倾动皆称快。健美善变之态既完结,凌越驰骋之气尚未歇。嚼子缰绳被牵制,亦步亦趋受拘束;通都大邑仍觉天地窄,豢养华厩依然内心苦。眷念西极而昂首,眺望朔方而踏足。还使紫燕同驾辕,绿蛇相卫毂,纤骊与之接踵疾驰,秀骐与之齐头飞奔。拜见西王母于昆仑之墟,相邀帝台于宣岳之巅。跨遍中州的大路,穷尽神行的轨道。

然而皇帝逸乐于游猎,想到太康丧国的教训,以之为借鉴,感到自己的危险。在众人之上恣意妄为,想到做人的规范而深为悔恨。天子停车而思虑,令士卒各自歇息,解除猎装猎具。汉武周穆爱天马纵游猎,可为自己的鉴戒。汉文光武得骏马而不娇宠,朴素修德,可为自己的典范。救济百姓的苦痛,修正国家的法度。时时鉴戒于赵简子豕奔马惊车翻的祸患,经常警惕于周穆王乌毙马佚股伤的灾难。因此于所常忽之事要严肃谨慎,于未及防范之事要认真戒备。车有重轮方安稳,马遇覆车必遭损,只要置马于濯龙之厩的深处,饲之以太仓红粟的俸禄。对马驾驭饲养就是知遇与仁爱。随它衰老而至死亡,也是自然之理。用破旧的帷帐,包裹起马的尸体掩埋完事。那就是天情周至,皇恩有加。

结尾说:唯圣德感动上天,神马应运降临啊。于贤君之治世,神马充满大道长街啊。禀承星月的精灵,祖先是云中的飞龙啊。雄图大志超拔不凡,精神与群马迥异啊。既刚健又美善,却受制于缰络啊。为天子的中营效力,奋力驰驱而至献身啊。天子但愿惠养最终,并使其后代享有荫庇啊。未曾想其生命短促于朝露,与人永诀而去啊。

(陈复兴译注并修订　陈延嘉再修订)

舞鹤赋一首

鲍明远

题解

这篇咏鹤小赋，首先描写白鹤那种“钟浮旷之藻质，抱清迥之明心”的超逸绝俗的丰姿和“指蓬壶”、“望昆阆”、“帀日域”、“穷天步”的高远目标和雄伟气魄。接着写它“掩云罗而见羁”，不幸被网罗于人世，在人世统治者的驱使之下，做出“众变繁姿”的妙舞。最后表示尽管适合了统治者赏心悦目的享乐需要而受到珍重，但仍然不忘“仰天居之崇绝”，向往着原来那种高翔辽阔的自由生活。然而壮志难伸，宏图不展，只能“守驯养于千龄，结长悲于万里”。这样一篇赋，或许是应统治者宴乐遣兴的需要而受命写作的。虽名为咏鹤，实有所寄托。作者感物及身，寄寓了自己作为一个文士以才华出众而被笼络羁束于统治者的抑郁心情，含蓄委婉地抒发了一个出身寒微的才士的怀才不遇的深沉慨叹。

从这篇咏物小赋可以看出鲍照在这种文体上所取得的成就：他无论铺写何种题材，都能从中寄托他的人生实感，赋予一定的生活意义；而在当时文坛上使用典实大见繁密的风气下，他却能基本上运用直接抒写的方法；在对于鹤的舞态、动作、习性的描绘过程中，比喻生动形象，而如“飒沓矜顾”，“整神容而自持”等句，颇能传鹤之神；文采华赡，气势遒劲，达到较好的艺术效果。

原文

散幽经以验物〔1〕，伟胎化之仙禽〔2〕。钟浮旷之藻质〔3〕，抱清迥之明心[4]。指蓬壶而翻翰[5],望昆阆而扬音[6];帀日域以回骛[7],穷天步而高寻[8];践神区其既远[9],积灵祀而方多[10]。精含丹而星曜[11],顶凝紫而烟华;引员吭之纤婉[12],顿修趾之洪姱[13];叠霜毛而弄影,振玉羽而临霞[14]。朝戏于芝田[15],夕饮乎瑶池[16]。厌江海而游泽[17],掩云罗而见羁[18]。去帝乡之岑寂[19],归人寰之喧卑[20]。岁峥嵘而愁暮[21],心惆怅而哀离。

于是穷阴杀节[22],急景凋年[23];凉沙振野,箕风动天[24];严严苦雾[25],皎皎悲泉[26];冰塞长河,雪满群山。既而氛昏夜歇[27],景物澄廓[28];星翻汉回[29],晓月将落。感寒鸡之早晨,怜霜雁之违漠[30];临惊风之萧条[31],对流光之照灼[32]。唳清响于丹墀[33],舞飞容于金阁。始连轩以凤跄[34],终宛转而龙跃。踯躅徘徊[35],振迅腾摧[36];惊身蓬集,矫翅雪飞;离纲别赴[37],合绪相依[38];将兴中止[39],若往而归;飒沓矜顾[40],迁延迟暮[41];逸翮后尘[42],翱翥先路[43];指会规翔[44],临岐矩步[45];态有遗妍[46],貌无停趣[47];奔机逗节[48],角睐分形[49];长扬缓骛[50],并翼连声[51];轻迹凌乱[52],浮影交横[53];众变繁姿[54],参差洊密[55];烟交雾凝,若无毛质;风去雨还,不可谈悉[56]。既散魂而荡目[57],迷不知其所之[58]。忽星离而云罢[59],整神容而自持[60]。仰天居之崇绝[61],更惆怅以惊思。当是时也,燕姬色沮[62],巴童心耻[63];《巾》、《拂》两停[64],丸剑双止[65]。虽邯郸其敢伦[66],岂阳阿之能拟[67]!入卫国而乘轩[68],出吴都而倾市[69]。守驯养于千龄,结长悲于万里[70]。

注释

〔1〕散:分散。这里是翻开的意思。　幽经:指《相鹤经》。因出于道家,故称幽经。　验:检验、考察。　物:指鹤。

〔2〕伟:壮美,特异。　胎化:胎生。古人错误地认为鹤是胎生。　仙禽:古人传说鹤是仙鸟,在许多典籍中极力仙化它。

〔3〕钟:聚,集中。　浮:轻扬。　旷:放达,无拘束。　藻质:鹤洁白美丽的形体。藻,华美。

〔4〕抱:怀着。　清:高洁。　迥:远。

〔5〕蓬壶:仙山名,即蓬莱。古代方士传说为仙人所居。旧题晋王嘉《拾遗记》中有海外三仙山的记载。　翻翰:高飞。翰,鸟羽。

〔6〕昆阆(láng 郎):传说中昆仑山的阆风巅,为神仙居住的地方。　扬音:高叫。

〔7〕帀(zā 匝):周,遍。环绕一周叫一帀。　日域:日出之处。　回骛:回旋飞翔。

〔8〕天步:登天之路。　日域、天步,是说鹤飞得很远。

〔9〕践:历。　神区:神明的区域,即仙境。

〔10〕灵祀:仙人的寿命。灵祀,年寿。

〔11〕精:目光。　丹:红色。　曜:明亮。

〔12〕引:伸长。　员吭:喉咙。员,通"圆"。　纤婉:叫声细长柔婉。

〔13〕顿:停止,站立。　修趾:长足。　洪:高大。　姱(kuā 夸):美好。

〔14〕振:抖动,展开。

〔15〕芝田:传说仙人种灵芝草的地方。《十洲记》云:"钟山仙家耕田种芝草。"钟山,昆仑山的别称。

〔16〕瑶池:古代神话中王母所居之地。

〔17〕厌:厌弃。　泽:聚水的低洼地,如湖泽、沼泽等。

〔18〕掩:捕取。　云罗:在极高处所设的罗网,故称"云罗"。　羁:系住。

〔19〕帝乡:天帝之乡,指天上仙境。　岑寂:冷清,寂寞。

〔20〕人寰(huán 环):人世。　喧卑:喧闹而低下之地。

〔21〕峥嵘:山势高峻险恶,这里比喻岁月的艰难。　暮:晚,岁晏。

〔22〕穷阴:一年将尽的时节,即穷冬。　杀节:摧杀万物的季节。

〔23〕急景:急促的光阴。景,通"影"。　凋年:岁暮,残年。

〔24〕箕风:箕,星宿名。古代星象家认为月经于箕之度则多风,故称风为“箕风”。

〔25〕严严:惨烈。 苦雾:寒气。因寒气摧杀万物,故云“苦雾”。

〔26〕皎皎:洁白的样子。

〔27〕氛昏:寒冷的夜气。 歇:止。

〔28〕澄廓:清明寥廓。

〔29〕翻:变动位置,转移。 汉:银河。 回:转。

〔30〕违:离开。 漠:北方沙漠之地。

〔31〕萧条:风声消歇。

〔32〕流光:月光。

〔33〕唳:鹤鸣。 丹墀(chí 迟):宫殿前的台阶,因漆成红色,故称“丹墀”。

〔34〕连轩:飞舞的样子。 跄:步趋有节奏。

〔35〕踯躅(zhí zhú 直烛):停足,踏步不前。

〔36〕振迅:展翅疾起。 腾摧:腾起猛冲。 摧:迅猛地冲击过去。

〔37〕纲:行列。 赴:奔往。

〔38〕绪:义同“纲”,也指鹤舞的行列。 依:依倚。

〔39〕兴:起。

〔40〕飒沓:群飞的样子。 矜顾:庄严顾视的样子。

〔41〕迁延:徐步退却的样子。 迟暮:指徐缓。

〔42〕逸翮(hé 合):迅飞。逸,疾,速;翮,羽茎,指鸟翼。 后尘:尘起在后。

〔43〕翱翥(zhù 住):飞翔。 先路:在路的先头。

〔44〕会:四面会合的交叉路口。 规翔:飞得端正。 规:规矩。

〔45〕歧:岔路口。 矩步:行步有节奏。

〔46〕遗妍:许多美好的姿态。遗,余。

〔47〕停趣:停止舞蹈。趣,通“趋”。

〔48〕机、节:指舞的节奏。 奔:驰。 逗:止。

〔49〕角睐(lài 来):用眼角互相斜视。睐,旁视。 分形:分开队形各退一边。

〔50〕长扬:高高举头。一说长扬作“扬翘”,即举尾。

〔51〕连声:雌雄连鸣。

〔52〕凌乱:杂乱。

〔53〕浮影:浮动的舞影。

〔54〕繁:多。

〔55〕洊(jiàn 荐)密:重叠密集。洊,仍。

〔56〕悉:尽。

〔57〕魂:神。　荡:移。

〔58〕所之:去向。

〔59〕罢:止。

〔60〕持:矜持庄重。

〔61〕崇绝:极为高远。

〔62〕燕姬:燕地的美女。　沮:败,毁。

〔63〕巴童:巴渝舞童。相传汉高祖初为汉王,得巴渝人,并矫捷善斗,与之定三秦,灭楚,因存其武乐,名《巴渝舞》。事见《古乐录》。　耻:惭愧。

〔64〕《巾》:舞名。汉、魏、晋舞蹈。一说即《公莫舞》,舞者执巾。《拂》:杂舞名。以拂子为舞器,起于江左,旧称吴舞。

〔65〕丸剑:杂技名。张衡《西京赋》:"跳丸剑之挥霍。"丸,指弄铃者;剑,弄刀者。

〔66〕邯郸:指赵地舞女。邯郸,即"邯郸倡"之代称。　伦:类比。

〔67〕阳阿:古代著名歌舞伎。《淮南子·俶真》:"足蹀阳阿之舞。"高诱注:"阳阿,古之名倡也。"　拟:比。

〔68〕入卫国而乘轩:事见《左传·闵公二年》:"卫懿公好鹤,鹤有乘轩者。"轩:大夫所乘的车。

〔69〕出吴都而倾市:事见《吴越春秋》:吴王阖闾小女死,阖闾痛之,葬于城西阊门外。送葬时,舞白鹤于吴市,万人随观。于是,使男女与鹤俱入墓门而埋葬。吴都,即今江苏省苏州市。

〔70〕结:留下。

今译

翻开《相鹤经》一一检验,那壮美的白鹤乃是胎生的仙禽。它外集轻扬放达的美丽资质,内藏纯洁高远的明亮之心。向着蓬壶仙山展翅高飞,遥望昆仑阆风之巅发出高叫的声音。它环绕着太阳回旋翱翔,穷尽天路一直向高处飞寻。历尽神区仙境而踪迹遥远,积累年光寿命绵长。双目含着红光有如闪烁的明星，头顶凝结紫彩就像四射的烟花。伸长圆圆的脖颈叫声纤细柔婉，挺立长长的双足形态高大婀娜。整理那洁白如霜的羽毛闪光弄影，张开皎洁似玉的翅膀映照彩霞。清晨，它在芝田上嬉戏；傍晚，又到瑶池中啄饮。它厌弃江海而游于湖泊池沼，竟陷身于高张的罗网而被擒捉。离开了高远寂静的天帝之乡，来到这低下喧闹的人间尘世。岁月艰难，忧愁一年又已将尽；心中惆怅，悲伤终岁索居离群。

到了凋杀万物的穷冬时节，日影匆匆催送残年。惊沙滚滚起于旷野，狂风呼啸吹动寒天。严寒酷烈的冷气，皎洁幽咽的流泉。坚冰塞满长河，大雪盖遍群山。当寒冷的夜气消散净尽，景物一片清澄辽阔。群星转移，天河西没，拂晓的残月隐隐将落。此时，群鹤闻寒鸡啼晓而萌生感触，见霜雁南飞而引起哀伤。临着萧瑟的寒风，对着月光的照耀，于是，在朱红的石阶上发出凄清的叫声，在金碧辉煌的台阁中飞舞翩翩的姿容。开始时，翩翩起舞如凤凰一样步趋有节；到后来，宛转盘旋似云龙一般起伏腾跃。忽而踏步不前，徘徊踟蹰；忽而振翅疾起，腾飞猛扑。迅疾的身姿如飞蓬起落，矫捷的翅膀似风雪翻飞。时而离群出列，奔赴他方；时而归队成行，相互依偎。刚刚要起飞忽又中止，似乎想前往却又返回。有时似若惊起群飞，庄严矜持地四下顾盼；有时徐步退转，行动沉着而又迟缓。它举翼迅飞，尘土起于身后。凌空翱翔，常居于路的前头。在那四方交会的大道上飞翔，是那么稳健端正；在那分歧旁出的岔路上舞蹈，又能够慢踱方步。体态美艳非凡，形貌不停旋转。奔走合于律度，踏足中于节拍。它们相互斜视，分开队形。高举起长长的脖颈，轻轻奔跑；雌雄并翼，发出和鸣。轻盈的足迹，纷杂凌乱；浮动的身影，交错纵横。纷繁的姿态，千变万化，参差不齐，密密重重。毛色融于轻烟，化于云雾，仿佛没有毛羽。去如疾风，还似骤雨，那情状难以用言语形容。令人神飞而目荡，迷而不知其所往。忽然如群星散离，白云停转，整神敛容，持重庄严。仰望天上的故乡高绝遥远，更加惆怅而惊心。当此之时，那妩媚的燕姬为之减色，善舞的巴童深愧不及。美妙的《巾》、《拂》舞蹈对之双双停止，抛丸弄剑的妙技也要对之走避。即使是邯郸舞女，也不敢伦比；阳阿艺伎，又怎能相拟，它们进入卫国而获宠，乘上了华美的大夫之车；出吴都而送葬，白漫漫倾街盖市。顺守主人的驯养，直到百岁千年。只能对着万里长空，发出长声和悲鸣。

（周奇文译注并修订）